카라마조프가의 형제들 3

Братья Карамазовы

세계문학전집 156

카라마조프가의 형제들 3

Братья Карамазовы

표도르 도스토옙스키

김연경 옮김

민음사

안나 그리고리예브나 도스토옙스카야*에게 바친다

내가 진실로 진실로 너희에게 말한다.
밀알 하나가 땅에 떨어져 죽지 않으면 한 알 그대로 남고,
죽으면 많은 열매를 맺는다.

(요한복음서 12 : 24)

* 도스토옙스키의 두 번째 아내로 『회상록』을 남겼다.

일러두기

1. 번역 대본은 나우카 판(아카데미 판) 도스토옙스키 전집(1972~1990. 전 30권) 14, 15권에 수록된 Братья Карамазовы이며, 영역본 The Brothers Karamazov(C. Garnett 번역, Penguin Books, 1980: D. McDuff 번역, Penguin Putnam Inc. 2003), 불역본 Les Frères Karamazov(H. Mongault 번역, Gallimard, 1994), 기존의 국역본 『카라마조프의 형제』(김학수 번역, 범우사, 1989) 등을 참조했다.

2. 러시아어 고유 명사의 한글 표기는 국립국어원 외래어표기법을 따르는 것을 원칙으로 하되, 발음상의 편의를 위해 구개음화 적용(미챠, 카체리나, 스메르쟈코프 등)을 비롯한 몇몇 예외를 두었다. .

3. 작품 속에서 인용, 변주되는 성경 텍스트는 『성경』(한국 천주교 주교회의, 2006, 2쇄) 및 러시아어판 『성경』(모스크바, 러시아 성경 공동체, 2001)을 토대로 하여 옮겼다.

차례

12장 오심

주요 등장인물

표도르 파블로비치 카라마조프 이기적이고 탐욕스러운 중년의 지주

아젤라이다 이바노브나 미우소바 표도르의 첫 번째 아내이자 드미트리의 어머니

소피야 이바노브나 표도르의 두 번째 아내이자 이반과 알렉세이의 어머니

드미트리(미챠, 미첸카, 미치카, 미트리) 표도르의 장남

이반(바냐, 바네치카, 반카) 표도르의 차남

알렉세이(알료샤, 료샤, 알료셰치카, 알료센카, 알료쉬카) 표도르의 삼남

파벨 표도로비치 스메르쟈코프 표도르의 사생아로서 하인 겸 요리사

리자베타 스메르쟈쉬야 마을의 백치 여인으로 스메르쟈코프의 어머니

그리고리 바실리예비치 표도르의 하인

마르파 이그나치예브나 그리고리의 아내

카체리나(카챠, 카첸카, 카치카) 이바노브나 베르호프체바 드미트리의 약혼녀

그루센카(그루샤) 아그라페나 알렉산드로브나 스베틀로바 과거 삼소노프의 정부(情婦)이자 사업가

조시마(지노비이) 이 도시 수도원의 장로

미하일(미샤) 라키친(라키트카, 라키투쉬카) 알렉세이의 동료 신학생

카체리나 오시포브나 호흘라코바 젊고 부유한 미망인

리자(리즈) 호흘라코바의 딸

쿠지마 쿠지미치 삼소노프 이 도시의 거상(巨商)

이폴리트 키릴로비치 이 도시의 검사

페튜코비치 페테르부르크에서 초빙된 변호사

니콜라이 일리치 스네기료프 퇴역한 2등 대위

일류샤(일류세치카) 스네기료프의 아들

니콜라이(콜랴) 크라소트킨 일류샤의 친구

4부

10장

소년들

1 콜랴 크라소트킨

11월이 시작됐다. 영하 11도의 추위가 닥치면서 곳곳에 살얼음이 끼기 시작했다. 얼어붙은 땅으로 밤이면 메마른 눈이 조금씩 내리고, '건조하고 날카로운' 칼바람에 눈가루가 날려 우리 소도시의 지루한 거리들, 특히 시장의 광장을 휩쓴다. 아침부터 날씨는 궂었지만, 그래도 눈은 그쳤다. 광장에서 멀지 않은 곳, 플로트니코프 상점 근처에 안팎이 모두 아주 깨끗하고 아담한 집 한 채가 서 있는데, 관리의 미망인 크라소트키나의 집이다. 현청(縣廳) 서기관이었던 크라소트킨은 이미 오래전, 거의 십사 년 전에 죽었지만, 살아남은 그의 미망인은 지금까지도 몹시 예쁘장한 서른 살의 부인으로 자신의 깨끗하고 아담한 집에서 '자기 재산으로' 살고 있다. 그녀는 성실하고 조심스럽게 살고 있으며 상냥하고도 상당히 명랑한 성격의 소유자이다. 일 년 남짓한 결혼 생활에서 아들을 하나 낳자마자 남편이 죽었는데, 그때 그녀의 나이는 열여덟 살이었다. 그때 이후, 그러니까 남편이 죽은 직후부터 그녀는 이 보물과 같은 아들 콜랴를 키우는 데 전력을 기울였으며, 십사 년간 내내 정신없이 사랑을 바쳤건만 물론 기쁨보다는 고통을 훨씬 더 많이 감내해야 했다. 행여 녀석이 아프지나 않을까, 감기라도 걸리지 않을까, 못된 장난질을 치지나 않을까, 의자에 올라갔다가 떨어지지나 않을까 등등 거의 날마다 너무 무섭고 불안해서 미칠 지경이었던 것이다. 콜랴가 초등학교에, 나중에는 우리 도시의 예비 김나지움에 다니기 시작하자 어머니는 아들의 학과 공부를 돕기 위해 아들과 함께 모든 과목을 배우기 시작했고, 또 선생님들 및 그들의 부인들과 안면을 트고 자기 콜랴를 집적거리거나 놀리거나 때리지 못하게 하려고 콜랴의 학교 친구들한테까지도 잘해 주고 그 아이들을 구슬리곤 했다. 결국, 아이들은 이 극성맞은 엄마 덕분에 콜랴를 마마보이라고 놀려 대고 약을 올리기 시작했다. 하지만 소년은 꿋꿋하게 굴 줄 알았다. 그는, 학급 안에서 급속도로 퍼져 굳어진 소문에 의하면, '엄청나게 힘이 센' 용감한 소년이었고 또 날렵하고 고집스러운 성격에 대범하고 진취적인 기상을 지니고 있었다. 공부도 잘했는데, 수학과 세계사에 있어서는 다르다넬로프 선생님을 쩔쩔매게 할 정도라는 소문까지 나돌았다. 하지만 소년은 콧대를 높이 세우고 모든 아이들을 눈 아래로 내려다보긴 했어도, 그래도 좋은 친구였고 지나치게 오만을 떨지는 않았다. 같은 학생들이 자기를 존경해 주는 건 당연하게 받아들였지만, 그래도 우정 어린 태도를 취했던 것이다. 무엇보다도, 그는 매사에 한계를 알았기 때문에 경우에 따라서 자제력을 발휘할 줄 알았고, 교사들과의 관계에서도 모종의 최후의 신성한 선은 절대로 넘지 않았으니, 행동이란 그 도가 지나치면 이미 용납될 수 없는, 소란이나 반란, 혹은 불법이 되기 때문이었다. 그러면서도 그는 기회만 주어지면 늘 망나니 골통과 같은 장난질을 아주 즐겼는데, 그건 사실 장난질이라기보다는 뭔가 난해한 일을 꾸미고 기발한 행각을 벌이고 '돌출 행동'을 해서 멋을 부리고 괜히 폼을 잡는 것이었다. 무엇보다도, 그는 자존심이 몹시 강한 아이였다. 심지어 자기 엄마한테도 거의 독재자처럼 영향력을 행사하여 자기들 관계에서 엄마를 자기 부하처럼 만들 줄 알았다. 엄마는 정말 부하처럼 굽실거렸고, 오, 그렇게 굽실거린 지 정말 이미 오래였지만, 이 엄마가 참을 수 없었던 건 단 하나, 즉 자기 아이가 자기를 '거의 사랑하지 않는다.'라는 그 생각뿐이었다. 콜랴가 자기에게 너무 '무정하다.'라는 끊임없는 생각에 그녀는 히스테릭한 눈물을 쏟으며 아들의 냉담함을 나무라는 일도 있었다. 아이는 엄마가 이러는 것이 싫었기 때문에 애틋한 애정 표현을 요구하면 할수록, 꼭 일부러 그러는 양 더 고집불통이 되었다. 하지만 이건 그가 일부러 그러는 것이 아니라 자기도 모르게 그렇게 된 거였는데——원래 성격이 그랬던 것이다. 그러니까 어머니가 오해를 한 셈이었다. 아이는 자기 엄마를 아주 사랑했지만, 그저 그가 초등학생다운 언어로 표현했듯, '송아지 같은 어리광'이 싫었던 것이다. 아버지의 유품으로 다소간의 책이 보관된 책장이 남아 있었다. 콜랴는 책 읽는 걸 좋아해서 그중 몇 권은 이미 혼자 다 읽은 터였다. 어머니는 이 일로 당혹스러워하지는 않았지만, 어떻게 저 어린 꼬마가 놀러 나가는 대신 책장 옆에 붙어 몇 시간씩이고 무슨 책을 들여다보고 있는 걸까 싶어 그저 이따금씩 놀라울 따름이었다. 이런 식으로, 콜랴는 그 나이에는 아직 읽지 말아야 할 것까지도 다 읽게 됐다. 하지만, 소년은 원래 장난질에 있어서 모종의 수위를 넘어서는 걸 좋아하지 않았지만 최근 들어 어머니를 그야말로 깜짝 놀라게 한 장난질을 벌이기 시작했으니 ─사실, 무슨 부도덕한 짓은 아니었지만 대신 절망적일 정도로 흉악무도한 짓을 저지르곤 했다. 때마침 올여름 7월에, 여름 방학 기간 동안 모자가 일주일 예정으로 70베르스타 떨어진 다른 군에 사는 어느 먼 여자 친척 집을 방문하러 떠난 일이 있었는데, 이 친척의 남편은 철도역(우리 도시에서 가장 가까운 역으로서 이반 표도로비치 카라마조프는 한 달 뒤 바로 이 역에서 모스크바로 떠났다.)에서 근무하고 있었다. 거기서 콜랴는 당장 철로를 자세히 둘러보며 여러 장치를 익히는 일에 착수했는데, 집에 돌아가면 예비 김나지움 친구들 앞에서 자신의 새로운 지식을 뽐낼 수 있으리라 생각했던 것이다. 그런데 그때 마침 그곳에는 소년들이 몇 명 더 있었기 때문에 콜랴는 그들과 어울리게 되었다. 그들 중 어떤 이들은 역관에, 다른 아이들도 그 근처에 살았는데─다들 열두 살에서 열다섯 살에 이르는 어린 청소년들로서 예닐곱 명이 함께 어울렸으며 그중 두 명은 우리 도시에서 온 아이들이었다. 아이들은 함께 장난을 치며 놀았는데, 역관에 머문 지 나흘째인가 닷새째 되는 어느 날 이 어리석은 청소년들 사이에서 참으로 불가능할 법한, 2루블을 건 내기가 있었으니, 바로 이런 것이었다. 이 중 거의 나이가 가장 어렸기 때문에 나이 많은 아이들한테 다소 멸시를 받아온 콜랴가 자존심이 상해서였는지 아니면 용감무쌍한 만용을 부리느라 그랬는지 여하튼 밤 11시 기차가 도착할 때 선로 사이에 엎드려 기차가 자기 위를 완전히 지나갈 때까지 꼼짝도 않고 있어 보겠다고 제안했던 것이다. 사실, 사전에 꼼꼼히 연구를 해 본바, 선로를 따라서 그 사이에 몸을 쫙 뻗고 납작하게 엎드려 있어도 물론 기차가 질주하면서 누워 있는 사람을 칠 리야 없겠지만, 그럼에도 아니, 어떻게 그렇게 누워 있겠단 말인가! 콜랴는 그렇게 하겠노라고 완강히 고집을 부렸다. 처음에는 다들 그를 조롱하고 거짓말쟁이, 허풍쟁이라고 놀렸지만, 이로써 그를 더욱더 부채질한 셈이었다. 무엇보다도, 이 열다섯 먹은 소년들이 콜랴 앞에서 너무나 콧대를 세우고 맨 처음부터 그를 '꼬맹이' 취급 하면서 친구로 인정해 주려 하지 않았다는 것, 이것 자체가 이미 참을 수 없는 모욕이었던 것이다. 자, 그리하여, 기차가 역을 출발하여 완전한 속력을 내며 달릴 수 있도록 하기 위해, 저녁 무렵에 역사에서 1베르스타 떨어진 곳으로 출발하기로 결정했다. 소년들이 다 모였다. 달도 보이지 않는 밤이 찾아왔으니, 어두운 정도가 아니라 거의 칠흑처럼 캄캄했다. 정해진 시각에 콜랴는 선로 사이에 누웠다. 내기에 동참한 나머지 아이들 다섯 명은 가슴을 졸이다가,

결국에는 제방 아래, 길가의 관목 숲으로 가서 기다렸는데 두려움과 후회가 밀려왔다. 마침내 역을 출발한 기차가 멀리서 우렁찬 소리를 내며 달려왔다. 암흑 사이로 두 개의 붉은 불빛이 번득이기 시작했고, 어느새 가까워진 괴물은 괴성을 질렀다. "뛰어내려, 선로에서 멀리 뛰어내리란 말이야!" 무서워서 죽을 것만 같은 소년들이 관목 숲에서 콜랴를 향해 소리쳤지만, 때는 이미 늦었다. 기차는 사정없이 들이닥쳐 쏜살같이 지나가 버렸다. 소년들은 콜랴에게로 달려갔다. 그는 꼼짝도 않고 누워 있었다. 그들은 그를 잡아당겨서 일으켜 세우기 시작했다. 콜랴는 갑자기 몸을 일으키더니 말없이 철둑에서 내려갔다. 아래로 내려가면서 그는 그들을 놀래 주려고 일부러 정신을 잃은 척 누워 있었다고 선언했지만, 실은, 훗날 이미 오랜 시간이 지난 뒤 제 입으로 직접 엄마에게 고백한 대로, 정말로 기절한 거였다. 이런 식으로, 그의 뒤에 붙은 '독한 놈'이라는 영광의 딱지는 영원토록 공고해졌다. 집으로, 역관으로 돌아왔을 때 그는 백지장처럼 하얗게 질려 있었다. 다음 날, 가벼운 신경성 열병을 앓긴 했지만 기분은 날 듯이 좋고 기뻤으며 또 만족스러웠다. 이 사건은 그 자리에서 곧 알려진 것이 아니라, 뒤에 우리 도시의 예비 김나지움으로 소문이 퍼졌고 그렇게 교사들의 귀에까지 들어가게 됐다. 하지만 콜랴의 엄마가 부디 자기 아이를 좀 봐 달라고 교사들에게 애걸복걸하고 또 제법 영향력 있고 추앙받는 다르다넬로프 선생이 그를 옹호하여 선처를 부탁하는 바람에, 이 일은 아예 없었던 걸로 유야무야되었다. 이 다르다넬로프라는 선생은 아직 별로 늙지 않은 독신자였는데, 벌써 수년 동안 크라소트키나 부인을 열렬히 사랑해 왔으며 일 년쯤 전, 한번은 너무 무섭고 조심스러운 마음에 가슴을 졸이면서도 아주 점잖게 그녀에게 청혼을 하는 모험마저 감행한 적이 있었다. 하지만 그녀는 결혼을 승낙하면 자기 아이를 배반하는 것이 된다고 생각하여 딱 잘라 거절했는데, 그런데도 다르다넬로프 쪽에서는 몇몇 은밀한 징후로 보건대 자신이 이 매력적이면서도 지나치게 순결하고 우아한 미망인에게 영 볼품없는 존재는 아니라는 꿈을 키울 권리 정도는 있었던 모양이다. 콜랴의 미친 장난질은 이 얼음을 깨뜨린 것 같았다. 즉, 다르다넬로프는 그를 옹호해 줌으로써 모종의 희망적인 암시를 받았는데, 사실 참으로 애매한 암시이긴 했지만 보기 드물 만큼 순결하고 민감한 성격의 소유자였던 다르다넬로프는 당분간은 이것만으로 충분히 행복감을 느낄 수 있었다. 그는 소년을 좋아했지만, 그런 티를 너무 많이 내는 건 굴욕적인 일이라고 생각되어 교실에서는 그에게 엄격하고 까다로운 태도를 취했다. 한편 콜랴도 그를 공손하게 대하고 학과 공부도 잘해서 자기 학급에서 2등을 유지했으며 다르다넬로프에게 건조한 태도를 취하기도 했는데, 학급 전체가 콜랴의 세계사 지식이 너무 뛰어나기 때문에 다르다넬로프마저도 '쩔쩔매게' 만들 거라고 확신하고 있었다. 그리고 정말로 한번은 콜랴가 그에게 "트로이를 세운 자는 누구입니까?"라는 질문을 던진 적이 있었으니——이에 대해 다르다넬로프는 그저 이 민족들이 어떻고 이들이 어디로 이동 및 이주하게 됐고 그 시대가 얼마나 까마득한 옛날이었고 그 신화 내용이 어떻고 등등에 대해 일반적인 이야기만 할 뿐, 정확히 누가 트로이를 세웠는가, 다시 말해서 정확히 어떤 인물이었는가에 대해서는 아무 대답도 할 수 없었고 심지어 이 질문 자체를 어쩐지 쓸모없고 부질없는 것으로 치부하기도 했다. 하지만 소년들은 다르다넬로프가 누가 트로이를 세웠는지를 모르는 거라고 확신하게 됐다. 콜랴는 아버지의 유품으로 남겨진 책장에 있던 스마라그도프의 책에서 트로이의 건국자들에 대해 읽은 적이 있었다. 결국, 모든 학생들이 트로이를 세운 것이 도대체 누구인가에 대해 관심을 갖게 되었지만, 콜랴는 자신의 비밀을 털어놓지 않았으며 그러면서도 박식가로서의 그의 명성은 확고부동한 것으로 남았다.

철로 사건 이후 콜랴가 어머니를 대하는 태도가 다소 바뀌었다. 안나 표도로브나(미망인 크라소트키나)는 아들의 무용담을 듣고 너무 끔찍해서 거의 정신이 나갈 지경이었다. 그녀에게는 너무도 끔찍한 히스테리 발작이 며칠씩이나 간헐적으로 이어졌기 때문에 콜랴도 이제는 정말로 경악해 버린 나머지 이런 장난질은 앞으로 절대 되풀이하지 않을 것이라고 진정 고결한 마음으로 맹세했다. 크라소트키나 부인의 요구대로 그는 성상 앞에 무릎을 꿇고 맹세했고 또 아버지의 이름을 걸고 맹세했는데, 그러다가 '씩씩한' 콜랴도 '감동'에 북받쳐 여섯 살배기 꼬마처럼 엉엉 울었고 숫제 이 모자는 그날 하루 종일 서로 부둥켜안고 전율하면서 흐느껴 울었던 것이다. 다음 날 잠에서 깬 콜랴는 여전히 '무정'한 아이였지만, 전보다 말수는 더 적고 더 겸손하고 더 엄숙하고 더 사려 깊어졌다. 사실, 한 달 반쯤 지나 그가 또다시 한 가지 장난질을 쳐서 그 이름이 우리 마을의 치안판사에게까지 알려졌지만, 이 장난질은 전과는 성질이 전혀 다른 것으로 심지어 우습고 어리석기까지 한 것이었으며, 게다가 밝혀진 바에 따르면 콜랴는 주동자도 아니고 그저 어쩌다 거기에 휘말려 든 것에 지나지 않았다. 하지만 이 얘기는 어떻든 나중에 하도록 하자. 어머니는 여전히 불안에 떨며 괴로워했고 다르다넬로프는 그녀의 불안이 커질수록 더 큰 희망을 품게 되었다. 여기서 한 가지 지적해 두어야 할 것은, 콜랴가 이 측면에서 다르다넬로프의 속내를 이해하고 또 헤아렸으며 응당, 그의 이런 '감정들'을 깊이 경멸했다는 점이다. 전에는 심지어 어머니 앞에서 이 경멸감을 표시하는 무례를 범하기도 하면서 다르다넬로프가 어떤 속셈을 품고 있는지 자기도 다 안다는 식으로 넌지시 암시하기도 했다. 하지만 철로 사건 이후엔 이 점에 대해서도 자신의 태도를 바꾸었다. 더 이상 이런 암시를 하는 일이, 심지어 아주 넌지시 던지는 일도 없었고 어머니 앞에서 다르다넬로프 얘기를 할 때는 더 공손해졌기 때문에 예민한 안나 표도로브나는 이것을 곧 알아채곤 내심 무한한 고마움을 느꼈지만, 대신 콜랴가 있는 데서 아무나 자기들과 상관없는 손님이 우연찮게 다르다넬로프 얘기를 조금이라도 꺼내면 갑자기 부끄러움을 느껴 장미처럼 얼굴을 붉히곤 했다. 이런 순간이면 콜랴는 인상을 꽉 쓴 채 창문을 바라보거나 자기 장화에 구멍이 난 건 아닌지 살펴보거나, 한 달쯤 전 갑자기 어디선가 얻어 집으로 들인 뒤 무엇 때문인지 친구들 아무에게도 보여 주지 않고 방 안에서 몰래 키우고 있는 상당히 커다란 옴투성이의 털북숭이 개 페레즈본을 맹렬하게 부르곤 했다. 그런데 그는 이 개에게 무척이나 난폭하게 굴며 온갖 재주와 묘기를 다 가르쳤는데, 결국 이 불쌍한 개는 그가 학교에 가서 집에 없을 때는 끙끙대며 울다가, 그가 돌아오면 좋다고 멍멍 짖어 대고 반쯤 미친 듯 펄펄 뛰면서 주인을 섬기는가 하면 땅바닥에 나동그라져 죽은 척을 하는가 하면, 한마디로 자기가 배운 재주를 죄다 보여 주었으니, 이건 주인이 무슨 요구를 해서가 아니라 오로지 저 혼자 기뻐 죽겠고 너무 고마운 나머지 진심으로 그랬던 것이다.

그나저나 내가 그만 깜박 잊고 언급하지 않은 것이 있다. 즉, 독자 여러분도 이미 알고 있는 소년, 그러니까 퇴역 2등 대위 스네기료프의 아들인 일류샤가 학교 친구들이 자기 아버지를 '수세미'라고 부르며 약을 올리자 아버지를 변호하기 위해 펜촉으로 어떤 소년의 허벅지를 찌른 일이 있었는데, 이 봉변을 당한 소년이 바로 콜랴 크라소트킨이었던 것이다.

2 꼬맹이들

그리하여, 동장군이 기승을 부리는 혹한의 11월 아침, 소년 콜랴 크라소트킨은 집에 앉아 있었다. 일요일이어서 수업은 없었다. 하지만 시계가 벌써 11시를 친 지금, 그는 '극히 중차대한 어떤 일' 때문에 반드시 외출을 해야 했건만, 집안 어른들이 모두 다소 기괴하고 이례적인 사정이 있어서 집을 비운 탓에 자기 혼자 남아 수호신처럼 집을 지키고 있었다. 미망인 크라소트키나의 집에는 그녀 자신이 쓰고 있는 본채 말고도 그곳 현관 너머에 유일무이한 곁채가 하나 있었는데, 방 두 칸이 딸린 이 곁채를 어린애 두 명이 딸린 의사 부인에게 빌려 주고 있었다. 이 의사 부인은 안나 표도로브나와 동갑으로서 막역한 친구 사이였다. 의사가 벌써 일 년 전에 처음엔 오렌부르크 어디론가, 그다음엔 타슈켄트로 떠난 뒤로 벌써 반년째 아무 소식도 없었기 때문에 버림받은 이 의사 부인은 크라소트키나 부인과 친하게 지내면서 어느 정도라도 괴로움을 덜수 있었던 셈인데, 안 그랬다면 너무 괴로운 나머지 연일 눈물속에서 허덕였을 것이다. 그러던 차, 하필 엎친 데 덮친 격으로 바로 이날 밤, 토요일과 일요일 사이에 의사 부인의 유일한하녀인 카체리나가 갑자기 아침 녘에 아이를 낳을 예정이라고 알려 왔으니 부인 입장에서는 정말 청천벽력 같은 소식이었다. 아무도 전혀 눈치도 못 채고 있었던 터라, 모두에게 거의 기적처럼 여겨졌던 것이다. 충격을 받은 의사 부인은 아직은 시간이 있으니까 이와 같은 일에 적합한 우리 도시의 한 시설의 산파 할머니에게로 데려가야겠다고 판단했다. 그녀는 이 하녀를 몹시 아꼈기 때문에 자신의 계획을 즉시 실행에 옮겼는데, 비단 그녀를 데려갔을 뿐만 아니라 그녀 자신도 하녀와 함께 거기에 남아 버렸다. 이어, 벌써 아침이 오고 왠지 크라소트키나 부인의 한결같은 우정 어린 관심과 도움이 필요해졌는데, 이 부인이라면 이런 경우에 누군가에게 뭘 부탁할 수도 있고 또 어떻게 뒤를 봐줄 수도 있으니 말이다. 이런 식으로, 두 부인은 출타한 상태였고, 크라소트키나 부인의 하녀인 아가피야 아줌마도 장을 보러 나갔기 때문에, 콜랴는 잠깐 동안 '뚱땡이들',[1] 즉 저희들끼리 남겨진, 의사 부인의 사내애와 계집애를 봐 주는 수호자 겸 파수꾼이 된 것이다. 집 지키는 일이라면 콜랴는 조금도 무섭지 않았고, 페레즈본까지 있으니 더더욱 그랬다. 녀석은 현관의 의자 밑에 '꼼짝 말고' 엎드려 있으라는 명령을 받은 터라, 콜랴가 이 방 저 방을 왔다 갔다 하다가 현관으로 들어설라치면 매번 머리를 흔들고 어리광 부리듯 꼬리로 마룻바닥을 두 번씩 탁탁 쳤지만, 안타깝게도 자기를 부르는 주인의 휘파람 소리는 들리지 않았다. 도리어 콜랴는 이 불행한 수캐를 위협적으로 바라보았고, 녀석은 또다시 쥐 죽은 듯 복종하며 꼼짝 않고 있었다. 그런데 콜랴를 곤혹스럽게 만든 것이 있었다면, 그것은 오로지 '뚱땡이들'뿐이었다. 카체리나에게 일어난 뜻밖의 사태를 응당 그는 몹시 혐오스러워했지만, 졸지에 고아가 돼 버린 이 뚱땡이들에 관한 한, 그는 애들을 아주 사랑하여 이미 무슨 어린이용 책을 가져다준 적도 있을 정도였다. 누나인 계집애 나스챠는 여덟 살로 글을 읽을 줄 알았고, 남동생 뚱땡이인 일곱 살짜리 꼬마 코스챠는 나스챠가 자기에게 책 읽어 주는 걸 듣길 좋아했다. 물론 크라소트킨은 이 꼬맹이들을 좀 더 즐겁게 해 줄 수 있었다. 즉,

———————————

1) 원어 'puzyr'의 일차적 의미는 '거품'이지만 살이 포동포동 오른 어린아이를 지칭한다.

두 꼬맹이를 나란히 세워 두고 그들과 함께 병정놀이를 하거나 집 전체를 돌면서 숨바꼭질을 할 수도 있었던 것이다. 전에도 이런 일을 한 적이 몇 번이나 됐고 또 이걸 꺼려 하지도 않았기 때문에 심지어 한번은 크라소트킨이 자기네 옆방 꼬마들과 말타기 놀이를 하느라 말을 잡으러 뛰어다니고 말처럼 머리를 구부리곤 한다는 소문이 그의 반에 쫙 퍼지기도 했다. 크라소트킨은 이런 비난을 되받아치면서 '요즘 같은 시대에는' 열세 살짜리 동갑내기들과 말타기 놀이를 하는 것이 정말로 치욕스러운 일이지만, 자기는 '뚱땡이들'을 위해 이러는 것이고, 고로 자신의 감정에 관해선 아무도 감히 왈가왈부할 수 없다고 대놓고 말했다. 그 대신 두 '뚱땡이들'은 그를 숭배했다. 하지만 이번에는 장난감을 갖고 놀 여가가 없었다. 그에게는 아주 중차대한 자기만의 일이, 얼핏 보기엔 거의 비밀스럽기까지 한 어떤 일이 임박했고 시간은 흘러가고 있건만, 아이들을 맡겨 놓을 아가피야는 여전히 시장에서 돌아올 생각도 하지 않았다. 그는 벌써 몇 번씩이나 현관을 건너가서 의사 부인 집의 문을 열고서 근심에 찬 표정으로 '뚱땡이들'을 살펴보았는데, 그들은 그의 명령에 따라 책을 보고 앉아 있었지만 그가 문을 열 때마다 이제 곧 그가 들어와서 뭔가 재미있고 근사한 걸 보여 줄 거라는 기대감에 입을 활짝 벌린 채 말없이 미소를 지었다. 하지만 콜랴는 마음이 영 불안했기 때문에 그쪽으로 들어가지는 않았다. 마침내 시계가 11시를 알리자, 십 분 뒤에도 '망할 놈의' 아가피야가 돌아오지 않더라도 더 기다리지 않고 나가 봐야겠다고 최종적으로 단호한 결정을 내렸는데, 물론 '뚱땡이들'한테서 자기가 없어도 겁을 먹거나 무슨 장난을 치거나 무서워서 울거나 하지 않겠다는 다짐을 받고서 말이다. 이런 생각을 하면서 그는 무슨 고양이 털로 만든 깃이 달린 겨울용 솜 코트를 입고 어깨에는 가방을 맸으며, 전에도 어머니가 '이렇게 추운 날' 밖에 나갈 때는 항상 덧신을 신으라고 몇 번이나 애원했건만 가소롭다는 표정으로 덧신을 힐끔 바라보고는 장화 하나만 신고 현관으로 나갔다. 페레즈본은 그가 옷을 입은 것을 보고서 온몸을 파르르 떨고 꼬리로 마룻바닥을 힘껏 때리고 애처롭게 낑낑거리기까지 했지만, 콜랴는 자신의 수캐가 이렇게 열정적으로 덤비는 걸 보고서 이것이 규율을 해칠 수 있다는 생각에 잠깐만이라도 녀석을 의자 밑에 좀 더 있게 한 뒤, 현관문을 열어젖힌 후에야 갑자기 녀석을 향해 휘파람을 불었다. 수캐는 미친 듯 벌떡 일어나 콜랴 앞에서 기뻐 날뛰기 시작했다. 현관을 건넌 뒤 콜랴는 '뚱땡이들' 방의 문을 열었다. 두 아이는 아까처럼 책상 앞에 앉아 있었지만 이미 책은 읽지 않고 뭔가 열띤 논쟁을 벌이고 있었다. 이 꼬마들은 종종 흥미를 불러일으키는 다양한 일상사에 대해 논쟁을 벌이곤 했는데, 나스챠가 누나인 만큼 언제나 우위를 점했다. 코스챠는 누나의 의견에 동의하지 못할 때면 거의 늘 콜랴 크라소트킨한테 달려와 매달렸고, 그의 결정이 곧 쌍방 모두에게 절대적인 선고가 되었다. '뚱땡이들'의 이번 논쟁은 크라소트킨에게도 약간은 흥미진진했기 때문에 그는 문간에서 걸음을 멈추고 좀 들어 보았다. 꼬마들은 그가 듣고 있는 것을 보자, 더욱더 열을 올리며 말다툼을 계속했다.

"절대, 절대 믿을 수 없어." 나스챠가 열을 올리며 종알거렸다. "산파 할머니가 어린 아기를 텃밭에서, 양배추 밭고랑 사이에서 주워 온다니, 말이 안 돼. 지금은 이미 겨울이니까 밭고랑은 하나도 없단 말이야, 그러니까 할머니가 카체리나한테 딸을 갖다줄 수도 없어."

"휘이!" 콜랴가 혼자 휘파람을 불었다.

"아니면 바로 이런 거야. 그러니까 산파 할머니는 어딘가에서 아기를 갖다주긴 하는데, 오직 시집간 여자한테만 갖다주는 거야."

코스챠는 나스챠를 주의 깊게 바라보며 곰곰 머리를 굴리고 들으면서 다시 생각을 정리했다.

"나스챠, 누나는 정말 바보야." 마침내, 그가 열은 올리지 않아도 확고한 어조로 말했다. "카체리나한테 어떻게 아기가 생길 수 있어, 결혼도 안 했는데?"

나스챠는 끔찍할 정도로 발끈했다.

"너는 아무것도 모르는구나." 그녀가 짜증스럽게 동생의 말을 끊었다. "카체리나한테는 남편이 있었는데, 그냥 감옥에 있을 수도 있는 거고, 카체리나는 지금 아이를 낳은 거야."

"정말, 카체리나 남편이 감옥에 있는 거야?" 남의 말을 곧이곧대로 잘 믿는 코스챠가 근엄하게 물었다.

"아니면 이럴 수도 있지." 나스챠가 자신의 첫 번째 가정을 싹 까먹은 양 내팽개치고서 냉큼 동생의 말을 가로막았다. "카체리나한테는 남편이 없어, 이건 네 말이 맞지만, 너무 시집을 가고 싶어서 자꾸 시집갈 생각만 하다 보니까, 계속 그렇게 생각하고 또 생각하다 보니까, 결국에 가서는 이렇게 남편이 아니라 아기가 생긴 거야."

"응, 정말 그런가 보네." 완전히 패배한 코스챠가 마침내 수긍했다. "하지만 누나가 전에는 그런 얘기를 안 해 주었으니까, 난 알 턱이 없잖아."

"자, 꼬맹이들아." 하고 콜랴가 방 안으로 성큼 들어서면서 말했다. "지금 보니 너희들은 위험한 녀석들이구나!"

"페레즈본도 같이 왔어요?" 코스챠가 이를 드러내며 웃더니 손가락을 튕기면서 페레즈본을 부르기 시작했다.

"뚱땡이들, 이 몸은 지금 곤경에 처해 있다." 크라소트킨이 근엄하게 말을 시작했다. "그래서 너희들이 나를 좀 도와줘야겠어. 아가피야는 지금까지 오지 않는 걸 보면 어디 다리라도 하나 부러진 게 분명해, 이건 의심의 여지 없이 틀림없는 사실이다. 하지만 이 몸은 밖에 나가 봐야 될 일이 있단 말이다. 어때, 나를 놓아줄 테냐, 엉?"

아이들은 근심에 찬 듯 서로 눈짓을 주고받았으며, 이를 드러내며 웃던 그들의 얼굴에는 금세 불안의 빛이 어리기 시작했다. 그들은, 하지만, 자기들에게서 원하는 것이 뭔지를 완전히 이해하지는 못하고 있었다.

"내가 없어도 장난을 치지는 않겠지? 장롱에 올라갔다가 다리를 부러뜨리는 일도 없겠지? 아무도 없다고 무서워 울지도 않을 테지?"

아이들의 얼굴에는 무서운 고뇌의 기운이 감돌았다.

"대신 너희들에게 보여 줄 게 있다. 진짜 화약을 넣어서 쏠 수 있는 청동 대포다."

아이들의 얼굴이 금세 환해졌다.

"그럼, 대포를 보여 주세요!" 코스챠가 환하게 밝아진 얼굴로 말했다.

크라소트킨은 가방 안에 손을 집어넣더니 조그만 청동 대포를 꺼내서 책상 위에 올려놓았다.

"그래, 보여 달란 말이지! 자 봐, 바퀴가 달려 있어." 그가 책상 위에서 장난감을 굴려 보았다. "쏠 수도 있어. 산탄을 장전하면 쏠 수 있는 거야."

"그럼, 죽일 수도 있어요?"

"아무나 죽일 수 있어, 다만 조준은 해야겠지." 하고 크라소트킨은 어디다 화약을 넣고 어디다 산탄을 굴려 넣는가를 설명했고 화문(火門)처럼 생긴 구멍도 보여 주었고 반동이 일어나곤 한다는 것도 이야기해 주었다. 아이들은 엄청난 호기심을 갖고서 귀를 기울였다. 특히, 반동이 일어나곤 한다는 것이 아이들의 상상력에 충격을 주었던 것이다.

"화약도 있어요?" 나스챠가 물었다.

"있고말고."

"화약도 보여 주세요." 그녀가 부탁한다는 듯 미소를 지으면서 말을 길게 뺐다.

크라소트킨은 다시 가방 속에 손을 넣어 작은 유리병을 꺼냈는데, 그 안에는 정말로 진짜 화약이 조금 뒹굴고 있었고, 둘둘 만 종이에는 산탄도 몇 알 있었다. 그는 심지어 유리병의 뚜껑을 열어 화약 몇 개를 손바닥 위에 쏟아 보기까지 했다.

"자, 어디든 불이 있으면 안 된다. 잘못했다간 지금 당장 터져서 우리 모두 휙 날아가 버릴 테니까." 그는 강렬한 효과를 내기 위해 이렇게 경고했다.

아이들은 화약을 살펴보면서 경건한 두려움을 느꼈는데, 덕택에 달콤함은 더 컸다. 하지만 코스챠는 산탄 쪽에 더 마음이 끌렸다.

"산탄에는 불이 붙지 않나요?" 그가 물었다.

"그래, 붙지 않아."

"나한테 산탄 조금만 주세요." 그는 애원하는 목소리로 말했다.

"산탄을 조금 줄 테니까, 자, 받아. 다만 내가 올 때까지는 엄마한테 보여 주면 안 된다. 안 그러면, 너희 엄마가 이걸 화약이라고 생각하곤 무서워서 죽을 거야, 그리고 너희들을 혼내 줄 테니까."

"엄마는 절대로 우리한테 매를 대지 않아요." 나스챠가 대번에 응수했다.

"알고 있어, 그냥 말을 그럴듯하게 하려고 그런 거야. 너희들도 엄마를 속이면 절대 안 되지만, 이번만은 내가 올 때까지만 가만히 있어야 한다. 자 그럼, 뚱땡이들, 이제 난 가 봐도 되겠지, 엉? 내가 없어도 무섭다고 울진 않겠지?"

"울—거—예요." 코스챠는 벌써부터 울 준비를 하면서 말을 길게 뺐다.

"울 거예요, 틀림없이 울 거예요!" 나스챠도 겁먹은 듯 빠른 말투로 말을 받았다.

"아, 꼬맹이들아, 요 꼬맹이들, 너희들 또래는 정말로 위험하구나. 어쩔 수가 없지, 요 햇병아리들아, 얼마나 될지는 모르겠지만 일단 같이 있어 줄 수밖에. 하지만 시간이, 시간이 간단 말이다, 아이고!"

"페레즈본한테 죽은 척해 보라고 명령해 주세요." 코스챠가 부탁했다.

"그래, 할 수 없지, 페레즈본이라도 써먹어야겠다, 헤이, 페레즈본!" 그러면서 콜랴는 개에게 명령하기 시작했고, 녀석은 자기가 할 줄 아는 모든 것을 선보였다. 이 녀석은 몸집이 보통 마당 개만 했고 북슬북슬한 털은 어쩐지 연보라색이 섞인 회색빛이 감돌았다. 녀석은 오른쪽 눈이 망가져 애꾸눈이었고 왼쪽 귀는 무엇 때문인지 찢어져 있었다. 녀석은 낑낑거리기도 하고 폴짝폴짝 뛰기도 했고, 심부름을 하기도 하고 뒷발로 서서 걷기도 했고, 네 발을 전부 반듯이 위로 들어 올린 채 죽은 듯 꼼짝 않고 나자빠져 있기도 했다. 이 마지막 재주를 보여 주고 있을 때 문이 열렸고 크라소트키나 부인의 하녀인 마흔 살쯤 된 뚱뚱한 곰보 아줌마 아가피야가 문지방에 모습을 드러냈는데, 장을 보고 오는 길이라 식료품이 가득 든 바구니를 한 손에 들고 있었다. 그렇게 그녀는 왼손에 바구니를 축 늘어뜨린 채로 서서 개를 구경하기 시작했다. 콜랴는 아가피야를 그렇게 애타게 기다려 왔음에도 이 공연을 중단시키지 않고 페레즈본이 정해진 시간 동안 죽은 시늉을 하고 있도록 했다가 마침내 녀석을 향해 휘파람을 불었다. 개는 벌떡 일어나 자신의 임무를 다한 기쁨에 젖어 폴짝폴짝 뛰기 시작했다.

"아이고, 요놈의 수캐 좀 보게!" 아가피야가 훈계조로 어르듯 말했다.

"아니, 여성, 왜 늦었어?" 크라소트킨이 위협하듯 물었다.

"여성이라니, 이놈의 뚱땡이가!"

"뚱땡이라니?"

"뚱땡이지, 그럼. 내가 늦었건 말았건 네가 무슨 상관이야, 다 그만한 이유가 있어서 늦은 거지." 아가피야는 페치카 주변을 정리하기 시작하면서 이렇게 투덜거렸지만, 불만스럽다거나 화가 난 목소리는 아니었고 오히려 명랑한 도련님과 희롱하며 놀 건수가 생겨 기쁜지 아주 만족스러운 목소리였다.

"들어 봐, 생각이 짧은 할멈 같으니." 하고 소파에서 일어나면서 크라소트킨이 말을 시작했다. "이 세상의 모든 성스러운 것과 그에 덧붙여 모든 걸 다 걸고서, 내가 없는 동안 한눈팔지 않고 이 뚱땡이들을 열심히 돌봐 주겠다고 나한테 맹세할 수 있겠어? 나는 좀 나가 봐야 할 일이 있거든."

"아니, 내가 왜 너한테 맹세를 해야 되지?" 아가피야가 웃기 시작했다. "안 그래도 돌봐 줄 거야."

"안 돼, 할멈 영혼의 영원한 구원을 걸고 맹세하지 않으면 안 돼. 안 그러면 안 갈 테니까."

"그럼, 가지 말지 그러냐. 그게 나랑 무슨 상관이야, 바깥은 엄청나게 추우니까 그냥 집에 있어."

"뚱땡이들아." 하고 콜랴는 꼬맹이들을 불렀다. "내가 돌아오거나 너희 엄마도 벌써 돌아올 시간이 됐으니까 너희 엄마가 돌아올 때까지, 이 여자가 너희와 함께 있어 줄 거다. 그뿐인가, 너희들에게 아침밥도 줄 거야. 요 꼬맹이들한테 뭘 좀 줄 거지, 아가피야?"

"그런 것쯤이야 뭐."

"잘들 있어라, 햇병아리들아, 그럼 이 몸은 안심하고 떠나련다. 그리고, 할멈." 하고 아가피야 곁을 지나면서 반쯤은 속삭이듯 근엄하게 그가 말했다. "저 꼬맹이들한테 카체리나를 두고 아줌마들이 흔히 지껄이는 멍청한 소리를 늘어놓지 말아 줘, 좀 봐주란 말이야, 아직 어린 나이잖아. 헤이, 페레즈본!"

"아이고, 귀신은 네놈 좀 안 잡아가냐." 아가피야는 이미 정말로 화가 나서 툴툴거렸다. "에잇, 싱거운 놈 같으니! 정말로 네놈부터 매질을 해야 돼, 그딴 소리를 지껄이다니."

3 초등학생

하지만 콜랴는 이미 듣고 있지도 않았다. 드디어 떠날 수 있게 됐으니 말이다. 대문을 나오면서 그는 주위를 둘러보고 어깨를 으쓱 움츠리며 "추운걸!"이라고 말한 뒤 곧장 큰길을 따라 걷다가 그다음엔 오른쪽 골목길로 접어들어 시장의 광장으로 향했다. 광장까지 못 미쳐 어느 집 앞에 이르자, 그는 대문 앞에서 걸음을 멈추고 호주머니에서 호루라기를 꺼내서는 꼭 약속된 신호를 보내는 양 있는 힘껏 불었다. 일 분도 채 안 돼서 그의 앞으로 갑자기 얼굴이 발그스름한, 열한 살쯤 된 소년이 쪽문에서 튀어나왔는데, 따뜻하고 깨끗하고 멋스럽기까지 한 외투를 입고 있었다. 이 아이는 예비반에 재학 중인 소년 스무로프로(콜랴 크라소트킨은 이미 두 학년이나 위였다.) 부유한 관리의 아들이었는데, 부모가 크라소트킨을 아주 유명한 구제 불능의 장난꾸러기라 생각하여 자기 아들과 어울리는 걸 허락하지 않았던 까닭에 스무로프는 지금 분명히 몰래 빠져나온 것 같았다. 이 스무로프는 독자가 잊지 않았다면 두 달 전 개천을 사이에 두고 일류샤에게 돌팔매질을 한 소년들 중 하나였고 또 그때 알료샤 카라마조프에게 일류샤 얘기를 해 준 소년이기도 하다.

"꼬박 한 시간이나 기다렸어요, 크라소트킨." 스무로프는 단호한 표정으로 이렇게 말했고, 소년들은 광장으로 큰 걸음을 내딛었다.

"늦었어." 하고 크라소트킨이 대답했다. "그럴 사정이 좀 있었어. 나랑 어울린다고 너를 때리지는 않을까?"

"그런 소리는 그만해요, 왜 나를 때린대요? 페레즈본도 같이 가나요?"

"응, 페레즈본!"

"형이 이 녀석을 그리로 데려갈 건가요?"

"응, 데려갈 거야."

"아, 쥬치카가 있다면!"

"쥬치카를 데려갈 순 없잖아. 쥬치카는 존재하지 않는걸. 쥬치카는 미지의 암흑 속으로 사라졌어."

"아, 이렇게 하면 안 될까요." 하고 갑자기 스무로프가 걸음을 멈추었다. "일류사가 말로는 쥬치카도 페레즈본처럼 털북숭이었고 털이 회색이 감도는 연기 같은 색깔이었다던데——이 녀석이 바로 쥬치카라고 말하면 안 될까요, 일류샤가 믿을지도 모르잖아요?"

"이봐, 초등학생, 거짓말을 싫어할 줄 알라고, 이게 첫째야. 심지어 좋은 일을 위해서도 거짓말은 안 된다, 이게 둘째. 그리고 무엇보다도, 저쪽에다가 내가 간다는 걸 누구한테도 알리지 않았길 바란다."

"맙소사, 나도 그 정도는 알고 있어. 하지만 페레즈본으론 개의 마음을 달랠 수 없을 텐데."[2] 스무로프가 한숨을 내쉬었다. "너도 알 거야, 이 아버지, 그러니까 수세미 대위가 우리에게 말하길, 오늘 개에게 코끝이 새까만 진짜 마스티프 종 강아지를 갖다줄 거래. 그 아저씨는 이걸로 일류사의 마음을 달랠 수 있을 거라고 생각하는데, 좀 힘들지 않을까?"

"그 애는 어때, 일류샤 말이야?"

"아, 나빠, 나빠! 내 생각으론 폐병인 것 같아. 정신은 말짱한데, 다만 숨 쉬는 게 말이야, 숨 쉬는 게 별로 좋지 않아. 얼마 전엔 자기를 좀 걷게 해 달라고 부탁해서 장화를 신겼는데 발을 내딛다가 그만 고꾸라지고 말았어. '아, 아빠, 아빠한테 말했잖아, 내 장화가 옛날부터 너무 고약해서 이걸 신으면 전에도 걷는 것이 불편했단 말이야.'라고 했어. 그러니까 개는 자기가 장화 때문에 몸을 지탱하지 못해 고꾸라졌다고 생각했

---

2) 여기서 스무로프는 콜랴에게 반말을 하기 시작한다.

지만, 실은 그저 힘이 너무 없어서 그런 거야. 일주일도 못 넘길걸. 게르첸슈투베가 왕진을 오곤 해. 이제 그 집은 다시 부자가 됐어, 돈이 많거든."

"악랄한 놈들 같으니."

"누가 악랄하다는 거야?"

"의사들과 의술을 팔아먹는 날강도들 말이야, 이건 일반적으로 하는 말이지만 부분적으로도 물론 그렇지. 나는 의학을 부정하고 있어. 무용한 제도거든. 어쨌거나 나는 이 모든 걸 연구할 거야. 그건 그렇고, 너희들은 저기서 무슨 감상 놀음을 그리하는 거야? 반 학생들이 전부 다 그 집에 다니는 거야?"

"전부는 아니고 우리 반 애들 열 명 정도가 항상, 매일 그 집을 오가는 거야. 이건 뭐 괜찮아."

"이 모든 일에서 내가 놀라울 따름인 건 알렉세이 카라마조프의 역할이야. 자기 형이 내일이나 모레 그런 범행으로 재판을 받을 텐데, 정작 자신은 아이들과 어울려 감상이나 떨고 있다니, 시간이 철철 남아도나 봐!"

"감상을 떨고 그러는 건 전혀 아니야. 너도 지금 이렇게 일류샤와 화해를 하러 가는 거잖아."

"화해라고? 표현 한번 웃긴다. 난 말이야, 이렇든 저렇든 누가 내 행동을 분석하는 건 용납하지 않아."

"일류샤가 너를 보면 얼마나 기뻐할까! 녀석은 네가 올 줄은 상상도 못 하고 있는데. 왜, 그런데 왜 너는 그토록 오랫동안 가기 싫어했던 거야?" 스무로프는 갑자기 열을 올리면서 소리쳤다.

"친애하는 소년 양반, 그건 내 일이지, 네 일이 아니야. 나는 나의 자유 의지에 따라 나 스스로 가는 것이지만, 너희들은 모두 알렉세이 표도로비치한테 끌려간 셈이야, 바로 여기에 차이가 있는 거지. 그리고 네가 어떻게 안다는 거야, 내가 화해를 하러 가는지, 아님 전혀 아닌지? 표현 한번 바보 같다니까."

"카라마조프는 무슨, 그 아저씨 때문에 끌려간 건 절대 아니야. 우리 반 애들은 자기들이 알아서 그 집을 찾기 시작한 거야, 물론 처음에는 카라마조프와 함께였지만. 게다가 그렇고 그런 건, 그러니까 바보 같은 짓은 전혀 없었어. 처음에는 애가 가고, 나중엔 쟤가 가고 이런 식으로 된 거라고. 걔 아버지는 우리가 가면 너무 기뻐 어쩔 줄을 몰라 했어. 너도 알겠지만, 일류샤가 죽으면 걔 아버지는 그냥 미쳐 버릴 거야. 그 아저씨는 일류샤가 죽을 거라는 거, 알고 있어. 우리가 일류샤와 화해했을 때는 기뻐서 어쩔 줄 모르더군. 일류샤는 네 얘기도 물어봤어, 별달리 덧붙인 건 없고. 좀 물어보더니 입을 다물어 버리더군. 그나저나 걔 아버지는 미쳐 버리든지 목을 매든지 할 거야. 전에도 정신 나간 사람처럼 굴긴 했잖아. 있잖아, 원래 그 아저씨는 고결한 사람인데, 그때는 오해가 있었던 거야. 이 모든 것이 자기 아버지를 죽인 그 사람 잘못이야, 그때 걔 아버지를 쥐어팼잖아."

"어쨌거나 카라마조프는 나한테 수수께끼야. 나는 오래전에 그 사람과 사귈 기회가 있었지만, 경우에 따라서 오만하게 구는 걸 좋아하는 편이거든. 게다가 내 나름대로 그 사람에 대해 어떤 견해를 갖게 됐는데, 아직은 좀 더 점검을 해 보고 밝힐 필요가 있지."

콜랴는 근엄하게 입을 다물었다. 스무로프도 그랬다. 스무로프는 응당 콜랴 크라소트킨 앞에서 경건한 마음을 가졌으며 그와 맞먹는다는 것은 감히 생각도 못했다. 한데 지금은 몹시 호기심이 발동했는데, 콜랴가 '자기 스스로' 가는 거라고 설명한 걸 보면, 즉 콜랴가 갑자기 지금, 정확히 오늘 가야겠다는 생각을 한 걸 보면 여기엔 어떤 수수께끼가 들어 있음이 분명했기 때문이다. 그들은 장터 광장을 걷고 있었는데, 거기에는 오늘따라 다른 곳에서 온 짐마차들이 많이 서 있었고 한 무더기로 몰아 놓은 조류들도 많았다. 도시의 아낙네들은 자기들만의 가건물 같은 걸 만들어 놓고 그 밑에서 롤빵이나 실 따위를 팔았다. 이렇게 일요일에 사람들이 모여드는 것을 우리 도시에서는 그냥 순박하게 정기시(定期市)라고 부르는데, 이런 정기시는 한 해에도 여러 번씩 섰다. 페레즈본은 아주 신이 나서는 연신 좌우로 고개를 기울여 어디 무슨 냄새라도 맡는지 킁킁대며 뛰어다녔다. 다른 개들과 마주칠 때면 자기들 나름의 규칙에 따라 예사롭지 않을 정도로 기꺼이 서로 몸 냄새를 맡았다.

"나는 리얼리즘을 관찰하는 게 좋아, 스무로프." 갑자기 콜랴가 말했다. "개들이 만나면 서로 냄새 맡는다는 거, 눈여겨봤니? 그러니까 그들에겐 어떤 공통적인 자연법칙이 있는 거야."

"그래, 뭐 좀 웃긴 법칙이겠지."

"다시 말해서 웃긴 게 아니란 말이야, 이건 네가 틀렸어. 자연 속에는, 인간이 자기만의 편견 때문에 무슨 생각을 할지는 몰라도, 여하간 우스꽝스러운 건 전혀 없어. 만약 개들이 이성적으로 판단하고 비판할 수 있다면, 분명히 자기들의 지배자들인 인간들의 사회적 관계에서 웃기는 점들을 그들보다 더 많이는 아닐지라도 최소한 그 못지않게 많이 발견했을 거야, 뭐 그들보다 더 많이는 아니겠지만. 내가 이 말을 반복하는 이유는 우리 인간 쪽에 멍청한 점들이 훨씬 더 많다고 확신하기 때문이야. 이것은 라키친의 사상이야, 훌륭한 사상이지. 나는 사회주의자야, 스무로프."

"사회주의자가 뭐야?" 스무로프가 물었다.

"이건 말이야, 모든 사람들이 평등하고 모든 재산도 공통된 하나의 재산이고 결혼 같은 것도 없고 종교며 법칙들이며 나머지 모든 것들도 다 그렇고 그렇다는 거야. 너는 아직 덜 커서 이런 걸 이해할 수 없어, 너한텐 아직 이르거든. 그나저나 춥다."

"그래. 영하 12도래. 아까 아버지가 온도계를 봤거든."

"그런데 너 눈여겨본 적 있냐, 스무로프, 한겨울에는 영하 15도, 심지어 18도가 되어도 예를 들면 지금처럼 이렇게 춥게 느껴지지 않아. 하지만 지금과 같은 초겨울에는 갑자기 영하 12도의 혹한이 닥치는 거니까 춥게 느껴지는 거야, 눈이 거의 없는데도 말이야. 이건 다시 말해 사람들이 아직 익숙해지지 않아서 그렇다는 거야. 인간 만사는 모두 습관이야, 국가적 일이나 정치적 일에서도 모든 것이 습관이지. 어디나 습관이 주된 동력이란 거야. 그건 그렇고 저 농군, 정말 웃긴다."

콜랴가 털가죽 외투를 입은, 사람 좋아 보이는 키 큰 농군을 가리켰는데, 그는 자기 짐수레 곁에서 너무 추워서 벙어리장갑을 낀 손바닥을 탁탁 마주 치고 있었다. 아마빛의 기다란 턱수염은 날씨가 어찌나 추운지 하얀 성에로 덮여 있었다.

"저 농군은 턱수염이 얼어붙었군!" 그의 곁을 지나가면서 콜랴가 시비를 걸듯 큰 소리로 외쳤다.

"많은 사람들이 그렇단다." 농군이 대답 삼아 평온하게 교훈조로 말했다.

"저 아저씨한테 괜히 시비 걸지 마." 스무로프가 한마디 했다.

"괜찮아, 화내지 않을 거야, 좋은 사람이거든. 안녕히 계세요, 마트베이."

"그래, 잘 가렴."

"아저씨가 정말 마트베인가요?"

"그래, 마트베이야. 아니, 몰랐단 말이냐?"

"몰랐어요. 그냥 되는대로 불러본 거예요."

"참 별난 애로구나. 아마 초등학생일 테지?"

"예, 초등학생이에요."

"그래, 더러 맞아 봤겠네?"

"딱히 그렇진 않지만, 뭐 그냥 그렇죠."

"아프냐?"

"안 아플 리가 없잖아요!"

"아휴, 짠하기도 해라!" 농군은 진심으로 한숨을 내쉬었다.

"안녕히 계세요, 마트베이."

"그래, 잘 가거라. 참 귀여운 녀석이로구나, 정말로."

소년들은 계속 자기 길을 갔다.

"좋은 농군이야." 콜랴가 스무로프에게 말을 걸었다. "나는 민중과 이야기하는 것을 좋아하고, 또 민중의 가치를 언제나 기꺼이 인정해 주지."

"왜 저 아저씨한테 우리가 학교에서 매를 맞는다고 거짓말을 한 거야?" 스무로프가 물었다.

"위로를 좀 해 줄 필요가 있지 않겠어?"

"위로는 무슨?"

"이봐, 스무로프, 첫마디에 못 알아듣고 자꾸 되묻는 걸 나는 좋아하지 않아. 어떤 것은 아예 설명을 할 수도 없단 말이다. 농군의 생각에 따르면 학생은 매를 맞고 있고 맞아야 돼. 맞지 않는다면 그게 학생인가? 이런 식이지. 그런데 내가 갑자기 그에게 우리는 매를 맞지 않는다고 말한다면, 그는 정말로 실망할걸. 그래 봤자, 너는 이게 무슨 말인지 모르잖아. 민중과 얘기를 나누려면 요령이 있어야 되거든."

"그래도 제발 시비를 걸지는 마, 잘못했다간 그때 거위 사건 같은 일이 또 일어날 테니까."

"겁나냐?"

"비웃지 마, 콜랴, 겁이 나다뿐이겠어. 아버지가 정말 노발대발하실 거야. 너하곤 절대로 어울리지 말라고 단단히 금지시켰어."

"걱정하지 마, 이번에는 아무 일도 일어나지 않을 테니까. 잘 지냈어요, 나타샤?" 그가 가건물 밑에 앉아 있는 한 여자 상인에게 소리쳤다.

"내가 왜 나타샤야, 나는 마리야다." 아직 전혀 늙지 않은 여자 상인이 소리치듯 대답했다.

"마리야라니, 그거 좋군, 안녕히 계세요."

"아이고, 저런 망나니가 다 있나, 머리에 피도 안 마른 녀석이 어디서 설쳐 대는 거야!"

"시간이 없습니다, 아줌마와 이야기를 나눌 시간이 없으니, 다음 주 일요일에 이야기하죠." 콜랴는 꼭 자기가 아니라 그녀가 자기한테 치근거리기라도 한 양 두 손을 내저었다.

"아니, 일요일에 내가 너하고 무슨 얘기를 한단 말이야? 네가 먼저 시비를 걸었잖아, 내가 아니라, 정말 몹쓸 놈이구나." 마리야는 소리를 질러 댔다. "너 같은 놈은 좀 맞아야 정신을 차리겠다, 정말, 그 유명한 사고뭉치야, 정말!"

마리야 곁에서 물건들을 팔던 여자 노점상들 사이에서도 웃음이 터져 나오기가 무섭게, 아케이드처럼 늘어선 시내 상점들 밑에서 잔뜩 골이 난, 장사치로 보이는 사람 하나가 느닷없이 튀어나왔다. 그는 우리 도시 상인이 아니라 어디 외지에서 온, 아직 젊은 사람으로서 길고 푸른 카프탄을 입고 짙은 아마빛 곱슬머리에 챙이 달린 모자를 썼으며 길고 창백한 얼굴은 얽어 있었다. 그는 어쩐지 바보같이 흥분한 상태에서 곧장 주먹을 쥐고 콜랴를 위협하기 시작했다.

"난 네놈이 누군지 알아." 그가 짜증스럽다는 듯 소리쳤다. "네놈이 누군지 안다고!"

콜랴는 그를 주의 깊게 바라보았다. 그는 자기가 언제 이 사람과 무슨 드잡이를 한 적이 있는지 어땠는지 통 기억해 낼 수가 없었다. 하긴, 길거리에서 드잡이를 한 일이 어디 한두 번이었어야지, 죄다 기억할 수도 없는 노릇이었다.

"날 안다고요?" 콜랴가 그에게 비꼬듯 물었다.

"네놈이 누군지 알아! 네놈이 누군지 안다고!" 소시민이 바보처럼 같은 말만 반복했다.

"그래, 아저씨는 좋겠네요. 뭐, 하지만 난 시간이 없어서 이만 실례!"

"왜 사고를 치는 거야?" 소시민이 소리쳤다. "너 또 난동을 부릴 거지? 내 네놈을 알고 있어! 네놈은 다시 사고를 칠 거지?"

"이봐요, 형씨, 내가 사고를 치든 말든 형씨와는 상관없는 일이야." 콜랴가 걸음을 멈추고 계속 그를 뜯어보며 말했다.

"아니, 어떻게 내 일이 아니라는 거야?"

"당연히 형씨 일이 아니죠."

"그럼 누구 일이야? 누구 일이냐고? 엉, 누구 일이야, 도대체?"

"이봐요, 형씨, 이건 트리폰 니키치치의 일이지, 형씨가 상관할 일이 아니야."

"트리폰 니키치치라니, 그건 또 누구야?" 여전히 열을 올리긴 했지만 바보같이 놀라워하면서 청년은 콜랴를 응시했다. 콜랴는 근엄하게 그를 훑어보았다.

"보즈네셰니예[3]에 가 봤어요?" 콜랴가 그에게 엄격하고 집요하게 갑자기 물었다.

"보즈네셰니예라니, 거긴 또 어디야? 거긴 또 왜? 아니, 가

---

3) '예수 승천절'이라는 뜻인데, 여기서는 그런 이름의 교회를 일컫는 듯하다.

본 적 없어." 청년이 다소 어리둥절해했다.

"사바네예프는 알고 있어요?" 더욱더 집요하고 엄격하게 콜랴가 계속했다.

"사바네예프는 또 누구야? 아니, 난 몰라."

"에이, 그렇다면, 볼 장 다 봤군!" 콜랴가 갑자기 딱 잘라 말하더니, 갑자기 오른쪽으로 몸을 획 돌려 재빨리 큰 걸음으로 자기 길을 갔는데, 사바네예프도 모르는 이런 병신이랑 이야기하는 것 자체가 경멸스럽다는 투였다.

"네놈 거기서, 에이! 사바네예프가 누구냐니까?" 청년은 정신이 들자 다시 흥분해서 어쩔 줄을 몰랐다. "저 녀석, 도대체 무슨 소릴 한 거야?"

아낙네들은 웃음을 터뜨렸다.

"참 알다가도 모를 녀석이야." 한 아낙네가 말했다.

"저 녀석이 말한 사바네예프라는 게 누구, 누구냐니까?" 청년은 오른손을 내저으며 여전히 광포하게 반복했다.

"이건 분명히 쿠지미체프 집에서 일했던 그 사바네예프일 거야, 암 그렇고말고." 갑자기 한 아낙네가 추측을 해 봤다.

청년은 의아스럽다는 듯 그녀를 응시했다.

"쿠지 — 미 — 체프라고?" 다른 아낙네가 말을 반복했다. "아니, 그 사람이 무슨 트리폰이야? 그 사람은 트리폰이 아니라 쿠지마야. 아까 그 꼬마 녀석이 트리폰 니키치치라고 했으니까, 그 사람은 아니란 소리지."

"이봐, 그 사람은 트리폰도, 사바네예프도 아니고, 치조프야." 갑자기 지금까지 아무 말 없이 심각하게 듣고만 있던 세 번째 아낙네가 말을 받았다. "그 사람 이름은 알렉세이 이바느이치[4]야. 치조프, 알렉세이 이바노비치."

"그래, 맞아, 치조프가 맞아." 네 번째 아낙네가 고집스럽게 맞장구를 쳤다.

어안이 벙벙해진 청년은 이쪽저쪽을 번갈아 바라보았다.

"그럼 저 녀석은 대체 뭐 하러 그런 걸 물어봤대요, 뭐 하러요, 마음씨 좋은 아줌마들?" 이렇게 외치는 그는 이미 거의 절망에 빠져 있었다. "'사바네예프를 아세요?'라고 했잖아요. 이놈의 사바네예프가 누구인지 알게 뭐람!"

"자네도 참 말이 안 통하는 사람일세. 사바네예프가 아니라 치조프라고들 하잖나, 알렉세이 이바노비치 치조프라고 말이야. 그럼 그런 줄 알아!" 엄격하게 타이르듯 한 상인 여자가 그에게 소리쳤다.

"치조프라니? 그래, 어떤 치조프 말이야? 알고 있으면 말해 봐."

"왜 키만 멀대같이 크고 코를 질질 흘리는 사람 있잖아, 여름에 시장에 앉아 있었는데."

"하지만 그 치조프란 사람이 나와 무슨 상관이에요, 마음씨 좋은 아줌마들, 예?"

"내가 어떻게 알아, 치조프가 자네랑 무슨 상관인지."

"그 사람이 자네랑 무슨 상관이 있는지, 누가 알겠어." 하고 다른 여인이 말을 받았다. "아니, 그렇게 떠들어 대는 걸 보면, 그 사람이 너랑 무슨 상관인지는 자네 자신이 알아야지. 저

---

4) 뒤에 나오는 '이바노비치'의 약칭.

꼬마 녀석은 자네한테 말했지 우리한테 말한 게 아니야, 이 어리석은 양반아. 아니면, 정말로 모르는 겐가?"

"누구를요?"

"치조프 말이다."

"에이, 귀신은 그놈의 치조프 안 잡아가나, 아줌마도 똑같아요! 저 꼬마 녀석은 정말 작살을 내 버려야겠어, 정말로! 그녀석이 나를 놀렸어!"

"치조프를 작살낸다고? 오히려 그 사람이 자네를 작살낼걸! 자넨 바보야, 정말!"

"치조프, 치조프가 아니라 저 꼬마 녀석을 작살낼 거예요, 이 못되고 해로운 아줌마야! 저 녀석을 이리 내놔요, 어서 내놓으라고요, 그놈이 나를 놀렸어!"

아낙네들은 깔깔 웃어 댔다. 콜랴는 이미 의기양양한 표정을 지으며 성큼성큼 걸음을 뗐다. 스무로프는 멀리서 소리를 지르는 사람들 무리를 돌아다보며 그와 나란히 걸었다. 콜랴와 같이 있다가 소동에 말려들지나 않을까 줄곧 겁이 났지만 그도 몹시 즐거운 건 마찬가지였다.

"네가 아까 물어본 사바네예프는 어떤 사람이야?" 어떤 대답이 나올지 충분히 짐작이 됐지만, 그래도 콜랴한테 물어보았다.

"사바네예프가 어떤 사람인지 내가 어떻게 알아? 이제 저 사람들은 저녁때까지 저렇게 떠들어 댈 거야. 나는 사회의 모든 계층의 바보들을 뒤흔들어 놓는 게 좋아. 어라, 저기 또 병신이 하나 서 있군, 저기 농군 말이야. 명심해 둬, '멍청한 프랑스 사람보다 더 멍청한 건 아무것도 없다.'라고들 하지만 러시아 사람의 생김새도 만만치 않다는 걸 말이야. 저 사람 얼굴에 나는 바보다, 하고 쓰여 있지 않냐, 저 농사꾼 말이야, 엉?"

"저 사람 좀 그냥 내버려 둬, 콜랴, 조용히 지나가자."

"절대로 그냥 내버려 두지 않겠어, 난 지금 가 볼 거야. 헤이! 안녕하세요, 농군 아저씨!"

기골이 장대한 농군은 천천히 그들 곁을 지나가다가 고개를 들어 어린 청년을 바라보았는데, 필경 술을 한잔 걸친 듯했고 둥글둥글 순박해 보이는 얼굴엔 턱수염이 덥수룩하게 나 있었고 머리칼은 희끗희끗했다.

"그래, 너는 안녕하냐, 농담으로 인사한 게 아니라면 말이다." 그가 서두르지 않고 이렇게 대답했다.

"만약 농담이라면요?" 콜랴가 웃었다.

"농담이면 또 어떠냐, 그렇게 농담도 하렴, 하느님이 너와 함께하길. 아무럼 어떠냐, 그럴 수도 있지. 농담이란 원래 언제든지 하라고 있는 거니까."

"이거 미안한걸, 아저씨, 진짜 농담이었는데."

"뭐 그럼, 하느님이 너를 용서하시길."

"그럼 아저씨는 용서해 주는 건가요?"

"용서하다뿐이냐. 어서 가 봐라."

"어라, 그러니까 아저씨는 정말 현명한 농군인 것 같아요."

"너보다는 현명하지." 느닷없이, 아까처럼 근엄하게 농군이 대답했다.

"설마, 그럴 리가 있나요." 콜랴는 다소 어리둥절해졌다.

"내 말이 맞을걸."

"뭐 그렇다고 해 두죠."

"정말 그렇다니까, 얘야."

"안녕히 가세요, 농부 아저씨."

"너도 잘 가거라."

"농군도 종류가 가지가지야." 콜랴가 얼마 동안 입을 다물고 있다가 스무로프에게 한마디 했다. "저렇게 똑똑한 농군을 만날 줄은 몰랐는걸. 나는 언제나 민중의 지혜를 인정해 줄 준비가 되어 있어."

멀리 성당의 시계는 11시 반을 쳤다. 소년들은 서둘러 걸음을 재촉했으며, 2등 대위 스네기료프의 집까지 남아 있는 꽤 먼 길을 이제는 거의 대화도 나누지 않고 빨리 걸어갔다. 집 앞에서 이십 보쯤 떨어진 곳에서 콜랴는 걸음을 멈추었는데, 스무로프한테 먼저 가서 카라마조프를 이리로 좀 불러 달라고 명령했다.

"미리 냄새를 좀 맡아 둘 필요가 있지." 그가 스무로프에게 말했다.

"왜 불러 달라는 거야." 하고 스무로프가 반박했다. "그냥 들어가면 다들 널 보고 좋아할 거야. 게다가 뭐 하러 이렇게 추운 바깥에서 인사를 하려는 거야?"

"왜 그 사람을 여기 이렇게 추운 바깥으로 불러내야 하는지는 내가 이미 알고 있어." 콜랴가 폭군처럼 딱 잘라 말했고(이 '코흘리개들'을 이런 식으로 상대하는 걸 끔찍할 정도로 좋아했다.) 스무로프는 명령을 이행하기 위해 달려갔다.

4 쥬치카

콜랴는 근엄한 얼굴을 하고 담장에 몸을 살짝 기댄 채 알료샤가 나오길 기다렸다. 그렇다, 그는 이미 오래전부터 알료샤를 만나고 싶었다. 그에 대한 얘기는 아이들한테서 지겹도록 많이 들어 왔지만, 지금까지 아이들이 자기 앞에서 그에 대한 얘기를 늘어놓고 심지어 '비판'까지 할 때면 그 얘기를 들을 때마다 겉으로는 늘 경멸스럽고 무심한 태도를 취했다. 하지만 속으로는 무척, 무척이나 사귀고 싶었다. 그가 들은 알료샤에 대한 얘기 속엔 모두 뭔가 공감이 가고 사람을 끄는 것이 있었던 것이다. 그랬기 때문에 이 순간은 중대했다. 첫째, 독립심을 보여 주기 위해 제 얼굴에 먹칠하는 일이 없도록 해야 한다. '안 그러면 내가 열세 살짜리 꼬마라고 생각하면서 나를 저 녀석들과 똑같은 코흘리개로 간주할 거야. 게다가 그 사람이 이 코흘리개들한테 무슨 관심이 있을까? 사귀게 되면 물어봐야겠다. 그나저나 내가 이렇게 키가 작다니, 영 고약해. 투지코프만 해도 나보다 어린데도 머리 반 개 정도는 더 크잖아. 하지만 내 얼굴은 똘똘해 보인단 말이야. 잘생긴 건 아니야, 그래 얼굴이 추잡하게 생겼다는 건 나도 알고 있어. 그래도 똘똘하게 생긴 얼굴이지. 속내를 너무 많이 터놓는 것도 안 돼. 그랬다간 그 즉시 나를 껴안을 테고 무슨 생각을 할지 뻔해……. 쳇, 그렇고 그런 생각을 한다면, 그보다 더 추잡한 일이 어디 있겠어……!'

콜랴는 가장 독립적인 태도를 취하려고 안간힘을 쓰느라

이렇게 흥분했다. 무엇보다도, 그를 괴롭힌 것은 키가 작다는 것, 얼굴이 '추잡하게' 생겼다는 것보다는 차라리 작은 키였다. 그의 집 벽 모퉁이에는 작년부터 연필로 선을 그어 자신의 키를 표시해 놓았는데, 그때 이후로 그는 두 달에 한 번씩 마음을 졸이며 자기가 또 얼마나 컸나, 재 보려고 다가가곤 했다. 하지만 정말 슬픈 일이다! 키는 눈곱만큼밖에 안 자랐으며, 이 때문에 그는 이따금씩 마냥 절망에 빠지곤 했다. 얼굴에 관한 한, '추잡'하기는커녕 오히려 뽀얗고 창백한 데다가 주근깨가 나 있어 상당히 귀여웠다. 크지는 않지만 생기 있는 회색빛 눈에는 대담한 기운이 가득했으며 풍만한 감정으로 불타오를 때도 종종 있었다. 광대뼈는 좀 넓은 편이었고 입술은 작고 그다지 두껍지는 않았지만 아주 붉었다. 자그마한 코는 완전히 들려 있었다. '이건 완전히 들창코야, 완전히 들창코라니까!' 거울을 들여다볼 때마다 콜랴는 속으로 이렇게 중얼거렸고 거울 앞을 떠날 때마다 언제나 분개했다. '그나마 얼굴은 정말 똘똘해 보이는 걸까?' 그는 이따금씩 이것마저도 의심하면서 생각에 잠기곤 했다. 하지만 얼굴과 키에 대한 근심이 그의 영혼을 송두리째 집어삼켰다고 생각해서는 안 된다. 오히려 거울 앞에 있는 순간들이 아무리 독살스럽더라도 이런 건 금방 잊어버렸으며, 그 자신이 자신의 활동을 정의한 대로, 오랫동안 '이념과 현실 생활에 완전히 몰두'하곤 했다.

알료샤는 곧 나타났으며 콜랴를 향해 빠른 걸음으로 다가왔다. 몇 걸음 떨어져 있을 때부터 이미 그는 알료샤의 얼굴에 기쁜 기색이 역력하다는 것을 알아보았다. '정말로 나를 만

나는 게 저렇게 기쁜 건가?' 콜랴는 만족감에 젖어 이렇게 생각했다. 겸사겸사 한마디 해 두자면, 알료샤는 우리가 그의 이야기를 중단한 시점 이후 몹시 달라져 있었다. 수도복을 벗어던지고 지금은 멋지게 재단된 프록코트를 입고 부드럽고 둥근 모자를 쓰고 있었으며 머리카락은 짧게 깎은 상태였다. 이 모든 것이 그를 몹시 돋보이게 만들어서, 완전히 미남이 되어 있었다. 그의 귀염성 있는 얼굴은 항상 명랑한 표정을 짓고 있었지만, 이 명랑함은 어쩐지 조용하고 평온한 것이었다. 그런데 콜랴는 알료샤가 방에 앉아 있을 때의 복장 그대로, 그러니까 외투도 걸치지 않고 나온 걸 보고서 몹시 놀랐다. 무척 서두른 모양이었다. 그는 곧장 콜랴에게 한 손을 내밀었다.

"자, 드디어 콜랴 군도 왔군요, 우리 모두 얼마나 기다렸던지."

"이유가 좀 있었습니다, 지금 아시게 되겠지만요. 어쨌거나 만나 뵙게 돼서 반갑습니다. 오래전부터 기회가 오길 기다렸고, 얘기도 많이 들었습니다." 콜랴가 다소 숨을 헐떡이며 중얼거렸다.

"이 일이 아니더라도 우리는 인사를 나누었을 겁니다, 나도 당신 얘기를 많이 들었죠. 그런데 여기, 이곳에는 좀 늦게 왔군요."

"그래, 여기 사정은 어떤가요?"

"일류샤는 상태가 아주 나빠요, 꼭 죽을 것 같군요."

"무슨 소리입니까! 의학이란 비열한 겁니다, 안 그렇습니까, 카라마조프 씨?" 열을 올리면서 콜랴가 소리쳤다.

"일류샤는 자주, 몹시 자주 당신 얘기를 하곤 했습니다, 심지어 잠을 잘 때나 열에 들떠 헛소리를 할 때도. 당신이 그에게 몹시, 몹시 소중한 존재였다는 걸 알겠더군요……. 그러니까 그 사건…… 나이프 사건이 있기 전까지는. 여기에는 또 다른 원인이 있는데…… 그래, 이건 당신의 개입니까?"

"예, 나의 개입니다. 페레즈본이죠."

"쥬치카가 아니고요?" 알료샤는 콜랴의 눈을 안타깝다는 듯 바라보았다. "그 녀석은 이미 그렇게 사라져 버린 겁니까?"

"다들 쥬치카가 오길 바라고 있다는 거 알고 있습니다, 다들었거든요." 콜랴가 수수께끼 같은 미소를 지었다. "들어 보십시오, 카라마조프 씨, 나는 당신에게 모든 일을 설명하겠습니다. 내가 온 건 무엇보다도 이 때문이니까요. 당신을 이렇게 불러낸 것도 안으로 들어가기 전에 미리 당신에게 모든 사건을 설명하기 위해서입니다." 그가 활기를 띠며 말을 시작했다. "보십시오, 카라마조프 씨, 봄에 일류샤는 예비반에 들어갔습니다. 뭐, 우리 학교 예비반이 어떤지는 유명하지요. 코흘리개, 꼬맹이 천국으로 말입니다. 일류샤는 곧장 놀림거리가 됐지요. 나는 두 학년이 높았기 때문에 물론 멀리서, 제삼자의 입장에서 그냥 보고만 있었습니다. 작고 허약하지만 좀처럼 굴복하지 않는, 심지어 그들과 싸움질을 할 만큼 오만한 아이라는 것을 알겠더군요, 눈이 타오르고 있었지요. 나는 그런 아이들이 좋아요. 하지만 애들은 일류샤를 더 심하게 괴롭혔지요. 무엇보다도, 그 당시 일류샤는 외투 꼴이 말이 아니었고 바지는 깡충하게 짧았고 장화에는 구멍이 숭숭 뚫려 있었습니다. 애들은 이것도 꼬투리를 잡았어요. 잔뜩 창피를 준 거죠. 하지만 나는 이런 것은 딱 질색이라서 즉시 일류샤를 감싸 주고 본때를 보여 줬죠. 사실 나는 걔들을 좀 때리기도 하지만 그래도 걔들은 나를 숭배합니다, 아시겠죠, 카라마조프 씨?" 콜랴는 아주 신이 나서 자기 자랑을 늘어놓았다. "게다가 나는 대체로 꼬맹이들을 좋아합니다. 지금도 우리 집에는 햇병아리 둘이 내 목에 매달려 있는데, 심지어 오늘도 요 녀석들 때문에 좀 지체가 된 겁니다. 이런 식으로, 애들은 일류샤를 때리지 않게 되었고, 나는 그를 내 보호하에 두게 됐습니다. 오만한 소년이라는 걸 알겠더군요. 분명히 말씀드리건대 오만한 녀석이었지만, 결국엔 노예처럼 나에게 헌신하게 됐고 나의 가장 하찮은 명령도 이행하고 나의 말을 하느님의 말인 양 따르고 나를 흉내 내기 시작했지요. 또 학교에서 쉬는 시간이 되면 이제 나한테 왔고 우리는 함께 다니곤 했습니다. 일요일에도 늘 그랬지요. 우리 김나지움에서는 상급생이 이렇게 어린 애들과 어울리면 놀려 대곤 하지만, 이건 편견에 지나지 않습니다. 나의 이상이 이런 만큼, 그걸로 된 겁니다, 안 그렇습니까? 나는 그 애를 가르치고 또 발전시키고 있습니다—그래, 그 애가 내 마음에 든다면 내가 그 애를 발전시키지 못할 이유가 없잖습니까? 아닌 게 아니라, 카라마조프 씨, 당신도 저런 햇병아리들과 어울리면서 젊은 세대에게 영향력을 행사하고 그들을 발전시키고 그들에게 유용한 존재가 되고 싶은 거 아닙니까? 그리고 고백하건대, 내가 들어서 알고 있는 당신의 성격 속에 깃든 이 특성이 제 흥미를 무엇보다도 자극했습니다. 어쨌거나 본론으로 들어가죠. 지적하건대, 그 아이의 내면에서는 어떤 예민하고 감상적인 측면이 자라나고 있는데, 나는 송아지 같은 어리광이라면 뭐든 단연코 반대이며, 태어날 때부터 그래 왔습니다. 게다가 일련의 모순들도 눈에 뜨입니다. 즉, 오만한데도 나한테는 노예처럼 헌신했고, 또 노예처럼 헌신했다가 갑자기 눈을 번득이면서 심지어 내 의견에 반대하면서 논쟁을 시작하곤 미친 것처럼 대들거든요. 이따금씩 내가 이런저런 사상들을 피력하면, 그 애는 딱히 내 사상에 반대한다기보다는 그저 나 개인에게 대든다는 것이 훤히 보이는데, 이건 내가 그 애의 다정스러움에 냉담하게 응수했기 때문이죠. 자, 그래서 나는 그 애의 버르장머리를 고쳐 주기 위해 그 애가 다정스럽게 굴면 굴수록 더욱더 냉담하게 굴었는데, 이건 일부러 그런 겁니다, 이게 나의 신념이니까요. 그러니까 나의 목적은 그 애의 성격을 엄중히 훈련시키고 다듬어서 제대로 된 인간을 창조하고…… 그리고 또…… 물론 당신은 내 말을 대번에 이해하실 테죠. 그러다가 그 애가 하루고 이틀이고 사흘이고 늘 혼란스러워하고 슬픔에 잠겨 있다는 걸 갑자기 알게 됐는데, 그건 이미 다정스러움을 갈망해서가 아니라 뭔가 다른, 아주 강하고 드높은 일이 있어서였던 겁니다. 이게 무슨 비극이란 말인가? 하고 나는 생각했지요. 그러곤 그 애를 족쳐서 사연을 알아냈습니다. 그 애는 어쩌다가 돌아가신 당신 아버지(그때는 아직 생존해 계셨지요.)의 하인 스메르쟈코프와 어울리게 됐고, 그 하인은 바보 같은 그 애에게 어리석은 장난질을, 다시 말해 짐승같이 저열한 장난질을 가르쳐 주었습니다. 그러니까 몰랑몰랑한 빵 조각을 가져와 그 속에 핀을 집어넣고서, 빵 조각을 씹지도 않고 집어삼킬 만큼 배를 곯고 있는 마당 개 아무 놈한테나 던져 주고 어떤 일이 일어나는지 보자, 하는 거였죠. 자, 그리하여 그들은 빵 조각 하나를 준비해서, 지금 문제가 되고 있는 바로 그 털북숭이 쥬치카에게 던져 주었는데, 녀석은 밥을 제대로 얻어먹지 못해서 하루 종일 허공에다 대고 컹컹 짖어 대던 마당 개였지요.(개들이 이렇게 멍청하게 컹컹 짖는 소리를 좋아하세요, 카라마조프 씨? 나는 참을 수가 없습니다.) 녀석은 냉큼 달려들어 빵 조각을 집어삼키더니, 이내 째질 듯 비명을 내지르며 빙빙 돌더니 달리기 시작했고, 달리면서도 계속 낑낑 비명을 지르다가 사라졌답니다——일류샤가 직접 나한테 이렇게 묘사해 주더군요. 나에게 이 일을 고백하면서도 그 애는 울음을 그치질 않고 나를 껴안은 채 몸을 부들부들 떨었습니다. '달려가면서도 낑낑대고, 또 달려가면서도 낑낑 비명을 질렀어.' 오직 이 말만을 반복했는데, 그 장면이 그 애에게 충격을 주었던 겁니다. 뭐, 내가 보기엔, 양심의 가책이었던 거죠. 나는 이걸 진지하게 받아들였습니다. 무엇보다도 옛날 일도 있고 해서 나는 그 애를 톡톡히 훈련해야겠다는 마음에, 고백하건대, 그만 머리를 좀 굴려서 이전의 저에겐 전혀 없었던 분노에 사로잡힌 척했지요. '너는 저열한 짓을 저질렀어, 너는 비열한 놈이야, 물론 나는 떠벌리진 않겠지만 당분간은 너와 절교하겠어. 이 일을 곰곰 생각해 본 뒤 스무로프(지금 나와 함께 온, 언제나 나에게 충성을 다하는 바로 그 소년 말입니다.)를 통해 너한테 알려 주겠어. 앞으로도 계속 너와의 관계를 유지할지, 아니면 너를 비열한 놈으로 간주하여 영원히 버릴지 말이다.'라고 말했지요. 이 때문에 그 애가 받은 충격이 이만저만이 아니었습니다. 고백하건대, 그때 내가 너무 엄격하게 군 건 아닌가라는 느낌이 들었지만, 어쩌겠습니까, 그 당시 나의 생각이 그랬던 것을. 하루가 지난 뒤 나는 스무로프를 그 애한테 보내서 더 이상 그와는 '말도 하지 않겠다.'라고 전했지요. 이건 두 친구가 서로 절교할 때 우리들끼리 쓰는 표현이지요. 사실 마음속으로는, 며칠 동안만 그 애를 그렇게 추방형에 처한 뒤 나중에 가서 뉘우치는 기색이 보이면 다시 그 애에게 손을 내밀 생각이었습니다. 이것이 나의 확고한 의도였습니다. 하지만 당신 생각은 어떠십니까, 스무로프한테서 내 말을 전해 들은 뒤 그 애는 갑자기 눈을 번득였다더군요. '크라소트킨에게 내 말을 전해 줘.'라고 그 애가 소리쳤답니다. '이제부터 난 아무 개한테나 핀이 든 빵 조각을 던져 줄 테다, 아무 개한테나, 아무 개한테나!' 그래서 나는 '그래, 그 녀석 제멋대로 구는 데는 일등인걸, 완전히 따돌려 버려야겠어.'라고 생각하곤 그 애를 드러내 놓고 멸시하기 시작했고 만날 때마다 외면하거나 조롱하듯 웃어 주었지요. 그러던 중 갑자기 그 애의 아버지 사건이 일어난 겁니다, 기억 나시죠, 수세미 사건 말입니다? 아시겠지요, 그러니까 그 애는 미리 진작부터 무서울 만큼 골이 나 있었던 겁니다. 아이들은 내가 그 애를 버렸다는 걸 알고서 그 애한테 달려들어 '수세미, 수세미'라고 약을 올렸습니다. 바로 그 무렵 그들 사이에선 한바탕 싸움질이 벌어졌고, 한번은 그 애가 호되게 얻어맞은 것 같아 나도 정말 유감스러웠습니다. 그러던 중 한번은 아이들이 수업을 끝내고 나올 때 운동장에서 그 애가 혼자 모든 아이들을 상대로 덤벼들었는데, 때마침 나는 열 걸음쯤 떨어진 곳에 서서 그 애를 보고 있었죠. 맹세코, 나는 그때 비웃었던 기억은 없고, 오히려 그때는 그 애가 너무, 너무나 안쓰러워서 한순간만 더 있었더라도 그 애한테 달려가 보호해 주었을 겁니다. 하지만 그 애가 갑자기 나의 시선을 보았습니다. 그 애에게 어떻게 보였는지는 모르겠지만, 그 애는 펜나이프를 끄집어내더니 나한테로 달려들어 제 허벅지를 찔렀어요, 바로 여기 오른쪽 다리요. 나는 꿈쩍도 하지 않았습니다. 고백하건대, 나는 이따금씩 용맹스러울 때가 있거든요, 카라마조프 씨. 나는 그저 '내 우정을 이딴 식으로 보답하고 싶단 말이지, 어디 해 봐, 기꺼이 응해 줄 테니.'라는 말을 담은 시선으로 경멸스럽게 바라보기만 했습니다. 하지만 그 애는 두 번 다시 찌르지는 못하고 오히려 그만 참질 못하고서 그 스스로 경악한 채 칼을 내팽개치고 목청껏 울음을 터뜨리면서 도망치기 시작하더군요. 나는, 물론, 고자질을 하기는커녕 다른 아이들한테도 선생님들 귀에 들어가지 않도록 입을 다물라고 명령했고, 심지어 어머니한테도 상처가 다 아물었을 때 비로소 말씀을 드렸습니다. 사실, 상처도 그냥 좀 할퀸 것일 뿐, 별게 아니었고요. 그다음에, 바로 그날 그 애가 돌팔매질을 했고 당신의 손가락을 깨물었다는 얘기를 들었습니다만, 하지만, 이해하시겠죠, 그 애가 어떤 상태였는지요! 그래, 뭘 어쩌겠습니까, 내가 그만 바보짓을 했는걸요. 그 애가 병이 났을 때 그 애를 용서해 주러, 다시 말해, 서로 화해를 하러 찾아가지 않은 것이 지금은 후회가 돼요. 하지만 그런 데는 나 나름의 특수한 목적이 있었습니다. 자, 이것이 사건의 전말이고…… 다만, 내가 바보짓을 했던 것 같아요……"

"아, 정말 유감이군요." 알료샤가 흥분해서 소리쳤다. "내가 그 애와 당신의 관계를 좀 더 일찍 알지 못했다니 말이죠, 진작 알았더라면 오래전에 내가 직접 당신을 찾아가서 나와 함께 그 애를 찾아가자고 부탁했을 텐데. 믿든 안 믿든, 그 애는 병상에 누워 열에 들뜬 상태에서도 줄곧 당신 얘기를 했습니다. 나는 당신이 그 애에게 얼마나 소중한지 미처 몰랐군요! 그런데 정말, 정말로 그 쥬치카는 못 찾아낸 겁니까? 그 애 아버지와 모든 아이들이 온 도시를 샅샅이 뒤졌습니다. 믿든 안 믿든, 그 애는 몸도 성치 않은데 눈물을 줄줄 흘리면서 내가 있는 데서 세 번이나 '내가 아픈 건, 아빠, 그때 내가 쥬치카를 죽였기 때문이야, 이건 하느님이 나한테 벌을 내리신 거야.'라며 아버지한테 반복하더군요. 아무리 해도 이 생각을 떨쳐 낼 수가 없는 모양입니다! 지금이라도 이 쥬치카를 찾아내서 녀석이 죽지 않고 살아 있다는 것을 보여 준다면, 그 애는 너무 기쁜 나머지 대번에 부활할 겁니다. 해서, 우리는 모두 당신에게 기대를 걸고 있었던 거죠."

"아니 그런데, 무슨 근거로 내가 쥬치카를 찾아내리라고, 다시 말해서 다른 누구도 아닌 내가 그럴 수 있으리라고 기대하신 거죠?" 굉장한 호기심을 보이면서 콜랴가 물었다. "왜 하필이면 다른 사람이 아닌 나를 염두에 두셨던 거죠?"

"어떤 소문이 떠돌았지요, 당신이 쥬치카를 찾고 있으니까 그 녀석을 찾아내기만 하면 데리고 올 거라는. 스무로프가 뭔가 이런 종류의 말을 한 것 같아요. 우리는 무엇보다도, 쥬치카가 살아 있는 것처럼, 사람들이 어디선가 그 녀석을 본 것처럼 믿게 하려고 줄곧 안간힘을 쓰고 있습니다. 아이들이 어디선가 살아 있는 토끼를 그 애한테 구해다 주었는데, 그 애는 그저 바라보면서 아주 약간 미소를 지을 뿐, 곧 토끼를 들판으로 풀어 주라고 부탁하더군요. 해서, 우리는 그렇게 했지요. 바로 지금 아버지가 돌아오는 길에 그 애에게 마스티프 종 강아지를 갖다주었습니다. 역시나 어디서 구한 것인데, 이렇게 해서 아이를 달랠 수 있으리라고 생각했겠지만, 상황은 더 나빠진 것 같군요⋯⋯."

"그럼 말이죠, 카라마조프 씨, 그 아버지라는 사람은 어떤가요? 나도 그를 알고는 있지만, 당신이 보시기엔 어떤가요, 광대, 어릿광대 같지 않나요?"

"아, 절대 아닙니다, 감수성이 너무도 예민하지만 어쩐지 억눌린 그런 사람들이 있습니다. 그들의 어릿광대 같은 행동들은 몇몇 사람들이 너무 미워 빈정거리는 것과 비슷한데, 그들 앞에서 오랫동안 비굴할 정도로 소심하게 굴었던 탓에 그들의 눈을 똑바로 바라보고는 감히 사실대로 말할 수 없기 때문이죠. 정말로, 크라소트킨, 이런 유의 어릿광대 같은 행동들은 이따금씩 굉장히 비극적인 법입니다. 그는 모든 걸, 지상의 모든 걸 지금 일류샤에게 쏟아부었기 때문에 일류샤가 죽으면 너무 괴로운 나머지 미쳐 버리든지 아니면 자살을 할 겁니다. 지금 그를 바라보면 거의 꼭 그럴 거라는 생각이 들더군요!"

"당신 말씀은 잘 알겠습니다, 카라마조프 씨. 보아하니, 당신은 사람 보는 눈이 있군요." 콜랴가 감명을 받은 듯 덧붙였다.

"그런데 나는 당신이 개와 함께 온 걸 보고서 문제의 그 쥬치카를 데려온 줄 알았습니다."

"잠깐만요, 카라마조프 씨, 어쩌면 우리는 그 녀석을 찾아낼 수도 있을 겁니다. 하지만 이건, 이건 페레즈본입니다. 나는 이제 이 녀석을 방 안으로 들여보낼 건데, 어쩌면 이 녀석이 마스티프 종 강아지보다도 더 일류샤를 즐겁게 해 줄지도 몰라요. 잠깐만요, 카라마조프 씨, 당신은 지금 뭔가를 알게 될 겁니다. 아, 저런, 당신을 이렇게 오래 붙들고 있다니!" 콜랴가 갑자기 맹렬하게 소리쳤다. "이렇게 추운 날씨에 프록코트 하나만 달랑 입고 계신 분을 이렇게 붙들고 있군요. 거보세요, 나는 정말로 이기주의자라니까요! 오, 우리는 모두 이기주의자예요, 카라마조프 씨!"

"걱정 마십시오. 사실 춥긴 춥지만, 원래 감기에 잘 안 걸리는 체질입니다. 어쨌거나 이제 갑시다. 참, 그나저나, 이름이 어떻게 되시더라, 콜랴라는 건 알고 있습니다만, 그다음은?"

"니콜라이, 니콜라이 이바노프[5] 크라소트킨, 혹은 관청식으로 말해 아들 크라소트킨입니다." 무엇 때문인지 콜랴는 웃기 시작했지만, 갑자기 이렇게 덧붙였다. "나는 물론, 니콜라이라는 내 이름이 정말 싫어요."

---

5) 콜랴의 부칭 '이바노비치'를 잘못 쓴 것으로 보인다.

"아니, 왜요?"

"하찮은 데다가 관청 냄새가 나서요……."

"지금 열세 살이죠?" 알료샤가 물었다.

"다시 말해서 열네 살입니다. 두 주만 지나면, 정말 조금만 지나면 열네 살이니까요. 당신이 나의 천성을 단번에 모조리 알 수 있도록 첫인사를 하는 차원에서 당신 앞에서 미리 내 약점 하나를 고백하자면요, 카라마조프 씨, 나는 나한테 나이를 물어보는 게 싫습니다, 아니, 싫어하는 것 이상입니다……. 그리고 끝으로…… 나를 두고서 지난주에 내가 예비반 아이들과 강도 놀이를 했다는 못된 헛소문이 나돌았습니다. 내가 놀이를 했다는 것은 사실이지만, 나 자신을, 스스로의 만족을 위해 놀았다는 것, 그것은 그야말로 못된 헛소문입니다. 여러 모로 보아 그 소문이 당신 귀에까지 흘러 들어갔겠지만, 나는 나 자신을 위해서가 아니라 꼬맹이들을 위해서 놀아 주었던 겁니다. 왜냐면 꼬맹이들은 나 없이는 아무것도 생각해 낼 수가 없으니까요. 자, 이런 식으로 우리 도시는 헛소문 천국이라니까요. 완전히 유언비어의 도시죠, 정말로요."

"아니, 설사 자기 자신의 만족을 위해 놀았다고 한들, 그러면 또 어떻습니까?"

"그러니까 자기 자신을 위해서라도…… 당신이 말타기 놀이를 하지는 않잖습니까?"

"그럼, 그렇게 생각하십시오." 알료샤가 미소를 지었다. "극장이라면, 예를 들어, 성인들도 다니는데, 극장에서도 온갖 주인공들의 모험을 보여 줍니다. 이따금씩 그들이 강도들이나 군대와 겪는 모험담도 나오죠. 그렇다면 이것도 물론, 같은 종류의 것이 아닐까요? 젊은 애들이 여가 시간에 전쟁놀이나 저기 강도 놀이를 하는 것은——그것도 역시 어린 영혼 속에서 생겨나는 예술, 예술을 향한 욕구이며, 이 놀이들은 심지어 이따금씩은 극장의 공연들보다 더 근사하죠. 차이점이라면 오로지, 극장을 찾는 건 배우들을 보기 위해서이지만 이 경우에는 젊은 애들 자신이 배우라는 거죠. 어쨌거나 이건 그저 자연스러울 따름입니다."

"그렇게 생각하세요? 그것이 당신의 신념인가요?" 콜랴가 그를 주의 깊게 바라보았다. "그러니까 그 발상은 상당히 흥미진진하네요. 나는 지금 집에 도착하면 이 문제를 놓고 머리를 좀 굴려 보겠습니다. 고백하건대, 나는 정말로 당신한테 뭔가를 배울 수 있을 거라고 기대했어요. 내가 온 것은 당신에게서 가르침을 받기 위해서입니다, 카라마조프 씨." 콜랴가 감명을 받은 듯 격정적인 목소리로 말을 끝맺었다.

"그럼, 나는 당신에게 가르침을 받도록 하죠." 알료샤가 그의 손을 쥐면서 미소를 지었다.

콜랴는 알료샤에게 굉장히 만족했다. 그를 감동시킨 것은 알료샤가 자기를 극히 동등하게, 그러니까 자기를 '완전한 어른'으로 대하며 얘기를 나누고 있다는 점이었다.

"그럼, 지금 바로 재주 하나를 보여 드리죠, 카라마조프 씨, 역시나 일종의 극장 공연입니다." 그가 초조하게 웃었다. "내가 온 것도 바로 이 때문이니까요."

"우선 왼쪽에, 주인집 방에 들릅시다. 당신 친구들은 전부

거기에 외투를 맡겨 두었지요, 방 안은 비좁고 후텁지근하거
든요."

"오, 나는 아주 잠깐 들른 거니까, 그냥 외투를 입은 채로
들어가서 좀 앉아 있겠습니다. 페레즈본은 여기 현관에 남아
서 죽을 겁니다. '헤이, 페레즈본, 자, 콱 죽어라!' 보십시오, 녀
석은 죽었습니다. 나는 우선 들어가서 상황을 좀 살펴본 뒤
나중에 필요해지면 휘파람을 불겠습니다. '헤이, 페레즈본!' 하
고요. 그러면 당신은 녀석이 미친 듯 냉큼 뛰어 들어오는 것을
보실 겁니다. 다만, 그 순간에 스무로프가 문을 열어 주는 걸
잊지 말아야 될 텐데. 어떻든 내가 조치를 잘 취할 테니까, 당
신은 재주나 구경하세요……."

5 일류샤의 침대 곁에서

우리도 익히 알고 있는, 예의 그 퇴역 2등 대위 스네기료프
의 가족이 거처하고 있는 방은 이 순간 사람들이 잔뜩 몰려든
까닭에 갑갑하고 비좁았다. 몇 명의 소년들은 이때 일류샤 옆
에 앉아 있었다. 비록 그들 모두 스무로프처럼 알료샤한테 이
끌려 일류샤와 화해한 건 아니라고 우겼을 테지만, 그럼에도
사실이 그렇기도 했다. 이 경우 그는 기술을 발휘하여 아이들
을 하나씩 따로 일류샤에게 데려가 엮어 주었으며, 어떤 '송아
지 같은 어리광'도 없이 고의가 아닌 양 우연히 그렇게 된 것
처럼 했다. 일류샤로 말할 것 같으면, 그 덕택에 상당히 고통

을 덜 수 있었다. 옛날에는 적이었던 이 모든 아이들이 자기에게 거의 상냥하기까지 한 우정과 애정을 기울이는 걸 보고 아주 큰 감동을 받은 것이다. 오직 크라소트킨 하나만 오지 않았으니, 이것은 그의 가슴속에 무서운 굴레로 남아 있었다. 일류셰치카의 쓰라린 추억 중에 가장 쓰라린 뭔가가 있었다면, 그건 바로 크라소트킨 사건, 즉 한때 자신의 유일한 친구이자 수호자였던 그에게 칼을 들고 달려든 일이었다. 영리한 아이인 스무로프(일류샤와 화해를 하러 제일 먼저 찾아간 아이였다.)도 그렇게 생각했다. 하지만 크라소트킨은 스무로프한테서 알료샤가 '한 가지 일이 있어서' 자기를 찾아오고 싶어 한다는 암시 같은 말을 듣자, 그 즉시 상대의 말을 끊고 일언지하에 방문을 거절했으며, 자기가 어떻게 행동해야 할지는 그 자신이 잘 알고 있으므로 그 누구의 충고 따위도 필요 없고 만약 아픈 일류샤를 찾아간다면 자기에게도 '그 나름의 계산'이 있기 때문에 언제 갈지는 그 자신이 잘 알고 있다는 말을 즉시 '카라마조프'에게 전하라고 스무로프에게 시켰다. 이것은 이번 주일요일로부터 두 주쯤 전의 일이었다. 바로 이 때문에 알료샤는 자신의 계획과는 달리, 자기가 나서서 크라소트킨을 찾아가지는 않았던 것이다. 그래도 그는 기다리는 와중에도 다시 한번, 또 다시 한번 스무로프를 크라소트킨에게 보냈다. 하지만 이 두 번의 경우 모두 크라소트킨은 이젠 아주 성급하고 냉혹하게 딱 잘라 거절했으며, 만약 알료샤가 자기를 부르러 직접 온다면 더더욱 절대로 일류샤에게 가지 않을 테니까 더 이상 자기를 성가시게 하지 말아 주었으면 한다고 알료샤에게 전했다. 심지어 바로 마지막 날까지도 콜랴가 이날 아침 일류 샤를 찾아갈 결단을 내릴 줄은 스무로프도 몰랐으며, 오직 그 전날 저녁에야 콜랴가 스무로프와 작별 인사를 나누다가 갑 자기 냉혹하게 내일 아침 그와 함께 스네기료프 집에 갈 테니 까 집에서 자기를 기다리고 있으라고, 하지만 느닷없이 가고 싶으니까 자기가 간다는 걸 아무한테도 알리지 말라고 선언했 던 것이다. 스무로프는 그대로 복종했다. 크라소트킨이 실종 된 쥬치카를 데려올 것이라는 스무로프의 꿈은 그가 지나가 는 말로 "그 개가 살아 있는데도 찾아낼 수 없다면, 다들 당나 귀야."라고 내뱉은 것 때문에 생겨났다. 스무로프가 기회를 엿 보다가 개에 관한 자신의 추측을 크라소트킨에게 넌지시 언 급하자, 그는 갑자기 버럭 화를 냈다. "내가 무슨 당나귀인 줄 알아, 나한테는 나의 페레즈본이 있는데 남의 개나 찾으러 온 도시를 뒤지게? 그리고 핀을 집어삼킨 개가 어떻게 아직 살아 있길 바랄 수가 있어? 송아지 같은 어리광일 뿐, 더 이상은 아 무것도 아니야!"

그렇게 이 주가 지나도록 일류샤는 방 한구석 성상 옆에 놓 인 자기 침대를 떠난 적이 거의 없었다. 알료샤를 만나 그의 손가락을 깨문 사건 이후, 학교도 가지 않았다. 바로 그날로 앓아누웠지만, 그래도 한 달 전만 해도 어떻게든 간간이 침대 에서 일어나 간간이 방이나 현관을 거닐 수는 있었다. 하지만 결국엔 기력이 완전히 쇠해져서 아버지의 도움이 없으면 움직 일 수도 없게 됐다. 아버지는 아이 걱정에 벌벌 떨다시피 했고 심지어 술도 끊었으며 자기 아이가 죽으면 어쩌나 싶어 너무 무서운 나머지 거의 미칠 지경이 되었는데──특히나 아이를 부축하여 방을 좀 걷게 하고 다시 침대에 누인 뒤에는 갑자기 현관의 어둠침침한 구석으로 달려가 벽에 머리를 대고 일류셰치카의 방까지 소리가 들리지 않도록 목소리를 죽여 가며 몸을 부들부들 떨고 훌쩍대면서 흐느껴 우는 일이 허다했다.

그러다 방으로 돌아오면 보통 어떻게 해서든 자신의 귀한 아이를 즐겁게 해 주고 또 위로하기 위해 동화나 웃기는 일화들을 얘기해 주기도 했고 자기가 만났던 여러 웃기는 사람들 흉내를 내기도 했으며 심지어 우스꽝스럽게 울부짖거나 소리를 지르며 동물 흉내를 내기도 했다. 하지만 일류샤는 아버지가 몸을 비틀며 광대처럼 구는 걸 그다지 좋아하지 않았다. 소년은 자신의 불쾌감을 드러내지 않으려고 노력했지만, 아버지가 자기 사회에서 멸시받는 존재라는 것을 가슴이 아릴 만큼 강렬하게 의식하고 있었고 '수세미'와 바로 그 '무서운 날'을 늘 집요하게 떠올리곤 했다. 니노치카, 즉, 다리를 못 쓰는 조용하고 온순한 일류셰치카의 누나 역시도 아버지가 몸을 비틀거나 하는 것을 좋아하지 않았지만(한편 바르바라 니콜라예브나는 강의를 듣기 위해 이미 오래전에 페테르부르크로 떠났다.) 대신 반쯤 정신이 나간 엄마만은 자기 남편이 무슨 연기를 하거나 무슨 우스꽝스러운 몸짓을 선보일 때면 아주 신이 나서 진정으로 웃곤 했다. 이것만이 그녀의 유일한 위안거리였고 그 외 나머지 시간에는 줄곧, 이제 다들 자기를 잊어버렸다느니, 아무도 자기를 존경해 주지 않는다느니, 다들 자기를 모욕한다느니 하면서 끊임없이 툴툴거리며 울어 댔다. 하지만 아주 최근에 와서는 그녀마저도 완전히 변해 버린 듯했다. 그녀는 자주 구석의 일류샤를 바라보기 시작했으며 생각에 잠기곤 했다. 말수는 훨씬 줄어들고 조용해졌으며, 또 울기 시작할 때도 사람들에게 들리지 않도록 조용히 울었다. 2등 대위는 그녀에게 나타난 이 변화를 인지하곤 쓰라린 의혹에 빠져들었다. 소년들의 방문은 처음에는 그녀의 마음에 들기는커녕 오히려 화를 돋울 뿐이었지만, 나중에는 아이들의 즐거운 외침 소리와 이야기에 그녀마저도 즐거운 기분이 되었고 결국 그 정도로 아이들을 좋아하게 되었기 때문에 이 아이들이 발길을 끊는다면 가슴앓이를 할 정도가 되었다. 아이들이 무슨 이야기를 하거나 놀이를 시작하면, 그녀는 웃으면서 손뼉을 짝짝 치곤 했다. 어떤 아이들은 자기 곁으로 불러 입을 맞추기도 했다. 그중 특히나 스무로프 소년을 좋아하게 됐다. 2등 대위의 경우, 아이들이 일류샤를 즐겁게 해 주려고 자기 집에 나타나자, 아주 처음부터 그의 영혼은 황홀한 기쁨으로 가득 찼고 이제 일류샤는 더 이상 허전해하지도 않을 테고 아마 이 때문에라도 곧 건강해질 것이라는 희망을 갖게 됐다. 그는 일류샤의 상태에 대한 온갖 두려움이 앞섰음에도 불구하고, 최후의 순간까지 단 일 분도 자기 아이가 갑자기 건강해질 것이라는 믿음을 버리지 않았다. 해서, 꼬마 손님들을 맞이할 때는 늘 경건한 태도를 취했으며 그들 주위를 오가며 시중을 들고 그들을 자기 등에 업고 다닐 준비마저 되어 있었고 심지어 정말로 그렇게 업어 주었지만 이런 놀이를 일류샤가 별로 좋아하지 않았기 때문에 그만두었다. 그들을 위해서 사탕이며 당밀 과자며 호두 따위를 사 오기도 하고 차를 준비하기도 하고 부테르브로드[6]를 만들기도 했다. 여기서 한 가지 지적해야될 점은 이 기간 내내 그의 돈이 바닥나는 일은 없었다는 것이다. 그때의 200루블을, 정확히 알료샤의 예언대로, 그는 카체리나 이바노브나로부터 받아들였던 것이다. 그러고 나서 카체리나 이바노브나는 그들의 형편과 일류샤의 병세를 좀 더 자세히 알아낸 뒤 몸소 그들 집을 방문하여 가족 전체와 인사를 나누었으며 심지어 2등 대위의 반쯤 정신이 나간 부인까지도 매혹시킬 수 있었다. 그때 이후 그녀는 온정의 손길을 끊지 않았으며, 2등 대위는 자기 아이가 죽을지도 모른다는 생각에 너무 무서운 나머지 예전의 명예 따위는 다 잊고 순순히 도움의 손길을 받아들였다. 이 기간 내내 의사 게르첸슈투베는 카체리나 이바노브나의 부탁으로 이틀에 한 번씩 꾸준히 꼬박꼬박 환자를 보러 왔으나 그의 왕진 결과는 극히 부실하여 그저 온갖 약으로 아이의 몸을 망쳐 놓았을 뿐이었다. 하지만 그 대신 이날, 다시 말해, 이 일요일 아침, 2등 대위의 집에서는 모스크바에서 명성을 떨치고 있는 새로운 의사 한 명을 기다리는 중이었다. 카체리나 이바노브나는 큰돈을 들여 일부러 이 의사를 모스크바에서 초대했는데——이건 일류셰치카를 위해서가 아니라 앞으로 때가 되면 얘기할 다른 목적하나를 위해서였지만, 어쨌거나 일단 왔으니 일류셰치카도 한 번 봐 달라고 부탁했고, 2등 대위는 사전에 미리 이 통보를 받

6) 도톰하게 썬 빵 위에 햄, 치즈, 연어 알 등을 얹어 먹는 러시아식 샌드위치.

은 터였다. 콜랴 크라소트킨의 방문에 대해서라면, 이미 오래 전부터 자기 일류셰치카를 심적으로 이렇게까지 괴롭히고 있는 이 소년이 결국 제발 좀 와 주었으면 바라긴 했지만 어떤 예감이 있었던 건 아니었다. 크라소트킨이 문을 열고 방 안에 나타난 바로 그 순간, 2등 대위와 소년들은 환자의 침대 주위로 몰려들어 이제 막 데려온 조막만 한 마스티프 종 강아지를 뜯어보던 중이었는데, 이 녀석은 어제 막 태어난 놈으로서 실종된, 물론 이미 죽어 버렸을 쥬치카 때문에 줄곧 가슴앓이를 하는 일류셰치카를 즐겁게 해 주고 또 위로하려고 2등 대위가 일주일 전에 주문해 놨던 거였다. 하지만 일류샤는 사흘 전부터 작은 강아지를, 그냥 개도 아니고 진짜 마스티프 종을(물론 이건 몹시 중대한 대목이었다.) 선물받을 거라는 얘기를 들어 알고 있었고 비록 섬세하고 예민한 마음에서 선물을 보고 기뻐하는 기색을 보이긴 했지만, 아버지며 소년들이며 다 이 새로운 강아지 때문에 어쩌면 일류샤의 마음속에서 그가 괴롭힌 불행한 쥬치카에 대한 추억이 더욱더 강렬하게 꿈틀거렸을 뿐임을 분명히 알 수 있었다. 강아지는 그의 곁에 누워 꼬물거렸으며 그는 병색이 완연한 미소를 지으며 가늘고 창백한, 바싹 여윈 손으로 강아지를 쓰다듬었다. 강아지는 분명히 그의 마음에 든 것 같았지만, 그럼에도…… 어쨌거나 쥬치카는 없었고, 어쨌거나 이건 쥬치카가 아니었다. 쥬치카와 강아지가 함께 있었더라면, 그때는 그야말로 행복했을 게 아닌가!

"크라소트킨이다!" 방으로 들어선 콜랴를 제일 먼저 발견한 한 소년이 갑자기 외쳤다. 눈에 뜨일 정도로 흥분의 기운이 감돌았고, 소년들은 침대 양쪽을 따라 갈라섰고, 이로써 갑자기 일류셰치카에게로 향하는 길을 터 주었다. 2등 대위는 맹렬하게 콜랴를 맞이했다.

"어서 오시구려, 어서…… 귀한 손님이 왔구먼!" 그는 콜랴에게 혀짤배기소리로 말했다. "일류셰치카, 크라소트킨 군이 너를 찾아왔구나……."

하지만 크라소트킨은 곧 그에게 악수를 청하곤, 자신이 사교계의 예의범절을 굉장히 잘 알고 있다는 것도 얼른 보여 주었다. 제일 먼저 안락의자에 앉아 있는 2등 대위의 부인(이 순간엔 마침, 아이들이 일류샤의 침대를 가려 버리곤 자기한테는 이 새로운 강아지를 바라볼 기회조차 안 준다고 몹시 못마땅해져서 시종 툴툴대고 있었다.) 쪽을 향하더니 그녀 앞에서 한쪽 발을 뒤로 빼면서 굉장히 정중하게 인사를 했고, 그다음엔 니노치카 쪽으로 몸을 돌려 그녀에게도 마찬가지로 귀부인 대하듯 그렇게 인사를 했다. 이 정중한 행동은 병든 부인에게 예사롭지 않을 만큼 유쾌한 인상을 불러일으켰다.

"이런, 교육을 제대로 받은 젊은이라는 걸 대번에 알겠어." 그녀가 두 팔을 벌리면서 큰 소리로 말했다. "나머지 손님들과는 딴판이야. 한 놈이 다른 한 놈을 타고 온다니까."

"아니, 엄마, 한 놈이 다른 한 놈을 타고 온다니, 무슨 소리야?" 상냥하긴 하지만 그래도 '엄마'가 삐칠까 봐 걱정하면서 2등 대위가 혀짤배기소리로 웅얼거렸다.

"그냥 그렇게 들어온다니까. 현관에서 한 놈이 다른 놈의 어깨에 목마 타듯 올라탄 채로 점잖은 가정집으로 들어온다고. 이런 손님이 대체 어디 있어?"

"도대체 누가, 엄마, 누가 그렇게 타고 들어왔다는 거야, 누가 말이야?"

"오늘만 해도 바로 이 소년이 저 소년을 타고 들어왔고, 저기 저 소년은 저 소년을 타고……."

하지만 콜랴는 이미 일류샤의 침대 곁에 서 있었다. 환자는 눈에 확 뜨일 정도로 창백해져 있었다. 그는 침대에서 몸을 일으켜 주의 깊고도 주의 깊은 시선으로 콜랴를 바라보았다. 콜랴는 벌써 두 달 전에 보았던 자신의 자그마한 옛 친구의 모습이 보이지 않자, 갑자기 너무나 충격을 받아서 그 앞에 우뚝 멈춰 서고 말았다. 이토록 여위고 이토록 샛노래진 얼굴을, 열병의 고열에 들떠 이토록 불타오르고 커다랗게 퀭해진 두 눈을, 이토록 여윈 두 손을 보게 될 줄은 정말 꿈에도 몰랐던 것이다. 일류샤가 자주 너무도 가쁜 숨을 몰아쉬는 모습을, 그의 입술이 그토록 바싹 말라 버린 것을 뚫어져라 지켜보자니, 가슴이 아려 오고 놀랍기만 했다. 콜랴는 그에게로 성큼 다가가 손을 내민 뒤, 거의 완전히 정신을 잃은 사람처럼 말했다.

"그래, 이봐, 영감…… 어떻게 지냈어?"

하지만 그는 목소리가 탁탁 끊겨서 허물없이 구는 것도 힘들어졌고, 얼굴은 어쩐지 갑자기 일그러지고 입술 주위는 왠지 파르르 떨려왔다. 일류샤는 그에게 병색이 완연한 미소를 지어 보였는데, 여전히 힘이 없어 무슨 말을 할 수도 없었다. 콜랴는 갑자기 한 손을 들어 올리더니, 뭘 하려는지 하여간 손바닥으로 일류샤의 머리를 쓰다듬었다.

"괜──찮──아!" 그는 일류샤에게 혀짤배기소리로 나지막하게 속삭였는데, 이건 딱히 격려의 말도 아니고, 무엇 때문에 이런 말을 했는지 그 자신도 모르고 있었다. 다들 또다시 잠깐 입을 다물었다.

"너, 이건 뭐야, 새로운 강아지야?" 콜랴가 갑자기 아주 무감각한 목소리로 물었다.

"으──응!" 일류샤가 숨을 헐떡이며 길게 속삭이듯 대답했다.

"코가 새까만 걸 보니 사나운 녀석 같아, 사슬로 매 놓아야 될걸." 콜랴가 근엄하고 강경하게 지적했는데, 꼭 모든 문제가 다름 아닌 강아지와 놈의 새까만 코에 있다는 투였다. 하지만 진짜 문제는 그가 줄곧 '어린애'처럼 울음을 터뜨리지 않으려고 자기 내부의 감정을 있는 힘껏 누르느라 안간힘을 썼지만 아무래도 통 그럴 수 없었다는 것이었다. "좀 더 자라면 사슬에 매 놓아야 될 거야, 그건 내가 잘 알지."

"커다란 개가 될 거야!" 무리 중 한 소년이 소리쳤다.

"당연하지, 마스티프인걸. 커다래질 거야, 이렇게 송아지만큼 커다래질걸." 갑자기 몇몇 목소리가 울려 퍼졌다.

"정말로 송아지만 해질 거야, 진짜 송아지만큼." 2등 대위가 벌떡 일어났다. "나는 일부러 이런 놈을, 가장 사나운 놈을 찾아낸 거란다. 이 녀석의 부모들도 역시나 커다랗고 아주 사나웠지. 이런 놈들은 마룻바닥에서부터 일어나면 키가……. 그나저나, 어서 앉아요, 여기 의자 말고 여기 침대 위에 일류샤 옆에. 어서 앉아요, 이 귀한 손님을 오랫동안 기다려 왔지……. 알렉세이 표도로비치와 함께 왔나요?"

크라소트킨은 침대 위, 일류샤의 발치 아래에 앉았다. 그는 어쩌면 길을 오는 내내 어떻게 하면 허물없이 얘기를 시작할 것인가 준비를 했겠지만, 지금은 그 실마리를 완전히 잃어버린 상태였다.

"아니요…… 저는 페레즈본과 함께 왔는데요……. 저한테는 지금 그런 개가 있습니다, 페레즈본이라고요. 슬라브식 이름이죠. 저기서 기다리고 있는데…… 휘파람을 불면 달려 들어올 거예요. 나도 개랑 같이 왔어." 그가 갑자기 일류샤 쪽으로 몸을 돌렸다. "기억나, 영감, 쥬치카 말이야?" 갑자기 그는 이런 질문을 던져 상대방을 달아오르게 했다.

일류셰치카의 얼굴이 일그러졌다. 그는 고통스럽다는 듯 콜랴를 쳐다보았다. 문지방에 서 있던 알료샤는 인상을 쓰면서 쥬치카 얘기는 꺼내지 말라는 뜻으로 살며시 콜랴에게 고갯짓을 했지만, 상대방은 알아채지 못했거나 알아채고 싶어 하지 않았다.

"그래, 어디 있지…… 쥬치카는?" 일류샤가 가슴이 미어터지는 듯한 목소리로 물었다.

"자, 이봐, 너의 쥬치카는 말이야—휘익! 너의 쥬치카는 행방불명이잖아!"

일류샤는 잠자코 있었지만, 주의 깊고도 주의 깊은 시선으로 다시 한번 콜랴를 쳐다보았다. 알료샤는 콜랴의 시선을 포착하고는 다시금 있는 힘껏 그에게 고갯짓을 했지만, 상대방은 다시 눈을 돌려 버리곤 이번에도 알아채지 못한 척했다.

"어디론가 도망쳐서는 행방불명이 됐어. 그런 음식을 먹었으니 멀쩡할 리가 없잖아." 콜랴가 매정하게 딱 잘라 말했지만 무엇 때문인지 그 자신도 숨을 헐떡이기 시작했다. "대신 나한 테 페레즈본이 있어…… 슬라브식 이름이지…… 내가 너를 위 해 데려온 거야……."

"그─러지 마!" 갑자기 일류셰치카가 말했다.

"아니야, 아니야, 그래야 돼, 꼭 보란 말이야……. 그러면, 너 도 즐거워질 거야. 일부러 데려왔다니까……. 그놈과 마찬가지 로 털북숭이야……. 부인, 저의 개를 이리로 불러들여도 되겠 습니까?" 그는 갑자기 스네기료바 부인을 향해 이렇게 물었는 데, 이제는 어쩐지 이해할 수 없을 만큼 심하게 흥분한 듯했다.

"그러지 마, 그러지 말라니까!" 일류샤가 가슴이 미어지는 듯한 목소리로 이렇게 외쳤다. 그의 눈에는 힐난의 불꽃이 활 활 타올랐다.

"저어기……." 벽 옆의 궤짝 위에 앉아 있던 2등 대위가 갑 자기 벌떡 일어났다. "저어기…… 언제 다른 때에 하지……." 그가 이렇게 중얼거렸지만 콜랴는 완강히 고집을 부리며 서둘 러 대더니, 갑자기 스무로프한테 "스무로프, 문을 열어!"라고 외쳤다. 스무로프가 문을 열자마자, 콜랴는 호루라기를 불었 다. 페레즈본은 맹렬하게 방 안으로 뛰어 들어왔다.

"뛰어 봐, 페레즈본, 어디 주인을 섬겨 봐! 얼른!" 콜랴가 이 렇게 외치면서 자리에서 벌떡 일어났고, 개는 일류샤의 침대 앞에서 뒷발로 곧추섰다. 그런데, 아무도 예상하지 못한 어떤 일이 일어났다. 일류샤가 몸을 부르르 떨더니 갑자기 온몸을 힘껏 앞으로 쑥 내밀어 페레즈본 쪽으로 몸을 구부리곤 숨을 죽여 가며 개를 바라보았다.

"이건…… 쥬치카다!" 그는 너무 고통스러우면서도 행복한 나머지 목이 멘 목소리로 갑자기 소리쳤다.

"아니 그럼, 너는 어떤 개일 거라고 생각했는데?" 크라소트킨이 낭랑하고 행복한 목소리로 큰 소리로 외쳤고, 몸을 구부려 개를 껴안은 채 일류샤에게 들어 보였다.

"잘 봐, 영감, 보이냐고, 애꾸눈에 왼쪽 귀가 잘려 나갔잖아. 네가 나한테 이야기해 준 쥬치카의 특징 그대로야. 내 요 녀석을 바로 이 특징들을 보고 찾아낸 거야! 그때 찾아냈어, 곧바로. 녀석은 주인도 없는 개였잖아, 정말 주인도 없었거든!" 그는 이렇게 설명한 뒤 재빨리 2등 대위와 그의 부인, 알료샤 쪽으로 몸을 돌렸고, 그다음엔 또다시 일류샤 쪽으로 몸을 돌렸다. "녀석은 표도토프네 집 뒷마당에 있었어. 거기에 붙어살았지만 아무도 녀석에게 먹을 것을 주지 않았던 거야. 실은 녀석이 마을에서 도망 나온 떠돌이 개였거든……. 내가 녀석을 찾아낸 거야……. 알겠지, 영감, 녀석은 그러니까 그때 너의 빵 조각을 삼키지 않았던 거야. 만약 삼켰다면, 물론 죽었을 거 아냐, 그건 당연한 얘기지! 다시 말해 지금 이렇게 살아 있다면, 그건 뱉어 내는 데 성공했다는 거야. 너는 녀석이 뱉어 낸 것을 알아채지 못했던 거야. 그런데 뱉어 내긴 했지만, 혓바닥을 찔렸기 때문에, 바로 그 때문에 그때 울부짖었던 거야. 그래서 뛰어다니며 비명을 질렀던 건데, 너는 녀석이 완전히 집어삼킨 줄 알았던 거지. 개는 입안의 살갗이 아주 부드러우니까 요 녀석, 당연히 심하게 비명을 질렀을 테지……. 살갗이 사람보다 더 부드럽다니까, 훨씬 더 부드러워!" 콜랴가 광포하게 소리쳤는데, 그의 얼굴은 환희에 차서 발갛게 달아올라 빛이 나고 있었다.

일류샤는 말을 할 수도 없었다. 어쩐지 금방이라도 툭 튀어나올 것처럼 눈을 커다랗게 뜨고 입을 쩍 벌린 채 콜랴를 쳐다보기만 할 뿐이었고, 얼굴은 백지장처럼 하얘졌다. 그러니까, 아무런 의심도 없었던 크라소트킨이 이 순간이 병약한 소년의 건강에 얼마나 고통스럽고 살인적인 영향을 끼칠 수 있는지를 알기만 했어도, 그는 절대 지금 이와 같은 장난을 칠 결심은 하지 못했을 것이다. 하지만 방 안에서 이것을 이해한 사람은 오직 알료샤 한 사람뿐인 듯했다. 2등 대위로 말하자면, 그는 그야말로 완전히 어린애로 변해 버린 것 같았다.

"쥬치카! 그러니까 이 녀석이 쥬치카란 말이지?" 그는 행복에 겨운 목소리로 소리쳤다. "일류셰치카, 이 녀석이 쥬치카였구나, 너의 쥬치카! 엄마, 이것이 쥬치카래요!" 그는 거의 울먹이고 있었다.

"나도 미처 깨닫지 못했지 뭐야!" 스무로프가 애석한 듯 소리쳤다. "그러게, 역시 크라소트킨이야. 얘가 쥬치카를 찾아낼 거라고 내가 말했지, 거봐 찾아냈다니까!"

"그래 찾아냈어!" 누군가가 또 기쁨에 겨워 화답했다.

"크라소트킨 장하다!" 세 번째 목소리가 울려 퍼졌다.

"장해, 정말로 장하다!" 모든 소년들이 이렇게 소리치면서 박수갈채를 보내기 시작했다.

"그만들 해, 그만 좀." 크라소트킨이 아이들의 함성을 누르려고 큰 소리로 외쳤다. "어떻게 된 일인지 얘기해 줄 테니까, 어차피 문제는 딴 게 아니라, 어떻게 된 일인지 하는 거잖아! 나는 녀석을 찾아내서 집으로 끌고 와 곧장 숨겨 두었고, 집은 자물쇠로 걸어 잠갔고, 그러곤 그야말로 마지막 날까지 아무에게도 보여 주지 않았어. 오직 스무로프 하나만 이 주일 전에 알게 되었지만, 내가 이놈은 페레즈본이라고 주장했더니 스무로프도 눈치채지 못하더란 말이야. 그사이에 나는 쥬치카에게 온갖 묘기를 다 가르쳤어. 너희들도 한번 봐, 한번 보라고, 녀석은 못 부리는 재주가 없다니까! 녀석을 제대로 훈련된 매끈한 모습으로 너한테 데려오기 위해서, 영감, 이렇게 가르쳤던 거야. 영감, 너의 쥬치카가 지금 어떤 모습인지 어디 한번 보란 말이야! 이런 식으로. 그런데 여기엔 무슨 쇠고기 조각 같은 거 없습니까, 녀석이 여러분에게 지금 배꼽이 빠질 만큼 웃기는 묘기를 보여 줄 텐데요——쇠고기든 뭐 고기 조각 같은 거 정말 없나요?"

2등 대위는 맹렬하게 현관을 지나 주인집 오두막으로 달려갔는데, 2등 대위 집의 식사도 그곳에서 준비했다. 콜랴는 귀중한 시간을 마냥 버리기가 아까워 필사적으로 서두르며 페레즈본에게 "죽어!"라고 소리쳤다. 그러자 녀석은 갑자기 빙빙 맴을 돌다가 바닥으로 발랑 나자빠져 네 발을 모두 위로 치켜든 채 꿈쩍도 않고 죽은 시늉을 했다. 소년들은 웃었고 일류샤도 아까처럼 고통스러운 미소를 머금은 채 바라보고 있었지만, 페레즈본이 죽은 것을 제일 좋아한 사람은 '엄마'였다. 그녀는 개를 보면서 깔깔 웃어 댔고 손가락을 퉁기면서 녀석을 부르기 시작했다.

"페레즈본, 페레즈본!"

"어떤 일이 있어도 일어나지 않을 겁니다, 어떤 일이 있어도." 의기양양하고 응당 뿌듯한 심사를 드러내며 콜랴가 소리쳤다. "온 세상이 다 소리를 질러도 안 일어나지만, 이 몸이 소리를 지르면 단번에 벌떡 일어날 거예요! 헤이, 페레즈본!"

개는 벌떡 일어나더니 아주 신이 나서 낑낑대며 폴짝폴짝 뛰기 시작했다. 2등 대위가 삶은 쇠고기 조각을 들고 뛰어 들어왔다.

"뜨겁지는 않습니까?" 콜랴가 고기 조각을 받으면서 사무적인 어투로 다급하게 물었다. "아니, 뜨겁진 않군요. 개들은 뜨거운 걸 좋아하지 않거든요. 다들 한번 보십시오, 일류셰치카, 잘 봐, 잘 보라고, 잘 봐, 영감, 아니 왜 쳐다보지 않는 거야? 내가 실컷 데려다 놨더니, 얘는 쳐다보지도 않는군요!"

새로운 묘기는 코를 쑥 내민 채 꼼짝도 않고 있는 개의 코 위에다 맛깔스러운 쇠고기 조각을 얹어 두는 것이었다. 불행한 수캐는 털 하나 까딱하지 못하고 코 위에 고기 조각을 둔 채로 주인이 명령하는 시간만큼 계속 그렇게 서 있어야 했으니, 반 시간이라도 그렇게 움직이지도, 털 하나 까딱하지도 못할 형편이었다. 하지만 페레즈본은 고작해야 아주 짧은 시간만 그렇게 있으면 됐다.

"잡아라!" 콜랴가 소리쳤고, 한순간에 고기 조각은 페레즈본의 코에서 입안으로 날아 들어갔다. 관중은 응당, 환희에 찬 놀람을 표시했다.

"아니 정말, 정말로 고작 이것 때문에, 고작 개를 훈련시키느라고 지금까지 오지 않았단 말입니까!" 알료샤가 어쩔 수 없이 힐난하는 투로 소리쳤다.

"그럼요, 이것을 위해서였죠." 콜랴가 너무도 단순소박하게 소리쳤다. "나는 휘황찬란하게 변한 이 녀석을 보여 주고 싶었어요."

"페레즈본! 페레즈본!" 일류샤가 갑자기 예의 그 여윈 손가락을 튕기면서 개를 부르기 시작했다.

"아니, 왜! 녀석이 알아서 네 침대 위로 뛰어갈 거야. 헤이, 페레즈본!" 콜랴는 손바닥으로 침대를 탁 쳤고, 페레즈본은 화살처럼 일류샤 쪽으로 날아갔다. 일류샤는 두 팔로 맹렬하게 녀석의 머리를 껴안았고, 페레즈본은 그 대가로 얼른 그의 뺨을 핥았다. 일류셰치카는 녀석에게 몸을 바싹 붙인 채 침대에 몸을 뻗고 누워, 아무도 못 보게끔 녀석의 복슬복슬한 털 속에 자기 얼굴을 파묻었다.

"맙소사, 맙소사!" 2등 대위가 영탄을 내질렀다.

콜랴는 다시 일류샤의 침대에 앉았다.

"일류샤, 너에게 한 가지 묘기를 더 보여 줄 수 있어. 널 위해 작은 대포를 하나 가져왔거든. 기억하지, 내가 그때 너한테 이 대포 얘기를 했을 때, 네가 '아, 그거 한번 봤으면!'이라고 말했잖아. 그래서 지금 가져왔어."

그러면서 콜랴는 서둘러 자신의 가방에서 청동 대포를 꺼냈다. 그가 서둘렀던 것은 그 자신이 매우 행복했기 때문이었다. 다른 때 같으면 페레즈본이 불러일으킨 효과의 여운이 지나가길 기다렸겠지만, 지금은 인내고 뭐고 다 가소롭다는 듯 서둘러 댔다. '다들 이렇게 행복한데, 너희들에게 이제 또 다른 행복을 더 선사해 주지!'라는 식이었다. 콜랴 자신이 완전히 황홀경에 빠져 있었던 것이다.

"나는 관리 모로조프 집에 있던 이 장난감을 벌써 오래전부터 눈여겨봐 두었어——너를 위해서, 영감, 너를 위해서 말이야. 이건 그의 집에서 그냥 놀고 있던 건데, 형한테서 받은 거래. 나는 이걸 아빠 책장에 있는 『마호메트의 혈족, 혹은 몸에 좋은 우행(愚行)』[7]이란 책과 맞바꾸었지. 100년 전에 모스크바에서 나온 건데, 아직 검열 제도가 없었던 때라 음탕한 책이야. 모로조프는 이런 것들을 좋아하거든. 고맙다는 말까지 했다니까……"

콜랴는 대포를 모든 사람 앞에서 한 손에 쥐고 있었고, 이 때문에 다들 보며 즐길 수 있었다. 일류샤는 몸을 일으켜 여전히 오른손으로 페레즈본을 껴안은 채 희열을 느끼면서 장난감을 뜯어보았다. 콜랴가 화약도 있으니까 '부인들에게 폐가 되지만 않는다면' 지금이라도 곧 쏘아 볼 수 있다고 선언하자, 그 효과는 극에 달했다. '엄마'는 곧장 좀 더 가까이에서 장난감을 보여 달라고 부탁했고, 즉시 그렇게 하도록 해 주었다. 바퀴 달린 청동 대포가 얼마나 마음에 들었는지, 그녀는 그걸 자기 무릎 위에 올려놓고 굴리기 시작했다. 콜랴가 대포를 쏴도 되겠느냐고 부탁하자, 상대가 뭘 묻는지도 모르면서

---

7) 다양한 연애 행각이 묘사된 책으로 1785년 프랑스어에서 번역, 출간되었다.

기꺼이 그러라고 대답했다. 콜랴는 화약과 산탄을 보여 주었다. 군인 출신인 2등 대위는 화약을 아주 극소량만 뿌려 넣고 장전을 했으며, 산탄은 다음 기회로 미루어 두자고 부탁했다. 대포를 포구가 사람이 없는 쪽으로 향하게 하여 마룻바닥에 세우고 세 개의 도화선을 화문에 꽂고 성냥으로 불을 붙였다. 발사는 아주 휘황찬란했다. 엄마는 몸을 부르르 떨었지만 곧 기뻐 날뛰면서 웃어 댔다. 소년들은 아무 말 없이 의기양양하게 바라보고 있었지만, 누구보다도 행복에 겨워한 사람은 일류샤를 바라보고 있던 2등 대위였다. 콜랴는 대포를 들어 올려 산탄과 화약과 함께 즉시 일류샤에게 선물했다.

"이건 너를 위한 거야, 너를! 오래전부터 준비했어." 그가 완전히 행복에 젖어 한 번 더 반복했다.

"아, 그거 나한테 선물해 줘요! 안 돼요, 대포는 차라리 나한테 선물하란 말이에요!" 갑자기 엄마가 완전히 어린애처럼 조르기 시작했다. 대포를 자기한테 주지 않으면 어쩌나 하는 불안감에서 나온 고통스러운 근심의 빛이 그녀의 얼굴에 어렸다. 콜랴는 곤혹스러웠다. 2등 대위는 불안한 마음에 흥분하기 시작했다.

"엄마, 엄마!" 그가 그녀 쪽으로 뛰어갔다. "대포는 당신 거야, 당신 것이고말고. 하지만 일류샤한테 선물한 거니까 일류샤가 갖고 있으면 되잖아. 그래도 어쨌거나 당신 것이나 다름없어, 일류셰치카는 언제든 당신이 갖고 놀도록 해 줄 거야. 그러니까 그건 당신과 일류셰치카가 공동으로 갖는 거야, 공동으로……"

"싫어, 공동으로 갖는 건 싫단 말이야. 일류샤는 무슨, 완전히 나 혼자 가질 거야." 엄마는 이제 숫제 울음을 터뜨릴 기세로 말을 이어 갔다.

"엄마, 가져가, 자 여기 가져가요!" 일류샤가 갑자기 소리쳤다. "크라소트킨, 이거 우리 엄마한테 선물해도 되는 거지?" 그가 갑자기 애원하는 표정으로 크라소트킨에게 물었는데, 자기에게 준 선물을 남에게 준다고 상대방이 마음이 상하지나 않을까 염려하는 듯했다.

"물론이고말고!" 크라소트킨이 곧장 동의했고, 일류샤의 손에서 대포를 받아 직접 아주 정중하게 절까지 하면서 엄마에게 전해 주었다. 엄마는 감동에 겨워 울음을 터뜨리기까지 했다.

"일류셰치카, 요 귀여운 것, 자기 엄마를 너만큼 사랑해 주는 애가 또 어디 있겠니!" 그녀는 감동 어린 목소리로 외치더니 즉시 다시금 대포를 자기 무릎 위에서 굴리기 시작했다.

"엄마, 당신 손에 입을 맞추게 해 줘." 그러고서 남편은 그녀 쪽으로 달려가 곧장 손에 입을 맞추었다.

"몹시 귀여운 젊은 아이가 하나 더 있는데, 그게 바로 이 착한 아이야!" 부인은 고마운 마음에서 크라소트킨을 가리키며 이렇게 말했다.

"화약은 말이야, 일류샤, 이제부터 네가 원하는 만큼 얼마든지 갖다줄게. 이제 우리가 직접 화약을 만들 수 있거든. 보로비코프가 성분을 알아냈어. 초석 스물네 개당 유황 열 개, 자작나무 숯 여섯 개, 이 모든 것을 함께 빻아서 물을 붓고 섞어 부드럽게 이긴 다음, 북 가죽으로 걸러 내면 바로 화약이 되는 거야."

"스무로프가 나한테 너희들의 화약 얘기를 벌써 해 줬는데, 다만 아빠 말이 그건 진짜 화약은 아니래." 일류샤가 대꾸했다.

"진짜가 아니라니?" 콜랴가 새빨개졌다. "우리 것도 불이 붙는데. 하지만 내가 잘 모를 수도 있으니까⋯⋯."

"아니, 내 말은 그게 아니라" 하고서 2등 대위가 갑자기 죄스러운 표정을 지으며 벌떡 일어났다. "사실, 진짜 화약은 그렇게 만드는 게 아니라고 말하긴 했지만, 이것도 상관없어, 이렇게 만들 수도 있죠, 뭐."

"저야 잘 모르고, 아저씨가 더 잘 아실 테죠. 우리는 돌로 된 포마드 통에 넣고 불을 붙였는데, 멋지게 타던걸요. 다 타고, 아주 작은 검댕만 남았어요. 하지만 그냥 부드러운 반죽 상태였으니까 그렇지, 만약 가죽에 거른다면⋯⋯. 어쨌거나 아저씨가 더 잘 아실 테죠, 저야 잘 모르니까⋯⋯. 그런데 불킨은 우리 화약 때문에 아버지한테 아주 혼쭐이 났대, 들었지?" 그가 갑자기 일류샤한테 물었다.

"응, 들었어." 일류샤가 대답했다. 그는 한없는 흥미와 희열을 느끼면서 콜랴의 말을 듣고 있었다.

"우리는 화약을 한 병 가득 만들었는데, 그 애는 그걸 침대 밑에 두었던 거야. 그러다 그만 아버지가 본 거지. 폭발할 수도 있다고 말씀하셨대. 그래서 바로 그 자리에서 때렸다는 거야. 학교에다 나를 고발하실 생각까지 하셨대. 지금은 나랑 어울리는 것도 허락하지 않아, 지금은 아무도 나랑 어울리게 하질 않는다니까. 스무로프도 그렇게 됐고, 그러니까 나는 모든 사람들에게 이름을 떨치게 된 거야. 내가 '구제불능 골통'이라는 거야." 콜랴가 경멸스럽다는 듯 비웃었다. "이건 전부 그 철도 사건에서 시작됐어."

"아, 우리는 콜랴 군의 그 모험담 얘기도 들었습니다!" 2등 대위가 소리쳤다. "아니, 어떻게 거기에 엎드려 있었나요? 거참, 기차 밑에 엎드려 있는 동안에도 눈 하나 깜박하지 않다니. 무섭지 않던가요?"

2등 대위는 콜랴의 비위를 맞추느라 여념이 없었다.

"아——뇨, 뭐, 특별히!" 콜랴가 무심한 척 대꾸했다. "이곳에서 내 평판이 제일 심하게 훼손된 건 저 빌어먹을 거위 새끼 때문이야." 그가 다시 일류샤 쪽으로 몸을 돌렸다. 그런데, 그는 얘기를 하면서 무심한 듯한 표정을 짓긴 했지만 그럼에도 여전히 자제력이 달려서 말을 하다 보니 무심한 어조를 유지하기가 힘들었다.

"아, 난 거위 얘기도 들었어!" 일류샤가 그야말로 환해지면서 웃기 시작했다. "애들이 얘기해 주긴 했는데, 그래도 이해가 안 됐어. 너, 정말로 재판관들한테서 재판을 받은 거야?"

"가장 싱겁고 가장 시시껄렁한 일이었는데, 그걸 가지고 아니나 다를까 우리 도시 사람들이 코끼리 한 마리를 만들었다니까." 콜랴가 거리낌 없이 마구 말을 늘어놓았다. "그러니까 내가 한번은 광장을 지나갈 일이 있었는데, 때마침 사람들이 거위 떼를 몰고 있더라고. 나는 걸음을 멈추고 그것들을 바라보았지. 갑자기 비쉬냐코프라는 이곳 젊은 녀석 하나가, 지금은 플로트니코프 가게에서 심부름꾼 노릇을 하는데, 나를 보면서 '아니 뭣 하러 거위 떼를 바라보는 거야?'라고 말하더군. 나는 그를 바라보았지. 멍청하게 생긴 둥근 낯짝에 스무 살쯤 된 젊은 녀석이었는데, 알다시피, 나는 절대로 민중을 거부하지 않아. 오히려 민중과 어울리는 걸 좋아하지……. 우리는 민중으로부터 너무 동떨어져 있어——이건 공리나 다름없는 거야——당신은 웃으시는 것 같은데요, 카라마조프 씨?"

"아뇨, 천만에요, 나는 당신의 말을 아주 경청하고 있습니다." 아주 소박하기 이를 데 없는 표정으로 알료샤가 이렇게 대꾸했고, 워낙 의심이 많고 예민한 콜랴도 금방 기운을 얻었다.

"나의 이론은, 카라마조프 씨, 분명하고도 단순합니다." 그가 즉시 다시금 기쁨에 차서 서둘러 댔다. "나는 민중을 믿고 있으며 늘 기꺼이 민중의 가치를 정당하게 인정해 주지만, 민중을 너무 오냐오냐 대하지는 않는데, 이게 필수조건(sine qua)이거든요……. 참, 거위 얘기를 하던 중이었지. 그래서 난 그 바보 녀석을 보고 대답해 줬지. '그러니까 난 거위가 무슨 생각을 하고 있을까, 생각 중이야.'라고. 그는 정말 멍청한 표정으로 나를 바라보면서 '아니 그래, 거위가 무슨 생각을 하고 있지?'라더군. 해서 나는 '저기 보이나, 귀리를 실은 짐마차가 서 있잖아. 자루 밑으로 귀리가 새 나오고 거위는 바퀴 바로 밑에까지 목을 쭉 빼 넣고서 낟알을 쪼아 먹고 있는 거, 보이냔 말이야?'라고 말했어. 저쪽에선 '그래, 잘 보이는군.'이라더군. '자, 그럼, 저 달구지를 앞으로 아주 살짝 밀면 거위의 목이 바퀴 때문에 잘릴까, 안 잘릴까?'라고 했지. '틀림없이 잘릴 테지.'라더군. '자, 그럼, 젊은 친구, 가서 어디 한번 시험해 보자.'

라고 했지. 젊은 친구도 '해 보자.'라더군. 술수는 준비하는 데 별로 많은 시간이 들지도 않았어. 그는 그렇게 눈에 뜨이지 않게 고삐 근처에 섰고, 나는 거위를 바퀴 밑으로 내몰기 위해 비스듬히 붙어 섰지. 그때 마침 농군은 하품을 하느라 정신이 없는 데다가 누구와 얘기를 나누고 있었기 때문에, 나는 숫제 거위를 내몰고 자시고 할 필요도 없었어. 거위 녀석이 제가 알아서 곧장 귀리를 향해 달구지 밑으로, 바퀴 바로 밑으로 목을 내밀었거든. 내가 그 젊은 친구에게 눈을 찡긋하자, 그는 고삐를 잡아당겼고——꽤——꽥, 그렇게 거위의 목이 두 동강 나 버린 거야! 그러자 물론, 바로 그 순간 모든 농군들이 우리를 발견하곤 뭐 대번에 떠들어 대기 시작했어. '네놈, 일부러 한 짓이렸다!' '아니에요, 일부러 한 게 아니에요.' '아니긴 뭘 아니야, 일부러 해 놓고선!' 뭐 그렇게 계속 떠들어 댔지. '재판관 나리한테 가자!' 그러더니 다들 나까지 붙잡고서 '네놈도 한패야, 거들어 줬으니까, 이 시장 바닥에서 네놈은 모르는 사람이 없을 정도야!'라더군. 그런데 정말로 무엇 때문인지 이 시장을 통틀어 나를 모르는 사람이 없긴 해." 콜랴가 으스대며 덧붙였다. "우리는 다 같이 재판관한테로 끌려갔고, 거위도 가져갔어. 보니까 나의 그 젊은 친구는 겁을 집어먹고 울부짖었는데, 정말로 여자처럼 울부짖더라고. 거위 장수는 '이런 식으로 하면 작살날 거위가 어디 한둘이겠어!'라고 외치더군. 뭐, 물론 증인들도 있었지. 재판관은 사건을 금방 마무리 지었어. 거위 장수에게 거위 값으로 1루블을 지불하고 죽은 거위는 그 젊은 친구가 가져가라는 거였지. 물론 앞으로는 절

대 이런 장난을 쳐서는 안 된다고 주의를 주었고. 젊은 친구
는 줄곧 여자처럼 울부짖더군. '이건 제가 한 짓이 아니라, 저
녀석이 시켜서 한 거예요.'라면서 나를 걸고넘어지는 거야. 나
는 절대로 내가 시킨 것이 아니다, 그냥 기본적인 생각을 표현
하고 그 구상을 얘기했을 뿐이다, 하며 완전히 냉담하게 대답
했지. 재판관 네페도프는 히죽 웃었는데, 그러곤 곧 웃었다는
이유로 스스로에게 화를 냈어. 그러곤 '나는, 콜랴 군.' 하면서
나한테 말하더군. '지금 당장 학교 선생님들에게 연락해서 앞
으로는 자네가 이런 구상 따위는 생각도 않고 대신 책만 붙잡
고 학과 공부에 열중하도록 일러두겠다.'라고. 그래 놓고서도
내 일로 학교 선생님들한테 연락을 하진 않았어, 그냥 농담을
했던 거지. 하지만 소문이 퍼져서 이 일은 정말로 학교 선생님
들의 귀에까지 들어가고 말았어. 우리 선생님들은 귀가 정말
길지 않니! 특히 고전어 선생님인 콜바스니코프가 들고일어났
는데, 그래도 다르다넬로프 선생님이 이번에도 막아 줬어. 그
런데 콜바스니코프는 지금 새파란 당나귀처럼 열을 받아선 우
리 모두에게 씩씩대고 있어. 일류샤, 너 들었어, 이 선생님이 결
혼을 했다는데, 미하일로프 집안에서 지참금으로 1000루블
을 가져갔대. 한데 신부가 아주 구제받을 수 없을 정도로 못
생겼대. 3학년 학생들은 즉시 이런 경구를 지었다니까.

우리 3학년생들에게 입이 쩍 벌어질 소식,
거적때기 콜바스니코프가 장가를 갔다네.

뭐 등등 이런 식인데, 어찌나 웃기는지, 나중에 너한테 갖다 줄게. 나는 다르다넬로프에 대해선 할 말이 전혀 없어. 학식을 갖춘 선생님이야, 그야말로 학식이 있지. 이런 부류의 선생들이라면 나도 존경하는데, 그렇다고 이 선생이 나를 두둔해 줬기 때문은 아니고……."

"하지만 너는 누가 트로이를 세웠는가 하는 문제로 선생님을 쩔쩔매게 했잖아!" 갑자기 스무로프가 끼어들었는데, 이 순간 그는 크라소트킨이 자랑스러워 어쩔 줄 몰랐던 것이다. 거위 얘기도 그의 마음에 쏙 들었다.

"정말로 그렇게 쩔쩔매게 만들었나요?" 2등 대위가 콜랴의 비위를 맞춰 가며 거들었다. "트로이 건국자가 누구냐는 얘기죠? 맞아요, 선생님을 쩔쩔매게 했다는 얘기는 우리도 벌써 들었어요. 일류셰치카가 그때 나한테 얘기해 줬거든……."

"얘는, 아빠, 모르는 게 없어, 우리 반에서 제일 똑똑해!" 일류셰치카도 맞장구를 쳤다. "얘는 겉으론 그냥 그렇고 그런 애인 척 굴지만, 사실 우리 반에서 모든 과목을 통틀어 제일 똑똑한 학생이야……."

일류샤는 무한한 행복감을 갖고 콜랴를 바라보았다.

"뭐, 그 트로이 얘기는 별거 아니야, 괜한 소리지. 나도 이 질문이 쓸데없는 거라고 생각해." 겸손한 척하면서도 오만하게 콜랴가 대꾸했다. 그는 이제 완전히 차분한 어조를 되찾았지만, 그래도 다소간은 불안해하고 있었다. 자기가 대단히 흥분해 있다는, 예를 들어 거위 얘기를 할 때는 너무나 넋을 잃었다는 느낌이 들었고, 얘기가 진행되는 내내 알료샤가 아무 말없이 진지하게 있었기 때문에 가뜩이나 자존심 강한 소년은 조금씩 신경이 쓰여서 이미 안절부절못하는 상태에 이르렀다. '저 사람이 아무 말 없이 있는 건 내가 자기한테서 칭찬을 듣고 싶어서라고 생각해서 나를 경멸하기 때문이 아닐까, 만약 그가 그런 생각을 하고 있다면, 그러면 나는……'이라는 생각이 들었던 것이다.

"나는 이 질문이 그야말로 쓸데없는 거라고 생각해." 그는 다시 한번 오만하게 딱 잘라 말했다.

"누가 트로이를 세웠는지 난 알아." 갑자기 지금까지 거의 아무 말도 하지 않고 있던 한 소년이 전혀 뜻밖에도 입을 열었다. 원래 말이 없고 보아하니 수줍음을 잘 타는 편인 데다가 아주 잘생기고 열한 살쯤 된, 카르타쇼프라는 성을 가진 애였다. 그는 문지방 바로 곁에 앉아 있었다. 콜랴는 놀라워하면서도 근엄하게 그를 쳐다보았다. 사실, '누가 트로이를 세웠는가?'라는 질문은 그야말로 전 학급의 비밀이 돼 버렸고 그것을 알아내기 위해서는 스마라그도프를 읽어야만 했다. 하지만 스마라그도프는 콜랴를 제외하면 아무한테도 없는 책이었다. 그러니까 한번은 카르타쇼프라는 소년이, 콜랴가 몸을 돌린 틈을 타서 그의 책들 사이에 끼여 있는 스마라그도프를 몰래 얼른 펼쳐 봤는데, 하필이면 곧장 트로이 건국자들 얘기가 나오는 대목이었던 것이다. 이건 이미 상당히 오래전의 일이지만, 그는 트로이 건국자가 누구인지 알고 있다고 공개적으로 털어놓으면 행여 무슨 일이 일어나지나 않을까, 그 일로 콜랴가 자기한테 창피를 주지나 않을까, 걱정도 되고 왠지 여전히 곤혹스러워서 선뜻 알릴 결심이 서지 않았던 것이다. 그런데 이제 와서 갑자기 무엇 때문인지 그만 참지 못하고 말을 해 버린 것이다. 아니, 오래전부터 그러고 싶었던 것이다.

"그래, 누가 세웠지?" 콜랴가 위에서 아래로 내려다보듯 오만방자하게 그를 향해 몸을 돌렸는데, 이미 상대방의 얼굴만 보고도 저놈이 정말로 알고 있다는 걸 알아채곤 즉시 모든 결과에 대한 준비 태세를 갖추고 있었다. 전체적인 분위기로 말할 것 같으면, 이른바 불협화음이 생겨난 것이다.

"트로이를 세운 자들은 테우크로스, 다르다노스, 일로스, 트로스야." 소년은 달달 외우듯 단숨에 말해 버리곤 금방 얼굴을 새빨갛게 붉혔는데, 얼마나 새빨개졌으면 바라보기도 안쓰러울 정도였다. 하지만 소년들은 전부 뚫어져라 그를 바라보았다. 꼬박 일 분을 그렇게 바라보더니, 그다음엔 그 모든 시선이 갑자기 일시에 콜랴에게로 향했다. 그는 계속 경멸스럽다는 투로 이 대범한 소년을 차갑게 아래위로 훑어보았다.

"다시 말해서 그들이 어떤 식으로 트로이를 세웠다는 거지?" 마침내 그가 선심이라도 쓰듯 말을 꺼냈다. "그러니까 도시나 국가를 건설하는 것이 대체로 무엇을 의미하는 거냔 말이야? 그들이 뭘 어쨌다는 건데, 거기로 와서 벽돌을 차곡차곡 쌓았다, 이건가?"

웃음소리가 울려 퍼졌다. 죄를 지은 소년의 장밋빛 얼굴은 완전히 진홍빛이 됐다. 그는 아무 말도 못 하고 울음이라도 터뜨릴 기세였다. 콜랴는 그 상태로 그를 일 분 정도 내버려 두었다.

"민족의 건설과 같은 역사적 사건을 논하기 위해서는 무엇보다도 이것이 무엇을 의미하는지를 이해해야 돼." 그가 엄격한 훈계조로 조목조목 늘어놓았다. "나는, 그나저나, 여자들이 지껄여 대는 이런 옛날이야기 따위는 별로 중요하게 생각하지 않는 편이야, 아니 대체로 세계사라는 것 자체를 별로 존중하지 않는 편이지." 그는 이제 대체로 모든 사람들을 향하여 갑자기 성의 없이 덧붙였다.

"그러니까 세계사를 말이죠?" 갑자기 어쩐지 경악을 하면서 2등 대위가 물었다.

"예, 세계사 말입니다. 일련의 인류의 바보짓들을 연구하는 것이죠, 그뿐입니다. 내가 존중하는 건 오직 수학과 자연과학뿐입니다." 콜랴는 이렇게 거들먹거린 뒤 알료샤를 힐끔 바라보았다. 그가 여기서 두려워하는 건 오직 알료샤의 의견뿐이었으니까. 하지만 알료샤는 여전히 아무 말 없이 아까처럼 마냥 진지하기만 했다. 알료샤가 지금 무슨 말이라도 했다면, 대화는 여기서 그만 끝났으련만, 알료샤가 계속 입을 다물고 있으니 콜랴는 '저 사람의 침묵 속에 경멸이 담겨 있을 수도 있다.'라는 생각에 이젠 진짜로 신경질이 나 버렸다.

"또 하나, 지금 우리가 배우고 있는 이 고전어들도 그렇습니다. 그야말로 미친 짓거리일 뿐이죠⋯⋯. 이번에도 내 의견에 동의하지 않는 것 같은데요, 카라마조프 씨?"

"예, 동의하지 못하겠군요." 알료샤가 신중하게 미소를 지었다.

"고전어라는 것은 말이죠, 이것에 대한 내 견해를 전부 알고 싶으시다면——이건 치안 수단이고, 오로지 이 때문에 정규 교과목에 포함된 겁니다." 갑자기 콜랴는 또다시 시나브로 숨을 헐떡이기 시작했다. "이걸 정규 교과목에 포함시킨 건, 이것이 지겹기 때문이며 또 능력을 둔하게 만들기 때문입니다. 기왕지사 지겨운 거, 어떻게 하면 더 많이 지겹게 할까? 기왕지사 터무니없는 거, 어떻게 하면 더욱더 터무니없게 만들 수 있을까? 그러다가 바로 고전어를 생각해 낸 거죠. 바로 이것이 고전어들에 대한 나의 완전한 견해이며, 바라건대 나는 절대로 이 견해를 바꾸지 않을 것입니다." 콜랴가 매몰차게 말을 끝맺었다. 그의 양쪽 뺨에는 발그스레한 홍조가 나타났다.

"그건 맞는 말이에요." 열심히 듣고 있던 스무로프가 낭랑하고 확신에 찬 목소리로 갑자기 동의했다.

"하지만 얘는 라틴어도 제일 잘해요!" 무리 중 한 소년이 갑자기 소리쳤다.

"맞아, 아빠, 얘는 말은 이렇게 해도 우리 반에서 라틴어를 제일 잘하는 학생이야." 일류샤도 한마디 했다.

"그게 뭐가 어쨌다는 건데?" 콜랴는 칭찬을 들어 기분이 몹시 좋았지만 그래도 나름대로 방어를 할 필요성은 느꼈다. "내가 라틴어를 달달 외우는 건 그게 필요하기 때문이고, 어머니에게 학과 공부를 제대로 마치겠다고 약속했기 때문이야. 또 내 생각으로도 한번 손을 댄 건 끝장을 봐야 되는 거니까. 하지만 내심 이런 유의 고전 신봉과 이 같은 비열한 짓들을 전부 다 정말로 경멸하고 있어……. 안 그렇습니까, 카라마조프 씨?"

"그런데 왜 '비열한 짓'이라는 거죠?" 알료샤가 다시 미소를 지었다.

"아니, 왜라니요, 고전들은 전부 모든 언어로 번역이 되어 있으니까, 고로, 라틴어가 필요한 이유는 고전 연구가 아니라 오로지 치안 수단을 위해서, 능력을 둔하게 만들기 위해서입니다. 이러니 어떻게 비열한 짓이 아닐 수 있습니까?"

"그래, 누가 당신에게 그런 걸 가르쳤습니까?" 깜짝 놀란 알료샤가 마침내 이렇게 외쳤다.

"첫째, 나는 누가 가르쳐 주지 않아도 혼자서 이해할 수 있고, 둘째, 이게 제일 중요하니까 꼭 알아 두셨으면 하는데요, 내가 방금 고전들이 전부 번역되었다고 한 말은 콜바스니코프 선생님이 직접 3학년 학생 모두에게 큰 소리로 말했던……."

"의사가 왔어요!" 계속 말없이 있던 니노치카가 갑자기 소리쳤다.

정말로 집의 대문 앞엔 호흘라코바 부인 소유의 마차가 도착한 상태였다. 아침 내내 의사를 기다렸던 2등 대위는 그를 맞으러 쏜살같이 달려갔다. 엄마는 옷매무새를 바로잡고 거드름을 피웠다. 알료샤는 일류샤한테로 다가가 베개를 손봐 주기 시작했다. 니노치카는 자신의 안락의자에 앉은 채로 그가 침대를 손보는 모습을 불안하게 예의 주시했다. 소년들은 서둘러 작별 인사를 하기 시작했고, 이들 중 몇몇은 저녁에 들르겠다고 약속했다. 콜랴는 페레즈본을 불렀고, 녀석은 침대에서 벌떡 일어났다.

"나는 안 갈 거야, 안 갈 거라고!" 콜랴 크라소트킨이 황급하게 말했다. "현관에서 기다리고 있다가 의사가 떠나면 다시 올게, 페레즈본과 함께 말이야."

하지만 의사는 이미 방 안으로 들어선 상태였다. 곰털 외투를 입고 짙은 구레나룻을 길게 기르고 턱에 광이 날 정도로 깔끔하게 면도를 한, 근엄한 모습이었다. 문지방을 넘어선 뒤 그는 어리둥절한 듯 갑자기 걸음을 멈추었다. 분명히 잘못 왔다고 생각하는 듯했다. "이게 뭐요? 여기가 대체 어디요?" 외투도 벗지 않고 또 물개 차양이 달린, 역시나 물개 가죽으로 된 모자도 벗지 않은 채 그는 이렇게 중얼거렸다. 한 무더기의 사람들, 방 구석구석에 배어 있는 가난의 냄새, 한쪽 구석의 빨랫줄에 주렁주렁 걸려 있는 옷가지들을 보며 한 방 맞은 기분이었던 것이다. 2등 대위는 그 앞에서 꼽추처럼 몸을 잔뜩 굽혔다.

"여기가 맞습니다, 여기가요." 그는 굽실거리며 중얼거렸다. "여기, 우리 집이 맞습니다, 제대로 오셨습니다요……."

"스네─기─료프?" 의사가 큰 소리로 근엄하게 말했다. "스네기료프 씨가 당신이오?"

"예, 접니다요!"

"아!"

의사는 다시 한번 꺼림칙하다는 듯 방을 훑어본 뒤 모피 코트를 벗었다. 목에 걸려 있는 위엄 있는 훈장 때문에 다들 눈이 부셨다. 2등 대위는 의사가 벗어 던지는 모피 코트를 얼른 받아 들었고, 의사는 모자를 벗었다.

"환자는 어디 있소?" 그가 큰 소리로 재촉하듯 물었다.

6 조숙

"어떻게 생각하시죠, 의사가 무슨 말을 할까요?" 콜랴가 빠른 말투로 물었다. "그나저나 낯짝 한번 엄청나게 혐오스러워요, 안 그런가요? 의학이라는 건 참을 수가 없다니까요!"

"일류샤는 죽을 겁니다. 아무래도 그런 생각이 드는군요." 알료샤가 슬프게 말했다.

"악랄한 놈들! 의학이란 악랄한 놈이에요! 하지만 나는 당신을 알게 돼서 기뻐요, 카라마조프 씨. 오래전부터 당신이 어떤 사람인지 알고 싶었거든요. 그저 우리가 이렇게 슬픈 때에 만난 것이 유감이지만……."

콜랴는 뭔가 더욱더 열렬하고 더욱더 격정적인 말을 하고 싶었지만 왠지 움츠러든 듯했다. 이걸 알아챈 알료샤는 미소를 지으면서 그의 한 손을 꼭 쥐었다.

"나는 오래전부터 당신을 보기 드문 사람이라고 생각하여 존경해 왔습니다." 허둥지둥, 엎치락뒤치락하면서 콜랴가 다시 중얼거렸다. "당신이 신비주의자이고 수도원에 있었다는 말은 들었어요. 당신이 신비주의자라는 거 알고 있지만, 그래도…… 그렇다고 해서 내 마음이 달라진 건 아니니까요. 현실과 접촉하다 보면 당신은 치유될 겁니다……. 당신과 같은 천성을 타고난 사람이라면 꼭 그렇게 될 겁니다."

"뭘 두고 신비주의자라고 부르는 거죠? 또 뭘 치유한다는 말입니까?" 알료샤가 다소간 놀라워했다.

"뭐 저어기 신이나 그런 거요."

"아니 그럼, 당신은 신을 믿지 않습니까?"

"아니요, 오히려 나는 신에 관한 한 아무것도 반대하지 않습니다. 물론, 신은 그저 가정에 불과하지만…… 그래도…… 나는 신이 필요하다는 것은 인정하는데, 질서를 위해서…… 세계의 질서 같은 것을 위해서요……. 만약 신이 없다면, 그것을 고안해 내야 하겠죠." 콜랴는 얼굴을 붉히며 이렇게 덧붙였다. 갑자기 어떤 생각이 들었던 것인데, 즉 자기가 자신의 지식을 과시하고 자기가 얼마나 '어른'인지를 보여 주고 싶어 안달이라고 알료샤가 지금 생각할 것만 같았다. '하지만 나는 이 사람 앞에서 내 지식 따위를 과시하고 싶은 마음은 조금도 없단 말이야.'라고 콜랴는 격분하면서 생각했다. 그러자 갑자기 너무 짜증이 났다.

"고백하건대, 나는 이따위 논쟁은 딱 질색입니다." 그가 딱 잘라 말했다. "신을 믿지 않으면서도 인류를 사랑할 수는 있는 것 아닙니까, 어떻게 생각하세요? 볼테르는 신을 믿지 않았지만 인류를 사랑했잖아요?"('또, 또 시작이다!'라고 그는 속으로 생각했다.)

"볼테르는 신을 믿긴 믿었지만 조금 믿은 것 같고, 그 때문에 인류도 조금만 사랑한 것 같군요." 알료샤는 마치 자기와 같은 연배, 심지어 손윗사람과 대화를 나누는 양 조용하고 신중하고 또 몹시 자연스럽게 말했다. 콜랴가 충격을 받은 것은 다름 아니라, 알료샤가 볼테르에 관한 자신의 견해에 확신이 서질 않아 꼭 자기와 같은 어린아이에게 이 질문의 해답을 구하고 있는 듯했기 때문이다.

"그런데 볼테르는 읽었습니까?" 알료샤가 말을 끝맺었다.

"아니요, 읽은 건 아니고……. 그래도 『캉디드』는 읽었어요, 러시아어 번역으로…… 그런데 그 번역이 낡고 얄궂고 우스꽝스러워서……."(또, 또 시작이다!)

"그래, 이해가 되던가요?"

"오 물론이죠, 전부 다…… 다시 말해서…… 왜 내가 이해를 못 했으리라고 생각하시죠? 거기에는 물론 지저분한 소리들이 많긴 해요……. 나는 물론, 이것이 철학 소설이며 이념을 설파하기 위해서 쓰였다는 것 정도는 이해할 수 있습니다……." 콜랴는 이미 완전히 갈팡질팡했다. "나는 사회주의자입니다, 카라마조프 씨, 구제 불능의 사회주의자죠." 갑자기 그가 뜬금없이 불쑥 내뱉었다.

"사회주의자라고요?" 알료샤가 웃었다. "언제 그럴 시간이 있었습니까? 겨우 열세 살인가 그렇지 않나요?"

콜랴는 완전히 주눅이 들었다.

"첫째, 열세 살이 아니라 열네 살입니다. 두 주만 있으면 열네 살이라고요." 그는 곧장 발끈해 버렸다. "그리고 둘째, 도무지 모르겠는데요, 여기서 내 나이가 무슨 상관이죠? 문제는 나의 신념이 어떤가에 있지, 내가 몇 살인가에 있지는 않아요, 안 그런가요?"

"당신이 나이가 좀 더 들면, 신념에 있어 나이가 어떤 의미를 지니는지를 직접 알게 될 것입니다. 내 생각에도, 당신이 자기 것이 아닌 말을 하는 것같이 여겨졌거든요." 알료샤는 겸손하고도 평온하게 대답했지만, 콜랴는 열렬하게 그의 말을 가로막았다.

"무슨 말씀을요, 당신은 복종과 신비주의를 원하고 있습니다. 그러니까 동의하실 테죠, 예를 들면 기독교라는 신앙은 그저 하위 계급을 노예로 만들어 지배하려는, 권세 있는 부자들에게 봉사해 왔습니다, 안 그런가요?"

"아, 나는 당신이 그걸 어디서 읽었는지 알겠군요, 틀림없이 누군가가 당신을 가르쳐 준 겁니다!" 알료샤가 소리쳤다.

"무슨 말씀을요, 도대체 왜 틀림없이 뭘 읽었다는 거죠? 정확히 아무도 가르쳐 준 적은 없어요. 나 혼자서도 충분히……. 정 그러신다면 말이죠, 나는 그리스도에 반대하지는 않습니다. 그야말로 극히 인도적인 인물이니까요. 만약 그가 우리 시대에 살았더라면 곧장 혁명가 대열에 합류했을 테고 아마 뛰어난 활약을 펼쳤을 겁니다……. 심지어 틀림없이 그랬을걸요."

"그래 어디서, 대체 어디서 그따위 소리를 주워들은 겁니까! 대체 어떤 바보와 어울린 거죠?" 알료샤가 소리쳤다.

"무슨 말씀을요, 원래 진실은 숨길 수 없는 법이죠. 물론, 나는 우연한 기회에 라키친 씨와 이야기를 나누는 일이 종종 있긴 하지만, 하지만……. 벨린스키[8] 노인도 이런 말을 했다더군요."

"벨린스키라고요? 글쎄, 기억이 안 나는군요. 그런 얘기는 아무 데도 안 썼는데."

---

8) 19세기 전반기 러시아 문학을 이끈 불세출의 비평가로, 도스토옙스키를 등단시킨 인물이기도 하다.

"쓰지 않았다면, 그렇게 말을 했나 보죠. 그러니까 나는 이 얘기를 어떤 사람한테 들었는데…… 하지만 그 사람은, 젠장……."

"벨린스키라면 읽어 봤습니까?"

"그게 말이죠…… 아니…… 제대로 읽진 못했지만…… 타치야나 부분은 읽었는데, 그녀가 왜 오네긴과 함께 가지 않았던가, 하는 부분[9]요."

"왜 오네긴과 함께 가지 않았습니까? 그래, 그걸…… 이해합니까?"

"정말 무슨 말씀이세요, 당신 눈엔 내가 무슨 스무로프 같은 놈으로 보이나 보군요." 콜랴가 짜증스럽게 이를 갈았다. "하지만 내가 뭐 그렇고 그런 혁명가라고는 생각하지 마세요. 라키친 씨와도 의견이 맞지 않을 때가 아주 자주 있으니까요. 타치야나에 관해서라면, 나는 여성 해방은 결코 찬성하지 않습니다. 나는 여성이 종속된 존재이기 때문에 복종하는 것이 마땅하다는 것을 인정합니다. 나폴레옹이 말한 대로 여자들은 뜨개질이나 하라(Les femmes tricottent)는 거죠." 콜랴가 무엇 때문인지 히죽 웃었다. "적어도 이 점에서는 나는 이 의사(擬似) 위인과 전적으로 같은 신념입니다. 나는 또한, 예를 들자면 조국을 떠나 아메리카로 도망가는 것은 저열한 짓, 아니 저열한 짓보다 더 못한 바보짓이라고 생각합니다. 우리 나라에서도 인류를 위하여 많은 이로운 일을 할 수 있는데 뭣 하러 아메리카까지 갑니까? 특히나 지금 같은 때 말이죠. 유익

9) 푸시킨에 대한 벨린스키의 아홉 번째 논문을 말한다.

한 활동들이 산더미처럼 쌓여 있는걸요. 나는 이렇게 대답했습니다."

"대답을 했다니? 누구한테요? 아니, 누가 당신에게 벌써 아메리카에 가자고 했나요?"

"솔직히 말해서, 나한테 그러자고 부추겼지만 내가 거절했습니다. 이건 물론 우리끼리 얘기지만, 카라마조프 씨, 듣고 계시죠, 누구한테도 한마디도 안 했습니다. 그러니까 오직 당신한테만 하는 얘기입니다. 나는 제3국[10]의 마수에 걸려들고 싶은 생각도, 체프노이 다리 옆[11]에서 교화 수업을 듣고 싶은 생각도 전혀 없으니까요.

　　체프노이 다리 곁의
　　저 건물을 기억하게 되리라!

기억하시죠? 정말 멋져요! 왜 웃는 건가요? 설마 내가 온통 거짓부렁을 늘어놓았다고 생각하는 건 아닐 테죠?"('그나저나, 우리 아버지의 서재에 《경종(警鐘)》[12]이 겨우 요것 한 부밖에 없다는 걸, 이것 말고는 더 이상 아무것도 읽지 않았다는 걸 이 사람이

---

10) 1826년 니콜라이 1세에 의해 창설된 정치적 수사 기관으로 1880년에 폐지되었다.
11) 제3국은 1838년부터 체프노이 다리 곁에 있었다.
12) 1857~1967년에 게르첸이 오가료프와 함께 외국에서 발간한, 불법적으로 러시아에 유포되었던 혁명적 성향의 신문으로 당시 러시아의 진보적 지식인들에게 큰 영향을 미쳤다.

알게 된다면 어떡하지?'라는 생각이 언뜻 들어 콜랴는 전율하기까
지 했다.)

"오, 천만에요, 나는 웃고 있지도 않고, 당신이 거짓부렁을
늘어놓았다는 생각도 없습니다. 그런 생각을 손톱만큼도 하
지 않는 건, 안타깝게도 이 모든 것이 그야말로 진실이기 때문
이죠! 자, 그러면 푸시킨의 『오네긴』을 읽었고……. 바로 그래
서 지금 타치야나 얘기를 한 거죠?"

"아니요, 읽지는 않았지만, 읽고 싶단 말인데요. 나는 편견
이 없는 사람입니다, 카라마조프 씨. 나는 이쪽저쪽의 말을 모
두 경청하고 싶어요. 그런데 왜 물어보신 거죠?"

"그냥 좀."

"그런데요, 카라마조프 씨, 당신은 나를 정말로 경멸하시
죠?" 콜랴는 갑자기 딱 잘라 이렇게 말한 뒤, 마치 전투태세를
갖춘 듯 알료샤 앞에서 온몸을 쫙 폈다. "부탁이니까 빙빙 돌
리지 말고 말씀해 주세요."

"당신을 경멸한다고요?" 알료샤가 놀라워하면서 그를 바라
보았다. "아니, 무엇 때문에요? 나는 그저, 당신처럼 매혹적인
천성을 타고난 사람이 삶을 미처 시작하기도 전에 이미 그런
조잡한 헛소리 때문에 비뚤어지게 된 것이 슬플 따름입니다."

"내 천성에 대해선 신경 쓰지 마시죠." 콜랴는 이렇게 말을
가로막았지만 자기 만족감도 없지 않았다. "내가 의심이 좀 많
고 예민한 건 맞습니다. 어리석을 정도로 예민하고 또 조잡할
정도로 예민하죠. 당신이 지금 피식 웃는 걸 보면, 나는 당신
이 꼭……."

"아, 내가 웃은 건 완전히 다른 일 때문입니다. 어째서 웃었느냐 하면요, 이래요. 최근에 러시아에 살았던 어느 독일인이 지금 우리 나라의 젊은 학생들에 대해 쓴 비평문 하나를 읽었거든요. '러시아 학생에게 그가 지금까지 전혀 모르고 있던 천체도(天體圖)를 보여 주면, 내일 당장 그는 이 천체도의 틀린 데를 고쳐서 당신한테 돌려줄 것이다.'라고 썼더군요. 아무것도 모르는 주제에 무턱대고 건방을 떤다는 겁니다――독일인이 러시아 학생에 대해 말하고 싶었던 건 바로 이런 것이었을 테죠."

"아, 정말 맞는 얘기군요!" 콜랴가 갑자기 홍소를 터뜨렸다. "맞아도 이렇게 딱 맞을 수가 있다니! 브라보, 독일 놈! 하지만 이 독일 놈은 좋은 면은 보지 못했는데, 어떻게 생각하세요? 건방을 떤다니――뭐 그렇다고 칩시다, 아직 젊어서 그런 거니까 고칠 필요가 있다면야 알아서 고쳐지겠죠. 하지만 그 대신 거의 아주 어릴 때부터 저 독립적인 기상을 키워 왔고, 또 권위 앞에서라면 비굴하게 알랑거리는 저 소시지 놈들의 정신과는 전혀 다른, 대담한 사상과 신념을……. 하지만 어쨌거나 이 독일 놈이 말 한번 잘했군요! 브라보, 독일 놈! 어쨌거나 독일 놈들은 목을 콱 졸라 버려야 돼요. 그놈들이 저기 과학 분야는 강하다고 해도 어쨌거나 그놈들은 목을 콱 졸라 버려야……."

"무엇 때문에 목을 졸라야 된다는 거죠?" 알료샤가 미소를 지었다.

"뭐, 내가 허튼소리를 늘어놨는지도 모르죠, 이건 인정합니다. 나도 어떨 땐 그야말로 대책 없는 어린애가 돼서는 뭐 기쁜 일이 있으면 통 자제를 못 하고 허튼소리를 지껄이고 싶어 난리라니까요. 들어 보세요, 우리는 어쨌거나 여기서 하찮은 수다를 떨고 있지만, 저쪽에 저 의사는 웬일인지 꽤 오래 틀어박혀 있네요. 하긴 저기서 '엄마'와 다리를 못 쓰는 니노치카도 함께 진찰해 주는지도 모르죠. 그런데요, 이 니노치카가 참 마음에 들었어요. 내가 나갈 때 그녀는 갑자기 '왜 좀 더 일찍 오지 않으셨어요?'라고 속삭이더군요. 그것도 나무라는 듯한 목소리로! 내 생각에, 정말 몹시 착하고 불쌍한 여자 같아요."

"그래요, 그렇고말고요! 이 집을 드나들다 보면, 그녀가 얼마나 놀라운 존재인지 알게 될 겁니다. 바로 이런 존재들을 알게 되고 또 바로 이런 존재들과 사귀면서 많은 다른 것들의 가치를 알 수 있는 능력을 갖게 된다면, 당신에겐 더할 나위 없이 좋을 겁니다." 알료샤가 열을 올리면서 지적했다. "당신을 보다 더 훌륭하게 개선하는 데 이보다 좋은 길은 없을 테죠."

"오, 좀 더 일찍 오지 않았다니, 안타깝고 자책감마저 드는군요!" 콜랴가 쓰라린 감정을 느끼면서 외쳤다.

"그래요, 아주 유감입니다. 당신이 저 불쌍한 어린것을 얼마나 기쁘게 했는지 직접 봤잖습니까! 일류샤는 당신을 기다리면서 얼마나 애를 태웠는지 몰라요!"

"말하지 마세요! 그런 말을 자꾸 하다니, 너무 잔인하시네요. 하지만 자업자득이죠. 내가 오지 않은 건 자존심, 이기적인 자존심과 저열한 옹고집 때문이었고, 평생 골머리를 앓더라도 이걸 떨쳐 버릴 순 없을 겁니다. 이제는 이걸 알겠군요,

나는 많은 점에서 비열한 놈입니다, 카라마조프 씨!"

"아니요, 당신은 매력적인 천성을 지녔어요, 좀 비뚤어져서 그렇지만. 당신이 이 고결하고 감수성이 병적일 정도로 예민한 이 아이에게 어떻게 그토록 큰 영향력을 가질 수 있었는지 나도 정말 잘 알겠군요!" 알료샤가 열렬하게 말했다.

"당신이 나한테 그런 말씀을 해 주시다니!" 콜랴가 소리쳤다. "나는, 한번 생각해 보십시오, 나는 이미 몇 번씩이나, 바로 지금 여기서도 당신이 나를 경멸한다고 생각했습니다! 내가 당신의 견해를 얼마나 소중히 여기는지 알기만 한다면!"

"아니, 정말 어쩌면 그토록 의심이 많고 예민한가요? 그것도 그 나이에! 한데 실은 말이죠, 나는 저쪽 방에서 얘기에 열중하고 있는 당신을 바라보면서 당신이 분명히 의심 많고 몹시 예민할 거라는 생각을 했습니다."

"그런 생각을요? 어쨌거나, 대단히 예리한 안목입니다, 정말로! 장담하건대, 그건 내가 거위 얘기를 했을 때였을 테죠. 바로 그 지점에서 나는 내가 똑똑한 척 뽐내려고 안달이 났다는 이유로 당신이 나를 심히 경멸하고 있다는 생각이 들었고, 심지어 이 때문에 갑자기 당신이 증오스러워지는 바람에 허튼소리로 가득 찬 일장 연설을 늘어놓기 시작했던 거예요. 그다음, 내가 '신이 없다면 신을 고안해 내야 된다.'라고 말했을 때도 나는 내가 유식을 뽐내지 못해 안달이 났구나, 하는 생각이 들었어요.(물론 이건 여기 나온 뒤에 든 생각이지만요.) 게다가 이 어구는 무슨 책에서 읽은 것이거든요. 하지만 맹세코, 나는 이렇게 과시를 못 해 안달이 났던 건 허영심 때문이 아니라, 왠지는 모르겠지만 여하튼 너무 기뻐서, 정말 너무 기뻐서였던 것 같아요……. 설령 사람이 아무리 기뻐도 아무나 붙잡고 목에 매달리는 건 심히 창피스러운 일이긴 하지만요. 나도 이런 건 알고 있습니다. 하지만 그 대신 이제는 당신이 나를 경멸하지 않는다는 걸, 모든 것이 나 혼자만의 상상이었다는 걸 확신하게 됐어요. 오, 카라마조프 씨, 나는 심히 불행합니다. 이따금씩 아무 영문도 없이 모든 사람들이, 온 세상이 나를 비웃고 있다는 상상이 되곤 해서 그럴 때마다 무작정 사물들의 질서 자체를 무너뜨릴 준비가 되어 있다니까요."

"그래서 주위 사람들을 괴롭히는 거죠." 알료샤가 미소를 지었다.

"맞아요, 그렇게 주위 사람들을 괴롭히죠, 특히 엄마요. 카라마조프 씨, 그런데요, 내가 지금 아주 우습게 보이나요?"

"그런 건 생각하지 말아요, 그런 건 아예 생각도 하지 말라고요!" 알료샤가 소리쳤다. "게다가 뭐가 우습다는 거죠? 사람이 우습거나 또 그렇게 보일 수 있는 일이 어디 좀 많습니까? 더욱이 요즘은 재능 있는 사람들이 거의 전부 다 자기가 우습게 보일까 봐 끔찍하게 두려워들 하는데, 바로 이 때문에 불행한 겁니다. 내가 놀라는 건 그저 당신이 이토록 일찍 그것을 느끼기 시작했기 때문입니다. 하긴, 이미 오래전부터 이 점을 인지했지만, 비단 당신뿐만이 아니죠. 요즘은 심지어 거의 애들조차도 이런 걸로 괴로워하기 시작했습니다. 이건 거의 광기입니다. 악마가 이 자존심이라는 탈을 쓰고 나타나서 전 세대 속으로 기어 들어간 꼴이죠, 정말 악마의 짓이라니까요." 알료샤는 이렇게 덧붙였지만, 그를 뚫어져라 응시하고 있던 콜랴의 생각으론 조금도 웃지 않았다. "당신도 다른 모든 사람들과, 다시 말해서 아주 많은 사람들과 비슷하지만, 그렇다고 해서 꼭 그들처럼 될 필요는 없다, 이겁니다."라며 알료샤가 말을 끝맺었다.

"다른 사람들이 전부 다 그렇다고 하더라도 말입니까?"

"예, 모든 사람들이 그렇다고 할지라도. 당신 하나만이라도 그렇게 되지 말아야죠. 당신은 정말로 다른 사람들과는 달라요. 당신은 지금 자신의 고약한 점을, 심지어 우스꽝스러운 점을 고백하는 것을 부끄러워하지 않았습니다. 요즘 누가 이런 걸 인정합니까? 아무도 그러지 않죠, 심지어 자신을 비판할 필요성마저도 느끼지 않게 됐죠. 다른 모든 사람들처럼 되지는 말아요. 비록 당신 혼자만 그렇지 않은 자로 남게 될지라도, 어쨌거나 그렇게 되지는 말아야죠."

"훌륭합니다! 역시 내가 당신을 제대로 본 거로군요. 사람을 위로하는 능력을 갖고 계시니까요. 오, 내가 얼마나 당신을 갈망했던지, 카라마조프 씨, 얼마나 오래전부터 당신과 만나고 싶었는지! 정말 당신도 내 생각을 하셨나요? 조금 전에 당신도 내 생각을 했다고 말씀하셨잖아요?"

"그래요, 나는 당신 얘기를 듣고서 당신 생각을 했더랬습니다……. 그리고 혹시 당신이 부분적으로나마 지금 자존심 때문에 이런 걸 물어보게 됐다더라도, 그래도 괜찮습니다."

"저어기요, 카라마조프 씨, 우리는 꼭 사랑 고백과 비슷한 말을 하는 것 같아요." 어쩐지 나른하고도 부끄러운 듯한 목소리로 콜랴가 말했다. "이런 건 우습지 않아요, 그렇죠, 우습지 않죠?"

"전혀 우습지도 않고, 게다가 우습다고 한들, 이렇게 좋으니 이 또한 괜찮습니다." 알료샤가 해맑은 미소를 지었다.

"그런데요, 카라마조프 씨, 당신도 지금 나와 이렇게 있는 것이 약간 부끄럽죠, 그렇지 않나요……. 그 눈을 보면 알 수 있어요." 어쩐지 의뭉스럽긴 하지만 그래도 거의 어떤 행복감을 느끼면서 콜랴가 웃었다.

"이게 왜 부끄럽죠?"

"그럼 왜 얼굴을 붉혔어요?"

"그거야 당신이 이렇게 나왔으니까, 붉힌 거죠!" 알료샤는 웃음을 터뜨렸고 정말로 얼굴을 확 붉혔다. "뭐 정말로 약간 부끄럽긴 하지만, 왠지는 모르겠어요, 도통 모르겠군요……." 거의 곤혹스러워하면서 그가 중얼거렸다.

"오, 내가 이 순간 당신을 얼마나 사랑하는지, 얼마나 높이 평가하는지, 그것도 다름 아니라 당신도 나와 함께 있는 것을 왠지 부끄러워한다는 그 이유로요! 당신도 나와 똑같다는 소리니까요!" 그야말로 희열을 느끼면서 콜랴가 소리쳤다. 그의 뺨이 타올랐고 눈은 반짝거렸다.

"들어 보세요, 콜랴, 그나저나, 당신은 앞으로 살아가면서 아주 불행한 사람이 될 겁니다." 알료샤가 갑자기 무엇 때문인지 이런 말을 했다.

"알고 있어요, 알고 있습니다. 한데, 어쩜 이 모든 걸 미리다 알고 계시다니!" 콜랴가 그 즉시 말을 받았다.

"하지만 어쨌거나 전체적으론 삶을 축복하세요."

"바로 그겁니다! 만세! 당신은 예언자입니다! 오, 우린 서로 좋은 친구가 될 겁니다, 카라마조프 씨. 그런데요, 나를 제일 기쁘게 하는 것은 당신이 나를 완전히 동등한 존재로 대해 준다는 겁니다. 우리는 동등하지 않아요, 절대로 동등하지 않아요, 당신이 훨씬 더 높으니까요! 그래도 우리는 서로 좋은 친구가 될 거예요. 그런데요, 나는 최근 한 달 내내 스스로에게 '나와 이 사람은 단번에 마음이 맞아 영원토록 친구가 되거나 아니면 처음부터 서로 원수가 되어 관 속에 들어갈 때까지 갈라져 있게 될 것이다.'라고 말해 왔어요."

"그런 말을 하면서 물론 나를 좋아했겠군요!" 알료샤가 즐겁게 웃었다.

"그럼요, 너무나 좋아했고, 너무 좋아하는 바람에 당신에 대한 몽상에 잠기곤 했죠! 이런 걸 전부 어떻게 미리 알고 계신 거죠? 와, 저기 의사예요. 맙소사, 무슨 말을 하긴 할 텐데, 보세요, 저 사람 얼굴이 어떤지!"

7 일류샤

의사는 오두막에서 나올 때 다시금 이미 모피 코트로 몸을 휘감고 머리에는 모자를 쓴 상태였다. 그 얼굴은 거의 성이 나 있고 뭘 잘못 건드려 옷이라도 더럽힐까 봐 두려운지 여전히 꺼림칙하다는 표정이었다. 그는 현관을 힐끔 보다가 알료샤와 콜랴도 엄격한 시선으로 바라보았다. 알료샤는 문에서 마부에게 손짓을 했고, 의사를 데려온 마차가 입구로 다가왔다. 2등 대위는 의사의 뒤를 쫓아 맹렬하게 달려왔고, 그 앞에서 몸을 굽힌 뒤 거의 아첨을 하듯 굽실대면서 최후의 말을 들으려고 그를 붙잡아 세웠다. 이 불쌍한 자는 얼굴이 거의 사색이 되어 있었고 시선은 겁에 질려 까무러칠 듯했다.

"의사 선생님, 의사 선생님 나리…… 그럼 정말로……?" 그는 말을 꺼내긴 했으나 채 다 끝내질 못했고, 꼭 정말로 의사의 지금 말 한마디만으로 가련한 소년에게 떨어진 선고가 바뀔 수 있다는 듯 여전히 최후의 기원을 담아 의사를 바라보긴 했지만, 그러면서 마냥 절망에 차서 두 손을 탁탁 마주칠 뿐이었다.

"어쩌란 말이오! 내가 무슨 신도 아니고." 의사는 습관상 훈계조로 타이르듯 대답하긴 했지만 참으로 무성의했다.

"의사 선생님…… 의사 선생님 나리…… 정말로 얼마, 얼마 안 남았다는 겁니까요?"

"각—오를 단—단—히 하시오." 의사는 각 음절마다 강세를 찍으면서 똑똑하게 말한 뒤, 시선을 다른 데로 돌리고 문지방을 넘어 마차를 향해 걸음을 떼 놓을 자세를 취했다.

"의사 선생님 나리요, 제발 살려 주십쇼!" 2등 대위가 다시 한번 너무 놀라 까무러칠 것 같은 목소리로 그를 불러 세웠다. "의사 선생님 나리……! 그럼 정말 어찌해도, 어찌해도 이젠 가망이 없다는 겁니까요……?"

"이제 나로선 어—쩔—수 없소." 의사가 성마르게 말했다. "하지만, 음." 하면서 그가 갑자기 걸음을 멈추었다. "만약 당신이 예를 들어…… 당신의 환자를…… 지금이라도 조금도 지체하지 않고('지금이라도 조금도 지체하지 않고'라는 말을 하면서 의사가 엄격한 정도도 아니고 거의 분노하고 있었기 때문에 2등 대위는 심지어 몸을 부르르 떨기까지 했다.) 시―라―쿠―사로…… 보―낼―수 있다면, 그때는…… 새롭고 좋―은 기―후 조건 덕분에…… 어쩌면 좋은 경과를…….

"시카루사라고요!" 2등 대위는 무슨 말인지 모르겠다는 듯 소리쳤다.

"시라쿠사라고요, 이건 시칠리아섬에 있어요." 콜랴는 그게 뭔지 설명을 해 주려고 갑자기 큰 소리로 딱 잘라 말했다. 의사는 그를 바라보았다.

"시칠리아섬이라고요! 나리, 의사 선생님 나리." 2등 대위는 완전히 앞뒤를 잃었다. "하지만 선생님도 보셨잖습니까요!" 그는 두 팔을 벌리면서 자기 집 형편을 암시했다. "저 엄마는요, 또 가족은 어쩌고요?"

"아―아니, 가족은 시칠리아섬에 보낼 필요가 없소, 당신의 가족은 초봄에 캅카스로 가는 편이…… 그러니까 당신의 딸은 캅카스로 보내고, 부인의 경우에는…… 역시나 류머티즘을 앓고 있으니까 캅―카―스의 온천장에서 일정 기간 동안 요양을 한 뒤…… 그다음엔 파리에 있는 정신과 의사 레―펠―레―티―예의 병원으로 보―내―도록 하시고, 그땐 내가 그 의사 앞으로 소개장을 써 줄 수 있고, 그러면…… 어쩌면 좋은 경과를…….

"의사 선생님, 의사 선생님! 하지만 뻔히 아시잖습니까요!"
2등 대위가 절망에 차서 아무 장식도 없는 통나무로 된, 현관
벽을 가리키며 갑자기 다시금 두 팔을 번쩍 들어 올렸다.

"아, 그건 내 알 바 아니오." 의사가 피식 웃었다. "나는 그저
최후의 조치에 대한 당신의 질문에 과──학이 말해 줄 수 있
는 것을 말했을 뿐이고, 나머지는…… 유감스럽게도…….'

"걱정 붙들어 매시죠, 의원 나리, 제 개는 당신을 물지 않을
테니까요." 콜랴는 의사가 다소 불안한 시선으로 문지방에 서
있는 페레즈본을 바라보고 있음을 인지하고서 큰 소리로 딱
잘라 말했다. 콜랴의 목소리에는 분노로 가득 찬 기운이 배어
나왔다. 의사 대신 '의원 나리'라는 단어를 쓴 것은 일부러 그
런 것이었고, 나중에 그가 알린 대로, '모욕을 주려고 그렇게
말한 것'이었다.

"이건 또 뭐──야?" 의사가 고개를 치켜들고 놀란 표정으
로 콜랴를 응시했다. "대체 뭘 하는 녀석이오?" 그는 알료샤에
게 해명을 해 달라는 듯 갑자기 그를 바라보았다.

"저로 말씀드릴 것 같으면 페레즈본의 주인입니다, 의원 나
리, 제가 어떤 녀석이냐에 대해선 염려 붙들어 매시죠." 콜랴
가 다시 또박또박 말했다.

"즈본이라고?" 의사가 페레즈본이 뭔지 알아듣지 못하고서
다시 말했다.

"녀석이 어디 있는지도 모르시는 모양이군요. 안녕히 가시
죠, 의원 나리, 시라쿠사에서 봅시다."

"이──건 누구야? 대체 누구, 누구냐고?" 의사는 갑자기 어

찌나 화가 났는지 펄펄 끓었다.

"얘는 이곳의 학생입니다, 의사 선생님. 장난꾸러기인데, 신경 쓰지 마십시오." 알료샤가 인상을 쓰면서 빠른 말투로 말했다. "콜랴 군, 잠자코 있어요!" 그가 크라소트킨에게 소리쳤다. "신경 쓰지 않으셔도 됩니다, 의사 선생님." 이미 그도 다소간은 좀 더 성마른 어투로 반복했다.

"혼 ── 쭐을 내야 돼, 혼 ── 쭐을 내야 된다고, 아주 혼──쭐!" 의사는 무엇 때문인지 이젠 완전히 광분해서 두 발을 굴렀다.

"그런데 말이죠, 의원 나리, 사실 저의 이 페레즈본은 물 수도 있어요!" 콜랴가 새하얗게 질린 얼굴에 눈을 번득이며 파르르 떨리는 목소리로 말했다. "헤이, 페레즈본!"

"콜랴 군, 한마디만 더 하면 당신과 영원히 절교하겠습니다!" 알료샤가 위압적으로 소리쳤다.

"의원 나리, 온 세상을 통틀어 니콜라이 크라소트킨에게 명령을 할 수 있는 존재가 딱 한 명 있는데, 그게 바로 이분입니다." 콜랴가 알료샤를 가리켰다. "이분에게 복종하는 바이니, 그럼, 안녕히 가시죠!"

그는 냉큼 그 자리를 떠서 문을 열곤 재빨리 방으로 갔다. 페레즈본은 그의 뒤를 따라 내달렸다. 의사는 돌기둥처럼 멍하니 서서 오 초 정도 알료샤를 바라보더니, 그러고 나선 갑자기 침을 탁 뱉고 큰 소리로 "이게 대체 뭐야, 뭐가 뭔지 통 알 수가 없군!"이라고 되뇌며 재빨리 마차 쪽으로 걸어갔다. 2등 대위는 그를 마차에 앉히기 위해 돌진했다. 알료샤는 콜랴의 뒤를 따라 방으로 들어갔다. 콜랴는 이미 일류샤의 침대 곁에 서 있었다. 일류샤는 그의 손을 잡은 채 아빠를 불렀다. 잠시 후 2등 대위도 돌아왔다.

"아빠, 아빠, 이리로 와…… 우리는……" 일류샤는 굉장히 흥분된 상태에서 이렇게 중얼거렸지만 필경 말을 이어 갈 힘이 없었는지, 갑자기 예의 그 바싹 여윈 두 손을 있는 힘껏 앞으로 뻗더니 그들 둘을, 그러니까 콜랴와 아빠를 한꺼번에 콱 끌어안아 한 덩어리가 되게 하고선 자기 자신도 그들에게로 꼭 달라붙었다. 2등 대위는 갑자기 온몸을 벌벌 떨면서 말없이 흐느꼈고, 콜랴는 입술과 턱이 파르르 떨려 왔다.

"아빠, 아빠! 나는 아빠가 너무 가엾어, 아빠!" 일류샤가 쓰라린 마음으로 신음했다.

"일류셰치카…… 요 귀여운 것…… 의사 선생님 말씀이……. 건강해질 거란다…… 우린 행복해질 거야…… 의사 선생님이…….”라고 2등 대위가 말을 꺼내 보았다.

"아이, 아빠! 새로 온 의사 선생님이 나에 대해 무슨 말을 했는지는 알고 있어……. 나도 봤잖아!" 일류샤가 이렇게 소리치더니, 아빠의 어깨에 얼굴을 파묻고 또다시 있는 힘껏 그들 둘을 끌어당기며 꽉 껴안았다.

"아빠, 울지 마…… 내가 죽으면 또 다른 좋은 아이를 데려오면 되잖아…… 걔들 중에서 아빠가 직접 좋은 아이를 골라서 일류샤라고 부르고 나 대신 사랑해 주면 되는걸…….”

"아무 말 하지 마, 영감, 건강해질 테니까!" 꼭 화라도 난 듯 크라소트킨이 갑자기 소리쳤다.

"그래도, 아빠, 나를 절대로 잊으면 안 돼, 나를 말이야." 일류샤가 계속했다. "내 무덤으로 와서…… 그러니까 아빠, 나를 우리가 함께 산책하러 다니던 커다란 바윗돌 옆에 묻어 줘. 그리고 내가 있는 그곳에 크라소트킨과 함께 내가 있는 그곳을 찾아 줘, 저녁에……. 페레즈본도 같이……. 기다리고 있을 테니까……. 아빠, 아빠!"

그의 목소리가 탁 끊겼고, 세 사람은 모두 서로 부둥켜안은 채 서서 더 이상 아무 말도 하지 않았다. 안락의자에서 니노치카도 조용히 울고 있었고, 모든 사람들이 우는 것을 보자 엄마도 갑자기 엉엉 눈물을 쏟기 시작했다.

"일류셰치카! 일류셰치카!" 그녀가 소리쳤다.

크라소트킨은 갑자기 일류샤의 포옹에서 벗어났다.

"잘 있어, 영감, 점심때가 돼서 엄마가 나를 기다리고 계실 거야." 그가 빠른 말투로 말했다. "어쩜 좋아, 엄마한테 미리 언질을 주지 않았으니! 걱정이 이만저만이 아니실 텐데……. 하지만 점심을 먹고 곧 너한테로 올게. 하루 종일, 저녁 내내 같이 있으면서 너한테 많은 이야기를 해 줄게, 정말 많은 이야기를! 페레즈본도 같이 데려올게. 지금은 일단 데려간다. 이 녀석 내가 없으면 영 울어 대서 너한테 방해만 될 테니까. 또 보자!"

그러면서 그는 현관으로 달려 나왔다. 정말 울음 따위를 터뜨리고 싶은 마음은 없었지만, 현관에선 결국 울음을 터뜨리고 말았다. 이러고 있는 그를 알료샤가 본 것이다.

"콜랴 군, 꼭 약속을 지켜야 돼요, 꼭 와야 돼요. 안 그러면 일류샤는 죽도록 괴로워할 겁니다." 알료샤가 고집스럽게 말했다.

"꼭 올게요! 오, 왜 좀 더 일찍 오지 않았을까, 나 자신을 저주해요." 울면서, 이미 울고 있다는 것에 당혹스러워하지도 않고 콜랴가 중얼거렸다. 이 순간 갑자기 방에서 2등 대위가 뛰어나오더니 곧장 문을 닫았다. 그의 얼굴은 거의 미친 것 같았고 입술은 파르르 떨렸다. 그는 두 젊은이들 앞에 서서 두 팔을 위로 치켜들었다.

"좋은 아이 같은 건 싫습니다! 다른 아이 같은 건 싫다고요!" 그는 이를 부득부득 갈면서 기괴하게 속삭였다. "내가 만일 너를 잊는다면, 예루살렘이여, 내 혀가 입천장에 붙어 버리리라……."[13]

그는 말을 채 다 끝내지도 못하고 훌쩍거리는 듯하다가 나무 의자 앞으로 힘없이 무릎을 꿇고 쓰러졌다. 두 주먹으로 자신의 머리를 꽉 움켜쥐고 어쩐지 참 얄궂게 째지는 소리를 내며 흐느끼기 시작했지만, 그래도 이 흐느낌 소리가 오두막 안에서는 들리지 않도록 무진장 애를 썼다. 콜랴는 거리로 뛰어나왔다.

"안녕히 계세요, 카라마조프 씨! 당신도 오실 테죠?" 그가 알료샤에게 날카롭고도 성난 듯한 목소리로 외쳤다.

"저녁때는 꼭 오겠습니다."

"예루살렘 어쩌고 하는 건 뭔지……. 그게 뭐예요?"

"그건 성경에서 가져온 말입니다. '내가 만일 너를 잊는다면, 예루살렘이여', 다시 말해서 내가 가진 가장 소중한 것을

---

13) 시편 136: 5-6.

전부 잊는다면, 그래서 그것을 다른 뭔가로 바꾼다면, 그때는
천벌을 면치 못하리라……."

　"알겠습니다, 그만하면 됐어요! 당신도 오세요! 헤이, 페레
즈본!" 그는 완전히 사나운 목소리로 개한테 소리를 질렀고,
집을 향해 빠른 걸음걸이로 성큼성큼 걸어갔다.

11장

이반 표도로비치 형제

1 그루셴카의 집에서

알료샤는 그루셴카를 만나려고 상인 모로조바의 집이 있는 소보르나야 광장으로 향했다. 그녀는 아침 일찍부터 페냐를 보내 자기 집에 좀 와 달라고 간곡하게 부탁했다. 페냐에게 이것저것 캐물은 결과, 알료샤는 벌써 어제부터 아씨가 왠지 유난스러울 정도로 대단히 불안해하고 있다는 것을 알게 되었다. 미챠가 체포되고 나서 요 두 달 동안 알료샤는 미챠의 부탁을 받았거나 아니면 자발적으로 모로조바의 집을 방문하는 일이 잦았다. 미챠가 체포되고 사흘간 그루셴카는 심하게 앓아눕더니, 거의 다섯 주 동안 그렇게 앓고 있었다. 이 다섯 주 중 한 주는 의식 불명 상태이기도 했다. 비록 이제는 거의 두 주 전부터 바깥출입을 할 수 있게 되었지만, 얼굴이 심하게 변해 바싹 여위고 누렇게 떠 버렸다. 하지만 알료샤의 눈에는 그녀가 더 매력적인 얼굴을 갖게 된 것 같았고 그녀의 방에 들어설 때마다 그녀의 시선과 마주치는 것이 좋았다. 뭔가 확고하고 의미심장한 것이 그녀의 시선 속에 굳게 뿌리내린 듯했다. 다소간의 정신적인 대전환이 나타났고, 영원히 돌이킬 수도, 변화시킬 수도 없을 것 같은, 어떤 겸허하고도 선한 결의가 생겨났다. 이마의 양미간 사이에는 수직으로 파인 가느다란 잔주름 때문에 그녀의 사랑스러운 얼굴은 깊은 사색에 잠겨 자기 내면으로 침잠하는 듯 보였고, 언뜻 보아서는 거의 준엄하다는 인상마저 주었다. 예컨대 옛날과 같은 경박함은 흔적도 찾아볼 수 없었다. 그런데 알료샤로선 이상하게 여겨지는 점이 있었으니, 이 가련한 여인 그루셴카는 미챠의 약혼녀가 된 바로 그 순간에 약혼자가 무서운 범죄 혐의로 체포되는 엄청난 불행을 겪었음에도 불구하고, 이어서, 자신도 병마에 시달리고 또 앞으로 거의 피해 갈 수 없는 판결이 그들을 위협하고 있음에도 불구하고, 어쨌거나 옛날과 같은 그 젊은 명랑함을 잃지 않았던 것이다. 예전에는 오만했던 그녀의 눈이 이제는 어떤 조용함으로 빛났는데, 그래도…… 그래도, 예전부터 있었던 근심거리 하나가 그녀의 마음속에서 잠잠해지기는커녕 오히려 더욱더 커진 채로 그녀를 찾아올 때면 그 눈에는 또다시 드물게나마 다소 불길한 불꽃이 타오르곤 했다. 이 근심의 대상은 여전히 똑같이 카체리나 이바노브나였다. 병상에 누워 있을 때도 그루셴카는 그녀를 떠올리며 헛소리를 하곤 했다. 카체리나 이바노브나는 언제든지 여유가 있었지만 단 한 번도 수감 중인 미챠에게 면회를 가지 않았건만, 그럼에도 불구하고 그루셴카가 수인(囚人)이 된 미챠 때문에 그녀에게 끔찍한 질투를 느끼고 있음을 알료샤는 알고 있었다. 이 모든 것이 알료샤에게는 다소간 어려운 숙제가 되었다. 왜냐면 그루셴카는 오직 알료샤 하나만을 진심으로 믿고 의지하면서 끊임없이 조언을 구했지만 그로선 그녀에게 아무 말도 해 줄 수 없을 때가 있었기 때문이다.

그는 근심에 싸인 채 그녀의 집으로 들어섰다. 그녀는 벌써 집에 와 있었다. 미챠에게 갔다가 반 시간쯤 전에 돌아온 것인데, 알료샤를 맞이하기 위해 탁자 앞에서 벌떡 일어나는 그 재빠른 몸짓만 봐도 이미 그녀가 대단히 초조한 마음으로 그를 기다렸음을 알 수 있었다. 탁자 위에는 카드들이 놓여 있었고 바보 놀이[14] 판을 벌여 놓았다. 탁자 맞은편, 가죽 소파에는 잠자리가 마련되어 있었고, 거기에는 막시모프가 실내복을 입고 무명 모자를 쓴 채 반쯤 누워 있었는데 달콤한 미소를 짓긴 했지만 어디가 아픈지 허약해 보였다. 이 집 없는 노인은 두 달쯤 전 그 무렵에 그루셴카와 함께 모크로예에서 돌아오자마자 그 길로 그녀의 집에 눌러앉아 지금까지 그녀 곁을 떠나지 않고 있었다. 그때 그녀와 함께 눈비를 맞으며 진창길을 달려온 뒤, 그는 흠뻑 젖고 겁에 질린 채 소파에 앉아 말없이 조심스러운 애원이 담긴 미소를 지으면서 그녀를 응시했다. 그루셴카는 너무나 괴롭고 이미 열병의 조짐도 보였을뿐

---

14) 카드놀이의 일종.

더러 이것저것 잡일도 많았던 터라 집에 도착하고 처음 반 시간 정도는 그의 존재 자체를 거의 잊고 있다가——갑자기 왠지 그를 주의 깊게 바라보았다. 그는 불쌍하고 의기소침한 얼굴로 그녀의 눈을 보며 히히거렸다. 그녀는 페냐를 불러 그에게 먹을 걸 갖다주라고 명령했다. 그날 내내 그는 옴짝달싹도 않고 한자리에 앉아 있었다. 날이 어두워져 덧문을 잠갔을 때 페냐가 아씨에게 물었다.

"그럼, 아씨, 이분도 여기서 주무실 건가요?"

"그래, 소파에 이분의 잠자리를 마련해 드려." 그루셴카가 대답했다.

그를 붙잡고 좀 더 상세하게 캐물은 결과, 그루셴카는 그가 지금은 그야말로 오갈 데 없는 신세이고 '자신의 은인인 칼가노프 씨가 더 이상 자기를 받아 줄 수 없다고 대놓고 선언하면서 5루블을 선물했다.'는 것을 알게 됐다. "그럼, 어려워하지 말고 그냥 여기 있으세요." 그루셴카는 우수에 가득 차 이렇게 결정을 내린 뒤 그에게 동정 어린 미소를 보냈다. 그 미소를 보자 노인의 얼굴이 일그러지더니, 고마운 마음에 울음이 나올 지경이라 입술을 씰룩거렸다. 그리하여 떠돌이 식객은 그때 이후로 그녀의 집에 남게 됐다. 심지어 그녀가 아팠을 때도 그는 집에서 나가지 않았다. 페냐와 그녀의 어머니, 즉 그루셴카의 식모는 그를 쫓아내기는커녕 계속하여 그에게 식사를 대 주고 소파에 그의 잠자리를 봐 주었다. 그 이후 그루셴카는 심지어 그에게 정이 들어 버려서, 미챠한테 갔다가 돌아오면(그녀는 몸이 좀 좋아지자 건강이 완전히 회복되지도 않았건만 곧장 면회를 다니기 시작했다.) 우수를 달래려고, 자신의 괴로움을 마냥 떨쳐 내려고 '막시무쉬카'와 앉아 온갖 하찮은 일에 대해 떠들기 시작했다. 알고 보니 이 노인은 때때로 얘기를 꽤나 재미있게 풀어 놓는 재주가 있어서 결국에 가선 그녀에게 꼭 필요한 존재가 되었다. 그루셴카는, 매일 오는 것도 아니고 늘 잠깐만 앉았다 가는 알료샤를 제외하면 누구든 다 마다했다. 그녀의 노인, 즉 상인은 이 무렵 이미 몹시 위중한 상태로서 도시에서 떠도는 말마따나 '오늘내일'하고 있었고, 실제로도 미챠의 공판이 있고 일주일 후에 죽고 말았다. 죽기 삼 주전, 끝이 가까워졌음을 예감한 그는 마침내 자기 아들들과 그 처자식들을 위층으로 부른 뒤 이제는 더 이상 자기 곁을 떠나지 말라고 명령했다. 그루셴카에 관한 한 이제부터는 숫제 그녀를 들이지 말라고 하인들에게 엄격하게 명령을 내렸고, 만약 그녀가 찾아온다면 "부디 오래오래 행복하게 사시고, 그분은 완전히 잊으시랍니다."라는 말을 전하게 했다. 그래도 그루셴카는 거의 매일 그의 용태를 알아보기 위해 사람을 보냈다.

"드디어 왔군!" 그녀는 이렇게 소리치며 카드를 내던지더니 알료샤와 반갑게 인사를 나누었다. "막시무쉬카는 당신이 오지 않을 수도 있다면서 겁을 줬어. 아, 당신이 얼마나 필요한지 몰라! 탁자 쪽으로 와서 앉아. 뭐 좀 마실래, 커피?"

"그러지 뭐." 알료샤가 탁자 앞에 앉으면서 말했다. "배가 고파 죽을 지경이야."

"거봐. 페냐, 페냐, 커피를 내와!" 그루셴카가 외쳤다. "우리부엌에선 오래전부터 커피를 끓이고 있었어. 당신을 기다린 거지. 피로그도 내와, 뜨겁게 해 가지고. 아니, 잠깐만, 알료샤, 오늘 이 피로그 때문에 난리가 났지 뭐야. 감옥에 있는 그 사람한테 피로그를 가져갔는데, 세상에, 그이는 먹지도 않고 그걸 나한테 집어 던졌어. 피로그 하나는 아예 땅바닥에 내동댕이치더니 짓뭉개 버리더라고. 그래서 나는 '간수한테 맡겨 놓을 텐데 저녁까지도 먹지 않으면 그땐 당신이란 작자는 표독스러운 심술만 먹고 사는 인간이 되는 거야!'라고 말하고서 나와 버렸어. 믿을 수 있겠어, 그러니까 또 싸운 거야. 면회만 가면 우리는 꼭 싸운다니까."

그루셴카는 흥분한 나머지 이 모든 말을 따발총처럼 쏟아 냈다. 막시모프는 즉시 주눅이 들어 배시시 웃다가 시선을 떨어뜨렸다.

"이번엔 또 대체 무슨 일로 싸운 건가?" 알료샤가 물었다.

"아예 생각도 못 했던 일로 그런 거야! 그러니까 말이야, '옛사람'을 빌미로 질투를 하더라고. '대체 당신이 왜 그놈을 먹여 살리는 거야? 그러니까 당신이 그놈을 먹여 살리기 시작했단 말이지?'라면서. 계속 질투를 하면서 나를 못살게 굴어. 잠을 자면서도 밥을 먹으면서도 질투에 사로잡혀 있어. 심지어 지난주에는 쿠지마를 빌미로 질투를 한 적도 한번 있었어."

"하지만 형은 원래 그 '옛 사람'에 대해 알고 있잖아?"

"알다뿐이겠어. 맨 처음부터 오늘 직전까지도 다 알고 있다가 오늘 갑자기 벌떡 일어나 욕을 퍼붓기 시작했어. 그이가 한 말을 입에 담기도 창피해. 바보라니까! 내가 나올 때 라키트카가 그이를 찾아왔더군. 라키트카가 자꾸 그이의 성을 돋우는 건 아닐까, 엉? 당신 생각은 어때?" 그녀는 혼란스러운 듯 덧붙였다.

"형은 당신을 사랑해, 정말로 그래, 그것도 몹시 사랑하고 있어. 방금은 마침 신경이 날카로웠던 것뿐이야."

"신경이 멀쩡할 리가 있겠어, 내일 공판이 있을 텐데. 그이를 찾아간 건 내일 일에 대해 할 말이 있어서였어, 알료샤, 내일 무슨 일이 있을지 생각만 해도 끔찍하거든! 지금 당신은 그이가 신경이 날카롭다고 말하지만, 신경 날카로운 걸로 치자면 나도 마찬가지란 말이야! 그런데 그 폴란드인 얘기는 왜 나오는 거야! 바보가 따로 없다니까! 여기 막시무쉬카에 대해서는 설마 질투를 하지 않겠지."

"우리 마누라도 나 때문에 아주 심하게 질투를 하곤 했지요." 막시모프가 한마디 거들었다.

"설마, 당신을 두고 질투를 하다니." 하며 그루셴카가 마지못해 웃음을 터뜨렸다. "당신과 누구 사이를 질투한단 말이에요?"

"허드렛일을 봐 주는 처녀들 때문이었지요."

"에이, 잠자코 있어, 막시무쉬카, 나는 지금 열 받아 죽을 지경이라서 웃고 자시고 할 틈도 없어요. 괜히 피로그에 눈독 들이지 말아요, 어차피 안 줄 테니까, 당신한텐 해로워요, 화주(火酒)도 안 돼요. 이 양반과 어떻게 사는지 좀 봐, 내 집이 꼭 양로원 같지 뭐야, 정말." 그녀가 웃어 댔다.

"나는 당신의 자선을 받을 가치도 없는, 백해무익한 놈이올시다." 막시모프가 눈물 어린 목소리로 말했다. "차라리 당신의 자선을 나보다 더 필요한 사람들한테 베풀어 주면 좋으련만."

"에이, 사람은 누구에게나 필요한 존재예요, 막시무쉬카. 게다가 뭘 보고서 누가 누구에게 필요한지 어떤지를 알 수 있단 말이야. 이 폴란드인만 없었더라면 좋았을걸, 알료샤, 정말로 그이도 오늘 병이 날 지경이었다니까. 사실 그 사람 집에도 갔다 왔어. 그래서 일부러라도 그 사람한테도 피로그를 보낼 거야. 나는 보내지도 않았는데 미챠는 내가 보낼 거라고 비난하니까, 그래서 이제는 일부러라도 보낼 거라고, 일부러! 아, 페냐가 편지를 갖고 오네! 뭐, 그럼 그렇지, 또 폴란드인들이 보낸 거야, 또 돈을 달라는 거지!"

판 무샬로비치는 정말로 예의 그 습관대로 굉장히 장황하고 수식어가 덕지덕지 붙은 편지를, 3루블을 빌려 달라는 내용의 편지를 보내왔다. 편지에는 앞으로 석 달 이내에 갚겠다는 내용의 차용 증서가 첨부되어 있었다. 차용 증서 밑에는 판 브루블레프스키의 서명도 있었다. 한결같이 이런 유의 차용 증서가 딸린 편지를 그루셴카는 자신의 '옛 사람'으로부터 이미 수도 없이 받아 왔다. 이런 일은 그루셴카의 건강이 회복될 무렵, 그러니까 이 주쯤 전부터 시작됐다. 그녀는 하지만 자기가 몸져누워 있는 동안에도 건강 상태를 알아보러 두 판이 찾아온 적이 있다는 걸 알고 있었다. 그루셴카가 처음으로 받은 편지는 커다란 포맷의 우편 용지에 장황하게 써 내려간 뒤 커다란 문장(紋章)을 찍어 봉인한 것으로서 귀신 씻나락 까먹는 소리를 하는지 너무도 애매모호하고 수식어가 덕지덕지 붙어 있었던 탓에 그루셴카는 무슨 말인지 통 알아들을 수 없어 절반만 읽고 내던져 버렸다. 그 무렵 그녀는 편지는 안중에도 없었던 것이다. 이 첫 편지에 이어 다음 날 두 번째 편지가 왔는데, 판 무샬로비치는 아주 빠른 시일 내에 2000루블을 빌려 달라고 부탁하고 있었다. 그루셴카는 이 편지에 대해서도 답장을 하지 않았다. 그다음엔, 숫제 하루에 한 통씩 충실한 편지 세례가 퍼부어졌으니, 한결같이 거들먹거리고 수식어가 덕지덕지 붙은 것이었지만 빌려 달라는 돈의 액수가 점점 적어져 100루블, 20루블, 10루블에 이르렀고, 마침내 그루셴카에게 갑자기 날아온 편지에서 두 판은 그저 1루블만이라도 좀 빌려 달라며 두 사람의 서명이 담긴 차용 증서를 첨부해 왔다. 그때 그루셴카는 갑자기 가엾은 마음이 들어서 황혼녘에 직접 판에게로 달려갔다. 가서 보니, 두 폴란드인은 거의 빈곤하다 할 만큼 찢어지게 가난한 몰골이었고 먹을 것도, 땔감도, 담배도 없는 데다가 여주인에게 빚까지 진 상태였다. 모크로예에서 미챠에게서 딴 200루블은 금세 어디론가 사라진 뒤였다. 하지만 두 판이 그루셴카를 맞이하면서 오만불손하게 거드름을 떨고 위엄을 부리고 딴엔 대단히 예의를 갖춘 채 허풍이 잔뜩 들어간 말을 늘어놓자, 그루셴카는 깜짝 놀랐다. 그루셴카는 그냥 웃기만 하고 자신의 '옛 사람'에게 10루블을 주었다. 그러곤 웃으면서 미챠에게 이 얘기를 했고 미챠는 전혀 질투를 하거나 하지 않았다. 하지만 그때 이후로 판들은 그루셴카한테 달라붙어선 매일 돈을 달라는 내용의 편지를 보내와 그녀는 폭발 직전이었고 그런 상태에서도 매일 조금씩 돈을 보내 주었다. 그러던 차, 오늘은 미챠가 무슨 변덕인지 갑자기 잔인하게 질투를 해 버린 것이다.

"내가 그만 바보같이, 미챠를 보러 가는 길에 아주 잠깐이긴 하지만 그 사람한테도 들렀던 거야. 왜냐면 그 사람, 나의 옛 사람인 그 판도 병이 났거든." 그루셴카가 다시 부산을 떨며 서둘러 말을 꺼냈다. "나는 웃으면서 이 얘기를 미챠에게 했어. 그런데 말이야, 나의 폴란드인이 무슨 변덕인지 나를 위해 기타를 치며 예전처럼 노래를 불러 주었는데 그렇게 하면 내가 그만 감정에 겨워 자기한테 시집가겠노라고 말할 줄 알았나 봐. 미챠는 펄쩍 뛰면서 대뜸 욕을 퍼부어 댄 거지…… 이렇게 된 이상, 판들한테도 피로그를 보낼 거야! 페냐, 또 저쪽에서 이 계집애를 보내온 거야? 자, 저 애에게 3루블을 주고 피로그도 한 열 개쯤 종이에 말아서 줘, 갖다주라고 해. 그리고 알료샤, 당신은 내가 그들에게 피로그를 보냈다는 얘기를 미챠에게 꼭 해 줘."

"그런 건 절대로 얘기할 수 없지." 알료샤가 미소를 지으면서 말했다.

"에이, 당신은 그이가 괴로워하는 줄 알 테지만, 사실 그이는 일부러 질투를 하는 것이고, 정작 그 자신은 아무래도 상관없는 거야." 그루셴카가 쓸쓸하게 말했다.

"일부러라니?" 알료샤가 물었다.

"멍청한 사람 같으니, 알료센카, 정말이지 당신은 그렇게 똑똑하면서 이런 일엔 잼병인가 봐, 정말. 내가 화가 나는 건 그이가 나 같은 여자를 두고 질투심을 느끼기 때문이 아니야, 아예 질투를 하지 않는다면 나는 정말 화가 날걸. 나는 그런 여자야. 그이가 질투를 좀 한다고 화를 낼 여자도 아니고, 나 자신이 워낙 마음이 독해서 질투를 잘하니까 말이야. 다만 내가 화가 나는 건 그이가 나를 전혀 사랑하지도 않으면서 지금 일부러 질투를 했다는 거야, 정말. 나는 뭐 눈이 먼 줄 알아, 안 보이는 줄 아냐고? 그이는 이제 와서 갑자기 나한테 그 여자, 카치카 얘기를 하는 거야. 그녀는 이렇고 이런 여자다, 자기의 공판을 위해 모스크바에서 의사를 초빙해 주었다, 자기를 구하기 위해 학식으로 보나 뭐로 보나 제일가는 변호사를 초빙해 주었다, 이런 식이야. 그러니까 빤히 내 눈 앞에서 그 여자 칭찬을 늘어놓는 걸 보면 그녀를 사랑하는 거야, 정말 뻔뻔스럽기 짝이 없는 눈을 하고서! 그이야말로 나한테 몹쓸 짓을 한 죄인이면서, 그래 놓고선 오히려 나를 죄인으로 만들려고, 나 하나한테만 전부 덮어씌우기 위해 나한테 괜히 트집을 잡는 거야. '너는 나를 만나기 전에 그 폴란드 놈과 놀아났으니, 내가 카치카와 사귀는 것쯤은 허용되는 거 아니야.'라는 식이지. 정말로 딱 이런 식이라니까! 나 하나한테만 모든 죄를 덮어씌우려고 하는 거야. 그러면서 일부러 트집을 잡았어, 정말이야, 하지만 나는 그저……."

그루센카는 그래서 자기가 뭘 어쩌겠다는 건지 채 다 말하지도 못하고 손수건으로 눈을 가리고서 엉엉 흐느껴 울었다.

"형은 카체리나 이바노브나를 사랑하지 않아." 알료샤가 확고하게 말했다.

"뭐 사랑하는지 안 하는지는 내가 직접 곧 알아낼 거야." 그루센카는 눈에서 손수건을 거두며 위협적인 어조가 느껴지는 목소리로 이렇게 말했다. 그녀의 얼굴은 일그러져 있었다.

알료샤는 그녀의 온순하고도 조용하고 명랑한 얼굴이 갑자기 음울하고 사악하게 바뀌는 것을 보면서 괴로워했다.

"이런 바보 같은 얘기는 그만 됐어!" 그녀가 갑자기 딱 잘라 말했다. "내가 이 일로 당신을 부른 건 전혀 아니니까. 알료샤, 이봐, 내일, 내일은 어떻게 될까? 정말로 나를 괴롭히는 건 바로 이거야! 오직 나 하나만 이걸로 괴로워하고 있어! 다른 사람들을 보면 아무도 이 일을 생각하지 않고 아무도 이 일에는 조금도 관심이 없어. 그래도 당신은 이 일을 생각하고 있겠지? 정말이지 내일은 공판이 있을 거잖아! 어디 얘기 좀 해 봐, 저쪽에선 그이에게 어떤 판결을 내릴까? 정말이지 이건 그 종놈 짓이야, 그 종놈이 죽인 거라고, 종놈이! 맙소사! 정말로 그 종놈 대신 그이에게 유죄 판결을 내릴 텐데 누구 하나 그를 변호해 줄 사람이 없단 말이야? 정말이지 그 종놈은 숫제 그냥 내버려 뒀다면서, 응?"

"그도 엄격하게 심문을 받았어." 알료샤가 생각에 잠긴 듯 지적했다. "하지만 다들 그는 아니라는 결론을 내렸어. 지금 그는 몹시 아픈 상태야. 그때 이후로, 그 간질 발작 이후로 아픈 거지. 정말로 아파." 알료샤가 덧붙였다.

"맙소사, 당신이 직접 그 변호사를 찾아가 얼굴을 맞대고 사정 얘기를 좀 해 보면 좋을걸. 페테르부르크에서 3000을 주고 초빙했다던데."

"그건 나, 이반 형, 거기다 카체리나 이바노브나 이렇게 우리 셋이서 3000을 들여 한 일이고, 2000을 들여 모스크바에서 의사를 초빙한 건 그녀 혼자 한 일이야. 페츄코비치 변호사는 돈을 더 많이 달라고 했겠지만, 모든 신문과 잡지에서 이 사건 얘기를 떠드는 바람에 이게 가뜩이나 러시아 전역에 널리 알려진 상황이라서 페츄코비치는 돈보다는 명성을 위해 기꺼이 와 주기로 한 거지. 사건이 웬만큼 유명해졌어야 말이지. 나는 어제 그 변호사를 봤어."

"그래서 뭐라고 하던? 직접 얘기를 해 봤어?" 그루셴카가 서둘러 물었다.

"그분은 그냥 듣기만 할 뿐, 아무 말도 하지 않았어. 이미 자기 나름대로 모종의 견해를 갖고 있노라고 말하던걸. 하지만 내 말도 고려해 보겠다고 약속했어."

"고려해 본다니! 아, 그들은 사기꾼이야! 그들이 그이를 파멸시킬 거야! 그래, 의사는, 그 여자가 의사를 초빙한 이유는 뭐야?"

"정신 감정을 받게 하려고. 형이 미친놈이니까 이성을 잃고 정신이 나간 상태에서 살인을 했다는 식의 결론을 도출하고 싶은 거지." 알료샤가 조용히 미소를 지었다. "다만, 형은 이런 짓엔 동의하지 않아."

"아, 그래 그이가 정말로 죽였다면, 그럴 테지!" 그루셴카가 소리쳤다. "그때 그이는 정신이 나갔으니까, 그것도 완전히 나갔고, 그건 내 잘못이야, 이 비열한 내가 죽일 년이야! 다만, 그이는 죽이질 않았어, 죽이지 않았다니까! 다들, 온 도시가 그이를 향해 그이가 죽였다고 떠들고 있지만 말이야. 심지어 페냐와 그 여자도 그이가 죽였다는 식의 증언을 했어. 상점에서도, 그 관리도, 그전에 술집에서도 그런 말을 들었다는 거야! 다들, 다들 그이를 못 잡아먹어서 그렇게 떠들고 있어."

"그래, 증거가 끔찍할 정도로 불어났어." 알료샤가 음울하게 지적했다.

"그리고리, 그리고리 바실리예비치도 문이 열려 있었다고 고집을 부리고 있잖아, 자기가 봤다고 우겨 대는 거야, 아무리 해도 그 노인의 고집을 꺾을 수가 없어, 내가 직접 달려가서 얘기까지 해 봤는데도. 지금도 욕을 하고 있어!"

"그래, 어쩌면 그것이 형에게 가장 불리한 증거인 셈이지." 알료샤가 말했다.

"미챠가 정신이 나갔다는 얘기 말인데, 그이는 지금은 정말 그런 것 같아." 어쩐지 유달리 염려스럽고 은밀한 표정으로 갑자기 그루셴카가 말을 시작했다. "그러니까 말이야, 알료센카, 나는 오래전에 당신에게 이 얘길 하고 싶었어. 매일 그이를 찾아가는데 그저 놀라울 따름이야. 어디 말 좀 해 봐, 어떻게 생각하는지. 지금 그이는 무슨 말을 잔뜩 늘어놓는데, 대체 무슨 얘기를 하는 걸까? 자꾸만 말을 꺼내긴 하는데 아무것도 알아들을 수가 없어, 그래서 나는 그이가 무슨 유식한 얘기를 하는 거라서, 뭐 그래 멍청한 내가 이해할 리 없지, 하고 생각은 해. 다만, 그이가 갑자기 나한테 아기 얘기를, 다시 말해 어떤 아이 얘기를 하기 시작했어. '도대체 왜 애기는 가난한 거지?' '애기를 위해 나는 지금 시베리아로 가는 거야, 내가 죽이지는 않았지만 나는 시베리아에 가야 한다!' 이게 무슨 소린지, 애기가 뭔지 ─ 아무것도 이해를 못 하겠어. 그이가 이런 말을 할 때면 난 그저 울기만 했어. 그이가 청산유수처럼 이런 말을 늘어놓으면서 울기에, 나도 울음을 터뜨린 거야. 그이는 갑자기 나에게 키스를 하고 한 손으로 성호를 그어 주었어. 이게 뭘까, 알료샤, 당신이 나한테 좀 얘기해 줘, '애기'가 대체 뭐야?"

"그건 웬일인지 라키친이 형을 찾기 시작한 탓일걸." 알료샤가 미소를 지었다. "하지만…… 그 얘긴 라키친한테서 나온 것 같진 않군. 어제는 내가 형한테 못 가 봤으니, 오늘은 가 볼 거야."

"맞아, 이건 라키트카와는 상관없어. 이건 아무래도 그이의 동생 이반 표도로비치가 그이의 마음을 심란하게 만들어서 그런 거야. 이반 표도로비치가 그이한테 다니면서 생긴 일이야, 정말로 그렇다니까……." 그루셴카는 이렇게 말해 놓고 갑자기 말을 툭 끊어 버렸다. 알료샤는 충격을 받은 듯 그녀를 응시했다.

"다닌다니? 아니, 작은형이 큰형을 보러 다닌다고? 미챠가 나한테 말하기론, 이반은 한 번도 오지 않았다던데."

"뭐…… 뭐, 그래, 내가 늘 이 모양이라니까! 또 헛말을 해 버렸지 뭐야!" 그루셴카는 갑자기 얼굴을 그야말로 새빨갛게 붉히며 곤혹스러운 양 소리쳤다. "잠깐만, 알료샤, 잠자코 있어, 어쩔 수 없지, 한번 헛말을 해 버렸으니까 아예 전부 사실대로 얘기할게. 이반이 그이를 찾아간 건 두 번인데, 한 번은 바로 그때, 그러니까 모스크바에서 돌아온 직후, 내가 아직은 몸져눕지 않았을 때였고, 두 번째로 다녀간 건 일주일 전이었어. 이반은 미챠에게 이 얘기는 알료샤한테 하지 말라고 명령했대, 절대로 말하지 말라고. 몰래 다녀간 거니까 숫제 아무한 테도 말하지 말라고 했대."

알료샤는 깊은 생각에 잠긴 채 앉아서 머릿속으로 뭔가를 정리하고 있었다. 이 소식에 적잖은 충격을 받은 기색이 역력 했다.

"이반 형은 미챠의 일에 대해선 나와 이야기하지 않아." 그 가 천천히 말했다. "아니, 요 두 달 내내 대체로 나와는 거 의 말을 거의 하지 않았어. 내가 형을 찾아가면 늘 내가 온 걸 못마땅해해서 나는 벌써 삼 주째 형에게 가지 않고 있어. 음……. 형이 일주일 전에 갔다면, 그렇다면…… 요 일주일간 미챠에게 정말로 어떤 변화가 있었다는 건데……."

"변화, 변화가 맞아!" 그루셴카가 재빨리 말을 받았다. "그들 에겐 비밀이 있어, 비밀이 있었다고! 미챠가 직접 나한테 비밀 이라고 말했고, 그러니까 말이야, 미챠는 그 비밀 때문에 마음 이 편치 않은 거야. 정말이지 전엔 명랑했잖아. 물론 지금도 명 랑하긴 하지만, 다만, 그러니까 말이야, 이렇게 머리를 흔들면 서 방 안을 성큼성큼 걷기 시작할 때면, 바로 이렇게 오른손 손가락으로 여기 자신의 관자놀이 위의 머리카락을 잡아당기 기 시작할 때면, 그럼 나는 알고 있어, 그이의 마음속이 뭔가 불안하다는 걸…… 내가 모를 리가 없잖아! 안 그러면 명랑한 사람인데, 아니, 오늘도 명랑했어!"

"아까는 신경이 날카로웠다고 말했잖아?"

"신경이 날카롭긴 했지만 그래도 명랑했어. 줄곧 신경이 날 카롭지만 그건 잠깐이고 그러다가 곧 명랑해지고 그다음엔 또 갑자기 신경이 날카로워지는 거지. 게다가 말이야, 알료샤, 나는 줄곧 그이한테 놀라고 있어. 어마어마하게 무서운 일이 코앞에 닥쳤건만 그이는 심지어 어떨 때는 꼭 어린애처럼 너무나 하찮은 일을 갖고 껄껄 웃곤 해."

"그런데 형이 정말로 나한테 이반 얘기를 하지 말라고 했어? 얘기하지 말라, 이렇게 말했냐고?"

"그렇게 말했어, 얘기하지 말라고. 그이는, 그러니까 미챠는 당신을 세상에서 제일 무서워해. 왜냐하면 여기엔 무슨 비밀이 있으니까, 자기 입으로 비밀이라고 말했어…… 알료샤, 이봐, 가서 그들이 말하는 비밀이 도대체 무엇인지 알아낸 뒤 나한테 와서 말해 줘." 그루셴카가 갑자기 고함을 지르다시피 하며 애원했다. "내가, 이 불쌍한 여자가 내 저주받은 운명을 알 수 있도록 당신이 힘을 써 줘! 이 일 때문에 당신을 부른 거야."

"그럼, 이 일이 당신과 관련이 있는 거라고 생각하는 건가? 그런 경우라면, 형은 당신 앞에서 비밀이라는 말을 쓰지도 않았을걸."

"글쎄, 모르겠어. 어쩌면, 그이는 나한테 말을 하고 싶었지만 그럴 용기가 없었는지도 모르지. 그냥 미리 경고만 해 주는 거지. 비밀이 있다는 말은 하면서도 어떤 비밀인지는 말하지 않았으니까."

"그럼, 당신 생각은 어떤데?"

"내 생각이 어떠냐고? 나는 이제 끝장났구나, 바로 이렇게 생각해. 그들 셋이 함께 나서서 나를 끝장내려는구나, 하고. 왜냐하면 여기엔 카치카가 끼어 있거든. 이 모든 것이 카치카의 짓, 다 그 여자 소행이야. '그 여자는 이렇고 저렇고 한 여자'라고 하는 걸 보니까 나는 그런 여자가 못 된다는 소리인 거지. 그이는 미리부터 이 말을 해서 나한테 미리 경고를 해 두는 거야. 그이는 나를 버릴 생각인 거야, 바로 이게 비밀의 전부야! 셋이서 함께 이런 걸 생각해 낸 거야——미치카, 카치카, 이반 표도로비치. 알료샤, 나는 오래전부터 당신에게 물어보고 싶은 게 있었어. 일주일 전에 갑자기 그이가 나한테 이반이 카치카를 자주 찾아가는 걸 보면 사랑에 빠진 것 같다는 말을 해 줬어. 그이가 말한 게 사실이야, 아니야? 양심을 걸고 말해 줘, 아니면 나를 찔러 죽이든지."

"내가 당신한테 거짓말을 할 리가 없잖아. 이반 표도로비치는 카체리나 이바노브나에게 반한 건 아니야, 나는 그렇게 생각해."

"그래, 나도 그때는 그렇게 생각했어! 그이가 나한테 거짓말을 하는구나, 정말 뻔뻔스러운 인간이야, 정말! 그런데도 지금 나를 두고 질투를 하다니, 이건 나중에 나한테 죄다 덮어씌우기 위해서야. 정말이지 그는 바보야, 단서를 묻어 버리는 재주라곤 통 없으니까, 너무도 솔직한 사람이라……. 난 정말 그이를, 그이를! 그이는 '너는 내가 죽인 거라고 믿고 있지.'라는 말을 나한테 해, 나한테 이런 말을 하다니, 이렇게 꼬투리를 잡아 나를 책망했어! 정말, 하느님 맙소사! 뭐 그래 보라지, 나한테 이래 놓고선 이 카치카 년 법정에서 좋은 꼴 못 볼걸! 나는 거기서 꼭 한마디 해 줄 게 있으니까…… 아니야, 전부 다 말해 버릴 거야!"

그러고서 그녀는 서럽게 울기 시작했다.

"내가 당신에게 확실히 이야기할 수 있는 것은, 그루셴카." 하고 자리에서 일어나면서 알료샤가 말했다. "우선, 형은 당신을 사랑하고 있으며, 오직 당신 한 사람만을 이 세상의 그 누구보다도 더 사랑하고 있다는 거야, 이 점에 관한 한 내 말을 믿어. 나는 알고 있어. 알고 있다니까. 둘째, 당신에게 할 말은, 형에게서 비밀을 캐내고 싶진 않지만 형이 오늘 자진해서 내게 말해 준다면 즉시, 당신에게 그 비밀을 얘기해 주기로 약속했다고 형에게 말하겠어. 그때는 오늘 당장 당신에게 와서 말해 줄게. 다만…… 내 생각으론…… 이 일에 카체리나 이바노브나는 아무런 관련도 없고, 이 비밀은 뭔가 다른 일일 거야. 분명히 그럴 거야. 카체리나 이바노브나라니, 어림도 없는 소리지, 여하튼 내 생각은 그래. 일단은 그만 가 볼게!"

알료샤는 그녀의 손을 잡았다. 그루셴카는 아직도 계속 울고 있었다. 그는 자기가 던진 위로의 말을 그녀가 좀처럼 믿지 않고 있음을 알았지만, 괴로움을 풀어 놓았다는 것, 속내를 확 털어놓았다는 것만으로도 그녀에겐 좋은 일이었다. 그녀를 이런 상태로 남겨 두기가 안쓰러웠지만, 그래도 마음이 급했다. 그의 앞에는 아직 많은 일이 버티고 있었으니까.

2 아픈 발

그중 첫 번째 일은 호흘라코바 부인의 집과 관련된 것이어서 그리로 걸음을 재촉했는데, 어서 빨리 그곳의 일을 끝내고 미챠에게 늦지 않도록 하기 위해서였다. 호흘라코바 부인은 이미 삼 주째 앓고 있었다. 무엇 때문인지 그녀의 한쪽 발이 부어올라서 침대에 앓아누워 있진 않았지만 낮에도 자신의 규방 침대 의자에 반쯤 누워 있었는데, 이런 상황에서도 요염하면서도 기품 있는 실내복을 입고 있었다. 알료샤도 한번은 호흘라코바 부인이 병이 난 상태에서도 무슨 머리 장식이며 리본이며 가슴이 푹 파인 옷을 선보이는 등 거의 멋을 부리다시피 하는 걸 어쩌다 눈치채곤 속으로 순진한 미소를 흘린 적이 있는데, 그는 부인이 왜 이러는지 감을 잡았지만 공연한 생각이라며 내쫓았다. 그러니까 최근 두 달간 호흘라코바 부인을 방문하기 시작한 이러저러한 손님들 중에는 젊은 청년 페르호친도 끼어 있었던 것이다. 알료샤는 이 집에 온 지 벌써 나흘 남짓 지났기 때문에 집 안으로 들어서자마자, 리자한테 볼일이 있었기 때문에 곧장 그리로 서둘러 갔다. 리자는 어제 몸종을 보내 '아주 중대한 용건'이 있으니 즉시 자기한테 와 달라고 부탁했는데, 이는 어떤 이유로 알료샤의 흥미를 자극했던 것이다. 하지만 몸종이 리자에게 알리러 간 틈에 호흘라코바 부인도 벌써 누구한테 들었는지 그가 왔다는 것을 알고서 사람을 보내 '아주 잠깐이면 되니까' 즉시 자기한테 들러 달라고 부탁했다. 알료샤는 우선 어머니의 부탁을 들어주는 편이 낫겠다고 판단했는데, 안 그러면 자기가 리자 방에 가 있는 동안 부인이 수시로 리자 방으로 사람을 보낼 것이었기 때문이다. 호흘라코바 부인은 어쩐지 유난히도 화려한 차림을 하고 침대 의자에 누워 있었으며 보아하니 굉장히 신경질적인 흥분에 휩싸인 것 같았다. 부인은 환호성을 지르며 알료샤를 맞이했다.

"수백 년, 수백 년, 꼬박 수백 년 동안 당신을 못 봤지 뭐예요! 꼬박 일주일 만이에요, 세상에. 아, 하긴 겨우 나흘 전에, 지난 수요일에 왔었군요. 리즈를 보러 왔을 테죠. 나한테 안 들리도록 살짝 발꿈치를 들고서 곧장 그 애 방으로 갈 참이었다는 거, 나도 다 알아요. 사랑스러운, 사랑스러운 알렉세이 표도로비치, 그 애 때문에 걱정이 이만저만이 아니라는 걸 알기만 한다면! 하지만 이 얘기는 나중에 해요. 비록 이게 가장 중요한 문제지만, 이 얘긴 나중에 해요. 사랑스러운 알렉세이 표도로비치, 나는 나의 리자를 전적으로 당신에게 맡깁니다. 조시마 장로가 돌아가신 뒤——고인의 명복을 비옵나이다!(그녀는 성호를 그었다.)——그분 이후 당신을 나는 수도사로 보고 있어요, 비록 새 양복을 입은 당신의 모습도 아주 멋지지만요. 도대체 여기 어디서 그런 재봉사를 구했어요? 그나저나 아니야, 아니지, 중요한 건 이게 아니니까, 이 얘긴 나중에 해요. 내가 이따금씩 당신을 알료샤라고 불러도 용서해 줘요, 나는 할망구니까 뭔들 문제가 되겠어요."라며 그녀가 애교스럽게 미소를 지었다. "하지만 이 얘기도 나중에 해요. 중요한 것은 내가 중요한 것을 잊지 않는 거예요. 부디 당신이 나한테 상기시켜 주세요, 내가 말을 할라치면 당신은 '그래서 중요한 게 뭐죠?'라고 말해 주세요. 아, 지금 뭐가 제일 중요한 것인지를 내가 어떻게 안담! 리즈가 당신에게 했던 약속을——당신에게 시집을 가겠노라는 그 어린애다운 약속 말이에요, 알렉세이 표도로비치——취소한 이후로 당신은 물론 이 모든 것이 그저 오랫동안 휠체어에 앉아 있던 병든 소녀의 어린애답고 장난스러운 환상에 불과했음을 이해하셨겠죠. 천만다행으로 이제는 이미 걸을 수 있지만요. 카챠가 그 불운한 당신의 형님을 위해서 모스크바에서 초빙한 이 새 의사, 그러니까 내일 당신 형님을…… 아니, 내일 얘기는 왜 꺼냈담! 내일의 일은 생각만 해도 죽을 것 같아요! 무엇보다도 호기심이 끓어올라서요……. 한마디로 말해서, 이 의사가 어제 우리 집에 와서 리즈를 봤어요……. 나는 그분에게 왕진료로 50루블을 드렸어요. 하지만 중요한 건 이게 아니라, 이번에도 이게 아니라……. 보세요, 나는 지금 완전히 갈팡질팡하는군요. 마음이 급한가봐요. 왜 이렇게 나는 마음이 급하죠? 나도 모르겠어요. 난 요즘 뭐가 뭔지 통 알 수가 없다니까요. 모든 게 밀가루 반죽처럼 뒤죽박죽이 됐어요. 나는 당신이 갑자기 나 때문에 지겨워져서 벌떡 일어나 떠나 버리지나 않을까 걱정이 됐는데, 이렇게 때마침 당신을 만나게 되다니. 아, 맙소사! 우린 왜 이렇게 그냥 앉아 있는 거죠, 우선 커피라도, 율리야, 글라피라, 커피 좀 내와!"

알료샤는 서둘러 감사의 말을 하고서 지금 막 커피를 마셨다고 알렸다.

"누구 집에서요?"

"아그라페나 알렉산드로브나 집에서요."

"그건…… 그건 그 여자를 말하는군요! 아, 그 여자가 모든 사람들을 파멸시켰어요. 하긴 나는 잘 모르겠지만, 그 여자가 늦게나마 성녀같이 됐다고들 하더군요. 차라리 진작 그랬으면 모를까, 이제 와서 그게 무슨 소용이 있어요? 잠자코 계세요, 잠자코 계시라고요, 알렉세이 표도로비치, 난 하고 싶은 말이 너무 많아서 아무 말도 못 할 것 같아요. 이 끔찍한 소송은…… 나는 꼭 가겠어요, 만반의 준비를 갖추고 있어요, 휠체어에 앉은 채로 데려가게 할 거예요, 게다가 내 옆에 사람들이 있으면 나도 앉아 있을 수 있어요, 당신도 알고 계시잖아요, 나도 증인 중 하나라는 걸. 난 무슨 말을 하게 될까요, 무슨 말을 말이죠! 나는 내가 무슨 말을 하게 될지 모르겠어요. 선서를 해야 되죠, 안 그런가요, 예?"

"그렇습니다만, 부인이 출두할 수 있을 것 같진 않군요."

"나는 앉아 있을 수 있어요. 아이, 왜 나를 정신없게 만드는 거예요! 이 소송, 이 야만적인 행동, 그다음엔 다들 시베리아로 떠날 거고 다른 이들은 결혼을 할 거고, 이 모든 것이 순식간에, 그야말로 순식간에 일어나고 모든 것이 변하고 결국엔 이러나저러나 다들 늙은이가 되어 관이나 바라보고 있겠죠. 뭐 그러면 어때요, 나는 지쳤어요. 이 카챠—이 매혹적인 인물(cette charmante personne)이 내 희망을 모조리 산산조각 내버렸지 뭐예요. 이제 이 아가씨는 당신의 한 형님을 쫓아 시베리아로 갈 거고 당신의 다른 형님은 이 아가씨를 따라가서 이웃 도시에 살 거고, 그러면서 다들 서로서로를 괴롭히게 될 거예요. 이것도 나를 미치게 만들지만, 무엇보다도 큰 문제는 이일이 세상에 파다하게 알려졌다는 거예요. 페테르부르크와 모스크바의 모든 신문에서 100만 번은 족히 기사를 썼다니까요. 아, 그래요 정말, 한번 생각해 보세요, 내 얘기도 있는데, 내가 당신 형님의 '사랑스러운 친구'라고 썼더군요. 추잡한 말은 입에 담고 싶지도 않으니까, 한번 생각해 보세요, 어디 생각 좀 해 보시라고요!"

"그럴 리가 없습니다! 어디서 어떻게 썼다는 거죠?"

"지금 보여 드리죠. 어제 받았고 어제 읽었어요. 자, 여기 페테르부르크 신문 《풍문》이에요. 이 《풍문》은 올해부터 발행되기 시작했는데, 나는 각종 풍문을 사족을 못 쓸 만큼 좋아해서 구독 신청을 했더니 이렇게 내가 걸려들었지 뭐예요. 자, 여기 소문이 어떤지 보세요. 바로 여기, 바로 이 부분요, 읽어 보세요."

그러면서 그녀는 베개 밑에 있던 신문을 알료샤에게 내밀었다.

그녀는 정신이 어리벙벙한 정도가 아니라 어쩐지 완전히 박살 난 상태여서, 정말로 머릿속이 온통 밀가루 반죽처럼 뒤죽박죽인 듯싶었다. 신문 기사 내용은 극히 특징적인 것이었기 때문에 그녀에게 아주 자극적인 영향을 미쳤을 것임에 틀림없지만, 다행스럽게도 그녀는 이 순간 한 가지에 집중할 수 없었기 때문에 일 분 뒤에는 신문 내용도 까먹고 완전히 다른 얘기로 훌쩍 넘어갈 수 있었다. 이 끔찍한 소송의 명성이 이미 러시아 전역에 걸쳐 방방곡곡으로 퍼졌다는 것은 알료샤도 오래전부터 알고 있었는데, 요 두 달간 자기 형과 카라마조프 집안 전체, 심지어 자기 자신에 대한 여타 신빙성 있는 기사와 더불어, 맙소사, 참으로 기가 막히는 보도와 통신문도 읽었던 것이다. 어느 신문에는 심지어 그가 형의 범죄 이후 너무도 무서웠던 나머지 수도사가 되어 수도원에 틀어박혔다는 기사도 났다. 다른 신문에서는 이를 부정하면서 오히려 그가 자신의 장로인 조시마와 함께 수도원의 금고를 부수고 '수도원에서 도망쳤다.'라고 썼다. 그런데 《풍문》의 지금 보도는 '스코토프리고니옙스크[15](슬프게도 우리 도시의 이름이 이런데, 나는 오랫동안 이 이름을 숨겨 왔다.)의 카라마조프 소송에 관하여'라는 제목을 달고 있었다. 그것은 짤막한 기사인 데다가 호흘라코바 부인을 직접 언급하지도 않았고 더욱이 대체로 모든 이름들이 숨겨져 있었다. 보도된 내용은 그저, 지금 이처럼 물의를 일으킨 가운데 재판을 받게 된 범죄자가 퇴역한 육군 대위이며 뻔뻔스러운 타입의 게으름뱅이에다 농노이며, 계속하여 애정 행각을 벌이고 특히 '외로움에 젖어 권태로워하는 부인들' 사이를 누비고 다녔다는 것이었다. 이 '권태로워하는 과부들' 중 어느 한 부인, 이미 성장한 딸도 있지만 그래도 여전히 젊은 척구는 부인이 그에게 홀딱 반한 나머지, 범죄 발생 겨우 두 시간 전에 자기와 함께 즉시 금광을 찾아 떠나자며 3000루블을 제안했다는 것이다. 하지만 악당은 마흔 살이나 먹은 매력 따위를 뽐내는 이 권태로워하는 부인을 데리고 힘겹게 시베리아로 가느니 차라리 아버지를 죽이고 문제의 그 3000을 손에 넣는 편이 낫겠다고, 또 벌을 피해 가는 쪽으로 일을 처리할 수 있

---

15) 가축 시장이라는 뜻.

을 거라고 생각했다는 것이다. 이 장난스러운 통신문은, 응당 그렇듯, 친부 살해 사건의 부도덕성과 과거 농노제에 대한 고상한 분노로 끝나고 있었다. 호기심을 갖고 읽은 뒤 알료샤는 신문을 말아서 호흘라코바 부인에게 다시 돌려주었다.

"어때요, 내 얘기가 맞죠?" 그녀가 다시 지껄여 대기 시작했다. "정말이지 이건 내 얘기라고요, 거의 한 시간 전에 당신 형님에게 금광이 어떠냐고 했는데, 갑자기 '마흔 살이나 먹은 매력 따위'라뇨! 내가 설마 이런 뜻으로 말했겠어요? 이건 일부러 이렇게 쓴 거예요! 영원한 판관이시여, 마흔 살이나 먹은 매력 따위 어쩌고저쩌고 쓴 이 양반을 나처럼 용서해 주시옵소서, 하지만 이건…… 이게 누구 짓인지 아세요? 이건 당신의 친구 라키친의 짓이에요."

"그럴 수 있겠죠." 알료샤가 말했다. "비록 난 아무 얘기도 듣지 못했지만."

"'그럴 수 있겠다.' 정도가 아니라, 정확히 그 사람 짓이라니까요! 내가 그를 쫓아냈거든요……. 설마 이 얘긴 전부 알고 계시겠죠?"

"내가 알고 있는 건 부인이 그에게 앞으로는 방문하지 말아 달라고 했다는 정도이고, 정확히 무엇 때문인지는 나도 잘……. 최소한 부인한테선 들은 바가 없어서요."

"그럼, 그 사람한테선 들었겠네요! 아니, 그래 그가 내 욕을 하던가요, 심하게 욕하던가요?"

"예, 욕을 했지만, 사실 그는 아무한테나 욕을 하니까요. 하지만 무엇 때문에 부인이 그를 내치셨는지는 그에게서도 듣지 못했습니다. 아니, 대체로 그와 만나는 일이 드물어요. 우리는 친구 사이도 아니거든요."

"그럼 내가 당신한테 이걸 전부 털어놓겠어요, 어쩔 수 없으니까요. 사실 여기엔 내 잘못도 하나 있으니까 뉘우치는 심정으로요. 다만 그게 사소하고도 사소한, 아주 사소한 것이라서, 어쩌면 전혀 없는 거라고 할 수도 있어요. 그러니까 말이죠, 이봐요."라며 호흘라코바 부인은 갑자기 웬지 장난스러운 표정을 하고 입술에 수수께끼 같긴 하지만 사랑스러운 미소를 머금었다. "그러니까 말이죠, 나는 좀 수상쩍은 마음이 들어요……. 나를 용서해 주세요, 알료샤, 나는 당신을 내 어머니 같은 심정으로…… 오 아니에요, 아니야, 정반대로 나는 당신을 지금 나의 아버지처럼 여기고 있어요…… 어머니라니 아무래도 이 순간엔 영 어울리지 않네요……. 뭐, 어쨌거나 당신을 조시마 장로 앞에서 고백하는 심정으로, 그러고 보니 이건 아주 그럴듯하군요, 이건 아주 잘 어울려요. 아까 내가 당신을 수도사라고 부르기도 했지만——여하튼 그래서 이 가련한 젊은이, 당신의 친구 라키친이(오 맙소사, 나는 그 사람한테 마냥 화만 내고 있을 수도 없어요! 화도 나고 열도 받았지만 그렇게 심하진 않아요.) 한마디로 말해서, 이 경솔한 젊은이가 갑자기, 그러니까 말이죠, 세상에나 무슨 변덕인지 나한테 반한 것 같아요. 나는 이걸 나중에, 그야말로 나중에 가서야 갑자기 눈치챘지만 처음부터, 다시 말해서 한 달쯤 전부터 그가 우리 집을 자주, 거의 매일 방문하기 시작했어요. 전에도 아는 사이이긴 했지만요. 그래도 난 아무것도 모르다가…… 갑자기 모든 게 환해지면서 눈치를 채곤 나도 놀란 거죠. 그런데 말이죠, 우리 집엔 벌써 두 달 전부터 이 겸손하고 사랑스럽고 훌륭한 젊은 청년, 여기서 근무하고 있는 표트르 일리치 페르호친이 드나들기 시작했거든요. 당신도 그를 몇 번이나 보셨잖아요. 정말로 훌륭하고 진지한 사람이 아닙니까. 그렇다고 매일 오는 건 아니고(하긴 뭐 매일이면 또 어때요.) 사흘에 한 번쯤 오는데, 언제나 그렇게 멋지게 차려입고 있죠. 나는 대체로 젊은이들을 좋아해요, 알료샤, 재능 있고 겸손하고, 바로 당신처럼 말이죠. 그런데 그는 정부 인사가 될 수 있을 만큼 뛰어난 지성을 갖추고 있고, 말도 또 얼마나 매력적으로 하는지, 나는 그를 잘 부탁한다고 꼭, 꼭 청원을 올릴 거예요. 이 사람은 미래의 외교관이거든요. 그는 바로 그 끔찍한 날, 한밤중에 나를 찾아와서 나를 거의 죽음에서 구원해 준 장본인이에요. 뭐, 그런데 당신의 친구 라키친은 언제나 참 그렇고 그런 장화를 신고 와서는 양탄자 위를 질질 누비고 다니고…… 한마디로 말해서, 그는 나에게 심지어 어떤 암시마저 던지기 시작했고, 한번은 우리 집을 떠나면서 갑자기 내 손을 엄청나게 꽉 쥐었어요. 그가 내 손을 꽉 쥐자마자 갑자기 나는 한쪽 발이 아프기 시작했어요. 그는 예전에도 우리 집에서 표트르 일리치와 마주친 적이 있는데, 글쎄, 무엇 때문인지 자꾸만 그에게 집적거리고 또 집적거리더니 괜히 트집을 잡아 이상한 소리까지 하는 거예요. 나는 그저 그 두 사람이 어떻게 어울리게 될까, 바라만 보며 속으로 웃었답니다. 그런데, 갑자기 내가 혼자 앉아 있는데, 아니지, 그때는 이미 누워 있었지, 그러니까 갑자기 내가 혼자 누워 있는데, 미하일 이바노비치[16]가 글쎄, 기가 막혀서, 시를, 나의 아픈 발에 바치는 아주 짧은 시를 지어서 갖고 온 거예요. 다시 말해서 시에서 나의 아픈 발을 묘사한 거죠. 잠깐만요, 이게 어떠냐 하면요.

이 귀여운 발, 이 귀여운 발이
살포시 아프게 됐노라…….

뭐 대충 이런 내용인데──이거 보세요, 나는 도저히 시를 외울 수가 없다니까요──여기 내 방에 있으니까 뭐 나중에 당신에게 보여 드리죠. 다만 어찌나 매력적인지, 정말로 매력적이에요, 그러니까 그저 발 하나에 대한 것도 아니고, 매력적인 이념을 가진 교훈적인 시였는데, 그런데 그만 까먹었지 뭐예요. 한마디로 말해서 그걸 곧장 앨범에 끼워 뒀어요. 뭐 그래서 나는 물론 감사를 표했고, 그는 눈에 보일 정도로 우쭐해 하더군요. 그런데 내가 감사를 표하기가 무섭게 갑자기 표트르 일리치가 들어섰고, 미하일 이바노비치는 갑자기 한밤과 같은 어둠이라도 내린 양 인상을 팍 쓰는 거예요. 보아하니, 미하일 이바노비치는 지금 틀림없이 자기 시에 관해 뭔가 하고 싶은 말이 있었던 터라, 표트르 일리치가 온 게 방해가 됐던 거죠. 이런 예감이 드는 차에, 정말로 표트르 일리치가 들어온 거예요. 나는 누구 시인지는 말하지 않고 갑자기 표트르

16) 라키친의 이름과 부칭.

르 일리치한테 시를 보여 주었어요. 하긴, 정말 확신하건대, 그래도 그는 지금 이게 누구의 시인지를 곧 짐작했을 거예요. 비록 지금까지도 그렇다고 고백하기는커녕 통 모르겠다고 말하지만, 이건 그냥 일부러 그러는 거예요. 표트르 일리치는 곧장 웃음을 터뜨리더니 비판을 가하기 시작했어요. 시가 무슨 걸레쪽 같다느니, 무슨 꼬맹이 신학생이 쓴 거라느니, 하면서요. 그것도 어찌나 열을 올리는지, 어찌나! 그러자 당신의 친구는 웃음을 터뜨리기는커녕 갑자기 완전히 광분해 버린 거예요……. 맙소사, 나는 이제 곧 주먹다짐이라도 오가겠구나, 생각했어요. 왜냐면 라키친이 곧장 '이건 내가 쓴 거요. 시를 쓰는 것을 너절한 짓이라 간주하기 때문에 장난삼아 써 본 거지만…… 다만, 내 시는 훌륭해요. 당신의 푸시킨이 여성의 발을 노래했다는 이유로 그를 위해 기념비를 세우고 싶어들 하는데,[17] 내 시는 사상적 경향성을 담고 있는 반면, 당신은 농노제 지지자이지 않소? 당신은 그 어떤 인도주의도 없고 요즘 세상에 맞는 그 어떤 계몽된 감정도 느끼지 않는 데다가 이 시대의 발전과는 완전히 동떨어져 사는 양반이고, 그냥 관리로서 뇌물이나 챙기고 있는 거요!'라고 말했거든요. 그래서 나는 소리를 지르면서 그들을 붙잡고 애원하기 시작했어요. 하지만 표트르 일리치는 아시다시피, 좀처럼 겁을 집어먹는 사람이 아니라서 갑자기 아주 점잖은 태도를 취하더군요. 비아

---

17) 1862년부터 논의되었던 푸시킨 기념비 건립은 1880년 6월 6일에 이루어졌으며, 6월 8일에 있었던 기념행사에서 도스토옙스키는 이른바 '푸시킨론'을 낭독했다.

냥거리듯 상대방을 바라보면서 그의 말을 경청하고 사과를 하더라고요. '제가 몰랐군요. 알았더라면, 그런 말을 안 했을 거요, 암, 오히려 칭찬을 했을 테죠……. 시인들이란 다들 워낙 신경이 예민하니까요……'라고 말하면서요. 한마디로 말해서, 아주 점잖은 표정을 지으면서 이렇게 비아냥거렸던 거죠. 나중에 그 사람이 나한테 직접 이건 모두 비아냥거리는 거였노라고 설명했지만, 그때 난 진짜로 사과하는 줄 알았지 뭐예요. 다만, 지금 당신 앞에서 하고 있는 것과 마찬가지로 이렇게 누워 있다가 갑자기 한 가지 생각을 하게 된 거죠. 즉, 나의 집 안에서 나의 손님에게 점잖지 못하게 소리를 쳤다는 이유로 갑자기 미하일 이바노비치를 쫓아낸다면 그건 점잖지 못한 일일까? 하는. 그리고 정말이라니까요, 이렇게 누운 채 눈을 감고 그게 점잖은 일일까, 아닐까, 곰곰 생각해 봤지만 아무래도 결정을 내릴 수가 없어 괴로워 죽겠고 심장이 쾅쾅 뛰더라고요. 그래, 호통을 쳐 줄까, 그러지 말까? 한 목소리는 호통을 치라고 말하고, 다른 목소리는 안 돼, 호통을 치다니! 하고 말하더군요. 이 다른 목소리가 말을 꺼내기가 무섭게 나는 갑자기 호통을 치기 시작했고 그러다 갑자기 기절해 버렸어요. 뭐 그러고는 한바탕 소동이 났죠. 나는 갑자기 자리에서 일어나 미하일 이바노비치에게 말했어요. 당신에게 이런 말을 해야 돼서 나도 참 씁쓸하지만 앞으론 더 이상 당신을 내 집에 들이고 싶지 않다, 하고요. 이렇게 쫓아내 버린 거예요. 아, 알렉세이 표도로비치! 나도 내가 추악한 짓을 했다는 건 알고 있어요, 거짓말을 한 셈이니까요. 사실 난 절대로 그 사람한테 화가 난 건 아니었지만 갑자기, 그야말로 갑자기 이렇게 하는 것이 좋겠다고 생각됐고, 그리고 이 장면은……. 그러니까 말이죠, 이 장면은 어쨌거나 자연스러웠어요, 왜냐하면 난 심지어 엉엉 울기까지 했고 그러고도 며칠 동안 울다가, 그러다가 갑자기 밥을 먹고 나서 모든 걸 잊어버렸거든요. 이렇게 그가 발길을 끊은 지 벌써 두 주째인데, 정말로 아예 오지 않을 건가? 하는 생각을 해 봤어요. 어제 마침 이런 생각을 했는데, 갑자기 저녁 무렵 이《풍문》이 온 거죠. 읽어 본 뒤 탄식을 내질렀죠. 도대체 누가 썼겠어요, 이건 그가 쓴 거예요, 그때 집으로 돌아가자마자 자리에 앉아 쓴 것일 테죠. 그러곤 신문사로 보냈고 거기서 인쇄를 해 준 걸 거예요. 그 일이 있었던 것이 이주 전이니까요. 다만, 알료샤, 난 줄곧 떠들어 대면서 왜 정작 필요한 얘기는 전혀 하지 않는 거죠? 아이, 말을 하다 보니 저절로 이렇게 되어 버리네요!"

"저는 오늘 시간에 맞추어 죽어도 형을 찾아가 봐야 합니다." 알료샤가 중얼거렸다.

"바로 그거, 그거예요! 당신 말을 들으니 나도 다 생각이 나는군요! 들어 보세요, 일시적인 정신 착란이란 게 뭐예요?"

"정신 착란이라뇨?" 알료샤가 놀랐다.

"재판할 때 말하는 정신 착란이요. 그런 정신 착란이면 모든 일을 용서받을 수 있다는데요. 당신이 무슨 짓을 했든 지금 바로 용서해 주는 거죠."

"그게 무슨 말씀이십니까?"

"그러니까 무슨 말이냐 하면요, 이 카챠가……. 아, 이 아가씨는 정말로 사랑스러운 존재지만, 다만 그녀가 누구에게 반한 것인지를 도무지 알 수가 없다니까요. 얼마 전에 우리 집에 왔는데, 나는 아무것도 알아낼 수가 없었어요. 더욱이 그녀는 요즘 나하곤 아주 피상적인 얘기만 하니까, 한마디로 말해서, 줄곧 내 건강 얘기뿐, 더 이상은 아무것도 없고, 대체로 그런 태도를 취하니까, 나는 스스로에게, 뭐 아무렴 어때, 뭐 어찌 되겠지, 하고 말하고 말았죠…… 아 그래요, 그래서 이 정신 착란이란 말이죠, 이 의사가 왔어요. 의사가 온 건 아시죠? 하긴, 어떻게 모를 수가 있겠어요, 그 왜 미친 사람인지 아닌지를 알아보는 의사를 초빙한 건 당신이잖아요, 그러니까 당신이 아니라 카챠였지. 그러고 보니 전부 다 카챠가 했군요! 그러니까 이런 거예요. 미친 것과는 전혀 상관없는 멀쩡한 사람이 가만히 앉아 있다가 정말 느닷없이 정신 착란을 일으킨다는 거예요. 정신도 멀쩡하고 자기가 무슨 일을 하고 있는지도 알고, 그런데도 정신 착란 상태라는 거죠. 드미트리 표도로비치의 경우가 꼭 그래서, 분명히 정신 착란을 일으켰다는 거예요. 이건 그러니까 새로운 재판 제도가 개시되면서 이제 막 정신 착란에 대해 알게 된 거예요. 새로운 재판 제도 덕분인 거죠. 이 의사가 나를 찾아와서는 그날 밤 일, 그러니까 금광에 대해서 캐물었어요. 그때 그가 어땠느냐? 하는 거죠. 정신 착란이 아니면 뭐겠어요——와서는 돈, 돈, 3000, 3000을 달라고 아주 노래를 부르고 그다음엔 버럭 나가서 갑자기 사람을 죽였잖아요. 죽이고 싶진 않다, 그러고 싶진 않다고 해 놓고선 갑자기 죽였잖아요. 스스로에게 저항을 해 봤지만 죽였다는 것, 바로 이걸 고려해서 그를 용서해 줄 거예요."

"하지만 형은 죽이지 않았어요." 알료샤는 다소 쌀쌀맞게 상대방의 말을 끊었다. 불안과 초조함이 점점 더 거세게 그를 휘감았다.

"알고 있어요, 그러니까 그리고리 영감이 죽였다는 걸……."

"아니, 그리고리라고요?" 알료샤가 소리쳤다.

"그 영감, 그 영감요, 이건 그리고리가 한 짓이에요. 드미트리 표도로비치한테 한 방 맞고 가만히 누워 있다가 그다음 벌떡 일어나서 보니 문이 열려 있고, 곧장 가서 표도르 파블로비치를 죽인 거란 말이죠."

"아니, 왜, 왜요?"

"정신 착란에 걸린 거죠. 드미트리 표도로비치한테 머리를 한 방 얻어맞고 나서 정신을 차려 보니 정신 착란에 걸렸고 그길로 가서 죽인 거예요. 자기 입으론 안 죽였다고 하는 걸 보면, 기억이 안 나서 그럴걸요. 하지만 말이죠, 차라리 드미트리 표도로비치가 죽인 편이 훨씬 나을 거예요. 더욱이 사실이 그랬잖아요, 내가 그리고리라고 말하고 있긴 하지만 분명히 드미트리 표도로비치 소행일걸요, 이게 훨씬, 훨씬 더 나으니까요! 아, 그렇다고 아들이 아버지를 죽인 게 낫다는 소리는 아니에요, 이게 무슨 칭찬할 일인가요, 오히려 아이들은 부모들을 공경해야지요. 다만, 어쨌거나 이게 그의 소행인 편이 훨씬 더 나아요. 왜냐면 그렇더라도 제정신이 아닌 상태에서, 혹은 더 정확히 말해서 정신은 말짱하되 자기한테 어떻게 이런 일이 일어났는지도 모르는 상태에서 죽인 거니까 당신 입장에선 한탄할 일도 전혀 없을 테니까요. 어떻든, 그는 용서받을 거예요. 이건 너무도 인도적인 일로서 다들 새로운 재판 제도의 혜택이 어떤 건지를 보게 될 테죠. 나는 몰랐는데 이미 오래전부터 그렇게 됐다고들 하더군요. 어제 이걸 알게 되자마자 나는 어찌나 충격을 받았는지, 곧장 사람을 보내 당신을 불러오고 싶었다니까요. 그리고 나중에 그가 용서를 받으면, 그를 법정에서 곧장 우리 집으로 불러 식사를 하는 거죠. 나는 지인들을 불러 모을 테고, 우리는 새로운 재판 제도를 위해 축배를 들 거예요. 나는 그가 위험하다곤 생각지 않아요. 더욱이 내가 아주 많은 손님들을 부를 것이기 때문에 그가 무슨 일을 하든 언제라도 그를 이끌어 줄 수 있을 것이고, 나중엔 어디 다른 도시에서 세계적인 재판관이나 뭐 그런 것이 될 수도 있을 것인데, 왜냐면 불행을 몸소 견디어 낸 사람들은 그 어떤 사람들보다 재판을 잘하니까요. 무엇보다도, 지금 정신 착란에 빠지지 않은 사람이 누가 있나요, 당신도 나도 모두 정신 착란에 빠져 있고 이런 예는 얼마든지 있어요. 어떤 사람이 가만히 앉아서 로망스를 부르다가 갑자기 뭔가가 자기 마음에 들지 않는다고 권총을 쑥 뽑아 아무나 쏘아 죽였는데, 그러고 나서 그를 다들 용서해 줬다는군요. 나는 이 기사를 최근에 읽었는데, 모든 의사들이 인정해 주었대요. 요즘 의사들은 그걸 계속하여 인정, 정말로 인정해 주고 있어요. 그뿐인가요, 우리 리즈도 정신 착란에 빠져선 어제부터 나는 얘 때문에 울었어요. 사흘째 울고 있다가, 오늘에야 비로소 얘가 그저 정신 착란에 빠졌을 뿐이라는 걸 깨달은 거죠. 오, 리즈 때문에 내가 얼마나 속을 끓이고 있는지! 나는 얘가 완전히 정신이 나갔다고 생각해요. 그런데 왜 얘가 당신을 부른 거죠? 얘가 당신을 부른 건가요, 아니면 당신이 직접 얘를 찾아온 건가요?"

"그녀가 부른 것이고, 지금 그녀를 보러 갈 겁니다." 알료샤가 단호하게 자리에서 일어섰다.

"아, 친애하는, 친애하는 알렉세이 표도로비치, 여기서 어쩌면 가장 중요한 것은" 하고 호흘라코바 부인이 갑자기 손뼉을 치면서 소리쳤다. "내가 당신에게 진정으로 리즈를 맡긴다는 것은 하느님이 보고 계시니까, 얘가 당신을 어미 몰래 불렀다는 건 아무것도 아니에요. 하지만 당신의 형 이반 표도로비치에겐, 나를 용서해 주세요, 나는 내 딸을 그렇게 쉽게 맡길 수가 없어요. 비록 여전히 그를 가장 기사다운 젊은이라고 생각하긴 하지만. 그런데 글쎄, 세상에 말이죠, 그가 느닷없이 리즈의 방에 다녀갔는데, 나는 그걸 전혀 몰랐지 뭐예요."

"아니, 어떻게요? 왜요? 언제요?" 알료샤는 끔찍할 정도로 놀라워했다. 그는 자리에 앉지도 않고 선 채로 듣고 있었다.

"지금 이야기해 드리죠. 어쩌면 이 일로 당신을 불렀는지도 모르겠고, 아니, 나는 내가 무슨 일로 당신을 불렀는지 통 모르겠어요. 어쨌거나 이래요. 모스크바에서 돌아온 이반 표도로비치가 우리 집을 찾은 건 겨우 두 번이었는데, 한 번은 그저 지인으로서 인사를 하러 온 것이었고, 두 번째는 최근의 일로 카챠가 우리 집에 와 있을 때 이 사실을 알고서 들른 거였어요. 나는 물론, 그에게 지금 이런저런 골치 아픈 일이 많다는 걸 알고 있었기 때문에 그가 자주 방문해 주리라 기대 하지도 않았어요——당신도 아시다시피, 그 일과 당신 아버지 의 끔찍한 죽음 말이에요.(vous comprenez, cette affaire et la mort terrible de votre papa.)——다만 갑자기 알고 보니, 그가 다시 우 리 집을 찾아왔는데 다만 내 방이 아니라 리즈의 방에 있었 다는 거예요. 이건 이미 엿새쯤 전의 일인데, 와서 오 분쯤 앉 아 있다가 간 모양이에요. 꼬박 사흘이 지난 뒤에야 나는 글 라피라한테 듣고서 이걸 알게 됐으니, 이 때문에 나는 갑자기 간이 덜컹했어요. 그 즉시 리즈를 불렀더니, 애는 웃더라고요. 그분은 엄마가 잔다고 생각했기 때문에 나한테 들러 엄마의 안부를 물었다나요. 물론 정말로 그랬겠죠. 다만 리즈, 리즈, 오 맙소사, 애 때문에 내가 얼마나 속을 끓이는지! 한번 생각 을 해 보세요, 글쎄, 어느 날 밤에 갑자기 얘한테 발작이 난 거 예요——나흘 전에, 당신이 마지막으로 왔다가 떠났을 때 곧바 로——얘는 갑자기 발작이 나서 소리며 비명을 지르고 히스테 리를 일으킨 거예요! 아니, 왜 나한테는 히스테리가 일어나는 법이 없는 거죠? 여하튼 그다음 날에도 발작이 났고, 또 그다 음 날에도 그랬고, 어제도 그랬는데, 그래요, 바로 어제는 이 정신 착란이 있었던 거예요. 그러더니 얘가 갑자기 나한테 '나 는 이반 표도로비치를 증오해요, 엄마는 다시는 그 사람을 우 리 집에 들이지 말아요, 딱 잘라 거절해 버리세요!'라고 소리 치는 거예요. 너무 뜻밖의 일이라 나는 어리둥절해져서 애에 게 대거리를 해 봤죠. 아니, 무슨 근거로 내가 그렇게 훌륭하 고 더욱이 그만한 학식을 가진, 그럼에도 그만한 불행을 겪은 젊은이를 거부해야 되니, 어쨌거나 이 모든 사건들이, 이 모든 것이 행복이 아니라 불행인데, 안 그러니? 하고요. 그러자 얘는 내 말에 갑자기 깔깔 웃음을 터뜨렸는데, 그것도 세상에나, 어찌나 모욕적인 웃음인지요. 뭐 그래도 나는 내가 얘를 웃겨 주었으니 이제 발작은 끝나겠지, 하는 생각에 기뻤고, 더더욱 내가 나서서 이반 표도로비치한테 내 동의 없이 이상한 방문을 감행한 것에 대한 해명을 요구하고 앞으론 그런 건 사양하겠다고 말할 참이었어요. 다만, 오늘 아침에 리자가 잠에서 깨자 갑자기 율리야한테 화를 내더니, 글쎄, 세상에나, 한 손으로 율리야의 뺨을 때린 거예요. 하지만 이런 괴물 같은 짓이 어디 있어요, 나는 우리 집 하녀들한테도 높임말을 쓰는데. 그러고 나선 한 시간 뒤에 갑자기 얘가 율리야의 다리를 껴안고 입을 맞추는 거예요. 나한테는 사람을 보내서 앞으로는 나한테 아예 오지도 않을 테고 그러고 싶지도 않다고 말을 전해 놓고선, 내가 직접 아픈 발을 이끌고 얘를 찾아가면 나한테로 달려들어 입을 맞추고 또 입을 맞추면서 울고 말이라곤 단 한마디도 하지 않고 저쪽으로 떼밀어 버리니, 이게 무슨 귀신이 곡할 노릇인지 알다가도 모를 일이라니까요. 이제, 친애하는 알렉세이 표도로비치, 나의 모든 희망을 당신한테 걸겠으며, 물론, 내 일생 자체의 운명이 당신 손에 달려 있는 거예요. 내 부탁은 그저, 리즈한테 가서 얘에게서 모든 것을 알아봐 달라는 거예요. 이 일을 할 수 있는 건 오직 당신뿐이니까, 그런 연후엔 나한테, 이 어미한테 와서 얘기해 주세요. 당신도 이해하시잖아요, 자꾸 이러면 나는 죽을 거예요, 그만 죽고 말 거라고요, 아니면 집에서 도망칠 거예요. 나는 더 이상 어쩔 수가 없어요, 나도 웬만큼 참을성이 있지만 그나마도 바닥나면 그땐…… 그때는 끔찍한 일들이 생길 거예요. 아, 맙소사, 드디어 표트르 일리치가 왔군요!" 호흘라코바 부인은 방으로 들어서는 표트르 일리치 페르호친을 보고서 갑자기 환한 빛을 발하면서 외쳤다. "늦으셨네요, 늦으셨어요! 어쨌든 앉아서 말 좀 해 주세요, 운명을 결정해 주세요, 그래 이 변호사가 뭐라던가요? 어디 가시는 거죠, 알렉세이 표도로비치?"

"리즈에게 갑니다."

"아, 그렇죠! 잊지 마세요, 부디 잊지 마세요, 내가 뭘 부탁했는지 아시죠? 여기에 운명이, 운명이 달렸다니까요!"

"물론, 잊지 않겠습니다, 할 수만 있다면야……. 그나저나 늦어서 이만 실례하겠습니다." 알료샤가 어서 빨리 물러나면서 중얼거렸다.

"안 돼요, '할 수만 있다면야.'가 아니라 꼭, 꼭 들러 주세요, 안 그러면 난 죽을 거예요!" 호흘라코바 부인이 알료샤의 등 뒤에 대고 소리쳤지만, 그는 이미 방을 나와 버렸다.

3 꼬마 악마

그가 리자의 방으로 들어섰을 때 그녀는 아직 제대로 걷지 못했을 때 타고 다니던 자신의 옛 의자에 반쯤 누워 있는 상태였다. 그녀는 그가 들어와도 꿈쩍도 하지 않았지만 명민하고 날카로운 시선으로 그를 쏘아보았다. 그 시선은 다소 타오르는 듯했고 얼굴은 창백하면서 노랗게 떠 있었다. 알료샤는 그녀가 요 사흘간 몰라보게 변한 데다가 여위기까지 한 것에 깜짝 놀랐다. 그녀는 그에게 손을 내밀지도 않았다. 해서, 그가 먼저 그녀의 원피스 위에 미동도 없이 놓여 있는 가늘고 긴 그녀의 손가락을 살짝 건드리곤 이어 말없이 그녀의 맞은편에 앉았다.

"당신이 서둘러 감옥에 가 봐야 된다는 건 알고 있어요." 리자가 딱 잘라 말했다. "그런데도 엄마는 당신을 두 시간이나 붙잡아 두었어요, 지금 당신에게 나와 율리야에 대해 이야기하느라 말이죠."

"어떻게 아셨죠?" 알료샤가 물었다.

"엿들었어요. 왜 나를 그렇게 뚫어져라 쳐다보는 거죠? 엿듣고 싶어서 엿듣는 거니까, 이게 무슨 나쁜 일은 아니잖아요. 용서를 구하지도 않겠어요."

"무슨 심란한 일이 있나요?"

"아니요, 오히려 아주 기쁜걸요. 지금 막 다시, 서른 번째로 생각을 정리해 봤어요. 내가 당신의 청혼에 거부 의사를 밝혔고 따라서 당신의 아내가 되는 일은 없을 테니 이 얼마나 좋은가, 하고요. 당신은 남편감으론 적합지 않은 사람이에요. 내가 당신에게 시집을 간 연후에 누군가를 사랑하게 돼서 갑자기 그 사람한테 갖다주라면서 당신에게 쪽지라도 건네주면, 당신은 그걸 받아 들고 반드시 전해 줄 테고, 그것도 모자라 답장까지 갖고 올 테죠. 마흔 살이 돼도 당신은 여전히 이런 유의 내 쪽지 심부름이나 하고 다닐 사람이에요."

그녀가 갑자기 웃기 시작했다.

"당신에겐 왠지 심술궂으면서도 동시에 왠지 순진무구한 면이 있어요." 알료샤가 그녀에게 미소를 지었다.

"이렇게 순진무구한 것은 내가 당신을 부끄러워하지 않는다는 거예요. 부끄럽기는커녕 부끄럽고 싶은 마음도 없어요, 특히 당신이란 인간 앞에서는, 또 특히 당신에 대해서는. 알료샤, 나는 왜 당신을 존경하지 않는 거죠? 나는 당신을 아주 사랑하지만 존경하지는 않아요. 만약 존경했다면, 이런 말을 하는 것이 부끄러웠을 거예요, 안 그런가요?"

"그렇죠."

"그럼, 내가 당신을 부끄러워하지 않는다는 건 믿으세요?"

"아니요, 안 믿어요."

리자는 다시 신경질적으로 웃기 시작했다. 그러곤 곧, 빠른 속도로 말했다.

"나는 감옥에 있는 당신의 형님 드미트리 표도로비치에게 사탕을 보냈어요. 알료샤, 있잖아요, 당신은 정말 어쩌나 훌륭한 사람인지! 당신이 나에게 당신을 사랑하지 않아도 된다는 허락을 그토록 빨리 내리셨으니, 나는 정말 당신을 몹시 사랑하게 될 거예요."

"오늘은 무슨 일로 나를 불렀죠, 리즈?"

"당신에게 나의 소망 한 가지를 알려 드렸으면 해서요. 나는 누구든 나를 죽도록 괴롭히길, 나와 결혼해 놓고서도 나를 괴롭히고 기만하고 그러다가 떠나 버리길, 아주 떠나 버리길 원해요. 나는 행복해지고 싶지 않아요!"

"무질서를 좋아하게 됐나요?"

"아, 나는 무질서를 원해요. 줄곧 집을 태워 버리고 싶다니까요. 나는 어떻게 하면 살짝 다가가서 몰래 태워 버릴까 상상해요, 반드시 몰래 해야 돼요. 사람들은 불을 끄지만, 집은 불타오르죠. 나는 알면서도 입을 꼭 다물고 있는 거예요. 아, 바보 같은 짓들이야! 지겨워 죽겠어!"

그녀는 혐오스럽다는 듯 손을 내저었다.

"사는 데 아쉬움이 없군요." 알료샤가 조용히 말했다.

"차라리 가난한 편이 낫다는 건가요?"

"예, 그게 낫겠죠."

"이건 돌아가신 당신의 수도사가 당신에게 주입한 것일 테죠. 그건 사실이 아니에요. 나는 부자이고 다른 사람들은 다 가난뱅이라 할지라도, 그래서 나 혼자 사탕을 먹고 슬리프키[18]를 마실지라도 아무한테도 주지 않을 거예요. 아, 말하지 마세요, 아무 말도 하지 마세요." 알료샤가 입도 뻥긋하지 않았는데도 그녀는 한 손을 내저었다. "당신은 전에도 나한테 그런 얘기는 늘 했고 나는 모든 것을 달달 외울 만큼 잘 알고 있어요. 지겨워 죽겠어요. 내가 가난하다면 누구든 죽일 거고——아니, 내가 부자라고 해도 그래도 죽일 수 있죠.——이렇게 멍하니 앉아 있으면 뭘 해요! 그런데 말이죠, 나는 수확을 하고 싶어요, 호밀을 거둬들이고 싶다고요. 내가 당신한테 시집가면 당신은

---

18) 커피나 홍차에 넣어 먹는 농축 우유 같은 것.

농부가, 진짜 농부가 되고, 또 우리는 망아지 한 마리를 키우는 거예요, 어때요? 칼가노프를 알고 계세요?"

"알고 있어요."

"그는 걸어 다니면서도 늘 몽상에 잠겨 있어요. 그의 말로는 뭣 하러 현실에 얽매여 살 것인가, 차라리 몽상에 잠겨 있는 편이 낫다는 거예요. 몽상 속에서라면 아주 즐거운 것도 꿈꿀 수 있지만, 실제 삶을 산다는 건 지겹다는 거죠. 하지만 그는 곧 결혼할 거예요, 나에게 사랑을 고백했거든요. 팽이를 칠 줄 아세요?"

"예, 압니다."

"바로 그 사람이 팽이 같다니까요. 팽이처럼 돌돌 감아서 확 풀면서 채찍으로 치고 또 쳐 줘야 되거든요. 그에게 시집가면 평생 팽이를 치게 되는 셈이죠. 당신은 나와 앉아 있는 것이 부끄럽지 않으세요?"

"아뇨."

"당신은 내가 무슨 성스러운 얘기를 하지 않는 게 화가 나서 미칠 지경일 테죠. 나는 성스러운 여자가 되고 싶은 마음은 없어요. 가장 큰 죄를 저지르면 저 세계에서 어떻게 될까요? 당신이라면 분명히 이걸 정확히 알고 있을 텐데요."

"하느님이 단죄하실 겁니다." 알료샤가 그녀를 주의 깊게 들여다보았다.

"그거야말로 내가 원하는 거로군요. 나는 그곳에 가면 단죄받고 싶고, 그러면 나는 갑자기 그 사람들 전부를 대놓고 비웃어 줄 거예요. 집을 태워 버리고 싶어 죽겠어요, 알료샤, 우리 집 말이죠, 내 말을 여전히 못 믿겠죠?"

"아니 왜요? 열두 살 이하쯤 되는 아이들 중에는 뭐든 불을 질러 버리고 싶어 못 견딜 정도가 돼서 정말로 불을 질러 버리는 아이들도 있어요. 이건 일종의 병이죠."

"틀렸어요, 틀렸어. 설령 그런 아이들이 있다고 해도 지금 내 얘기는 그런 게 아니에요."

"당신은 악한 것을 선한 것으로 간주하고 있군요. 이건 순간적인 변덕인데, 어쩌면 당신이 예전에 앓았던 병의 여운 탓일 수도 있어요."

"어떻든 나를 경멸하는군요! 나는 그냥 선한 짓을 하기 싫어요, 나는 악한 짓을 하고 싶을 뿐이에요, 이건 무슨 병도 뭣도 아니라고요."

"뭣 하러 악한 짓을 한다는 거죠?"

"이 세상 어디에도 아무것도 남지 않도록 하기 위해서요. 아, 아무것도 남지 않는다면 얼마나 좋을까! 있잖아요, 알료샤, 나는 이따금씩 온갖 악한 짓과 온갖 더러운 짓을 다 저지르는 생각을 해요. 그것도 오랫동안 조용히 그러는데, 그러다가 갑자기 다들 알게 되는 거죠. 다들 나를 에워싸고 나한테 손가락질을 할 테고, 나는 그들을 바라볼 거예요. 이건 아주 유쾌할 테죠. 이게 왜 그렇게 유쾌할까요, 알료샤?"

"글쎄요. 뭐든 좋은 것을 눌러 버리고 싶거나, 당신의 말마따나 불태워 버리고 싶은 욕구겠죠. 그런 일도 종종 있어요."

"나는 말로만 하는 것이 아니라, 정말 그렇게 할 거예요."

"물론 그럴 거라고 믿어요."

"아, 어쩜, 믿는다고 말하다니, 나는 당신을 정말 사랑해요. 원래 당신은 거짓말이라곤 통 하지 않는 사람이잖아요. 어쩌면, 내가 당신을 약 올리려고 일부러 이런 말을 한다고 생각하죠?"

"아니요, 그렇게 생각하진 않아요…… 비록, 그런 욕구가 약간은 있을 수 있겠지만."

"약간은 있다니. 당신 앞에선 절대로 거짓말을 하진 않을 거예요." 그녀가 어쩐지 불꽃처럼 눈을 번득이면서 말했다.

알료샤는 무엇보다도 그녀의 진지한 태도에 충격을 받았다. 예전에는 가장 '진지한' 순간에도 즐거움과 장난기가 그녀를 떠나지 않았건만, 이제는 우스꽝스러움이나 장난기 같은 것은 그녀의 얼굴에서 눈 씻고 봐도 찾을 수 없었다.

"사람들이 범죄를 좋아하는 순간들이 있죠." 알료샤가 사려 깊게 말했다.

"그래요, 그래! 당신이 내 생각을 그대로 말해 줬군요. 그런 '순간들'이 있는 것이 아니라 다들 좋아하고 또 언제나 좋아하죠. 있잖아요, 이것에 대해선 다들 언젠가 거짓말을 하기로 약속이라도 한 듯 그때 이후로 쭉 거짓말을 하고 있어요. 다들 더러운 것을 증오한다고 말은 하면서도 속으로는 좋아해요."

"설마 여전히 더러운 책을 읽고 계신가요?"

"그래요. 엄마가 읽다가 베개 밑에 숨겨 두면, 내가 훔쳐요."

"그렇게 스스로를 망치다니, 부끄럽지도 않습니까?"

"나는 스스로를 망치고 싶어요. 여기 어떤 소년은 자기 위로 기차가 지나갈 때 레일 밑에 엎드려 있었어요. 행운아죠! 들어 보세요, 지금 당신 형님은 아버지를 죽였다는 혐의로 재판을 받을 상황인데, 다들 그가 아버지를 죽인 걸 좋아해요."

"그가 아버지를 죽인 걸 좋아한다고요?"

"좋아하죠, 다들 좋아해요! 다들 이것이 끔찍하다고 말은 하지만, 속으로는 끔찍할 정도로 좋아하죠. 내가 그 누구보다도 제일 좋아해요."

"모든 사람들이 그렇다는 당신의 말은 어느 정도는 사실입니다." 알료샤가 조용히 말했다.

"아, 당신 생각 한번 멋지군요!" 리자가 희열에 차서 소리쳤다. "그것도 수도사가 말이죠! 믿지 않으실 수도 있지만, 당신이란 사람은 절대 거짓말을 하는 법이 없기 때문에, 알료샤, 나는 정말로 당신을 존경하는 거예요. 아 참, 당신한테 내가 꾼 웃기는 꿈 얘기를 하나 해 드리죠. 이따금씩 나는 꿈에서 악마들을 보곤 해요. 밤인 것 같고 나는 내 방 안에 양초를 켜고 있는데, 갑자기 탁자 밑이고 온갖 구석이고 할 것 없이 곳곳에 악마들이 득실거려요. 한쪽에서 그놈들이 문을 열면, 거기 문 뒤에도 그놈들의 무리가 있는데, 그놈들은 들어와서 나를 붙잡고 싶어 해요. 그리고 정말로 다가와서는 붙잡아 버려요. 하지만 내가 갑자기 성호를 긋자, 그놈들은 모두 두려움에 떨며 뒤로 물러나긴 하지만, 다만 완전히 떠나진 않고 문 곁이나 구석진 곳에 서서 기다리는 거죠. 그러다가 내가 갑자기 큰 소리로 하느님을 욕하고 싶어져서 정말 그렇게 욕하기 시작하면, 그놈들은 갑자기 다시 무리를 지어 나에게로 달려드는데, 얼마나 기뻐하는지 몰라요. 그러곤 그놈들이 다시 나를 다시 붙잡지만 내가 다시금 갑자기 성호를 긋자 그놈들은

164

모두 뒤로 물러나 버리죠. 너무 재미있어서 난 숨이 멎을 지경이었어요."

"나도 바로 그런 꿈을 꾸긴 해요." 알료샤가 갑자기 말했다.

"정말요?" 리자가 놀라워하면서 소리쳤다. "들어 보세요, 알료샤, 이건 너무나 중요한 문제니까 비웃지 말고요. 서로 다른 두 사람이 똑같은 꿈을 꾼다는 게 정말 가능할까요?"

"가능할 법하죠."

"알료샤, 이건 너무나 중요한 문제라니까요." 무엇 때문인지 이제는 굉장히 놀라면서 리자가 계속했다. "꿈 자체가 중요하다는 것이 아니라, 당신이 나와 똑같은 꿈을 꿀 수 있었다는 사실이 중요하다는 거예요. 당신은 나한테 절대로 거짓말을 하지 않는 사람이니까, 지금도 거짓말은 하지 말아 주세요. 이게 정말인가요? 농담은 아니죠?"

"정말이라니까요."

리자는 무엇 때문인지 너무나 충격을 받아서 아주 잠깐 동안 말이 없었다.

"알료샤, 나를 보러 와 주세요, 좀 더 자주요." 그녀가 갑자기 애원하는 목소리로 말했다.

"나는 평생 동안 늘 당신을 보러 올 겁니다." 알료샤가 확고하게 말했다.

"나는 당신 한 사람한테만 말하는 거예요." 리자가 다시 시작했다. "오직 나 자신, 그리고 당신한테만 말하는 거예요. 온 세상을 통틀어 당신 한 사람한테만. 그리고 나 자신한테 말하는 것보다 당신한테 말하는 것이 더 편해요. 게다가 난 당신을 전혀 부끄러워하지 않으니까요. 알료샤, 난 왜 당신을 전혀 부끄러워하지 않는 걸까요, 전혀? 알료샤, 유대인들이 부활절을 맞아 아이들을 훔쳐다가 칼로 베 죽인다는 게 정말인가요?"

"모르겠군요."

"나한테 책이 한 권 있는데, 거기서 어디서 있었던 무슨 재판에 대해 읽었어요. 어떤 유대인이 네 살배기 소년을 처음에는 양손의 손가락을 몽땅 잘라 내고 그다음에는 벽에다 박았는데, 그러니까 소년을 갖다 대 놓고 못을 박았다는 거죠. 그래 놓고선 나중에 법정에서 소년은 금방, 그러니까 네 시간 뒤에 죽었다고 말했대요. 정말 금방도 죽었죠! 그 사람 하는 말이, 소년이 신음하고 또 신음하는 모습을 그는 서서 감상했다는 거예요. 정말 좋은 일이야!"

"좋다고요?"

"좋죠. 나는 이따금씩 그렇게 못을 박은 사람이 나 자신이 아닌가 하는 생각을 해요. 아이는 매달린 채 신음을 하고, 나는 줄곧 그 맞은편에서 파인애플 절임을 먹을 거예요. 파인애플 절임을 좋아하거든요. 당신은요, 좋아하세요?"

알료샤는 아무 말도 없이 그녀를 바라보았다. 창백하고 노르스름한 그녀의 얼굴이 갑자기 일그러졌고 그 눈은 불타올랐다.

"있잖아요, 나는 이 유대인에 대해 읽고 나서 밤새도록 벌벌 떨며 흐느껴 울었어요. 어린아이가 소리치면서 신음하는 장면을(네 살이나 됐으니까 알 건 다 알잖아요.) 상상하면서도, 줄곧 이 과일 절임에 대한 생각이 나를 떠나지 않는 거예요. 아침에

166

나는 한 사람에게 편지를 보내서 나에게 꼭 와 달라고 했어요. 그는 왔고, 나는 그에게 갑자기 소년과 과일 절임에 대해 전부 이야기했어요. 전부 이야기하고서 '정말 좋은 일입니다.'라고 말했어요. 그는 갑자기 웃으면서 이건 정말로 좋은 일이라고 말하더군요. 그러고는 일어나서 가 버렸어요. 겨우 오 분 동안 앉아 있었어요. 그는 나를 경멸했겠죠, 그렇죠? 말해 줘요, 말해 보세요, 알료샤, 그가 나를 경멸했을까요, 아닐까요?" 그녀는 눈을 번득이면서 침대 의자에서 몸을 똑바로 폈다.

"그런데 말이죠." 하고 알료샤가 흥분에 차서 말했다. "당신이 먼저 그를, 그 사람을 불렀습니까?"

"예, 내가 불렀어요."

"그에게 편지를 보냈습니까?"

"예."

"오로지 그것, 아이에 대해서 묻기 위해서요?"

"아니요, 그것 때문은 절대 아니었어요, 절대. 하지만 그가 내 방에 들어오자마자, 곧장 그 얘기를 물었어요. 그는 대답을 했고 웃더니 일어나서 나가 버렸어요."

"그 사람은 당신에게 점잖게 행동한 겁니다." 알료샤가 조용히 말했다.

"나를 경멸했겠죠? 비웃었겠죠?"

"아니요, 왜냐면 그 사람 자신도 어쩌면 파인애플 절임 얘기를 믿을 테니까요. 그 사람도 지금 아주 많이 아픕니다, 리즈."

"그래요, 그는 정말로 그걸 믿고 있어요!" 리자가 눈을 번득였다.

"그는 아무도 경멸하지 않아요." 알료샤가 계속했다. "그는 그저 아무도 믿지 않을 뿐입니다. 믿지 않는다면, 물론 경멸하죠."

"따라서 나를 말이죠? 나를 경멸한단 말이죠?"

"당신도 경멸할 테죠."

"그거 좋군요." 리자가 어쩐지 이를 갈았다. "그가 방을 나가면서 웃었을 때 나는 경멸받는 것이 좋다는 느낌이 들었어요. 손가락이 잘린 아이도 좋고, 경멸받는 것도 좋고……."

그러면서 그녀는 어쩐지 표독스럽고 타오르는 듯한 표정으로 알료샤의 눈에 대고 웃어 댔다.

"있잖아요, 알료샤, 있잖아요, 그러니까 나는…… 알료샤, 나를 구해 줘요!" 그녀가 갑자기 침대 의자에서 벌떡 일어나서 그에게로 달려들어 두 팔로 그를 꽉 껴안았다. "나를 구해 줘요." 그녀는 거의 신음 소리를 냈다. "내가 지금 당신한테 한 말을 이 세상 다른 누구에게 할 수 있을 것 같아요? 나는 사실, 사실 그대로, 사실 그대로 말했을 뿐이에요! 나는 자살할 거예요, 내 눈엔 모든 것이 추잡하니까요! 모든 것이 추잡할 뿐인걸, 정말 살고 싶지도 않아요! 내 눈엔 모든 것이 추잡하다니까요, 모든 것이 추잡하다고요! 알료샤, 왜 당신은 나를 전혀, 전혀 사랑하지 않는 거죠!" 그녀가 미친 듯 소리쳤다.

"천만에, 사랑해요!" 알료샤가 열렬하게 대답했다.

"그러면 나를 위해 울어 줄 건가요, 그럴 건가요?"

"그럴 겁니다."

"내가 당신의 아내가 되고 싶어 하지 않았기 때문이 아니라, 그냥 나를 위해서 울어 줄 수 있난 말이에요, 그냥?"

"그럴 겁니다."

"고마워요! 나는 그저 당신의 눈물만 있으면 돼요. 나머지 모든 사람들이 다들, 다들, 단 한 사람의 예외도 없이 나를 벌하고 발로 짓밟아도! 왜냐하면 나는 아무도 사랑하지 않으니까요. 들려요, 아—무—도! 오히려 증오해요! 이만 가 보세요, 알료샤, 형님에게 가 볼 시간이잖아요!" 그녀가 갑자기 그에게 떨어져 나갔다.

"당신은 어쩌고요?" 알료샤가 거의 경악하면서 말했다.

"형님한테나 가 봐요. 감옥 문이 닫힐지도 모르니까, 어서 가 봐요, 자 여기 당신의 모자요! 미챠에게 입을 맞추어 줘요, 가 봐요, 어서 가 보라니까요!"

그러곤 그녀는 알료샤를 거의 강제로 문 쪽으로 떠밀었다. 괴로운 의혹에 차서 그가 그녀를 바라보는데, 갑자기 자신의 오른손에 편지가, 꼭꼭 접어 봉인한 작은 쪽지가 들려 있는 것이 느껴졌다. 순간 훑어보니, '이반 표도로비치 카라마조프에게'라고 수신인이 적혀 있었다. 그는 얼른 리자를 바라보았다. 그녀의 얼굴은 거의 위협적으로 변했다.

"전해 주세요, 꼭 전해 주세요!" 미친 듯이 온몸을 부르르 떨면서 그녀가 명령했다. "오늘 중으로 당장! 안 그러면 나는 약을 먹고 죽어 버릴 거예요! 내가 당신을 부른 건 이 때문이었어요!"

그러고선 재빨리 문을 쾅 닫아 버렸다. 빗장이 찰칵, 걸리는 소리가 들렸다. 알료샤는 편지를 호주머니에 넣고서, 호흘라코바 부인에겐 들르지도 않고, 아니, 숫제 그녀를 잊어 먹고서 곧장 계단으로 갔다. 한편 리자는 알료샤가 멀어지자마자 빗장을 벗기고 문을 살짝 열어 자신의 손가락을 문틈에 끼운 뒤 문을 쾅 닫아 있는 힘껏 손가락을 찧었다. 십 초쯤 뒤에 손을 빼고서 그녀는 조용히, 천천히 자신의 소파로 가서 앉은 뒤 온몸을 곧게 펴고서 거무스름하게 멍이 든 자신의 손가락과 손톱 밑으로 배어 나온 피를 주의 깊게 바라보기 시작했다. 입술이 파르르 떨리는 가운데, 그녀는 빠르게, 빠르게 혼잣말을 내뱉었다.

"야비한 년, 야비한 년, 야비한 년, 야비한 년!"

4 찬송가와 비밀

알료샤가 감옥의 대문 앞에서 초인종을 눌렀을 때는 이미 아주 늦은 시각이었다.(11월엔 낮이 좀 짧은가 말이다.) 심지어 어스름마저 내리기 시작했다. 하지만 알료샤는 아무런 장애 없이 자기를 미챠의 감방으로 보내 주리라는 것을 알고 있었다. 이런 건 우리 마을, 그러니까 우리 도시나 어디 다른 곳이나 마찬가지였다. 물론 맨 처음, 예심이 모두 종결된 직후에는 친척들이나 몇몇 다른 인물들이 미챠를 면회하려면 모종의 불가피한 형식적 절차를 밟아야만 허락이 떨어졌지만, 나중에는 형식적 절차들이 약해졌다기보다는, 최소한 미챠를 보러 왔던 어떤 인물들에 관한 한 어쩐지 저절로 모종의 예외가 생겨 버렸다. 심지어 가끔은 면회실 안에 입회인도 없고 거의 네

개의 눈만 있는 상태에서 수인과의 면회가 진행되는 일마저 있을 정도였다. 하지만 이 정도까지 대접을 받는 인물은 극소수였다. 고작해야 그루셴카, 알료샤, 라키친이었으니까 말이다. 그런데 그루셴카에 관한 한, 경찰 서장 미하일 마카로비치가 그녀에게 아주 좋은 마음을 갖고 있었다. 이 노인은 자신이 모크로예에서 그녀에게 소리를 질렀던 일을 아직 마음에 담아 두고 있었던 것이다. 나중에 사건의 자초지종을 전부 알고 난 뒤 그는 그녀에 대한 자신의 생각을 완전히 바꾸었다. 이상한 일이 또 있었다. 비록 미챠가 범인이라는 굳은 믿음엔 변함이 없었지만, 그래도 그가 감금되어 있는 시간이 길어질수록 '원래 좋은 마음씨를 지닌 사람이었던 것 같은데, 술에 절어 난잡하게 살다 보니 스웨덴 사람처럼 신세를 망친 거야!'라는 생각에 그를 바라보는 시선이 더욱더 부드러워졌다. 그가 마음속에 품고 있던 예전의 공포는 어떤 동정으로 바뀌었다. 알료샤에 관한 한, 경찰 서장은 이미 오래전부터 그와 알고 지내는 사이였을뿐더러 그를 매우 좋아했다. 이후에 수인을 보러 들락날락하는 일이 아주 잦아진 라키친의 경우도 라키친 자신의 표현대로 '서장 댁 아씨들'의 가장 가까운 지인 중 하나로서 매일같이 뻔질나게 서장 댁을 드나들었다. 또한 그는 직무에 충실하면서도 마음씨가 좋은 노인인 감옥의 간수 집에서 가정 교사 노릇을 하고 있었다. 알료샤 역시도 간수와 오래전부터 알고 지내는 특별한 사이로서, 그는 알료샤와 '지혜' 전반에 대한 얘기를 나누는 것을 좋아했다. 이반 표도로비치라면 예를 들어 간수는 존경한 정도가 아니라 경외하다시피 했으니, 그 자신이 물론 '독학으로'이긴 하지만 대단한 철학자의 경지에 다다랐건만 그럼에도 이반 표도로비치의 견해를 무엇보다도 두려워했다. 하지만 알료샤에겐 어떤 억누를 수 없는 애정 같은 것을 지니고 있었다. 최근 한 해 동안 노인은 때마침 외경(外經)에 심취해서 젊은 벗에게 시시각각 자신의 인상들을 전하곤 했다. 예전에는 심지어 수도원으로 알료샤를 찾아가서 알료샤, 수도 사제들과 함께 몇 시간씩 논의를 하기도 했다. 한마디로 말해서, 알료샤가 좀 늦게 감옥을 찾는다고 할지라도 간수한테만 가면 일은 항상 잘 처리되었다. 게다가 감옥 안에 있는 감방 지기들은 하나에서 열까지 다 알료샤와 친한 사이였다. 보초병도 물론 상관이 묵인해 주기만 하면 별 트집을 잡지 않았다. 미챠는 호출이 있으면 늘 자신의 감방에서 아래층 면회 장소로 내려왔다. 방으로 들어서면서 알료샤는 때마침 미챠를 만나고 나가는 중인 라키친과 마주쳤다. 그들 두 사람은 큰 소리로 얘기를 하고 있었다. 미챠는 그를 전송하며 무엇 때문인지 몹시 웃고 있었고, 라키친은 투덜거리는 듯했다. 라치킨은 특히 최근 들어 알료샤와 마주치는 걸 좋아하지 않았고 그와 말을 하는 일도 거의 없었으며 심지어 인사를 나눌 때도 뻣뻣하게 굴었다. 지금 막 안으로 들어서는 알료샤를 보자, 그는 유달리 양미간을 찌푸리면서, 모피 깃이 달린 커다랗고 따뜻한 코트의 단추를 채우느라 정신이 없는 양 시선을 다른 쪽으로 돌렸다. 그다음엔 즉시 우산을 찾기 시작했다.

"자기 물건을 두고 가면 안 되지." 그는 오직 무슨 말이든 하느라고 이렇게 웅얼거렸다.

"네놈은 남의 물건도 잊지 말아야지!" 미챠가 재치 있게 말장난을 했고, 즉시 자신의 재치 있는 말솜씨에 웃음을 터뜨렸다. 라키친은 대번에 화를 버럭 냈다.

"그런 충고는 당신네 카라마조프들한테나, 당신네 농노 떨거지들한테나 하시지, 이 라키친이 아니라!" 그가 갑자기 소리쳤고, 그렇게 분노에 차서 몸을 떨었다.

"아니, 왜 그러나? 난 그저 농담을 했을 뿐이야!" 미챠가 소리쳤다. "퓨, 제기랄! 저런 놈들은 다 저렇다니까." 얼른 방을 나가 버리는 라키친을 향해 고갯짓을 하면서 그가 알료샤에게 말했다. "줄곧 앉아서 웃고 즐거워하다가 이제 와서 갑자기 펄펄 끓지 뭐냐! 너한테는 숫제 고개도 까딱하지 않는 걸 보니, 너희들 싸우기라도 한 거냐? 그런데 너는 왜 이렇게 늦은 거냐? 나는 아침 내내 너를 기다린다고 목이 빠진 정도가 아니라 숫제 부러졌구나. 뭐 아무렴 어때! 이제라도 벌충하면 되지."

"쟤는 왜 형을 이렇게 자주 찾아오는 거야? 서로 친한 사이라도 된 거야?" 알료샤도 라키친이 자취를 감춰 버린 문을 향해 고갯짓을 하면서 물었다.

"미하일과 친해졌냐고? 아니, 그런 게 아니야. 그럴 리가 없잖냐, 저런 돼지 새끼 같은 놈! 저놈은 나를…… 비열한 놈이라고 생각하고 있어. 농담도 이해하지 못해——바로 이게 저놈들의 맹점이라니까. 절대로 농담을 이해하지 못하거든. 게다가 저놈들은 영혼이 건조해, 평평하고 건조하지. 꼭 내가 그때 감옥에 도착하여 이 감옥의 벽을 보았을 때처럼 말이야. 하지만 똑똑한 놈이야, 암, 똑똑하지. 뭐, 알렉세이, 이제 내 머리는 동강 날 판이다!"

그는 의자에 앉았고, 알료샤를 자기 옆에 나란히 앉혔다.

"그래, 내일이 공판 날이야. 어때, 형은 완전히 희망을 버린 거야, 응?" 알료샤가 조심스러운 마음으로 말했다.

"지금 무슨 얘기를 하는 거냐?" 미챠가 어쩐지 멍한 표정을 지으며 그를 바라보았다. "아, 그래, 공판 얘기구나! 에이, 빌어먹을! 너와 나는 지금까지 줄곧 쓸데없는 얘기만, 바로 이 공판 얘기만을 해 왔지만, 가장 중요한 얘기는 아직 너한테 하지 않았어. 그래, 내일이 공판 날이긴 하지만, 다만 내 머리가 동강 났다는 건 공판을 두고 한 얘기는 아니야. 머리가 동강 났다는 것이 아니라, 머릿속에 들어 있던 것이 동강 났다는 소리지. 아니 왜 나를 그렇게 비판이 담긴 시선으로 바라보는 거냐?"

"무슨 말이야, 미챠?"

"사상들, 사상들을 두고 하는 말이다! 에티카[19] 말이다. 에티카가 대체 뭐냐?"

"에티카라고?" 알료샤가 놀라워했다.

"그래, 이건 무슨 학문인가 그렇지?"

"그래, 그런 학문이 있어……. 다만…… 솔직히 말해서, 나

---

19) '에티카(윤리, 윤리학)'라는 용어 자체가 드미트리와 알료샤에게 생소한 것이다.

도 그게 어떤 학문인지 형한테 제대로 설명해 줄 수 없어."

"라키친은 알고 있어. 라키친은 많은 것을 알고 있지, 빌어 먹을 놈! 수도사의 길을 가진 않을 거야. 페테르부르크로 갈 준비를 하고 있으니까. 거기 비평 분과, 하지만 점잖은 경향을 지닌 비평 분과로 갈 거라더군. 뭐 어때, 남한테 유익한 일을 할 수도 출세도 할 수 있겠지. 에잇, 저런 놈들은 그야말로 출세의 명수들이니까! 빌어먹을 에티카 같으니! 나는 끝장나 버렸어, 알렉세이, 나는 끝장난 놈이고 너는 하느님의 사람이야! 나는 너를 그 누구보다도 사랑해. 너를 생각하면 내 마음이 떨린다니까, 정말로. 저기, 그런데 카를 베르나르가 어떤 사람이었냐?"

"카를 베르나르라고?" 알료샤가 다시금 놀라워했다.

"아니야, 카를이 아니라, 잠깐만 말이 잘못 나왔군. 그래, 클로드 베르나르.[20] 이건 또 뭐 하는 작자냐? 화학인가, 그렇지?"

"분명히 무슨 학자일 거야." 알료샤가 대답했다. "다만, 솔직히 말해서 그에 대해서도 할 얘기가 많지는 않아. 학자라는 얘기만 들었지, 어떤 학자인지는 모르니까."

"빌어먹을 놈이군, 나도 몰라." 미챠가 욕을 퍼부었다. "분명히 무슨 비열한 놈일 거야, 아니, 전부 다 비열한 놈이야. 라키친은 용케 출세할 거야, 라키친이란 놈은 조그만 구멍만 있어도 출세를 할 위인이야, 베르나르도 마찬가지야. 에잇, 베르나르 같은 놈들! 이런 놈들이 좀 많아졌어야 말이지!"

---

20) 프랑스의 자연과학자, 생리학자, 철학적 입장에선 실증주의의 옹호자.

"형, 대체 왜 그래?" 알료샤가 집요하게 물었다.

"그 녀석은 나에 대해서, 나의 일에 대해서 기사를 써서 그걸 갖고 문학 판에 나가려고 하는 건데, 이 일로 나를 찾아오는 거라고 제 입으로 말하더군. 뭔가 특정한 사상적 경향성을 지닌 얘기를 원하고 있어. '그는 살인을 저지르지 않을 수 없었다, 환경에 잠식당했기 때문이다.' 등등, 이런 식이라고 나에게 설명하더군. 사회주의적 색채를 띠게 될 거라고 말했어. 뭐 빌어먹을 놈이라니까, 색채고 나발이고 나는 이러나저러나 아무 상관 없어. 동생 이반을 좋아하지 않아, 증오하지, 너도 환영하지 않는 눈치야. 뭐, 그런데도 내가 그 녀석을 쫓아내지 않은 건 똑똑한 놈이라서 그래. 하지만 너무 잘난 체를 한다니까. 나는 그 녀석에게 지금 막 이렇게 말했어. '카라마조프들은 비열한 놈이 아니라 철학자다, 왜냐면 진짜 러시아 사람은 모두 철학자이기 때문이다, 네놈은 공부를 하긴 했지만 철학자는 아니다, 네놈은 농노 새끼에 불과하거든.'이라고. 그랬더니 아주 표독스럽게 웃더군. 나는 그 녀석에게 드 므이슬리부스[21] 논 에스트 디스푸탄둠(non est disputandum)(사상의 차이란 논쟁의 대상이 못 된다.)라고 말해 줬는데, 제법 기가 막힌 농담이지 않니? 최소한 나도 고전주의에 입문은 했다는 거지." 미챠가 갑자기 홍소를 터뜨렸다.

"그런데 왜 형이 끝장났다는 거야? 방금 그렇게 말했잖아?"

---

21) 원문에서는 de ideabus(사상)를 러시아어 '사상(mysl)'과 섞어 러시아어 철자로 표기해 놓았다.

알료샤가 말을 가로막았다.

"왜 끝장났냐고? 음! 본질적으로…… 그러니까 전체적으로 보자면──하느님이 가엾어, 바로 이 때문이다!"

"하느님이 가엾다니?"

"한번 생각해 보렴. 이건 저어기 신경의 문제, 머리의 문제인데, 다시 말해 저어기 뇌 속에 이 신경들이 들어 있는 거야……(뭐 빌어먹을 것들이지!) 그렇고 그런 꼬리들도 있는데, 그러니까 신경들에 이 꼬리들이 달려 있어서, 뭐, 저어기 그것들이 떨리자마자…… 다시 말해서 말이야, 내가 뭘 눈으로 보면 바로 그 꼬리들이 떨린다는 거야……. 그것들이 떨리면 형상이 나타나는데, 즉시 나타나는 건 아니고 잠깐의 순간이, 그러니까 일 초쯤 지나면──빌어먹을 순간 같으니──형상이, 다시 말해서 물체나 사건이 나타나는 거고, 뭐 저어기 제기랄──바로 이런 식으로 해서 나는 뭘 관조하게 되는 거고 또 그다음엔 생각도 하게 되는 거야……. 그러니까 이건 꼬리 때문이지, 바보같이 지껄이듯, 나에게 영혼이 있기 때문도, 내가 저어기 무슨 형상이나 닮음[22]이기 때문도 절대 아니라는 거야. 이건, 동생아, 어제 미하일이 나한테 설명해 준 얘기인데, 나는 꼭 불에 덴 것 같은 기분이었어. 멋지지 않냐, 알료샤, 이런 학문은 말이야! 새로운 인간이 나올 것이고, 나는 이걸 이해하지만……. 그래도 하느님이 가엾어!"

"그거 좋네." 알료샤가 말했다.

---

22) 창세기 1: 26-27을 염두에 둔 것으로 보인다.

"하느님이 가엾다는 거 말이냐? 화학, 동생아, 화학이란 말이야! 어쩔 수 없지, 신부님, 살짝 비켜 주십시오, 화학 나리 납십니다! 라키친은 하느님을 좋아하지 않아, 정말로 좋아하지 않아! 이건 저런 놈들이 전부 갖고 있는 급소야! 하지만 숨기고들 있지. 거짓말을 하는 거야. 안 그런 척 연기를 하는 거고. '그래, 비평 분과에서도 그런 식으로 해 나갈 건가?'라고 내가 물었어. 녀석은 '뭐, 분명히 그렇게 하게 내버려 두진 않을걸.'이라고 말하면서 웃더군. '다만, 그렇게 되면 인간은 어떻게 되는 건가? 하느님도 없고 미래의 삶도 없다면? 그렇다면, 이젠 모든 것이 허용되고 모든 것을 할 수 있다는 건가?'라고 물었지. '아니, 그걸 몰랐단 말이야?'라고 말하더군. 그러곤 웃었어. '똑똑한 사람은 뭐든 할 수 있지, 똑똑한 사람은 하다못해 가재라도 잡을 수 있지만, 당신은 살인을 저지르고 곧바로 걸려들어서 감옥에서 썩고 있잖아!'라고 말했어. 그 녀석, 정말로 나한테 이런 말을 했단 말이야. 순전히 돼지 같은 놈이라니까! 예전 같으면 이런 놈들을 썩 내쫓아 버렸겠지만 뭐 지금은 경청하고 있지. 실무적인 얘기를 많이 해 주거든. 글도 똑똑하게 잘 쓰지. 그 녀석이 일주일쯤 전부터 나한테 기사 하나를 읽어 주기 시작했는데, 나는 그때 거기서 일부러 세 줄을 발췌해 놨어, 잠깐만, 바로 이거야."

미챠는 조끼 호주머니에서 서둘러 종잇장을 꺼내서 읽었다.

"'이 문제를 해결하기 위해서는 무엇보다도 자신의 인격을 자신의 현실과 대치시켜야 한다.' 무슨 말인지 알겠어?"

"아니, 모르겠는걸." 알료샤가 말했다.

그는 호기심을 갖고 미챠를 들여다보면서 그의 말에 귀를 기울였다.

"나도 모르겠어. 애매하고 모호하지만 대신 똑똑한 데가 있어. 그 녀석은 '지금은 다들 이렇게 쓰고 있어, 환경 자체가 그러니까.'라고 말하더군…… 다들 환경을 두려워한다나. 그런데 그 비열한 놈이 시도 쓴다니, 호흘라코바의 발을 찬미하는 시를 썼다는군, 하─하─하!"

"그 얘긴 들었어." 알료샤가 말했다.

"들었다고? 시도 들었니?"

"아니."

"나한테 있으니까 읽어 주마. 내가 너한테 얘기를 안 했기 때문에 너는 모르고 있는 건데, 사실 여기엔 파란만장한 이야기가 숨어 있어. 악랄한 놈이라니까! 삼 주 전에 나를 약 올리려고 작정을 했던 거야. '당신은 그 3000 때문에 바보처럼 걸려들었지만, 나는 어느 과부와 결혼해서 15만을 낚아채서 페테르부르크에 석조 집을 마련할 거야.'라고 하더라고. 그러면서 나한테 자기가 호흘라코바를 구슬리고 있다는 말을 해 주었는데, 그 여자는 젊었을 때도 똑똑한 데라곤 없었지만 마흔이 돼서는 머리가 아예 돌이 됐다는군. '게다가 감수성은 아주 예민한 여자라서, 바로 이걸 이용해서 나는 그녀를 낚을 거야. 결혼해서 그녀를 페테르부르크로 데려간 뒤 거기서 신문을 찍어 내기 시작할 거야.'라고 했어. 이 말을 하면서 그 녀석, 입가로 너무나 추악하고 음탕한 침을 질질 흘리더군─그러니까 호흘라코바가 탐나서가 아니라 이 15만이 탐나서 말이야. 그러곤 나한테 호언장담을 하는데, 매일 뻔질나게 나를 찾아와서 호언장담을 했단 말이지. 이제 슬슬 넘어가는 중이라고 말이야. 기뻐서 어쩔 줄을 몰라 하더군. 그런데 바로 그때 그 녀석이 갑자기 쫓겨난 거야. 페르호친 표트르 일리치가 선수를 친 거지, 이 친구가 또 인물이거든! 다시 말해서 그 얼빠진 여자한테 괜히 키스를 해서 엉뚱하게 쫓겨난 셈이라니까! 그러니까 그 녀석이 나를 보러 오던 무렵에, 이 시도 지은 거야. '시 나부랭이나 쓰고 있다니, 난생처음으로 내 손을 더럽히는 거야, 하지만 유혹하기 위해서, 유익한 일을 위해서 하는 일이지. 그 얼빠진 여자한테서 자본을 가로챈 뒤에 그걸로 시민 공공의 이익을 위해 쓸 수 있을 테니까.' 이런 놈들은 무슨 추잡한 짓을 하건, 죄다 시민 공공의 이익 운운한다니까! '어쨌거나 당신의 푸시킨보다는 잘 썼지, 왜냐면 장난 같은 시 속에 시민적 비애를 용케 집어넣었으니까.'라고 하더군. 뭘 두고서 푸시킨 운운하는지는 나도 알아. 사실 정말로 재능이 있는 사람이 고작 여자들 발이나 묘사하고 있으면 어떻게 되겠어! 그 녀석, 시 나부랭이를 써 가지고 빼기는 꼬락서니 하곤! 이런 놈들은 자존심이 좀 강해야 말이지! '내 그대의 아픈 발이 치유되길 기원하며'——이게 그 녀석이 생각해 낸 제목인데, 참 재기발랄한 놈이긴 하다니까!

　　살짝 부어오른 이 발,
　　이 발은 어쩜 이리 귀여울까!
　　의사들이 그녀의 집을 찾아와 치료를 하네,

붕대를 감아 주고 병신을 만드네.

내가 안쓰러워하는 건 이 발이 아니네—
발이라면 푸시킨이 찬미할 테니.
내가 안쓰러워하는 건 머리라네,
사상을 이해하지 못하는 그 머리.

살짝 이해할까 했건만
어렵쇼, 발이 방해꾼이 되었네!
부디 저 발이 치유되어
저 머리도 이해력을 지닐 수 있길.

돼지 녀석, 순전히 돼지 같은 놈인데, 이 추잡한 놈이 제법 재기발랄하게 썼지! 게다가 정말로 '시민적인' 비애를 집어넣기도 했고. 이래 놓고서 쫓겨났으니 얼마나 화가 났을까. 이를 부득부득 갈았겠지!"

"그 친구는 벌써 복수를 했어." 알료샤가 말했다. "호흘라코바에 대한 통신문을 썼거든."

그러고서 알료샤는 그에게 빨리 《풍문》에 실린 통신문 얘기를 해 주었다.

"이건 그놈, 그놈 짓이야!" 미챠가 인상을 쓰면서 확증해 주었다. "그놈 짓이 틀림없어! 이 통신문들…… 그래, 나도 알아……. 다시 말해서 저질스러운 소리를 얼마나 많이 썼는지, 예를 들어 그루샤에 대해서도 그렇고……! 그리고 그 여자, 카챠에 대해서도 말이야……. 음!"

그는 근심 가득한 표정으로 방을 거닐었다.

"형, 나도 오래 있을 순 없어." 알료샤가 잠깐 말이 없다가 이렇게 말했다. "내일은 형에게 끔찍하고도 위대한 날이 될 거야. 형에 대한 하느님의 심판이 내려질 텐데…… 그런데도 형은 왔다 갔다 하면서 그 일은커녕 도무지 알아먹을 수 없는 얘기를 하고 있으니 놀라울 뿐이야……."

"아니야, 놀랄 거 없다." 미챠가 열렬하게 말을 가로막았다. "아니, 그럼 내가 그 썩는 냄새 나는 수캐 얘기라도 해야 되겠냐, 엉? 그 살인자 얘기를? 우린 그 얘기라면 신물이 나도록 했잖니. 그 썩는 냄새 나는 놈, 스메르쟈쉬야의 아들 얘기는 더 이상 하기도 싫다! 하느님이 그놈을 죽일 거야, 이제 두고 보면 알 테니, 너는 잠자코 있어!"

그는 흥분에 차서 알료샤한테로 다가가 갑자기 입을 맞추었다. 그의 눈이 이글이글 타올랐다.

"라키친은 이걸 이해하지 못할 거다." 그가 어쩐지 온통 희열에 들뜬 듯 말을 시작했다. "하지만 너는, 너는 모두 다 이해할 거야. 이 때문에 너를 애타게 기다렸던 거란다. 이봐, 나는 오래전부터 여기 이 헐어 빠진 담벼락 안에서 너에게 많은 얘기를 하고 싶었지만, 가장 중요한 것에 대해선 입을 다물었단다. 시간이 어쨌거나 아직은 오지 않은 듯했거든. 너에게 속마음을 털어놓기 위해 지금까지 마지막 순간을 기다렸던 거란다. 동생아, 나는 요 최근 두 달간 나의 내부에서 새로운 인간을 느꼈어, 내 안에서 새로운 인간이 부활했어! 그 인간은 나의 내부에 갇혀 있었는데, 이렇게 끔찍한 벼락이 떨어지지 않았더라면 절대로 나타나지 않았을 거야! 탄광에서 이십 년 동안 망치로 원석을 캐내게 된들 어떠랴, 난 이런 건 전혀 두렵지 않아. 지금 내가 무서운 건 다른 거야. 바로, 저 부활한 사람이 나를 떠나지나 않을까, 하는 것이지! 거기 탄광, 땅 밑에 가 있더라도 바로 내 곁에 있는 나 같은 유형수나 살인자에게서 인간적인 마음을 발견하여 그와 어울릴 수 있을 거야, 왜냐면 거기서도 살고 사랑하고 고통받을 수 있을 테니까! 이 유형수의 얼어붙은 마음을 다시 소생시키고 부활시킬 수 있고, 몇 년이고 그를 돌봐 주어 결국에 가선 드높은 영혼과 고통스러운 의식을 갖게 하여 갑갑한 탄광에서 빛으로 끌어낼 수도 있고, 천사를 다시 소생시키고 영웅을 부활시킬 수도 있어! 그런 사람들은 수백, 아니, 얼마든지 많고, 우리는 모두 그들 앞에서 죄인인 거야! 도대체 왜 그때, 그런 순간에 나는 꿈에서 '애기'를 본 걸까? '애기는 왜 가난한 거지?' 그 순간 나한테는 이런 예언이 떨어졌던 거야! '애기'를 위해서 가겠어. 왜냐면 모두 다 모든 '애기'들 앞에서는 죄인이니까. 모든 '애기'라고 한 건 작은 아이들도 있고 큰 아이들도 있기 때문이야. 결국 다들 '애기'라는 거야. 누구 하나는 모든 사람들을 위해서 가긴 가야 되니까, 그 모든 사람들을 위해서 내가 가겠어. 내 비록 아버지를 죽이지는 않았지만 나는 가야만 해. 그래, 받아들인다! 여기서 내게 이 모든 생각이 떠올랐어……바로 이 헐어 빠진 담벼락 안에서. 그런 사람들은 저기 수백, 아니 셀 수 없이 많아, 땅속에서 손에 망치를 들고 사는 사람들 말이야. 오, 그래, 우리는 사슬에 묶인 채 자유를 박탈당했겠지만, 그때 우리는 우리의 위대한 고뇌 속에서 새로이 기쁨으로 부활할 거야. 그것이 없다면 인간은 살 수 없지만, 하느님은 존재할 수 있는데, 왜냐면 기쁨을 주는 건 하느님이니까, 그건 하느님의 특권이니까, 그것도 위대한 특권이지……. 주여, 인간은 기도 속에서 녹아 스러질지어다! 저기 땅 밑에서 하느님도 없이 내가 어떻게 살겠어? 라키친은 거짓말을 하는 거야. 하느님을 땅에서 쫓아내면, 우리는 땅 밑에서 하느님과 만날 거야! 유형수는 하느님 없이 살 수 없어, 유형수가 아닌 사람들보다 더 그렇단 말이야! 그때면 우리 같은 지하의 사람들은 땅 깊은 곳에서 하느님을 향해 비극적인 찬송가를 부를 거야, 하느님에게 기쁨이 있으니! 하느님과 하느님의 기쁨 만세! 하느님을 사랑하노라!"

미챠는 자신의 기괴한 일장 연설을 마치며 거의 숨을 헐떡였다. 창백해진 얼굴에 입술은 떨렸고 눈에서는 눈물이 뚝뚝 떨어졌다.

"아니야, 삶은 충만해, 삶은 땅 밑에도 얼마든지 있거든!" 그가 다시 말을 시작했다. "못 믿을지도 모르겠지만, 알렉세이, 난 지금 살고 싶어 미치겠고, 바로 이 헐어 빠진 담벼락 안에서 존재하고 싶고 의식하고 싶은 갈망이 내 안에서 너무도 강렬하게 되살아났어! 라키친은 이걸 이해하지 못해. 그 녀석은 그냥 집을 짓고 세 들어 살 사람들만 있으면 되는 거지만, 나는 너를 기다렸단 말이다. 도대체 고통이라는 것이 뭐냐? 비록 헤아릴 수 없을 만큼 많은 고통이 밀려오겠지만, 그런 것

따윈 두렵지 않아. 전에는 두려웠지만 지금은 두렵지 않아. 있잖니, 나는 어쩌면 법정에서도 일절 답변을 하지 않을지도 몰라……. 그리고 지금 내 안에서 이 힘이 얼마나 강하게 용솟음치는지, 그저 나 자신에게 시시각각 나는 존재한다! 하고 말하고 얘기할 수만 있다면 모든 것, 모든 고통을 때려눕힐 수 있을 것 같아. 수천 개의 고통 속에서도 나는 존재한다, 어떤 고문을 당해도 나는 존재한다! 망루 위에 앉아 있어도 나는 존재하고 태양을 볼 수 있고, 설령 그것이 보이지 않을지라도 나는 그것이 존재한다는 것을 알고 있어. 태양이 존재한다는 것을 아는 것만으로도 이미 삶은 충분한 거야. 알료샤, 나의 게루빔아, 이런저런 철학들 때문에 나는 아주 죽을 지경이구나, 빌어먹을 것들 같으니! 동생 이반이……."

"이반 형이 왜?" 알료샤가 말을 가로채려고 했지만, 미챠는 듣지 못했다.

"이보렴, 나는 예전엔 이런 유의 의심은 전혀 갖지 않았지만, 이 모든 것이 내 내부에 숨어 있었던 모양이야. 바로 미지의 관념들이 나의 내부에서 들끓고 있었기 때문에 나는 술을 퍼마시고 싸움질을 일삼으며 미쳐 날뛰었는지도 몰라. 내 내부의 그 관념들을 달래기 위해, 그것들을 잠재우고 억누르기 위해 싸움을 일삼았다는 거지. 동생 이반은 라키친과는 달라, 이반은 관념을 숨기고 있거든. 동생 이반은 스핑크스라서 침묵해, 늘 침묵을 고수하지. 그런데 하느님이 나를 괴롭히고 있어. 오직 이것 하나만이 괴로울 따름이야. 아니, 어떻게 하느님이 없다는 거냐? 만약 라키친이 옳다면, 아니 그래, 이건 인류가 만들어 낸 인공적인 관념에 불과하단 말이냐? 그럼, 하느님이 없다면 인간이 이 땅, 이 우주의 우두머리라는 소리인가? 멋지군! 다만, 하느님 없이 인간이 어떻게 선량할 수 있단 말이냐? 정말 문제야! 내 생각은 오직 이뿐이야. 그럴 경우엔 도대체 누구를 사랑하게 된단 말이냐, 그러니까 이 인간이 말이다? 누구에게 감사할 것이며 누구를 위해 찬송가를 불러야 하지? 라키친은 비웃고 있어. 라키친은 신이 없어도 인류를 사랑할 수 있다고 말하더군. 뭐 콧물이나 흘리는 쭈그렁바가지라면 그렇게 주장할 수 있겠지만, 나는 이해할 수 없어. 라키친은 세상 사는 게 쉬운 놈이야. 녀석은 오늘 나한테 '당신은 인간의 시민적 권리를 확대하려면 어떻게 해야 되나, 혹은 차라리 쇠고기 값이 뛰지 않도록 하려면 어떻게 해야 하나, 하는 문제에나 신경을 쓰는 게 좋을걸. 그게 철학보다는 훨씬 더 간단하고 직접적으로 인류에게 사랑을 베풀 수 있는 방법이니까.'라고 말했어. 그래서 나도 지지 않고 좀 바보 같지만 '네놈은 하느님이 없어도 네 손으로 직접 닥치는 대로 쇠고기 값을 올려서 1코페이카로 1루블을 벌 테지.'라고 해 줬지. 그랬더니 화를 내더군. 그래, 대체 선행이라는 것이 무엇일까?—네가 좀 대답해 주렴, 알렉세이. 나한테는 내 나름의 선행이 있고 중국인은 또 그들 나름의 선행이 있으니까—이건 선행이란 것이 상대적인 것이란 소리가 아니냐. 그렇지 않니? 그럼, 상대적인 것이 아닌 거냐? 참 까다로운 질문이로세! 내가 이 문제 때문에 이틀 밤 동안 잠을 설쳤다고 말해도 비웃지 마라. 나는 지금 사람들이 저기 살면서 어떻게 이것에 대해선 아무런 생각도 하지 않는지 놀랄 따름이야. 덧없는 속세여! 이반에게는 신이 없어. 그 녀석에겐 관념이 있지. 나와는 차원이 달라. 하지만 그 녀석은 침묵하고 있어. 나는 그 녀석이 프리메이슨이 아닐까 하는 생각이 들어. 그 녀석에게 물어 봤더니 침묵하더군. 녀석의 샘물에서 물을 좀 얻어 마셔 볼까 했지만, 통 침묵만 고수하니 원. 딱 한 번 한마디를 해 준 적은 있어."

"뭐라고 하던데?" 알료샤가 서둘러 말을 받았다.

"내가 그 녀석한테 만약 그렇다면 모든 것이 허용된다는 말이냐? 하고 물었어. 녀석은 인상을 팍 쓰면서 '우리 아버지 표도르 파블로비치는 돼지 새끼만도 못한 인간이었지만, 사상 하나는 옳았어.'라고 하더군. 이런 바보 같은 소리를 하더란 말이다. 이게 그 녀석이 한 말의 전부야. 이 정도만 돼도 라키친보다야 낫지."

"그렇군." 알료샤가 쓰라린 표정으로 말을 받았다. "언제 작은형이 왔다 갔어?"

"그건 나중에 얘기하고, 지금은 다른 얘기를 하자꾸나. 나는 이반에 관해서는 지금까지 너에게 거의 아무것도 말하지 않았어. 끝까지 미루어 왔던 거지. 이제 나의 이 농담이 끝나고 선고가 내려지면, 그때 가서 너한테 뭔가를 얘기해 주마, 전부 다 이야기해 줄게. 여기엔 끔찍한 일이 하나 있는데……. 네가 이 일에 있어서 나의 재판관이 되어 주는 셈이다. 하지만 지금은 이 얘기는 꺼내지 말아 주렴, 지금은 쉿, 잠자코 있는 거다. 그래, 지금 넌 내일 있을 공판 얘기를 했다만, 네가 믿든 말든 나는 아무것도 모른단다."

"그 변호사와는 얘기를 해 봤어?"

"변호사라니! 나는 그 작자에게 죄다 이야기했어. 몰랑몰랑한 악질이라고나 할까, 수도(首都)에서 좀 놀았다, 이거지. 역시나, 베르나르 같은 놈이라니까! 다만, 콩으로 메주를 쑨다고 해도 내 말을 믿어 주질 않아. 세상에 원, 내가 죽였다고 믿고 있으니 — 나도 이런 것쯤은 훤히 알고 있어. '그렇다면 대체 왜 당신은 나를 변호하러 왔소?'라고 물어봤지. 이런 놈들한테는 침이나 탁 뱉어 주면 돼. 의사도 초빙해 왔는데, 나를 미친놈으로 만들고 싶어 해. 내가 이런 걸 용납할 리가 없지! 카체리나 이바노브나는 끝까지 '자기 의무'를 이행하고 싶어 해. 신경과민이 돼서 억지를 부리는 거라니까!" 미챠는 씁쓸한 미소를 지었다. "고양이 같은 여자야! 잔인한 마음의 소유자이지! 내가 그때 모크로예에서 그녀를 두고 '위대한 분노'를 지닌 여성이라는 말을 했는데, 그녀는 이걸 알고 있어! 말이 그쪽까지 흘러간 거지. 그나저나, 그래, 증거들이 바닷가의 모래알처럼 불어났어! 그리고리는 여전히 고집을 부리고 있어. 그 영감, 정직하긴 하지만 바보야. 많은 사람들이 바보라서 정직한 경우가 참 많아. 이건 라키친의 사상이야. 그리고리는 나의 적이 돼 버렸어. 어떤 사람은 친구가 되느니 적이 되는 편이 유리할 수도 있지. 이건 카체리나 이바노브나를 두고 하는 말이야. 무서워, 오, 그녀가 법정에서 4500을 받고 머리가 땅에 닿도록 절을 한 얘기를 하게 될까 봐 무서워 죽을 지경이야! 그녀는 끝까지 앙갚음을 할 거야, 마지막 한 닢까지 갚을 거라고.[23] 난 그녀의 희생은 원하지 않아! 그래 봤자, 법정에서 창피를 당하는 건 나일 테니까! 어떻게든 그 수모를 감수할 거다. 그 여자를 찾아가서, 알료샤, 법정에서 그 얘긴 제발 하지 말아 달라고 해 주렴. 안 될까? 에잇 빌어먹을, 아무렴 어때, 그 수모를 감수할 수밖에! 하지만 그녀가 가엾지는 않아. 그녀 자신이 원해서 하는 일이니까. 다 자업자득이지. 나는 말이다, 알렉세이, 그냥 내 할 말을 할 거다." 그는 다시 씁쓸한 미소를 지었다. "다만…… 다만…… 그루샤, 그루샤를 어쩌면 좋니, 맙소사! 그 여자가 무엇 때문에 지금 이런 고통을 떠맡아야 된단 말이냐!" 그는 갑자기 눈물을 흘리면서 소리쳤다. "그루샤 때문에 나는 죽을 것만 같아, 생각만 해도 죽을 것만 같아, 정말 꼭 죽을 것 같다니까! 조금 전에 나한테 왔다 갔는데……."

"나도 얘기 들었어. 그녀는 오늘 형 때문에 아주 슬퍼했어."

"알고 있어. 빌어먹을, 나는 성격이 왜 이 모양이냐. 질투를 했어! 그녀를 보낼 땐 후회가 돼서 입을 맞추어 주었지. 그래도 용서를 빌진 않았어."

"왜 그랬어?" 알료샤가 소리쳤다.

미챠는 갑자기 거의 즐겁다는 듯 웃어 댔다.

"하느님이 보우하사, 요 귀여운 꼬마 녀석아, 사랑하는 여자한테 자기 잘못을 용서해 달라고 빌어선 절대 안 된다! 특히, 특히나 사랑하는 여자한테는, 네가 무슨 잘못을 저질렀든 저지르지 않았든 간에! 왜냐면 여자란 말이다 ─ 이게, 동생아,

---

23) 마태오복음 5: 26.

도대체 어떤 존재인지 누가 알겠냐마는 그래도 나는 최소한 조금은 알고 있거든! 그래, 여자 앞에서 자기 잘못을 시인하고 '잘못했어, 용서해 줘, 미안해.'라고 한번 말해 보렴. 당장에 우박 떨어지듯 꾸지람을 쏟아 낼걸! 어떤 일이 있어도 곧장, 그냥 용서해 주는 법은 없고, 너를 걸레쪽처럼 깔아뭉개고 심지어 일어나지 않았던 일까지 들춰 내고 죄다 끄집어 낼 거고 뭐 하나 까먹기는커녕 자기 넋두리까지 덧붙일 거고, 그때 가서야 비로소 용서를 해 줄걸. 그나마도 가장 훌륭한, 훌륭한 여자가 이렇다니까! 마지막 부스러기까지 긁어내서 죄다 너의 머리에 뒤집어씌울 거야──여자들에겐 말이다, 너한테 말해 두는 거지만, 이 천사들에겐 하나에서 열까지 이런 흡혈귀 같은 성향이 숨어 있건만 우리는 그들 없이는 못 산다니! 그러니까 동생아, 노골적이고 단순하게 말해 주마. 제아무리 점잖은 양반이라도 누구나, 상대가 어떤 여자든 간에 그 여자의 궁둥이 밑에 깔려 살게 마련이야. 이게 나의 신념이야. 신념이 아니라 느낌이지. 남자는 관대해야 되고, 그런다고 해서 남자의 위신이 깎이지도 않아. 영웅이라도, 카이사르라도 위신이 깎이진 않는다고! 뭐, 어쨌거나 용서는 빌지 마, 어떤 일이 있어도 절대. 그리고 이 법칙을 기억해 두렴. 여자들 때문에 신세를 망친 너의 형 미챠가 너한테 주는 교훈이니까. 그래, 나는 그루샤에게 용서를 비느니 차라리 어떻게 다른 식으로 봉사하겠어. 그녀를 숭배한다, 알렉세이, 숭배한다고! 그녀만 이걸 못 보고, 오히려 자기한텐 내 사랑이 부족하다고 난리야. 그래서 나를 괴롭히는 거야, 사랑으로 괴롭히는 거지. 예전엔 어땠던가! 예전에 나를 괴롭힌 건 그저 그 치명적인 몸의 곡선뿐이었지만, 이제는 그녀의 모든 영혼을 내 영혼 속으로 받아들였고 그녀를 통해서 나도 사람이 된 거야! 우리가 결혼할 수 있을까? 안 그러면 난 질투에 사로잡혀 죽고 말 거야. 매일 그런 유의 꿈을 꾸곤 해……. 그래, 그녀는 너한테 내 얘기를 어떻게 하던?"

알료샤는 아까 그루셴카가 한 말을 모두 반복해 주었다. 미챠는 귀를 쫑긋 세우고 들으면서 많은 것을 되묻기도 했는데, 대체로 만족해했다.

"그러니까 내가 질투를 한다고 해서 화를 낸 건 아니란 말이지." 그가 외쳤다. "빼도 박도 못하고 여자는 여자라니까! '난 말이죠, 나도 마음이 잔인하단 말이에요.'라고 하다니. 에 잇, 이런 여자들, 이런 잔인한 여자들이 좋단 말이야. 비록 나를 두고 질투를 하면 참을 수 없지만, 정말로 참을 수 없지만! 그러면 싸움을 하게 될 테니 말이야. 하지만 그녀라면 영원히 사랑, 사랑할 거야. 우리 결혼할 수 있을까? 유형수들도 결혼할 수 있는 거냐? 정말 문제야. 하지만 그녀가 없으면 나는 못 살아……."

미챠는 얼굴을 찌푸린 채로 방을 왔다 갔다 했다. 방 안엔 거의 어둠이 깃들고 있었다. 그는 갑자기 걱정이 태산 같아졌다.

"그러니까 비밀, 비밀이라고 했단 말이지? 나를 비롯하여 셋에서 자기를 해치려는 음모를 꾸미고 있고 여기에 '카치카'가 개입되어 있다고 말이지? 아니야, 이봐, 그루셴카, 그건 아니야. 너는 헛다리를 짚은 거야, 누가 바보 같은 여자 아니랄까 봐 헛다리를 짚은 거라고! 알료샤, 얘야, 에이, 정말 어쩔 수가 없구나! 너한테 우리의 비밀을 털어놓으마!"

그는 사방을 둘러보더니, 자기 앞에 서 있는 알료샤에게로 재빨리 바싹 다가와 비밀스러운 표정으로 속삭이기 시작했는데, 실은 아무도 그들 말을 들을 수 없는 상황이었다. 늙은 감방지기는 구석 의자에서 졸고 있었고, 보초병은 한마디도 알아들을 수 없는 거리에 있었던 것이다.

"그래, 너한테 우리의 비밀을 전부 털어놓아야겠다!" 미챠가 서둘러 속삭이기 시작했다. "나중에 털어놓으려고 했지만, 너 없이 내가 뭐든 결단을 내릴 수나 있겠니? 너는 나에게 전부야. 내가 말로는 이반이 우리 위에 군림한 최고자라고 했지만, 너야말로 나의 게루빔이 아니냐. 오직 너의 결정만이 결정권을 가질 거야. 어쩌면 너야말로 최고자인지도 모르겠어, 이반이 아니라. 이 일은 양심의 문제, 그것도 드높은 양심의 문제거든——이 비밀이 너무도 중대한 것이라서 나 혼자서는 어떻게 해결할 수가 없어 줄곧 네가 결정을 내려 줄 때까지 미루어 뒀어. 어쨌거나 지금은 결단을 내리긴 일러, 선고를 기다려야 되니까. 선고가 내려지면, 그때 네가 운명을 결정해 주렴. 지금은 결정하지 마. 지금은 내가 너한테 이야기해 줄 테니, 너는 듣긴 들어도 결정을 내리지는 마. 잠깐만, 잠자코 있어 봐. 너에게 전부 다 털어놓지는 않을 거야. 너한테 세부적인 건 다 빼고 주된 생각만 얘기해 줄 텐데, 너는 잠자코 있어야 돼. 질문도 하지 말고 움직이지도 말고, 괜찮겠지? 그나저나, 맙소사, 내 어디다가 너의 눈을 감춘다지? 무서워, 네가 입

192

을 다물고 있어도 너의 눈이 결정을 말할까 봐. 에잇, 무섭구나! 알료샤, 들어 봐. 동생 이반이 나한테 탈출을 권하고 있어. 자세한 건 말하지 않으마. 어떻든 모든 준비가 되었고 일은 무사히 성사될 수 있을 거야. 잠자코 있어, 아직 결정을 내리지는 마. 그루샤와 함께 아메리카로 가라는 거야. 어쨌거나 나는 그루샤 없이는 못 살아! 그래, 저쪽에서 그녀를 나와 함께 보내 주지 않으면 어쩌지? 유형수들도 정말 결혼하게 해 줄까? 동생 이반은 안 된다고 말했어. 하지만 그루샤 없이 내가 어떻게 저기 땅 밑에서 망치를 휘두를 수 있겠니? 차라리 그 망치로 내 머리를 부숴 버리고 말겠지! 다른 한편으론, 양심을 어떡하지? 고통을 피해서 도망친다는 거 아니냐! 계시가 있었건만 그 지시를 거부했고, 정화의 길이 열렸건만 왼쪽 길로 둘러가는 격이 아니냐. 이반은 아메리카에서도 '선량한 성향만 갖고 있으면' 땅 밑에서보다 유익한 일을 더 많이 할 수 있다고 말했어. 그래, 하지만 우리의 지하 찬송가는 어떻게 되는 거냐? 아메리카가 뭐냐, 아메리카도 또 덧없는 속세가 아니더냐! 더욱이 내 생각에 아메리카에는 말이지, 사기꾼들이 판칠 것 같아. 십자가로부터 도망을 친다니! 그래서 너한테 말하는 거다, 알렉세이, 아무도 이해하지 못하겠지만 너 하나만은 이걸 이해할 수 있을 테니까. 내가 지금 너에게 찬송가니 어쩌니 하고 말한 이 모든 것이 다른 사람들한텐 바보 같은 잠꼬대에 불과할 거야. 나더러 미친놈이거나 바보라고 말할 테지. 하지만 나는 미치지도 않았고 바보는 더더욱 아니야. 찬송가에 대해선 이반도 이해를 해, 에잇, 이해하고말고. 다만 이것에 대해 대답은 하지 않고 침묵만 고수하고 있지. 그 녀석은 찬송가를 믿지 않아. 말하지 마, 말하지 말라니까. 네가 나를 어떤 시선으로 바라보는지는 나도 알 수 있으니까. 그래, 너는 이미 결정을 내렸구나! 결정을 내리지 말고 나를 불쌍히 여겨 주렴, 나는 그루샤 없이는 못 살아, 재판이 끝날 때까지 일단은 기다려 다오!"

미챠는 미친 사람처럼 말을 끝맺었다. 그는 알료샤의 어깨를 두 손으로 쥐고 예의 그 활활 타오르는 갈구의 눈빛으로 알료샤의 눈을 응시했다.

"정말 유형수도 결혼하게 해 줄까?" 애원하는 목소리로 그가 세 번째로 반복했다.

알료샤는 굉장히 놀라워하면서 듣고 있었는데, 심히 충격을 받은 상태였다.

"나에게 한 가지만 얘기해 줘." 그가 말했다. "이반이 아주 고집스럽게 나오는 거야, 누가 이걸 맨 처음으로 생각해 냈지?"

"이반, 이반이 생각해 냈고, 그 녀석이 이렇게 고집스럽게 나오는구나! 그 녀석은 계속 나를 찾아오지도 않다가 일주일 전에 갑자기 와서는 곧바로 이 이야기부터 꺼냈어. 끔찍할 정도로 고집을 부리고 있어. 이건 숫제 권유가 아니라 명령이야. 그 녀석에게도 지금 너한테 했듯 내 마음을 모두 털어놓고 찬송가 얘기도 했지만, 그 녀석은 내가 자기 말에 복종하리라는 것을 의심치 않더군. 그러곤 나한테 일을 어떻게 처리할지 얘기해 주었고 정보도 다 수집해 주었지만, 이건 나중에 얘기하자. 이반은 히스테리 발작이 날 정도로 그렇게 하고 싶어 해.

무엇보다도 중요한 건 돈인데, 탈출 비용으로 1만 루블, 아메리카에 가는 비용으로 2만 루블이 들겠지만 1만 루블로 멋지게 탈출을 성사시켜 보자고 했어."

"그러고서 나한테는 절대로 말하지 말라고 했다는 거지?" 알료샤가 다시 되물었다.

"절대, 아무에게도, 특히나 너에게는. 어떤 일이 있어도 너에게는 말하지 말라고! 분명히 네가 양심처럼 내 앞에 버티고 있을까 봐 두려운가 봐. 내가 너한테 이런 말을 했다는 거, 그 녀석한테 말하지 마라. 에잇, 말해선 안 돼!"

"형 말이 맞아." 알료샤가 결정을 내렸다. "재판에서 선고가 내려지기 전에는 결정할 수 없지. 재판이 있고 나서 형이 직접 결정해. 그때는 형 스스로 내부에서 새로운 사람을 발견할 것이고, 그 사람이 결정해 줄 거야."

"새로운 사람일지 베르나르일지는 몰라도, 아무튼 그자는 베르나르다운 방식으로 결정을 할 거야! 왜냐면 나 자신이 바로 경멸할 만한 베르나르 같거든!" 미챠가 씁쓸하게 이를 갈았다.

"하지만 정말로, 형, 형은 정말로 누명을 벗을 희망이 없다고 생각하는 거야?"

미챠가 경련이라도 인 듯 어깨를 한 번 움츠리더니 부정적이라는 듯 고개를 내저었다.

"알료샤, 얘야, 갈 시간이 됐다!" 갑자기 그가 서두르기 시작했다. "간수가 마당에서 외치기 시작했으니 곧 이리로 올 거야. 우리가 늦었구나, 규칙을 위반한 거지. 어서 빨리 나를 안아 다오, 키스도 해 주고 성호도 그어 주렴, 얘야, 내일의 십자가를 위해 성호를……."

그들은 포옹하고 입을 맞추었다.

"이반은 말이다"라면서 갑자기 미챠가 말했다. "탈출하라고 권하면서도 정작 자신은 내가 죽였다고 믿고 있어!"

서글픈 냉소가 그의 입가를 맴돌았다.

"형이 작은형한테 물어봤어, 그렇게 믿는지 아닌지?" 알료샤가 물었다.

"아니, 안 물어봤다. 물어보고 싶었지만 그럴 수가 없었어, 차마 그럴 힘이 나지 않더라. 어쨌거나 마찬가지야. 그 녀석 눈을 보면 뻔히 알 수 있는걸. 그럼, 잘 가거라!"

다시 한번 서둘러서 그들은 입을 맞추었고, 이미 알료샤가 방을 나가려고 했을 때 미챠가 갑자기 또 그를 불렀다.

"내 앞에 서 보거라, 그래, 그렇게."

그러고서 그는 두 손으로 알료샤의 어깨를 꽉 움켜잡았다. 그의 얼굴이 갑자기 너무나 창백해졌기 때문에 거의 어두컴컴한 가운데서도 너무도 또렷이 눈에 띄었다. 입술은 일그러졌고 시선은 알료샤에게로 붙박였다.

"알료샤, 나에게 정말 사실대로 말해 다오, 주 하느님 앞에 선 것처럼. 너는 내가 죽였다고 믿고 있느냐, 아니냐? 너, 그러니까 너는 그렇게 믿는 거냐, 아닌 거냐? 정말 사실대로 말해 다오, 거짓말을 해선 안 돼!" 그는 알료샤에게 미친 듯 소리쳤다.

알료샤는 온몸이 휘청거리는 것 같았고, 뭔가 날카로운 것이 그의 가슴을 관통하는 듯한 소리가 들렸다.

"됐어, 형은 무슨 말을 그렇게……."라고 그가 넋 나간 사람처럼 웅얼거렸다.

"절대로 사실대로 말해 줘, 절대로 거짓말을 해선 안 돼!" 미챠가 반복했다.

"단 한순간도 형이 살인자라고 믿은 적은 없어." 알료샤의 가슴속에서는 갑자기 떨리는 목소리로 이런 말이 튀어나왔고, 그는 자기 말의 증인으로 하느님을 부르는 듯 오른손을 위로 쳐들었다. 순간, 한없는 행복이 미챠의 얼굴을 환하게 밝혀 주었다.

"고맙다!" 그는 꼭 기절을 했다가 정신이 들어 첫 숨을 내쉬는 것처럼 말꼬리를 길게 빼며 말했다. "나는 지금 네 덕분에 부활한 거야……. 안 믿을지도 모르지만, 사실 지금까지 너한테 이걸 물어보는 것이 두려웠어, 다름 아닌 너, 너한테 말이다! 그럼, 가 봐, 가 보거라! 네가 나한테 내일을 위한 힘을 주었구나, 하느님이 너를 축복해 주시길! 그래, 가 보렴, 이반을 사랑해라!" 미챠에게선 마지막으로 이런 말이 불쑥 튀어나왔다.

알료샤는 완전히 눈물범벅이 되어 밖으로 나왔다. 미챠가 이토록 의심이 많아지다니, 심지어 그, 그러니까 알료샤마저도 완전히 믿지 못하다니——알료샤는 전엔 추호의 의심도 없었건만, 이 모든 것이 자신의 불운한 형의 영혼 속에 도사리고 있던 출구 없는 괴로움과 절망의 심연을 갑자기 알료샤 앞에 열어 보인 셈이었다. 깊고도 무한한 연민이 갑자기 그를 휘어잡고 순간, 그를 고통스럽게 만들었다. 칼에 찔린 것 같은 그 마음이 끔찍하게 아파 왔다. "이반을 사랑해라!" 갑자기 미챠가 지금 한 말이 떠올랐다. 그렇지 않아도 그는 이반에게로 가는 중이었다. 아침부터 죽어도 이반을 꼭 봐야만 했으니까. 이반도 미챠 못지않게 그를 괴롭혔는데, 지금 형을 만난 이후에는 어느 때보다도 더욱 그랬다.

5 형이 아니야, 형이 아니라고!

이반에게 가려면 도중에 카체리나 이바노브나가 살고 있는 집 앞을 지나가야 했다. 창문에 불빛이 비쳤다. 그는 갑자기 가던 걸음을 멈추고 잠깐 들러 보기로 마음먹었다. 카체리나 이바노브나를 못 본 지 벌써 일주일도 넘은 상태였다. 하지만 지금 그의 머릿속에는 특히 그런 큰일을 앞둔 밤이니만큼 지금 이반이 그녀의 집에 있으리라는 생각이 들었던 것이다. 초인종을 누른 뒤 중국식 등불이 희미하게 밝혀진 계단으로 들어서면서 그는 누군가가 아래로 내려오는 것을 보았는데, 서로 가까워지면서 보니 형이었다. 그러니까 그는 벌써 카체리나 이바노브나 집을 나가는 길이었던 것이다.

"아, 그냥 너였구나." 이반 표도로비치가 건조하게 말했다. "그래, 잘 가거라. 그 여자한테 가는 길이냐?"

"응."

"안 가는 게 좋을걸, 그녀는 '흥분' 상태라서 너를 보면 마음이 더 심란해질 테니까."

"아니에요, 아니라고요!" 위층에서 순식간에 문이 열리면서 갑자기 이렇게 외치는 목소리가 들려왔다. "알렉세이 표도로비치, 그이를 만나고 오시는 길인가요?"

"예, 거기서 오는 길입니다."

"나에게 무슨 전하는 말은 없던가요? 들어오세요, 알료샤, 당신도, 이반 표도로비치, 당신도 꼭, 꼭 다시 들어와요, 듣——고——있어요?"

카챠의 목소리가 너무도 심한 명령조였기 때문에 이반 표도로비치는 한순간 머뭇하다가 어쨌거나 알료샤와 함께 다시 올라가기로 마음먹었다.

"엿들었군!" 그가 짜증스럽게 혼잣말로 중얼거렸지만, 알료샤는 그 말을 알아들었다.

"죄송하지만, 그냥 외투를 입은 채로 앉아 있겠습니다." 이반 표도로비치가 홀로 들어서면서 말했다. "아니, 앉지도 않겠습니다. 일 분 이상 머물지도 않을 테고요."

"앉으세요, 알렉세이 표도로비치." 이렇게 말을 하면서도 정작 카체리나 이바노브나 자신은 여전히 서 있었다. 그동안 그녀는 별로 변하지 않았지만, 그녀의 짙은 색 눈은 불길한 불꽃으로 번득였다. 알료샤는 훗날, 이 순간 그녀가 그에게 굉장히 예뻐 보였음을 기억했다.

"그이가 무슨 말을 전하라고 하던가요?"

"그저 한 가지뿐이었습니다." 알료샤가 그녀의 얼굴을 똑바로 바라보면서 말했다. "스스로를 아끼는 마음을 갖고서 법정에서 그 일에 대해선 아무 말도 하지 말라고……." 그는 다소간 어물거렸다. "그러니까 두 분 사이에 있었던…… 두 분이 처음 만났던 그때…… 그 도시에서……."

"아, 그 돈 때문에 이마가 땅에 닿도록 절을 한 일 말이군요!" 그녀가 쓸쓸하게 웃으면서 말을 받았다. "그래, 그이는 자기 자신을 걱정해서 그러는 건가요, 아니면 나를 생각해서인가요, 예? 내가 누구를 아껴야 된다고 하던가요? 그이를, 아니면 나 자신을요? 말해 주세요, 알렉세이 표도로비치."

알료샤는 그녀를 주의 깊게 들여다보면서 그녀의 말을 이해하려고 애썼다.

"당신과 형, 두 분 다겠죠." 그가 조용히 말했다.

"그럴 줄 알았어요." 그녀는 어쩐지 독살스럽게 이런 말을 내뱉더니 갑자기 새빨개졌다. "당신은 나를 아직 모르는군요, 알렉세이 표도로비치." 그녀가 위협적으로 말했다. "그래요, 나도 아직 나 자신을 잘 모르겠어요. 아마, 내일 증인 심문이 끝나면 당신은 나를 발로 짓밟고 싶어질지도 몰라요."

"정직한 증언을 하실 겁니다." 알료샤가 말했다. "그거면 충분하거든요."

"여자란 종종 정직하지 못할 때가 있어요." 그녀가 이를 갈았다. "나는 한 시간 전만 해도 저 불한당 같은…… 저 파충류 같은 사람을 건드리는 것조차 무서운 일이라고 생각했어요……. 하지만 아니에요, 그이는 나한테 여전히 한 인간인걸요! 정말 그이가 죽인 걸까요? 그이가 죽인 거냐고요?" 그녀가 재빨리 이반 표도로비치에게로 몸을 돌리면서 갑자기 히스테릭하게 소리쳤다. 알료샤는 자기가 도착하기 일 분 전까지도 그녀가 이반 표도로비치에게 이 똑같은 질문을 던졌음을,

한 번도 아니고 벌써 한 백 번은 던졌고 결국 이 때문에 싸우게 됐음을 대번에 알아차렸다.

"나는 스메르쟈코프한테 갔었어……. 바로 당신, 당신이 나한테 이 사람이 아버지를 죽인 사람이라고 주장했잖아. 나는 오직 당신 말을 믿었을 뿐이야!" 그녀가 여전히 이반 표도로비치를 향해 말을 이어 갔다. 상대방은 내키지 않는다는 듯 억지로 씩 웃었다. 알료샤는 그녀가 이렇게 너나들이를 하는 걸 듣고서 몸을 부르르 떨었다. 그는 그들이 이렇게 가까운 관계일 거라곤 생각도 못 했던 것이다.

"그래, 어쨌거나 이젠 됐어." 이반이 딱 잘라 말했다. "그만가 볼게. 내일 다시 오지." 그러곤 즉시 몸을 돌려 방에서 나가 곧장 계단을 내려갔다. 카체리나 이바노브나는 갑자기 명령이라도 하는 듯한 몸짓으로 알료샤의 두 손을 잡았다.

"저 사람 뒤를 따라가요! 어서 쫓아가요! 단 일 분도 저 사람을 혼자 있게 해선 안 돼요." 그녀가 빠르게 속삭였다. "저 사람, 제정신이 아니에요. 저 사람이 정신이 나갔다는 거, 당신은 모르시죠? 저이는 열병, 신경성 열병을 앓고 있단 말이에요! 의사가 나한테 말했어요, 제발 가 보세요, 얼른 저이를 쫓아가요……."

알료샤는 벌떡 일어나 이반 표도로비치의 뒤를 쫓아 달려갔다. 상대방은 아직 오십 보도 가지 못한 상태였다.

"넌 또 왜?" 그는 알료샤가 자기 뒤를 쫓아온 것을 보고서 갑자기 알료샤 쪽으로 몸을 돌렸다. "내가 미쳤으니까 너더러 내 뒤를 쫓아가라고 명령했겠지. 안 봐도 훤해." 그가 짜증스럽게 덧붙였다.

"물론 그녀가 오해를 한 거겠지만, 형이 아프다는 건 맞는 말이야." 알료샤가 말했다. "지금 저 집에서 형의 얼굴을 보니까, 형의 얼굴이 영 안 좋아, 아주 중병에라도 걸린 것 같아, 이반!"

이반은 멈추지도 않고 계속 걸었다. 알료샤는 그의 뒤를 쫓았다.

"혹시 알고 있나, 알렉세이 표도로비치, 사람들이 어떻게 미치는지?" 이반이 갑자기 완전히 조용한, 이제는 신경질 따위 전혀 없는 목소리로 물었는데, 그 목소리에서는 느닷없게도 아주 순진무구한 호기심이 묻어 나왔다.

"아니, 잘 모르겠어. 하지만 광기의 종류도 많고 다양하지 않을까 싶어."

"자기 자신이 미쳐 가는 것을 스스로 관찰할 수 있을까?"

"내 생각엔 그런 경우에 자기 자신의 모습을 똑똑히 추적하는 건 불가능할 것 같아." 알료샤가 놀라면서 대답했다. 이반은 아주 잠깐 입을 다물었다.

"나와 무슨 얘기든 하고 싶다면, 화제를 좀 바꿔 주렴." 갑자기 그가 말했다.

"아 참, 까먹을지도 모르니까, 이거 형한테 보내는 편지래." 알료샤가 조심스럽게 말한 뒤, 호주머니에서 리자의 편지를 꺼내 그에게 내밀었다. 그들은 때마침 가로등 가까이 온 상태였다. 이반은 금방 필체를 알아보았다.

"아, 이건 그 꼬마 악마가 보낸 거로군!" 그는 표독스럽게 웃더니 봉투를 뜯어 보지도 않고 갑자기 갈기갈기 찢어서 허공으로 날려 버렸다. 종잇조각들이 날아 흩어졌다.

"열여섯 살도 안 됐을 것 같은 것이 벌써부터 추파를 던지다니!" 그는 경멸스럽다는 듯 이렇게 말하면서 거리를 따라 다시 성큼성큼 걸음을 내딛었다.

"추파를 던지다니?" 알료샤가 소리쳤다.

"음탕한 계집들이 어떻게 추파를 던지는지는 뻔하잖아."

"형 왜 이래, 이반, 정말 왜 이러는 거야?" 알료샤가 괴롭고도 열렬한 어조로 항변을 하기 시작했다. "걔는 아직 어린애야, 형은 어린애를 모욕하고 있는 거야! 걔는 아파, 걔도 몹시 아프단 말이야, 어쩌면 미치고 있는지도 몰라……. 나는 형한테 걔의 편지를 전해 주지 않을 수가 없었어……. 오히려, 내 쪽에서 형한테서 무슨 얘기라도 듣고 싶었기 때문에…… 걔를 구해 주려면 말이야."

"너한테 해 줄 말은 아무것도 없어. 만약 그 애가 어린애라고 쳐도, 나는 그 애의 유모가 아니야. 잠자코 있어, 알렉세이. 그런 말 자꾸 하지 마. 그런 건 생각조차도 하지 않고 있으니까."

둘 다 또 일 분 정도 말이 없었다.

"저 여자는 이제 밤새도록 성모 마리아에게 기도를 드릴 거야, 내일 법정에서 어떻게 해야 될지를 가르쳐 달라면서." 그가 갑자기 다시금 매정하고 표독스럽게 말을 시작했다.

"형은…… 형은 카체리나 이바노브나 얘기를 하는 거야?"

"그래. 자기는 미첸카를 구해 줘야 될까, 아니면 파멸시켜야 될까? 그러니까 자신의 영혼을 밝혀 달라고 기도를 하는 거야. 저 여자도 아직은 말이다, 모르고 있는 거야, 준비가 덜 됐거든. 역시나 나를 유모로 생각해서, 내가 자장가나 불러 주며 자기를 얼러 주길 바라고 있어!"

"카체리나 이바노브나는 형을 사랑해, 형." 알료샤가 슬픈 감정을 담아 말했다.

"그럴지도 모르지. 다만, 나는 저 여자한텐 관심 없어."

"그녀는 괴로워하고 있어. 그러면 왜 그녀에게…… 이따금씩…… 그녀가 희망을 가질 만한 말을 해 주는 거지?" 조심스럽게 책망하듯 알료샤가 말을 이어 갔다. "형이 그녀에게 희망을 주었다는 건 나도 알고 있어, 이런 말을 해서 미안하지만." 그가 덧붙였다.

"지금 나는 곧이곧대로 행동할 수 없는 처지야, 저 여자와 관계를 끊고 내 본심을 솔직히 털어놓을 수 있는 상황이 아니라고!" 이반이 짜증스럽게 말했다. "살인자에게 선고가 내려질 때까지 기다려야 해. 내가 지금 그 여자와 관계를 끊으면, 그녀는 나에 대한 복수심이 발동해서 내일 법정에서 저 개망나니 같은 놈을 완전히 파멸시킬 거야. 왜냐면 그녀는 그를 증오하고 있고 또 자기가 그렇다는 걸 알고 있거든. 이건 죄다 허위야, 허위에 또 허위라고! 지금처럼 내가 그녀와 관계를 끊지 않는 한, 그녀는 여전히 희망을 갖고 있기 때문에 이 불한당 같은 놈을 파멸시키려 들진 않을 거야. 내가 그놈을 재앙에서 꺼내 주려 한다는 걸 알고 있으니까. 그러니까 그 저주스러운 선고가 내려질 때를 기다릴 수밖에!"

'살인자'와 '불한당'이라는 말이 알료샤의 마음속에서 고통스럽게 메아리쳤다.

"도대체 그녀가 어떤 식으로 큰형을 파멸시킬 수 있다는 거지?" 그가 이반의 말을 곰곰 씹으면서 물었다. "미챠를 곧장 파멸시킬 수 있는 어떤 걸 제시할 수라도 있단 말이야?"

"네가 아직 모르는 게 있어. 그 여자 손엔 서류가 하나 있는데, 그건 미챠가 제 손으로 쓴 것으로 자기가 표도르 파블로비치를 죽였다는 걸 수학적으로 증명하는 거야."

"그건 있을 수 없는 일이야!" 알료샤가 소리쳤다.

"있을 수 없다니? 내 눈으로 읽었는데."

"그런 서류란 있을 수 없어!" 알료샤가 열을 올리며 반복했다. "왜 있을 수 없냐면, 큰형은 살인자가 아니기 때문이야. 아버지를 죽인 건 큰형이 아니야, 큰형이 아니란 말이야!"

이반 표도로비치는 갑자기 걸음을 멈추었다.

"그렇다면 누가 살인자냐, 네 생각엔?" 그가 어쩐지 척 보기에도 차가운 어조로 물었는데, 이 질문에서는 어쩐지 오만한 음조마저 배어 있었다.

"누구인지는 형도 알고 있잖아." 알료샤가 조용히, 상대의 속마음을 파고들듯 말했다.

"대체 누구야? 그 정신이 나간 병신 같은 간질병자를 두고 떠드는 우화 같은 소리 말이니? 스메르쟈코프를 말하는 거냐고?"

알료샤는 갑자기 자신의 온몸이 떨리는 것을 느꼈다.

"누구인지는 형이 잘 알고 있잖아." 그의 입에서 힘없이 이런 말이 튀어나왔다. 그는 숨을 헐떡였다.

"그래 누구, 누구냐고?" 이반은 이제 거의 광포하게 소리쳤다. 갑자기 자제력이 싹 사라져 버린 것이다.

"내가 알고 있는 건 오직 하나뿐이야." 여전히 거의 속삭이듯 알료샤가 말했다. "아버지를 죽인 건 형이 아니야."

"'형이 아니야'라니! 형이 아니란 게 무슨 소리야?" 이반이 아연실색하여 그 자리에서 얼어붙었다.

"아버지를 죽인 건 형이 아니란 말이야, 형이 아니라고!" 알료샤가 확고한 어조로 반복했다.

삼십 초간, 침묵이 이어졌다.

"내가 아니라는 건 나도 알고 있어, 대체 무슨 헛소리를 하는 거야?" 창백하게 일그러진 미소를 지으면서 이반이 말했다. 그의 두 눈은 알료샤에게 붙박인 듯했다. 두 사람은 다시 가로등 곁에 서 있었다.

"아니야, 이반, 형은 스스로에게 몇 번씩이나 살인자는 바로 형 자신이라고 말해 왔어."

"내가 언제 그런 말을 했다는 거냐? 나는 모스크바에 있었어……. 언제 내가 그런 말을 했겠어?" 완전히 넋이 나간 사람처럼 이반이 중얼거렸다.

"형은 스스로에게 이 말을 수차례에 걸쳐 해 왔어, 이 끔찍한 두 달 동안 혼자 있을 때마다." 알료샤는 아까와 마찬가지로 조용히, 또박또박 말을 이어 갔다. 하지만 그는 이미 제정신이 아닌 듯, 자기 의사와는 무관하게 어떤 불가항력적인 명령에 복종하듯 말하고 있었다. "형은 스스로를 책망하면서 살인자는 다름 아닌 형 자신이라고 스스로에게 고백해 왔어. 하지만 형이 죽인 게 아니야, 형은 잘못 생각하고 있어, 형은 살인자가 아니야, 내 말 듣고 있는 거야, 형이 아니란 말이야! 하느님이 형에게 이 말을 하라고 나를 보내신 거야."

두 사람은 입을 다물었다. 길게만 느껴진 꼬박 일 분 동안 이 침묵은 지속되었다. 두 사람은 줄곧 선 채로 서로의 눈을 응시하고 있었다. 두 사람은 창백했다. 갑자기 이반이 온몸을 부르르 떨더니 알료샤의 어깨를 꽉 붙들었다.

"너, 내 방에 왔던 거로구나!" 그가 이를 갈듯 속삭이며 말했다. "너는 밤에 내 방에 와 있었어, 그놈이 왔을 때……. 바른대로 말해…… 너는 그놈을 봤지, 본 거지?"

"누구를 두고 하는 말이야…… 미챠를 말하는 거야?" 알료샤가 의혹에 사로잡혀 물었다.

"형 얘기가 아니잖아, 에잇, 그 빌어먹을 불한당!" 이반이 미친 듯 울부짖었다. "너는 그놈이 나를 찾아온다는 걸 알고 있는 거지? 어떻게 알아낸 거야, 말해!"

"그놈이 누구야? 나는 형이 누구 얘기를 하는 건지 통 모르겠어." 알료샤가 이젠 숫제 겁에 질려 이렇게 웅얼거렸다.

"아니, 넌 알고 있어…… 그렇지 않고서야 네가 어떻게…… 그래, 네가 모를 리가 없지……."

하지만 갑자기 그는 자제력을 발휘하는 듯싶었다. 자리에 선 채로 뭔가 곰곰 생각하는 듯도 싶었다. 곧 이상야릇한 냉소가 그의 입술을 일그러뜨렸다.

"형." 하고 알료샤가 다시 떨리는 목소리로 말을 시작했다. "내가 형에게 이 말을 한 것은 형이 내 말을 믿을 테니까 그런 거야, 나는 그럴 줄 알고 있어. 나는 내 평생을 걸고 형에게 이 말을, 형이 아니야!라는 말을 한 거야. 내 말 듣고 있어, 내 평생을 걸었다고. 그리고 이건 하느님이 내 영혼 속에 형에게 이 말을 해 주라고 정하신 거야, 비록 이 순간부터 형이 영원토록 나를 증오하게 될지라도……."

하지만 이반 표도로비치는, 보아하니, 이제는 완전히 자제력을 되찾은 것 같았다.

"알렉세이 표도로비치." 하고 그가 차가운 냉소를 머금으면서 말했다. "나는 예언자나 간질병자 따위는 딱 질색이올시다. 하느님의 사자(使者) 같은 건 특히나 더 그렇소, 이 점은 당신도 너무나 잘 알고 있을 테지. 이 순간부터 나는 당신과 헤어지도록 하겠소, 아마 영원한 이별이 될 거요. 자, 바로 이 교차로에서 이제 그만 헤어져 주시지. 아닌 게 아니라, 당신 집은 이 골목을 따라가야 할 테니까. 특히, 오늘 나를 찾아오는 건 삼가 주시길! 듣고 있소?"

그는 몸을 돌린 뒤, 단호하게 걸음을 떼 놓으면서 뒤도 돌아보지 않고 곧장 걸어갔다.

"형." 하고 알료샤가 그의 등에다 대고 소리쳤다. "오늘 형한테 무슨 일이 일어난다면, 제일 먼저 나를 생각해 줘……!"

하지만 이반은 대답이 없었다. 알료샤는 이반이 어둠 속으로 완전히 모습을 감출 때까지 교차로의 가로등 옆에 서 있었다. 그러고서 몸을 돌려 천천히 골목길을 따라 자기 집으로 향했다. 그와 이반 표도로비치는 서로 다른 집에 따로 살고 있었다. 둘 다 텅 비어 버린 표도르 파블로비치의 집에서 살기가 싫었던 것이다. 알료샤는 어느 소시민들 가족에게서 가구가 딸린 방을 빌렸다. 이반 표도로비치는 거기서 상당히 멀리 떨어진 곳에 살았는데, 형편이 넉넉한 어느 관리 미망인의 소유인 훌륭한 집에 딸린 곁채에서 상당히 아늑하고 넓은 거처를 빌려 쓰고 있었다. 하지만 곁채를 통틀어 그에게 시중을 드는 사람이라곤 귀가 완전히 먹고 고릿적 사람이나 다름없는 노파뿐이었지만 그나마도 류머티즘이 심해서 저녁 6시면 자리에 누워 아침 6시에나 일어나는 형편이었다. 이반 표도로비치는 요 두 달간 이상할 정도로까지 까탈을 부리는 일이 없었고 또 완전히 혼자 있는 것을 몹시 좋아했다. 자기가 쓰는 방도 직접 청소했으며 자기 거처에 있는 나머지 방들은 숫제 들어가 보는 일도 드물었다. 자기 집의 대문 앞에 다다라 이미 초인종의 손잡이를 쥔 뒤, 그는 걸음을 멈추었다. 분함을 참지 못해 온몸에 전율이 일어나 자신이 벌벌 떨고 있음을 느꼈던 것이다. 갑자기 그는 초인종을 내버려 두고 침을 탁 뱉고선 몸을 뒤로 돌리더니 또다시 황급히 완전히 다른 길로 접어들었으니, 도시의 정반대편 끝, 자기 집에서 2베르스타쯤 떨어진 곳에 위치한, 다 쓰러져 가는 보잘것없이 작은 통나무집으로 가는 것이었다. 거기에는 마리야 콘드라치예브나가 살았는데, 한때 표도르 파블로비치의 옆집에 살면서 표도르 파블로비치 집 부엌으로 수프를 얻으러 오곤 했으며 그 무렵 스메르자코프가 기타를 치면서 자신의 노래를 불러 주곤 했던 바로 그 여자였다. 그녀는 전에 살던 집은 팔아 버리고 지금은 어머니와 함께 거의 오두막이나 다름없는 그 집에서 살고 있었고, 거의 죽음의 문턱을 드나들 만큼 심하게 앓고 있는 스메르자코프는 표도르 파블로비치가 죽은 이후로 이들 집에 살고 있었다. 바로 이 스메르쟈코프를 보기 위해 이반 표도로비치는 지금 길을 나선 것이니, 불현듯 한 가지 상념이 떠올라 불가항력적인 힘으로 그를 이끌고 있었다.

6 스메르쟈코프와의 첫 번째 만남

그러니까 이반 표도로비치가 모스크바에서 돌아온 후 스메르쟈코프와 얘기를 나누러 가는 것은 이번이 벌써 세 번째였다. 참극 이후 그가 처음으로 스메르쟈코프를 만나 얘기를 나눈 것은 모스크바에서 돌아온 첫날이었고, 그다음엔 이 주일이 지난 뒤 한 번 더 그를 방문했다. 하지만 이 두 번째 만남 이후에는 스메르쟈코프와의 만남을 중단했고, 때문에 지금 그는 벌써 한 달 남짓 그를 보지 못한 데다가 그에 대해선 거의 아무것도 듣지 못했다. 그 당시 이반 표도로비치는 아버지가 죽은 지 닷새째 되는 날에 모스크바에서 돌아왔던 까닭에 발인(發靷)하는 것도 보지 못했다. 장례식은 마침 그가 도착하기 전날 밤에 치러졌던 것이다. 이반 표도로비치가 지체된 사연은 이렇다. 즉, 알료샤가 그의 모스크바 주소를 정확히 몰랐기 때문에 전보를 치기 위해 카체리나 이바노브나에게 의뢰했는데, 그녀 역시도 현재 주소를 몰랐기 때문에 이반 표도로비치가 모스크바에 도착하자마자 자기 언니와 이모의 집에 들를 것이라고 생각하여 그들에게 전보를 쳤던 것이다. 하지만 그는 도착하고 나서 나흘째 되는 날에야 비로소 그들의 집에 들렀고, 전보를 읽자마자 물론 곧장 쏜살같이 우리 도시로 날아왔다. 그가 우리 도시에 도착하여 처음으로 만나 얘기를 나눈 사람은 알료샤였는데, 그가 미챠에게 혐의를 두려 하지도 않을뿐더러 우리 도시의 모든 다른 견해들과는 정면으로 대치되는바, 곧장 스메르쟈코프를 살인자로 지목한 것에 깜짝 놀랐다. 이어, 경찰 서장, 검사를 만나서 혐의 내용 및 체포에 관한 세부 사항들을 알고 난 뒤에 더더욱 알료샤에게 놀랐으며, 그의 의견을 그저 극도로 달아오른 형제애와, 이반도 익히 알고 있듯 워낙에 미챠를 사랑했던 알료샤의 연민의 결과로 치부했다. 겸사겸사, 자기 형 드미트리 표도로비치를 향한 이반의 감정에 대해 처음이자 마지막으로 두어 마디 정도만 해 두자. 이반은 형을 결단코 좋아하지 않았으며, 이따금씩 그에게 큰 연민을 느낄 때는 있었지만 그것마저도 경멸이 지나쳐 혐오에까지 이른 감정과 뒤섞인 것이었다. 미챠라는 인간 자체, 미챠의 그 형체마저도 그는 딱 싫었다. 미챠를 향한 카체리나 이바노브나의 사랑은 격노의 감정을 갖고 바라보았다. 그나저나, 피고가 된 미챠를 처음으로 만난 것도 역시 모스크바에서 돌아온 그날이었는데, 이 만남은 그의 내부에 도사린, 미챠의 유죄에 대한 확신을 약화시키기는커녕 오히려 강화시켜 놓았다. 그때 가서 보니, 형은 불안하고 병적으로 흥분된 상태였다. 미챠는 말은 많았지만 넋이 나간 듯 아주 산만했고, 아주 매몰찬 어조로 스메르쟈코프를 몰아세웠지만 도무지 뒤죽박죽이었다. 무엇보다도, 줄곧 고인이 자기한테서 '훔친' 그

3000루블 얘기를 해 댔다. "내 돈이야, 그건 내 돈이었어."라고 미챠는 되뇌었다. "내가 그걸 훔쳤더라도 나는 옳았을 거야." 자기한테 불리한 모든 증언들에 대해선 거의 이의를 제기하지도 않았으며 자기에게 유리한 사실들을 논할 때도 역시나 아주 요령부득에다가 터무니가 없었으니 ── 대체로 이반은 고사하고 그 누구 앞에서든 자기 자신의 누명을 벗고 싶은 바람이 없는 것처럼 굴었고 오히려 성질을 부리고 자신의 혐의 내용을 오만하게 무시하고 욕설을 퍼부으면서 열을 올렸다. 문이 열려 있었다는 그리고리의 증언에 대해서는 그저 경멸스럽다는 듯 비웃을 뿐, 그건 '악마가 연 것'이라고 주장했다. 하지만 이 사실에 대해서도 조리 있는 해명이라곤 전혀 제시할 수 없었다. 심지어 이 첫 번째 만남에서 그는 제 입으로 "모든 것이 허용된다."라고 주장하는 놈들은 자기에게 혐의를 걸거나 자기를 심문할 자격이 없노라고 이반 표도로비치에게 매몰차게 말함으로써 그를 모욕하기까지 했다. 대체로 이번엔 이반 표도로비치에게 아주 비우호적이었던 것이다. 그때 그렇게 미챠를 만나고서 이반 표도로비치는 그길로 곧 스메르쟈코프를 보러 갔다.

모스크바에서 돌아오는 기차 안에서부터 그는 줄곧 스메르쟈코프를, 출발 전날 저녁 그와 마지막으로 나눈 대화를 생각했다. 그는 많은 것이 혼란스러웠고 또 많은 것이 의심스러웠다. 하지만 예심판사에게 진술을 할 때 이반 표도로비치는 그 대화에 대해서는 당분간 입을 다물었다. 모든 걸 스메르쟈코프와 만날 때까지 미루어 두었던 것이다. 그는 당시 시립 병원에 있었다. 의사 게르첸슈투베, 그리고 이반 표도로비치가 병원에서 만난 의사 바르빈스키는 이반 표도로비치가 집요하게 질문을 퍼붓자, 스메르쟈코프의 간질병은 의심의 여지가 없는 것이라고 확고하게 대답했으며 "참극이 있는 당일 간질 발작이 난 척 연기를 했던 건 아닐까요?"라는 질문에는 오히려 놀라기까지 했다. 그들은 이 발작은 예사롭지 않은 것으로서 며칠간 지속적으로 반복되었기 때문에 환자의 생명이 정말로 위태로운 상태였지만 필요한 조치를 취한 결과 이제는 이미 무사할 거라고 장담하게 됐다고 그에게 설명했는데, 하지만 그럼에도(의사 게르첸슈투베가 덧붙이길) 그의 정신 상태는 '평생 동안은 아니겠지만 상당히 오랫동안' 부분적으로 이상이 있을 수 있다는 것이었다. 그래도 이반 표도로비치가 참지 못하고 "그럼 지금 미쳤다는 소리입니까?"라고 캐묻자, "아직은 절대 그런 건 아니지만, 다소간 비정상적인 점들이 눈에 띄긴 하는군요."라고 그에게 대답해 주었다. 이반 표도로비치는 이 비정상적인 점들이란 것이 어떤 것인지 직접 알아내기로 마음먹었다. 병원에서는 즉시 그의 면회를 허가해 주었다. 스메르쟈코프는 별실에 있었고, 병원용 침대 위에 누워 있었다. 때마침 그의 곁에는 침대가 하나 더 있었고 거기에는 이 도시의 어느 쇠약한 소시민이 누워 있었는데, 수종(水腫)으로 온몸이 퉁퉁 부어올라 낼모레면 곧 죽을 것 같았으므로 대화에 방해가 될 수도 없었다. 스메르쟈코프는 이반 표도로비치를 보자 믿기지 않는다는 듯 이를 드러내며 히죽 웃었고, 첫 순간에는 심지어 겁을 집어먹은 듯도 싶었다. 적어도 이반 표도로비치의 머릿속으론 이런 생각이 스치고 지나갔다. 하지만 이것은 그저 순간에 불과했고, 남은 시간 동안은 스메르쟈코프가 오히려 너무도 평온했던 탓에 그는 거의 충격을 받기까지 했다. 이반 표도로비치는 첫눈에 그가 그야말로 완전히 중증이라는 걸 확신하게 됐고 여기엔 의심의 여지가 없었다. 그는 몹시 허약했고 혀도 간신히 놀리는 듯 느릿느릿 말을 했다. 몸은 바싹 여위고 얼굴은 또 샛노래져 있었다. 이십 분 정도의 면회 시간 내내 머리가 아프다느니, 팔다리가 쑤신다느니 우는 소리를 해 댔다. 거세종파처럼 홀쭉해진 그의 얼굴은 완전히 조그마해진 것 같았고, 관자놀이께의 머리카락은 엉망으로 헝클어져 있었고, 멋 부려 빗어 올린 앞머리는 온데간데 없고 오직 가느다란 잔머리 한 옴큼만 위로 삐죽 솟아 있었다. 하지만 뭔가를 암시하는 듯 슬쩍 찡그리는 왼쪽 눈은 영락없이 예전의 스메르쟈코프 그대로였다. '영리한 사람과는 얘기를 나누는 것도 흥미롭다.'라는 말이 즉시 이반 표도로비치의 머릿속에 떠올랐다. 그는 스메르쟈코프의 발치 곁, 의자에 앉았다. 스메르쟈코프는 고통스러워하면서 침대에서 몸뚱어리를 조금 움직이긴 했지만, 먼저 말을 꺼내지도 않고 입을 다물고 있었고 더욱이 이젠 흥미도 별로 없는 듯한 시선이었다.

"어때, 나와 말을 할 수 있겠나?" 이반 표도로비치가 물었다. "절대로 피곤하게 하진 않으마."

"할 수 있다마다요." 스메르쟈코프가 약한 목소리로 우물거렸다. "오신 지 오래되셨습니까?" 그는 곤혹스러워진 방문객에게 용기를 북돋아 주듯 관대하게 덧붙였다.

"오늘에야 왔어……. 여기서 일어난 너희들의 성가신 일을 처리하려고."

스메르쟈코프는 한숨을 내쉬었다.

"왜 한숨을 쉬는 게냐, 너도 알고 있었으면서?" 이반 표도로비치는 다짜고짜 뇌까렸다.

스메르쟈코프는 의젓하게 잠깐 침묵을 고수했다.

"어떻게 모를 수가 있었겠습니까요? 진작부터 불 보듯 뻔했는걸요. 다만, 이렇게까지 될 줄이야 어떻게 알았겠습니까?"

"이렇게까지 되다니? 이놈, 얼렁뚱땅 넘어갈 생각은 하지 마! 네놈은 지하 창고에 내려가면 즉시 간질 발작이 일어날 것처럼 예언하지 않았더냐? 곧바로 지하 창고라고 했단 말이다."

"설마 도련님은 증인 심문에서 그 얘기를 벌써 하셨습니까?" 스메르쟈코프가 평온하게 호기심을 보였다.

이반 표도로비치는 갑자기 화가 버럭 났다.

"아니, 아직은 말하지 않았지만, 꼭 말할 테다. 네놈은, 이봐, 지금 나한테 많은 걸 해명해 줘야겠어, 이 자식, 명심해 둬, 나를 상대로 무슨 수작을 부리는 건 용납하지 않을 테니까!"

"제가 뭐 하러 수작을 부리겠습니까요, 저는 오로지 주 하느님과 다름없는 도련님만 믿고 있는걸요!" 스메르쟈코프는 잠깐 눈을 감았을 뿐, 예의 그 완전히 평온한 어조로 말했다.

"첫째" 하고 이반 표도로비치가 본격적으로 나섰다. "나는 간질 발작은 미리 예언할 수 없다는 걸 알고 있어. 알아보고 하는 소리니, 네놈은 얼렁뚱땅 넘어갈 생각 하지 마! 날짜와 시간은 예언할 수는 없단 말이다. 그런데도 너는 그때 어떻게 날짜에다 시간까지, 더욱이 지하 창고라는 장소까지 나한테 예언할 수 있었던 거지? 일부러 발작이 난 척 연기를 한 게 아닌 다음에야, 어떻게 정확히 이 지하 창고에서 발작이 일어나 바닥으로 떨어질 거라는 걸 알 수 있었냐고?"

"지하 창고라면 그렇잖아도 가야 됐습죠, 그것도 하루에 몇 번씩이나요." 스메르쟈코프가 서두르지 않고 말꼬리를 질질 끌며 말했다. "정확히 일 년 전에도 꼭 그런 식으로 다락방에서 떨어졌습죠. 간질 발작이 일어날 날짜와 시간을 미리 예언할 수 없는 건 맞지만, 그 예감이란 언제든지 지닐 수 있으니까요."

"하지만 너는 날짜와 시간을 예언했단 말이다!"

"저의 간질 발작에 대해서는 차라리, 도련님, 이곳 의사들한테 가서 알아보십시오. 저의 발작이 진짜였는지, 가짜였는지 말입죠. 저로선 도련님께 이 문제에 대해 더 이상 드릴 말씀이 전혀 없군요."

"그럼 지하 창고는? 지하 창고는 어떻게 예언한 거냐?"

"도련님께서는 이 지하 창고에 아주 환장을 하셨군요! 그때 이 지하 창고로 내려갔을 때 저는 두려움과 의혹에 사로잡혀 있었습니다. 도련님마저 없으니 온 세상을 통틀어 더 이상 의지할 사람이 아무도 없다는 생각에 더더욱 두려웠던 것이죠. 그때 바로 그 지하 창고를 내려가는데 '이제 곧 그놈이 올 것이다, 그놈이 시작되면 굴러떨어질까, 아닐까?'라는 생각이 들고, 바로 이런 의혹이 생기기가 무섭게 갑자기 목구멍에서 저 피해 갈 수 없는 경련이 일더니…… 뭐 그렇게 굴러떨어

216

진 것입죠. 이와 같은 모든 일과 이전, 그러니까 바로 그 전날 저녁 대문 곁에서 도련님과 나누었던 대화를, 그리고 그때 제가 도련님께 지하 창고에 대한 저의 두려움을 전했다는 사실을——이 모든 것을 저는 게르첸슈투베 의사 선생님과 이어 예심판사 니콜라이 파르표노비치에게 상세하게 털어놓았고, 그들은 모든 걸 조서에 기록했습니다. 이 병원의 의사인 바르빈스키 씨도 모든 사람들 앞에서 유달리 강조하길, 바로 그렇게 생각했기 때문에, 즉 '이제 곧 쓰러질까, 아닐까.'라는 예민한 노파심 때문에 그렇게 됐다더군요. 정말로 노파심이 일어서 그리됐던 겁니다. 바로 이런 식으로, 즉 오로지 저의 두려움 때문에 그렇게 될 수밖에 없었다고 조서에 기록했습죠."

이 말을 하고서 스메르쟈코프는 완전히 녹초가 된 듯 깊은 숨을 몰아쉬었다.

"증인 진술을 할 때 그런 것까지 알렸더냐?" 이반 표도로비치가 다소간 어리둥절해져서 물었다. 그는 그때 자기들이 나눈 대화를 얘기해 버리겠다고 엄포를 놓아 그에게 겁을 줄 작정이었지만, 알고 보니 상대방이 벌써 제 입으로 모든 걸 얘기해 버렸으니 말이다.

"제가 뭘 두려워하겠습니까? 다 사실대로 기록해 두라지요, 뭐." 스메르쟈코프가 확고한 어조로 말했다.

"그럼 우리가 대문 곁에서 나눈 대화도 토씨 하나 안 빼고 말했더냐?"

"아니요, 토씨 하나 안 빼고 다 말한 건 아닙죠."

"그럼, 간질 발작이 난 척 연기할 수 있다며 그때 내 앞에서 떠벌린 건, 그것도 역시나 말했더냐?"

"아니요, 그것도 말 안 했습니다요."

"이놈, 이제 나한테 똑똑히 말해 봐, 네놈은 그때 무엇을 위해서 나를 체르마쉬냐로 보내려 했지?"

"모스크바로 떠나 버리실까 봐 두려웠습니다, 체르마쉬냐가 어쨌거나 더 가깝잖습니까요."

"거짓말도 잘하는구나, 네놈이 직접 나한테 떠나라고 권했어. 죄스러운 일을 피해 멀리 떠나시지요, 하지 않았더냐!"

"그건 제가 그때 집안에 재앙이 있으리라는 예감이 들어 도련님이 가여웠던 나머지, 그러니까 오로지 도련님을 향한 우애의 정과 마음에서 우러나오는 충성심에서 그런 겁니다요. 다만, 도련님보다는 제 몸에 대한 가여움이 더 컸습죠. 그래서 죄스러운 일을 피해 멀리 떠나라고 말씀드렸던 것입니다. 그러면 도련님께서 집안에 안 좋은 일이 생기겠구나, 하고 알아들으시고 집에 남으셔서 부모님을 보호하시도록 말입죠."

"좀 더 단도직입적으로 말하지 그랬더냐, 바보 같은 놈아!" 이반 표도로비치가 갑자기 발끈했다.

"그때 제가 어떻게 더 단도직입적으로 말할 수 있었겠습니까요? 저는 그저 그렇게 될까 봐 무서웠을 뿐이고, 게다가 도련님께서 화를 내실 수도 있었으니까요. 저는 물론 드미트리 표도로비치가 무슨 스캔들이라도 일으키지 않을까, 어쨌거나 이 돈을 자기 걸로 생각하고 있으니까 혹시 그걸 가져가 버리지나 않을까, 염려할 순 있었지만, 그렇다고 해서 그렇게 살인까지 저지를 줄 누가 알았겠습니까? 그냥 주인 나리의 이부자리 밑에 봉투째로 숨겨진, 그 3000루블만 살짝 훔쳐 갈 거라고 생각했는데, 그만 이렇게 죽여 버렸으니 말입죠. 이러니 도련님인들 어떻게 짐작이나 할 수 있겠습니까, 도련님?"

"제 입으로 짐작도 할 수 없는 일이었다고 말하면서, 내가 어떻게 눈치를 채고 집에 남아 있을 수 있었다는 거냐? 왜 앞뒤가 안 맞는 소리를 지껄이는 게냐?" 이반 표도로비치가 생각에 잠긴 채 말했다.

"제가 도련님더러 그 모스크바 대신에 체르마쉬냐로 가라고 권했으니까, 눈치를 챘을 법합죠."

"그렇다 한들 어떻게 눈치를 챌 수 있었다는 거냐고!"

스메르쟈코프는 몹시 지친 것처럼 보였으며 또다시 일 분 정도도 입을 다물었다.

"바로 다음과 같은 이유로 눈치채실 수 있으셨겠죠. 즉 제가 도련님께 모스크바가 아니라 체르마쉬냐를 권한다면, 그건 다시 말해서 모스크바는 멀리 있으니까 도련님이 여기에 아주 가까이 있기를 바란다는 뜻인데, 드미트리 표도로비치는 도련님께서 가까운 곳에 있다는 걸 알면 차마 엄두를 내지 못했을 테니까요. 더욱이 무슨 일이 일어날 시에는 도련님께서 최대한 빨리 오셔서 저를 보호해 주실 수도 있었을 테고요. 왜냐면 제 입으로 도련님한테 그리고리 바실리예비치의 병 얘기를 일러 주었고 또 간질 발작이 일어날까 무섭다는 말씀도 드렸으니까요. 고인의 방으로 들어갈 수 있는 그 노크 신호들을, 그리고 드미트리 표도로비치가 저를 통해서 그 모든 걸 알고 있음을 도련님께 설명해 드린 뒤, 저는 도련님께서 이미 그

때 그분이 틀림없이 무슨 일을 저지를 것을 눈치채시고서 체르마쉬냐에 가는 건 고사하고 숫제 그냥 집에 남아 계실 거라고 생각했지 뭡니까."

'이놈, 말 한번 조리 있게 잘하는군.' 하고 이반 표도로비치는 생각했다. '비록 좀 우물거리긴 하지만 말이야. 게르첸슈투베는 대체 뭘 두고서 정신 상태에 이상이 생겼다고 말한 걸까?'

"이놈, 나한테 슬슬 허튼 수를 쓰는 게냐, 망할 자식 같으니!" 그가 화를 내면서 소리쳤다.

"저는, 고백하건대, 그때 도련님께서 완전히 눈치를 채셨다고 생각했습니다요." 그야말로 순진무구한 표정으로 스메르쟈코프가 대거리를 했다.

"눈치를 챘다면, 집에 남았겠지!" 이반 표도로비치가 다시 발끈하며 소리쳤다.

"그랬겠지요, 하지만 저는 도련님께서 모든 것을 눈치채고서도 그저 가능한 한 빨리 죄스러운 일을 피해 떠나 버린 거라고 생각했습니다요. 너무 두려웠던 나머지 자기 몸을 보존하고자 그저 어디로든 도망을 치기 위해서 말입죠."

"네놈은 모든 사람들이 네놈 같은 겁쟁이라고 생각했던 모양이지?"

"죄송한 말씀이지만, 도련님도 저와 같을 거라고 생각했습니다."

"물론, 눈치를 챘어야 했지." 이반은 흥분했다. "아닌 게 아니라 네놈 선에서 무슨 추잡한 일이 일어나리라는 걸 눈치챘어……. 그래 봤자 거짓말이야, 넌 또 거짓말을 늘어놓고 있는 거야." 그가 갑자기 뭔가 기억나는 게 있어 이렇게 소리쳤다. "기억나나, 네놈이 그때 마차 곁으로 다가와서 나한테 '영리한 사람과는 얘기를 나누는 것도 흥미롭다.'라고 말했던 것 말이다. 다시 말해서, 그렇게 칭찬을 한 걸 보면 내가 떠나는 게 기뻤다는 것이겠지?"

스메르쟈코프는 다시, 다시 한번 한숨을 내쉬었다. 그의 얼굴이 붉게 상기되는 듯했다.

"기뻐했다면"이라며 그는 다소간 숨을 헐떡이면서 말했다. "그건 오로지 모스크바가 아니라 체르마쉬냐로 가시겠다고 하셨기 때문입니다. 어쨌거나 그쪽이 더 가까우니까요. 다만 제가 도련님께 드린 바로 그 말씀은 칭찬이 아니라 책망이었습니다요. 그것을 못 알아들으셨군요."

"책망이라니?"

"그런 재앙이 닥치리라는 예감이 들었으면서도 친아버님을 버려 두고 떠나시다니, 또 우리를 보호할 생각도 하지 않으시다니 말입죠. 언제라도 저한테 그 3000을 훔쳤다는 누명을 씌워 끌고 갈 수도 있는 상황이었으니까요."

"이 망할 놈의 자식!" 이반이 또다시 욕을 퍼부었다. "잠깐만, 그런데 네놈은 신호, 그 노크 소리에 대해서도 예심판사와 검사에게 알렸더냐?"

"있는 그대로 죄다 알려 드렸습죠."

이반 표도로비치는 다시금 속으로 깜짝 놀랐다.

"내가 그때 뭔가 생각을 했다면" 하고 그가 다시 말을 시작했다. "그건 오직 네놈 선에서 무슨 추잡한 일이 일어날 거라는 거였어. 드미트리라면 사람을 죽일 순 있어도 도둑질 따윈 하지 않아──그때 나는 그렇게 믿고 있었지……. 하지만 네놈 이라면 어떤 추잡한 일도 능히 저지르고 남을 놈이라고 생각 했어. 네놈이 직접 간질 발작을 연기할 수 있다고 나한테 말했 잖아, 대체 뭘 위해 그런 소리를 한 거냐?"

"오로지 제가 순진무구해서입죠. 더욱이 저는 평생 동안 일 부러 간질 발작을 연기한 적이 한 번도 없었고, 그저 도련님 앞에서 자랑을 하느라 그렇게 말했을 따름입죠. 그냥 어리석 었을 따름입죠. 저는 그때 도련님을 몹시 좋아했기 때문에 도 련님을 아무런 허물 없이 대했던 것뿐입니다."

"형은 네놈이 죽였고 네놈이 훔쳤다면서 곧장 네놈을 범인 으로 몰아세우고 있어."

"아니, 그분에게 더 이상 뭐가 있습니까?" 스메르쟈코프는 이를 드러내며 씁쓸하게 웃었다. "증거가 산더미처럼 쌓였는데 누가 그분 말을 믿겠습니까? 그리고리 바실리예비치가 문이 열린 걸 봤는데, 이제 와서 뭘 어쩌겠어요. 에라, 하늘의 뜻이 다, 이런 식이죠! 제 몸 하나 구하려고 벌벌 떨기만 할 뿐……."

그는 조용히 입을 다물더니, 갑자기 무슨 생각이 난 듯 이 렇게 덧붙였다.

"뭐 그러니까 또 같은 말을 하게 되는뎁쇼, 그분이 이건 제 가 한 짓이라며 저한테 죄를 덮어씌우려 한다는 건 저도 이미 들었습니다만, 하지만 이건 제가 간질 발작을 연기하는 데 도 사라는 소리와 거의 다를 바 없죠. 하지만 그 당시 제가 정말 로 도련님의 부친을 어떻게 할 속셈이 있었다면, 간질 발작을 연기할 줄 안다는 얘기를 도련님께 미리 했겠습니까? 제가 그렇게 살인할 속셈이었다면, 아니, 제가 아무리 바보 천치라도, 앞으로 저 자신에게 불리한 그런 증거가 될 말을, 다름 아닌 친아들인 도련님께 했겠습니까, 당치도 않습니다요! 이게 말이 되나요, 어디? 이건, 이건 오히려 도무지 있을 수 없는 일입니다요. 지금 도련님과 저의 이 대화도 저 하느님을 제외하면 아무도 듣고 있지 않은데, 만약 도련님께서 검사와 니콜라이 파르표노비치에게 알리신다고 해도, 그 덕분에 궁극적으론 오히려 저를 변호해 주시는 결과가 될 겁니다요. 왜냐면 애당초 저렇게 순진무구하게 굴었던 놈이라면, 저게 무슨 악당이냐, 그런 놈이 어디 있어? 하는 식일 테니까요. 이 모든 걸 찬찬히 따져 보면 당연한 얘기입니다."

"이봐." 스메르쟈코프의 마지막 추론에 충격을 받은 이반 표도로비치는 대화를 중단하고 자리에서 일어났다. "나는 너를 조금도 의심하지 않고, 심지어 너한테 혐의를 두는 것 자체를 웃긴 일이라고 생각하는데…… 오히려 네가 나를 안심시켜 줘서 고마울 따름이다. 이만 가 보겠지만, 다시 들르도록 하지. 일단은 잘 있어, 빨리 건강해지고. 뭐 필요한 건 없나?"

"여러모로 감사드립니다요. 마르파 이그나치예브나가 저를 잊지 않고 뭐 필요한 게 있으면 옛날처럼 그 좋은 마음씨로 모든 걸 봐 주고 있습니다. 그 마음씨 좋은 사람들이 매일 병문안도 와 주시고요."

"그럼, 또 보자. 그나저나 네가 간질 발작이 난 시늉을 할 수 있다는 건 아무한테도 말하지 않을 테니…… 너도 그런 말은 하지 않는 편이 낫겠다." 이반은 갑자기 무엇 때문인지 이런 말을 했다.

"잘 알겠습니다요. 도련님께서 그걸 말씀하지 않으신다면, 저도 그때 대문 곁에서 우리가 주고받은 말은 절대 발설하지 않겠습니다……."

그러고서 곧장 이반 표도로비치는 갑자기 병실을 나왔는데, 복도를 열 걸음쯤 지나온 뒤에야 비로소 스메르쟈코프의 마지막 말 속에 어떤 모욕적인 의미가 깃들어 있었음을 갑자기 감지했다. 이제 와서 그는 다시 가 보고 싶은 마음이 들었지만 이건 잠시 스쳐 간 생각에 불과했을 뿐, "바보 같은 짓들이야!"라고 말한 뒤 서둘러 병원을 나갔다. 무엇보다도, 그는 범인이 스메르쟈코프가 아니라 자기 형 미챠라는 정황에 정말로 마음이 편해지는 것을 느꼈으니, 사실 그 반대가 되어야 할 것 같지만 말이다. 왜 그런 느낌이 들었을까──그는 그 당시 분석을 해 보고 싶지도 않았고 심지어 자신의 감정을 헤적이는 것에 혐오감마저 느꼈다. 어서 빨리 뭔가를 잊고 싶을 따름이었다. 그 이후 며칠 동안 그는 미챠를 골치 아프게 만드는 모든 증거들을 좀 더 가까이서, 좀 더 본격적으로 접하게 되면서 미챠가 유죄라는 것을 이미 완전히 확신하게 되었다. 아주 하찮은 사람들이 내놓은 증언 중에서도 페냐나 그녀의 어머니의 증언처럼 거의 전율을 불러일으키는 것도 있었다. 페르호친, 술집, 플로트니코프 상점, 모크로예의 증인들에 대해서는 새삼스레 더 할 말도 없었다. 무엇보다도, 세부적인 사항들이 골치가 아픈 것들이었다. 비밀 '노크 신호'에 대한 정보는 그리고리의 열린 문에 대한 증언과 거의 마찬가지로 예심판사와 검사에게 충격을 안겨 주었다. 그리고리의 아내 마르파 이그나치예브나는, 이반 표도로비치가 꼬치꼬치 캐묻자, 스메르쟈코프는 밤새도록 그들의 방에 칸막이 하나를 사이에 둔 채 '우리 침대에서 세 발짝도 떨어지지 않은 곳에' 누워 있었고 비록 그녀 자신이 깊은 잠에 빠져 있긴 했지만 그의 신음 소리에 여러 번이나 잠에서 깼다고 곧바로 선언했다. "줄곧 신음을 했다, 신음 소리가 끊이질 않았다."라는 것이었다. 게르첸슈투베와 이야기를 나누는 자리에서 이반 표도로비치가 스메르쟈코프는 절대로 정신이 나간 것이 아니라 그저 좀 쇠약해진 것 같다는 의심을 내비치자, 노인은 그저 야릇한 미소를 머금을 따름이었다. 그러곤 이반 표도로비치에게 "그럼, 그 사람이 지금 무엇에 유달리 정성을 쏟고 있는지 알고 있소?"라고 물었다. "프랑스어 단어를 외우고 있어요. 그 사람 베개 밑에 공책이 있는데 거기에는 프랑스어 단어들이 누군가에 의해 러시아어 철자로 쓰여 있지요, 헤―헤―헤!" 이반 표도로비치는 마침내 모든 의심을 버렸다. 형 드미트리라면 이젠 언제나 생각만 해도 더럽기만 했다. 하지만 그럼에도 한 가지 이상한 점이 있었다. 즉, 알료샤가 여전히 살인을 저지른 건 드미트리가 아니라 '기필코' 스메르쟈코프라는 주장을 죽어도 굽히지 않았던 것이다. 이반은 언제나 내심 알료샤의 견해를 존중해 왔지만, 지금은 이 때문에 그에 대해 심한 의혹을 품었다. 알료샤가 이반과 있을 땐 미챠 얘기를 하려고 하지도 않고 또 먼저 말을 꺼내는 일도 없을뿐더러 그저 이반이 묻는 말에만 대답을 하는 것도 이상했다. 이 점도 확연히 이반 표도로비치의 눈에 뜨이는 것이었다. 그건 그렇고, 이 무렵 그는 완전히 다른 한 가지 정황에 몰입해 있었다. 모스크바에서 온 이후 초창기, 그는 카체리나 이바노브나를 향한 불타는 듯한 광기 어린 열정에 온통 그리고 돌이킬 수 없이 빠져 버린 것이다. 하지만 여기 이 자리에서는 훗날 이반 표도로비치의 전 생애에 또렷이 남게 된 그의 이 새로운 열정에 대한 얘기를 시작할 형편이 못 된다. 이 모든 것이 이미 다른 이야기, 언제쯤 착수할지 나로서도 알 수 없는 또 다른 소설의 밑그림이 되어 줄 수는 있겠지만 말이다. 여하튼 아무리 그래도 지금 꼭 언급해야 될 대목이 있는데, 즉, 내가 이미 묘사했듯, 밤에 알료샤와 함께 카체리나 이바노브나 집을 나오면서 이반 표도로비치가 그에게 했던 "나는 그 여자한텐 관심 없어."라는 말, 이것은 그 순간에 순전히 거짓말을 한 것에 지나지 않았다. 그는 정말로 그녀를 죽일 수 있을 만큼 증오할 때도 더러 있었지만 그럼에도 그녀를 미칠 듯 사랑하고 있었다. 여기에는 많은 이유가 한데 뭉쳐 있었다. 미챠 사건 때문에 완전히 충격을 받은 그녀는 자기한테로 돌아온 이반 표도로비치가 마치 무슨 구세주라도 되는 양 그에게 매달렸다. 그녀는 자신의 감정에 있어서 분노와 모욕과 굴욕을 맛보아야 했다. 이런 상황에서 옛날에도 그녀를 그토록 사랑해 주었던——오, 그녀는 이것을 너무도 잘 알고 있었다——그리고 그 지성과 감성을 늘 자기 자신과는 비교할 수 없을 만큼 높은 것으로 존중해 온 그 사람이 다시 나타난 것이다. 하지만 이 엄정한 처녀는, 자기 연인의 카라마조프적인 격렬한 욕망과 그녀를 향한 한결같은 흠모에도 불구하고, 자신을 오롯이 희생하진 않았다. 동시에 미챠를 배반했다는 회한으로 끊임없이 괴로워했으며 이반과 과격한 말다툼을 벌일 때면(이런 일이 많았다.) 그에게 이 얘기를 노골적으로 해 버렸다. 바로 이것을 두고서 그는 알료샤와 이야기를 하면서 '허위 위에 허위'라고 했던 것이다. 여기에는 물론 정말로 많은 허위가 있었고, 또 이것이 이반 표도로비치를 제일 짜증스럽게 만드는 것이었지만…… 어쨌거나 이 모든 얘기는 나중에 하도록 하자. 한마디로 말해서 그는 일시적으로나마 스메르쟈코프를 거의 잊다시피 했다. 하지만 처음 그를 방문하고서 이 주일이 지난 뒤, 이전과 다름없이 예의 그 이상한 생각들이 또다시 그를 괴롭히기 시작했다. 그가 스스로에게 끊임없이 다음과 같은 질문을 던진 것만 봐도 그 괴로움은 충분히 짐작이 된다. 그때 표도르 파블로비치의 집에서 보낸 마지막 날 밤, 대체 무엇을 위해 출발을 코앞에 두고서 도둑처럼 몰래 계단으로 내려가 아버지가 아래층에서 뭘 하는지를 엿들었을까? 왜 나중에 이 일을 떠올리면 혐오감이 드는 것일까, 다음 날 아침 길을 떠나면서 왜 갑자기 그토록 가슴이 아려 왔던 것일까, 모스크바에 도착한 마당에 왜 스스로에게 "나는 비열한 놈이야!"라고 말했던 것일까? 그리고 바로 지금, 이 생각들이 너무도 고통스러워 한번은 하다못해 카체리나 이바노브나마저도 거의 잊을 수 있을 것만 같다는 생각이 들었으니, 이 정도로까지 그는 갑자기 이 생각들에 사로잡혀 있었던 것이다! 때마침 이런 생각을 하고 있던 차에, 길거리에서 알료샤와 마주친 적이 있었다. 그는 곧장 알료샤를 불러 세우고 갑자기 그에게 이런 질문을 던졌다.

"기억나, 저녁 식사 후 드미트리가 집 안으로 쳐들어와선 아버지를 흠씬 두들겨 팼을 때 그러고 나서 내가 뜰에서 너한테 '기대의 권리' 정도는 보유하고 있겠다고 말한 거 말이다. 어디 한번 말해 봐, 너는 그때 내가 아버지의 죽음을 바라고 있다고 생각했니, 아니니?"

"그렇다고 생각했어." 알료샤가 조용히 대답했다.

"하긴 정말 그랬어, 이건 짐작을 하고 자시고 할 것도 없는 일이었지. 하지만 그때 넌 내가 '한 마리의 독사가 다른 한 마리의 독사를 잡아먹는 것'을 바라고 있다는 생각은 들지 않았니, 다시 말해서 드미트리가 아버지를 죽여 주길, 그것도 어서 빨리 죽여 주길 바란다는…… 그리고 내가 나서서 기꺼이 거들어 줄 용의마저 있다는?"

알료샤는 살짝 창백해진 얼굴로 말없이 형의 눈을 바라보았다.

"어서 말해 봐!" 이반이 소리쳤다. "나는 네가 그때 어떻게 생각했는지를 죽어도 알고 싶단 말이다. 나에게 필요한 건 진실, 진실이라고!" 그는 대답을 듣기도 전에 미리 어떤 분노에 차서 알료샤를 바라보며 가쁜 숨을 몰아쉬었다.

"형 미안해, 그땐 그런 생각까지 했어." 알료샤가 이렇게 속삭인 뒤, '상황을 누그러뜨릴' 어떤 말도 하나 덧붙이지 않고 입을 다물어 버렸다.

"고맙다!" 이반은 딱 잘라 말하고서 알료샤를 내버려 둔 채 황급히 제 갈 길을 갔다. 그때부터 알료샤는 이반 형이 어쩐지 자기를 매몰차게 멀리하기 시작했을뿐더러 심지어 자기를 싫어하게 됐다는 점까지 눈치챘으며, 때문에 그 이후론 알료샤 자신도 이미 형에게 발길을 끊었다. 하지만 그 순간 이반 표도로비치는 이렇게 알료샤를 만난 직후, 집에도 들르지 않고 갑자기 또다시 스메르쟈코프를 찾아갔다.

7 두 번째 스메르쟈코프 방문

스메르쟈코프는 그 무렵 이미 퇴원한 상태였다. 이반 표도로비치는 그의 새로운 거처를 알고 있었다. 바로, 현관을 사이에 두고 두 채의 오두막으로 나뉜 다 쓰러져 가는 그 작은 통나무집이었다. 한 오두막에는 마리야 콘드라치예브나가 어머니와 함께 살고 있었고, 다른 오두막에는 스메르쟈코프가 혼자 따로 살고 있었다. 그가 어떤 조건으로 그들 집에 들어오게 됐는지는 아무도 몰랐다. 공짜로 사는 것인지, 아니면 돈을 내고 있는지 말이다. 뒤에 가서 사람들은 그가 마리야 콘드라치예브나의 약혼자 자격으로 이 집에 들어오게 됐으며 일단은 공짜로 살고 있으리라고 추정했다. 모녀는 공히 그를 존경하여 그를 자기들보다 한층 더 높은 사람으로 대했다. 노크를 한 뒤 현관으로 들어선 이반 표도로비치는 마리야 콘드라치예브나의 안내를 받아 곧장 스메르쟈코프가 거처하고 있는 왼쪽의 '하얀 오두막'으로 갔다. 이 오두막에는 벽돌로 된

난로가 있었는데 불을 심하게 때 놓은 상태였다. 사방 벽에는 푸른색 벽지가 발려 있긴 했지만 사실 죄다 뜯겨 있었고 벽지 밑의 갈라진 틈새에는 어마어마한 수의 커다란 바퀴벌레 떼가 들끓었기 때문에 부스럭거리는 소리가 끊이질 않았다. 가구도 변변치 않았다. 양쪽 벽을 따라 벤치 두 개, 탁자 주위로 의자 두 개가 전부였다. 탁자는 그냥 나무로 만든 것이었지만 그래도 딴엔 장미 무늬가 그려진 식탁보가 씌워져 있었다. 두 개의 작은 창문에는 제라늄 화분이 하나씩 놓여 있었다. 구석에는 성상이 든 성상갑(聖像匣)이 있었다. 탁자에는 심하게 우그러진 크지 않은 청동 사모바르, 두 개의 찻잔이 놓인 쟁반이 있었다. 하지만 스메르쟈코프는 이미 차를 마신 상태였으므로 사모바르는 꺼져 있었다……. 그 자신은 탁자 앞 의자에 앉아서, 공책을 들여다보면서 펜으로 뭔가를 긋고 있었다. 곁에는 잉크병이, 또 스테아린 양초가 꽂힌 나지막한 주철 촛대가 있었다. 이반 표도로비치는 스메르쟈코프의 얼굴을 보자마자 그의 병이 완전히 회복되었다는 결론을 내렸다. 그의 얼굴은 더 생기로워졌고 살도 통통 올랐으며 앞머리도 멋을 부려 빗어 올렸고 관자놀이께는 포마드가 발라져 있었다. 그는 또 알록달록한, 솜을 넣은 실내복을 입고 있었지만, 낡을 대로 낡아 몹시 해어진 옷이었다. 그의 콧잔등에는 안경이 얹혀 있었는데, 이반 표도로비치는 예전엔 그의 이런 모습을 본 적이 없었다. 이 시시콜콜한 정황이 갑자기 이반 표도로비치를 심지어 두 배나 열 받게 한 듯했다. '이놈 봐라, 주제에 안경까지 끼고 있네!' 스메르쟈코프는 천천히 고개를 들어 안경 너머로, 자기 방에 들어온 자를 주의 깊게 쳐다본 뒤에야 안경을 벗고 의자에서 일어났으나, 그 몸짓이 어쩐지 공손한 데라고는 전혀 없고 오로지 그저 최소한의 예의를 지키는 차원에서 마지못해 이런다는 듯 어쩐지 게으르기까지 했다. 이 모든 것이 순식간에 이반의 머릿속을 스치고 지나갔고 그는 이 모든 것을 즉시 포착하여 유념해 두었는데, 더 중요한 것은 그야말로 표독스럽고 못마땅한 듯한, 심지어 오만불손하기까지 한 스메르쟈코프의 눈초리였다. '뭣 하러 또 빌빌대며 온 거야, 얘기는 그때 다 끝내 놓고선 뭣 하러 또다시 온 거냐고?'라는 식이었다. 이반 표도로비치는 간신히 스스로를 억눌렀다.

"이 방은 참 덥군." 그는 여전히 선 채로 이렇게 말한 뒤 외투의 단추를 풀었다.

"그럼, 벗으시죠." 스메르쟈코프가 너그럽게 말했다.

이반 표도로비치는 외투를 벗어 그것을 벤치 위로 던지고 떨리는 손으로 의자를 잡아 재빨리 탁자 쪽으로 끌어다 앉았다. 스메르쟈코프는 그보다 먼저 자신의 벤치에 자리를 잡고 앉았다.

"첫째, 여긴 우리밖에 없겠지?" 엄격하고 맹렬하게 이반 표도로비치가 물었다. "저쪽에서 우리 말이 들리진 않을까?"

"아무도, 아무것도 안 들릴 겁니다요. 직접 보셨잖습니까, 사이에 현관이 있는걸요."

"이봐, 좀 들어 봐. 그때 내가 병원에 있던 너를 보러 갔다 나올 때 무슨 헛소리를 했지? 내가 네가 간질 발작을 연기하는 데 도사라는 말을 하지 않으면, 너도 너와 내가 대문 곁에서 주고받은 말은 예심판사에서 일절 발설하지 않겠다고 했지? 그 일절이라는 게 뭐야? 그때 너는 뭘 염두에 뒀던 것이지? 나에게 협박이라도 한 건가, 그런 건가? 내가 너와 무슨 한패가 되어 음모라도 꾸몄고 그래서 너를 두려워한다, 이런 소린가?"

이반 표도로비치는 이 말을 하면서 완전히 격분했는데, 말을 빙빙 돌리거나 괜히 수작을 부리는 것은 경멸스러우니 아예 탁 터놓고 놀자는 것을 일부러 분명하게 알리려는 듯했다. 스메르쟈코프는 두 눈을 표독스럽게 번득이며 왼쪽 눈을 찡긋하더니, 예의 그 습관대로 자제력을 발휘하여 침착하게, 하지만 곧장 대답을 해 주었다. '네놈이 그렇게 탈탈 털어놓고 싶다면, 나 역시 그렇게 대해 주지.'라는 투였다.

"그때 내가 그 말을 하면서 염두에 두었던 것, 또 그런 말을 했던 까닭은 바로 이런 겁니다. 즉, 도련님은 친아버님이 이렇게 살해될 수 있다는 것을 미리 알고서도 그때 될 대로 되라는 식으로 내버려 두었고, 이 때문에 사람들이 당신의 감정이나 그 밖의 무슨 다른 일에 대해 고약한 결론을 내리지나 않을까 싶었던 겁니다. 바로 이런 이유로 그때 당국에는 발설하지 않겠노라고 약속한 거죠."

스메르쟈코프는 이렇게 말하면서 서두르지도 않고 자제력도 제법 발휘했지만, 그의 목소리에서는 어떤 확고하고 끈덕지고 표독스럽고 뻔뻔스러울 정도로 도전적인 울림이 들려왔다. 그는 이반 표도로비치를 무례하게 빤히 쳐다보았고, 그래서 상대방은 처음엔 순간 눈이 아찔해질 정도였다.

"뭐라고? 뭐가 어째? 그래, 네놈 지금 제정신이냐, 아니냐?"

"정신은 정말로 말짱합죠."

"아니, 그럼 내가 그때 살인 사건이 일어날 걸 알고 있었단 말이냐?" 마침내 이반 표도로비치가 소리를 지르면서 주먹으로 탁자를 쾅 쳤다. "'그 밖의 무슨 다른 일'은 또 무슨 소리냐? 썩 말하지 못할까, 이 야비한 놈아!"

스메르쟈코프는 아무 말도 않고 여전히 예의 그 뻔뻔스러운 눈초리로 계속 이반 표도로비치를 쳐다보았다.

"말하라니까, 이 구린내 나는 악질 같은 놈아, '그 밖의 무슨 다른 일'이 뭐냐니까?" 상대방은 이렇게 고함을 질렀다.

"내가 지금 '그 밖의 무슨 다른 일'이라고 말하면서 염두에 둔 것은 도련님도 그때 부친의 죽음을 바랐을 것이라는 점입니다."

이반 표도로비치는 벌떡 일어나 주먹으로 있는 힘껏 그의 어깨를 내리쳤고, 덕택에 상대방은 벽 쪽으로 나가떨어졌다. 한순간에 그의 얼굴은 온통 눈물범벅이 됐다. 그는 "몸도 약한 사람을 때리다니, 도련님, 부끄럽지도 않으십니까!"라고 말한 뒤 갑자기, 콧물 범벅이 된 푸른 격자무늬 손수건으로 눈을 가리곤 조용히 훌쩍훌쩍 울기 시작했다. 그렇게 일 분 정도가 지났다.

"됐어! 그만해!" 이반 표도로비치가 마침내 다시 의자에 앉으면서 이렇게 말했다. "내 인내력을 바닥내지 말란 말이다."

스메르쟈코프는 눈에서 걸레쪽 같은 손수건을 떼 냈다. 그의 주름투성이 얼굴 곳곳에 이제 막 감수해야 했던 모욕이 알알이 배어 있었다.

"그러니까, 이 야비한 놈아, 네놈은 그때 내가 드미트리와 한패가 돼서 아버지를 죽이고 싶어 하는 줄 알았단 말이냐?"

"도련님이 그때 무슨 생각을 하는지는 몰랐습죠." 스메르쟈코프가 볼멘소리로 말했다. "그때 도련님이 대문 안으로 들어왔을 때 도련님을 멈춰 세운 것도 바로 그 부분에 대한 도련님의 마음을 떠보기 위해서였습죠."

"떠보다니? 뭘?"

"다름 아니라 바로 이런 정황이죠. 즉, 도련님은 자기 부친이 어서 빨리 살해되었으면 하는가, 아닌가? 하는 거요."

이반 표도로비치의 속을 제일 심하게 뒤집어 놓은 것은 이 집요하고도 뻔뻔스러운 어조였는데, 스메르쟈코프는 계속 그 어조를 바꾸려 들지 않았다.

"이놈, 네놈이 아버지를 죽였구나!" 그가 갑자기 소리쳤다.

스메르쟈코프는 경멸스럽다는 듯 히죽 웃었다.

"내가 안 죽였다는 건 도련님이 더 잘 알고 있으면서. 게다가 영리한 사람이라면 이런 일은 다시는 입에 담지 않을 줄 알았는데요."

"하지만 왜, 왜 너는 그때 나한테 그런 의심을 품었던 거지?"

"도련님도 아시다시피, 여간 무서웠어야 말입죠. 사실, 그 당시 나는 어찌나 무서웠던지 벌벌 떨면서 아무나 다 의심했거든요. 해서 도련님의 마음도 한번 떠봐야겠다고 결심했고, 도련님마저도 도련님의 형님과 똑같은 걸 바라고 있다면, 그때는 일이 어찌 되건 다 끝장이고 나만 혼자 파리 새끼처럼 뒈지겠구나, 생각했지요."

"들어 봐, 너는 이 주 전만 해도 이런 식으로 말하지 않았어."

"병원에서 도련님과 얘기를 할 때도 똑같은 것을 염두에 두었었지만, 다만 쓸데없는 말을 더 늘어놓지 않아도 도련님이 다 알아들을 테고 워낙 영리한 양반이니까 노골적인 대화는 원치 않는다고 생각했습죠."

"아니, 이놈이 정말! 하지만 대답해, 대답을 하란 말이다, 절대 물러서지 않겠다. 정확히 무엇 때문에, 정확히 내가 무슨 짓을 했기에 그때 네놈이 네놈의 그 야비한 영혼 속에 내 눈엔 그토록 저질스러워 보이는 의심을 품을 수 있었던 거냐?"

"죽인다는 것은 말이죠──도련님은 제 손으론 절대 그럴 수가 없었을 테고 게다가 그러고 싶지도 않았을 테지만, 하지만 다른 누군가가 죽여 주길 바라는 것이라면, 예, 도련님은 이걸 원한 거죠."

"참 차분하게 잘도 떠드는구나, 어찌나 차분한지! 그래 내가 무엇 때문에 그런 걸 원한다는 거냐, 어떤 연유로 내가 그런 걸 원했다는 거냐고?"

"어떤 연유라뇨? 유산이 있잖습니까요?" 스메르쟈코프는 독살스럽게, 왠지 복수심마저 느껴지는 어조로 말을 받았다. "그 당시 도련님의 부친이 돌아가시면 세 형제에게 에누리 없이 4만씩, 어쩌면 그보다 더 많은 액수가 돌아갈 수 있었겠지요. 하지만 표도르 파블로비치가 바로 그 부인, 즉 아그라페나 알렉산드로브나와 결혼을 할 경우엔 워낙 똑똑한 여자이다 보니 결혼식을 올리자마자 즉시 모든 재산을 자기 명의로 바꾸었을 테고, 따라서 도련님 세 형제는 모두 부친이 돌아가셔도 단돈 2루블도 얻지 못했을 테죠. 그런데 그때는 결혼식이 그야말로 코앞으로 다가오지 않았습니까? 일촉즉발의 상황이었죠. 그 아씨가 주인 나리 앞에서 새끼손가락만 까딱해도 주인 나리는 곧장 혀를 내민 채 그 아씨를 쫓아 교회로 달려갔을걸요."

이반 표도로비치는 고통스러워하면서 스스로를 억눌렀다.

"그래, 좋다." 그가 마침내 입을 열었다. "너도 보다시피, 나는 벌떡 일어나지도 않았고, 너를 때리지도 않았고, 너를 죽이지도 않았어. 그러니 계속 말해 보시지. 그래서 네 생각으론 내가 드미트리 형이 그런 짓을 저지르도록 미리 정해 놓고 형한테 그런 걸 기대했단 말이냐?"

"어떻게 그분한테 그런 걸 기대하지 않을 수 있었겠습니까요. 일단 죽이기만 하면 그땐 그분은 귀족으로서의 권리, 지위, 재산 등 모든 걸 박탈당하고 유형에 처해질 텐데요. 그렇게 되면 부친이 돌아가신 후 그분의 몫으로 남겨질 유산은 도련님과 동생 알렉세이 표도로비치에게로 돌아오니까 둘이서 절반씩 나눌 테고, 그 말인즉 도련님들 각각은 이미 4만이 아니라 6만을 손에 넣게 되는 것입죠. 이런 상황이니까 도련님은 틀림없이 드미트리 표도로비치한테 기대를 걸었던 거죠!"

"그래, 네놈이 무슨 소리를 지껄이든, 일단 참아 주지! 들어 봐라, 개망나니 같은 놈아. 내가 그때 누군가에게 기대를 걸었다면, 그건 물론 드미트리가 아니라 네놈이었고, 또 맹세코, 네놈이라면 얼마든지 추잡한 짓도 저지를 거라는 예감이 들었어…… 그때…… 내가 받은 인상이 똑똑히 기억난단 말이다!"

"그때 나도 잠시나마 도련님이 나한테도 역시 기대를 걸고 있다는 생각을 했습니다." 스메르쟈코프가 이를 드러내고 비아냥거리듯 웃었다. "그러니까 그때 그렇게 함으로써 더더욱 내 앞에서 자신의 속셈을 드러내 보인 셈이죠. 왜냐면 내가 무슨 짓을 저지를 거라는 예감이 들었으면서도 동시에 떠났다면, 그 말인즉, 네가 아버지를 죽여도 좋으니 나는 방해하지 않겠다, 하고 말한 것과 다름없는 거죠."

"이런 야비한 놈! 네놈은 그렇게 알아먹었구나!"

"전부 다 바로 이 체르마쉬냐 덕분입죠. 아니, 여부가 있나요, 어디! 모스크바에 갈 참이라고 체르마쉬냐에 좀 가 달라는 부친의 간청을 거절하다니요! 그래 놓고선 오직 나의 어리석은 말 한마디에 갑자기 가겠다고 하다니요! 무엇을 위해서 그때 그 체르마쉬냐에 가겠다고 선뜻 나섰던 걸까요? 오직 내 말 한마디에 별 이유도 없이 모스크바가 아니라 체르마쉬냐로 떠났다면, 다시 말해서 나에게서 뭔가를 기대했다는 소리죠."

"아니야, 맹세코 그렇지 않아!" 이반은 이를 갈면서 울부짖었다.

"뭐가 그렇지 않다는 겁니까요? 사실, 정반대가 되었어야 옳지요. 즉, 아들 된 도리로 보건대 도련님은 그때 그런 말을 지껄인 나를 당장에 경찰서로 끌고 가서 찢어발겨 놓든가…… 최소한 바로 그 자리에서 내 낯짝이라도 후려갈겼어야 옳지만, 정작 도련님은 천만의 말씀, 정반대로 화를 내기는커녕 그 즉시 나의 극히 어리석은 말을 곧이곧대로 받아들여 얼씨구나 곧장 길을 떠났으니, 이건 참으로 터무니없는 일이었습죠.

왜냐면 도련님은 부친의 목숨을 지키기 위해 그냥 집에 남아 있어야 옳았거든요……. 자, 이런 상황이니 내가 어떻게 그런 결론을 내리지 않을 수 있었겠습니까?"

이반은 후들후들 떨리는 두 주먹으로 무릎을 꽉 붙잡고 양 미간을 찌푸린 채 앉아 있었다.

"그래, 네놈의 낯짝을 후려갈기지 못한 것이 유감이야." 그가 씁쓸하다는 듯 씩 웃었다. "그때 네놈을 경찰서로 끌고 갈 순 없었어. 누가 내 말을 믿었겠으며 내가 이렇다 할 무슨 말을 할 수 있었겠냐마는, 그래도 낯짝을 후려갈기는 거라면…… 에잇, 그 생각을 미처 못한 건 정말 유감이야. 따귀는 금지되어 있긴 하지만, 네놈의 상통을 보기 좋게 갈겨 버릴걸."

스메르쟈코프는 거의 열락마저 느끼면서 그를 바라보고 있었다.

"인생의 보통의 경우에는 말이죠."라고 그는 언젠가 표도르 파블로비치의 식탁 앞에 앉아 그리고리 바실리예비치와 신앙 문제로 논쟁을 벌이며 그를 약 올렸던 바로 그 건방지고 뻐기는 어조로 말했다. "인생의 보통의 경우에는 현재 따귀는 실제로도 법적으로 금지되어 있으며 다들 때리는 것을 멈추었지만, 뭐, 인생의 특수한 경우에는 우리 나라뿐만 아니라 온 세상에서, 심지어 가장 완벽한 프랑스 공화국에서조차도 아담과 이브 시절처럼 계속하여 사람을 때리고 있으며 절대로 그것을 멈추지 않을 텐데, 그런데도 도련님은 그때 그 특수한 경우에도 그런 용기를 내지 못했죠."

"아니, 너 프랑스어 단어를 공부하는 거냐?" 이반이 탁자 위에 놓인 공책을 가리키며 턱을 까딱했다.

"나라고 해서 그런 걸 좀 공부하면 안 된다는 법이 있습니까요, 나도 유럽의 저 행복한 곳들에 가게 될지도 모른다는 생각에 교양도 좀 쌓고 하면 안 되냔 말입니다요."

"들어 봐, 이 개망나니 같은 놈아." 이반은 눈을 번득이며 온몸을 부르르 떨었다. "나는 네놈의 고발 따윈 무섭지 않아, 나에 대해 무슨 증언을 하든 상관없어. 내가 지금 네놈을 죽도록 때리지 않은 건, 그건 오로지 네놈이 이 사건의 범인이 아닐까 의심스럽기 때문이야, 네놈을 법정으로 끌고 갈 테니까. 네놈의 정체를 낱낱이 밝혀 놓겠다!"

"내 생각으론 차라리 입 다물고 계시는 편이 낫겠습니다. 왜냐면 완전히 무고한 나를 도련님이 고발한다고 해도 누가 도련님 말을 믿어 주겠습니까? 다만, 도련님이 정 그런 식으로 나오면, 나도 모든 것을 얘기할 수밖에 없습죠, 나도 어떻게든 제 몸 하나는 보호해야 하지 않겠습니까?"

"이놈, 내가 지금 네놈을 무서워한다고 생각하느냐?"

"내가 지금 도련님한테 한 이 말을 법정에서는 전혀 믿어 주지 않겠지만, 그 대신 일반 사람들은 믿어 줄 테고, 그러면 도련님은 이만저만 창피한 게 아닐 테죠."

"이건 이번에도 '영리한 사람과는 얘기를 나누는 것도 흥미롭다.'인가, 엉?" 이반이 이를 갈았다.

"정확히 핵심을 찌르셨군요. 그럼, 좀 영리해지십죠."

이반 표도로비치는 너무 분해서 온몸을 부르르 떨며 자리에서 일어나 외투를 입더니, 스메르쟈코프에겐 더 이상 대답도 하지 않고 심지어 그를 쳐다보지도 않고 황급히 오두막을 나왔다. 신선한 저녁 공기를 쐬니 상쾌해졌다. 하늘에는 달이 휘영청 밝았다. 상념들과 감각들의 끔찍한 악몽이 그의 영혼 속에서 들끓었다. '지금 바로 가서 스메르쟈코프를 고발해 버릴까? 하지만 뭘 고발한단 말인가. 어쨌거나 녀석은 무죄다. 오히려, 그 녀석이 나를 고발할 거다. 아닌 게 아니라, 그때 나는 무엇을 위해서 체르마쉬냐로 갔을까? 무엇을 위해서, 무엇을?' 이반 표도로비치는 자문해 보았다. '그래, 물론, 나는 뭔가를 기대했던 거야, 그놈 말이 옳다…….' 그러자 다시금 아버지의 집에서 보낸 마지막 날 밤 계단에서 아버지의 방에서 나는 소리를 엿들었던 것이 백 번째로 떠올랐는데, 이제는 이렇게 떠오른다는 것 자체가 너무나 고통스러워서 심지어 뭔가에 찔리기라도 한 듯 그 자리에서 걸음을 멈추기까지 했다. '그래, 나는 그때 뭔가를 기다렸어, 이건 사실이다. 나는 바로 살인이 일어나길 바랐던 거다, 그걸 바랐던 거다! 아니, 내가 정말로 살인이 일어나길 바랐던 걸까, 그랬던 걸까……? 스메르쟈코프를 죽여야 해……! 내가 지금 스메르쟈코프를 죽일 용기가 없다면, 나는 아예 살 가치도 없는 놈이다……!' 이반 표도로비치는 그때 집에 들르지도 않고 곧장 카체리나 이바노브나를 찾아갔는데, 그렇게 불쑥 나타나서 그녀를 놀라게 했다. 꼭 미친 사람 같았던 것이다. 그는 그녀에게 스메르쟈코프와 나눈 대화를 전부, 토씨 하나 빼지 않고 전했다. 그는 그녀가 아무리 설득을 해도 진정할 수가 없어서 줄곧 방을 이리저리 왔다 갔다 하며 탁탁 끊기는, 이상한 말투로 말을 늘어놓았다. 마침내 탁자 앞에 앉아 팔꿈치를 굽혀 두 손으로 머리를 괴고 이상한 아포리즘을 내뱉었다.

"만약 살인을 저지른 것이 드미트리가 아니라 스메르쟈코프라면, 물론 나도 그때 그놈과 공범이야, 내가 그놈을 교사(敎唆)했으니까. 사실, 내가 그놈을 교사했는지 어떤지는 아직도 모르겠어. 하지만 드미트리가 아니라 그놈이 죽인 것이 맞는면, 물론 나도 살인자야."

이 말을 듣고서 카체리나 이바노브나는 말없이 자리에서 일어나 자기 책상으로 가더니 그 위에 있던 조그만 함을 열고 무슨 종이를 꺼내 와 이반 앞에 내놓았다. 이 종이가 바로, 이반 표도로비치가 나중에 알료샤에게 드미트리 형이 아버지를 죽였다는 수학적 증거라고 했던 그 서류였다. 이것은 미챠가 술에 취한 상태에서 카체리나 이바노브나에게 쓴 편지로서, 카체리나 이바노브나 집에서 그루셴카가 그녀를 모욕한 장면이 연출된 이후, 미챠가 수도원으로 돌아가고 있던 알료샤와 들판에서 만난 바로 그날 저녁에 쓴 것이었다. 그때 알료샤와 헤어지고서 미챠는 곧장 그루셴카 집으로 돌진했다. 그녀를 만났는지 어땠는지는 잘 모르겠지만, 여하튼 그날 밤 술집 '수도'에 나타나서는 당연히 술을 잔뜩 퍼마셨던 것이다. 이렇게 술에 취한 상태에서 그는 펜과 종이를 달라고 한 뒤 스스로에게 대단히 불리하게 작용할 서류를 작성해 버린 것이다. 그것은 아무런 두서도 없고 장황하게 말만 많은, 미친 듯 흥분에 가득 찬, 그야말로 '술에 취한' 편지였다. 술에 취한 사람이 집으로 돌아와서 예사롭지 않을 만큼 열을 올리며 마누라나 누구

식솔들에게, 지금 자기가 어떻게 모욕을 당했고 자기를 모욕한 놈은 정말로 비열한 놈이지만 자기는 반대로 정말로 훌륭한 사람이고 자기는 이 비열한 놈에게 멋지게 분풀이를 해 주고야 말 것이다 등의 말을 늘어놓는 것——즉, 한결같이 장황하기 그지없고 아무런 두서도 없이 흥분에 차서 주먹으로 탁자를 쾅쾅 때려 가면서, 또 술에 취해 눈물을 뚝뚝 흘리면서 내뱉는 넋두리 같은 것이었다. 술집에서 그에게 내 준 편지용 종이는 품질이 떨어지고 지저분한 보통 편지지 쪼가리로서 뒷면에는 무슨 계산서가 적혀 있었다. 술에 취해 주저리주저리 말을 늘어놓자니 분명히 공간이 부족했던 탓에, 미챠는 모든 여백을 빽빽이 다 채웠을 뿐만 아니라 마지막 몇 줄은 이미 쓰인 글들 위에 십자형으로 겹쳐 써넣기까지 했다. 편지의 내용은 다음과 같았다.

숙명적인 카챠! 내일 돈을 손에 넣어 당신의 그 3000을 돌려주겠어, 그리고 안녕——위대한 분노의 여인이여, 하지만 안녕, 나의 사랑이여! 끝을 내자! 내일 모든 사람들에게 돈을 구해 보겠지만 그래도 구하지 못할 때는, 당신에게 약속한 대로 아버지에게 가서 아버지의 머리를 부수고 아버지 베개 밑에서 가져올 거야, 이반이 떠나 주기만 한다면. 징역살이를 하는 한이 있더라도 그 3000은 돌려주겠어. 당신도 용서해 주길. 당신 앞에서 나는 야비한 놈, 땅에 머리가 닿도록 절하노라. 나를 용서해 주길. 아니, 차라리 용서를 해 주지 않는 편이 낫겠군. 나에게도 당신에게도 그쪽이 더 편하니까! 당신의 사랑보다는 징역살이가 낫지, 다른 여인을 사랑하거든. 그런데 당신은 오늘 그 여자가 어떤 여자인지 너무도 잘 알게 됐으니, 어떻게 그녀를 용서할 수 있겠어? 내 돈을 훔쳐 간 도둑놈을 죽이고야 말겠어! 더이상 아무도 알고 싶지 않기에, 당신들 모두를 떠나 동쪽으로가겠어. 그 여자도 더 이상 알고 싶지 않아. 나를 괴롭히는 건 당신 하나만이 아니니까, 그 여자도 또한 그러하니까. 안녕히!

P.S. 저주의 말을 쓰고는 있지만, 당신을 숭배하노라! 내 가슴속의 목소리가 들리노라. 현(絃) 한 가닥이 남아서 울리는군. 차라리 심장을 절반으로 쪼개는 것이 나으련만! 내 목숨을 끊어 버릴 테지만, 어쨌거나 일단은 저 수캐 새끼부터 죽여 버릴테다. 그놈한테서 3000을 가져와 당신에게 던지겠어. 이 몸이비록 당신 앞에서 야비한 놈이긴 하지만 그래도 도둑놈은 아니야! 3000을 기다리고 있으라. 저 수캐 새끼의 이부자리 밑에는장밋빛 리본이 있어. 나는 내 돈을 훔친 도둑놈을 죽일 뿐, 도둑놈은 아니야. 카챠, 나를 경멸스러운 눈으로 바라보지 말아주길. 드미트리는 도둑놈은 아니지만, 살인자야! 당당히 서서당신의 오만함을 더 이상 감당하지 않기 위해 아버지를 죽이고스스로를 파멸시켰노라. 그리고 당신을 사랑하지 않기 위해서.

PP.S. 당신의 발에 입을 맞추노라, 안녕히!

PP.SS. 카챠, 사람들이 나한테 돈을 주도록 하느님에게 기도해 주길. 그러면 나도 피를 묻히지 않겠지만, 만약 아무도 안 준다면 나는 피를 묻힐 거야! 나를 죽여 줘!

노예이자 적
D. 카라마조프

'서류'를 다 읽고 자리에서 일어났을 때 이반은 확신에 차 있었다. 그러니까 스메르쟈코프가 아니라 형이 죽인 것이다. 스메르쟈코프가 아니라면, 다시 말해서 그, 이반도 아니다. 이 편지가 그의 눈에는 갑자기 수학적인 의미를 지니게 되었다. 그로서는 미챠의 유죄를 의심할 여지가 조금도 있을 수 없었다. 검사검사, 미챠가 스메르쟈코프와 공모하여 죽였을지도 모른다는 의심은 이반에게 절대로 들지 않았고 더욱이 이건 사실 관계 차원에서도 맞질 않았다. 이반은 전적으로 마음을 놓게 되었다. 다음 날 아침이 되자, 그는 스메르쟈코프와 그의 냉소를 회상하며 그저 경멸감만을 느꼈을 뿐이다. 며칠이 지났을 때는 스메르쟈코프의 의심 때문에 자기가 그토록 고통스러울 만큼 모욕감을 느낄 수 있었다는 사실에 놀라기까지 했다. 이반은 그를 경멸하여 아예 잊어버리기로 마음먹었다. 그렇게 한 달이 지나갔다. 누구에게 스메르쟈코프에 대해 캐묻는 일은 더 이상 없었지만, 두어 번 정도 지나가는 말로 그가 몹시 아프고 제정신이 아니라는 말을 듣기는 했다. "결국엔 미쳐 버릴 모양입니다." 스메르쟈코프를 두고 젊은 의사 바르빈스키가 이렇게 말했고 이반은 이것을 기억해 두었다. 그런데 그 달의 마지막 주에는 이반 자신도 몸 상태가 몹시 나빠지기 시작했다. 카체리나 이바노브나가 모스크바에서 초빙한 의사가 공판을 바로 앞에 두고 우리 도시로 왔을 때부터 이미 이반은 진찰을 받으러 다니고 있었다. 또 바로 그 무렵 카체리나 이바노브나에 대한 그의 태도는 극도로 날카로워져 버렸다. 그들은 서로 사랑에 빠진 무슨 두 명의 원수 같았다. 카체리나 이바노브나의 마음이 비록 한순간이었지만 맹렬한 기세로 미챠에게로 돌아서 버리자, 이반은 이미 흥분하다 못해 완전히 미칠 지경이 되었다. 이상하게도 우리가 묘사한 마지막 장면, 즉 알료샤가 미챠에게 갔다가 카체리나 이바노브나의 집에 들렀던 그때까지 이반은 요 한 달 내내 단 한 번도 그녀가 미챠의 유죄를 의심하는 것을 들은 적이 없었는데, 이런 상황에서도 그녀의 마음이 미챠에게로 '돌아서 버리자' 이반은 완전히 증오심에 사로잡혔던 것이다. 또 한 가지 주목할 만한 점은, 이반은 자신이 나날이 미챠를 더욱더 증오하고 있다는 것을 느끼면서 이와 동시에 그 증오의 원인이 카챠의 마음이 미챠에게로 '돌아서 버렸기' 때문이 아니라 미챠가 아버지를 죽였기 때문이라고 생각하고 있었다는 사실이다! 그 자신도 이 점을 느끼고 있었으며 또 이 점을 의식하고 있었다. 그럼에도 불구하고 그는 공판이 열리기 열흘쯤 전에 미챠를 찾아가 탈출 계획을 제시했던 것이니——분명히 오랫동안 곰곰 생각한 끝에 나온 계획이었으리라. 여기에는 그로 하여금 이런 발걸음을 내딛도록 부추긴 주된 원인 외에 스메르쟈코프가 던진 한마디 말로 인해 받은, 아직도 아물지 못한 마음의 상처도 적지 않은 몫을 했는데, 형의 유죄가 확정되면 그때는 알료샤와 그에게 돌아올 아버지의 유산이 4만에서 6만으로 늘어날 테니까 자기, 즉 이반에겐 큰 이득이 될 것이라는 그 한마디 말이다. 그래서 그는 자기 나름대로 생각이 있어 미챠를 탈출시키는 데 3만을 희생하기로 마음먹었던 것이다. 그때 미챠를 만나고 돌아오는 길에 그는 걷잡을 수 없는 슬픔과 혼란에 사로잡혔다.

자기가 미챠의 탈출을 원하는 것은 이 일에 3만을 희생함으로써 상처를 아물게 하기 위해서가 아니라 뭔가 다른 이유 때문이라는 느낌이 갑자기 들기 시작했기 때문이다. '영혼 깊은 곳에서는 나도 똑같은 살인자이기 때문이 아닐까?' 그는 이렇게 자문해 봤던 것이다. 아련하지만 가슴을 찌르는 듯한 뭔가가 그의 영혼을 후벼 파는 것만 같았다. 무엇보다도 요 한 달 내내 그의 오만한 자존심이 끔찍할 정도로 고통을 받았다는 것이 문제인데, 이건 나중에 얘기하도록 하자……. 알료샤와 대화를 나누고 나서 자기 집의 초인종에 손을 댔으나 갑자기 스메르쟈코프를 찾아가기로 결심하고 나자, 이반 표도로비치의 가슴속에서는 느닷없이 한 가지 특별한 분노가 끓어올라 그를 완전히 사로잡아 버렸다. 갑자기 카체리나 이바노브나가 바로 방금 전에 알료샤가 있는 데서 자기에게 소리친 말이 떠올랐던 것이다. "그건 당신이었어, 그 사람이(다시 말해 미챠가) 살인자라고 나한테 주장한 사람은 오직 당신 하나였단 말이야!" 이 말이 떠오르자, 이반은 심지어 장승처럼 얼어붙어 버렸다. 그는 결단코 그녀에게 미챠가 살인자라고 주장한 적이 없었을뿐더러, 오히려 그때 스메르쟈코프를 만나고 돌아와선 그녀 앞에서 자기 자신에게 혐의를 두었다. 오히려 그건 그녀, 그러니까 그녀가 그에게 그때 '서류'를 내놓으면서 형의 유죄를 증명하지 않았던가! 그런데 이제 와서 그녀는 '내가 직접 스메르쟈코프에게 갔다 왔어!'라고 외치지 않는가. 언제 갔단 말인가? 이반은 이것에 대해서는 아무것도 몰랐다. 다시 말해서, 그녀는 미챠의 유죄를 별로 믿지 않았던 것이다! 그리고 스메르쟈코프 녀석은 도대체 그녀에게 무슨 말을 했을까? 무슨 말을, 정확히 무슨 말을 그녀에게 했단 말인가? 그의 심장은 무서운 분노로 불타올랐다. 그는 자신이 왜 반 시간 전에는 그녀에게 이런 말을 하지 않았는지, 왜 곧바로 소리를 지르지 않았는지 이해가 안 됐다. 그는 초인종을 내버려 두고 스메르쟈코프 집 쪽으로 내달았다. '이번엔 내 그놈을 죽여 버릴지도 모른다.' 길을 가면서 그는 이런 생각을 했다.

8 스메르쟈코프와의 세 번째이자 마지막 만남

길을 절반도 가지 않아, 이날 아침 일찍부터 그랬듯 매섭고도 메마른 바람이 일더니 어느새 잘고 메마른 싸락눈이 마구 휘날리기 시작했다. 그것은 땅에 떨어졌으나 미처 땅에 머무를 틈도 없이 바람에 휘말려 흩날렸고 곧이어 숫제 눈보라가 몰아쳤다. 우리 도시에서 스메르쟈코프가 사는 지역에는 가로등도 거의 찾아볼 수 없었다. 이반 표도로비치는 눈보라가 치는 줄도 모르고 본능적으로 길을 헤아리면서 암흑 속을 성큼성큼 걸었다. 머리가 아팠고 관자놀이가 고통스러울 정도로 지끈거렸다. 손목에 경련이 이는 것도 느껴졌다. 마리야 콘드라치예브나 집이 얼마 남지 않았을 때 이반 표도로비치는 갑자기 혼자 걷고 있는, 키가 작은 술 취한 농부와 마주쳤는데, 그는 누더기 외투를 걸치고 갈지자로 비틀비틀 걸으며 투덜거리고 욕설을 퍼붓다가 갑자기 욕설을 멈추고 술에 취한 목쉰

소리로 노래를 부르기 시작했다.

　아, 반카는 피체르[24]로 떠났다네,
　나는 그런 놈 따윈 기다리지 않겠네!

　하지만 그는 계속 이 두 번째 소절에서 노래를 중단하고 다시 누군가를 욕하기 시작했고, 그러다가 다시금 갑자기 똑같은 노랫가락을 뽑아 내기 시작했다. 이반 표도로비치는 이미 오래전부터 그에 대한 끔찍한 증오를 느꼈으며, 숫제 그에 대한 생각도 하지 않고 있다가 갑자기 그의 존재를 의식하곤 했다. 그 즉시 주먹을 들어 아래로 내려치면서 농부를 갈겨 주고 싶은 충동이 참을 수 없을 정도로 강하게 밀려왔다. 때마침 그 순간, 그들은 같은 위치에 나란히 서게 되었고, 농부는 심하게 비틀거리다가 갑자기 이반에게 거세게 몸을 부딪치고 말았다. 이반은 난폭하게 그를 밀쳐 냈다. 농부는 나가떨어져서 통나무처럼 언 땅바닥으로 털썩 쓰러졌는데 오직 단 한 번 오——오! 하고 병적인 신음 소리를 냈을 뿐, 이내 잠잠해졌다. 이반은 그를 향해 성큼 걸음을 떼 놓았다. 상대방은 의식을 잃은 채 꿈쩍도 않고 벌렁 나자빠져 있었다. '얼어 죽겠군!' 이반은 이렇게 생각하고서 다시금 스메르쟈코프 집을 향해 성큼성큼 걸음을 옮겼다.

　문을 열어 주기 위해 손에 양초를 들고 달려 나온 마리야

---

24) 페테르부르크의 약칭.

콘드라치예브나는 현관에서부터 파벨 표도로비치(즉 스메르쟈코프)가 몹시 아픈데 몸져누워 있는 정도가 아니라 거의 제정신이 아니며 차도 마시기 싫으니 치우라고 했다고 그에게 속삭였다.

"아니 그래, 그가 난동이라도 부린다는 건가?" 이반 표도로비치가 거칠게 물었다.

"무슨 말씀입니까, 오히려 너무 조용합니다요. 다만, 도련님, 그분을 붙잡고 너무 오래 얘기를 나누지는 말아 주세요……." 마리야 콘드라치예브나가 부탁했다.

이반 표도로비치는 문을 열고 오두막 안으로 성큼 걸음을 옮겼다.

지난번과 마찬가지로 불을 잔뜩 때 놨지만, 방에 다소간의 변화가 눈에 띄었다. 벽 옆에 있던 벤치 중 하나는 치웠는지 그 자리에 마호가니로 된 커다랗고 낡은 가죽 소파가 놓여 있었다. 거기에는 상당히 깨끗한 흰색 베개를 비롯하여 잠자리가 마련되어 있었다. 침대 위에는 스메르쟈코프가 여전히 예의 그 실내복을 입고 앉아 있었다. 탁자를 소파 앞으로 옮겼기 때문에 방은 몹시 비좁아진 상태였다. 탁자 위에는 노란색 표지의 무슨 두꺼운 책이 놓여 있었지만 스메르쟈코프는 그것을 읽기는커녕 아무 일도 하지 않고 그냥 앉아 있는 듯했다. 그는 말없이 긴 시선으로 이반 표도로비치를 맞이했으며, 보아하니 상대방의 방문이 조금도 놀랍지 않은 듯한 눈치였다. 그는 안색이 몰라볼 정도로 달라졌는데, 몰라볼 정도로 여위고 또 얼굴빛이 샛노래져 있었던 것이다. 눈은 움푹 들어

갔고 아래쪽 눈꺼풀은 시퍼렇게 변해 있었다.

"그래, 정말로 아픈 거냐?" 이반 표도로비치가 걸음을 멈추었다. "오래 있지는 않을 테니 외투도 벗지 않겠다. 여기 어디 앉을 데가 있나?"

그는 탁자의 맞은편 모서리로 돌아가 탁자 쪽으로 의자를 끌어와서 앉았다.

"아니 왜 쳐다만 보고 있는 거냐, 말도 없이? 그냥 한 가지 질문할 게 있어서 왔으니, 맹세코 대답을 듣지 않고는 네 방을 나가지 않겠다. 너에게 아씨가, 카체리나 이바노브나가 왔더냐?"

스메르쟈코프는 조금 전과 마찬가지로 말없이, 조용히 긴 시선으로 이반을 쳐다보다가 갑자기 한 손을 내저으면서 그에게서 얼굴을 돌렸다.

"아니, 왜 이러지?" 이반이 소리쳤다.

"아무 일도 아닙니다요."

"뭐가 아무 일도 아니라는 거냐?"

"뭐 오시긴 했지만, 뭐 도련님과는 아무 상관이 없는 일이죠. 이제 그만 좀 하십죠."

"아니, 그만하지 않겠어! 말해, 언제 왔다 갔지?"

"기억도 안 나요, 잊어버렸습니다." 그러고서 스메르쟈코프는 경멸스럽다는 듯 씩 웃더니 갑자기 또다시 이반 쪽으로 얼굴을 돌리고 그를 응시했는데, 한 달 전에 만났을 때 그를 바라보던 것과 똑같은, 어쩐지 미칠 것만 같은 증오로 불타오르는 시선이었다.

"도련님도 어디가 편찮으신 모양이군요. 어럽쇼, 얼굴이 홀쭉해진 것이 꼴이 영 말이 아니군요." 그가 이반에게 말했다.

"내 건강 따위는 집어치우고 묻는 말에나 대답해."

"웬일인지 도련님 눈도 샛노래지셨네요, 흰자위가 완전히 노란색이 됐으니, 원. 괴로워서 못살 것 같으신가 봐요?"

그는 경멸스럽다는 듯 씩 웃더니 갑자기 숫제 웃음을 터뜨렸다.

"잘 들어, 나는 대답을 듣지 않으면 네 방에서 나가지 않겠다고 분명히 말했다!" 이반이 끔찍할 정도로 신경질을 내며 외쳤다.

"왜 나한테 치근대는 겁니까? 왜 나를 못살게 구냐고요?" 스메르쟈코프가 고통스러워하면서 말했다.

"에이, 빌어먹을! 나한테 네놈이 무슨 상관이야. 대답만 해, 그러면 즉각 떠나 줄 테니."

"나는 도련님한테 대답할 말이 아무것도 없습니다!" 스메르쟈코프가 갑자기 시선을 내리깔았다.

"분명히 말하는데, 내 네놈이 꼭 대답을 하도록 만들겠어!"

"대체 뭐가 그리 불안하십니까?" 스메르쟈코프가 갑자기 그를 응시했는데, 이젠 경멸도 아니고 거의 어떤 혐오감이 깃든 시선이었다. "내일 공판이 시작될 거라서 그런 건가요? 도련님한테는 아무 일도 없을 테니까, 제발 좀 믿으시죠! 집에 가서 잠이나 편히 주무세요, 아무것도 염려하지 마시고요."

"네놈이 이해가 안 돼…… 내가 내일 뭘 두려워한다는 거냐?" 이반이 놀라워하면서 말했는데, 갑자기 정말로 어떤 경악이 싸늘한 냉기처럼 그의 영혼을 스치고 지나갔다. 스메르샤코프는 자로 재듯 눈으로 그를 훑어보았다.

"이─해─가 안 된다고요?" 그가 책망하듯 말을 질질 끌었다. "영리한 사람은 이런 희극을 연출하는 것이 그렇게도 좋은가 보군요!"

이반은 말없이 그를 바라보았다. 전에 없이 어떤 오만방자한 어조, 예전에 그의 하인이었던 자가 지금 그를 대하는 이 예기치 못한 어조만으로도 벌써 예사롭지 않았다. 지난번만 해도 어쨌거나 이런 어조는 찾아볼 수 없었으니 말이다.

"분명히 말씀드리지만, 도련님은 두려워할 게 없다니까요. 도련님한테 해가 되는 말은 절대 하지 않을 테고 또 증거도 없잖아요. 어럽쇼, 손은 또 왜 떠실까. 아니, 도련님, 손가락을 왜 그리 떨고 계시죠? 집으로 돌아가세요, 도련님이 죽인 건 아니니까요."

이반은 몸을 부르르 떨었으니, 알료샤가 떠올랐던 것이다.

"나도 알고 있어, 내가 아니라는 건……." 그가 중얼거렸다.

"아─신─다고요?" 스메르쟈코프가 다시 말을 받았다.

이반은 벌떡 일어나 그의 어깨를 움켜잡았다.

"죄다 말해, 이 독사 같은 놈아! 죄다 말하란 말이다!"

스메르쟈코프는 조금도 놀라지 않았다. 그는 광기 어린 증오의 시선으로 그를 뚫어져라 바라볼 뿐이었다.

"뭐 정 그렇다면, 도련님이 죽이신 겁니다." 그는 분에 겨워 이반에게 속삭였다.

이반은 뭔가 생각이 나는 게 있는지 의자에 털썩 주저앉았다. 그는 표독스럽게 씩 웃었다.

"이건 전부 그때 일을 두고 하는 말인가? 지난번에 말했던 그 일?"

"예, 지난번에도 내 앞에 서 계실 때 모든 것을 이해하셨고, 지금도 이해하고 계시죠."

"네가 미친놈이라는 것만은 이해가 되는구나."

"사람 좀 그만 괴롭히세요! 서로 눈을 맞대고 앉아서 이게 뭐 하는 짓입니까, 괜히 서로를 속이고 희극이나 연출하자는 건가요? 아니면 모든 걸 나한테만 뒤집어씌우려는 건가요, 그것도 내 눈앞에서 버젓이? 도련님이 죽였어요, 도련님이 주범이란 말입니다. 나는 그저 도련님의 앞잡이에, 충실한 하인 리차르드에 불과했다고요. 도련님의 말을 따라 이 일을 수행했을 뿐이죠."

"수행했다고? 아니 그럼, 네가 죽였다는 거냐?" 이반은 순간 온몸이 싸늘해졌다.

뭔가가 그의 뇌수 속에서 전율하는 듯했고, 자잘하고도 싸늘한 오한이 일어 온몸이 벌벌 떨렸다. 그 순간엔 스메르쟈코프 자신도 놀라워하면서 상대를 바라보았다. 필경, 이반이 진정으로 경악하는 모습에 그도 마침내는 충격을 받았던 것이리라.

"아니, 정말로 아무것도 몰랐단 말인가요?" 그는 이반의 눈을 바라보며 삐뚜름하게 웃으면서 믿기지 않는다는 듯 중얼거렸다.

이반은 여전히 그를 바라보고 있을 뿐, 꼭 혀가 마비라도 된 듯 말문이 막혀 버렸다.

아, 반카는 피체르로 떠났다네,

나는 그런 놈 따윈 기다리지 않겠네!

그의 머릿속에서 갑자기 이 노랫가락이 울려 퍼졌다.

"있잖니, 나는 네가 꿈은 아닐까 두렵구나, 내 앞에 앉아 있는 네가 헛것은 아닐까?" 그가 중얼거렸다.

"여기에는 우리 두 사람을, 그리고 제삼의 어떤 존재를 제외하면 헛것이라곤 전혀 없습죠. 지금 여기엔 틀림없이 그가 있어요, 그 제삼의 존재가 우리 둘 사이에 있는 거죠."

"그가 누구냐? 누가 있다는 거냐? 제삼의 존재란 누구냐?" 이반 표도로비치는 깜짝 놀라, 주위를 둘러보며 누가 없나 서둘러 구석구석을 살피며 이렇게 말했다.

"이 제삼의 존재는 신입죠, 이건 바로 하느님의 섭리입죠. 그분은 바로 여기 우리 곁에 있지만, 다만 도련님은 그분을 찾지 않으니 발견하지도 못할 겁니다."

"네가 죽였다는 건 거짓말이야!" 이반이 광포하게 울부짖었다. "네놈은 미쳤거나 아니면 지난번처럼 나를 골려 주려는 거야!"

스메르쟈코프는 아까와 마찬가지로 전혀 겁을 집어먹지도 않고 여전히 상대의 속을 살펴보려는 듯 그를 예의 주시했다. 그는 아무리 해도 이 모든 것이 믿기지 않았으며 여전히 이반이 '모든 걸 알고 있으면서도' 그저 '자기 눈앞에서 버젓이 자기한테만 모든 걸 뒤집어씌우기 위해' 연기를 하고 있는 것처럼 여겨졌다.

"잠깐만 기다려 보세요." 마침내 그가 힘없는 목소리로 말하더니, 갑자기 탁자 밑에서 왼쪽 다리를 들어 올리고 바지를 위로 걷어 올리기 시작했다. 그쪽 발에는 목이 긴 흰 양말을, 그 위에 슬리퍼를 신고 있었다. 조금도 서두르는 기색 없이 스메르쟈코프는 양말을 묶은 끈을 풀고 양말 안으로 깊숙이 손가락을 집어넣었다. 이반 표도로비치는 이런 그를 바라보고 있다가 갑자기 경련이 일 만큼 경악하여 온몸을 벌벌 떨었다.

"미친놈!" 그는 이렇게 울부짖으며 황급히 자리에서 벌떡 일어났는데, 그렇게 비틀거리며 몸을 뒤로 빼다가 그만 등이 벽에 쾅 부딪쳐선 꼭 납작하게 벽에 찰싹 달라붙은 것 같았다. 그는 미칠 것 같은 공포에 사로잡혀 스메르쟈코프를 바라보았다. 상대방은 그의 경악에는 조금도 아랑곳하지 않고 아직도 여전히 양말 속을 헤적이며 손가락으로 뭔가를 붙잡아서 꺼내려고 애썼다. 그러다가 마침내, 붙잡아서 꺼내기 시작했다. 이반 표도로비치가 보니 그건 무슨 종이들, 혹은 종이 뭉치인 것 같았다. 스메르쟈코프는 그것을 꺼내서 탁자 위에 올려놓았다.

"이겁니다요!" 그가 조용히 말했다.

"뭐라고?" 이반이 벌벌 떨면서 대답했다.

"한번 보시지요." 스메르쟈코프가 여전히 조용하게 말했다.

이반은 탁자로 걸어가서 그 종이 뭉치를 손에 들고 펼쳐 보는가 싶더니, 어떤 혐오스럽고 무서운 독사라도 건드린 양 갑자기 손가락을 움찔했다.

"도련님 손가락이 여전히 떨리는군요, 경련이라도 난 듯." 스메르쟈코프는 이런 말을 한 뒤 서두르는 기색도 없이 직접 종이를 펼쳤다. 포장지 안에는 100루블짜리 무지갯빛 수표 세 묶음이 들어 있었다.

"여기 고스란히 다 있습니다, 전부 3000이죠, 세 볼 필요도 없어요. 가져가시죠." 그가 돈을 향해 턱을 까딱하면서 이반에게 권했다. 이반은 의자에 주저앉았다. 그는 백지장처럼 새하얗게 질려 버렸다.

"너 때문에 정말 놀라서 까무러치겠구나…… 이 양말이며……." 그는 왠지 이상야릇한 웃음을 씩 흘리며 말했다.

"정말로, 정말로 지금까지 몰랐단 말입니까?" 스메르쟈코프가 다시 한번 물었다.

"아니, 몰랐어. 나는 줄곧 드미트리라고 생각했어. 형! 형! 아!" 그가 갑자기 두 손으로 자기 머리를 움켜쥐었다. "이봐, 너 혼자 죽인 거냐? 형은 빼놓고 너 혼자, 아니면 형이랑 함께 한 짓이냐?"

"오로지 도련님과 함께 했을 따름입니다요. 도련님과 함께 죽였을 뿐, 드미트리 표도로비치는 아무 죄가 없습니다요."

"좋아, 좋아……. 내 얘기는 나중에 하고. 아니, 왜 이리 자꾸만 떨리는 걸까……. 말도 제대로 할 수 없을 지경이구나."

"그때는 참으로 용감하시더니, '모든 것이 허용된다.'라고 하시더니, 이제 와선 완전히 겁을 집어먹으셨군요!" 스메르쟈코프가 놀라워하면서 중얼거렸다. "레몬수라도 드릴까요, 지금 내오라고 하겠습니다요. 기분이 아주 상쾌해질 텐데요. 다만, 그보다 이것부터 먼저 덮어야겠군요."

그러면서 그는 다시금 묶음들을 향해 턱을 까딱했다. 그러고는 몸을 움직여 자리에서 일어나더니 문에다 대고 마리야 콘드라치예브나에게 레몬수를 만들어 오라고 외칠 참이었지만, 그녀가 돈을 보지 못하게 우선은 뭐든 가릴 것부터 찾다가 처음엔 손수건을 꺼냈는데 그것은 이번에도 완전히 콧물 범벅이 되어 있었기 때문에 탁자 위에 덩그러니 놓여 있는, 이반이 방 안으로 들어올 때부터 눈여겨봤던 두꺼운 노란색 책을 집어서 돈을 눌렀다. 책의 제목은 '우리의 거룩하신 신부님 이삭 시린의 말씀'이었다. 이반 표도로비치는 기계적으로 그 제목을 읽었다.

"레몬수는 됐어." 그가 말했다. "내 문제는 나중 일이고 어서 앉아서 말 좀 해 봐. 그 일을 어떻게 해치웠던 거냐? 모두 다 말해 봐……."

"외투라도 벗으시지요, 안 그러면 온몸이 땀에 절 테니까요."

이반 표도로비치는 이제야 비로소 알아챈 양 의자에서 떠나지도 않고 외투를 벗어 벤치로 던졌다.

"말해 봐, 제발 말을 좀 해 봐!"

그는 잠잠해진 듯했다. 그러곤 스메르쟈코프가 이제 전부 다 이야기해 줄 거라는 확신에 차서 기다렸다.

"그 일을 어떻게 해치웠냐는 말이죠?" 스메르쟈코프가 한숨을 내쉬었다. "아주 자연스러운 방법으로 해치웠지요, 그때 도련님이 하신 바로 그 말씀을 따라서……."

"내 얘기는 나중에 하란 말이다." 이반이 다시 말을 끊었지만, 더 이상 아까처럼 소리를 지르지도 않았으며 완전히 자제력을 획득한 양 확신에 찬 어조로 말을 내뱉었다. "그냥 네가 어떻게 그 일을 해치웠는지나 자세히 이야기해 봐. 전부 순서 대로 찬찬히. 하나도 빼먹지 말고. 자세하게, 무엇보다도 자세 하게. 부탁이다."

"도련님이 떠나셨고, 그리고서 나는 지하 창고에서 넘어졌 습죠……."

"발작이 났던 게냐, 아니면 연기를 했던 게냐?"

"당연히 연기를 했습죠. 모든 것이 다 연기였어요. 얌전하게 계단을 내려가서, 맨 아래층까지 내려가서 얌전하게 누웠고 눕자마자 곧 울부짖었죠. 그렇게 사람들이 와서 끌어낼 때까 지 몸부림을 쳤죠."

"잠깐만! 그러면 나중에도 줄곧, 그러니까 병원에서도 줄곧 연기를 했단 말이냐?"

"절대로 아닙죠. 다음 날 아침, 병원에 가기 전부터 진짜로 발작이 시작됐는데, 그렇게 심한 발작은 몇 년 만에 처음 겪어 봤어요. 이틀 동안 완전히 의식을 잃었으니까요."

"좋아, 좋다고. 계속해 봐."

"내 짐작대로 나를 칸막이 뒤의 침대에 눕혔는데, 원래 마 르파 이그나치예브나는 내가 아플 때면 언제나 한 번도 빼먹 지 않고 나를 자신들의 거처, 바로 그 칸막이 뒤에 눕혀 놓고 밤을 보내게 했으니까요. 이분은 내가 태어났을 적부터 언제 나 나한테 상냥하게 대해 줬지요. 밤에는 신음을 했습니다, 다 만 조용하게. 줄곧 드미트리 표도로비치가 오기만을 기다렸 던 거죠."

"기다렸다니, 너한테 오길?"

"그 양반이 뭐 하러 나를 찾아오나요. 그분의 집으로 오길 기다렸던 거죠. 나는 바로 이날 밤 그분이 오리라는 걸 이미 믿어 의심치 않았어요. 왜냐면 그분은 내가 없어서 어떤 정보도 얻을 수 없으면 무슨 재주를 부려서라도 틀림없이 직접 담장을 넘어 집 안으로 기어 들어올 테니까요, 그러고도 남을 양반이죠."

"만약 오지 않았다면?"

"그랬다면 아무 일도 안 일어났을 테죠. 그분이 없었다면 나도 결단을 내리지 못했을 테니까요."

"좋아, 다 좋아…… 좀 더 알아듣기 쉽게 말해 봐, 서두르지 말고, 무엇보다도 하나도 빼먹지 말고!"

"나는 그분이 표도르 파블로비치를 죽이길 기다렸습니다요…… 충분히 가능성이 있는 일이었습죠. 그렇게 되도록 내가 이미 그분에게 모든 준비를 단단히 시켜 준 셈이니까요……. 그 며칠간…… 무엇보다도 그분은 그 신호들을 알게 되었거든요. 요 며칠간 그분은 의심과 분노에 쌓여 예민해져 있었기 때문에 틀림없이 그 신호들을 써서 집 안으로까지 잠입하리라는 건 뻔한 일이었습니다. 정말 안 봐도 뻔합죠. 그래서 나는 그분을 기다렸던 겁니다요."

"잠깐만." 하고 이반이 말을 끊었다. "하지만 형이 죽였다면, 돈도 가져갔을 텐데, 너도 그 정도는 생각했을 게 아니냐? 그렇게 되면 형이 다녀간 후엔 너한테는 뭐가 남는다는 거냐? 이해가 안 되는군."

"돈이라면 그분은 절대로 찾지 못했을 겁니다요. 돈이 이부자리 밑에 있다는 건 그저 내가 그분에게 일러 준 것에 지나지 않아요. 단, 그나마도 거짓말이었습죠. 전에는 조그만 함속에 들어 있었지요, 예, 그랬습죠. 하지만 표도르 파블로비치는 세상 사람을 통틀어 오로지 나만을 신뢰했기 때문에, 나중에 내가 그분한테 구석의 성상 뒤라면 아무도 알아채지 못할 거라면서, 특히 서둘러 왔다면 더 그럴 거라면서 그 돈뭉치를 그리로 옮기라고 일러 주었습니다. 그래서 그것, 그러니까 그 돈뭉치는 거기 그분의 방 한쪽 구석 성상 뒤에 있었던 겁니다요. 이부자리 밑에 돈을 보관하는 것은 숫제 웃긴 일이었을 테죠, 하다못해 함 속에 넣어서 열쇠를 채워 둔다면 모를까. 그런데 이제 이곳의 모든 사람들이 이부자리 밑에 있다고 믿게 됐습니다. 어리석은 생각입죠. 자, 그러니까 드미트리 표도로비치가 정작 살인을 저질렀다고 하더라도 아무것도 찾지 못한 채 살인자들이 늘 그러하듯이 어디 좀 바스락거리는 소리만 들려도 겁을 집어먹고 서둘러 도망을 쳤거나, 아니면 곧 붙잡혔을 겁니다요. 그렇게 되면 나는 다음 날 어느 때나, 아니면 심지어 바로 그날 밤에 성상 뒤로 슬그머니 가서 그 돈을 꺼내 올 수 있었을 테고, 그러면 모든 것은 드미트리 표도로비치가 뒤집어썼을 테죠. 그러니까 나는 언제든 희망을 가질 수 있었던 거죠."

"그럼, 형이 죽이지는 않고 그냥 죽도록 패기만 했다면?"

"만약 죽이지 않았다면, 나는 물론, 돈을 훔칠 엄두는 내지도 못했을 테고, 일은 유야무야됐을 테죠. 하지만 실성을 할 정도로 팼을 경우엔 나는 그 찰나에 얼른 돈을 훔쳐야겠다는 계산도 했는데, 그때는 표도르 파블로비치한테 그분을 죽도록 패고 돈을 훔쳐 간 사람은 다름 아니라 드미트리 표도로비치라고 보고했을 겁니다."

"잠깐만…… 좀 헷갈리는군. 그러니까 어쨌거나 죽인 건 드미트리이고 너는 돈만 훔쳤다는 게냐?"

"아니요, 그분이 죽인 게 아닙니다요. 하긴 나는 지금도 도련님한테 살인자는 그분이라고 말할 수도 있지만…… 이제 더이상 도련님 앞에서 거짓말을 하고 싶지 않군요, 왜냐면…… 왜냐면 도련님은 정말로, 내 눈에도 훤히 보이지만, 지금까지 아무것도 모르셨고 또 도련님 자신의 명백한 죄를 내 눈앞에서 버젓이 나한테 덮어씌우기 위해 내 앞에서 연기를 하셨던 것도 아니지만, 설사 그렇다고 할지라도 어쨌거나 도련님은 살인이 일어나리라는 걸 알고 계셨고 나한테 살인을 하라고 위임해 놓곤 정작 자신은 모든 걸 다 알면서도 떠나셨기 때문에 이 사건 전체에 있어 유죄입니다. 도련님은 그렇기 때문에 나는 오늘 저녁 도련님의 눈앞에서 여기 이 사건 전체의 주범은 어디까지나 오직 도련님 한 분이라는 것을, 내가 죽이긴 했지만 나는 주범은 아니라는 것을 도련님한테 증명하고 싶은 겁니다. 바로 도련님이 그야말로 법적인 살인범이다, 이 말입니다!"

"왜, 왜 내가 살인자야? 오 맙소사!" 이반은 대화가 끝날 무렵까지 자기 얘기는 전부 미루어 두기로 한 걸 잊고 기어코 인내력의 한계를 느꼈다. "이건 전부 다 그 체르마쉬냐 얘기를 하는 거냐? 잠깐만, 말해 봐, 만약 네가 나의 체르마쉬냐 행을 동의의 뜻으로 받아들였다면 너에겐 왜 나의 동의가 필요했던 거냐? 지금 이건 어떻게 설명할 테냐?"

"도련님이 확실히 동의를 해 주셨다면, 도련님이 돌아오신 후에라도 없어진 그 3000 때문에 무슨 소란을 일으키실 일은 없으리라는 걸 알고 있었던 탓이죠. 행여, 당국에서 무슨 건수를 잡아 드미트리 표도로비치 대신 나한테 혐의를 두거나 아니면 나를 드미트리 표도로비치와 공범으로 몬다고 하더라도 말입니다. 그럴 경우엔 오히려, 다른 사람들로부터 나를 변호해 주셨을 테죠……. 또 나중에 유산을 받으면, 어쨌거나 도련님은 내 덕분에 그 유산을 얻게 된 것이니까 그 후 평생 동안 나한테 보상을 해 주셨을 테고요. 만약 주인 나리가 아그라페나 알렉산드로브나와 결혼을 하셨더라면, 도련님은 땡전한 푼 못 건졌을 게 아닙니까."

"아! 그럼 네놈은 나중에 평생 동안 나를 괴롭힐 작정이었구나!" 이반이 이를 갈았다. "아니 그래, 내가 그때 떠나지 않고 네놈을 고발했다면?"

"그때 뭘 고발하실 수 있었겠습니까? 내가 도련님한테 체르마쉬냐에 가라고 부추겼다고요? 그건 정말 바보짓입죠. 더욱이 우리가 그런 말을 주고받고 난 이후에 도련님은 떠나실 수도, 그냥 남아 계실 수도 있었어요. 만약 그냥 남아 계셨다면 그땐 아무 일도 일어나지 않았을 테고, 나는 도련님이 그걸 원하지 않는다는 걸 알아채고서 아무것도 아예 시작도 하지 않았을 겁니다. 만약 떠나셨다면, 나를 법정에다 고발하지 않겠다는 뜻이고 또한 내가 그 3000을 갖는 것쯤은 슬쩍 눈감아

주신다는 뜻이죠. 더욱이 도련님은 나중에 가서도 나를 추궁할 수도 전혀 없었을 텐데, 왜냐면 그 경우엔 내가 법정에다 모든 것을 얘기해 버렸을 것이고, 다시 말해 내가 훔쳤거나 죽였다고 얘기하는 것이 아니라——이런 말은 하지 않았을 테죠.——도련님이 나한테 훔치고 죽이라고 사주했지만 다만 나는 동의하지 않았노라고 얘기했을 테니까요. 그러니까 나한테 도련님의 동의가 필요했던 건 도련님이 나를 옴짝달싹 못 하게 만들 일이 절대 없도록 하기 위해서였던 건데, 도련님한테는 아무런 증거도 없는 반면 나는 언제라도 도련님이 부친의 죽음을 얼마나 갈망했는가를 폭로하기만 하면 도련님을 옴짝달싹 못 하게 만들 수 있었거든요——내가 도련님을 위해 이렇게 한마디만 내뱉으면 항간의 사람들은 전부 다 그 말을 믿었을 것이고 그러면 도련님은 평생 동안 수치심에 허덕였을 겁니다."

"그러니까 내가 그걸 갈망했단 말이지, 그랬단 말이지?" 이반이 다시 이를 갈았다.

"틀림없이 그랬으며 그때 동의함으로써 나한테 그 일을 해치우도록 말없이 허락하신 것이죠." 스메르쟈코프가 확신에 찬 시선으로 이반을 바라보았다. 그는 완전히 진이 다 빠져서 지친 듯 조용하게 말했지만, 내부에 숨겨진 뭔가가 그를 자꾸만 부추겼고 필경 어떤 의도가 있는 것 같았다. 이반에겐 그런 예감이 들었다.

"더 계속해 봐." 그가 스메르쟈코프에게 말했다. "그날 밤 이야기를 계속해 보란 말이다."

"계속 뭘요! 내가 그렇게 누워 있는데 주인 나리가 비명을 지르는 소리가 들리더라고요. 하지만 그전에 그리고리 바실리예비치가 갑자기 몸을 일으키더니 밖으로 나갔는데, 갑자기 울부짖는 소리가 들렸고 그러곤 완전히 조용해졌고 암흑만 가득했지요. 나는 그렇게 누워서 계속 기다리는데, 심장이 어찌나 쿵쾅거리는지 참을 수가 없더군요. 마침내 자리에서 일어나서 가 봤죠──왼쪽을 보니 정원으로 통하는 주인 나리 방 창문이 열려 있었고 나는 그분이 아직 살아 있는지 어떤지, 멀쩡히 앉아 있는지 어떤지를 살펴보려고 왼쪽으로 걸음을 옮겼습니다. 주인 나리가 뒹굴뒹굴하면서 탄식을 하는 소리가 들리는 것이, 살아 있더군요. 에잇, 젠장이라고 생각했습죠! 창문 쪽으로 다가가서 나리에게 '접니다.'라고 외쳤습니다. 그러자 주인 나리는 나한테 '그놈이 왔어, 왔다가 달아나 버렸어!'라고 하더군요. 다시 말해 드미트리 표도로비치가 왔다는 거죠. '그리고리를 죽였어!' '어디서요?'라고 내가 그분에게 속삭이듯 물었죠. '저기, 구석에서.'라고 가리키면서 그분도 속삭이듯 말하더군요. 나는 '잠깐만 기다려 보세요.'라고 말했죠. 그러고선 좀 살펴보려고 정원 구석으로 가 봤더니, 그리고리 바실리예비치가 온통 피투성이가 된 채로 의식을 잃고 담벼락 옆에 쓰러져 있더군요. 그렇다면 드미트리 표도로비치가 왔다는 게 정말이구나 하는 생각이 즉시 내 머릿속을 퍼뜩 스쳐 지나갔고, 그리고리 바실리예비치가 아직 살아 있다고 해도 의식을 잃은 상태여서 아무것도 보지 못할 테니까 이 모든 걸 순식간에 해치워 버리자고 바로 그 자리에서 결심했지요. 다만 유일한 위험 부담은 마르파 이그나치예브나가 갑자기 깨어날지도 모른다는 거였죠. 그 순간 이런 느낌이 들었지만, 그저 그 갈망이 나를 온통 압도해 버렸기 때문에 심지어 숨이 탁 막히더군요. 나는 다시 창문 밑으로 가서 '그분이 여기와 계십니다, 아그리페나 알렉산드로브나가 오셨다고요, 안으로 들어가시겠다는군요.'라고 말했습니다. 그러자 주인 나리는 꼭 갓난애처럼 온몸을 부르르 떨더군요. '여기라니 어디? 어디에 있단 말이냐?' 그렇게 탄식을 하면서도 아직도 정작 믿지는 못하는 눈치였어요. '저기 서 계시니, 문을 열어 주십시오!'라고 말했지요. 창문으로 나를 보고선 반신반의하면서 문 여는 것을 두려워하더군요. 이건 나를 두려워하는 것이구나 하는 생각이 들더군요. 그리고 참 웃긴 일인데, 그때 나는 갑자기 그루셴카가 왔다, 바로 나리의 눈앞에 와 있다는 신호를 담아 창틀을 두드릴 생각이 떠올랐습니다. 내 말은 믿지 않았으면서도 내가 신호를 보내자마자 곧바로 문을 열러 달려오더군요. 문이 열렸습니다. 나는 안으로 들어가려고 했지만, 주인 나리는 내 앞에 떡 버티고 서서 나를 가로막으며 완전히 안으로 들이지는 않더군요. '그 애는 어디에 있느냐, 어디에 있어?' 나를 처다보면서 벌벌 떨고 계셨습니다. 그러자, 나를 이렇게 두려워하니, 상황이 영 나쁘군! 하는 생각이 들더군요. 대뜸, 주인 나리가 나를 방 안으로 들이지 않으면 어쩌나, 소리를 지르면 어쩌나, 마르파 이그나치예브나가 달려오면 어쩌나, 아니면 여하튼 무슨 일이라도 일어나면 어쩌나 싶어 너무 무서웠던 나머지 다리의 힘이 쭉 빠지더라고요. 그때 내 모습이 잘 기억은 안 나지만, 분명히 창백해진 채로 그분 앞에 서 있지 않았을까 싶군요. 그분에게 속삭였어요. '저기요, 저기 그분이 창문 밑에 와 있습니다, 아니, 나리는 못 보셨습니까?'라고요. '네가 가서 그 애를 데려와, 네가 그 애를 데려오면 되잖아!' '하지만 무서워하고 계신걸요, 고함 소리에 놀라 관목 숲으로 몸을 숨기셨어요, 나리께서 몸소 방에서 나오셔서 불러 보세요.'라고 말했지요. 그러자 그분은 얼른 창가로 달려가 창턱에 촛대를 세우셨어요. '그루센카, 그루센카, 너 여기 있는 게냐?'라고 외치시더군요. 이렇게 소리를 치면서도 창밖으로 몸을 내미는 건 싫어하시더군요. 너무 무서워서 나한테서 떨어지기가 싫은 것이지요, 그러니까 내가 너무 무서워졌기 때문에, 바로 그 때문에 나한테서 떨어질 엄두를 못 냈던 것이지요. '그분은 바로 저기 계십니다(그러면서 나는 창가로 다가가 직접 온몸을 쑥 내밀었습니다.), 저기 관목 숲에 계세요, 주인 나리를 보고 웃고 계시는데 안 보이시나요?'라고 말했지요. 그제야 갑자기 내 말을 믿고는 몸을 부르르 떠시더군요. 고통스러울 정도로 그분한테 빠져 있었던 거죠. 심지어 온몸을 창문 밖으로 쑥 내밀었다니까요. 바로 그때 나는 바로 그 주철 서진(書鎭)을 거머쥐었는데, 도련님도 기억나시겠지만, 그분의 책상 위에 있던, 3푼트는 족히 될 물건이었죠. 그분의 뒤에서 그놈을 휘둘러 모서리 쪽으로 곧장 정수리를 향해 내리쳤습니다. 심지어 비명도 지르지 못하시더군요. 다만, 갑자기 아래로 푹 꼬꾸라졌을 뿐인데, 그래도 나는 두 번, 세 번 연거푸 내리쳤어요. 세 번째로 내리쳤을 땐 완전히 부숴 버렸다는 느낌이 들더군요. 그분은 갑자기 얼굴을 위로 향하고 벌렁 나자빠졌는데,

온통 피범벅이었습니다. 나는 내 몸에 피가 묻지는 않았나, 혹시 몇 방울 튀지는 않았나 꼼꼼히 살펴본 뒤 서진을 닦아서 제자리에 놓고 성상 뒤로 가서 돈 봉투에서 돈을 꺼낸 뒤 봉투 자체는 마룻바닥으로 내던졌고, 장밋빛 리본도 그 옆에다 내던졌지요. 그러곤 온몸을 벌벌 떨면서 정원으로 내려갔습니다. 곧장 구멍이 뚫려 있는 사과나무로 향했죠——도련님도 어떤 구멍인지 아실 텐데, 나는 이걸 오래전부터 눈여겨봐 두었고 거기에 헝겊 쪼가리와 종이를 넣어 두곤 오래전부터 준비를 해 뒀더랬지요. 돈을 전부 종이에 싸고 그다음엔 헝겊으로 싸서 깊숙이 박아 두었습니다. 그렇게 그것, 그러니까 바로 그 돈은 이 주 남짓 그곳에 방치되었던 셈이죠. 나중에 퇴원한 후에 꺼냈으니까요. 내 방 침대로 돌아와 자리에 눕고 나니 공포가 밀려오면서 이런 생각이 들더군요. 즉, '만약 그리고리 바실리예비치가 완전히 죽은 거라면 사태가 아주 고약해지겠지만, 죽지 않고 정신을 차린다면 사태는 아주 좋아질 것이다, 왜냐면 그때는 그 노인이 드미트리 표도로비치가 왔다 갔다는 것, 다시 말해, 그분이 죽이고 돈을 가져갔다는 것의 증인이 될 테니까.' 해서, 나는 의심과 초조함으로 괴로워하면서 마르파 이그나치예브나를 어서 빨리 깨우기 위해 신음 소리를 내기 시작했습니다. 마침내 그녀는 일어났고, 나한테로 달려들었다가 갑자기 그리고리 바실리예비치가 없다는 걸 알아차리곤 밖으로 달려 나갔고, 이어 정원에서 그녀가 지르는 비명 소리가 들리더군요. 뭐, 이렇게 밤새도록 그 모든 소동이 벌어졌고, 나는 이미 모든 점에서 안심하게 된 거죠."

화자는 말을 멈추었다. 이반은 줄곧 꿈쩍도 하지 않고 그에 게서 눈을 떼지도 않고 죽음과 같은 침묵을 지키며 그의 말을 듣고 있었다. 스메르쟈코프는 이야기를 하면서 그저 간간이 그를 힐끔힐끔 바라보긴 했지만, 대체로 시선을 돌려 딴 쪽을 보고 있었다. 이야기를 끝냈을 땐 그 자신이 몹시 흥분한 듯, 힘겹게 숨을 몰아쉬었다. 그의 얼굴에는 땀이 배어 나왔 다. 하지만 그가 회한을 느끼는 것인지 어떤지는 통 짐작할 수 없었다.

"잠깐만." 하고 이반은 무슨 생각이 난 듯 말을 받았다. "그럼 문은? 만약 아버지가 오직 너한테만 문을 열어 주었다면, 어떻 게 그리고리가 너보다 먼저 문이 열려 있는 것을 볼 수 있었단 말이지? 그리고리는 너보다 먼저 그것을 보지 않았더냐?"

여기서 주목할 점은 이반이 아까와는 정말 다르게 아주 평온한 목소리로, 심지어 악의라곤 전혀 없는 어조로 이렇게 물어보았다는 것인데, 이 때문에 누군가가 지금 그들 방의 문을 열고 문지방에서 그들을 본다면, 틀림없이 그들이 재미있기는 하지만 평범한 얘기를 오순도순 나누며 앉아 있는 것이라는 결론을 내렸을 것이다.

"그 문, 즉 그리고리 바실리예비치가 그것이 열려 있는 것을 보았다는 얘기는 말이죠, 그건 그저 그 노인의 생각에 지나지 않습니다." 스메르쟈코프가 입을 일그러뜨리며 피식 웃었다. "그러니까 내가 말하지 않습니까요, 이 노인은 사람이 아니라 어쨌거나 고집불통 노새라니까요. 보지도 않았으면서 봤다고 생각하게 된 것인데──이쯤 되면 이 노인을 어떻게 하는 건 정말로 불가능합죠. 이 노인이 이런 걸 다 생각해 주다니, 도련님과 나한테는 호박이 덩굴째 굴러온 셈인데, 왜냐면 그 덕분에 드미트리 표도로비치는 결국 빼도 박도 못하고 걸려들 테니까요."

"들어 봐." 하고 이반 표도로비치는 다시금 머리가 혼란스러워지는 듯, 그래도 뭔가를 힘들여 생각해 내려는 듯 말했다. "들어 보라고……. 너한테 물어보고 싶은 것이 아직 많지만, 잊어버렸어……. 계속 잊어 먹고 뒤죽박죽이고……. 그래! 나한테 이 한마디라도 해 주렴. 왜 너는 돈 봉투를 뜯은 다음, 그 자리에, 마룻바닥에 남겨 둔 거지? 그냥 봉투째로 가져가지 않고……. 네가 이야기를 할 때 이 봉투에 대해선 그런 식으로 해야 했다는 식으로 말하는 것처럼 여겨졌거든…… 그런데 왜 그래야 했던 건지 —이해가 안 되는구나……."

"내가 그렇게 한 데는 그럴 만한 이유가 있었습죠. 사정을 익히 잘 알고 있는 사람, 가령 나처럼 전에도 돈을 제 눈으로 직접 봤고 어쩌면 그 돈을 직접 그 봉투에 집어넣고 그걸 봉하여 겉봉에 이름을 쓰는 것까지 제 눈으로 봤던 사람이라면, 대략 그런 사람이 살인을 저질렀다면 무슨 이유로 살인을 하고 난 뒤에 그 봉투를 뜯어 보겠습니까, 더욱이 그렇게 황급한 상황에서 말이죠, 구태여 그러지 않아도 그 봉투 안에 돈이 들어 있다는 것을 아주 잘 알고 있는데? 나 같은 강도였다면, 오히려 그 봉투를 아예 뜯어 보지도 않고 그냥 호주머니에 쑤셔 넣고 어서 빨리 줄행랑을 쳤을 겁니다요. 하지만 드미트리 표도로비치였다면 완전히 다른 문제죠. 그분은 오직 봉투에 대한 소문만 들었지, 그것을 직접 보지는 못했으니까, 뭐 대략 그것을 이부자리 밑에서 꺼냈다고 한다면, 어서 빨리 그 자리에서 그것을 뜯어 봤을 테고, 그 안에 정말로 그 돈이 들어 있는지 아닌지를 알아봤을 테죠. 그러곤 이미 그 봉투가 자기에게 불리한 증거로 남을 것이라는 판단을 할 겨를도 없이 바로 그 자리에다 버렸을 겁니다. 왜냐면 그분은 타고나길 귀족인 데다가 전엔 뭘 빤히 훔쳐 본 적도 없는, 경험이라곤 없는 도둑이고, 또 지금 돈을 훔칠 결심을 했다고 할지라도 그건 훔치는 것이 아니라 오로지 자기 자신의 것을 되찾으러 온 것일 따름이니까요. 안 그래도 온 동네방네를 떠돌며 이 얘기를 진작부터 떠들어 댔고 심지어 모든 사람들 앞에서 진작부터 표도르 파블로비치를 찾아가서 자신의 재산을 찾아오겠노라고 큰 소리로 허풍을 떨기도 했잖습니까. 나는 심문을 받을 때 이런 생각을 분명하게 말하지는 않고 오히려 나 자신도 잘 모르겠다는 듯이 슬쩍 흘려 주었고, 그런 식으로 꼭 내가 그들에게 암시를 준 것이 아니라 그들 자신이 직접 생각해 낸 것처럼 했는데——아니나 다를까, 검사 나리는 내가 던진 바로 그 암시에 군침을 삼키더군요."

"그럼, 정말, 정말로 너는 이 모든 걸 그때 그 자리에서 생각해 냈단 말이냐?" 이반 표도로비치가 너무 놀라 앞뒤를 잃고 소리쳤다. 그러곤 또다시 경악을 금치 못하며 스메르쟈코프를 바라보았다.

"무슨 당치도 않은 말씀을, 그렇게 황망한 상황에서 이 모든 걸 어떻게 생각해 낼 수 있었겠습니까? 모든 것을 미리 꼼꼼하게 생각해 뒀던 거죠."

"그래…… 그럼, 악마가 나서서 너를 도와준 게로구나!" 이반 표도로비치가 다시 소리쳤다. "아니야, 너는 멍청하지 않아, 너는 내가 생각했던 것보다 훨씬 더 영리한 놈이야……."

그러면서 그는 자리에서 일어났는데 분명히 방을 이리저리 거닐고 싶었던 모양이다. 가슴을 에는 강렬한 우수에 사로잡혔으니 말이다. 하지만 탁자가 앞길을 가로막고 탁자와 벽 사이에는 간신히 비집고 빠져나갈 공간밖에 없었기 때문에 그는 그냥 제자리에서 몸을 돌렸다가 다시 자리에 앉았다. 좀 거닐 수도 없었다는 것 때문에 아마 갑자기 신경질이 났는지, 그는 거의 아까처럼 미친 듯 흥분하여 갑자기 고함을 지르기 시작했다.

"들어 봐, 이 불행한 놈, 이 썩을 놈아! 네놈이 아직 모르는 모양인데, 내가 지금까지 네놈을 죽이지 않은 건 오로지 내일 법정에서 증언을 시키기 위해 아껴 두고 있기 때문이다. 하느님이 보고 계신단 말이다." 이반은 한 손을 위로 쳐들었다. "어쩌면 나도 유죄라고 할 수 있겠지, 정말로 그런 바람을, 그러니까…… 아버지가 죽었으면 하는 바람을 갖고 있었을 테니까, 하지만 맹세코 나는 네놈이 생각하는 만큼 그렇게 큰 죄를 짓진 않았어, 어쩌면 내가 네놈을 교사한 것이 전혀 아닐지도 몰라. 아니야, 아니야, 교사 같은 건 하지 않았어! 하지만 이러나저러나 매한가지야, 나는 바로 내일 법정에서 나 자신을 고발하겠어, 결정했다! 나는 모든 것을 말하겠어, 모든 것을. 하지만 네놈도 나와 함께 출두할 거다! 네놈이 법정에서 나에 대해 무슨 나쁜 말을 하든, 네놈이 어떤 증언을 하든——받아 들이겠어, 네놈 따윈 무섭지 않으니까. 오히려 내가 나서서 모든 것을 확증해 줄 테다! 하지만 네놈도 법정에서 자백을 해야만 해! 꼭, 꼭 그래야 하고, 우리는 함께 가는 거다! 반드시 그렇게 되어야 해!"

이반은 웅장하고 정력적으로 이렇게 말했는데, 그의 번득이는 시선만 봐도 정말 꼭 그렇게 될 것처럼 보였다.

"도련님은 몸이 편찮으십니다요. 훤히 보이는군요, 몹시 편찮으시다는 것이. 눈은 완전히 샛노랗고." 스메르쟈코프는 이렇게 말했지만, 비아냥거리는 건 고사하고 오히려 측은해하는 듯한 어조였다.

"함께 가는 거다!" 이반이 반복했다. "네놈이 안 간다고 해도——어차피 나 혼자라도 자백을 할 테다."

"그런 일은 절대 없을 겁니다요. 도련님은 안 가실 테니까요." 마침내 그가 단호한 어조로 딱 잘라 말했다.

"네놈이 나를 잘 이해하지 못하는구나!" 이반이 힐난조로 소리쳤다.

"만약 모든 것을 자백하신다면, 도련님은 너무 수치스러우실 겁니다요. 아니, 그래 본들 그건 전혀 무익한 일이 될 겁니다. 왜냐면 난 그런 걸 도련님한테 말한 적이 절대 없다고 딱 대놓고 말할 테니까요, 도련님은 무슨 병이 나서(정말 그런 것 같기도 하지만) 혹은 자기 형님이 너무 안쓰러워서 스스로를 희생하겠다는 마음에, 어쨌거나 나를 평생 동안 사람이 아니라 무슨 파리 새끼쯤으로 생각해 온 터라, 아예 나한테 뒤집어쎘울 생각을 하신 거라고요. 그러면 뭐 과연 누가 도련님 말을 믿어 줄까요, 그래, 도련님한테 어디 하나라도 증거가 있습니까?"

"들어 봐, 지금 네놈이 나한테 저 돈을 보여 준 건 물론 나를 확신시키기 위해서였겠지."

스메르쟈코프는 돈뭉치를 덮었던 『이삭 시린』을 들어서 한쪽으로 치웠다.

"이 돈은 도련님이 챙기시지요, 가져가시라고요." 스메르쟈코프가 한숨을 푹 내쉬었다.

"물론 가져가고말고! 하지만 네놈은 이것 때문에 살인을 해 놓고선 도대체 왜 나한테 주는 거냐?" 이반이 대단히 놀라면서 그를 바라보았다.

"그런 거 나한텐 전혀 필요없습니다요." 스메르쟈코프가 한 손을 내저으며 떨리는 목소리로 말했다. "전에는 이 돈으로 모스크바나 아니 그보다는 외국으로 가서 인생을 다시 시작하고 싶은 생각이 있었어요, 더욱이 '모든 것이 허용된다.'라고 했으니까 그런 꿈을 꾸었단 말입죠. 이건 그야말로 도련님이 나한테 가르쳐 준 것입죠. 그때 도련님은 나한테 이런 얘기를 많이 해 주셨잖아요. 무한한 존재인 신이 없다면, 선행 같은 것도 전혀 없고, 아니 그 경우엔 그런 건 아예 필요도 없다고. 이건 그야말로 도련님한테서 나온 것입죠. 적어도 내 생각은 그랬습니다."

"네놈의 머리로 거기까지 도달한 것이더냐?" 이반이 삐뚜름하게 피식 웃었다.

"도련님의 지도 덕분이었습죠."

"지금 이렇게 돈을 내놓는 걸 보니, 하느님을 믿게 됐다는 소리냐?"

"아니요, 믿지 않습니다요." 스메르쟈코프가 속삭였다.

"그럼 왜 내놓는 거지?"

"됐어요…… 말할 가치도 없어요!" 스메르쟈코프는 다시 한 손을 내저었다. "그때만 해도 도련님은 줄곧 모든 것이 허용된다고 자기 입으로 말씀하시더니, 이제 와선 왜 그렇게 불안에 떨고 계신 거죠, 정작 도련님 자신이 말입죠? 심지어 스스로를 고발하러 가실 생각이라니……. 다만, 그런 일은 절대 없을 겁니다! 그러려고 가시지도 않을 테고요!" 스메르쟈코프는 다시금 확신에 차서 강경한 어조로 단정 지었다.

"두고 봐라!" 이반이 말했다.

"그런 일은 있을 수 없습니다. 도련님은 아주 영리하십죠. 돈을 또 좋아하시죠, 이 점은 나도 잘 알고 있습죠. 오만하시기 때문에 남한테 존경받고 싶어 하시고 여성의 매력도 또한 굉장히 좋아하시지만, 무엇보다도 아무한테도 머리를 숙이지 않고 고요한 만족 속에서 사는 것을——바로 이걸 그 무엇보다도 좋아하십니다요. 도련님은 법정에서 그런 수치를 감수하면서까지 인생을 영원히 망쳐 버리고 싶지 않으실 겁니다. 도련님은 표도르 파블로비치와 똑같아요, 모든 자식들 중에서 아버지를 제일, 제일 많이 닮으셨지요, 그분과 동일한 영혼을 지니셨으니까요."

"네놈은 멍청하지 않아." 이반이 한 대 얻어맞은 듯 말했다.

피가 얼굴로 솟구쳤다. "전엔 네놈이 멍청하다고 생각했어. 이제 보니 네놈은 정말 진지하구나!" 갑자기 스메르쟈코프를 새롭게 보게 된 듯 그가 지적했다.

"내가 멍청하다고 생각하셨던 건 도련님이 오만하셨기 때문입니다. 돈을 가져가시지요."

이반은 지폐 세 묶음을 전부 쥔 뒤 뭐로 싸지도 않고 그냥 호주머니에 집어넣었다.

"내일 이걸 법정에서 보여 주겠다." 그가 말했다.

"그래 본들 아무도 도련님 말을 믿지 않을 겁니다. 오히려 도련님한텐 지금 도련님 돈도 상당히 많이 있으니까 어디 함에서 꺼내 가져왔다고들 생각할걸요."

이반은 자리에서 일어났다.

"다시 한번 말하지만, 네놈을 죽이지 않은 건 오로지 내일 네놈이 나한테 필요하기 때문이야, 이 점을 명심해 둬, 잊지 말라고!"

"아니 왜요, 차라리 지금 죽이십죠. 죽여 보시라고요." 스메르쟈코프가 이반을 이상야릇한 눈으로 바라보면서 갑자기 이상야릇한 어조로 말했다. "감히 그럴 엄두도 못 내시면서." 이렇게 덧붙인 뒤 그는 씁쓸하게 피식 웃었다. "감히 아무 일도 못하실걸요, 전에는 그렇게 용감하시던 양반이!"

"내일 보자!" 이반은 이렇게 소리친 뒤 나가려고 몸을 움직였다.

"잠깐만요…… 그걸 한 번만 더 보여 주십시오."

이반은 지폐를 꺼내서 그에게 보여 주었다. 스메르쟈코프는 그것을 십 초가량 바라보았다.

"자, 이제 가 보시지요." 그가 한 손을 내저은 뒤 말했다. "이반 표도로비치!" 그가 갑자기 뒤에서 다시 소리쳤다.

"아니 왜?" 이반은 이미 걸음을 뗀 상태에서 몸을 돌렸다.

"안녕히 가십시오!"

"내일 보자!" 이반은 다시 소리친 뒤 오두막에서 나왔다.

눈보라는 여전히 계속되고 있었다. 그는 처음 얼마간은 활기차게 성큼성큼 걸었지만, 갑자기 비틀거리는 듯싶었다. '이건 뭔가 육체적인 것이다.' 이렇게 생각하면서 그는 피식 웃었다. 기쁨과도 같은 어떤 것이 지금 그의 영혼 속으로 내려왔다. 그는 내부에서 어떤 무한한 확고함이 생긴 것을 느꼈다. 최근에 줄곧 그토록 끔찍하게 그를 괴롭혀 온 동요는 이제 끝이다! 결단은 내려졌으니 '더 이상 바뀌지 않을 것이다'. 그는 행복감에 젖어 생각했다. 이 순간 그는 갑자기 뭔가에 걸려서 하마터면 넘어질 뻔했다. 걸음을 멈추고 보니, 자기 발밑에 아까 자기가 밀어 넘어뜨린 농부가 여전히 바로 그 자리에 의식도 없이 꿈쩍도 않고 쓰러져 있는 것이 아닌가. 눈보라는 이제 거의 그의 온 얼굴로 몰아치고 있었다. 이반은 갑자기 그를 붙잡아 등에 업다시피 하여 끌고 가기 시작했다. 오른쪽 작은 집에서 불빛이 새 나오는 것을 보고선 그리로 다가가 빗장을 두드렸고, 응답을 보내온 집주인인 소시민에게 이 농사꾼을 파출소까지 데려가는 걸 도와 달라고 부탁하면서 그 대가로 3루블을 주겠다고 그 자리에서 약속했다. 소시민은 채비를 하고 나왔다. 그러고서 이반 표도로비치는 자기 목적을 달성하여 파출소에서 농사꾼의 일을 처리하고 이와 더불어 그 즉시 의사의 검진을 받도록 해 주었을 뿐만 아니라 여기서도 관대한 손길을 내밀며 '여러 비용'을 지불했는데, 이 얘기는 자세히 묘사하지 않겠다. 다만 한 가지 얘기해 둘 것은 이 일을 하느라 거의 꼬박 한 시간을 소비했다는 점이다. 하지만 이반 표도로비치는 몹시 만족했다. 그의 생각들이 점점 나래를 펴고 활발히 움직였다. '만약 내일을 위한 나의 결단이 그토록 확고하지 않았더라면' 하고 그는 갑자기 쾌감을 느끼면서 생각했다. '가던 걸음을 멈추고 꼬박 한 시간 동안이나 농군의 일을 처리하지도 않았을 것이다, 그냥 그의 곁을 지나가면서 얼어 죽든 말든,이라며 침이나 탁 뱉었겠지……. 그건 그렇고 나는 나 자신을 감독할 힘이 충분히 있는데 말이야.' 하고서 그 순간 그는 여전히 대단한 쾌감을 느끼면서 생각했다. '그런데도 저들은 내가 미쳐 가고 있다는 결론을 내렸으니, 원!' 자기 집 앞에 다다랐을 때 느닷없이 '지금 해야 되지 않을까, 지금 당장 검사를 찾아가서 모든 걸 알려야 되지 않을까?'라는 질문이 튀어나와 갑자기 걸음을 멈추었다. 하지만 다시 집 쪽으로 방향을 틀면서 그는 나름대로 질문에 대한 답을 내렸다. '내일 모두 한꺼번에 처리하자!'라고. 속으로 이렇게 중얼거리는데, 이상하게도 기쁨과 만족감이 한순간에 거의 모조리 싹 사라져 버렸다. 한편, 자신의 방으로 들어서자 뭔가 얼음 덩어리 같은 것이 갑자기 그의 심장에 와 닿았는데, 그것은 일종의 추억과 같은 것, 아니, 더 정확히 말해서 전에도 있었고 지금 이 순간에도 바로 이 방 안에 존재하고 있는 뭔가 고통스럽고 혐오스러운 그 무엇이 상기되는 것 같은 느낌이었다. 그는 피로한 듯 소파에 털썩 주저앉았다. 노파가 사모바르를 내왔고 그는 찻잔에 뜨거운 물을 붓긴 했지만 거기엔 손도 대지 않았다. 노파에겐 내일까진 일이 없으니 그만 가 보라고 했다. 소파에 가만히 앉아 있자니 현기증이 일었다. 몸이 아프고 영 힘이 없는 것이 느껴졌다. 잠이 밀려오기 시작했지만, 불안스러워하며 자리에서 일어나 잠을 쫓기 위해 방 안을 이리저리 거닐었다. 순간순간 그는 자신이 미망에 들떠 헛소리를 하는 게 아닌가, 여겨졌다. 하지만 그를 오롯이 점령하고 있는 것은 더 이상 병이 아니었다. 그는 다시 자리에 앉아 꼭 뭔가를 찾아내려는 듯 간간이 주위를 둘러보기 시작했다. 그것도 몇 번이나. 마침내, 그의 시선은 한 점을 뚫어져라 응시했다. 이반은 씩 웃었지만, 그 얼굴은 분노에 차서 붉게 물들었다. 그는 두 손으로 머리를 단단히 받친 채 오랫동안 자기 자리에 앉아 있었고, 그러면서도 여전히 아까의 그 점을, 맞은편 벽 앞에 놓인 소파를 곁눈질로 흘겨보고 있었다. 그곳의 뭔가, 그 어떤 대상이 그의 짜증을 돋우고 그를 불안하게 만들고 또 괴롭히는 것 같았다.

9 악마. 이반 표도로비치의 악몽

나는 의사가 아니지만, 그래도 이반 표도로비치의 병의 특성에 대해 독자에게 무슨 설명이라도 꼭 해야 될 순간이 왔음을 절감하고 있다. 미리 한마디 해 두자면 이렇다. 그는 지금, 이날 저녁 그야말로 섬망증(譫妄症)[25] 발병 직전이었으니, 그것은 오래전부터 흐트러져 있었지만 집요하게 병에 저항해 온 그의 조직을 이젠 마침내 완전히 점령해 버린 것이다. 의학에 대해선 아는 게 전혀 없는 내가 감히 한마디 하자면, 그는 끔찍할 정도로 긴장된 의지력을 발휘하여 정말로 잠깐 동안은 병을 쫓아내는 데 성공했으며 물론 병을 완전히 극복하려는 꿈이 있었던 것으로 보인다. 그는 자신이 건강하지 않다는 것을 알았지만, 하필이면 자신의 인생에서 이토록 숙명적인 순간에, 몸소 그곳에 나아가 담대하고 단호하게 자기가 할 말을 똑똑히 하고 또 '자기 자신 앞에서 스스로의 정당성을 밝혀야 하는' 이 순간에 병자가 되는 게 혐오스러울 만큼 싫었다. 그래도 그는 어느 날 의사를 찾아간 적이 있긴 한데, 내가 위에서 언급했듯 카체리나 이바노브나가 자기만의 환상에 사로잡혀 모스크바에서 초청해서 온 새 의사 말이다. 의사는 그의 얘기를 듣고 진찰을 해 본 뒤 뇌가 손상된 것 같다는 결론을 내렸으며, 이반이 혐오감마저 느끼며 마지못해 그에게 얼마간의 증상을 고백했지만 조금도 놀라지 않았다. "당신과 같은 상태에서는 그런 환각도 충분히 일어날 수 있습니다."라는 것이 의사의 결론이었다. "검사를 해 봐야 되긴 하겠지만……. 어쨌든 대체로 잠시도 미루지 말고 꼭 본격적인 치료를 받아야 합니다, 안 그러면 상황이 나빠질 테니까요." 하지만 이반

---

25) 알코올성 진전 섬망증(delirium tremens).

표도로비치는 의사에게 다녀온 뒤 그 현명한 충고를 실천에 옮기기는커녕 병상에 누워 치료를 받는 걸 싹 무시해 버렸다. '멀쩡하게 걸어 다니고 아직은 힘도 있는걸, 나뒹굴어 버린다면 다른 문제지만 그때는 아무나 원하는 사람한테 치료를 맡기면 되지 뭐.' 그는 이렇게 단정 짓고 한 손을 내저었다. 그리하여 그는 지금 자신이 미망에 들떠 있음을 의식하면서도 그냥 앉아서, 내가 이미 얘기했듯 맞은편 벽 앞, 소파 위의 어떤 물체를 집요하게 들여다보았다. 거기에는 어떻게 들어왔는지는 도무지 알 수 없지만 여하튼 어떤 자가 느닷없이 앉아 있었으니, 이반 표도로비치가 스메르쟈코프한테 갔다가 돌아와 방 안으로 들어섰을 때만 해도 방 안에 없던 자였다. 이자는 어떤 신사, 더 정확히 말하면, 특수한 종류의 러시아 신사로서 이미 젊지 않은 나이, 프랑스인들이 흔히 말하듯 '쉰 살쯤 (qui frisait la cinquantaine)' 된 듯했고 아직까지 숱이 많고 짙은 색인 상당히 긴 머리카락에는 드문드문 새치가 보이고 턱수염은 쐐기처럼 깎은 상태였다. 그는 최고의 재봉사가 재단한 것이 분명한 어떤 갈색 재킷을 입고 있었지만, 이미 다 해어졌을 뿐더러 대략 삼 년 전에 재단한 것으로서 완전히 유행이 지난 스타일이라서 형편이 넉넉한 상류 사회 인사라면 이미 이 년 전부터 아무도 저런 것은 입지 않았다. 와이셔츠, 스카프처럼 생긴 긴 넥타이 등 모든 것이 한결같이 멋 부리기 좋아하는 신사들한테서 볼 수 있는 것이었지만, 좀 더 가까이에서 들여다보면, 와이셔츠는 더러웠고 넓은 스카프는 몹시 닳아 있었다. 손님의 체크무늬 바지도 훌륭했지만 이것 역시도 색깔이 너무 밝고 어쩐지 폭도 너무 좁아서 지금은 이미 한물간 것이었고, 손님이 쓰고 온 부드러운 하얀 털모자 역시도 마찬가지로 영 계절에 맞지 않는 것이었다. 한마디로 말해서, 호주머니 사정이 극히 부실하지만 체면치레를 하느라 자기 딴엔 열심히 차려입은 모습이었던 것이다. 이 신사는 농노제 시절만 해도 끗발을 날리던 과거의 백수 겸 지주 부류에 속했던 것 같다. 그러니까 필경 상류 사회의 점잖은 사람들의 생활상을 보았고 언젠가는 그들과 연줄도 있었으며 아마 지금까지도 더러 그 연줄이 남아 있을 수도 있지만, 젊은 날의 즐거운 삶은 지나가 버리고 최근에 농노 제도가 폐지된 이후 조금씩 가난해져서 품위를 갖춘, 마음씨 좋은 옛 지인들 집을 떠도는 식객 같은 존재로 전락해 버린 것 같았는데, 그들은 그나마 붙임성 있고 모나지 않은 성격, 또 어쨌거나 점잖은 사람이라는 점을 고려하여 그를 맞아 주고 또 누가 와 있건 간에 자기 집 식탁에 자리를 마련해 주지만, 그래 봤자 물론 참 옹색한 자리에 불과했다. 이런 식객들은 얘기보따리를 풀어놓는 능력도 있고 카드놀이에 한몫 낄 줄도 아는 모나지 않은 성격의 신사들이지만 어디에 얽매이거나 뭘 위임받는 것은 싫어하지 않기 때문에——보통 홀아비거나 과부, 즉 홀몸이고 아이가 있을 수도 있지만 그들의 아이들은 항상 어디 먼 곳의 무슨 아주머니 댁에서 키우고 있고 신사는 자신의 이러한 가족 관계를 다소 수치스러워하는지 점잖은 모임에서는 거의 절대로 가족 얘기를 꺼내지 않는다. 드물게나마 아이들한테서 그들의 영명 축일과 크리스마스 무렵에 축하 편지를 받기도 하고 때때로 답장도 보내지만 시나브로, 그러다가 완전히 그들의 존재로부터 멀어지게 된다. 불청객의 얼굴은 착하다기보다는 역시나 모난 데가 없고 상황에 따라 얼마든지 친절한 표정을 지을 수 있을 것 같은 관상이었다. 시계는 안 갖고 있었지만, 검은 리본이 달린 별갑(鼈甲) 오페라글라스를 갖고 있었다. 오른손 가운뎃손가락에는 싸구려 오팔이 박힌 커다란 금반지가 번쩍거렸다. 이반 표도로비치는 표독스러운 표정으로 침묵을 고수하며 입을 열려고 하지 않았다. 손님은 기다리고 있었는데, 이렇게 마냥 앉아 있는 모습은 정말로 흡사, 주인과 함께 차를 마셔 주려고 자기에게 마련된 위층 방에서 아래층으로 막 내려온 식객이 주인이 인상을 팍 쓰고 뭔가를 골똘히 생각하느라 정신이 없는 것을 보고서 얌전하게 입을 다물고 있는 것과 같았다. 그래도 주인이 입을 열기만 하면 얼마든지 친절한 대화를 나누어 줄 준비가 되어 있다는 투였다. 갑자기 그의 얼굴에 다소 느닷없는 염려의 빛이 드리웠다.

"좀 들어 보게나." 그가 이반 표도로비치에게 말을 건넸다. "미안하네만, 내 그저 상기시키고 싶은 게 있어서 말이야. 자네가 스메르쟈코프를 찾아간 건 카체리나 이바노브나에 대해 알아보고 싶어서였는데, 정작 그녀에 대해서는 아무것도 알아내지 못한 채 그냥 와 버렸어, 아마 깜빡 잊었던 모양이지……."

"아, 그렇군!" 이반은 갑자기 이런 말을 내뱉었고, 그 얼굴엔 금세 어두운 근심의 빛이 드리워졌다. "그래, 깜빡 잊었어……. 하지만 이젠 이러나저러나 매한가지야, 내일이면 모든 게 끝날 테니까." 그가 혼잣말처럼 웅얼거렸다. "그런데 넌 말이야." 하고 이반이 짜증을 내며 손님에게 말을 걸었다. "이건 지금 나 혼자 기억해 낸 것이 틀림없어, 안 그래도 바로 그 문제 때문에 괴로워 숨이 막힐 지경이었으니까! 그런데 네가 웬 참견이야, 나 혼자 그걸 기억해 낸 게 아니라 네가 나한테 슬쩍 귀띔해 준 것처럼 믿게 할 참인가?"

"그럼, 그렇게 믿지 말게나." 신사는 상냥하게 웃었다. "믿음을 억지로 강요할 수야 있나? 더욱이 어떤 증거도 믿음에는 도움이 되지 않거든, 특히 물적 증거는 말이야. 토마스가 믿은 건 부활한 그리스도를 보았기 때문이 아니라 그 이전부터 믿기를 바랐기 때문이야. 자, 예를 들자면, 강신술사들은…… 나는 그들이 아주 좋은데 말일세…… 글쎄, 그들은 자기들이 믿음을 위해 유익한 존재라고 생각하는데, 그 이유인즉 악마들이 저세상에서 자기들에게 뿔을 보여 주기 때문이라는 거야. '이쯤 되면 이미 저세상이 존재한다는, 말하자면 물적 증거가 되는 것이다.'라는 식이지. 저 세계와 물적 증거들이라니, 얼씨구나 신났지! 끝으로, 악마의 존재가 증명되었다고 해도, 신의 존재가 증명되었는지 어떤지는 알 수 없는 노릇 아닌가? 나는 관념론자들의 모임에 가입하고 싶어, 거기서 '나는 실재론자이지만 유물론자는 아니란 말이오, 헤헤!'라며 반론을 제기할 거야."

"좀 들어 봐." 이반 표도로비치는 갑자기 탁자에서 일어났다. "나는 지금 꼭 미망에 들뜬 것 같아……. 그래, 물론, 미망에 들떠 있지……. 어디 한번 마음껏 지껄여 봐, 나는 상관없으니까! 그래 봤자 나를 지난번처럼 미친 듯 흥분시키진 못할 거다. 나는 다만 뭔가가 부끄러워……. 방을 좀 걷고 싶군……. 지난번처럼 이따금씩은 네가 보이지도 않고 심지어 네 목소리조차 들리지 않지만, 그래도 언제나 네가 뭘 뇌까리고 있는지는 짐작이 가. 왜냐면 이건 나, 나 자신이 말하는 거니까, 네가 아니라! 다만 알 수 없는 건 말이야, 내가 지난번에 꿈속에서 널 보았던 걸까, 아니면 생시에 본 걸까? 그래, 수건을 찬물에 적셔 머리에 갖다 대 보자, 그러면 아마 네가 증발해 버릴 거야."

이반 표도로비치는 한쪽 구석으로 가서 수건을 집어 자기 말대로 한 뒤 물수건을 머리에 얹은 채 방을 앞뒤로 거닐기 시작했다.

"우리가 곧장 너나들이를 하게 된 것이 마음에 드네." 손님이 말을 시작했다.

"바보 같은 자식." 이반은 웃었다. "아니 그럼, 내가 너한테 당신이라면서 존댓말을 쓸 줄 알았단 말인가. 나는 지금 기분은 좋은데, 다만 관자놀이가 아프군…… 정수리도……. 그러니까 제발 지난번처럼 골치 아픈 철학적 얘기를 늘어놓지는 말아 줘. 썩 꺼져 버릴 수 없다면, 뭐든 즐거운 얘기를 지껄여 달란 말이야. 항간에 떠도는 유언비어 얘기나 좀 해 주든지, 너는 식객이니까 그래, 그런 얘기나 좀 해 봐. 어쩌다 이런 악몽이 들러붙어 버린 걸까! 하지만 난 네가 무섭지 않아. 나는 너를 극복할 거야. 정신 병원에 끌려가진 않을 거라고!"

"식객이라, 거참 매력적이군.(C'est charmant.) 사실 뭐 지금 내 꼴이 그렇기도 하지. 이 지상에서 내가 식객이 아니라면 또 누구겠나? 그나저나, 나는 자네 말을 들으면서 다소 놀라워하고 있다네. 아무래도 자넨 이미 나를 시나브로 뭔가 정말로 존재하는 것으로 받아들이는 것 같군, 지난번엔 그냥 자네 자신의 환상에 불과하다고 그렇게 우기더니만……."

"단 한순간도 자네를 실재하는 현실로 받아들인 적이 없어." 이반이 왠지 격노하여 소리까지 질렀다. "너는 거짓이야, 너는 나의 병이야, 너는 그냥 환영(幻影)에 지나지 않아. 나는 다만 너를 어떻게 하면 없앨 수 있는지를 모르겠고, 보아하니, 얼마 동안은 고통을 받아야 할 것 같아. 너는 나의 환각에 불과해. 너는 나 자신의 구현일 뿐, 그래 봐야 고작 나의 한 측면…… 그나마 나의 사상과 감정 중에서 가장 역겹고 어리석은 부분의 구현일 뿐이라고. 이 점에서 너는 나한테 심지어 흥미로운 존재가 될 수도 있지, 다만 내가 너와 상대할 시간만 있다면……."

"이봐, 미안하지만 나는 자네의 실체를 까발려야겠네. 아까 가로등 곁에서 자네는 알료샤한테 덤벼들며 '너는 그놈한테서 알아냈구나! 어떻게 너는 그놈이 나한테 온다는 걸 알아냈지?' 라고 외치지 않았나. 이건 아무래도 나를 떠올려서 나온 얘기 잖아. 그렇다면 아주 짧은 한순간이지만 믿긴 믿었다는 소리 야, 내가 정말로 존재한다는 것을 믿었던 거라고." 신사는 부드럽게 웃었다.

"그래, 그게 인간 본성의 맹점이긴 하지만…… 그래도 나는 너를 믿을 수 없어. 지난번엔 내가 잠을 잔 것인지 멀쩡히 걸어 다닌 것인지를 모르겠어. 나는 어쩌면 그때 너를 그냥 꿈속에서 본 건지도 몰라, 생시에서 봤을 리가 절대 없어……."

"그럼 아까는 왜 그 아이, 즉 알료샤한테는 그렇게 엄격하게 굴었던 겐가? 그렇게 귀여운 아이한테 말이야. 나는 조시마 장로 일로 그 애한테 죄지은 게 있거든."

"알료샤 얘기는 하지 마! 감히 네가 어떻게, 한낱 종놈 주제에!" 이반은 또다시 웃기 시작했다.

"욕설을 퍼부으면서도 정작 자네는 웃고 있으니——좋은 징조야. 어쨌거나 자네가 오늘은 지난번보다는 훨씬 더 상냥하게 나오는데, 무엇 때문인지 나는 알지. 그 위대한 결단 때문……."

"결단 얘기는 하지도 마!" 이반이 광포하게 소리쳤다.

"알았어, 알았네, 이건 고귀한 일이야, 이건 매력적인 일이지.(c'est noble, c'est charmant.) 자네는 내일 형을 변호하기 위해 스스로를 희생하러 가는 거니까…… 이거야말로 기사다운 행동이 아니겠나.(c'est chevaleresque.)"

"입 다물어, 내 네놈을 발로 걷어차 버릴 테다!"

"그렇게 되면 나의 목적이 달성되는 것이니 얼마간은 기쁘겠군. 환영을 보고 발길질을 하진 않으니까, 발길질을 한다는 것은 내가 실재한다는 걸 믿는다는 소리 아닌가. 자, 농담은 그만하세나. 나한테는 이러나저러나 매한가지니까 원한다면 욕설을 퍼부어도 좋지만, 최소한 나와 있을 때는 조금이라도 예의를 갖추는 게 좋지 않겠나. 바보니 종놈이니, 도대체 무슨 말을 그리 험하게 하나!"

"너를 욕하는 건 나 자신을 욕하는 거야!" 이반은 또다시 웃었다. "너는 나야, 다만 얼굴이 다를 뿐, 나 자신이라고. 너는 내가 생각만 하고 있던 것을 말로 표현해 줄 따름이야……. 그래서 나한테 어떤 새로운 말도 해 주지 못하는 거라고!"

"만약 내 생각이 자네와 일치한다면 나로선 그저 영광일 따름일세." 신사가 우아하면서도 위엄을 갖추면서 말했다.

"다만, 너는 내 생각들 중 한결같이 추악한 것만, 무엇보다도 멍청한 것들만 취하고 있어. 너는 멍청한 속물이야. 멍청해도 너무 멍청해. 아니, 나는 너를 참아 내지 못할 거야! 난 어쩌면 좋을까, 어쩌면!" 이반은 이를 갈았다.

"나의 벗이여, 난 어쨌거나 신사가 되고 싶고 또 신사 대접을 받았으면 한다네." 손님은 그야말로 식객답게 벌써 미리부터 양보를 해 준다는 호의적인 야망을 발작적으로 과시하면서 말을 시작했다. "나는 가난하지만…… 그렇다고 해서 내가 아주 떳떳하다고 말하지도 않겠네만, 그래도…… 통상 사회에서는 나를 타락한 천사로 받아들여 주는 것이 무슨 공리처럼 되어 있다네. 하긴, 내가 언제 어떻게 천사가 될 수 있었는지 도무지 상상이 안 된다네. 만약 언젠가 정말 그랬다면, 너무 오래전 일이라서 그걸 까먹은 것도 죄는 아니지. 지금은 그저 점잖은 사람이라는 평판만을 소중히 여기고, 유쾌한 사람이 되려고 노력하면서 그럭저럭 살고 있네. 나는 사람들을 진정으로 사랑해──오, 그런데도 많은 점에서 중상모략에 시달려 왔지! 내가 이따금씩 여기 자네들 세상으로 옮겨 와 보면, 내 삶은 실제로 존재하는 어떤 것처럼 흘러가고, 나는 이게 무엇보다도 마음에 들어. 나도 자네와 꼭 마찬가지로 환상적인 것 때문에 고통스러운 처지라서, 자네들의 그 지상의 리얼리즘을 좋아하지. 여기 자네들 세계에는 모든 것의 윤곽이 뚜렷하고 공식이 있고 또 기하학이 있지만, 우리 세계에서는 죄다 무슨 부정방정식뿐이라네! 나는 이곳을 거닐며 몽상에 잠긴다네. 내가 또 몽상을 좋아하지 않나. 게다가 지상에 있으면서 미신을 믿게 됐지 뭔가——비웃지 말게, 제발. 나는 내가 미신을 믿게 된 것이 마음에 든단 말일세. 나는 여기서 자네들의 관습을 전부 받아들이고 있어. 이를 테면, 공중목욕탕에 가는 걸 좋아하게 됐는데, 자넨 상상하기도 힘들겠지만, 상인들, 사제들과 함께 한증탕에 들어가 푹 찌는 걸 좋아한다네. 내 꿈이 바로 이런 것인데——7푸드나 나가는 무슨 뚱뚱한 장사꾼 아줌마로 변해서, 그것도 영영 되돌려 놓을 수 없게 싹 변해서 그 아줌마가 믿는 모든 것을 믿게 되는 것 말일세. 나의 이상은 말일세——교회 안으로 들어가 순결한 마음으로 촛불을 밝히는 것이야, 정말로 그렇다니까. 그러면 내 고통도 끝이 날 테지. 그리고 자네들 세계에서 치료받는 것도 좋아하게 됐어. 봄에 천연두가 돌았을 땐 양육원에 가서 예방 접종을 했는데——내가 그날 기분이 얼마나 좋았는지 자네는 모를 걸세. 슬라브 형제들을 위해 10루블을 희사했다니까……! 그런데 자네는 듣지도 않는구먼. 이보게, 자네는 오늘 왠지 기분이 영 꿀꿀한 모양이야." 신사는 잠시 입을 다물었다. "나는 자네가 어제 그 의사한테 다녀왔다는 걸 알고 있네…… 그래, 자네 건강은 어떤가? 의사가 뭐라고 하던가?"

"바보 같은 자식!" 이반이 딱 잘라 말했다.

"그 대신 자네는 참 영리하지. 또 욕설을 퍼부을 텐가? 나도 뭐 딱히 관심이 있어서 물은 건 아니고 그냥 그런 거야. 그럼 대답하지 말게나. 요즘은 류머티즘이 또다시 기승을 부려서 말일세……. ”

 “바보 같은 자식.” 이반이 또다시 되뇌었다.

 “자네는 줄곧 자기 얘기만 하는데 말이야, 나는 작년에 류머티즘이 얼마나 지독했는지 지금도 기억이 생생하다네.”

 “악마도 류머티즘에 걸리나?”

 “아니 왜 없겠나, 내가 이따금씩 사람으로 현현(顯現)하는 이상. 이런 모양으로 현현하는 이상, 받아들여야지. 나는 사탄이니까 인간적인 것은 무엇이나 내게도 낯설지 않지.(나는 sum 사탄 et nihil humanum a me alienum puto.)”

 “뭐, 뭐라고? 사탄이니까 인간적인 것은 무엇이나(sum 사탄 et nihil humanum)라고……. 이런 말을 하다니 악마치고는 제법 똑똑한걸!”

 “드디어 자네를 만족시켰다니, 기쁜데.”

 “하지만 그건 나한테서 취한 말이 아니야.” 이반이 갑자기 충격을 받은 양 멈칫했다. “내 머릿속에선 그런 생각이 떠오른 적이 결코 없어, 거참 이상한 일이야…….”

 “이건 제법 참신하지, 안 그런가?(C'est du nouveau, n'est ce pas?) 내 이번에는 떳떳하게 구는 차원에서 자네에게 설명을 해 주겠네. 한번 들어 보게나. 꿈을 꿀 때, 특히 뭐 저기 소화 불량이나 뭐든 다른 이유로 인해 악몽을 꿀 때 인간은 맹세코, 레프 톨스토이[26]도 지어 내지 못할 만큼 예술적인 꿈을,

_____

26) 러시아의 소설가. 『전쟁과 평화』, 『안나 카레니나』, 『부활』 등의 명작을 남겼다.

그토록 복잡하면서도 사실적인 현실을, 그런 사건 내지는 심지어 그런 유의 음모로 촘촘하게 연결된 사건들의 세계 하나를 보곤 하는데, 그것도 자네들 세계의 드높은 현상에서부터 와이셔츠의 가슴팍에 달린 마지막 단추 하나에 이르기까지 예상도 못 할 만큼 세세하게 말이지. 하지만 이런 꿈을 꾸는 사람들이 이따금씩 절대 무슨 대단한 작가들이 아니고, 오히려 극히 평범한 사람들, 관리들, 칼럼니스트들, 사제들이라니……. 이건 숫제 지난한 문젯거리라고 할 만하다네. 한 장관이 나한테 직접 고백한 바에 따르면, 그의 최상의 발상들은 잠을 잘 때 떠오른다는 거야. 자, 지금 상황이 바로 그런 거라네. 나는 비록 자네의 환각이지만 악몽을 꿀 때처럼 나는 지금까지 자네의 머릿속에 떠오른 적이 없는 독창적인 것들을 말하고 있으니까, 고로 나는 자네의 악몽에 불과할 뿐, 이걸 두고 벌써 자네의 생각을 반복한다고 할 순 없는 것이지."

"거짓말이야. 너의 목표는 네가 독자적인 존재이지 나의 악몽이 아니라는 것을 확신시키려는 데 있고, 그래서 너는 지금 네 입으로 네가 꿈이라고 자꾸 주장하는 거야."

"나의 벗이여, 내 오늘은 특수한 방법을 택했는데 나중에 설명해 줌세. 가만있자, 내가 어디까지 얘기했더라? 그래, 바로 그때 내가 감기에 걸렸는데, 다만 자네들 세계에서가 아니라 아직 저기에 있을 때……."

"저기가 어디야? 말해 봐, 너는 나의 세계에서 오래 머물 텐가, 떠나 줄 수는 없겠어?" 거의 절망에 차서 이반이 소리쳤다. 그는 걸어 다니는 것도 그만두고 소파에 앉아 다시금 탁자에

팔을 괴고 두 손으로 머리를 꽉 움켜잡았다. 물수건은 걷어내서 신경질을 내며 집어 던졌다. 분명히 별 도움이 되지 않았던 것이리라.

"자네는 신경이 완전히 엉망이 됐어." 신사가 허물없고 무사태평하면서도 참 우호적인 표정을 지으며 지적했다. "자네는 심지어 내가 감기에 걸릴 수 있었다는 것도 화가 나는 모양이지만, 아주 자연스러운 방식으로 그렇게 됐던 걸세. 나는 그때, 장관들을 점찍어 두고 있던 페테르부르크의 어느 지체 높은 귀부인이 주최한 외교관들 저녁 모임에 가는 길이라 정신이 없었지. 뭐, 연미복에 하얀 넥타이, 장갑까지 챙겼지만 아무도 모르는 머나먼 곳에 있다가 자네들의 땅에 닿으려면 공간을 날아가야만 했는데…… 물론 이건 그야말로 찰나에 불과하지만, 태양 광선으로도 꼬박 팔 분은 걸리는 거리를, 그래, 한번 생각해 보게, 연미복에다가 가슴팍이 확 트인 조끼를 입었으니, 원. 원래 정령들은 추위에 떠는 법이 없지만 사람으로 현현했을 때는……. 한마디로 말해서, 아무 생각 없이 길을 떠났던 건데, 이런 공간, 이런 에테르와 이런 물속, 이런 천공 위는 얼마나 추운지 몰라……. 다시 말해서 얼마나 추운지 ─ 숫제 춥다는 말로도 부족할 지경이야. 자네도 짐작할 걸세, 영하 150도였다니까! 촌구석의 계집아이들이 곧잘 치는 장난이 제법 유명하지 않나. 영하 30도의 혹한에 풋내기 총각한테 도끼를 핥으라고 하는 거야. 도끼에 닿는 순간 혀는 얼어붙고 그 바보 천치가 그걸 떼 내려면 혀 껍질이 벗겨져 피가 철철 나는 거지. 하지만 그래 봤자 겨우 영하 30도가 아닌가.

그런데 150도쯤 되면, 내 생각으론 말일세, 도끼에 손가락 하나만 갖다 대도 금방 없어지고 말걸, 물론…… 다만 때마침 거기에 도끼가 있기만 하다면…….”

“그런 곳에 과연 도끼가 있을 수 있을까?” 이반 표도로비치가 갑자기 멍하면서도 혐오감에 사로잡힌 듯 상대의 말을 가로챘다. 그는 자신의 미망을 믿지 않기 위해, 완전히 광기에 빠져들지 않기 위해 안간힘을 쓰며 저항하고 있었다.

“도끼라고?” 손님은 놀라면서 되물었다.

“뭐 그렇지, 그런 공간이라면 도끼는 어떻게 될까?” 이반 표도로비치가 갑자기 왠지 광포하고 집요하게 고집을 부리면서 소리쳤다.

“그런 공간에 도끼가 있으면 어떻게 될 거냐고? 발상 한번 기막히군!(Quelle idée!) 그게 어디든 좀 더 멀리 간다면, 내 생각으론, 이유도 모른 채 위성처럼 지구 주위를 날아다니겠지. 천문학자들은 도끼의 출몰을 계산할 테고, 가트추크[27]는 달력에 기입해 넣겠지, 그게 다야.”

“너는 멍청해, 어쩌나 멍청한지 아주 바보 천치야!” 이반은 박박 우겨 댔다. “거짓말을 하려면 좀 똑똑하게 하란 말이야, 안 그러면 난 네 말을 듣지 않겠어. 너는 리얼리즘을 무기로 나를 무찌르고 나한테 네가 존재한다는 것을 확신시키고 싶겠지만, 나는 네가 존재한다는 것을 믿고 싶지 않아! 믿지 않

---

27) 1870, 80년대에 모스크바에서 『가트추크의 신문』과 『종교 달력』을 발간한 인물.

겠어!"

"아니, 나는 거짓말을 하는 게 아닐세, 모든 것이 진실이야. 유감스럽게, 진실은 거의 언제나 싱겁게 마련이거든. 보아하니, 자네는 나한테 그야말로 뭔가 위대한 걸, 어쩌면 뭔가 아름다운 걸 기대하는 모양이군. 거참 대단히 유감이야, 왜냐면 나는 내가 할 수 있는 것밖에 줄 수가 없으니까……."

"그 따위 철학적 얘기는 집어치워, 이 당나귀 같은 놈!"

"철학은 무슨 철학, 가뜩이나 지금 오른편이 전부 마비되어 끙끙 신음을 하는 판국에. 의사라는 의사는 죄다 찾아가 봤네. 진단을 내리는 데는 도사라서 자네 병이 어떤 것인지 손가락으로 세듯 낱낱이 얘기해 주지만 치료할 줄은 모르더라고. 마침 거기에 열광에 사로잡힌 애송이 의대생 하나가 있었다네. 죽을 때 죽더라도 무슨 병으로 죽었는지는 완전히 알게 될 겁니다, 하더군! 이런 경우에 또 환자를 전문의들한테 보내는 것이 그네들의 수법 아닌가. 우리는 그냥 진단만 하니까, 이제는 아무개 전문의한테 가 보시오, 그분은 치료를 해 줄 거요, 하고. 해서, 내 자네한테 하는 말이지만, 모든 병을 치료해 주던 옛날 의사들은 깡그리, 깡그리 사라져 버리고 이젠 오직 전문의들만 신문에다 줄곧 광고를 내고 있다니까. 자네의 코에 병이 생기면 파리로 가라고 할 걸세. 거기 유럽의 한 전문의가 코 치료를 담당한다, 하면서 말이야. 파리에 도착하면, 그가 코를 진찰하긴 할 거야. 하지만 나는 오직 당신의 오른쪽 콧구멍만을 치료할 수 있다, 원래 왼쪽 콧구멍은 내 전공이 아니라서 치료하지 않는다, 내 치료를 받은 뒤엔 빈으로

가 보라, 거기엔 왼쪽 코를 치료할 특별한 전문의가 있다, 할 걸. 그럼 어떻게 할 텐가? 민간요법에 의존하기로 했지, 한 독일인 의사가 목욕탕에 앉아서 소금 탄 꿀을 몸에 문지르라고 충고했거든. 그래서 나는 오로지 목욕이나 한 번 더 할 참으로 거길 찾아가서 온몸에 꿀을 칠해 봤지만 효과는 전혀 없더군. 절망한 끝에 밀라노에 있는 마테이 백작에게 편지를 썼지. 그랬더니 책과 물약을 보내 줬는데, 허, 거참. 그러고는 생각을 해 보게. 호프의 맥아(麥芽) 진액이 효험이 있었지 뭔가! 우연한 기회에 사서 한 병 반을 마셨는데, 춤이라도 출 수 있을 만큼 싹 나았지 뭔가. 고마운 마음이 끓어올라 신문에다 꼭 그에 대한 '감사문'를 실어야겠노라고 결심했는데, 이게 웬일인가, 여기서 이미 완전히 다른 문제가 생겨 버렸단 말이지. 그 어떤 신문사에서도 내 글을 받아 주지 않는 거야! '지나치게 반동적인 얘기가 될 것이므로 아무도 믿지 않을 겁니다, 악마가 존재할 리가 없잖습니까.(le diable n'existe point.) 차라리 익명으로 실으시지요.'라는 충고만 할 뿐이었지. 아니, 익명이라면 그게 무슨 '감사문'인가. 나는 신문사 편집인들과 농지거리를 좀 했지. '요즘 같은 시대에 신을 믿는 건 정말 반동적인 일이지만, 나는 악마가 아니오, 나를 믿는 건 괜찮소.'라고 말해 줬거든. 그랬더니 그쪽에선 '충분히 이해는 갑니다, 도대체 누가 악마를 믿지 않겠습니까, 하지만 어쨌거나 그건 우리의 편집 방향에 해를 끼칠 수 있거든요. 설마 농담으로 이러는 건 아니실 테죠?'라고 하더군. 하지만 농담으로 이런다면 이건 너무 싱겁지 않나, 하는 생각이 들었다네. 그래서 그쪽에선 결국

실어 주지 않았어. 믿을지 모르겠지만, 이 일은 내 가슴에 아주 못을 박아 버렸다네. 나의 가장 훌륭한 감정들, 가령 고마워하는 마음마저도 오로지 나의 사회적인 지위 때문에 공식적으론 금지되었다는 소리니까."

"또다시 철학 행진을 시작했군!" 이반이 증오스럽다는 듯이를 갈았다.

"하느님이 나를 보우하사, 제발 안 그랬으면 좋겠지만 이따금씩은 도대체 불평을 하지 않을 수가 있어야지, 원. 나는 중상모략을 당한 인간이야. 자네도 지금 걸핏하면 나더러 멍청하다고 하지 않나. 그러니까 자네가 아직은 젊다는 거야. 이보게, 친구, 세상사는 이성으로만 해결되는 게 아닐세! 나는 천성적으로 선량하고 명랑한 마음을 타고났고 '나도 이런저런 보드빌을 써 본 몸이야.'[28] 자넨 나를 그야말로 머리털이 희끗희끗한 흘레스타코프쯤으로 생각하는 것 같지만, 내 운명은 그보다는 훨씬 더 진지하다네. 내가 결코 헤아릴 재간이 없는 저기 어떤 태곳적 소명에 의해서 나는 '부정'을 할 운명을 타고났지만, 사실 나는 진정으로 착한 사람이라서 부정에는 전혀 소질이 없다네. 안 돼, 어서 부정해, 부정이 없으면 비평도 없고 '비평 분과'가 없다면 무슨 잡지라고 할 수 있겠나? 비평이 없으면 그저 '호산나'밖에 없을 테지. 하지만 삶을 위해선 '호산나' 하나만으론 부족해, 이 '호산나'는 회의의 도가니를 거쳐 나오지 않으면 안 돼, 뭐 등등 이런 종류의 것들이지. 하

---

28) 고골의 희극 「검찰관」(1836) 3막 6장, 주인공 흘레스타코프의 대사.

지만 이 모든 건 내가 참견할 일이 아니지, 내가 창조한 게 아니니까 내가 책임질 일도 아니거든. 뭐 그쪽에서들 속죄양을 한 마리 골라서 비평 분과에서 글을 쓰도록 강요했고 그러다 보니 인생이 이 꼬락서니가 된 거라네. 우리는 이 희극을 이해해. 예컨대 나는 솔직히 탁 깨 놓고 나 스스로의 파괴를 요구하는 바일세. 하지만, 안 돼, 살아야 돼, 너 없이는 아무것도 없을 테니, 하고 말하더군. 세상에 모든 것이 합리적이라면 아무 일도 일어나지 않을 거다. 네가 없으면 어떤 사건도 일어나지 않을 테지만, 하지만 사건이란 반드시 일어나야만 한다. 자 그래서, 나는 마지못해 마음을 굳게 먹고 사건이 일어나도록 봉사를 하는 거고, 또 명령에 따라 불합리한 짓을 저지르는 거란 말일세. 사람들은 심지어 의심의 여지 없이 명료한 이성을 지녔음에도 이 희극 자체를 뭔가 진지한 것으로 받아들이지. 바로 여기에 그들의 비극이 있는 거야. 뭐 물론 고통스럽기도 하겠지만…… 그 대신 여전히 살고들 있어, 그것도 환상적인 삶이 아니라 실제적인 삶을 살고 있다고. 왜냐면 고통이란 것이 곧 삶이기도 하니까. 고통이 없다면 인생에 무슨 낙이 있겠나—모든 것이 끝없는 기도의 연속으로 바뀔 텐데. 그건 거룩하긴 하지만 지루하기 짝이 없지. 그럼, 나는 어떤가? 나는 고통받고 있긴 하지만 어쨌거나 살고 있는 건 아니지 않나. 나로 말할 것 같으면 부정방정식의 엑스(X)라네. 나는 모든 시작과 끝을 잃어버린, 심지어 결국엔 자기 이름마저도 망각해 버린 삶의 어떤 환영이지. 자네 비웃고 있구먼…… 아니, 비웃는 게 아니라, 또다시 화를 내고 있어. 자네는 영원히 화만 내면서 이성 하나만 붙들고 있으면 되겠지만, 자네한테 또다시 반복하건대, 나는 저 천상의 삶을, 모든 지위와 모든 명예를 송두리째 내놓는 한이 있더라도 7푸드나 나가는 장사꾼 아줌마의 영혼으로 현현하여 하느님 앞에 촛불을 밝힐 수 있길 바랄 따름이라네."

"그럼, 너는 신을 믿지 않는 건가?" 이반이 증오스럽다는 듯 씩 웃었다.

"다시 말해서, 자네에게 이걸 어떻게 말해야 할까, 자네가 이렇게 진지하게 나온다면야……."

"신은 있는 건가, 없는 건가?" 이반이 다시금 광포하고도 집요하게 소리쳤다.

"아, 자넨 정말 그렇게 진지한 건가? 어이, 이보게, 난 모르겠어, 거참 위대한 말이 나왔네그려."

"모른다면서 신을 본다고? 아니야, 너는 독자적인 존재가 아니야, 너란 놈은 나야, 너는 나일 뿐, 더 이상 아무것도 아니야! 너는 걸레쪽이야, 너는 나의 환상이야!"

"다시 말해서 자네가 원한다면, 나는 자네와 동일한 철학을 갖고 있다고 할 수도 있네, 그래, 이 편이 공평할 거야. 나는 생각한다, 고로 나는 존재한다.(Je pense, donc je suis),[29] 이건 나도 잘 아는 내용이지만, 그 밖에 나를 에워싸고 있는 모든 것들, 이 모든 세상들, 신, 심지어 나 자신인 사탄에 이르기까지——이 모든 것이 나에겐 증명되지 않았어, 그러니까 이것

---

29) 프랑스의 철학자 데카르트의 기본 명제 중 하나.

이 독자적으로 존재하는 것인지, 아니면 그저 나의 유출(流出)에 지나지 않는 것이어서 태곳적부터 하나의 인격체로 존재해 온 나의 자아의 발전에 불과한 것인지……. 한마디로 말해서, 나는 어서 빨리 중단해야겠군, 자네가 지금 당장 달려들어 한 대 칠 깃 같으니까."

"차라리 무슨 재미나는 일화라도 들려주면 좋으련만!" 이반이 병적으로 말했다.

"우리 화제에 꼭 맞는 일화가 있긴 있는데, 다시 말해 일화가 아니라 전설이지. 자네는 지금 '보면서도 믿지 않는다.'라고 하면서 나의 불신을 꾸짖고 있지. 하지만 이보게 친구, 사실 나만 그런 것도 아니잖나, 저기 우리 쪽에선 지금 다들 정신이 아찔해졌다네, 모든 게 다 자네들의 과학 때문이야. 원자와 오감, 4대 원소가 있었을 때만 해도 어떻게 그럭저럭 잘 굴러가고 있었지. 원자라는 것은 고대 세계에도 있었던 거니까. 하지만 자네들이 거기서 '화학적 분자'니 '원형질'이니 뭐 이런 악마로선 도통 알 길이 없는 것들을 발견해 냈다는 것을 우리 세계에서 알게 되자마자, 우리는 그만 꼬리를 내릴 수밖에 없었지. 그야말로 모든 것이 뒤죽박죽이 되기 시작했어. 중요한 것은 미신과 유언비어들이 만연하게 됐다는 거야. 유언비어라면 우리 세계에도 자네들만큼이나 많고, 아니, 심지어 조금 더 많을지도 몰라. 끝으로, 밀고라는 것도 있어서 우리 세계에도 특정한 '정보'를 수집하는 분과[30]가 하나 있다네. 자, 그래

---

30) 제3국을 암시함.

서 이 기괴한 전설은 우리의 중세, 그러니까 자네들의 중세가 아니라 우리들의 중세 시대 얘기인데——우리 세계에선 7푸드나 나가는 장사꾼 아줌마들을 제외하면, 이번에도 자네들의 아줌마가 아니라 우리들의 아줌마를 제외하면 아무도 믿지 않는 얘기지. 자네들 세계에 있는 건 우리들 세계에도 다 있는데, 이건 진짜 발설하면 안 되지만 우리의 우정을 생각해서 자네한테 우리네 비밀 한 가지를 털어놓는 걸세. 이 전설은 천국에 대한 거야. 여기 자네들의 땅에 사상가 겸 철학자가 한 명 있었는데, '법이고 양심이고 신앙'이고 모든 것을 다 거부했고 무엇보다도——'내세'를 '거부'했다더군. 그러다가 죽었는데 이제 곧 암흑과 죽음으로 가겠구나, 하고 생각했는데, 이게 웬일인가——그의 앞에 내세가 떡하니 나타난 거야. 그는 너무 놀랍고 또 분개해서 '이건 내 신념에 위배되는 일이다.'라고 말했지. 어쨌건 이 때문에 그는 형을 받게 됐는데……. 다시 말해서 있잖나, 미안한 얘기지만 나도 들은 얘기를 전하는 것뿐이고 이건 그냥 전설에 불과한 얘기라서 말일세……. 어쨌거나 그가 받은 형이란 암흑 속에서 1000조(兆) 킬로미터를(우리 세계에서도 요즘은 미터법을 쓴다네.) 걸어가라는 것이었는데, 이 1000조 킬로미터를 다 걸으면 그때는 그를 향해 천국의 문이 열리고 모든 걸 용서받을 거라는 거였지……."

"너희들의 저세상에는 1000조 킬로미터 말고 또 어떤 고문법이 있지?" 이반이 어쩐지 이상하게 활기를 띠면서 말을 가로막았다.

"어떤 고문법이 있냐고? 아이고, 그런 건 묻지도 말게. 옛날에는 별의별 고문법이 다 있었지만, 요즘은 도덕적인 것들이 점점 더 많이 생겨나선 '양심의 가책'과 같은 헛소리들뿐이라네. 이것도 자네들 때문에, '자네들의 풍습의 완화' 때문에 생겨난 것들이라네. 뭐 그래 봤자 누가 득을 봤나, 득을 본 건 오로지 양심 없는 자들뿐이지. 원래 양심이란 게 없는데 양심의 가책을 느낄 턱이 없잖나 말일세. 그 대신 아직 양심과 명예를 간직하고 있는 점잖은 사람들만 고생을 했지……. 거 보게, 준비가 되지 않은 토양에 개혁을 실시했으니, 그나마도 남의 제도를 보고 베꼈으니——그야말로 백해무익일 따름이었지! 차라리 고대의 화형이 더 나았을 거야. 자, 그래서 1000조 킬로미터 형을 받은 이자는 잠깐 그 자리에 서서 바라보다가 길을 가로막고 드러누워선 '가지 않겠어, 원칙 때문에 가지 않겠다!'라며 버텼지. 러시아의 계몽된 무신론자의 영혼과 고래 배 속에서 사흘 낮 사흘 밤을 성내며 버텼던 예언자 요나[31]의 영혼을 한데 뒤섞으면——바로 그게 이렇게 길바닥에 드러누운 사상가의 성격이 될 걸세."

"거기 길바닥에서 뭘 깔고 드러누웠나?"

"뭐, 저기, 뭐든 깔 게 있었겠지. 자네, 비웃는 건 아닐 테지?"

"장하다!" 이반은 여전히 그렇게 이상한 활기를 띠고 소리쳤다. 이제 그는 어쩐지 예상치 못한 호기심마저 보이며 상대의 말을 들었다. "그럼, 지금도 그렇게 누워 있나?"

"그게 말이지, 그렇지 않다네. 그렇게 거의 천 년을 드러누

---

31) 요나서 2: 1.

워 있다가 일어나서 걸어가기 시작했지."

"저런 당나귀 같은 놈!" 이반은 이렇게 소리친 뒤 신경질적인 웃음을 터뜨렸지만 여전히 뭔가를 골똘히 생각하는 듯한 눈치였다. "영원히 누워 있거나 1000조 베르스타를 걷는 거나 똑같은 거 아닌가? 어차피 10억 년에 걸친 대장정이 될 텐데?"

"심지어 훨씬 더 오래 걸릴걸. 다만 연필과 종이가 없군, 있었으면 계산을 해 봤을 텐데. 어쨌거나 그는 이미 오래전에 다다랐고, 바로 거기서 일화가 시작되는 거라네."

"다다랐다니! 대체 어디서 10억 년을 구했을까?"

"거참, 자네는 여전히 지금의 우리 지구만 생각하나! 지금의 지구는 어쩌면 그 자체가 10억 번은 족히 반복되었을 거야. 뭐 살 만큼 다 살고 얼어서 갈라지고 산산이 흩어져 애초의 구성 원소들로 분해되었다가 다시 천공과 같은 물이 생기고 그다음엔 다시 혜성이 생기고 다시 태양이 생기고 태양에서 다시 지구가 나오고——정말이지 이런 발전은 이미 무한하게 많이, 그것도 토씨 하나 안 틀리고 모든 것이 똑같은 모습으로 그대로 반복되고 있는 거라네. 어찌나 권태로운지 불쾌할 정도라니까……."

"그래, 그래, 다다랐을 때는 무슨 일이 일어났나?"

"그를 향해 천국의 문이 열리자마자, 그리고 그가 안으로 들어서자마자 이 초도 채 지나지 않아——이건 시계, 그의 시계에 따른 건데(하긴 그의 시계는 내 생각으론 길을 오는 동안 분명히 오래전에 그의 호주머니 속에서 애초의 구성 원소들로 분해됐을 것 같지만)——어쨌거나 이 초도 채 지나지 않아 소리쳤다네. 이 이 초를 위해서라면 1000조 킬로미터는 고사하고 1000조 킬로미터에 또다시 1000조 킬로미터를 곱하고 또 거기다가 1000조 킬로미터를 곱한 거리라도 걸을 수 있겠노라! 하고. 한마디로 '호산나'를 불렀는데, 그 정도가 얼마나 지나쳤으면 그곳의 다소 점잖은 사상을 가진 어떤 사람들은 초창기에는 심지어 그에게 손을 내미는 것도 꺼릴 정도였다네. 너무나 맹렬하게 보수주의자로 변해 버렸다는 거지. 한데 이거야말로 러시아적 천성이 아닌가. 다시 한번 말하네만, 이건 어디까지나 전설일세. 그 물건을 사는 데 지불한 만큼의 돈만 받고 팔았다, 이 말이네. 그러니까 우리 세계에선 이런 유의 주제에 대해선 아직도 이런 개념들이 통용되고 있거든."

"나는 네놈의 정체를 간파했어!" 이반은 이젠 완전히 기억났다는 듯 어쩐지 거의 어린애처럼 기뻐하면서 소리쳤다. "1000조 년에 대한 그 일화——그건 바로 내가 직접 지어낸 거야! 나는 그때 열일곱 살이었고 김나지움에 다니고 있었는데…… 그때 내가 그 일화를 지어내서 한 친구에게 이야기해 줬고, 그 아이의 성은 코로프킨이었고, 그건 모스크바에서 있었던 일이야…… 이 일화는 너무도 독특한 것이어서, 어디 다른 데서 가져왔을 리도 없어. 거의 다 잊어 먹었는데…… 지금 무의식적으로 떠올랐어——네가 얘기를 해서가 아니라 저절로 내 머릿속에 떠올랐단 말이야! 놀라워, 처형장으로 끌려갈 때조차도 수천 가지 것들이 이따금씩 무의식적으로 떠오르곤 하니까…… 꿈에서 떠오르는 일도 있었고. 그러니까 너야말로 그 꿈이라는 거다! 너는 꿈이니까 실제로 존재하지는 않는 거야!"

"자네가 나를 거부하느라 이렇게 열을 올리는 걸 보니까"라면서 신사가 웃었다. "자네가 어쨌거나 나를 믿고 있다는 확신이 서는군."

"절대 아니야! 100분의 1도 믿지 않아!"

"그래도 1000분의 1 정도는 믿겠지. 원래 동종요법(同種療法)적인 한 방울이야말로 가장 치명적인 것이 아니겠나. 슬슬 고백하게나, 믿는다고 말이야, 하다못해 1만 분의 1이라도……."

"단 한순간도 믿지 않아!" 이반이 격분하여 소리쳤다. "나는, 그래도, 너를 믿고 싶은지도 몰라!" 그러곤 갑자기 이런 이상한 말을 덧붙였다.

"어라! 어쨌든 이제야 고백을 하는군! 하지만 나는 워낙 착한 사람이니까 이번에도 자네를 도와주겠네. 들어 보게나. 자네가 나의 정체를 간파한 게 아니라 내가 자네의 정체를 간파한 거라네! 나는 일부러 자네한테 자네가 이미 잊어버린 일화를 이야기해 주었던 건데, 그건 자네가 나에 대한 믿음을 완전히 버리도록 하기 위해서였지."

"거짓말이야! 네가 출현한 목적은 네가 존재한다는 것을 나에게 확신시키는 것이야."

"그거야 당연하지. 하지만 동요, 하지만 불안, 하지만 믿음과 불신 간의 투쟁──이런 것은 자네처럼 양심이 있는 사람에겐 이따금씩 너무도 큰 고통인지라 차라리 목을 매는 것이 낫지. 나는 그러니까 말일세, 자네가 나의 존재를 아주 조금이나마 믿고 있다는 것을 알기 때문에 이 일화를 얘기해 줌으로써 자네에게 철저하게 불신을 불어넣은 거라네. 나는 자네가 믿음과 불신 사이를 번갈아 왔다 갔다 하도록 이끄는 거라네, 여기에는 나만의 목적이 있거든. 새로운 방법이라고나 할까. 그러니까 자네는 나에 대한 믿음을 완전히 버리자마자 그 즉시 내 눈앞에서 내가 꿈이 아니라 실제로 존재하는 것이라는 점을 나한테 확신시키려 들 거야. 내 자네를 잘 알고 있지. 그렇게 되면 나는 내 목적을 달성하는 셈일세. 나의 목적은 고결한 거야. 내가 자네에게 믿음의 깨알만 한 씨앗 하나라도 뿌리면 거기서 참나무가 자라날 테고——또 그 참나무가 얼마나 대단한지, 자네는 그 위에 앉아 '황야의 은자들과 죄에 물들지 않은 여인들'[32]의 대열에 합류하고 싶어질 걸세. 사실 자네는 남몰래 몹시, 몹시 그리고 싶어 하지 않나. 자네는 메뚜기를 잡아먹고 구도 생활을 하기 위해 황야로 떠날 걸세!"

"그러니까 네놈은, 이 개망나니 같은 놈아, 내 영혼을 구원하기 위해 노력하는 거냐?"

"어쨌든 언젠가는 착한 일을 해야 되지 않나. 자네 또 버럭 성질을 내는구면, 내가 슬쩍 보기만 해도 버럭 성질을 내니, 원!"

"어릿광대 같은 놈! 네놈은 언젠가 바로 그런 자들, 즉 메뚜기를 잡아먹고 십칠 년씩이나 텅 빈 황야에서 기도하느라 온몸이 이끼로 뒤덮였던 그런 자들을 유혹해 본 적이 없었나?"

"이보게, 나는 그런 짓만 해 왔다네. 온 세상, 아니 온 세상들을 다 잊고 그런 사람 하나한테 달라붙는 거야. 원래 금강석이란 아주 귀한 것이잖나. 정말이지 그런 영혼 하나는 때때

---

32) 푸시킨의 시 「은자들과 죄에 물들지 않은 여인들」(1836)의 일절.

로 하나의 성좌(星座) 전체와 맞먹는 가치가 있다네——우리에겐 우리 나름의 계산법이 있거든. 승리란 귀한 거라네! 그런데 그들 중 어떤 이들은, 자네가 절대 믿지 않을 수도 있지만, 발달 수준이 자네보다 못하지도 않다네. 믿음과 불신의 심연이란 동일한 순간에 한꺼번에 관조할 수 있는 것이어서, 연극배우 고르부노프[33]의 말처럼 때때로 한 발짝만 내디디면 사람이 '곤두박질'을 치겠구나 하는 생각이 들 정도야."

"아니, 그래, 코는 간신히 붙들고서 떠나왔나?"[34]

"이보게, 친구." 하고 손님이 격언조로 한마디 했다. "어쨌거나 때때로는 코가 아예 없는 것보다는 그나마 코를 붙들고 떠나오는 편이 더 나을 때가 있지 않나, 병을 앓게 된(분명히 전문의의 치료를 받았겠지) 어느 후작이 고해성사 때 자신의 고해신부인 예수회 신부에게 최근에 말했듯 말일세. 나도 그 자리에 있었는데——아주 기가 막히더군. 후작이 '나에게 내 코를 돌려주십시오!'라고 말했어. 자신의 가슴을 치면서 말이지. '내 아들이여'라며 신부가 말을 빙빙 돌리더군. '만사는 하느님의 헤아릴 수 없는 운명들에 따라 채워지는 법이고, 눈에 보이는 재앙은 이따금씩 비록 눈에 보이지는 않지만 굉장히 큰 이득을 가져다줄 수 있는 법이오. 만약 준엄한 운명이 그대에게서 코를 빼앗았다고 할지라도, 이제 한평생 아무도 그대에게 그래도 코나 붙든 채 남게 됐다는 말은 못 할 테니, 이거

---

33) 배우, 작가, 만담가로 도스토옙스키와 친분이 있었다.
34) '낭패를 보다.', '어처구니없는 꼴을 당하다.'라는 뜻의 숙어지만, 이하 이 표현으로 언어유희를 벌이고 있다.

야말로 그대에겐 이득인 것이오.' '성스러운 신부님, 그건 위안이 못 됩니다!' 절망에 찬 사람은 그렇게 소리쳤지. '오히려, 코만 제자리에 붙어 있다면, 저는 한평생 매일 코나 붙든 채 남게 돼도 황홀에 들떠 있을 겁니다!' 그러자 신부가 한숨을 푹 내쉬며 말했다네. '나의 아들이여, 모든 복을 한꺼번에 요구해서는 안 되는 법이니, 그것 자체가 이런 경우에도 그대를 잊지 않은 하느님의 섭리에 대한 불평인 것이오. 그대가 방금 외쳤듯 한평생 기꺼이 코를 매달고 있어도 좋다고 외친다면, 그대의 소원은 이미 간접적으로나마 이루어진 것이오. 왜냐면 코를 잃어버림으로써 어쨌거나 그 덕분에 한평생 코나 붙든 채 남게 된 꼴이 됐으니까요……'

"쳇, 병신 같은 소리 작작 해!" 이반이 소리쳤다.

"이보게 친구." 나는 그저 자네를 웃겨 주고 싶었을 따름이네. 하지만 맹세코 이건 정말로 예수회 교도들이나 써먹는 궤변이고, 맹세코 그때 일어났던 일을 나는 지금 토씨 하나 안 빼고 자네한테 그대로 전해 준 거야. 최근에 있었던 이 사건 때문에 나도 골치깨나 앓았다네. 이 불운한 청년이 집으로 돌아와 바로 그날 밤 권총으로 자살을 했거든. 나는 최후의 순간까지도 그 청년 곁에 붙어 있었지……. 이 예수회 고해실로 말할 것 같으면, 인생의 울적한 순간마다 나에게 진정으로 가장 사랑스러운 오락 거리가 되어 준다네. 자네한테 사건 하나를 더, 그것도 아주 최근에 일어난 걸 얘기해 줌세. 스무 살쯤 된 금발 머리의 노르만 처녀가 늙은 신부를 찾아왔지. 그 아름다움이며 몸매며 착한 마음씨며──군침이 돌 정도였어. 처녀는 고해틀 너머로 몸을 숙이고 신부에게 자신의 죄를 속삭였지. 그러자 신부가 소리쳤어. '나의 딸이여, 그대는 정녕 또 타락해 버렸단 말이오……? 오 성모 마리아여(O Sancta Maria), 이 무슨 소리란 말이오, 이번엔 그 남자가 아니라니. 하지만 이런 일이 얼마나 더 오랫동안 계속될 것인가, 그대는 정녕 이러고도 부끄럽지도 않단 말이오!' '아, 나의 신부님(Ah mon père)' 하고 죄지은 여인은 희개의 눈물을 펑펑 쏟아 내면서 이렇게 대답하는 거야. '그 일이 그이에겐 너무나 큰 만족을 선사하고 나한테도 전혀 힘든 일이 아닌걸요!(Ça lui fait tant de plaisir et à moi si peu de peine!)' 세상에, 이런 대답이 나왔으니, 기가 막히지 않나! 그 순간, 나도 뒷걸음질을 치며 물러났다네. 이건 자연 그 자체의 외침일세, 이건 자네가 원한다면, 순결 그 자체보다도 더 좋은 것이 아닌가! 나는 당장 그녀의 죄를 사해 준 뒤 몸을 돌려서 그 자리를 떴는데, 곧장 다시 돌아오지 않을 수 없었다네. 신부가 고해틀에다 대고 내일 저녁 그녀와 밀회 약속을 하는 소리가 들리지 뭔가. 노인은 그야말로 부싯돌 같았는데, 글쎄 한순간에 타락해 버린 거지! 본성이, 본성의 진리가 승리를 거둔 것이 아니고 무엇이겠는가! 그래, 자네는 또다시 콧방귀를 뀔 텐가, 또다시 화를 낼 건가? 통 모르겠어, 어떡하면 자네의 비위를 맞출 수 있을까……."

"나를 좀 내버려 둬, 네놈은 찰거머리 같은 악몽처럼 내 뇌 속에서 꿈틀거리고 있구나." 이반이 자신의 환시(幻視) 앞에서 맥이 빠져 병적으로 신음했다. "나는 네놈과 있는 것이 지루해, 참을 수 없는 일이야, 너무 고통스러워! 네놈을 쫓아낼 수만 있다면, 어떤 희생이라도 치르런만!"

"다시 한번 말하지만, 자신의 요구를 좀 제한하고 또 나한테서 '한결같이 위대하고 아름다운 것'을 요구하지 않는다면, 나와 자네가 서로 얼마나 다정스럽게 지낼 수 있는지를 보게 될 걸세." 신사는 훈계조로 감정을 담아 말했다. "자넨 나를 보고서 골이 잔뜩 나 있겠지, 내가 불타 버린 날개를 단 채 무슨 붉은 빛에 휩싸여 '천둥 번개를 치고 번쩍이면서' 자네 앞에 나타난 것이 아니라 이렇게 초라한 몰골로 임했다고 말이지. 그리하여 첫째, 자네의 미학적 감각이 모욕을 받았을 테고, 둘째, 자존심이 또 상했을 걸세. 아니, 어떻게 나같이 위대한 사람한테 이렇게 속물적인 악마가 찾아들 수 있단 말인가? 하고. 그러게 말일세, 자네에겐 아무래도 벨린스키가 그토록 조롱한 그 낭만적인 기질이 있는 거야. 하지만 어쩌겠나, 젊은이. 나도 아까 자네에게 올 채비를 할 때만 해도 그냥 장난삼아, 진짜로 캅카스에서 근무하다가 퇴역한 5등 문관처럼 연미복에 사자별과 태양별[35]을 달고 자네 앞에 임해 볼 생각이었지만, 최소한 북극성[36]이나 시리우스별도 아니고 감히 사자별과 태양별을 연미복에 붙였다간 자네한테 죽도록 얻어맞을 것 같아서 더럭 겁이 나지 뭔가. 안 그래도 자네는 줄곧 나

---

35) 사자 및 태양 훈장. 캅카스에서 공훈을 세운 자들에게 수여한 페르시아 훈장.
36) 북극성은 스웨덴 훈장이지만, 동시에 제카브리스트(12월당원)들이 발간한 문학적 정간물 및 게르첸과 오가료프가 해외에서 펴낸 《북극성》을 암시하기도 한다.

더러 멍청하다고 하지 않나. 하지만 천만의 말씀, 나는 지적인 면에서 자네와 겨룰 생각은 추호도 전혀 없네. 파우스트 앞에 나타난 메피스토펠레스는 자신이 악을 원하지만 정작 선만을 행하는 자라는 것을 증명했지.[37] 이거야 뭐 자기 마음대로지만, 나는 완전히 반대야. 나는 어쩌면 자연 전체를 통틀어, 진리를 사랑하고 진정으로 선을 바라는 유일한 사람일지도 몰라. 나는 십자가에서 죽은 말씀이 오른쪽에 못 박혀 죽은 강도의 영혼을 자신의 가슴에 품은 채 하늘로 올라갈 때 그 자리에 있었고, 또 '호산나'를 부르며 환호하는 게루빔들의 기쁨에 찬 외침 소리를, 하늘과 온 우주를 뒤흔들어 놓은 세라핌[38]들의 우렁찬 환희의 울부짖음을 들었다네. 그리하여 모든 성스러운 것에 맹세하건대, 나는 그 합창단에 합류하여 그들 모두와 함께 '호산나!'를 외치고 싶었다네. 아니, 가슴속에선 벌써 그 소리가 터져 나오고 튀어나왔을 정도였어…… 내가 또, 자네도 알다시피, 워낙에 감상적이고 또 예술적일 정도로 감수성이 예민하지 않나. 하지만 상식이란 놈이 —오, 이놈이야말로 내 천성의 가장 불행한 자질이 아니겠나— 이 순간에도 나를 의무의 경계선 안에다 가두어 버리는 바람에, 그만 절호의 순간을 놓치고 말았다네! 왜냐면 그 순간 이런 생각이 들었던 거야. 즉, 나마저도 '호산나'를 외치면 도대체 어떻게 될까? 그 즉시 세상의 모든 것이 싹 사라져 버릴 테고 아무

37) 괴테의 『파우스트』에서 메피스토펠레스의 유명한 말 "나는 항상 악을 원하면서도 항상 선을 창조해 내는 힘의 일부분이다."를 염두에 둔 것이다.
38) 구품천사 가운데 상급 중의 가장 높은 천사.

런 사건도 일어나지 않을 게 아닌가. 바로 그래서 나는 오로지 나의 직업적 의무와 사회적 지위 때문에 내 내부에서 끓어오른 훌륭한 순간을 억누르고 추잡한 일들을 처리하지 않으면 안 되게 됐던 걸세. 선의 명예는 누군가가 죄다 가져가 버렸기 때문에 나한테는 오직 추잡한 일만 남게 되었지. 그래도 나는 그렇게 공짜로 놀고먹으면서 명예를 누리는 삶이 부럽지는 않네, 명예에는 별로 욕심이 없거든. 그런데 세계의 모든 생명체 중 왜 오직 나만이, 단지 나 하나만이 모든 점잖은 사람들로부터 저주를 받고 심지어 발길질까지 당하는 운명에 처해졌을까? 사실 사람으로 현현하면 때때로 이런 불미스러운 부산물마저도 감수해야 되거든. 나도 여기에 비밀이 있다는 것쯤은 알고 있지만, 저쪽에선 절대 나한테 그 비밀을 털어놓으려고 하지 않아. 왜냐면 내가 무엇이 문제인지를 깨닫고서 '호산나'를 부르면 그 즉시 필수 불가결한 마이너스가 사라지고 온 세상에 건전한 상식이 판칠 테고, 그런 상황이라면 아무도 신문 잡지 따윈 구독하지 않을 테고 따라서 물론, 그런 걸 비롯한 모든 것이 끝장날 테니까 말이야. 사실 나도 알고 있다네, 내가 결국엔 화해를 하고서 나의 1000조 킬로미터를 끝까지 걸어간 뒤 비밀을 알아낼 것임을. 하지만 그렇게 되기 전까지는 성내고 버티면서 마음을 다잡은 채 내게 주어진 소명을 이행할 것이네. 바로, 한 명이 구원받도록 하기 위해 수천 명을 파멸시키는 것이지. 예를 들어, 그 옛날 옛적 나를 그토록 골탕 먹인 단 한 명의 의인 욥을 얻기 위해 얼마나 많은 영혼을 파멸시키고 또 얼마나 많은 명예로운 평판들을 치욕스럽게 만들었던가! 그래, 비밀이 밝혀지기 전까지 나에게는 두 개의 진리가 존재하는 셈이야. 하나는 저 세계의 것, 저쪽의 것으로서 아직은 내게 전혀 알려지지 않은 진리이고, 다른 것은 나 자신의 진리이지. 그리고 어떤 것이 더 순수한지는 아직은 알 수 없는 거야…… 자네, 잠들었나?"

"여부가 있나." 이반은 표독스럽게 신음했다. "내 천성 속에 들어 있는 온갖 어리석은 것, 내 머릿속에서 이미 오래전에 단물 쓴 물 다 빼먹고 씹을 대로 다 씹은 뒤 썩은 고깃덩어리처럼 내동댕이쳐진 이 모든 것들을 네놈은 무슨 새 소식이라도 되는 양 내 앞에 갖다 바치는군."

"이번에도 자네 입맛을 맞추는 데 실패했군! 그래도 난 문학적 표현까지 써 가며 자네를 유혹할 생각이었는데. 아닌 게 아니라 나의 이 하늘의 '호산나' 얘기, 사실 썩 괜찮지 않았나? 그다음, 지금 이 à la 하이네(하이네 풍의) 신랄한 어조, 이것도 어떤가, 썩 괜찮지?"

"아니, 나는 절대로 네놈 같은 종놈이었던 적이 없었어! 그런데 어떻게 나의 영혼에서 네놈 같은 종놈이 태어났을까?"

"이보게 친구, 나는 매력이 철철 넘치고 귀여워 죽을 것 같은 러시아 도련님 하나를 안다네. 젊은 사상가에다가 문학을 비롯한 각종 세련된 것들을 대단히 애호하고 또 '대심문관'이라는 제목의 서사시를 쓴, 장래가 촉망되는 작가라네…… 내가 염두에 둔 건 오직 이 청년이야!"

"'대심문관' 얘기는 하지도 마, 그건 금지야." 이반은 너무도 수치스러워 얼굴을 새빨갛게 붉히면서 소리쳤다.

"뭐, 그럼 '지질학적 변동'은 어떤가? 기억나나? 마침 이것도 작은 서사시이지!"

"입 닥치지 못해, 안 그러면 네놈을 죽여 버릴 테다!"

"나를 죽이겠다고? 천만에, 미안하지만 말을 해야겠네. 이렇게 해서 나도 좀 기쁨을 누려 보자고 온 것이니까 말일세. 오, 나는 삶에 대한 갈망으로 전율하는 내 벗들의 열렬하고 젊은 꿈들을 사랑한다네! 지난봄에 자네는 여기에 올 채비를 하면서 '그곳엔 새로운 사람들이 있다.'라는 단정을 내렸지. '그들은 모든 것을 파괴하고 식인(食人)이라는 원점에서 다시 시작할 생각을 하고 있다. 바보들 같으니, 나와 상의라도 좀 해 보지 않고선! 내가 생각하기론 아무것도 파괴할 필요가 없고, 오직 인류의 내부에 있는 신에 대한 관념만을 파괴하면 되고, 바로 여기서부터 일에 착수해야 된다! 이것부터, 이것부터 시작해야 한다──오, 아무것도 이해하지 못하는 눈먼 자들 같으니! 일단 인류가 하나같이 다 신을 거부한다면(나는 이 시대가 지질학적 시대와 나란히 평행선을 형성하면서 완성될 것이라고 믿는 바이다.) 구태여 식인 행위가 아니더라도 이전의 모든 세계관이, 무엇보다도 이전의 모든 도덕률이 저절로 붕괴될 것이며 완전히 새로운 것이 도래할 것이다. 사람들은 삶이 줄 수 있는 모든 것을 삶으로부터 취하기 위해 한데 뭉치겠지만, 이는 기필코 오로지 이 세계에서의 행복과 기쁨을 누리기 위해서일 따름이다. 인간은 신성과 거인적인 오만함 덕택에 기고만장해질 것이며 그렇게 인신(人神)이 나타날 것이다. 이젠 자신의 의지와 과학의 힘으로 시시각각 무한히 자연을 정복함으로써 인간은 예전에 자신이 갈망했던 천상의 열락을 모두 대체해 줄 만큼 드높은 열락을 시시각각 맛보게 될 것이다. 누구나 자신이 부활의 가능성이 없는, 그야말로 필멸의 존재임을 알게 될 것이되, 신처럼 오만하고 평온하게 죽음을 받아들일 것이다. 그는 너무도 오만하기 때문에 인생이 순간에 지나지 않는다고 불평할 이유도 전혀 없음을 깨닫게 될 것이고, 이제는 어떤 보상도 바라지 않고 자신의 형제를 사랑하게 될 것이다. 그 사랑은 그저 삶의 순간만을 만족시킬 따름이지만, 그것이 순간에 지나지 않음을 의식하는 것만으로도 이미 삶의 불꽃은 강렬하게 타오를 것이니, 그것은 이전에 무덤 저편의 무한한 사랑을 갈망하며 타올랐던 그 불꽃만큼이나 강렬할 것이다.' ……뭐 등등, 이런 유의 얘기지. 정말 귀여워 죽겠다니까!"

이반은 양손으로 귀를 꽉 틀어막고 방바닥을 내려다보며 앉아 있었지만 온몸을 부들부들 떨기 시작했다. 그래도 목소리는 계속했다.

"나의 젊은 사상가의 생각은 이랬다네. 이제 문제는 이런 시대가 언제든 도래할 수 있을까, 없을까? 하는 것이다. 만약 도래한다면 모든 것이 해결되고 인류는 최종적으로 새로운 세계를 건설할 것이다. 하지만 인류의 뼛속까지 배어 있는 어리석음을 보건대 1000년이 더 지나도 이러한 세계가 건설되지 못할 수 있기 때문에 지금이라도 진리를 의식하고 있는 사람 중 누구든 자기 마음 내키는 대로 새로운 원칙에 따라 세계를 건설해도 된다. 이런 의미에서 그 사람에게는 '모든 것이 허용'되는 것이다. 더욱이, 이 시대가 절대로 도래하지 않는다고 할지라도 어쨌거나 신과 불멸은 없기 때문에 새로운 사람은 인신이 될 수 있으며, 설사 그런 사람이 전 세계를 통틀어 단 한명에 지나지 않을지라도, 어쨌거나 그는 새로운 지위를 부여받은 이상 필요하다면 예전의 노예와 같은 인간이 가졌던 온갖 도덕적 장벽을 가뿐한 마음으로 뛰어넘을 수 있다. 신은 법률의 구애를 받지 않으니까! 신이 나타날 곳——그곳이 곧 신의 자리인 것이다! 내가 나타날 곳, 그곳이 지금 곧 제일가는 자리가 될 것이며……. '모든 것이 허용된다.', 이것으로 끝이다! 정말 하나같이 귀여운 얘기라니까. 다만, 사기를 치고 싶었다면 진리의 승인 따위를 받을 필요가 어디 있나? 하긴, 요즘 러시아의 젊은 녀석이 다 이렇지 뭐. 진리라는 걸 얼마나 사랑하게 됐으면, 승인을 받지 못하면 감히 사기를 칠 엄두도 못 내니까 말이야……."

손님은 필경 자신의 뛰어난 웅변에 도취된 나머지 점점 더 목소리를 높여 가며 비아냥거리는 듯 주인을 바라보면서 말했다. 하지만 그가 할 말을 채 다 끝내기도 전에 이반은 갑자기 탁자에서 찻잔을 집어 웅변가에게 휙 던져 버렸다.

"아, 하지만 이거야말로 바보짓이 아닌가, 결국!(Ah, mais c'est bête enfin!)" 상대방이 소파에서 벌떡 일어나 손가락으로 차 방울을 툭툭 털어 내면서 소리쳤다. "루터의 잉크병[39]이 떠올랐나 보군! 자기는 나를 꿈으로 간주한다고 하면서 꿈을 향해

---

39) 악마의 존재와 그 위력을 믿었고 그렇기에 그것을 경계해 왔던 루터는 실제로 종종 악마를 봤다고 주장하기도 했는데, 자기를 유혹하는 악마에게 잉크병을 던졌다는 전설과 비슷한 일화가 전해지고 있다.

찻잔을 집어던지다니! 이거야말로 여자들이나 써먹는 수법 아닌가! 하지만 내 이럴 거라고 생각했어, 자네는 그냥 귀를 틀어막고 있는 시늉을 했을 뿐, 실은 다 듣고 있었던 게야……."

갑자기 마당에서 집요하게 창틀을 쾅쾅 두드리는 소리가 울려 퍼졌다. 이반 표도로비치는 소파에서 벌떡 일어났다.

"저 소리 안 들리나, 차라리 문을 좀 열어 주게나." 손님이 소리쳤다. "저건 자네 동생 알료샤가 아주 뜻밖의 흥미진진한 소식을 갖고 온 걸세, 내 장담하지!"

"입 닥치지 못해, 이 거짓말쟁이야, 저게 알료샤라는 걸 나는 네놈보다 먼저 알았어. 녀석이 올 것 같은 예감이 들었단 말이야. 물론 녀석이 그냥 왔을 리는 없으니까, 물론 '소식'을 갖고 왔겠지……!" 이반은 미친 듯 흥분하여 이렇게 소리쳤다.

"문을 좀 열어 주게, 얼른 열어 주란 말일세. 밖엔 눈보라가 몰아치고 있고, 그 애는 자네의 동생이 아닌가. 이보게, 날씨가 어떤지 빤하지 않나? 이런 날씨엔 개도 바깥에 내놓지 않는 법인데.(Monsieur, sait-il le temps qu'il fait? C'est à ne pas mettre un chien dehors.)"

노크 소리는 계속되었다. 이반은 창문으로 달려가고 싶었지만, 갑자기 뭔가가 그의 팔다리를 묶어 버린 것 같았다. 그는 자신의 가쇄(枷鎖)를 끊으려고 안간힘을 쓰며 버둥거렸지만 소용이 없었다. 창문을 두드리는 소리는 점점 더 강해지고 또 커졌다. 마침내 갑자기 가쇄가 끊겼고, 이반 표도로비치는 소파에서 벌떡 일어났다. 그는 몹시 생경한 듯 주위를 둘러보았다. 양초 두 자루가 거의 다 타 버렸고, 지금 막 손님에게 집어 던졌던 찻잔은 탁자 위, 자기 앞에 놓여 있고 맞은편 소파에는 아무도 없었다. 창틀을 두드리는 소리는 집요하게 계속되었지만 방금 그의 꿈속에서 귓전에 맴돌았던 것처럼 그렇게 크지는 않았고, 오히려 아주 절제된 것이었다.

"이건 꿈이 아니다! 천만에, 맹세코, 이건 꿈이 아니었어, 이건 모두 지금 실제로 있었던 일이야!" 이반 표도로비치는 이렇게 소리치면서 창문으로 달려가 통풍창을 열었다.

"알료샤, 너한테 오지 말라고 명령했잖아!" 그는 동생에게 광포하게 소리쳤다. "한두 마디로 잘라 말해. 왜 왔어? 한두 마디라고 했다, 듣고 있니?"

"한 시간 전에 스메르쟈코프가 목을 맸어." 알료샤가 마당에서 대답했다.

"현관 쪽으로 와, 지금 당장 문을 열어 주마." 이반은 이렇게 말한 뒤 알료샤에게 문을 열어 주러 갔다.

10 '이건 그놈이 말했어.'

알료샤가 안으로 들어와 이반 표도로비치에게 전한 소식은 한 시간 남짓 전에 마리야 콘드라치예브나가 자기 집으로 달려와 스메르쟈코프의 자살을 알렸다는 거였다. "제가 사모바르를 치우려고 그분 방에 들어갔는데 그분은 벽에 박힌 못에 매달려 있었어요." "신고는 했느냐?"라는 알료샤의 질문에 그녀는 아무에게도 신고하지 않고 '곧장 도련님한테 제일 먼저 달려왔고 오는 내내 열심히 뛰었다.'라는 것이었다. 알료샤는 그녀가 꼭 미친 사람 같았고 사시나무 떨듯 온몸을 벌벌 떨었다고 전했다. 알료샤가 그녀와 함께 그들의 오두막으로 달려가서 보니 스메르쟈코프는 여전히 매달려 있었다. 탁자 위에는 "아무에게도 죄를 돌리지 않기 위해 나 자신의 의지와 의향에 따라 내 생명을 끊는 바이다."라고 쓴 쪽지가 놓여 있었다. 알료샤는 이 쪽지를 탁자 위에 그대로 내버려 두고 곧장 경찰 서장을 찾아가 모든 것을 신고했다는 거였다. 알료샤는 이반의 얼굴을 주의 깊게 들여다보면서 "거기서 곧장 형에게로 왔어."라며 말을 끝맺었다. 얘기하는 내내 그는 형에게서 눈을 떼지 않았는데, 형의 얼굴 표정을 보고 왠지 몹시 충격을 받은 모양이었다.

"형." 하고 그가 갑자기 소리쳤다. "형은 정말로 아픈 게 분명해! 나를 쳐다보고 있으면서도 내가 무슨 말을 하는지 모르겠다는 표정이야."

"아니, 너 참 잘 왔다." 이반은 생각에 잠긴 듯, 알료샤의 외침 소리는 전혀 들리지 않는다는 듯 말했다. "사실 그놈이 목을 맸다는 건 알고 있었어."

"누구한테서?"

"누구인지는 몰라. 하지만 알고 있었어. 아니, 내가 알고 있었던가? 그래, 그놈이 나한테 말했어. 그놈이 방금 전에 나한테 말해 주었지⋯⋯."

이반은 방 한가운데에 서서 여전히 그렇게 생각에 잠긴 듯 방바닥을 내려다보면서 말했다.

"그놈이라니, 대체 누구야?" 알료샤는 저도 모르게 주위를 둘러보고 물었다.

"그놈은 슬그머니 내뺐어."

이반은 고개를 들고 조용히 미소를 지었다.

"그놈은 너한테 겁을 먹은 거야, 비둘기[40] 같은 너한테. 너는 '순결한 게루빔'이야. 드미트리는 너를 게루빔이라고 부르지. 게루빔이라…… 세라핌들의 우렁찬 환호성이라! 한데 세라핌이 대체 뭐니? 어쩌면 하나의 성좌가 아닐까 싶어. 그런데 이 성좌 자체가 기껏해야 무슨 화학적 분자에 불과한 것인지도 몰라……. 사자 성좌와 태양 성좌도 있는데, 넌 모르니?"

"형, 앉아!" 알료샤가 경악을 금치 못하며 말했다. "소파에 앉으란 말이야, 형, 제발. 형은 미망에 들떠 헛소리를 하는 거야, 베개를 베고 누워, 그래, 그렇게. 머리 위에 물수건을 얹어 줄까? 좋아질지도 모르잖아?"

"수건을 좀 줘 봐, 여기 의자 위에 있어, 내가 조금 전에 이리로 던졌거든."

"여기엔 없는걸. 염려하지 마, 어디 있는지는 내가 알고 있으니까. 봐, 저기 있잖아." 알료샤는 방의 다른 편 구석, 이반의 화장대 곁에서 곱게 개 놓은, 아직 쓰지 않은 깨끗한 수건을 찾아내고선 이렇게 말했다. 이반은 이상한 눈으로 수건을 바라보았다. 순식간에 그의 기억이 되살아난 듯했다.

"잠깐만." 그가 소파에서 일어났다. "나는 조금 전, 한 시간

---

40) 기독교의 상징체계에서 비둘기는 성령을 뜻한다.

전에 바로 이 수건을 저기서 가져와 물로 적셨어. 그러곤 그걸 머리 위에 얹어 놓고 있다가 여기로 던졌는데…… 어떻게 이게 이렇게 바싹 말라 있지? 다른 수건은 없었는데."

"형이 이 수건을 머리에 얹었다고?" 알료샤가 물었다.

"그래, 그러고는 방 안을 걸어 다녔어, 한 시간 전에……. 양초는 왜 이렇게 다 타 버렸어? 몇 시나 됐어?"

"곧 12시야."

"아니야, 아니야, 아니라고!" 이반이 갑자기 소리쳤다. "그건 꿈이 아니었어! 그놈이 왔었어, 그놈은 여기 앉아 있었어, 저기 저 소파에. 네가 창문을 두드렸을 때 나는 그놈에게 찻잔을 던졌어…… 여기 바로 이 찻잔을……. 잠깐만, 전에도 잠을 잤지만 이 잠은 잠이 아니야. 전에도 이랬어. 나는, 알료샤, 요즘 꿈을 자주 꾸는데…… 하지만 그건 꿈이 아니라 생시야. 나는 걸어 다니고 말하고 또 보고 있어…… 그러면서도 자고 있는 거야. 어쨌거나 그놈이 왔었어, 여기 앉아 있었단 말이야, 바로 이 소파에……. 그놈은 진짜로 멍청해, 알료샤, 얼마나 멍청한지 몰라." 이반은 갑자기 웃음을 터뜨리고 방 안을 성큼성큼 걷기 시작했다.

"누가 멍청하다는 거야? 누굴 두고 하는 얘기야, 형?" 알료샤가 또다시 수심에 잠겨 물었다.

"악마야! 그놈이 내 방을 들락날락했어. 두 번을 왔었지, 아니 거의 세 번이라고 해야겠군. 그놈은 나를 약 올렸어, 그놈이 불타 버린 날개를 단, 천둥 번개와 광채를 동반한 사탄이 아니라 그저 하찮은 악마라는 것 때문에 내가 화를 낸다면서.

하지만 그놈은 사탄이 아니야, 이건 그놈의 거짓말이야. 그놈은 참칭자(僭稱者)거든. 그놈은 그저 악마, 시시껄렁하고 하찮은 악마에 지나지 않아. 그놈은 목욕탕에 다닌대. 그놈의 옷을 벗기면 아마 길고 매끈한 꼬리가 나올 테고, 그 꼬리는 덴마크 개처럼 길이가 1아르신이나 되고 짙은 갈색일 거야……. 알료샤, 눈 속을 걸어왔으니 몸이 꽁꽁 얼었겠구나, 차를 좀 마시련? 뭐라고? 식었다고? 사모바르를 내오라고 할까? 이런 날씨엔 개도 바깥에 내놓지 않는 법인데(C'est à ne pas mettre un chien dehors)…….”

알료샤는 얼른 세면대로 달려가 수건을 적셨고 이반에게 다시 좀 앉으라고 한 뒤 물수건을 그의 머리에 얹어 주었다. 그러고는 자기도 그의 곁에 앉았다.

“아까 네가 리자에 대해 무슨 말을 했더라?” 이반이 다시 말문을 열었다.(그는 몹시 수다스러워졌다.) “나는 리자가 마음에 들어. 내가 너한테 그 애에 대해 뭔가 추잡한 말을 했지. 그건 거짓말이었어, 사실 그 애가 마음에 들거든……. 나는 내일 카챠 때문에 걱정이 돼, 이게 제일 걱정이야. 앞날이 걱정이란 말이다. 그 여잔 내일 나를 내팽개치고 두 발로 짓밟을 거야. 내가 자기 때문에 질투에 사로잡힌 나머지 미챠를 파멸시키고 있다고 생각하거든! 그래, 그 여자는 그렇게 생각하고 있어! 하지만 절대 그런 게 아니야! 내일은 십자가의 날이지, 교수대의 날은 아니거든. 아니, 난 목을 매진 않을 거야. 알고 있니, 나는 자살 따윈 절대로 할 수 없는 놈이야, 알료샤! 비열하기 때문에 그럴까, 응? 하지만 난 겁쟁이는 아니야. 살고 싶은 욕망 때문이야! 그런데 스메르쟈코프가 목을 맸다는 걸 내가 어떻게 알고 있었을까? 그래, 이건 **그놈**이 나에게 말해 준 거야······."

"그럼, 형은 누군가가 여기에 앉아 있었다고 굳게 믿는 거야?" 알료샤가 물었다.

"저어기 구석 소파에 앉아 있었어. 너라면 그놈을 쫓아 냈을 거야. 하긴, 네가 쫓아 낸 거나 다름없지. 네가 나타나자마자 그놈이 사라졌으니까. 나는 네 얼굴이 좋아, 알료샤. 내가 네 얼굴을 좋아한다는 걸 알고 있었니? 그런데 **그놈**이란 바로 나야, 알료샤, 나 자신이라고. 나의 저열한 모든 것, 나의 비열하고 경멸스러운 모든 것이란 말이야! 그래, 나는 '낭만주의자'야, 그놈은 이걸 간파했어······ 비록 날 비방하려고 내뱉은 말이었지만. 그놈은 진짜 멍청한 놈이지만 바로 그걸로 승승장구하는 거야. 그놈은 간사해, 동물적으로 간사한 놈이라서 어떻게 하면 나를 열 받게 할지 알고 있었어. 그놈은 줄곧 내가 자기의 존재를 믿고 있다면서 약을 올렸고, 그렇게 함으로써 나에게 자기 얘기에 귀를 기울이도록 강요했어. 그놈은 나를 어린애 취급 하면서 멋지게 속여 넘겼어. 하긴, 그놈 그래도 나에 대해 바른 소리를 많이 해 줬지. 절대 나 스스로 나한테 그런 얘기를 하지는 못했을 거야. 알고 있니, 알료샤, 알고 있냐고."라면서 이반은 무슨 비밀이라도 털어놓으려는 듯 너무나 진지하게 덧붙였다. "나는 그놈이 내가 아니라 정말로 그놈이길 얼마나 바랐는지 몰라!"

"그놈이 정말 형을 못살게 군 모양이구나." 알료샤가 안쓰러운 마음으로 형을 바라보며 말했다.

"정말로 약을 올렸다니까! 그리고 있잖니, 기똥찬 놈이야, 정말로 기똥차. '양심이라! 양심이란 대체 뭔가? 그것은 나 자신이 만든 것이라네. 그런데 왜 내가 괴로워하나? 습관 탓이지. 7000년 동안 지속되어 온 인류의 전 세계적인 습관 탓이지. 그 습관을 버리면 우리는 신이 되는 거야.' 이건 그놈이 한 말이야, 그놈은 이렇게 말했어!"

"형이, 형이 아니라?" 알료샤는 해맑은 눈으로 형을 바라보면서 참지 못하고 소리쳤다. "형, 그럼, 그놈을 던져 버려, 그놈을 내동댕이쳐 버리고 그냥 잊어버리는 거야! 그놈더러 형이 지금 저주하는 모든 것을 가져가라고 해, 그러곤 다신 얼씬도 못하게 해!"

"그래, 하지만 그놈은 아주 못된 놈이야. 그놈은 나를 비웃었어. 그놈은 시건방졌어, 알료샤." 이반은 어찌나 분한지 몸을 부르르 떨면서 말했다. "하지만 그놈은 나를 비방했단 말이야, 그것도 한두 가지로 비방한 게 아니야. 내 눈 앞에서 나에 대한 거짓말을 했어. '오, 자네는 선행의 위업을 달성하러 가는 모양이군, 아버지를 죽인 건 자네다, 자네의 사주를 받고 그 종놈이 아버지를 죽였다고 만천하에 알리려는 거지······.'

"형." 알료샤가 상대의 말을 끊었다. "제발 좀 진정해. 형이 죽인 게 아니라니까. 그건 사실이 아니야!"

"그놈은 그렇게 말하고 있다니까, 그놈, 그놈은 이걸 알고 있는 거야. '자네는 선행의 위업을 달성하러 가는 모양이지만, 그러면서도 선행 따윈 믿고 있지도 않아──바로 이 때문에 자네는 악에 받쳐서 괴로워하는 거고 또 바로 이 때문에 자네는 그토록 복수심에 불타는 거야.' 그놈은 나한테 이런 말을 지껄였고, 자기가 무슨 말을 하고 있는지 그놈은 잘 알고 있어……."

"그건 형의 말이야, 그놈의 말이 아니라!" 알료샤가 괴로워하며 소리쳤다. "병이 나서, 미망에 들떠 그런 헛소리를 하면서 스스로를 괴롭히는 거야!"

"아니야, 그놈은 자기가 무슨 말을 하는지 잘 알아. 자네는 자존심 때문에 가는 거다, 자네는 분연히 떨치고 나아가 '살인을 한 건 나다, 당신들은 무엇 때문에 공포에 떨며 몸을 움츠리고 있는 거냐, 당신들은 거짓말을 하고 있다! 당신들의 견해 따위는 경멸한다, 너희들의 공포 따위도 경멸한다.'라고 말하겠지. 이건 그놈이 나를 두고 하는 말이야. 갑자기 이런 말을 하는 거야. '그런데 말일세, 자네는 그들한테서 칭찬을 받고 싶은 거야. 범죄자에 살인자이긴 하지만 얼마나 관대한 감정을 지니고 있는 사람인가, 형을 구하려는 마음에 자백을 하지 않았는가!'라고 말이야. 하지만 이건 새빨간 거짓말이야, 알료샤!" 이반은 눈을 번득이면서 갑자기 소리쳤다. "나는 그까짓 시시껄렁한 쌍놈들한테 칭찬을 받고 싶은 마음은 조금도 없어! 이건 그놈이 거짓말을 한 거야, 알료샤, 거짓말을 했단 말이야, 너한테 맹세할 수 있어! 나는 이것 때문에 그놈한테 찻잔까지 집어 던지는 바람에 찻잔이 그놈의 상판대기에 부딪쳐 박살이 났어."

"형, 진정해, 그만하란 말이야!" 알료샤가 간청했다.

"아니야, 그놈한테는 사람을 못살게 구는 재능이 있어, 잔인한 놈이야." 이반은 동생의 말은 듣지도 않고 계속했다. "나는 그놈이 나를 찾아오는 목적이 뭔지 언제나 예감했어. '그래, 설사 자네가 자존심 때문에 갔다고 쳐도 그래 봤자 어쨌거나 자네 나름의 희망은 있었던 건데, 즉 스메르쟈코프는 그죄가 발각되어 유형에 처해질 테고 미챠의 누명을 벗을 테고 너는 그저 도덕적으로만(듣고 있니, 그놈은 이 말을 하면서 비웃었어!) 단죄를 받을 뿐이고 다른 모든 사람들의 칭찬을 받을 테지. 그런데 스메르쟈코프가 목을 매고 죽어 버렸으니──그래, 자네가 혼자 저기 법정에서 떠들어 본들 이제 누가 자네 말을 믿겠나? 하지만 그럼에도 자네는 갈 테지, 암, 여부가 있나, 어쨌거나 기어코 갈 테지, 일단 가기로 마음을 정했으니까. 대체 이렇게 된 마당에 무엇을 위해서 가는 건가?' 이건 무서운 말이야, 알료샤, 나는 이런 질문들을 참을 수가 없어. 누가 감히 나한테 이런 질문들을 던질 수 있느냔 말이야!"

"형." 하고 알료샤는 형의 말을 가로막았는데, 자기도 공포심에 짓눌려 숨이 넘어갈 것 같지만 어떻게든 이반이 정신을 차리게 하려는 희망을 아직 버리지 않은 듯했다. "그놈이 어떻게 내가 오기도 전에 형한테 스메르쟈코프가 죽었다는 얘기를 해 줄 수 있겠어, 아직 아무도 모르는 일이고 더욱이 그걸 알 만한 시간적 여유도 없었는데?"

"그놈이 말했다니까." 이반이 추호의 의심도 용납하지 않겠다는 듯 확고하게 말했다. "네가 정 그렇게 나오니 말인데, 그놈은 오직 그 말만 했어. '그리고 자네가 선행을 믿는다면 그야 좋은 일이지. 남들이 내 말을 믿어 주지 않아도 원칙을 위해서라도 가겠다, 하는 거 아닌가. 그래 봤자 자네는 표도르 파블로비치처럼 돼지 새끼야, 게다가 자네에게 선행이란 게 뭔가? 자네의 희생이 아무런 소용이 없다면 거기엔 대체 뭘 하러 가겠다는 건가? 그러니까 자네 자신도 뭘 하러 가는지 모른다는 거야! 오, 뭘 하러 가는지를 자네가 알 수만 있다면, 어떤 희생도 치르련만! 게다가 마음을 정했다고? 자네는 아직 마음을 정하지 못했네. 자네는 밤새도록 앉아서 망설일 테지. 갈까 말까? 하고. 하지만 자네는 어쨌거나 가게 될 거야, 가게 될 거라는 걸 자네는 알고 있어, 자네가 어떻게 마음을 정하든 간에 결정권은 이미 자네한테 있는 게 아니라는 걸 자네는 알고 있으니까. 암, 가고야 말테지, 감히 가지 않고는 못 배길 테니까. 왜 못 배기느냐——이건 자네가 직접 알아맞혀 보게나. 바로 이게 자네한테 주어진 수수께끼일세!' 그러곤 일어나서 가 버렸네. 네가 오자 그놈은 가 버린 거야. 그놈은 나더러 겁쟁이라고 했어, 알료샤! 그 수수께끼의 답은(Le mot de l'énigme) 내가 겁쟁이라는 거야! '그런 독수리들은 땅 위로 높이 비상할 수 없는 법이지!' 그놈은 이렇게 덧붙였어, 이런 소리를 덧붙이더란 말이야! 스메르쟈코프도 꼭 이런 말을 했더랬지. 그놈을 죽여야 해. 카챠는 나를 경멸하고 있어, 나는 벌써 한 달째 이걸 훤히 알고 있어. 게다가 리자도 나를 경멸하려 들 테지! '사람들의 칭찬을 받으려고 가는 거야.'라니——이건 짐승만도 못한 거짓말이야! 너도 나를 경멸하고 있지, 알료샤. 이제는 나는 너를 다시 증오할 테지만. 저 개망나니 같은 놈도 증오한다, 저 개망나니를 증오한다! 저런 개망나니는 구해 주고 싶은 마음도 없어, 그렇게 유형지에서 썩어 버리라지! 그놈이 찬송가를 부르기 시작했어! 오, 나는 내일 갈 거야, 사람들 앞에 나타나 그놈들의 면전에서 모두에게 침을 뱉어 줄 테다!"

그는 미친 듯 흥분하여 벌떡 일어나더니 수건을 걷어 던지고서 또다시 방 안을 성큼성큼 걷기 시작했다. 알료샤는 그가 조금 전에 한 말을 기억했다. '꼭 깨어 있는 채로 자고 있는 것 같아……. 걸어 다니고 말하고 보고 하는데, 그런데도 자고 있어.'라는 말을. 지금의 상황이 꼭 그런 것이었다. 알료샤는 형 곁을 떠나지 않았다. 얼른 달려가 의사를 데려와야겠다는 생각이 그의 머릿속에서 스쳐 지나갔지만, 형을 혼자 남겨 두는 것이 두려웠다. 형을 맡아 줄 만한 사람이 전혀 없었던 것이다. 마침내 이반은 시나브로, 그러다가 완전히 의식을 잃어 갔다. 그는 여전히 잠시도 입을 다물지 않고 연신 말을 하고 있었지만 이제는 전혀 앞뒤가 맞지 않았다. 심지어 말조차 제대로 내뱉지 못하다가 갑자기 제자리에서 심하게 비틀거렸다. 하지만 알료샤가 때마침 그를 부축할 수 있었다. 이반은 자기를 침대까지 데려가도록 내버려 두었고, 알료샤는 어떻게 용케 그의 옷을 벗기고 자리에 눕혔다. 그러고도 두 시간 정도 더 형을 지켜보며 앉아 있었다. 환자는 움직이지도 않고 조용히, 고르게 숨을 쉬며 곤하게 잠들었다. 알료샤는 베개를 가져와 옷도 벗지 않고 그냥 소파에 누웠다. 잠이 들어 가면서 미챠와 이반을 위해 기도했다. 이반의 병이 어떤 것인지 차츰 이해되었다. '오만한 결단에서 우러나온 고뇌이며 또 심오한 양심이다!' 형은 하느님을 믿지 않았지만 하느님과 하느님의 진리가 여전히 굴복하려 들지 않았던 형의 마음을 점령한 것이다. 이미 베개를 베고 누워 있는 알료샤의 머릿속에서 이런 생각이 스쳐 갔다. '그래, 스메르쟈코프가 죽어 버린 이상, 더 이상 아무도 이반의 증언을 믿지 않을 것이다. 하지만 형은 그래도 가서 증언할 것이다!' 알료샤는 조용히 미소를 지었다. '하느님이 승리하실 거야!'라는 생각이 들었다. '형은 진리의 빛 속에서 부활하든지, 아니면…… 자기 자신도 믿지 않는 것을 섬겼다는 이유로 자신과 모든 사람들에게 분풀이를 하며 증오 속에서 파멸하겠지.' 알료샤는 쓰라린 마음으로 이렇게 덧붙인 뒤 다시금 이반을 위해서 기도했다.

12장

오심

1 숙명적인 날

내가 앞서 기술한 사건들이 있고 난 다음 날 아침 10시, 우리 지방 법원의 법정이 열렸고 드미트리 카라마조프에 대한 공판이 시작되었다.

여기서 미리 꼭 말해 둘 것이 있다. 나는 법정에서 일어난 일을 모조리 다 상세하게 전하는 건 물론이고 순서대로 차근차근 전하는 것도 내 힘에 부치는 일이라고 생각한다. 모든 것을 기억해 내서 모든 것을 제대로 설명하려면 아예 책 한 권, 그것도 아주 두꺼운 책 한 권으로도 부족하지 않을까 싶다. 따라서 그저 나에게 개인적으로 충격을 주었고 내가 특별히 기억하고 있는 것만을 전달한다고 너무 서운해하지는 말기 바란다. 어쩌면 나는 부차적인 것을 가장 주된 것으로 취급했을 수도 있고 또 심지어 가장 첨예하고 필수적인 특징들을 완전히 빼먹었는지도 모르겠다……. 하지만 이런 사과는 차라리 하지 않는 편이 나을 것으로 사료된다. 나는 내 능력껏 할 것이며 독자들도 내가 그저 내 능력껏만 했다는 것을 이해해 줄 것이다.

그리하여, 첫째, 법정 안으로 들어가기 전에 이날 나를 특별히 놀라게 한 점에 대해 언급해야겠다. 하긴 이 점은 나 하나뿐만 아니라, 나중에 밝혀진바, 모두를 다 놀라게 한 것이었다. 다름 아니라, 누구나 다 알고 있었듯, 이 사건은 너무도 많은 사람의 관심을 끌었으며 다들 공판의 시작을 기다리며 초조함에 몸이 달아 있었고 우리 사교계에서는 벌써 꼬박 두 달째 많은 얘기들이 오가고 각종 추측과 탄식과 공상이 난무했다. 또한 이 사건이 러시아 전체를 떠들썩하게 만들었다는 것도 다들 알았지만, 그럼에도 그것이 우리 도시뿐만 아니라 전국 방방곡곡의 사람들을 하나에서 열까지 모두 이 정도로까지 대단한 열광과 흥분의 도가니로 몰아넣으리라곤 이날 법정에 들어서기 전까지는 상상도 못 했던 것이다. 이날을 위해 우리 도시로 몰려든 방청객들은 우리의 현청 소재지뿐만 아니라 러시아의 몇몇 다른 도시에서, 끝으로 모스크바와 페테르부르크에서 온 사람들이었다. 법조인들, 심지어 몇몇 저명인사들도 왔으며 귀부인들도 있었다. 방청권은 전부 진작에 매진돼 버렸다. 남성들 중 특별히 지체 높은 방문객들 및 저명한 방문객들을 위해서는 재판진의 테이블 바로 뒤에 그야말로 특별석이 이미 마련되었다. 거기에는 여러 귀빈들이 자리한 안락의자들이 일렬로 쭉 배열되어 있었으니, 이전엔 우리 도시에서 허용된 적이 없는 일이었다. 부인들도 유난히 많이 왔기 때문에 우리 도시 사람들과 외지 사람들을 합치면 내 생각으론 전체 방청객의 절반은 족히 넘을 듯했다. 각지에서 몰려든 법조인들만 해도 그 수가 너무 많아서 이들을 다 어떻게 수용할지 모를 지경이었는데, 이는 방청권을 이미 오래전에 배포한 데다가 표를 얻기 위해 강청하고 애원하는 사람이 많았던 탓이다. 나는 법정의 끝, 연단 뒤에 임시로 다급하게 특별 칸막이를 세워 놓고 몰려든 모든 법조인들은 그리로 입장시키는 것을 직접 보았는데, 자리를 마련하기 위해 이 칸막이에서 의자들을 모조리 치워 버렸기 때문에 서 있을 수밖에 없는 상황이었지만 그나마도 다행이라고 생각했으며, 이렇게 빽빽하게 들어찬 군중은 '송사'가 진행되는 내내 서로 어깨를 맞댄 채 꼭 들러붙어 한 덩어리처럼 서 있게 되었다. 부인들, 특히 외지에서 온 부인들 중 몇몇은 잔뜩 멋을 낸 차림으로 법정 안의 방청석에 나타났지만 대개의 부인들은 치장하는 것조차 잊어버린 듯했다. 그들의 얼굴에는 히스테릭하고 탐욕스러운, 거의 병적이다 싶을 만큼 강렬한 호기심이 역력히 드러나 있었다. 법정 안으로 모여든 이 집단 전체의 가장 두드러지는 특징 중 하나로서 반드시 지적해야 될 것은, 훗날 많은 관찰에 의해 입증됐듯, 부인들 거의 모두가, 최소한 그들 중 대다수가 미챠 편이었고 또 미챠가 무죄라고 생각했다는 점이다. 이는 무엇보다도 그가 여성의 마음을 사로잡는 데 일가견이 있다는 관념이 형성된 탓인 것 같다. 연적 관계에 있는 두 여성이 출두하리라는 건 모두 다 알고 있는 터였다. 그들 중 하나, 즉 카체리나 이바노브나는 특히나 모든 이들의 관심을 자극했다. 그녀를 두고 굉장히 얼토당토않은 얘기들이 난무했으며, 미챠가 이런 범행을 저질렀음에도 불구하고 그녀가 여전히 그에게 정열을 바치고 있다는 사실을 두고도 깜짝 놀랄 만한 일화들이 얘기되고 있었다. 특히나 그녀의 오만한 태도(그녀는 우리 도시에서 거의 아무도 방문한 적이 없었다.), '귀족들과의 연줄'이 구설수에 올랐다. 그녀가 범죄자를 따라 유형지까지 가서 지하 탄광 어디서라도 그와 결혼하게 해 달라고 당국에 청원할 의향이라는 얘기도 떠돌았다. 사람들은 또 그 못지않은 흥분을 갖고서 카체리나 이바노브나의 연적인 그루셴카가 법정에 나타나길 학수고대하고 있었다. 두 연적, 즉 오만한 귀족 아가씨와 '헤테라'가 법정 앞에서 만나는 장면이 어떨까, 다들 거의 고통스러울 정도로 강렬한 호기심을 품고 기다렸던 것이다. 그루셴카는, 그래도, 카체리나 이바노브나보다는 우리네 부인들에게 더 잘 알려져 있었다. '표도르 파블로비치와 그의 불운한 아들을 파멸시킨 여자'를 우리네 부인들은 전에도 보았지만, 이토록 '평범하기 짝이 없고 심지어 전혀 예쁘지도 않은 러시아의 평민계집'에게 아비와 아들이 함께 그 정도로까지 반할 수 있다니, 하나에서 열까지 다들 놀라워했다. 한마디로 말해서, 이러쿵저러쿵 말이 참 많았던 것이다. 나도 확실히 알고 있지만, 사실 우리 도시에서는 미챠 일 때문에 심지어 진지한 집안싸움이 일어난 경우도 여럿 있었다. 많은 부인들이 이 끔찍한 사건을 바라보는 시각의 차이 때문에 자기 남편들과 대판 싸움을 벌였고, 이런 일이 있었으니 당연히 이 부인들의 남편들은 법정에 나타날 때부터 이미 다들 피고에게 곱지 않은 감정을 지녔을 뿐만 아니라 숫제 그를 적대시하고 반감을 품었다. 그리하여 대체로 확언할 수 있는 것은 남성파는 여성파와는 정반대로 피고에게 오롯이 반감을 갖고 있는 분위기였다는 점이다. 인상을 꽉 쓴 엄격한 얼굴들도 보였고 또 어떤 이들은 완전히 악의에 찬 표정을 하고 있었는데 대다수가 그랬다. 사실, 미챠는 우리 도시에 머무는 동안 어쩌다가 이들 중 많은 사람들에게 개인적인 모욕을 가해 버렸다. 물론 방문객들 중 어떤 사람들은 심지어 거의 즐거워하기까지 하면서 미챠의 운명 자체에는 거의 무관심했지만 그럼에도 지금 검토될 사건에 대해서는 그렇지 않았다. 다들 사건의 추이에 촉각을 곤두세웠고 대다수의 남성들이 범죄자에게 형벌이 내려지길 몹시 바라고 있었는데, 사건의 도덕적 측면이 아니라 이른바 현대적이고 법률적인 측면만을 중시했던 법조인들만 예외였다. 저명한 페츄코비치의 도착이 모든 사람들을 흥분의 도가니로 몰아넣은 사건이 되었던 것이다. 그의 재능에 대한 명성이 전국 방방곡곡에 퍼져 있었고, 그가 지방 도시에 나타나 떠들썩한 형사 사건의 변호를 맡은 것도 이미 이번이 처음은 아니었다. 또한 그가 변호를 맡은 이런 유의 사건들은 언제나 러시아 전역에서 유명세를 타고 오랫동안 기억에 남게 되었다. 우리 재판소의 검사와 재판장에 대해서도 몇몇 일화가 떠돌았다. 항간에서는 우리 검사가 페츄코비치와 만나는 것이 두려워 벌벌 떨고 있다, 이들은 페테르부르크 시절 법조계에 발을 들여놓을 때부터 서로 해묵은 적수였다, 자존심이 강한 우리의 이폴리트 키릴로비치는 페테르부르크 시절부터 자신의 재능이 제대로 평가받지 못했기 때문에 늘 자기가 누군가에 의해 모욕을 당했다고 생각해 오던 터라 카라마조프 집안의 사건을 계기로 단숨에 부활하고자, 그러니까 그걸 계기로 자신의 시들어 버린 명성을 부활시키고자 꿈꾸었지만 오로지 이 페츄코비치 때문에 겁을 집어먹은 것이다 등의 이야기들이 떠돌았다. 하지만 그가 페츄코비치 앞에서 벌벌 떨었다는 판단은 완전히 옳은 것은 아니었다. 우리 검사는 위험 앞에서 의기소침해지는 성격의 소유자가 아니라 오히려, 위험이 증가하면 할수록 자존심이 더 강해지고 더 기세등등해지는 그런 부류의 사람이었다. 대체로, 우리 검사가 너무 다혈질이고 병적으로 감수성이 예민했다는 점을 지적해야겠다. 그는 어떤 일에 자신의 온 영혼을 쏟아붓고 자신의 모든 운명과 검사로서의 모든 자질이 그것의 해결 여부에 달려 있는 양 일에 임했던 것이다. 법조계에서는 이것을 다소 비웃었는데, 바로 이런 성격 때문에 우리의 검사는 비록 전국 방방곡곡은 아니었지만 우리 재판소 내에서의 그의 하찮은 입지를 고려하여 추정해 볼 수 있는 것보다는 훨씬 더 유명세를 타기도 했다. 특별히 비웃음을 산 것은 심리주의에 대한 그의 열정이었다. 내 생각으론 다들 잘못 알고 있던 점이 있다. 즉, 우리 검사는 사람 됨됨이로 보나, 그 성격으로 보나 많은 사람들이 생각하는 것보다는 훨씬 더 진지한 편이었던 것 같았다. 하지만 이 병적인 사람은 법조계에 첫발을 내딛었을 그 시절부터, 그리고 이후 평생 동안 자신의 지위를 구축할 수 없었던 것이다.

우리 법정의 재판장에 관한 한, 그가 교양 있고 인도적이며 실제적인 직무와 가장 현대적인 사상들에 대한 지식이 풍부한 사람이었다는 것 말고는 달리 할 말이 없겠다. 그는 자존심이 상당히 강했지만 자신의 출세에는 별로 신경을 쓰지 않는 편이었다. 그의 인생의 주목적은 선구자적인 사람이 되는 것이었다. 덧붙여, 인맥도 탄탄했고 재산도 있는 사람이었다. 훗날 밝혀진 얘기지만, 그는 카라마조프 집안의 사건을 상당한 열의를 지니고 바라보았지만, 그저 일반적인 의미에서만 그러했다. 그가 흥미를 가진 것은 이 현상 자체, 그것의 분류, 그것을 우리의 사회적 토대의 산물 및 러시아적 요소의 한 특성으로 바라보는 시각 등이었다. 피고를 비롯한 관련자들의 개인적 운명이나 사건의 사적인 성격 및 그 비극성에 대해서라면 그는 상당히 무관심하고 추상적인 태도를 취했는데, 하긴 그게 마땅한 것이었는지도 모르겠다.

재판진이 나타나기 오래전부터 이미 법정은 초만원이었다. 우리 도시의 법정은 도시에서 가장 훌륭한 것으로서 넓고 높고 소리도 잘 울렸다. 다소간 높은 곳에 자리 잡은 재판관석의 오른편에는 배심원들을 위한 탁자와 두 열의 의자가 마련되어 있었다. 왼쪽에는 피고석과 변호인석이 있었다. 법정의 중간, 재판관석 가까이에는 '물증'이 놓인 책상이 있었다. 거기에는 표도르 파블로비치의 피범벅이 된 흰색 비단 실내복, 살인에 사용된 것으로 추정되는 치명적인 놋쇠 공이, 소매에 피가 묻은 미차의 루바시카, 그 당시 그가 피에 흠뻑 젖은 손수건을 집어넣었던 탓에 뒤쪽 호주머니 부분에 핏방울이 묻어 있는 프록코트, 피범벅이 된 채로 바싹 말랐다가 이제는 완전히 노래진 그 손수건, 미챠가 페르호친 집에서 자살을 하기 위해 장전해 둔 것을 트리폰 보리소비치가 모크로예에서 몰래 접수한 권총, 그루셴카에게 줄 3000루블이 들어 있던, 수신인의 이름이 쓰인 봉투, 그 봉투를 묶었던 가느다란 장밋빛 리본 등 그 밖에도 많은 물건들이 있었지만 언급하지 않겠다. 일반 방청객석은 다소간 멀리 떨어진 곳, 법정 깊숙한 곳에서부터 시작되었지만, 그 난간 앞에는 이미 증언을 했으되 법정에 머물러야 될 증인들을 위한 의자가 몇 개 놓여 있었다. 10시에 재판장, 한 명의 재판 임원, 한 명의 명예 치안판사로 구성된 재판진이 나타났다. 물론, 검사도 곧 나타났다. 재판장은 평균보다 작은 키에 탄탄하고 다부진 체격, 치질을 앓고 있는 듯한 얼굴, 짧게 깎은 짙은 색 머리카락에 새치가 섞여 있는 쉰 살쯤 된 사람으로서 붉은 리본을 달고 있었지만 어떤 훈장이었는지는 기억나지 않는다. 검사는 내게, 아니 나뿐만 아니라 모든 사람들에게 왠지 몹시 창백하다 못해 거의 새파란 얼굴을 하고 있는 것 같이 보였는데, 불과 사흘 전에 봤을 때만 해도 정말 멀쩡한 모습이던 사람이 무엇 때문인지 하룻밤 사이에 느닷없이 수척해진 것 같았다. 재판장은 집행관에게 배심원들이 모두 참석했는가? 하는 질문부터 던졌다. 하지만 나는 이런 식으론 더 이상 계속할 수 없을 것 같다. 왜냐면 일단 많은 얘기가 제대로 들리지도 않았고 어떤 것은 의미를 제대로 파악하지 못했고 또 어떤 것은 기억 속에 남아 있지도 않기 때문이며, 무엇보다도, 내가 앞서 이미 말했듯, 여기서 얘기되고 일어난 일들을 모두 기억하고자 한다면 그야말로 시간도, 지면도 부족할 것이기 때문이다. 내가 아는 것은 다만, 배심원들의 숫자가 이편저편, 즉 변호사 측과 검사 측을 막론하고 그다지 많지 않았다는 점이다. 총 열두 명의 배심원들은 똑똑히 기억나는데, 네 명은 우리 도시의 관리, 두 명은 상인, 여섯 명은 우리 도시의 농부와 소시민이었다. 지금도 기억나지만, 우리 도시의 사람들, 특히 부인네들 사이에서는 재판이 시작되기 오래전부터 다소간의 놀라움을 내보이면서 다음과 같은 질문이 오가곤 했다. "민감하고 복잡한 심리적 사건의 치명적인 해결을 무슨 관리 나부랭이들, 끝으로 농군들 손에 맡기다니, 농군은 말할 것도 없고 무슨 관리 나부랭이가 여기서 뭘 제대로 이해할 수 있겠어요?" 정말로, 배심원단에 포함된 이 네 명의 관리들은 모두 관등도 보잘것없는 시시껄렁하고 머리가 희끗희끗한 사람들로서——그들 중 오직 한 사람만 그래도 좀 젊었다——우리 사회에서도 별로 알려지지도 않고 쥐꼬리만 한 월급으로 근근이 입에 풀칠을 하고, 분명히 그 어디에도 선보일 수 없는 늙은 마누라와 아마 맨발로 싸돌아다닐 한 무리의 아이들을 거느린, 날이면 날마다 어디서 카드 나부랭이나 하면서 여가를 보내고 응당 책이라곤 단 한 권도 읽지 않은 그런 사람들이었다. 두 명의 상인은 그래도 좀 착실해 보였지만 어쩐지 이상할 정도로 말이 없고 또 딱딱하게 굳어 있었다. 그들 중 한 명은 턱수염을 밀었고 독일식으로 차려입었다. 다른 한 명은 턱수염을 희끗희끗하게 기르고 무슨 메달이 달린 붉은 리본을 목에 달고 있었다. 소시민들과 농부들에 대해선 숫제 말할 것도 없다. 우리 스코토프리고니옙스크의 소시민들은 거의 농부나 다름없어서 심지어 밭일도 한다. 그들 중 두 명도 역시 독일식 옷을 입었는데 아마 바로 이 때문에 나머지 네 명보다 더 지저분하고 칠칠맞지 못하게 보였는지도 모르겠다. 그러니까 내가 그들을 뜯어보자마자 들었던 생각이 정말로 누구에게나 들었을 법했다. 예를 들어 '이런 치들이 이런 사건에서 뭘 제대로 이해할 수 있겠는가?'와 같은 생각 말이다. 그럼에도 불구하고, 그들의 얼굴은 엄격하게 잔뜩 찌푸려진 것이 어쩐지 이상할 정도로 위압적인, 거의 협박을 하는 듯한 느낌마저 주었다.

마침내 재판장은 퇴역 9등 문관 표도르 파블로비치 카라마조프 살해 사건의 심리에 들어간다고 선언했는데, 그때 그가 정확히 어떤 표현을 썼는지는 기억이 안 난다. 집행관에게 피고를 데려오라는 명령이 떨어졌고, 곧 미챠가 나타났다. 법정 안이 찬물을 끼얹은 듯 조용해져서 파리 소리도 들을 수 있을 정도였다. 다른 사람들은 어떠했는지 모르지만, 미챠의 모습에 나는 심히 불쾌한 느낌을 받았다. 무엇보다도, 그는 막 새로 맞춘 프록코트를 입고 엄청나게 멋을 부리며 나타난 것이었다. 나는 나중에 가서, 그가 이날 일부러 예전부터 애용했으며 자기 치수를 갖고 있던 모스크바의 재봉사에게 프록코트를 주문했다는 것을 알게 되었다. 그는 또 염소 가죽으로 된 검은 새 장갑을 끼고 멋스러운 와이셔츠를 입었다. 그는 아무런 주저 없이 앞을 똑바로 바라보며 예의 그 보폭이 넓은 걸음걸이로 성큼성큼 걸어와 아주 태연스러운 표정으로 자기 자리에 앉았다. 그러자 곧장 저명한 페츄코비치 변호사가 나타났는데, 법정 안으로 어쩐지 억눌린 듯한 웅성거림이 퍼져 가는 것 같았다. 그는 후리후리하고 깡마른 사람으로서 다리는 가늘고도 길었고 손가락도 굉장히 길고 가늘고 또 창백했으며, 얼굴은 면도를 했고 상당히 짧게 깎은 머리카락은 소박하게 빗어 넘겼고 냉소도, 미소도 아닌 웃음을 지으며 간간이 입술을 일그러뜨렸다. 겉보기에 나이는 마흔 살쯤 된 듯했다. 그의 얼굴은 눈만 아니었다면 호감을 주었을 텐데, 그 눈은 별로 크지도 않고 표정이 풍부하지도 않았지만 두 눈 사이가 지나치게 좁아서 오직 길고 가느다란 코의 가느다란 콧대 하나만이 간신히 그 자리에 비집고 들어앉아 있는 것만 같았다. 한마디로 말해서, 이 생김새는 확실히 충격적일 정도로 새를 연상시키는 뭔가가 있었다. 그는 연미복을 입고 하얀 넥타이를 매고 있었다. 재판장이 미챠에게 던진 첫 질문, 즉 이름, 지위 등에 관한 질문이 기억난다. 미챠는 또렷하긴 하지만 왠지 어처구니가 없을 만큼 큰 소리로 대답을 해 버렸고, 이 때문에 재판장은 심지어 머리까지 한 번 거세게 내젓고는 거의 놀란 듯한 표정으로 그를 바라보았다. 그다음엔 재판의 심리에 호출된 인물들, 즉 증인들과 감정인들의 명단이 낭독되었다. 명단은 길었지만, 증인들 중 네 명은 불참한 상태였다. 가령, 미우소프는 예심 때는 증언을 했지만 현재 이미 파리에 가 있었고 호흘라코바 부인과 지주 막시모프는 병 때문에, 또 스메르쟈코프는 느닷없이 죽어 버렸기 때문에 출석하지 못했으며,

이에 덧붙여 경찰의 증언도 제시되었다. 스메르쟈코프에 대한 소식이 알려지자 법정은 심하게 동요하고 또 수군거리기 시작했다. 물론, 방청객 중 대다수가 이 느닷없는 자살 에피소드에 대해선 아직까지 전혀 몰랐던 것이다. 하지만 특별히 큰 충격을 안겨 준 것 — 그것은 미챠의 느닷없는 돌발 행동이었다. 스메르쟈코프에 대한 발표를 하자마자 그는 자기 자리에서 갑자기 온 법정을 향해 고함을 질렀다.

"원래 개 같은 놈은 개같이 뒈지는 거다!"

그의 변호인이 그에게 달려들었고 재판장이 그에게 이와 같은 행동이 한 번 더 반복될 시에는 엄중한 조치를 취하겠다며 그를 위협했던 것이 기억난다. 미챠는 단속적으로 고개를 끄덕이긴 했지만 뉘우치는 기색이라곤 조금도 보이지 않고 그냥 변호사에게 반쯤 기어 들어가는 목소리로 다음과 같은 말을 몇 번씩이나 반복했다.

"안 그러겠습니다, 안 그러겠어요! 저도 모르게 그만 헛말이 튀어나왔군요! 더 이상 안 그러겠습니다!"

이 짧은 에피소드는, 물론, 배심원과 방청객의 견해에 좋지 않은 영향을 미쳤다. 스스로 자신의 성질을 드러내 버림으로써 자기를 소개한 셈이 되었으니 말이다. 이런 인상이 만연한 가운데, 재판장의 서기에 의해 기소장이 낭독되었다.

그것은 상당히 짧으면서도 일목요연했다. 왜 이자가 연행되었고 왜 재판에 회부되었는가에 관한 아주 주된 이유만이 기술되어 있었던 것이다. 그럼에도 불구하고, 그것은 나에게 강렬한 인상을 남겼다. 서기는 소리 높여 또박또박 명료하게 낭독했다. 그리하여 이 비극 전체가 숙명적이고 무자비한 빛을 받으면서 돋을새김처럼 돌출되고 집약된 모양새로 모든 사람들 앞에 새로이 나타난 것이다. 낭독이 끝나자마자 재판장이 미챠에게 위압적이고도 큰 소리로 다음과 같은 질문을 던졌던 것이 기억난다.

"피고, 피고는 스스로 유죄를 인정하십니까?"

미챠는 갑자기 자리에서 일어났다.

"술을 마시고 방탕하게 산 것에 대해서는 유죄를 인정합니다." 그는 이번에도 어쩐지 어처구니없을 만큼 거의 미친 듯한 목소리로 소리쳤다. "게으름을 부리고 난동을 일삼은 것에 대해서도요. 운명이 채찍질을 가한 바로 그 순간엔 영원토록 성실한 사람이 되고 싶었습니다! 하지만 저의 적이자 아버지인 노인의 죽음에 대해선──무죄입니다! 또, 하지만 강도질에 대해서는──아니, 아니요, 이것도 역시 무죄이며, 죄를 지으려야 지을 수도 없는 노릇입니다. 드미트리 카라마조프는 야비한 놈이긴 하지만 도둑놈은 아니니까요!"

이 말을 외친 뒤 그는 자리에 앉았는데, 온몸을 부들부들 떠는 것이 보였다. 재판장은 다시금 그렇게 부차적이고 미친 듯한 감탄을 늘어놓지 말고 그저 묻는 말에만 대답을 하라면서 짧지만 교시적인 훈시를 주었다. 이어서, 재판 심리로 들어가라는 명령이 떨어졌다. 모든 증인들이 선서를 하러 나왔다. 그때 나는 그들을 한자리에서 다 볼 수 있었다. 그런데 피고의 동생들은 선서 없이 증언하는 것이 허용되었다. 성직자와 재판장의 훈시가 있고 나자, 증인들은 물러났고 가능한 한 서로 따로따로 앉게끔 자리를 배정받았다. 이어, 그들은 한 명씩 불려 나오기 시작했다.

2 위험한 증인들

검사 측 증인들과 변호사 측 증인들이 재판장에 의해 어떻게든 따로 구분되었는지 어떤지, 또 정확히 어떤 순서에 따라 그들이 불려 나오기로 했는지는 나도 모르겠다. 필경 이런 구분과 순서가 있긴 있었다. 하지만 내가 알고 있는 것은 그저 먼저 불려 나온 쪽은 검사 측 증인들이었다는 점이다. 반복하건대, 나는 이 모든 심문들을 차례대로 다 기술할 의향은 없다. 더욱이 내가 그렇게 기술해 봤자 그건 얼마간은 사족이 될 것인데, 왜냐하면 검사와 변호사가 법적 공방에 돌입했을 때 그동안 청취된 모든 증언의 흐름과 의미가 전부 그들의 연설 속에서 하나의 점으로 수렴되어 그 각각의 특성에 따라 환한 조명을 받았기 때문이다. 두 편의 이 뛰어난 연설을 나는 최소한 몇 군데만이라도 빈틈없이 기록해 두었고 때가 되면 전달하도록 하겠고 또 마찬가지로 양측의 법적 공방이 시작되기 전에 느닷없이 발생한, 본 소송에 전혀 예상치 못했던 굉장한 에피소드도, 본 사건의 결말에 위협적이고 치명적인 영향을 미친 그 에피소드도 전달하도록 하겠다. 여기서 지적해 둘 것은 오직, 공판이 시작된 맨 처음부터 이 '사건'이 지닌 다소간의 특이한 특성이 모든 사람들이 알아챌 수 있을 정도

12장 오심

341

로 분명하게 부각되었다는 점이다. 즉, 원고 측의 힘이 변호사 측이 동원할 수 있는 수단과 비교할 때 이례적일 만큼 우세했던 것이다. 다들 첫 순간에, 즉 온갖 사실들이 이 무서운 법정에서 집약적으로 모이기 시작하고 이 공포, 이 피의 전모가 점차 수면 위로 떠오르기 시작했을 때 이 점을 깨달았다. 맨 첫 발짝을 내디딜 때부터 이것은 왈가왈부할 여지조차 없는 일이다, 여기엔 의심의 여지도 없다, 본질적으로 어떤 변론도 필요 없다, 변론은 그저 형식적 절차일 뿐이다, 범인은 유죄이다, 그것도 명명백백하게 유죄요 완전히 유죄이다, 하는 점은 누구나 알 만한 것이었다. 내 생각으론, 심지어 흥미의 대상인 이 피고가 무죄 판결을 받길 갈망하며 그토록 조바심을 냈던 부인네들조차도 하나에서 열까지 모두 한편으론 그가 전적으로 유죄임을 확신했던 것 같다. 그뿐만 아니라, 만약 그의 유죄가 그토록 확실시되지 않았더라면 그들은 심지어 낙심하기까지 했을 터인데, 왜냐면 그 경우엔 범인에게 무죄 판결이 내려지면서 대단원의 막을 내릴 때 극적인 효과가 별로 없을 테니 말이다. 그런데도 그가 무죄 판결을 받으리라는 것 ── 이 점에 대해서는 이상한 노릇이긴 하지만, 모든 부인네들이 가장 최후의 순간까지도 확고하게 믿었다. '유죄이긴 하지만 인도주의, 요즘 나타난 새로운 이념과 새로운 감정에 입각하여 무죄 판결을 내릴 것이다.' 등등. 바로 이것을 위해서 그들은 그처럼 조바심을 내며 이리로 몰려온 것이었다. 남성들은 검사와 훌륭한 페츄코비치의 법적 공방에 제일 큰 관심을 보였다. 다들 놀라워하면서 스스로에게 다음과 같은 질문을 던져 보곤 했다. 즉, 폐츄코비치가 제아무리 재능을 지녔다고 해도 엎질러진 물이나 다름없는, 이렇게 대책 없는 사건으로 뭘 어떻게 할 수 있겠는가? 그랬기에 이들은 긴장 어린 주의를 기울이면서 그의 위업적인 활약을 찬찬히 지켜보았던 것이다. 하지만 폐츄코비치는 그야말로 끝까지, 자신의 변론을 시작하기 직전까지도 모든 이들에게 수수께끼로 남아 있었다. 노련한 사람들은 그에게 모종의 체계가 있고 이미 뭔가가 형성되었기 때문에 앞으로 어떤 목표를 지니고 있음을 예감했지만——그것이 어떤 것인지는 거의 짐작할 수 없었다. 그의 확신과 자신감은, 그래도, 곧바로 눈에 들어왔다. 그 밖에도, 모든 사람들이 당장에 만족감을 피력하면서 우리 도시에 온 지 참 얼마 되지 않는데, 그러니까 고작해야 사흘 정도밖에 안 됐는데도 사건을 놀라울 정도로 잘 파악할 줄 알았고 "그것의 민감한 부분까지도 연구했다."라고 지적했다. 예컨대 나중에는 적시에 검사 측의 모든 증인들의 '뒤통수를 쳐서' 그들을 최대한 어리둥절하게 만들 줄 알았으며 무엇보다도 그들의 도덕적인 평판에 먹칠을 함으로써 자연스럽게 그들의 증언들에도 먹칠을 할 줄 알았다고 얘기하면서 쾌감을 느끼기도 했다. 하지만, 그가 자꾸 이런 식으로 나오는 것은 유희를 위해서, 말하자면 모종의 법률적 광채를 부각하기 위해서다, 변호사들이 흔히 쓰는 수법들을 하나도 빼먹지 않기 위해서다, 하는 견해도 있었다. 그러니까 다들 확신하길, 그가 이렇게 자꾸 '먹칠'을 한다고 해서 결정적으로 무슨 큰 이득을 얻을 리도 없고 이 점을 변호사 자신이 누구보다도 더 잘 알 테니까 자기만의 꿍꿍이속이 있다고, 그러니까 방어 무기를 일단은 숨겨 두었다가 때가 되면 갑자기 꺼내 들 속셈이라는 것이었다. 하지만 일단은 자신의 역량을 의식하면서 놀이 삼아 장난을 치는 데 지나지 않는다는 것이었다. 그러니까 예를 들자면, 표도르 파블로비치의 시종이자 '정원으로 통하는 문이 열려 있었다.'라는 아주 어마어마한 증언을 한 그리고리 바실리예비치가 심문을 받을 때 변호사는 자신이 질문을 해야 하는 차례가 되자 그를 꽉 물고 늘어졌다. 여기서 한 가지 지적해 둘 것이 있는데, 다름 아니라 그리고리 바실리예비치는 법정의 웅장한 분위기에도, 자기의 말에 귀를 쫑긋 세우고 있는 거대한 방청객의 존재에도 조금도 당황하는 기색 없이 거의 위풍당당하다는 느낌이 들 정도로 평온한 모습을 하고 법정에 섰다는 것이다. 증언을 함에 있어서 그는 좀 더 공손했다는 것만 빼면 자기 아내 마르파 이그나치예브나와 단둘이서 얘기를 나눌 때와 같은 자신감을 보였다. 그를 어리둥절하게 만드는 것은 불가능했다. 검사는 우선 그에게 오랫동안 카라마조프 집안의 세세한 가정사를 캐물었다. 한 가정의 풍경이 환한 조명을 받으며 수면 위로 떠올랐다. 이 증인이 솔직하고 공평하다는 것은 그의 말을 들어 보면 훤히 알 수 있었다. 자신의 전(前) 주인 나리의 기억에 대해 무척 깊은 존경심이 있었음에도 그는 예를 들어, 어쨌거나 주인 나리가 미챠에게 불공평했다고 선언했고 미챠의 유년 시절을 얘기할 때는 '아이들을 키우는 데 별로 관심이 없었다. 저 도련님이 핏덩어리나 다름없는 아이였을 때 내가 없었더라면 저분은 득실거리는 이[蝨]한테 갉아 먹혔을 것이다.'라고 덧붙였다. '또 아버지 된 도리로 아들의 명의로 되어 있는 어머니의 재산을 갖고 아들을 농락한 것도 자랑할 건 못 된다.'라는 것이었다. 표도르 파블로비치가 재산 계산 건을 갖고 아들을 농락했다고 주장할 근거가 그에게 있는가 하는 검사의 질문에 대해서 그리고리 바실리예비치는 어떤 합당한 근거도 제시하지 못했고 그래서 모든 사람들을 놀라게 했지만, 그럼에도 아들의 재산에 대한 계산법은 '틀린 것'이기 때문에 아들에게 정확히 '몇 천 루블은 마저 더 지불해야 했다.'라고 우겼다. 그나저나 여기서 한 가지 지적하자면, 검사는 나중에도 이 질문——표도르 파블로비치가 미챠에게 유산을 전부 다 지불하지는 않은 것이 정말인가?——에 유난히 집착하면서 알료샤와 이반 표도로비치는 물론이고 최대한 모든 증인들에게 이걸 물어보았지만, 그 어떤 증인에게서도 어떤 정확한 정보를 얻지는 못했다. 다들 그런 사실이 있었다고는 했지만 아무도, 조금이라도 분명한 증거를 제시하지는 못했던 것이다. 그리고리가 식사 장면, 즉 드미트리 표도로비치가 잠입해 들어와서는 아버지를 쥐어패고 다시 와서 꼭 죽이겠다고 협박하는 장면을 묘사해 준 이후에는——법정 안에 음산한 분위기가 감돌았는데 더욱이 늙은 하인이 군더더기 말은 하지 않고 예의 그 자신의 독특한 언어로 차분하게 얘기했기 때문에 더 무서운 웅변이 되어 버렸던 것이다. 미챠가 그때 자기 얼굴을 때리고 자기를 넘어뜨림으로써 자기에게 모욕을 가한 일은 오래전에 용서했기 때문에 화가 나지도 않는다고 지적했다. 고(故) 스메르쟈코프에 대해서는 성호를 그으며 자기 견해를 말하길, 젊은 녀석이 제법 재능이 있었지만 어리석었던 데다가 병마에 시달렸고 무엇보다도 신을 믿지 않는 녀석이었다, 녀석에게 이런 불신을 가르친 건 표도르 파블로비치와 그의 큰아들이었다는 것이다. 하지만 스메르쟈코프의 정직에 관한 한 거의 열을 올리며 그를 옹호했으며, 저 옛날 스메르쟈코프가 나리가 떨어뜨린 돈을 주웠는데 몰래 숨기기는커녕 오히려 주인 나리에게 갖다 바쳤고 주인 나리는 이를 가상히 여겨 '금화를 선물로 주었고' 그 후로도 모든 일에 있어서 그를 신임하게 되었노라고 전했다. 정원 문이 열려 있었다는 점에 관해선 조금도 물러서지 않고 고집을 부렸다. 그나저나, 그가 너무나 많은 질문을 받았기 때문에 나로선 모든 것을 다 기억할 수도 없다. 마침내 변호사가 심문할 차례가 되자, 그는 제일 먼저 표도르 파블로비치가 '모 부인'을 위해 3000루블을 챙겨둔 '것처럼 보이는' 그 봉투에 대해 묻기 시작했다. "그것을 당신이 직접 보셨습니까——그토록 오랜 세월 동안 주인 나리를 가까이서 모셨던 사람으로서 말입니다?" 그리고리는 그걸 보지도 못했거니와 심지어 '지금 모든 사람들이 말을 꺼내기 전까지는' 그런 돈에 대해 누구한테 들은 적도 없었다고 대답했다. 돈 봉투에 대한 이 질문을 페츄코비치는 최대한 다른 모든 증인들에게도 던졌으며 검사가 재산 분할에 대한 질문을 던질 때와 같은 집요함을 보였지만, 역시나 모든 이들로부터 똑같은 대답을, 즉 대다수가 돈 봉투에 대해 듣긴 했지만 누구 하나 그걸 보지는 못했다는 대답을 들었다. 변호사가 이 질문에 집착하고 있다는 것은 다들 처음부터 알아챌 수 있었다.

"괜찮으시다면, 이제 다음 질문을 던져도 되겠습니까?" 하고 페츄코비치가 갑자기, 전혀 느닷없이 물었다. "예심에서도 나왔던 얘기지만, 그날 저녁 당신이 취침 전에 병을 치료할 생각으로 그 아픈 허리께에 발랐던 그 발삼, 더 정확히 말해, 그 물약은 무엇으로 구성되어 있었습니까?"

그리고리는 멍한 눈으로 질문자를 바라보더니, 잠깐 입을 다물고 있다가 웅얼거렸다.

"샐비어가 들어갔소."

"샐비어뿐입니까? 뭐 다른 것은 기억이 안 나십니까?"

"질경이도 들어갔소."

"후추도 아마 들어갔겠죠?" 페츄코비치가 호기심을 보였다.

"후추도 넣었지요."

"등등 가지가지였겠지요. 그리고 그 모든 것을 보드카에 담갔습니까?"

"알코올에 담갔소."

법정에서는 조금씩 킥킥대는 웃음소리가 퍼져 갔다.

"거 보십시오, 심지어 알코올에 담갔다니. 그걸 등에 문지른 뒤 당신의 부인만 알고 있는 무슨 경건한 기도를 올리며 병에 남은 내용물을 마셨겠지요, 안 그렇습니까?"

"그렇소, 마셨소."

"대략 얼마나 많이 마셨습니까? 대략이라도 말이죠? 보드카 잔으로 한 잔, 아니면 두 잔?"

"물컵으로 한 잔은 족히 되겠군요."

"심지어 물컵으로 한 잔이라니. 혹시, 한 컵 반 정도를 마신

건 아닙니까?"

그리고리는 입을 다물었다. 뭔가를 깨달은 듯한 눈치였다.

"순 알코올을 한 컵 반 정도를 마시면——기분이 썩 나쁘지 않을 것 같은데, 어떻습니까? 정원 문이 열린 건 고사하고 '천국의 문이 열린 것'도 볼 수 있지 않을까요?"

그리고리는 여전히 침묵을 고수했다. 다시금 법정 안으로 킥킥대는 웃음소리가 퍼져 갔다. 재판장은 몸을 달싹거렸다.

"혹시 말입니다." 하고 페츄코비치는 점점 더 끈덕지게 달라붙었다. "정원 문이 열린 걸 보았다는 그 순간에 주무시고 계신 건 아니었습니까, 어떻게 정확히 모르시겠습니까?"

"두 발로 멀쩡하게 서 있었는데요."

"그것이 주무시고 계시지 않았다는 증거가 되진 못하지요.(법정 안에선 킥킥대는 웃음소리가 점점 더 커졌다.) 예를 들어, 그 순간에 누군가가 당신에게 뭘, 그러니까 예를 들어 올해가 몇 년이냐고 물어봤다면 대답할 수 있었겠습니까?"

"그건 모르겠소."

"그럼, 올해가 몇 년, 그러니까 그리스도 탄생 이후 몇 년입니까, 모르시겠습니까?"

그리고리는 자신을 괴롭히는 자를 뚫어져라 바라보면서 한방 맞은 표정을 지으며 서 있었다. 이상한 노릇이지만, 그는 지금이 몇 년인지 정말로 모르는 눈치였다.

"그럼, 당신의 손에 손가락이 몇 개인지는 설마 알고 계실 테죠?"

"이 몸은 비천한 노예올시다." 그리고리가 갑자기 큰 소리로 또박또박 말했다. "만약 높으신 어른께서 저를 조롱해야 직성이 풀리신다면, 저로선 감내할 수밖에 없소."

페츄코비치는 약간 주춤하는 태도를 보였는데, 마침 재판장도 개입하여 보다 더 적합한 질문들을 던져야 한다는 점을 훈계조로 변호사에게 상기시켰다. 페츄코비치는 그 말을 경청한 뒤 위엄 있게 몸을 숙여 인사하고 본인의 심문은 끝났다고 선언했다. 물론, 방청객과 배심원 모두, 치료 중이라는 특정한 상황에서 '천국의 문을 볼' 수 있는 가능성마저 지녔고 또 그리스도 탄생 이후 지금이 몇 년인지도 모르는 사람의 증언에 대해 조그만 의심의 벌레가 생겨나지 않을 수 없는 상황이었다. 그러니까 변호사는 어쨌거나 소기의 목적을 달성한 셈이었다. 하지만 그리고리가 퇴장하기 전에 또 하나의 에피소드가 발생했다. 재판장이 피고를 향해 제시된 증거에 대해 뭐 지적할 것이 더 있는가? 하고 물었다.

"문에 관한 것을 빼면 모든 것이 다 사실대로입니다." 미챠가 큰 소리로 외쳤다. "제 몸에 득실대는 이를 잡아 준 것에 대해서 감사드리며, 저의 구타를 용서해 준 것에 대해서도 감사드립니다. 노인은 한평생 정직했으며 아버지한테는 700마리의 삽살개처럼 충직했습니다."

"피고, 말을 좀 골라서 쓰시오." 재판장이 엄격하게 말했다.

"나는 삽살개가 아니오." 그리고리도 투덜댔다.

"뭐 그렇다면 제가 삽살개로군요, 제가 말이죠!" 미챠가 소리쳤다. "기분이 상했다면 이 말은 저한테로 돌리고, 저 노인에게는 용서를 비는 바입니다. 어쨌거나 저 노인에겐 짐승처럼 잔인하게 굴었으니까요! 이솝에게도 역시 잔인하게 굴었죠."

"이솝이라니요?" 재판장이 다시 엄격하게 말을 받았다.

"그러니까 저 피에로 말입니다……. 우리 아버지, 표도르 파블로비치요."

재판장은 또다시 위압적이고 극히 엄격하게, 단어 선정에 있어서 좀 더 신중하라고 미챠에게 주의를 주었다.

"이런 식으로 나오면, 당신에 대한 재판관들의 견해에 불리한 영향을 끼칠 뿐입니다."

변호사는 증인 라키친을 심문할 때도 정확히 이런 식으로 극히 기민한 솜씨를 발휘했다. 여기서 지적해 둘 것은 검사가 라키친을 아주 유력한 증인 중 하나로 간주하여 분명히 몹시 아꼈다는 점이다. 알고 보니 그는 모든 것을, 놀라울 정도로 많은 것을 알고 있었는데 모든 사람의 집을 드나들며 모든 것을 보았고 모든 사람들과 이야기를 했으며 표도르 파블로비치는 물론이고 카라마조프 집안의 모든 내력을 아주 소상히 알고 있었다. 사실, 3000루블이 들어 있는 봉투라면 라키친 역시도 고작해야 미챠에게서 들은 것이 전부였다. 그 대신, 그는 선술집 '수도'에서 미챠의 그 잘난 행동들, 즉 미챠의 명예를 훼손할 만한 모든 언행을 상세하게 묘사했으며 2등 대위 스네기료프의 '수세미' 얘기도 전했다. 예의 그 특수한 항목, 즉 표도르 파블로비치가 재산 계산에 있어서 미챠에게 얼마간을 더 지불해야 했는가에 대해서는──아무리 라키친이라고 해도 아무 말도 해 줄 수 없었으며 그저 경멸스럽다는 어조로 개괄적인 언질을 줌으로써 끝맺었다. '과연 누가 카라마조프 집안사람들을 두고 제대로 잘잘못을 가려낼 수 있겠는가, 아무도 자기가 누군지 이해할 수도, 정의할 수도 없는 것이 이 어처구니없는 카라마조프가의 특성[41]인데, 도대체 누가 누구한테 빚이 있다는 건가?'라는 거였다. 공판의 대상이 되고 있는 범죄의 비극에 관해서 그는 그것이 농노제의 낡아 빠진 풍습, 그리고 적절한 제도의 부재로 인해 고통받고 심한 혼란에 휩싸인 러시아가 낳은 산물이라고 기술했다. 한마디로 말해서, 그에게는 발언권이 주어진 셈이었다. 이 소송에서 라키친 씨는 처음으로 자신의 존재를 알렸으며 사람들 사이에서 두각을 나타내게 되었다. 검사는 증인이 잡지에 이 범죄 사건을 다룬 기사를 실을 준비를 하고 있음을 알고 있었고 나중에는 자신의 연설에서(우리도 나중에 보게 될 것이다.) 이 기사의 몇몇 생각을 인용하기까지 했는데, 다시 말해서 이미 기사를 접했던 것이다. 증인이 묘사한 그림은 결과적으로 음산하고 치명적이었기에, 피고의 '유죄'를 더 공고히 만들어 버렸다. 전체적으로 라키친의 진술은 그 사상이 독창적이고 또 그 전개 방식이 이례적일 정도로 고매했기 때문에 방청객을 매료시켰다. 특히, 농노제와 혼돈 속에서 고통받는 러시아 얘기가 나왔을 때는 심지어 두세 번에 걸쳐 느닷없이 박수갈채가 터져 나오기도 했다. 하지만 라키친은 어쨌거나 아직은 젊은 나이였던지라 그만 작은 실언을 해 버렸고, 변호사는 그 즉시 그것을 기가 막히게 잘 이용했다. 그러니까 라키친은 그루셴카

---

41) 원어는 'karamazovshchina'로서 '카라마조프적인 것'을 뜻한다.

에 대한 특정 질문에 대답을 하는 와중에, 자신의 성공을 이미 잘 의식하고 있었던 건 물론이고 자기가 보여 준 저 높은 고매함에 너무 도취된 나머지 그만 아그라페나 알렉산드로브나에 대해 '상인 삼소노프의 애첩'이라는 다소간 경멸적인 표현을 쓰고 말았다. 이 한마디 말을 수습하기 위해서 그는 나중에 비싼 대가를 치르게 생겼는데, 왜냐면 바로 이 말을 빌미로 페츄코비치가 그의 덜미를 잡았기 때문이다. 라키친은 상대방이 그 짧은 기간 동안에 이 사건과 관련된 이런 내밀한 속사정까지 알아낼 수 있었으리라곤 숫제 생각도 못 했던 것이다.

"여쭙고 싶은 것이 있습니다만." 하고 변호사는 질문을 던질 차례가 되자, 아주 친절하고 심지어 공손하기까지 한 미소를 지으며 말을 시작했다. "당신은 물론, 러시아 정교 감독관구에서 출판한 소책자 『영면하신 장로님 조시마 신부님의 생애전』을, 심오한 종교적 사상으로 충만하고 고(故) 장로님께 바치는 훌륭하고 경건한 헌사가 담긴 책을 쓰신 바로 그 라키친 씨겠지요, 저는 얼마 전에 몹시 만족스럽게 읽었습니다만?"

"그건 출판할 목적으로 쓴 것이 아니었는데…… 그러니까 나중에 인쇄가 된 겁니다." 라키친은 갑자기 뒤통수를 얻어맞은 양 어리둥절해하고 거의 수치심까지 느끼면서 중얼거렸다.

"오, 이건 멋진 일입니다! 당신과 같은 사상가는 온갖 사회적인 현상에 극히 폭넓은 관심을 가질 수 있으며 또한 그래야만 합니다. 고(故) 장로님의 후원으로 당신의 아주 유용한 책자가 널리 퍼졌으니 얼마간의 이득이 됐을 텐데요……. 하지만 지금 제가 당신에게 무엇보다도 여쭙고 싶은 것은 말입니다, 당신은 방금 스베틀로바 양과 극히 가깝게 알고 지내는 사이였다고 천명하신 거죠?"(주의 사항.(Nota bene.) 그루셴카의 성은 알고 보니 '스베틀로바'였다. 이것을 나는 이날 심리가 진행되는 동안에 비로소 처음으로 알게 되었다.)

"제가 알고 있는 모든 사람들에 대해 책임을 질 수는 없는 노릇입니다……. 저는 나이도 젊고…… 그리고 도대체 누가 자기와 마주치는 모든 사람들에 대해 책임을 질 수 있겠습니까." 라키친은 그야말로 발끈했다.

"그렇지요, 암 그렇고말고요!" 페츄코비치는 자기도 당혹스러웠는지 맹렬한 기세로 서둘러 사과를 하면서 소리쳤다. "그 젊고 아름다운 여성분은 이곳 젊은 청년들의 꽃다발을 기꺼이 받아들이는 편이었으니까, 당신이라고 해서 다른 사람들처럼 그분과 안면을 트는 데 관심을 가지지 말라는 법은 없으니까요, 하지만…… 제가 알고 싶은 건 다음과 같은 점입니다. 즉, 우리가 알고 있기론, 두 달쯤 전에 스베틀로바가 카라마조프 집안의 삼남, 즉 알렉세이 표도로비치와 정말로 안면을 트고 싶은 마음에 그를, 그것도 그 당시의 수도사 복장을 한 그를 자기 집에 데려온다는 조건으로, 즉 당신이 그를 그녀의 집에 데려오기만 하면 당신에게 25루블을 주겠다고 약속했다지요. 이건, 주지하다시피, 바로 본 사건의 주된 골자를 이루는 비극적 참극이 발생한 그날 저녁에 있었던 일입니다. 당신은 알렉세이 카라마조프를 스베틀로바 양의 집으로 데려갔으며 그때 스베틀로바 양으로부터 사례금 조로 그 25루블을 받았다는데, 자 바로 이 얘기를 당신에게서 직접 들을 수 있을까요?"

"그건 장난이었습니다……. 당신이 이 일에 왜 관심을 갖는지 모르겠군요. 그저 장난삼아 받았던 것이고…… 나중에 다시 돌려주려고……."

"그렇다면, 받긴 받았다는 거로군요. 하지만 지금까지도 돌려주지 않으셨고…… 아니면 돌려주셨습니까?"

"이런 하찮은 일을 갖고……." 라키친은 어물거렸다. "저는 이런 질문에는 대답할 수 없습니다……. 그리고 물론 돌려줄 겁니다."

검사가 개입했지만, 변호사는 이걸로 라키친 씨에 대한 자신의 질문은 끝났다고 천명했다. 라키친은 체면이 다소 깎인 채 증인석에서 퇴장했다. 그의 연설이 고상하고 고매했다는 인상은 이런 식으로 망가졌고, 페츄코비치는 눈으로 그를 전송하면서 방청객을 향해 "자, 여러분의 고귀한 고소인들이 어떤 작자들인지를 한번 보시오!"라고 말하는 듯했다. 이번에도 미챠 쪽에서는 기어코 에피소드 하나를 만들었던 것도 기억난다. 라키친이 그루셴카 얘기를 할 때 보인 어조에 성이 난 그는 자기 자리에서 "베르나르!"라고 외쳤다. 재판장이 라키친의 심문이 모두 끝난 직후 피고를 향해 뭐든 자기 쪽에서 지적하고 싶은 것이 없느냐고 하자, 미챠는 쩌렁쩌렁 울리는 목소리로 다음과 같이 소리쳤다.

"저놈은 이미 피고가 된 저한테서도 돈을 꿔 갔습니다! 이 썩을 놈의 베르나르에 출세밖에 모르는 놈, 하느님도 믿지 않고 또 고(故) 장로님까지 속였어요!"

미챠는 또다시 표현이 너무 난폭하다는 이유로 단단히 주의를 받긴 했지만, 라키친 씨도 체면이 영 뭉개져 버렸다. 2등 대위 스네기료프의 증언에도 별로 운이 따라 주지 않았는데, 그건 이미 완전히 다른 이유에서였다. 그는 더러운 옷을 걸치고 더러운 장화를 신고 완전히 누더기의 몰골로, 그리고 한결같이 경고를 받고 미리 '검사'마저 받았건만 느닷없이 곤드레만드레 술에 취해 나타났던 것이다. 미챠에게 받은 모욕에 관해 묻자, 그는 갑자기 대답하기를 거절했다.

"하느님이 그분과 함께하길. 일류셰치카가 명령했습니다. 그곳에 가면 하느님이 저에게 보답을 해 주실 것입니다요."

"누가 당신에게·말하지 말라고 명령했던가요? 누구 얘기를 하는 겁니까?"

"일류셰치카, 제 아들 녀석입죠. '아빠, 아빠, 그자가 아빠를 얼마나 심하게 깔아뭉갰는지!' 바윗돌 근처에서 그렇게 말했습죠. 지금은 죽어 가고 있습니다요……."

2등 대위는 갑자기 엉엉 흐느껴 울면서 재판장의 발밑으로 털썩 쓰러졌다. 방청석에서 웃음이 퍼지는 가운데 그는 서둘러 끌려 나갔다. 이로써 검사가 노렸던 효과는 아예 물거품이 되고 말았다.

변호사는 계속 모든 수단을 총동원했고 사건의 내막을 그야말로 속속들이 알고 있음을 보여 줌으로써 점점 더 놀라움을 배가시켰다. 예를 들자면, 트리폰 보리소비치의 증언은 극히 강한 인상을 남겼으며 물론 미챠에게 굉장히 불미스러운 일이 되었다. 그는 참극이 있기 한 달 전에 미챠가 모크로예에 처음 왔을 때 쓴 돈이 최소한 3000은 되었고 '그보다 적은 액수였다고 해도 아주 조금 적었을 것'이라고 흡사 거의 손가락으로 꼽아 보듯 셈을 해 주었다. 그러니까 "집시한테 뿌린 돈만 해도 얼마인지 모릅니다요! 이가 득실거리는 우리네 농군들에게까지도 50코페이카짜리 은화 한 닢을 길거리에 던져 주는 정도가 아니라 적어도 25루블짜리 지폐 정도는 되는 돈을 그냥 거뜬히 선사했습니다요. 절대 그보다 적진 않았습죠. 그때 저분한테서 그냥 훔쳐 간 돈만 해도 얼마나 될지 모를 일이죠! 이런 건 식은 죽 먹기인 데다가 또 저분이 직접 나서서 돈을 거저 뿌려 댔으니 어디서 그놈을, 그러니까 도둑놈을 잡겠어요! 우리네 민중은 원래 날강도라서 영혼이고 뭐고 없어요. 처녀 애들, 우리 시골 마을의 처녀 애들 손으론 또 얼마나 흘러들어갔을지! 오죽하면 옛날엔 그렇게 가난했던 우리들이 그때 이후로 부자가 됐다니까요."라는 것이었다. 한마디로 말해서 그는 미챠의 지출 내역을 죄다 기억해 내서 꼭 주판알을 튕기듯 셈을 해 보였다. 이런 식으로 해서 미챠가 쓴 돈이 겨우 1500루블이고 나머지는 부적 주머니에 꿰매 넣어 두었다는 가정은 성립될 수 없는 것이었다. "저분의 손에 3000루블이 무슨 1코페이카짜리 동전인 양 들려 있는 것을 제 눈으로 보았습니다, 제 눈으로 똑똑히 관찰했다니까요, 우리 같은 사람이 돈 계산을 제대로 못 할 리가 있겠습니까요!" 트리폰 보리소비치는 '높으신 분들'의 비위를 맞추려고 아주 용을 쓰면서 이렇게 소리쳤다. 하지만 변호사는 자기가 심문할 차례가 되자 증인의 증언을 거의 논박해 보려고도 하지 않고 갑자기, 미챠가 체포 한 달 전 모크로예에서 처음으로 술판을 벌인 날 술에 취한 나머지 그만 현관 바닥에 100루블을 떨어뜨렸는데 마부 치모페이와 또 다른 농군 아킴이 그 돈을 주워 트리폰 보리소비치에게 내밀었을 때 그가 그들에게 그 대가로 각각 1루블씩을 준 얘기를 끄집어 냈다. "그래서 당신은 그때 이 100루블을 카라마조프 씨에게 돌려줬습니까, 어땠습니까?" 트리폰 보리소비치는 말을 빙빙 돌리며 최대한 발뺌을 했지만, 그 농군들마저 심문을 받고 나자 그런 식으로 100루블짜리 지폐를 발견한 건 사실이라고 자백했다. 다만, 그때 바로 그 돈을 전부 드미트리 표도로비치에게 순순히 돌려주었지만, 그것도 '정말 정직한 마음으로' 건네주었지만 '그때 저분이 워낙 취해 있었기 때문에 이 일을 기억할 수 있을지는 의문'이라고 덧붙였다. 하지만 그는 두 농군들이 증인 자격으로 불려 나오기 전까지는 어쨌거나 100루블을 발견한 사실을 부인했기 때문에 술 취한 미챠에게 돈을 돌려주었다는 그의 증언은 당연히 커다란 의심을 불러일으켰다. 이렇듯, 검사가 내세운 가장 위험한 증인 중 하나였던 사람이 이번에도 미심쩍다는 인상을 남긴 채, 그리고 그 체면이 심히 손상된 채로 물러나게 되었다. 폴란드 신사들도 똑같은 신세를 지게 됐다. 법정에 나타날 때만 해도 그들은 오만하고 의연한 태도를 보였다. 그들은, 첫째 두 사람 다 '국왕을 모셨다.'라고, 그리고 '판 미챠'가 그들의 명예를 매수하는 대가로 큰 돈을 제안했으며 그의 손에 거액의 돈이 들려 있는 것을 자기들 눈으로 직접 보았다고 소리 높여 증언했다. 판 무샬로비치는 자기 말에다가 폴란드어를 지독히도 많이 섞어 넣었는데, 이것이 재판장과 검사의 눈앞에서 자신을 마냥 돋보이게 만든다고 생각한 나머지 마침내는 그야말로 기세등등해져서 이젠 완전히 폴란드어로 말하기 시작했다. 하지만 페튜코비치는 이들마저도 자신의 투망으로 낚아 버렸다. 트리폰 보리소비치가 다시 불려 나왔고, 그는 말을 빙빙 돌려 가며 최대한 발뺌을 하다가 결국엔 판 브루블레프스키가 트리폰 보리소비치의 카드 패를 자기 것으로 슬쩍 바꿔 쳤고 판 무샬로비치도 카드를 돌리면서 속임수를 썼다는 것을 자백해야 했다. 이것은 마침 증언할 차례가 되었던 칼가노프도 확인해 주었으니, 이로써 두 폴란드 신사는 방청석에서 웃음이 퍼지는 가운데 톡톡히 창피를 당하고 물러났다.

이어, 참으로 위험한 증인들 모두가 하나같이 거의 똑같은 신세를 지게 되었다. 페튜코비치는 그들 각각의 도덕적인 위신에 먹칠을 하고 콧대를 단단히 꺾어 놓은 채 풀어 주었다. 법률 애호가들과 전문 법조인들은 기꺼운 마음으로 감상할 뿐, 그리고 이번에도 이 모든 것이 거대하고도 최종적인 뭔가를 이끌어 내는 데 기여할 수 있을지 의아스러워할 뿐이었는데 반복하건대, 죄증(罪證)이 점점 더 비극적으로 증대하여 격퇴할 수 없는 지경에까지 이르렀음을 다들 느끼고 있었던 것이다. 하지만 차분한 태도를 유지하고 있는 '위대한 마법사'의 확신에 찬 모습을 보면서 다들 기대감을 버리지 못했다. '이런 사람'이 괜히 페테르부르크에서 여기까지 왔을 리 없고 아무래도 빈손으로 돌아갈 사람은 아니다, 하는 것이었다.

3 의학적 감정과 한 푼트의 호두

의학적 감정도 피고에게 별로 도움을 주진 못했다. 페츄코비치 자신도, 나중에 밝혀진 바론, 그것에 별로 큰 기대를 걸지 않는 듯했다. 애초에 이 감정을 하게 된 것은 오로지 일부러 모스크바에서 고명한 의사를 부른 카체리나 이바노브나가 고집을 부렸기 때문이었다. 변호사 측은 이것으로 인해 손해를 볼 턱은 전혀 없었고, 오히려 최상의 경우에는 뭔가 이득을 볼 수도 있었다. 하지만 정작 의사들 사이의 견해가 다소 일치하지 않아서 부분적으론 심지어 희극적이기까지 한 어떤 결과를 낳고 말았다. 감정인으로 나선 사람은 모스크바에서 온 그 고명한 의사, 그다음으론 우리 도시의 의사 게르첸슈투베, 끝으로 젊은 의사 바르빈스키였다. 마지막 두 의사는 검사에 의해 소환된 보통 증인으로서도 출정했다. 감정인 자격으로 처음 질문을 받은 사람은 의사 게르첸슈투베였다. 그는 일흔 살의 노인으로서 백발이 성성한 대머리였고 중키에 체격은 건장했다. 의사로서는 성실했고 사람으로선 아름답고 경건했으며, 정확히는 모르겠지만, 무슨 헤른후터 형제단인가 '모라비아 형제단'[42]에 속했다. 우리 도시에 산 지는 이미 몹시 오

---

42) 헤른후터 형제단은 18세기에 삭소니의 헤른후트 지역에서 일어난 종교

래되었고 행동거지에는 굉장한 위엄이 묻어났다. 그는 선량하고 사람을 좋아하는 마음이 커서 가난한 환자와 농부를 공짜로 치료해 주었고 몸소 그들의 누추한 움막이나 오두막에 왕진을 다니며 약값을 놓고 오기도 했지만, 덧붙여 노새처럼 고집불통이기도 했다. 일단 한 가지 생각이 그의 머릿속에 자리 잡으면 그것을 번복하기란 숫제 불가능했다. 그나저나 말이 나온 김에 지적하자면, 이미 도시의 거의 모든 사람들이 알고 있듯, 모스크바에서 온 그 고명한 의사는 우리 도시에 온 지 대략 이삼 일 정도가 되자 의사 게르첸슈투베의 재능에 대해 굉장히 모욕적인 품평을 몇 번이나 서슴지 않았다. 문제는 모스크바 의사가 왕진료로 최소한 25루블은 족히 넘는 돈을 받았지만 그럼에도 우리 도시의 몇몇 사람은 이렇게 그가 온 것을 달가워하면서 돈을 아끼지 않고 앞을 다투어 그의 조언을 받으려 했다는 점이다. 그가 오기 전에는 이 모든 환자들이 물론 의사 게르첸슈투베의 치료를 받았는데, 이런 상황에서 그 고명한 의사는 어딜 가든 굉장히 매몰차게 그의 치료법을 비판했다. 심지어 끝에 가서는 환자 앞에 나타나선 곧장 "그래, 당신 몸을 이렇게 망쳐 놓은 게 대체 누구요, 게르첸슈투베요? 헤헤!"라고 묻곤 했다. 의사 게르첸슈투베도 물론 이 모든 것을 다 알게 되었다. 이런 상황에서 이 세 명의 의사가 모두 심문을 받기 위해 차례대로 출두했던 것이다. 의사 게르

사회 운동으로 18, 19세기에 러시아에도 퍼졌는데, 그 근원을 따지면 '모라비아 형제단'(15세기 중반에 생겨난 체코의 종교 분파)으로 거슬러 올라간다.

첸슈투베는 단도직입적으로 '피고의 지적 능력이 비정상적이라는 것은 자명한 사실로 확인되고 있다.'라고 천명했다. 그다음, 나는 여기서 생략했지만, 자기 의견을 제시한 뒤 무엇보다도 중요한 건 피고의 예전의 많은 행동들을 봐도 그렇지만 지금, 심지어 바로 이 순간에도 지적 능력이 비정상적이라는 사실이 확인된다는 점이라고 덧붙였다. 그렇다면 지금 이 순간 정확히 뭘 봐서 그런 사실이 확인된다는 것인지 설명해 달라는 부탁을 받자, 늙은 의사는 예의 그 순진무구한 태도로 아주 단도직입적으로 지적하길, 법정 안으로 들어올 때 피고는 "정황에 맞지 않게 이례적이고 기괴한 모습을 보였으며 군인처럼 앞으로 성큼성큼 걸어가면서 곧바로 자기 앞, 정면을 응시했는데, 사실 그는 아름다운 여성을 대단히 좋아하는 사람이라서 분명히 지금도 부인들이 자기에 대해 무슨 말을 할까에 대해 아주 많이 생각하고 있었을 것이므로, 방청석 가운데서도 부인들이 앉아 있는 왼쪽을 바라보는 것이 더 마땅했을 것이다."라는 것이었다. 이것이 노인이 자기만의 독특한 언어를 사용하여 내린 결론이었던 것이다. 그런데 여기서 덧붙여두어야 할 것이 있다. 즉, 그는 러시아어로 기꺼이 많은 말을 했는데 그가 하는 말들은 매번 하나같이 웬지 독일식이 되고 말았건만, 정작 당사자는 이 때문에 곤혹스러워하는 일이 전혀 없었다. 이는 그가 평생 동안 자신의 러시아어가 모범적이며 '심지어 러시아인들보다 더 훌륭하다.'라고 생각하는 약점을 갖고 있었던 데다가 심지어 매번 러시아의 속담은 전 세계의 모든 속담 중에서 가장 훌륭하고 표현력이 뛰어나다고 주장하면서 러시아 속담을 인용하는 것을 매우 좋아했기 때문이다. 한 가지 더 지적해 둘 것은 대화를 하는 중에 건망증이 심해서인지 뭐 다른 이유 때문인지 여하튼 아주 평범한 낱말도 종종 잊어버리곤 한다는 점인데, 아주 잘 알고 있던 낱말인데도 무슨 노릇인지 갑자기 그의 머릿속에서 튕겨 나가 버리는 모양이었다. 그런데 독일어로 말할 때도 사정은 똑같아서, 그때마다 그는 늘 잃어버린 낱말을 붙잡으려고 애쓰는 양 자기 얼굴 앞에서 한 손을 내젓곤 했으며, 실종된 낱말을 찾아내기 전엔 누가 뭐라고 해도 한번 시작한 이야기를 계속하지 않을 것 같은 기세였다. 피고가 법정 안으로 들어오면서 마땅히 부인들을 바라봤어야 했다는 그의 지적에 방청객들 사이에서는 장난스러운 수군거림이 일었다. 우리 도시의 부인들은 모두 우리의 이 노인을 매우 사랑했으며 그가 한평생 경건하고 순결한 노총각으로서 여성을 드높고 이상적인 존재로 바라본다는 것 또한 알고 있었다. 그렇기 때문에 그의 뜻밖의 지적을 다들 끔찍할 정도로 이상하게 생각했다.

심문을 받을 차례가 되자 모스크바 의사는 피고의 지적 상태가 비정상적, '심지어 극히' 비정상적이라고 생각한다고 단호하게 딱 잘라 주장했다. 그는 '정신 착란'과 '조증(躁症)'에 대해 이런저런 말들을 참 똑똑하게 많이도 했으며, 수집된 모든 자료를 보건대 피고는 체포되기 며칠 전부터 틀림없이 병적인 정신 착란 상태였으므로 만약 범행을 저질렀다면 설사 그것을 의식했다 할지라도 거의 불가항력적인 힘 때문이었을 거라는, 즉 피고를 점령해 버린 병적인 정신적 충동과 투쟁할 힘이 전혀 없었기 때문이었을 것이라는 결론을 도출했다. 하지만 의사는 정신 착란 외에 조증도 확인되었다고 했는데, 그의 말에 따르면 이것은 곧 명백한 광기로 이어지는 지름길이라는 것이었다.(NB.[43] 나는 지금 내 말로 풀어서 전달하고 있지만, 의사가 설명에 사용한 말은 무척 학술적이고 전문적인 용어였다.) '그의 모든 행위는 상식과 논리에 어긋나는 것이다.'라고 하면서 그는 말을 이어 갔다. "제가 보지 못한 것, 즉 범죄 자체와 이 모든 참극에 대해서는 더 이상 얘기하지 않겠지만, 그저께 저와 얘기를 나눌 때만 해도 그의 시선은 불가해할 만큼 한 곳에 고정되어 있었습니다. 그러다간 전혀 가당치 않은 상황에서 느닷없이 웃음을 터뜨리곤 하더군요. 줄곧 통 이해되지 않는 신경질에 사로잡혀, 전혀 가당치 않은 '베르나르, 에티카' 등과 같은 이상한 말들을 되뇌기도 했습니다." 하지만 의사가 특히나 분명하게 환자의 조증을 확인한 것은 피고가 자신의 다른 실패와 모욕에 대해서는 모두 기억도 쉽게 잘하고 말도 잘하는 데 반해 스스로 기만당했다고 생각하는 그 3000루블에 대해서는 숫제 말도 제대로 하지 못한다는 점에서였다. 끝으로, 여러 조사 내용을 참조하건대, 그는 이 3000에 관한 얘기가 나올 때면 꼭 이전과 마찬가지로 왠지 거의 광적인 흥분 상태에 빠지곤 하지만 정작 사람들은 그가 사리사욕이 없고 청렴하다고 증언한다는 것이다. "학식 있는 제 동료 의사

---

43) 라틴어 Nota Bene(주의 사항)의 약자. 이 어구가 러시아어로 표기되어 있을 때는 바로 우리말로 옮겼다.

는 피고가 법정으로 들어서면서 곧장 자신의 앞을 똑바로 볼 것이 아니라 마땅히 부인들 쪽을 보아야 했다는 견해를 피력했지만" 하고 모스크바 의사는 자신의 연설을 끝마치면서 반어적인 어조로 종합했다. "저는 이와 같은 결론이 장난스러울 뿐만 아니라 더욱이 극도로 잘못된 것이라는 점을 말씀드릴 따름입니다. 피고가 자신의 운명이 결정되는 법정에 들어서면서 그토록 집요하게 정면을 바라볼 수는 없었을 것이며 따라서 이것이 정말로 그 순간 그의 비정상적인 정신 상태를 보여 주는 징후로 간주될 수 있다는 점에는 저도 전적으로 동의하는 바이지만, 동시에 저는 그가 부인들이 있는 왼쪽이 아니라 정반대인 오른쪽, 즉 지금 그가 도움을 바랄 수 있는 유일한 희망이자 그의 운명을 오롯이 손에 쥐고 있는 변호사 쪽으로 시선을 돌려 그쪽을 바라보아야 했다고 주장하는 바입니다." 자신의 견해를 의사는 단호하고 완강하게 피력했다. 하지만 두 명의 학식 있는 감정인들의 의견이 서로 일치하지 않는 가운데, 최종적으로 심문을 받은 의사 바르빈스키가 뜻밖의 결론을 도출함으로써 특별히 희극적인 효과가 발생했다. 그의 견해에 따르면, 피고는 이전에도, 지금도 극히 정상적인 상태이며 설령 그가 체포 전엔 정말로 분명히 신경질적이고 극도로 흥분된 상태였다고 할지라도 그것은 질투, 분노, 끊임없는 만취 상태 등등 아주 명명백백한 많은 이유로 인해서 나타났을 수 있다는 것이었다. 하지만 이 신경질적인 상태에 지금 얘기된 무슨 특별한 '정신 착란'이 포함됐을 리는 전혀 없다. 법정 안으로 들어서면서 피고가 마땅히 왼쪽이나 오른쪽을 보아야 했다는 것에 관한 한, '그의 소박한 견해로는' 피고는 정확히, 그가 실제로 했던 것처럼 정면을 똑바로 본 것이 마땅했으며 이는 지금 그의 운명을 오롯이 거머쥐고 있는 재판장과 재판 임원진이 그의 정면에 앉아 있었기 때문이라는 거였다. "정면을 똑바로 바라봄으로써, 바로 이로써 그는 이 순간 자신의 정신 상태가 극히 정상적이라는 점을 입증한 것입니다." 젊은 의사는 다소 열을 올리면서 자신의 '소박한' 진술을 마무리 지었다.

"브라보, 의사 양반!" 미챠가 자리에서 소리쳤다. "바로 그렇습니다!"

미챠는 물론 제지당했지만, 젊은 의사의 견해는 재판진에게도, 방청객에게도 가장 결정적인 영향력을 행사했으며, 나중에 밝혀진바, 다들 그의 견해에 동의했던 것이다. 그런데 의사 게르첸슈투베는 이번에는 증인으로서 심문을 받는 가운데 갑자기, 예상을 완전히 뒤엎는 뜻밖의 방식으로 미챠에게 이득을 주게 되었다. 이 도시의 터줏대감으로서 오래전부터 카라마조프 집안을 잘 알고 있는 그는 '검사 측'으로서는 극히 흥미로운 증언을 몇 가지 했고, 또 갑자기 뭔가 생각이 난 듯 다음과 같은 말을 더 첨가했다.

"그나저나 저 가엾은 젊은 청년은 어디 비길 데도 없을 만큼 훌륭한 운명을 누릴 수도 있었습니다. 어릴 때도, 또 그 이후에도 마음 씀씀이가 참 고왔거든요, 이건 제가 똑똑히 알고 있습니다. 하지만 왜 러시아 속담에도 있잖습니까. '누가 하나의 지혜를 갖고 있다면 참 좋지만, 지혜로운 사람이 하나 더 찾아와 준다면 더욱더 좋을 것인데, 왜냐면 그때는 지혜가 하나만 달랑 있는 것이 아니라 두 개가 될 테니까……'"

"지혜가 하나면 그냥 좋고 두 개면 더 좋다는 거로군요." 검사는 조바심을 내며 이렇게 말을 받았는데, 그는 노인이 듣는 사람이 어떤 생각을 갖든, 또 남이야 기다리든 말든 전혀 아랑곳하지 않고 오히려 예의 그 둔하고 감자 같은, 늘 자기 만족감으로 가득 찬 독일식 경구를 극히 높이 평가하여 말꼬리를 질질 끌면서 느릿느릿 말하는 습관이 있음을 이미 오래전부터 알고 있었던 것이다. 노인은 경구를 남발하는 걸 정말로 좋아했다.

"오, 그──그래요, 제 말이 그 말입니다." 그가 고집스럽게 맞장구를 쳤다. "지혜가 하나면 그냥 좋고 두 개면 더 좋다는 것이지요. 하지만 저 사람에겐 지혜를 가진 또 다른 사람이 찾아오지 않았고, 해서 자기 자신의 지혜마저도 써 버리기 시작했어요……. 한데 뭐였더라, 저 사람이 어디다 자기 지혜를 써 버렸더라? 그런 낱말이 있는데──저 사람이 어디다 자기 지혜를 써 버렸는지, 그 낱말을 그만 까먹었네요." 그는 자기 눈앞으로 한 손을 빙빙 돌리면서 말을 계속했다. "아 그래요, 슈파치렌[44]입니다."

"놀았다는 뜻인가요?"

"그래요, 놀다가 그랬습니다, 제 말이 그 말이었어요. 저 사람의 지혜는 놀러 나갔다가 그만 너무 외진 곳으로 들어가 버

---

44) 독일어 spazieren의 러시아식 표기.

리는 바람에 거기서 스스로를 잃어버린 겁니다. 하지만 그래도 저 사람은 은혜를 알고 감수성이 예민한 젊은이였습니다. 오, 저 사람이 핏덩어리처럼 어렸을 때가 기억나는군요. 아버지 집의 뒤뜰에 내팽개쳐진 채 신발도 신지 않고 단추 하나만 달랑 달린 바지를 입고서 땅바닥을 뛰어다녔지요."

정직한 노인의 목소리에서는 갑자기 어떤 감상적인, 가슴을 에는 듯한 울림이 배어 나왔다. 페츄코비치는 뭔가를 예감한 듯 전율하면서 순식간에 노인의 말에 빨려 들어갔다.

"오 그래요, 저도 그때는 아직 젊었습니다…… 제가 그때…… 그래, 그렇지, 마흔다섯 살이었고 막 이곳에 왔던 때였지요. 그때 저는 그 아이가 가엾어져서 스스로에게 물었지요. 저 애한테 뭘 1푼트쯤 사 주면 안 될까, 하고…… 그런데, 그게 뭐였더라? 그걸 뭐라고 하는지 또 잊어버렸군…… 아이들이 아주 좋아하는 것이었는데, 그게 뭐였더라—그래, 그게 뭐였지……." 의사는 다시금 손을 내저었다. "이건 나무에서 열리는 거고, 한데 모아서 모두에게 선물하는 건데……."

"사과입니까?"

"오, 아—아—닙니다! 푼트, 푼트라니까요, 사과는 열 개 단위로 세잖습니까, 1푼트, 2푼트가 아니라…… 이건 개수가 많고 한결같이 조그맣고 입안에 넣어 와—자—작 깨는 건데……!"

"호두 말입니까?"

"그래요, 호두요, 제 말이 그 말이었어요." 의사는 자기가 언제 낱말을 기억하지 못해 절절맸냐는 듯, 아주 차분하게 확인해 주었다. "그래서 저는 그 아이에게 호두 1푼트를 사다 주었는데, 아이는 누구한테도 그렇게 1푼트의 호두를 선물받은 적이 없었던 것이지요. 제가 손가락을 치켜들고 그 애에게 '얘야! 성부의 이름으로(Gott der Vater)'라고 말하자 아이는 웃으면서 '성부의 이름으로(Gott der Vater)'라고 말하더군요. 제가 '성자의 이름으로(Gott der Sohn)'라고 말하자, 아이는 또 웃으면서 '성자의 이름으로(Gott der Sohn)'라고 옹알대더군요. 그래서 저는 '성신의 이름으로(Gott der heilige Geist)'라고 말했지요. 그랬더니 아이는 또 웃으면서 힘이 닿는 한 열심히 '성신의 이름으로(Gott der heilige Geist)'라고 말하더군요. 그러고서 저는 아이 곁을 떠났습니다. 그로부터 사흘째 되는 날 제가 그 아이 곁을 지나가는데, 아이가 먼저 저에게 '아저씨, 성부의 이름으로, 성자의 이름으로'라고 소리치더군요. 다만 '성신의 이름으로'는 그만 잊어버린 것 같아서 제가 다시 상기시켜 주었지요. 또다시 아이가 무척 가여워지더군요. 하지만 아이를 먼 곳으로 데려가 버려서 더 이상 볼 수가 없었습니다. 그러고서 이십삼 년이 흘렀고, 어느 날 아침 제가 벌써 백발이 된 채로 서재에 앉아 있는데 갑자기 혈기 왕성한 젊은 청년이 들어오지 뭡니까. 저는 저게 누구인지도 도저히 알아볼 수가 없었지만, 그는 손가락 하나를 치켜올리더니 웃으면서 이렇게 말하더군요. '성부의 이름으로, 성자의 이름으로, 성신의 이름으로! 저는 방금 도착했고 그길로 곧장 호두 1푼트를 사 주신 것에 대해 감사를 드리려고 이렇게 왔습니다. 그때 누구 하나 저한테 호두 1푼트를 사 주는 일이 결코 없었는데 선생님 한 분만

이 나에게 호두 1푼트를 사 주셨기 때문입니다.' 그때 저의 행복했던 젊은 시절이, 뜰에서 신발도 신지 않고 뛰어놀던 가엾은 소년이 떠오르자 제 가슴은 미어질 듯 아파 왔고, 해서 이런 말을 했더랬지요. '자네는 은혜를 아는 젊은이구먼, 어렸을 때 내가 자네한테 사 준 그 호두 1푼트를 평생 동안 기억하고 있었으니 말일세.' 그러고서 저는 그를 안아 주고 축복해 주었지요. 그러고선 울기 시작했습니다. 그는 웃었지만, 또 울기도 했지요……. 원래 러시아 사람은 울어야 될 때 웃는 일이 아주 잦으니까요. 하지만 그는 정말로 울었습니다, 제 눈으로 보았지요. 그런데 지금은, 아……!"

"지금도 울고 있어요, 독일인 선생님, 지금도 울고 있습니다, 하느님의 사람!" 미챠가 갑자기 자기 자리에서 소리쳤다.

사실이 어쨌든 간에 이 일화는 방청석에 제법 우호적인 인상을 남겨 주었다. 하지만 미챠에게 유리하게 작용할 효과를 제일 많이 낳은 것은 내가 지금 얘기할 카체리나 이바노브나의 증언이었다. 아니, 대체로, 변호사 측(à décharge), 즉 변호사가 소환한 증인들이 나오기 시작하자, 운명은 갑자기 숫제 진지한 정도로까지 미챠에게 미소를 보내는 듯했으며 무엇보다도 주목할 만한 점은 변호사 측에서도 그럴 줄은 몰랐다는 것이었다. 하지만 카체리나 이바노브나에 앞서 알료샤가 먼저 심문을 받았는데, 그는 갑자기 기소 내용 중 가장 중요한 한 가지 항목과 상치되는, 그것의 확실한 반증처럼 보이는 한 가지 사실을 기억해 냈다.

4 행운이 미챠에게 미소를 보내다

이 일은 당사자인 알료샤에게도 참 우연히 일어난 것이었다. 그는 선서 없이 호출됐으며, 내 기억으론, 검사 측이건 변호사 측이건 다 그에게는 첫 심문을 시작할 때부터 굉장히 부드럽고 우호적으로 대했다. 예전부터 평판이 좋았다는 것이 보였다. 알료샤는 겸손하고 절제된 어조로 증언에 임했지만 그 증언 속에 불운한 형에 대한 열렬한 애정이 배어 나왔다. 어떤 질문에 대답을 하면서는, 자기 형에 대해 흉포하기도 하고 쉽게 열정에 휩싸이는 사람인지는 모르겠지만 역시나 고결하고 자긍심이 강하고 요구가 있을 시에는 기꺼이 자신을 희생할 준비가 되어 있는 관대한 성격의 소유자라고 묘사했다. 그렇지만 최근에 형이 그루셴카에 대한 열정 때문에, 아버지와의 연적 관계 때문에 참을 수 없는 상태가 되었다는 것은 인정했다. 그래도 형이 돈을 훔칠 목적으로 아버지를 죽였으리라는 가정은 격분하면서 거부했고, 그러면서도 미챠의 머릿속을 이 3000이 점령해 버림으로써 거의 어떤 조증과 같은 상태에 이르렀으며 그 돈은 아버지가 속임수를 써서 갈취해 간 자신의 유산의 일부라고 생각했기 때문에 원래 사리사욕이라곤 없는 사람인데도 이 3000루블 얘기만 나오면 언제나 미친 듯 광적으로 날뛰었다는 점은 인정했다. 검사가 두 '여성'이라고 표현한 사람, 즉 그루셴카와 카챠의 연적 관계에 대해서는 말을 아꼈고 심지어 한두 가지 질문에 대해서는 아예 대답을 하지 않으려 했다.

"당신의 형님이 당신에게 아버지를 죽일 작정이라는 얘기를 최소한 하긴 했습니까?" 검사가 물었다. "필요하다고 생각되실 경우에는 대답을 하지 않으셔도 됩니다." 그가 덧붙였다.

"직설적으로 말한 적은 없습니다." 알료샤가 대답했다.

"그럼 어떻게요? 간접적으로 말했단 말입니까?"

"형님은 저에게 아버지에 대한 자신의 개인적인 증오에 대해 말한 적이 한 번 있는데…… 극단적인 순간에…… 혐오스러워지는 순간에…… 어쩌면 아버지를 죽이게 될지도 모른다면서 염려했습니다."

"그러면 그 얘기를 듣고서 그렇게 믿으셨습니까?"

"믿었다고 말하는 건 좀 그렇군요. 어쨌거나 저는 언제나 어떤 드높은 감정이 숙명적인 순간에 형님을 구원하리라고 언제나 확신했으며 실제로도 구원해 주었습니다. 왜냐면 아버지를 죽인 건 형님이 아니기 때문입니다." 알료샤는 온 법정을 향해 우렁찬 목소리로 단호하게 끝맺었다. 검사는 나팔 신호를 들은 군마처럼 몸을 부르르 떨었다.

"분명히 말씀드리지만, 당신의 확신이 그야말로 진실하다는 것은 전적으로 믿고 있으며 그것이 불운한 형님에 대한 당신의 사랑에서 비롯되었다고 생각지 않기에 그렇게 동일시하는 것도 아닙니다. 당신의 집안에서 일어난 비극적인 사건의 전말에 대한 당신의 독창적인 시각은 예심 과정에서 이미 우리에게 알려졌습니다. 하지만 솔직히 말씀드려서, 그것은 워낙에 특이한 것이라서 저희 검사 측이 얻은 다른 모든 증언과 상치됩니다. 그렇기 때문에 이제는 다음과 같은 질문을 꼭 드릴 수

밖에 없군요. 정확히 어떤 사실에 근거하여 그런 생각을 갖게 되셨으며 당신의 형님은 무죄이고 오히려 당신이 이미 예심 때 곧바로 지목한 바 있는 다른 인물이 유죄라는 최종적인 확신을 갖게 되셨습니까?"

"예심 때는 그저 질문에 대답을 했을 뿐입니다." 알료샤가 조용하고 차분하게 말했다. "제가 직접 스메르쟈코프를 범인 으로 고발하진 않았습니다."

"어쨌거나 그를 지목하긴 하셨잖습니까?"

"드미트리 형님의 말을 듣고 지목했던 겁니다. 심문이 시작 되기 전부터 저는 형님이 체포될 때의 상황과 그때 형님이 직 접 스메르쟈코프를 지목했다는 얘기를 들었습니다. 저는 형님 이 무죄라는 것을 전적으로 믿고 있습니다. 만약 형님이 죽인 것이 아니라면, 그렇다면……."

"그렇다면 스메르쟈코프라는 말씀이십니까? 왜 다른 누구 도 아닌 스메르쟈코프입니까? 또 당신은 어떻게 형님의 무죄 를 그토록 철두철미하게 확신하시게 됐습니까?"

"저는 형님의 말을 믿지 않을 수 없었습니다. 저는 형님이 저에게 거짓말을 하지 않으리라는 걸 알고 있으니까요. 형님 의 얼굴을 보면 거짓말을 하는 게 아니라는 걸 알 수 있었습 니다."

"그냥 얼굴만 보고요? 그게 당신의 증거의 전부입니까?"

"더 이상의 증거가 없습니다."

"스메르쟈코프의 유죄에 관해서도 당신의 형님의 말과 그 얼 굴 표정 외에는 역시나 어떤 다른 증거도 전혀 없으신 겁니까?"

"예, 다른 증거는 없습니다."

여기서 검사는 질문을 중단했다. 알료샤의 답변들은 방청석에 아주 실망스러운 인상을 남겨 주었다. 스메르쟈코프에 대해서라면 공판 전부터 이미 누가 뭘 들었다, 누가 뭘 지적했다 등 온갖 말들이 우리 도시에 퍼져 있었고 알료샤에 대해서는 그가 형에게 유리한, 하인의 유죄를 증명할 어떤 굉장한 증거들을 잔뜩 모아 놓았다는 말이 떠돌았는데 정작 이제 와서 보니 ─ 피고의 친동생으로서 너무도 당연한 어떤 정신적인 확신 외에는 아무런 증거도 없다니 말이다.

어쨌거나 페츄코비치의 심문이 시작되었다. 정확히 언제 피고가 그, 즉 알료샤에게 아버지를 향한 증오와 아버지를 죽일지도 모르겠다는 데 대한 말을 했는가, 예를 들어 참극이 있기 직전의 마지막 만남에서 이런 말을 들었는가 하는 질문에 대답을 하면서 알료샤는 갑자기 지금 막 뭔가가 기억에 가물거리며 생각이 난 듯 몸을 부르르 떠는 것 같았다.

"까맣게 잊을 뻔했던 한 가지 정황이 지금 막 떠오르는데, 그땐 그것이 저에게 너무나 불명확했지만 지금은……."

그러면서 알료샤는 그 자신도 지금 막 느닷없이 생각이 났는지, 저녁에 수도원으로 가던 길에 나무 곁에서 미챠와 마지막으로 만났을 때의 기억을 열심히 더듬어 갔다. 그때 미챠는 자신의 가슴팍을, '가슴의 위쪽 부분'을 치면서 알료샤에게 몇 번씩이나 자신의 명예를 회복할 수단이 있다, 그 수단은 여기, 바로 여기 그의 가슴에 있다……라고 했다는 것이다.

"저는 그때 형님이 가슴팍을 두드리며 자기 마음 얘기를 하는 것이라고 생각했습니다." 알료샤는 이렇게 말을 이어 갔다. "형님이 직면한, 하지만 차마 저한테도 고백하지 못한 어떤 한 가지 끔찍한 치욕으로부터 벗어날 수 있는 힘을 자신의 마음 속에서 찾을 수 있으리라는 뜻으로 말이죠. 고백하건대, 저는 그때 형님이 다름 아니라 아버지 얘기를 하고 있거니, 치욕 때 문에, 아버지를 찾아가 아버지에게 어떻게든 폭력을 행사할 거 라는 생각이 들자 너무 치욕스러운 나머지 몸을 떠는 것이려 니 생각했는데, 실은 바로 그때 형님은 자기 가슴팍의 뭔가를 가리키고 있었습니다. 이제야 기억이 나는데, 그래서 저는 바 로 그때 어떤 생각을, 즉 심장은 가슴팍 중에서도 거기가 아니 라 좀 더 아래쪽에 있는데 형님은 웬일인지 훨씬 더 위쪽, 바 로 여기, 그러니까 목 바로 아래쪽을 치고 있다, 줄곧 그곳을 가리키고 있다, 하는 생각을 언뜻 했습니다. 그때 저는 이게 어 리석은 생각이라고 여겼지만, 어쩌면 바로 그때 그 1500이 들 어 있던 부적 주머니를 가리킨 것일 수도 있었겠군요……!"

"바로 그거란다!" 미챠가 갑자기 자리에서 소리쳤다. "바로 그랬던 거야, 알료샤, 나는 그때 주먹으로 그것을 쳤던 거야!"

페츄코비치는 황급히 미챠에게로 달려가 좀 진정하라고 간 청한 다음, 바로 그 즉시 알료샤에게 달라붙었다. 알료샤는 자 신의 회상에 흠뻑 빠져서 다음과 같은 가정을 열렬하게 피력 했다. 즉, 형님이 말한 그 치욕은 분명히, 카체리나 이바노브나 에게 빌린 돈의 절반인 1500루블을 그녀에게 돌려줄 수도 있 지만 이렇게 몸에 지니고 있을뿐더러, 그러면서 어쨌거나 이 절반의 돈을 그녀한테 갖다주지 않고 다른 용도로, 즉 그루셴

카가 좋다고만 하면 둘이 함께 멀리 떠나 버릴 비용으로 쓸 결
심을 한 것이다, 하는 것이었다……

"그거였어요, 바로 그랬던 겁니다." 알료샤가 갑자기 흥분을
누르지 못하고 소리쳤다. "형님은 그때 저한테 절반, 치욕의 절
반(형님은 몇 번씩이나 절반이라고 말했어요.)을 지금 당장이라도
스스로에게서 걷어 낼 수 있었지만 불행하게도 성격이 나약해
서 그렇게 하지 못할 거라고 한탄했습니다…… 그렇게 할 수 없
을 것임을, 그럴 힘이 없음을 미리부터 알고 있다고 말입니다!"

"그럼 당신은 형님이 가슴팍의 바로 그 지점을 쳤다는 것을
확실히, 똑똑히 기억하시는 겁니까?" 페츄코비치는 탐욕스러
울 만큼 강한 관심을 보이며 캐물었다.

"똑똑히, 확실히 기억합니다. 왜냐면 그때 저는 정말로 심
장은 좀 더 아래에 있는데 형은 왜 저렇게 높은 곳을 칠까 하
는 생각을 언뜻 했고 그때는 제 생각이 어리석게 여겨졌거든
요……. 이 사실, 그러니까 어리석게 여겨졌다는 것이 생생히
기억납니다……. 그런 생각이 언뜻 스쳐 갔지요. 그런데 이게
이제야, 지금에 와서야 생각이 났군요. 아니, 어떻게 바로 지금
까지도 이걸 까맣게 잊고 있었을까요! 형님은 다름 아니라 그
부적 주머니를, 그러니까 자기에게 모종의 수단이 있음에도
이 1500을 갖다주지 않을 것이라는 사실을 가리켰던 겁니다!
제가 전해 들어서 알고 있는 바로, 모크로예에서 체포될 때도
형님은 정확히 다음과 같이 소리쳤답니다. 즉, 자신의 인생을
통틀어 가장 치욕적인 일은 절반(분명히 절반이라고 했답니다!)
을 돌려줄 수 있는 수단을 갖고 있었음에도 어쨌거나 돌려줄

결심을 하지 못했으며 돈을 내놓느니 차라리 그녀의 눈앞에서 도둑으로 남을 작정을 한 것이라고 말이죠! 형님은 얼마나 괴로웠을까요, 그렇게 빚을 졌으니 정말 얼마나 괴로웠겠습니까!" 알료샤는 이렇게 외치면서 말을 끝맺었다.

물론, 검사도 개입했다. 그는 알료샤에게 그때의 정황이 어떠했는지 다시 한번 묘사해 달라고 부탁했으며 몇 번이나 다음과 같은 질문을 고집스레 던졌다. 즉, 피고가 자신의 가슴팍을 치면서 정확히 뭔가를 가리킨 것 같으냐? 어쩌면 그냥 주먹으로 가슴팍을 친 것일 수도 있지 않은가?

"숫제 주먹으로 친 것도 아니었습니다!" 알료샤가 소리쳤다. "정확히 손가락으로 가리켰어요, 여기 아주 높은 곳을 가리켰다니까요……. 아니, 그런데 저는 어떻게 바로 이 순간까지도 이걸 까맣게 잊고 있을 수가 있었죠!"

재판장은 본 증언에 대해 할 말이 있는지, 미챠에게 물었다. 미챠는 모든 것이 정확히 그러했으며 정확히 자신의 가슴팍, 바로 목보다 조금 아래에 달려 있었던 자신의 1500을 가리켰음을 확증해 주었다. 그리고 그것은 물론 치욕이었다고 소리쳤다.

"거부하지 못한 치욕, 제 인생을 통틀어 가장 치욕스러운 행위였습니다! 돌려줄 수 있었건만 돌려주지 않았으니까요. 차라리 그녀의 눈앞에서 도둑으로 남기로 작정하면서 돌려주지 않았으며, 이보다 더 중요한 치욕은 앞으로도 돌려주지 않을 것임을 알았다는 데 있었습니다! 알료샤 말이 맞습니다! 고맙구나, 알료샤!"

이로써 알료샤의 심문은 끝났다. 특기할 만한 중대한 점은 바로 다음과 같은 정황이었는데, 즉, 비록 단 한 가지 증거, 그 나마도 말하자면 아주 시시껄렁한 증거, 거의 증거도 아니고 증거에 대한 암시라고 할지라도 그런 사실이 있긴 있었다는 것이며, 이로써 그 부적 주머니가 정말로 존재했고 거기에 1500이 들어 있었으며 피고가 모크로예의 예심에서 이 1500은 '내 돈이었다.'라고 천명한 것이 거짓말이 아니었음을 어쨌거나 아주 조금이라도 증명해 준 것이다. 알료샤는 기뻤다. 얼굴이 빨갛게 상기된 채, 그는 지정된 자리로 돌아갔다. 그러고서도 오랫동안 혼잣말로 "어떻게 이것을 잊어 먹었을까! 어떻게 이것을 잊어 먹을 수 있었단 말인가! 그리고 어떻게 이제 와서 이토록 갑자기 떠오른 것일까!"라고 되뇌었다.

카체리나 이바노브나의 심문이 시작됐다. 그녀가 나타나자마자, 법정 안에는 뭔가 예사롭지 않은 기운이 감돌았다. 부인들은 오페라글라스와 쌍안경을 잡았고 남자들은 들썩이기 시작했는데 더러 좀 더 잘 보기 위해서 자리에서 일어나는 사람도 있었다. 나중에 가서는 다들 그녀가 들어오자마자 미챠의 얼굴이 '백지장처럼' 창백해졌다고 주장했다. 그녀는 완전히 검은색 옷으로 차려입고 겸손하다 못해 거의 겁을 먹은 듯한 태도로 지정된 자리로 다가갔다. 그녀의 얼굴만 봐서는 그녀가 흥분했다는 것을 알아챌 수 없었지만, 그녀의 어둡고 음침한 시선 속에서는 결의가 번득였다. 여기서 지적해야 할 것은, 나중에 극히 많은 사람들이 주장한 대로, 그녀가 그 순간 놀라울 정도로 예뻤다는 점이다. 그녀는 온 법정을 향해 조용하지만 또렷한 목소리로 말하기 시작했다. 표현 방식은 굉장히 차분하거나 적어도 차분해 보이려고 애썼다. 재판장은 '마음의 어떤 결'을 건드리지나 않을까 걱정이 되는 양 이 크나큰 불행을 존중하여 신중하고 굉장히 공손하게 질문을 시작했다. 하지만 정작 카체리나 이바노브나는 자기가 받은 질문들 중 하나에 대해 맨 첫마디부터 자기는 피고와 정혼한 사이라고 천명했으며 "저분이 먼저 저를 버리지 않았을 때까지는……."이라고 조용히 덧붙였다. 그녀가 친척들에게 송금해 달라고 미챠에게 맡긴 3000에 대한 질문을 받자, 그녀는 단호하게 다음과 같이 말했다. 즉 "저는 곧장 우체국으로 가라는 뜻으로 저분에게 돈을 준 것은 아니었습니다. 저는 그때 저분이…… 그 순간…… 돈이 몹시 궁하다는 것을 예감했습니다. 저는 저분에게 원한다면 한 달 안에만 송금하면 된다면서 이 3000을 주었습니다. 나중에 저분이 이 빚 때문에 스스로를 그렇게 괴롭힌 것은 공연한 일이었어요……."라고.

나는 모든 질문과 그녀의 답변을 모두 일일이 전달하진 않고 그저 그 증언의 본질적인 의미만을 전달하겠다.

"저는 저분이 아버님으로부터 돈을 받기만 하면 언제라도 송금할 수 있으리라고 굳게 믿었습니다." 그녀는 질문에 대답하면서 말을 이어 갔다. "저는 저분이 사리사욕이 없고 정직한…… 그러니까 돈 문제에 있어서는…… 더할 나위 없이 정직한 분임을 언제나 굳게 믿었습니다……. 저분은 아버지로부터 3000루블을 받을 것이라고 굳게 믿었으며 저에게도 이 얘기를 몇 번이나 했습니다. 저는 저분이 아버님과 사이가 원만

하지 못했다는 것도 알고 있었으며 언제나, 지금까지도 저분이 아버님에게 부당한 대우를 받았다고 확신했습니다. 제 기억으론 저분이 아버님에게 무슨 위협적인 언행을 보인 것 같지는 않습니다. 적어도 제 앞에서는 그런 유의 말을 한 적도, 무슨 위협적인 언행을 보인 적도 없습니다. 만약 저분이 그때 저를 찾아왔더라면, 저는 당장 저에게 빚진 저 불운한 3000 때문에 그토록 불안해할 필요는 없다며 저분을 진정시켰을 테지만, 저분은 더 이상 저를 찾지 않았고…… 저도…… 제 입장도…… 저분을 제 집으로 부를 수 없는 그런 입장이었던지라…… 더욱이 저는 그분에게 이 빚을 두고 까다롭게 굴 수 있는 어떤 권리도 없었습니다." 그녀는 갑자기 이렇게 덧붙였는데, 그녀의 목소리에서는 어떤 단호한 것이 울려 퍼졌다. "한때 바로 제가 저분으로부터 경제적인 도움을, 그것도 3000보다 더 큰 도움을 받았으며 그 당시로서는 제가 언제 저분에게 그 빚을 갚을 수 있을지 미리 예측할 수도 없었건만 그래도 저는 그 도움을 받아들였습니다……."

그녀의 목소리에서는 어떤 도전적인 어조마저 느껴지는 듯했다. 바로 그때 페츄코비치가 심문을 할 차례가 됐다.

"그 일은 이곳이 아니라 당신들이 처음 만났을 무렵에 있었던 거죠?" 페츄코비치는 금세 뭔가 상서로운 예감이 들어서 조심스럽게 접근하며 말을 받았다.(여기서 괄호를 쳐서 한마디 지적하자면, 그는 일정 부분 다름 아닌 카체리나 이바노브나에 의해 페테르부르크에서 초빙되었음에도 불구하고——그럼에도 미챠가 예전에 저 도시에 있을 때의 에피소드, 즉 그녀에게 5000루블을 준 일이나 '이마가 땅에 닿도록 절을 한 일'에 대해선 아무것도 모르고 있었다. 그녀는 그에게 이 일은 얘기하지 않고 숨겼던 것이다! 이것은 실로 놀라운 일이었다. 그러니까 확실히, 정작 그녀도 마지막 순간까지 자기가 법정에서 이 에피소드를 얘기할지 안 할지를 모르는 상태에서 어떤 영감 같은 것을 기다리고 있었노라고 가정해 볼 수 있겠다.)

아니, 나는 이 순간들을 절대 잊을 수가 없다! 그녀는 이야기를 시작했고, '이마가 땅에 닿도록 절을 한 일'이며 그 원인이며 자기 아버지 얘기며 자기가 미챠 집을 찾아간 일 등 미챠가 알료샤에게 알려 준 이 에피소드의 전말을, 그야말로 모든 것을 얘기했지만 미챠가 카체리나 이바노브나의 언니를 통해 '자기한테서 돈을 받으려면 카체리나 이바노브나를 보내 달라.'라고 제안했다는 얘기는 한마디도, 심지어 암시조차도 내비치지 않았다. 이것을 그녀는 관대한 마음으로 덮어 두었으며 그 당시 자기가 나서서 제 발로 젊은 장교의 집으로 달려갔노라고, 자기 자신의 격정에 사로잡혀 뭔가에 희망을 걸었노라고…… 그렇게 그에게 돈을 빌려 달라고 부탁하기 위해 달려갔노라고 수치스러워하는 기색도 없이 공개적으로 털어놓았다. 이것은 뭔가 전율을 불러일으키는 것이었다. 나는 그녀의 말을 듣고 있자니 몸이 오싹해지면서 막 떨려 왔고 법정은 그녀의 말을 한마디라도 놓치지 않으려고 숨을 죽였다. 이것은 전례를 찾아보기 힘든 어떤 것이었고 그녀처럼 오만하고 남을 눈 아래로 볼 만큼 도도한 처녀가 이처럼 더할 나위 없이 노골적인 증언을 하리라곤, 이와 같은 희생을 감수하고 이와 같은 파멸을 자초하리라곤 생각도 못 했던 것이다. 더군다나 무엇을 위해, 누구를 위해서인가? 자기를 배반하고 모욕한 자를 구하기 위해서, 그에게 유리한 좋은 인상을 불러일으킴으로써 그를 구원하는 데 어떻게든 조금이라도 기여하기 위해서가 아닌가! 또 사실 그렇지 않았겠는가. 자기가 갖고 있는 마지막 돈 5000루블을, 자기한테 남아 있던 모든 것을 순순히 내놓고 순결한 처녀 앞에 공손히 몸을 숙인 장교의 형상은 극히 호의적이고 매력적인 것으로 비쳤지만, 그럼에도…… 나의 심장은 아프게 조여 왔던 것이다! 나중에 가서는 꼭 험한 소리들이 나올 것이라는 예감이 들었던 것이다!(나중엔 정말로 그렇게 됐다, 그렇게!) 나중에는 온 도시 사람들이 심술궂게 비웃으면서 그 얘기가 완전히 다 사실은 아닐 거다, 특히 장교가 '그저 공손히 몸을 숙이며' 과년한 처녀를 그냥 놓아 주었다는 대목은 영 엉터리일지도 모른다고 수군댔다. 여기에는 뭔가가 '생략'된 부분이 있을 거라는 암시도 오갔다. '만약 생략된 부분이 없고 모든 것이 사실 그대로라고 할지라도'라면서 우리 도시의 가장 점잖은 부인네들조차도 말하곤 했다. "그렇다면 더더욱 알 수 없는 노릇이군요. 과년한 처녀가 아무리 아버지를 구한다는 명분이 있다고는 할지라도 그렇게 처신하는 것이 과연 고결한 일입니까?" 게다가 카체리나 이바노브나처럼 뛰어난 지성과 병적일 정도로 예민한 통찰력을 가진 여성이 정녕, 사람들이 이런 소리를 하게 될 줄을 미리 예감하지 못했겠는가? 틀림없이 예감했지만, 그럼에도 모든 것을 말하기로 결심했던 것이다! 물론 이 얘기의 진위를 둘러싼 모든 지저분한 의심들은 나중에 가서야 시작된 것이고, 첫 순간에는 다들 한결같이 감동을 받았다. 재판 임원들의 경우, 그들은 카체리나 이바노브나의 말을 경건한 태도로, 말하자면 수치심까지 어려 있는 침묵을 유지하며 경청했다. 검사는 이 주제와 관련해서는 별달리 어떤 질문도 던지지 않았다. 페츄코비치는 그녀를 향해 깊이 몸을 숙였다. 오, 그는 승리를 예감하며 거의 기고만장했다! 얻은 것이 많았던 셈이다. 고결한 격정에 사로잡혀서는 호주머니를 탈탈 털어 5000을 내놓은 사람, 바로 이랬던 사람이 나중에 가선 한밤중에 3000을 훔치기 위해 아버지를 죽였다는 것 ─ 이것은 일정 부분 뭔가 조리에 맞지 않는 것이 아닌가. 이제 페츄코비치는 적어도 강도 혐의만은 배제할 수 있게 됐다. '사건'은 갑자기 어떤 새로운 빛을 띠게 되었다. 뭔가 미챠에게 유리한 우호적인 분위기가 감돌았던 것이다. 한편 미챠는…… 그를 두고서 사람들은 카체리나 이바노브나가 증언하는 동안 그가 한두 번 정도 자리에서 벌떡 일어났다가 다시 의자에 주저앉아 두 손으로 얼굴을 가렸다고 이야기했다. 하지만 그녀가 증언을 끝마치자, 그는 갑자기 흐느끼는 목소리로 그녀를 향해 두 손을 뻗으며 소리쳤다.

"카챠, 왜 나를 파멸시킨 거야!"

그러면서 온 법정을 향해 큰 소리로 흐느끼다시피 했다. 하지만 금세 자제력을 발휘하더니 또다시 소리쳤다.

"이제 난 선고를 받았노라!"

그러고 나서는 이를 악물고 팔짱을 꽉 낀 채 자기 자리에 못 박힌 듯 있었다. 카체리나 이바노브나는 법정에 그냥 남아서 지정된 좌석에 앉았다. 그녀는 창백했고 그렇게 눈을 내리간 채 앉아 있었다. 그녀의 곁에 있었던 사람들은 그녀가 열병이라도 걸린 듯 오랫동안 온몸을 떨었다고 이야기했다. 이어, 심문을 받기 위해 그루센카가 나타났다.

나는, 느닷없이 파열하여 정말로 미챠를 파멸시켰다고 할 수 있는 그 파국에 가까이 다가서고 있다. 이 에피소드만 없었더라도 최소한 범죄자에게 관용이라도 베풀어 주었으리라고 나는 확신했으며 이후에 모든 사람들, 법률가들도 그렇게 말하곤 했다. 하지만 이 얘기는 이제 곧 하도록 하겠다. 그전에 그루센카에 대해 딱 두 마디만 해 두자.

그녀도 역시 완전히 검은색으로 차려입고 어깨에도 아름다운 검은 숄을 두른 채 법정에 나타났다. 예의 그 들리지 않는 걸음걸이로 춤을 추듯, 풍만한 여성들이 흔히 그러지만 몸을 조금씩 흔들면서 그녀는 단 한 번도 오른쪽이나 왼쪽은 돌아보지 않고 재판장만을 바라보면서 증언대로 다가갔다. 내 생각에 그녀는 그 순간 매우 예뻤으며, 나중에 부인네들이 주장한 대로, 전혀 창백하지도 않았다. 그녀의 얼굴이 왠지 몹시 긴장되어 있고 독기가 서려 있었다는 주장도 있었다. 하지만 내 생각으론 그저, 스캔들을 갈망하는 우리 방청객들의 호기심과 경멸에 찬 시선들을 온몸으로 받아 내느라 힘겨웠던 나머지 신경이 날카로워져 있을 뿐이었다. 그녀는 원래 경멸을 참지 못하는 오만한 성격의 소유자로서 누군가가 자기를 경멸한다는 의심이 조금이라도 들라치면——그 즉시 분노에 사로잡혀 반격을 가하려는 욕망으로 발끈 달아오르는 그런 사람들 중 하나였다. 이와 더불어 물론 소심한 구석도 많았고 또 이 소심함으로 인해 내적으로 수치심을 느끼기도 했기 때문에 그녀의 말이 들쑥날쑥한 것은 당연한 일이었다. 분노에 사로잡히는가 하면, 경멸감에 차서 너무나 거칠어지기도 하고, 또 갑자기 마음에서 우러나오는 참된 자기비판, 자기 비난의 음조가 울려 나오기도 했다. 이따금씩은 꼭 어떤 심연 속으로 뛰어들듯 '어떻게 되든 무슨 상관인가, 어쨌거나 나는 내 할 말을 할 거다……'라는 식으로 말하고 있었다. 표도르 파블로비치와 알고 지내게 된 것에 관해서 그녀는 "다 쓸데없는 소리입니다, 그 노인이 저한테 치근거렸다고 해서 제가 무슨 죄라도 지은 건 아니잖습니까?"라고 딱 잘라 말했다. 하지만 잠시 뒤에는 곧 "모든 게 다 제 잘못이에요, 저는 양쪽을 다―그러니까 노인도, 저 사람도―다 놀려 먹었고 그러다가 그들 두 사람을 다 이 지경으로 만들었습니다. 모든 일이 저 때문이에요."라고 덧붙였다. 어쩌다가 삼소노프 얘기까지 나오게 되자 그 즉시 어떤 뻔뻔스럽고 도전적인 어조로 "누구든 무슨 상관이에요."라며 대거리를 했다. "그분은 제 은인이었어요, 부모님이 저를 오두막에서 내쫓았을 때 그분은 맨발이었던 저를 거둬 주었으니까요." 재판장은 극히 정중하긴 했지만 여하튼 쓸데없는 일을 자질구레하게 늘어놓지 말고 묻는 질문에만 대답을 하라며 그녀에게 주의를 주었다. 그루셴카는 얼굴을 붉혔고 눈을 번득였다.

돈뭉치에 관한 한, 그녀는 그것을 본 적은 없고 다만 표도르 파블로비치에게 3000이 든 무슨 돈뭉치가 있다는 얘기를 '악당'으로부터 들었다는 것이었다.

"하지만 이건 다 바보짓이에요, 저는 비웃었어요, 어떤 일이 있어도 그리로 가진 않았을 테니까요……."

"누구를 두고서 지금 '악당'이라고 하신 겁니까?" 검사가 물었다.

"그 하인, 자기 주인 나리를 죽이고 어제 목을 맨 스메르쟈코프 말이죠."

물론, 순식간에 그녀에겐 그렇게 단호하게 그를 지목할 만한 어떤 근거가 있는가, 하는 질문이 떨어졌지만, 알고 보니 그녀에게도 역시 어떤 근거도 없었다.

"드미트리 표도로비치가 직접 저에게 그렇게 말했습니다, 여러분도 저분의 말을 믿으세요. 저 훼방꾼이 저분을 파멸시켰어요, 정말이라니까요, 모든 게 다 저 여자 때문이에요, 정말로요." 그루셴카는 증오에 겨워 온몸을 떨면서 이렇게 덧붙였는데, 그녀의 목소리에는 독기가 서려 있었다.

다시금 누구를 암시하는 것이냐는 질문이 떨어졌다.

"저기 저 아가씨, 바로 저 카체리나 이바노브나 말이죠. 그때 저를 자기 집으로 불러서 초콜릿을 대접했는데, 그러면서 저를 구워삶으려고 했어요. 진정 염치고 뭐고 거의 없는 여자예요, 정말로요……."

그러자 재판장은 이젠 엄격하게 그녀를 제지하면서 지나친 표현은 삼가라고 부탁했다. 하지만 질투심에 사로잡힌 여자의 마음은 이미 불타올랐고, 그녀는 심연 속으로라도 뛰어들 태세였던 것이다…….

"모크로예 마을에서 피고가 체포되었을 당시"라면서 검사가 기억을 더듬으며 물었다. "당신이 다른 방에서 뛰어나오며 '모든 게 내 잘못이에요, 감옥이라도 함께 가겠어요!'라고 소리치는 것을 모든 사람들이 보았고 또 들었습니다. 그러니까 그 순간 당신은 이미, 그가 아버지를 죽인 범인이라고 확신하셨던 거죠?"

"그 당시 제 감정이 어땠는지는 기억나지 않는군요." 그루셴카가 대답했다. "다들 그때 저분이 아버지를 죽였다고 소리쳤고, 저는 이건 내 잘못이다, 나 때문에 그이가 살인을 저질렀다고 느꼈습니다. 하지만 저분이 자신은 무죄라고 말하자, 저는 그 즉시 저분의 말을 믿게 됐고 지금도 그렇게 믿고 있고 또 언제나 그렇게 믿을 겁니다. 절대로 거짓말을 할 사람이 아니거든요."

페츄코비치가 질문할 차례가 되었다. 그런데 내 기억에 그는 라키친에 대해, 그러니까 '알렉세이 표도로비치 카라마조프를 당신 집에 데려왔기 때문에' 25루블을 준 일에 대해 물었다.

"그 사람이 돈을 받은 것이 뭐 놀라운 일입니까." 그루셴카는 경멸과 악의에 찬 웃음을 보였다. "그 사람은 늘 돈을 뜯어가려고 저를 찾아왔고 한 달에 대략 30루블씩은 가져가곤 했으며 대부분은 다 놀고먹는 데 썼을 겁니다. 어차피 제가 그렇게 오냐오냐해 주지 않아도 먹고살 만한 돈 정도는 있었으니까요."

"무슨 연유로 라키친 씨에게 그토록 관대하셨던 겁니까?" 재판장이 심하게 몸을 들썩거리며 주의를 주었음에도, 페츄코비치는 이렇게 그루셴카의 말을 받았다.

"아니, 그 사람은 저의 이종사촌 동생이잖습니까. 저의 어머니와 그 사람의 어머니는 친자매예요. 다만 그 사람은 여기 아무에게도 이 말을 하지 말아 달라고 줄곧 저에게 애원했죠, 저를 매우 수치스럽게 여기거든요."

이 새로운 사실은 모든 사람들에게 전혀 예기치 못한 것이었으니, 지금까지 온 도시를 통틀어, 심지어 수도원에서도 아무도, 심지어 미챠도 이 사실을 몰랐던 것이다. 사람들 얘기론, 그때 라키친은 너무 창피한 나머지 자기 자리에 앉은 채로 얼굴이 붉으락푸르락했다는 것이었다. 그루셴카는 법정에 들어오기 전부터 그가 미챠에게 불리한 증언을 했다는 것을 어떻게 알게 되었고 그 때문에 약이 올랐던 것이다. 라키친 씨가 아까 한 연설, 그러니까 그 모든 고매함, 농노제와 러시아의 시민적 무질서에 대한 그 모든 공격—이 모든 것에 대한 방청석의 여론이 이번에 완전히 말소되고 파괴되어 버렸다. 페츄코비치는 만족스러웠다. 이번에도 하늘이 그를 도운 것이 아니겠는가. 대체로 그루셴카가 심문을 받은 시간은 그다지 길지도 않았거니와, 더욱이 물론 그녀가 무슨 특별히 새로운 얘기를 알려 준 것도 아니었다. 그녀가 증언을 끝마치고 카체리나 이바노브나로부터 상당히 멀리 떨어진 법정의 자리에 앉았을 때, 경멸이 담긴 수백 개의 시선들이 그녀에게로 집중되었다. 그녀가 질문을 받는 동안 내내, 미챠는 눈을 바닥에 떨어뜨린 채 화석이 된 양 침묵을 고수했다.

이반 표도로비치가 증인으로 나타났다.

5 갑작스러운 파국

여기서 한 가지 지적하자면, 원래 이반은 알료샤보다 먼저 출두 요청을 받았다. 하지만 그때 집행관은 재판장에게 증인이 갑자기 건강 상태가 악화되었는지 무슨 발작이 일어났는지 여하간 지금은 출두할 수 없지만 몸이 회복되는 즉시 증언 준비를 갖출 것이라고 보고했다. 그런데 어째서인지 아무도 이 말을 듣지 못하고 있다가 이미 나중에 가서야 알게 되었다. 그의 출현은 첫 순간에는 거의 눈에 띄지 않았다. 주요 증인들, 특히 연적 관계에 있는 두 여성들이 이미 심문을 끝낸 뒤였으므로, 일단 호기심은 충족되었던 셈이었다. 방청석에서는 심지어 피로감마저 느껴졌다. 아직 증인이 몇 명 더 남아 있었지만, 이미 모든 것이 웬만큼 알려진 만큼 분명히 이들도 별달리 특별한 얘기를 해 줄 것 같지는 않았다. 하지만 시간은 가고 있었다. 이반 표도로비치는 인상을 팍 쓴 채 뭔가 골똘히 생각에 잠긴 양 아무도 쳐다보지 않고 심지어 고개마저 떨어뜨리곤 어쩐지 놀라울 정도로 천천히 걸어 나왔다. 옷차림은 나무랄 데 없었지만 그의 얼굴은, 적어도 나에게는, 병적인 인상을 불러일으켰다. 그 얼굴은 흡사 흙을 끼얹은 듯한, 뭔가 죽어 가는 사람의 얼굴을 닮은 듯했던 것이다. 눈도 흐리멍덩했다. 그런 눈을 들어 그는 천천히 법정을 훑어보았다. 알료샤가 갑자기 자신의 자리에서 벌떡 일어나다시피 하면서 아! 하고 신음을 내질렀다. 나는 이것을 기억하고 있다. 하지만 이것을 포착한 사람은 거의 없었다.

재판장은 그에게 선서 없이 증언해도 된다, 증언을 해도 되고 침묵해도 된다, 하지만 증언을 할 시엔 물론 모두 양심에 근거한 것이어야 된다는 것 등을 얘기해 주었다. 이반 표도로비치는 이런 말을 들으며 흐리멍덩한 시선으로 재판장을 바라보았다. 하지만 갑자기 그의 얼굴에 천천히 미소가 번지기 시작했고, 놀란 눈으로 그를 바라보던 재판장이 말을 끝마치자마자 갑자기 웃음을 터뜨렸다.

"또 뭐가 있습니까?" 그가 큰 소리로 물었다.

법정 안이 온통 잠잠해졌으니, 뭔가가 감지된 듯했다. 재판장은 슬슬 불안해졌다.

"당신은…… 아직 건강이 썩 좋지 않으신 듯한데요?" 그는 눈으로 집행관을 찾으면서 이렇게 말을 했다.

"염려하지 마십시오, 재판장님, 저는 충분히 건강할뿐더러 흥미진진한 얘기도 좀 해 드릴 수 있습니다." 갑자기 이반 표도로비치가 완전히 차분하고 공손한 어조로 대답했다.

"뭐 특별히 알릴 것이 있습니까?" 재판장은 여전히 못 믿겠다는 듯 계속했다.

이반 표도로비치는 시선을 내리깔고 몇 초간 뜸을 들이더니, 다시 고개를 들고 더듬거리듯 다음과 같이 대답했다.

"아니요…… 없습니다. 어떤 특별한 것도 없습니다."

그에게 질문이 던져지기 시작했다. 그는 왠지 전혀 내키지 않는 일을 억지로 한다는 듯 간략하게 대답했고 왠지 점점 더 혐오감마저 내비치기 시작했는데, 그래도 어쨌거나 대답에는 조리가 있었다. 대부분의 질문에 대해서 모른다고 딱 잡아떼

기도 했다. 아버지와 드미트리 표도로비치 사이의 금전 문제에 대해서는 아무것도 모른다고 했다. '게다가 그 일엔 관심도 없었다.'라고 내뱉기도 했다. 아버지를 죽이겠다는 협박에 대해서는 피고로부터 들은 적이 있다고 했다. 돈뭉치에 대해선 스메르쟈코프에게서 들었다고 했다…….

"다 똑같은 얘기뿐입니다." 그는 갑자기 피로에 지친 표정으로 말을 끊었다. "저로서는 이 법정에서 특별히 더 할 말도 없습니다."

"제가 보기에 건강이 좋지 않으신 것 같군요. 당신의 심정도 이해하고요……." 재판장이 말을 꺼냈다.

그는 필요한 경우에는 질문을 하라는 듯 양쪽을, 즉 검사와 변호사 쪽을 바라보았는데, 그러자 갑자기 이반 표도로비치가 녹초가 된 듯한 목소리로 부탁했다.

"저를 이만 보내 주십시오, 재판장님, 몸이 몹시 안 좋군요."

이렇게 말한 뒤 그는 허락도 기다리지 않고 갑자기 몸을 획 돌려 법정에서 나가려고 했다. 하지만 서너 발짝쯤 걸어가다가 걸음을 멈추고서 갑자기 무슨 생각이 났는지 조용히 피식 웃더니 다시금 제자리로 돌아왔다.

"저는, 재판장님, 저 시골 처녀와 같습니다……. 알고 계시죠, '내키면 발딱 일어나고, 안 내키면 발딱 일어나지 않을 거예요.'라던가요. 그러면 사람들이 사라판[45]이나 치마 따위를 들고 처녀 뒤를 쫓아가는데, 처녀를 일어나게 한 다음 돌돌

---

45) 러시아 평민 여성들이 입는 소매 없는 긴 옷.

묶어서 결혼시키려 데려가려는 거죠. 그럴 때 그녀는 '내키면 폴짝 뛰어들고, 안 내키면 폴짝 뛰어들지 않을 거예요.'라고 말하죠……. 이건 말하자면 우리의 민족성인 건데……."

"무슨 말씀을 하시고 싶어서 이러십니까?" 재판장이 엄격하게 물었다.

"자 여기" 하면서 갑자기 이반 표도로비치가 돈뭉치를 꺼냈다. "자 여기 돈이 있습니다……. 문제의 그 봉투 속에 들어 있던 돈입니다." 그는 물증이 놓인 책상을 향해 고갯짓을 했다. "이것 때문에 아버지가 살해당했습니다. 어디다 놓을까요? 집행관님, 좀 전해 주시죠."

집행관은 돈 봉투를 통째로 받아서 재판장에게 전해 주었다.

"어떻게 이 돈을 당신이 갖고 있을 수 있게 되었습니까…… 만약 이것이 정말 문제의 그 돈이라면요?" 재판장은 놀라면서 물었다.

"스메르쟈코프, 그 살인자한테서 어제 받은 겁니다. 그놈이 목을 매기 직전 그놈 집엘 갔습니다. 아버지를 죽인 건 그놈입니다, 형님이 아니라요. 그놈이 죽였고, 저는 그놈에게 죽이라고 교사했던 거죠……. 아버지의 죽음을 바라지 않은 사람이 누가 있겠습니까……?"

"지금 제정신이십니까, 예?" 재판장의 입에서는 저도 모르게 이런 말이 튀어나왔다.

"물론 여부가 있겠습니까, 그야말로 제정신이죠……. 그것도 비열할 정도로 제정신입니다, 당신과 마찬가지로, 아니, 여기 이 모든…… 낯—낯짝들과 마찬가지로!" 그가 갑자기 청중을 향해 몸을 돌렸다. "다들 아비를 죽여 놓고선 놀란 척 연기를 하고 있어." 그는 분노에 찬 경멸을 내보이며 부득부득 이를 갈았다. "서로가 서로를 앞에 두고 모르는 척하고 있는 꼬락서니라니. 거짓말쟁이들! 다들 아버지의 죽음을 바라고 있어. 한 마리의 독사가 또 다른 독사를 잡아먹는 거야……. 친부 살해 사건이 없었더라면 다들 화를 내며 성질이 난 상태로 각자 집으로 갔겠지……. 볼거리를 달라! '빵과 볼거리를 달라!' 하긴 나도 만만찮은 놈이지! 당신들한테 혹시 물 좀 없소, 물이나 잔뜩 마시도록 해 주시죠, 제발!" 그러고서 그는 갑자기 자신의 머리를 움켜쥐었다.

집행관은 그 즉시 그에게로 다가갔다. 알료샤가 갑자기 벌떡 일어나서 "형님은 아픕니다, 형님의 말을 믿지 마세요, 형님은 섬망증에 걸렸어요!"라고 소리쳤다. 카체리나 이바노브나는 저돌적으로 자기 의자에서 일어나 너무 무서운 나머지 옴짝달싹도 하지 못하고 이반 표도로비치를 바라볼 뿐이었다. 미샤는 자리에서 일어나 어쩐지 이 모든 게 기괴하다는 듯 삐뚜름한 미소를 지으며 탐욕스러운 시선으로 동생을 바라보면서 그의 말을 듣고 있었다.

"진정하십시오, 저는 미친놈이 아니라 그냥 살인자일 뿐이니까요!" 다시금 이반이 말을 시작했다. "살인자에게 멋진 웅변을 요구할 순 없잖습니까……." 그는 무엇을 위해서인지 갑자기 이렇게 덧붙이곤 삐뚜름하게 웃기 시작했다.

검사는 눈에 확 뜨일 만큼 당혹스러운 기색을 드러내며 재판장 쪽으로 몸을 굽혔다. 재판 임원들도 서로 부산스럽게 속닥댔다. 페츄코비치는 엿듣기 위해서 귀를 쫑긋 세웠다. 법정 안은 기대감에 부풀어 숨을 죽였다. 재판장은 갑자기 정신을 차린 듯했다.

"증인, 당신의 말은 이해도 안 될뿐더러 이런 곳에서 할 수 있는 말이 아닙니다. 제발 진정해 주십시오, 그리고 말씀을 계속하시지요…… 정말로 뭔가 말씀하실 게 있다면 말입니다. 과연 무엇으로 그런 증언을 뒷받침할 수 있습니까…… 만약 그게 한낱 미망에 들뜬 헛소리가 아니라면요?"

"바로 그게 문제라는 겁니다, 증인이 없거든요. 그 개 같은 스메르쟈코프 놈이 저세상에서 자신의 증언을…… 봉투에 담아 보내 주진 않을 테니까요. 여러분한테는 어쨌거나 봉투가 참 많이도 필요하겠지만, 사실 이거 하나면 충분합니다. 저에게 증인은 없습니다…… 딱 한 놈을 빼면 말이죠." 그는 생각에 잠긴 듯 피식 웃었다.

"당신의 증인은 누구입니까?"

"꼬리가 달려 있는 놈인데, 재판장님, 이러면 영 형식에 맞지 않지 않습니까! 원래 악마란 더 이상 존재하지 않는데 말이죠!(Le diable n'exist point!) 신경 쓰지 마십시오, 걸레쪽처럼 하찮은 악마니까요." 그는 갑자기 웃음을 멈추고 친근한 척 굴면서 덧붙였다. "녀석은 아마 여기 어디에, 바로 저기 물증이 놓인 저 책상 밑에 있을 겁니다. 저기가 아니라면 녀석이 대체 어디에 앉아 있겠습니까? 보십시오, 제 말을 들어 보십시오. 저는 그놈한테 잠자코 있진 않겠다고 말했습니다. 그런데도 그놈은 지질학적 변동에 대한 얘기를 끄집어 내면서……. 하나같이 멍청한 소리죠! 자, 저 불한당을 풀어 주시죠…… 저 불한당이 찬송가를 부르기 시작한 건 마음이 그만큼 홀가분해졌기 때문이죠! 술 취한 협잡꾼이 '반카는 피체르로 떠났네.'라고 목청껏 떠들어 대든 말든, 나는 이 초의 기쁨을 위해서라면 1000조 킬로미터의 또 1000조 킬로미터라도 기꺼이 내주런만. 당신은 저를 모르고 있습니다! 오, 여러분이 하는 이 모든 짓이 죄다 얼마나 멍청한지! 자, 형님 대신 저를 잡아가시죠! 내가 온 건 무슨 목적이 있어서였는데……. 왜, 대체 왜 하나부터 열까지 죄다 이렇게 멍청하기만 한 거야……!"

그러고서 그는 다시 천천히, 생각에 잠긴 듯 법정을 둘러보기 시작했다. 하지만 좌중은 이미 술렁이고 있었다. 알료샤는 자리에서 일어나 형을 향해 달려가려 했지만 집행관이 벌써 이반 표도로비치의 팔을 붙잡아 버렸다.

"이건 또 뭐야?" 그는 집행관의 얼굴을 뚫어져라 바라보며 이렇게 소리치곤 갑자기 상대방의 어깨를 꽉 움켜쥐고 몹시 성이 난 듯 마룻바닥으로 내동댕이쳤다. 하지만 벌써 경비원이 달려와 그를 붙잡았고, 그러자 그는 고래고래 소리를 지르며 광포하게 울부짖기 시작했다. 그렇게 끌려 나가는 와중에도 줄곧 뭔가 조리가 닿지 않는 말을 외치면서 울부짖었다.

일대 소란이 일어났다. 나는 그 모든 것을 제대로 기억할 수도 없다. 나 자신도 흥분했었기 때문에 사태의 추이를 제대로 쫓아갈 수 없었던 것이다. 내가 알고 있는 것은 나중에 이미 다 진정이 되고 다들 문제의 핵심이 무엇인지를 깨달았을 때 여하튼 집행관이 어쨌거나 질책을 당했다는 것뿐이다. 사실,

집행관은 증인이 이 일이 있기 한 시간쯤 전에 가벼운 구토증이 있어 의사의 진찰을 받긴 했지만 건강 상태가 줄곧 양호했고 법정 안으로 들어오기 전까지도 줄곧 말도 조리 있게 잘했기 때문에 이럴 줄은 정말 몰랐다며 상부에 조목조목 해명을 했다. 게다가 꼭 증언을 해야겠다고 고집을 부린 건 오히려 증인 쪽이었노라고 말이다. 그나저나 사람들이 다소나마 진정이 되어 냉정을 되찾기도 전에, 앞선 소동에 이어 곧장 또 다른 소동이 일어나 버렸다. 카체리나 이바노브나가 히스테리 발작을 일으킨 것이다. 그녀는 큰 소리로 째지는 듯한 비명을 내지르며 흐느껴 울었지만 법정을 떠날 생각은 하지 않고 제발 자기를 끌어내지 말라고 애원하면서 몸부림을 치더니, 갑자기 재판장에게 다음과 같이 소리쳤다.

"저는 한 가지 더 증언할 게 있습니다, 그것도 당장…… 지금 당장……! 여기 서류가, 편지가 있습니다…… 가져가서 어서 빨리 읽어 주세요, 어서 빨리……! 이것은 저 불한당 같은 인간이 쓴 편지예요, 바로 저 인간, 저 인간이!" 그러면서 그녀는 미챠를 가리켰다. "아버지를 죽인 건 저 인간이에요, 여러분은 지금 보시게 될 겁니다, 저 인간은 저한테 자기 아버지를 죽일 거라고 쓰고 있습니다! 하지만 저 동생분은 환자, 환자예요, 저분은 섬망증을 앓고 있단 말이에요! 저는 벌써 사흘째 저분이 섬망증을 앓고 있는 걸 보고 있어요!"

이렇게 그녀는 앞뒤를 잃고 소리를 질러 댔다. 집행관은 그녀가 재판장을 향해 뻗은 종이를 받았고, 그녀는 자기 자리에 털썩 주저앉아 얼굴을 가린 채 경련이라도 인 듯 소리 없이 흐느끼기 시작했는데 자기를 법정 밖으로 내보낼까 두려웠는지 몸을 부들부들 떨면서도 조그만 신음 소리조차 억누르고 있었다. 그녀가 제시한 서류는 이반 표도로비치가 '수학적인' 중요성을 가진 서류라고 부른, 미챠가 음식점 '수도'에서 쓴 바로 그 편지였다. 정말 안타까운 일이다! 이 서류가 수학적 증거나 다름없다는 것을 재판진도 인정하고 말았으니, 이 편지만 없다면 아마 미챠도 파멸하지 않았을 것, 적어도 그렇게 끔찍하게 파멸하지는 않았을 것이다. 반복하건대, 세부 사항을 일일이 추적하기는 어려웠다. 내겐 지금도 이 모든 일이 그때 같은 일대 소란처럼 떠오른다. 응당 재판장은 그 즉시 새로운 서류를 재판진, 검사, 변호사, 배심원 들에게 알렸을 것이다. 내가 기억나는 것은 오로지 그녀에 대한 증인 심문이 시작되었다는 점뿐이다. 재판장이 진정이 되었냐고 부드럽게 묻자 카체리나 이바노브나는 맹렬하게 소리쳤다.

"예, 준비됐습니다, 준비됐어요! 충분히 답변할 수 있는 상태입니다." 그녀는 이렇게 덧붙였는데, 무엇 때문인지 자기 말을 경청해 주지 않을까 봐 점점 더 많이 걱정하는 기색이 역력했다. 그녀에게 보다 더 자세히 설명해 달라는 요구가 떨어졌다. 이 편지는 어떤 것인가, 어떤 상황에서 이것을 받았는가? 등.

"제가 이것을 받은 건 바로 범행 전날 밤이었지만, 저 인간이 이걸 쓴 건 하루 전, 즉 범행을 저지르기 이틀 전 음식점에서였습니다——보세요, 이렇게 무슨 계산서 위에 썼잖습니까!" 그녀는 숨을 헐떡이며 소리쳤다. "저 인간은 그때 저를 증오하고 있었습니다. 자기가 비열한 짓을 하고도 저 쌍년의 꽁무니를 쫓아갔으니까…… 또 저한테 이 3000을 빚지고 있었으니까요……. 오, 저 인간은 더러운 짓은 정작 자기가 저질러 놓고선 이 3000 때문에 모욕감을 느꼈던 거예요! 이 3000은 어떻게 된 거냐 하면요——여러분은 제발 제 말을 잘 경청해 주세요, 제발요. 아버지를 죽이기 삼 주 전, 어느 날 아침에 저 인간이 저를 찾아왔습니다. 저는 저 인간에게 돈이 필요하다는 것도, 또 무엇을 위해 그런지도 알고 있었습니다——바로, 바로 저 쌍년을 꾀어 내어 함께 멀리 떠나기 위해서였죠. 저는 그때 저 인간이 변심한 나머지 저를 버리려 한다는 걸 알고 있었고, 그래서 제가 먼저 나서서 그때 저 인간에게 이 돈을 내밀었고 모스크바에 있는 저의 언니에게 부쳐 달라는 식의 제안을 했죠. 돈을 내줄 때 저 인간의 얼굴을 빤히 쳐다보면서 원한다면 '한 달 뒤에' 부쳐도 괜찮다고 말했습니다. 자, 그러니까 저는 저 인간의 눈에 대고 곧바로 '당신한테 돈이 필요한 건 당신의 저 쌍년이 좋아서 나를 배반하기 위해서지, 그래 그 필요한 돈 내가 당신한테 준다, 내가 직접 당신한테 주는 거라고, 가져가, 이 돈을 받을 만큼 염치도 없는 인간이라면 얼마든지 받으란 말이야……!'라고 말한 거나 다름없었고 정말로 저 인간이 이걸 못 알아들었을 리가 없잖습니까. 저는 저 인간의 정체를 폭로하고 싶었던 건데, 어찌 됐겠어요? 저 인간은 그 돈을 받았고, 받아서는 가져갔고, 저 쌍년과 함께 저기서 하룻밤 만에 다 써 버렸어요……. 하지만 저 인간은 다 이해하고 있었어요, 그러니까 내가 모든 것을 알고 있다는 걸 이해했다고요. 정말이에요, 저 인간은 그때 제가 자기에게 돈을 준 것은, 너란 인간이 나한테서 돈을 받을 만큼 염치가 없는 인간인가, 어떤가? 시험하기 위해서였을 뿐이라는 걸 이해했던 거라고요. 저는 저 인간의 눈을 들여다보았고 저 인간도 제 눈을 들여다보면서 모든 것을 이해했어요, 모든 것을 이해했으면서도 받았어요, 그렇게 제 돈을 받아서 가져간 겁니다!"

"맞아, 카챠!" 미챠가 갑자기 울부짖었다. "당신의 눈을 바라보면서 당신이 나를 염치없는 놈으로 만들려고 한다는 걸 이해했지만 어쨌거나 당신의 돈을 받았지! 여러분, 이 비열한 놈을 경멸하십시오, 다들 경멸해 주십시오, 이 몸은 그래도 싼 놈입니다!"

"피고." 하고 재판장이 소리쳤다. "한마디만 더 하면 퇴장 명령을 내리겠소."

"그 돈 때문에 저 인간은 괴로워했습니다." 카챠는 경련이라도 난 듯 서둘러 대며 계속했다. "그 돈을 저에게 돌려주고 싶어 했지만, 그러고 싶어 했지만, 이건 사실입니다, 하지만 저 쌍년을 위하자니 돈이 필요했던 겁니다. 그래서 자기 아버지를 죽였지만 그러고서도 저한테 돈은 돌려주지 않고 오히려 저년을 데리고 그 시골로 갔다가 거기서 체포된 겁니다. 저 인간은 거기서 또다시, 아버지를 죽이고 빼앗은 돈을 죄다 써 버렸어요. 아버지를 죽이기 하루 전날, 저에게 이 편지를 쓴 겁니다, 술에 취한 상태에서 썼던 거죠. 저는 그때 바로 알았어요, 저 인간이 설령 살인을 저지른다고 해도 제가 이 편지를 아무한테도 보여 주지 않을 것을 분명히 알고 있었기에, 그걸 알고 있었기에 악에 받쳐 썼다는 것을. 안 그랬더라면 이런 걸

398

쓰지도 않았을 테죠. 저 인간은 제가 자기에게 복수하고 싶은 마음도, 또 자기를 파멸시키고 싶은 마음도 없다는 걸 알았던 겁니다! 어쨌거나 읽어 보십시오, 주의 깊게 읽어 보시라고요, 부디 좀 더 주의를 기울여서. 그러면 여러분은 저 인간이 이 편지에 모든 걸, 모든 걸 미리 적어 두었다는 걸 아시게 될 테니까요. 즉, 어떻게 아버지를 죽일 것인가, 아버지의 집 어디에 돈이 놓여 있는가 등. 보십시오, 제발 한 자도 놓치지 말고요. 거기에 '이반이 떠나기만 하면 죽일 테다.'라는 어구가 있습니다. 즉, 저 인간은 어떻게 죽일지를 미리 꼼꼼하게 생각해 뒀던 겁니다." 카체리나 이바노브나는 악의 가득한 기쁨을 감추지 않으며 표독스럽게 재판진에게 일러바쳤다. 오, 그녀가 이 치명적인 편지를 섬세한 부분까지 속속들이 읽었으며 그 한 줄 한 줄을 연구했음이 보였다. "술에 취하지 않았더라면 저한테 편지를 쓰진 않았을 테지만, 어쨌거나 보십시오, 거기 모든 것이 미리 적혀 있는데, 나중에 아버지를 죽인 것과 정말 똑같아요, 이건 그야말로 그 프로그램입니다!"

이렇듯, 그녀는 앞뒤를 잃고 소리를 질렀으며 물론 자기에게 어떤 결과가 생겨도 상관없다는 투였는데, 사실 한 달 전부터, 어쩌면 그때부터 악의에 차 몸을 벌벌 떨면서 '이걸 재판진에게 읽히는 게 어떨까?'라는 꿈을 꾸어 왔던 만큼 그 결과쯤은 미리 예견했는지도 모른다. 이제는 꼭 산 위에서 뛰어내린 거나 마찬가지였다. 바로 그 자리에서 편지가 서기에 의해 큰 소리로 낭독되자 가히 전율할 만한 인상을 불러일으켰던 것이 기억난다. 미챠에게 "이 편지를 인정하십니까?"라는 질문이 던져졌다.

"예, 제가 쓴 편지가 맞습니다!" 미챠가 소리쳤다. "술에 취하지 않았다면 안 썼을 겁니다……! 이런저런 일이 많았기 때문에 우리는 서로를 증오해 왔지, 카챠, 하지만 맹세코, 맹세코, 나는 당신을 증오하면서도 사랑했지만, 당신은 내게 그러지 않았던 거야!"

그는 절망에 차서 양손을 뭉개며 자리에 털썩 주저앉았다. 검사와 변호사는 번갈아 가며 질문을 던지기 시작했는데, 주된 요지는 '왜 당신은 아까까지만 해도 이 서류를 숨겼으며 또 조금 전에는 완전히 다른 기분과 어조로 증언을 했던 것인가.'였다.

"그래요, 그렇습니다, 아까 저는 거짓말을 했습니다, 명예와 양심에 반하는 거짓말이었죠. 하지만 아까는 저 사람을 구하고 싶었습니다. 왜냐면 저 사람이 저를 그토록 증오하고 또 증오했으니까요." 카챠는 미친 여자처럼 소리쳤다. "오, 저 사람은 저를 끔찍할 정도로 경멸했습니다, 언제나 경멸했습니다. 그러니까, 그러니까 그때 제가 그 돈 때문에 저 사람의 발밑에 몸을 숙였던 그 순간부터 저를 경멸해 온 거예요. 저는 그걸 눈치챘어요……. 그때 곧바로 그걸 느꼈지만 오랫동안 저 자신의 느낌을 믿지 못했습니다. 저는 저 사람의 눈 속에서 몇 번이나 '어쨌거나 당신은 그때 제 발로 나를 찾아왔던 거야.'라는 말을 읽었습니다. 오, 저 사람은 이해하지 못했어요, 제가 그때 왜 달려갔는지 전혀 이해하지 못했어요, 오직 더러운 생각만 할 줄 아는 인간이니까! 저 사람은 자기 잣대로 판단해선 다들 자기와 똑같다고 생각했어요." 카챠는 너무 분해서 부득부 득 이를 갈았는데 이제는 완전히 미친 듯 흥분해 있었다. "저 사람이 저와 결혼하고 싶어 했던 것은 오직 제가 유산을 받았 기 때문, 그 때문이에요! 저는 언제나 그 때문이 아닐까 하고 의심해 왔어요! 오, 저 사람은 짐승만도 못해요! 제가 제 발로 저 사람을 찾아갔다는 것을 수치스럽게 여겨 한평생 저 사람 앞에서 절절매게 될 거라고, 그걸 빌미로 영원히 저를 경멸해 도 괜찮고 또 그렇기 때문에 주도권을 쥘 수 있으리라고 평생 확신했던 겁니다──저 사람이 저와 결혼하려고 했던 건 바로 이런 이유에서였어요! 그래요, 이 모든 것이 정말 그렇다니까 요! 저는 저의 사랑으로, 무한한 사랑으로 저 사람을 정복하 고자 했고 심지어 저 사람의 배반마저도 참으려고 했지만 저 사람은 아무것도, 아무것도 알아주질 않았어요. 아니, 저 인 간이 뭐든 제대로 알아먹을 수 있는 작자인가요, 어디! 정말 불한당 같은 인간인걸요! 이 편지를 저는 다음 날 저녁에야 받았습니다, 선술집에서 제 앞으로 배달되었지요. 아침만 해 도, 그날 아침만 해도 저는 모든 걸, 심지어 배반까지도 용서 하고 싶었단 말입니다!"

물론, 재판장과 검사는 그녀를 진정시키려고 했다. 나는 그 들이 모두, 아니, 그 누구보다도 그들 자신이 그녀의 광기 어 린 흥분을 이용하여 이런 고백을 듣는 것이 부끄러웠으리라 고 확신한다. 내 기억으론, 그들이 그녀에게 '우리는 당신이 얼 마나 힘든지 이해한다, 믿어 달라, 우리도 감정이 있는 사람이 다.' 등의 얘기를 했던 것을 들었지만, 어쨌거나 그럼에도 히스테리와 광기에 휩싸인 여자에게서 제법 괜찮은 증언을 끌어냈던 셈이다. 끝으로 그녀는 이반 표도로비치가 요 두 달 내내 '저 불한당 같은 살인자'인 자신의 형을 구하겠다는 일념에 사로잡힌 나머지 거의 미치게 된 경위를 굉장히 명료하게 묘사했는데, 비록 일순간이긴 하지만 저렇게 긴장된 상태에도 이런 명료함이 나타나는 순간이 있지 않은가.

"그분은 스스로를 괴롭혔습니다." 그녀가 소리쳤다. "그분은 자기도 아버지를 좋아하지 않았고 어쩌면 자신이 아버지의 죽음을 바랐는지도 모른다고 저에게 고백하면서 줄곧 자기 형님의 죄를 덜어 주고 싶어 했습니다. 오, 이 얼마나 깊고도 깊은 양심입니까! 그분은 양심의 가책을 받으며 스스로를 죽도록 괴롭혔습니다! 저에게 모든 것을 털어놨어요, 모든 것을. 그분은 매일 저를 찾아와 자신의 유일한 벗인 저와 얘기를 나눴습니다. 영광스럽게도, 저는 그분의 유일한 벗입니다!" 그녀가 갑자기 눈을 번득이면서 꼭 도전장이라도 던지듯 외쳤다. "그분은 두 번에 걸쳐 스메르쟈코프를 찾아갔습니다. 어느 날 그분은 저한테 와서 이렇게 말했어요. 즉, 살인을 한 것이 형이 아니라 스메르쟈코프라면(이렇게 스메르쟈코프가 살인을 저질렀다는 소문이 무슨 우화처럼 쫙 퍼져 있었으니까요.) 어쩌면 나도 유죄일지 모른다, 왜냐면 스메르쟈코프는 내가 아버지를 좋아하지 않는 걸 알고 있었기 때문에 어쩌면 내가 아버지의 죽음을 바라고 있다고 생각했을 수도 있다, 하고요. 그때 저는 이 편지를 꺼내서 그분에게 보여 주었고, 그분은 살인을 저지른 것이 형님이라고 완전히 확신하게 됐는데, 이것 때문에 그분은 이미 심한 충격을 받았던 것이죠. 그분은 자신의 친형님이 아버지를 죽인 살인자라라는 것을 견딜 수 없었던 겁니다! 일주일 전부터 저는 그분이 이로 인해 몸이 편치 않다는 것을 알고 있었습니다. 최근 그분은 저의 집에 와 있으면서도 미망에 들떠 헛소리를 하곤 했어요. 저는 그분의 정신이 온전치 않다는 걸 알았어요. 길을 걸으면서도 그렇게 헛소리를 했던 모양이에요, 길거리에서 사람들이 그런 모습을 봤다고들 하니까요. 모스크바에서 온 의사는 저의 부탁대로 그저께 그분을 진찰해 보고는 저에게 그분이 섬망증 증세를 보인다고 말했습니다. 이 모든 것이 저 인간, 저 불한당 같은 인간 때문입니다! 그러다가 어제 스메르쟈코프가 죽었다는 것을 알게 됐어요. 이 때문에 그분은 너무나 충격을 받은 나머지 미쳐 버린 겁니다…… 모든 게 다 저 불한당 같은 인간 때문이에요, 저 불한당 같은 인간을 구하려는 생각 때문이에요!"

오, 물론 이런 말이나 이런 고백은 어쨌거나 일생에서 꼭 한 번―그것도 예컨대 단두대에 오를 때처럼 죽음 직전의 순간에만 가능한 것이다. 하지만 카챠는 원래 그럴 만한 성격이었던 데다가 바로 그런 순간에 처해 있었던 것이다. 이것이야말로 그때 아버지를 구하기 위해 젊은 난봉꾼 앞에 몸을 던졌던 바로 그 저돌적인 카챠의 모습이었다. 또한 그런 여자였기 때문에, 아까 저 방청객 앞에서 오로지 미챠를 기다리고 있는 운명을 조금이나마 완화하기 위해 '미챠의 고귀한 행위'에 대해 이야기함으로써 오만하고 순결한 몸으로 자기 자신을, 자신의 처녀로서의 수치심을 희생할 수 있었던 것이다. 또한 바로 지금 정확히 그런 식으로 그녀는 역시나 스스로를 희생했다. 하지만 이미 이건 다른 사람을 위해서였으니, 어쩌면 오로지 이제야, 이 순간에 와서야 비로소 처음으로 자기 자신에게 이 다른 사람이 얼마나 소중한지를 절실히 느끼고 깨달았을 것이다! 그녀는 그가 살인자는 형이 아니라 바로 그 자신이라는 증언을 함으로써 스스로를 파멸시켰노라는 생각이 들자, 그가 걱정이 되어 경악에 사로잡힌 채 스스로를 희생했으니, 그, 그의 명예와 그의 평판을 회복시키기 위해 스스로를 희생했던 것이다! 하지만 언뜻 무서운 생각이 들었다. 즉, 미챠와 자신의 옛 관계를 묘사함에 있어서 혹시 미챠를 모함할 만한 거짓말을 한 건 아닐까──바로 이런 의문이 들었던 것이다. 하지만 아니다, 아니었다, 그녀는 자기가 이마가 땅에 닿을 정도로 절을 한 일 때문에 미챠가 자기를 경멸해 왔다고 소리쳤지만, 이건 일부러 미챠를 모함한 것이 절대 아니었다! 오히려 그녀 자신이 이렇노라고 믿고 있었고 그녀는 어쩌면 그렇게 절을 했을 때부터, 그전까지만 해도 자기를 숭배해 온 순진한 미챠가 자기를 비웃고 경멸하고 있노라고 마음속 깊이 확신했던 것이다. 그래서 그저 자존심 때문에, 자존심에 상처를 입었기 때문에 그때 그녀가 먼저 미챠에게 히스테릭하고 분열된 사랑을 바쳤던 것이며, 고로 이 사랑은 사랑이 아니라 복수와도 같은 것이었다. 오, 어쩌면 이 분열된 사랑도 진짜 사랑으로 자라날 수 있었으리라. 카챠는 오로지 이것만을 바랐지만, 미챠는 배신을 함으로써 그녀를 영혼 깊숙이 모욕해 버렸고 그녀의 영혼은 그것을 절대 용서할 수 없었다. 복수의 순간은 느닷없이 날아왔고, 모욕받은 여성의 가슴속에 그토록 오랫동안 고통스럽게 쌓여 온 모든 것이 한꺼번에, 이번에도 느닷없이 수면 위로 터져 나와 버렸다. 그녀는 미챠를 배반했지만, 자기 자신도 배반했던 것이다! 물론, 속마음을 다 털어놓고 나자 곧 긴장이 탁 풀리면서 수치심이 그녀를 압박해 왔다. 또다시 히스테리가 시작되었고 그녀는 울고불고 소리를 지르며 쓰러졌다. 결국 그녀를 법정 밖으로 데리고 나갔다. 그녀를 데리고 나가는 그 순간, 그루셴카가 울부짖으면서 자기 자리에서 벌떡 일어나 미챠한테로 달려들었는데, 미처 그녀를 제어할 틈도 없었다.

"미챠!" 그녀가 울부짖었다. "당신의 저 뱀 같은 년이 당신을 파멸시켜 버렸어! 여러분, 저년이 바로 이렇게 본색을 드러내고 말았군요!" 그녀는 너무 분해서 몸을 부르르 떨면서 재판진에 소리쳤다. 재판장의 손짓에 따라 그녀를 붙잡아 법정에서 끌어내기 시작했다. 그녀는 쉽사리 굴복하지 않고 몸부림을 치며 다시 미챠한테로 가려고 발버둥쳤다. 미챠도 울부짖으며 역시나 그녀한테로 가려고 발버둥쳤다. 결국, 두 사람은 제압당하고 말았다.

그렇다, 가정하건대, 우리의 구경꾼 부인네들은 만족했으리라. 볼거리가 풍부했으니 말이다. 그다음으로 기억나는 것은 모스크바에서 온 의사가 나온 것이었다. 재판장은 이 일이 있기 전에 이반 표도로비치를 도와주라는 지시를 내리기 위해 집행관을 보내 의사를 불러왔던 모양이다. 의사는 재판진에 환자가 극히 위험한 섬망증 발작을 일으켰기 때문에 즉각 병원으로 이송해야 할 것이라고 보고했다. 검사와 변호사의 질문에 대해서는 환자가 몸소 그저께 자기를 찾아왔고 그때 곧 섬망증을 앓을 것이라고 미리 경고했지만 환자가 치료를 원치 않았다고 확증했다. 그러고서 의사는 "환자는 확실히 정신 상태가 건강하지 못했습니다, 저에게 생시에도 환영을 본다느니 길거리에서 이미 죽은 여러 인물들을 보기도 한다느니 매일 저녁 사탄의 방문을 받는다느니 하는 고백을 직접 했습니다."라며 말을 끝맺었다. 증언을 마친 뒤 고명한 의사는 물러났다. 카체리나 이바노브나가 제시한 편지는 물증에 포함되었다. 재판부는 논의를 거친 뒤 재판의 심리를 계속하되, 예상 밖의 두 증언(카체리나 이바노브나와 이반 표도로비치의 증언)을 모두 조서에 기입하기로 결정했다.

하지만 이어지는 재판의 심리 내용은 더 이상 묘사하지 않겠다. 더욱이 나머지 증인들의 증언은 비록 자기만의 독특한 특성을 갖고 있긴 했지만 그저 앞선 증언들의 반복이나 확증에 불과했다. 하지만 거듭 말하건대, 모든 것이 검사의 논고에서 하나의 점으로 수렴될 것이므로 나는 이제 그 얘기로 넘어가도록 하겠다. 다들 흥분해 있었고 다들 최후의 파국 덕택에 전기 충격이라도 받은 양 열렬하게 조바심을 내며 그저 양측의 논고 및 변론, 그리고 선고가 내려지길, 즉 어서 빨리 대단원의 막이 내려지길 기다렸다. 페츄코비치는 카체리나 이바노브나의 증언에 충격을 받은 기색이 역력했다. 대신 검사는 승리감에 차서 기고만장했다. 재판 심리가 끝나자 거의 한 시간 정도 휴정이 선언되었다. 드디어 재판장은 법적 공방을 시작하게 했다. 이렇게 우리의 검사 이폴리트 키릴로비치가 논고를 시작했을 때는 정확히 저녁 8시였던 것 같다.

6 검사의 논고. 성격 묘사

이폴리트 키릴로비치는 논고를 시작했는데, 이마와 관자놀이로 병적일 만큼 식은땀을 줄줄 흘리고 온몸에 오한과 신열을 번갈아 느끼면서 온몸을 신경질적으로 파르르 떨었다. 이건 훗날 그가 직접 한 얘기였다. 그는 이 논고를 자신의 걸작(chef d'oeuvere), 전 생애의 걸작으로, 즉 자신의 백조의 노래로 간주했다. 사실 그는 구 개월 뒤에 악성 폐결핵으로 죽었고, 따라서 만약 그가 자신의 종말을 미리 예감했다면 정말로 스스로를 최후의 노래를 부르는 백조에 비유할 만한 권리를 갖고 있었던 셈이다. 이 논고에 자신의 온 열성과 지혜를 최대한 쏟아부음으로써 뜻밖에도 자신의 내부에 시민적 감정은 물론이고 저 '저주받은' 질문들이, 최소한 우리의 가엾은 이폴리트 키릴로비치가 수용할 수 있는 한 최대한 많이 그 내부에 잠재해 있었음을 증명했다. 무엇보다도, 그의 말이 승리를 거둔 것은 그것이 진실했기 때문이었다. 즉, 그는 진실로 피고의 유죄를 믿었다. 막연히 타인의 주문이나 직무상의 의무감 때문에 '복수'를 호소하며 피고의 유죄를 주장한 것이 아니라 정말로 '사회를 구하려는' 소망에 전율하고 있었던 것이다. 결과적으론, 심지어 이폴리트 키릴로비치에게 적대적이던 우리네 부인네들조차도 어쨌든 굉장히 큰 감명을 받았음을 인정할 정도였다. 말을 시작할 때는 목소리가 쩍쩍 갈라지고 발작적으로 터져 나오는 듯했지만, 나중에 아주 빨리 목소리에 힘이 들어가서 온 법정이 울릴 정도로 쩌렁쩌렁했으며 논고가 끝날 때까지 그러했다. 하지만 논고를 마치자마자 하마터면 졸도할 지경이 됐다.

"배심원 여러분." 하고 검사는 논고를 시작했다. "본 사건은 러시아 전역을 뒤흔들어 놓았습니다. 하지만 놀랄 일이 뭐가 있으며 공포를 느낄 일이 또 뭐가 있습니까? 우리, 특히 우리가 말이죠? 정말이지 우리는 이와 같은 모든 것에 너무나 익숙해진 사람들이 아닙니까! 이토록 음울한 사건들이 우리에게 거의 더 이상 공포스러운 것이 되지 못한다는 데 바로 우리의 공포가 있는 겁니다! 우리가 정작 공포를 느껴야 되는 대상은 우리의 습관이지, 이런저런 개인의 개별적인 악행이 아닙니다. 도대체 이와 같은 사건들, 우리에게 보이지 않는 미래를 예언해 주는 이와 같은 시대의 깃발들에 대해 우리가 무심하고 또 거의 미온적인 태도를 보이는 원인은 어디에 있는 겁니까? 우리의 냉소주의에 있는 겁니까, 아니면 이렇게 젊은 나이에 이렇게 일찍 노쇠해 버린 사회의 지성과 상상력의 고갈에 있는 겁니까? 근본까지 뒤흔들려 버린 이 도덕 원칙에 있는 겁니까, 아니면, 끝으로, 우리에겐 심지어 이런 도덕 원칙이 아예 없을 수도 있다는 데 있는 겁니까? 저로선 이런 문제를 해결할 수 없지만, 그럼에도 이것은 고통스러운 것이며 시민이라면 누구나 이것으로 인해 고통받아야 되는 정도가 아니라 반드시 그럴 의무가 있습니다. 우리의 언론 매체는 이제

막 시작되어 아직은 소심한 면이 있지만 그래도 이미 사회에 어느 정도 기여를 했습니다. 언론이 자신들의 지면을 통해 작금의 황제 치하에서 우리에게 선사된 새로운 공개 법정[46]을 방문하는 사람들뿐만 아니라 이미 모든 사람에게 방종한 의지와 도덕적 타락으로 인한 저 공포들을 끊임없이 전달하고 있는 만큼, 그것이 없었다면 저 공포들을 얼마간이라도 온전하게 알지는 못했겠지요. 그래서 우리가 거의 매일 읽고 있는 것은 대체 어떤 내용들입니까? 오, 심지어 본 사건마저도 빛바래게 만들 만한, 이미 거의 평범한 뭔가로 보이게 만들 만한 사건들이 매 시각 일어나고 있지 않습니까. 하지만 무엇보다도 중대한 것은 우리의 러시아, 즉 우리의 전 국민적 형사 사건들의 대다수가 어떤 보편적인 것이, 우리에게 익숙해진 어떤 보편적인 재앙이 존재하고 있음을 증명해 준다는 사실인데, 보편적인 악처럼 된 이 재앙과 투쟁한다는 것은 이미 힘든 일입니다. 자, 한때 상류 사회 출신의 젊고 휘황찬란한 장교가 한 명 있었는데, 자신의 인생과 출세를 막 시작할 때 어떤 양심의 가책도 없이 야음을 틈타 야비한 방식으로 일정 부분 과거의 은인이기도 했던 어느 하급 관리와 그의 하녀를 찔러 죽입니다. 자신의 차용 증서, 그리고 관리의 남은 돈을 훔치기 위해서였죠. '앞으로 상류 사회에서 만족을 얻고 출세를 하려면 이렇게 하는 게 도움이 될 거다.'라면서요. 두 사람을 찔러

---

46) 1864년 재판 제도 개혁에 의해 러시아에는 배심원제가 도입되었고 재판 과정이 공개됐다.

죽인 다음엔 두 시신의 머리맡에 베개를 고여 주고 떠납니다. 또, 한때 용맹스러움 덕분에 십자훈장을 받은 한 젊은 영웅이 살인강도처럼 자신의 은인인 장군의 모친을 한길에서 살해한 적이 있는데, 자신의 동료들을 꼬드기면서 '그녀는 자기를 친아들처럼 사랑하니까 자기의 충고라면 모두 따를 것이고 조금도 경계심을 갖지 않을 것'이라고 설득했답니다. 이 사람이 설령 불한당이라고 할지라도, 우리 시대에 이런 불한당이 이 사람밖에 없다고는 감히 말하지 못하겠습니다. 다른 사람도 죽이지 않는다뿐이지, 그와 똑같은 생각을 하고 똑같은 느낌을 가지고 있으며, 결국 마음속으론 그와 똑같이 파렴치한 겁니다. 적막 속에서 자신의 양심과 홀로 남겨진 채 '그래 명예란 게 뭐냔 말이다, 피라는 것도 편견이 아닐까?'라고 자문을 하는지도 모릅니다. 어쩌면 혹자들은 저의 견해에 반기를 들고 제가 워낙 병적이고 히스테릭한 사람이라서 괴물 같은 중상모략을 일삼고 헛소리를 떠들며 과장하는 것이라고 말할지도 모르겠습니다. 하지만 그래도 좋습니다──그리고 정말 그렇다면, 제가 제일 먼저 기뻐할 겁니다! 오, 제 말을 믿지 마십시오, 저를 정신병자로 생각하더라도 어쨌거나 제 말은 기억해 주십시오. 정말이지 제 말이 10분의 1, 아니 20분의 1이라도 사실이라면, 그거야말로 정말로 끔찍한 거 아닙니까! 한번 보십시오, 여러분, 보시라고요, 우리 나라의 젊은이들이 얼마나 많이 자살을 하는지를. 오, '거기엔 무엇이 있을까?'[47]라는 햄릿

---

47) 『햄릿』 3막 1장.

적인 질문은 전혀, 아니, 이런 질문의 조그만 징후조차도 전혀 찾아볼 수 없습니다. 꼭 우리의 정신과 무덤 뒤에서 우리를 기다리는 모든 것에 대한 이러한 논의는 오래전에 그들의 천성 속에서 말살되어 매장되고 그 위에 모래까지 흩뿌려진 듯 말입니다. 끝으로, 우리의 방탕을, 우리의 호색한들을 보십시오. 본 소송의 불행한 희생자인 표도르 파블로비치는 그런 부류에 속하는 어떤 자들에 비하면 한낱 순결한 갓난아이에 불과합니다. 더군다나 우리는 모두 그를 잘 알았지 않습니까, '그는 우리들 사이에 살았으니까요……' 그렇습니다, 아마 언젠가는 우리와 유럽의 제일가는 지성들이 러시아 범죄의 심리학을 연구할 것입니다, 그럴 만한 가치가 있는 주제니까요. 하지만 이 연구는 언제든 훗날 좀 더 여유가 생길 때, 우리의 현 순간의 비극적인 혼돈이 보다 더 먼 차원으로 물러날 때 비로소 이루어질 것이며, 따라서 그때는 이미 예컨대 저와 같은 사람들보다 더욱더 현명하고 냉철하게 그것을 고찰할 수 있을 겁니다. 하지만 지금 우리는 그저 경악하거나, 아니면 겉으론 경악하는 척하면서 실은 오히려 우리의 냉소적이고 게으른 무위를 자극하는 강렬하고 기괴한 감각들을 즐기며 그것에 탐닉하거나, 끝으로 어린애들처럼 손을 내저으며 무서운 환영들을 쫓아내고 그 무서운 망령이 사라질 때까지 베개 속에 머리를 파묻고 있다가 나중에 즐거운 놀이를 하며 그것을 곧장 망각하려고 하는 것입니다. 하지만 우리도 언젠가는 우리의 삶을 명징하고 사려 깊게 시작해야 하며, 또 우리는 우리 사회는 물론이고 우리 자신을 향해서도 눈길을 주어야 하며, 또한 우리는 우리의 사회적 사건에 대해 뭐든 그 나름의 이해는 갖고 있어야 하고 최소한 그러기 시작해야 합니다. 앞선 시대의 위대한 작가는 자신의 최고 걸작의 결말에서 러시아 전체를 미지의 목적을 향해 질주하는 용맹스러운 러시아 트로이카의 모습으로 묘사하면서 '아, 트로이카여, 새와 같은 트로이카여, 과연 누가 너를 발명해 냈단 말인가!'[48]라고 외칩니다. 그리고 자랑스러운 황홀감에 빠져, 쏜살같이 질주하는 트로이카 앞에서는 모든 민족들이 공손하게 뒤로 물러선다고 덧붙입니다. 설사 그렇다고 할지라도, 여러분, 공손하든 말든 여하튼 이렇게 물러선다고 할지라도 말입니다, 저의 죄스러운 견해론, 천재적인 예술가가 이렇게 끝을 맺은 것은 어린애답고 순진한 낙천주의의 발작 때문이거나 아니면 그저 그 당시의 검열을 두려워했기 때문인 것 같습니다. 그의 트로이카를 그의 주인공들, 즉 사바케비치들, 노즈드료프들, 치치코프들[49]이 끌고 간다면, 그런 말로는 누굴 마부로 앉혀도 도저히 목적지에 다다르지 못할 테니까요! 게다가 이건 그래도 구식 말이라서 요즘 말들과는 천지 차이입니다, 요즘 것들은 더 말쑥하거든요······."

여기서 이폴리트 키릴로비치의 연설은 박수갈채로 중단되었다. 러시아 트로이카 묘사에 담긴 자유주의가 마음에 들었던 것이다. 그래 봐야 박수는 사실 겨우 두세 군데에서 터져 나왔기 때문에 재판장은 방청객을 향해 '법정에서 퇴장하라.'

---

48) 고골의 『죽은 혼』의 마지막 부분.
49) 『죽은 혼』의 주인공들.

라고 위협할 필요성까지는 못 느끼고 그냥 박수 부대 쪽을 엄격하게 쳐다봤을 따름이다. 그럼에도 이폴리트 키릴로비치는 기운을 얻었다. 지금까지 그는 박수갈채를 받아 본 적이 한 번도 없었기 때문이다! 그 오랜 세월 동안 아무도 자기 말을 들어 주지 않았건만 이제야 갑자기 전 러시아를 향해 열변을 토할 가능성이 열린 것이다!

"사실" 하고 그가 말을 이어 갔다. "갑자기 러시아 전역에 걸쳐 이토록 슬픈 명성을 얻게 된 이 카라마조프 집안이란 어떤 것입니까? 어쩌면 제 말이 지나친 과장일 수도 있지만, 제 생각으로 이 가족의 그림 속엔 우리의 현대 인텔리 사회의 다소간 공통된 근본적인 요소들이 깃들어 있는 것 같습니다. 오, 물론 모든 요소들이 다 깃들어 있는 건 아니겠지만, 그저 현미경과 같은 모습, '작은 물방울에 비친 태양과 같은' 모습으로라도 어쨌거나 뭔가가 반영되어 있고 어쨌거나 뭔가가 나타나 있습니다. 고삐 풀린 듯 방탕했던 저 불행한 노인을, 그토록 슬프게 자신의 일생을 마감해 버린 저 '가장'을 보십시오. 가난한 식객으로 인생의 행로를 시작하여 뜻밖의 느닷없는 결혼을 통해 아내의 지참금으로 크지 않은 자본을 손에 넣은 세습 귀족이었던 그는 처음에는 하찮은 사기꾼에 아첨 잘하는 어릿광대로서 어쨌거나 상당히 수준 높은 지적 능력의 맹아를 갖추었고 무엇보다도 고리대금업자였습니다. 해를 거듭하면서, 즉 자본이 축적됨에 따라 그는 기세등등해집니다. 그렇게 남 앞에서 비굴하게 알랑거리는 태도는 사라지고 그저 비아냥거리기 좋아하고 사악한 냉소주의자, 호색한만 남게 됩니다. 정신적 측면은 죄다 말살된 반면, 삶의 욕망은 굉장해진 것이지요. 그는 호색적인 쾌락 말고는 삶에서 어떤 것도 보지 못하고 자신의 아이들에게도 그렇게 가르치는 결과를 낳았습니다. 아버지로서의 무슨 정신적인 의무 같은 것은 전혀 없었습니다. 오히려 그따위 것들을 비웃고 자신의 갓난아이들을 뒤뜰에서 키우다가 사람들이 아이들을 데려가 버리자 기뻐하죠. 심지어 그들을 숫제 잊어버리고 맙니다. 이 노인의 모든 정신적인 원칙은──내가 죽은 뒤에 홍수가 나든 말든(après moi le déluge)입니다. 그러니까 시민이란 개념에 정반대되는 모든 것, 사회로부터 가장 완전히, 심지어 적대적으로 격리된 모든 것인 셈입니다. '온 세상이 다 불타더라도 나 하나만 좋으면 그만이지.'라는 식이죠. 그리고 정말 그는 좋았던 겁니다. 전적으로 만족한 나머지 이런 식으로 이십 년, 삼십 년은 더 살고 싶어 미칠 지경이었지요. 그는 친아들을 속여서 그의 돈, 즉 그의 어머니의 재산을 가로채고 자기 친아들의 애인을 빼앗습니다. 아니요, 저는 피고의 변호를 페테르부르크에서 오신, 드높은 재능의 소유자인 변호사에게 양보하지 않으렵니다. 저 자신도 진실을 말하겠습니다, 저 자신도 그가 자기 아들의 마음속에 얼마나 큰 분노를 축적시켰는지를 잘 알고 있으니까요. 하지만 됐습니다, 이 불운한 노인에 대해선 이만하면 됐습니다. 그는 그 보복을 받았으니까요. 하지만 이자가 아버지, 그것도 우리 시대에 흔히 볼 수 있는 아버지들 중 하나라는 점을 기억하도록 합시다. 이자가 우리 시대에 흔히 볼 수 있는 수많은 아버지들 중 하나라고 말한다고 해서, 제가 사회를 모욕하는 것입니까? 슬프게도, 우리 시대의 아버지들 중 그토록 많은 이들이 이자처럼 그렇게 냉소적으로 나오지 않는 것은 보다 더 훌륭한 교육을 받으며 보다 더 훌륭한 교양을 쌓았기 때문이긴 하지만, 본질적으론 이자와 거의 똑같은 철학을 지니고 있습니다. 어떻든 제가 염세주의자라고 칩시다, 예, 그럽시다. 어차피 여러분이 저를 용서해 주신다는 조건 하에 시작한 말이니까요. 미리 합의를 보도록 합시다. 여러분이 제 말을 믿지 않으셔도, 절대로 믿지 않으셔도 좋으니 저는 제 할 말을 하겠습니다. 여러분이 믿지 않으셔도 좋습니다. 하지만 어쨌거나 저에게 속내를 다 털어놓도록 해 주시고, 어쨌거나 제 말중 어떤 것만이라도 꼭 잊지 말아 주십시오. 자, 그럼, 이 노인, 이 가장의 자식들 얘기를 하도록 하겠습니다. 그중 한 명은 우리 앞, 피고석에 앉아 있지만, 그에 대한 얘기는 모두 뒤로 미루겠습니다. 다른 이들에 대해서는 그저 살짝 언급하는 정도로 그치겠습니다. 이 다른 이들 중 차남은 휘황찬란한 교양과 상당히 뛰어난 지성을 갖추었지만 이미 그 어떤 것도 믿지 않으며 그의 부친과 꼭 마찬가지로 인생에서 많은 것을, 이미 너무도 많은 것을 거부해 버리고 말소시킨 현대의 젊은이들 중하나입니다. 우리는 모두 그의 말을 들었는데, 그는 우리 도시의 사회에서 우호적으로 받아들여졌습니다. 그는 자신의 견해를 숨기지 않았으며 심지어 정반대로, 완전히 정반대로, 저로 하여금 지금 그에 대해 다소 노골적으로 말할 수 있는 용기를 준 셈입니다. 물론 한 개인으로서가 아니라 그저 카라마조프 집안의 구성원으로서의 그에 대해 말하는 것이죠. 어제 이곳, 도시의 한 변두리에서 한 병약한 백치가 자살로 생을 마감했으니, 그는 본 사건에 깊이 연루되어 있으며 표도르 파블로비치의 옛 하인이자 어쩌면 그의 사생아일 수도 있는 스메르쟈코프입니다. 그는 예심에서 히스테릭한 눈물을 흘리면서 이 젊은 카라마조프, 즉 이반 표도로비치가 예의 그 무절제한 정신 세계를 보여 줌으로써 얼마나 자신을 경악하게 했는지를 저에게 이야기해 주었습니다. '그분에 따르면 세상에 존재하는 모든 것이 허용되며 앞으로 그 어떤 것도 금지되지 말아야 합니다——바로 이렇게 저에게 가르쳐 주었습니다.'라더군요. 백치는 자신이 배운 이 명제에 얽매인 나머지 결정적으로 정신이 나간 것 같은데, 물론 간질병과 그들 집안을 덮친 이 무서운 참극도 그의 정신적 혼란에 영향을 미쳤겠지만 말이죠. 하지만 이 백치는 관찰자로서는 상당히 똑똑하다는 인정을 받을 만한 극히 흥미진진한 지적을 한마디 해 주었고, 제가 이 얘기를 꺼낸 것도 이 때문이라고 할 수 있습니다. '만약' 하고 그가 제게 말했습니다. '표도르 파블로비치의 아들 중 아버지의 성격을 가장 많이 닮은 자가 있다면, 그것은 그분, 즉 이반 표도로비치입니다.' 더 이상 계속하는 것은 세련되지 못하다는 생각에 이 지적을 인용함으로써 성격 묘사를 중단하겠습니다. 오, 저는 더 이상의 결론을 내리고 싶지도 않으며, 이 젊은 운명 앞에 도사리고 있는 것은 오직 파멸뿐이라며 까마귀처럼 울고 싶지도 않습니다. 우리는 오늘도 여기, 이 법정에서 진실의 직접적인 힘이 그의 젊은 가슴속에 아직도 살아 있음을, 가족적인 애정의 감각이 아직도 그의 내부에서 불신과 정신적 냉소주의로 인해 사라지지 않았음을 보았는데, 이런 불신과 냉소주의는 참되고 고통스러운 사상의 결과라기보다는 오히려 유전적으로 획득된 것이 아니겠습니까. 이어 또 다른 아들이 있습니다. 오, 이자는 음울한 퇴폐적인 세계관을 가진 자신의 형과는 정반대로 경건하고 겸허한 청년으로서 이른바 '민중적 근원들', 혹은 우리의 사유하는 인텔리겐치아의 어떤 이론적 진영에서 이런 기묘한 단어를 통해 표현하고자 하는 것에 합류하려고 하는 자입니다. 그는, 주지하다시피, 수도원에 합류한 바 있었습니다. 거의 그 스스로 수도사가 되려고 머리를 깎은 것이나 다름없었지요. 제 생각으론, 그의 내부에서 반쯤 무의식적으로 아주 일찌감치 조심스러운 절망이 나타났던 것 같습니다. 사실, 지금 우리의 가련한 사회에서는 사회의 냉소주의와 방탕을 염려하여 악 자체를 유럽적 계몽의 영향 탓으로 돌리는 오류를 범하면서 그들이 말하는 대로 '어머니 토양'으로 달려들고 싶어 하는, 말하자면 귀신 때문에 겁에 질린 어린아이들처럼 어머니 대지의 품속으로 달려들어 그렇게 안겨서는 허약해진 어머니의 바싹 말라 버린 젖가슴에서 그저 편히 잠들면 좋겠다고, 자기들을 놀래는 무서운 것들만 보지 않을 수 있다면 심지어 평생 동안 그렇게 잠들 수 있으면 좋겠다고 갈망하는 자들이 무척이나 많습니다. 저로 말할 것 같으면, 선량하고 재능 있는 청년이 하는 일이 모두 잘되길 바라 마지않으며 그의 젊은 이상주의와 민중적 근원들을 향한 갈망이 훗날에 정신적 측면에선 음울한 신비주의로, 시민적 측면에선 아둔한 국수주의로 바뀌지 않길 바라는 바이니——이 두 요소는 모두 그의 형을 고통으로 몰아넣은, 잘못 이해되고 공짜로 획득된 유럽적 계몽으로 인해 초래된 때 이른 퇴폐보다도 더 고약하게 민족을 위협하는 것들이니까요."

국수주의와 신비주의 얘기가 나오자, 또다시 두세 번의 박수갈채가 터져 나왔다. 물론 이폴리트 키릴로비치는 완전히 도취되었다. 그리하여, 이 모든 것이 상당히 불명료했음은 물론이고 본 사건과는 거의 동떨어진 얘기였지만 그럼에도 이 악에 받친 폐병 환자는 평생 한 번만이라도 자신의 의견을 죄다 토로하고 싶어 미칠 지경이었던 것이다. 우리 도시에서 나중에 떠돈 얘기로는, 이반 표도로비치의 성격을 묘사함에 있어서 이폴리트 키릴로비치가 영 세련되지 못한 감정에 휘둘린 것은 이반과 공개적으로 논쟁을 벌이다가 한두 번 정도 이반 때문에 체면이 깎인 적이 있었는데 그 일을 여태 기억해 두었다가 지금 복수를 하고 싶었기 때문이라는 거였다. 하지만 이런 결론이 옳은지 어떤지는 나도 잘 모르겠다. 어쨌거나 이 모든 것은 그저 도입부에 불과한 것이었고, 이어 논고는 더 직접적으로 본 사건에 접근해 갔다.

"어쨌거나 여기, 우리 시대 가장의 또 다른 아들이 있습니다." 이폴리트 키릴로비치가 계속 말을 이어 갔다. "그는 우리 앞, 피고석에 앉아 있습니다. 우리 앞에 또한 그의 위업들, 그의 인생, 그의 행적이 놓여 있습니다. 때가 왔기에 모든 것이 펼쳐지고 모든 것이 만천하에 드러난 것입니다. 자신의 동생들이 각각 '유럽주의'와 '민중적 근원들'을 대변한다면, 이 모든 것과 정반대로 그는 스스로 그야말로 러시아 자체를 대변하는 듯하지만——오, 물론 러시아 전체, 전체를 대변하는 것은 아닙니다, 만약 그렇다면 정말 큰일이지요! 하지만 여기엔 그녀, 즉 우리의 사랑스러운 러시아가 있으니, 우리 어머니 러시아의 냄새가 나고 또 그녀의 소리가 들립니다. 오, 우리는 직접적이고, 우리는 선과 악의 놀라울 정도의 복합체이며, 우리는 계몽과 실러[50]를 사랑하고 동시에 우리는 선술집을 돌며 미친 듯 날뛰고 우리의 술친구들인 주정뱅이들의 턱수염을 쥐어뜯습니다. 오, 우리도 훌륭하고 아름다운 사람일 때가 있지만, 그건 오로지 우리의 기분이 훌륭하고 아름다울 때에 한해서입니다. 반대로, 우리는 심지어 감동에 젖을 때도——그것도 아주 고결한 이상들로 인해 그야말로 흠뻑 감동에 젖을 때도 있지만, 하지만 여기엔 그 이상들이 하늘에서 우리의 식탁 위로 툭 떨어지듯 그렇게 저절로 손에 들어온다는 조건이, 무엇보다도 공짜로, 대가를 전혀 지불하지 않아도 되고 그냥 공짜로 떨어진다는 조건이 붙어야만 합니다. 우리는 대가를 지불하는 일이라면 딱 질색으로 싫어하지만, 그 대신 받는 것은 아주 좋아하지요, 어떤 일에서나 다 그렇습니다. 오, 우리에게 인생에서 실제로 가능한 모든 복을 주시고 그렇게 주시되(꼭 실제로 가능한 것이어야 합니다, 그보다 헐값이라면 절대 타협하지 않겠습니다.) 무엇보다도 그 어떤 일에 있어서도 우리의 성정을 방해하지 않으신다면, 그때는 우리도 우리가 훌륭하고

---

50) 도스토옙스키에게서 실러는 자주 '고상하고 아름다운 것'의 대명사로 사용된다.

아름다운 사람이 될 수 있다는 것을 증명해 보이겠습니다. 우리는 절대로 탐욕스럽지 않지만, 그럼에도 우리에게 돈을 주십시오, 많이, 더 많이, 가능한 한 더 많은 돈을. 그러면 당신은 우리가 저 경멸스러운 돈을 얼마나 경멸하는지를, 얼마나 관대한 태도로 하룻밤의 무절제한 방탕에 그 돈을 뿌려 대는지를 보시게 될 겁니다. 하지만 우리에게 돈을 주지 않는다면, 우리는 돈이 죽도록 필요할 때 어떻게 그것을 손에 넣을 수 있는지를 보여 줄 겁니다. 어떻든 이 얘기는 나중에 하고 순서대로 살펴봅시다. 일단, 우리 앞에는 불쌍한 소년이 있습니다. 이 소년은 아까 존경해 마지않은 우리의 명예로운 시민의 표현대로 '장화도 신지 않고 뒤뜰'에 버려져 있었는데, 아차, 안타깝게도 이 시민은 외국인이었군요! 다시 한번 말씀드리지만——저는 그 누구에게도 피고의 변호를 양보하지 않겠습니다! 저는 원고인 동시에 변호인이기도 한 것입니다. 그렇습니다, 우리도 사람이고 또 인간인지라, 유년 시절과 고향 집 보금자리의 첫인상들이 사람의 성격에 어떤 영향을 미칠 수 있는지 충분히 헤아릴 줄 압니다. 하지만 이 소년이 이미 청소년이, 이미 청년이, 장교가 되었습니다. 그는 난폭한 행동을 하고 결투 신청을 해서 우리 은혜로운 러시아의 머나먼 어느 변경 도시로 유형을 가기도 합니다. 그곳에서 복무를 하지만 그곳에서도 방탕을 일삼는데——물론 배가 커지면 항해의 규모도 더 커지게 마련이지요. 우리에겐 비용이, 무엇보다도 비용이 필요해집니다. 자, 그리하여 오랫동안 논쟁을 벌인 끝에 그는 아버지와 6000루블에 합의를 봤고, 그 돈이 그에게 송금

됩니다. 여기서 여러분이 유념해 두셔야 될 것은 그가 서류를 작성해 주었다는 점, 즉 나머지 돈을 사실상 거절하는 바이고 이 6000으로 아버지와의 유산 다툼을 끝낸다는 내용이 담긴 그의 편지가 존재한다는 점입니다. 이때 그는 고귀한 성품과 교양을 갖춘 젊은 아가씨와 만나게 됩니다. 오, 저는 세부적인 이야기를 감히 반복하지 않겠습니다. 여러분도 방금 들으셨다시피, 이것은 명예와 자기희생에 관련된 문제이니만큼 저는 침묵하겠습니다. 방탕을 일삼고 경솔하긴 하지만 그럼에도 참된 고귀함과 드높은 이념 앞에서 고개를 숙인 젊은이의 형상은 우리 앞에 굉장히 우호적인 모습으로 비쳤습니다. 하지만 그 일 이후 갑자기 바로 이 법정에서, 전혀 뜻밖에도, 메달의 뒷면이 드러나고 말았습니다. 이번에도 감히 이러저런 추측을 늘어놓진 않을 것이며 왜 이런 일이 생겼는지에 대한 분석도 자제하겠습니다. 하지만 이런 일이 생기게 된 여러 원인은 있었습니다. 바로 이 아가씨는 오랫동안 숨어 있던 분노의 눈물에 흠뻑 젖어 우리에게 알리길, 그가, 정말로 그가 먼저 그녀의 부주의하고 무절제할 수도 있지만 어쨌거나 고결하고 또 어쨌거나 관대했던 격정 때문에 그녀를 경멸했다고 합니다. 그자, 즉 이 처녀의 약혼자는 그 누구보다도 먼저 냉소적인 미소를 머금었으며, 그녀는 오직 그의 이 미소만은 참을 수 없었던 것입니다. 그가 이미 자기를 배반했음을(더욱이 그가 앞으로 무슨 짓을 하든, 심지어 그녀를 배반할지라도 여하튼 모든 것을 그녀는 참아 줘야 한다는 확신을 갖고서 배반했음을) 알고서, 이것을 알면서도 그녀는 일부러 그에게 3000루블을 건네고, 또 이렇게 하면서 상대방의 배반을 돕기 위해 이 돈을 건네는 것임을 상대방이 분명히, 너무도 분명히 이해하도록 만듭니다. 이렇게 그녀는 자신의 상대방을 심판하고 시험하는 듯한 시선을 보내며 '자, 이래도 받을 거냐, 말 거냐, 이 정도로까지 냉소적인 인간이 될 텐가.'라는 식으로 무언의 질문을 던진 셈이지요. 그는 그녀를 바라보고 그녀의 생각을 완전히 이해하면서도(그 자신이 여기 여러분 앞에서 모든 것을 이해했노라고 인정하지 않았습니까.) 무조건 이 3000을 착복하여 자신의 새 애인과 함께 이틀 만에 탕진해 버립니다. 자, 이러니 어떤 것을 믿어야겠습니까? 첫 번째 전설——즉 최후의 생활비마저 내놓고 미덕 앞에 몸을 숙인 드높고 고결한 격정을 믿어야겠습니까, 아니면 이토록 혐오스러운, 이 메달의 뒷면을 믿어야겠습니까? 보통 인생에서는 서로 반대되는 두 사실이 충돌하면 그 한가운데서 진실을 찾게 됩니다. 하지만 현재의 경우엔 그야말로 그렇게 되진 않는군요. 첫 번째 경우 그는 진정으로 고결했던 반면 두 번째 경우엔 그 못지않게 진정으로 저열했다고 하는 편이 가장 타당할 겁니다. 왜 그렇습니까? 그건 바로 우리가 드넓은 천성을, 카라마조프적인 천성을 타고났기 때문입니다. 바로 이것이 저의 결론인바——우리는 가능할 수 있는 모든 대립쌍들을 뒤섞을 수 있고 또 한꺼번에 두 개의 심연을, 우리들 위의 심연, 즉 드높은 이상들의 심연과 우리 아래의 심연, 즉 가장 저열하고 악취 나는 타락의 심연을 관조할 수 있는 것입니다. 카라마조프 집안 전체를 가까이서 깊이 있게 살펴 온 젊은 관찰자 라키친 씨가 아까 말한 총기 있는 생각을 상기해 봅시다. '이렇게 고삐 풀린 듯 방종한 천성을 지닌 그들에겐 드높은 고결함의 감각과 마찬가지로 저열한 타락의 감각이 꼭 필요하다.'라는 라키친 씨의 말씀——이것은 참 옳습니다. 정말로 그들에겐 이 부자연스러운 혼합이 지속적으로, 끊임없이 필요합니다. 두 개의 심연, 여러분, 두 개의 심연을 한순간에 동시에 관조할 것——이것이 없다면 우리는 불행하고 불만족스러우며 우리의 생존 자체가 불완전한 것이 됩니다. 우리는 우리의 어머니 러시아 전체처럼 드넓고 드넓으며, 우리는 모든 것을 내부에 담아 낼 수 있고 또 모든 것과 함께 살아갈 겁니다! 그나저나, 배심원 여러분, 우리는 방금 이 3000루블 얘기를 꺼냈는데, 다소간 앞질러 가도록 하겠습니다. 그냥 한번 상상해 보십시오, 이런 사람이, 이런 성격의 소유자가 그 당시 정말 그렇게, 그런 수치와 그런 치욕과 그런 극단적인 굴욕을 감수하면서까지 그 돈을 받은 뒤에 말입니다——그냥 한번 상상해 보십시오, 바로 그날 그 돈의 절반을 따로 떼 내어 부적 주머니 안에 꿰매 넣은 채 온갖 유혹과 엄청난 궁핍에 시달리면서도 꼬박 한 달씩이나 그것을 자기 목에 달고 다닐 만큼 확고한 의지를 지닐 수 있었겠습니까! 선술집을 돌며 술판을 벌일 때도, 자기 애인을 자신의 연적인 아버지의 유혹을 피해 멀리 데려가기 위해 꼭 필요한 돈을 아무에게서나 빌리려고 도시 바깥으로 떠나야 됐을 때도——그는 이 부적 주머니에는 감히 손도 대지 않습니다. 자기 애인을 그가 그토록 질투했던 노인의 유혹 앞에 그냥 방치해 두지 않기 위해서라도 그는 자신의 부적 주머니를 뜯어야 했을 것이며, 한시도 자기 애인의 곁을 떠나지 않고 충실한 문지기로서 그 집에 머물러야 했을 것입니다. 마침내 그녀가 그에게 '나는 당신 거야.'라고 말할, 그리하여 그녀와 함께 지금의 치명적인 정황으로부터 어디든 더 멀리 떠나갈 수 있는 그 순간을 기다리면서 말이죠. 하지만 천만의 말씀, 그는 자신의 부적 주머니에는 숫제 손도 대지 않았는데, 대체 무슨 이유에서 그런 겁니까? 제일 큰 이유는, 우리가 자기 입으로 말했듯, 그녀가 '나는 당신 거야, 나를 당신이 원하는 곳 어디로든 데려가 줘.'라고 말할 때 과연 무슨 돈으로 데려갈까, 하는 것이었습니다. 하지만 이 첫 번째 이유는 피고 자신의 말에 따르면 두 번째 이유 앞에서 무색해지고 맙니다. 내가 이 돈을 몸에 지니고 있는 한 '나는 비열한 놈이긴 하지만 도둑놈은 아니다.'라는 식이죠. 왜냐면 언제든 내가 모욕한 약혼자에게로 가서 속임수를 써서 그녀한테서 가로챈 돈의 이 절반을 그녀 앞에 내놓을 수 있고 언제든 그녀에게 '거봐, 나는 당신 돈의 절반을 탕진했고 이로써 내가 나약하고 부도덕한 놈이라는 걸 증명한 꼴이 되었으니, 당신이 원한다면 비열한 놈이라고 해도 좋아(저는 지금 피고의 말을 그대로 사용하고 있습니다.), 하지만 비열한 놈이라고 할지라도 도둑놈은 아니야, 왜냐면 도둑놈이라면 당신한테 남은 돈의 이 절반마저도 갖다주지 않고 첫 번째 절반처럼 착복해 버렸을 테니까.'라고 말할 수 있으니까, 하는 식입니다. 사실 관계를 설명해 내는 솜씨가 정말 일품입니다! 이렇게 미친 듯 난폭하지만 나약한 사람, 그런 치욕 속에서도 3000루블의 유혹을 뿌리치지 못했던 사람——바로 이런 사람이 갑자기 내부에서 그토록 금욕적인 결의를 느낀 나머지 1000루블이 넘는 돈엔 감히 손도 대지 않고 자기 목에 매달고 다녔다니요! 이것이 우리가 분석하고 있는 성격에 조금이라도 부합합니까? 아니올시다. 그래서 저는 이럴 경우, 즉 그가 정말로 부적 주머니에 자신의 돈을 꿰매 넣을 결심을 했다 할지라도 진짜 드미트리 카라마조프라면 어떻게 행동했을지 여러분한테 얘기해 보도록 하겠습니다. 첫 번째 유혹을 받았을 때——즉 새로운 애인과 함께 이미 이 돈의 첫 번째 절반을 탕진했으되, 이 애인을 어떻게든 또다시 즐겁게 해 주기 위해서——그는 자신의 부적 주머니를 헐어서 우선 급한 대로 거기서 뭐 100루블만이라도 떼 놓을 수 있었을 겁니다. 왜냐면 반드시 절반의 돈, 즉 1500루블을 갖다줄 필요도 없고 그냥 1400루블만으로도 충분하니까요. 어쨌거나 결과는 매한가지가 아닙니까. '비열한 놈이긴 하지만 도둑놈은 아니다, 왜냐면 어쨌거나 1400루블은 다시 갖다주지 않았는가, 도둑놈이라면 죄다 먹어 치우고 땡전 한 푼 갖다주지 않을 것이다.'라는 식이 되니까요. 그다음엔 얼마간 시간이 흐른 뒤에 또다시 부적을 헐어서 또다시, 그러니까 이젠 두 번째로 100루블을 꺼내고 그다음엔 세 번째, 그다음엔 네 번째, 이런 식으로 한 달이 채 가기도 전에 결국엔 마지막 100루블만 남기고 다 꺼냈을 겁니다. 이 100루블이라도 다시 갖다주면 어쨌거나 결과는 똑같을 게 아닌가, 하는 식이죠. 즉, '비열한 놈이긴 하지만 도둑놈은 아니다. 2900루블을 탕진했지만, 어쨌거나 100루블은 돌려주지 않았는가, 도둑놈이라면 이것마저도 돌려주지 않왔을 것이다.'라는 겁니다. 그리하여 끝으로, 이제 마지막 직전의 100루블마저 탕진한 뒤엔 그야말로 마지막 100루블을 보면서 스스로에게 '이 100루블을 갖다준다는 건 도대체가 무가치한 일이다──에잇, 이것마저도 써 버리자!'라고 말했을 겁니다. 우리가 알고 있는 진짜 드미트리 카라마조프라면 바로 이렇게 행동했을 겁니다! 부적 주머니에 관한 전설──이것은 도무지 상상도 할 수 없을 만큼 실제 현실과 모순되는 것입니다. 무슨 가정인들 못 하겠습니까마는, 이건 아닙니다. 어쨌거나 이 얘기는 나중에 다시 하도록 합시다."

이렇게 이폴리트 키릴로비치는 예심을 통해 알려진 재산 논쟁, 부자간의 가족 문제를 모두 순서대로 정리하고 다시, 또다시 한 번 더 유산 분배 문제에 관한 그 셈에 있어서 누가 누구를 속였거나 누가 누구에게 속임을 당했는지를 가늠할 수 있는 가능성은 전혀 없다는 결론을 도출한 뒤, 미챠의 머릿속에 확고부동한 이념처럼 자리 잡은 이 3000루블과 관련된 의학 감정에 대해 언급했다.

7 사건의 개요

"의학자들은 정신 감정을 통해 피고가 제정신이 아니며 조증 환자임을 우리에게 증명하려고 애썼습니다. 저는 그가 정말로 제정신이라고, 하지만 바로 이것이 실은 제일 나쁜 것이라고 주장하는 바입니다. 제정신이 아니었다면, 차라리 훨씬 더 똑똑하게 굴었을 테니까요. 그가 조증 환자라는 것에 관한 한, 그야말로 오직 한 가지 점——즉 정신 감정 결과에서 지적되었듯, 피고가 문제의 이 3000을 아버지로부터 미처 다 지불받지 못한 것으로 간주했다는 그 점에 대해서만은 저도 동의하는 바입니다. 그럼에도 불구하고, 이 돈 얘기만 나오면 피고가 항상 광적으로 흥분했다는 것을 설명하기 위해서는 그에게 광기의 가능성이 있었다는 사실보다 훨씬 더 타당한 관점을 찾을 수 있을지도 모르겠습니다. 제 입장에서 말하자면, 저는 피고가 완전히 정상적인 지적 능력을 보유하고 있고 또 보유했으나 그저 짜증과 적의에 사로잡혀 있었을 뿐이라는 젊은 의사의 견해에 전적으로 동의합니다. 자, 문제는 바로 여기에 있습니다. 즉, 피고가 지속적으로 미칠 듯한 적의에 사로잡혀 있었던 것은 3000이라는 금액 자체 때문이 아니라, 그의 분노를 자극했던 특수한 원인이 있었기 때문입니다. 그 원인은 바로——질투인 것입니다!"

여기서 이폴리트 키릴로비치는 그루셴카를 향한 피고의 숙명적인 정열의 풍경을 모두 장황하게 펼쳐 보였다. 그는 피고 자신의 표현을 사용하여 피고가 '이 젊은 여성을 때려 주려고' 그녀를 찾아갔던 순간부터 시작하여 그 일을 다음과 같이 설명했다. "하지만 때려 주는 대신 그녀의 발밑에 눌러앉았으니——이것이 이 사랑의 시발점이었던 것입니다. 한데, 이와 동시에 노인, 즉 피고의 아버지도 이 여성에게 눈독을 들였으니——놀랍고도 숙명적인 일치가 아닐 수 없습니다. 왜냐면 부자 양쪽이 모두 이전부터 이 아가씨를 알고 있었고 또 만나기도 했지만 하필이면 동시에 두 심장에 갑자기 불이 확 붙어 버렸으니까요. 그러니까 이 두 심장에 가장 걷잡을 수 없는, 그야말로 카라마조프적인 정열의 불이 붙어 버린 겁니다. 이와 관련하여 우리에겐 이 여성이 직접 제시한 고백도 있습니다. 그녀는 '나는 양쪽을 다 골려 주었어요.'라고 말하지 않습니까. 그렇습니다, 그녀는 갑자기 양쪽을 다 골려 주고 싶어졌던 것입니다. 이전에는 그럴 마음이 없었지만, 갑자기 그녀의 머릿속에 이 생각이 들었고——결국 부자 둘 모두 그녀 앞에 무릎을 꿇게 된 것입니다. 돈을 하느님처럼 떠받들었던 노인은 당장에, 그저 그녀가 자신의 집을 찾아 주기만 하면 3000루블을 줄 거라며 미리 준비해 둘 정도였으니, 그녀가 그의 정식 배우자가 되겠노라고 동의만 했다면 자기 이름과 자기의 재산을 전부 그녀의 발밑에 갖다 바쳐도 행복해했을 겁니다. 이 점에 대해서 우리는 확고한 증거를 갖고 있습니다. 피고에 관한 한, 그의 비극은 지금 우리가 눈앞에서 보고 있듯 명명백백한 것입니다. 하지만 그것은 젊은 여성의 '놀이'에 지나지 않았던 것입니다. 불행한 젊은이를 유혹해 놓고서도 그녀는 그에게 심지어 희망조차 주지 않았습니다. 희망, 진짜 희망이 그에게 주어진 건 그저 가장 마지막 순간, 그가 자신을 괴롭힌 여인 앞에서 무릎을 꿇은 채 서서 연적이기도 했던 자기 아버지의 피로 붉게 물든 손을 그녀를 향해 내민 그 순간에 가서였습니다. 바로 이런 상황에서 그는 체포되었던 것입니다. '나를, 나를 저 사람과 함께 감옥으로 보내 주세요, 내가 저 사람을 이 지경으로까지 몰고 갔어요, 내가 제일 큰 죄인이에요!' 그가 체포되는 순간 이 여성은 이미 진정으로 참회하면서 몸소 이렇게 외치더군요. 제가 이미 언급한 바 있는——본 사건의 묘사를 맡았던 저 유능한 젊은 청년 라키친은 이 여장부의 성격에 대해 집약적이고 특징적인 몇몇 어구를 사용하여 다음과 같은 정의를 내리고 있습니다. '때 이른 환멸, 때 이른 기만과 타락, 자신을 버린 유혹자-약혼자의 배반과 가난, 그리고 명예를 소중히 여겼던 집안의 저주, 끝으로, 어쨌거나 그녀가 지금도 자기 은인으로 생각하는 어느 부유한 노인의 후원 등. 그리하여 내부에 좋은 것을 많이 간직하고 있었을 수도 있는 이 젊은 가슴속에 너무나 일찍부터 분노가 숨어 있게 되었던 겁니다. 재산을 모으는 이해타산적인 성격은 이렇게 생겨났습니다. 사회에 대한 냉소와 복수심도 이렇게 생겼고요.' 이러한 성격 묘사를 듣고 나면 그녀가 부자 양쪽을 모두 오로지 놀이 삼아, 표독스러운 놀이 삼아 골려 주었을 것이라는 점은 십분 이해됩니다. 자, 그리하여 이 한 달 동안 피고는 희망 없는 사랑과 도덕적 타락으로 괴로워하고 또 자기 약혼자를 배반하고 자기의 명예를 믿고 맡겨진 남의 돈을 착복하지만——이게 아니라도 피고는 끊임없는 질투로 인해 거의 광적인 흥분에, 광란 상태에 다다릅니다. 한데 대체 누구를 향한 질투입니까, 바로 자기 아버지를 향한 질투가 아닙니까! 또한 무엇보다도, 저 실성한 노인이 피고의 정열의 대상을 바로 그 문제의 3000루블로 꾀고 유혹합니다. 그 노인의 아들은 그 돈을 원래 자기 것으로, 자기 어머니의 유산이라고 간주하여 가뜩이나 아버지를 힐난하고 있는데 말입니다. 그렇습니다, 저는 동의합니다, 이것을 참아 내기란 정말 힘들었을 겁니다! 이런 상황에선 조증도 충분히 나타날 수 있었을 겁니다. 문제는 돈이 아니라, 바로 이 돈 때문에 그토록 추잡하고 냉소적으로 그의 행복이 산산조각 났다는 데 있는 겁니다!"

그다음, 이폴리트 키릴로비치는 점차 어떤 식으로 피고의 내부에서 아버지를 죽일 생각이 싹트게 되었는가에 대한 얘기로 옮겨 간 뒤 실제 사실을 거론하면서 그 경위를 추적해 갔다.

"처음엔 선술집을 돌면서 떠들어 대기만 하는데——요 한달 내내 그렇게 떠들어 댑니다. 오, 우리는 사람들 속에서 더불어 사는 것을 좋아하고 가장 치명적이고 위험한 생각을 포함하여 모든 것을 즉시 이 사람들에게 털어놓고 또 사람들과 공유하는 걸 좋아합니다. 또, 무엇 때문인지는 모르겠지만 그 자리에서 당장 이 사람들이 즉각적으로 우리에게 완전한 호의를 보여 주고 우리의 모든 근심과 불안에 동참해서 우리에게 맞장구를 쳐 주고 우리의 성정에 걸림돌이 되지 않길 요구합니다. 안 그러면, 우리는 성질을 내며 온 술집을 부숴 버릴 것처럼 난동을 부릴 겁니다.(여기서 2등 대위 스네기료프의 일화가 언급되었다.) 요 한 달간 피고를 보고 그의 얘기를 들은 사람들은 마침내, 이것이 이미 그냥 고함이나 아버지에 대한 협박 하나로 끝날 일이 아니라 저렇게 미친 듯 협박을 하다가 어쩌면 실행에 옮겨질 수도 있다고 느꼈습니다.(여기서 검사는 수도원에서의 가족 회합, 알료샤와 나눈 대화들, 피고가 식사 후 아버지의 집으로 잠입해서 연출한 추악한 폭행 장면을 묘사했다.) 피고가 이 장면을 연출하기 전에 이미 미리부터 결국엔 아버지를 죽이겠노라며 용의 주도하고 세심한 계획을 세웠다고 완강하게 주장할 생각은 없습니다." 이렇게 이폴리트 키릴로비치는 논고를 이어 갔다. "그럼에도 불구하고 이 생각은 벌써 몇 번씩이나 피고의 머릿속에 떠올랐고 그는 세심하게 그 생각을 관조해 왔으니——이 점에 관한 한 우리는 여러 사실들과 증인들, 그리고 피고 자신의 자백을 확보하고 있습니다. 고백하건대, 배심원 여러분." 하고서 이폴리트 키릴로비치가 덧붙였다. "심지어 오늘까지도 저는 피고가 슬슬 머릿속에 떠오른 범죄를 완전히 의식적으로 미리 계획했다고 인정하길 망설였습니다. 그의 영혼이 이미 수차례에 걸쳐 숙명적 순간을 미리 관조하긴 했지만 그저 관조하기만 했을 뿐, 그저 잠재적인 모습으로 상상해 보기만 했을 뿐, 언제, 어떤 상황에서 실행할지는 아직 정하지 않았으리라는 것이 저의 굳은 확신이었습니다. 하지만 제가 주저한 건 오늘까지, 즉 오늘 베르호프체바 양이 이 치명적인 서류를 법정에 제시하기 전까지였습니다. 여러분, 여러분은 직접 '이건 살인 계획서, 살인 프로그램입니다!'라는 그녀의 외침을 들으셨습니다. 그녀는 불행한 피고의 불행한 '술에 취한' 편지를 이렇게 정의했습니다. 정말로 이 편지는 사전에 미리 계획한 프로그램으로서의 의미를 지니고 있습니다. 이것은 범행 사십팔 시간 전에 쓰였으며, 이를 통해서 우리는 이제 피고가 자신의 무서운 생각을 실행에 옮기기 사십팔 시간 전에 내일 돈을 손에 넣지 못할 경우, '오직 이반이 떠나 주기만 한다면' 아버지를 죽이고 또 아버지의 베개 밑에 놓여 있는 '붉은 리본으로 묶은 봉투' 안에 든 돈을 가져가겠노라고 맹세했음을 확실히 알게 됐습니다. '오직 이반이 떠나 주기만 한다면'이라고 하지 않습니까. 그러니까 이미 모든 것을 숙고했고 모든 정황을 점검했다는 것이고 어떻게 됐습니까—모든 것이 나중에 여기 쓰인 대로 실행되었던 겁니다! 미리 의도하여 곰곰 숙고했다는 것은 의심의 여지가 없고, 범행은 돈을 약탈하기 위한 목적에서 저질러졌음에 틀림없습니다. 이것은 직설적으로 공언되었고 또 그렇게 쓰였고 서명된 것입니다. 피고도 자신의 서명을 부인하지 않잖습니까. 어쨌거나 취중에 쓴 것이 아니냐, 하고 말할 사람도 있을 겁니다. 하지만 그렇다고 해서 뭔가가 축소되기는커녕 오히려 그 때문에 더 중요한 겁니다. 즉, 맨정신에 생각했던 것을 취중에 써 버린 것이 되니까요. 맨정신에 생각하지 않았다면 술에 취한 상태에서 쓰는 일도 없었을 겁니다. 그렇다면 도대체 왜 그는 선술집을 돌면서 자신의 의도를 외쳤는가? 하고 말할지도 모르겠습니다. 그런 일을 미리 결심한 사람이라면 그냥 속에 담아 두고 조용히 입을 다문다는 거죠. 정말로 그렇습니다만, 그가 그렇게 외치고 다닌 건 아직까지 구체적인 계획과 의도는 서 있지 않고 그저 소망만 있었을 때, 그저 갈망이 무르익어 갈 때였습니다. 아니나 다를까, 그다음에 그는 이 얘기를 그다지 떠벌리지 않게 됩니다. 이 편지가 쓰인 날 저녁, 그는 선술집 '수도'에서 술은 잔뜩 마셨건만 평소와는 달리 말도 별로 없었고 당구도 치지 않았고 한쪽 구석에 앉아서 아무와도 얘기를 하지 않고 있다가 그저 이곳의 어느 점원을 자리에서 쫓아냈을 뿐이었는데, 하지만 이것은 이미 거의 무의식적으로, 선술집에 들어오면 으레 그래 왔듯 습관적으로 싸움을 한 것에 지나지 않습니다. 사실, 최종적으로 결심을 하고 나니 피고의 머릿속엔 자기가 도시를 돌면서 미리 너무도 많은 것을 떠들어 댔고 이 때문에 자신의 생각을 실행에 옮길 경우 즉시 발각되어 범인으로 몰리지나 않을까 하는 걱정이 분명히 떠올랐을 겁니다. 하지만 이제 와서 어쩌겠습니까, 이미 공공연하게 떠들고 다녔으니 돌이킬 수도 없는 법이죠. 해서, 결국엔 예전에 자기를 돌봐 주었던 운이 지금도 그렇게 자기를 돌봐 주길 바라게 됩니다. 이렇듯, 우리는 자신의 행운의 별에 희망을 걸었던 것입니다, 여러분! 여기에 덧붙여, 그가 숙명적인 순간을 피하기 위해 많은 일을 했다는 것, 피비린내 나는 결말을 보지 않기 위해 참으로 많은 노력을 기울였다는 것은 저도 인정하지 않을 수 없습니다. '내일 모든 사람들에게 3000을 부탁해 보겠다.'라고 그는 자신의 독특한 언어로 쓰고 있습니다. '하지만 아무도 주지 않는다면, 그땐 피를 보는 수밖에 없다.' 다시금 반복하건대, 취중에 이렇게 썼고 정신이 말짱한 상태에서 저렇게 쓰인 대로 실행에 옮긴 것입니다!"

여기서 이폴리트 키릴로비치는 미챠가 범행을 피하고자, 돈을 손에 넣고자 기울인 온갖 노력을 상세하게 묘사하기 시작했다. 삼소노프 집에서 한판 모험을 감행한 일이며 랴가브이를 찾아 떠났던 일이며 ─ 모든 것을 서류를 들어 가며 묘사했던 것이다. "이 여행을 위해 시계마저 팔아 버린(그러면서도 자기 몸에 1500루블을 지니고 있었다니, 이게 어디 가당키나 합니까!) 그는 배도 고프고 지칠 대로 지치고 잔뜩 놀림을 받은 채로, 또 시내에 남겨 두고 온 사랑의 대상이 혹시 자기가 없는 틈을 타서 표도르 파블로비치한테 가지나 않을까 하는 의심과 질투로 괴로워하면서 마침내 시내로 돌아옵니다. 그런데 천만다행입니다! 그녀는 표도르 파블로비치의 집엔 가지 않았던 것입니다. 해서, 그가 직접 그녀를 그녀의 후원자인 삼소노프의 집까지 바래다주었습니다.(이상하게도, 우리는 삼소노프에겐 질투심을 느끼지 않는데, 이것은 이 사건에서 극히 두드러지는 심리적 특징입니다!) 그다음, 그는 '뒤뜰'에서 감시 초소로 돌진하여 거기서—바로 거기서 스메르쟈코프가 간질 발작을 일으켰고 다른 하인은 아프다는 것을 알게 되는데—자, 전장은 깨끗이 치워졌고 '신호'는 자기 손에 들어 있으니—이 얼마나 대단한 유혹입니까! 그럼에도 불구하고 그는 어쨌거나 저항을 해 봅니다. 그는 잠시 이곳에 머물면서 우리 모두의 존경을 받고 있는 호흘라코바 부인 댁으로 향합니다. 이미 오래전부터 그의 운명을 동정해 온 이 부인은 그에게 가장 현명한 충고를 해 줍니다. 이렇게 방탕한 행각을 벌이고 이렇게 추잡한 사랑을 일삼고 이렇게 한심하게 술집을 돌면서 무익하게 젊은 힘을 낭비하는 것을 제발 그만두고 시베리아의 금광을 찾아 떠나라는 것이었지요. '그곳에 가면 당신의 미친 듯 날뛰는 힘과 모험을 갈망하는 당신의 낭만적 성격을 얼마든지 분출할 수 있을 겁니다.'라면서요." 이폴리트 키릴로비치는 이 대화의 결말을, 또 이어서 피고가 갑자기 그루셴카가 삼소노프 집엔 아예 있지도 않았다는 소식을 들은 순간을 묘사한 뒤,

그리고 그녀가 자기를 그야말로 기만하고선 지금 그, 즉 표도르 파블로비치의 집에 있다는 생각이 들자 질투와 초조함에 사로잡혀 괴로워하는 이 불행한 사람의 순간적인 광기를 묘사한 뒤, 이 사건의 숙명적인 의미에 주의를 기울이면서 다음과 같은 결론을 내렸다. "만일 하녀가 제때 그에게 그의 애인이 '틀림없는 옛 사람'과 함께 모크로예에 가 있다는 말만 해 주었더라도, 아무 일도 일어나지 않았을 것입니다. 하지만 하녀는 너무 무서웠던 나머지 아연실색하여 하염없이 맹세만 되풀이할 뿐이었습니다. 피고가 그녀를 그 자리에서 죽여 버리지 않은 건 자기를 배신한 여자를 쫓아 쏜살같이 돌진했기 때문이었습니다. 하지만 여기서 유념해 둬야 할 점이 있습니다. 즉, 그토록 제정신이 아닌 상태였건만 그 와중에도 그는 놋쇠 공이를 집어 들었습니다. 왜 하필 놋쇠 공이였을까요, 왜 다른 어떤 흉기가 아니었을까요? 하지만 우리가 이미 한 달 내내 이런 풍경을 관조해 왔고 또 그것에 대비해 왔다면, 흉기가 될 만한 뭔가가 눈앞에 어른거리자마자 우리는 그것을 흉기로 생각하고 집어 들지 않았겠습니까. 이런 종류의 물건은 뭐든 흉기가 될 수 있다는 것을—이런 생각을 우리는 이미 한 달 내내 해 왔던 겁니다. 바로 그랬기 때문에 그토록 순간적으로, 이론의 여지도 없이 그것을 흉기로 인정했던 겁니다! 그러니까 어쨌거나 그가 이 숙명적인 흉기를 집어 든 것은 무의식적으로 부지불식간에 한 일이 아니었던 것입니다. 자, 그렇게 그는 아버지의 정원에 나타나는데—전장은 깨끗이 치워졌고 증인이 될 만한 사람도 하나 없고 밤은 깊어 어둠만이 자욱하고 질투는 깊어져만 갑니다. 그 여자가 여기에 있다, 자신의 연적과 함께 말이다, 그놈의 품 안에 안겨서 이 순간 자기를 비웃고 있을지도 모른다는 의혹이 생겨나자──그는 숨이 막혀 옵니다. 아니, 의혹이 뭡니까, 이 마당에 와선 의혹이고 자시고 없습니다──자기가 멋지게 속아 넘어갔다는 건 손바닥 들여다보듯 뻔한 사실이니까요. 그 여자가 저기, 불빛이 새어 나오는 바로 저 방에 있다, 그녀가 저기 아버지의 방 병풍 뒤에 있다, 하는 거죠. 자, 그래서 이 불행한 사람은 창문 곁으로 살금살금 다가가 점잖게 방 안을 들여다본 뒤 다소곳이 단념하고서 무슨 위험하고 부도덕한 일이 일어나지 않도록 어서 빨리 재앙을 피해 현명하게 떠납니다. 그러니까 피고는 이런 식의 얘기를 우리더러 믿어 달라는 겁니다. 우리가 피고의 성격이 어떤지 훤히 알고 있고 여러 사실들을 통해 그의 정신 상태가 어떠했는지를 충분히 이해하고 있는 판에, 무엇보다도 피고가 그때 당장이라도 문을 열고 집 안으로 들어갈 수 있는 신호들을 알고 있었던 판에!" 여기서 '신호' 얘기가 나오자 이폴리트 키릴로비치는 잠깐 자신의 논고를 중단하고 스메르쟈코프 얘기를 늘어놓아야 할 필요성을 느꼈는데, 이로써 스메르쟈코프에게 살인 혐의를 두려는, 이 삽화(揷話)를 낱낱이 파헤쳐서 이런 생각 자체를 완전히 근절시키고자 했던 것이다. 그의 설명이 몹시 정연했기 때문에, 그가 이런 가설 따위는 경멸한다는 걸 너무 역력히 표현했음에도 불구하고 다들 어쨌거나 그가 여기에 아주 중대한 의미를 부여하고 있다는 점을 이해했다.

8 스메르쟈코프에 대한 논고

"첫째, 어떻게 그런 혐의를 둘 가능성이 생긴 겁니까?" 이폴리트 키릴로비치는 이런 질문으로 운을 뗐다. "다름 아닌 피고 자신이 체포될 순간부터 스메르쟈코프가 죽었다고 맨 처음 외쳤지만 이렇게 외친 그 첫 순간부터 재판이 진행 중인 이 순간까지도 자신의 고소 내용을 확증해 줄 사실을 단 하나도 제시하지 못했을뿐더러——사실은 고사하고 아무 사실이라도 잡아 사람이 알아들을 만한 얼마간의 의미를 담은 암시를 하는 것조차 못 했습니다. 이어서 이 고소 내용을 오로지 세 사람만 확증해 주고 있습니다. 피고의 두 동생과 스베틀로바 양이지요. 하지만 피고의 큰동생은 오늘에야 비로소 그런 혐의 내용을 알렸으며 그나마도 틀림없이 정신 이상과 열병의 발작으로 인해 병을 앓고 있는 중에 일어난 일입니다. 이전만 해도 요 두 달 내내, 우리가 확실히 알고 있듯, 자신의 형의 유죄에 대한 확신을 전적으로 공유했으며 심지어 이 생각에 무슨 반박을 가하려고도 하지 않았습니다. 하지만 이 점에 대해선 좀 더 뒤에 특별히 다루도록 합시다. 그다음, 피고의 작은 동생은 조금 전에 직접 우리에게 알린 바와 같이 스메르쟈코프가 유죄라는 자신의 생각을 증명할 만한 어떤 사실도, 아예 손톱만큼도 갖고 있지 않으며 그저 당사자인 피고의 말과 '그의 얼굴 표정'만 보고서 그렇게 단정 짓는다고 합니다. 그렇습니다, 이 대단한 증언은 조금 전에 그의 동생의 입에서 두 번에 걸쳐 나왔습니다. 스베틀로바 양의 증언은 아마 더욱더 대단한 것일 겁니다. '피고가 우리한테 하는 말을 그대로 믿으세요, 거짓말 같은 걸 할 사람이 못 되거든요.' 바로 이것이 스메르쟈코프를 범인으로 지목하는 이 세 사람, 피고의 운명에 지나치게 많이 관여되어 있는 사람들의 물증의 전부입니다. 이런데도 스메르쟈코프가 범인이라는 얘기가 사람들 입에 오르내리고 호응을 얻었으며 지금도 그렇게 호응을 얻고 있으니, 과연 이것이 믿을 수 있는 일입니까, 상상이나 할 수 있는 일입니까?"

여기서 이폴리트 키릴로비치는 '병적인 정신 이상과 광기의 발작으로 자기 목숨을 끊은' 고(故) 스메르쟈코프의 성격을 가볍게 스케치할 필요가 있다고 생각했다. 그는 스메르쟈코프를 정신이 박약한 사람으로, 다소간 희미한 교양의 맹아를 갖고 있긴 했지만 자기 머리로는 감당하기 버거운 철학 사상 때문에 넋이 나갔고 책무와 의무에 대한 이런저런 현대적 가르침에 경악해 버린 사람으로—이런 것을 자신의 주인 나리이자 어쩌면 아버지일 수도 있는 표도르 파블로비치의 방탕한 삶을 통해 실제적으로 배웠고 이론적으론 주인 나리의 차남인 이반 표도로비치와 여러 이상한 철학적 대화를 나눔으로써 폭넓게 전수받은 사람으로 소개했는데—이반 쪽에서 기꺼이 이런 오락을 즐긴 것은 분명히 권태로웠기 때문이거나 아니면 냉소를 퍼붓고 싶은 욕구를 더 잘 분출할 데를 별달리 찾지 못했기 때문이었을 것이라고 했다. "그는 주인 나리의 집에 머물렀던 마지막 날들의 자신의 정신 상태를 저에게 직접 이야기해 주었습니다." 하고 이폴리트 키릴로비치가 설명했다.

"그런데 그것에 대해서는 다른 사람들, 즉 피고 자신, 그의 동생, 심지어 하인 그리고리에 이르기까지 분명히 그를 아주 가까이에서 알고 있었을 모든 사람들이 비슷한 증언을 해 주고 있습니다. 뿐만 아니라, 간질병으로 인해 맥이 빠진 나머지 스메르쟈코프는 '암탉처럼 겁쟁이'가 되어 있었습니다. '그는 내 발밑에 쓰러져 내 발에 입을 맞추었습니다.'라고 피고 자신이 직접 우리에게 알려 주었는데, 이런 것을 알려 주면 스스로에게 다소간의 불이익이 돌아갈 것이라는 점을 아직 의식하지 못했을 때였죠. '이놈은 간질병에 걸린 암탉입니다.'라고 피고는 스메르쟈코프에 대해 자기만의 독특한 표현을 사용했습니다. 자, 그래서 이런 그를 피고는 (피고가 직접 증언하듯) 자신의 하수인으로 선택한 뒤 잔뜩 겁을 주어 마침내 자신의 앞잡이 겸 스파이 노릇을 하도록 만듭니다. 그렇게 그는 집 안을 드나들며 엿볼 수 있는 처지로서 자기 주인 나리를 배반하고 피고에게 돈뭉치의 존재를, 또 주인 나리의 방 안에 들어갈 수 있는 신호를 알려 줍니다. 하긴, 어떻게 알려 주지 않을 수 있었겠습니까! 그는 예심 때 '도련님이 저를 죽일 겁니다요, 죽일 거라는 걸 곧장 알 수 있었습니다요.'라고 말했습니다. 그때는 이미 자기에게 겁을 주고 괴롭힌 피고가 체포된 상태였기 때문에 더 이상 자기를 처벌하러 올 수도 없는 상황이었건만, 심지어 우리 앞에서도 벌벌 떨고 전율하더군요. '도련님이 매 순간 저를 의심했기 때문에 전 무서워서 벌벌 떨었고, 그저 그분의 화를 삭이기 위해 온갖 비밀을 서둘러 알려 드렸는데, 이렇게 해서 제가 그분에게 결백하다는 것을 알고서 저를 해치지 않고 그냥 풀어 주시도록 말입죠.' 이건 스메르쟈코프 자신의 말로서, 저는 그것을 기록해 두고 또 기억에 담아 두었습니다. '저는 그분이 저한테 호통이라도 칠라치면 곧장 그분 앞에 무릎을 꿇고 쓰러집니다.' 타고나길 아주 정직한 젊은이로서 주인 나리가 잃어버린 돈을 돌려준 일을 계기로 주인 나리로부터 그 정직함을 인정받고 신임을 얻게 되었던 만큼, 이 불운한 스메르쟈코프는 자기가 은인으로서 사랑한 주인 나리를 배반했다는 회한으로 괴로워했던 걸로 봐야 됩니다. 간질병으로 심한 고통을 받는 사람들은, 박식한 정신과 전문의들의 증언에 따르면, 언제나 끊임없이, 물론 병적으로 스스로를 비난하는 경향이 있다고 합니다. 그들은 자신이 어떤 일에 대해 누구에게 '죄'를 지었다는 것 때문에 괴로워하고 종종 어떤 근거도 없이 양심의 가책을 느껴 괴로워하며 심지어 자기가 이런저런 죄를, 범죄를 저질렀노라고 상상하고 과장하기도 합니다. 또한 이런 부류의 인간은 너무 무섭고 너무 경악한 나머지 정말로 죄를 짓게 되고 범행을 저지르기도 합니다. 그 밖에도, 그는 자기 눈앞에서 무르익어 가는 정황들을 보면서 이러다간 뭔가 좋지 않은 일이 일어날 수도 있다는 예감을 강하게 느꼈습니다. 표도르 파블로비치의 차남 이반 표도로비치가 예의 그 참극을 앞두고 모스크바로 떠나려 했을 때, 스메르쟈코프는 그에게 남아 달라고 애원했지만 그럼에도 그 겁 많은 습성 때문에 감히 그에게 자신의 모든 걱정을 분명하고 정언적인 말로 발설하지는 못했습니다. 그는 그냥 암시를 하는 것에 만족했는데, 그 암시들이 제대로 이해되지 못했던 겁니다. 여기서 한 가지 지적해 둬야 할 점은 그가 이반 표도로비치가 자신을 지켜 줄 거라고, 그만 집에 있으면 재앙을 막아 줄 보증이 될 거라고 생각했다는 것입니다. 드미트리 카라마조프의 '취중' 편지의 표현을 상기해 보십시오. '이반이 떠나기만 하면, 노인을 죽여 버릴 테다.'라고 하지 않습니까. 그러니까 이반 표도로비치의 존재 자체가 모든 식구들에게 집안의 고요와 질서의 보증처럼 여겨졌던 겁니다. 자 그런데 그가 떠나 버리고, 스메르쟈코프는 젊은 주인 나리가 떠난 지 거의 한 시간 후에 즉시 간질 발작을 일으킵니다. 하지만 이것은 충분히 이해할 만한 일입니다. 여기서 언급해야 할 것은 공포와 일종의 절망으로 인해 맥이 빠진 스메르쟈코프는 최근 들어 간질 발작이 나타날 수 있는 가능성을 내심 특별히 강하게 감지하고 있었다는 점인데, 이전에도 정신적인 긴장과 흥분을 겪을 때면 늘 발작이 일어나곤 했거든요. 이러한 발작의 날짜와 시간을 미리 점칠 수는 물론 없지만, 발작의 조짐만은 어느 간질병 환자나 미리 감지할 수 있습니다. 의학 쪽 말로는 그렇습니다. 자, 그리하여 이반 표도로비치가 집 마당을 떠나는 순간, 스메르쟈코프는 자신이 이른바 고아나 다름없이 의지할 데 없는 신세가 됐다는 느낌에 젖은 채로 집안일을 보러 지하 창고로 갑니다. 그러곤 계단을 내려가면서 '혹시 발작이 일어나는 건 아닐까, 만약 지금 일어나면 어쩌지?'라는 생각을 하게 되죠. 자, 바로 이런 기분, 이런 의혹, 이런 질문들 때문에 그의 목구멍엔 늘 그렇듯 조만간 간질 발작을 동반한 경련이 일어나고, 그는 의식을 잃은 채로 지하 창고의 바닥으로 냅다 굴러떨어집니다.

자, 이토록 자연스럽고도 우연한 사건에 대해 무슨 의심이나 무슨 계시를 보려고 수작을 떨고 또 행여나 그가 일부러 아픈 척한 것은 아닐까, 꼬투리라도 잡아 보려고 안달하다니요! 설사 일부러 그랬다고 한들, 당장 도대체 무엇을 위해서? 하는 의문이 생깁니다. 어떤 계산으로, 어떤 목적으로 그랬을까요? 저는 의학에 대해선 더 이상 왈가왈부하지 않겠습니다. 과학이란 게 원래 거짓말을 하고 또 오류를 범하는 것이라서 의사들이 진짜와 꾀병을 구별할 줄 몰랐다고 칩시다. 설령, 설령 그렇더라도 그는 무엇을 위해 그런 연기를 해야 했을까요? 저에게 이 질문에 대한 답을 주십시오. 살인을 계획해 놓고선 간질 발작을 일으켜서 미리, 그리고 어서 빨리 집안의 주의를 자기한테 쏠리게 하기 위해서였을까요? 아시다시피, 배심원 여러분, 범행이 있었던 날 밤 표도르 파블로비치의 집에는 다섯 명의 사람이 있었거나 또 다녀갔습니다. 첫째는 표도르 파블로비치 자신인데, 하지만 그가 자신을 직접 죽이진 않았습니다, 이건 분명하죠. 둘째, 그의 하인 그리고리가 있지만, 이 사람은 그 자신이 거의 죽을 뻔했습니다. 셋째, 그리고리의 아내인 하녀 마르파 이그나치예브나가 있지만, 그녀를 주인 나리의 살인범으로 생각하는 건 정말 부끄럽기 짝이 없는 일입니다. 따라서 염두에 둘 수 있는 것은 피고와 스메르쟈코프 두 사람뿐입니다. 하지만 피고가 자기는 살인을 하지 않았다고 주장하고 있고 따라서 살인자는 어쩔 수 없이 스메르쟈코프가 되어야 하는데, 다른 그 누구도 찾을 수가 없고 어떤 다른 살인자도 골라 낼 수 없으니 말입니다. 그리하여 바로 이 때문에 어제 자살한 이 불운한 백치에게 이토록 '간특하고도' 어마어마한 혐의가 돌아가게 된 것입니다! 오로지 다른 누군가를 지목할 수 없다는 그 한 가지 이유에서 말입니다! 하다못해 무슨 그림자라도 있었더라면, 하다못해 누구든 다른 인물, 여섯 번째 인물에게라도 혐의를 둘 수 있었다면, 심지어 피고 자신도 차마 부끄러워서라도 스메르쟈코프를 지목하지는 못했을 것이며 이 여섯 번째 인물을 지목했을 거라고 저는 확신합니다. 스메르쟈코프에게 이 살인 혐의를 거는 것은 그야말로 부조리한 일이니까요.

여러분, 심리 분석은 제쳐 둡시다, 의학도 제쳐 두고 심지어 논리 자체도 제쳐 두고 그저 사실들에만, 오직 사실들 하나에만 집중해서 그 사실들이 우리에게 무엇을 말해 주는지 살펴봅시다. 스메르쟈코프가 죽였다면 대체 어떻게 죽였을까요? 혼자서 그랬을까요, 아니면 피고와 공모를 했을까요? 우선 첫 번째 경우, 즉 스메르쟈코프 혼자 죽였을 경우부터 살펴봅시다. 물론, 살인을 했다면 뭔가 목적이 있어서, 뭔가 이득을 노리고 그랬을 겁니다. 하지만, 스메르쟈코프는 피고와 같은 살인의 동기들, 즉 증오, 질투 등과 같은 것은 손톱만큼도 갖고 있지 않았으므로 틀림없이 그저 돈 때문에, 주인이 봉투 안에 돈을 넣는 것을 자기 눈으로 보고서 바로 그 돈을 갈취하기 위해서 죽였을 수밖에 없습니다. 자 이렇게 살인을 계획한 그는 다른 인물——더욱이 이 일에 극도로 연루된 인물인 피고에게 곧장 돈과 신호에 대한 모든 정황을 알려 줍니다. 즉, 돈 봉투가 어디에 있는가, 그 봉투 위에는 뭐라고 적혀 있는가, 그것을 무엇으로 묶어 놨는가, 무엇보다도 주인 나리의 방으로 들어갈 수 있는 이 '신호'를 알려 줍니다. 아니, 그럼 그야말로 자기 정체를 폭로하기 위해 이런 짓을 한다는 겁니까? 아니면 경쟁자를, 가뜩이나 그 방 안으로 들어가 돈 봉투를 손에 넣고 싶어 하는 경쟁자를 찾기 위해서? 예, 사실, 어쨌거나 그는 너무 무서워서 알려 준 것이 아닌가, 하고 말할 사람도 있겠지요. 하지만 어떻게 그럴 수가 있겠습니까? 그토록 대범하고 짐 승 같은 일을 눈 하나 깜짝하지 않고 계획한 데 이어 그것을 실행에 옮길 만한 사람이 세상을 통틀어 자기 하나밖에 모르는 정보를——더욱이 자기가 입을 다문다면 온 세상을 통틀어 아무도 알아채지 못할 그런 정보를 알려 줄 리 만무합니다. 천만에요, 사람이 아무리 겁을 집어먹었어도 그런 일을 계획한 이상, 이미 그 어떤 일이 있어도 아무에게도 최소한 돈 봉투와 신호 얘기만은 하지 않았을 겁니다. 왜냐면 그건 미리부터 자기 정체를 오롯이 폭로하는 것이 되니까요. 설령 정보를 불라는 강요를 받았을지라도 일부러 뭐든 다른 걸 생각해서 적당히 둘러댈 뿐, 이것에 대해선 입을 다물었을 겁니다! 오히려, 반복하건대, 설령 그가 하다못해 돈에 대해서라도 입을 다물고 있다가 나중에 죽이고서 이 돈을 갈취했다 할지라도, 온 세상을 통틀어 아무도 그에게 돈을 노리고 살인을 저질렀다는 혐의를 절대 걸 수 없었을 겁니다. 왜냐면 그를 빼면 이 돈을 본 사람도, 또 그런 것이 집 안에 존재한다는 것을 알았던 사람도 누구 하나 없으니까요. 설령 그에게 혐의를 걸었다고 할지라도, 사람들은 반드시 그가 다른 무슨 동기 때문에 죽였을 거라고 생각했을 겁니다. 하지만 아무도 그에게서 그럴 만한 동기를 미리 알아채지 못했을 뿐만 아니라 오히려 그가 주인 나리의 사랑과 신임을 한 몸에 받고 있음을 다들 알고 있었기 때문에 물론 그는 제일 마지막에 가서야 의심했을 것입니다. 제일 먼저 의심의 대상이 되었을 법한 사람은 그럴 만한 동기를 가진 자, 그런 동기가 있다고 자기 입으로 소리친 자, 그걸 숨기지 않고 모든 사람 앞에서 드러낸 자였을 터이니, 한마디로 말해서 피살자의 아들인 드미트리 표도로비치를 의심했을 겁니다. 만일 스메르쟈코프가 살인을 저지르고 돈을 훔친 뒤 그 집 아들에게 혐의를 씌웠다면——물론 이것이 살인자 스메르쟈코프에게 이득이 되는 일이 아니었겠습니까? 아니, 그런데 살인을 계획한 스메르쟈코프가 이 집 아들인 드미트리에게 미리 돈과 봉투와 신호를 알려 준다니——무슨 이런 논리가, 무슨 이런 명약관화한 일이 다 있습니까!

스메르쟈코프는 자신이 계획한 살인의 날이 오자 간질 발작이 난 척 연기를 하면서 실족하여 쓰러지는데, 이는 대체 무엇을 위해서입니까? 물론, 첫째로, 자기 몸을 치료할 계획이었던 하인 그리고리가 집 지킬 사람이 그야말로 아무도 없음을 알고서 치료는 뒷전으로 미뤄 두고 당번병 노릇을 하도록 하기 위해서입니다. 둘째, 물론 주인 나리가 자기를 지켜 줄 사람이 아무도 없음을 알고서 아주 드러내 놓고 아들이 올까 봐 엄청난 두려움에 떨며 경계심과 주의력을 더욱더 강화하기 위해서입니다. 끝으로, 이게 가장 중요한 부분인데 물론, 그 사람, 즉 발작으로 만신창이가 된 스메르쟈코프가 즉시, 그가 늘 다른 사람들과 떨어져 홀로 밤을 보냈으며 출입문도 따로 쓰고 있던 부엌에서 곁채의 다른 방, 즉 그리고리의 방으로 옮겨지고 그들 부부의 침대에서 세 발짝밖에 떨어지지 않은 칸막이 뒤에 눕혀지도록 하기 위해서입니다. 발작이 일어나기만 하면 주인 나리와 정이 많은 마르파 이그나치예브나의 지시에 따라 태곳적부터 늘 그래 왔으니까요. 그곳의 칸막이 뒤에 누워서 그는 최대한 좀 더 그럴듯하게 병자처럼 보이기 위해 물론 신음 소리를 내기 시작하여 이런 식으로 밤새도록 그들을 깨우기 시작하는데(그리고리와 그의 아내의 증언에 따를 때 실제로도 이랬습니다.) ── 그러니까 갑자기 벌떡 일어난 뒤 주인 나리를 보다 더 손쉽게 죽이기 위해서 이 모든 짓을, 이 모든 짓을 했단 말입니까!

하지만 그가 그렇게 발작이 난 척 연기를 한 것은 바로 환자였던 그에게 혐의를 두지 않도록 하기 위해서였고 피고에게 돈과 신호에 대해 알려 준 것도 바로 상대방이 꾐에 넘어가서 제 발로 와서 죽이도록 하기 위해서였다고 말할 사람이 있을지도 모르겠습니다. 그러면 말이죠, 피고가 살인을 저지르고 돈을 갖고 달아나는 와중에 소란을 피우고 야단법석을 떨어서 증인들을 깨울 때, 그러니까 그때 스메르쟈코프도 일어나서 나갔을 것이다, 하는 식인데 ── 아니, 대체 무엇을 하러 간단 말입니까? 아니, 그럼 주인 나리를 다시 한번 죽이고 이미 가져가 버린 돈을 다시 한번 가져가기 위해서입니까? 여러분, 지금 웃고 계십니까? 저도 이런 가정을 한다는 자체가 부끄럽지만, 좀 보십시오, 정작 피고는 바로 이런 주장을 하고 있잖습니까. 자기가 다녀간 뒤, 그러니까 그리고리를 쓰러뜨리고 일대 소란을 일으켜 놓은 채 이미 집을 나왔을 때 그 녀석이 일어나 나간 다음 살인을 저지르고 돈을 훔쳤다, 하는 식으로 말입니다. 저는 스메르쟈코프가 어떻게 이 모든 것을, 즉 신경이 잔뜩 곤두서 있고 광기에 휩싸인 그 집 아들이 진짜로 찾아와서는 그냥 점잖게 창문만 엿보았을 뿐, 신호를 알고 있는 상태에서도 모든 이득을 자기, 즉 스메르쟈코프한테 고스란히 남겨 둔 채 물러나리라는 것을 손가락 세듯 미리 알고 또 계산할 수 있었는지에 대해서는 숫제 말도 하지 않겠습니다! 여러분, 여기서 저는 진지하게 한 가지 질문을 던지는 바입니다. 스메르쟈코프가 범행을 저지른 순간이 대체 언제입니까? 바로 그 순간이 언제인지를 가르쳐 주십시오, 이게 없으면 그에게 혐의를 걸 수도 없으니까요.

'어쩌면 그 발작은 진짜였는지도 모른다. 그러다가 갑자기 정신을 차린 환자가 비명 소리를 듣고 밖으로 나갔다.'——자, 이 경우는 어떻습니까? 한번 살펴본 뒤, 슬슬 가서 주인 나리나 죽여 볼까, 하고 혼잣말을 했겠습니까? 하지만 지금까지 인사불성이 되어 누워 있던 그가 저기서 무슨 일이 있었는지, 대체 무슨 일이 일어났는지를 어떻게 알 수 있었겠습니까? 어쨌거나, 여러분, 공상에도 한계가 있는 법입니다.

예민한 사람들이라면 '그건 그렇지만, 뭐 그 경우엔 두 사람이 서로 짰다면, 그러니까 둘이서 같이 죽이고 돈을 나누어 가졌다면 그때는 어떻게 되는 거요?'라고 말할지도 모르겠군요.

예, 정말로 심히 의심이 가는 대목이며, 첫째, 대번에 그것을 확증해 줄 만한 어마어마한 증거들이 쏟아져 나옵니다. 한 놈은 살인을 비롯한 온갖 수고를 떠맡고, 다른 한 놈은 공모자랍시고 간질 발작이 난 척 연기나 하면서 모로 누워 있다——그것도 미리부터 주인 나리와 그리고리를 비롯한 모든 사람들의 의심을 사고 괜히 불안한 분위기를 조성하기 위해서다, 하는 거죠. 정말 호기심이 이는데, 대체 무슨 동기에서 두 공모자가 이런 미치광이 같은 계획을 생각해 낼 수 있을까요? 하지만 아마 스메르쟈코프의 입장에선 절대 적극적인 공모가 아니었고, 말하자면 소극적이고 수동적이었을 겁니다. 아마 스메르쟈코프는 소스라치게 놀란 나머지 그냥 살인에 반대하지 않겠다는 정도만 동의했을 테고 그러곤 소리도 지르지 않고 저항도 하지 않고 주인 나리가 죽도록 내버려 두었다는 혐의를 받을 거라는 예감이 들자——미리부터 드미트리 카라마조프에게 그 시간 동안 자기는 간질 발작이 난 것처럼 해서 누워 있게 해 달라고, '그럼 도련님이 저기 가서 원 없이 실컷 죽이더라도 저는 모른 척하겠습니다.'라는 식으로 허락을 구했는지도 모릅니다. 하지만 그 경우에도 역시나 이 간질 발작 덕분에 온 집안이 발칵 뒤집힐 것이 뻔한데, 드미트리 카라마조프가 이걸 미리 알면서도 이런 설득에 그러자고 동의했을 리만무합니다. 하지만 제가 한 발짝 물러서도록 하죠, 그가 동의를 했다고 칩시다. 그렇다고 해도 드미트리 카라마조프가 살인범, 그것도 직접적인 살인범에 주동자이고 스메르쟈코프는 그냥 소극적인 가담자, 아니, 숫제 가담자도 아니고 그저 너무 무서운 나머지 어쩔 수 없이 묵인해 준 것에 지나지 않는다는 결론이 나오며 재판관 측에서도 이 정도는 이미 틀림없이 판별하셨을 법한데, 자, 정작 우리가 보는 상황은 어떻습니까? 피고는 체포되자마자 대번에 모든 걸 스메르쟈코프 한 사람한테 덮어씌우고 오직 그 한 사람만이 유죄라고 주장하고 있습니다. 자기와 공모를 한 것도 아니고 그냥 스메르쟈코프 혼자 했다는 거죠. 그놈 혼자 이런 일을 저질렀다, 그놈이 죽이고 돈을 빼앗았다, 죄다 그놈이 한 짓이다! 하고요. 아니, 세상에 공범자란 사람들이 당장에 서로를 고발하는 법이 대체 어디 있습니까——이런 일은 결코 있을 수도 없습니다. 그리고 이로써 카라마조프에게 얼마나 큰 모험이 도사리고 있는지를 유념해 두십시오. 그가 살인의 주범이고 스메르쟈코프는 주범도 아니고 그냥 묵인을 한 상태에서 칸막이 뒤에 누워 있기만 했는데, 이제 와서 그는 가만히 누워 있던 사람에게 죄를 덮어씌웁니다. 이렇게 되면, 그자, 즉 가만히 누워 있던 자는 화를 내면서 오로지 자기 목숨을 부지하기 위해서라도 한시바삐 이실직고할 수도 있는 노릇이 아닙니까. 둘 다 가담하긴 했지만, 단, 나는 죽이진 않았다, 나는 너무 무서운 나머지 그냥 허용하고 묵인했을 뿐이다, 하는 식으로요. 정말로 그, 그러니까 스메르쟈코프는 법정에서 즉시 자신의 죄의 정도를 판별해 줄 것을 알 수 있었고, 고로 자기가 벌을 받는다고 해도 모든 것을 그에게 덮어씌우려고 한 저 살인의 주범과는 비교할 수 없을 만큼 하찮은 벌일 것이라는 점을 헤아릴 수 있었을 겁니다. 하지만 이런 경우엔 응당 어쩔 수 없이 자백을 했을 겁니다. 그럼에도, 우리는 이런 건 보지도 못했습니다. 오히려,

스메르쟈코프는 피고가 확고하게 그에게 혐의를 돌리며 줄곧 그를 단독 살인범으로 지목했음에도 불구하고 공모에 대해선 입도 뻥긋하지 않았습니다. 그뿐이 아닙니다. 스메르쟈코프는 예심에서 돈 봉투와 신호를 피고에게 알려 준 것이 자기 자신이었으며 자기가 아니었더라면 피고는 아무것도 몰랐을 것이라고 털어놓기까지 했습니다. 만약 그가 정말로 공범이었고 죄를 지었다면 예심에서 이것을, 즉 자기가 직접 이 모든 정보를 피고에게 알려 줬다는 사실을 그토록 쉽게 알려 주었겠습니까? 오히려, 딱 잡아떼고 틀림없이 사실들을 왜곡, 축소했을 겁니다. 하지만 그는 왜곡도, 축소도 하지 않았습니다. 이렇게 할 수 있는 사람은 오직, 공범으로 몰릴 걱정이 없는, 무고한 사람뿐입니다. 자, 그런데 그는 자신의 간질병과 이 모든 참극으로 인해 병적인 우울증의 발작에 시달린 나머지, 어제 목을 맸습니다. 목을 맨 뒤 독특한 문구로 쓰인 유서를 남겼습니다. '아무에게도 죄를 돌리지 않기 위해서 나 자신의 의지와 의향에 따라 목숨을 끊는다.'라는. 자, 이 유서에서 살인범은 카라마조프가 아니라 나다, 하는 말을 덧붙였을 법도 합니다. 하지만 이런 말을 그는 덧붙이지 않았습니다. 어떤 일에선 양심의 가책을 느끼면서도 또 다른 일에선 그렇지 않았단 말입니까?

그리고 어찌 되었습니까, 조금 전에 여기 이 법정에 3000루블의 돈이 제시됩니다. '문제의 그 봉투 속에 들어 있던 바로 그 돈으로서 지금 여러 증거물과 함께 저 탁자 위에 놓여 있는데, 어제 스메르쟈코프한테 받았다.'라는 거죠. 하지만 배심원 여러분, 여러분도 조금 전의 그 슬픈 광경을 기억하실 겁니

다. 저는 세세한 사항들을 재차 반복하진 않고 두세 가지 정
도의 견해만 말씀드리되, 가장 하찮은 것들에 치중하도록 하
겠는데——왜냐면 하찮은 것들은 아무나 쉽게 머릿속에 떠올
릴 수 없고 또 곧잘 잊혀 버리니까요. 첫째, 반복하거니와, 스
메르쟈코프가 어제 양심의 가책 때문에 돈을 내놓고 직접 목
을 맸다는 점입니다.(양심의 가책이 없었다면 그는 돈을 내놓지 않
았을 겁니다.) 그리고 이반 카라마조프가 직접 공언했듯, 스메
르쟈코프가 이반 카라마조프에게 처음으로 범행을 자백한 건
물론 어제 저녁의 일인데, 안 그랬다면 그가 왜 지금까지 입
을 다물고 있었겠습니까? 어쨌거나, 이렇게 자백까지 해 놓고
선 도대체 왜, 또다시 말씀드리지만, 바로 내일이면 무고한 피
고에게 무서운 재판이 있다는 것을 알면서도 그 유서를 통해
우리에게 이 모든 진실을 알리지 않았을까요? 돈 하나만으론
증거가 되지 않습니다. 예컨대 저뿐만 아니라 이 법정 안에 있
는 두 인물이 극히 우연하게 한 가지 사실을 알게 됐는데, 다
름 아니라 이반 표도로비치 카라마조프가 현청 소재지로 사
람을 보내 금리가 5퍼센트인 5000루블짜리 유가 증권 두 장
을 만 루블의 현금으로 바꾸었다는 겁니다. 그러니까 제 말
은 그저, 돈이라면 어떤 시점엔 누구나 갖고 있을 수 있으며
3000을 가져왔다고 해서 이 돈이 바로 그 돈, 바로 그 상자 혹
은 봉투에서 나왔다는 증거가 될 수 없다는 겁니다. 끝으로,
이반 카라마조프는 어제 진짜 살인범에게서 그토록 중요한 정
보를 들었음에도 태연했습니다. 하지만 그는 왜 즉시 이걸 신
고하지 않았을까요? 왜 모든 걸 아침까지 미뤄 뒀을까요? 저

로선 그 이유를 추측해 볼 권리는 있다고 생각됩니다. 그는 벌써 일주일째 건강에 이상이 생겼고 의사와 가까운 사람들에게 환영이 보이고 죽은 사람들을 만난다고 자기 입으로 고백했습니다. 오늘 기어코 그를 덮치고 만 섬망증이 발발하기 직전, 그는 느닷없이 스메르쟈코프의 죽음을 알게 되자 갑자기 혼자서 다음과 같은 생각을 해 봅니다. 즉, '이 녀석은 어차피 죽은 몸이니까, 이놈에게 혐의를 돌리고 형을 구하자. 나한테는 돈도 있다. 돈다발을 들고 가서 스메르쟈코프가 죽기 직전에 나한테 주었다고 말하자.'라는 거죠. 여러분은 이것이 부정직한 일이라고, 아무리 죽은 사람일지라도, 또 설령 형을 구하기 위해서였다고 할지라도 이건 부정직한 일이라고 말씀하시겠지요? 정말 그렇긴 하지만, 그가 무의식적으로 거짓말을 했다면, 느닷없이 하인의 사망 소식을 듣고서 판단력에 최종적으로 손상을 입은 나머지 그 자신도 정말로 그랬다는 식으로 상상하게 됐다면 어쩌시겠습니까? 여러분도 조금 전의 광경을 보셨을 테고, 그 사람의 상태가 어떤지 보셨을 테지요. 그는 두 발로 서서 말을 하긴 했지만, 그의 정신은 어디에 있었습니까? 조금 전 열병 환자의 증언에 이어 서류가 나왔으니, 그것은 피고가 범행을 저지르기 이틀 전에 베르호프체바에게 쓴, 자신의 앞으로의 범행에 대한 상세한 프로그램이 담긴 편지였습니다. 자, 그럼 왜 우리는 프로그램과 그것의 작성자들을 찾는 걸까요? 그건 범행이 이 프로그램과 똑같이 실행됐기 때문, 다름 아닌 그것의 작성자의 손에 의해 실행됐기 때문입니다. 그렇습니다, 배심원 여러분, '쓰인 대로 실행되었습니다'! 그리고 오히려 아버지의 방에 지금 우리의 애인이 있다는 굳은 확신에 차 있었던 만큼 절대로, 절대로 아버지의 창문 앞에서 겁을 집어먹고서 점잖게 도망치지 않았습니다. 천만에요, 이건 터무니없고 얼토당토않은 얘기입니다. 그는 안으로 들어갔고──일을 끝냈습니다. 필경 자신이 증오하는 연적을 보자마자 신경이 곤두선 상태에서 홧김에 그를 죽였을 것이고 그것도 아마 놋쇠 공이로 무장된 손을 한 번 휘둘러서 단번에 죽였을 것이며, 그리고 나서는 집 안을 샅샅이 뒤져 그녀가 거기 없다는 것을 확인했지만, 그럼에도 베개 밑에 손을 쑤셔 넣어 돈 봉투를 꺼내는 것을 잊지 않았습니다. 그렇게 찢어진 겉봉투는 지금 여기 물증 탁자 위에 있습니다. 제가 이런 말을 하는 것은 여러분께서 제 생각으론 아주 특징적인 한 가지 정황에 주의를 기울이도록 하기 위해서입니다. 만약 범인이 능수능란한 살인범이었다면, 그야말로 돈만 노린 살인범이었다면──아니, 그래 겉봉투를 우리가 본 대로 마룻바닥의 시체옆에 그냥 던져 뒀겠습니까? 또 가령 범인이 돈을 노리고 살인한 스메르쟈코프였다면, 자신의 희생양인 시체를 앞에 두고 구태여 봉투를 뜯어 보는 수고를 할 필요도 없이 그냥 통째로 들고 가 버렸을 겁니다. 그가 보는 데서 돈을 봉투에 집어넣고 봉인을 했으므로 그는 봉투 안에 돈이 있다는 것을 확실히 알고 있었고, 고로 봉투째 싹 갖고 가 버렸다면 강도질이 있었는지 어땠는지도 어떻게 알겠습니까? 배심원 여러분, 한가지 묻겠는데, 과연 스메르쟈코프가 이렇게 행동했을까요, 봉투를 마룻바닥에 던져 뒀을까요? 아니요, 틀림없이 이렇게 행동했을 법한 사람은 미친 듯 흥분하여 이미 앞뒤를 판단하기 어려워진 살인자, 도둑이 아니기 때문에 지금까지 어떤 것도 훔쳐 본 적이 없고 게다가 그 순간 이부자리 밑에서 돈을 꺼낼 때도 도둑으로서 훔친 것이 아니라 마치 도둑맞은 자기 물건을 그 도둑한테서 도로 찾아가듯 훔친 살인자였을 것인데——드미트리 카라마조프야말로 이 3000에 대해 이런 생각을 하고 있었고 급기야 조증에까지 이르게 됐잖습니까. 해서, 그는 이전엔 한 번도 본 일이 없는 봉투를 손에 넣자, 그 안에 돈이 들어 있는지를 확인하기 위해 겉봉투를 찢은 다음, 돈을 호주머니에 넣고 심지어 찢어진 봉투를 마룻바닥에 던져 두면 자신의 유죄를 증명해 줄 대단히 불리한 증거가 된다는 것조차 까맣게 잊고 생각 없이 그냥 도망쳐 버린 겁니다. 이런 생각도, 이런 고려도 전혀 할 수 없었던 건 역시나 스메르쟈코프가 아니라 카라마조프였기 때문인데, 사실 그에게 그럴 여유나 있었겠습니까! 그는 도망치는 와중에 자기를 따라잡은 하인의 고함 소리를 듣게 되는데, 하인은 그를 붙잡아 저지하다가 놋쇠 공이를 맞고 쓰러집니다. 피고는 동정심에서 그를 향해 밑으로 뛰어내립니다. 글쎄요, 피고가 갑자기 우리에게 주장하는 바론, 그가 그때 하인을 향해 아래로 뛰어내린 것은 안쓰러운 마음에 동정심에서 어떻게 하인을 도울 방법이 없을까 살펴보기 위해서였답니다. 하지만, 어디 이런 순간에 이와 같은 동정심이 들 법합니까? 천만에요, 그가 뛰어내린 것은 자신의 악랄한 짓을 목격한 유일한 증인이 살아 있는가를 확인하기 위해서였습니다. 그 밖의 다른 감정, 다른 동기는 모두 다

부자연스러운 게 아니겠습니까! 여기서 유념해 둘 것은 그가 그리고리를 붙잡고 그의 머리를 손수건으로 닦아 주며 애를 쓰다가 그리고리가 죽었다는 확신이 서자 앞뒤를 잃은 사람처럼 온몸이 피투성이가 된 채로 다시 그곳, 자기 애인의 집으로 달려갔다는 점입니다. 아니, 어떻게 온몸이 피투성이라는 것도, 해서 그 즉시 탄로 날 수 있다는 것도 생각지 못했을까요? 어쨌거나 피고는 온몸이 피투성이인 것에는 숫제 주의도 기울이지 않았다고 우리에게 주장합니다. 이 점은 인정할 수 있고 또 충분히 가능한 일이기도 합니다. 이런 순간에 범죄자들에겐 늘 이런 일이 일어나곤 하니까요. 하나에 대해선 지옥과 같은 계산 능력이 작동하지만 다른 것에 대해선 생각이 짧은 거죠. 그 순간 그는 오로지 그녀가 어디에 있는가에 대해서만 생각했던 겁니다. 어서 빨리 그녀가 어디에 있는지를 알아야만 했기 때문에 그녀의 집으로 달려가 자신으로선 예상도 못 했던 어마어마한 소식을 듣게 된 겁니다. 그녀가 자신의 '옛 사람', '틀림없는 그 사람'과 함께 모크로예로 떠난 것입니다!"

9 전속력의 심리 분석.
질주하는 트로이카. 검사 논고의 피날레

이폴리트 키릴로비치는 지금껏 명백히, 자기 자신의 초조한 열광을 자제하려고 일부러 엄격하게 설정된 틀을 추구하는 신경질적인 연사들이라면 누구나 들먹이길 아주 좋아하는 엄격히 역사적인 진술 방법을 택했지만, 논고가 여기까지 다다르자 '옛 사람', '틀림없는 그 사람'에 대해 특별히 장황한 말을 늘어놓았으며 이 주제와 관련하여 자기 나름대로 다소간 흥미진진한 생각을 피력했다. "모든 사람들을 미칠 듯이 질투해 온 카라마조프는 '옛 사람', '틀림없는 그 사람' 앞에서 갑자기 단번에 기가 꺾여 움츠러들고 맙니다. 더더욱 이상한 것은 그가 그 자신으론 예상도 못 했던 연적이 얼굴을 드러냄으로써 이렇게 새로운 위험이 나타날 것에 대해서 이전엔 거의 어떤 주의도 기울이지 않았다는 점입니다. 하지만 그는 줄곧 이것을 까마득히 먼 일이라고 생각해 왔는데, 원래 카라마조프는 늘 현재의 순간만을 사니까요. 심지어 그는 그 존재를 무슨 허구로 간주했을 겁니다. 하지만 그녀가 이 새로운 연적을 감추고 또 아까 자기를 속였던 이유는 새로이 날아온 이 연적이 이 여자에게 환상이나 허구이기는커녕 오히려 그녀의 삶에서 그야말로 모든 희망이었기 때문이었으리라는 것을 순식간에 가슴이 저리도록 절실히 깨닫고서, 정말 순식간에 이걸 깨닫고서 그는 마음을 접었습니다. 어쩌겠습니까, 배심원 여러분, 저는 피고가 느닷없이 분출시킨 이 영혼의 한 특성에 대해서 한마디 하지 않으면 안 되겠습니다. 도저히 그럴 사람으론 보이지 않지만, 여하튼 피고에겐 갑자기 진리를 향한 잠재울 길 없는 욕구, 여성을 존경하고 그 마음의 권리를 인정하고 싶은 욕구가 나타났습니다. 더욱이, 그것도 때가 어느 때입니까, 그녀로 인해 자신의 손을 자기 아버지의 피로 붉게 물들인 순간이 아닙니까! 사실, 그렇게 흘려진 피는 이미 그 순간에 복수의 칼날을 갈기 시작했습니다. 사실, 이미 자신의 영혼과 지상에서의 자신의 운명을 오롯이 파멸시켰으니 그는 어쩔 수 없이 그 순간 다음과 같은 것을 느꼈고 또 자문해야 했으니까요. '나 자신의 영혼보다 더 사랑하는 이 존재에게 있어 나는 지금 대체 어떤 의미를 지니며 또 어떤 의미를 지닐 수 있는가, 이 '옛 사람', '틀림없는 그 사람'과 비교할 때, 한때 자기가 파멸시킨 그 여자한테로 다시 돌아와 잘못을 뉘우치면서 떳떳하게 청혼을 하고 새로운 사랑과 앞으로 새롭게 부활한 행복한 삶을 맹세하는 이자와 비교할 때 말이다. 나도 이렇게 불행한 지경에 빠졌는데, 내가 지금 그녀에게 줄 수 있는 것, 제안할 수 있는 것이 무엇이란 말인가?' 카라마조프는 이 모든 것을 깨달았으며, 또한 범죄로 인하여 자신의 모든 앞길이 막혀 버렸고 자신은 형을 선고받은 범죄자일 뿐, 삶을 살 수 있는 사람이 아니라는 것을 깨달았던 것입니다! 이러한 생각이 그를 짓누르고 무력하게 만들었습니다. 자, 그래서 그는 순간적으로 미치광이 같은 한 가지 계획에 천착하게 되는데, 카라마조프의 성격으로 볼 때 이거야말로 자신의 무서운 정황으로부터 탈출할 수 있는 유일하고 숙명적인 출구로 생각됐을 것이 분명합니다. 이 출구란 바로—자살입니다. 그는 관리 페르호친에게 저당 잡힌 권총을 찾으러 달려가는데, 동시에 길을 가는 중에 호주머니에서 자기 손을 아버지의 피로 물들게 만든 돈을 전부 끄집어냅니다. 오, 그에겐 지금 돈은 그 무엇보다도 절실히 필요합니다. 카라마조프가 죽어 가고 있다, 카라마조프가 권총 자살을 하려 한다, 이것은 사람들의 기억 속에 남을 것이다! 우리가 괜히 시인인 게 아닙니다, 우리가 괜히 우리의 삶을 양쪽 끝에 불을 붙인 양초처럼 불태웠던 것도 아닙니다. '그녀, 그녀한테로 가자——그곳에서, 오, 그곳에서 온 세상이 들썩일 만한, 이제껏 유래가 없었던 연회를 열어, 오래도록 기억되고 얘깃거리가 되도록 하자. 야만적인 고함 소리와 집시들의 광적인 노래와 춤이 펼쳐지는 가운데 축배의 잔을 들고 내가 숭배하는 여인의 새로운 행복을 축하하고, 그러고 나선——곧바로 그녀의 발치 아래서, 그녀가 보는 앞에서 내 두개골을 박살 내고 나의 삶을 벌하리라! 그녀도 언젠가는 미챠 카라마조프를 기억하리라, 이 미챠가 그녀를 얼마나 사랑했는지 알게 되고 미챠를 안쓰러워하리라!' 여기엔 그림처럼 아름다운 많은 것들, 낭만적인 광기 어린 흥분, 카라마조프 특유의 야성적인 무절제와 감상——자, 그리고 뭔가 다른 것이 더 있으니, 배심원 여러분, 그 뭔가는 영혼 속에서 아우성치고 머릿속을 끊임없이 두들기고 그의 영혼을 독약처럼 죽도록 괴롭히는 것입니다. 이 뭔가——그것은 바로 양심입니다. 배심원 여러분, 그것은 양심의 심판이며 그것은 무서운 양심의 가책입니다! 하지만 권총이 모든 것을 해결해 줄 테니 권총이야말로 유일한 출구이며 다른 해결법이란 있지도 않습니다. 그럼에도 그곳에는——저는 그 순간 카라마조프가 '저곳엔 무엇이 있을까?'[51]라는 생각을 했는지 어땠는지, 그리고 카라마조프가 햄릿처럼 그곳엔 무엇이 있을지에 대한 생각을 할 수 있는 인물

---

51) 앞서 인용된 『햄릿』의 일절.

인지 어떤지는 모르겠습니다. 아니요, 배심원 여러분, 저들에
겐 햄릿들이 있지만 우리에겐 아직은, 일단은 카라마조프들이
있을 뿐입니다!"

여기서 이폴리트 키릴로비치는 미챠가 길 떠날 채비를 하
는 광경, 즉 페르호친 집과 가게에서 있었던 일, 마부들과의
흥정 등을 아주 상세하게 묘사했다. 그는 한결같이 증인들
에 의해 확증된 무수한 말들과 증언들, 몸짓들을 인용했는
데──그 광경이 청중들의 확신에 무서울 정도로 영향을 미쳤
다. 무엇보다도, 사실들의 총합이 영향을 미쳤다. 미친 듯 흥
분하여 날뛰고 이미 자기 자신도 지키지 못하게 된 이 사람이
유죄라는 것은 격퇴할 수 없는 사실로 보였다. "그는 이미 스
스로를 지키고 자시고 할 것도 전혀 없었습니다." 이폴리트 키
릴로비치가 말했다. "두세 번 정도는 거의 자백을 한 거나 다
름없었는데, 끝까지 말을 안 했다뿐이지 거의 암시를 하기도
했습니다.(여기서 증인들의 증언이 줄줄이 인용되었다.) 심지어 길
을 가는 도중에 마부에게도 '지금 자네가 살인자를 태우고 있
다는 것을 알고는 있나!'라고 소리쳤습니다. 하지만 끝까지 말
을 할 수는 없었지요. 우선은 모크로예 마을로 들어가서 그
곳에서 이 서사시를 끝마쳐야 했으니까요. 하지만 이 불행한
사람을 기다리고 있는 것은 무엇입니까? 그러니까 정작 모크
로예에 도착한 뒤 그는 '틀림없는 그 사람'이라는 연적이 어
쩌면 그다지 틀림없는 존재도 아닐뿐더러 둘 다 새로운 행복
에 대한 그의 축하와 축배의 잔을 받는 것은 아예 안중에 없
다는 것을 거의 첫눈에 알아보고 결국엔 완전히 깨닫게 되었

던 것입니다. 하지만 이 사실들은 배심원 여러분도 예심을 통해서 이미 알고 계실 테지요. 카라마조프는 이론의 여지가 없을 정도로 확실히 연적을 무찔렀고 그러자——오, 그러자 그의 영혼은 이미 완전히 새로운 국면을 맞이했으니, 이 영혼이 한때 경험했고 언젠가 또 경험하게 될 모든 국면들 중 가장 무서운 것이었습니다! 확실히 단언하건대, 배심원 여러분." 하고 이폴리트 키릴로비치가 외쳤다. "더럽혀진 본성과 죄를 저지른 심장 자체가 지상의 어떤 심판보다도 더 완벽하게 그 자신에게 복수를 하는 겁니다! 더욱이, 심판과 지상의 형벌은 오히려 자연의 형벌을 경감해 주므로 이런 순간엔 범죄자의 영혼을 절망으로부터 구원하기 위해 그것이 꼭 필요한 법입니다. 그녀가 자기를 사랑하여 자기를 위해 '옛 사람'이자 '틀림없는 그 사람'을 버리고 자신을, 즉 '미챠'를 새로운 삶으로 초대하여 행복을 약속한다는 것을 알았을 때 카라마조프가 느꼈을 그 공포와 정신적 고통들을 저로선 상상도 할 수 없습니다. 게다가 지금 때가 어느 때입니까? 그에게 있어 이미 모든 것이 끝났을 때, 이미 그 어떤 것도 가능하지 않은 때가 아니었습니까! 말이 나온 김에, 그 당시 피고가 처한 상황의 진정한 본질을 해명하기 위해 검사검사 우리로선 극히 중요한 한 가지 사실을 지적하겠습니다. 즉, 이 여성은, 이 사랑은 그가 이렇게 체포되는 마지막 순간까지도, 그 시점까지도 그에게 있어 접근할 수 없는 존재, 열렬하게 갈망하되 도저히 손에 넣을 수 없는 존재였습니다. 하지만 그때 그는 왜, 대체 왜 자살을 하지 않았을까요, 왜 기왕지사 내린 결단을 포기했을까요, 왜

460

자기 권총을 어디다 두었는지도 잊어버렸을까요? 바로 사랑을 향한 이 열정적인 갈망과 그 희망이 그때 곧바로 그를 저지했기 때문입니다. 정신이 몽롱해질 만큼 연회에 도취된 채 그는 자신의 애인 곁에 꼭 붙어 있었고 그에겐 그 어느 때보다 더 매력적이고 매혹적이었던 그녀도 또한 그와 함께 연회를 즐겼으니 ──그는 잠시도 그녀 곁을 떠나지 않고 넋 놓고 그녀를 바라보며 그녀 앞에서 스러져 가고 있었습니다. 한순간이나마 이 열정적인 갈망이 체포의 공포뿐만 아니라 양심의 가책마저도 눌러 버릴 수 있었던 것입니다! 한순간, 오, 오직 한순간이나마! 저는 그 당시 범인의 심적 상태가 틀림없이 다음과 같은 세 요소에 노예처럼 종속되어 완전히 짓눌려 있었으리라 생각됩니다. 그러니까 첫째, 취중이었고 정신도 몽롱하고 소란스럽고 춤을 추며 발을 구르는 소리며 째질 듯한 노랫소리가 들리고, 그리고 그녀, 그녀는 술기운이 올라 발그스레해져서 노래를 부르고 춤을 추면서 그렇게 술에 취한 상태로 그를 향해 웃는다, 이 말입니다! 둘째, 숙명적인 대단원은 아직 먼 일이다, 최소한 코앞에 닥치진 않았다──기껏해야 다음 날은 되어야 이리로 찾아와 나를 잡아가겠지, 기껏해야 다음 날, 그것도 겨우 아침 녘은 되어야 될 것이다, 하는 식의 고무적이고 요원한 꿈이 있었을 겁니다. 고로, 최소한 몇 시간은 있는 거다, 이것만 해도 많은 게 아닌가, 끔찍할 정도로 많은 거다! 사실 이 몇 시간 동안 많은 것을 생각할 수 있는 법입니다. 저는 그가 처형장으로, 교수대로 끌려가는 죄수와 비슷한 어떤 경험을 했으리라고 생각합니다. 즉, 아직 길고도 긴 거리를 지나가야 한다, 한 걸음씩 내디디면서 수천 명의 군중들 곁을 지나간 다음, 방향을 틀어 다른 거리로 나간 뒤에도 이 거리의 끝까지 가야지만 저 무서운 광장이 나오는 것이다! 하는 식인 거죠. 그러니까 제 생각으로 행진이 시작될 때 사형수는 자신의 치욕스러운 마차에 앉아 있으면서도, 아직도 자기 앞엔 무한한 삶이 있노라고 느꼈을 것 같습니다. 하지만, 보시다시피, 그럼에도 집들은 서서히 지나가고 마차는 계속 움직이는데──오, 하지만 이게 대숩니까, 두 번째 거리 쪽으로 돌려면 아직 이렇게 많이 남은걸요. 그래서 그는 아직도 부지런히 좌우를 살피고, 또 매정하면서도 호기심 어린 시선으로 자신을 응시하는 이 수천 명의 사람들을 바라보는데, 그의 머릿속에서는 여전히 그가 저 사람들과 똑같은 사람이라는 생각이 듭니다. 하지만 자, 어느새 또 다른 거리로 들어섰으니──오! 이게 무슨 대숩니까, 이건 아무것도 아닙니다, 아직도 또 다른 거리 하나가 온전하게 남아 있는걸요. 그러고서 수없이 많은 집들이 지나쳐 가도 그는 여전히 '아직도 집은 얼마든지 많이 남아 있다.'라고 생각할 겁니다. 그야말로 끝까지, 광장에 다다르기 직전까지 이런 식인 거죠. 그 당시 카라마조프도 이러했으리라는 것이 제 생각입니다. '저쪽에선 아직도 미처 손을 쓰지 못했을 거다.'라고 그는 생각했겠지요. '아직도 빠져나갈 구멍은 있을 거다, 오, 어떻게 나를 변호하고 어떻게 반격을 가할지 계획을 짜고 곰곰이 생각을 할 시간은 아직도 있을 거다, 하지만 지금, 지금──지금 이 여자는 정말 얼마나 매혹적인가!' 그의 마음은 혼란과 두려움으로 가득하지만 그럼에도 그는 용케 자기 돈의 절반을 떼 내어 어딘가에 감추는데──그러지 않고서는 지금 막 아버지의 베개 밑에서 가져온 3000 중 절반이 고스란히 어디로 사라질 수 있었는지를 저 스스로도 해명할 수가 없으니까요. 그가 모크로예에 온 건 이미 처음도 아니고, 그때도 거기서 꼬박 사십팔 시간 동안 술판을 벌였습니다. 그러니까 이 낡아 빠지고 커다란 목조 건물을 헛간 하나, 복도 하나에 이르기까지 속속들이 알고 있었던 거죠. 그래서 제 생각으론, 바로 그때, 정확히 그 집에서 체포되기 직전에 돈의 일부분이 무슨 구멍 같은 곳이나 무슨 틈새나 마루 쪽 밑이나 어디 구석이나 지붕 밑에 감추어졌을 것 같은데──대체 무엇을 위해서 그랬을까요? 하긴 무엇을 위해서라뇨? 지금 당장 파국이 찾아올 판이건만, 물론 그것을 어떻게 맞이해야 할지 아직 곰곰이 생각도 다 못 했고, 아니, 숫제 그럴 겨를도 없었던 데다가 우리의 머릿속이 사정없이 지끈거리고 더욱이 마음속은 온통 그녀 생각뿐인데, 하지만 돈을 어쩐다죠? 돈은 어떤 경우에나 꼭 필요한 겁니다! 사람은 돈이 있으면──어딜 가나 사람대접을 받는 법입니다. 혹시 여러분은 이런 순간에 이러한 계산이 진행되는 것이 부자연스럽게 여겨집니까? 하지만 그는 이 일이 있기 한 달 전에 역시나 그에게 가장 불안하고 숙명적인 어느 순간에 3000 중 절반을 떼 내어 자신의 부적 속에 꿰매 넣었노라고 자기 입으로 주장하고 있지 않습니까. 물론 지금 곧 이것이 거짓말이라는 걸 증명할 테지만, 설령 그렇다고 할지라도 이런 생각 자체는 카라마조프가 쭉 숙고해 온 것이기 때문에 그에게 낯익은 것이었겠죠.

그뿐만 아니라, 나중에 그가 예심판사에게 1500을 부적 주머니(결코 존재하지도 않았지만) 속에 떼 놓았다고 주장했지만 아마 이 부적 주머니라는 것은 바로 그 자리에서 느닷없이 떠오른 영감에 북받쳐 순간적으로 지어낸 수작이었을 텐데, 그럴 수밖에 없었던 이유는 그 두 시간 전에 만일의 사태를 대비해 돈을 몸에 지니고 있으면 안 되겠다는 마음에 절반을 떼 내어 아침까지라도 거기 모크로예의 어딘가에 감추어 놨기 때문입니다. 두 개의 심연을 상기해 주십시오, 배심원 여러분, 카라마조프는 두 개의 심연을, 두 개를 동시에 관조할 수 있다는 것을! 우리는 그 집에 대해 가택 수색을 벌였지만 발견한 것이 없습니다. 그 돈은 지금도 아직 거기에 있을지도 모르고, 어쩌면 다음 날 사라져서 지금쯤 피고의 손에 들어갔는지도 모릅니다. 어쨌거나 체포됐을 때 그는 그녀 곁에 있었습니다. 침대에 누워 있는 그녀 앞에서 무릎을 꿇은 채 그녀를 향해 손을 뻗고 있었는데, 그 순간 모든 것을 완전히 잊었기 때문에 체포자들이 가까이 다가오는 소리도 듣지 못했습니다. 아직 어떤 대답을 할지도 머릿속에서 미처 준비가 안 돼 있었던 거죠. 그도, 그의 머리도 불시에 체포된 것이었습니다.

그리하여 지금 그는 자신의 운명을 결정지을 재판관들 앞에 서 있습니다. 배심원 여러분, 우리의 의무를 이행함에 있어서 우리 자신도 사람 앞에서 거의 무서움을 느끼고 또 사람 때문에 무서워지는 순간들이 있습니다! 이것은 모든 것이 끝장났다는 것을 피고 자신이 이미 알고 있음에도 여전히 상대방과 투쟁하고 또 투쟁하기 위해 몸부림치면서 보이는 동물적 공포를 목도하는 순간입니다. 내부에서 자기 보존 본능이 죄다 한꺼번에 고개를 쳐드는 이런 순간에 피고는 자신을 구하기 위해 의아스러우면서도 고통에 찬, 꿰뚫을 듯한 시선으로 상대방을 바라보면서 상대를, 상대의 얼굴 표정과 상대의 생각을 포착해 연구하고, 상대가 어느 쪽 옆구리부터 때릴까 기다리고, 전율하는 머릿속에선 순간적으로 수천 개의 계획들을 창조하지만 그럼에도 말하는 것이 두렵고 헛말을 할까 봐 두려워합니다! 인간의 영혼이 이런 굴욕에 처해지는 순간들, 영혼이 이토록 수난을 겪는 모습, 자기를 구하기 위한 저 동물적인 갈망——이것이 어찌나 끔찍한지, 이따금씩은 예심판사마저도 범죄자에게 전율 어린 동정을 느낄 정도입니다! 그 당시 우리가 목격한 것이 바로 이런 것들이었던 겁니다. 처음에 그는 망연자실하고 공포에 눌린 나머지 자기에게 심히 불리한 말도 몇 마디씩 툭툭 내뱉었습니다. '피! 나는 이런 대접을 받아도 싸다!' 하지만 그는 재빨리 자제력을 발휘했습니다. 무슨 말을 해야 할까, 어떤 대답을 해야 할까 등——뭐 하나 제대로 준비된 것이 없었지만 단 하나, 무턱대고 '아버지의 죽음에 대해서는 죄가 없습니다!'라며 발뺌할 준비는 되어 있었던 것입니다. 아직은 담장이 멀쩡하니까 저기, 담장 너머에 뭔가를, 무슨 바리케이드라도 만들 수 있을지 모른다, 하는 식이었죠. 그는 서둘러 앞서 내뱉은 불리한 말들을 수습하려고 우리가 질문을 던지기도 전에 자기는 오직 그리고리의 죽음에 대해서만 유죄인 것으로 생각된다고 설명합니다. '이 피에 대해서는 유죄지만, 아버지는 대체 누가 죽였습니까, 여러분, 누가 죽였단 말입니까? 내가 아니라면 대체 누가 아버지를 죽였을까요?' 이 말이 들리십니까, 우리에게, 바로 이 질문을 하기 위해 그를 찾아온 우리에게 이걸 물어보다니요! 여러분, 이렇게 '내가 아니라면'이라는 말로 미리 선수를 치는 것이, 이 동물적인 교활함이, 이 카라마조프적인 순진함과 초조함이 들리십니까? 내가 죽인 게 아니다, 내가 죽였다는 건 생각도 할 수 없는 일이다, 하는 식이죠. '죽이고 싶었습니다, 여러분, 정말 죽이고 싶었지만' 하고 그는 어서 빨리 자백합니다.(그것도 지독하게, 오, 정말 지독하게 서두르면서요!) '하지만 어쨌거나 나는 무죄입니다, 내가 죽인 게 아니니까요!' 이렇게 그는 한 발짝 물러서서 죽이고 싶었다는 사실은 인정합니다. 내가 얼마나 솔직한지는 너희들도 훤히 알 테니까 그럼 내가 죽인 게 아니라는 걸 어서 빨리 믿어 달라, 하는 식이죠. 오, 이런 경우 범죄자는 이따금씩 터무니없을 정도로 경솔해지고 남을 쉽게 믿어 버리는 경향이 있습니다. 바로 이걸 이용해서 예심을 담당한 측에선 꼭 우연인 양 갑자기 아주 순진한 질문을 그에게 던졌습니다. '혹시 스메르쟈코프가 죽인 건 아닐까요?' 그러자 우리가 기대했던 일이 일어났습니다. 아니나 다를까, 우리가 불시에 선수를 쳐서 그의 허를 찔렀기 때문에 그는 엄청나게 화를 내더군요. 그로선 미처 준비도 하지 못했고 스메르쟈코프를 들먹이는 데 제일 적절한 순간을 잡아내지도, 포착하지도 못한 상태였으니까요. 예의 그 천성대로 그는 즉시 극단으로 치달았으며 자기가 나서서 스메르쟈코프가 죽였을 리 없다, 살인을 할 수 있는 위인이 아니다, 하고 있는 힘껏 주장하기 시작했습니다. 하지만 그의 말을 믿지 마십시오, 이것은 교활한 수작일 따름입니다. 그는 결코, 아직은 결코 스메르쟈코프를 포기하지 않습니다. 오히려, 달리 내세울 사람이 없기 때문에 또 스메르쟈코프를 내세울 테지만, 지금은 일단 일이 틀어졌기 때문에 다른 순간에 가선 꼭 이렇게 나올 겁니다. 그러니까 내일이 되면, 아니 심지어 며칠이 지나서 적절한 순간을 포착하면 우리에게 스메르쟈코프를 내세우면서 자기가 먼저 '거보십시오, 제가 여러분보다도 먼저 스메르쟈코프는 아니라고 했다는 거, 여러분도 기억하실 테죠, 하지만 이제 와선 그놈이 죽었다는 걸 확신하게 됐습니다, 그놈이 틀림없어요!'라고 외칠 작정이었던 거죠. 그래도 일단은 우리 앞에서 음울하고 신경질적인 부인으로 일관했지만 너무 초조하고 격분했던 나머지, 자기는 아버지의 창문을 들여다본 뒤 그냥 점잖게 물러났다는 아주 서툴고 터무니없는 실언을 하고 맙니다. 무엇보다도, 지금 상황이 어찌 돌아가고 있는지, 그러니까 그리고리가 정신을 차린 뒤 얼마나 중요한 증언들을 했는지를 아직 모르고 있었던 겁니다. 우리는 그의 몸을 샅샅이 수색하기 시작합니다. 이 때문에 그는 격분했지만 동시에 기운을 내기도 합니다. 3000이 전부 다 나온 게 아니고 오직 1500만 나왔으니까요. 그리고 물론, 지금껏 격분한 침묵과 부인으로 일관하다가 이 순간에 와서 평생 처음으로 부적 주머니 생각이 그의 머릿속에 떠오른 겁니다. 틀림없이 그는 자기가 생각해 봐도 이런 날조가 참 어이없다는 느낌이 들어서 어떻게 하면 이걸 좀 더 그럴듯하게 만들 수 있을까, 어떻게 하면 좀 더 개연성 있는 소설 한 편을 꾸며 낼 수 있을까 괴로워하는데, 너무 괴로워 미칠 지경이 됩니다. 이런 경우, 심리를 맡은 우리의 가장 중요하고도 으뜸가는 과제는 바로——범인에게 미처 준비를 할 여유도 주지 않고 불시에 습격을 가해 속에 담아 둔 생각들을 순진무구하리만큼 죄다 훤히 드러내고 또 터무니없고 모순된 얘기를 하도록 하는 것입니다. 범인으로 하여금 말을 하도록 강요할 수 있는 방법은 우연인 척하면서 느닷없이 무슨 새로운 사실이나 무슨 새로운 정황을 알려 주는 것인데, 그것은 그 자체로 대단한 의미를 지니지만 범인이 지금까지 절대로 생각지도 못했던 것이어야 합니다. 그런 사실을 우리는 진작부터 준비해 놓고 있었으니, 오, 정말 오래전부터 준비를 해 뒀지요. 그것은, 정신을 차린 하인 그리고리가 문은 열려 있었고 피고는 그리로 도망을 쳤을 것이라고 한 바로 그 증언이었습니다. 이 문에 관한 한 그는 까맣게 잊고 있었고, 또 그리고리가 그것을 봤을 거라고는 꿈에도 생각 못 했던 거죠. 역시나, 어마어마한 효과가 나왔습니다. 그는 자리에서 벌떡 일어나 갑자기 '그렇다면 스메르쟈코프가 죽인 겁니다, 스메르쟈코프가!'라고 우리에게 소리쳤습니다. 자, 이런 식으로 속에 감춰 둔 주된 생각을 가장 엉성한 형태로 발설하고 말았으니, 오직 그가 그리고리를 쓰러뜨리고 도망친 이후에야 스메르쟈코프가 살인을 할 수 있었다는 얘기가 되니까요. 우리가 그에게 그리고리는 침실에서 나온 뒤 쓰러지기 전에 문이 열린 것을 보았으며 침실의 칸막이 뒤에서 스메르쟈코프가 신음하는 소리를 들었노라고 알려 주자——카라마조프는 진짜로 찌그러져 버렸습니다. 저의 동료이자 우리가 존경해 마지않는, 재치 있는 니콜라이 파르표노비치가 나중에 저에게 전하길, 그 순간 그는 피고가 너무 불쌍해서 눈물이 날 정도였다고 했습니다. 자, 그리하여 이 순간, 그는 사태를 수습하기 위해서 우리에게 서둘러 저 악명 높은 부적 주머니 얘기를 들려줍니다. 어쩔 수 없지, 이 소설이라도 한번 들어 주시죠! 하는 듯 말입니다. 배심원 여러분, 앞서도 이미 여러분에게 표명했듯, 한 달간 돈을 부적 주머니 속에 꿰매 넣어 보관했다는 얘기는 어림 반 푼어치도 없는 수작이거니와 이러한 경우에 머릿속에서 뒤져 낼 수 있는 가장 엉터리 같은 날조라는 것이 제 생각입니다. 설령 가장 엉터리 같은 얘기를 한번 내놔 보라고 내기를 한다고 해도——이보다 더 부실한 건 생각해 낼 수 없을 정도입니다. 이렇게 기고만장하게 나오는 소설가를 옭아매어 옴짝달싹 못 하게 할 수 있는 가장 좋은 방법이 바로 시시콜콜한 세부 사항들인데, 언제나 현실을 가득 채우는 것은 아주 시시콜콜한 세부 사항들이지만 이처럼 어쩔 수 없이 작가 노릇을 하게 된 불운한 이들은 이런 것들을 무의미하고 불필요하고 자질구레한 걸로 치부해서 늘 무시하고 심지어 머릿속에는 떠올리는 일도 결코 없지요. 오, 그 순간 그들은 이런 일에 신경 쓸 겨를이 없기 때문에 오로지 장엄한 전체를 창조해 내기 위해 머리를 굴리는데——바로 이런 때 그들에게 이와 같이 자질구레한 걸 툭 던져 보는 겁니다! 이런 식으로 그들은 획 걸려든다니까요! 우리는 피고에게 다음과 같은 질문을 던져 봅니다. '자, 그럼 그 부적 주머니의 재료는 어디서 구했습니까, 누가 그것을 꿰매 주었습니까?' '직접 꿰맸습니다.' '옷감은 어디서 구했습니까?' 피고는 벌써부터 화를 내고 우리가 이런 자질구레한 걸로 자기를 거의 모욕하고 있다고 생각하는데, 정말이지 진정, 진정으로 그렇게 생각하는 겁니다!

하지만 이들은 전부 그렇습니다. '전 그걸 제 와이셔츠에서 뜯어 냈습니다.' '멋지군요. 그렇다면, 내일 당장 천 조각이 뜯어진 그 와이셔츠를 찾아보도록 하죠.' 한번 생각을 해 보시죠, 배심원 여러분, 그래서 우리가 정말로 이 와이셔츠를 찾아냈다면(이 와이셔츠가 정말로 존재했다면 그의 트렁크나 옷장에서 기필코 발견되었겠죠.)──그건 이미 하나의 사실이, 즉 그의 진술이 옳다는 걸 확실히 보여 줄 만한 사실이 되었을 겁니다! 하지만 그는 이런 생각을 가다듬을 수가 없습니다. '제대로 기억이 나질 않는데, 어쩌면 와이셔츠가 아니라 여주인의 나이트캡으로 만든 것 같군요.' '나이트캡이라면, 어떤 걸 말하죠?' '여주인의 방에서 구했습니다, 거기서 뒹굴고 있던, 옥양목으로 된 낡아 빠진 걸레쪽이었죠.' '그럼 그건 확실하게 기억하십니까?' '아니요, 확실히는 기억나지 않는군요…….' 그러고는 막 사정없이 역정을 냅니다. 하지만 이런 걸 기억하지 못한다니, 말이 됩니까? 처형대로 이송될 때처럼 인간으로서 맛보는 가장 끔찍한 순간엔 다름 아니라 이런 자질구레한 것들이 기억에 아로새겨지는 법입니다. 모든 것을 다 잊어도 길을 가는 도중 언뜻언뜻 보인 무슨 초록색 지붕이나 십자가 위의 갈까마귀와 같은 것들──이런 건 기억에 아로새겨지는 거죠.

부적 주머니를 꿰매면서 집안 사람들이 볼까 봐 몸을 숨기고 서 누군가가 자기 방으로 들어와 자기를 덮치지나 않을까 무서워서 손에 바늘을 든 채 얼마나 굴욕적인 고통을 감수했는 지를 응당 기억했을 것입니다. 문 두드리는 소리만 들려도 얼른 벌떡 일어나 칸막이 뒤로 달려가 숨었을걸요……(그의 방에는 칸막이가 있습니다.) 하지만 배심원 여러분, 무엇을 위해 제가 여러분에게 이 모든 걸, 이와 같이 자질구레한 세부 사항들을 일일이 알려 주고 있을까요!" 이폴리트 키릴로비치가 갑자기 외쳤다. "그건 바로 피고가 지금 이 순간까지도 이 엉터리 수작을 집요하게 고집하고 있기 때문입니다! 요 두 달간, 그에게 숙명적이었던 그날 밤 이후 그는 아무것도 해명하지 못했으며, 이전에 내놓은 저 환상적인 진술을 설명해 줄 만한 실제적 정황을 하나도 덧붙이지 못했습니다. 이 모든 것이 자질구레한 것이다, 당신들의 명예를 걸고 믿어 달라, 이런 식이죠! 오, 믿을 수 있다면 우리도 기쁠 것이며, 하다못해 명예를 걸고라도 믿고 싶어 죽을 지경입니다! 아니, 우리는 뭐 인간의 피에 굶주린 승냥이 떼입니까? 피고에게 유리한 사실을 우리에게 하나라도 내놓으신다면, 우리는 기뻐하겠습니다만——손으로 촉지할 수 있을 만큼 확실한 실제 사실이어야만 되지, 피고의 친동생처럼 얼굴 표정을 보고 내린 결론이나 가슴을 친 것이, 그나마도 어두운 곳에 그렇게 했는데, 그것이 기필코 부적 주머니를 가리킨 것이었다는 식의 지시론 안 됩니다. 새로운 사실이 나오면 우리는 기뻐할 것이며, 우리가 먼저 우리의 기소를 취하할 것이고, 그것도 얼른 서둘러서 그렇게 할 겁니다. 하지만 지금은 정의가 울부짖고 있는 까닭에 우리는 우리의 주장을 고집할 수밖에 없으며 그 어떤 것도 취하할 수 없습니다." 이폴리트 키릴로비치는 여기서 피날레로 넘어갔다. 꼭 열병에 걸리기라도 한 듯, 그는 '돈을 훔치려는 저열한 목적'을 가진 아들에 의해 살해된 아버지의 피, 그가 흘린 피를 한탄하며 울부짖었다. 여러 사실들의 비극적이고도 비참한 총합도 확고하게 제시했다. "여러분이 유능하기로 소문난 피고의 변호사로부터 어떤 말을 듣더라도"라면서 이폴리트 키릴로비치는 자제력을 잃고 이렇게 말했다. "여기서 어떤 화려하고 감동적인 말들이, 여러분의 여린 감정을 자극하는 어떤 말들이 울려 퍼지더라도, 어쨌거나 이 순간 여러분은 우리의 신성한 법의 전당에 있다는 것을 상기하십시오. 여러분이 우리의 진리의 수호자임을, 우리 성스러운 러시아, 그것의 토대들, 그것의 가족, 그것의 모든 성스러운 것의 수호자임을 상기하십시오! 그렇습니다, 여러분은 이 순간 러시아를 대표하여 이 자리에 있는 것이며, 따라서 우리의 선고는 이 법정뿐만 아니라 전 러시아를 향해 울려 퍼질 것이며 러시아 전체가 자신의 변호사이자 판관인 여러분의 말을 경청할 것이고 여러분이 내릴 선고에 기운을 얻거나 아니면 실망하게 될 겁니다. 러시아와 러시아의 기대를 괴롭히지 말아 주십시오, 우리의 숙명적인 트로이카는 어쩌면 파멸을 향해 질주하고 있는지도 모르니까요. 그리고 이미 오래전부터 러시아 전역에서는 두 팔을 내뻗어 저 무자비한 광란의 질주를 저지하자고 호소하고 있습니다. 만약 아직도 어떤 민족들이 쏜살같이 질주하는 트로이카 앞에서 길을 비켜 준다면, 그건 절대로 시인[52]이 원했던 바와 같은 존경 때문이 아니라 그냥 무서워서 그런다는 것 ── 이점을 꼭 유념하십시오. 무서워서, 아니, 어쩌면 혐오스러워서라도 일단 길을 비켜 준다면 좋은 일입니다. 하지만 자기 보호와 계몽과 문명화를 위해 갑자기 더 이상 길을 비켜 주지도 않고 오히려 그들이 질주하는 환영(幻影) 앞에 버티고 선 단단한 장벽이 되어 고삐 풀린 듯한 우리의 광란의 질주를 막을지도 모릅니다! 이런 불안의 목소리들을 우리는 이미 유럽으로부터 들었습니다. 이미 그 소리들이 울려 퍼지기 시작했습니다. 그것들을 유혹하지 말 것이며, 친부 살해를 정당화하는 선고를 내림으로써 가뜩이나 커지고 있는 그 증오를 더 증폭시키지 마십시오……!"

한마디로 말해서, 이폴리트 키릴로비치는 몹시 도취되어 있긴 했지만 그래도 논고를 비장하게 끝맺었으며 ── 그가 불러일으킨 인상이란 굉장한 것이었다. 한편 그 자신은 논고를 끝내자 서둘러 퇴정했는데, 반복하건대, 다른 방으로 들어섰을 땐 거의 졸도 일보 직전이었다. 법정에서 박수갈채를 보내진 않았지만, 그럼에도 진중한 사람들은 흡족해했다. 오직 부인네들만이 그다지 탐탁스러워하지 않았지만 어쨌거나 그들도 멋진 웅변만은 마음에 들었으며 더욱이 그들은 결과를 조금도 두려워하지 않았던 터라 모든 희망을 페츄코비치에게 걸었다. '드디어 그분이 입을 열기만 하면, 물론 모든 사람들을 무

---

52) 고골을 일컫는다.

찌를 것이다!'라는 식으로. 다들 미챠를 바라보았다. 검사의 논고가 진행되는 내내 그는 말없이 앉아서 두 손을 꽉 쥔 채 이를 악물고 고개를 떨어뜨리고 있었다. 그러다가 드물게나마 고개를 들고 귀를 기울이기도 했다. 그루셴카 얘기가 나왔을 땐 특히 그랬다. 검사가 그녀에 대한 라키친의 견해를 전달할 때는 얼굴에 경멸과 악의에 찬 미소를 띠며 상당히 잘 들릴 만큼 큰 목소리로 "베르나르들!"이라고 말하기도 했다. 이폴리트 키릴로비치가 모크로예에서 그를 심문하고 괴롭힌 일을 전할 때 미챠는 고개를 들고 무서울 정도의 호기심을 보이며 귀를 기울였다. 논고가 진행되는 동안 어떤 대목에서는 자리에서 벌떡 일어나 뭐라고 소리라도 지를 기세였지만 간신히 자제력을 발휘하여 그냥 경멸스럽다는 듯 어깨만 으쓱할 뿐이었다. 논고의 저 피날레 부분, 정확히 검사가 모크로예에서 피고를 심문할 때 보여 준 활약상에 관한 한, 이폴리트 키릴로비치도 '자기 능력을 과시하고 싶어서 안달이 났던 거야.'라는 식으로 나중에 우리 사교계의 구설수와 조롱의 대상이 되었다. 휴정이 선언되었지만, 아주 짧은 시간 십오 분, 길어야 이십 분 정도였다. 방청석에서는 이야기를 나누고 감탄을 연발하는 소리가 울려 퍼졌다. 그중 어떤 것들은 내 기억 속에도 남아 있다.

"참으로 진지한 논고였습니다!" 어느 무리에서 한 신사가 자못 인상을 쓰며 한마디 했다.

"심리 분석을 너무 남발한 감은 있어요." 다른 목소리가 울려 퍼졌다.

"하지만 그래도 모든 게 사실이 아닙니까, 격퇴할 수 없는 진리였죠!"

"그래요, 보통내기가 아닙니다."

"결론을 내려 준 셈이죠."

"우리, 우리에게도 결론을 내려 준 셈이 아닙니까." 세 번째 목소리가 합류했다. "논고의 초두에서 우리도 다들 표도르 파블로비치와 똑같다고 한 거 기억나시죠?"

"논고가 끝날 때도 그랬어요. 다만, 그의 이 말은 날조에 불과합니다."

"게다가 정확하지 못한 부분들도 있었습니다."

"자기 자신한테 좀 도취된 감도 있었어요."

"공정, 공정하지 못한 감도 있었죠."

"뭐 그래도 어쨌거나 요령이 있었어요. 이 양반, 오랫동안 쭉 기다리다가 이제야 제 할 말을 한 겁니다, 헤헤!"

"변호사는 무슨 말을 할까요?"

다른 무리에서는 이랬다.

"방금 페테르부르크 놈을 건드린 건 괜한 짓이었어요. '여린 감정을 건드리는 자들'이라는 말 기억나시죠?"

"그래요, 그 말은 좀 요령이 부족했어요."

"서두르다가 그런 것 같습니다.

"하긴 신경질적인 사람이니까요."

"사실 우리야 이렇게 웃고 있지만, 피고의 심정은 어떨까요?"

"그러게 말입니다. 미첸카는 어떤 심정일까요?"

"그나저나 이제 변호사는 무슨 말을 할까요?"

세 번째 무리에서는 이랬다.

"오페라글라스를 들고 있는 저 부인, 저 끝에 앉아 있는 뚱뚱한 부인은 누구죠?"

"저건 어느 장군 부인인데, 이혼한 여자예요, 내가 아는 사람이죠."

"어쩐지, 그래서 오페라글라스를 들고 있었군요."

"뭐 쓰레기 같은 여자죠."

"아니요, 톡 쏘는 맛이 있는 여자인걸요."

"저 여자 옆으로 두 자리 건너에 앉아 있는 금발 여자, 저 여자가 더 나은데요."

"그건 그렇고, 저들이 그때 모크로예에서 미챠를 덮친 솜씨는 정말 대단했어요, 그렇잖습니까?"

"솜씨야 정말로 대단했죠. 저렇게 또 얘기를 했잖아요. 여기 집집을 일일이 돌면서 그 얘길 그렇게 잔뜩 해 놓고선 말이죠."

"이번에도 입이 근질거려 참질 못한 거로군요. 하여간 자존심 하곤."

"모욕감에 전 사람이라니까요, 헤헤!"

"걸핏하면 모욕을 느끼는 성격이기도 하죠. 게다가 수사도 너무 화려했고 문장도 너무 길었어요."

"게다가 사뭇 위협조더군요, 유념해 둬요, 줄곧 위협조로 나왔잖아요. 트로이카 얘기 기억나시죠? '저들에겐 햄릿들이 있지만 우리에겐 아직은, 일단은 카라마조프들이 있을 뿐입니다!' 이 말은 참 대단했어요."

"이건 자유주의 쪽에 아첨을 한 겁니다. 그게 무서운 거죠!"

"변호사도 무서운 건 마찬가지일걸요."

"그래요, 페츄코비치 씨가 무슨 말을 할까요?"

"글쎄, 무슨 말을 해도 우리 지방의 꼴통 촌놈들한텐 별수 없을걸요."

"과연 그럴까요?"

네 번째 무리에서는 이랬다.

"그나저나 트로이카 얘기는 훌륭했잖소, 그 다른 민족들 얘기하는 부분 말이오."

"맞는 말이오, 다른 민족들도 가만히 기다리지만은 않을 거라고 말한 대목이지요."

"그게 무슨 말이었소?"

"지난주에 영국 의회에서 한 의원이 일어나서 니힐리스트 문제로 내각 측에 이런 질문을 던졌소. 이젠 우리 러시아처럼 야만적인 민족을 교육시키려면 자기들이 슬슬 손을 쓸 때가 되지 않았느냐, 하는 질문을 말이오. 이폴리트는 이 의원 얘기를 한 거요, 내가 알고 있는 바론 그렇소. 지난주에도 이 얘기를 했거든요."

"그 도요새 같은 영국 놈들한텐 힘들걸요."

"도요새라니요? 왜 힘들다는 거요?"

"우리는 크론슈타트[53]를 폐쇄하고 그들한테 밀 한 톨도 주지 않을 거요. 그럼, 그들이 어디서 그걸 구할 거요?"

"아메리카가 있잖소? 지금도 아메리카에서 구해요."

---

53) 핀란드만의 섬에 위치한, 당시 러시아의 주요 항구.

"말도 안 되는 소리 잘도 하시네."

하지만 종이 울리기 시작했고 다들 자기 자리로 돌진했다. 페츄코비치가 연단으로 올라왔다.

10 변호사의 변론. 양날의 칼

저명한 연사의 첫마디가 울려 퍼지자 사위가 잠잠해졌다. 법정의 시선은 온통 그에게로 쏠렸다. 그는 굉장히 직설적이고 간단명료하게, 확신에 차 있긴 하되 거만을 떠는 구석이라곤 조금도 없는 어조로 변론을 시작했다. 화려한 웅변이나 비장한 어조, 감정에 호소하는 말을 늘어놓으려는 시도는 전혀 보이지 않았다. 오히려 서로 공감대가 형성된 내밀한 무리의 사람들 사이에서 말을 꺼낸 사람 같았다. 그의 목소리는 우렁차고 멋있고 호감이 가는 것이어서, 심지어 이 목소리에서 이미 뭔가 진실되고 소탈한 것이 울려 나오는 듯했다. 하지만 다들 그 즉시, 연사가 갑자기 고양되어 진정으로 비장한 쪽으로 나갈 수 있음을——'보이지 않는 힘을 발휘하여 사람들의 마음을 울릴 수 있음'을 이해하게 됐다. 어쩌면 이폴리트 키릴로비치와 비교할 때 그의 말에 틀린 구석이 있을 순 있지만, 장황한 문장이 없어서 심지어 더 명료하기까지 했다. 그런데 부인네들의 마음에 들지 않는 것이 하나 있었다. 그건 그가 왠지 변론을 시작할 때 유달리, 그 후로도 줄곧 등을 구부리고 있었다는 점인데, 딱히 절을 하는 것도 아니건만 청중 쪽으로 돌진하듯, 날아가듯 예의 그 긴 등의 족히 절반은 구부리고 있었기 때문에, 이 길고 가는 등의 한가운데에 흡사 돌쩌귀라도 달려 있어 등을 거의 직각으로 굽힐 수 있을 것만 같았다. 변론을 시작할 때는 마땅한 체계도 없이 왠지 산만하게 이런저런 사실들을 무작위로 끌어오는 식으로 말을 이어 갔지만, 끝에 가서는 하나의 전체가 나왔다. 그의 변론은 대략 두 부분으로 나뉠 성싶었다. 전반부——그것은 기소 내용에 대한 비판이자 논박으로서 이따금씩 악의에 차 있고 신랄하기도 했다. 하지만 변론의 후반부에 이르러서는 왠지 갑자기 어조를, 심지어 자신의 논법마저도 바꾸고 단번에 비장한 쪽으로 고양됐는데, 법정 전체가 그것을 기다려 온 양 다들 환희에 차 전율하기 시작했다. 그는 곧바로 본론으로 들어갔다. 그러곤 첫마디부터, 자신의 주요 활동 무대는 페테르부르크이지만 피고를 변호하기 위해 러시아의 지방 도시를 방문한 것은 이번이 처음이 아니며 그런 경우 자신은 그 피고들의 무죄를 확신하거나 아니면 미리부터 무죄일 거라는 예감이 들었다고 말했다. "이번 경우도 저로선 마찬가지였습니다."라며 그가 설명했다. "맨 처음에 나온 어떤 신문 보도들을 접하자마자 이미 제 머릿속에서 뭔가 떠올랐는데, 그것은 피고에게 유리하게 작용할, 저로선 굉장히 충격적인 어떤 것이었습니다. 한마디로 말해서 저는 무엇보다도 어떤 법률적인 사실에, 그러니까 실제 재판 과정에서 반복되긴 하지만 제 생각으로 본 사건처럼 완전하고 도드라지게 부각된 경우는 드문 어떤 사실에 관심을 갖게 되었던 겁니다. 저로선 이 사실을 제 변론이 끝날 피날레 부분에 가서 피력하는 것이 마땅하겠지만, 그래도 서두에서부터 제 생각을 표명하도록 하겠는데, 왜냐면 극적 효과를 구태여 숨겨 두거나 극적 인상들을 아껴 두지 않고 곧장 본론으로 들어가는 것이 제 약점이기 때문입니다. 이러는 것이 제 입장에서 보자면 이해타산에 맞지 않을 수도 있지만, 대신 진실한 것이긴 합니다. 해서, 저의 생각, 저의 공식이란 바로 다음과 같은데──즉, 피고에게 불리한 사실들이 사람을 짓누를 만큼 산더미처럼 누적되어 있지만 동시에 그것들을 각기 그 자체로 살펴본다면 어느 것 하나 비판의 여지가 없는 사실이 없다는 것입니다! 소문과 신문을 계속적으로 더 추적하면서 제 생각에 점점 더 큰 확신을 품고 있던 차에, 갑자기 피고의 가족들로부터 그의 변호를 맡아 달라는 초대를 받게 됐습니다. 저는 당장 서둘러서 이곳으로 왔으며, 여기 도착한 뒤에는 이미 완전한 확신을 얻었습니다. 그리하여 저는 산더미처럼 무섭게 누적된 이 사실들을 분쇄하고 또 기소 내용을 이루는 사실들이 각각 떼 놓고 보면 증거 불충분에 환상적이기까지 하다는 점을 보여 주기 위해 이 사건의 변호를 맡게 됐습니다."

이렇게 변론을 시작한 변호사는 갑자기 언성을 높였다.

"배심원 여러분, 저는 여기서는 풋내기 같은 사람입니다. 따라서 제가 여기 와서 받은 인상에는 어떤 선입견도 개입되어 있지 않습니다. 저야 방종하고 난폭한 성격의 소유자인 피고에게서 사전에 모욕을 받은 일도 없었지만, 이 도시의 수많은 인사들이 모욕을 받았고 이 때문에 많은 이들이 미리부터 그에게 좋지 않은 편견을 갖고 있습니다. 물론, 이곳 사교계의 도덕 감정이 이렇게까지 자극을 받은 건 당연하다는 점, 저도 십분 인정합니다. 피고는 정말 고삐 풀린 듯 난폭하니까요. 그런데도 이곳 사교계에서는 그를 받아들였으며 탁월한 재능을 자랑하는 검사님 댁에서도 그는 총애를 받아 왔죠.(주의 사항. 이 말이 나오자 방청객들 사이에서는 두세 번 정도 비웃음이 터져 나왔는데, 빨리 수그러들긴 했지만 다들 그 비웃음을 들었다. 우리 도시 사람들은 전부 다 아는 일이지만, 검사는 어쩔 수 없이 미챠를 자기 집에 들이곤 했고 그 이유는 오로지 검사의 부인이 ─ 몹시 선량하고 점잖지만 쉽게 환상에 빠져들고 변덕스러운 데다가 어떨 땐 주로 하찮은 일로 남편에게 대드는 걸 좋아하는 부인이었다 ─ 왠지 미챠를 흥미진진한 사람으로 생각했기 때문이었다. 그러나 미챠가 그들 집을 방문하는 일은 상당히 드물었다.) 그럼에도 불구하고 저는 감히 다음과 같은 가정을 해 봅니다." 변호사가 계속했다. "즉, 저의 논적처럼 독자적인 식견과 공정한 성격을 지닌 사람도 저의 불행한 의뢰인에 대해 다소간 잘못된 편견을 가졌을 수는 있을 겁니다. 오, 이것은 너무도 자연스러운 일입니다. 저 불행한 사람은 사람들에게 고약한 편견을 심어 줄 만한 짓을 톡톡히 했으니까요. 또 모욕을 받은 도덕적 감정, 더욱이 미학적 감정은 이따금씩 가차 없어지는 법이죠. 물론, 우리는 모두 탁월한 재능을 자랑하는 검사의 논고를 통해 피고의 성격과 행동에 대한 엄격한 분석을 듣고 사건에 대한 엄격한 비판적 태도를 엿볼 수 있었습니다. 무엇보다도, 우리에게 사건의 본질을 설명하기 위해 심리적인 심연들을 파헤쳐 주었는데, 이는 피고의 인격에 대해 조금이라도 의도적이고 악의 섞인 편견을 지녔다면 도저히 불가능했을 만큼 날카로운 통찰이었습니다. 하지만 이와 같은 경우에는 사건에 대한 의도적이고 악의 섞인 태도보다도 더 나쁘고 심지어 더 파괴적인 것들이 있습니다. 그건 다름 아니라, 우리에게 말하자면 다소간의 예술적 유희, 예술적 창작이 생겨날 경우, 특히 우리의 능력에 천부적으로 풍부한 심리적 재능이 부여된 상태에서 말하자면 소설 창작과 같은 욕구가 생겨날 경우입니다. 페테르부르크에 있을 때부터, 이곳으로 올 채비를 할 때부터 저는 앞서 언질을 받았지만——사실 딱히 언질이 아니더라도 이곳의 논적이 심오하고 몹시 예리한 심리학자이며 아직은 젊은 우리의 법조계에서 이 자질 덕분에 이미 오래전부터 다소 특수한 명성을 누려 왔음을 알고 있었습니다. 하지만 심리학이란, 여러분, 심오한 것이긴 하지만 어쨌거나 양날의 칼과 비슷한 것입니다.(좌중에선 웃음이 일었다.) 오, 여러분, 물론 저의 이 시시한 비유를 용서해 주십시오. 좀 멋지게 말하는 데는 영 재주가 없어서요. 하지만 검사의 논고에서 처음 등장한 것으로 한 가지 예를 들겠습니다. 피고가 밤에 정원에서 담장을 넘어 도망치다가 자신의 한쪽 다리에 들러붙은 하인을 놋쇠 공이로 때려눕힙니다. 그다음엔 즉시 다시금 정원으로 뛰어내려 꼬박 오 분동안 이렇게 쓰러진 자를 붙들고 씨름하는데, 그것은 이자가 자기 손에 죽었는지 아닌지를 확인하기 위해서입니다. 자, 여기서 검사는 피고가 그리고리 노인한테로 뛰어내린 것이 동정심의 발로였다는 피고의 진술이 옳다는 것을 절대 믿으려고 하지 않습니다. '아니, 그런 순간에 그런 여린 감정이 생겨날 수 있는가, 그건 부자연스러운 일이다, 그가 뛰어내린 건 바로 자기가 저지른 악행의 유일한 증인이 살아 있는지, 죽었는지를 확인하기 위해서였다, 따라서 무슨 다른 동기나 충동, 감정으로 인해 정원으로 뛰어내렸을 리 만무한 만큼 바로 이로써 그가 이 악행을 저질렀음을 증명한 셈이다.'라는 식이죠. 바로 이게 심리 분석이죠. 하지만 바로 이 심리 분석을 취하여 사건에 적용하긴 하되 다만 다른 각도에서 그렇게 한다고 해도, 그 못지않게 그럴듯한 결과가 나올 겁니다. 살인자가 아래로 뛰어내린 것이 증인이 살아 있는지 아닌지를 확인하고자 하는 경계심에서였는데, 그런데도 지금 막 자기가 살해한 아버지의 방에 검사 자신의 증언에 의할 때 피고 자신에게 그토록 불리한 중대한 증거인 찢어진 돈 봉투를, 그 안에 3000루블이 들어 있었다고 쓰인 봉투를 그대로 내버려 뒀습니다. '만약 그가 이 봉투를 가져갔다면, 이 세상의 누구도 그 봉투가 있었고 존재했으며 그 안에 돈이 들어 있었음을, 따라서 그 돈이 피고에 의해 강탈당했음을 몰랐을 것이다.' 이것은 검사 자신의 말씀이올시다. 자 이렇듯, 보시다시피, 어떤 한 가지 일엔 경계심이 부족했던 사람이 앞뒤를 잃고 경악한 나머지 마룻바닥에 증거물을 내버려 둔 채 도망쳤는데, 고작 이 분쯤 뒤에 다른 사람을 때려죽이자 이제는 즉시 경계심이라는 가장 무정하고 이해타산적인 감정이 얼씨구나, 하고 나타납니다. 하지만 그렇다고 칩시다, 정말로 그랬다고 치죠. 바로 이것이 심리학의 미묘한 지점일 테니, 즉 이런 상황에선 방금까지만 해도 캅카스의 독수리처럼 피에 굶주려 명민함을 발휘하다가 한순간만 지나면 시시껄렁한 두더지처럼 눈먼 겁쟁이가 되어 버린다는 거죠. 하지만 만약 내가 살인을 저지르고 나서 그저 나를 음해할 증인이 살아 있는지 아닌지를 살펴보기 위해 뛰어내릴 정도로 피에 굶주려 있고 잔혹할 정도의 이해타산에 사로잡혀 있었다면, 무엇 하러 나의 이 새로운 희생양을 붙든 채 꼬박 오 분씩이나 씨름하고 더욱이 새로운 증인을 양산할 짓을 했을까요? 나중에 이 손수건이 나에게 불리한 증거가 될 수도 있건만, 무엇 하러 쓰러진 자의 머리의 피를 닦느라 손수건을 적셨을까요? 천만에요, 만약 우리가 그렇게까지 이해타산에 사로잡혀 몰인정했더라면, 오히려 아래로 뛰어내린 뒤 바로 그 놋쇠 공이로 쓰러진 하인의 머리를 그냥 한 번만 더 내리쳐 완전히 죽여 놓음으로써 증인을 박멸하고 마음속에서 온갖 불안을 훌훌 떨쳐 버리는 편이 차라리 낫지 않았을까요? 그리고 끝으로, 나는 나에게 불리한 증인이 살았는지 죽었는지를 확인하려고 뛰어내린 뒤 또 다른 증거인 이 놋쇠 공이를 바로 거기, 길바닥에 던져 두는데, 그것은 두 여성의 집에서 가져온 것인지라 나중에 그 두 여성이 언제든 이건 자기들 것이다, 이건 자기들 집에서 가져간 것이다, 하고 증언할 게 뻔한 노릇입니다. 더욱이 그 놋쇠 공이는 길바닥에서 잊어버린 것도 아니고, 즉 정신이 없고 어리벙벙한 상태에서 그만 떨어뜨린 것도 아닙니다. 오히려 우리는 그 흉기를 말 그대로 내던진 것입니다. 왜냐면 그것이 발견된 지점은 그리고리가 쓰러져 있던 장소에서 오십 보쯤 떨어진 곳이었으니까요. 도대체 무엇을 위해서 이런 짓을 했을까? 하는 의문이 생깁니다.

그러니까 바로 사람을, 늙은 하인을 죽였다는 생각에 마음이 쓰라렸기 때문에 신경질이 나서 저주를 퍼부으며 살인 흉기인 공이를 내던진 것입니다. 그렇지 않고서야 그렇게 힘껏 휘둘러 내던졌을 이유가 없지 않습니까? 만약 사람을 죽여 놓고서 고통과 동정을 느낄 수 있었다면, 그건 물론 아버지를 죽이지 않았다는 소리입니다. 아버지를 죽였다면 동정심 때문에 저렇게 쓰러진 다른 사람한테로 뛰어내리지는 않았을 것입니다. 그 경우에는 이미 다른 감정이 작용했을 것이고, 그땐 동정심이 아니라 자기 몸을 지키는 것이 문제였을 테지요, 물론 그랬을 겁니다. 반복하건대, 그를 붙잡고 오 분씩이나 씨름하기는커녕 오히려 그의 두개골을 확실히 박살 냈을 겁니다. 동정심과 선량한 감정을 위한 자리가 있었다 함은 그에 앞서 양심이 깨끗했기 때문입니다. 자, 고로 이젠 완전히 다른 심리 분석이 나옵니다. 배심원 여러분, 제가 지금 일부러 심리 분석에 의지한 것은 그런 식으로 하면 아무 결론이나 되는대로 도출해 낼 수 있다는 것을 여실히 보여 주기 위해서입니다. 그러니까 문제는 그 심리 분석이 누구의 수중에 들어가 있느냐, 하는 것이죠. 심리 분석을 하다 보면 아주 진지한 사람들조차도 소설을 쓸 위험에 놓이며, 이건 참으로 어쩔 수 없는 일입니다. 저는 지금 도가 지나친 심리 분석에 대해, 배심원 여러분, 그것의 다소간의 오용에 대해 말하고 있는 겁니다."

여기서 또다시 방청석에선 찬성의 웃음소리가 나왔으니, 한결같이 검사를 겨냥한 것이었다. 나는 변호사의 변론을 전부다 자세히 인용하지는 않고 그중 몇몇 부분, 아주 중요한 몇몇 대목만을 옮겨 놓도록 하겠다.

11 돈은 없었다. 강도질도 없었다

변호사의 변론 중 심지어 모든 사람들에게 충격을 안겨 준 대목이 있었으니, 바로 그 숙명적인 3000루블의 존재를, 따라서 그것의 강탈 가능성을 완전히 부정한 것이었다.

"배심원 여러분." 하고 변호사가 변론을 시작했다. "본 사건에 대해 어떤 선입견도 지니지 않은 초심자라면 누구나 충격을 받을 만한 아주 두드러지는 특성이 하나 있습니다. 다름 아니라, 강탈 혐의를 논하고 있긴 하지만, 이와 동시에 정확히 무엇이 강탈되었는가를 지시할 만한 가능성이 사실상 없다는 점입니다. 돈이, 그것도 정확히 3000이 강탈되었다고 하지만——그것이 정말로 존재했는지, 이 점을 아무도 모른다는 거죠. 한번 판단해 보십시오. 첫째, 3000루블이 있었다는 것을 우리가 어떻게 알게 됐으며 누가 그것을 보았습니까? 그 돈을 직접 봤고 그것이 메모가 쓰인 봉투 속에 들어 있다고 일러 준 사람은 오직 하인 스메르쟈코프 하나뿐입니다. 그가 참극이 일어나기 전에 이 정보를 피고와 피고의 동생인 이반 표도로비치에게 알려 주었습니다. 스베틀로바 양도 들어서 알게됐습니다. 하지만 이 세 인물 모두 이 돈을 직접 본 적은 없고, 직접 본 자는 역시나 오직 스메르쟈코프뿐인데, 그렇다면 저절로 질문이 생깁니다. 만약 그 돈이 정말로 있었고 스메르쟈코프가 그것을 본 것이 사실이라면, 그가 그것을 마지막으로 본 것은 언제일까요? 만약 주인 나리가 이 돈을 침대에서 꺼내 그에겐 말하지 않고 다시 보석함에 넣어 두었다면 어떻게 되는 겁니까? 유념해 두십시오, 스메르쟈코프의 말에 따르면 돈은 침대 밑, 그러니까 이부자리 밑에 있었다고 합니다. 그렇다면 피고는 그것을 이부자리 밑에서 꺼냈어야 되지만, 사실 침대는 조금도 구겨져 있지 않았으며 이 점에 대해서는 조서에도 꼼꼼하게 기록되어 있습니다. 어떻게 피고는 침대를 조금도 구기지 않을 수 있었으며 더욱이 이번 기회에 일부러 말끔하게 새로 깔아 놓은 얇은 침대보를 피범벅이 된 손으로 더럽히지 않을 수 있었을까요? 하지만, 마룻바닥에 떨어진 봉투는 어쩔 거냐? 하고 말할 사람도 있을 테죠. 바로 이 봉투야말로 일별을 요하는 것입니다. 사실, 전 아까 탁월한 재능을 자랑하는 검사가 이 봉투 얘기를 꺼냈을 때 다소 놀라기까지 했습니다. 검사는 논고를 펼치는 도중에 자기 입으로——들리십니까, 여러분, 자기 입으로 그랬단 말입니다——스메르쟈코프가 살인을 저질렀다는 가정이 얼마나 터무니없는지를 지적하는 대목에서 봉투에 대해 '이 봉투가 없었더라면, 즉 강도가 그것을 마룻바닥에 증거물로 남겨 두지 않고 그냥 가져가 버렸다면, 이 세상의 그 누구도 봉투가 존재했고 그 안에 돈이 있었다는 것을, 고로 돈이 피고에 의해 강탈당했다는 것을 몰랐을 것이다.'라고 선언하지 않았습니까. 이렇듯, 글귀가 적힌 이 찢어진 종잇조각이, 심지어 검사도 인정하는바, 피고의 강도 혐의를 입증하는 유일무이한 증거가 되며 '이것이 없었다면 강도질이 있었음을, 어쩌면 돈이 있었다는 사실 자체를 아무도 몰랐을 것'이 되는 겁니다. 하지만 정녕, 이 종잇조각들이 마룻바닥에서 뒹굴고 있었다는 사실 하나만으로 그 안에 돈이 들어 있었고 이 돈이 강탈당했다는 것이 입증됩니까? '하지만 봉투 안에 돈이 들어 있는 걸 스메르쟈코프가 보았다.'라고 대답할 테지만, 바로 이 점을 저는 문제 삼는 것입니다. 그가 그걸 마지막으로 본 것이 언제, 대체 언제란 말입니까? 저도 스메르쟈코프와 얘기를 나눠 봤지만, 그는 저한테 그 돈을 본 것이 참극이 발발하기 이틀 전이었다고 말하더군요! 그렇다면 제 입장에선 응당 다음과 같은 정황을 가정해 볼 수 있겠죠. 즉, 예를 들어 표도르 파블로비치 노인이 집에 틀어박혀 히스테리가 날 정도로 초조한 심정으로 연인을 기다리다가 마땅히 달리 할 일이 없어서라도 갑자기 돈 봉투를 꺼내 뜯어 봤을 수도 있다는 겁니다. '봉투 따위론 믿음이 가지 않을지도 모르니까 서른 장의 무지갯빛 지폐 한 다발을 통째로 그녀에게 보여 주자, 아마 이게 더 큰 효과를 발휘할 거야, 침을 질질 흘릴 테지.' 자, 그러곤 봉투를 찢어 돈을 꺼낸 뒤 자기가 주인이니까 여봐란듯이 힘차게 봉투를 마룻바닥으로 내던지는데 물론, 증거가 남을까 봐 신경 쓸 이유는 하나도 없죠. 들어 보십시오, 배심원 여러분, 이런 가정, 이런 사실이야말로 정말 가능성 있는 것이 아닐까요? 이것이 왜 불가능하단 말입니까? 만약 이와 같은 일이 뭐라도 일어날 수 있었다면, 강탈 혐의는 저절로 없어지게 됩니다. 돈은 없었고, 따라서 강도질도 없었던 것이죠. 만약 봉투가 마룻바닥에 있었던 것이

488

그 안에 돈이 있었다는 증거가 된다면, 그 반대의 경우를, 즉 봉투가 마룻바닥에서 뒹군 것은 바로 그 안엔 진작부터 돈이 없었기 때문이고 그건 주인이 미리 꺼냈기 때문이다, 하고 주장하지 못할 이유가 없지 않습니까? 하지만 '그건 그렇다고 쳐도 그런 경우라면, 즉 표도르 파블로비치가 직접 봉투에서 돈을 꺼냈다면 대체 그 돈은 어디로 사라졌는가, 그 집을 수색했을 때 왜 발견되지 않았는가?'라고 반문할 수 있겠죠. 첫째, 그의 보석함에서 돈의 일부가 발견되었으며, 둘째, 그가 아침이나 심지어 그 전날 밤에 돈을 꺼내서 어디다 지불하거나 송금을 하는 등 다른 식으로 처리했을 수도 있고, 끝으로, 스메르쟈코프에겐 미리 알릴 필요가 전혀 없다고 생각하고서 자기 나름의 근거에 기대어 자신의 생각이나 자신의 행동 계획을 바꿨을 수도 있잖습니까? 아니, 이런 가정을 해 볼 수 있는 가능성이나마 존재한다면, 어떻게 그렇게 집요하고도 확고하게 피고를 범인으로 몰면서 돈을 훔치기 위해 살인을 저질렀고 진짜로 돈도 훔쳐 갔노라고 할 수 있겠습니까? 아닌 게 아니라 우리는 이런 식으로 소설의 영역에 들어서는 겁니다. 정말이지 어떤 물건을 강탈당했다고 주장하려면, 그 물건을 제시하든지 최소한 그것이 존재했다는 사실을 확실하게 입증해야 되는 법입니다. 하지만 그것을 본 사람이 숫제 아무도 없잖습니까. 얼마 전 페테르부르크에서 거의 소년이나 다름없는 열여덟 살의 젊고 누추한 노점상 하나가 백주 대낮에 도끼를 들고 환전상에 들어가서 이례적이면서도 전형적인 대담성을 발휘하여 상점 주인을 죽이고 1500루블의 돈을 가져갔습니다. 다섯 시간쯤 뒤에 체포되었는데, 그는 이미 써 버린 15루블을 빼고는 그 1500루블을 모두 갖고 있었습니다. 그 밖에도, 살인 사건 이후 상점으로 돌아온 점원이 도난당한 돈의 액수뿐만 아니라 그 돈이 정확히 어떤 것이었는가, 즉 무지갯빛 지폐가 몇 장, 푸른빛 지폐가 몇 장, 금화가 몇 닢에 정확히 어떤 상태였는지를 경찰에 알렸고, 체포된 살인범한테서는 정확히 똑같은 돈과 동전이 나왔습니다. 더욱이 이 일이 있고 나자 살인범도 자기가 죽이고 그 돈을 가져갔노라고 솔직한 심정으로 죄다 자백했습니다. 바로 이런 것을, 배심원 여러분, 저는 증거라고 부릅니다! 이 경우엔 제가 그 돈을 알 수 있고 눈으로 볼 수 있고 또 손으로 만져 볼 수 있기 때문에 그것이 없다든가 혹은 없었다고 말할 수 없습니다. 본 사건의 경우는 과연 그렇습니까? 그나저나 정말이지 이건 인간의 운명, 생사와 관련된 문제입니다. '그렇다고 치더라도, 바로 그날 밤 그가 술판을 벌여 돈을 왕창 써 버렸건만 그에게서 1500루블이 발견되었다──그럼 이 돈은 어디서 난 것인가?'라고 하겠지요. 하지만 바로 이 때문에, 즉 겨우 1500루블만 나오고 나머지 절반의 금액은 아무리 뒤져도 나오지도, 발각되지도 않았기 때문에 이 돈은 전혀 다른 돈, 그러니까 그 어떤 돈 봉투에도 들어간 적이 없는 돈일 수 있다는 사실이 증명되는 것입니다. 하지만 시간상으로(그리고 매우 엄밀히 따져서 말이죠.) 예심에서도 확인되고 증명된바, 피고는 하녀들한테 갔다가 달려 나와 관리 페르호친을 찾아갔다가 자기 집은 물론이고 아무 데도 들르지 않고 이후부터 줄곧 사람들과 함께 있었고,

고로 3000 중 절반을 떼 내어 시내 어딘가에 숨겼을 리는 없습니다. 바로 이러한 생각 때문에 검사는 돈이 모크로예 마을 어딘가에서 틈바구니에 숨겨졌을 것이라고 가정했던 겁니다. 아니, 차라리 우돌포성(城)⁵⁴⁾의 지하실에 감추어 둔 건 아닐까요, 여러분? 말하자면 이런 가정은 상당히 환상적이고 낭만적이라는 거죠. 해서, 유념해 두십시오, 이 한 가지 가정——즉, 모크로예에서 돈을 숨겼다는 가정만 사라져도 강탈 혐의 자체가 완전히 공중에 분해됩니다. 그러니까 그 경우엔 대체 어디서, 대체 어느 곳에 이 1500을 숨겼단 말입니까? 피고가 아무 데도 들르지 않았음이 증명되었다면, 대체 무슨 기적이 일어나 그 돈들이 사라져 버렸단 말입니까? 이런 소설들을 남발해서 우리는 한 인간의 생명을 파멸시킬 준비를 하는 셈이 아닙니까! '어쨌거나 그는 자기 수중에 있던 이 1500이 어디서 난 것인지 설명하지 못했고, 그 밖에도 그날 밤까지 그에겐 돈이 없었다는 건 누구나 다 아는 사실이다.'라고 말할 사람도 있겠지요. 그런데 대체 누가 이걸 알았다는 거죠? 어쨌거나 피고는 돈이 어디서 났는지를 분명하고 확고하게 진술했고, 배심원 여러분, 정 그러시다면 말씀드리겠는데——이 진술보다 더 신빙성 있는 건 결코 있지도 않았고 또 있을 수도 없으며, 더욱이 이거야말로 피고의 성격과 그 영혼에 가장 잘 부합되는 겁니다. 하지만 검사 측으로선 자신의 소설이 마음에

---

54) 19세기 전반(前半)에 러시아에서 큰 인기를 누린 영국의 여성 작가이자 '고딕소설의 여왕'이라 불리는 앤 래드클리프의 대표 소설 『우돌포 성의 비밀』의 공간적 배경.

들었던 것입니다. 가뜩이나 의지력이 약한 데다가 약혼녀가 제안한 3000을 그런 치욕을 무릅쓰고 착복하기로 결심한 사람이라면 절반을 떼어 내서 부적 주머니 속에 기워 넣었을 리 없다, 오히려, 설령 그렇게 기워 넣었다고 할지라도 이틀마다 한 번씩 뜯어 100루블씩 야금야금 꺼냈을 테고 이런 식으로 한 달 안에 죄다 써 버렸을 것이다, 하는 거죠. 이 모든 얘기가 어떤 반박도 허용하지 않는 어조로 진술되었음을 기억해 주십시오. 하지만 상황이 여러분이 창조한 소설과 전혀 달랐다면, 그 소설 속 인물이 전혀 딴판이었다면 어떻게 될까요? 문제는 전혀 엉뚱한 인물을 창조했다는 것, 바로 그것입니다! 어쩌면 '그가 사건이 일어나기 한 달 전 베르호프체바 양에게서 착복한 이 3000을 모크로예 마을에서 죄다 한꺼번에 1코페이카 다루듯 탕진했다고 말하는 증인들이 있는 만큼, 거기서 절반을 떼어 놓았을 리는 없다.'라는 반박이 쏟아져 나올 수도 있겠죠. 하지만 이 증인들이란 도대체 누구입니까? 이 증인들의 신빙성이 어느 정도인가는 이 법정에서 이미 드러났습니다. 그 밖에도, 남의 떡은 언제나 커 보이는 법입니다. 끝으로, 이 증인들 중 이 돈을 직접 세 본 사람은 아무도 없고 다들 그저 눈짐작으로 판단했을 뿐입니다. 아닌 게 아니라 증인 막시모프는 피고의 수중에 있던 돈이 2만이었다고 진술했습니다. 그러니까 여러분, 심리 분석이란 양날의 칼과 같은 것인 만큼 이제 제가 그걸 다른 각도에서 적용해 볼 테니까 어떤 결과가 나올지 어디 한번 봅시다.

참극이 있기 한 달 전, 피고는 베르호프체바 양에게서

3000루블을 송금해 달라고 부탁받았는데, 곧 의문이 생깁니다. 즉, 조금 전에 선언된 것처럼 그와 같은 치욕과 굴욕 속에서 돈이 위임된 것이 과연 옳은 일입니까? 이 문제에 관한 베르호프체바 양의 첫 번째 증언에서는 그렇지 않다는, 전혀 그렇지 않다는 결론이 나왔습니다. 한편 두 번째 증언에서 우리가 들은 것은 그저 분함과 복수의 외침, 오랫동안 숨어 있던 증오의 외침뿐이었습니다. 하지만 증인이 일단 첫 번째 증언에서 불확실한 증언을 했다 함은 곧 우리로 하여금 두 번째 증언 역시도 불확실할 수 있다는 결론을 내릴 권리를 주는 셈입니다. 검사는 이 로맨스는 건드리고 '싶지도 않고 감히 그러지 못하겠다.'(이건 그 자신의 말입니다.)라고 했습니다. 이건 그렇다 치고 저 역시도 건드리지 않겠습니다만, 그래도 꼭 지적하고 싶은 점이 있습니다. 즉, 베르호프체바 양처럼 순결하고 덕망이 높으신 여성이, 존경을 한 몸에 받고 있는 저 여성이 대놓고 피고를 파멸시킬 목적으로 갑자기 단번에 자신의 첫 법정 증언을 번복했다면, 그녀의 그 증언이 공평하고 냉철한 것이 못 된다는 것입니다. 정녕 복수심에 불타는 여성이 자칫 많은 걸 과장했을 수 있다고 단정 지을 권리마저도 우리에겐 없단 말입니까? 그렇습니다, 다름 아니라, 그녀는 돈이 제안되었을 때의 그 수치와 치욕을 과장했던 겁니다. 실은 그와 정반대로, 그 돈은 정확히 상대가 받아들일 수 있는, 특히 우리의 피고처럼 경솔한 사람의 입장에서는 충분히 받아들일 수 있는 방식으로 제안되었습니다. 무엇보다도, 그 무렵 그는 자신의 계산에 의하면 3000은 족히 되는 빚을 아버지한테서 곧 받을 수 있을 걸로 생각하고 있었습니다. 이건 경솔한 생각이었지만, 바로 이 경솔함 때문에 그는 아버지가 자기한테 돈을 줄 테고 그걸 받기만 하면 곧 언제든지 베르호프체바 양이 자기한테 위임한 돈을 송금하고 이로써 빚도 청산할 수 있다, 하고 굳게 믿었던 겁니다. 하지만 검사는 그가 그날, 즉 혐의가 짙은 그날 자기가 받은 돈 중 절반을 떼 내어 부적 주머니 속에 꿰매 넣었을 수 있다는 사실을 절대 인정하려 들질 않습니다. '그런 성격의 소유자가 아니다, 그런 감정을 가졌을 리 만무하다.'라는 것이죠. 하지만 카라마조프는 넓다고 외쳤으며 또 카라마조프는 두 개의 극단적인 심연을 관조할 수 있노라고 외친 건 다름 아닌 검사였습니다. 카라마조프는 정말로 천성상 두 측면, 두 심연을 아우르기 때문에, 거나하게 술판을 벌이고 싶은 욕망이 자제할 수 없을 만큼 치밀어 오를 때조차도 뭔가가 다른 측면에서 그에게 충격을 준다면 즉각 발길을 멈출 수 있습니다. 그 다른 측면이란——바로 사랑, 그 당시 화약처럼 불타오른 새로운 사랑인 것이며 이 사랑을 위해서는 돈이 필요합니다. 오, 필요하다마다요! 이 연인과 거나한 술판을 벌이기 위해서도 필요하지만, 그보다 훨씬 더 필요한 데가 있습니다. 만약 그녀가 '난 당신 거야, 표도르 파블로비치는 싫어.'라고 말하면 그는 그녀를 데리고 어디론가 가야 할 텐데——그러려면 데려갈 돈이 있어야 될 거 아닙니까. 이것이 술판을 벌이는 것보다 더 중요하죠. 카라마조프가 이걸 몰랐을 리가 있겠습니까? 바로 이 때문에, 이 근심 때문에 가슴앓이를 했던 것인데——그렇다면 그가 만일의 경우를 대비해 이 돈을 따로 떼 내어 숨겨 둔 것이 왜 그럴듯하지 않다는 겁니까? 그나저나 시간은 자꾸만 흘러가고 표도르 파블로비치는 피고에게 3000을 내주기는커녕 오히려 바로 그 돈을 자기 연인을 유혹하는 데 쓰기로 결정했다는 소문이 들려옵니다. 그는 '표도르 파블로비치가 돈을 주지 않으면 나는 카체리나 앞에서 도둑놈이 되고 만다.'라고 생각합니다. 그러자 그의 머릿속에서는 자기가 계속 이 부적 주머니에 담고 다닌 이 1500을 베르호프체바 앞에 가서 내놓고 '나는 비열한 놈이긴 하지만 도둑놈은 아니다.'라고 말하자, 하는 생각이 꿈틀거립니다. 자, 그리하여 바로 여기서 이미 부적을 뜯어 100루블씩 꺼내기는커녕 오히려 이 1500을 눈동자처럼 소중히 간직해야 하는 이중의 이유가 생깁니다. 무엇 때문에 여러분은 피고가 명예심을 가질 수 없다고 생각하십니까? 천만에요, 그는 명예심을 갖고 있습니다. 설사 옳지 못한 것일지라도, 설사 몹시 자주 잘못을 범할 수 있는 것일지라도 분명히 명예심을, 그것도 열정적일 정도로 강렬한 명예심을 갖고 있으며, 그는 이것을 입증해 주었습니다. 하지만 보시다시피, 그럼에도 사태가 더 복잡해지고 질투의 고통이 극에 달하자, 이전의 두 가지 문제가 가뜩이나 열에 들뜬 피고의 뇌 속에서 점점 더 고통스럽게 부각됩니다. '이 돈을 카체리나 이바노브나한테 줘 버리면, 무슨 돈으로 그루셴카를 데려간단 말인가?' 만약 그가 요 한 달 내내 정신을 잃을 만큼 폭음을 하고 온 술집을 돌며 난동을 부렸다면, 그건 바로 스스로가 너무 괴로워 참을 수가 없었기 때문이었을 겁니다. 이 두 가지 문제가 마침내 너무나 첨예하게 부각되자 마침내 그는 절망에 빠져 버렸습니다. 작은동생을 아버지한테 보내 마지막으로 이 3000을 부탁해 보았지만 대답을 채 듣기도 전에 직접 집으로 달려 들어가 가족이 빤히 보는 앞에서 노인을 구타하는 지경에까지 이르렀습니다. 이렇게 된 마당엔 이미 아무한테서도 돈을 받을 수가 없었습니다. 구타까지 당한 아버지가 돈을 줄 리 만무하니까요. 바로 그날 저녁 그는 자기 가슴을, 정확히 그 부적 주머니가 달려 있던 가슴의 윗부분을 두드리면서 자기는 비열한 놈이 되지 않을 수 있는 수단을 갖고 있다, 하지만 결국엔 어쨌거나 비열한 놈으로 남을 것이다, 왜냐면 정신력도 부족하고 강단도 부족하여 어차피 그 수단을 사용하지 않으리라는 걸 자기가 훤히 알기 때문이다, 하고 동생에게 단단히 못 박아 두는 거죠. 왜, 왜 검사 측은 알렉세이 카라마조프가 그토록 순수하고 진실하게, 그토록 즉흥적이고도 그럴듯하게 제시한 증언을 믿지 않는 겁니까? 왜, 정반대로, 저로 하여금 돈이 어디 틈바구니에, 우돌포 성의 지하실에 있노라고 믿게끔 강요하는 겁니까? 그날 저녁, 동생과 대화를 나눈 뒤 피고는 이 숙명적인 편지를 쓰고, 바로 이 편지가 피고의 강도 혐의를 입증할 가장 중요하고도 가장 어마어마한 증거가 된 것입니다! '모든 사람들한테 부탁해 보겠지만 아무도 주지 않을 경우엔, 이반이 떠나 주기만 한다면 아버지를 죽이고 이부자리 밑, 장밋빛 리본으로 묶은 봉투에 든 걸 가져가겠다.' 그야말로 완벽한 살인 프로그램입니다, 정말 그가 아니면 달리 누구겠습니까? '쓰인 대로 행해졌습니다!' 검사 측은 이렇게 외칩니다. 하지만 첫째, 이 편지는 취중에 신경이 끔찍할 정도로 날카로워진 상태에서 쓰인 것입니다. 둘째, 이번에도 그가 봉투를 직접 본 적이 없기 때문에 봉투 얘기는 스메르쟈코프의 말을 듣고 썼을 뿐입니다. 셋째, 쓴건 그렇게 썼다고 치더라도, 쓰인 대로 행해졌다는 건 무엇으로 증명할 수 있습니까? 피고가 정말로 베개 밑에서 봉투를 꺼내긴 했습니까, 돈을 발견하긴 했습니까, 심지어 그것이 정말로 존재하긴 했던 겁니까? 더욱이, 피고가 과연 돈을 훔치러 그렇게 달려갔던 겁니까, 제발 상기해 주십시오! 그가 쏜살같이 달려갔던 것은 돈을 훔치기 위해서가 아니라 그저 그 여성이, 그를 괴롭혀 온 그녀가 어디에 있는지를 알아내기 위해서였습니다. 고로, 프로그램에 따라, 쓰인 것에 따라, 다시 말해 미리 계획한 강도질을 위해서 달려간 것이 아니라 느닷없이, 돌발적으로 질투에 휩싸여 앞뒤를 잃고 달려갔던 것입니다! '그렇다 치더라도 어쨌거나 달려가서 살인을 하고 돈도 가로챘다.'라고 말할지도 모르겠습니다. 하지만, 끝으로, 그리하여 정말로 그가 죽인 겁니까, 예? 강도 혐의에 대해서라면 저는 분노를 느끼며 거부하는 바입니다. 무엇이 강탈되었는지를 정확히 명시할 수 없다면 강도 혐의를 씌울 수 없습니다, 이건 공리입니다! 하지만 정말로 그가 죽인 겁니까, 돈은 훔치지 않고 죽인 겁니까? 이것은 증명되었습니까? 이것마저도 소설에 불과한 건 아닐까요?"

12 게다가 살인도 없었다

"그런데 배심원 여러분, 이것은 사람의 목숨과 관련된 문제이니만큼 보다 더 신중해야 합니다. 우리가 듣기론, 검사 측도 마지막 날까지, 재판이 열리는 오늘까지도 피고가 미리부터 작정을 하고 꼼꼼하게 살인을 계획했다는 단정을 내릴 수 없어 주저했노라고, 바로 이 치명적인 '취중' 편지가 오늘 법정에 제시되기 전까지도 주저했노라고 증언했습니다. '쓰인 대로 행해졌습니다!' 하지만 다시금 반복하건대, 그가 달려간 건 그녀를 보기 위해, 그녀를 찾기 위해, 오로지 그녀가 어디에 있는지를 알아내기 위해서였습니다. 정말이지 이건 확고부동한 사실이 아닙니까. 그녀가 집에 있었더라면 그는 아무 데도 안 가고 그녀가 있는 곳에 머물렀을 것이며 편지에서 약속한 것을 실행에 옮기지 않았을 겁니다. 그는 돌발적으로 느닷없이 뛰어갔으며 자신의 '취중' 편지에 대해선 그 당시 숫제 기억도 못 했습니다. '공이를 집어 들었다.'라고 하는데, 이 공이 하나에서 그야말로 한 편의 완벽한 심리 분석이 도출된 것을 여러분은 기억하실 겁니다. 그가 왜 이 공이를 흉기로 받아들일 수밖에 없었던가, 왜 그것을 흉기로 생각하여 집어 들었던가 등등의 심리 분석 말입니다. 여기서 제 머릿속으로 아주 평범한 생각 하나가 떠오릅니다. 만약 이 공이가 눈에 잘 띄는 장소, 즉 피고가 손쉽게 집어 들 수 있었던 선반이 아니라 장롱 속에 곱게 보관되어 있었더라면 어땠을까요?——아닌 게 아니라 그때 공이가 피고의 눈에 들어오지 않았다면 그는 흉기 없이 빈손으로 달려 나갔을 것이고, 자, 그렇다면 아마 아무도 죽이지 않았을 것입니다. 그럼, 대체 어떻게 제가 이 공이를 놓고 피고가 처음부터 작정을 하고 흉기를 마련했다는 결론을 내릴 수 있겠습니까? 그건 그렇지만, 그는 술집을 돌며 아버지를 죽이겠다고 외쳤고 범행 이틀 전 저녁, 즉 자신의 편지를 쓴 날 저녁엔 술집에서 조용하게 있다가 그저 어느 상인의 점원과 말다툼을 했을 뿐이라고 하셨죠. '왜냐면 카라마조프는 말다툼을 하지 않고는 못 배기는 성격이니까요.' 하지만 저는 이것에 대해, 그가 이렇게 살인을 저지를 생각이었다면, 더욱이 계획대로, 쓰인 대로 실행에 옮길 생각이었다면 분명히 그 점원과도 말다툼을 하지 않았을 것이고, 숫제 술집에 들어가지도 않았을 것이라고 대답하겠습니다. 원래 속으로 그런 일을 계획한 사람은 남들이 자기를 보지도, 듣지도 못하게 하기 위해 조용하고 한적한 곳을 찾고 아예 자취를 감출 궁리를 하는 법이니까요. '가능하다면 나를 잊어 주시오.'라는 식으로 나오는 건 무슨 계산에 의해서가 아니라 본능에 따른 것입니다. 배심원 여러분, 심리 분석은 양날의 칼과 같기 때문에 우리도 심리 분석을 이해할 능력쯤은 있습니다. 피고가 요한 달 내내 그렇게 술집을 돌며 떠들어 댄 것은 어린아이들이나 술에 취한 사람들이 술집을 나와 서로들 싸우며 '내 네놈을 죽일 테다.'를 비롯하여 별별 소리를 다 외치는 것과 다를 바 없는데, 그렇게 해 놓고서 실제로 죽이는 일은 없잖습니까. 게다가 바로 이 치명적인 편지 말인데——이 역시도 취중에 신경질이 나서 쓴 것에 지나지 않으니, 술집에서 흘러나오는 외침, 즉 죽일 테다, 네놈들을 죄다 죽일 테다! 등과 뭐가 다릅니까. 왜 그렇지 않단 말입니까, 왜 그럴 수 없단 말입니까? 왜 이것이 치명적인 편지가 되는 겁니까, 왜, 정반대로, 이것이 웃기는 것이 아니란 말입니까? 그건 정확히 살해된 아버지의 시체가 발견되었기 때문이며, 피고가 무장한 채 정원에서 도망치는 것을 한 증인이 보았기 때문이며, 그 증인 자신이 피고에 의해 쓰러졌기 때문이며, 따라서 모든 것이 쓰인 대로 행해진 것이 되고 바로 이 때문에 이 편지는 웃기는 것이 아니라 치명적인 것이 된 것입니다. 다행스럽게도, 우리는 '정원에 있었던 이상, 곧 그가 죽인 것이다.'라는 지점에 도달했습니다. 있었던 이상, 반드시 곧이라는 이 두 마디에 의해 모든 것이 해소되는데——즉, 모든 기소 내용이 '있었던 이상, 곧 그렇고 그런 것이다.'라는 식이죠. 하지만, 설사 정원에 있었다고 할지라도 곧이 되는 게 아니라면 어쩌겠습니까? 오, 저도 동의하지만, 여러 사실들의 총합과 그 일치가 정말로 상당히 휘황찬란합니다. 하지만 그래도 이 모든 사실들, 그것들의 총합에 압도되지 말고 하나씩 따로따로 살펴보십시오. 검사 측은 왜, 예컨대 아버지의 창문 앞에서 달아났다는 피고의 진술이 옳다는 것을 절대 인정하지 않으려 합니까. 갑자기 살인자에게 깃든 공손함과 '경건한' 감정에 관해 검사 측이 신랄한 공격을 가한 것을 기억해 주십시오. 하지만 여기에 정말로 그와 같은 뭔가가 있었다면, 즉 공손한 감정은 아닐지라도 경건한 감정이 있었다면 어쩌겠습니까? 피고는 예심에서 '필경 그 순간 어머니가 저를 위해 기도를 해 주셨던 겁니다.'라고 진술하고 있습니다. 바로 그래서 그는 스베틀로바가 아버지 집에 없다는 확신이 서자마자 도망친 것입니다. '하지만 창문 너머로 봐서는 제대로 확신할 수 없었다.'라고 검사 측은 반박합니다. 하지만 왜 그럴 수 없었다는 거죠? 어쨌거나 피고가 신호를 보내자, 창문이 열리지 않았습니까. 그러고서 표도르 파블로비치는 뭐라고 말을 한마디 하든지 뭐라고 외치든지 해서 스베틀로바가 거기 없다는 걸 피고가 갑자기 확인할 수 있도록 해 주었을 겁니다. 왜 우리는 꼭 자기가 상상하는 대로, 자기가 상상하고 싶은 대로만 모든 걸 가정하는 겁니까? 실제 현실 속에는 가장 섬세한 소설가가 관찰을 하더라도 놓칠 수 있는 것들이 1000개는 족히 될 겁니다. '그건 그렇다고 해도, 그리고리는 문이 열려 있는 것을 보았고, 고로 피고는 분명히 집 안으로 들어갔을 것이며, 고로 살인을 저질렀다.' 이 문제에 관한 한, 배심원 여러분……. 보시다시피, 이 열린 문에 대해서 증언하는 사람은 오로지 한 사람밖에 없으며, 그나마도 그 당시 그 사람의 상태가 그렇고 그런 지경이 아니었습니까……. 하지만 설령, 설령 문이 열려 있었다고 할지라도, 피고가 직접 문을 열어 놓고서 그의 처지를 고려할 때 충분히 이해할 만한 자기 보호 본능에서 거짓말을 했다고 할지라도, 설령, 설령 그가 집 안으로 잠입했고 집 안에 있었다고 할지라도, 그래서 어쨌다는 겁니까──아니 왜, 거기 있었다면 반드시 살인을 저질렀다는 것입니까? 잠입해 놓고선 이 방 저 방 뛰어다녔을 수도 있고 아버지를 떠밀었을 수도 있고 심지어 아버지를 때렸을 수도 있지만, 스베틀로바가 아버지 집에 없다는 것을 확인한 뒤에는 그녀가 없다는 사실에, 즉 아버지를 죽이지 않고 갈 수 있다는 사실에 기뻐하며 밖으로 뛰어나갔습니다. 바로 그렇기 때문에, 그러니까 순수한 감정, 즉 연민과 동정심을 느낄 수 있었고 아버지를 죽이고 싶은 유혹을 물리치고 뛰쳐나왔고 자신의 내부에서 순수한 마음과 아버지를 죽이지 않았다는 기쁨을 느꼈기 때문에 그는 잠시 후에 자기가 흥분한 나머지 때려눕힌 그리고리를 향해 담장에서 뛰어내렸던 겁니다. 검사는 모크로예 마을에서의 피고의 무서운 상태를 끔찍할 정도로 화려하게 묘사해 주고 있습니다. 즉, 피고 앞에 새로이 사랑이 열려서 그를 새로운 인생으로 초대하지만, 피고의 뒤엔 피범벅이 된 아버지의 시체가 놓여 있고 또 그 시체 뒤엔 형벌이 도사리고 있기에 그는 더 이상 사랑을 할 수 없는 몸이었다는 것이죠. 그럼에도 검사는 어쨌거나 사랑의 존재를 인정했으며 그것을 예의 그 심리 분석에 따라 설명했습니다. '취중이었다느니, 죄수가 형장으로 이송될 때 그 형장은 아직 멀고도 멀다느니 등등.' 하지만 검사님께 다시금 묻겠는데, 검사님께서 영 다른 인물을 창조한 것은 아닐까요? 아니, 만약 피고의 몸에 정말로 아버지의 피가 묻어 있었다면 그런 순간에 사랑을 생각할 수 있을 만큼, 법관 앞에서 어떻게 말을 돌려 댈까를 생각할 수 있을 만큼, 그 정도로까지 피고가 잔인하고 몰인정하게 굴 수 있었을까요? 아니, 아니올시다, 절대 아니올시다! 그녀가 피고를 사랑한다는 것이 밝혀지자마자, 그녀가 자기와 함께하자며 피고를 불러 새로운 행복을 약속하자마자——오, 맹세코, 그의 뒤에 시체가 놓여 있었다면 그때 그는 분명히 자살하고 싶은 욕구를 두 배, 세 배로 더 강하게 느꼈을 것이며 또 반드시 자살했을 겁니다! 오 천만에요, 그가 자신의 권총이 어디에 있는지 잊었을 리 없습니다! 저는 피고를 잘 알고 있습니다. 검사 측은 그가 야만스럽고 목석같이 무정하다고 했지만 그건 그의 성격과 맞지 않습니다. 그는 자살했을 겁니다, 이건 분명합니다. 그가 자살하지 않은 건 다름 아니라 '어머니가 그를 위해 기도를 해 주었기' 때문이며 그의 마음이 아버지의 피에 관한 한 아무 죄가 없었기 때문입니다. 그날 밤 그가 모크로예에서 고통스러워하고 괴로워한 건 오로지 그리고리 노인을 때려눕혔기 때문이었으며, 노인이 정신을 차리고 일어나길, 자신이 가한 일격이 치명적인 것이 아니어서 그로 인해 자신이 형벌을 받지 않아도 되길 마음속으로 하느님께 기도했던 겁니다. 사건을 이렇게 해석한들, 왜 이걸 받아들이면 안 된다는 겁니까? 피고가 우리에게 거짓말을 한다는 무슨 확실한 증거가 있습니까? 그럼, 당장에 여기 아버지의 시신이 있지 않으냐, 하고 또다시 우리에게 말할지도 모르겠군요. 그는 살인을 저지르진 않고 그냥 도망을 쳤다, 그렇다면 도대체 누가 노인을 죽였단 말인가? 하고 말입니다.

반복하건대, 바로 여기에 검사 측의 논리가 오롯이 들어 있습니다. 즉, 그가 아니라면 누가 죽였단 말인가? 그 대신에 내세울 사람이 아무도 없지 않은가, 하는 식이죠. 배심원 여러분, 정말 그런 겁니까? 그야말로, 정말로 달리 내세울 사람이 아무도 없는 겁니까? 우리는 검사 측에서 그날 밤 이 집에 있었거나 드나들었던 사람들을 모두 일일이 손가락으로 세는 것을 들었습니다. 총 다섯 명으로 판명되었습니다. 그들 중 세 사람은, 저도 동의하는바, 혐의를 받을 건수가 전혀 없습니다. 그건 피살자 자신, 그리고리 노인, 그의 아내입니다. 남는 자는, 고로, 피고와 스메르쟈코프인데, 자 여기서 검사는 비장한 어조로 외칩니다. 피고가 스메르쟈코프를 지목한 건 달리 지목할 사람이 없기 때문이다, 만약 여기에 아무나 여섯 번째 사람이 있었다면, 하다못해 여섯 번째 사람의 무슨 유령이라도 있었다면, 피고는 스스로 부끄러워하면서 얼른 스메르쟈코프에게 혐의를 씌우는 짓은 그만두고 이 여섯 번째 사람을 지목했을 것이다, 하고요. 하지만, 배심원 여러분, 제가 완전히 정반대되는 결론을 내리지 못할 이유가 또 어디 있습니까? 두 사람, 피고와 스메르쟈코프가 서 있는데——제 입장에서, 여러분이 저의 고객에게 혐의를 돌리는 것은 오로지 달리 그럴 만한 사람이 아무도 없기 때문이다, 하고 말하지 못할 이유가 어디 있습니까? 그런데 달리 아무도 없다고 하는 것은 그저 여러분이 미리부터 선입관에 사로잡혀 스메르쟈코프를 온갖 혐의에서 배제했기 때문입니다. 사실, 스메르쟈코를 범인으로 지목한 사람은 피고 자신과 그의 두 동생, 스베틀로바 등 이들이 전부입니다. 하지만 이렇게 증언하는 사람이 좀 더 있습니다. 그것은 모호하긴 하지만 여하튼 사교계를 떠도는 어떤 의문과 어떤 의혹의 냄새로서, 어떤 모호한 소문이 들려오고 어떤 기대 같은 것이 존재하는 것이 느껴집니다. 끝으로, 여러 사실들을 어느 정도 비교해 봐도, 불명료하다는 건 저도 인정하지만, 여하튼 극히 특징적인 증거가 되고 있습니다. 첫째, 바로 사건 당일에 일어난 간질 발작인데, 검사는 무엇 때문인지 무척이나 열심히 이 발작의 진정성을 변호하고 옹호해야만 했습니다. 그다음, 공판 전날 스메르쟈코프의 느닷없는 자살이 문제입니다. 그다음, 피고 큰동생의 그 못지않게 느닷없는 증언인데, 그는 지금까지 형의 유죄를 믿었다가 오늘 갑자기 법정으로 돈을 갖고 와서 역시나 스메르쟈코프를 살인범으로 거명했습니다! 오, 저는 재판진 및 검사 측과 마찬가지로 이반 카라마조프가 열병을 앓는 환자이며 그의 증언은 정말로 이미 죽어 버린 자에게 죄를 덮어씌우고 형을 구하고자 하는, 더욱이 미망에 들뜬 상태에서 생각해 낸 절망적인 시도일지도 모른다고 전적으로 확신하는 바입니다. 하지만, 그럼에도 불구하고 스메르쟈코프의 이름이 거명되었으니, 이번에도 꼭 뭔가 수수께끼 같은 것이 들리는 듯합니다. 아무래도 여기선 꼭 뭔가가 채 다 말해지지 않은 것 같고, 배심원 여러분, 아직 다 끝나지 않은 것 같단 말입니다. 그리고 어쩌면 뒤에 가서야 마저 다 말해질지도 모르죠. 하지만 이건 일단 미뤄 둡시다, 앞으로 때가 오겠죠. 법정은 조금 전에 심의를 계속하기로 결정했지만, 지금 이렇게 기다리는 동안에 어쨌거나 저는 뭔가를, 예컨대 검사가 그토록 섬세하고 탁월하게 묘사한 고(故) 스메르쟈코프의 성격과 관련하여 두어 마디 해 둘까 합니다. 검사의 재능에 경탄해 마지않지만, 그럼에도 저는 그의 성격 묘사에는 극히 본질적으로 동의할 수 없습니다. 저도 스메르쟈코프를 찾아가서 그를 만났고 대화도 나눴지만, 그가 저에게 불러일으킨 인상은 완전히 다른 것이었습니다. 몸이 허약하다는 건 사실이었지만, 성격이나 마음에 있어서는, 오 아니올시다, 이자는 절대로 검사 측이 단정 지은 것처럼 그렇게 허약한 사람이 아니었습니다. 특히 저는 그에게서 겁이라는 것을, 검사가 우리에게 그토록 특징적으로 묘사해 준 그런 겁쟁이 같은 면을 전혀 발견하지 못했습니다. 한편, 순진무구한 측면도 전혀 찾아볼 수 없었고, 오히려 제가 발견한 것은 순진함 밑에 감춰진 무서울 정도로 의심이 많은 성격, 그리고 극히 많은 것을 꿰뚫어 볼 수 있는 지적 능력이었습니다. 오! 검사 측이 그를 정신이 박약한 자로 간주한 것은 너무도 순진무구한 일이었습니다. 그가 저에게 남긴 인상은 완전히 결정적인 것이었습니다. 그의 집을 떠날 때 저는 이 존재가 그야말로 표독스러운 데다가 이루 헤아릴 수 없을 만큼 강한 야심을 갖고 있고 불같은 복수심과 질투심에 사로잡혀 있다는 확신을 갖게 됐습니다. 이런저런 정보를 수집한 결과, 그는 자신의 출생을 증오하고 수치스러워했기 때문에 '스메르쟈쉬야의 몸에서 태어났다.'라는 사실을 회상할 때마다 이를 갈았다고 합니다. 어린 시절에 자기에게 은혜를 베풀어 준 하인 그리고리와 그의 아내에게도 공손하지 않았습니다. 러시아를 저주했고 또 비웃었습니다. 그러면서 프랑스인이 되기 위해 프랑스로 떠날 꿈을 꾸었습니다. 그 비용이 부족하다는 얘기를 이전부터도 많이, 자주 해 왔고요. 제 생각에 그는 자기 자신을 제외하곤 아무도 사랑하지 않았으며 자존심이라면 이상할 정도로까지 강했습니다. 좋은 옷, 깨끗한 와이셔츠, 잘 손질한 구두를 계몽의 징표로 생각했습니다. 또한, 자신이 표도르 파블로비치의 사생아라고 생각했던 만큼(그런 증거가 있습니다.) 자기 주인 나리의 정식 자식들과 비교하여 자신의 처지를 증오했을 수도 있습니다. 저들에겐 모든 것이 돌아가겠지만 자기에겐 아무것도 없다, 저들에겐 모든 권리와 유산이 떨어지겠지만 자기는 한낱 요리사에 지나지 않는다, 하는 식으로 말입니다. 그는 저에게 자기가 직접 표도르 파블로비치와 함께 봉투에 돈을 집어넣었다고 알렸습니다. 이 금액을——그의 출세 가도에 초석이 될 수도 있는 돈인데 말이죠——저런 식으로 쓰려는 것에 대해, 물론, 그는 증오를 느꼈을 겁니다. 게다가 그는 반짝반짝 빛이 나는 무지갯빛 지폐를, 3000루블을 직접 보았습니다.(저는 이 점을 일부러 그에게 물어봤습니다.) 오, 질투심과 자존심이 강한 사람에겐 큰돈을 한꺼번에 보여 주지 말았어야 했건만, 그는 난생처음으로 그만한 금액이 한 손에 들려 있는 걸 보고야 말았습니다. 무지갯빛 지폐 뭉치는 처음에는 일단 어떤 결과로 이어지지 않았지만, 그 인상만은 그의 상상 속에 병적으로 반영되었을 수 있는 노릇입니다. 탁월한 재능을 자랑하는 검사는 스메르쟈코프를 살인범으로 몰 수 있는 가정들에 대해 온갖 찬(pro)과 반(contra)을 이례적일 만큼 섬세하게 우리에게 묘사해 준 뒤, 특히 다음과 같은 질문을 던졌습니다. 그럼, 무엇을 위해서 그가 간질 발작을 연기했단 말인가? 하고요. 이건 그렇습니다만, 아닌 게 아니라 그가 발작이 난 척 연기를 하기는커녕 완전히 자연스럽게 발작이 일어났을 수도 있지만, 역시나 그렇게 완전히 자연스럽게 발작이 멎을 수도 있었고 그리하여 환자가 정신을 차렸을 수도 있습니다. 예컨대,

완전히 회복은 안 되더라도 간질 발작에서 흔히 발견되듯 여하튼 언젠가는 의식이 돌아와서 정신을 차릴 수도 있잖습니까. 검사 측은 스메르쟈코프가 살인을 저지른 순간이 대체 언제인가? 하고 묻습니다. 하지만 그 순간을 짚어 내는 것은 굉장히 쉽습니다. 그가 깊은 잠에서 깨어나(간질병 발작 이후엔 언제나 깊은 잠에 빠져드니까 그는 그냥 잠이 든 상태였죠.) 정신을 차리고 일어났을 법한 순간은 그리고리 노인이 담장을 넘어 도망치는 피고의 발을 붙잡고서 온 동네가 떠나갈세라 '아비 죽인 놈!'이라고 울부짖었던 그 순간입니다. 적막한 어둠 속에서 이렇게 예사롭지 않은 비명 소리가 들려서 스메르쟈코프를 깨웠을 수 있는데, 그 무렵엔 이미 그다지 잠이 깊지도 않았을 겁니다. 아니, 당연히 이미 한 시간쯤 전부터 잠이 깨기 시작했을 테죠. 침대에서 일어난 뒤 그는 어떤 의도도 없이 거의 무의식적으로 대체 무슨 일인가 살펴보려고 비명 소리가 들리는 곳으로 향합니다. 그의 머릿속은 병의 여운 탓에 몽롱하고 생각도 아직은 잘 돌아가지 않지만, 이렇게 정원으로 나와 불 켜진 창문 쪽으로 다가가서, 응당 그를 보고 기뻐했을 주인 나리로부터 무서운 소식을 듣게 됩니다. 그러자 일시에 생각이 그의 머릿속에서 불타오르기 시작합니다. 경악한 주인 나리로부터 그는 모든 것을 상세하게 알게 됩니다. 바로 그때 병적으로 명명해진 그의 뇌 속에선 한 가지 생각이——무섭지만 유혹적이고 격퇴할 수 없을 만큼 논리적인 생각이 점점 무르익어 갑니다. 즉, 살인을 저지르고 3000의 돈을 가져간 뒤 나중에 모든 것을 도련님한테 덮어씌우자. 이제 와서 도련님이 아니라면 누굴 범인으로 생각할 수 있겠는가, 그가 여기에 왔다는 증거가 얼마든지 있는데 달리 누구에게 혐의를 둘 수 있겠는가? 혐의를 피해 갈 수 있겠다는 생각까지 들자 돈을, 저 노획물을 손에 넣고 싶은 무서운 갈망에 그는 숨이 탁 막혔을 겁니다. 오, 이렇게 느닷없고 격퇴할 수 없는 격정들은 기회가 주어진다면, 무엇보다도 일 분 전만 해도 자신이 살인을 하고 싶어 할 줄은 꿈에도 생각하지 못했던 살인자들한테도 이토록 자주, 또 느닷없이 생겨나곤 하는 법입니다! 자, 그리하여 스메르쟈코프는 주인 나리의 방으로 들어가 자신의 계획을 실행에 옮길 수 있었을 텐데 무엇으로, 어떤 무기로 그랬을까——생각해 보면 정원에서 맨 처음 집어 든 돌멩이로 그랬을 수도 있는 일입니다. 하지만 무엇을 위해서, 대체 어떤 목적으로 그랬을까요? 바로 3000입니다, 정말이지 이것은 출세 그 자체입니다. 오! 이것은 제가 한 말과 모순되지 않습니다. 돈은 있었을 수도, 정말 존재했을 수도 있는 거니까요. 그리고 심지어, 어쩌면 스메르쟈코프 한 사람만이 그것을 어디서 찾을지, 그것이 주인 나리의 방에서도 정확히 어느 곳에 있는지를 알았을 겁니다. '그렇다면 돈이 들어 있던 봉투, 마룻바닥에 있던 찢어진 봉투는?'이라고 하실 테죠. 아까 검사는 이 돈 봉투 얘기를 하면서 그것을 마룻바닥에 던져 놓고 간 걸 보면 정확히 서투른 도둑, 정확히 카라마조프와 같은 자의 소행이다, 스메르쟈코프라면 절대로 자기에게 불리한 증거를 남기진 않았을 것이다, 하며 자신의 굉장히 섬세한 생각을 진술했는데——배심원 여러분, 저는 아까 이 말을 들으면서 갑자기 뭔가 굉장히 익숙한 얘기를 듣는 것 같은 느낌이 들었습니다. 한 번 생각해 보십시오, 정확히 바로 이러한 생각을, 카라마조프라면 이 돈 봉투를 두고 어떻게 행동했을 것인가에 대한 이러한 추측을 저는 정확히 일이 있기 이틀 전에 이미 스메르쟈코프에게서 들었습니다. 더욱이 그는 심지어 다음과 같은 수작을 부려 저에게 충격을 안겨 주더군요. 다름 아니라 괜히 순진한 척 굴며 미리 선수를 쳐서 저한테 이 생각을 불어넣고선 흡사 저 스스로 이런 생각을 끌어내도록 하는 것 같았고, 꼭 저한테 그것을 넌지시 암시해 주는 것 같았단 말입니다. 혹시 예심에서도 그가 이런 생각을 넌지시 암시하지 않던가요? 탁월한 재능을 자랑하는 검사님께도 이런 식으로 생각을 불어넣지 않던가요? 그럼 노파, 그리고리의 아내는 어떻게 된 거냐? 하실지도 모르겠군요. 그녀는 자기 곁에서 환자가 밤새도록 신음하는 소리를 들었다고 하지 않는가, 하고요. 예, 물론 들었지요, 하지만 이 생각 자체가 굉장히 불안정한 것입니다. 저는 한 부인이 마당에서 스피츠 한 마리가 밤새도록 짖어 대는 바람에 잠을 통 못 잤다고 쓴소리를 하며 투덜대는 걸 들은 적이 있습니다. 하지만 알고 보니, 저 가엾은 강아지는 밤새껏 겨우 두세 번밖에 짖지 않았다더군요. 이건 당연한 일입니다. 원래 사람이 잠을 자다가 갑자기 신음 소리가 들리면, 그는 잠에서 깨어나 잠을 설쳤다는 생각에 신경질을 내지만 또다시 금방 잠이 듭니다. 두 시간쯤 후에 다시 신음 소리가 들리고 다시 잠에서 깨어나고 다시 잠이 들고, 끝으로 다시 두 시간쯤 뒤에 한 번 더 신음 소리에 잠을 설쳐도 밤새껏 겨우

세 번 정도입니다. 이런 식으로 잠을 자다가 아침이 되어 자리에서 일어나면 누군가가 밤새도록 신음을 하는 바람에 계속 잠을 설쳤노라고 투덜댑니다. 하지만 그가 이렇게 여기는 것도 아주 당연합니다. 즉, 두 시간씩 잠을 잤는데 잠을 잔 순간들은 기억을 못 하고 오직 잠에서 깬 순간들만 기억하기 때문에 자기가 밤새껏 잠을 설쳤다고 여기는 거죠. 하지만 검사 측은 그렇다면 왜, 대체 왜 스메르쟈코프가 유서에서 자백을 하지 않았는가? 하고 외칩니다. '어떤 일에선 양심의 가책을 느끼면서도 또 다른 일에선 그렇지 않았단 말입니까.'라는 식으로요. 하지만 말입니다, 양심이란 이미 뉘우침을 뜻하는 것인데, 자살자에겐 뉘우침이 있었을 리 없으며 오직 절망만이 있었습니다. 절망과 뉘우침——이 두 가지는 완전히 다른 것입니다. 절망은 일체의 타협을 거부할 만큼 악의로 가득 찬 것일 수 있으며, 따라서 자살자는 자기 목숨을 끊으려는 그 순간 자기가 평생 동안 질투해 온 자들을 두 배로 증오했을지도 모릅니다. 배심원 여러분, 오심(誤審)을 범하지 않도록 조심하십시오! 제가 지금 여러분에게 제시하고 묘사한 것 중 무엇 하나라도 그럴듯하지 않은 것이 있습니까? 저의 진술에 오류가 있습니까, 불가능한 것이나 부조리한 것이 있습니까? 하지만 만약 저의 가정들 속에 가능성의 그림자라도, 개연성의 그림자라도 있다면——부디 선고를 보류해 주십시오. 그런데 과연 여기에 한낱 그림자밖에 없는 것일까요? 성스러운 모든 것에 맹세하건대, 저는 지금 여러분에게 제시한, 살인에 대한 저의 해석을 전적으로 믿습니다. 제가 무엇보다도, 그 무엇보다도 당혹스러워하고 또 격분하는 것은 아니나 다를까 다음과 같은 생각이 들기 때문입니다. 즉, 검사 측이 피고를 고발하기 위해 제시한, 산더미처럼 누적된 이 모든 사실들 중에 조금이라도 정확하고 확실한 사실은 단 하나도 없건만 그럼에도 이 불운한 피고는 오로지 이 사실들의 총합에 눌려서 파멸할 것이라는 생각이 든단 말입니다. 그렇습니다, 이 총합은 실로 끔찍합니다. 이 피, 손가락 사이로 흘러내리는 이 피, 피투성이가 된 와이셔츠, '아비 죽인 놈!'이라고 울부짖는 소리가 진동하는 이 어두운 밤, 그리고 머리가 깨진 채 비명을 지르며 쓰러지는 자, 그다음엔 이 산더미 같은 발언과 증언과 몸짓과 비명——오, 이것의 영향력이란 실로 막대한 것이어서 신념마저도 매수할 수 있겠지만, 그럼에도, 배심원 여러분, 이것이 여러분의 신념마저도 매수할 수 있을까요? 여러분에겐 무한한 권력이, 매고 풀 수 있는 권력[55]이 주어져 있음을 상기해 주십시오. 하지만 권력이 강하면 강할수록 그것의 행사는 더욱더 무서운 것입니다! 저는 지금 제가 한 말을 단 한마디도 철회하지 않는 바이지만, 설령 그렇다고 할지라도 어쩔 수 없이, 저의 불행한 고객이 자신의 손을 아버지의 피로 붉게 물들였다는 검사 측 주장에 잠깐이나마 동의한다고 칩시다. 이것은 그저 가정에 불과할 뿐이며, 반복하건대, 저는 단 한순간도 피고의 결백을 의심하지 않지만 어쩔 수 없이, 저의 피고가 친부 살해죄를 범했다고 가정해 봅시다. 제가 이러한 가정을 허

---

55) 마태복음서 18: 18.

용한다 할지라도 그래도 여러분은 제 말을 주의 깊게 들어 주십시오. 저의 마음속에는 여러분에게 꼭 드리고 싶은 말씀이 아직도 더 있습니다. 왜냐면 여러분의 마음속, 머릿속에서 커다란 투쟁이 일어날 거라는 예감이 들기 때문입니다……. 여러분의 마음속과 머릿속을 두고 이런 말까지 하는 저를 용서해 주십시오, 배심원 여러분. 하지만 저는 끝까지 정의롭고 진실한 사람이고 싶습니다. 우리 모두 진실한 사람이 되도록 합시다……!"

이 대목에서 상당히 열렬한 박수갈채가 울려 퍼져서 변호사의 말이 중단되었다. 정말로 그의 마지막 말에선 너무나 진실한 음조가 울려 나왔기 때문에 다들, 그가 진짜로 무슨 말을 하려나 보다, 그가 지금 말할 것이야말로 가장 중대한 것이다, 하는 느낌을 받았다. 하지만 재판장은 박수갈채를 듣고는 한 번만 더 '이와 같은 일'이 반복될 시에는 법정에서 '퇴정'시키겠노라고 큰 소리로 으름장을 놓았다. 사위는 곧 잠잠해졌고 페츄코비치는 지금까지 말을 하며 보여 준 것과는 전혀 다른 목소리로, 왠지 새롭고도 감동적인 목소리로 변론을 이어 갔다.

13 사상의 간음자

"비단 여러 사실들의 총합만이 저의 고객을 파멸시키는 것은 아닙니다, 배심원 여러분." 그가 소리 높여 말했다. "천만에요, 저의 고객을 정말로 파멸시키는 것은 오로지 한 가지 사실뿐입니다. 그건 바로 늙은 아버지의 시신입니다! 보통 살인 사건이었다면 여러분은 사실들을 총합으로서가 아니라 그 사실 하나하나를 따로따로 살펴본 다음——그것들이 하찮고 증거도 불충분하고 환상적이라고 여겨질 경우엔 고소를 기각했을 것이며 최소한 부정적인 선입견 하나만으로 인간의 운명을 파멸시키는 일에 회의라도 느꼈을 겁니다. 오, 슬프게도 그는 이런 선입견을 심어 줄 만한 짓을 톡톡히 했습니다! 하지만 이것은 보통 살인 사건이 아니라, 친부 살해 사건이 아닙니까! 이것은 너무나 경악스러운 일인지라, 혐의를 입증해 주는 사실들이 아무리 하찮고 증거가 불충분하다고 할지라도 이미 그다지 하찮지도, 그다지 증거가 불충분하지도 않은 것으로 변모되고, 이건 선입견을 전혀 갖지 않은 사람의 머릿속에서도 마찬가지로 인식됩니다. 그렇다면 어떻게 이런 지경에 처한 피고의 무죄를 증명해 줄 수 있을까요? 아니, 살인을 저질러 놓고서 어떻게 벌 하나 받지 않고 빠져나갈 수 있단 말인가——누구나 마음속으로 거의 어쩔 수 없이 본능적으로 이렇게 느낄 겁니다. 그렇습니다, 아버지의 피를 흘리게 하는 것은 끔찍한 일입니다——나를 낳아 준 자의 피, 나를 사랑해 준 자의 피, 나를 위해 자기 목숨도 아끼지 않고 내가 어렸을 때부터 나의 병 때문에 아파하고 평생 동안 나의 행복을 바라며 마음 졸이고 오로지 나의 기쁨과 나의 성공을 빌며 살아온 자의 피를 흘리게 하다니요! 오, 그런 아버지를 죽인다는 것은 생각조차 할 수 없습니다! 배심원 여러분, 아버지란, 진정한 아버지란 무엇입니까, 이토록 위대한 말의 뜻은 대체 무엇이며 이 호칭 속에 들어 있는 무섭도록 위대한 이념이란 또 무엇입니까? 우리는 지금 막, 참된 아버지는 어떤 것인가, 어떠해야 하는가를 부분적으로 지적했습니다. 본 사건의 경우——지금 우리 모두에게 지대한 관심거리이며 또 우리의 영혼에 고통을 안겨 주는 본 사건의 경우, 고(故) 표도르 파블로비치 카라마조프는 지금 우리의 마음속에 떠오른 아버지의 개념과는 조금도 닮지 않았습니다. 이것은 재앙입니다. 그렇습니다, 정말로 어떤 아버지는 재앙이나 다름없습니다. 그럼, 이 재앙을 좀 더 가까이서 살펴봅시다. 임박한 결정이 아무리 중대하다고 한들, 배심원 여러분, 두려워할 것이 뭐가 있겠습니까. 오히려 우리는 지금 절대 두려워하지 말아야 하며, 탁월한 재능을 자랑하는 검사가 용케도 잘 표현했듯, 말하자면 어린아이나 겁먹은 여자들처럼 어떤 생각을 떨쳐 낼 필요도 없습니다. 하지만 제가 존경해 마지않는 적수(제가 변론의 첫마디를 내뱉기도 전부터 그는 적수였지요)는 그 열렬한 논고에서 몇 번이나 '아니, 나는 피고의 변호를 아무한테도 양보하지 않겠다, 피고의 변호를 페테르부르크의 변호사에게 넘겨주지도 않을 것이다——나는 고발자이지만 동시에 변호인이기도 하니까!'라고 외쳤습니다. 이런 말을 몇 번이나 외치면서도 검사는 다음과 같은 점을 언급하는 건 잊으신 것 같습니다. 즉, 저 무서운 피고가 아직 어릴 때 아버지의 집에 있을 무렵 유일하게 자기를 귀여워해 준 사람에게서 고작 1푼트의 호두를 받은 일이 있었고 그 고마움을 이십삼 년 내내 간직하고 있었다면,

그 반대로, 그런 사람은, 인정 많은 의사 게르첸슈투베의 표현대로, 자기가 아버지의 집 '뒤뜰에서 신발도 신지 않고 단추가 하나만 달랑 달린 바지를 입은 채' 맨발로 뛰어다니던 일도 이 지난 이십삼 년 내내 기억 속에 꼭꼭 담아 뒀을 것이라는 점이죠. 오, 배심원 여러분, 왜 우리가 이 '재앙'을 더 가까이서 살펴보고 이미 다 아는 것을 반복해야 한단 말입니까! 저의 고객이 여기 아버지의 집을 찾아와 무엇을 보았습니까? 대체 왜, 왜 저의 고객을 무정한 사람으로, 이기주의자로, 괴물로 묘사해야 합니까? 그는 걷잡을 수 없는 사람입니다, 그는 야만적이고 난폭합니다. 그리고 바로 이 때문에 지금 우리는 그를 심판하고 있는 것이지만, 하지만 그의 운명이 이렇게 된 건 누구 탓입니까, 좋은 심성을 지녔고 고결하고 감수성이 풍부한 마음을 타고난 그가 이토록 터무니없는 방식으로 양육된 건 과연 누구 탓입니까? 누구 하나 그에게 지혜와 이성을 가르친 적이 있습니까, 학문을 깨우쳐 준 적이 있습니까, 어린 시절 조금이라도 그를 사랑해 준 사람이 있습니까? 저의 고객은 오직 하느님의 보호만을 받으면서, 즉 들짐승이나 다름없이 자랐습니다. 아마 그는 오랜 세월 동안 떨어져 있던 아버지를 몹시 보고 싶어 했을 것이며, 그전부터 자신의 어린 시절을 꿈처럼 떠올릴 때마다 어린 시절 꿈속에서 본 혐오스러운 환영들을 1000번이나 쫓아내면서 마음속 깊이 자기 아버지를 좋게 생각하고 또 얼싸안고 싶었는지도 모른단 말입니다! 하지만, 정작 어땠습니까? 그를 맞이한 것은 오로지 냉소적인 비웃음, 가뜩이나 싸움거리였던 돈 문제에서 비롯된 의심과 책략뿐이었습니다. 그의 귀로 들려오는 소리라곤 하루가 멀다 하고 '코냑을 마시면서' 늘어놓는, 정이 뚝 떨어질 것 같은 잡담과 처세술뿐이었고, 끝으로 그의 눈에 비친 아버지는 아들한테서 바로 그 아들의 돈을 미끼로 하여 아들의 애인을 빼앗으려 하는 자였으니——오 배심원 여러분, 이 얼마나 혐오스럽고 잔인한 일입니까! 그러고서도 이 노인은 뭇사람들을 붙잡고 아들이 불손하다느니, 잔인하다느니 불평을 늘어놓음으로써 사교계에서 아들의 얼굴에 먹칠을 하고 해를 입히고 험담을 늘어놓았을 뿐만 아니라 아들을 감옥에 처넣기 위해 아들의 차용 증서를 사 모으기까지 했습니다! 배심원 여러분, 이 영혼들, 저의 고객처럼 겉보기엔 잔인하고 난폭하고 걷잡을 수 없는 이런 영혼들이 굉장히 부드러운 마음씨를 지니고 있는 일이 참 많은데, 다만 이것이 밖으로 드러나지 않을 뿐입니다. 제발 비웃지 말아 주십시오, 저의 생각을 비웃지 말아 주십시오! 재능 있는 검사는 아까 저의 고객이 실러를 사랑하고 '아름답고 고상한 것'을 사랑한다는 점을 얘기하면서 무자비하게 그를 비웃었습니다. 제가 그, 즉 검사의 자리에 있었다면 이 점을 절대 비웃지 않았을 것입니다! 그렇습니다, 이런 마음들은——오, 사람들이 좀처럼 이해하지 못하고 더러 잘못 이해하기도 하는 이런 마음들을 변호하게 해 주십시오——이런 마음들은 몹시 자주 부드럽고 아름답고 공명정대한 것을 갈망합니다. 그야말로 흡사 자신의 대극으로서, 자신의 난폭함과 자신의 잔인함의 대극으로서 무의식적으로 갈망합니다——그야말로 갈망할 따름입니다. 겉으로는 정열적이고 잔인해 보이지만 그들은 뭐든, 예컨대 여자의 경우에도 고통스러울 정도로까지 사랑할 수 있는 능력을 갖고 있으며, 그 사랑은 반드시 정신적이고 드높은 사랑인 것입니다. 이번에도 저를 비웃지 말아 주십시오. 바로 이런 천성을 타고난 자들이야말로 정말 자주 그렇단 말입니다! 그들은 자신의 열정을, 때때로 몹시 거친 열정을 도저히 숨길 수가 없는데——사람들은 바로 이것에 충격을 받은 나머지, 이것만을 인지하고 그 사람의 내면은 보질 않는 겁니다. 하지만 실상, 그들의 모든 열정은 급속히 해소될지라도, 겉보기엔 거칠고 잔인한 이 사람은 고결하고 아름다운 존재 곁에서 갱생을 추구하고 개과천선의 가능성을 추구하며 더 훌륭한 사람이 되고자, 드높고 성실한 사람이 되고자——또 이 말 때문에 수많은 조롱을 받았건만 그럼에도 '고상하고 아름다운' 사람이 되고자 하는 것입니다! 조금 전에 저는 저의 고객과 베르호프체바 양의 로맨스에 대해서는 감히 건드리지 않겠노라고 말씀드렸습니다. 하지만 그럼에도 한마디 정도는 해도 괜찮지 않을까 싶습니다. 우리가 아까 들은 것은 증언이 아니라 그저 광적인 복수심에 불타는 한 여성의 비명에 지나지 않는 것입니다. 그녀는 연인의 배반을 나무랄 자격이 없습니다, 없다마다요. 왜냐하면 그녀 자신이 배반을 했기 때문입니다! 생각을 고쳐먹을 시간이 조금이라도 있었다면, 그녀는 그와 같은 증언을 하지 않았을 것입니다! 오, 그녀의 말을 믿지 마십시오, 저의 고객은 그녀가 말한 것 같은 '불한당'이 아닙니다, 아니다마다요! 십자가에 못 박히신 저 박애주의자는 십자가행을 떠나시면서 '나는 착한 목자니라, 착한 목자는 양들을 위하여 자기 영혼을 내놓나니,[56] 이는 한 마리의 양도 파멸하지 않게 하기 위함이니라……'라고 말씀하셨습니다. 우리도 제발 인간의 영혼을 파멸시키지 맙시다! 저는 방금 아버지란 무엇이냐고 물었고, 또 이것이 위대한 말이며 고귀한 호칭이라고 외쳤습니다. 하지만 배심원 여러분, 말이란 정직하게 사용해야 되는 것이니만큼 저는 감히 그 대상을 그에 걸맞은 말로, 그에 걸맞은 호칭으로 부르도록 하겠습니다. 피살된 카라마조프 노인과 같은 아버지는 아버지라 부를 수도 없고 또 그렇게 불릴 자격도 없는 위인입니다. 아버지에 대한 사랑은, 그것이 아버지에 의해 화답받지 못하는 한, 터무니없는 것이요, 불가능한 것에 지나지 않습니다. 무(無)에서 사랑을 창조할 수는 없습니다, 무에서 창조할 수 있는 자는 오직 신밖에 없습니다. '아버지들이여, 자신의 아이들을 슬프게 하지 마십시오.'[57] 어느 사도는 사랑에 불타는 마음을 담아 이렇게 쓰고 있습니다. 지금 이 성스러운 말씀을 인용하는 것은 저의 고객을 위해서가 아닙니다, 저는 모든 아버지들을 위해서 이 말씀을 상기하는 바입니다. 누가 저에게 아버지들을 가르칠 수 있는 이런 권력을 주었습니까? 그 누구도 아닙니다. 하지만 저는 한 인간이자 시민으로서 호소하는 바입니다──살아 있는 모든 자들에게 호소한다(vivos voco)[58] 이 말입니다! 이 땅에 머무는 시간이 길지도 않건만 우리는 고약

---

56) 요한복음 10: 11, 14-15.

57) 콜로새 신자들에게 보낸 서간 3: 21의 부정확한 인용.

58) 실러의 「종(鐘)의 노래」의 제사 첫 구절.

한 일을 많이 저지르며 고약한 말들을 많이 내뱉습니다. 하지만 또 그렇기 때문에 우리 모두 서로에게 좋은 말을 하기 위해 우리가 함께 사귈 수 있는 적절한 순간을 포착하도록 합시다. 저도 그렇습니다. 이 자리에 있는 동안 저는 저에게 주어진 이 순간을 이용하는 겁니다. 이 연단이 드높은 의지에 의해 우리에게 선사된 것은 우연이 아닙니다——이 연단에서 나오는 우리의 말을 러시아 전체가 듣고 있으니까요. 저는 이곳의 아버지들만을 위해서 말하는 것이 아니라, 모든 아버지들을 향해 외치는 바입니다. '아버지들이여, 자신의 아이들을 슬프게 하지 마십시오!' 그러니까 우리 자신이 먼저 그리스도의 성약(聖約)을 이행한 후, 그다음에 비로소 우리 아이들에게 감히 뭔가를 요구하든지 합시다. 그러지 않으면 우리는 아버지가 아니라 우리 아이들의 원수이며, 그들 또한 우리의 아이들이 아니라 우리의 원수가 되고 마는 것이니, 그것도 우리 자신이 제 손으로 그들을 원수로 만든 것입니다! '너희가 되어서 주는 만큼 너희도 되어서 받을 것이다.'[59]——이건 이미 제 말이 아니고 복음서의 말씀입니다. 되어서 주는 만큼 여러분도 그렇게 되어서 받을 것이라는 말이죠. 아이들이 우리한테서 받은 만큼 우리에게 되어서 준다고 한들 어떻게 그들을 비난할 수 있겠습니까? 최근에 핀란드에서 한 하녀가 몰래 아기를 낳았다는 혐의를 받은 적이 있었습니다. 조사 결과, 그 집의 다락방 구석의 벽돌 뒤에서 아무도 모르고 있던 그녀의 트

---

59) 마르코복음 4: 24, 루카복음 6: 37-38, 마태오복음 7: 1-2.

렁크가 발견되었으며, 열어 보니 거기서 신생아, 그러니까 그녀가 죽인 갓난애의 시체가 나왔습니다. 바로 그 트렁크에서, 그녀가 자백한바, 그녀가 그전에 낳은, 낳자마자 곧 죽인 갓난애의 해골이 두 개나 발견되었습니다. 배심원 여러분, 이것이 아이들의 친어미입니까? 아이들을 낳은 건 맞지만, 그렇다고 해서 과연 그녀가 이 아이들의 어머니가 될 수 있는 겁니까? 우리들 중 누가 감히 그녀를 두고 어머니라는 성스러운 이름을 말할 수 있겠습니까? 대담해집시다, 배심원 여러분, 심지어 좀 뻔뻔스러워져도 됩니다. 심지어 우리는 이 순간 그렇게 할 의무마저 있으며, '금속'과 '유황불'을 두려워한 모스크바의 장사꾼 아내들[60]처럼 어떤 말이나 관념을 두려워해서도 안 됩니다. 아니, 오히려 최근의 진보가 우리의 발달에도 영향을 미쳤음을 증명하는 차원에서라도 단도직입적으로 말합시다. 즉, 자식을 낳았다고 해서 다 아버지가 되는 건 아니다, 아버지란 자식을 낳고서 아버지 구실을 똑바로 한 사람을 말한다, 하고. 오, 물론 '아버지'라는 말에는 다른 뜻, 다른 해석도 있기 때문에 비록 나의 아버지가 아이들에게 있어 불한당이나 다름없는 악당이라 할지라도 나를 낳아 주었다는 이유만으로도 어쨌거나 나의 아버지다, 하고 주장하는 측도 있습니다. 하지만 이런 뜻으로 해석하는 것은 이미, 말하자면, 신비주의적인 것으로서 저로선 이성으로 이해하지도 못하겠거니

---

60) '유황불'은 종교적 의미를 지니는 것이며, 장사꾼 아내들에 대한 언급은 오스트롭스키의 희곡 「힘겨운 날들」(1863) 2막 2장을 염두에 둔 것이다.

와 그저 믿음을 통해, 아니 더 정확히 말해서 믿으니까 그냥 받아들일 수 있을 따름이니, 이건 이성으론 이해할 수 없지만 종교에 의해 믿도록 강요받는 다른 많은 것과 마찬가지가 되는 거죠. 하지만 이럴 경우에 그것은 현실적 삶의 영역 바깥에 머물게 될 것입니다. 현실적 삶의 영역——즉 그 자신이 자기만의 권리를 가질 뿐만 아니라 그 자체로 위대한 의무들을 부과하기도 하는 이 영역에서 우리가 인도주의적이 되길, 결국엔 기독교도가 되길 원한다면, 우리는 오로지 이성과 경험에 의해 정당화되고 분석의 도가니를 거쳐 나온 신념만을 실행에 옮겨야 하고 또 그럴 의무가 있으며, 한마디로 말해서, 사람에게 해를 끼치지 않기 위해, 사람을 괴롭히거나 파멸시키지 않기 위해서, 꿈을 꾸거나 미망에 빠진 것 같은 광기에 휩쓸려 행동할 것이 아니라 이성적으로 행동해야 합니다. 바로 그때에야 비로소 이것은 진정으로 기독교적인 일이, 즉 마냥 신비주의적인 것이 아닌, 이성적이면서도 이미 진정으로 박애주의적인 일이 될 것입니다……."

이 대목에서 법정의 여기저기 구석에서 열렬한 박수갈채가 터져 나왔으나 페츄코비치는 자신의 말을 끊지 말고 끝까지 다 말하게 해 달라고 간청하듯 손을 내젓기까지 했다. 곧 사위가 잠잠해졌다. 연사는 말을 이어 갔다.

"배심원 여러분, 이런 물음들을 우리들의 아이들, 예컨대 이미 청년이 되었고 예컨대 이미 판단력을 갖기 시작한 아이들이 간과할 수 있으리라고 생각하십니까? 아닙니다, 그럴 수가 없지요, 아이들에게 불가능한 절제를 요구하지 맙시다! 제 구실을 못 하는 아버지의 모습을 보면, 특히나 자기 동년배인 다른 아이들의 훌륭한 아버지들과 비교하다 보면, 청년은 어쩔 수 없이 고통스러운 물음들을 던지게 됩니다. 청년의 이런 물음들에 대해 판에 박힌 대답을, '그가 너를 낳았고 너는 그의 혈육이다, 따라서 너는 그를 사랑해야만 한다.'라는 식의 대답을 해 줍니다. 청년은 어쩔 수 없이 생각에 잠기고 점점 더 놀라워하면서 '나를 낳았을 때 나를 정말로 사랑했을까.'라며 의문을 품습니다. '과연 나를 위해서 그가 나를 낳았을까? 그 순간, 어쩌면 술기운에 자극을 받았을 수도 있는 그 열정의 순간에 그는 나를 알지도 못했을 테고 내가 사내애인지 계집애인지도 몰랐을 거다, 나에게 물려준 건 고작 음주벽뿐——그래, 이게 그가 나한테 베풀어 준 은혜의 전부가 아닌가……. 그런데 대체 왜 내가 그를 사랑해야 하는가, 나를 낳기만 했지 그 이후 평생 동안 나를 사랑해 주지도 않았는데?' 오, 여러분에게 이 질문은 거칠고 잔인하게 여겨질 수도 있겠지만, 어린 지성에게 불가능한 절제를 요구하지는 마십시오. '천성이란 문밖으로 쫓아내면 창문으로 날아 들어온다.'[61]라는 말이 있잖습니까. 무엇보다도, 무엇보다도 '금속'과 '유황불'을 두려워하지 말 것이며, 신비주의적인 개념이 아니라 이성과 박애가 일러 주는 것에 따라 물음을 해결합시다. 그럼, 어떻게 해결해야 되겠습니까? 바로 이런 식이어야 됩니다. 즉, 아들이 아버지 앞에 서서 당사자인 아버지한테 직접 명민하게 묻는

---

61) 라퐁텐의 우화 「여자로 변한 고양이」에서 인용.

겁니다. '아버지, 말해 보세요. 내가 무엇을 위해서 아버지를 사랑해야 되는 거죠? 아버지, 내가 아버지를 사랑해야 된다는 걸 증명해 주실래요?' 만약 이 아버지가 아들의 질문에 대답하고 또 그걸 증명해 줄 능력이 있는 상태라면——그렇다면 이들은 한낱 신비주의적 편견이 아니라 이성적이고 자명한, 엄격하게 인도주의적인 기초 위에 세워진 진정으로 정상적인 가족입니다. 반대의 경우, 즉 아버지가 증명을 해 주지 못한다면——이 가족은 곧 끝장입니다. 이 아들에게 그는 더 이상 아버지가 아니며, 아들은 앞으로 자신의 아버지를 남으로, 심지어 자신의 원수로 간주할 수 있는 권리와 자유를 얻게 되니까요. 우리의 연단은, 배심원 여러분, 진리와 상식의 학교가 되어야 합니다!"

여기서 연사의 말은 걷잡을 수 없는, 거의 광적인 박수갈채 때문에 중단되었다. 물론, 법정 전체가 박수를 친 것은 아니었지만 그래도 법정의 절반은 박수를 쳤다. 아버지이고 어머니인 사람들이 박수를 보냈다. 위쪽, 부인석에서는 째지는 듯한 외침 소리가 들려왔다. 손수건을 흔들어 대기도 했다. 재판장은 있는 힘껏 종을 울리기 시작했다. 보아하니 그는 법정의 행태로 인해 짜증이 난 듯했지만, 아까 협박한 대로 법정에서 '퇴정'시킬 엄두는 결코 내지 못했다. 뒤의 특별석에 앉아 있던 고위급 인물들, 연미복에 별을 단 노인들도 연사에게 박수갈채를 보내고 손수건을 흔들어 댔기 때문에, 재판장은 소란이 진정되자 그저 아까처럼 법정에서 '퇴정'시키겠노라고 몹시 엄격하게 일침을 가하는 것으로 만족했고, 의기양양하고 흥분한 페츄코비치는 또다시 자신의 변론을 이어 갔다.

"배심원 여러분, 오늘도 참으로 많은 얘기가 오갔지만, 아들이 담장을 넘어 아버지의 집으로 침입한 뒤 마침내 자기를 낳아 준 원수, 줄곧 자기를 모욕해 온 자와 얼굴을 맞대고 선 그 무서운 밤을 여러분은 기억하시겠지요. 온 힘을 다 바쳐 주장하건대──그 순간 그가 그렇게 달려간 건 돈을 노려서가 아니었습니다. 제가 앞서 이미 진술했듯, 강도 혐의는 터무니없는 것입니다. 또, 아버지 집으로 들어간 것도 살해하기 위해서가, 오, 절대 아닙니다. 만약 미리부터 이런 속셈이 있었다면, 최소한 흉기라도 미리 마련해 놨을 테지만, 그가 놋쇠 공이를 집어 든 건 자기도 무엇 때문인지 모르면서 그냥 본능적으로 한 일이었습니다. 설령 그가 신호를 보내 아버지를 속인 뒤 아버지의 방으로 잠입했다고 칩시다──저는 단 한순간도 이 전설을 믿지 않는다고 이미 말했지만, 어쩔 수 없죠, 한순간만 정말 그랬다고 가정해 봅시다! 배심원 여러분, 여러분에게 모든 성스러운 것을 걸고 맹세하건대, 그자가 아버지가 아니라 혈연관계도 뭣도 없이 그냥 자기를 모욕한 자였다면, 피고는 이 방 저 방을 뛰어다니다가 이 집 안에 그 여성이 없음을 확인하곤 자신의 연적에게 아무런 해도 입히지 않고 쏜살같이 달아났을 것입니다. 한 대 쥐어박거나 떼밀어 버리긴 했을지언정 여하튼 그 정도로 끝났을 겁니다. 피고로선 이런 데 신경 쓸 겨를도 없었으니까, 그녀가 어디에 있는지를 알아내는 것이 중요했으니까요. 하지만 이건 아버지가, 아버지가 아닙니까──오, 한결같이 그저 아버지의 탈을 써 왔고 어릴 때부터 자기를 증오해 온 원수, 여태껏 자기를 모욕해 놓고서 이제 와선——괴물과 같은 연적이 되어 버린 그런 아버지 말입니다! 증오스러운 감정이 자기도 모르게 걷잡을 수 없이 그를 휘어잡아, 이성적인 판단을 할 수가 없는 지경이었습니다. 모든 것이 한순간에 치밀어 올랐던 겁니다! 이것은 광기와 발광의 발작이었지만, 동시에 자연의 모든 것과 마찬가지로 자신의 영원한 법칙을 향해 무의식적이고 걷잡을 수 없는 복수욕을 분출하는 자연의 발작이기도 했습니다. 하지만 살인자는 이 순간에도 죽이지는 않았으며——저는 그렇다고 주장하며 그렇다고 외치는 바입니다.——그렇습니다, 그는 그저 욕지기가 치밀 것 같은 분노에 사로잡혀 공이를 한 번 휘둘렀을 뿐, 죽일 마음도 없었고 그럴 줄도 몰랐습니다. 그의 손에 저 숙명적인 공이가 없었다면 그는 그저 아버지를 때리기는 했을지언정 죽이지는 않았을 것입니다. 도망을 치면서도 그는 자기가 때려눕힌 노인이 죽었는지 어떤지도 몰랐습니다. 이런 살인은 살인이 아닙니다. 이런 살인은 친부 살해가 아닙니다. 아니, 이런 아버지를 살해하는 것은 친부 살해라고 부를 수도 없습니다. 이런 살인은 그저 편견 때문에 친부 살해로 취급되는 것일 따름입니다! 하지만 이 살인 사건이 정말 있었던 겁니까, 과연 있기는 했던 겁니까, 제 영혼 깊은 곳에서부터 다시, 또다시 여러분에게 호소하는 바입니다! 배심원 여러분, 지금 우리가 그에게 유죄 판결을 내린다면, 그는 스스로에게 이렇게 말할 겁니다. '이 사람들은 나의 운명을 위해, 나의 양육과 교육을 위해, 나를 더 훌륭한 사람으로 만들기 위해, 나를 사람다운 사람으로 만들기 위해 아무것도 해 주지 않았다. 이 사람들은 나에게 먹을 것도, 마실 것도 주지 않았고 벌거숭이나 다름없이 감옥에 갇혀 있는 나를 찾아 주지도 않았다. 그래 놓고선 이렇게 나를 유형지로 보냈다. 나는 셈을 다 치렀다. 지금 난 그들한테 빚진 것이 아무것도 없고 영원토록 그 누구에게도 빚진 것이 없다. 그들이 사악하게 나오니 나도 사악해질 것이다. 그들이 잔인하게 나오니 나도 잔인해질 것이다.' 피고는 바로 이렇게 말할 것입니다, 배심원 여러분! 그러므로 단언하건대, 여러분이 피고의 유죄를 주장하면 그건 그저 그의 마음을, 그의 양심을 가볍게 해 줄 뿐이어서 그는 남의 피를 흘려 놓고서도 유감스러워하기는커녕 오히려 그 피를 저주하게 될 것입니다. 이와 더불어 여러분은 그의 내부에 아직은 하나의 가능성으로 잠재해 있는 인간을 파멸시키는 셈이 됩니다. 왜냐면 그는 평생 사악하고 눈먼 인간으로 남을 테니까요. 이런데도 여러분은 우리가 상상할 수 있는 가장 끔찍한 형벌을 통해 피고를 무섭고 위협적으로 벌하시렵니까, 이런 식으로 그의 영혼을 영원토록 구원하고 갱생시킬 작정이십니까? 만약 그러시다면, 차라리 여러분의 자비를 통해 피고를 압도하십시오! 그러면 여러분은 그의 영혼이 경외감에 차서 전율하는 것을 보고 또 듣게 될 겁니다. '내가 이와 같은 자비를 감당할 수 있을까, 내가 이와 같은 사랑을 감당할 수 있을까, 내가 이런 것을 받을 자격이 과연 있는가.'──피고는 바로 이렇게 외칠 겁니다! 오, 저는 알고 있습니다, 저는 이 마음을, 야성적이지만 그래도 고결한 이 마음을 잘 알고 있습니다, 배심원 여러분. 이 마음은 여러분의 위업 앞에 경배할 것이며, 그것은 위대한 사랑의 행위를 갈망하며 영원토록 불타올라 부활할 것입니다. 자신의 한계 속에 갇힌 채 세상 전체를 비난하는 그런 영혼들이 있습니다. 하지만 자비를 통해 이런 영혼을 압도하고 이런 영혼에 사랑을 베풀어 준다면, 그의 내부에 선량한 맹아들이 너무도 많이 있기 때문에 그는 자기가 한 일을 저주할 것입니다. 이 영혼은 넓어져서, 하느님이 얼마나 자비로운가, 사람들이 얼마나 아름답고 공정한가를 깨달을 겁니다. 회한이, 그리고 이제부터 그 앞에 놓여 있는 무한한 의무가 그를 경악하게 하고 그를 압도할 것입니다. 그럼, 그때는 그도 '나는 셈을 다 치렀다.'라고 말하기는커녕 '나는 모든 사람들 앞에 죄인이고 그 어떤 사람보다 무가치한 존재다.'라고 말할 겁니다. 회한과 타는 듯 고통스러운 감동의 눈물을 흘리면서 그는 '사람들은 나보다 더 훌륭하다, 왜냐면 나를 파멸시키는 것이 아니라 구원하고자 했기 때문이다!'라고 외칠 것입니다. 오, 여러분은 이렇게 하기란, 이런 자비로운 행위를 행하기란 정말로 쉽습니다. 조금이라도 그럴듯해 보이는 증거가 전혀 없는 상태에서 '그렇다, 유죄다.'라고 말하는 것이야말로 정말 힘겨울 테죠. 한 명의 무고한 사람을 벌하느니 차라리 열 명의 죄인을 풀어 주십시오——들리십니까, 지난 세기 우리의 훌륭한 역사에서 나온 이 웅장한 목소리가 들리시냐고요? 저같이 하찮은 자가 러시아의 재판은 비단 징벌일 뿐만 아니라 파멸한 사람을 구원하는 것이기도 하다는 점을 여러분에게 상기시켜야겠습니까! 다른 민족들에겐 법조문과 징벌이 있다 할지라도, 우리들에겐 정신과 의미가 있고 또 파멸한 자들의 구원과 갱생이 있습니다. 만약 그렇다면, 러시아와 러시아의 재판이 정말 그런 것이라면——러시아는 계속 앞으로 나아갈 것이며, 그러니 우리에게 겁을 주지 마십시오, 오, 모든 민족들이 욕지기를 느끼며 물러서게 될 여러분의 저 광포한 트로이카를 들먹이며 우리에게 겁을 주지 마십시오! 광포한 트로이카가 아니라 웅장한 러시아의 바퀴가 장엄하고도 고요하게 목표를 향해 달려갈 것입니다. 저의 고객의 운명은 여러분의 손에 달려 있으며, 우리 러시아의 진실도 여러분의 손에 달려 있습니다. 여러분이 그것을 구원할 것이며 여러분이 그것을 지킬 것이며 여러분이 누가 그것을 지켜야 하는지를, 또 그것이 훌륭한 손에 쥐어져 있다는 것을 증명할 것입니다!"

14 촌놈들이 자기 고집을 부리다

이로써 페츄코비치가 변론을 끝내자, 방청객들 사이에선 폭풍우처럼 걷잡을 수 없는 환호성이 터져 나왔다. 이미 억누른다는 건 생각조차 할 수 없는 상태였다. 여성들은 울었고, 남성들도 제법 많이 울었으며, 심지어 두 명의 고관마저도 눈물을 흘렸다. 재판장도 압도된 나머지 종을 치는 데도 늑장을 부렸다. "그런 열광을 빼앗으려 하는 것은 성물 모독이나 다름없는 일이죠." 훗날 우리네 부인들은 이렇게 외치곤 했다. 연사 자신도 진정으로 감동에 젖어 있었다. 그런데 바로 이 순간 우리의 이폴리트 키릴로비치가 '이견을 나누고자' 다시 한번 자리에서 일어났다. 다들 그를 바라보곤 증오심을 드러냈다. "뭐예요, 또? 대체 저건 뭐예요? 감히 또다시 이의를 제기하려나 보죠?" 부인들은 이렇게 수군대기 시작했다. 하지만 온 세상의 부인들이 전부 수군댔을지라도, 그리고 이 일에 검사 부인이, 즉 이폴리트 키릴로비치의 부인이 제일 먼저 앞장을 섰을지라도, 그 순간 그를 말릴 수는 없었을 터이다. 그는 창백했으며 또 너무 흥분한 나머지 몸을 부르르 떨었다. 그가 내뱉은 첫마디들, 첫 어구들은 도무지 알아들을 수도 없었다. 숨을 헐떡이는 데다가 발음도 제대로 못 하고 영 조리도 닿지 않았던 것이다. 그래도 곧 그는 정상을 되찾았다. 하지만 그의 이 두 번째 논고 중에서는 몇몇 어구만을 인용하도록 하겠다.

"……우리가 수많은 소설을 만들어 냈다는 비난이 쏟아지고 있습니다. 하지만 그러는 변호사 측이야말로 소설 위의 소설이 아니고 또 뭡니까? 그저 시(詩)가 좀 부족할 따름이죠. 표도르 파블로비치가 애인을 기다리다가 돈 봉투를 찢어서 마룻바닥으로 내던집니다. 심지어 그가 이렇게 놀랄 만한 짓을 하면서 무슨 말을 했는지도 인용되고 있습니다. 아니, 이게 서사시가 아니고 또 뭡니까? 그가 돈을 꺼냈다는 증거가 어디에 있으며 그가 무슨 말을 했는지를 누가 들었습니까? 정신이 박약한 백치 스메르쟈코프는 사생아로 태어났다는 것 때문에 사회에 대한 복수심을 불태우는 무슨 바이런적인 주인공으로 돌변해 버렸는데——정녕 이것이 바이런적 취향의 서사시가 아니란 말입니까? 아들이 아버지의 방에 침입해서 아버지를 죽였지만 또 동시에 죽이지 않았다니, 이건 숫제 소설도, 서사시도 아닙니다. 이건 물론 자기도 풀지 못할 수수께끼를 던지는 스핑크스가 아닙니까. 죽였다면 죽인 것이지, 아니 어떻게 죽였으면서도 안 죽였다니——누가 이걸 이해하겠습니까? 그다음, 우리의 연단이 진리와 상식의 연단이라고 우리에게 선언해 놓고선 바로 이 '상식'의 연단에서 아버지를 죽인 것을 친부 살해라 부르는 것은 그저 편견에 지나지 않는다는 소리가 맹세와 더불어 공리처럼 울려 퍼지게 하다니요! 하지만 친부 살해가 편견이고 모든 아이가 자기 아버지에게 '아버지, 내가 왜 아버지를 사랑해야 되죠?'라고 캐묻는다면——우리는 어떻게 되겠습니까, 사회의 기반들은 또 어떻게 되겠으며 가족은 어디로 사라져 버리겠습니까? 친부 살해——이것이 한낱 모스크바의 장사꾼 아내의 '유황불'에 지나지 않는다고 합니다. 그렇다면, 러시아 재판의 소명과 미래에 있어서 가장 귀중하고 가장 성스러운 맹세는 오로지 어떤 목표를 성취하기 위해, 즉 정당화될 수 없는 것을 정당화시키기 위해 왜곡되고 경솔한 모습을 띠게 됩니다. '오, 그를 자비로 압도하십시오.'라고 변호사는 외치지만, 범죄자에게 필요한 건 오직 이뿐이어서, 당장 내일이면 다들 그가 얼마나 압도되었는지를 보게 될 겁니다! 게다가 그저 피고에게 무죄 판결을 내리자는 요구만 하다니, 변호사가 너무 소박하게 나오는 게 아닐까요? 아니 왜, 친부 살해범의 이름을 기리는 장학 재단이라도 세워 후손과 젊은 세대에게 그의 위업을 영원토록 남기자고 요구하지 않는 겁니까? 복음서와 종교도 교정됩니다. 이건 전부 신비주의에 지나지 않고, 지금 우리한테는 이미 이성과 상식의 분석으로 검증된 진정한 기독교가 있을 뿐이다, 하는 식이죠. 자, 이런 식으로 우리 앞에 가짜 그리스도를 내세우고 있는 겁니다! 변호사는 '너희가 되어서 주는 만큼 너희도 되어서 받을 것이다.'라고 외치면서도 동시에, 그리스도가 너희가 되어서 받는 만큼 너희도 남에게 되어서 주라고 가르쳤다는 식의 결론을 도출하고 있으니——진리와 상식의 연단에서 이런 말이 울려 퍼지다니요! 원래 우리는 연설 전날 밤만 되면 복음서를 슬쩍 들여다보는데, 이는 어쨌거나 상당히 독창적인 이 저작을 알고 있다는 것을 뽐내기 위해서이고, 이렇게 하면 필요할 때, 어디까지나 필요에 따라 어느 정도의 효과를 거둘 수 있지 않습니까! 하지만 그리스도는 바로 이러지 말라고, 이런 짓을 삼가라고 명령합니다. 설령 사악한 세계가 이런 짓을 할지라도 우리는 우리에게 모욕을 가한 자들을 용서해야 하고 그들이 우리를 가늠한 그 잣대로 그들을 가늠할 것이 아니라 우리 자신의 다른 쪽 뺨을 내밀어야 하는 것입니다. 우리의 하느님은 우리에게 이런 가르침을 주셨지, 아이들에게 아버지를 죽이지 말라고 하는 것이 편견이라고 가르치시진 않았습니다. 그러니 우리의 이 진리와 상식의 연단에서 우리 하느님의 복음서를 수정하지 맙시다. 변호사는 그분을 기껏해야 '십자가에 못 박힌 박애주의자' 정도로만 부르지만, 이는 그분을 향해 '그대는 우리의 하느님이십니다!'라고 호소하는 러시아 정교의 온 국민들의 생각과 상치되는 것이니까요!"

여기서 재판장이 개입하여, 이런 경우에 재판장들이 흔히 하는 말이지만, 너무 과장하지 말라, 정해진 한계를 넘지 말라, 등등 부탁의 말을 늘어놓으며 열광에 빠진 검사에게 일침을 가했다. 그런데도 법정 안은 불안했다. 청중은 술렁거렸고 심지어 분노에 찬 외침 소리마저 나왔다. 폐츄코비치는 굳이 반박을 하지도 않고, 그저 연단으로 올라와서 한 손을 가슴에 얹은 채 언짢은 목소리로 위엄이 넘쳐 나는 말을 몇 마디 했을 뿐이다. 그는 그저, 또다시 '소설들'과 '심리 분석'을 살짝 조롱한 뒤 어느 대목에서 "주피터여, 그대가 화를 낸다 함은 곧 그대가 옳지 않다는 뜻이로다."라는 말을 삽입했다. 이 말에 방청객들은 수많은 공감의 웃음을 보냈는데, 왜냐면 이폴리트 키릴로비치는 주피터와 닮은 구석이 전혀 없었기 때문이었다. 이어, 폐츄코비치는 그가 젊은 세대에게 아버지를 죽이라고 허락한다는 식의 비난에 대해 대단한 위엄을 과시하며 숫제 반박조차 하지 않겠노라고 했다. '가짜 그리스도' 부분, 또 그가 그리스도를 하느님이라 부르지 않고 그저 '십자가에 못 박힌 박애주의자'라 부른 것과 '진리와 상식의 연단에서 정교와 상치되는 말이 나올 수는 없는 노릇이다.'라는 것에 관한 한——폐츄코비치는 이건 '비방'이나 다름없다, 자기가 여기로 올 때만 해도 이곳의 연단에서 '한 사람의 시민이자 충실한 종복으로서의 나의 인격을 손상시킬' 비난을 받을 위험 따위는 적어도 없을 걸로 생각했다, 하는 식의 말을 넌지시 던졌다. 하지만 시민이니 종복이니 하는 말이 줄줄이 나오자 재판장은 변호사에게도 일침을 가했고, 폐츄코비치는 온 법정에서 공감 어린 웅성거림이 들리는 가운데 절을 하고 자신의 대답을 끝냈다. 이폴리트 키릴로비치는, 우리 부인들의 견해론, '영원토록 찌그러져' 버렸다.

이어, 피고에게 발언권이 주어졌다. 미챠는 일어나긴 했으나 말은 많이 하지 않았다. 그는 육체적으로도, 정신적으로도 끔찍할 정도로 지쳐 있었다. 아침에 법정에 나올 때 보여 준 의연하고 힘찬 모습은 거의 온데간데없었다. 그는 이날, 앞으로 평생 남을 뭔가를 경험한 것 같았으며 전에는 이해하지 못했던 아주 중대한 것을 배웠고 깨달은 것 같았다. 목소리에도 힘이 빠져서, 아까처럼 소리를 지르는 일도 더 이상 없었다. 그의 말에서는 뭔가 새로운 것이, 체념과 패배와 굴복 같은 것이 배어 나왔다.

"제가 무슨 말을 하겠습니까, 배심원 여러분! 저에게 심판의 날이 왔으며, 제 몸에 하느님의 손길이 닿는 소리가 들립니다. 방탕한 사람에게 끝이 온 겁니다! 하지만 하느님 앞에서 고해하는 심정으로 여러분에게 말하는 바입니다. '아버지의 피에 관한 한——저는 절대로 죄가 없습니다!' 마지막으로 반복하건대, '제가 죽인 게 아닙니다'. 방탕하게 살았지만 선을 사랑했습니다. 매 순간 개과천선하고자 노력했지만 금수처럼 살았습니다. 검사님께 감사드립니다, 저도 몰랐던 저에 대한 많은 얘기를 해 주셨습니다. 하지만 제가 아버지를 죽였다는 것은 사실이 아닙니다, 검사님은 실수하신 겁니다! 변호사님께도 감사드립니다, 변론을 들으면서 울었습니다. 하지만 제가 아버지를 죽였다는 건 사실도 아닐뿐더러, 그런 가정조차도 해선 안 됐던 겁니다! 의사들의 말을 믿어서도 안 됩니다, 저는 완전히 제정신인데 다만 마음이 무거울 따름입니다. 만약 자비를 베풀어 주신다면, 저를 풀어 주신다면——여러분을 위해서 기도하겠습니다. 훌륭한 사람이 되겠습니다, 정말입니다, 하느님 앞에 약속합니다. 유죄 판결을 내리신다고 해도——제 손으로 제 머리 위의 검을 부수고 그렇게 부서진 파편에 입을 맞추겠습니다! 그럼에도, 자비를 베풀어 주십시오, 저에게 저의 하느님을 빼앗지 말아 주십시오, 저는 저란 놈을 잘 알고 있습니다. 분명히, 원망을 하게 될 겁니다! 제 마음이 무겁습니다, 여러분…… 자비를 베풀어 주십시오!"

그는 거의 쓰러지다시피 자리에 앉았는데, 목소리가 탁 끊기는 바람에 마지막 어구는 간신히 내뱉었다. 이어, 재판장은 질문들을 정리하여 양측에 결론을 요구하기 시작했다. 하지만 나는 자세한 묘사는 하지 않겠다. 마침내, 배심원들이 퇴정해 회의를 하기 위해 자리에서 일어났다. 그들을 떠나보내면서 재판장은 몹시 지쳐 있었기 때문에 아주 힘없는 목소리로 다음과 같은 말을 했다. "공정을 기하십시오, 변호인 측의 미사 여구에 현혹돼서는 안 되지만 어쨌거나 잘 헤아려 주시고 여러분에게 위대한 의무가 주어져 있음을 상기해 주십시오." 등등. 배심원들이 퇴정하자 법정은 휴정에 들어갔다. 사람들은 자리에서 일어나 좀 돌아다니면서 이런저런 인상들을 주고받기도 하고 간이식당에서 뭘 좀 먹을 수도 있었다. 이미 시간은 몹시 늦어서 거의 새벽 1시가 다 됐지만, 아무도 집에 갈 생각을 안 했다. 다들 너무 긴장된 상태였기 때문에 그만 편히 쉬고 싶은 마음이 없었다. 다들 마음을 졸이며 기다렸던 것인데, 그렇다고 해서 모두가 다 마음을 졸인 건 아니었다. 부인들은 너무 초조해서 히스테리라도 일으킬 지경이었지만, 그래도 '틀림없이 무죄 판결을 내릴 것이다.'라는 생각에 마음만은 평온했던 것이다. 그들은 누구나 다 함께 열광할 극적인 순간을 준비하고 있었다. 고백하건대, 남성의 방청석 쪽에서도 무죄 판결이 내려지리라고 확신하는 자들이 굉장히 많았다. 더러 기뻐하는 사람들도 있고 인상을 쓰는 사람들도 있고, 또 마냥 시무룩해하는 사람들도 있었는데, 이들은 무죄 판결이 내려지는 게 싫었던 것이다! 페츄코비치 자신은 성공을 굳게 확신하고 있었다. 그는 사람들한테 에워싸여 축하 인사를 받았고, 사람들은 그 앞에서 아첨을 떨어 댔다.

"그러니까 말입니다." 훗날 전해진 바에 따르면 어느 무리에서 그가 이렇게 말했다고 한다. "변호사와 배심원들 사이에는 보이지 않는 실이 연결되어 있습니다. 그것은 변론이 진행되는 동안부터 연결되고, 또 예감할 수 있습니다. 저는 그것을 느꼈습니다, 그것은 존재합니다. 승리는 우리 것이니까 안심하십시오."

"그럼 우리 촌놈들이 이제 무슨 말을 할까요?" 어느 뚱뚱한 곰보 신사가 대화에 열을 올리고 있는 신사들의 무리로 다가와 인상을 잔뜩 쓴 채 이렇게 말했는데, 그는 이 근방의 지주였다.

"무식쟁이 촌놈들만 있는 건 아니잖습니까. 저기엔 관리도 네 명이나 있습니다."

"맞습니다, 관리들도 있죠." 지방자치회 의원이 다가와 말했다.

"그나저나 나자리예프, 그러니까 프로호르 이바노비치 말인데, 저기 메달을 단 상인으로 배심원인데, 아십니까?"

"그래서요?"

"여간 똑똑한 사람이 아닙니다."

"계속 입을 다물고 있는걸요."

"입을 다물고 있긴 한데, 사실 그럴수록 더 좋은 겁니다. 페테르부르크 양반이 저 사람을 가르칠 것이 아니라, 저 사람이 직접 페테르부르크 전체를 가르칠걸요. 자식이 열두 명이나 되는 사람인데, 한번 생각해 보십시오!"

"무슨 당치도 않은 말씀을, 정말로 무죄 판결을 내리지 않을까요?" 다른 무리에서 우리네 젊은 관리 중 하나가 소리쳤다.

"분명히 무죄 판결을 내릴 겁니다." 단호한 목소리가 들려왔다.

"무죄 판결을 내리지 않는다면 수치스럽고 치욕스러운 일이 될 겁니다!" 관리가 소리쳤다. "설사 그가 죽였다고 하더라도 그 아버지가 어떤 아버지입니까! 그리고 끝으로, 그는 반쯤 미친 거나 다름없는 상태였으니까……. 정말로 그냥 공이를 한 번 휘둘렀을 뿐인데 상대방이 나가떨어졌을 수도 있죠. 고약한 건 그저 여기서 하인을 끌어들인 겁니다. 이건 한낱 우스꽝스러운 에피소드에 지나지 않아요. 내가 변호사였다면 그냥 직설적으로 이렇게 말했을 겁니다. 죽였다, 하지만 무죄이다, 에잇, 제기랄!"

"사실 변호사 말이 그 말이지 뭡니까, 다만 '에잇, 제기랄'이라는 말을 안 했다뿐이지."

"아니, 미하일 세묘느이치, 거의 그렇게 말한 거나 다름없죠."세 번째 목소리가 말을 받았다.

"거참 무슨 말씀을, 여러분, 우리 도시에서는 정부(情夫)의 본처의 목을 싹둑 자른 여배우에게 무죄 판결을 내렸는걸요."

"하지만 다 자른 건 아니잖습니까."

"어쨌거나, 어쨌거나 일단 자르기 시작했잖습니까!"

"그나저나 아이들에 대한 그의 변론은 어땠습니까? 대단하더군요!"

"대단했죠."

"그럼, 신비주의, 신비주의 대목은요, 예?"

"신비주의 나부랭이는 그만두시고."라며 누군가가 또 소리쳤다. "이폴리트, 그의 앞날에 펼쳐질 운명에나 관심을 가지시죠! 당장 내일만 돼도 검사 부인이 미첸카 일로 트집을 잡아 그의 눈을 할퀼걸요."

"그 부인도 여기 왔나요?"

"오긴 어딜 와요? 여기 있었다면, 여기서 당장 할퀴었을걸요. 치통 때문에 집에 있습니다. 헤헤헤!"

"헤헤헤!"

세 번째 무리에서는 이랬다.

"어쨌거나 미첸카에게 무죄 판결을 내릴 것 같습니다."

"글쎄, 아마도 내일이면 '수도' 전체가 들썩거릴걸요, 한 열흘은 족히 술판을 벌일 테니까요."

"에잇, 제기랄!"

"제기랄이고 뭐고 간에 당연한 노릇 아닙니까, 저 친구가 거기가 아니면 어디 갈 데가 있어야죠."

"여러분, 웅변이야 뭐 멋졌다고 칩시다. 하지만 아버지들의 머리를 용수철 저울로 깨부수는 건 안 될 일이죠. 그랬다간 세상이 대체 어떤 지경이 되겠습니까?"

"전차, 전차 말입니다, 기억나시죠?"

"기억나다마다요, 달구지에서 마차를 만든 거죠."

"하지만 내일이 되면 마차에서 달구지를 만들걸요, '필요할 때에는, 어쨌거나 필요에 따라서.'"

"약삭빠른 족속들이 생겨났어요. 대체 우리 루시엔 진리라는 것이 있는 겁니까, 여러분, 아니면 전혀 없는 겁니까?"

하지만 종이 울리기 시작했다. 배심원들은 그 이상도 그 이하도 아닌, 정확히 한 시간 동안 회의를 한 것이었다. 방청객들이 다시 자리에 앉기가 무섭게 깊은 침묵이 드리웠다. 배심원들이 법정으로 들어오던 장면이 기억난다. 드디어! 질문들을 조목조목 옮기진 않겠다, 사실 나는 그것을 잊어버렸다. 내가 기억하는 것은 오로지 재판장의 첫 번째이자 가장 중요한 질문, 즉 '강도를 목적으로 의도적으로 살인을 저질렀는가?'(정확한 표현은 기억이 안 난다.)에 대한 대답뿐이다. 다들 숨을 죽였다. 수석 배심원은 아까 그 관리로서 그중에서 제일 젊었는데, 그가 법정 안에 죽음과 같은 정적이 흐르는 가운데 큰 소리로 분명하게 선언했다.

"그렇습니다, 유죄입니다!"

그다음엔 모든 조목에 대해 한결같은 말이 흘러나왔다. 유죄이다, 유죄이다, 그러니까 정상 참작이란 손톱만큼도 없었던 것이다! 이건 아무도 예상치 못한 일이었으니, 최소한 정상 참작쯤은 해 주리라고 거의 다들 확신했던 것이다. 법정은 여전히 죽음과 같은 정적에 휩싸인 가운데, 문자 그대로 다들 — 유죄 판결을 바라던 자들도, 무죄 판결을 바라던 자들도 돌이 된 듯했다. 하지만 오직 처음 몇 분만 그랬을 뿐이다. 곧이어 무서운 혼돈이 시작됐다. 남성 방청객들 중에서는 많은 이들이 매우 만족스러워했다. 어떤 이들은 심지어 자신의 기쁨을 감추지도 않고 손을 비벼 대기도 했다. 불만스러운 자들은 기가 꺾인 듯 어깨를 으쓱하면서 서로 속닥댔지만 아직도 통 영문을 모르겠다는 투였다. 하지만, 맙소사, 우리 부인네들은 어떻게 됐겠는가! 나는 그들이 폭동이라도 일으키지 않을까 생각했다. 부인들은 처음엔 자신의 귀를 믿지 못하는 것 같았다. 그러고 나선 갑자기 법정 전체가 떠나갈 만큼 커다란 외침 소리들이 들리기 시작했다. "아니, 이게 뭐예요? 무슨 이런 일이 다 있어요?" 그들은 연달아 자기 자리에서 벌떡 일어났다. 분명히, 지금이라도 당장 이 모든 걸 바꾸고 재조정할 수 있다고 생각했던 듯하다. 이 순간 갑자기 미챠가 자리에서 일어나더니, 두 손을 앞으로 뻗으면서 어쩐지 갈기갈기 찢어지는 목소리로 울부짖듯 외쳤다.

"하느님과 그 최후의 심판에 맹세하건대, 아버지에 피에 관한 한 저는 아무 죄도 없습니다! 카챠, 당신을 용서한다! 형제들, 친구들이여, 또 다른 여인에게 자비를 베풀어 주십시오!"

그는 말을 다 끝내지도 못하고 온 법정이 떠나갈세라 목청껏, 무섭도록 흐느껴 울었는데, 그건 어쩐지 원래 그의 목소리가 아니라 갑자기 어디서 튀어나왔는지 통 알 수 없는 어쩐지 느닷없고 새로운 목소리였다. 위쪽의 높은 자리, 가장 뒤쪽 구석 자리에서 날카로운 여자의 통곡 소리가 울려 퍼졌다. 그건 그루셴카였다. 그녀는 아까 누군가에게 간청을 해서 법정 공방이 시작되기 전에 이미 다시금 법정 안으로 들어와 있었던 것이다. 미챠는 데리고 나갔다. 판결문 낭독은 내일로 연기되었다. 법정은 온통 아수라장으로 변했지만, 나는 더 이상 뭘 기다리지도, 귀를 기울이지도 않았다. 기억에 남아 있는 건 오직, 이미 현관 출구에서 들은 몇몇 외침들뿐이다.

"이십 년은 광산 냄새를 맡겠군."

"그보다 적진 않을 거야."

"맞아, 우리네 촌놈들이 자기 고집을 부린 거야."

"그래, 그놈들이 우리 미첸카를 작살내 버렸어!"

에필로그

1 미챠 구출 계획

미챠의 공판이 있은 지 닷새째 되는 날, 8시가 막 지난 몹시 이른 아침에 알료샤가 카체리나 이바노브나를 찾아왔는데, 둘 모두에게 중대한 어떤 일에 대해 최종적으로 합의를 봐야 했고 덧붙여 그녀에게 전할, 부탁받은 일도 있었다. 그녀는 언젠가 그루셴카를 접견했던 방에 앉아서 그와 얘기를 나누었다. 바로 옆방에는 이반 표도로비치가 섬망증에 걸려 의식 불명 상태로 누워 있었다. 카체리나 이바노브나는 그때 법정에서 그런 소동을 벌인 직후, 앞으로 사교계에서 기필코 흘러나올 온갖 쑥덕거림과 지탄을 싹 무시하고서 이반 표도로비치를, 의식을 잃은 이 환자를 자기 집으로 옮겨 오게 했다. 그녀와 함께 살고 있던 두 여자 친척 중 한 명은 법정 소동 직

542

후 즉시 모스크바로 떠났고 다른 한 명은 그대로 남았다. 하지만 두 여자가 다 떠났다 할지라도 카체리나 이바노브나는 자신의 결심을 바꾸지 않고 밤낮으로 환자 옆에 붙어 앉아 간호하는 쪽을 택했을 것이다. 그의 치료를 맡은 의사는 바르빈스키와 게르첸슈투베였다. 모스크바에서 온 의사는 앞으로 예상되는 병의 추이에 대해 이렇다 할 소견도 내놓지 않고 모스크바로 돌아가 버렸다. 뒤에 남은 의사들은 카체리나 이바노브나와 알료샤를 격려하긴 했지만, 보아하니 아직 확실한 희망을 줄 순 없는 것 같았다. 알료샤는 하루에 두 번씩 아픈 형에게 들렀다. 하지만 이번엔 특별히 아주 번잡스러운 일이 있었는데, 형한테 그 용건을 꺼내기가 힘들 거라는 예감은 들었지만 그래도 마음이 너무 급했다. 역시나 오늘 아침 중으로 다른 곳에서 또 다른 시급한 일을 처리해야 했기 때문에 급히 서둘러야 했던 것이다. 그들은 벌써 십오 분째 대화를 나누고 있었다. 카체리나 이바노브나는 창백한 얼굴에 몹시 지쳐 있었지만 동시에 굉장히 병적으로 흥분해 있었다. 어떻든 그녀는 알료샤가 지금 왜 자기를 찾아왔는지를 예감했던 것이다.

"그 사람의 결정에 대해서는 신경 쓰지 마세요." 그녀가 단호하고 집요하게 알료샤에게 말했다. "이렇든 저렇든 그이는 어차피 이렇게 될 수밖에 없을 테니까요. 탈출하는 길밖에 없어요! 이 불행한 사람, 명예와 양심의 영웅은 저 사람이 아니라——즉 드미트리 표도로비치가 아니라 이 문 너머에 누워 있는 저 사람, 형을 위해서 스스로를 희생한 저 사람입니다." 카챠는 눈을 번득이면서 이렇게 덧붙였다. "저 사람은 이미 오래전에 나한테 이 탈출 계획을 전부 알려 주었어요. 그러니까 이미 그쪽과 접선을 시작했던 거죠……. 당신한테도 제가 이미 좀 알려 줬고요……. 그러니까 아무래도 유형수들과 시베리아로 이송될 때 여기서 세 번째에 해당하는 병참역사(兵站驛舍)에서 일을 성사시킬 모양이에요. 오, 하지만 이건 아직은 먼 일이군요. 이반 표도로비치는 세 번째 병참역사의 사령관을 벌써 만나고 왔어요. 다만, 호송대 담당관이 누가 될지는 아직 알 수 없는 상태이고, 더욱이 미리 알아낼 수도 없다더군요. 아마 내일이면 내가 당신한테 계획의 전모를 상세히 보여 줄 수 있을 텐데, 이 계획안은 이반 표도로비치가 공판 전날 만일의 경우에 대비해서 나에게 남겨 뒀던 거예요……. 그러니까 바로 지난번에 있었던 일인데, 기억나시죠, 그때 저녁에 우리가 다투고 있는데 당신이 왔던 일 말이에요. 저이는 계단을 내려가던 중이었고, 나는 당신이 온 걸 보고선 저이에게 다시 돌아오라고 했는데, 기억나세요? 우리가 그때 무슨 일로 다퉜는지 알고 계세요?"

"아니요, 모릅니다." 알료샤가 말했다.

"물론 그러실 테죠, 저이가 그때만 해도 당신한텐 감췄으니까요. 실은 바로 이 탈출 계획 때문이었어요. 저이는 그 사흘 전에 이미 나한테 주된 요점을 털어놓았고, 그때부터 우리는 싸우기 시작해서 그 후 사흘 내내 다퉜던 거예요. 우리가 다툰 건 저이가 나한테 드미트리 표도로비치가 유죄 판결을 받게 될 경우 저 계집년과 함께 외국으로 도망칠 거라고 알리자 내가 갑자기 발끈했기 때문이에요. 무엇 때문에 그렇게 열을 받았는지는 말하지 않겠어요, 나 자신도 그 이유를 모르기도 하고……. 오, 물론 나는 그때 계집년, 그 계집년 때문에 발끈했던 거예요, 정확히 그 계집년도 드미트리와 함께 외국으로 도망칠 거라는 말 때문에!" 카체리나 이바노브나는 어쩌나 화가 났는지 입술을 파르르 떨면서 갑자기 소리쳤다. "이반 표도로비치는 그때 내가 그 계집년 때문에 발끈하는 걸 보고선 당장, 내가 드미트리 때문에 그 여자한테 질투를 느끼는 거라고, 따라서 내가 아직도 드미트리를 사랑하고 있다고 생각했던 거예요. 이렇게 해서 그때 처음으로 말다툼이 시작됐어요. 나는 구태여 해명을 하고 싶지도 않았고, 딱히 용서를 구할 수도 없었어요. 이반 표도로비치 같은 사람이 저런…… 사람한테 내가 아직도 미련이 있다고 의심할 수 있다니, 난 정말 힘겨웠어요. 게다가 그 무렵엔 이미 말이죠, 그러니까 그전에, 이미 오래전에 내가 사랑하는 건 드미트리가 아니라 오직 당신 한 사람뿐이라고 그에게 대놓고 말했단 말이에요! 나는 그저 이 계집년 때문에 악에 받쳐서 저이에게 발끈 화를 냈던 거예요! 사흘 뒤, 당신이 찾아왔던 바로 그날 저녁, 저이는 나에게 뜯지 않은 봉투를 가져왔는데, 혹시 자기한테 무슨 일이 일어나면 그 즉시 나더러 뜯어 보라는 거였어요. 오, 저이는 자신의 병을 예견했던 거예요! 저이는 나에게 봉투 속엔 탈출 계획이 상세하게 적혀 있다고 털어놓았는데, 자기가 죽거나 중병에 걸리면 나 혼자서라도 미챠를 구하라는 거였어요. 그러곤 그 자리에서 나한테 거의 만 루블에 가까운 돈을 남겨 두고 갔어요——이 돈이 바로 검사가 논고에서 언급했던 그 돈인데,

검사는 누군가를 통해 그가 이 돈을 바꿔 오라고 사람을 보낸 걸 알게 됐나 봐요. 이반 표도로비치는 내가 아직도 미챠를 사랑한다는 확신에 사로잡혀 여전히 질투심을 느끼면서도 형을 구하겠다는 생각을 버리지 못해 나한테, 다름 아닌 나한테 자기 형을 구출해 내는 일을 맡겼고, 나는 갑자기 무서울 정도로 충격을 받았어요! 오, 이건 희생이었어요! 아니, 당신은 이런 자기희생은 완전히 이해하지도 못할 거예요, 알렉세이 표도로비치! 나는 경건함마저 느낀 나머지 저이의 발밑에 몸이라도 던지고 싶었지만, 갑자기 그랬다간 미챠가 구출되리라는 것에 내가 기뻐하는 거라고 오해할 것 같은(하지만 저이는 틀림없이 이렇게 생각했을 거예요!) 생각이 들었고, 저이가 그런 얼토당토않은 생각을 할 수 있다는 것만으로도 나는 짜증이 났어요. 또다시 얼마나 짜증이 났으면 저이의 발에 입을 맞추는 대신, 또다시 저이에게 한바탕 퍼붓고 말았어요! 오, 나는 불행해요! 내 성격은 왜 이 모양일까——끔찍하고 불행한 성격이에요! 오, 당신은 더한 꼴도 보실 거예요. 난 계속 이렇게 굴다가 결국에 가선 저이도 드미트리처럼 좀 더 속 편하게 살 수 있는 다른 여자한테 가 버리고 나를 버릴 테지만, 하지만 그땐…… 안 돼요, 그땐 난 더 이상 참지 못할 거예요, 난 자살을 할 거예요! 그때 당신이 들어오고 내가 당신을 부르고 저이에게 다시 돌아오라고 명령하고, 그렇게 해서 당신과 함께 들어온 저이가 곧장 갑자기 나에게 증오와 경멸에 찬 시선을 던졌기 때문에 나는 너무나 화가 나서, 기억나세요, 갑자기 당신에게 드미트리가 살인자라고 나한테 주장한 건 이 사람이었다, 이 사람이 혼자서 그랬다, 하고 외쳤던 거예요! 나는 저 사람 한테 또다시 상처를 주려고 일부러 그런 못된 소리를 한 거예요. 사실 저이가 자기 형이 살인자라고 주장한 적은 한 번도 없었고, 오히려 내가, 나 자신이 그에게 이렇게 주장해 놓고선 말이죠! 오, 모든 게, 정말 모든 게 내가 미쳤기 때문이에요! 전부 다 내 탓이에요, 법정에서 그 저주스러운 장면을 준비한 것도 나잖아요! 저이는 자기가 고결한 사람임을, 내가 자기 형을 사랑한다 할지라도 어쨌거나 자기는 복수심과 질투심 때문에 형을 파멸시키는 짓은 하지 않을 것임을 나한테 증명하고 싶었던 거예요. 그래서 저이는 법정에 나왔던 거예요……. 모든 게 내 탓이에요, 잘못한 건 나 하나뿐이라고요!"

카챠가 알료샤에게 이런 고백을 한 적은 지금까지 한 번도 없었고, 그랬기에 그는 그녀가 지금 그야말로 참을 수 없을 만큼 극심한 고통을 느끼고 있음을, 가장 오만한 마음이 쓰라림을 참으며 자신의 오만함을 무너뜨리고 고통에 압도되어 쓰러지고 있음을 느꼈다. 오, 미챠가 유죄 판결을 받은 이후 요 며칠 내내 그녀가 아무리 숨기려고 해도 지금 그녀의 고통에 또 다른 끔찍한 원인이 있음을 알료샤는 알고 있었다. 하지만 지금 이 순간 그녀가 완전히 무릎을 꿇고 결국 자기가 먼저 이 원인에 대한 얘기마저 꺼냈다면, 그는 무엇 때문인지 몰라도 몹시 마음이 아팠을 것이다. 그녀는 법정에서의 자신의 '배반' 때문에 고통스러워하고 있었다. 알료샤는 양심이 그녀로 하여금 바로 자기, 즉 알료샤 앞에서 눈물을 흘리고 소리를 지르고 히스테리를 부리고 마룻바닥에서 몸부림치며 사죄를 하라고 내몰고 있음을 예감했다. 하지만 그 순간이 그는 두려웠고 그래서 고통스러워하는 이 여인에게 자비를 베풀고 싶었다. 그렇기 때문에 더더욱 자신이 부탁받은 일에 대한 말을 꺼내기가 힘들어졌다. 그는 다시 미챠 얘기를 꺼냈다.

"괜찮습니다, 괜찮아요, 그 사람에 대해선 염려 마세요!" 카챠가 다시금 집요하고 매몰찬 어조로 말문을 열었다. "어차피 그 사람은 이 모든 게 한순간일 뿐이에요. 나는 그이를 잘 알아요, 그 마음을 너무도 잘 알고 있다고요. 분명히, 그이는 탈출하는 데 동의할 거예요. 그리고 무엇보다도, 지금 당장 결정해야 할 일이 아니니까, 그이가 결단을 내릴 시간적 여유는 얼마든지 있는 셈이죠. 그 무렵이면 이반 표도로비치도 건강이 회복돼서 직접 모든 일을 처리할 테니까 나로선 할 일이 아무것도 없을 거예요. 걱정 마세요, 그 사람은 탈출하는 데 동의할 테니까요. 아니, 이미 동의를 한 셈이죠. 그이가 자신의 계집년을 여기 남겨 두고 떠날 리는 없잖아요? 그 여자를 유형지에 같이 보내 주지도 않을 텐데, 그이가 탈출하지 않고 배기겠어요? 제일 중요한 건 그이가 당신을 두려워한다는 점이에요. 즉, 당신이 도덕적인 측면에서 탈출에 찬성하지 않을까 봐 두려워하고 있지만, 만약 이 일에 당신의 승인이 꼭 필요하다면 당신은 이것을 관대하게 허용해 주어야 돼요." 카챠는 독살스러운 어조로 이렇게 덧붙였다. 그러곤 잠시 입을 다물더니 씩 웃었다.

"그 사람이 저기서"라고 그녀가 다시 말을 시작했다. "찬송가가 어떻고, 그이가 짊어져야 되는 십자가가 어떻고, 의무가 어떻고 하는 소리를 늘어놓고 있어요. 그때 이반 표도로비치가 나한테 이 얘기를 전해 줬기 때문에 잘 기억하고 있어요. 이반 표도로비치의 말투가 어땠는지 당신이 알기만 한다면!" 카챠는 갑자기 걷잡을 수 없는 감정을 담아 이렇게 소리쳤다. "이반 표도로비치가 나한테 그 불행한 인간 얘기를 전할 때, 그 순간에 자기 형을 얼마나 사랑했는지, 그리고 동시에 얼마나 증오했는지를 당신이 알기만 한다면! 나는, 오, 나는 그때 저 사람의 눈물 어린 얘기를 들으면서 오만불손한 냉소를 머금었어요! 오, 몹쓸 년 같으니! 나야말로, 정말 몹쓸 년, 몹쓸 년이에요! 그 사람한테 섬망증을 안겨 준 것도 바로 나예요! 그건 그렇고, 그 인간, 유죄 판결을 받은 그 인간은 정말로 고통을 받을 각오가 되어 있을까요?" 카챠는 짜증스러운 어조로 이렇게 말을 끝맺었다. "아니, 그런 인간이 고통을 감내할 수 있을까요? 그런 인간들은 절대로 고통을 받지 않아요!"

이 말 속에선 이미 어떤 증오와 역겨운 경멸의 감정이 울려 나왔다. 하지만 어쨌거나 그녀는 그를 배반한 셈이었다. 알료샤는 속으로 '아마 자기가 미챠 형한테 죄를 지었다는 느낌이 들기 때문에 때때로 형을 증오하는지도 몰라.'라고 생각했다. 이것이 그저 '때때로'이면 좋겠다 싶었다. 그는 카챠의 마지막 말에서 울려 나오는 도전적인 어조를 들었지만, 그것에 응수해 주지는 않았다.

"내가 오늘 당신을 부른 건 당신이 직접 그를 설득하겠다는 다짐을 받기 위해서예요. 아니면, 당신 생각으론 탈출한다는 것이 역시나 명예롭지도 않고 남자답지도 않은 일이고, 아니면 뭐랄까…… 기독교적이지 못한 일인가요, 예?" 카챠는 한층 더 도전적인 어조로 이렇게 덧붙였다.

"아니, 전혀 그렇지 않습니다. 내가 형님에게 전부 다 말하겠습니다……." 알료샤가 중얼거렸다. "형님은 오늘 당신이 형님을 찾아 주었으면 합니다." 갑자기 그는 단호한 태도로 그녀의 눈을 바라보면서 이런 말을 내뱉었다. 그녀는 온몸을 부르르 떨더니 소파에 앉은 채로 거의 몸을 움찔 뒤로 뺐다.

"나더러 와 달라니…… 아니, 어떻게 그럴 수가 있어요?" 그녀가 창백해지면서 중얼거렸다.

"충분히 그럴 수 있을뿐더러 또 꼭 그래야 합니다!" 알료샤는 완전히 활기를 띠면서 집요한 어조로 말을 시작했다. "형님에겐 당신이 매우 필요합니다, 특히 지금요. 꼭 필요한 일이 아니었다면, 나도 이 얘기를 꺼내서 미리부터 당신을 괴롭히진 않았을 겁니다. 형님은 몸이 안 좋습니다, 꼭 미친 사람 같아요, 형님은 줄곧 당신이 와 줬으면 해요. 형님이 화해를 하기 위해 당신더러 와 달라는 건 아니지만, 그냥 가서 문지방에서 얼굴이라도 내비치면 됩니다. 그날 이후 형님에겐 많은 변화가 있었습니다. 형님은 자기가 당신한테 얼마나 많은 죄를 지었는지를 알고 있습니다. 당신의 용서를 바라는 것도 아닙니다. 형님 입으로 '나를 용서할 순 없겠지.'라고 말하고 있으니까요. 다만 당신이 문지방에서 얼굴이라도 내비치면……."

"이렇게 갑자기 나를……." 하고 카챠가 중얼거렸다. "하긴, 요 며칠간 줄곧 당신이 이런 목적으로 찾아올 것 같은 예감이 들었어요……. 나는 이럴 줄 알았어요, 그이가 나더러 와 달라고 할 줄 알았다고요……! 하지만 그럴 수 없어요!"

"그럴 수 없다고 해도 꼭 그렇게 해 주십시오. 형님이 처음
으로, 난생처음으로 자기가 당신을 얼마나 모욕했는지에 대해
충격을 받았다는 점을 상기해 주십시오. 전에는 그걸 이 정
도로 완전히 깨달은 적이 결코 없었단 말입니다! 형님은, 만
약 그녀가 찾아오길 거절한다면 '이제 평생 동안 불행할 것이
다.'라고 말하고 있습니다. 듣고 계십니까, 이십 년 형을 선고받
은 유형수가 아직도 행복해질 채비를 하고 있는데──정말 이
게 가엾지도 않습니까? 한번 생각해 보십시오. 당신은 죄 없
이 파멸한 사람을 방문하는 겁니다." 알료샤의 입에서는 도전
적인 어조가 담긴 이런 말이 튀어나왔다. "형님의 두 손은 깨
끗합니다, 거기엔 피가 묻어 있지 않습니다! 형님이 앞으로
감당해야 할 무한한 고통을 위해 지금 형님을 방문해 주십시
오! 그냥 가서서 암흑 속으로 들어가는 형님을 전송해 주십시
오……. 문지방까지만 가면, 그것으로 충분합니다……. 반드시
이렇게 해 주셔야 합니다, 반드시!" 알료샤는 '반드시'라는 말을
대단히 강조하면서 말을 끝맺었다.

"반드시 그래야겠지만, 그렇지만…… 난 못 하겠어요." 카챠
는 신음하듯 말했다. "그 사람이 나를 바라볼 테고…… 아무
래도 난 못 하겠어요."

"두 분은 눈을 마주쳐야 합니다. 지금 결단을 내리지 않으
면 앞으로 평생 어떻게 사실 겁니까?"

"차라리 평생 고통받는 게 낫겠어요."

"반드시 가셔야 합니다, 반드시 가셔야 한단 말입니다." 알료

샤가 또다시 완고하게 강조했다.

"하지만 왜 하필 오늘, 왜 하필 지금이어야 하죠……? 환자를 혼자 남겨 두고 갈 순 없어요……."

"잠깐이면 됩니다, 정말 잠깐이잖습니까. 만약 당신이 가지 않으면, 형님은 밤쯤이면 열병에 걸릴 겁니다. 거짓말이 아닙니다, 제발 좀 불쌍히 여겨 주세요!"

"차라리 나를 좀 불쌍히 여겨 주세요!" 카챠는 쓰라린 어조로 책망하면서 울기 시작했다.

"그러니까 가신다는 거로군요!" 알료샤는 그녀의 눈물을 보자 확고한 어조로 이렇게 말했다. "그럼, 가서 형님한테 당신이 지금 올 거라고 말하겠습니다."

"안 돼요, 그런 말은 절대로 하지 말아요!" 카챠가 깜짝 놀라면서 소리쳤다. "가긴 가겠지만, 그래도 그 사람한테 미리 말하지는 말아 주세요. 가긴 가더라도 안으로는 들어가지 않을지도 모르니까……. 나는 아직도 잘 모르겠어요……."

그녀의 목소리가 끊겼다. 숨 쉬는 것도 힘들었던 것이다. 알료샤는 그만 자리를 뜨려고 일어섰다.

"혹시 내가 누구와 마주치기라도 한다면?" 갑자기 그녀는 이런 말을 조용히 내뱉더니, 또다시 온통 새하얗게 질렸다.

"그러니까 지금 가야지만 거기서 누구와 마주치는 일이 없다는 겁니다. 아무도 없을 겁니다, 정말입니다. 그럼, 기다리겠습니다." 그는 완강하게 말을 끝맺은 뒤 방에서 나갔다.

2 한순간, 거짓이 참이 되다

그는 지금 미챠가 누워 있는 병원을 향해 걸음을 재촉했다. 판결이 있은 지 이틀째 되는 날 그는 신경성 열병에 걸려 우리 도시의 시립 병원, 수감자 병동으로 이송되었다. 하지만 알료샤를 비롯한 많은 사람들(호흘라코바, 리자 등)의 청을 받아들여서, 의사 바르빈스키는 미챠를 다른 수감자들이 있는 곳이 아니라 따로, 그러니까 전에 스메르쟈코프가 누워 있던 바로 그 병실에 수용했다. 사실, 복도 끝에는 보초가 서 있고 창문은 철창으로 되어 있었기 때문에 바르빈스키는 이런 걸 묵과해 주는 일종의 편법을 썼다고 해서 마음을 졸일 이유는 없었다. 게다가 그는 원래가 착하고 동정심이 많은 젊은이이기도 했다. 또, 미챠와 같은 사람이 그야말로 갑자기 살인범과 사기꾼 무리 속으로 들어선다는 것이 얼마나 힘든가를, 따라서 일단은 그것에 차츰 익숙해져야 한다는 것을 잘 이해하고 있었다. 한편, 친척들과 지인들의 면회는 의사도, 간수도, 심지어 경찰 서장까지도 허락해 준 일이었지만 여하튼 비밀리에 이루어지는 것이었다. 그래 봤자 최근에 미챠를 방문한 사람은 알료샤와 그루셴카가 다였다. 라키친이 그를 만나려고 설친 적이 두 번이나 있긴 했다. 하지만 미챠는 그를 들여보내지 말라고 바르빈스키에게 완강하게 부탁했다.

알료샤가 들어갔을 때 그는 환자복을 입은 채 침대에 앉아 있었는데, 열이 좀 있는지 아세트산과 물에 적신 수건을 머리에 감고 있었다. 그는 안으로 들어온 알료샤를 몽롱한 시선으로 맞이했지만, 그 시선 속에는 어쨌거나 경악과 같은 것이 번득였다.

대체로, 공판 때부터 그는 끔찍할 정도로 생각이 많아졌다. 때론 반 시간씩 입을 다문 채, 눈앞에 있는 사람마저 잊고 뭔가를 고통스럽게 되새김질하며 생각하는 듯했다. 그렇게 생각에 골몰해 있다가 말을 하기 시작하면 언제나 느닷없이, 그리고 꼭 정말로 말해야 했던 것이 아닌 엉뚱한 얘기를 꺼내곤 했다. 어떨 때는 고통스러운 얼굴로 동생을 바라보기도 했다. 그루셴카와 있는 것이 알료샤와 있는 것보다 그로선 더 마음이 편한 듯했다. 사실, 그는 그녀와 거의 말을 하지도 않았지만, 그녀가 들어오기만 하면 금방 그의 얼굴에 화색이 돌면서 빛이 났다. 알료샤는 말없이 침대 위, 그의 곁에 앉았다. 이번에 그는 불안한 마음으로 알료샤를 기다렸지만 감히 물어볼 엄두는 내지 못했다. 카챠가 선뜻 가겠다고 했을 리 만무하다고 생각했지만 동시에, 그녀가 오지 않으면 완전히 불가능한 일이 일어날 것 같은 느낌이 들었던 것이다. 알료샤는 그의 감정을 잘 이해하고 있었다.

"트리폰 말인데" 하고서 미챠가 부산을 떨며 말을 꺼냈다. "트리폰 보리스이치 녀석이 자기 여인숙을 전부 뒤집어 놓았다고 하더라. 마루청을 들어내고 벽 판자를 뜯어내고 '회랑'을 아주 엉망진창으로 만들어 놨대. 아직도 보물을 찾고 있는 거지, 바로 그 돈, 내가 거기에 숨겨 놓았다고 검사가 얘기한 1500 말이야. 집에 오자마자 곧장 그런 난동을 부리기 시작했다는군. 그놈의 사기꾼, 실컷 당해도 싸지! 이곳 간수가 어제

나한테 얘기해 주었어. 거기 갔다 왔거든."

"형, 그러니까" 하고 알료샤가 말했다. "그녀가 올 거야. 하지만 언제가 될지는 모르겠어, 오늘일지, 한 이삼 일 후가 될지는 모르겠지만 어쨌거나 올 거야, 오긴 올 거라고, 이건 틀림없어."

미챠는 몸을 부르르 떨더니 뭔가를 말하려다가 입을 다물었다. 이 소식이 그에게 몹시 커다란 영향을 미쳤던 것이다. 보아하니 대화 내용을 상세하게 알고 싶어 죽겠지만 지금도 또 묻기가 겁나는 것 같았다. 카챠에게서 무슨 잔인하고 경멸적인 말이라도 들으면 이 순간 그는 칼에 찔리는 거나 다름없었다.

"이래저래 그녀는 이런 말도 했어. 그러니까 형이 탈출 문제로 양심의 고통을 받지 않게 나더러 잘 다독거리라고. 그때까지 이반의 건강이 회복되지 않는다면 그녀가 나서서 이 일을 처리하겠다고."

"그 얘기라면 벌써 나한테 했잖니." 미챠가 곰곰 생각에 잠긴 채 이렇게 지적했다.

"그럼, 형은 이미 그루샤한테 전했어?" 알료샤가 지적했다.

"그래." 하고 미챠가 인정했다. "그루샤는 오늘 아침엔 오지 않을 거야." 그는 수줍은 얼굴로 동생을 바라보았다. "저녁에만 올 거야. 내가 그녀에게 카챠가 이런저런 일을 봐 준다고 말했더니 금방 입을 다물고 입술만 삐죽거리더군. 그냥 '그년 하고 싶은 대로 하라지!'라고 속삭이기만 했어. 중대한 일이라는 걸 알아챈 거야. 나는 더 이상 고문할 엄두가 안 났어. 어쨌거나 이젠 그루샤도 그 여자가 사랑하는 사람이 내가 아니라 이반이라는 걸 알고 있는 것 같지?"

"정말 그럴까?" 알료샤의 입에서 이런 말이 튀어나왔다.

"어쩌면 모를 수도 있고. 어쨌거나 그루샤는 지금 아침엔 오지 않을 거야." 미챠는 다시 한번 서둘러서 못을 박았다. "내가 그녀한테 심부름 거리를 하나 줬거든……. 들어 봐, 동생 이반은 누구보다도 뛰어날 거야. 그러니까 살아야 되는 건 우리가 아니라 이반이지. 녀석은 건강해질 거다."

"한번 생각해 봐, 카챠는 작은형 때문에 마음을 졸이고 있긴 해도 작은형이 꼭 건강해질 거라고 믿고 있어." 알료샤가 말했다.

"그러니까 그건 녀석이 죽을 거라고 확신한다는 소리야. 건강해질 거라고 믿는 건 너무 무서워서 그러는 거야."

"작은형은 몸이 튼튼해. 그래서 나도 작은형이 건강해질 거라는 희망을 갖고 있어." 알료샤가 불안스럽게 지적했다.

"그래, 녀석은 건강해질 거다. 하지만 그 여자는 녀석이 죽을 거라고 확신하는 거야. 괴로움이 많은 여자지……."

침묵이 찾아왔다. 뭔가 몹시 중대한 것이 미챠를 괴롭히고 있었다.

"알료샤, 나는 그루샤를 정말 죽도록 사랑한다." 눈물이 가득한 떨리는 목소리로 갑자기 그가 말했다.

"그녀를 형이 갈 그곳으로 보내 주진 않을 텐데." 알료샤가 즉시 말을 받았다.

"너한테 하고 싶었던 얘기가 또 있어." 미챠가 갑자기 어쩐지 윙윙 울리는 듯한 목소리로 말을 이어 갔다. "그곳으로 가는 도중에나 그곳에서 나한테 매질을 한다면, 나는 잠자코 있

지 않을 거야. 난 그놈들을 죽여 버릴 테고, 그러면 나는 총살
감이 되겠지. 게다가 이십 년이 아니냐! 여기서도 슬슬 나를
네놈이라고 부르기 시작했어. 간수가 나한테 네놈이라고 말한
단 말이다. 간밤에도 누워서 계속 나 자신에 대해 이리저리 생
각해 봤지만 준비가 안 된 거야! 도저히 받아들일 힘이 없어!
'찬송가'를 부르고 싶었지만, 간수가 네놈이라고 부르는 것도
감당할 수가 없어! 그루샤를 위해서라면 모든 걸 다 참겠지만,
모든 걸 말이다…… 그래도 매질만은 안 돼……. 하긴, 그녀를
그곳으로 함께 보내 주지도 않을 테지만."

　알료샤는 조용히 미소를 머금었다.

　"들어 봐, 형, 마지막으로 잘." 알료샤가 말했다. "그러니까
이 문제에 대한 내 생각은 이래. 내가 형한테 거짓말을 하진
않으리라는 거, 형이 더 잘 알잖아. 들어 봐. 형은 준비가 안
돼 있고, 또 그런 십자가는 형을 위한 것이 아니야. 게다가, 준
비도 안 된 형한테 그런 위대한 수난의 십자가는 필요치도 않
아. 만약 형이 아버지를 죽였다면 나는 형이 십자가를 거부
하는 걸 유감스러워했겠지. 하지만 형은 아무 죄도 없는데 형
이 그런 십자가를 진다는 건 너무 가혹해. 형은 고통을 통해
서 형의 내부에 들어 있는 또 다른 사람을 갱생시키고 싶어
했어. 내 생각으론, 평생 동안 형이 어디로 도망을 치든 간에
이 다른 사람을 기억한다면——그래, 그것만으로도 형에겐 충
분한 거야. 크나큰 십자가의 고통을 받아들이지 않았다는 것
때문에 형은 오히려 형의 내부에 그보다 더 큰 의무감을 느
낄 것이며 앞으로 이 끊임없는 의무감이 평생 형 자신의 갱생

을 도와줄 수 있을 것이므로, 어쩌면 이러는 편이 그곳에 가는 것보다 더 나을지도 몰라. 왜냐면 그곳에 가면 형은 참지 못해 원망을 늘어놓을 테고 결국에는 곧장 '나는 셈을 다 치렀다.'라고 말할 테니까. 이 점에선 변호사가 한 말이 맞아. 누구나 다 무거운 짐을 질 수 있는 것도 아니고, 어떤 이들에겐 불가능한 일이니까……. 형이 정 듣고 싶다면, 여하튼 내 생각은 이런 거였어. 만일 형의 탈출에 대해 장교나 군인과 같은 다른 사람들이 책임을 져야 된다면, 나도 형의 탈출을 '허용하지 않겠어.'" 알료샤가 미소를 지었다. "하지만 요령껏 하면 큰 소란 없이 그냥 시시한 일로 처리될 수 있다고 확실히 말하더군.(해당 병참역사의 사령관이 직접 이반한테 말했대.) 물론, 그렇다고 할지라도 뇌물로 매수를 하는 건 떳떳한 일이 못 되지만 이 일에 관한 한 나는 절대로 이러쿵저러쿵하지 않을 거고, 솔직히 말해, 만일 예컨대 이반과 카챠가 형을 위해 이 일을 처리해 달라고 맡긴다면 내가 직접 가서 뇌물로 매수할 거야, 틀림없이. 이 점에 관한 한 나는 형한테 진짜 사실대로 말할 수밖에 없어. 그러니까 형이 어떤 행동을 취하든 나는 형의 재판관이 아니야. 형을 단죄하는 일도 절대 하지 않을 거라는 거, 꼭 알아 줬으면 해. 게다가 이런 일에서 내가 어떻게 형의 재판관이 될 수 있겠어, 그거야말로 이상한 노릇이잖아? 뭐, 이제 내 할 말은 다 한 것 같네."

"하지만 대신 내가 나 스스로를 단죄하겠노라!" 미챠가 소리쳤다. "나는 탈출할 거다. 구태여 네가 나서기 전부터 이미 이렇게 결정되었어. 미치카 카라마조프가 어찌 탈출하지 않을 수 있겠니? 하지만 대신 내가 나 자신을 단죄할 것이고 그곳에서 영원토록 죄를 씻어 달라고 기도하겠다! 한데 이건 예수회 교도들의 말투로구나, 안 그러냐? 지금 내가 너와 말하는 투가 말이다, 안 그러냐?"

"그러네." 알료샤가 조용히 미소를 머금었다.

"나는 네가 정말 좋아, 넌 늘 진짜로 사실대로만 말하고 아무것도 숨기지 않을 테니까 말이다!" 미챠가 기쁘게 웃으면서 소리쳤다. "그러니까 난 우리 알료쉬카가 예수회 교도라는 걸 간파했어! 이러니 너한테 키스를 퍼붓지 않을 수가 없구나, 정말! 자, 이제 나머지 얘기도 들어 보렴, 너한테 내 영혼의 나머지 절반도 펼쳐 보이마. 내가 곰곰 생각한 끝에 내린 결정은 이렇단다. 즉, 내가 돈이며 여권을 챙겨서 도망친다면, 심지어 아메리카로 도망친다 해도, 나한테 힘을 북돋아 주는 생각이 하나 있는데, 바로 내가 기쁨이나 행복을 찾아서 도망치는 것이 아니라 진짜 그 못지않게 고약한 다른 징역살이를 떠난다는 거야! 이 못지않게 고약할 거야, 알렉세이, 진정으로 말하는 거다, 못지않게 고약할 거야! 나는 이 아메리카가 벌써부터 증오스러워. 그루샤가 나와 함께 간다고 쳐도, 그녀를 한번 보렴. 그녀가 어디 아메리카 여자냐? 아무래도 러시아 여자야, 뼛속까지 러시아 여자지. 그루샤는 어머니 러시아 땅이 그리워 가슴 아파할 테고 나는 매 시각 그녀가 나를 위해 가슴 아픈 그리움을 감내하고 나를 위해 이런 십자가를 받아 짊어진 모습을 보게 될 텐데, 도대체 그녀가 무슨 잘못이 있다는 거냐? 한데 나는 또 정말 그곳의 저 천한 놈들을 견딜 수 있을까, 비록 그놈들이 어쩌면 하나같이 나보다 낫다고 하더라도?
나는 이 아메리카가 벌써부터 증오스럽다, 정말! 비록 그곳 놈
들이 하나같이 무슨 대단한 기술자나 뭐 그런 유라고 해도,
빌어먹을 놈들, 그놈들은 나와는 다른 사람이고, 내 영혼과는
맞질 않아! 러시아를 사랑한다, 알렉세이, 러시아의 하느님을
사랑한다, 비록 나 자신은 비열한 놈일지라도! 그래, 나는 거
기서 뒈져 버릴 테다!" 갑자기 이렇게 소리친 뒤 그는 눈을 번
득였다. 울먹이느라 그의 목소리가 파르르 떨렸다.

"자, 내 결정은 이렇단다, 알렉세이, 들어 주렴!" 그는 흥분
을 억누르고 또다시 말을 시작했다. "그루샤와 함께 그곳에
간 다음, 즉시 그곳 어딘가 멀리 떨어진 외진 곳을 찾아가 야
생 곰들과 어울려 밭을 갈고 일을 할 생각이다. 거기서도 좀
멀리 들어가면 어딘든 마땅한 장소가 있을 거 아니냐! 거기엔
아직도 인디언들이 있다고 하더구나, 그곳의 지평선 끝 어디에
말이다. 뭐 그래서 그 끝까지, 최후의 모히칸족[62]들이 있는 곳
까지 갈 생각이다. 그리고 나와 그루샤는 당장 문법을 공부하
는 거야.

일과 문법을 함께 삼 년 정도. 이 삼 년 동안 영국인 못지않
게 영어를 익힐 거야. 다 익히면 그 순간 아메리카는 끝장이
다! 그땐 아메리카 시민이 되어서 이곳 러시아로 달려올 테니
까. 걱정하지 마, 여기 이 도시엔 나타나지 않을 테니까. 북쪽

---

62) 도스토옙스키는 쿠퍼의 『모히칸족의 최후』(1826)의 불어본을 소장하고
있었다.

이든 남쪽이든 어디 먼 곳에 숨어 버릴 거야. 그 무렵이면 나도, 그녀도 변해 있겠지. 저기 아메리카에 있는 동안 의사가 내 얼굴에 무슨 사마귀라도 하나 만들어 주면 되거든. 그놈들이 괜히 기술자가 아니라니까. 아니야, 차라리 내 손으로 한쪽 눈을 찔러 버리고 턱수염을 허옇게(러시아를 그리워하다 보면 허옇게 되겠지.) 1아르신 남짓 기르는 편이 낫겠다. 그럼 아무도 나를 못 알아볼걸. 설사 알아본들 어떠냐, 그래서 또 유형을 보낸다고 해도 그냥 운수가 텄구나, 하면 되지! 여기 와서도 어디 외진 곳에서 땅이나 파며 살겠지만, 평생 동안 아메리카 사람 행세를 할 거다. 대신 우리는 고향 땅에서 죽을 수 있잖니. 자, 이게 나의 계획이고 이것은 이미 확고해. 찬성해 주는 거냐?"

"찬성이야." 알료샤가 형의 생각에 반대하기 싫어서 말했다.

미챠는 잠깐 입을 다물었다가 갑자기 말했다.

"하지만 법정 놈들은 대체 어떤 수작을 부린 거냐? 정말 어떻게 그런 수작을 부릴 수가 있어!"

"수작을 부리지 않았어도 어쨌거나 형은 유죄 판결을 받았을 거야." 알료샤가 한숨을 내쉬면서 말했다.

"이곳 사람들도 나한테 신물이 났던 거야! 그들이야 어떻든, 정말 힘겹구나!" 미챠가 고통스럽게 신음했다.

또다시 둘 사이에는 잠깐 동안 침묵이 흘렀다.

"알료샤, 지금 나를 찔러 죽여도 좋아!" 갑자기 그가 소리쳤다. "그 여자가 지금 올 거냐, 아니냐, 말해라! 뭐라고 하던? 어떻게 말하던?"

"오겠다고 말했지만, 오늘일지는 모르겠어. 그녀도 힘들잖아!" 알료샤가 조심스럽게 형을 바라보았다.

"안 그럴 리가 있나, 힘들지 않을 리가 있느냐 말이다! 알료샤, 나는 이것 때문에 정신이 나갈 지경이다. 그루샤는 줄곧 나를 바라보고 있어. 날 이해해 주는 거지. 맙소사, 주여, 내 마음을 달래 주옵소서. 나는 무엇을 요구하는 걸까? 카챠를 요구한다! 내가 요구하는 것이 무엇인지, 대체 생각이나 하고 있는 것일까? 카라마조프다운 무절제로다, 어찌 이리도 뻔뻔스러운가! 아니, 난 고통받는 능력이 없는 놈이야! 야비한 놈일 뿐이야, 이게 다야!"

"형, 저기 왔어!" 알료샤가 소리쳤다.

그 순간 문지방으로 갑자기 카챠가 나타난 것이다. 한순간 그녀는 그 자리에 멈추어 선 채 어쩐지 멍한 시선으로 미챠를 바라보았다. 미챠는 맹렬하게 벌떡 일어섰는데, 새하얗게 질린 그의 얼굴엔 경악한 기색이 역력했다. 하지만 곧 그의 입가로 용서를 구하는 듯한 조심스러운 미소가 번지더니, 그는 갑자기 걷잡을 수 없는 듯 카챠를 향해 두 손을 뻗었다. 이것을 보고서 그녀는 맹렬하게 그에게 돌진했다. 그러곤 그의 두 손을 붙잡고 거의 강제적으로 그를 침대에 앉히더니 그녀도 그 곁에 앉았는데, 여전히 그의 손을 놓지 않고 부들부들 떨면서 꽉 쥐고 있었다. 두 사람은 몇 번이나 무슨 말을 할 기세였지만 그만두고서 또다시 말없이 이상한 미소를 지으면서 서로 붙박인 듯 뚫어져라 바라보았다. 그렇게 이 분 정도가 지났다.

"용서한 거야, 아닌 거야?" 마침내 미챠가 이렇게 중얼거렸고, 바로 그 순간 알료샤 쪽으로 몸을 돌려서 기쁨으로 일그러진 얼굴을 하고서 그에게 소리쳤다.

"듣고 있어, 내가 뭘 묻고 있는지 듣고 있냐고!"

"내가 당신을 사랑한 건 이 때문이야, 당신이 마음이 관대하기 때문이야!" 카챠의 입에서 갑자기 이런 말이 터져 나왔다. "게다가 내가 당신을 용서해 줄 게 아니라, 당신이 나를 용서해 줘야 돼. 당신이 용서를 하든 말든 어쨌거나 당신은 내 영혼 속에 평생토록 상처로 남을 테고, 나도 당신의 영혼 속에 그렇게 남겠지. 하긴, 어쩔 수 없이 그래야겠지만……." 그녀는 숨을 돌리기 위해 말을 중단했다.

"내가 무엇을 위해 왔겠어?" 미친 듯 흥분하여 그녀가 또다시 다급하게 말을 하기 시작했다. "당신의 발을 껴안고 손을 움켜쥐고, 기억나, 모스크바에서 했듯 그렇게 아플 정도로 움켜쥐고, 또다시 당신에게 당신은 나의 하느님이고 나의 기쁨이라고 말하기 위해서, 당신을 미칠 듯 사랑한다고 말하기 위해서야." 그녀는 고통에 겨워 신음하듯 이렇게 말하곤 갑자기 그의 손에 탐욕스럽게 입술을 갖다 댔다. 그녀의 눈에서는 눈물이 쏟아졌다.

알료샤는 곤혹스러워하며 말없이 서 있었다. 이런 장면을 보게 될 줄은 꿈에도 몰랐던 것이다.

"사랑은 지나가 버렸어, 미챠!" 카챠가 다시 시작했다. "하지만 지나가 버린 그것이 나에겐 고통스러울 정도로 소중해. 이것만은 영원토록 알아 둬. 하지만 지금 한순간만이라도 우리 사이에 가능했을 수도 있는 일이 일어나도록 해 보는 거야."

일그러진 미소를 지으면서 그녀는 이렇게 중얼거리더니, 또다시 기쁜 표정으로 눈을 바라보았다. "당신도 지금은 다른 여자를 사랑하고, 나도 다른 남자를 사랑하지만, 어쨌거나 나는 당신을, 당신은 나를 영원히 사랑할 거야, 당신도 이건 알고 있었지? 듣고 있어, 나를 사랑해 줘, 당신의 삶이 끝날 때까지 나를 사랑해 줘야 돼!" 이렇게 외치는 그녀의 목소리에는 거의 어쩐지 위협적인 전율까지 배어 나왔다.

"사랑하고말고……. 그리고 말이야, 카챠." 한마디 한마디를 할 때마다 숨을 몰아쉬면서 미챠도 말을 시작했다. "닷새 전, 그날 저녁에도, 나는 당신을 사랑했어……. 당신이 쓰러져서 끌려 나가던 그때도……. 한평생! 영원히, 영원히 그럴 거야……."

그렇게 그들 두 사람은 서로서로 거의 무의미하고 미친 듯한, 어쩌면 거짓일 수도 있는 말들을 속삭였지만, 이 순간만은 모든 것이 참이었고 그들 자신도 스스로의 진실을 진정으로 믿고 있었다.

"카챠." 하고 갑자기 미챠가 소리쳤다. "내가 죽였다고 믿는 건가? 지금은 그렇게 믿지 않는다는 거, 알고 있어, 하지만 그때는…… 법정에서 증언을 했을 때는…… 정말로, 정말로 그렇게 믿었던 거야!"

"그때도 믿지 않았어! 절대로 믿지 않았다고! 당신을 증오했고 그래서 갑자기 스스로에게 그런 확신을 불어넣은 거였어, 바로 그 순간에…… 증언을 했을 때…… 억지로 그런 확신을 불어넣으면서 믿었던 거야……. 하지만 증언을 마치자 곧 그 믿음이 사라졌어. 이 모든 것을 알아 줬으면 해. 깜빡 잊었

564

군, 난 스스로를 벌하기 위해서 온 거야!" 갑자기 그녀는 어쩐지 새로운 표현을 쓰면서 말했는데 방금, 조금 전의 사랑의 속삭임과는 완전히 다른 어조였다.

"당신은 얼마나 괴로울까, 여자란 정말!" 미챠의 입에선 갑자기 이런 말이 그야말로 걷잡을 수 없이 터져 나왔다.

"나를 그만 보내 줘." 그녀가 속삭였다. "다시 오겠지만, 지금은 괴로워……!"

그녀는 자리에서 일어났으나, 갑자기 큰 소리를 내지르며 몸을 뒤로 뺐다. 방 안으로 인기척도 내지 않고 느닷없이 그루센카가 들어온 것이었다. 아무도 그녀가 올 줄은 몰랐던 터였다. 카챠는 맹렬한 기세로 문을 향해 걸어갔지만, 그루센카와 나란히 서게 되자 갑자기 걸음을 멈추었다. 그러곤 온통 백지장처럼 새하얗게 질린 얼굴로 거의 속삭이듯 조용히 그녀에게 말했다.

"나를 용서해 주세요!"

그루센카는 그녀를 뚫어지게 노려보며 그 순간을 감내하더니, 증오에 가득 찬, 독기 어리고 표독스러운 목소리로 대답했다.

"이봐, 당신도, 나도 못된 년이야! 둘 다 못된 것들이라고! 그런데 당신이나 나나 어디서 누가 누굴 용서한다는 거야? 차라리 이 사람을 구해 줘, 그러면 난 평생토록 당신을 위해 기도할 테니까."

"용서하는 건 싫다는 소리구나!" 미챠가 광기 어린 질책을 담아 그루센카에게 소리쳤다.

"염려 마, 당신을 위해 저 사람을 꼭 구할 테니까!" 카챠는 다급하게 속삭인 뒤 방에서 뛰쳐나갔다.

"저 여자가 먼저 당신한테 '용서해 줘.'라고 말했는데, 그런데도 당신은 저 여자를 용서할 수 없다는 건가?" 미챠가 다시금 쓰라린 어조로 소리쳤다.

"미챠, 어떻게 형이 이 사람을 나무랄 수 있어, 형은 그럴 권리가 없어!" 알료샤가 열띤 어조로 형에게 소리쳤다.

"저 여자는 오만한 입술론 저렇게 말했어도, 마음속으론 완전히 딴생각을 하고 있었어." 그루셴카는 정말 딱 싫다는 듯 이렇게 말했다. "그래도 당신을 구해 주면 모든 걸 용서해 주지……."

그러고서 그녀는 입을 다물었지만, 마음속 깊이 치밀어 오르는 뭔가를 억누르는 것 같았다. 아직도 제대로 정신을 차릴 수가 없었던 것이다. 나중에 밝혀진 바에 의하면, 그녀는 전혀 아무런 의심도 없이, 지금과 같은 상황에 직면하게 되리라곤 꿈에도 생각지 않은 채 그냥 무심코 들어왔던 것이다.

"알료샤, 저 여자의 뒤를 쫓아가!" 미챠가 동생에게 맹렬한 어조로 말했다. "저 여자한테 말해 다오……. 하지만 뭐라고 해야 될지 모르겠군……. 어쨌든 저대로 그냥 보내지는 마!"

"형, 저녁이 되기 전에 올게!" 알료샤는 이렇게 소리치곤 카챠의 뒤를 쫓아 달려 나갔다. 그가 그녀를 따라잡은 곳은 병원의 울타리 밖이었다. 그녀는 빠른 걸음으로 서둘러 걷고 있었지만, 알료샤가 자기를 따라잡자마자 재빨리 이렇게 말했다.

"안 돼요, 저 여자 앞에서 나를 벌할 순 없어요! 내가 저 여자한테 '나를 용서해 줘.'라고 말한 건 나 자신을 철저하게 벌하고 싶어서였어요. 하지만 저 여잔 용서하지 않았어요…….
하긴, 그래서 난 저 여자가 좋아요!" 카챠는 일그러진 목소리
로 이렇게 덧붙였는데, 그녀의 두 눈은 야성적인 증오로 타올
랐다.

"형은 정말 이럴 줄은 생각도 못 했어요." 알료샤가 중얼거리
듯 말을 해 보았다. "형은 그분이 오지 않을 줄로 믿었는데……."

"물론 그랬을 테죠. 하지만 이 얘긴 그만둡시다." 그녀가 딱
잘라 말했다. "그나저나, 나는 지금 당신과 함께 저기 장례식
엔 갈 수 없겠네요. 관을 장식할 꽃들은 보내 놨어요. 그들에
겐 아직은 돈이 있을 것 같군요. 그래도 저들한테 말씀해 주
세요, 필요하다면 앞으로도 난 절대로 그들을 그냥 버려 두지
않을 거라고……. 자, 그럼 이제 그만 나를 놓아주고 어서 가
보세요, 제발 부탁입니다. 그곳에 가려면 당신도 늦겠군요, 저
녁 미사 종이 울리는데……. 어서 가 보세요, 제발!"

3 일류셰치카의 장례식. 바윗돌 옆에서의 조사

정말로, 그는 늦었다. 그를 기다리다 못해 그 없이, 꽃으로
장식된 좋은 관을 교회로 가져가려던 참이었다. 그것은 가엾
은 소년 일류셰치카의 관이었다. 그는 미챠의 판결이 있은 지
이틀 후에 숨을 거두었다. 알료샤가 집 대문에 나타나자 일류
샤의 친구인 소년들은 환호성을 지르며 그를 맞이했다. 다들
조바심을 내며 그를 기다렸기 때문에 마침내 그가 온 것을 기

뻐했다. 이 자리에 모인 소년들은 모두 열두 명이었는데, 다들 배낭과 책가방을 어깨에 멘 채로 온 것이었다. 죽어 가던 일류 샤는 그들에게 '아빠가 울 테니까, 너희들 모두 우리 아빠 곁에 있어 줘.'라는 말을 남겼고, 소년들은 그걸 기억했다. 그들의 대장은 콜랴 크라소트킨이었다.

"당신이 와 주셔서 얼마나 기쁜지 몰라요, 카라마조프 씨!" 그가 알료샤에게 한 손을 내밀며 소리쳤다. "여긴 끔찍해요. 사실, 차마 눈 뜨고 볼 수가 없을 정도예요. 스네기료프는 술에 취하지도 않았어요. 그분이 오늘 술을 한 방울도 입에 안 댔다는 건 우리도 잘 알고 있지만, 그런데도 꼭 술 취한 사람 같아요……. 저야 뭐 늘 굳세지만, 그래도 이건 해도 해도 너무해요. 카라마조프 씨, 괜찮다면 들어가기 전에 뭐 한 가지 물어보면 안 될까요?"

"뭐죠, 콜랴?" 알료샤가 걸음을 멈추었다.

"당신 형님은 무죄인가요, 유죄인가요? 그가 아버지를 죽인 건가요, 아니면 하인 짓인가요? 모든 게 당신 말씀대로일 테니까요. 이 생각을 하느라 나는 나흘 밤을 잠도 못 잤어요."

"하인이 죽였고, 형님은 무죄입니다." 알료샤가 대답했다.

"내 말이 그 말이야!" 스무로프 소년이 갑자기 소리쳤다.

"그럼, 그는 진리를 위해 무고한 희생양으로서 파멸하겠군요!" 콜랴가 소리쳤다. "파멸했다고 하더라도 그는 행복합니다! 나는 그를 부러워할 준비가 되어 있어요!"

"무슨 소리입니까, 어떻게 그럴 수가 있으며, 또 대체 왜요?" 알료샤가 깜짝 놀라 소리쳤다.

"오, 언제든 진리를 위해 내가 스스로를 희생할 수만 있다면 얼마나 좋을까요!" 콜랴는 열광하며 이렇게 말했다.

"하지만 이와 같은 일, 이와 같은 치욕, 이와 같은 끔찍함으론 안 됩니다!" 알료샤가 말했다.

"물론…… 나는 인류 전체를 위해 죽고 싶고, 치욕이라면 아무렴 어때요. 어차피 우리의 이름은 사멸할 텐데. 당신의 형님을 나는 존경합니다!"

"나도요!" 갑자기, 전혀 뜻밖에도 무리 속에서 한 소년이 이렇게 외쳤는데, 한때 트로이를 건설한 것이 누구인지 안다고 단언한 바로 그 소년이었다. 소년은 꼭 그때처럼 이렇게 외치고 난 뒤에는 귀뿌리까지 홍당무처럼 새빨개졌다.

알료샤는 방으로 들어갔다. 하얀 레이스 주름으로 장식된 파란 관 속에 일류샤가 작은 두 손을 모은 채 눈을 감고 누워 있었다. 바싹 여윈 소년의 얼굴은 그 윤곽이며 이목구비며 거의 전혀 변한 것이 없었으며, 이상하게도 시체에서는 거의 냄새가 나지 않았다. 얼굴 표정은 마치 생각에 잠겨 있는 듯 진지했다. 특히 십자형으로 모아 쥔 손은 꼭 대리석 조각인 양 아름다웠다. 그의 손에는 꽃이 쥐어져 있었고, 관 속과 바깥이 모두 리자 호흘라코바가 이날 아침에 보내온 꽃으로 장식되어 있었다. 하지만 카체리나 이바노브나도 꽃을 보내왔기 때문에, 알료샤가 문을 열었을 때 2등 대위는 떨리는 손에 꽃가지들을 들고 자신의 소중한 아이에게 연거푸 뿌리고 있었다. 그는 방으로 들어선 알료샤를 거의 바라보지도 않았다. 아니, 아무한테도, 심지어 정신이 나간 자기 아내한테도, 아픈 다리로 몸을 일으켜 죽은 자기 아이를 조금이라도 더 가까이서 보려고 줄곧 안간힘을 쓰는 '엄마'한테도 눈길을 주지 않았다. 한편, 아이들이 니노치카를 휠체어째로 들어 관 바로 곁으로 데려다주었다. 그녀는 동생 곁에 머리를 바싹 갖다 댄 채 앉아 있었는데, 역시나 조용히 울고 있는 것이 분명했다. 스네기료프의 얼굴은 활기를 띠고 있었으나 어쩐지 멍한 것도 같고 동시에 필사적인 것 같기도 했다. 그의 몸짓이며 입에서 터져 나오는 말을 보면, 어쩐지 반쯤 미친 것 같았다. 그는 일류샤를 바라보면서 연신 "아가, 우리 예쁜 아가!"라고 소리쳤다. 그는 일류샤가 살아 있을 때부터 애를 어르듯 "아가야, 우리 예쁜 아가!"라고 말하는 습관이 있었다.

"아빠, 나한테도 꽃을 줘, 저 애의 손에 쥐어져 있는 걸로 줘, 저기 하얀 걸로, 얼른!" 정신이 나간 '엄마'는 울먹이며 이렇게 부탁했다. 일류샤의 손에 쥐어져 있던 작은 백장미가 마냥 마음에 들어서인지, 아니면 아들 손에 쥐어진 꽃을 기념으로 갖고 싶어서인지, 여하튼 그녀는 꽃을 잡으려고 손을 뻗으며 몸부림을 쳤다.

"아무한테도 안 주겠어, 아무것도 안 주겠어!" 스네기료프가 잔인하게 외쳤다. "저 애 꽃이야, 당신 꽃이 아니라. 모든 것이 저 애 거야, 당신 건 아무것도 없어!"

"아빠, 엄마에게 꽃을 주세요!" 갑자기 니노치카가 눈물범벅이 된 얼굴을 들었다.

"아무것도 안 준다니까, 엄마에겐 더더욱 안 준다! 엄마는 저 애를 사랑하지 않았어. 엄마는 그때 저 애의 대포도 빼앗았는데, 저 애는 얌전히 선─물로 줬단 말이야." 그때 일류샤가 엄마한테 대포를 순순히 내주었던 일이 기억나자 2등 대위는 목청껏 엉엉 울었다. 정신이 나간 가엾은 여인은 두 손으로 얼굴을 가린 채 조용히 흐느껴 울었다. 마침내, 소년들은 시간이 다 됐는데도 아버지가 여전히 관을 붙들고 있는 걸 보곤 갑자기 빽빽한 무리를 지어 관을 둘러싼 다음, 들어 올리기 시작했다.

"울타리 안에는 묻고 싶지 않아!" 스네기료프가 갑자기 울부짖었다. "바윗돌 옆에, 우리 집 바위 옆에 묻겠어! 일류샤가 그렇게 해 달라고 했어. 절대 못 가져간다!"

그는 전에도, 사흘 내내 바윗돌 옆에 묻을 거라고 말해 왔다. 하지만 알료샤, 크라소트킨, 집주인 노파, 노파의 언니, 모든 소년들이 반대하고 나섰다.

"이 사람 생각하는 것 좀 보게, 목 졸려 죽은 사람처럼 더러운 바윗돌 옆에 묻겠다니!" 늙은 여주인이 엄격하게 말했다. "저기 울타리 안쪽 땅에는 십자가도 있어. 그곳에 묻혀 있으면 사람들이 그를 위해 기도를 해 줄 게 아닌가. 교회에서 흘러나오는 노랫소리도 들릴 테고, 보제(補祭)가 낭랑하게 또박또박 읽어 주는 모든 말씀들이 매번 일류샤한테까지 들릴 테니까, 꼭 그 아이의 무덤 곁에서 읽어 주는 것 같을 걸세."

2등 대위는 마침내 손을 내저었다. '어디든 마음대로 가져가시오!'라는 식이었다. 아이들은 관을 들어 올렸지만 어머니 곁을 지나면서 그녀 앞에서 잠깐 걸음을 멈추고 관을 내려놓았는데, 일류샤와 작별을 할 수 있도록 하기 위해서였다. 하지만 사흘 내내 그저 좀 멀리 떨어진 곳에서만 보아 왔던 이 소중한 얼굴을 갑자기 가까이서 보자 그녀는 갑자기 온몸을 벌벌 떨었으며 허옇게 센 머리를 관 위에서 히스테릭하게 앞뒤로 흔들어 댔다.

"엄마, 이 애에게 성호를 그어 줘, 축복해 주고 키스를 해 줘." 니노치카가 그녀에게 소리쳤다. 하지만 상대방은 애간장이 녹을 듯 괴로워 얼굴을 일그러뜨린 채 연신 말없이 자동인형처럼 머리를 흔들어 대다가 갑자기 주먹으로 가슴을 치기 시작했다. 관은 계속 옮겨졌다. 니노치카는 관이 자기 곁을 지날 때, 마지막으로 죽은 동생의 입에 입을 맞추었다. 알료샤는 집을 나오면서 집주인 노파에게 남은 사람을 잘 보살펴 달라고 부탁하려 했지만, 상대방이 먼저 말을 꺼냈다.

"잘 알고 있다오, 내 저들과 함께 있을 거요, 우리도 기독교인인걸." 이렇게 말하는 노파는 울고 있었다.

관을 가져갈 교회는 멀지 않은 곳에 있어서, 기껏해야 300보 정도였다. 맑고 한적한 날이었다. 쌀쌀하긴 했지만 심한 추위는 아니었다. 장례 미사를 알리는 종이 아직도 울려 왔다. 스네기료프는 거의 여름용이나 다름없는 짤막하고 낡아 빠진 외투를 걸친 채, 챙이 넓은, 낡고 부드러운 모자는 머리에 쓰지도 않고 두 손에 든 채 얼빠진 사람처럼 허둥지둥 관 뒤를 쫓아 뛰었다. 뭔가 해결하지 못할 근심거리라도 있는 것처럼 그는 갑자기 관머리를 받친답시고 한 손을 뻗는 바람에 관을 나르는 사람들한테 방해만 되는가 하면, 어떻게 하면 여기서 자기 자리를 확보할까 싶어 옆에서 요리조리 뛰어다니기도 했다. 꽃 한 송이가 눈 위로 떨어지자 그걸 줍기 위해 그길로 냅다 달려들었는데, 꼭 이 꽃을 잃으면 무슨 큰일이라도 난다는 듯한 태도였다.

"빵 껍질을 잊고 왔어, 빵 껍질을!" 갑자기 그가 소스라치게 놀라 경악하면서 소리쳤다. 하지만 소년들은 대뜸, 빵 껍질은 아까 그가 직접 챙겼다고, 지금 그의 호주머니 안에 있다고 일러 주었다. 그는 금방 호주머니에서 빵 껍질을 꺼내 확인을 한 뒤에야 진정했다.

"일류셰치카가 그러라고 했어요, 일류셰치카가." 그가 즉시 알료샤에게 설명했다. "어느 날 밤에 녀석이 누워 있고 내가 그 옆에 앉아 있었는데, 갑자기 이러더군요. '아빠, 내 무덤에 흙을 뿌릴 때 빵 껍질을 부숴서 뿌려 줘, 그럼 참새들이 날아올 테니까요. 참새들이 날아온 소리가 들리면, 내가 혼자가 아니라는 생각이 들어 즐거워질 거야.'"

"그건 아주 좋은 일입니다." 알료샤가 말했다. "좀 더 자주 갖고 와야겠군요."

"날마다, 날마다!" 2등 대위가 갑자기 완전히 활기를 찾은 듯 속삭였다.

마침내 교회에 도착하여 그곳 한가운데에 관을 내려놓았다. 모든 소년들이 빙 둘러 관을 에워쌌고 장례 미사가 진행되는 내내 의젓하게 서 있었다. 상당히 가난하고 오래된 교회여서 가지런히 서 있는 성상들 대다수가 숫제 천개(天蓋)도 없었지만, 어쩐지 기도를 하는 데는 이런 교회가 더 좋은 법이다. 미사가 진행되는 동안 스네기료프는 다소 차분해진 것 같았지만 그래도 간간이 아까처럼 무의식적으로, 거의 터무니없을 정도로 허둥대며 부산을 떨긴 했다. 그는 덮개나 화환을 바로잡으려고 관 쪽으로 다가가는가 하면, 촛대의 양초 하나가 넘어지자 갑자기 그리로 달려가 양초를 바로 세우려고 끔찍할 정도로 오랫동안 혼자 씨름하기도 했다. 그러고 나자 이젠 완전히 진정이 되었는지 근심에 가득 찬, 미심쩍은 듯한 얼굴을 하고 관머리 곁에 얌전하게 섰다. 사도행전 낭송이 끝난 직후엔 갑자기 자기 곁에 서 있는 알료샤에게 사도행전 낭송이 엉터리였다고 속삭였지만, 딱히 자기 생각을 설명하지는 않았다. 게루빔 찬가가 시작되자 그도 따라 부르는가 싶었지만 다 끝내지도 못하고 무릎을 꿇고 교회의 돌바닥에 이마를 갖다 대더니 꽤 오랫동안 그대로 엎드려 있었다. 마침내 장례 의식이 시작되자 양초를 나누어 주었다. 정신이 나간 아버지는 또다시 허둥지둥 부산을 떨 태세였지만 가슴을 에는 듯한 감동적인 장송곡이 그의 영혼을 일깨워 뒤흔들어 놓았다. 갑자기 그는 왠지 온몸을 움츠리더니 짧은 간격으로 종종 흐느끼기 시작했는데, 처음엔 목소리를 죽였지만 끝에 가서는 큰 소리로 훌쩍거렸다. 하지만 작별 인사를 하고 관을 덮기 시작하자 그는 일류셰치카를 덮도록 내버려 두지 않겠다는 듯 관을 두 손으로 거머쥐곤 죽은 아이의 입에 끊임없이, 연거푸 탐욕스럽게 입을 맞추기 시작했다. 결국 그를 타일러 계단으로 데리고 내려갈 참이었지만, 갑자기 그가 맹렬한 기세로 한 손을 뻗어 관에서 몇 송이의 꽃을 붙잡았다. 그 꽃을 쳐다보며 어떤 새로운 생각에 사로잡혔는지, 중요한 것은 잠시 잊어버린 것 같았다. 그렇게 그는 조금씩 생각에 빠져든 탓인지, 관을 짊어지고 무덤으로 옮길 때는 더 이상 저항하지 않았다. 그것은 멀지 않은 곳, 교회 바로 곁 울타리 안에 있었다. 무덤 값이 제법 비쌌는데, 그 돈을 지불해 준 건 카체리나 이바노브나였다. 통상적인 의식을 치른 후에 묘지 인부들이 관을 내려놓았다. 스네기료프가 손에 꽃을 든 채 열린 무덤 위로 몸을 너무 많이 굽혔기 때문에 소년들은 경악하면서 그의 외투를 거머쥐고 그를 뒤로 끌어내기 시작했다. 하지만 그는 이미 뭐가 뭔지 제대로 이해하지도 못하는 것 같았다. 무덤 위로 흙이 뿌려지자, 갑자기 그는 근심에 찬 얼굴로 퍼부어지는 흙을 가리키며 심지어 무슨 말까지 중얼거리기 시작했지만 아무도, 아무것도 알아들을 수가 없었다. 게다가 그도 그러다가 갑자기 잠잠해졌다. 이때 사람들이 그에게 빵 껍질을 부숴서 뿌려야 된다는 걸 상기시키자, 그는 몹시 흥분하여 빵 껍질을 꺼내더니 잘게 뜯어 무덤 위로 흩뿌리기 시작했다. "새들아, 이리로 날아오너라, 참새들아, 이리로 날아오렴!" 그는 수심 어린 표정으로 이렇게 중얼거렸다. 소년들 중 누가 그에게 손에 꽃을 든 채 빵을 뜯는 건 불편하니까 잠깐만이라도 누구한테 들고 있게 하라고 일러 주었다. 하지만 그는 순순히 그렇게 하기는커녕 갑자기 누가 자기 꽃을 영영 뺏어 가지나 않을까 싶어 소스라치게 놀랐고, 무덤을 바라보곤 이젠 모든 것이 다 됐고 빵 조각도 다 뿌려진 걸 확인하자 갑자기 뜻밖에도 완전히 평온을 되찾곤 몸을 획 돌려 집을 향해 허둥지둥 걷기 시작했다. 걸음걸이가 점점 더 빨라지고 다급해지더니, 그는 숫제 서

두르다 못해 거의 뛰다시피 걸어갔다. 소년들과 알료샤는 그를 놓치지 않고 열심히 쫓아갔다.

"엄마한테 꽃을 줘야 해, 엄마한테 꽃을! 엄마의 마음을 상하게 했어." 그가 갑자기 이렇게 소리치기 시작했다. 누가 그에게 모자를 쓰라고, 안 그러면 이젠 추울 거라고 소리쳤지만, 그는 이 말을 듣자 꼭 악에 받친 사람처럼 모자를 눈 위에다 내동댕이치면서 "모자는 싫어, 모자 따위는 싫단 말이다!"라고 말했다. 스무로프 소년은 모자를 주워서 그의 뒤를 따라 들고 갔다. 소년들은 다들 하나같이 울었지만 누구보다도 서럽게 운 것은 콜랴, 그리고 트로이 창건자를 얘기해 준 소년이었다. 대위의 모자를 손에 들고 있던 스무로프도 역시나 정말 서럽게 울어 댔지만, 그리고 거의 뛰다시피 걸으면서도, 눈 덮인 길가에 발갛게 드러난 벽돌 조각을 용케 집어 들어 빠른 속도로 날아가는 참새 떼를 향해 획 던졌다. 물론 명중을 시키진 못했고 소년은 계속 울면서 달렸다. 길을 절반쯤 왔을 때 스네기료프는 느닷없이 걸음을 멈추고 뭔가 충격을 받은 양 삼십 초 정도 가만히 서 있더니, 갑자기 다시금 교회 쪽으로 몸을 획 돌려 방금 떠나온 무덤을 향해 쏜살같이 달리기 시작했다. 하지만 소년들이 금방 그를 따라잡은 뒤 사방에서 그를 붙잡았다. 그러자 한 대 맞은 사람처럼 맥없이 눈 위로 털썩 쓰러져 몸부림을 치며 울부짖고 엉엉 울면서 "아가야, 우리 예쁜 아가!"라고 소리치기 시작했다. 알료샤와 콜랴는 그를 일으켜 세우며 시종 달래고 타이르기 시작했다.

"대위님, 이제 그만하세요, 용감한 사람은 참을 줄도 알아야 됩니다." 콜랴가 중얼거렸다.

"그러다간 꽃도 못 쓰게 될 겁니다." 알료샤도 말했다. "'엄마'가 꽃을 기다리고 있잖습니까. 당신이 아까 일류샤의 꽃을 주지 않았기 때문에 앉아서 울고 있을 테죠. 저곳엔 아직 일류샤의 침대도 있습니다……."

"그래, 그렇군, 엄마한테로 가야지!" 스네기료프는 갑자기 다시금 기억을 되찾았다. "침대를 치워 버릴지도 몰라, 치워 버릴지도!" 그는 정말로 침대를 치워 버릴까 경악한 듯 이렇게 덧붙이곤 벌떡 일어나 다시 집을 향해 뛰기 시작했다. 하지만 이미 집까지는 멀지 않았고, 곧 다들 함께 달려왔다. 스네기료프는 맹렬한 기세로 문을 열고서, 아까 그렇게 매정하게 말싸움을 한 아내를 향해 울부짖었다.

"엄마, 여보, 일류셰치카가 당신한테 꽃을 보내왔어, 당신의 발이 아프다면서 말이야!" 그는 이렇게 소리치면서 아내에게, 방금 눈길 위에서 몸부림을 치는 바람에 꺾어지고 얼어 버린 꽃송이들을 내밀었다. 하지만 바로 그 순간 방구석, 일류샤의 침대 앞에 가지런히 놓인 일류샤의 신발 한 켤레를 보았는데, 낡아서 불그죽죽하게 변해 버린, 여기저기 거칠게 덧댄 자국이 있는 신발을 방금 전에 집의 여주인이 정리해 놓은 것이었다. 신발을 보자 그는 두 팔을 들어 올려 그대로 그쪽으로 돌진하더니 무릎을 꿇은 채 쓰러졌고, 신발 한 짝을 거머쥐더니 입술에 갖다 대고는 "아가야, 일류셰치카, 귀여운 우리 아가, 네 발은 어디 갔니?"라고 외치면서 신발에 탐욕스럽게 입을 맞추기 시작했다.

"당신은 그 애를 어디로 데려갔어? 대체 어디로 데려간 거야?" 정신이 나간 여자가 갈기갈기 찢어지는 목소리로 이렇게 울부짖었다. 그러자 니노치카도 엉엉 울기 시작했다. 콜랴는 방에서 뛰어나갔고, 그의 뒤를 따라 다른 아이들도 나가기 시작했다. 마침내, 그들의 뒤를 따라 알료샤도 나갔다. "실컷 울도록 그냥 둡시다."라며 그가 콜랴에게 말했다. "물론 이런 슬픔은 어찌해도 삭일 수 없겠지만요. 좀 기다렸다가 다시 들어가 봅시다."

"맞아요, 절대 삭일 수 없겠죠, 차마 눈뜨고 볼 수가 없다니까요." 콜랴가 맞장구를 쳤다. "그런데요, 카라마조프 씨." 하고 그가 갑자기 아무도 듣지 못하게 목소리를 낮추었다. "너무 슬퍼요, 만약 일류샤를 부활시킬 수만 있다면, 나는 이 세상의 뭐든지 내주겠습니다!"

"아, 나도 그렇습니다." 알료샤가 말했다.

"그런데 말이죠, 카라마조프 씨, 우리가 오늘 저녁에 여길 와야 될까요? 저분, 아무래도 진탕 마실 것 같은데요."

"아마, 그럴지도 모르죠. 우리 둘만 함께 와서 저기 어머니, 니노치카와 한 시간 정도 앉아 있으면 될 것 같습니다. 다들 한꺼번에 오면 또다시 저들에게 모든 걸 상기시키는 꼴이 될 테니까요." 알료샤가 조언했다.

"지금 저쪽 집에서는 집주인 할머니가 음식을 준비하고 있어요. 추도식인가 뭔가가 있을 예정이고, 신부님도 오신다나 봐요. 우리도 지금 그리로 가 봐야겠죠, 카라마조프 씨, 예?"

"꼭 가야죠." 알료샤가 말했다.

"모든 게 참 이상해요, 카라마조프 씨, 이렇게 슬픔이 있는데 갑자기 무슨 블린[63] 같은 것이 나오다니, 우리의 종교로 봐도 참 자연스럽지 못한 것 같아요!"

"저쪽에서는 연어도 내올 거예요." 트로이 창건자를 얘기해 준 소년이 갑자기 큰 소리로 일러 주었다.

"자네한테 진지하게 부탁하겠는데, 카르타쇼프 군, 그런 바보 같은 소리를 지껄이면서 남의 대화에 끼어드는 일은 없었으면 한다. 특히, 자네와 상대하고 있는 것도 아니고 자네란 인간이 이 세상에 있는지 없는지도 알고 싶지 않을 때는 더더욱." 콜랴가 그를 보면서 짜증 난다는 듯 딱 잘라 말했다. 소년은 대뜸 발끈하긴 했지만 감히 뭐라 대거리를 할 엄두는 내지 못했다. 그러는 동안 다들 오솔길을 따라 조용히 걷는데, 갑자기 스무로프가 소리쳤다.

"이게 바로 일류샤의 바윗돌이야, 이 밑에 묻히고 싶어 했어!"

다들 커다란 바위 옆에 말없이 멈추어 섰다. 그걸 보고 있자니, 알료샤는 언젠가 스네기료프가 해 준 일류셰치카 얘기가, 즉 녀석이 아버지를 껴안고 울면서 "아빠, 아빠, 그 사람이 아빠를 얼마나 업신여겼는지 몰라!"라고 외쳤다는 얘기와 그 장면이 일시에 그의 기억 속에서 되살아났다. 그의 영혼 속에서 뭔가가 전율하는 듯했다. 그는 진지하고 육중한 표정을 지으면서 일류샤의 친구들, 초등학생들의 이 모든 사랑스럽고 해

---

63) 핫케이크와 부침개의 중간쯤 되는 음식으로 속에 양배추, 감자, 고기 등을 넣기도 한다.

맑은 얼굴들을 하나하나 훑어보다가 갑자기 그들에게 말했다.

"여러분, 여기서, 바로 이곳에서 여러분에게 하고 싶은 말이 하나 있습니다."

소년들은 그를 에워싸고서 곧장 기대에 찬, 주의 깊은 시선을 보냈다.

"여러분, 우리는 곧 헤어질 겁니다. 내가 두 형님들과 함께할 시간도 이제 얼마 남지 않았습니다. 한 형님은 유형을 떠날 것이고 다른 형님은 죽음을 목전에 두고 있으니까요. 나도 곧 이 도시를 떠날 것이고, 어쩌면 아주 오랫동안 돌아오지 않을 겁니다. 자, 이렇게 우리는 헤어지는 겁니다, 여러분. 하지만 여기, 일류샤의 바윗돌 곁에서 첫째는 일류셰치카를, 둘째는 서로서로를 절대로 잊지 않겠노라고 약속합시다. 그리고 훗날 우리의 인생에서 무슨 일이 일어나든, 또 우리가 앞으로 이십 년 동안이나 서로 만나지 못할지라도——어쨌거나 우리가 한 가엾은 소년을 땅에 묻었다는 사실은 기억합시다. 전에 저기 다리 옆에서 이 소년에게 돌팔매질을 퍼부었던 일, 여러분은 기억하시죠? 그다음엔 다들 이 소년을 사랑하게 되었잖습니까. 멋진 소년, 선량하고 용맹스러운 소년이었으며, 명예를 존중했고 아버지의 명예가 치욕을 겪었다고 생각했기 때문에 분연히 떨치고 일어났던 것입니다. 그러니 첫째, 이 소년을 평생토록 기억합시다, 여러분. 우리가 아무리 중대한 일에 몰두할지라도, 아무리 높은 지위에 오를지라도, 또 아무리 큰 불행을 겪을지라도 어쨌거나 우리가 한때 이곳에서 아름답고 선량한 감정으로 결합되고 그것을 공유하면서 아름다운 시절을 보냈다는 사실을 절대로 잊지 맙시다. 이런 감정을 갖고 이 가련한 소년을 사랑하는 동안, 우리는 실제 우리의 모습보다 더 훌륭한 모습을 갖게 됐을 테니까요. 비둘기 같은 아이들이여—여러분을 이렇게 비둘기라고 부르도록 해 주십시오, 여러분의 선량하고 사랑스러운 얼굴을 바라보는 지금 이 순간, 여러분은 모두 이 훌륭한 회청색의 새와 몹시 닮았으니까요—사랑스러운 나의 아이들이여, 어쩌면 여러분은 내가 여러분에게 지금 하려는 말을 이해하지 못할지도 모릅니다. 왜냐면 나는 통 알아들을 수 없게 말할 때가 자주 있으니까요. 하지만 여러분은 어쨌거나 기억해 두었다가 나중에 언젠가는 내 말에 고개를 끄덕여 주십시오. 여러분이 명심해야 할 것은, 앞으로의 인생을 위하여 뭔가 훌륭한 추억, 특히 어린 시절 부모님 슬하에 있을 때 갖게 된 추억보다 더 숭고하고 강렬하고 건강하고 유익한 것은 아무것도 없다는 점입니다. 여러분의 교육에 대해 이런저런 말을 많이들 하지만, 바로 이처럼 어린 시절부터 간직해 온 아름답고 성스러운 추억이야말로 그것이 무엇이든 간에 가장 훌륭한 교육이 될 겁니다. 인생에서 그런 추억들을 많이 갖게 된다면 그 사람은 평생토록 구원받은 셈입니다. 심지어 우리에게, 우리의 마음속에 단 하나의 훌륭한 추억이라도 남아 있다면, 그 덕분에 언젠가는 구원을 향해 한 발짝 더 다가가게 될 겁니다. 어쩌면 우리는 훗날 악한 사람이 될지도, 심지어 고약한 행동 앞에서 버텨 낼 힘을 잃을지도, 인간의 눈물을 조롱하게 될지도 모릅니다. 또 아까 콜랴가 '모든 사람들을 위해서 고통받고 싶다.'라고 외치긴 했지만—바로 이런 사람들을 향한 표독스러운 조롱을 퍼붓게 될지도 모릅니다. 하지만, 물론 그럴 리도 없겠지만, 여하튼 우리가 아무리 사악해질지라도, 우리가 일류샤를 어떻게 땅에 묻었는지, 우리가 최근에 그를 얼마나 사랑했는지, 바로 지금 이 바윗돌 옆에서 다 함께 얼마나 사이좋게 얘기를 나누었는지를 기억한다면, 우리 중 가장 잔인하고 가장 냉소적인 사람조차도, 설령 우리가 그런 사람이 된다고 할지라도 자기가 지금 이 순간 선량하고 훌륭한 사람이었다는 점만은 마음속으로 감히 비웃지 못할 겁니다! 그뿐입니까, 어쩌면 바로 이 추억 하나만 있어도 그는 스스로를 거대한 악으로부터 지켜 낼 수 있을 것이며, 생각을 고쳐먹고 '그래, 그 시절엔 나도 선량하고 용감하고 성실한 인간이었지.'라고 말하게 될 것입니다. 혼자 속으론 코웃음을 칠 수도 있겠죠. 하지만 사람이란 종종 선량하고 훌륭한 것을 비웃곤 하니까, 이런 건 문제도 아닙니다. 이건 그저 경솔한 탓이니까요. 하지만 단언하건대, 여러분, 코웃음을 치는 순간 곧 마음속으론 '아니야, 고약한 짓을 저질렀어, 코웃음을 치다니, 이런 걸 조롱해서는 안 돼!'라는 말을 하게 될 겁니다."

"꼭 그렇게 될 거예요, 카라마조프 씨, 나는 당신의 말이 이해돼요, 카라마조프 씨!" 눈을 번득이면서 콜랴가 소리쳤다. 다른 소년들도 흥분에 차서 역시나 뭔가를 외치고 싶었지만 자제력을 발휘하곤 마냥 감동에 젖은 주의 깊은 눈길로 연사를 바라보았다.

"내가 이런 말을 하는 건 우리가 고약한 사람이 될까 봐 두려워서입니다." 알료샤가 계속했다. "하지만 왜 우리가 고약한 사람이 되어야 합니까, 안 그렇습니까, 여러분? 우리는 첫째, 그 무엇보다도 선량하게 살고, 둘째 성실하게 살아갑시다. 그다음으론 절대로 서로서로를 잊지 맙시다. 이 점을 나는 또다시 반복하는 바입니다. 내 이름을 걸고서 약속하건대, 여러분, 여러분 중 단 한 명도 나는 잊지 않겠습니다. 지금, 현재 나를 바라보고 있는 여러분의 얼굴 하나하나를 삼십 년이 지나더라도 기억할 것입니다. 아까 콜랴는 카르타쇼프에게 우리는 '너란 인간이 이 세상에 있는지 없는지' 알고 싶지도 않다는 식의 말을 했습니다. 내가 어떻게 카르타쇼프가 세상에 있다는 것을, 그리고 그가 지금은 트로이의 창건자를 얘기해 줬을 때처럼 얼굴을 붉히지도 않고 멋지고 선량하고 명랑한 눈으로 나를 바라보고 있다는 것을 잊을 수 있겠습니까. 여러분, 친애하는 여러분, 우리 모두 일류셰치카처럼 관대하고 용감한 사람이 됩시다. 콜랴처럼 총명하고 용감하고 관대한 사람이 됩시다.(어쨌든 콜랴도 좀 더 자라면 훨씬 더 총명해질 테죠.) 그리고 카르타쇼프처럼 수줍음은 많지만 총명하고 사랑스러운 사람이 됩시다. 한데, 왜 내가 이들 두 사람만을 거론하는 걸까! 여러분 모두 지금부터 나에게 사랑스러운 존재인 만큼 나는 여러분을 모두 내 마음속에 담아 둘 것이며, 여러분 역시도 부디 나를 여러분의 마음속에 담아 두십시오! 자, 누가 우리를 이 선량하고 좋은 감정으로 결합시켰으며 또 누가 우리로 하여금 그 감정을 지금부터 한평생 늘 기억하도록, 또 기억하고 싶도록 만들었습니까? 바로 저 훌륭한 소년, 저 사랑스러운 소년, 우리에게 영원토록 소중한 소년 저 일류셰치카가 아닙니까! 그를 영원토록 잊지 말 것이며, 그에 대한 아름다운 추억을 지금부터 영원토록 우리의 마음속에서 간직합시다!"

"그럼요, 그렇고말고요, 영원히, 영원토록!" 소년들은 모두 감동에 겨운 얼굴을 하고서 낭랑히 울리는 목소리로 외쳤다.

"일류샤의 얼굴, 그 옷, 그 초라한 신발, 그 관, 그 불행하고 죄 많은 아버지를, 일류샤가 아버지를 위해 혼자서 용감하게 온 학급을 상대로 분연히 떨치고 일어섰음을 기억합시다!"

"기억할 거예요, 기억하고말고요!" 소년들이 다시 소리쳤다. "그 애는 용맹스러웠고, 또 그 애는 선량했어요!"

"아, 난 그 애가 정말로 좋았어!" 콜랴가 소리쳤다.

"아, 아이들이여, 사랑스러운 벗들이여, 삶을 두려워하지 마십시오! 뭐든 참되고 좋은 일을 한다면 삶이란 정말 좋은 것입니다!"

"그래요, 그래요!" 소년들이 환희에 차서 이렇게 반복했다.

"카라마조프 씨, 우리는 당신이 정말 좋아요!" 급기야 참지 못하고 이렇게 외친 건 카르타쇼프인 것 같았다.

"우리는 당신이 정말 좋아요, 정말정말 좋아요!" 다른 소년들도 전부 호응해 주었다. 대부분의 소년들의 눈에서는 눈물이 반짝였다.

"카라마조프 만세!" 콜랴가 환희에 차서 외쳤다.

"그리고 죽은 소년을 영원히 기억합시다!" 감정을 듬뿍 담아 알료샤가 다시 덧붙였다.

"영원히!" 다시금 소년들이 말을 받았다.

"카라마조프 씨!" 콜랴가 외쳤다. "정말로, 진짜로 종교에서 말하듯, 우리 모두가 죽은 자들 가운데서 되살아나 생명을 얻고 서로서로를, 모든 사람을, 일류셰치카를 다시 보게 될까요?"

"꼭 되살아나서 꼭 다시 보게 될 것이며 그동안 있었던 일을 즐겁고 기쁘게 서로서로 얘기하게 될 겁니다." 반쯤은 웃고 반쯤은 환희에 젖어 알료샤가 대답했다.

"아, 그렇게만 되면 얼마나 좋을까요!" 콜랴의 입에서 이런 말이 불쑥 튀어나왔다.

"자, 이제 말들은 그만하고 일류샤의 추도식에 가 봅시다. 우리가 블린을 먹는다고 해서 당혹스러워할 필요는 없습니다. 이것은 태곳적부터 내려오는 영원한 풍습이고, 여기엔 좋은 점이 있습니다." 알료샤가 웃기 시작했다. "자, 그럼 갑시다! 자, 이제 이렇게 손에 손을 잡고 갑시다."

"영원히 이렇게, 평생 이렇게 손에 손을 잡고! 카라마조프 만세!" 콜랴가 다시 한번 환희에 차서 이렇게 외쳤으며, 다른 소년들도 전부 또다시 그의 외침에 화답했다.

도스토옙스키와 구원의 문제

1 도스토옙스키: 가난, 유형, 간질, 도박

표도르 미하일로비치 도스토옙스키는 1821년 10월 30일(신력 11월 11일) 모스크바에서 태어나서 1881년 1월 28일에 죽었다. 정확히 60년에 이르는 그의 전기는 그의 소설만큼이나 극적인 사건들로 가득 차 있다. 그중 네 가지를 뽑아 보자.

첫째, 가난 혹은 돈이다. 첫 작품 『가난한 사람들』(1846)에서 보이듯, 도스토옙스키가 가장 관심을 가진 문제는 사람들, 즉 '인간'의 속성으로서의 '가난'이다. 그의 아버지는 마린스키 빈민병원의 군의관이었는데, 모스크바 근처에 조그만 영지가 있긴 했지만 소지주에 불과했다. 이 점에서 도스토옙스키는 방대한 규모의 영지를 소유했던 귀족 작가 톨스토이, 투르게네프와 출발점부터가 달랐다. 밑천이라곤 자신의 머리밖에 없는 '지식인 프롤레타리아', 즉 '잡계급' 출신이었으니 말이다. 애초 그는 당시로선 명문 축에 들었던 페테르부르크 공병학교를 졸업하고서 공병단의 제도국에 편입되었다.(최종 계급은 소위였다.) 하지만 학창 시절부터 그를 사로잡았던 문학을 직업으로 선택하기에 이른다. 전업 작가가 된 순간부터 가난은 그에게 필연이 되었다. 또한 소설 속의 단어 하나하나는 곧 돈이었다. 가난과 신분 콤플렉스는 그다지 매력적이지 않은 외모와(『악령』의 샤토프는 작가의 직접적인 분신이다.) 열등감과 자만심을 오가는 극단적인 성격, 인간을 향한 병적일 만큼 강렬한 연민 못지않게 작가를 힘들게 했다. 심지어 소설 원고료도 여타 귀족 작가들보다 적었던 것으로 알려져 있다.

둘째, 팔 년에 걸친 유형 생활이다. 도스토옙스키가 사회주의적 경향을 띤 페트라솁스키 모임(금요일 모임)에 출입하다가 사형 선고를 받은 것은 스물여덟 살 때였다. 가장 큰 죄목은 고골에게 보내는 벨린스키의 '불온한' 편지를 낭독했다는 것이었다. 비록 「분신」, 「여주인」 등이 평단의 냉대에 부딪쳤지만, 어떻든 이 무렵 그는 전도유망한 신예 작가로서 많은 중단편 소설을 써냈다. 심지어 상당한 규모의 장편 소설(『네토치카 네즈바노바』)도 발표하기 시작했지만 갑작스러운 체포로 작업이 중단되었다. 그러나 다행스럽게도, 애초부터 '경고형'으로 계획됐던 사형 집행은 극적인 순간에 취소되었다. 이후, 그는 사 년을 옴스크 감옥에서, 나머지 사 년을 일개 사병의 신분으로 시베리아 지역의 세미팔라친스크의 부대에서 보낸다. 감옥에 있던 시절 그가 읽을 수 있었던 유일한 책이 성경이었음은 익히 알려진 사실이다. 1859년 자유의 몸이 되었을 때 도스토옙스키는 그야말로 극우 보수주의자(슬라브주의자)가 되어 있었다. 이때부터 초기작에는 거의 보이지 않던 신(혹은 그리스도)이 소설의 화두로 등장한다. 이렇게 작품 속의 현실 세계는 각종 범죄, 자살, 정치 테러, 광기 등으로 가득 차고, 관념적 주인공들의 정신세계는 '독실한 무신론'과 '회의적인 광신' 사이에서 진동한다. 『지하로부터의 수기』(1864) 이후에 나온 모든 장편들이 보여 주듯, 사회적인 문제의식이 심리적, 철학적 차원을 넘어서 윤리적, 종교적 차원으로 이월되는 것이다.

셋째, 간질병을 간과할 수 없다. 첫 발작 시기에 대해서는 의견이 분분하지만, 여하튼 작가가 된 이후 도스토옙스키는 평생 동안 주기적으로 간질 발작에 시달렸다. 『백치』의 므이시킨 공작, 『악령』의 키릴로프에 이어 『카라마조프가의 형제들』의 스메르쟈코프를 통해 형상화되는 간질 발작이 몹시 생생한 것은 이 때문이다. 간질병이 도스토옙스키에게 선사한 것은 말하자면, 순간의 미학 혹은 '문턱의 시간'이다. 간질 발작이 시작되고 의식이 완전히 명멸하기 직전의 순간을 작가는 세계의 모든 비밀을 꿰뚫을 수 있는 순간이라고 말했다. 이 절대적인 황홀경의 체험은 동시에 죽음의 체험이기도 하다. 한 인간으로서도 무척이나 귀중했을 삼십 대를 감옥에서 썩게 만든 공상적 사회주의, 더 근원적으로 유토피아를 향한 꿈이야말로 간질 발작의 절정과 같은 것이 아니겠는가. 이는 또한 그의 소설 속에 등장하는 가난뱅이들, 술주정뱅이들의 광기에 가까운 몽상과도 일맥상통한다. 진리의 깨달음이든 일확천금의 획득이든 천년왕국의 도래이든 그것은 찰나적인 한순간에 신기루처럼 반짝하다가 곧 사라진다.

끝으로, 도박에 대한 열정을 지적해야겠다. 『노름꾼』에 직접적으로 표현된바, 도박은 돈 자체보다도 자신의 운명에 대한 시험 및 도전의 동의어이다. 승부가 나기 직전, 도박자는 사형대에 묶여 있는 순간이나 간질 발작 직전의 순간처럼 은유적인 죽음을——예의 그 황홀경 및 파국의 순간을——체험한다. 도스토옙스키의 장편 소설이 늘 모종의 절정을 겨냥하는 것도, 주인공들이 모든 측면에서 극단을 달리며 파열 일보 직전인 것도 이와 무관하지 않다. 한편 그의 도박벽은 실제 생활에도 적잖은 영향을 미쳤다. 하지만 생활인으로서의 그는, 일반인들의 편협한 오해나 억측과는 달리, 마냥 허랑방탕한 한량 내지는 신경증 환자가 절대 아니었다. 유형 이후 이십여 년간 도스토옙스키가 쓴 글들은 엄청난 양의 에세이를 제외하고 소설만 쳐도 우리의 원고지 매수로 환산해서 4만 매에 육박한다. 또 이 정도의 일 욕심을 지닌 사람치곤 남편으로서도, 아버지로서도 평균을 충분히 웃도는 편이었다. 그럼에도 그는 분명히 타고나길 현실 감각과 재무 능력이 없었다. 말년에 페테르부르크의 한 귀퉁이에 비좁은 아파트라도 한 채 얻을 수 있게 된 것은 거의 전적으로 아내의 노력 덕분이었다. 곁들어 안나 그리고리예브나는 십사 년간의 결혼 생활 동안 남편이 창작에만 전념할 수 있도록 알뜰한 살림꾼과 뛰어난 조력자가 되어 주었다. 그러니까 그의 도박벽조차도 아내와 아이들이 함께해 준 일상의 테두리를 심하게 벗어나지는 않았던 것이다.

대체로 전기적 사실들만 보면 작가로서의 도스토옙스키는 제법 천운을 타고난 편이다. 하지만 가난, 사형 선고 및 유형 생활, 간질병, 도박벽은 그 자체로는 개인사의 불행 내지는 결함에 지나지 않는다. 이것들이 의미심장한 사건으로 변모되는 것은 바로, 그가 그 토대 위에서 소설을 썼기 때문이다. 문학이 인간을 '구원'하고 '불멸'로 이끄는 것도 바로 이 지점이다. 하지만 촉망받는 신예 작가가 러시아의 대표 작가로 발돋움하는 과정은 간질 발작처럼 찰나적인 것이 아니었다. 당시로서는 서유럽에 비해 명백히 후진국이었던 러시아의 '촌뜨기' 작가가 세계문학의 정상에 우뚝 설 거목으로 자라난 것 역시도 마찬가지이다. 실상, 그의 첫 작품은 가난한 사람들의 일상과 심리를 휴머니즘적인 관점에서 사실주의적으로 그려 냄으로써 1840년대 러시아 문단을 뒤흔들었지만 그 자체로 러시아 문학의 패러다임을 바꿔 놓을 수는 없었다. 그의 소설적 진화에 있어 이정표로 평가되는 『지하로부터의 수기』도 도스토옙스키라는 이름을 신화로 만들 수 있는 대작은 아니다. 발자크와 같은 대가가 되겠다는 야망을 빼면 그다지 뛰어날 게 없었던 가난한 문청이 문학사를 훌쩍 뛰어넘는 위업을 이룩하기까지는 『죄와 벌』, 『백치』, 『악령』 등이 창조될 만큼의 기나긴 시간이 필요했다. 그동안 작가는 매 순간 자신의 천재성을 의심했으며 그러면서도 '고양이 같은 생명력'과 도저한 장인 정신을 발휘하며 소설을 써 나갔다. 그 정점에 그의 마지막 작품이자 최고작인 『카라마조프가의 형제들』이 버티고 서 있다.

2 작품의 줄거리

『카라마조프가의 형제들』이 상당히 긴 분량임에도 불구하고 한달음에 읽히는 것은 무엇보다도 소재의 극단성과 구성상의 긴장감 덕분이다. 부자간의 재산 다툼 및 여자 다툼, 형제간의 반목이 친부 살해로 현실화되는 것은 어쨌거나 극히 드문 일이 아닌가. 이렇게 선정적인 소재에 추리 소설 기법마저 동원되는 바람에 이 작품은 도스토옙스키의 어느 작품보다도 가독성이 높다. 이 점에서 그는 평소 자신이 즐겨 읽었던 삼류 소설과 각종 저널리즘적 글에 많은 빚을 지고 있다. 특히 이 작품의 사건 축을 담당하는 미챠(드미트리)는 본질적으로, 알렉상드르 뒤마 유의 낭만주의 모험 소설에서 자라 나왔다. 『카라마조프가의 형제들』의 주된 이야기가 미챠의 활약 내지는 그의 '수난'인 만큼, 그를 중심으로 『카라마조프가의 형제들』의 줄거리를 살펴보자.

스코토프리고니옙스크시(市). 왕년의 사업가이자 이 지방 도시의 지주인 표도르 카라마조프는 거의 천재적인 어릿광대일뿐더러 이기주의와 탐욕의 집적체이다. 그에게는 미챠(첫 부인 소생), 이반과 알료샤(두 번째 부인 소생) 등 세 아들이 있으나 처음부터 완전히 내팽개쳤다. 이 마을의 백치 여인 리자베

타 스메르쟈쉬야의 몸에서 태어난, 이 집의 젊은 하인 스메르 쟈코프 역시도 그의 아들로 추정된다. 어느 날, 세 아들이 각기 다른 목적을 갖고 표도르를 찾아온다. 그중 가장 큰 골칫거리가 바로, 아버지와 재산 문제를 담판 지으러 온 미챠이다. 그런데 그는 약혼녀가 있는 상태에서 표도르가 오래전부터 눈독을 들여 온 그루센카에게 홀딱 빠져 버린다. 하지만 정작 그루센카는 입장 표명을 하지 않고 부자의 애만 태울 뿐이다. 한편 이 소설이 시작되기 전, 이반은 형의 일로 카체리나와 안면을 텄는데, 곧 반해 버렸다. 이반이 아버지의 집을 찾은 일차적 이유도 그녀 때문이다. 카체리나도 진작 이반에게로 마음이 기울었다. 비록 겉으로는 오만한 '자기기만'에 빠져 미챠를 사랑한다고 주장하고 또 그렇게 믿으려고 하지만 말이다. 수도원에 살고 있는 알료샤는 가족의 불화를 가슴 졸이며 지켜볼 따름이다.

이렇게 집안의 갈등이 첨예화된 가운데 마련된 수도원 회합은 한판의 스캔들로 끝난다. 같은 날 저녁, 그루센카가 아버지의 집에 와 있다고 오해한 미챠가 표도르를 흠씬 두들겨 패는 사건이 발생한다. 이후에도 미챠는 아버지 집 바로 옆에 감시 초소를 마련하여 망을 보는 한편, 그루센카가 확답을 줄 시에 필요한 돈(3000루블!)을 구하기 위해 동분서주한다. 즉 상인 삼소노프, 술주정뱅이 장사꾼 랴가브이, 호흘라코바 부인 등을 차례로 방문하지만 모두 헛수고로 돌아간다. 그동안 그루센카는 오래전 자신을 버렸던 연인의 부름을 받고 모크로예 마을로 떠난다. 이 사실을 모른 채 막연히 그루센카한테

속았다는 생각에 분기탱천한 미챠는 무의식적으로 놋쇠 공이를 집어 들고 아버지의 집으로 달려간다.

　야밤, 표도르의 집. 이반은 모스크바로 떠났고 하인 그리고리는 독한 약을 먹고서 죽은 듯 잠들어 있다. 스메르쟈코프 역시도 간질 발작을 일으켜 의식 불명 상태이다. 미챠는 담장을 훌쩍 넘어 기어코 아버지의 방 창문 앞에 이른다. 심지어 스메르쟈코프가 가르쳐 준 '신호'를 이용하여 그루셴카가 거기 없음을 확인하기까지 한다. 여기서 약간의 공백이 주어지고, 미챠는 다시 줄행랑을 친다. 그때 기적처럼 잠에서 깨어난 그리고리가 그를 추적한다. 이미 담장 위에 발을 걸쳐 놓은 상태에서 미챠는 그리고리의 머리를 놋쇠 공이로 내리친다. 그러곤 다시 그루셴카의 집으로 달려간다. 그 집 하녀에게서 자초지종을 전해 듣자 죄의식과 좌절감은 더 커진다. 이어 저당 잡힌 권총을 되찾지만, 신기하게도 그의 손에는 갑자기 거액의 현금으로 들려 있다. 이렇게 3000루블로 추정되는 돈, 장전된 권총, 유서를 들고서 모크로예로 달려간다.

　모크로예. 미챠의 예상과는 달리, 옛 남자에게 실망한 그루셴카가 미챠에게 사랑을 고백한다. 하지만 이들의 사랑이 행복한 순간을 맞이하기도 전에, 표도르 피살 사건을 접한 당국이 미챠 앞에 나타난다. 예심이 시작된다. 미챠는 아버지의 피살 소식에 놀라면서 자기에게 씌워진 혐의를 완강하게 부인하고, 문제의 3000루블에 얽힌 비밀을 털어놓기에 이른다. 그러나 그의 고백은 당국의 비웃음을 사고, 그는 이송된다.

　한편, 이반은 여러 정황상 미챠가 진범일 것이라고 생각하지만, 모스크바로 떠나기 전 스메르쟈코프와 나눈 대화를 떠올리며 괴로워한다. 두 번에 걸친 그와의 만남은 의심과 불안을 더 부채질한다. 결국 공판 전날, 세 번째로 그를 방문한 자리에서 사건의 진상을 정확히 알고 경악한다.

마침내 공판이 열린다. 그리고리의 환상이 만들어 낸 '열린 문'을 비롯한 모든 증거들이 미챠에게 불리한 가운데 이반이 법정에 나타나 광기 어린 증언을 하고 이에 흥분한 카체리나가 소위 '수학적 증거'를 내놓는다. 결국 미챠는 유죄 판결을 받는다.

이것이 카라마조프 집안을 덮친 '참극'의 대략적인 개요이다. 이와 나란히 알료샤를 중심으로 수도원 사람들(특히 조시마 장로의 인생 역정)과 일류샤 이야기도 전개된다. 이반의 심리적, 정신적 갈등 또한 많은 분량을 차지한다. 그리고 이 모든 것이 『카라마조프가의 형제들』을 관통하는 죄와 벌, 나아가 구원의 문제로 귀결된다. 죽이고 싶었으나 죽이지는 않았는데, 혹은 죽이지는 않았고 그저 죽음을 바랐을 뿐인데, 이것이 왜 죄가 되는가?

3 죄와 벌, 구원의 문제

『카라마조프가의 형제들』의 친부 살해 테마는 여러 차원을 아우른다. 아비는 곧 황제이며 신이다. 이 지점에서 카라마조프 집안의 부자 갈등이 낳은 참극은 정치적 차원에서의 혁명, 형이상학적 차원에서의 반역으로 확장된다. 『카라마조프가의 형제들』이 집필될 무렵, 1861년 농노해방령을 공포했던 알렉산드르 2세는 황제 암살 미수 사건을 계기로 보수로 돌아선 이후 수차례에 걸쳐 테러 위험에 노출되었다. 젊은 과격 세력의 테러리즘 내지는 혁명 운동을 도스토옙스키는 불안스럽게 지켜보았다. 『악령』을 쓰게 만든 원동력이었던 이 불안이 『카라마조프가의 형제들』에서도 여실히 느껴진다. 최고의 패륜인 친부 살해는 정치적으로 극우 보수주의자의 입장을 고수했고 종교적으로 독실한 기독교(러시아 정교) 신자였던(혹은 그러고자 했던) 그에게 있어 궁극적으로 신에 대한 반란의 가장 극단적인 표현이었다. 1860년대 이후 '니힐리즘'이라 불렸던 일단의 과격한 자유사상은 그 근원에 있어 무신론과 동일시되었다. 이 점에서 가장 주목해야 될 인물이 곧 이반이며, 알료샤는 그 대척점에 놓여 있다.

『카라마조프가의 형제들』은 이반과 알료샤(조시마), 대심문관과 그리스도, 악과 선, 악마와 신 등 이분법적인 구도를 따르고 있다. 작가는 5장 「Pro와 Contra」를 이 작품의 '정점'이라고 불렀으며 그 반론 내지는 대답으로 6장 「러시아의 수도사」를 썼다. 그리고 7장 「알료샤」의 마지막을 장식하는 이른바 알료샤의 엑스터시('갈릴래아의 카나'의 꿈)는 예심 직후 미챠가 꾸는 '애기' 꿈과 더불어, 이반의 '악몽'(11장 「이반 표도로비치 형제」)에 대립된다. 마찬가지로 이반의 '(신이 죽으면) 모든 것이 허용된다.'라는 테제와 조시마를 비롯한 여러 인물들의 입을 통해 변주되는 '모든 사람들은 모든 사람들 앞에서 모든 것에 대해 유죄이다.'라는 사상이 팽팽한 긴장을 유지하면서 작품의 저변에 깔려 있다. 무엇보다도 뛰어난 것은 이런 사상들이 구체적인 인물들을 통해 육화된다는 점이다.

이반은 알료샤 앞에서 '신을 받아들이지 않겠다는 것이 아니라 신이 만든 세계를 받아들이지 않겠다.'라는 요지의 '신앙고백'을 한다. 이 논리의 시적인 성과물이 「대심문관」이다. 로마 가톨릭의 부패가 극에 달하고 연일 종교 재판이 열리던 16세기의 에스파냐에 '그', 즉 그리스도가 나타난다. 그 앞에서 아흔 살의 대심문관은 자기가 건설한 지상 낙원의 실체를 털어놓는다. 인간이라는 나약한 존재는 '자유'를 누릴 자격을 갖지 못했기 때문에 그들로부터 자유를 반납받고 대신 '빵'을 제공함으로써, 즉 악마가 그리스도 유혹에서 제시했던 '신비', '기적', '권위'를 기치로 내걺으로써 그들을 행복하고도 온순한 '양 떼'로 만들었다는 것이다. 이 모든 것이 광야에서의 고행을 통해 깨달은 '무덤 뒤에는 어둠밖에 없다.'라는 원칙에 근거한 것이었다. 대심문관의 기나긴 고백이 끝났을 때 그리스도는 그의 핏기 없는 입술에 조용히 입을 맞춘다. 그리스도에게 말(로고스, 논리, 이념) 대신 침묵을 부여하고 오직 입맞춤만을 '행'하도록 한 것은 무엇 때문일까. 다소 단순화하자면, 도스토옙스키식 화해란 이성적이고 논리적인 차원이 아닌 뭔가 보다 더 상위의 차원을 지향하고 있다. 작가의 종교성에 기댄다면 그것은 '모든 죄를 용서할 수 있는 유일한 존재', 즉 신적 차원에서의 화해일 것이다. 대심문관과 그리스도가 이반의 서사시 속에서 입맞춤을 통해 총체적인 화해를 향해 한 걸음 다가서

듯(그럼에도 대심문관은 '여전히 예전의 이념을 고수'한다!) 이반과 알료샤도 서로 대립되는 성향과 사상에도 불구하고 피를 나눈 형제로서 카라마조프라는 이름 속에서 공존한다. 실제 삶 속에서 이들의 모습은 어떠한가.

스메르쟈코프가 다름 아닌 이반의 묵인 하에 아버지를 죽였다고 말하자 이반은 진정으로 경악한다. 물론, 그가 보유했던 이른바 '기대의 권리'는 형사상의 범죄와는 무관하며 심지어 미필적 고의의 죄도 적용할 수 없는 것이다. 그럼에도 이반은 스스로를 용서하지 못한다. 여기서 도스토옙스키 특유의 죄와 벌에 대한 관념이 환기되는바, 그의 윤리 의식 속에서 죄는 행동 차원에 국한되지 않고 사유와 욕망의 차원으로까지 확대된다. 아버지를 증오하고 은밀한 살의를 품은 죄, 스메르쟈코프 앞에서 그것을 노정시킴으로써 무의식적으로나마 살인을 교사한 죄, 아버지와 형을 지키는 '문지기' 노릇을 하지 않고 떠남으로써 카인의 역할을 자초한 죄(이반은 스스로를 인류 최초의 존속 살해범 카인과 비교한다.), 또한 미챠 형이 사람을 죽일 수는 있어도 돈을 훔칠 만큼 야비한 놈은 아니라고 믿었음에도 형을 살인자로 생각한(그러고 싶어 한) 죄 등등 이반의 죄는 거의 전적으로 내적인 것이다. 인간이 오로지 죄의식 때문에 생명의 위협을 받을 만큼 심각한 정신 분열증에 시달릴 수 있음을 예술적으로 그려 낸 것이야말로 병적인 윤리 의식으로 괴로워했던 도스토옙스키만의 성취일 터이다.

제 손을 아비의 피로 더럽힌 스메르쟈코프는 어떠한가. 실상 그는 도스토옙스키의 작품에서 빈번하게 등장하는 어느 분신들보다도 더 신비스럽고 기괴한 인물이다. 이 '부엌데기-종놈'은 태어남과 동시에 어미를 죽이고 자신의 삶 자체를 악의와 살의로 가득 채웠다가 제 아비를 죽이고 끝으로 자기 자신을 죽인다. 도스토옙스키의 소설을 통틀어 낭만적인 후광을 전혀 입지 않은 순수 악의 화신은 스메르쟈코프가 유일하다. 자신의 운명과 세상을 얼마나 증오했으면 죽을 때까지도 화해를 거부한다. 유서에도 자신의 범행에 대해서는 일언반구도 없으니 말이다. 순수하게 러시아적 토양에서 자라난 스메르쟈코프의 어둠의 깊이와 파괴력이 이토록 어마어마했던 것이다. 그에 비하면 서유럽적 이성주의와 낭만주의의 후예인 이반은, 알료샤의 말대로, "주둥이가 샛노란" 스물네 살의 청년에 불과할 따름이다.

한편, 소설 속 인물로서의 알료샤는 다분히 창백한 것 같다. 그의 육체적, 정신적 건강함도 하나같이 다 병적인 다른 카라마조프들 틈에서는 오히려 이상해 보인다. 구성적 차원에서의 역할도 현재 『카라마조프가의 형제들』의 텍스트에서는 부차적인 수준에 그치고 있다. 하지만 그는 모두에게 사랑받을뿐더러 물이나 공기처럼 필수적인 존재이다. 무엇보다도 그를 통해서 '삶의 논리'에 맞서는 '삶' 그 자체, 말하자면 대심문관의 '말'에 맞서는 그리스도의 '입맞춤', 즉 실천적인 사랑이 실현된다. 미챠의 표현대로 '리얼리즘' 속에서 빛을 발하는 사랑과 구원이란, 알료샤가 보여 주듯, 가장 평범한(=건강한) 형상을 띨 수밖에 없다. 알료샤가 평면적인 인물로 그려질 수밖에 없는 것도 이 때문이다. 『카라마조프가의 형제들』의 결말도 이와 무관하지 않다.

　이 작품의 피날레를 장식하는 것은 일류샤의 장례식이다. 도스토옙스키 특유의 교조적인 면모가 지나치게 강조되어 다분히 희극적이기까지 한 이 부분에 이반의 '반역'에 대한 작가 나름의 해답이 들어 있는 듯하다. 일찍이 이반이 죄 없는 아이들의 고통을 근거로 신에 대한 반역을 선언했다면, 알료샤는 동일한 것을 통해 총체적인 용서와 화해를 역설한다. 이반의 아이들이 그의 '컬렉션' 속에 수집된 추상적 존재였다면, 알료샤의 아이는 극히 구체적인 존재, 한 아이 일류샤이다. 이반은 앞서 알료샤에게 가까이 있는 사람을 사랑할 수 없다고 고백했지만, 알료샤는 살과 피를 가진 살아 있는 사람과 바로 가까이에서 소통한다. 그리고 일류샤의 죽음, 즉 '인간의 비극'을 '신의 희극'으로 격상시키고자 한다.

　여기서 도스토옙스키가 조시마 장로의 입을 빌려 이야기하는 구약의 욥기, 나아가 『카라마조프가의 형제들』 전체의 제사(題詞)로 사용된 요한복음의 일절이 환기된다. "내가 진실로 진실로 너희에게 말한다. 밀알 하나가 땅에 떨어져 죽지 않으면 한 알 그대로 남고, 죽으면 많은 열매를 맺는다." 일류샤의 무덤 곁에 모인 아이들은 그 자체로 미래적 전망이며, 일류샤-밀알을 유의미하게 만들 수 있는, 그래야만 하는 존재들이다. 이들을 통해서 도스토옙스키 소설의 주제어이기도 한 구원, 부활, 불멸 등이 단순히 공소한 종교적인 개념에 그치지 않고 구체적인 삶의 영역에서 생명을 얻는다. 가령, 콜랴 크라소트킨은 엄숙한 장례식 직후 어떻게 맛있게 블린을 먹을 수 있느냐며 의구심을 보인다. 하지만 알료샤의 따사로운 대답이 시사하는바, 지식이나 믿음을 향한 인간의 정신적 갈망은 식욕과 같은 육체적 현상과 절대 모순되지 않는다. 어차피 인간은 유클리드 기하학적 세계에 종속된 삼차원적 존재이다. 만약 그렇지 않다면 사차원(=비유클리드 기하학의 세계, 즉 유토피아)을 넘보거나 꿈꿀 이유도 없다. 스무 살의 알료샤가 조시마 장로의 시체 썩는 냄새로 인해 크나큰 '유혹'에 시달리는 것, 결국 그 유혹을 극복하고 그 자신의 환시(幻視) 속에서 복음서의 혼인 잔치에 초대되는 영광을 누리는 것도 비슷한 맥락에서이다.

이제 『카라마조프가의 형제들』의 바깥으로 돌아가자. 도스토옙스키는 이 대작의 첫 머리에 "안나 그리고리예브나 도스토옙스카야에게 바친다."라고 썼다. 마흔이 훌쩍 넘어 이십오 세 연하의 처녀와 결혼한 뒤 그에게는 최종적으로 두 아이가 있었다. 그의 건강 악화에 대해 의사는 앞으로 얼마든지 더 오래 살 수 있다고 격려했고 작가 역시도 『카라마조프가의 형제들』의 2부를 기획함(작가 메모에 의할 때 알료샤는 혁명가가 된다.)은 물론 《작가 일기》의 다음 호를 준비했다. 이 무렵 그의 딸 류보비는 열두 살, 아들 표도르는 열 살에 불과했다. 이런 순간에 찾아온 각혈과 죽음은 비단 '위대한 천재' 도스토옙스키가 아니라도 생에 대한 최소한의 애착을 가진 자라면 누구에게나 '파국/참극'이다. 『카라마조프가의 형제들』을 집필하는 내내 어린 알료샤의 죽음이 그를 괴롭혔지만(해서 이 작품의 미래의 주인공에게 이 이름을 선사했다.) 대신 다른 두 아이는 무럭무럭 자라고 있었다. 어쩌면 그래서 작가는 이 작품을 아이들의 환호성으로 마감했는지도 모르겠다. 물론 일차적으론 이들이 주인공이 될, 영원히 쓰이지 못한 2부를 염두에 둔 탓이겠다. 그렇다면 더더욱 이들이 큰 의미를 지닌다. 아버지의 죽음, 그것도 자식에 의한 비극적인 죽음을 극복할 수 있는 유일한 길이 아이들의 무한한 성장에 있음을 작가는 암시하고 싶었던 것이 아닐까. 이 점에서 『카라마조프가의 형제들』은 예순을 바라보던 도스토옙스키의 고백록이면서 동시에 그의 두 아이, 나아가 모든 아이들이 살아갈 미래의 세계 앞에 바쳐진 유언서인 것이다.

* * *

석사 논문을 준비하면서 『카라마조프가의 형제들』의 원문을 처음으로 정독, 완독했을 때 가장 놀란 것은 기존의 한국어 번역본의 높임말과 낮춤말이 원본과 완전히 다른 경우가 많다는 점이었다.(러시아어는 인칭대명사를 통해 존대법이 분명하게 표현된다.) 대체적으로 말해, 우리 세대와 그전 세대들은 '찬물도 위아래' 원칙에 입각하여 알료샤가 팔 세 연상의 미챠와 사 세 연상의 이반에게 높임말을 쓰고(심지어 이반과 미챠를 '형님'이라 부르고) 또 카체리나 이바노브나와 그루셴카가 단지 여성이라는 이유만으로 그들 각각의 연인인 이반, 미챠에게 깍듯이 존댓말을 쓰는 '공손하고 엄숙한' 『카라마조프가의 형제들』을 읽어 왔다. 하지만 이제는 우리의 의사소통 문화에서 장유유서, 남존여비 등이 지니는 의미가 많이 달라졌다. 최소한 나이와 성별이 존대 및 하대의 절대적인 근거는 아니다. 해서, 본 번역본에서는 문화적 상식이 허용하는 한, 도스토옙스키가 표현하고자 했던 인물들 간의 친밀도 혹은 반대로 거리를 최대한 살리고자 노력했다. 덧붙여, 그의 문장은 러시아 독자들이 읽기에도 버거울 만큼 복잡하고 장황하기로 유명하다. 이 때문에 번역자들은 가독성을 높이기 위해 임의대로 문장을 자르고 문단을 나누는 경우가 많았다. 가볍고 경쾌한 단문을 선호하는 독자들의 취향 및 요즘 책의 형태를 고려한 선택이기도 했을 것이다. 하지만 본 번역본에서는 우리말 문법의 테두리를 넘지 않는 선에서 도스토옙스키 고유의 문체와 그 호흡의 속도를 살리는 데 초점을 맞추었다.

끝으로 감사의 말을 덧붙이고자 한다. 여고 시절 훌륭한 우리말 번역본의 형태로 『카라마조프가의 형제들』을 처음 접하게 해 주신 고(故) 김학수 선생님께 이 자리를 빌려 감사드린다. 그리고 도스토옙스키를 비롯하여 러시아 문학 전반을 읽는 눈을 키워 주시고 『카라마조프가의 형제들』에 대한 석사 논문을 지도해 주셨을뿐더러 곁에서 번역 작업의 추이를 지켜봐 주신 김희숙 선생님께 감사드린다. 아울러 이 작품의 번역을 맡겨 주시고 출간에 힘써 주신 민음사에도 감사드린다. 번역 작업 중 소소한 문제에 대해 함께 고민해 준 이현우 선배와 윤영순 선배의 이름을 언급하는 것은 앞으로의 또 다른 작업에 있어서도 여전히 그들의 도움을 바라기 때문이다.

작가 연보

1821년	10월 30일(신력으로 11월 11일) 모스크바 마린스키 빈민병원의 군의관 미하일 안드레예비치 도스토옙스키의 둘째 아들로 태어남.
1833~1837년	모스크바 기숙학교 수학 시절.
1837년	1월 29일, 푸시킨이 당테스와의 결투에서 사망하자 몹시 흥분함. 2월 27일, 어머니 마리야 표도로브나 도스토옙스카야(네차예바) 사망.
1838년	1월 16일, 페테르부르크 공병학교 입학.
1839년	6월 8일, 아버지가 다로보예 영지의 농노들에 의해 피살.
1843년	8월 12일, 장교 수업 과정을 끝내고 공병국 제도실에서 근무하기 시작.

1844년	6~7월, 발자크의 『외제니 그랑데』 번역, 발표.
	10월 19일 소위로 제대.
1845년	5월, 『가난한 사람들』 완성. 비평가 벨린스키, 시인 네크라소프를 비롯한 문학인들과의 친교.
	가을, 벨린스키 클럽에 출입하기 시작.
1846년	1월 15일, 『가난한 사람들』이 《페테르부르크 모음집》에 발표됨.
	2월에 「분신」이, 10월에 「프로하르친 씨」가 《조국 수기》에 발표됨.
1847년	연초에 벨린스키와 사상적, 감정적 이유로 절연.
	봄부터 페트라셉스키의 '금요일' 모임에 출입.
	4~6월, 에세이 「페테르부르크 연대기」(전 4편)를 신문 《상트-페테르부르크 통보》에, 10~12월, 소설 「여주인」을 《조국 수기》에 발표.
1848년	5월, 벨린스키 사망.
	「약한 마음」, 「폴준코프」, 「정직한 도둑」, 「크리스마스트리와 결혼식」, 「백야」, 「남의 아내와 침대 밑의 남편」 등의 단편을 《조국 수기》에 발표.
1849년	1~2월, 미완의 장편 『네토치카 네즈바노바』의 일부를 《조국 수기》에 발표.
	4월 15일, 페트라셉스키 모임에서 고골에게 보내는 벨린스키의 편지 낭독.
	4월 23일, 당국에 의해 체포되어 페트로파블로프스크 요새에 감금됨.

9월 30일, 재판 시작, 11월 13일, 상기 편지 낭독 죄로 사형을 언도받음.

12월 22일, 세묘놉스키 연병장에서 사형이 집행되기 직전, 황제 니콜라이 1세의 칙령에 의해 사형 집행이 중지되고 강제 노동형으로 감형됨.

1850년 1월, 토볼스크 체류 중 12월 당원(제카브리스트)의 부인들의 방문을 받고, 이 중 폰비지나 부인에게서 성경을 건네받음.

1월 23일, 옴스크의 요새의 형장에 도착. 이후 1854년 2월까지 복역.

1854년 3월, 사병으로 강등되어 세미팔라친스크에 배치됨. 이곳의 세무관 이사예프와 안면을 트고 그의 아내 마리야 드미트리예브나 이사예바를 사랑하게 됨.

1855년 2월 18일, 니콜라이 1세 사망.

8월 4일, 이사예프 사망.

1857년 2월 6일, 미망인이 된 마리야 드미트리예브나와 결혼.

8월, 페트로파블로프스크 요새에서 구상, 일부 집필했던 「꼬마 영웅」을 《조국 수기》에 발표.

시베리아 유형의 경험을 기록하기 시작.

1859년 3월 18일, 퇴역.

7월 2일 세미팔라친스크를 떠나 8월 19일 트베리 도착, 가을을 보냄.

11월, 페테르부르크 거주 허가를 얻고 12월, 10년 만에 페테르부르크로 돌아옴.

3월, 『아저씨의 꿈』을, 11~12월, 『스체판치코보 마을 사람들』을 각각 《러시아의 말》과 《조국 수기》에 발표.

1860년 9월, 신문 《러시아 세계》에 『죽음의 집의 기록』 초반부 발표.

모스크바에서 첫 작품집(전 2권)이 출간됨.

1861년 1월, 형 미하일과 함께 잡지 《시대》 창간, 첫 호 발간. 여기에 『상처받은 사람들』 발표. 이때부터 1865년까지 아폴리나리야 수슬로바와 친교, 서신 교환 및 여행.

1862년 1월, 《시대》에 『죽음의 집의 기록』 후반부 발표.

6월, 첫 유럽 여행. 베를린, 드레스덴, 프랑크푸르트, 쾰른, 파리 등을 돌고, 런던에서 1846년부터 알고 있던 사상가 겸 작가 게르첸, 무정부주의자 바쿠닌 등을 만남.

12월, 《시대》에 「악몽 같은 이야기」 발표.

1863년 2~3월, 《시대》에 「여름 인상에 대한 겨울 메모」 연재.

5월, 《시대》가 정치적 이유로 발행 정지 조치를 받음.

8월부터 10월까지 유럽 여행. 바덴바덴, 함부르크 등에서 도박으로 많은 돈을 잃음.

1864년	1월, 형 미하일과 함께 두 번째 잡지 《세기》 창간 허가를 받음.
	3월 21일, 《세기》 첫 호에 『지하로부터의 수기』 발표.
	4월 15일, 아내 마리야 드미트리예브나 사망. 7월 10일, 형 미하일 사망. 9월 25일, 문우인 아폴론 그리고리예프 사망. 잇따른 불행으로 인해 심리적, 경제적 어려움에 시달림.
1865년	6월, 《세기》 2호에 고골의 「코」를 모델로 한 단편 「악어」 발표. 거의 직후, 《세기》가 재정난으로 발행 중단됨.(통권 13호.)
	여름, 출판업자 스첼롭스키와 1866년 11월 1일까지 특정 분량의 새 소설을 탈고하고 모든 작품을 양도하며 이를 어길 시 이후 모든 작품의 저작권을 넘긴다는 굴욕적인 계약을 체결. 그의 출판사에서 그동안의 작품을 모은 작품집이 나옴.
	7월부터 10월까지 독일의 비스바덴으로 세 번째 유럽 여행을 떠남.
	11월, 수슬로바에게 청혼하지만 거절당함.
1866년	1월, 《러시아 통보》에 『죄와 벌』 연재 시작, 12월에 완결. 모스크바와 그 근교 류블리노에 체류.
	10월 4일부터 29일까지, 원고 마감일에 대기 위해 속기사 안나 그리고리예브나 스니트키나를 고용하여 『노름꾼』 전부와 『죄와 벌』 마지막 부분을

속기하게 함.

1867년	2월 15일, 안나 그리고리예브나와 결혼.
	4월 14일, 유럽으로 떠나 각국을 돌며 이후 4년간 머무름. 그동안 드레스덴 미술관에서 라파엘로의 「시스티나의 성모」, 바젤 미술관에서 한스 홀바인의 「무덤 속 그리스도의 주검」을 보고 큰 감명을 받음. 끊임없이 도박에 손을 대서 경제 사정이 매우 악화됨. 『백치』 집필 시작. 리가 방문, 바쿠닌의 강연을 들음.
1868년	2월 22일, 딸 소피야 출생, 석 달 후 사망.
	가을, 밀라노를 거쳐 피렌체로 감.
	《러시아 통보》에 『백치』 발표.
1869년	7월, 드레스덴으로 돌아옴.
	9월 14일, 딸 류보비 출생.
	11월, 모스크바에서 '네차예프 사건' 발생, 『악령』의 소재가 됨.
1870년	《서광》에 초기작 「남의 아내와 침대 밑의 남편」을 토대로 한 『영원한 남편』 발표.
1871년	1월, 《러시아 통보》에 『악령』 연재 시작, 1872년에 완결.
	7월, 가족과 함께 드레스덴에서 페테르부르크로 돌아옴.
	7월 16일, 아들 표도르 출생.
1872년	5월, 가족과 함께 페테르부르크 근교의 스타라야

루사로 떠나, 이곳에서 여름을 보냄.

1873년 메셰르스키 공작의 잡지 《시민》의 편집장이 됨과 동시에 「작가 일기」라는 지면을 마련하여 각종 시사 칼럼, 에세이, 단편 소설 등을 싣기 시작.

1874년 봄, 메셰르스키 공작과의 마찰 및 건강상의 이유로 《시민》 편집 일을 그만둠.

4월, 《조국 수기》에 실을 장편 소설을 부탁하기 위해 네크라소프가 도스토옙스키를 방문.

6월, 건강 악화로 요양차 독일의 엠스로 떠남.(1875년, 1876년, 1879년에도 한 차례씩 방문.)

8월, 스타라야 루사로 돌아와 겨울 동안 『미성년』 집필.

1875년 1월, 『미성년』을 《조국 수기》에 발표하기 시작.

8월, 아들 알렉세이 출생.

1876년 1월, 《작가 일기》를 단행본 형태의 월간 잡지로 출간, 대성공을 거둠.

《작가 일기》 11월 호에 단편 「온순한 여자」 발표.

1877년 《작가 일기》 4월 호에 단편 「우스운 인간의 꿈」 발표.

12월 2일, 러시아 과학아카데미의 어문학 분과 위원으로 선출됨.

12월 27일, 네크라소프 사망, 30일, 그의 장례식에서 추도문 낭독.

1878년 5월, 아들 알렉세이, 갑작스러운 간질 발작으로 사망.

철학자 블라지미르 솔로비요프와 함께 옵치나 푸
스트인 수도원 방문.

1879년 《러시아 통보》에 『카라마조프가의 형제들』을 발
표하기 시작.

1880년 5월 23일, 푸시킨 동상 제막식 행사 참석차 모스
크바 도착.

6월 8일, 상기 행사 관련 모임에서 이른바 「푸시킨
론」 낭독, 열광적인 반응을 얻음.

11월, 『카라마조프가의 형제들』 완결.

1881년 1월, 《작가 일기》 1881년 첫 호를 집필하기 시작.

1월 26일, 여동생이 찾아와 상속 문제로 다투고
간 뒤 각혈.

1월 28일 저녁 8시 38분, 폐동맥 파열로 사망.

2월 1일, 페테르부르크의 알렉산드르-네프스카야
대수도원 묘지에 묻힘.

세계문학전집 **156**

카라마조프가의 형제들 3

1판 1쇄 펴냄 2007년 9월 20일
1판 67쇄 펴냄 2024년 12월 26일

지은이 표도르 도스토옙스키
옮긴이 김연경
발행인 박근섭, 박상준
펴낸곳 (주)민음사

출판등록 1966. 5. 19. (제 16-490호)
서울특별시 강남구 도산대로1길 62(신사동) 강남출판문화센터 5층 (우편번호 06027)
대표전화 02-515-2000 **팩시밀리** 02-515-2007
www.minumsa.com

© 김연경, 2007. Printed in Seoul, Korea

ISBN 978-89-374-6156-9 04800
ISBN 978-89-374-6000-5 (세트)

세계문학전집 목록

세계문학전집은 계속 간행됩니다.

21가지 주제로 읽는 해설집

스물한 가지, 기독교강요

크리스천
르네상스

21가지 주제로 읽는 해설집

스물한 가지, 기독교강요

JOHN CALVIN

21
KEYWORDS,

INSTITUTES OF
THE CHRISTIAN
RELIGION

박동근 지음

저자 서문

　　칼뱅은 『기독교강요』 최종판에 첨부된 헌사(獻詞), '프랑스 왕에게 드리는 글'에서 자신이 『기독교강요』를 저술하게 된 동기와 목적을 진술합니다. "제가 이 일에 땀을 흘리며 애쓴 것은 제가 목도한, 그리스도를 향한 배고픔과 목마름을 지닌 모국의 수많은 프랑스인을 위해서였습니다." 당시 유럽의 교회와 그리스도인들은 신앙의 위기에 휩싸여 있었고, 그리스도인들은 영적인 배고픔과 목마름으로 신음하였습니다. 칼뱅은 이 헌사(獻詞)를 통해 교회가 직면한 위기의 근원을 정확히 진단했습니다. 교회와 그리스도인들에게 임한 재앙의 근원은 그 시대의 교회가 하나님의 말씀, 더 정확히 표현하자면, 성경을 떠난 데 있었습니다.

　　로마교회는 '오직 성경'(sola scriptura)에 무지했고, 이를 거부하였습니다. 로마교회는 성경과 전통이라는 계시관에 근거해, 교회를 성경보다 높였습니다. 그리고 그 교회의 지상적 머리로 교황의 전횡적 권위가 그리스도의 왕권을 압도했습니다. 그 시대의 교회는 부패한 인간의 본성으로부터 나온 온갖 고안물들을 위해 성경을 가감하였습니다. 이처럼 '오직 성경'을 떠난 신앙은 성경을 성경으로 해석하는 원리(성경의 유추, 신앙의 유추)를 버리므로, 성경의 통일성과 성경의 문맥을 통찰하지 못했습니다. 그들은 성경을 부패한 본성으로 해석하므로, 그들로부터 나온 교리는 성경을 왜곡하고 허무는 교리가 되고 말았습니다. 그들은 사도들과 선지자들의 터를 떠났고, 고대 공교회의 역사적 신앙고백의 길로부터 이탈했습니다. 그들은 성경을 떠나므로, 부패한 교리를 발명해 내었고, 부패한 교리는 교회의 예배와 교회의 실천을 부패시켰습니다. 이에 따라 중세 로마교회는 교회의 얼굴인 교회의 표지를 상실하고 말았습니다. 교회는 말씀의 순수한 선포와 성례의 합법적 거행을 상실하므로, 교회의 얼굴을 상실하고 말았습니다. 종교개혁과 칼뱅의 사역은 이러한 신학적이고 신앙적인 부패와 이탈로부터 교회를 회복시키는 것이었고, 그 모든 노력의 중심에는 '오직 성경'으로 돌아가 성경을 성경 안에 내포된 해석 원리로 해석하여 성경에 근거한 참 교의를 정립하는 것이었습니다. 성경에 대한 바른 해석으로부터 교의가 드러날 때, 교회의 예배와 실천이 드러나게 됩니다. 종교개혁과 칼뱅의 모든 노력과 헌신은 바로 여기에 있습니다.

『기독교강요』의 위대함과 필요성은 이 문서가 우리로 하여금 하나님의 말씀, 오직 성경으로 교회와 그리스도인들을 인도한다는 데 있습니다. 수많은 종교개혁자와 개혁신학과 개혁신앙을 수립한 성경 사람들의 업적은 사도들과 선지자들의 터, 곧 성경의 진리를 암흑 속에서 드러낸 데 있습니다. 칼뱅의 가치는 다른 데 있는 것이 아니라, 성경이 전하는 진의(眞意)를 드러내고, 사도들과 선지자들로부터 비롯된 하나님의 말씀과 이로부터 시작된 공교회의 신앙고백들을 계승하고, 어두운 시대의 교회에 이를 재건하고 소개한 데 있습니다. 하나님의 말씀을 떠난 로마교회의 정황과 폐해는 단지 그 시대의 문제만은 아닌 것이 확실합니다. 오늘날 현대교회는 자유주의(liberalism)와 포스트모더니즘(postmodernism), 자연주의(naturalism), 은사주의(charismaticism), 세속주의(secularism) 등에 휩싸여 있다고 하여도 과장된 표현이 아닐 것입니다. 왜냐하면 이러한 사상들이 오늘날 보편가치로 세상에서 권위를 획득했기 때문입니다. 이 모든 사상들과 사조들 그리고 이러한 사상과 사조로부터 파생된 양상으로서 문화 현상들은 대중들을 지배하고 있습니다. 그리고 이러한 세상의 풍조와 풍속들이 교회에 들어와 많은 목사와 강단을 점령하고, 회중들의 사고의 틀을 형성하고 있습니다. 이 모든 사조의 가장 큰 폐해는 칼뱅의 시대가 그러했듯이, 하나님의 말씀으로부터 교회와 그리스도인들을 떠나게 만드는 데 있습니다. 이런 이유로 오늘날 교회의 표지가 상실되거나, 교회의 표지가 희미해지고 드러나지 않게 되는 일들이 비일비재(非一非再)하게 된 것입니다. 그런 의미에서 교회의 개혁은 현시대에도 절실한 것이라 할 수 있습니다. 교회의 표지가 상실된 교회는 언제나 그러했듯, 부패한 본성에서 나온 것으로 성경을 해석하고, 거짓된 교리를 고안하며, 예배와 실천을 오염시킵니다.

어둡고 어려운 시대에 칼뱅의 『기독교강요』는 교회와 성도들이 성경의 바른 해석과 그 결과로써 공교회의 역사적이고 검증된 신앙고백과 교의의 맥락을 통찰할 수 있도록 도울 것입니다. 칼뱅의 가치와 업적은 그의 독창성에 있지 않고, 그의 독자들로 하여금 사도들과 선지자들의 터로부터 시작하여, 성경에 대한 바른 해석으로부터 비롯되는 공교회의 역사적 신앙고백과 교의로 안내하는데 있습니다. 따라서 칼뱅이란 교사의 가르침들은 철저히 공교회성을 회복하는 데로 귀결됩니다. 성경과 복음 진리 회복은 교회 일치의 대전제라고 할 수 있습니다. 하나님의 말씀에서 비롯된 신앙고백에 일치만이 교회의 일치와 연합을 가능하게 합니다. 성경과 참된 신앙고백으로 돌아가는 길만이 교회의 연합과 일치를 가능하게 합니다. 그런 의미에서 칼뱅은 공교회성 회복 안에서 연합을 촉진하는 중요한 역할을 한다고 확신합니다.

『스물한 가지, 기독교강요』의 출간 목적은 여기에 있다고 봅니다. 즉, 칼뱅 시대의 정황이 오늘날 우리 시대와 무관하지 않으며, 그 시대의 교회적이고 신앙적 요청이 이 시대의 교회적이고 신앙적 요청과 부합하는 면이 많다고 생각합니다. 칼뱅의 중요성과 업적이 '오직 성경'으로 돌아가는 데 있다면, 오늘날 이 시대 교회의 절실함 역시 '오직 성경'으로 돌아가는 데 있다고 봅니다. 칼뱅의 『기독교강요』는 시대를 초월하고

뛰어넘는 공교회의 성경 해석과 그 결과로써 신앙고백과 교의를 담고
있습니다. 이 오래된 글들에 담긴 의미들은 공교회적인 것으로서, 오늘
날 우리에게도 절실한 것입니다. 그의 사상들은 오래된 것이지만, 우리
에게 절실한 새것이기도 합니다. 지금 우리의 교회와 성도들에게 절실한
것입니다.

　　이런 확신으로 인해, 필자도 『기독교강요』를 배고프고 목마른 마
음으로 여러 번 정독하고 연구하게 되었습니다. 이 책의 가치를 알게 된
것은, 고등학교 2학년 때 회심한 후 소명을 확신하고 신학대학교 입학
전후에 저 자신이 겪게 된 신학적, 신앙적 고뇌와 혼란 때문이었습니다.
『기독교강요』는 필자에게 복음을 정립하는 계기를 마련해 주었습니다.
이런 이유로 칼뱅은 저에게 전도자와 같은 역할을 했습니다. 1992년 입
대를 한 후, 취침등 아래서 선임들 몰래 밤을 지새워 『기독교강요』를 정
독하곤 하였습니다. 그리고 세월이 흘러 박사과정을 마친 후, 한 신학교
에서 시간강사로 강의 요청을 받았을 때, "기독교강요 해설"을 가르치
겠다고 요청했고, 강의를 위해 강의안을 몇 달에 걸쳐 작성한 것이 이
책의 전신(前身)이 되었습니다. 이 강의록은 몇 번에 걸쳐 수정되는 과정
에서 목사님들과 성도님들을 대상으로 여러 차례 강의할 기회가 있었
고, 교회를 개척한 후에도 지속해서 해설하였습니다. 『기독교강요』가
끈이 되어 많은 목사님과 성도님들과 신앙적 교제와 신앙적 소통을 경
험하게 되었고, 따라서 지금 완성된 이 책은 이러한 현장에서의 강의와
교제와 소통의 결과물로 볼 수 있습니다. 이런 과정 속에서 필자가 이른
결론은, 『기독교강요』를 교회에 조금이라도 더 알리고 소개하는 일이
중요하다는 것이었습니다. 이를 위해 교계에는 『기독교강요』와 관련된
많은 참고 서적이 출판되었는데, 이를 살펴보면서 든 필자의 생각은, 너
무 요약되면, 기독교 강의의 맥락과 의미들이 드러나지 않고, 너무 해설
이 많아지면, 해설자에 가려 칼뱅의 맥락이 가려지는 어려움을 느꼈습

니다. 그래서 필자는 『기독교강요』의 맥락을 드러내는 방식으로 요약하면서도, 그 의미를 이해하는 데 도움이 되도록 적절한 해설이 가미된 책이 집필되도록 노력하였습니다. 현실적으로 양이 방대하여 『기독교강요』를 정독하려다가 실패하는 경우가 많습니다. 그러므로 이 책은 요약과 해설을 적절히 배합하여, 이 책을 읽는 것만으로도 『기독교강요』 전체의 맥락을 인식하도록 돕는 데 있습니다. 이 책을 저술하며, 하나님께 간구하는 것은, 이 책을 통해 칼뱅이 전하고자 소원했던 하나님의 말씀이 공교회와 성도들에게 역시 전해지는 것입니다. 성도들의 심령 속에 하나님의 말씀이 정립되어, 교회가 참 신앙고백과 실천으로 하나님께 응답하는 일들이 있기를 소원합니다. 이 책이, 칼뱅이 전하고자 했던 하나님의 말씀이 전해지고 교회 안에서 힘을 얻어 이 시대와 조국 교회 안에서 교회의 표지가 더욱 분명하고 성숙하게 드러나는데, 조금이나마 기여하는 책이 되길 하나님께 간절히 기도합니다.

오직 하나님께 영광!(Soli Deo Gloria)

박동근

목차

제3권 · 그리스도의 은혜를 받는 길

스물한 가지, 기독교강요

◆

제1권

창조주 하나님에
관한 지식*

* 라틴어 원제는 『DE COGNITIONE DEI CREATORIS(The Knowledge of
God the Creator)』이다.

01

1-2장
하나님을 안다는 것의 의미

1 하나님에 관한 지식으로 시작하는 이유

칼뱅은 『기독교강요』의 제1권의 1장을 "**하나님에 관한 지식**(the knowledge of God)"으로 시작합니다. 칼뱅은 왜 "**하나님에 관한 지식**"으로부터 시작하는 것일까요? 합리주의(rationalism)의 신앙적 폐해를 인해 신앙을 "**지식**"과 연관 지을 때, 신앙인들은 보통 거부감을 갖곤 합니다. 하지만 하나님께서는 "**이성**(reason)"을 배척하시지 않으십니다. 인간에게 이성을 주신 분이 하나님이시기 때문입니다. 그러나 하나님께서 선히 여기시는 이성과 합리주의가 생각하는 이성은 매우 이질적입니다. 그 이유는 합리주의자들은 이성을 하나님과 하나님의 계시로부터 독립시켰기 때문입니다. 하나님께서는 인간에게 하나님과 인간과 사물을 인식하는 영혼의 기능으로서 이성을 주셨지만, 언제나 그 이성이 하나님과 그분의 계시에 의존해 기능하도록 인간을 창조하셨기 때문입니다. 이성은 언제나 하나님을 의지하여 바르게 인식할 수 있습니다. 그러나 합리주의자들의 이성은 스스로 주인 된 이성입니다. 합리주의의 이성은 하나님과 그분께 의존하지 않고 인간 스스로의 능력으로 진리를 파악하려 하는 자율 이성(autonomous reason)입니다. 그들은 하나님과 관계없이, 그분을 의존하지 않고, 인간이 스스로 진리를 파악할 수 있다고 믿습니다. 그래서 그들은 그렇게 하나님의 보좌를 차지하고 스스로 자신의 주인이 되고 만물의 주인이 되고자 교만해졌습니다. 그러므로 하나님께서 배척하시는 것은 이성 자체가 아니라 이성이 자신과 만물의 주인 되고자 하는 합리주의를 정죄하십니다. 그러므로 기독교는 합리성을 부정하지 않고 합리주의를 배척합니다.

　　칼뱅이 생각하는 이성은 이런 합리주의의 이성이 아닙니다. 그런 의미에서 칼뱅이 왜 "**하나님의 지식**"이란 주제로 책을 시작하는지 살피는 것은 참으로 중요한 의미를 갖습니다. 칼뱅이 "**하나님의 지식**"으로 책을 시작하는 이유는 "**하나님의 계시**(revelation of God)"의 중요성을 강조하기 위한 것입니다. 칼뱅은 "**하나님의 지식**"이란 용어를 사용하여 자신의 책의 첫 권, 첫 장의 제목을 삼으므로, 자신이 전개할 신학의 구조와 내용에서 하나님의 계시가 차지하는 비중과 그 "**중심적 역할**(centrality)"을 강조하고 있습니다.[1] 칼뱅이 표현한 "**하나님에 관한 지식**"은 "**계시**"라는 원인에 의해 인간 영혼에 나타난 결과입니다. 하나님에 관한 참 지식은 언제나 계시로 가능합니다. 하나님께서는 초월적이시고 무한하십니다. 그분은 너무도 높은 곳에 계십니다. 언제나 하나님께서 인간에게 내려오셔서 자신을 계시해 주셔야만 유한한 피조물이요 부패한 인생은 하나님을 아는 지식에 이를 수 있습니다. 그러므로 낮고 천한 인생에게 찾아와 당신을 알려주시는 하나님의 계시 행위는 사랑입니다. 그리고 하나님의 자기 낮추심입니다. 하나님께서는 계시를 통해 인간과 관계를 맺으십니다. 하나님께서 말씀을 통해 인생과 관계하시되 언약적 방식으로 관계하십니다. 하나님께서 인생과 관계하시는 방식은 언제나 언약적입니다. 하나님의 사랑, 하나님과의 관계 그리고 하나님과의 언약이 계

1　John Calvin, *Institutes of the Christian Religion*, ed. John T. McNeil, trans. Ford Lewis Battles(New York: Westminster Press 1960), 이후 *Calvin, Institues*, 권., 장. 절로 표시한다.

시를 통해 가능해 집니다. 하나님께서는 계시를 통해 인간을 사랑하시고, 관계를 맺으시되 언약적 관계를 맺으십니다. 그러므로 인생이 하나님과 연합(union)하고 교제(communion)하는 것이 그분의 계시에 달린 일입니다. 이 계시가 가져오는 지식의 성격은 관계적이고 언약적입니다. 하나님을 아는 참 지식의 목적은 하나님과 바른 관계를 맺고, 그분을 사랑하고 경외하는 것에 있습니다. 성경이 가르치는 하나님에 관한 지식은 단지 사변적인 지식이 아니라 관계적이고 인격적인 성격을 지닙니다. 칼뱅은 하나님의 계시가 가져온 이러한 결실로서 경건에 속한 지식을 강조하고 있습니다. 하나님에 관한 지식은 계시에 근거하며, 또 계시를 강조하는 표현입니다. 그러므로 제1권 1장부터 11장까지의 내용은 계시에 관한 내용을 다룬 것으로 일종에 신학 서론 역할을 합니다.

물론 이 서론적인 역할을 하는 장들의 최종적 목표는 기록된 특별 계시로서 성경을 강조하는데 있습니다. 계시와 성경을 다룬다는 것은 신학 서론을 구축한다는 의미이기도 합니다. 하나님, 인간, 그리스도, 구원, 교회를 망라한 신학과 신앙의 참 지식이 최종적이고 충족한 특별계시(special revelation)로서 성경에 근거합니다.[2] 하나님에 관한 어떤 주제이든 성경이란 계시에서 그 내용이 주어지고 확증됩니다. 그러므로 성경관이 허물어지고 성경의 권위가 허물어지면, 성경으로부터 인식되고 고백된 모든 내용도 함께 붕괴되고 맙니다. 성경이 하나님의 말씀이라는 신앙이 회의에 빠지면, 성경으로부터 인식된 모든 신앙 지식과 고백들에 대해 회의에 빠지고 맙니다. 모든 신학과 신앙의 지식과 고백들은 성경에 의해 인식되고 결정되고 확증됩니다. 그러므로 계시와 성경을 다루는 내용은 신학 서론에 해당하는 중요한 주제가 됩니다. 칼뱅은 계시와 성경에 대하여 다루는 신학서론적 내용들 안에서 다음과 같은 질문들에 답하고 있습니다. 하나님을 안다는 의미는 무엇인가? 하나님에 대한 지

2　*Westminster Confession of Faith*, I. 1.

식을 어디로부터 출발해야 하는가? 하나님에 대한 지식은 무엇으로부터 가능해 지나? 그리고 하나님에 대한 지식을 어떤 방식으로 추구해야 하는가? 이런 질문들은 **"기독교 인식론", "신학인식 원리", "신학적 전제", "신학 방법론"** 등과 같은 신학서론을 이루는 중요한 주제를 다룹니다. 이러한 신학서론적 주제를 칼뱅이 다루면서 그가 목표한 바는 하나님의 말씀인 성경의 권위와 충족성입니다. 칼뱅이 목표한 것은 최종적이고 충족한 특별계시로서 **'기록된 성경 66권의 하나님의 말씀'**[3]으로서의 권위를 전하는데 있습니다.

2 하나님에 관한 지식의 의미와 내용

(1) 하나님을 아는 지식과 우리를 아는 지식

칼뱅은 하나님을 참되게 아는 일이 우리 자신을 참되게 아는 일과 분리될 수 없게 엮어져 있다고 말합니다.

> 궁극적으로 참되고 견실한 지혜로 여겨질 만한 우리 지혜의 요체(tota) 거의 전부는 하나님을 아는 지식과 우리 자신을 아는 지식, 두 부분으로 이루어진다. 그러나 이 둘은 많은 고리들로 이어져 있어서 무엇이 다른 것에 앞서며 무엇이 다른 것을 낳는지 분별하기가 쉽지 않다.[4]

---

3   종교개혁자들이 "오직 성경(*sola scriptura*)"으로 돌아가야 한다고 외칠 때, 종교개혁자들이 돌아가야 할 하나님의 말씀은 '기록된 성경 66권'을 가리켰다는 점을 상기해야 한다. 사도들과 선지자들을 통해 신구약 성경 66권이 완성된 이후 성경 외에 다른 의미의 특별계시는 존재하지 않는다.

4   John Calvin, 『기독교 강요』, 문병호 역(서울: 생명의 말씀사, 2020), 1권, 1, 1. 이후, 『기독교강요』 권, 장, 절로 표시한다.

참되고 확실한 지혜라 불리기에 합당한 우리 지혜의 모든 총화는 거의 다음 두 부분에 포함된다. 즉, 하나님에 대한 지식과 우리 자신에 대한 지식이다.[5]

칼뱅에게 있어, 하나님께서는 인간이 하나님과 경건한 관계를 세우도록 자신을 계시하십니다. 하나님께서는 계시하시는 분이시고, 인간은 계시의 수용자가 됩니다. 인간은 하나님 계시의 대상인 동시에 관계의 대상입니다. 그러므로 하나님께서 계시하신 지식의 내용은 계시하시는 분과 계시를 수용하는 자에 관련된 지식을 다 포함할 수밖에 없습니다. 하나님께서는 하나님 자신과 하나님과 관계된 인간의 지식을 함께 계시하십니다. 그러므로 하나님과 인간에 대한 지식은 서로를 전제할 수밖에 없습니다. 하나님 앞에(*Coram Deo*) 서야 우리는 비로소 우리 자신의 정체(identity)를 발견하게 됩니다. 동시에 우리 자신을 모르고 하나님을 바로 아는 일도 불가능합니다. 하나님을 아는 지식은 하나님과 우리의 관계를 담고 있기 때문입니다.

(2) 하나님에 관한 이중 지식과 관련된 우리의 피조 인식과 죄 인식

우리가 성령의 조명 아래서 성경을 바로 깨닫고 해석한다면, 다음과 같은 진리들을 소유하게 될 것입니다. 그것은 성경을 통해 하나님을 만물을 지으신 창조주로서 발견하는 것과 그리스도 안에서 부패한 죄인인 우리를 구원하시는 구속주로 발견하는 것입니다. 칼뱅은 하나님을 창조주(a creator)로 인식하는 동시에 중보자 그리스도 안에 구속주(a redeemer in Christ Mediator)가 되심을 가르칩니다. 그런 의미에서 칼뱅은 하나님에 관해 **"이중 지식**(*duplex cognitio*/twofold knowledge)**"**을 갖습니다.

---

5   John Calvin, 『칼뱅 기독교 강요(프랑스어 초판)』, 박건택 역(서울: 크리스천르네상스, 2017), 28.

여호와는 먼저 성경의 일반적인 가르침이나 세상의 창조에 있어서 단순히 창조주로 나타나시고, 다음으로 그리스도의 얼굴 가운데 구속주로 나타나신다(참조: 고후 4:6), 이로부터 하나님에 대한 두 가지 지식(*duplex cognitio*)이 등장한다.[6]

하나님께서 성경을 주신 목적은 하나님을 창조주와 그리스도 안에서 구속주가 되시는 하나님으로 알려 주시기 위함입니다. 성도들의 경건은 이 두 지식에 대한 참된 인식과 확신과 신뢰에서 가능합니다. 『기독교강요』 자체가 크게 창조주 하나님과 그리스도 안에서 구속주 되시는 하나님이라는 두 가지 범주로 구분되어 기록되었습니다. 성경을 통해 성도가 자라간다는 의미는 이 두 가지 지식에 대한 신앙 인식과 그로부터 비롯되는 실천이 풍성해져 간다는 의미를 함축합니다. 자신의 기원(origin)을 하나님 앞에 깨닫고, 타락한 자신을 구속하시는 은혜를 하나님 앞에 깨닫는 일은 회심(conversion)과 기독교적 삶을 가능하게 하는 토대가 됩니다. 하나님에 관한 이중 지식은 경건의 토대입니다. 하나님에 대한 지식은 경건을 불러일으킵니다.

그렇다면 하나님에 관한 이중 지식이 어떻게 우리와 연관되는지 살펴볼 차례입니다. 앞에서 언급했듯이, 모든 관계가 그러하듯, 하나님과 인간의 관계, 특별히 하나님과 인간 사이에 맺어진 언약의 관계는 서로의 당사자를 갖습니다. 하나님께서 당신을 우리에게 알려주실 때, 단지 하나님만을 계시하시지 않으십니다. 하나님께서는 당신 자신과 당신과 관계를 맺는 대상에 관해 계시하십니다. 하나님께서 당신의 존재와 속성과 성품을 알려주시고, 그런 하나님과 관계를 맺는 대상이 어떤 방식으로 관계를 맺게 되는지를 알려주십니다. 하나님께서는 언제나 우리에게 사랑으로 찾아와 말씀하시므로, 우리는 그에게 응답할 수 있습니다. 그러므로 하나님께서 당신을 창조주와 그리스도 안에서 구속주 되시는

---

6   『기독교강요』 1권, 2장, 1절.

분으로 우리에게 알려주실 때, 우리 안에 필연적인 우리 정체(identity)에 관한 지식이 발생합니다. 그것이 바로 **"피조 인식"**과 **"죄 인식"**입니다. 우리가 하나님 앞에 설 때, 우리는 우리가 하나님께서 지으신 피조물인 것을 알게 됩니다. 우리가 하나님 앞에 설 때, 우리는 아담 안에서 전적으로 부패한 죄인인 것을 깨닫게 되며, 오직 그리스도 안에서 우리와 화목하시는 하나님의 은혜로만 우리가 영원한 정죄와 형벌에서 구원을 받을 수 있음을 깨닫게 됩니다. 창조주 앞에서 나의 피조 됨, 곧 나의 기원(origin)을 깨닫고, 그리스도 안에서 구속주 되시는 하나님 앞에서 타락한 나의 비참과 그런 비참한 자를 구원하시는 하나님의 은혜를 깨달을 수 있습니다. 하나님을 창조주로 고백한다는 것은 나의 피조성을 인정할 때만 가능합니다. 하나님을 나의 구속주로 고백한다는 것은 나의 비참한 죄를 고백하는 일과 분리될 수 없습니다. 창조주를 고백한다는 것은 나의 피조성을 인정하는 것을 전제하며, 하나님을 구속주로 고백한다는 것은 나의 죄인 됨을 인정하는 것을 전제합니다. 하나님에 관한 지식과 우리에 관한 지식은 이렇게 분리될 수 없게 엮어져 있습니다. 서로가 서로를 전제합니다.

우리는 하나님께서 지으신 존재이기에, 그분의 창조와 섭리에 의존해 살아갑니다. 그러므로 하나님을 응시하지 않고 우리 자신을 알 수 없습니다. 하나님의 완전하심과 무한하심을 발견하게 될 때, 우리의 불완전함과 유한함을 발견하게 됩니다. 우리가 우리의 타락과 비참과 부패를 발견하게 될 때, 우리의 눈은 위를 향할 수밖에 없게 됩니다. 우리의 죄와 비참에 대한 깊은 인식이 그리스도 안에 계신 구속주 하나님을 절실히 의지하고 바라보게 합니다. 하나님께서 창조하시고 섭리하시는 사역을 통해 주어진 일반 계시에서 창조의 영광이 비추고 있지만, 타락한 이후로 창조자와 피조물에 관한 지식과 구속자와 죄인에 관한 바르고 충족한 지식은 오직 성경 66권으로부터만 주어집니다. 그러므로 칼뱅이 말하고자 하는 바를 이렇게 요약할 수 있을 것입니다. 당신이 성경 66권을 성령의 조명 아래서 바르게 읽고 듣고 해석했다면, 당신은 언제나 그 곳에서 창조주 하나님과 그리스도 안에서 구속주 되시는 하나님 앞에 당신의 피조 됨과 타락함과 구원을 발견하게 될 것입니다. 그리고 성경을 통해 발견한 창조와 구속의 영광 앞에 경외심과 감사가 충만한 예배와 삶을 거룩한 산제사로 하나님께 드리게 될 것입니다. 성경을 주신 목적은 바로 여기에 있습니다. 우리는 구원받고 경건한 삶으로 하나님께 영광을 돌리기 위해 성경을 듣고 배웁니다.

그러므로 하나님에 관한 이중 지식과 그와 엮여진 우리에 관한 지식은 우리가 구원받는 일과 직결된 내용들을 전하고 있습니다. 성령의 조명 아래 성경을 통하여 우리가 하나님 앞에서 우리 자신을 발견하지 못한다면, 구원을 받을 수 없습니다. 성경이 전하고자 하는 핵심이 이것이며, 성경은 이러한 앎이 가져온 인격적이고 신앙적인 관계 안에서 비참한 죄인에게 구원을 가져오는 복음(εὐαγγέλιον)이 됩니다. 하나님 앞에서 나의 정체를 발견하는 것이 구원과 얼마나 밀접한 관계가 있는지를 브레즈 파스칼(Blaise Pascal)의 말을 통해 재확인하게 됩니다.

> 우리 자신의 비참함을 모르고 신(神)을 알게 되면 오만해진다. 신을 모르고 자신의 비참함을 알게 되면 절망에 빠지게 된다. 예수 그리스도를 알게 되면 그 중간을 취하게 된다. 왜냐하면 그를 통해서만 자신의 비참함과 신을 모두 발견하기 때문이다.[7]

파스칼에 글을 신중히 살펴보면, 칼뱅이 강조한 바가 다 농축되어 있습니다. 파스칼은 구속자로서 하나님에 대한 지식을 오로지 그리스도 안에서 발견할 수 있다고 주장합니다. 그리고 그는, 예수 그리스도 안에서 구원을 받은 사람들 속에는 창조자를 배반하고 타락하여 비참에 빠진 자신의 정체를 깨닫는 것이 구원에 있어 필수적인 요소임을 교훈합

---

7   Braise Pascal, 『팡세』, 정봉구 역(서울: 육문사), 1992, 264.

니다. 창조자 앞에 자신의 피조성을 깨닫고, 창조자를 떠나 타락한 자신의 비참을 깨달을 때, 그리스도 안에서 구속자 되시는 하나님을 절실히 붙들고 의지하게 됩니다. 하나님에 대한 이중 지식과 하나님의 이중 지식에 연관된 우리에 관한 지식은 이처럼 분리될 수 없이 얽혀 구원과 경건을 위한 토대가 됩니다.

3 하나님에 관한 지식이 가져오는 유익과 목적

우리가 추구하는 신학과 신앙의 지식들이 부패하고 헛된 결과를 초래하지 않기 위해서, 하나님에 관한 지식이 어떤 목적을 지향(志向)해야 하는지에 대해 교훈하는 칼뱅의 말에 귀를 기울일 필요가 있습니다. 신학이나 신앙의 지혜가 사변으로 흐를 때, 하나님께서 우리에게 당신을 알려주신 목적으로부터 일탈하게 됩니다. 칼뱅을 따르면, 하나님을 아는 지식은 경건을 세우기 위한 것이며, 하나님을 아는 지식을 지도자와 선생으로 삼아서, 하나님으로부터 베풀어진 모든 선한 것에 참여하기 위함입니다. 무미건조한 사색을 일삼고 논쟁을 즐기며 자기 존재감을 과시하는 신학은 성경을 떠난 신학입니다. 우리는 살기 위해 하나님을 알아야 합니다. 우리는 구원받고 하나님을 경건히 예배하며 그 앞에 경건히 살기 위해 하나님을 알아야 합니다. 성령의 조명 아래서 성경을 통해 얻게 된 하나님에 관한 참 지식은 경건을 일으킵니다. 구원의 열매와 목적은 경건한 예배와 삶에 모아집니다.

그렇다면 칼뱅이 생각하는 경건(*pietas*/piety)은 무엇일까요? 칼뱅은 경건을 "**하나님을 향한 사랑**(*amor*/love)**과 결합된 경외심**(*reverentia*/reverence)"이라 정의하고, "**하나님의 은총을 아는 지식이 그것을 불러일으킨다**"고 말합니다. 자연인은 하나님에 대한 사랑과 경외심을 함께 나타내지 못합니다. 하나님을 향한 자연인의 두려움은 단지 공포에 가깝고, 하나님

을 향한 자연인의 사랑은 경외심이 결여된 망령된 감정에 지나지 않습
니다. 오직 말씀과 성령으로 거듭난 성도 안에만 하나님을 향한 사랑이
결합된 경외심이 존재합니다. 진정한 예배와 삶은 지극히 자신을 낮추
고 엎드려 지극히 하나님을 사모하는 마음속에 존재합니다. 이것이 칼
뱅이 생각하고 추구한 경건입니다. 오늘날 교회를 돌아볼 필요가 있습
니다. 많은 예배들이 좌로나 우로나 치우쳐 있음을 보게 됩니다. 어떤
교회는 예배 가운데 공포에 가까운 것을 조장합니다. 그리고 어떤 교회
는 하나님을 동네 마음 씨 좋은 할아버지처럼 여깁니다. 그러나 참된 예
배는 경외감이 함께 하는 사모함으로 나타나야 합니다. 하나님을 향한
극진한 사랑을 바닥에 엎드린 자세로 나타내야 합니다. 우리의 생활도
마찬가지입니다.

경건한 마음속에는 거룩한 중용(中庸)이 있습니다. 그러므로 합당한
경외심 안에서 하나님을 사랑하는 예배와 삶이 가능합니다. 거듭난 사
람 속에 경건은 사랑을 함께 하므로, 심판의 주(*Dominus*/Lord)이신 하나님
을 동시에 아버지(*pater*/Father)로 바라볼 수 있습니다. 그러므로 하나님의
자녀들은 겸손히 엎드려 구원하는 은혜를 누리고 감사합니다. 참된 경
건 안에는 참되게 하나님을 신뢰(*fiducia*/trust)하고 의지하는 신앙이 자리
잡습니다. 경건은 사랑에 담가진 하나님을 향한 두려움이요 경외함이
며, 경외함 속에 담가진 사랑입니다. 이 둘이 분리되지 않게 결합되어 있
어 참된 경건은 성령과 말씀으로 거듭난 그리스도인들 안에만 나타날
수 있습니다. 그것은 자연인과 세상에서 발견되지 않는 하늘에서 심겨
진 생명에 속한 결실입니다. 참된 신학과 신앙의 지혜를 추구할 때 경건
이 필수적으로 수반되어야 하며, 참된 신학과 신앙의 지혜의 목적과 열
매는 경건으로 귀결되어야 합니다.

02

3-12장
하나님에 관한 지식이 주어지는 방식

1 하나님의 창조와 섭리 사역을 통해 전해지는 계시

(1) 종교의 씨앗과 일반계시

인류의 타락과 부패에도 불구하고, **"사람의 마음 안에는 자연적 본능처럼 '신성에 대한 의식**(*Divinitatis sensum*/sense of Diety)**'이 내재해"**있습니다.

> 이로부터 우리는, 이것은 학교에서 처음 배우게 되는 교리가 아니라고 결론짓는다. 이것은 오히려 모태에서부터 각자가 자기에게 선생이 되는 교리이며, 많은 사람들이 모든 신경을 집중하여 잊으려고 해도 본성 자체가 아무에게도 그것을 잊게끔 허용하지 않는 교리이다.[8]

이는 하나님께서 무지를 핑계로 도망치지 못하도록 신성에 관한 어떤 지성을 모두에게 넣어주셨기 때문입니다.[9] 하나님께서 모든 사람들 속에 한 하나님께서 존재하시며 그분께서 우주를 창조하신 주권자라는

8 　『기독교강요』 1권, 3장, 3절.
9 　『기독교강요』 1권, 3장, 1절.

사실을 알려주시므로 아무도 하나님을 경배하지 않고 그분의 뜻에 순종하지 않은 죄를 핑계할 수 없게 하신 것입니다.

칼뱅에 따르면, 자연적 본능처럼 우리 안에 소유하게 되는 종교적 성향은 "**종교의 씨앗**(religionis semen/sense of religion)"으로부터 싹터 나옵니다. 참 신앙을 거부하는 사람들이라도 왜곡되고 부패한 의미에서 어렴풋한 지식을 가지고 있습니다. 그러므로 칼리굴라(Galus Caligula)와 같은 폭군들도 공공연히 하나님을 경멸하고 모독하면서도, 양심에서 일어나는 하나님에 대한 두려움을 피할 수 없었습니다. 그렇다면, 자연적 본능처럼 소유하게 되는 '**신성에 대한 의식**'은 어떤 방식으로 모든 사람들 안에 존재하게 되는 것일까요? 그리고 이러한 종교적 의식의 발현에 있어 '**종교의 씨앗**'은 어떤 역할을 하는 것일까요? 우리는 이 질문에 답할 때, '**종교의 씨앗**'과 '**일반계시**(general revelation)'가 갖는 중요한 관계와 역할을 신중히 살필 필요가 있습니다.

우리가 '**종교의 씨앗**'을 다룰 때, 피해야 할 오해가 있습니다. '**종교의 씨앗**'을 잘못 이해하면, 인간이 태어날 때부터 신성에 대한 체계화된 지식 자체를 가지고 태어나는 것으로 오해할 수 있습니다. 이러한 사고가 위험한 이유는 '**종교의 씨앗**'에 대한 이러한 이해가 '**신성에 대한 의식**'을 완전히 주관화 내지 내재화하므로 '**계시**'의 역할을 배제시킬 수 있기 때문입니다. 칼뱅이 자연적 본능처럼 모든 사람이 '**신성에 대한 의식**'을 소유하는 원인을 '**종교의 씨앗**'에 둘 때, 이는 계시를 염두에 두고 한 말이라는 것을 명심할 필요가 있습니다. 실제로 칼뱅은 제1권 5장에서 일반계시를 모든 인류가 '**신성에 대한 의식**'을 갖게 되는 원인으로 제시하고 있기 때문입니다. 그러므로 우리는 모든 인류가 자연적 본능처럼 종교에 대한 의식을 갖는 이유를 주관적 원인으로 '**종교의 씨앗**'에 돌리는 동시에 객관적 원인인 '**일반계시**'에 돌려야 합니다. 즉, 이렇게 설명해야만 계시 없이 '**신성에 대한 의식**'에 도달할 수 있다고 주장하며 '**계시**'의 중요성과 필요성을 부정하는 합리주의(rationalism)나 신학적 자유주의

(theological iberalism)에 빠져들지 않게 됩니다.[10] 이들의 성향은 '**종교 의식**'이 계시가 아닌 인간 의식 속에 내재 되어 있다고 주장하며 계시의 실재성을 부정하는 쪽으로 기울기 쉽습니다.

칼뱅에 따르면, '**종교의 씨앗**'은 인간의 마음에 내재된 신성에 관한 지식에 이를 수 있게 하는 역량, 잠재적 능력을 의미합니다. 그러므로 '**종교의 씨앗**' 자체가 '**신성에 대한 의식**' 자체를 의미하는 것은 아닙니다. 종교의 씨앗은 하나님에 관한 마음의 욕구를 일으키고, 그런 대상에 대한 지식에 이르고 수용하는 정신적 역량(capacity) 혹은 잠재적 능력(potentiality)을 의미합니다. 그러므로 '**종교의 씨앗**'은 인간으로 태어난다면 반드시 마음에 지니는 내재적이고 주관적인 요소라 할 수 있습니다. 그러나 '**종교의 씨앗**'에서 신 의식의 싹이 트려면, 종교의 씨앗에 일반계시가 비추어져야 합니다. 종교의 씨앗에 일반계시가 비추어져야 인생 안에는 '**신성에 대한 지식**'의 실재가 존재하게 됩니다. 일반계시는 창조와 섭리를 통해 비추어지는 하나님의 영광을 계시하므로, 인간 밖에서 인간에게 비추어집니다. 그러므로 일반계시는 '**신성에 대한 의식**'에 이르게 만드는 종교 의식의 객관적 요소입니다.

이러한 이유로 개혁신학자들은 '**신성에 대한 의식**'을 '**하나님에 대한 선천적 지식**(innate idea of God)'이라고 부르기를 꺼려, '**하나님에 대한 심겨진 지식**(implanted knowledge of God)'이라 부르기를 선호했습니다. 왜냐하면 데카르트(René Descartes)같은 합리주의자들은 계시가 베푼 것을 인간의 내면에 내재하는 선천적인 것으로 오해해 종교 의식을 '**선천적 지식**'이라는 말로 표현하려 했기 때문입니다. 합리주의자들은 주관적 요소인 인간의 선천적 관념만으로도 하나님 지식을 획득할 수 있다고 믿었습니다. 즉, 하나님의 개입 없이 인간의 본유의 능력만으로 하나님 지식이 획

---

10   물론 여기서 논의하는 계시는 일반계시를 가리키지만, 궁극적으로 계시에 대한 논의는 특별계시와 그 가운데서도 특별계시의 최종적이고 충족한 기록된 계시로서 성경에까지 도달해야 한다. 그러나 이 주제는 뒤에서 다루기로 한다.

득되는 것처럼 생각하기 때문에 이신론적 방향으로 흐르기 쉬웠습니다. 그러므로 개혁신학자들은 '**하나님에 대한 심겨진 지식**'이란 용어를 사용하므로, 인류에게 보편적으로 존재하는 신 관념이 주관적 요소인 '**종교의 씨앗**'과 객관적 요소인 일반계시가 만나 발생하는 것으로 바르게 설명할 수 있었습니다. 신 관념이 종교의 씨앗과 일반계시가 함께 역사하여 가능할 때, 이러한 지식에는 하나님의 개입이 인정됩니다.

(2) 창조와 섭리에서 비추는 영광의 일반계시

하나님께서는 인간의 마음에 종교의 씨앗이라는 것을 심겨 놓으시고, 세상의 모든 피조물에 자기를 나타내시어 날마다 공공연하게 하나님을 바라보지 않을 수 없도록 하셨습니다. 이렇게 하신 이유는 복된 삶의 최고의 목표가 하나님을 아는 지식에 있기 때문입니다(요 17:3). 물론 유한한 인간이 무한한 하나님을 그 본질로서 완전하게 알 수 없습니다. 이를 하나님에 대한 인식의 '**불가해성**(incomprehensibility/不可解性)'이라고 합니다. 칼뱅은 "**실로 하나님의 본질은 불가해하다**"고 말합니다. 그러나 하나님을 아는 일이 전혀 불가능하다면 하나님과 인간 사이의 계시와 관계 자체가 불가능하게 될 것입니다. 그러므로 그는 하나님의 '**가해성** (comprehensibility/可解性)'도 함께 주장합니다. 하나님께서는 창조와 섭리를 통해 자신이 만드신 피조 세계에 자신의 영광을 드러내시는(시 11:4; 104:2-4; 롬 1:19-20) 확실한 표지를 아주 명확하고 뚜렷하게 새겨 주셨습니다. 천지를 창조하신 하나님께서는 창조한 피조 세계를 섭리로 다스리십니다. 하나님께서 창조와 섭리로 세상을 다스리실 때, 우주와 사회에 하나님의 물리적이며 도덕적인 질서가 존재합니다. 특별히 사람은 소우주로서 하나님의 영광을 현시하는 최고의 거울입니다. 그러므로 하나님의 권능과 지혜는 인생을 최고의 법으로 다스리시는 사역에서 비추입니다.

그렇다면 이처럼 하나님의 창조와 섭리를 통해 피조 세계에서 계시되는 일반계시의 목적은 무엇일까요? 일반계시의 목적은 공허한 사색과 철학의 유희에 있지 않고 하나님을 예배하고 그 앞에 합당한 응답으로 하나님을 경배하게 하고자함에 있습니다. 그러나 거듭나 성령의 조명 아래 성경의 인도를 받지 않는 모든 자연인들은 부패한 본성으로 말미암아 결코 참 진리와 참 하나님께 이르지 못합니다. 이들은 부패성으로 말미암아 그들의 종교의 씨앗은 그들에게 비추인 일반계시를 바르게 읽어내지 못합니다. 그들은 하나님의 작품들의 탁월한 외관을 동경할 뿐 하나님을 바라보지 못합니다. 때로 그들은 일반계시에서 비추이는 영광을 왜곡하여 헛된 우상과 헛된 속임수 철학을 창출해 냅니다. 왜 그렇습니까? 아담 안에서 온 인류가 타락했기 때문입니다. 이 사건이 없었다면, 하나님께서 창조하시고 섭리하시는 세계는 하나님 자신과 그분의 나라를 비추이는 훌륭한 거울이 될 수 있었을 것입니다. 그러나 모든 사람이 아담 안에서 죄인 되어 부패했을 때, 하나님께서 일반계시를 통해 인간에게 두신 목표는 산산조각이 나버렸습니다. 부패한 마음과 이성은 더 이상 그들에게 순간마다 비추이는 일반계시를 바로 읽어내지 못하게 되었습니다. 더 이상 타락한 인생에게 일반계시는 하나님과 그 나라를 비추는 거울의 역할을 하지 못하며, 참 경건을 일으켜 하나님을 경배하고 예배하며 복을 누리게 할 수 없습니다. 이러한 문제의 원인은 일반계시가 아니라 인생의 부패에 놓입니다. 따라서 우리는 인류 타락으로 인한 일반계시의 한계성에 대해 좀 더 자세히 살필 필요를 느낍니다.

2 인류 타락에 의한 일반계시의 한계

종교의 씨앗과 일반계시의 주제를 다루면서, 칼뱅은 타락과 부패가 '**신성에 대한 의식**'에 미친 보편적 폐해를 다룹니다. 하나님께서는 모든 사람들에게 종교의 씨앗을 심겨주셨지만, 그 지식을 심장에서 배태된 지식을 배양하고 자기 안에 숙성시켜 제 때에 열매를 맺게 하는 사람

은 아주 없습니다. 타락과 죄가 가져온 이러한 현상은 보편성(universality)
을 띱니다. 그러므로 **"모든 사람은 하나님에 대한 참 지식으로부터 떨
어져 있습니다. 그러므로 세상 어디에도 올바른 경건은 없다는 말이 진
실"**[11]입니다. **"기록한 바 의인은 없나니 하나도 없으며"**(롬 3:10). 그러므로
자연인들은 종교의 씨앗과 일반계시만으로 하나님과 바른 관계를 세울
지식을 가질 수 없습니다. 아담 안에서 태어난 모든 인류는 영혼의 부패
성을 인해 그 이성이 시력을 잃어 무지와 오류로 가득 차 있습니다. 이러
한 무지와 오류는 하나님을 의도적으로 배척하고 적대시하는 완악한
의지와 결합되어 하나님 앞에 큰 죄가 됩니다. 그러므로 하나님에 대한
참된 지식에 이르지 못하여 예배와 삶을 부패시키는 인생의 죄는 단지
무지에서 비롯된 것이 아니라 완악한 의지와 결합된 것으로 큰 책임을
지게 됩니다. 하나님에 대한 참 지식에 이르지 못하는 것은 큰 죄입니다.
그러므로 모든 인생이 하나님께서 친히 드러내신 속성에 따라 그를 이
해하지 않고, 부패로부터 온 무지와 완악함으로 거짓된 속성을 상상해
냅니다. 그러므로 하나님에 관한 지식의 오류는 교만과 결합되어있습니
다. 부패한 인간은 참 진리를 떠나 부패한 본성에 속한 것으로 하나님을
상상하는 동시에, 부패한 본성이 요구하는 하나님을 창조해 내려는 욕
구를 갖습니다. 많은 사람들이 하나님에 관한 지식을 부패한 본성을 따
라 추구하고, 부패로부터 온 무지와 완악함을 가지고 추구합니다. 그들
의 신학과 신앙 지혜의 추구는 부패한 본성에서 솟아나는 헛된 호기심
에서 비롯됩니다. 그들은 바른 목적과 태도 그리고 하나님께서 지정하
신 방식과 한계를 넘어 헛된 길로 질주합니다. 이들의 어리석음은 브레
이크 없는 자동차처럼 마땅히 알 것 이상을 알기를 원하는 욕망
(*libido*/desire)에 거짓 자부심이 결합된 데서 비롯됩니다. 경건한 참 신앙 안
에서 성경으로 돌아가기 전까지 이런 부패한 지식 추구를 멈출 수 없습

---

11   『기독교강요』 1권, 4장, 1절.

니다. 이런 신학과 신앙 지혜 추구는 개인을 구원하지도 교회를 바르게 세우지도 못합니다. 오히려 구원을 가로막고 교회를 허물며, 교회의 참된 연합과 교제를 가로 막습니다. 성경으로 돌아가지 않고, 부패한 본성과 이성의 힘으로 일반계시를 읽어 참 종교에 이르려 하는 모든 자연인들과 우상숭배자들과 합리주의에 빠진 자유주의 기독교와 같은 곳에서 이러한 패해가 발생하고 있습니다. 이에 덧붙여 성경을 떠나 주관주의에 함몰되어 부패한 본성에서 나온 자기 경험 위에 신앙과 교회를 세우려는 은사주의자들도 이러한 일들에 합류하고 있습니다. 이들의 신앙은 기독교적 신앙이라기보다 보편 종교성에 가깝습니다. 그들은 성경이 그어준 경계를 넘어 세계와 자신을 명상하고 탐구하며 그 안에서 하나님을 발견하려 합니다. 안타깝게도 이들은 인류가 타락한 이후로 종교의 씨앗과 일반계시로 참 하나님께 이를 수 없고 구원을 받을 수도 없게 되었다는 진리를 잘 이해하지 못합니다.

성경으로 돌아가지 않는다면, 모든 사람들은 자신의 부패함으로 인해 미신에 빠지거나 의식적으로 하나님을 외면하며, 망상에 사로잡혀 자의적 숭배를 하게 되거나 위선에 빠지게 됩니다. 타락으로 인해 모두가 합법적인 참 종교로부터 멀리 떨어져 있습니다. **"진리와 결합되지 않은 종교는 진정한 종교"**[12]가 아닙니다. 더 이상 부패성의 영향력 아래 놓인 종교의 씨앗은 일반계시의 빛을 받아 싹을 틔워내지 못합니다. **"이 씨는 몹시 부패하여서 그 자체로 오직 최악의 열매만을 맺을 뿐"**[13]입니다. 부패한 인생은 세계와 자기 안에 있는 것으로 진리에 이르지 못합니다.

결론적으로, 종교의 씨앗의 부패와 타락으로 인해 발생한 일반계시의 한계가 가져온 결과는 이러합니다. 모든 사람들이 하나님에 대해서

12 『기독교강요』 1권, 4장, 3절.
13 『기독교강요』 1권, 4장, 4절.

절대적으로 무지하지는 않습니다. 그러나 일반계시를 통해 비추어지는 하나님의 영광의 섬광들을 인류는 부패성으로부터 나온 오류와 완악함으로 질식시켜 버립니다. 그러므로 하나님에 대한 참된 지식이 모든 인류 안에서 억눌려 있습니다. 하나님을 알만한 것이 일반계시를 통해 주어지되, 타락한 인생은 이를 오류와 완악함으로 왜곡하고 배척합니다. 그러므로 자연인의 무지는 완악한 무지입니다. 이들은 의도적으로 악의로 오류에 빠집니다. 그러므로 이러한 오류와 배척에 큰 죄책이 주어집니다.

> 이는 하나님을 알 만한 것이 그들 속에 보임이라 하나님께서 이를 그들에게 보이셨느니라 창세로부터 그의 보이지 아니하는 것들 곧 그의 영원하신 능력과 신성이 그가 만드신 만물에 분명히 보여 알려졌나니 그러므로 그들이 핑계하지 못할지니라 하나님을 알되 하나님을 영화롭게도 아니하며 감사하지도 아니하고 오히려 그 생각이 허망하여지며 미련한 마음이 어두워졌나니 스스로 지혜 있다 하나 어리석게 되어 썩어지지 아니하는 하나님의 영광을 썩어질 사람과 새와 짐승과 기어다니는 동물 모양의 우상으로 바꾸었느니라(롬 1:19-23).

칼뱅은 타락 후 종교의 씨앗과 일반계시를 통해 하나님에 대한 지식이 남아있지만, 그것이 무지와 완악함으로부터 비롯된 오류로 참 하나님에 대한 지식을 주지 못하며, 구원에 이르게 하지 못한다고 결론 내립니다. 일반계시는 하나님을 알만 한 것을 주시지 않아 불신하였다는 죄인들의 핑계를 막는데 까지 역할 할 뿐, 구원을 주지는 못합니다. 그러므로 구원에 이르는 하나님 지식에 어떻게 이를 수 있느냐에 대한 답을 제시하기 위해 우리의 시야를 성경으로 돌립니다. 칼뱅의 일반계시 해설은 타락한 인생이 오직 성경으로 돌아가야만 하나님에 대한 참된 지식과 구원을 얻을 수 있다는 점을 강조하기 위해 제시된 것입니다. 신학서론의 역할을 하는 장들에서 계시와 관련하여 칼뱅이 도달하고자

하는 목적지는 하나님의 말씀으로서 최종적이고 충족한 특별계시로서
성경 66권입니다. 세계의 창조와 섭리 자체로 참 하나님을 알 수 없고
믿음 안에서 성령의 조명 아래 성경이란 특별계시를 통해서만 참 하나
님에 관한 지식을 얻을 수 있다는 것을 논증하는 것이 칼뱅의 목표인 것
입니다. 그러므로 칼뱅은 일반계시에 대한 논증을 마친 후, 곧 성경에 대
한 논증으로 옮겨 갑니다.

3 창조주와 구속자를 참되게 알게 하는 성경

(1) 창조주와 구속주에 대한 참 지식은 오직 성경에서만 앎

제1권 6장의 제목에서 칼뱅은 성경을 창조자요 구속자 이신 하나
님을 참되게 알게 하는 지도자(*duce*/guide)요 교사(*magistra*/teacher)에 비유합
니다.[14] 타락한 인간은 일반계시를 통해서 하나님에 대한 참 신앙과 참
예배에 이르지 못합니다. 그러므로 죄인을 창조주와 구속주이신 참 하
나님께로 인도할 조력자(*dminiculum*/help)가 필요하게 되었습니다. 하나님
께서는 자신의 말씀의 빛을 더하심으로 구원이 알려지게 하셨습니다.
우리는 이처럼 하나님께서 죄인의 구원을 위해 주신 계시를 특별계시
(special revelation)라 부릅니다. 하나님께서 택하시어 부르신 이들은 특별계
시(최종적으로 성경을 가리킴)로서 하나님의 말씀의 유익을 얻는 특권을 누립니
다. 성경은 노안(老眼)과 낮은 시력을 가진 사람들이 눈앞에 놓인 책을 보
지 못하다가, 그들의 눈에 씌워주면 눈앞의 책을 또렷이 읽어내게 하는
안경(*specillia*/glasses)과 같습니다. 타락 후 모든 사람들은 일반계시를 부패
와 무지로 왜곡시키고 질식시킵니다. 모두가 왜곡된 하나님 지식을 가

---

14   *Inst.* I. vi의 제목 참조. *Ut ad Deum creatorem quis perveniat, opus esse scriptura duce et*
      magistra.

지고 삽니다. 이들은 그냥 내버려 두면 혼돈 속에서 빠져 나오지 못합니다. 그러나 성경은 하나님을 아는 지식을 우리 마음속에서 한데 묶어주며, 어둠을 깨고 우리에게 참 하나님을 분명히 보여줍니다. 그러므로 칼뱅은 성경을 특별한 선물(*singulare donum*/special gift)이라 부릅니다. 성경은 이처럼 부패한 마음 때문에, 일반계시가 가져다 줄 수 없는 하나님에 관한 참된 지식에 이르게 합니다. 성경을 통해서만 죄인은 하나님의 어떠하심을 알게 되는 동시에 그분께서 예배의 유일한 대상이심을 알게 됩니다. 성경은 택함 받은 사람들에게 하나님을 바라보게 하며, 또 그들이 바라보아야 할 분이 유일하신 하나님이신 것을 알게 합니다. 그러므로 성경은 하나님을 식별하기 위한 더욱 올바르고 더욱 확실한 표지입니다. 칼뱅은 특별계시를 통해서 창조하시고 섭리하시는 하나님을 알게 되는 동시에, 중보자 안에서 하나님을 구속주로 알게 하는데, 순서상 칼뱅은 제1권에서 창조주에 관한 지식을 다룬 후, 제2권에서 구속주 하나님을 다룹니다.

(2) 기록된 성경은 특별계시로서 최종적이고 충족한 성격을 가짐

특별계시는 성경보다 넓은 의미를 갖습니다. 왜냐하면 특별계시가 기록된 형태로 완성되기 전에 기록되지 않은 방식으로 하나님 말씀이 주어진 적이 있기 때문입니다. 성경은 특별계시에 포함되는 개념입니다. 그러므로 특별계시에 대한 적절한 구분이 필요합니다. 이러한 구분 안에서 또한 우리가 상기할 중요한 사안은 성경이 특별계시의 최종적인 형태라는 점을 분명히 하는 것입니다. 사도들과 선지자들을 통해 신약과 구약 66권이 다 기록된 이후에 더 이상 다른 계시가 전혀 존재하지 않습니다. 사도들을 통해 신약 성경이 완성된 이후에, 모든 교회는 오직 이 성경이라는 기록된 형태의 특별계시 위에 신앙과 교회를 세울 수 있습니다. 성경만이 교회와 성도들의 구원과 구원받은 자의 생활의 표준이 됩니다.

모든 특별계시는 기록된 성경을 향해 나아갑니다. 특별계시를 기록으로 남기시는 것이 하나님의 계획 안에 있었습니다. 성경 66권이 기록되어 완성되기 전, 구약 시대에 말씀과 환상 그리고 사람들의 일이나 사역을 통해 족장들에게 자신을 알려주셨습니다. 기록된 성경이 없거나 완성되기 전에 하나님께서는 이처럼 이적적이고 직접적인 방식으로 특별계시를 내려 주셨습니다. 이들이 받은 특별계시의 내용은 한 인생이나 가문에 국한된 사사로운 계시가 아니었습니다. 족장들이 받은 특별계시는 그 후손들에게 또 그 후손들에게 약속된 나라와 민족에게 주어질 것이며 궁극적으로 영적인 이스라엘로서 그리스도 안에서 구원받을 온 교회에 주어질 은혜 언약의 약속을 담은 불변의 진리였습니다. 하나님께서는 먼저 이러한 고귀한 교리들을 족장들의 마음에 확고한 확실성으로 새겨주셨고, 이 진리가 교리의 계속적인 진보 가운데 세상에 남겨지듯, 하나님께서 족장들에게 맡기셨던 말씀들을 공개된 서판에 기록되어 인증되기를 원하셨습니다. 이와 같은 계획은 모세가 율법을 선포하고 기록하므로 성취되었고, 선지자들은 이 율법의 해석자로서 역할 했습니다. 하나님께서는 출애굽 사건을 통해 아브라함에게 약속하신 신정국가를 가나안에 세우셨습니다. 모세를 중재자로 하여 세워진 이스라엘은 율법 체계 아래서 그리스도를 바라보는 방식으로 하나님을 섬겼습니다. 율법은 오실 그리스도를 예표했고, 몽학선생으로서 그리스도를 가리켰습니다. 이들에게 율법 체계들은 그리스도를 가리키는 손가락이었습니다. 그러므로 칼뱅도 **"율법은, 이를 다루는 곳에서 더 잘 고찰될 것이지만, 그 용법이 다중적이었음에도 불구하고 실로 하나님과 사람 사이의 화목의 방식을 가르치기 위해서 모세와 모든 선지자에게 특별히 맡겨졌다. 또한 이러한 의미에서 바울은 그리스도를 '율법의 마침'**(롬 10:4)**이라고 부른다"**[15]고 말합니다.

---

15 『기독교강요』 1권, 6장, 2절.

그리고 신약의 사도들을 중심으로 신약이 완성되므로, 유일한 중보자 그리스도 안에서 성취될 은혜언약의 영원한 약속의 말씀의 계시가 종결되었습니다.[16] 그러므로 바울은 교회가 **"사도들과 선지자들의 터 위에"** 세워졌다고 가르칩니다(엡 2:20). 여기서 **"사도들과 선지자들"**은 사도들과 선지자들이 기록한 신구약 성경 66권을 의미합니다. 종교개혁자들이 **"오직 하나님 말씀"**으로 돌아가자고 외칠 때, 하나님의 말씀은 바로 이 기록된 성경 66권을 의미합니다. 오늘날 이와 같이 명확한 성경관이 흔들리고 있습니다. 교회와 성도들은 성경의 영감성과 권위 그 충족성이 부정되거나 의심받는 시대를 살아가고, 이러한 성경관이 모욕받는 시대를 마주합니다. 선지자로부터 사도들을 통해 성경이 완성된 이후, 종교개혁자들이 하나님의 말씀이라 부른 것이 곧 기록된 성경 66권이라는 사실을 분명히 해야 합니다. 성경이 다 기록된 이후에, 창조주와 구속주에 대한 참 지식과 믿음은 성경 66권을 떠나 얻을 수 없습니다. 성경은 최종적인 의미에서 특별계시이며, 이제 성경은 구원과 구원받은 성도의 생활의 유일하고 충족한 표준입니다.

그러므로 하나님께서 창조하신 세상은 하나님의 영광을 비추는 눈부신 극장이므로, 우리가 그 극장의 관객으로 무대를 주시해야 하지만, 부패한 마음은 눈부신 극장(most glorious theater)에서 비추이는 영광을 보고서는, 곧 우상을 제작하는 공장(idolorum fabrica/a factory of idols)이 되고 맙니다. 따라서 부패성을 지닌 인간은 특별히 말씀에 눈과 귀와 마음을 기울여야 합니다. 진정한 신앙은 성경이라는 한계 내에 머물며, 성경을 따라 가르침을 받습니다. 따라서 칼뱅은 **"성경의 제자가 되지 않고는 도무지 참되고 건전한 교리**(sana doctrina/sound doctrine)**를 최소한 맛조차 감지할 수 없다"**[17]고 교훈합니다. 하나님께서는 성경에서 자신에 관하여 증언하십

16 웨스트민스터 신앙고백서 1문답을 참조하라.
17 *Inst.* I. vi. 2. *"no one can get even the slightest taste of right and sound doctrine unless he be a pupil of Scripture."*

니다. 참된 지성의 시작은 성경을 신앙으로부터 난 경외하는 마음으로 듣고 수용하며 순복하는데서 출발합니다. 완성된 믿음(*completa fides*/perfect faith)과 모든 올바른 지식(*omnis recta Dei cognitio*/all correct knowledge of God)은 성경에 대한 신앙의 순종(*obedientia*/obedience)으로부터 태어납니다. 이처럼 성경이 완성된 이후, 오직 성경을 통해 자신을 알리시어 당신들의 백성들을 구원하고 모으시고자 하신 것은 하나님의 특별한 섭리 아래 이루어졌습니다.

(3) 성경이란 실을 붙잡아야만 미궁에서 벗어남

타락 후, 부패한 내면의 종교의 씨앗으로는 일반계시를 인간이 바르게 읽어낼 수 없게 되었습니다. 그러므로 세상과 자신의 부패한 본성에서 나온 것으로 참 하나님과 구원의 길을 찾을 수 없게 된 것입니다. 영혼의 기능으로서 이성과 의지는 죄의 노예가 되어 무지와 악의로 가득 차, 결코 하나님에 대한 바른 지식에 이르지 못하며, 하나님을 알만한 것이 주어져도 그것을 왜곡하고 배척합니다. 인간의 부패한 본성을 따라 나온 것은 온갖 오류를 양산할 뿐입니다. 부패한 본성에서 자기의 소견대로 거듭나지 못한 인생은 거짓된 종교와 우상을 자아내고, 그것을 통해 자신의 정욕을 채우고자 몰두합니다.

그러므로 칼뱅은 **"우리가 말씀으로 나아가야 한다"**[18]고 촉구합니다. 성경으로 돌아가야만 하나님께서 만드시고 다스리시는 작품들에서 하나님을 발견할 수 있습니다. 인류의 타락 이후, 만물에서 비추이는 영광은 부패하여 사악한 우리의 주관적인 판단으로부터가 아니라 **"영원한 진리의 규범"**에 따라서 측량될 수 있습니다. 성경 없이 부패한 본성으로 세상과 자신을 사변하고 명상함으로 얻는 것은 깊은 수렁일 뿐입니다. 루이스 벌코프(Louis Berkhof)는 일반계시의 불충분성을 이렇게 가르

---

18 『기독교강요』 1권, 6장, 3절.

칩니다. 일반계시는 구원의 유일한 방법을 인간에게 알려주지 못하고, 하나님 및 영적인 것들에 대해 절대적으로 신뢰할 만한 지식을 인간에게 전달하지 못하며, 참 종교를 위해 충분한 토대도 제공하지 못합니다.[19] 일반계시가 창조주 하나님에 대한 지식을 제공한다 해도, 이는 자연인들이 핑계하지 못할 정도의 지식에 그치며, 결코 구원과 참 하나님과 바른 관계를 세울 수 있는 지식을 제공하지 못합니다. 그러므로 창조주에 대한 지식을 일반계시가 지금도 여전히 제공할지라도, 언제나 타락한 영혼의 시력으로 왜곡된 형상을 성경을 통해 바로 잡고 분명히 해야 합니다. 성경의 안경을 통해서 세상을 볼 때만, 일반계시가 제공한 지식들이 선명하고 분명하게 바로 잡힙니다. 창조와 섭리하시는 하나님, 그리고 세상 만물의 기원(origin)과 타락과 그 구속과 종말이 오직 성경에서만 분명히 알려질 수 있습니다. 그러므로 모든 것은 성경이란 안경과 성경이란 표준 아래 놓여야 합니다. 자연신학(natural theology)은 성경의 범위를 넘으면, 더 이상 참 신학이 아니라 거짓 신학으로 전락합니다. 성경을 떠난 신학과 사변은 부패한 본성에서 나온 왜곡된 철학일 뿐입니다. 교회에 속한 사람들 가운데서도 성경에 토대하고 뿌리내린 기독교적 신앙이 아니라, 부패한 본성을 따라 소견대로 믿는 종교성에 기대어 신앙을 추구하는 사람들이 있습니다. 이런 사람들은 성경을 따라 신앙을 추구하지 않고, 세상 철학이나 부패한 본성에서 나온 온갖 체험과 경험, 그리고 외적 현상에 자기 구원과 신앙을 의탁합니다.

칼뱅은 이런 신앙을 미궁(*labyrinthus*/labyrinth)에 빠진 신앙이라 말합니다. 교회와 성도는 말씀의 실(*linea*/thread)에 이끌려 하나님의 얼굴의 광채(딤전 6:16)를 살펴야 합니다. 한 번 들어가면 들어온 출구를 찾을 수 없는 미로에 들어갔다가 다시 나올 수 있는 길은 출구로 이끄는 실을 꼭 붙

19 *Louis Berkhof, Systematic Theology(Gand Rapids, Michigan: William B. Eerdmans Publishing Company, 1996)*, 132-3.

들고 가는 길밖에 없습니다. 그 실을 놓치면 영영 출구를 찾지 못합니다. 성경을 떠난 신앙은 미궁에 빠집니다. 그러므로 칼뱅은 **"그리하여 이 길을 벗어나 가장 신속하게 달리는 것보다 이 길 가운데로 절며 가는 것이 더욱 만족스러우리라"**[20]고 교훈합니다. 하나님에 관한 참 지식이 성경을 통해 심겨지기까지 사람들은 오류를 결코 그들의 심장에서 뽑아낼 수 없습니다. 죄성을 가진 인생은 누구나 거룩한 말씀의 도움과 위로를 받지 않으면 하나님께 닿을 수 없습니다. 성경은 **"하나님의 자녀들의 고유한 학교**(peculiaris filiorum Dei schola/the school of God's children)"[21]입니다.

⑷ 하나님의 말씀으로서 성경의 영감과 권위

① 성경의 자증성과 성령의 내적 증거

여기서 칼뱅은 기록된 성경이 하나님의 말씀인 것을 어떻게 확증할 수 있는가를 다룹니다. 칼뱅은 하나님의 말씀으로서 **"성경의 권위**(Scripturae authoritas/the authority of Scripture)"에 대한 확실성에 관해 논증합니다. 이 주제가 중요한 이유는, 우리가 하나님께서 하시는 말씀을 그날그날 하늘로부터 듣는 것이 아니기 때문입니다. 하나님께서는 진리를 거룩하게 하셔서 오직 성경 안에서 영원히 기억되게 하시기를 기뻐하셨습니다 (요 5:39). 성경의 권위는 성경에 대한 다음과 같은 태도로부터 인정됩니다.

> 성경은 신자들이 그것을 하늘로부터 내려왔다고 확고하게 여기고 거기서 하나님의 살아 있는 음성 자체를 듣는 듯이 할 때 의당히 그들 가운데 완전한 권위를 갖게 된다.[22]

---

20 *Inst.* I. vi. 3. "so that it is better to limp along this path than to dash with all speed outside it."
21 『기독교강요』, 1권, 6장, 4절.
22 『기독교강요』, 1권, 7장, 1절; *Inst.* I. vii. 1. "Hence the Scriptures obtain full authority among believers only when men regard them as having sprung from heaven, as if there

칼뱅은, 성경의 권위에 관련된 주제를 중요하게 여겨 더욱 상세한 설명을 이어갑니다. 중세 로마 교회의 개혁이라는 정황 속에서, 이 문제는 전면에서 논쟁되던 사안이었음이 틀림없습니다. 성경의 권위와 관련하여 칼뱅은 로마 교회의 오류를 바로 잡습니다. 로마 교회는 성경의 권위를 교회 자체의 승인으로부터 주어진다고 가르쳤습니다. 이들은 성경이 하나님의 말씀이라는 권위를 교회가 결정해 준다고 봅니다. 칼뱅은 이것을 치명적인 오류로 봅니다. 그러나 영원하고 불가침한 진리는 사람들의 뜻에 의해 결정될 수 없습니다.

그렇다면 성경이 하나님의 말씀이라는 사실을 어떻게 확신할 수 있는 것일까요? 성경의 권위는 어디로부터 확증될 수 있는 것일까요? 중세 로마 교회의 정황에서 칼뱅은 성경 위에 교회가 올라 서 있는 오류를 분별했습니다. 그러나 성경의 권위는 단지 왜곡된 교회론에 의해서만 부정되는 것만은 아닙니다. 그것이 무엇이든지 성경 위에 무엇을 세우고자 하는 시도 속에 얼마든지 같은 오해를 초래합니다. 예를 들면, 오늘날 현대 교회는 합리주의(rationalism)와 같은 사상이 득세하면서, 성경 위에 인간의 이성의 자율성(autonomy)이 올라서게 되었습니다. 합리주의에 빠진 사람들은 신앙과 성경을 떠나 이성의 사변과 판단으로 하나님의 말씀의 진위를 판단하려 합니다. 자연주의(naturalism)에 갇혀, 자연적이고 물리적인 세계가 존재의 전부이므로, 초자연적인 것을 무조건 배제하고, 자율적이고 자연주의적인 전제 위에 증명할 수 있는 것만을 진리라고 인정합니다. 그러므로 초자연적이고 자신들의 자의적 판단과 전제에서 벗어나는 내용이 주어지면 허위(虛僞)로 매도하고 부정합니다. 이들의 이성은 성경 위에서 성경을 판단하려 합니다. 그러나 칼뱅은 교회나 이성의 터 위에 성경이 세워지거나 확증되지 않음을 분명히 합니다. 오히려 교회가 성경의 터 위에서만 존재 가능합니다. 이성은 성경 위에 있어

the living words of God were heard."

서는 안 되고, 오히려 이성이 성경의 지배 아래 있어야 하며, 성경은 이성을 바른 곳으로 이끄는 지배력과 권위를 갖습니다. 교회든 이성이든 성경을 의지하고 복종할 때, 선하고 복된 본연의 자리로 돌아갈 수 있습니다. 그러므로 바울은 이 중요한 계시를 성경에 남겼습니다. 교회가 **"사도들과 선지자들의 터 위에 세우심을 입은 자라"**(엡 2:20a). 교회는 사도들과 선지자들이 영감을 받아 기록하여 남긴 성경을 근거로 세워질 수 있습니다.

교회 자체의 정의가 하나님의 말씀인 성경을 통해 부름 받은 자들의 무리를 의미합니다. 교회는 하나님께서 당신의 말씀을 세상에 전하실 때, 택함 받은 자들 안에 역사하신 성령의 유효적 부르심(efficacious calling)에 근거해 존재하게 되었습니다. 교회는 말씀과 성령의 부르심으로부터 비롯된 것입니다. 교회의 기원과 토대는 결코 닭이 먼저냐 알이 먼저냐의 문제처럼 모호한 것이 아닙니다. 성도들의 신앙고백과 신앙고백한 성도들의 연합으로서 교회는 말씀을 통해 부르시는 성령의 역사를 통해 시작됩니다. 교회는 말씀을 통해 불러 모으시는 하나님으로부터 시작됩니다.

> 그리스도의 교회가 처음부터 선지자들의 글과 사도들의 선포에 기초하고 있었을진대, 그 교리가 발견되는 곳마다 교리에 대한 수납(受納)이 교회보다 앞섰을 것임이 확실하며 그 수납이 없었다면 교회 자체가 결코 존재할 수 없었을 것이기 때문이다.[23]

그러므로 부패한 이성으로 성경의 진위를 자의적으로 판단하는 일만큼이나 교회가 성경의 확실성과 권위를 승인한다는 말도 가장 부질없는 공상에 지나지 않습니다. 진리는 교회나 사람의 이성적 판단에 의해 결정되는 문제가 아니라 하나님께로부터 기원하여 하나님께로부터

---

23   『기독교강요』 1권, 7장, 1절.

결정되는 것입니다.

그렇다면 성경의 권위를 어디서 확증 받을 수 있는 것입니까? 칼뱅은 이 질문에 대하여 **"성경의 자증성"**과 **"성령의 내적 증거"**로 답합니다. 결론부터 말씀드리면, 성경은 객관적인 계시로서의 위엄과 권위를 성경 자체로부터 발합니다. 성경은 하나님의 말씀이기 때문에 그 자체로서 하나님의 권위가 비추어 나옵니다. 그러나 주관적인 영역에서 성경에서 비추이는 진리의 위엄과 권위를 타락한 이성과 마음은 무지 속에서 식별하지 못하며, 완악한 의지로 그 빛을 배척하고 왜곡합니다. 그러므로 성령께서 부패한 죄인을 거듭나게 하시고 진리를 식별하도록 조명하셔야 합니다. 즉, 우리 밖에서 성경 계시의 진리가 비추어질 때, 성령께서 그것을 믿고 깨닫게 하시는 역사가 있어야 한다는 의미입니다. 우리 안에서 하나님의 말씀으로서 성경의 권위와 위엄을 보게 하시고 내적으로 그것을 확신하게 하시는 성령의 사역을 우리는 성령의 내적 증거라 부를 수 있습니다. 성경은 성경의 권위를 인간적인 방식이나 철학적이고 사변적으로 증명하거나 증명 받으려 하지 않고, 성경의 권위를 선포할 뿐입니다. 앞에서도 강조한 바이지만, 계시는 하나님께서 우리에게 내려오셔서 베푸시는 것입니다. 계시 자체가 하나님으로부터 비롯된 것입니다. 계시 자체가 인간 쪽에서 증명할 수 있는 성격의 것이 아닙니다. 그러므로 성경 말씀의 선포와 함께 성령의 내적인 역사가 일어날 때, 죄인은 성경으로부터 오는 권위와 위엄과 영광을 성령의 조명으로 보게 되고 확신하게 됩니다. 그러므로 칼뱅은 성경의 권위의 확증이 인간이나 교회나 세상에 속한 어떤 것으로부터 오는 것이 아니라 오직 하나님과 성경 자체와 성령의 내적 역사로부터 확립된다고 가르칩니다. 그러므로 성령의 조명 아래서 성경의 권위를 발견한 사람은 이렇게 고백할 수 있습니다.

실로 성경이 자발적으로 우리에게 제시하는 그것 자체의 진리를 인식하는 지각은 그
것의 색으로 말한다면 흰 것들과 검은 것들, 그것의 맛으로 말한다면 달콤한 것들과 쓴
것들을 비교하는 것보다 결코 더 모호하지 않다.[24]

이렇게 본다면, 성경이 하나님의 말씀인 것을 믿고 확신하게 된 자
들이 얼마나 복된 지를 가늠할 수 있습니다. 성경을 하나님의 말씀으로
확신한 사람들은 하나님께서 찾아와 성경을 들려주신 사람들이며, 택하
신 영원한 사랑 가운데 성령을 마음 가운데 보내주시어 들려지는 말씀
의 위엄과 영광을 보게 하신 자들입니다. 이들이 성경의 위엄과 영광을
보게 된 것은 성경을 들을 때, 성령께서 그들의 마음 안에 거듭나게 하
시는 은총을 베푸신 증거이며 어둡고 부패한 마음을 조명하신 결과입니
다. 그러므로 예수님의 말씀대로 거듭나지 않으면 성경을 하나님의 말
씀으로 믿고 고백하고 좇을 수 없습니다. **"예수께서 대답하여 가라사대
진실로 진실로 네게 이르노니 사람이 거듭나지 아니하면 하나님 나라
를 볼 수 없느니라"**(요 3:3). 그러므로 성경의 자증성과 성령의 내적 증거
를 따라 성경이 하나님의 말씀인 것을 확증하게 된다는 의미는, 어떤 사
람이 미각을 잃었기 때문에, 같은 흰색을 띤 소금과 설탕을 분간하지 못
하다가, 명의(名醫)를 만나 혀를 고침을 받고 나서는 두 가지 흰색의 가루
를 각각 맛본 후 이것은 짜니 소금이고 이것은 단맛이 나니 설탕이라고
정확하고 단순하게 가려내는 것과 같은 이치입니다. 성경은 언제나 하
나님의 말씀이기에 언제나 그 위엄을 잃은 적이 없습니다. 늘 하나님의
말씀으로 읽혀지고 들려지고 전해집니다. 그러나 아무리 강력한 태양
빛이라도 시력을 상실한 사람에게 그 빛이 보이지 않듯이, 성령께서 거
듭나게 하시고, 어둔 마음을 조명해 깨닫고 믿게 하시지 않으면 성경은
의심되고 부정될 수밖에 없는 것입니다. 성경 권위의 확증은 성경의 원

저자이신 하나님께서 성령을 통해 내적으로 증거 하실 때만 가능한 것입니다. 그러므로 성경이 하나님의 말씀이라는 확신에 이르려면 겸손히 하나님께 기도해야 합니다. 신앙을 구해야 합니다. **"눈을 열어 내 앞에 들려지고 읽혀지는 성경의 권위와 위엄과 그 빛과 유익과 영광을 보게 해주옵소서."** 성경의 이러한 권위와 가치를 보게 하고 또 참여케 하는 것은 역시 오직 은총에 달린 일입니다.

　칼뱅은 성경을 하나님의 말씀으로 확실히 믿고 확신할 수 있는 근원을 성령께 둡니다. 칼뱅에게 성령께서는 인(印)이자 보증으로서 하나님의 말씀을 내적으로 증언하십니다. 성령과 성경의 관계를 바르게 이해하고 정립하는 것은 너무도 중요한 일입니다. 오순절주의나 은사주의가 만연하며, 주관성에 함몰된 시대에 성령의 사역에 대한 왜곡과 오해가 깊습니다. 성경에서 강조하는 성령의 사역의 본질을 바로 통찰하여 전하는 일이 시급합니다. 후에 다루게 될 것이지만, 개혁신학에서 성령론은 구원론의 딴 이름입니다. 성령은 그리스도께서 성취하신 구속을 각 신자들의 마음속에 개인적으로 적용하시는 분이십니다. 그러므로 구속사와 구원의 서정을 포괄하여 성령의 사역이 다루어져야 마땅합니다. 요약하자면, 성령의 사역의 본질은 그리스도와 택함 받은 신자들을 연합시키시는 띠(vinculum/bond) 역할에 있습니다. 성령께서는 말씀을 통해 우리에게 신앙을 일으켜 그리스도 안에(in Christ) 연합(union)하게 하십니다. 성령께서는 성경을 통해 이 중대한 사역을 수행하십니다. 이 본질적 목적 하에서 성령께서는 그분의 사역의 이 본질적 목적 하에서 교회의 덕을 세우기 위하여 은사도 나누어 주십니다. 이러한 성령의 사역의 본질을 떠날 때 성령의 모든 다양한 역사와 사역들에 대해 교회와 성도들은 오류에 빠질 수밖에 없습니다.

　성경으로부터 주어지는 교리에 대한 믿음이 견고해지는 것은 그것의 저자가 하나님이시라는 사실이 의심의 여지없이 우리에게 감화될 때입니다. 성경에 대한 확신이 확고해 지는 것은 이 책의 저자가 하나님이

시기 때문입니다. 즉, 거듭난 성도 안에는 성경이 하나님의 완전하고 충족한 말씀이라는 확신과 감화가 있어야 합니다. 그런데 칼뱅은 이러한 확신과 감화가 어떤 인간적 논리나 판단이나 추론에서 오지 않고, 더욱 고상한 **"성령의 은밀한 증언으로부터"**(ab arcano testimonio Spiritus/from the secret testimony of the Spirit) 온다고 전합니다. 성령의 은밀한 내적 증언이 없으면, 성도는 풍랑 속에서 닻을 내리지 못한 배처럼 끊임없이 요동하고 표류하게 됩니다. 성령의 증언이 모든 이성보다 더욱 뛰어납니다. 그 이유는, 하나님 홀로 자기의 말씀 안에서 자기 자신에 대한 합당한 증인이 되시듯, 사람들의 마음이 성령의 내적 증거로 인침을 받기 전까지 그 마음속에 말씀에 대한 믿음을 가질 수 없을 것이기 때문입니다. 그러므로 사도들과 선지자들이 영감 받아 기록한 성경 계시는 성령께서 우리의 마음에 뚫고 들어와 하늘로부터 명령된 것이 충실히 표현되도록 감화하셔야 깨닫고 믿고 확신할 수 있게 됩니다. 즉, 성령께서 기록하신 성경은 성령께서 조명하셔야 깨닫고 믿을 수 있습니다. 이러한 이유로 오늘날 교회와 신학교에서 추구하는 신학에 있어 자기 성찰이 필요합니다. 신학은 단지 학문이 아닙니다. 신학은 사변을 목적으로 하지 않습니다. 신학은 학문이고 사변하면서도 그 유일한 목적을 교회를 세우고 성도들 안에 경건을 세우는데 있습니다. 신학의 작업은 이성의 기능을 사용하나 그 이성은 성경과 성령의 지배를 받는 이성이어야 합니다. 자연신학적 의미에서 일반계시를 살핀다하여도 그것은 성경의 울타리 안에서 성경의 지도 아래 성경의 교훈 아래 머물 때만 정당성을 확보합니다. 기독교는 합리성(rationality)을 부정하지 않지만, 이성이 성경을 떠나고 성령의 은총을 부정하는 것을 정죄하며, 이성이 주인 되는 것을 정죄합니다. 신학을 온전히 수행하기 위해 꼭 필요한 요소가 거듭나고 회심하는 것입니다. 거듭나지 않은 자는 신학할 수 없습니다. 회심이 없는 사람은 신학할 수 없습니다. 성경을 깨우치시는 성령의 조명을 의지하지 않는 사람은 신학을 온전히 수행할 수 없습니다. 이런 사람들은 신학을 한다하나 단지 부패한 철학을 하는 것입니다. 교회와 성도는 참 하나님을 알기 위해 말씀을 조명하시므로 신앙을 주시는 성령의 "인"(sigillum/seal)과 "보증"(arrha/guarantee)을 의지합니다(고후 1:22). 칼뱅은 성령께서 내적으로 가르치시는 사람은 견실하게 성경 안에서 평온을 누린다고 합니다. 실로 성경은 스스로에 의해 확증됩니다. 성령의 내적 증거를 통해 성경의 하나님 말씀됨을 깨닫고 발견할 때, 이로부터 오는 신앙보다 더 확고한 신앙은 존재할 수 없습니다. 그러므로 하나님의 말씀으로서 성경의 권위에 있어 가장 확고한 확증은 **"성경의 자증성"**과 **"성령의 내적 증거"**에 놓입니다.

> 성경이 마침내 우리에게 진지하게 영향을 미치는 것은 성령을 통하여 우리의 마음이 인침을 받았을 때이기 때문이다. 그러므로 성령의 능력으로 조명을 받은 우리는 성경이 우리의 판단이나 다른 사람들의 판단으로부터가 아니라 하나님으로부터 존재한다는 사실을 믿는다 … 우리가 찾는 것은 우리가 기대어 판단하는 증거들이나 유비된 것들이 아니다. 오히려 우리가 우리의 판단과 재능을 부속시키는 것은 요행수를 헤아리는 주사위 너머에 있는 일이다. 실로 이 일은 한동안 알려지지 않은 것을 붙잡는 데 익숙한 어떤 사람들이 그것을 세밀하게 조사한 후에는 곧 마음에 들어 하지 않는 그와 같은 것이 아니다. 왜냐하면 오히려 우리는 우리가 무너뜨릴 수 없는 진리를 붙잡게 된다는 사실을 충분히 의식하기 때문이다.[25]

따라서 성경을 증명할 사람은 존재하지 않습니다. 성경은 성경 스스로를 증거하며, 성령께서만 부패한 인생으로 성경의 엄위로움을 발견하게 하십니다. 그러므로 하나님 자신만이 우리에게 성경의 하나님 말씀됨을 확증하실 수 있습니다. 칼뱅에 따르면, 하나님께서는 인간들을 증인으로 부르시지 증명자로 부르시지 않으십니다. 하나님께서는 이사

---

25 『기독교강요』, 1권, 7장, 5절.

야서를 통해 그 백성과 선지자들을 가리켜 증인(*testis*/witness)이라 부르십니다(사 43:10). 교회는 성경을 증명하는 것이 아니라 성경과 성령의 내적 증거를 통해 증인이 되어, 증인으로서 진리를 선포할 뿐입니다.

② 말씀과 성령의 관계

그러므로 우리는 이러한 결론에 도달하게 됩니다. 성경은 성령의 내적 증거를 통해 확증되는 동시에 성령의 존재와 사역은 성경을 통해 확증됩니다. 성경의 저자이신 성령께서는 당신의 뜻과 사역의 목적을 계시하신대로 성경에 기록되고 약속하신대로 사역하시며 그 자녀들과 연합하십니다. 성령은 성경을 확증하며, 성경만이 성령의 사역을 규정합니다. 이는 성령의 기쁘신 뜻과 주권대로 그렇게 행하신 일입니다. 칼뱅에 따르면, 성경을 떠나 계시를 논하거나 성경에 근거하지 않은 성령의 사역을 주장하는 자들을 광신자(*fanaticus*/fanatic)로 규정합니다. 칼뱅이 살던 시대나 현대에나 성경을 배제한 계시나 성경을 떠나서 일어나는 성령의 역사가 있다고 믿는 사람들이 만연합니다.[26] 이들은 성경만을 최종적이고 충족한 계시로 고백하거나 오직 성령께서 성경 안에서 역사하신다고 믿는 사람들을 조롱합니다. 이들은 오직 성경만이 구원과 구원받은 자의 생활의 유일하고 최종적인 표준이라는 믿음을 부정하고 성경만을 계시로 인정하는 사람들을 "죽어 있고 죽어 있는 조문(*emortuus ut occidens litera*/the dead and killing letter)"을 따르는 사람들로 치부합니다. 그러나 성경을 떠나 계시를 논하고 성령의 사역을 논하는 것은 그리스도의 영(*Christi Spiritus*/Spirit of Christ)[27]에 속한 것이 아닙니다. 실로 그

---

26 칼뱅은 이들을 '자유주의자'(Libertine)라 불렀다. 그러나 이와 같은 행태의 신앙생활을 추구하는 것은 여전하다. 오늘날 현대교회는 오순절 신학의 대중화와 은사주의 그리고 신사도와 같은 신앙 행태가 대중화되어 통속적 신앙을 지배한다고 볼 수 있다. 종교개혁과 개혁신학의 계시관, 성경관, 성령론으로 회복하는 일이 몹시 시급한 상황에 놓였지만, 그 실천과 개혁이 너무도 힘겨운 지경에 놓였다고 말할 수 있다. 왜냐하면 몹시 불건전한 계시관이 통속적으로 대중화되어 너무 많은 교회와 성도들을 지배하고 있기 때문이다. 심지어 장로교조차도 이러한 영향력에서 자유롭지 않은 상태에 처해있다.
27 성령을 '그리스도의 영'으로 부르는 것은 중요한 의미를 함축하고 있다. 성령께서는 그리스도께서 성취하신 구속을 신자들에게 적용하시는 영이시기 때문이다. 성령께서는 그리스도 밖에

리스도의 영께서 내주하신 사도들과 초대교회의 신자들은 하나님의 말씀에 대하여 경멸하는 일이 없었고, 하나님의 말씀에 깊은 경의를 가졌습니다.

칼뱅은 이사야의 예언을 인용해 기록된 성경이 성령의 사역과 어떻게 연결되는지 논증합니다. **"네 위에 있는 나의 영과 네 입에 둔 나의 말이 이제부터 영원하도록 네 입에서와 네 후손의 입에서 … 떠나지 아니하리라"**(사 59:21). 이 예언은 그리스도의 왕권 아래서 세워질 새 언약의 신약 교회를 내다봅니다. 그리스도의 구속 성취와 함께 세워질 교회는 성령의 통치를 받는 교회가 될 것입니다. 그런데 이사야는 그리스도의 왕권 아래 성령을 통해 이루어지는 통치가 **"네 입에 둔 나의 말"**에 근거해 이루어진다고 예언하고 있습니다. 이사야 선지자는 그리스도의 왕권과 성령의 통치 그리고 하나님의 말씀을 **"깨질 수 없는 결합**(inviolabilis nexus/an inviolable bond)**"**으로 연결시켜 놓았습니다. 이사야가 후손에게 전해질 말씀이라고 지적한 것은 '기록된 특별계시'인 '성경'을 가리킵니다. 그러므로 바울은 셋째 하늘에 이끌려 올라갔었어도(고후 12:2), 그 보고 들은 것을 발설치 않고 당시 기록된 구약 성경, 율법과 선지자들의 가르침을 통해 그리스도를 전했습니다. 사도들이 구약에 이어 신약을 기록할 때도 그 그리스도의 성취의 근거를 구약의 예표와 예언에 두었습니다. 또한 바울은 뛰어난 교사 디모데에게 **"읽는 것에 전념하라"**(딤전 4:13)고 권면했습니다. 또 바울은 디모데후서 3장 16-17절에서 기록된 성경이 갖는 권위와 역할을 더 명백하게 전합니다. **"모든 성경은 하나님의 감동으로 된 것으로 교훈과 책망과 바르게 함과 의로 교육하기에 유익하니 이는 하나님의 사람으로 온전하게 하며 모든 선한 일을 행할 능력을 갖추게 하**

서, 그리스도께 속하지 않은 것으로 행하지 않으신다. 그러므로 성령을 '그리스도의 영'이라 부르는 것은 존재적 동일시가 아니라 사역적 동일시를 의미한다. 성령께서는 위격적으로 그리스도와 구별되시지만, 사역적으로는 언제나 그리스도 안에서, 그리스도의 성취하신 사역과 관계하여 사역하신다.

려 함이라." 사도들이 성경 66권의 기록을 마친 후, 신구약 성경은 하나님께서 교회와 그 백성에게 말씀을 주시는 최종 형태이며, 충족한 방식입니다. 그러므로 그리스도의 왕권 아래 교회를 통치하시는 성령의 사역은 성경 안에서 이루어집니다. 성령의 존재와 사역은 언제나 그리스도 안에서 성경을 통해 분별됩니다. 이것이 성경을 기록하신 원 저자 성령의 뜻이었습니다. 성경 안에서만 성령의 사역을 받아들이는 믿음은 성령의 사역을 제한하는 것이 아니라 제 3위격 하나님, 성령의 주권과 뜻에 가장 경건히 순복하는 신앙입니다.

> 다름 아니라 이 영은 '스스로 말하지 않고'(요 16:13) 주님 자신이 말씀을 통하여 전하여 주신 것들을 제자들의 마음에 집어넣어 스며들게 한다. 그러므로 우리에게 약속된 영의 임무는, 새롭고 듣지 못한 계시들을 만들어 내거나 새로운 종류의 가르침을 조작하여, 우리가 받아들인 복음의 가르침으로부터 멀어지도록 하는 것이 아니라, 복음을 통하여 우리에게 권해지는 바로 그 가르침을 우리 마음에 각인시키는 데 있다.[28]

그러므로 교회와 성도들이 성령으로부터 어떤 유익과 열매를 얻으려면, "우리는 열심을 다하여 성경(scripturae/Scriptures)[29]을 읽는 것과 청종하는 것 모두에 우리 자신을 드려야"[30] 합니다. 성경의 지혜를 떠나 가르치는 영은 의심받아 마땅하며(갈 1:6-9), 성령께서는 성경이라는 **"가장 확실한 표지**(certissima nota/the most certain mark)"에 의해 교회와 성도들에게 분별되십니다. 사탄이 광명한 천사로 가장하는 세상에서 이 표지가 없다면 교회와 성도들은 영적인 대혼란과 문란에 잠식되고 말 것입니다(고후

---

28 『기독교강요』 1권, 9장, 1절.
29 라틴어로 *scriptura*(복수는 *scripturae*)는 기록된 어떤 것(something written, 곧 기록된 문서)를 지칭한다. 그러므로 종교개혁자들의 개혁의 모토 중 하나인 *sola scriptura*는 성경을 의미한다. 종교개혁자들이 하나님의 말씀으로 돌아가자고 할 때, 그 하나님의 말씀은 성경을 지칭한다.
30 『기독교강요』 1권, 9장, 2절.

11:14). 성령께서 자신의 사역을 성령 안에서 수행하시는 것은 '**자기 제한적**'인 의미가 아닙니다. 오히려 성령께서는 '**주권적**'으로 그렇게 하십니다. 그리고 이렇게 하심으로 광명한 천사를 가장한 사탄의 미혹으로부터 성도들을 보존하십니다. 성령께서는 모든 곳에서 동일하시며, 상응하시며, 모든 것에서 자기와 조화롭게 일치하시며, 그 가운데서도 절대변하지 않으십니다. 성령께서는 우리가 필히 믿고 의지하고 순복하도록 기록하여 명하신 대로 사역하십니다. 우리에게 말씀하신 후 다른 방식으로 사역하신다면, 우리는 성령의 사역의 진위를 분별할 수 없게 될 것입니다. 성령의 사역은 경건한 사람도 아니요, 천사도 아니요, 그 어떤 규범에 의해서 규정되시지 않고, 자신의 권위로 기록하신 성경 말씀을 따라 자신의 존재와 사역의 진위를 교회와 성도들에게 알려주십니다. 그러므로 성경을 떠나면 각자의 소견대로 믿고 행하는 대혼란이 교회와 성도들 내면에 일어납니다. 성령께서는 당신의 위엄을 성경이라는 표를 통해 우리 가운데 확정되시길 당신의 기쁘신 뜻과 주권대로 정하신 것입니다. 성령께서는 성경에 새기신 자신의 형상으로써 교회와 성도들이 성령 자신을 인식하도록 하십니다. 성령께서는 성령의 원 저자이십니다. 성령께서는 삼위일체 하나님께서 영광을 받으시며 우리를 구속하시고자 하시는 너무도 중대하고 거룩한 목적을 위해 성경을 통해 자신을 나타내셨습니다. 진정 하나님께서는 자신께서 말씀하시고 알리시고 명하신 것에 비일관되게 행하시지 않으십니다. 만일 하나님께서 말씀하신 것과 다른 하나님이시고, 말씀하신 것과 다르게 사역하신다면, 하나님께서는 거짓에 속한 신이 될 것이고, 선하신 하나님으로 찬양받으실 수 없을 것입니다. 그러므로 성령께서는 "**성경에 한 번 자기를 보이신 그대로 영원히 계심이 마땅**"[31]합니다.

칼뱅이 광신자라고 규정한 류의 사람들은 고린도후서 3장 6의 "**죽**

31 『기독교강요』 1권, 9장, 2절.

이는 조문(the letter that kills)"을 몹시 위험하게 해석합니다. 오늘날도 은사주의에 빠져 직통계시라는 것을 추구하는 사람들이 성경이 그어놓은 경계를 벗어나려 할 때, 오용하는 구절 중에 하나가 이 구절입니다. **"그가 또한 우리를 새 언약의 일꾼 되기에 만족하게 하셨으니 율법 조문으로 하지 아니하고 오직 영으로 함이니 율법 조문은 죽이는 것이요 영은 살리는 것이니라."** 이들이 이 구절을 해석하고 적용할 때, **"죽이는 조문"**을 성령을 기록된 성경 안에서 바라보려는 것을 부정하려고 사용합니다. 즉, 성경을 벗어나 성령께서 성경을 넘어선 계시를 지금도 내려 주신다는 것입니다. 만일 그런 계시나 성령의 역사를 성경 때문에 부정한다면, 그것이 바로 성경이 **"죽이는 문자"**가 되는 이유가 됩니다. 그들은 신약시대에는 기록된 성경의 문자에 얽매이지 않고 성령의 직접적인 계시와 사역으로 각 개인을 인도한다고 위험천만한 주장을 폅니다. 그 결과로 성경에 없는 하나님과 하나님의 사역을 경험하고 전하는 일이 발생하게 됩니다. 이들은 성경을 벗어난 것은 부패한 본성에서 나온 것이라는 자명한 진리를 이해하지 못합니다. 그러므로 이들은 자기의 소견대로 믿고 행하려 합니다.

그러나 바울이 언급한 **"죽이는 조문"**은 **'기록된 성경'**을 폄하하는 내용이 전혀 아닙니다. 바울은 **'문자로 전해진 성경'**을 부정하는 것이 아니라 성경을 **'그리스도'** 없이 추구하는 것을 문제시하고 있는 것입니다. 본문에서 바울은, 거짓 사도들이 그리스도 없이 율법을 권한 것을 책망합니다. 그들이 그리스도를 붙들지 않고 율법에 접근했기 때문에, 그들이 추구하는 율법은 성령을 통해 마음에 새겨질 수 없었습니다(렘 31:33). 앞에서 칼뱅이 언급한 것과 같이 바울에게 생명을 나타내는 신앙은 그리스도의 왕권 아래서 기록된 성경을 통해 역사하시는 성령의 통치를 받는 신앙입니다. 그리스도와 성경과 성령께서는 진정 깨질 수 없는 방식으로 결합되어있습니다. 그러므로 성경 본문에서 바울이 추구하는 신앙은, 성령을 통해 기록된 여호와의 율법이 마음에 새겨져 그리스도가

제시되는 신앙이며, 그것이 바로 **"영혼을 소성시키며 소자들을 지혜롭
게 하는"**(시 19:7) **"생명의 말씀"**(빌 2:16)이 되는 것입니다. 본문의 말씀은 결
단코 기록된 성경을 부정하거나, 기록된 성경 외에 다른 계시가 주어지
는 일을 가르치고 있지 않습니다. 오히려 구원을 받고 구원의 길을 걷는
생활을 위해서는 기록된 성경이 읽혀지고 선포되어야 하며, 성경이 읽혀
지고 들려질 때 성령께서 그들을 조명하셔야 합니다. 성경을 조명하시
는 성령의 사역을 통해서만 그리스도가 발견됩니다. 기록된 성경의 문
자들은 성령의 조명 아래서 **'죽이는 조문'**이 아닌 **'살리는 조문'**이 됩니
다. **"하물며 영의 직분은 더욱 영광이 있지 아니하겠느냐"**(고후 3:8). 바울
은 문자로 기록된 성경을 설교하는 직분을 **"영의 직분"**이라고 부릅니
다. 그러므로 칼뱅은 성령과 기록된 성경과 그리스도의 관계를 이렇게
명백히 합니다.

> 의심할 바 없이 이는, 성령이 자기가 성경에 새겨 두신 자기의 진리에 부착되어 있다는
> 사실과, 성령은 말씀에 그 고유한 경의와 고상함이 합당하게 부여될 때에만 비로소 자
> 기의 힘을 드러내시고 발휘하신다는 사실을 의미한다.[32]

우리는 **"성령이 성경에 새겨 두신 자기의 진리에 부착되어 있다"**는
표현을 가슴에 새겨야 할 것입니다. 그리고 **"성령은 말씀에 그 고유한
경의와 고상함이 합당하게 부여될 때에만 비로소 자기의 힘을 드러내
시고 발휘하신다"**는 말의 의미도 명심해야 할 것입니다.

칼뱅은 하나님의 말씀으로서 성경의 확실성과 성령의 존재와 사역
의 확실성이 상호 고리로 결합되어 있음을 다시 한 번 강조합니다. 성령
께서는 내적 증거를 통해 성경이 하나님의 말씀인 것을 증거하시며, 성
령의 사역이 어디에 있는지 성경을 통해 분별되게 하십니다.

---

32 『기독교강요』 1권, 9장, 3절.

그뿐 아니라 이는 우리가 앞서 언급한, 말씀 자체가 성령의 증언으로 확정됨이 없다면, 우리에게 아주 확실한 것은 아니라는 사실과 어긋나지 않는다. 왜냐하면 주님이 어떤 상호 간의 고리(a kind of mutual bond)로 말씀과 자기 영의 확실성을 서로 연결시키셨으므로, 우리로 하여금 하나님의 얼굴을 관조하게 하시는 성령이 말씀에서 빛을 비추실 때, 말씀에 대한 견실한 신앙이 우리의 마음에 자리를 잡게 될 뿐만 아니라 이에 응하여 우리는 미혹에 대한 어떤 두려움도 없이 성령을 그 자신의 형상 가운데서, 말하자면 말씀 가운데서 인식하게 됨으로써, 모시게 되기 때문이다.[33]

성령의 내주와 임재가 있는 곳에 성경 말씀에 대한 깨달음과 믿음과 순종이 존재합니다(눅 24:27, 45; 살전 5:19, 20). 하나님께서는 성령을 통해 자신의 말씀의 효과적인 확정으로 자신의 일을 이루려 하십니다. 성령께서는 자신이 사도들과 선지자들을 영감하시어 기록하신 성경을 성령을 통해 조명 받은 성도들에게 깨닫게 하시고 믿게 하시고 순종케 하심으로 당신의 뜻을 이루십니다. 사도들과 선지자들은 영감(inspiration)을 받아 성경을 기록했고, 이후로 성도들은 성령의 조명(illumination)을 받아 그 말씀을 믿고 좇아갑니다. 그러므로 사도 직분의 종결과 함께 영감을 받는 일은 종결되었고, 이후로 성령의 조명하시는 사역이 택하신 자들과 그들의 무리 가운데 지속됩니다. 그러므로 다른 영을 분별하는 가장 분명한 길은 성경에 있습니다.

4 성경에 대한 믿음에 유익을 줄만한 합리적 증거들

성령의 내적 증거를 지닌 신앙의 사람들은, 그 이전에 보지 못하던 성경의 권위(*Scripturae authoritas*/the authority of Scripture)의 증거들을 발견하게 되

---

33 『기독교강요』 1권, 9장, 3절.

고 그로부터 유익을 얻습니다. 거듭난 이성으로 성경을 읽고 듣는 사람들은 하나님의 지혜의 경륜이 얼마나 질서정연하고 조화롭고 천상적인지, 그 모든 부분이 서로 일치되고 아름다운지 그리고 기록된 말씀들에 엄위를 부여하는 다른 특성들이 얼마나 잘 어울리는지 보게 됩니다. 거듭난 이성은 수많은 세월, 수많은 저자에 의해 기록된 성경에서 한 저자 성령께서만 이루실 수 있는 전성경의 질서와 조화 속에 있는 통일성을 발견하게 됩니다. 다양한 기록들은 하나의 본질을 다양한 방식으로 시행하는 그리스도의 은혜 언약을 향해 있다는 사실을 알게 됩니다. 이 모든 것이 성경 자체에서 발현되는 것으로, 이것을 보게 될 때 우리 속에 놀라운 확증이 생기게 됩니다. 물론 성경의 확실성을 발현하는 성경 자체의 증거들은 성령의 내적 증거 없이, 거듭남 없이 보이질 않습니다. 성령의 내적 증거가 없는 사람들은 성경에서 발현하는 성경의 권위의 증거들을 눈앞에 두고도 소경처럼 보지 못합니다. 성령 없는 이성으로, 거듭나지 못한 이성으로 얼마나 많은 사람이 목사가 되고 신학자가 되어 합리주의 혹은 종교적 자유주의에 대한 신념으로 성경을 난도질하고 부정하여 신앙을 허물어뜨리는지 모릅니다. 이것이 현대 교회사에서 일어난 간과할 수 없는 교회의 비극이었습니다. 거듭난 이성만이 성경에서 발현되는 충분하고 견고한 증거들을 보게 될 것입니다. 하나님의 형상이 회복된 이성은 평범한 말로 성령께서 친히 기록하신 하늘나라의 숭고한 비밀들(*sublimia regni caelestis mysteria*/the sublime mysteries of the Kingdom of Heaven)을 발견하게 됩니다.

하나님께서는 이 거룩하고 숭엄한 특별 계시를 낮고 천한 인생의 평범한 언어로 기록하심으로 성경의 권위와 확실성이 인간의 수려한 말에 있지 아니하고 성령의 권능과 지혜에 있음을 알게 하시려 하셨습니다. **"내 말과 내 전도함이 설득력 있는 지혜의 말로 하지 아니하고 다만 성령의 나타남과 능력으로 하여 너희 믿음이 사람의 지혜에 있지 아니하고 다만 하나님의 능력에 있게 하려 하였노라"**(고전 2:5). 진정 성경의 권위는 외부에 있지 아니하고 성령을 원저자로 하여 기록된 성경 자체에서 발현됩니다. 그렇다면 성경의 권위를 성령의 내적 증거를 통해 확증받은 사람에게 유익이 될 만한 합리적 증거들은 어떤 것이 있을까요? 그러한 증거들은 다음과 같이 요약될 수 있습니다.

(1) 성경의 고대성(the antiquity of Scripture)

성경의 태고성은 세상의 그 어떤 역사적 유물보다 그 기록 시기가 앞선다는 사실을 의미합니다. 헬라 저술가들이 애굽의 신학을 아무리 많이 언급한다고 해도, 현존하는 어떤 유적들도 모세의 시대보다 훨씬 뒤집니다. 모세가 믿고 기록한 하나님의 기원에 대하여 더 논한다면, 그 시기는 더욱 더 거슬러 올라갑니다. 모세가 믿고 전한 하나님께서는 이미 인류의 첫 조상으로부터, 이스라엘의 족장들에 의해 손과 손을 잇대듯이 세대를 이어 전해 내려온 영원하신 하나님에 관하여 받은 신앙을 전수한 것이었기 때문입니다.

> 모세가 다른 모든 저술가보다 시간적 간격에 있어서 훨씬 앞섰음에도 불구하고 그토록 고대적인 근원으로부터 자기의 가르침의 전승을 되살렸다면, 우리는 성경이 다른 모든 책보다 태고성에 있어서 뛰어나다는 것을 생각해야 한다.[34]

성경은 가장 긴 태고성을 가졌을 뿐 아니라 우주와 인류의 기원을 담은 가장 오래된 인류 역사의 문서임이 분명합니다.

(2) 모세를 통한 진리의 기록

모세의 기록에는 진실성이 있습니다. 이방인들에게도 수많은 고대 문서들이 있어 그들의 기원을 알리고 찬양하나 그 것이 허위라는 것을

---

[34] 『기독교강요』 1권, 8장, 3절.

쉽게 간파해 낼 수 있습니다. 그러나 모세의 기록들에는 진실성이 담겨 있습니다. 모세는 사사로운 관심사를 성경으로 기록하지 않았습니다. 그가 자신을 넘어, 혹은 자신의 가문을 넘어, 더 나아가 목숨보다 더 소중히 여기고 찬양하며 섬기던 하나님께서 부르신 백성, 곧 그의 민족을 넘어 모세의 저작은 공정하고 정직하게 기술된 역사의 기록으로 남겨져 있습니다. 모세는 자신이 속한 지파인 레위의 인격에 관련된 영원한 수치를 기록했습니다(창 49:5-6). 그리고 자신의 형과 누이 미리암의 수치도 드러내어 기록했습니다(민 12:1). 그리고 최고의 권위를 가진 모세였지만, 그의 아들들을 대제사장의 지위에 올리지 않고, 그 지위를 아론의 후손들에게 돌렸습니다. 그들의 자녀들은 가장 끄트머리 자리에 머물게 했습니다. 모세와 그의 저작들의 진실성은 그가 개인적인 관심사를 도모하지 않고 자기의 종족들에게 반감을 살만 한 일과 기록을 서슴없이 남겼다는 데서 발견됩니다. 모세의 저작에는 거짓이 없습니다. 모든 것들을 하나님의 뜻과 역사적 사실대로 기록하였습니다. 또한 이러한 몇 가지 예들을 넘어 율법 그 자체의 위엄을 통하여 모세가 하나님의 사자처럼 하늘로부터 나타났다는 사실을 논쟁의 여지없이 받아들이는 완전한 믿음이 확정됩니다.

(3) 모세의 율법과 가르침을 확증하는 기적들

모세가 언급하고 있는 그 많은 기적들(miracula/miracles)은 그 자신에 의해서 전해진 율법과 공표된 가르침을 그 수만큼 **"비준하는 것들**(insignia/sanctions/표지)"이었습니다(출 16:13; 19:16; 24:18; 34:29; 40:43; 민 16:24; 20:10-11; 11:9; 고전 10:3). 모세는 이 모든 것들을 회중 앞에서 공공연히 선포하므로, 그것을 회중들이 목격했고 모세는 그것을 조작할 수 없었습니다. 그는 이러한 이적들을 통해 그가 하나님께 말한 것들의 권위를 인정받았습니다. 그러므로 그는 회중들이 반발할 만한 범죄에 대한 꾸짖음을 시행할 수 있었습니다. 성경이 완성되기 전까지 하나님께로부터 직접 계시를 받은 선지자들과 사도들은 이처럼 그들이 개인적으로 직접 받은 말씀이 하나님으로부터 온 것임을 기적을 통해 확증 받았습니다. 그러므로 말씀이 임한 후에는 기적이 잇달아 그 말씀의 권위를 비준한 것입니다. 그러므로 선지자들과 사도들의 시대에 이적은 오늘날 오순절주의나 은사주의에서처럼 기적 자체를 추구하거나 말씀을 확증하는 본연의 역할을 떠난 기적 추구가 아니었음을 상기하는 것이 중요합니다. 기적과 이적은 언제나 말씀의 권위를 확정하는 것이 그 본질적 임무였습니다.

(4) 기적들을 경험하고 기록한 모세

모세가 전하는 기적들에 관한 모든 말씀은, 아주 사소한 사건에도 전체 백성이 원성을 지르며 반발할 정도로 자극을 가할 수 있었을 상황들과 함께 언급되었습니다. 그러므로 이스라엘 백성들이 기적을 인정하게 된 것은 경험 가운데 충분한 확신이 있었기 때문입니다. 모세가 경험한 기적을 마술로 매도하는 일이 있지만, 모세는 미신을 아주 혐오하였고 접신한 자와 박수무당에게 묻기만 하는 자도 돌로 쳐 죽임을 당하게 했습니다(레 20:6). 모세와 이스라엘 백성들 사이에 경험된 기적은 그 정황에 있어 너무도 분명하여 세속 저술가들도 내키지 않지만 부정할 수 없었습니다. 모세가 말씀을 전하고 가르칠 때, 그는 늘 교만하고 무례한 백성들을 직면해야 했고, 때때로 그중 어떤 사람들은 모세를 넘어뜨리려 음모를 꾸몄습니다. 이런 백성들의 광기를 모면할 수 있었던 것은 속임수로 가능한 것이 아니었습니다. 확실한 기적이 이스라엘 백성들에게 경험되므로 그들은 모세의 가르침이 백성들에게 확증될 수 있었습니다. 기적은 이처럼 말씀을 확증하고 말씀에 권위를 비준하는 역할을 했습니다.

(5) 예언과 성취

성경에는 수많은 예언과 성취가 기록되어 있습니다(사 39:6-7; 45:1; 렘 25:11-12; 29:10). 이처럼 부정할 수 없는 예언의 성취들은 예언을 기록한 사람들이 하나님의 영감으로 말하고 기록하였다는 것을 증거합니다.

> 나는 여기서 다른 예언들을 생략하고자 한다. 그것들은 너무나 분명하게 하나님의 계시를 내쉬고 있어서, 말씀하시는 분이 하나님이시라는 확신을 건전한 사람들이 갖게 한다. 한마디로, 한 편의 노래는(신 32장) 하나님을 또렷이 현시하는 빛나는 거울이다.35

(6) 하나님으로부터 나온 예언

선지자들의 권세가 예언과 성취의 예들에서 인증되었고, 그들이 되풀이하여 전한 것들이 그 말씀들에 대한 신빙성을 확정하기 위해 그대로 성취되었습니다(사 39:6-7; 42:9; 45:1; 렘 25:11-12; 29:10).

> 만약 경건한 사람들이 이것들[예언과 성취의 예들]을 가까이서 묵상한다면, 그들은 불경한 사람들이 짖는 소리를 억누를 수 있을 만큼 족한 교훈을 받게 될 것이다. 왜냐하면 그 논증이 어떤 억지에도 구애받지 않을 만큼 한층 명료하기 때문이다.36

(7) 율법의 역사적 전승

모세의 율법은 사람들의 열심보다는 하나님의 섭리에 의해 놀랍게 보존되어왔습니다. 율법은 몹시도 오랜 기원을 가지고 있으며, 이를 훼손하려는 핍박이 많았음에도 예언자들의 글들은 조상들로부터 손에서 손으로 전승되고 보존되었습니다. 이러한 놀라운 전승과 보존은 하나님의 섭리를 느끼게 합니다.

---

35 『기독교강요』, 1권, 8장, 7절.
36 『기독교강요』, 1권, 8장, 8절.

(8) 성경이 고유한 언어로 보존되고 번역되어 널리 전파됨

성경을 대하면 하나님께서 말씀을 지키시기 위하여 얼마나 큰 성실로 돌보셨는지 알게 됩니다. 잔인하고 야만적인 독재자들이 말씀을 소멸시키려 할 때마다 하나님께서는 모든 사람의 예상을 넘어 타는 불에서 끄집어내시듯이, 성경을 보존하셨습니다. 예를 들면, 마카비(Maccabee) 가문의 역사 가운데 기록된 내용이 이러한 사실을 전합니다. 그곳에서 보면 안티오코스가 모든 책을 불사르라 명령한 구절이 기록되어 있습니다(마카비상 1:56-57). 유대인들을 향한 박해는 그들이 지닌 말씀에 미쳤습니다. 그러나 하나님께서는 박해의 불 속에서 성경을 보존하셨고, 히브리어가 멸시를 당하는 문화 속에서 구약 성경은 헬라어로 번역되어(LXX, 70인역/B. C. 150년 경) 온 세상에 두루 퍼지게 되었습니다. 하나님께서는 놀랍게도 율법과 선지서들 가운데 함의된 구원의 교리(마 22:37-40)를 그리스도에게 가장 큰 해를 끼친 유대인들의 손을 통해 보존해 주셨습니다. 아우구스티누스는 이들을 **"기독교 서적상**(*Ecclesiae Christianae librarii*/bookmen of the Christian church)**"**이라 불렀습니다.

(9) 성령에 의해 교훈을 받은 신약의 저자들

신약 성경에서도 견실한 지주들이 그 진리를 떠받치고 있습니다. 성경의 언어와 표현은 비천하고 단순한 성격을 가졌고, 성경의 저자들은 인간 자체로 볼 때 아둔하고 무지한 사람들입니다. 그러나 그들의 기록들을 경건한 신앙으로 읽고 접하는 사람들은 그처럼 낮고 천한 사람들에 의해 비천하고 단순한 말로 표현된 기록들 속에서 하나님의 말씀의 권위와 위엄을 발견하게 됩니다. 이처럼 비천한 사람들이 그러한 진리를 기록할 수 있었던 것은 이 사람들이 세상의 학교에서 배워서 가능한 것이 아니었습니다. 이들이 이런 기록을 남길 수 있었던 것은 그들의 역량과 한계를 넘어선 것들이었고, 그들의 기록은 오직 성령께서 사도들 위에 내리셔서 영감하시고 교훈하실 때만 가능한 것이었습니다.

(10) 성경에 대한 교회의 일치

사탄은 온 세계와 더불어 할 수 있는 수단을 다 동원하여 성경을 억압하고, 전복하고, 말살하므로 사람들의 기억에서 지워버리려 발악을 했습니다. 그럼에도 불구하고, 성경이 공표된 이후, 수많은 세대에 속한 사람들이 일치하여 성경을 하나님의 말씀으로 믿고 순종하는데 변함이 없었습니다. 이러한 일치는 순교의 피를 흘려야 하는 상황에서도 흔들림이 없었습니다. 만일 하나님의 섭리가 보존하지 않으셨다면, 단지 인간의 보호만으로 그 많은 공격과 세파를 성경은 견뎌내지 못했을 것입니다. 이러한 성경의 보존은 어떤 한 민족, 한 지경에서 나타난 것이 아니라, 온 세상에 퍼진 교회에서 발견되는 역사적 사실입니다. 온 세상에 흩어진 다양한 민족들로 구성된 교회들은 한 호흡으로 성경을 하나님의 말씀으로 받아들이는데 일치합니다. 이렇게 된 것은 성경이 하나님의 말씀의 권위를 가지고 온 세계의 다양한 민족들로 구성된 교회를 한 진리로 비추고 있기 때문에 가능한 것입니다. 저 하늘에 하나의 태양과 하나의 달이 비추고 있을 때, 서로 다른 곳에서 서로 다른 사람들이 동일한 태양과 달을 보고 일치된 모양을 이야기할 수 있게 되는 것과 같은 이치입니다. 성경은 하나님의 말씀으로서 온 세계에 다양한 민족들로 구성된 교회들의 동일한 토대로 주어졌습니다.

(11) 성경의 확실성에 대한 합리적 증거들과 성령의 내적 감화

칼뱅은 지금까지 우리의 이성이 납득할 만한 성경의 확실성의 증거들을 제시했습니다. 이러한 증거들을 논증하고 살펴보는 것은 참으로 고무적인 일입니다. 그러나 이러한 모든 증거들에도 불구하고 성령의 내적인 증거가 없다면, 우리의 이성은 앞에 진리를 놓고도 그것을 보지 못합니다. 아무리 강렬한 빛이 비추어도 내적인 생명이 없어 영혼이 소경처럼 되었다면, 그러한 증거들로부터 아무런 결실을 얻지 못합니다. 성경의 권위와 확실성은 성령의 내적 감화에 기초할 때에만 하나님을 아는 구원의 지식을 만족시킵니다.

그러므로 칼뱅이 위에서 소개한 합리적이고 인간적인 증거들을 살피는 작업은, 성령의 내적 증거가 없다면 아무런 소용이 없으며, 성령의 내적인 증거를 받은 이성에게는 그들의 연약함을 돕는 이차적인 보조물(*secundaria adminicula*/secondary aids) 정도의 역할을 합니다. 따라서 칼뱅은 믿지 않는 사람들에게 이러한 합리적 논증으로 성경을 증명하려는 것을 어리석은 일로 여깁니다. 성령의 내적 조명이 있어야 성경의 권위에 대한 합리적 증거들도 도움이 될 수 있습니다. 성경의 권위에 대한 확증은 오직 성령의 내적 증거에 의해서만 가능합니다. 오직 믿음으로만 성경의 권위를 온전히 바라볼 수 있습니다. 이러한 이유로 아우구스티누스의 말은 타당합니다.

> 만약 어떤 사람이 이런 대단한 것들에 대해서 이해하려고 든다면, 그에게 먼저 마음의 경건과 평강이 선행되어야 된다.[37]

따라서 개혁신학자들이 하나님에 대한 지식을 얻는 인식원리, 곧 신학 원리를 다음과 같이 정의한 것은 경건한 진리에 속합니다. 하나님을 신앙하고 예배하고 그 앞에서 살아가는 구원에 이르는 신앙 인식, 신학 인식이 어떻게 가능한가에 대해 개혁신학은 분명한 인식을 갖고 있습니다. 이 원리를 떠나 구원에 이르는 신앙 인식에 이를 수 없습니다. 루이스 벌코프(Louis Berkhof)는 하나님에 대한 지식, 참된 신학적 진리를 인식하는 원리를 **"외적 인식 원리, 혹은 객관적 인식 원리"**와 **"내적 인식 원리 혹은 주관적 인식 원리"**로 구분합니다. 외적 인식 원리는 **"성경"**[38]이며 내적 인식 원리는 **"성령의 내적 증거에 기초한 신앙"**[39]입니다. 성경

---

37 『기독교강요』, 1권, 8장, 13절.

38 Louis Berkhof, 96-7.

39 Louis Berkhof, 97.

66권이 다 기록된 이후로, 구원에 이르는 하나님에 대한 인식을 가질 수 있는 길은 성령의 조명 아래서 성경뿐입니다. 일반계시는 성경이 뿌리내린 신앙 안에서 유익을 줄 수 있으나, 언제나 성경 안에서 성경의 지도하에 거듭난 신자에게 신앙적 유익을 가져올 수 있습니다. 그것이 어떤 양상으로 나타나든 성경과 신앙을 벗어난 지식은 언제나 우상과 미신과 자의적 숭배와 무신론과 외식에 빠지게 만듭니다.

칼뱅은 제1권 10-12장까지 성경을 떠난 신앙이 어떻게 미신과 우상을 만들어내는지에 대해 논증합니다. 특별히 칼뱅이 종교개혁을 수행하던 시대의 교회, 로마 교회가 성경을 떠나 신앙을 어떻게 우상 숭배로 전락시켰는지를 드러냅니다. 그의 결론은 이렇게 귀결될 수 있습니다. 성령의 조명을 받는 신앙 안에서 성경으로 돌아갈 때만 교회와 성도들은 참 하나님을 알게 되고 구원 안에 바른 관계를 맺을 수 있습니다.

03

13장
위격의 구별성과 본질의 단일성

하나님에 대한 지식은 하나님께서 우리에게 내려와 우리의 눈높이에서 계시하시므로 그 지식이 가능해집니다. 실로 무한하시고 영이신 하나님을 유한한 인간이 그 전체로서 본질로서 아는 것은 불가능한 일입니다. 그러므로 칼뱅은 하나님의 '**불가지성**'을 주장합니다. 그러나 그분의 황송한 사랑으로 베푸신 특별 계시, 더 구체적으로 말하자면, 기록된 성경 말씀을 통해 구원 받고 구원 받은 생활을 영위하기에 적합하고 충분한 충족한 분량으로 하나님을 알 수 있습니다. 그런 의미에서 칼뱅은 하나님의 '**가지성**'을 또한 주장합니다. 하나님을 전체로서 본질로서 완전히 알 수 없지만, 성경은 우리의 구원을 위해 충분한 지식을 우리의 눈높이에서 베풀어 줍니다. 칼뱅의 표현은 참 아름답고 재미있고 적합합니다.

> 하나님께서 우리에게 일종의 옹알이를 하고 계신다는 것을 그 누가 깨닫지 못하겠는가? 이렇게 하나님께서 말씀하시는 형식들은 그가 누구신지를 유창하게 표현하기보다는 그의 지식을 우리의 연약함에 맞춘 것이라 하겠다. 이러하듯 그는 자기의 고상함으로부터 아주 아래로 낮아지셔야 했다.[40]

『기독교강요』, 1권, 13장, 1절.

하나님께서는 황송한 자기 낮춤을 통해 우리에게 찾아와 당신을 성경을 통해 알려 주십니다. 우리가 알아들을 수 있는 방식으로 말입니다. 진정 하나님의 계시 행위는 메마르고 오만한 사변을 위한 것이 아니라, 은혜 언약 안에서 미천한 죄인을 구원하시어 사랑의 관계를 맺으시려는 목적에서 행해진 것입니다. 그분의 계시는 언제나 사랑으로 다가옵니다!

이제 칼뱅은 성경에서 알려주신 대로 하나님께서 삼위일체 하나님으로 알려지셨음을 논증합니다. 삼위일체 하나님께서는 성경에 계시된 그분의 구속 사역 속에서 비추어집니다. 성경에 기록된 죄인을 구속하시는 하나님의 사역 가운데 하나님께서는 삼위일체 하나님으로 계시됩니다. 삼위일체 하나님께서는 오로지 성경을 통해서만 알려지십니다.

1 구원과 예배와 생활에 토대가 되는 삼위일체 교리

칼뱅에게 있어 삼위일체 교리는 우상과 이교의 거짓 신을 성경의 참 하나님과 구별시키는 특별한 표지(*specialis nota*/special mark)입니다. **"하나님은 자기를 더욱 분명하게 진단할 수 있는 다른 특별한 표지를 사용하셔서 자기가 누구라고 지정하신다."**[41] 하나님께서는 삼위일체로 존재하십니다. 그분은 삼위일체 하나님으로 구원의 사역을 이루십니다. 그분은 삼위일체 하나님으로 그분께서 부르신 자녀들에게 예배를 받으십니다. 모든 하나님의 자녀들은 삼위일체 하나님 앞에서 생활합니다. 그러므로 삼위일체 하나님을 모르거나 부정한다면, 그곳에 하나님에 대한 신앙 안에 예배와 삶은 존재하지 않게 됩니다. 삼위일체 교리는 사변을 위한 지식이 아니라 우리의 구원과 예배와 그 분 앞에서의 생활에 토대

[41] 『기독교강요』 1권, 13장, 2절.

가 되는 진리입니다.

칼뱅이 말하는 이방 신과 자신을 거룩히 구별 짓는 특별한 표지는 성경에서 알려진 하나님께서는 자신이 홀로 한 본질(*una substantia or essentia*/one essence)의 한 분이시라는 것을 말씀하시는 동시에 자신이 세 위격(*tres personae*/three persons)으로 알려지신 다는 것입니다. 만일 누군가 삼위일체의 진리를 알지 못한 채 하나님의 이름을 부른다면, 그것은 머리에 떠돌아다니는 공허한 이름이 되고 맙니다. 삼위일체 진리에 이르지 못한 사람들은 하나님을 세 분으로 상상하게 되거나 단일한 본질이 세 위격으로 찢어진다고 생각하게 되는 오류에 빠집니다. 그리고 어떤 이들은 단일한 본질 안에서 구별된 세 위격의 실재를 부정하는 오류를 범하기도 합니다.

참 신앙의 정당성은 그 신앙하는 대상에 의해 결정됩니다. 신앙은 어떤 대상에 대한 지향성을 의미하기 때문입니다. 대상이 잘못된 신앙을 우리는 우상 혹은 미신이라 부릅니다. 참 신앙은 그 대상에 대한 바른 지식을 전제합니다. 우리가 신앙해야할 하나님께서는 성경을 통해 삼위일체 하나님으로 알려지셨습니다. 그러므로 삼위일체 교리를 바르게 정립하는 일은 구원받는 신앙과 직결된 것으로 우리의 구원과 예배와 삶을 결정합니다.

2 삼위일체 용어에 대하여

(1) 삼위일체와 위격이란 용어의 의미와 필요성

어떤 사람들은 '**위격**(*persona*/πρόσωπον/person)'이란 말이 성경에 명시적으로 나타나지 않는다는 이유로, 인간의 발명품으로 여기며 배척합니다. 그러나 이러한 생각은 정당하지 못합니다. 사도는 하나님의 아들을

"**아버지의 위격의 형상**(*character hypostaseos*(ὑπόστασίς)42 *Patris*/the stamp of the Father's hypostasis)"이라고 제1위격 성부의 위격과 구별하여 불렀습니다(히 1:3). 사도가 "**아버지의 위격**"이라고 표현하므로, 성부의 위격과 제2위격 성자의 위격이 구별됨을 나타냅니다. 여기서 '**위격**(*persona*/Person)'을 나타내는 *hypostasis*(휘포스타시스)를 '**본질**(*essentia*/essence)'로 해석하는 이들이 있는데, 이는 매우 어리석은 짓입니다. 만일 이 용어가 '**본질**'로 해석하게 되면, 마치 그리스도께서 인장이 찍힌 밀랍같이 자기 안에서 아버지의 실체를 표상했다고 하는 의미가 되고 마는데, 이런 해석은 하나님의 본질과 부합하지 않습니다.

> 왜냐하면 하나님의 본질은 단일하고 분할되지 않으며, 하나님은 그것을 할당이나 파생됨 없이, 순전한 완전함 가운데 전체적으로 그 자신 안에 계시므로, 본질에 있어서 아들을 '아버지의 형상'이라고 일컫는 것은 부적절하고 어리석기 때문이다.43

하나님의 본질은 할당되거나 파생되지 않습니다. 성부, 성자, 성령은 위격에 있어 구별되지만, 본질에 있어서는 단일한 하나를 이루시는 단일성으로 존재하십니다. 그러므로 아버지의 본질을 성자께서 인장이 찍힌 밀랍처럼 표상한다는 말은 잘못된 생각입니다. 그러므로 *hypostasis*(휘포스타시스)는 "**본질**"이 아닌 "**위격**"으로 해석하여 "**아버지의 위격의 형상**"으로 번역함이 바릅니다. 이렇게 되면, 성부와 성자의 두 구별되는 위격 사이에 모순이 없습니다. 그리스도께서 "**아버지의 위격의 형상**"이란 말의 의미는, 아버지께서 비록 자기의 위격적 특성에 있어서는 구별되시지만, 자기 아들 안에서 전체적으로 표현하시므로, 성자 안에서 성부의 위격이 드러났다는 뜻이 됩니다. 즉, 성자와 구별된 위격

---

42 *hypostasis*는 철학에서 "본질"의 의미도 갖지만, 신학에서는 삼위일체에서의 "위격(Person)"을 의미한다.

43 『기독교강요』 1권, 13장, 2절.

을 가지신 성부께서 자신의 아들 성자 안에서 자신의 위격을 나타내신
다는 의미입니다. 성부의 위격은 성자 안에서 온전히 계시됩니다. 성자
의 위격 안에서 성부에게 고유한 위격이 계시되는 것입니다. 그러므로
"위격"이라는 표현을 사용할 때, 아버지와 아들이 구별되기에, 구지
"아버지의"라는 수식어를 **"위격"**이란 단어에 붙여 사용한 것입니다.
"아버지의"라고 표현한 것은 **"아버지"**와 **"아들"**의 위격이 구별되기 때
문입니다.

　　이러한 원리가 제3위격 성령께도 적용됩니다. 성령께서는 하나님이
시지만, 그럼에도 불구하고 성부와 구별되십니다. 그리고 이 구별은 본
질(*essentia*/essence)에 속한 것이 아닙니다. 하나님의 본질은 다중적(*multiplex*/
manifold)일 수 없습니다. 따라서 하나님 안에 세 위격이 존재한다는 결론
에 이르게 됩니다.[44] 라틴 사람들은 페르소나(persona)라는 말로 위격
(hypostasis)을 표현했습니다. 이 용어들은 **"위격적 존재"**라는 의미로 숩시
스텐티아(*subsistentia*/subsistence)라는 용어로 바꾸어 쓸 수도 있습니다. 많은
사람들이 이와 동일한 의미로 **"실체**(*substantia*/substance)**"**라는 말을 사용했
습니다.

　　실로 오직 라틴 사람들에게만 **"위격**(persona)**"**이란 말이 사용된 것이
아니라 헬라 사람들도 이와 같은 의미를 전달하기 위해 **"세 위격들
(πρόσωπα)이 하나님 안에 존재한다"**고 가르쳤습니다. 헬라 사람과 라틴
사람이 용어를 서로 다르게 사용할 때도, 실제 내용에 있어서는 동일한
것을 가리키고 그 내용에 있어 동의했습니다. 그러므로 성경은 한 본질
의 단일성 안에 세 위격의 구별성을 가지신 한 분 하나님이 존재하신다
고 가르칩니다. **"위격"**이란 '**신적 위격**'이라 할 수 있는데, 인격이란 지성
(知性)과 의지(意志)와 정서(情緖)를 가진 인격적 실체를 의미합니다. 그런데

44　*Inst.* I. xiii. 2. *"Sequitur tres in Deo esse hypostasis"* It follows that there are in God three
　　hypostasis.

하나님의 위격은 지존하시고 완전하신 인격적 실체입니다. 삼위일체 하나님의 의미는 하나님께서 한 본질 안에 서로 구별된 세 신적인 인격적 실체가 있는 방식으로 존재하신다는 의미입니다. 그러므로 삼위일체의 요약은 하나님께서 한 본질의 단일성 안에 세 위격의 구별성을 갖는다는 말로 표현될 수 있습니다.

칼뱅에게 삼위일체라는 용어가 가리키는 의미는 성경에서 증언하고 확증한 것을 설명하는 말일 뿐입니다. 성경은 삼위(tres)가 존재한다는 사실을 전합니다. 그런데 이 삼위의 각자가 바로 완전한 하나님이십니다. 그러면서도 동시에 하나님께서는 여러 분이 아니라 한 분이십니다. 이처럼 성경의 진리를 설명하기 위해 사용된 용어들을 부정하는 사람들이 있습니다. 그들은 이 용어가 성경에 직접 혹은 명시적으로 나타나지 않기 때문에, 이 용어가 폐기되어야 한다고 생각합니다. 그러나 이러한 생각은 성경에 **"행위 언약"**(the covenant of works)이란 용어가 나타나지 않는다고, 행위 언약 교리를 부인하는 사고와 같습니다. 성경에는 명시적인 용어로 나타나지 않는다 하더라도, 그러한 용어들이 전하고자 하는 의미들이 성경에 함축적으로 암시적으로 담겨진 경우가 종종 있습니다. 성경에 개념으로, 의미로 존재하는데, 그것을 잘 설명하고 표현하기 위해 교회는 용어를 만들어 사용합니다. **"행위 언약"**같은 용어가 그런 대표적 예입니다. 진리의 궁극적 판단 기준은 성경입니다. 그러나 그것이 용어로 주어지지 않고, 심오한 의미들로 함축되어 나타날 때, 그것을 더욱 명확히 설명할 용어를 사용하여 설명할 수 있습니다. 이러한 용어들은 성경의 중대한 의미들을 설명하기 위해 선택되었고, 그것이 선택된 이후에는 성경의 중요한 의미들을 담는 중요한 그릇이 됩니다. 그 그릇을 함부로 대하고 버리면 그 안에 담긴 진리들까지 버리게 됩니다.

그렇지만 인식하는 것과 말하는 것 모두에 대한 확실한 규범이 성경으로부터 추구되어, 마음으로부터 나온 모든 인식과 입으로부터 나온 모든 말이 그 규범에 따라서 판단되어야 한다는 어떤 표준은 지켜져야 한다. 그러나 성경 가운데서 너무나 혼란스럽고 막막해서 우리의 이해력으로는 가닿을 수 없다고 여겨지는 부분들을 한층 더 명확한 용어들로 설명하는 것을 막을 명분이 어디에 있겠는가? 이러한 설명은 성경 자체의 진리를 독실하고 신실하게 따르는 가운데 조심스럽게 겸손하며 경우에 합당하게 사용되어야 한다.[45]

교회가 어찌할 수 없이 삼위일체와 위격이라는 용어들은 사용할 수밖에 없는 절대적인 필요성이 존재합니다. 삼위일체와 위격과 같은 용어들은 공교회가 성경 해석과 역사적인 신앙고백 안에 일치하여 수용하고 사용한 용어입니다. 이것은 사사로운 사견에서 나온 가벼운 용어들이 아닙니다. 삼위일체라는 용어보다 삼위일체가 전하는 의미를 더 잘 전할 수 있는 용어를 찾아낸다면 칼뱅도 기꺼이 더 좋은 용어를 수용할 것입니다. 그러나 역사적으로 아직까지 삼위일체보다 더 훌륭하고 적절한 용어는 나타나지 않았습니다. 삼위일체를 버리거나 수정하는 순간 **"한 본질 안에 세 위격으로 존재하시는 하나님"**이란 의미가 왜곡되고 맙니다. 삼위일체는 성경이 가르치는 너무도 중대한 의미를 적절하게 전하는 용어임에 틀림없습니다.

(2) 삼위일체와 위격이란 용어는 거짓 교리를 분별하는 시금석

삼위일체와 관련된 용어는 성경에서 가르치고자 하는 의미들을 쉽고 명확히 설명해주는 역할도 하지만, 성경의 함축된 의미들을 왜곡하는 거짓 교리들을 폭로하고 드러내는데도 중요한 역할을 합니다. 칼뱅은 삼위일체와 관련된 용어들의 중요성과 역할을 아리우스(Arius)와 사벨리우스(Sabellius)의 이단과 관련하여 예를 듭니다. 먼저, 아리우스는 그리스도를 하나님이시며 하나님의 아들이라고 고백했습니다. 그러나 그는

---

45 『기독교강요』 1권, 13장, 3절.

그리스도께서 피조되었으며, 시작을 가지신다는 생각을 함께 품었습니다. 교회는 아리우스의 이단성을 감지하고, 아리우스와 그의 추종자들이 그리스도를 피조 되시고 시작을 가지신 성부보다 못한 신(神)으로 여긴다는 사실을 분별했습니다. 교회는 이들의 이단성이 성부와 그리스도의 '유사 본질(ὁμοιουσίός)'에 있음을 간파하여, 성경의 순수한 교리와 이단 사상을 구별하는 시금석(試金石)으로 '동일 본질(ὁμοουσίός)'이라는 용어를 사용하였습니다. **"당신은 성부와 성자의 본질이 유사하다고 믿습니까? 동일하다고 믿습니까?"** 만일 누군가 '유사 본질'이라고 답한다면, 그는 이 용어를 선택하므로 자신의 이단적 사상을 드러내게 되는 것입니다. **'동일 본질'**이란 용어를 통해 교회는 **'하나님의 본질의 단일성'**을 부정하는 아리우스주의(Arianism) 이단 사상을 분별하고 바로 잡을 수 있었습니다.

이후 성부, 성자, 성령이라는 세 위격의 구별성을 부정하는 이단, 사벨리우스(Sabellius)가 일어났습니다. 사벨리우스는 하나님의 한 본질 안에 세 위격의 구별을 부정했습니다. 그는 이 이름들이 단지 하나님의 다양한 속성을 나타낼 뿐, 이 이름들이 서로 구별되는 위격적 실체라는 사실을 부정했습니다.[46] 그러므로 교회는 하나님께서 한 본질 안에 세 위격으로 존재하신다는 진리를 이 용어들을 통해 확정하여, 위격의 구별성을 부정하는 사벨리우스와 그 추종자들의 사상을 분별하고 정죄하였습니다.

이로 보건대, 삼위일체와 관련된 용어들이 성경 자체에 명시적으로 나오지 않더라도, 이 용어들이 얼마나 성경의 진리와 가르침들을 유익하게 가르치며, 이단적 사상으로부터 성경적 교리를 분별하고 보존하는 데 기여하는지 확인할 수 있습니다. 그러므로 삼위일체와 같은 교리적 용어들은 **"그것이 무모하게 고안된 용어들이 아니라면 과도한 무모함**

---

46 *Inst.* I. xiii. 4.

에 빠져 그것들을 비난함으로써 우리가 비판받지 않도록 주의해야"[47] 합니다. 오늘날 많은 사람들이 교리와 교리적 용어들의 중요성을 간과할 때가 많습니다. 고대의 이단자들처럼 많은 사람들이 교리를 성경과 무관한 것으로 치부하고, 자신은 성경을 믿지 교리를 믿지 않는다고 말합니다. 그러나 성경은 읽고 듣는 순간부터 해석되고, 해석된 결과로 교리를 형성합니다. 그러므로 성경을 접하는 순간부터 교리를 갖지 않는 사람은 없습니다. 삼위일체와 같은 교리는 공교회가 역사적인 신앙고백으로 검증하고 확정한 것으로, 성경으로부터 부여된 공적인 권위를 갖습니다. 그러므로 루이스 벌코프(Louis Berkhof)는 공교회의 검증과 합의를 거친, 그리스도의 몸으로서 교회의 진리 인식을 사적이고 개인적인 교리들과 구별하여 교의(敎義)라고 명명했습니다. 교리는 성경과 무관한 인간의 산물이 아니라 그것이 성경의 바른 해석으로부터 나온, 성경이 가르친 교리들이라면 진리를 가르치는 중요한 권위를 획득하게 되는 것입니다. 교의는 사적이고 개인적인 교리로서 '**견해**(view)'와 다른 것입니다. 교의의 권위는 성경에서 확증된 진리를 공식화하고 공적으로 채택할 때만이 교의가 됩니다.[48]

> 종교적 교의는 세 가지 특성을 갖는다고 말할 수 있겠다. 즉, 종교적 교의의 주자료는 성경에서 나온다는 점, 교의는 성경에 계시되어 있는 진리를 교회가 숙고한 결과라는 점, 교의는 어떤 권위있는 교회집단이 공적으로 채택한 것이라는 점 등이다.[49]

삼위일체라는 용어는 다음과 같은 진리를 담는 그릇과 같습니다.

---

47 *Inst.* I. xiii. 4.
48 Louis Berkhof, 20-21.
49 Louis Berkhof, 21. "It may be said that religion dogmas have three characteristics, namely: their subject-matter is derived from Scripture; they are the fruit of the reflection of the Church on the truth, as it is revealed in the Bible; and they are officially adopted by some competent ecclesiastical body."

아버지와 아들과 성령은 한 분 하나님이심에도 불구하고 아들은 아버지가 아니시며 성령은 아들이 아니시니, 어떤 위격적 특성으로 그들은 구별되신다.[50]

3 성부, 성자, 성령 하나님은 위격적 특성에 있어서 구별됨

(1) 위격의 구별성

성경을 통해 알려지시는 하나님께서는 본질의 단일성 안에 계신 동시에 위격의 구별성을 가지십니다. 칼뱅은 위격을 이렇게 정의합니다.

나는 위격(Person)을 하나님의 본질 안에서(*in Dei essentia*/in the God's essence), 서로 관련되지만(*ad alios relata*/related the other two) 교통될 수 없는 특성에 의해(*proprietate incommunicabili*/by incommunicable properties) 구별되는(*distinguitur*/distinguished) 위격적 존재(*subsistence*/person)라고 부른다.[51]

위격적 존재(subsistence)라는 말은 본질과 다른 어떤 것으로 이해되어야 합니다. 왜냐하면 성경을 통해 알려지시는 위격(person)은 세 위격 사이에 각각 어떤 고유한 특성을 갖기 때문입니다. 세 위격은 본질에 있어 하나이신 하나님이시지만, 그 본질 안에서 세 위격은 서로 구별되는 특성을 가지십니다. 성경의 예를 들면, 요한복음 1장 1절을 들 수 있습니다. **"태초에 말씀이 계시니라 이 말씀이 하나님과 함께 계셨으니 이 말씀은 곧 하나님이시니라"**(요 1:1). 본문은 말씀(λόγος)이 **"하나님**(θεός)**과 함께**(πρός /with) **계셨다"**고 표현하므로, 말씀은, 말씀과 함께 계셨던 하나님, 곧 제1위격 성부의 관계적 대상이 되실 수 있는 구별된 위격적 존재가 되십니

---

50 『기독교강요』 1권, 13장, 5절.
51 『기독교강요』 1권, 13장, 6절.

다. 서로 관계성을 갖는다는 말 자체가 위격 혹은 인격의 구별성을 전제합니다. 서로 구별된 위격적 존재가 아니라면 "**함께**(πρός)"라는 전치사를 사용하는 것은 무의미하고 잘못된 용법이 됩니다. 그러므로 요한은 말씀이 성부와 구별되는 위격임을 말하는 동시에, 성부와 구별된 말씀의 위격을 가리켜 "**하나님**(θεός)"이라 지칭하므로, 제2위격 성자께서 본질에 있어 성부와 하나이며 동일하신 하나님임을 선포합니다. 성자가 함께 하셨던 하나님께서는 위격으로서 성자와 구별되시는 성부 하나님을 가리키고, 말씀을 가리켜 하나님이라고 할 때 그 "**하나님**"이라는 칭호는 본질의 단일성 안에서 성자께서 성부와 동등하신 하나님이시라는 의미입니다.

칼뱅에 따르면, "**위격적 존재는 나눌 수 없는 유대로 본질과 결합되어 있고 분리될 수 없음에도 불구하고 그 본질 자체와는 다른 특별한 표지를**"[52] 지닙니다. 칼뱅의 강조점은 이것입니다. 세 위격들은 관계되어 있으면서 고유한 특성에 있어서 구별되십니다. 그러므로 하나님이란 성스런 칭호가 위격이란 말로 제한되지 않을 때, 그 칭호는 본질로서 하나이신 하나님을 가리키므로, 세 위격 모두에게 동등하게 구별 없이 칭호될 수 있습니다. 그러나 하나님이란 성스런 칭호가 위격을 가리킬 때, 그 칭호는 각각 구별되는 위격적 존재로서 성부, 성자, 성령의 위격을 가리킵니다. 따라서 위격에 있어 각각의 고유한 특성은 구별됩니다. 위격의 특징에 속하는 구별의 표지로 아버지께 돌려지는 것이 무엇이든 아들에게 적합할 수 없고 아들에게 옮겨질 수 없습니다. 그러므로 성부를 성령과 성자와 구별하여 성부라고 부르고, 성자를 성부와 성령과 구별하여 성자라 부르며, 성령을 성부와 성자와 구별하여 성령이라 부를 수 있게 되는 것입니다. 그러나 본질에 있어서는 성부와 성자와 성령께서는 한 분 하나님이십니다.

---

52 『기독교강요』 1권, 13장, 6절.

이와 같은 세 위격의 구별성은 인간의 상상에서 나온 이론이나 창작물이 아니라 하나님을 구속의 경륜과 사역의 역사를 기록한 성경 자체에서 알려진 것입니다. 성경에 기록된 세상을 창조하시고 구원하시는 하나님께서는 이처럼 세 위격의 구별성을 가지신 분으로 나타납니다. 마태복음 3장 16-17절의 예를 봅시다. **"예수께서 세례를 받으시고 곧 물에서 올라오실 새 하늘이 열리고 하나님의 성령이 비둘기 같이 내려 자기 위에 임하심을 보시더니 하늘로부터 소리가 있어 말씀하시되 이는 내 사랑하는 아들이요 내 기뻐하는 자라 하시니라."** 이 본문은 예수님께서 세례 요한에게 세례를 받으신 후 일어난 사건을 기록하고 있습니다. 성경 본문은 이 사건 속에서 각각 구별되시는 세 위격께서 행하신 일을 구별하여 기록하고 있습니다. 세례를 받으신 분은 진정 성부도 아니고 성령도 아닌 성자 예수 그리스도셨습니다. 그리고 비둘기 같이 내려 예수님 위에 임하신 위격은 성자도 아니고 성부도 아닌 성령이라고 성경은 분명히 기록하고 있습니다. 그리고 나서 하늘로부터 소리가 있어 말씀이 들려졌는데, **"이는 내 사랑하는 아들이요 내 기뻐하는 자라"**고 말씀하신 분은 성자도 아니고 성령도 아닌 성부 자신이셨습니다. 성경은 세 위격이 서로를 각각 대상으로 말씀도 하시고 행동도 하시는 구별된 위격적 존재로 기록하고 알리고 있습니다. 본문은 자신이 자신에게 말하고 행동하는 독백이 아닙니다. 서로의 구별된 인격(위격)을 가진 존재로서 서로가 대상으로 존재하는 관계 안에서만 가능한 사건을 기록하고 있습니다. 예수님께서 겟세마네 동산에서 성부를 향해 기도하신 사건도 마찬가지입니다(마 26:36-44). 예수님께서 성부께 기도하신 것은 자신이 땅에서 기도하고 하늘에서 자신의 기도를 받는 일인이역을 하신 것이 아닙니다. 겟세마네 기도는 제2위격 성자께서 제1위격 성부에게 위격적 관계 안에서 실제로 기도하신 사건입니다. 그렇지 않다면 어찌 예수님의 행위가 기도일 수 있습니까? 기도는 대상을 지향한 것입니다. 자신과 구별된 대상이 있어야 가능한 행위입니다. 어찌 여기서 언급한 본문만 그러하겠습니까? 이러한 위격의 구별성에 대한 증거가 성경에 수없이 많습니다.

(2) 성자와 성령의 신격에 대한 해설

① 성자 하나님의 신격

(ㄱ) 성부께서 성취하시는 창조와 섭리와 구속의 원천, 성자

칼뱅은 제2위격 성자를 "**하나님의 말씀**(verbum(λόγός) Dei/God's word)"이시며, 그 "**말씀의 영**(spiritus sermonis)"이 "**그리스도의 영**(spiritus Christi)"으로서 창조와 계시의 "**중보자**(intermedium)"가 되신다고 설명합니다. "**하나님의 말씀**"은 "**영원한 지혜**(perpetua Sapientia/the everlasting Wisdom)"를 지시합니다. 하나님께서는 영원한 지혜를 통해 족장들에게 모든 신적 명령과 예언이 공표되었습니다. 베드로는 구약의 선지자들이 바로 "**하나님의 말씀**"이신 "**그리스도의 영**"으로 말했다고 전합니다(벧전 1:11, 21). 그 이후로도 하늘 교리에 대한 사역을 맡은 모든 사람들이 동일한 영으로 말했습니다. 족장들과 선지자들에게 신적 명령과 예언을 주신 "**말씀**"은 바로 선재하시던 제2위격 성자 하나님이십니다. 말씀은 창세 전 아버지로부터 나신 분이신 성자이십니다. 이 "**말씀**"은 하나님이십니다. 모세도 예수님을 통해 율법을 받았습니다.[53] 모세는 이 "**말씀**"이 중보자로 세워져 세상을 창조하신 분이라 선포합니다. 사도들도 하나님께서 "**말씀**"을 통해 세상이 지어졌고, 그분의 강력한 말씀으로 만물을 운행하신다고 가르칩니다(히 1:2-3). 이 "**말씀**"은 아들의 "**의도로서 뜻**(nutus/nod)" 혹은 "**명령**(mandatus/mandate)"으로 여겨집니다. 아들은 영원하신 성부의 말씀이십니다. 칼뱅의 설명을 요약하면, 하나님께서는 세상을 창조하시고 섭리하시며, 또

---

53 박윤선, 『성경주석 공관복음』 (수원; 도서출판 영음사, 2011년), 마태복음 7:29절에 관한 주석.

세상을 구원하시기 위해 선재하시는 그리스도를 통해 족장들과 모세와 선지자들과 예언과 계명들을 말하게 하셨습니다. 성자께서는 이처럼 하나님께만 속한 사역을 시행하시는 하나님의 본질에 속한 속성과 권능을 가지신 하나님이셨습니다.

솔로몬은 사물들의 창조와 만물을 다스리시는 지혜가 창세전에 하나님으로부터 났다고 소개합니다(잠 8:22). 성자는 창세전에 하나님으로부터 나셨으며, 하나님께서 그 지혜를 통해 일하셨는데, 그 지혜는 창조하시고 섭리하시며 구원하십니다. 그러므로 그분은 하나님께서만 하실 수 있는 사역을 성취하시는 하나님의 본질에 속한 속성을 가지신 하나님이십니다. 성부와 구별되시지만 성부와 본질에 있어서 하나이신 하나님이십니다. 그러므로 예수님께서는 자신에 관하여 이렇게 말씀하셨습니다. **"내 아버지께서 이제까지 일하시니 나도 일한다"**(요 5:17). 세상이 시작되기 전, 영원 전에 말씀이시고 지혜이신 성자께서는 하나님과 함께하셨고, 세상이 처음 시작될 때, 아버지와 함께 계속 일하셨습니다. 이 진리는 모세가 전했고 또 요한이 전하고 있습니다. 하나님께서 일하심에 있어 말씀이 역할을 감당하셨으므로, 그 일이 하나님과 말씀 모두에 속한 사역이 됩니다. 말씀이 하신 행하시고 이룬 사역은 그분께 속한 고유한 권능과 속성으로 이루신 것입니다. 그 속성은 본질적으로 하나님께 속한 속성이었으므로, 말씀은 하나님이십니다. 요한은 이 사실을 매우 선명하게 전합니다. 요한복음 1장 1절을 보면, 말씀이 태초부터 하나님과 함께 하시므로, 성부와 구별되지만, 동시에 그 말씀은 하나님이셨다고 요한은 증언합니다. 요한은 명시적으로 말씀이신 성자에게 완전하고 영원한 하나님의 본질을 부여하고 돌립니다. 따라서 칼뱅의 결론적인 요약은 이러합니다.

따라서 하나님으로부터 나온 모든 계시를 '하나님의 말씀'이라는 말로 식별하는 것이 올바르기 때문에, 그 본질적인 말씀을 모든 신적인 명령의 원천으로 여겨 최고의 자리에 두는 것이 마땅하다. 이 말씀은 어떤 변화에도 구애받지 않으신 채 영원히 한 분 그리고 동일하신 분으로 하나님과 함께 머무시고, 그 자신이 하나님이시다(요 1:1-3).[54]

성부께서는 성자를 통해 만물을 창조하시고, 섭리하시며, 타락 후, 모든 구속의 계시를 성자를 중보자로 세워 베풀어주셨습니다. 이런 의미에서 성부께서는 성자를 통해 일하셨습니다. 중보자로서 하나님께서 성자로 말미암아 행하시는 사역과 계시는 하나님이신 성자를 통해 시행되고 성취되는 것입니다. 그러므로 그리스도께서는 모든 하나님의 계시와 명령과 사역의 원천이 되십니다. 그리고 이러한 사역들의 원천이 되실 수 있는 분은 그 본질에 있어 고유한 속성이 성부와 동등한 하나님만이 가능한 것입니다. 따라서 성자께서는 하나님이십니다.

(ㄴ) 영원히 하나님과 함께 계시는 하나님이신 말씀

칼뱅은 성자의 신성에서 그 완전함과 영원성을 박탈하려는 자들의 오류를 지적합니다. 이들은 하나님께서 세상을 창조하시면서 말씀하시는 그 때에 말씀이 존재하기 시작하셨다고 주장합니다. 즉, 이들은 성자의 영원성을 부정하고 시작이 있으신 분으로 주장합니다. 이들은 하나님의 본질(*substantia*/essence)에 대한 어떠한 변혁(*novatio*/innovation)을 공상합니다. 하나님의 본질에 속성은 결코 영원성을 떠나 어떤 시작을 갖는 형태로 발생할 수 없습니다. 이들은 마치 하나님의 외적 사역(*externus opus*/external work)의 결과물에 의해 하나님께서 창조자의 이름을 가질 수 있었던 것으로 생각합니다. 창조물로 인해 하나님께서 창조자가 될 수 있다고 생각하는 것입니다. 하나님께서 외적 사역의 결과물에 의해 규정되고 이전에 없던 이름을 얻게 되었다는 주장입니다. 그러나 성경은 하나님의 본질은 변화될 수 없다고 가르칩니다. 하나님께서 말씀으로 창조하시고 그 피조물들이 나타난 바에 의거해 말씀이 시작되었다고 상상하는 것은 하나님의 본질의 속성을 완전히 왜곡하는 것입니다. 그들은 모세가 하나님께서 창조의 때 처음으로 말씀하셨다고 주장하며, 창세 이전에 말씀이 하나님 안에 없었다고 주장합니다. 그러나 어떤 시점에서 무엇이 드러난다는 이유로 그것이 이전에 결코 존재하지 않았다고 말하는 것은 오류입니다. 하나님의 본질은 변할 수 없고 영원성을 떠나 어떤 시작을 가질 수 없습니다. **"온갖 좋은 은사와 온전한 선물이 다 위로부터 빛들의 아버지께로부터 내려오나니 그는 변함도 없으시고 회전하는 그림자도 없으시니라"**(약 1:17).

칼뱅에 따르면, 하나님께서 **"빛이 있으라"**(창 1:3) 말씀하셨던 바로 그 순간에 말씀의 능력이 나타났고 존재했으므로 말씀 자신은 훨씬 이전에 존재했습니다. 주님께서는 칼뱅의 경건한 생각을 지지하십니다. **"아버지여 창세전에 내가 아버지와 함께 가졌던 영화로써 지금도 아버지와 함께 나를 영화롭게 하옵소서"**(요 17:5). 예수님의 말씀은 시간의 간격을 경계 짓지 않습니다. 요한 역시 세상의 창조로 넘어가기 전에(요 1:3) **"태초에[55] 말씀이 하나님과 함께 계셨으니"**(요 1:1)라고 말함으로 예수님의 선재와 그분의 영원성을 선포합니다. 이로써 성자의 신격의 신성과 영원성이 확증됩니다.

우리는 말씀이 시간의 시작을 초월해서 하나님에 의해 잉태되셨으며, 하나님 자신과

---

[55] 아르케(ἀρχη)는 절대적 시초를 의미한다. 요 1:1은 시간 이전의 어떤 것을 암시한다. 곧 시간 내에서의 시작이 아닌 절대적 시작으로서, 하나님과 결부시켜서만이 언급될 수 있는 시작이다. 하나님에 대해서는 어떠한 시간적 범주로도 진술할 수 없는 까닭이다. 로고스(Logos)는 엄밀한 의미에서 세상 이전에 선재하신 분이다. 따라서 세상과 함께 시작한 시간보다 먼저 존재하셨다. 요한일서에는 '태초(처음)부터 있는 것'(요일 1:1), '태초(처음)부터 계신 이'(요일 2:13 - 14)라는 어구가 나오는데, 이는 영원토록 선재하시고 제자들이 지각할 수 있는 로고스(Logos)를 의미하는 것이다. 왜냐하면, 그것은 여기에서 우리에게 자기 자신을 보여주시는 하나님 자신이기 때문이다.

함께 영원히 거하셨다는 사실로부터 말씀의 영원성과 참 본질과 신성이 증명되었다고
확정한다.[56]

㈐ 중보자 그리스도의 신성에 관한 구약의 증거

칼뱅은 아직 구속에 대해서 논하는 자리로 오지 않았기 때문에, 중
보자 인격을 구체적으로 논하지 않지만, 삼위일체와 관련해 중보자의
신성을 논의합니다. 칼뱅에게 **"그리스도께서는 육체로 옷 입혀진 그 말
씀"**[57]이십니다.

시편 45편에 **"하나님이여 주의 보좌는 영원하며"**(6절)라고 말씀되어
있습니다. 유대인들은 우리가 하나님으로 번역한 '**엘로힘**'을 천사나 최
고의 권세자들로 왜곡합니다. 그러나 여기에서 '**하나님**'을 칭하는 '**엘로
힘**(אֱלֹהִים)'은 하나님만을 칭합니다. 왜냐하면 여기서 '**엘로힘**'께 영원한 보
좌가 돌려지기 때문입니다. 영원한 보좌는 하나님께만 속합니다. 본문
에서 '**엘로힘**'은 메시아를 향해 쓰여 졌기에, 메시아는 하나님이십니다.

이사야도 그리스도를 하나님이라 선포하며, 한 분 하나님의 고유
한 특성을 그리스도께 돌립니다. **"이는 한 아기가 우리에게 났고 한 아
들을 우리에게 주신 바 되었는데 그의 어깨에는 정사를 메었고 그의 이
름은 기묘자라, 모사라, 전능하신 하나님이라, 영존하시는 아버지라, 평
강의 왕이라 할 것임이라"**(사 9:6). 그러나 유대인들은 **"이것은 전능하신
하나님, 영존하시는 아버지가 그를 부르시는 이름이다"**라는 식으로 본
문을 거꾸로 읽어, 한 아들에게 **"평강의 왕"**이란 호칭만 남게 만듭니다.

예레미야도 그리스도의 신성을 확증합니다. **"여호와의 말씀이니라
보라 때가 이르리니 내가 다윗에게 한 의로운 가지를 일으킬 것이라 그
가 왕이 되어 지혜롭게 다스리며 세상에서 정의와 공의를 행할 것이며**

---

56 『기독교강요』, 1권, 13장, 8절.
57 『기독교강요』, 1권, 13장, 9절; *Inst.* I. xiii. 9. *"Christum esse illum Sermonem carne
    indutum"*(Christ is that Word endued with flesh).

그의 날에 유다는 구원을 받겠고 이스라엘은 평안히 살 것이며 그의 이름은 여호와(יהוה) 우리의 공의라 일컬음을 받으리라"(렘 25:5-6). 유대인들은 "**여호와**"라는 하나님의 이름을 특별히 성스럽게 여겨, 대속죄일에 단한 번 그 이름을 부를 수 있었을 뿐, 다른 날에 이 이름을 감히 사용하지 않았습니다. 이들은 다른 이름들은 단지 명칭들에 불과하고, "**여호와**"만 하나님의 본질을 설명하기 위한 실체적인 이름이라 가르쳤습니다. 그런데 유대인들이 하나님의 신성에 대하여 그처럼 중요시 한 하나님의 성호를 예레미야는 예언을 통해 하나님의 아들께 돌리고 있습니다.

구약 시대에 성자 하나님께서는 천사(angelus/angel)의 모습으로 현현하실 때가 있으셨습니다. 천사가 거룩한 조상들에게 나타날 때, 이 천사는 자기를 가리켜 영원하신 하나님이라고 지칭합니다(창 32:29, 30; 삿 6:11-24; 13:8-25; 호 12:5; 슥 2:3, 9). 칼뱅은 마노아와 그 아내에게 나타난 천사와 야곱과 씨름한 천사의 예를 들어 그리스도의 신성을 확증합니다. 세르베투스와 같은 이단자는 그리스도의 신성을 부정하기 위해 천사가 성자 하나님의 현현이었다는 사실을 부정하지만, 교회의 정통 교사들은 구약에서 그리스도의 현현으로 나타난 천사를 하나님의 말씀이며, 그 말씀이 이미 그때 일종의 서막과 같이 중보자의 직분(mediatoris officium/the office of Mediator)을 수행하기 시작했다고 바르게 해석합니다. 아직 육체를 입지 않으신 성자께서는 그 백성들에게 더욱 친밀하게 다가가기 위해 중보자(mediator/mediator)와 같이 내려오셨습니다. 이런 가까운 교통(propior communicatio/closer intercourse)을 취하기 위한 수단이 천사의 모습으로 현현하시는 것이었습니다. 이사야 25장 9절의 말씀처럼, 그리스도께서는 자신의 백성들을 구원하시는 하나님이십니다. "**그 날에 말하기를 이는 우리의 하나님이시라 우리가 그를 기다렸으니 그가 우리를 구원하시리로다 이는 여호와시라 우리가 그를 기다렸으니 우리는 그의 구원을 기뻐하며 즐거워하리라 할 것이며.**" 말라기 3장 1절도 유대인들 가운데 항상 경배를 받으신 동일하신 하나님께서 바로 그리스도라는 사실을 전합니다. "만군의 여호와가 이르노라 보라 내가 내 사자를 보내리니 그가 내 앞에서 길을 준비할 것이요 또 너희가 구하는 바 주가 갑자기 그의 성전에 임하시리니 곧 너희가 사모하는 바 언약의 사자가 임하실 것이라."

(ㄹ) 중보자 그리스도의 신성에 관한 신약의 증거

신약에는 성자의 신성을 확증하는 증거들로 넘칩니다. 사도들이 육체 가운데 오신 중보자라고 전한 그리스도께서는 하나님이셨습니다. 사도들은 영원하신 하나님에 관한 예언들이 그리스도 안에서 이미 성취되었거나 성취될 것이라 가르쳤습니다. 바울은, 이사야가 **"만군의 여호와"**께서 **"걸림돌과 걸려 넘어지는 반석이 되실 것"**(사 8:13-14)이라고 예언한 바가 그리스도 안에서 성취되었다고 주장합니다(롬 9:33). 즉, 바울은 **"만군의 여호와"**께서 그리스도라고 선언합니다. 칼뱅은, 이와 같이 영원하신 하나님에 관한 예언이 그리스도 안에서 성취되었다고 주장하는 사도들의 증언들을 열거합니다(요 1:1, 14; 12:41; 20:28; 행 20:28; 롬 9:5; 14:10, 11; 엡 4:8; 고전 8:5-6; 고후 5:10; 히 1:6, 10; 빌 2:6; 딤전 1:17; 3:16; 요일 5:20; 사 45:23; 사 6:1; 시 68:18; 97:1, 7; 102:13, 25). 예언하신 바를 성취하시는 그리스도께서는 하나님의 영원한 신성으로 그렇게 하십니다. 하나님에게 속한 영광이 그리스도께 돌려집니다. 도마의 고백에 따르면, 그리스도께서는 자기가 항상 예배를 드렸던 유일하신 하나님이셨다고 고백합니다(요 20:28). 그리스도께서는 신명기 6장 4절에서 고백된 한 분 하나님이십니다.

칼뱅은 성경에 기록된 그리스도의 사역을 통해 그분의 신성을 논증합니다. 그리스도께서는 처음부터 아버지와 하나가 되어 함께 일해 오셨습니다(요 5:17). 유대인들은 예수님의 주장이 신성에 관한 것으로 이해해 예수님을 공격했습니다(요 5:18). 이 부분에서는 유대인들이 예수님의 말씀의 의도를 바르게 파악한 것입니다. 예수님께서는 실제로 하나님과 동등한 신성으로 성부와 함께 사역하셨습니다. 사도들은 창조와 섭리의 사역을 그리스도께 돌렸습니다(히 1:3). 뿐만 아니라 예수님께서는

오직 하나님께만 속한 권한, 죄를 사하는 권세가 자신에게 있다고 선포
하셨습니다. 죄 사함의 권세를 말씀하시고 기적으로 확증하셨습니다(마
9:4, 6; 요 2:25). 이로써 성경은, 그리스도께서 영원하신 하나님의 신성으로
하나님께만 속한 사역을 행하시는 분으로 확증합니다.

그리스도의 신성은 그가 행하신 기적 가운데서 명백하고 확실하게
나타납니다. 선지자들과 사도들도 그리스도와 같은 기적을 나타냈지
만, 그들은 그들의 사역을 통해 하나님의 은사를 나누어준 것뿐이고, 예
수님께서는 자신의 능력을 보여주셨습니다. 그리스도의 기적은 자신의
신성의 능력에서 나타낸 것입니다. 사도들에게 기적을 일으킬 권세를
주신 분은 그리스도셨습니다(마 10:8; 막 3:15; 6:7; 행 3:6). 그러므로 그리스도께
서 사도들에게 기적의 권세를 주신 것과 자신의 권세로 기적을 행하신
것은 그분의 능력과 신성에 대한 완전한 증거가 됩니다(요 5:36; 10:37; 14:11).

또한 그리스도 안에 구원에 속한 모든 것들이 있다는 성경의 증언
이 그리스도의 신성을 증거합니다. **"나아가 하나님 없이는 어떤 구원도,
의도, 생명도 없는바, 그리스도 안에 이 모든 것이 들어 있을진대, 이로
써 그가 하나님이시라는 사실이 계시된다."**[58] 그리스도께서는 구원을
받으신 자가 아니라 그분 자신이 구원(*salus*/salvation) 자체 이십니다. 그리
스도께서는 선(善)과 의(義) 자체이십니다(마 19:17). 그리스도께서는 신앙의
대상이 되시는 하나님이십니다(요 14:1; 롬 10:11; 15:12; 사 11:10; 28:16). 그를 믿는
자에게만 생명이 있습니다(요 1:4; 6:47)

믿음의 대상이신 그리스도께서는 믿음의 연장인 기도의 대상이기
도 하십니다. 그에게 기도하는 자는 그의 이름에 나타난 그의 속성에 기
대어 기도합니다. 그의 이름을 부르는 자는 구원을 받습니다(욜 2:32). 왜
냐하면 하나님의 이름에 나타난 속성을 믿고 의지하고 신뢰하는 것에
구원이 있기 때문입니다. 하나님께서는 그분의 이름이 나타내는 속성과

---

58 『기독교강요』, 1권, 13장, 13절.

권능을 통해 우리를 구원하십니다. 그러므로 그분의 하나님의 엄위로우
심에 기대어 기도하는 자들이 하나님께서 주신 약속하신 것을 받아 누
리게 됩니다. 구원과 기도의 응답이 하나님의 이름이 나타내는 영원한
하나님의 속성에 의해 이루어집니다(렘 9:24; 잠 18:10; 행 7:59; 9:13-14; 골 2:9).

이뿐만 아니라 바울 서신의 서문에 기록된 문안에는 아들로부터와
아버지로부터의 동일한 은총이 기원되고 있습니다(롬 1:7; 고전 1:3; 고후 1:2; 갈
1:3). 하늘에 계신 아버지께서 주시는 은총은 아들의 중재로 우리에게 올
뿐 아니라, 아버지와 아들께서 권세 가운데 하나가 되심으로 성자께서
은총의 창시자(auctor/author)가 되십니다. 이러한 지식은 생명없는 사색이
나 사변과 다릅니다. 이런 실제적인 지식(practica notitia/practical knowledge)은
구원을 받아 **"경건한 마음이 살아나고, 조명되고, 보존되고, 의로워지
고, 거룩하게 되는 것을 느낄 때, 하나님의 지극한 현존을 인식하게 될
때"**[59] 얻게 되는 인식입니다. 이 지식은 마치 **"거의 하나님을 만지는 것
과 다름"**[60] 없는 확실한 실제적인 지식입니다. 구원을 받은 자만이 하나
님의 지식을 얻을 수 있습니다. 신학은 중생 없이 가능하지 않습니다.
신앙의 지식은 학문적 표현을 통해 전해질 수 있지만, 학문 이상이기 때
문입니다. 앞에서 언급한 바 있듯이, 하나님에 관한 지식은 하나님의 계
시를 통해 가능한 관계, 특히 언약 관계 안에 존재하며 그것을 지향합
니다.

② 성령의 신격

칼뱅은 이제 성령의 신성의 확실성을 논증합니다.

먼저, 칼뱅은 성령의 신격에 대한 증거로 창조 역사에 관한 모세의
증언을 제시합니다. **"그 땅이 혼돈하고 공허하며 흑암이 깊음 위에 있**

---

59 『기독교강요』, 1권, 13장, 13절.
60 『기독교강요』, 1권, 13장, 13절.

고 하나님의 영은 수면 위에 운행하시니라"(창 1:2). 질서와 형체가 주어지기 전 혼돈스런 덩어리도 성령께서 돌보셨습니다. 둘째, **"이제는 주 여호와께서 나와 그의 영을 보내셨느니라"**(사 48:16)라는 이사야 말씀을 통해서도 하나님께서 선지자들을 파송하시면서 최고의 통치권을 성령과 함께 나누고 계심을 알리셨습니다. 셋째, 성령께서는 창조하신 세계를 섭리하시고 통치하시며 돌보시는 분으로 계십니다. 우리가 경험하는 낯익은 체험이 최상의 증거가 됩니다. 성경이 성령께 돌리는 것과 경건한 자들이 경험하는 바가 성령께 속한 신성이 피조물에게 속한 것들과 다르다는 사실을 입증합니다. 성경의 안경을 끼고 신앙의 눈으로 세상을 살피면, 성령께서는 모든 곳에 계시면서, 모든 것을 보존하시고, 자라게 하시며 생육하시는 분으로 나타납니다. 성령께서는 어떤 한계에도 제한되지 않으십니다. 성령께서는 만물 가운데 자신의 권능을 두루 퍼지게 하시고 그 속에 본질, 생명, 운동을 불어넣으십니다. 성령께서는 하나님이십니다. 넷째, 성경과 경험을 통해 경건한 사람들은 성령께서는 자신의 힘으로써 **"중생의 조성자"**(regenerationis author/the author of regeneration)가 되시며, **"미래의 불멸성의 조성자"**(futurae immortalitatis author/the author of future immortality)가 되심을 압니다. **"예수께서 대답하시되 진실로 진실로 네게 이르노니 사람이 물과 성령으로 나지 아니하면 하나님 나라에 들어갈 수 없느니라"**(요 3:5). **"너희가 거듭난 것이 썩어질 씨로 된 것이 아니요 썩지 아니할 씨로 된 것이니 하나님의 살아 있고 항상 있는 말씀으로 되었느니라"**(벧전 1:23). 성령께서는 말씀을 듣게 하시므로 외적 부르심을 주시고 동시에 성령께서 유효적이고 내적인 부르심으로 죄인의 마음에 역사하실 때, 거듭남이 일어납니다. 부르심과 중생은 끊어낼 수 없는 고리로 엮여져 있습니다. 말씀을 들을 때, 성령께서 죄인의 마음 가장 깊은 곳에 생명을 베풀어주시므로, 죄인은 거듭나게 되고, 이러한 중생이 인격적인 믿음과 회개로 죄인의 의식에 나타나는 것을 회심(conversion)이라고 합니다. 성령께서는 이처럼 말씀을 은혜의 수단으로 삼아 죄인을 거듭나게 하십니다. 그러므로 죄인이 성령과 말씀으로 거듭난다고 성경은 표현합니다. 마지막으로 성령께 성자와 같은 신성의 고유한 모든 직분이 부여됩니다. 성령께서는 **"하나님의 깊은 것까지도 통달"**(고전 2:10)하시는 (ἐρευνάω) 분이십니다. 유한한 이성적 피조물들은 결코 하나님의 깊은 것까지 인식하지 못합니다. 유한자는 무한자에 대한 지식을 다 품을 수 없습니다. 그러나 성령께서는 하나님이시니 하나님에게 속한 가장 깊은 것까지 통달하십니다. 또 오직 하나님께만 속한 지혜와 말하는 능력을 부여하시는 일(출 4:11)이 성령께 돌려집니다(고전 12:10). **"그러므로 우리는 성령을 통하여 하나님과의 교제에 이름으로써, 우리를 향한 생명 주시는 권능을 어떤 방식으로든 느끼게"**[61] 됩니다. 왜냐하면 성령께서는 그리스도께서 이루신 구속의 성취된 바를 택자들의 각 개인의 마음속에 적용하시는 분이시기 때문입니다. 신자가 누리는 그리스도 안에 있는 구속의 모든 복들은 성령의 사역을 통해 주어진 것입니다. 칭의가 성령의 작품이며, 능력, 거룩함, 진리, 은혜 그리고 생각할 수 있는 모든 선한 것이 성령으로 말미암습니다. 오직 한 성령으로부터 각양의 은사들(*diversa dona*/diversities of gifts)이 흘러나옵니다. 은사는 다양하지만(고전 12:4; 히 2:4), 성령은 같습니다(고전 12:4). 즉, 성령께서는 은사의 시작과 기원이시며, 창시자가 되십니다. 그리고 이 모든 것들이 그분의 뜻과 의지에 의해 주어집니다(고전 12:11). 성령께서는 하나님 안에 위격적으로 존재하시는 하나님이십니다. 바울은 성령께 신성을 돌리고 그분이 하나님 안에 위격적으로 주재하신다는 사실을 증거하고 있습니다.

성경은 성령을 '**하나님**'으로 부르기를 주저하지 않습니다. 바울은 성령이 우리 안에 내주하시는 사실로부터 우리를 **"하나님의 성전**(*templum Dei*/ναός θεοῦ)**"**(고전 3:16-17; 6:19; 고후 6:16)으로 불렀습니다. 바울은, 성령께서 하

---

61 *Inst.* I. xiii. 14. "Thus through Him we come into communion with God, so that we in a way feel his life-giving power toward us."

나님이시기에 성령께서 내주하신 우리를 성령의 성전이라 부른 것입니다. 아우구스티누스(Agustinus)도 이에 동의합니다. 베드로는 성령을 속인 아나니아를 꾸짖을 때, 그가 사람이 아닌 하나님을 속였다고 하므로(행 5:3-5), 성령께 하나님의 신성을 돌립니다. 바울은 이사야가 성령을 만군의 여호와로 지칭했다고 증언합니다(사 6:9; 행 28:25-26). 선지자들도 곳곳에서 자신들이 전하는 말씀을 만군의 하나님의 말씀이라 선포했는데, 그리스도와 사도들은 이 본문들을 성령과 관련시킵니다(벧후 1:21). 또 이사야는 백성들의 타락을 인한 하나님의 진노와 탄식을 성령의 근심으로 표현합니다(사 63:10). 또 예수님께서는 성령 모독죄를 언급하실 때 성령의 신적 권위를 확증합니다(마 12:31; 막 3:29; 눅 12:10). 교부들 역시 성령의 신성을 고백합니다. 그들은 세상이 아들의 작품인 것과 같이 성령의 작품이었다는 진리를 믿고 전하였습니다.

(3) 하나님의 본질의 단일성

① 성부, 성자, 성령의 한 분이심

하나님께서는 그리스도의 강림을 통해 더욱 분명하게 자기를 계시하시므로, 세 위격으로 존재하시는 한 분 하나님으로 알려지셨습니다. 이것을 하나님의 본질의 단일성(oneness of God's essence)이라 부릅니다. 이 진리는 삼위일체적인 하나님의 구속 사역과 그 사역의 역사를 기록한 성경을 통해 알려집니다. 칼뱅은 바울이 하나님과 믿음과 세례, 이 세 가지를 연결시켜(엡 4:5) 하나님께서 삼위일체 한 분 하나님이심을 알렸다고 가르칩니다. **"주도 한 분이시요 믿음도 하나이요 세례도 하나이요"**(엡 4:5). 이는 어느 하나로부터 다른 하나를 추론하게 만듭니다. 곧, 믿음이 하나라는 사실로부터 하나님께서 한 분이심을, 세례가 하나라는 사실로부터 믿음이 하나임을 논증합니다. **"그러므로 만약 우리가 세례를 통하여 한 분 하나님에 대한 믿음과 종교 속으로 들어가게 된다면, 우리**

는 그의 이름으로 세례를 받는 그분이 참 하나님이심을 필히 염두에 두
어야 합니다."⁶² 성경이 가르치는 바는 이러합니다. 이 말씀을 더 잘 이
해하기 위해 우리는 예수님께서 세례를 명하신 구절에 주목할 필요가
있습니다. **"예수께서 나아와 말씀하여 이르시되 하늘과 땅의 모든 권세
를 내게 주셨으니 그러므로 너희는 가서 모든 민족을 제자로 삼아 아버
지와 아들과 성령의 이름으로 세례를 베풀고 내가 너희에게 분부한 모
든 것을 가르쳐 지키게 하라 볼지어다 내가 세상 끝날까지 너희와 항상
함께 있으리라 하시니라"**(마 28:18-20). 예수님께서 세례의 정황 속에서 주
신 지상 명령 안에서 성부, 성자, 성령의 이름으로 세례를 받게 되어있습
니다. 세례는 하나님을 향해 받는 것입니다. 그러므로 성부와 성자와 성
령의 이름으로 세례를 주라 명하신 말씀의 의미는 성부가 하나님이시
며, 성자도 하나님이시며, 성령도 하나님이시라는 의미입니다. 그런데
바울은 에베소서 4장 5절에 따르면, 하나님께서 하나이시고, 믿음도 하
나이며 세례도 하나이라 하므로, 성부, 성자, 성령의 세 위격이 구별되면
서도, 동시에 이 세 위격은 본질에 있어서 한 분 하나님이 되십니다. 세
위격이 본질에 있어서 하나가 아니라면, 우리의 믿음의 대상으로서 하
나님께서는 세 분이셔야 하기 때문입니다. 세 위격이 본질이 세 부분으
로 분리된 세 분의 하나님을 의미한다면, 믿음과 세례도 하나가 아니라
세 가지가 존재해야 합니다. 그러나 세 위격의 이름으로 세례를 베풀지
만, 세례를 받는 사람은 본질에 있어서 한 분 하나님에 대한 한 믿음으
로 세례를 받습니다. 세례는 세 가지가 아니라 한 가지 뿐입니다. 하나님
께서 한 분이시기 때문입니다. 그러므로 바울과 예수님의 말씀을 종합
해 보면, 이 말씀이 너무도 분명하게 구별되는 세 위격 가운데 존재하시
는 한 본질의 하나님을 가르치고 있다고 확신할 수 있습니다. **"이로부
터 아주 분명한 것은, 하나님의 본질 안에 세 인격**(위격)**이 주재하며, 세**

인격 안에서 하나님이 한 분으로 인식된다는 사실이다."[63] 그러므로 우리의 믿음은 세 분 하나님이 아닌 한 분 하나님을 바라보고, 그에게 우리를 맡기고, 그에게 밀착하는 것입니다. 우리는 성부와 성자와 성령이 다름 아닌 한 본질 자체시라는 결론에 이릅니다. 사벨리우스(Sabellius)가 세 위격 구별성의 실재를 부정한다면, 아리우스(Arius)는 하나님의 본질의 단일성을 부정합니다.

② 성부, 성자, 성령의 관계

성부와 성자와 성령의 관계는 세 위격 사이에 구별이 있다는 것입니다. 그럼에도 불구하고, 이 세 위격은 한 단일한 본질 안에서 한 분 하나님으로 계십니다. 위격의 구별성과 본질의 단일성 사이에 관계를 숙고할 때, 교회와 성도에게는 많은 종교적 경외와 절제가 필요합니다. 이러한 개념은 세상에 존재하지 않기 때문이며, 성경은 우리의 경건을 위해 하나님께서 정하신 분량만 알려주기 때문에, 삼위일체 교리에는 인간의 유한한 이성으로는 다 파악할 수 없는 신비(mystery)가 남겨집니다. 성경이 알려준 만큼 알고 그 이상을 알려 하지 않는 것이 경건입니다. 성경 이상을 말하려 한다면 그것은 이미 참 신학도 아니며 참 신앙 인식도 아닙니다. 그것은 부패한 철학이고 이단입니다. 신앙이 없으면 삼위일체의 신비가 모순(contradiction)으로 여겨질 것입니다. 그러나 신앙의 대상인 하나님과 그분의 사역 속에는 초월적인 요소가 있고 우리의 유한한 이성을 넘어선 무한의 속성이 있기에 신비가 존재합니다. 칼뱅은 삼위일체에 대한 나지안조스의 그레고리우스(Gregorius)의 받을 만한 교훈을 인용합니다. **"나는 즉시 삼위의 광채에 휩싸이지 않고는 한 분을 생각할 수 없고, 곧바로 한 분으로 이끌림을 받지 않고는 삼위를 분별할 수 없**

다.[64] 그러므로 삼위일체를 바르게 고백하는 사람들은 구별된 세 위격들(슥 13:7; 요 1:1, 3, 18; 5:32; 8:16; 14:16, 26; 15:26; 17:5; 히 1:2; 11:3)에 대한 고백이 언제나 한 분 하나님(신 6:4)에 대한 고백과 함께 합니다.

세 위격은 구별되면서 어떤 의미로 순서를 갖기도 합니다. 성경은 하나님의 외적 사역(*operatio ad extra*)[65]에 있어 어떤 구별과 순서를 가르칩니다. 일하심과 만물의 기초와 원천은 아버지께 돌리고, 지혜와 계획 그리고 일들을 행하심에 있어서의 경륜은 아들께 돌립니다. 그러나 행위의 능력과 작용은 성령께 돌립니다. 하나님께서는 자신의 지혜와 능력 없이 결코 존재하실 수 없으시고, 영원성에 있어서 이전과 이후를 물을 수 없습니다. 그러므로 응당 성부의 영원성이 성자와 성령께도 돌려집니다. 삼위 간에 순서가 언급되지만, 본질에 있어 전후나 우열은 없습니다. 그렇다고 하여 삼위 간에 순서를 이야기하는 것이 무의미 하지는 않습니다. 그 이유는 각 사람의 마음은 태생적으로 하나님을 먼저, 그리고 그로부터 나타나는 지혜를, 그리고 마지막으로 그가 자기의 계획에 따른 작정을 이루시는 능력을 염두에 두는 경향이 있기 때문입니다. 한 본질 안에서 하나이신 하나님 안에 세 위격의 구별과 순서는 하나님의 영원한 자기 존재 방식이며 사역의 방식입니다. 그러나 이 구별과 순서는 본질의 단일성을 가지신 한 분 하나님 안에서 시간적인 전후나 신성의 우열을 의미하지 않습니다. 삼위 간의 순서는 영원에 속한 존재 방식이자 사역의 방식이기 때문입니다. 그러나 성경이 그렇게 삼위의 구별과 순서를 알려주기에 우리는 삼위 간의 순서를 고백해야 합니다. 그러므로 삼위의 구별은 지극히 순수한 한 분이심에 결코 배치되지 않습니다.

---

64 『기독교강요』, 1권, 13장, 17절.
65 하나님의 사역은 삼위일체 하나님 내부를 향한 사역(*operatio ad intra*)이 존재하고, 이와 구별하여 삼위일체 하나님의 외부 세계, 곧 피조 세계를 향한 하나님의 외적 사역(*operatio ad extra*)이 있다.

이로부터 우리는 아들이 아버지와 함께 한 분 성령을 소유하시므로 아버지와 함께 한 분 하나님이시라는 사실과, 성령은 아버지와 아들의 영이시기에 아버지와 다른 무엇이 아니며 아들과 다르지 않으시다는 사실을 능히 논증하는데 이르게 된다.[66]

이렇게 되는 이유는, 각각의 위격 안에 전체 본성이 알려지며, 더불어 각각에게 고유한 위격적 특성이 속해 있기 때문입니다. 따라서 성자께서 성부 안에 거하시고, 성부는 성자 안에 거하십니다(요 14:10). 아버지는 전적으로 아들 안에, 아들은 전적으로 아버지 안에 계십니다. 즉, 세 위격은 구별되시지만, 본질 안에서 세 위격이 서로 분리되지 않으십니다. 세 위격의 차이는 구별(distinction)이지 분리(separation)가 아닙니다. 이를 아우구스티누스(Augustinus)는 이렇게 표현합니다. **"구별을 지시하는 이러한 칭호들에 의해서 의미되는 바는 그들의 상호 관계이지 그들이 한 분으로 계시는 실체**(substantia/substance) **자체가 아니다."**[67] 그러므로 교부들의 가르침의 양면을 상호보완적으로 다룰 필요가 있습니다. 그들은 어떤 때는 아버지가 아들의 시작이라고 전합니다. 그리고 어떤 때는 아들이 신성과 본질 모두를 자기 자신으로부터 지니므로 아버지와 함께 하나의 시작이라고 말합니다. 만일 세 위격의 구별성을 놓고 본다면, 영원에 속한 순서로서 아들은 아버지로부터 영원히 낳음을 받으시는 분으로 고백될 수 있습니다. 이것은 인간적인 의미에서 시작과 우열을 갖는 낳음이 아닙니다. 영원한 낳음, 곧 영원한 하나님으로서 아들과 성부가 갖는 관계이며 영원한 존재 방식이십니다. 그러나 본질의 단일성의 측면으로 보자면, 아버지와 성자는 전후, 우열 없이 아버지와 함께 하나의 시작이라 고백할 수 있습니다. 아우구스티누스(Augustinus)도 이처럼 양면적인 표현을 쓰게 되는 이유를 설명합니다.

---

66 『기독교강요』, 1권, 13장, 19절.
67 『기독교강요』, 1권, 13장, 19절.

그리스도는 자기와 관련해서는 하나님, 아버지와 관련해서는 아들이라고 불리신다. 또 성부는 자기와 관련해서는 하나님, 아들과 관련해서는 아버지라고 불리신다. 그가 아들과 관련해서 아버지라고 불리시는 한, 그는 아들이 아니시다. 그가 아버지와 관련해서 아들이라고 불리시는 한, 그는 아버지가 아니시다. 동시에 그가 자기와 관련해서 아버지라고 불리시고 자기와 관련해서 아들이라고 불리시는 한, 그는 동일하신 하나님이시다.68

우리가 성부와 관련시키지 않고 단순히 아들에 대해서 말할 때, 우리는 그를 스스로 계시는 분으로 적절히 잘 선포하고 있는 것입니다. 우리가 성자를 유일한 시작(*unicum principium*/the only beginning)이라고 부르는 것은 그러한 이유 때문입니다. 그러나 그가 아버지와 가진 관계에 주목할 때 우리는 마땅히 성부를 성자의 시작으로 삼습니다. 물론 여기서 **"시작"**은 시간적 전후가 아니라 삼위의 관계요 삼위의 존재 방식으로서 **"영원한 시작"**으로 이해해야 합당할 것입니다. 칼뱅은 이 주제에 대한 더 많은 가르침을 위해 아우구스티누스의 『삼위일체론*De Trinitate*』 제5권을 참고할 것을 추천합니다.

그렇다면 이제 결론적인 이야기를 해야 할 때가 왔습니다. 칼뱅은 세 위격의 구별성을 분명히 주장하면서, 그 세 위격이 구별되나 분리되지 않는 이유를 하나님의 본질의 단일성에 둡니다. 세 위격을 하나로 묶는 것은 한 본질에 있습니다.

우리가 한 분 하나님을 믿는다고 고백할 때 하나님이라는 이름하에 이해되는 바는 고유하고 순일(純一)한 본질이라는 사실이다. 우리는 이 본질 안에서 세 인격 혹은 위격을 이해한다. 따라서 하나님의 이름이 불특정하게 언급될 때에는 성부와 다를 바 없이 성자와 성령이 지칭된다. 그러나 성자가 성부에 결합되어 두 분의 관계가 그 가운데 드러나게 되면 우리는 두 인격을 서로 구별한다. 각 인격에 속한 특성은 그 인격과 더불어 순서를 지니는 바, 시작과 기원이 성부에 있다. 이 점에서, 성부와 성자 혹은 성령이 함께 언급될 때마다 하나님이라는 이름은 성부에게만 고유하게 돌려진다. 이러한 방식으로 본질의 하나됨이 보존되고, 순서의 질서가 지켜진다. 그렇다고 이로 말미암아 성자와 성령의 신격으로부터 감해지는 것은 아무 것도 없다.[69]

　『기독교강요』, 1권, 13장, 20절.

◆

04

14-18장

하나님의 사역

1 우주 만물의 창조자 하나님

(1) 우주 만물의 기원되신 부성애적 하나님

칼뱅은 만물의 기원(origin)을 다룹니다. 우주 만물의 기원은 하나님이십니다. 그러나 타락한 인간은 만물의 기원이신 참 하나님을 알지 못하기에 거짓 신들을 숭배하고(사 40:21), 철학자들은 하나님을 우주의 마음(*mundi mens*/the mind of the universe)이라고 기술했습니다.[70] 하나님께서는 모세에게 특별계시를 주시고, 그것을 기록하게 하셔서 자신을 우주의 창시자요 창설자로 나타내시길 원하셨습니다. 이렇게 하시므로 세상의 거짓 신들과 참 하나님을 구별하게 하셨습니다.

창조를 통해 처음으로 표지된 것은 시간(*tempus*/time)이었습니다. 그리하여서 시간 가운데 해(年)가 거듭되었습니다. 이로 인하여 신자들은 인

---

70 *Inst.* I. xiv. 1. 블레즈 파스칼도 철학의 신 개념과 하나님의 계시를 통한 신지식의 이질성을 언급한 바 있다. 철학자의 하나님을 통해 결코 참 하나님의 지식에 이를 수 없다는 확신은 칼뱅이나 파스칼이나 동일하다. "철학자와 학자들의 신이 아니라, 아브라함의 하나님, 이삭의 하나님, 야곱의 하나님, 확신, 확신, 심정, 기쁨, 평화, 예수 그리스도의 하나님." Braise Pascal, 376.

류와 모든 것의 첫 번째 기원에 도달할 수 있게 됩니다.[71] 이와 같은 지식을 성경에 기록하여 우리에게 주신 것은 모세 시대에 만물의 기원에 대한 애굽의 신화를 맞서기 위해서 뿐 아니라 참된 우주의 시작, 그 기원을 알리므로, 하나님의 영원성이 더 뚜렷이 나타나도록 하기 위함이었습니다. 하나님께서 만물을 창조하신 것은 그 창조의 사역과 창조 사역을 통해 피조된 세계를 통해 하나님의 영광을 계시하시기 위함이었습니다. 하나님께서는 창조와 구속의 사역을 통해 당신의 속성의 영광이 어떠하심을 나타내시므로 찬송과 예배를 받으시기를 원하십니다.

세상 만물의 기원은 초자연적인 하나님의 지혜와 권능에 있습니다. 인간은 타락하므로 그 기원에 대한 온전한 이해를 상실했고, 타락한 이성과 마음으로 그 기원을 결코 밝히 주시할 수 없게 된 것입니다. 오늘날 참 하나님을 떠나 만물의 기원을 진화론(evolution)에 두는 사람들이 있습니다. 그들은 초월적인 하나님을 부정하며, 오직 물리적인 세계 이상을 인정하지 않는 자연주의(naturalism)에 갇히어, 만물의 기원을 자연 세계 안에 두려고 시도합니다. 그러나 만물의 기원(origin)의 문제에 있어, 그 발생이 초자연적인 하나님의 말씀에 있기에, 자연 안에서 발생과 기원의 문제를 찾으려 시도하는 그 시도는 결코 성공하지 못할 것입니다. 세계는 초자연적인 권능의 결과요 산물이기에 물리적 세계에 갇히어, 자연주의적 과학이라는 관념에 갇히어서는 그 기원에 결코 도달할 수 없습니다. 신앙인들도 창조를 확증하기 위해 과학적 접근을 하고자 하지만, 과학은 결코 초자연적인 기원을 확증할 역량을 갖지 못합니다. 하나님께서 창조하신 흔적들은 성경을 믿는 신앙이 있어야만 발견되는 것이고, 과학적 증거들도 개연성(probability)을 제공할 뿐 기원을 증명할 수 없습니다. 왜냐하면 만물의 기원을 성경은 초자연적인 하나님의 권능에 두고 있기 때문입니다. 초자연적인 기원을 어떻게 자연 안에서 증명하겠습니까? 그 기원 자체가 하나님이시며 그 하나님의 초월적인 권능에 있는데 말입니다. 그러므로 창조에 대한 확증도 역시 하나님 편에서 우리에게 가르쳐 주셔야 알 수 있는 것입니다. 즉, 계시를 떠나 세상의 기원을 알 수 없습니다. 앞에서 언급했듯이, 칼뱅은 일반 계시로 창조하신 하나님에 대한 바른 지식에 이를 수 없음을 확증한 바 있습니다. 인간의 타락 때문입니다. 그러므로 이제 만물의 기원을 확실히 알 수 있는 길은 성경 밖에 없습니다. 창조와 섭리에 나타난 흔적들을 세상에서 찾더라도 성경의 지도 아래서만 그러한 접근이 안전하고 건전할 수 있습니다. 성경을 벗어난 곳에 창조의 기원도 창조하신 하나님도 모두 왜곡되고 맙니다. 창조에 대한 가장 분명한 지식은 성경을 통해서만 가능합니다. 이것이 칼뱅의 가르침입니다. 창조의 기원과 창조자에 대한 무엇인가를 얻고자 세계를 둘러볼 때도, 무엇인가를 얻으려면 성경이라는 안경을 착용해야만 합니다. 그렇지 않다면 온 세상을 다 둘러본다 해도 아무 것도 얻어내지 못할 것입니다.

> 요컨대 불가해한 지혜와 능력과 의를 지니신 그 보이지 않으시는 하나님이 모세의 역사를, 자기의 생생한 모습이 빛나는 거울로 우리 앞에 두신다는 사실을 기억하도록 하자. 왜냐하면 노년에 눈이 쇠하거나 다른 결함으로 무뎌지면 안경의 도움 없이는 먼 곳에 있는 것을 전혀 식별할 수 없듯이, 성경이 우리를 도와 하나님을 찾게끔 이끌지 않으면 우리는 그 순간 빛을 잃어 버리고 말기 때문이다.[72]

칼뱅은 이처럼 창조와 만물의 기원에 대한 바른 인식을 갖는 동시에 창조자 하나님을 온전히 알기 위해 우리의 척도를 성경에 확고히 두어야 함을 교훈한 후에, 성경이 알려주는 하나님의 창조 방식에 대해 설명합니다.

---

72 『기독교강요』 1권, 14장, 1절.

모세가 기록한 하나님의 말씀을 따르면, 하나님의 창조 사역은 한 순간이 아니라 엿새 동안 완성되었습니다(창 2:2). 따라서 우리는 창조의 기원과 관련된 역사와 지식에 있어 세상 신화와 온갖 거짓된 이야기들로부터 벗어나는 참 지식을 소유하게 됩니다. 우리는 성경을 통해 6일 동안 나누어 창조 사역을 수행하신 한 분 하나님께로 인도됩니다. 또한 칼뱅은 6일의 창조 과정을 통해 하나님의 부성애적인 사랑(*paternus Dei amor*/God's fartherly love)을 바라봅니다. 사물의 질서 그 자체 가운데서 인류를 향한 하나님의 부성애적인 사랑을 보게 되는데, 하나님께서는 모든 분량의 선한 것들로 세상을 부요하게 하신 후에야 아담을 창조하셨습니다. 이것은 인간을 사랑하시는 하나님의 부성애적인 배려를 의미합니다. 모세는 한 분이신 창조주 하나님의 확실한 증인이며 선포자였습니다. 모세는 하나님의 본질 자체에 대한 말씀을 기록하고 있을 뿐만 아니라 그의 영원한 지혜와 영에 대해서 우리에게 밝히고 있습니다. 하나님께서는 창조의 사역을 통해 자신의 산 형상이 인식되길 원하셨습니다. 우리는 성경의 창조 기사를 통해 하나님께서 어떠한 분이신지에 대한 참 지식을 가질 수 있습니다.

(2) 성경이 가르치는 창조의 성격

우리를 둘러싼 피조 세계를 둘러보는 것은 경건에 유익이 됩니다. 모든 것이 하나님의 작품이기 때문입니다. 진정 우주와 자연은 하나님의 영광을 비추는 **"눈부신 극장"**입니다. 하나님의 작품을 둘러보며, 성도들은 하나님께서 창조하신 목적이 무엇인지 숙고해야 합니다. 이것이 우리가 자연의 질서를 살피는 첫째 목적이 되어야 합니다. 하나님께서 성경대로 세상을 지으심으로 자신의 영광을 계시하고자 하셨으나, 그러한 성경을 옆에 놓고 그러한 세상을 바라보며, 세상의 기원(origin)을 우연과 긴 시간에 돌리는 진화론에 돌리는 불경함이 얼마나 악한 것입니까? 초자연적인 세계를 부정하며, 물리적인 질서 안에 모든 사고를 가두어

버린 자연주의(naturalism)에 함몰된 사상을 기독교인들이 성경의 사상과
조화하려는 것 역시 너무도 불경건한 행위가 아닐 수 없습니다. 성경의
안경을 끼고 자연의 질서를 돌아보아야 합니다. 성경은 자연에서 비추
어지는 영광을 바로 살피도록 성도들의 눈을 밝힐 것입니다. 또 성령께
서 이 일을 위해 성경을 기록하여 우리에게 주시며, 죄로 물든 우리의 마
음을 조명하십니다.

모세(창 1-2장)는 영감을 받아 특별 계시를 기록으로 남겼으며, 성경에
사로잡힌 교사들로서 바실리우스(Basilus)나 암브로시우스(Ambrosius)같은
사람들은 우주 창조의 역사에 대한 바른 가르침을 교회에 줍니다. 창조
에 대한 성경과 성경을 바르게 가르친 교사들의 증언을 요약하면, 창조
의 역사는 "**하나님께서 그의 말씀과 성령의 권능**(verbi ac Spiritus sui potentia/the
power of his Word and Spirit)**으로 천지를 무로부터**(ex nihilo/from nothing) **창조하셨
다**"[73]는 것입니다. 진화론은 물질에서 물질의 진화만을 이야기 합니다.
어떤 가장 작은 물질에서 시작할 때, 그것이 어디서 왔는지 설명하지 못
합니다. 무엇이 있었다면, 그것은 물질이기에 영원할 수 없습니다. 그러
므로 그것이 없었던 적이 있습니다. 그러므로 무에서 유의 창조가 맞습
니다. 그런데 무에서 유를 창조하는 것은 초월적인 권능과 기적에 속한
것입니다. 성경은 무에서 유의 창조를 알려주며, 무에서 유의 발생이 어
떠했는지 분명히 알려줍니다. 하나님께서는 처음부터 생물과 무생물을
그 종류대로 창조하셨습니다. 각각의 종류대로 고유한 본성을 부여하
시고 본분을 부과하시며 처소와 자리를 지정하셨습니다. 하나님께서는
초월적 능력으로 모든 만물의 기원이 되시며, 그 창조물에 하나님의 의
지를 따라 질서를 부여하셨고, 그 질서 가운데 개입하시어 그것들을 보
존하시고 돌보시며 다스리십니다. 우주와 자연의 기원이 말씀과 성령의

---

[73] 『기독교강요』, 1권, 14장, 20절; *Inst.* I. xiv. 20. "God by the power of his Word and Spirit
    created heaven and earth out of nothing."

권능이라는 초월적 능력에서 발생했기에, 자연 안에서 초월을 거슬러 창조를 증명할 수 없습니다. 세상에서는 하나님의 영광과 신성의 영광이 비추이지만, 타락한 이후로, 성경의 계시만이 우리가 닿을 수 없는 초월적 기원에 대한 역사를 가장 명확히 가르쳐 줍니다. 우리는 성경의 안경을 끼고 만물을 다시 돌아볼 때, 세상의 기원과 관련하여 무엇인가를 얻을 수 있을 것입니다. 그러므로 창조의 기원을 성경은 신앙으로 받은 성경 말씀을 통해서만 확실히 알 수 있다고 가르칩니다. **"믿음은 바라는 것들의 실상이요 보지 못하는 것들의 증언니 선진들이 이로써 증거를 얻었으니라 믿음으로 모든 세계가 하나님의 말씀으로 지어진 줄을 우리가 아나니 보이는 것은 나타난 것으로 말미암아 된 것이 아니니라"**(히 11:1-3). 세상의 흩어진 창조의 증거들은 개연성(probability)을 제공하지만, 성경은 창조를 확증합니다.

우리가 성경의 안경을 끼고 우주 만물이란 눈부신 극장을 살피는 이유는 자명합니다. 그것은 하나님의 영광을 발견하고 감사하며 찬송하기 위해서입니다. 하나님의 창조 사역을 통하여 성도들은 하나님의 영광스러운 속성을 발견해야 하고, 하나님께서 창조를 통해 베푸신 부성애적 사랑을 발견해야 합니다. 이를 통해 하나님을 경외하며 사모하는 경건이 충만해져야 합니다. 마치 천사가 하나님의 영광을 반사하는 거울이요 하나님의 영광을 장식하는 액세서리와 같았던 것처럼, 모든 피조물 역시 하나님의 영광을 반사하는 거울(speculum/mirror)과 같습니다.

또한 창조에 대한 성경적 묵상이 하나님의 영광을 발견하고 찬송하는 것에 첫째 목적이 있다면, 두 번째는 하나님의 부성애적 사랑을 깨닫는데 있습니다. 하나님께서는 6일을 나누어 세상을 창조하셨는데, 이것은 이유 없이 그렇게 하신 것이 아닙니다(창 1:31). 하나님께서는 인간을 창조하시기 전에 그들을 먼저 사랑하시고 배려하시어 당신의 섭리와 부성적 사랑를 베풀고자 그들을 위한 모든 복리를 준비하셨습니다. 마치 신부를 맞아들이기 전에 신방을 꾸미듯, 인간에게 필요한 모든 것을 구비하신 후에 마지막으로 사람을 지으셨습니다. 창조가 6일이란 과정을 통해 질서 가운데 순차적으로 이루어진 것은 하나님께서 인간을 사랑하시고 그 사랑을 알리시기 위함이었습니다.

> 그러므로 우리는 창조에 대한 성경적 가르침을 통해, 세상의 모든 기원과 경영이 하나님의 손과 권능 아래 있음을 믿고 고백해야 하며, 하나님께서 창조의 지식을 통해 하나님의 자녀들이 하나님의 보호와 후견 아래 두셨다는 사실을 가르치시길 기뻐하셨다는 사실을 깨달아야 합니다. 하나님의 자녀들에게 창조에 대한 지식은 유익합니다.
>
> 그러므로 우리는 모든 선한 것의 총체를 그 한분에게서 기대해야 하며, 그가 결코 우리의 구원을 위하여 필요한 것이 결핍되게 우리를 방치하지 않으신다는 것을 확실히 소망해야 하며, 우리의 소망을 그 외에 다른 이에게 두어서는 안 된다. 그러므로 무엇이든 갈망하는 것을 얻으려면 우리의 소원을 그를 향하여야 하고, 우리가 받은 것이 무엇이든 그것의 열매는 그의 은총이라는 사실을 인식하고 그에게 감사하는 가운데 이를 고백해야 합니다. 그리하여 그의 선하심과 자애의 더할 나위 없는 달콤함에 이끌리어 우리 마음을 다하여 그를 사랑하고 그에게 예배드려야 합니다.[74]

2 인격적 피조물을 창조하신 하나님

(1) 천사의 창조

성경은 천사(*angelus*/angel)의 기원에 대해서 많은 말을 하지 않습니다. 다만 천사들을 하나님의 일꾼으로 소개합니다. 천사들은 자기들의 노력과 직분을 다하여 성심껏 하나님을 섬기는 존재들입니다. 천사들의 기원이나 천사들의 타락에 대한 기원적 내용들을 성경은 많이 말하지 않습니다. 단지 우리는 천사들이 어느 때인가 창조되었고, 또 어느 때인가 타락했다는 사실만을 압니다. 하나님께서는 택하신 죄인들을 구원

하시기 위해 기록해 주셨습니다. 우리의 구원과 경건을 위해 필요한 것은 무엇이든 성경에 기록해 주셨고, 하나님 보시기에 우리가 반드시 알지 않아도 될 것은 침묵하심으로 감추어 놓으셨습니다. 그러므로 성경에서 알려주신 분량만큼만 우리는 알 수 있고 또 그 만큼만 알려고 해야 합니다.

한편 하나님께서 알려주신 범위 안에서 천사에 대해 바르게 인식할 필요가 있는데, 그것은 사람들이 천사에 대한 교리에 있어 많은 오류를 범했다는 현실 때문입니다. 마니(Mani)와 그 추종자들은 천사들에게 신성을 돌렸습니다. 이들은 이단적 이원론을 주장했습니다. 하나님을 선한 것의 기원으로 마귀를 악한 본성들의 조성자로 삼았습니다. 그리고 하나님과 마귀를 세상의 두 원리로 삼은 것입니다. 그러나 하나님과 마귀는 서로 비교 대상이 될 수 없습니다. 하나님께서는 창조주시며, 타락한 천사는 타락한 피조물에 지나지 않기 때문입니다. 또 이들이 마귀를 악한 본성의 조성자라 주장하지만, 죄들은 인격적 피조물의 본성에서 나온 것이 아니라 본성의 오염으로부터 기인한 것입니다. 마귀는 본성을 지을 수 없습니다. 다만 하나님께서만이 지으실 수 있는 피조물의 본성이 타락하여 오염된 본성으로부터 죄가 흘러나옵니다. **"처음부터, 존재하는 것은 무엇이든 그 가운데 하나님 자신의 지혜와 의 모두를 드러내는 표본"**[75]이었습니다. 마귀는 하나님에 필적하는 또 하나의 비교되는 원리일 수 없습니다. 하나님께서 무한하시다면, 마귀는 한 점(點)에 불과합니다.

① 천사들에 대한 정의
천사들에 대한 가장 단순한 정의는 하나님의 명령들을 수행하도록 임명받은 하나님에 의해 피조된 일꾼들(ministri/ministers)이라 할 수 있습니

다(시 103:20-21). 천사들이 창조된 시간을 묻는다면, 창세기 2장 1절을 따라 천지를 창조하시기 시작하시어 창조하시기를 마치시기 전 그 어느 때라고 볼 수 있습니다. 이 기간 내에 하나님께서는 보이는 것과 보이지 않는 모든 것을 다 지으셨습니다. 본문은 **"천지와 만물이 다 이루어지니라"**라고 기록하므로, 모든 존재의 창조가 마치어졌음을 확실히 알리고 있습니다.

하나님께서 숨겨놓으시고 침묵하시는 천사의 창조 시간을 애써 찾는 것이 우리의 구원과 경건과 하나님을 온전히 아는 일과 무슨 관계가 있겠습니까? 이것을 애써 찾는다면 호기심과 무익한 것들에 대한 탐닉 이외에 아무 것도 아닙니다. 천사에 대한 이와 같은 잘못된 접근들은 성경이 천사에 대해 알려주신 목적을 잃어버리고, 공허한 사색과 사변 그리고 미신에 빠지게 만듭니다. 하나님께서는 우리에게 진정 필요한 것 외에 천사에 대하여 많은 말씀을 하시지 않으십니다. 진정한 경건은 성경이 침묵하는 것에 대하여 절제하기를 힘씁니다. 우리는 천사론에 있어서도 셋째 하늘 너머로 이끌려 갔던 바울이(고후 12:2) 교회의 덕을 위해 보았던 것을 침묵한 경건을 본 받아야 합니다(고후 12:4). 오늘날 은사주의나 신비주의에 빠진 교회에서 성경이 가르치는 것보다 더 많은 보고 들은 것처럼 천사에 대해 이야기 하는 사람들을 보게 됩니다. 성경에 없는 교리와 성경에 없는 현상과 체험은 부패한 본성에서 나온 것일 뿐입니다.

② 성경이 전하는 천사의 이름들

칼뱅은 천사들의 이름들이 가진 의미를 해설합니다. 먼저, **"천사들은 하나님이 작정하신 모든 것을 이루시려고 그들의 사역과 순종을 사용하시는 하늘의 영들**(caelestes spiritus/celestial spirits)**"76**입니다(시 103:20-21). 천사들의 존재 목적과 임무 중 가장 중요한 것은 하나님을 사람들에게 드러

---

76   『기독교강요』, 1권, 14장, 5절.

내는데 있습니다. 이들은 하나님의 전령사(*internuntius*/intermediate messengers)입니다. 둘째, 천사는 천군(*exercitus*/hosts)이라고도 불립니다(눅 2:13). 이렇게 불리는 이유는 천사들이 임금을 옹위하는 근위병들처럼, 왕의 위엄을 선전하고 치장하며, 왕의 명령이 떨어지길 항시 대기하는 군대와 같은 역할을 하기 때문입니다(단 7:10). 셋째, 이런 이유로 천사는 하나님의 위엄과 권능을 나타내고 선포하는 역할을 합니다. 그러므로 이들은 "**능력**(*virtutes*/virtues)"(엡 1:21; 고전 15:24)으로 불립니다. 하나님께서는 그들을 통해 세상 가운데 자신의 주권을 실행하시고 그 경륜을 이루시기 때문에, 천사는 때로는 "**통치**(*principatus*/principalities)", 때로는 "**권세**(*potestates*/powers)", 때로는 "**주권**(*dominationes*/dominions)"(엡 1:21; 골 1:16; 고전 15:24)이라고 칭해집니다. 마지막으로 천사를 "**보좌들**(*throni*/thrones)"(골 1:16)이라고도 부릅니다.

천사들에게 주어진 영예로운 이름들이 한결같이 함축하고 있는 바가 무엇입니까? 천사는 자신을 드러내는 존재가 아니며, 자신을 드러내도록 그들에게 영광과 능력이 주어지지도 않았습니다. 천사를 생각할 때, 우리는 천사에게 시선을 빼앗겨서는 안 됩니다. 천사를 바라볼 때, 우리는 그들을 만들어 자신의 영광을 드러내시려는 하나님을 바라보아야 합니다. 그러므로 칼뱅도 천사들이 하나님께서 자기의 신령한 엄위의 현존을 특별히 드러내시려고 사용하신 도구라고 정의합니다. 이들이 하나님의 영광을 드러내는 도구들이기에, 성경은 이들을 한 번 이상 "**신들**"(시 138:1)이라고 선포합니다. 천사를 "**신들**(*dii*/gods)"로 표현한 것은 이들이 하나님의 신성을 표상하기 때문입니다. 이들은 하나님의 영광을 비추는 거울(*speculum*/mirror)과 같습니다. "**여호와의 사자**(*angelus Dei*/the angel of God)"라는 말은 성육신 전 현현하신 그리스도를 나타내기도 하지만, 천사를 말하는 경우도 있습니다.

③ 신자들을 섬기는 천사의 임무
하나님께서 천사에 대해 성경에 기록하신 이유는 신자들로 위로와 믿음의 확정을 극대화시키기 위해서입니다. 천사들은 하나님을 섬기는 동시에 하나님께서 자녀들에게 베푸시는 자애의 관리자들(*dispensatores*/ dispensers)이요 경영자들(*administros*/administrators)로 세워졌습니다. 천사는 영 육 간에 신자들을 섬기도록 하나님으로부터 명을 받았고, 육적인 위험 이나 영적인 위험으로부터 신자를 보호하도록 세워졌습니다. 천사는 마 귀들과 하나님 나라를 대적하는 모든 적들로부터 신자들을 보호하고 그들과 맞서 싸우며 교회를 해치는 자들에게 보복을 행합니다. 이 지식 을 취할 때 주의할 점이 있습니다. 천사들을 통해 신자를 보호한다는 사 실을 인식할 때, 우리의 시선은 천사가 아닌 하나님을 향해야 합니다. 천 사들은 하나님께서 지으신 존재요, 그들이 신자들을 지키는 능력은 하 나님으로부터 부여받은 은사일 뿐이기 때문입니다. 하나님께서는 천사 들을 응시하라고 그렇게 하신 것이 아니라 천사들의 사역을 통해 하나 님의 권능과 사랑을 알리려 하신 것입니다. 그러므로 천사들은 자신을 드러내지 않고 하나님을 드러냅니다. 우리가 생활 속에서 천사의 손길 을 느낄 필요가 없습니다. 보이지 않고 숨겨진 천사들의 사역을 통해 우 리는 하나님의 손길을 느껴야 합니다. 많은 이단들과 은사주의, 신비주 의를 추종하는 사람들이 성경을 넘어선 천사에 대한 목격과 체험 그리 고 천사에 대한 교리를 간증하고 가르치는 일들이 있는데, 참으로 성경 을 넘어서는 일들과 천사론에 대한 바른 방향을 상실하는 것이 경건에 얼마나 위험한 것인지 모릅니다. 천사를 언급한 구절들을 대하며, 우리 의 관심이 호기심으로 바뀌어 천사에게 모아질 것이 아니라, 우리를 큰 권능과 사랑으로 지키시는 제1원인, 그 기원되신 하나님께 영광을 돌리 는 지점에 우리의 시선이 멈추어야 할 것입니다.

　이 주제와 관련하여 어떤 이들은 각 개인을 지키는 지정된 수호천 사가 있다고 주장합니다. 다니엘은 페르시아인들의 천사와 헬라인들의 천사를 소개하면서, 수호천사가 나라들과 지방들을 위해 지정된 것처럼 이야기합니다(단 10:13, 20; 12:1). 또 그리스도는 어린 아이들의 천사들이 항상 아버지의 얼굴을 본다고 말씀하시므로^(마 18:10) 그들의 안전이 어떤 특정한 천사들에게 위탁되어 있는 것처럼 말씀하십니다. **"그렇다고 각자에게 고유한 천사가 있어서 각자를 고유하게 다스린다고 결론지어서는 안"**⁷⁷됩니다. 오히려 성경 전체의 맥락을 살필 때, 한 천사가 한 사람을 맡아 돌보지 않고 모든 천사가 하나가 되어 우리 각자의 구원을 깨어 살핀다고 믿어야 합니다. 이러한 사실이 성경에서 발견됩니다. 누가복음 15장 7절을 보면, 모든 천사가 한 죄인이 돌이켜 회개할 때, 의인 아흔 아홉보다 더 기뻐한다고 일컬어지기 때문입니다. 또 많은 천사들에 의해 나사로의 영혼이 아브라함의 품에 안기게 되었다고 성경에 기록되어있습니다^(눅 16:22). 그리고 엘리사는 특별히 그를 위하여 지정된 그토록 많은 불병거를 그의 종에게 보여준 바가 있습니다^(왕하 6:17). 성도 한 사람 한 사람은 모든 천사들의 보호 대상이며 관심 대상입니다.

④ 천사들의 수와 계급에 대하여

천사들의 수와 계급에 대하여 확정하려는 자들은 아무런 근거를 갖지 못합니다. 성경이 천사의 계급을 언급하는 구절들이 소수 발견되지만^(단 12:1; 유 9; 살전 4:16; 겔 10:5; 단 8:16; 10:21; 눅 1:19, 26; 성경 외에 토비트 12:5). 이 몇 구절을 통해 천사들의 존귀의 정도를 결정지을 근거가 미약합니다. 그러므로 칼뱅은 천사의 계급을 정하는 것을 미결로 남겨둡니다. 천사들의 수와 계급은 완전한 계시가 있을 마지막 날까지 기다림이 마땅합니다. 성경에 따르면 천사의 수는 막대합니다^(마 26:5-3; 단 7:10; 왕하 6:17; 시 34:7).

⑤ 인격을 지닌 영적 실체로서 천사

천사는 영성(spirituality)을 가집니다. 영성을 가졌다는 의미는 천사가 육체나 물질이 아니라 육체가 없는 인격 혹은 정신적 실체로서 존재한

다는 의미입니다. 그러므로 천사는 형체가 없는 영(*spiritus*/spirit)입니다. 성
경이 간혹 그룹이나 스랍이라는 이름 하에 날개 가진 천사를 묘사하지
만, 이는 번개와 같은 민첩성으로 우리에게 도움을 베풀 준비가 되어있
는 존재를 비유적으로 묘사하고 있을 뿐입니다. 성경은 많은 구절들을
통해 천사가 단지 하나님의 능력의 표본이거나 사람을 고취시키는 감
동이 아니라고 합니다. 천사들은 참된 영들(*veri spiritus*/real spirits)입니다. 루
이스 벌코프(Louis Berkhof)는 인간론을 다루며 영혼을 **"생명과 행동의 원
리**(the principle of life and action)"와 인격적 **"행동의 주체**(the subject of action)"[78]를
의미한다고 합니다. 그런데 천사들은 육체가 없는 영적 실체로 인격을
가진 행동의 주체요 생명을 지닌 존재로서 실재합니다. 단지 능력이나
영감이 아니라 인격적 존재라는 의미입니다.

> 즉, 천사들은 '섬기는 영(λειτουργικὰ πνεύματα/ ministering spirits)'(히 1:14)이며 하
> 나님은 그의 백성을 보호하기 위하여 그들의 충성을 상요하신다. 또 하나님은 그들을
> 통하여 자기의 은총을 사람들 가운데 나눠 주시고 그 나머지 일들을 수행하신다.[79]

⑥ 천사들의 사역을 통해 천사가 아닌 하나님을 바라보아야 함

종교개혁 당시에나 현재에나 천사론은 미신으로 치우치는 경우가
많습니다. 칼뱅이 천사론을 전개하는 이유 중 하나도 그 시대의 교회가
천사에 대한 미신을 가지고 있었기 때문입니다. 이에 대처하는 길은 천
사에 대한 지식이 성경에 한정되어야 한다는 것입니다. 그리고 성경을
통해 주어진 천사에 대한 인식이 오직 하나님을 더욱 바라보는 방향으
로 정립되어야 합니다. 천사에 대한 가장 위험한 왜곡은 천사를 숭배의
대상으로 삼는 것입니다. 우리와 같이 천사들도 오직 하나님을 의존하

---

78   Louis Berkhof, 194.
79   『기독교강요』, 1권, 14장, 9절.

여 존재하는 피조물일 뿐입니다. 그러므로 천사들도 성도들처럼 동일한 샘에서 물을 길어야 하는 자들일 뿐입니다. 요한이 천사를 보고 경배하려 할 때, 천사는 요한을 바로잡았습니다. **"나는 너와 같이 된 종이니 삼가 그리하지 말고 하나님께 경배하라"**(계 19:10; 22:8-9).

하나님께서 천사를 사용하시는 것은 필연적이지 않습니다. 엄밀히 말하면 하나님께서 인간이 필요해 인간을 창조하신 것이 아니듯, 하나님께서는 천사와 그들의 사역을 의존하시지 않으십니다. 천사가 하나님을 돕는 것은 하나님의 어려움을 덜어드리는 것과 아무런 상관이 없습니다. 하나님께서는 무엇을 의존하지 않으십니다. 오히려 천사들이 하나님께 쓰임을 받아 사역을 수행하며, 그 사역의 권능을 오직 하나님께로부터만 부여 받습니다. 천사들은 하나님의 보좌의 영광과 권능의 액세서리(accessory) 같은 존재들입니다. 하나님의 영광의 표본이요 하나님의 영광의 거울로 그들을 삼으시는 것입니다. 그리고 천사들을 사용하시는 또 다른 이유가 있다면, 그것은 인간들의 연약함을 위로하기 위함입니다. 너무도 많은 위험과 해로움과 적들로 둘려 쌓인 것이 우리의 인생사이기에, 하나님께서는 연약한 우리들 옆에 근위병을 두시어, 우리를 보호하시는 하나님의 사랑과 권능을 더욱 확고히 보여주시므로 평안을 누리게 하시려 합니다. 그러므로 우리는 여호와 한 분만이 우리의 보호자라고 선포하여도 무방합니다. 그분만으로 만족함이 마땅합니다. 이차적 원인을 사용하시든, 하나님께서 직접 보호하여 주시든 우리의 보호의 궁극적 원인은 오로지 하나님께 있기 때문입니다.

그러므로 우리는 성경을 통해 알려진 천사에 대한 지식을 접하며 오로지 우리의 시선을 여호와께 고정해야 합니다. 천사들은 하나님의 지시 없이 어떤 일을 위해서도 움직이지 않으며,[80] 하나님께서 그들에게 은사와 권능을 베풀지 않으시면 손 하나 까딱할 수 없는 피조물일 뿐입

니다. 만일 그들을 하나님의 영광의 거울이요 액세서리로 여기며 우리를
돕고 보호하시는 하나님의 손길로 여기지 않는다면, 천사들은 우리를
하나님 아버지와 그리스도로부터 멀어지게 하는 존재로 전락하고 맙니
다. 우리의 구원과 예배를 위한 연합(*unio*/union)과 교제(*communio*/communion)
의 대상은 천사가 아니라 삼위일체 하나님뿐이십니다. 천사들의 영광은
오로지 하나님의 것이어야 합니다.

(2) 타락한 천사, 마귀

성경이 우리에게 마귀에 대한 지식을 제공하는 이유와 목적은 이러
합니다.

> 성경이 마귀들(*diaboli*/devils)에 관해 전하는 모든 것은 우리를 일깨워 그들의 전략과
> 궤계에 대해 미리 경각심을 가지고, 이 가장 강력한 적들을 물리쳐 소멸시키기에 충분
> 한 강력하고도 효능이 뛰어난 무기들을 우리가 마련하게 하기 위함이다.[81]

성경이 사탄을 **"이 세상의 신과 임금"**(고후 4:4; 요 12:31), **"무장을 한 강
한 자"**(눅 11:21; 마 12:29), **"공중에 권세 잡은 영"**(엡 2:2), **"우는 사자"**(벧전 5:8) 등
으로 명명하는 이유는, 이들을 더욱 주의시키고 경계심을 늦추지 않도
록 하며 사탄에 맞서 싸움을 불사할 준비를 시키기 위함입니다. 마귀에
대해 알아야 할 이유는 우리가 연약하다는 사실을 깨닫는데 있고, 연약
하고 무식한 우리가 살길은 오직 하나님만 의지해야 한다는 사실을 깨
닫는데 있습니다. 마귀를 대항할 성도가 갖는 궁극적 무기는 말씀 안에
서 하나님을 바라보는 신앙에 있습니다.

---

[81] 『기독교강요』 1권, 14장, 13절.

① 마귀의 본성과 활동

마귀는 단수로 존재하는 적이 아니라 큰 군단을 이루고 있는 큰 영향력을 가진 적들입니다(마 12:43-45; 막 16:9; 눅 8:2, 30). 이러한 사실이 성도들로 하여금 우리의 적들을 과소평가하거나 전장에 나가 싸우는 것에 소홀하지 않도록 교훈합니다. 종종 사탄(*unus Satan*/one Satan)이나 한 마귀(*unus Diabolus*/one devil)가 단수로 사용될 때 그것은 의의 나라(*regnum iustitiae*/the Kingdom of Righteousness)에 대적하는 악의 통치(*principatus iniquitatis*/the empire of wickedness)를 나타냅니다. 불경건한 파당과 불경건 자체가 그들 위에 군림하여 최고의 주권을 행사하는 그들의 왕과 더불어 나타나기 때문입니다(마 25:41).

마귀는 하나님과 그분의 나라와 그분의 자녀들을 대적하는 존재로서 그들과의 어떤 화해나 평화나 휴전이 있을 수 없습니다. 그들은 회복의 가능성이 존재하지 않는 절대적으로 악한 존재들로서 어떤 화해의 가능성이 존재하지 않습니다. 인간은 은혜를 받아 믿고 회개하면 새로운 생명을 덧입고 구원받을 가능성이 있지만, 마귀는 회복이 불능한 상태로 타락했습니다. 창세기 3장은 마귀가 어떤 존재인지를 잘 보여줍니다. 마귀는 인간이 마땅히 하나님께 드려야 할 순종으로부터 멀어지도록 유혹하는 존재입니다. 이렇게 하므로 마귀는 하나님께 돌려져야 할 영예에 손상을 입히며, 하나님께서 사랑하시는 인간을 파멸의 구렁텅이로 몰아넣습니다(창 3:1-5). 마귀는 이 모든 것들을 하나님에 대한 도전과 증오로부터 행합니다. 복음서 기자들 가운데서도 마귀를 **"원수"**(마 13:28, 39)로 부릅니다. 그 이유는 마귀가 영생의 씨를 부패시키는 일에 몰두하기 때문입니다(마 13:25). 마귀의 또 다른 중요한 명칭은 예수님에 의해 알려졌습니다. 그리스도께서는 마귀를 처음부터 **"살인한 자요 거짓말쟁이"**라 부르셨습니다(요 8:44). 왜냐하면 그는 거짓으로 하나님의 진리에 대적하며, 어둠으로 빛을 희미하게 하고, 사람들의 마음을 오류에 말려들게 하며, 증오를 들끓게 하며, 논쟁과 다툼에 불을 붙이고, 이 모든 것

을 통하여 하나님의 나라를 전복하며 사람들을 자기와 함께 영원한 멸
망에 떨어지게 하려는 목적을 이루고자 하기 때문입니다.

앞에서 언급한 것처럼 마귀는 그 자체로 본성상 부정하고 사악하
고 간악한 존재로 회복의 가능성이 없는 상태로 타락한 존재로서, 결코
교제의 대상, 평화의 대상이 될 수 없습니다. 마귀는 하나님의 영광과 인
간의 구원을 공격하는데 자신을 바치는 성향을 가졌습니다. 마귀는 그
렇게 전적으로 타락한 존재입니다. 그러므로 **"마귀는 처음부터 범죄함
이라"**(요일 3:8)라고 요한이 그의 서신에 기록했습니다. 이 의미는 마귀가
모든 악과 불법의 조성자, 지도자, 고안자라는 의미입니다. **"처음부터
범죄함"**이라 함은 마귀가 인류보다 먼저 범죄하였다는 의미를 전할 뿐
아니라 그 범죄가 모든 인류의 범죄의 근원이라는 의미이기도 합니다.[82]
칼뱅에 따르면, 마귀는 창조 시부터 배교하였고, 그 이후 마귀는 계속
그의 독(毒)을 사람들에게 살포하는 일을 그치지 않고 있습니다.

그러나 마귀의 타락과 관련하여 염두에 둘 것은, 마귀가 하나님으
로부터 선하게 창조되었지만, 그의 본성(natura/nature)에 돌려지는 그 죄성
(malitia/malice)이 창조가 아니라 그의 타락으로부터 왔다는 사실입니다.
마귀에게 돌려질 저주 받아야할 모든 것은 마귀 자신의 반역과 타락으
로부터 초래한 것입니다. 그러므로 그리스도께서는 사탄이 **"거짓을 말
할 때마다 제 것으로 말하나니"**라고 선포하시면서, **"진리에 서지 못하
고"**(요 8:44)라고 말씀하십니다. 그는 **"거짓의 아비"**로 규정됨으로써 모든
악이 그 자신에게 초래되었다는 것을 알 수 있습니다. 마귀의 타락과 관
련하여 그 방식과 시간 그리고 양상을 파고드는 사람들이 있습니다만,
성경은 우리에게 필요한 것만을 알려 줍니다. 하나님께서는 우리의 구
원과 경건을 위해 필요한 것을 제외하고는 마귀에 대하여 침묵하십니
다. 우리의 구원과 구원 받은 성도들의 생활의 유익을 위해 하나님께서

---

82   박윤선, 『성경주석 요한일서』, 요한일서 3:8절에 관한 주석.

는 마귀의 타락에 대하여 결과적이고 일부분에 관련된 것만을 가르쳐 주십니다. 성경을 넘어 마귀를 논하는 것은 불경건한 일에 속합니다. 그러므로 우리는 마귀의 타락에 대하여 이 정도의 정의를 갖는 것으로 충분합니다.

마귀들의 본성에 대하여, 그들은 첫 번째 창조의 때에 하나님의 천사들이었지만, 타락하여 자기들을 파멸시켰습니다. 이들은 타락한 천사입니다. 그리고 이들은 파멸시키는 도구들로 전락했습니다. 그러므로 베드로와 유다는 마귀를 가리켜 **"범죄한 천사"**(벧후 2:4)라고 부르며, **"자기 지위를 지키지 아니하고 자기 처소를 떠난 천사들"**(유 1:6)로 규정합니다. 바울은 타락한 천사들과 자신의 지위를 지키는 천사들을 대조하기 위해 선한 천사를 **"택하심을 받은 천사들"**(딤전 5:21)로 표현합니다.

② 하나님의 권능과 섭리 아래 있는 마귀 그리고 보장된 사탄에 대한 승리

(ㄱ) 하나님의 섭리 아래 있는 마귀

성경은 마귀의 궤계와 사악함 그리고 그 사악한 능력을 경계시키지만, 하나님 앞에서 마귀의 모든 권능은 무력화 됩니다. 우리의 신앙 여정은 사탄과의 불화와 싸움으로 고단하지만, 하나님께서 원하시고 인정하지 않으시면 사탄은 아무 것도 할 수 없다는 사실에서 연약한 우리는 위로와 힘을 얻습니다. 마귀는 마니교의 이원론이 생각하듯, 하나님께 필적하는 존재가 아닙니다. 하나님과 마귀는 비교 대상조차가 아닙니다. 하나님께서는 무한한 창조주시오 마귀는 유한한 타락한 피조물에 지나지 않습니다. **마귀는 무한에 비교되는 한 점일 뿐입니다.** 그러므로 마귀는 철저히 하나님의 권능과 섭리 안에서만 활동할 수 있습니다. 허락하시지 않으시면 손 하나 까딱하지 못하는 존재일 뿐입니다.

칼뱅은 이와 같은 사실을 지지하는 증거 구절들을 제시합니다(욥 1:12, 2:6; 왕상 22:20-22; 삼상 16:14, 18; 시 78:49; 살후 2:11). **"사탄은 하나님의 권능 아래**

있음에 이견이 있을 수 없다. 사탄은 하나님의 지시에 따라 다스림을 받아 그에게 충성을 바칠 수밖에 없게 된다."[83] 사탄의 반대와 반항 역시 하나님의 허락(허용적 작정) 하에 이루어집니다. 칼뱅이 이렇게 주장할 때, 그는 사탄의 의지나 노력을 부정하는 것이 아니라, 그 결과에 대하여 말하고 있는 것입니다. 마귀는 본성이 타락하여 사악하므로 결코 하나님의 뜻에 순종할 의향을 가질 수 없습니다. 마귀는 하나님과 그분의 선하신 뜻을 향해 전적으로 오만하며 반역에 기울어져 있습니다. 마귀는 오로지 악한 의지와 악한 노력으로 하나님을 대적합니다. 그러므로 마귀의 악행의 책임과 기원을 하나님께 돌려서는 안 되며, 마귀의 악한 성향과 노력도 실재하는 것입니다. 그러나 하나님께서 그 모든 것을 하나님의 뜻에 부합하도록 통치하시고 섭리하시므로 마귀가 원하든 원하지 않든 언제나 결과적으로 하나님의 뜻이 성취되도록 하나님께서 역사하십니다.

> 하나님이 자기 권능의 굴레로 그를 매고 억제시키시므로 그는 오직 하나님이 그에게 용인하신 것들만을 수행한다. 그리고 그는 원하건 원하지 않건 자기의 창조주에게 순종한다. 왜냐하면 하나님이 그에게 무엇을 재촉하시든 간에 그는 그 사역을 다 하지 않을 수 없기 때문이다.[84]

(ㄴ) 하나님께서 약속하신 그리스도 안에서의 사탄에 대한 성도의 승리

마귀와 그의 공격이 하나님의 섭리와 권능 아래 있기에 성도들은 그리스도 안에서 마귀와의 싸움에서의 승리를 보장받고 약속 받습니다. 사탄의 악한 활동은 하나님의 섭리와 권능에 의해 제약을 받습니다. 하나님께서는 자기의 원대로 더러운 영들을 통제하시며, 그 활동을 조절

---

83 『기독교강요』, 1권, 14장, 17절.
84 『기독교강요』, 1권, 14장, 17절.

하십니다. 하나님의 기뻐하시고 선하신 뜻을 따라 원수들의 활동을 어느 정도 허락하시어, 성도들과 교회는 때때로 마귀와 전투를 치르고, 또 상처를 입기도 하지만(엡 4:27; 벧전 5:8-9), 하나님께서는 치열한 전쟁 가운데 성도들을 훈련시키십니다(고후 12:7). 그러므로 마귀는 성도들을 궁극적으로 정복하거나 거꾸러뜨리지 못합니다. 그리스도께서 성도들 안에 거하시고, 성도들이 그리스도 안에 거하는 한 결코 마귀는 성도들을 해하지 못합니다. 왜냐하면 그리스도의 중보가 성도들을 보호하고 있기 때문입니다. **"시몬아, 시몬아, 보라 사탄이 너희를 밀 까부르듯 하려고 요구하였으나 그러나 내가 너를 위하여 네 믿음이 떨어지지 않기를 기도하였노니 너는 돌이킨 후에 네 형제를 굳게 하라"**(눅 22:31-32). 마귀와의 전투와 이를 통한 훈련은 하나님의 모든 자녀에게 공통적입니다. 그러나 하나님께서는 그리스도 안에서 사탄의 머리를 상하게 하신다는 약속을 하셨습니다(창 3:15; 롬 16:20). 이 약속은 그리스도 안에서 교회와 성도들을 향해 주어진 약속입니다. 그러므로 신자들은 결코 사탄에게 정복되거나 꺼꾸러뜨려지지 않습니다.

> 실로 그들은 자주 겁에 질리지만 다시 회복할 수 없을 만큼 텅 빌 정도로 탈취를 당하지 않는다. 그들은 거센 타격을 받아 쓰러지지만 이후 다시 일으켜진다. 그들은 상처를 입지만 치명적으로 그러한 것은 아니다. 결국 그들은 인생의 전 역정을 통하여 수고를 다하지만 끝내 승리를 쟁취한다.[85]

물론 이 승리는 종말론적인 승리입니다. 성경대로 종말은 **"이미, 아직 아니"**(already, not yet)입니다. 그리스도의 십자가 사건 성취로 마귀는 성도들을 향해 그 지배력을 잃었습니다(눅 10:18; 눅 11:21-22; 히 2:14). 그러나 아직 그 영향력이 완전히 제거되지 않았습니다. 그러므로 그 승리가 성도들

---

[85] 『기독교강요』 1권, 14장, 18절.

안에 부분적으로(*ex partes*/partially) 나타납니다. 우리가 육체를 벗을 때 그
것은 완전하게 될 것입니다. 우리는 지금 연약함에 매여 있지만 그때는
성령의 능력으로 충만해질 것입니다. 만일 이러한 약속이 없었다면, 교
회와 성도들은 사탄의 광포에 말살 당하고 말았을 것입니다. 그러므로
하나님께서는 신자들의 영혼 속에 사탄의 나라를 허용하지 않으시고,
자기 무리에 속하지 않은 불경건한 자들과 불신자들만 사탄의 통치에
넘겨주십니다. 이것은 하나님 없는 인생에게 내려지는 저주이고 형벌입
니다. 사탄은 그리스도를 믿지 않고 회개하지 않는 자들의 눈을 멀게 하
며(고후 4:4), 불순종의 아들들 가운데서(엡 2:2) 자기 일을 수행합니다. 불경
건한 자들은 모두 **"진노의 그릇"**(롬 9:22)이 됩니다. 이들의 불경건은 그들
의 아비 마귀로부터 온 것입니다(요 8:44). 불경건한 자들의 아비를 마귀라
고 부르는 이유는 그들이 타락하여 사탄의 형상을 지니고 있기에, 그 형
상으로 말미암아 사탄의 자녀들이라 부르는 것입니다(요일 3:8-10). 그러나
하나님의 자녀들은 그리스도 안에서 하나님의 형상을 회복한 자들입니
다. 그들은 하나님의 자녀입니다. 사탄의 괴롭힘이 지상에서 활동하나
그들은 하나님의 자녀들로서 보호를 받고 끝내 승리합니다.

(3) 인간의 창조

① 사람의 창조가 갖는 중요성과 피조된 인간의 이중적 상태
칼뱅은 사람의 창조(*hominis creatio*/the creation of man)가 갖는 중요한 의미
를 강조합니다. 사람은 모든 피조물 가운데 하나님의 영광을 드러내는
최고로 고상하고 가장 화려한 표본(*specimen*/example)입니다. 우리가 하나님
을 명확하고 완전하게 아는 것은 그것에 부응하는 사람, 곧 우리 자신
에 관한 지식을 함께 가질 때 가능합니다.
사람에 대한 지식은 이중적(*duplex*/twofold)입니다. 성경은 사람의 상태
를 타락 전과 타락 후로 구분합니다. 타락 전의 상태는 하나님께서 선

하게 창조하신 대로의 원래의 순전한 본성에 관한 것입니다. 그러나 타락 후의 상태는 본성의 부패함과 흉측함을 다룹니다. 이렇게 사람의 상태를 이중적으로 구분하는 것은 몹시 중요합니다. 이렇게 구분해야만 하나님을 죄의 조성자로 만들지 않습니다. 하나님께서 창조하신 본성에 사악함이 내재되어 있다고 한다면, 하나님의 존영을 훼손하는 행위가 됩니다. 죄와 부패는 하나님께 돌려서는 안 됩니다. 그것은 피조물 안에서 발생한 것입니다. 하나님께서 창조하신 본성에 사악함이 있는 것이 아니라 본성이 부패되어 사악함이 나온 것입니다. 이러한 구분이 중요한 또 한 가지 이유는 타락 전의 상태를 인식해야 타락 후 우리가 얼마나 원래의 상태로부터 나락으로 떨어졌는지를 깨닫고 그 회복과 구원을 갈망하게 되기 때문입니다. 그러므로 우리는 먼저 하나님께서 인간을 거룩하고 선하게 창조하신 일에 대해 살펴보아야 합니다.

하나님께서 인생을 존귀하게 지으셨지만, 자애로우신 지존자 앞에 겸손을 잃지 않도록 인간의 기원에 대한 교훈을 성경에 기록해 주셨습니다. 사람은 언제나 자기가 어디로부터 왔는지 망각해서는 안 됩니다. 사람은 땅(*terra*/earth)과 흙(*cinis*/עָפָר/clay)에서 취해졌습니다(창 2:7; 18:27). 사람이 타락하기 전에는 하나님께서 사람이 흙으로 돌아갈 것이라 말씀하시지 않으셨지만, 그들이 땅과 흙에서 취해진 존재라는 사실을 알려주시므로, 그들의 교만을 차꼬에 채우셨습니다. 사람은 그들이 가진 영예와 은사가 오직 하나님으로부터 온 것임을 기억하며 살아야 했습니다. 사람은 **"흙 집"**(욥 4:19)에 거주하며, 자기들의 일부가 흙과 재로부터 왔습니다. 하나님께서는 질그릇에 생기를 불어넣어 주셨고 그것이 불멸하는 영혼의 거처가 되게 하셨습니다(창 2:7). 사람은 자기 속에서 선한 무엇이 발견될 때마다 교만이 아니라 겸손히 찬송하며 감사할 뿐이어야 합니다.

② 영혼과 육체의 연합체로서 사람

하나님께서는 만드신 인간은 **"영혼과 육체**(*anima et corpus*/soul and body)**"**

로 구성되었습니다. **"영혼"**은 불멸적이며, 창조된 본질로서 사람의 더욱 고상한 부분을 뜻합니다. 이 두 용어가 동시에 결합되어 있을 때에는 서로 다른 의미로 사용되지만, **"영"**(*spiritus*/spirit)이라는 말만 따로 주어져 있을 때에는 **"영혼"**(*anima*/soul)과 똑같은 뜻으로 사용됩니다. 칼뱅은 인간을 이분설로 봅니다. 루이스 벌코프(Louis Berkhof)처럼 **"영"**, **"혼"**, **"영혼"**과 같은 표현들은 모두 동의어로 봅니다. 그러나 이러한 용어들을 구지 구분하여 더 강조적이고 특별한 의미를 부여할 때는, **"영혼"**이라는 한 구성 요소(element)의 몇 가지 성질의 측면(aspect)들을 묘사하는 것일 뿐이지, 삼분설처럼 **"영"**과 **"혼"**과 **"영혼"**을 구분된 인간의 요소로 취급하고 있는 것이 아닙니다.[86] 인간은 영혼과 육체라는 두 구성 요소로 이루어져, 영혼과 육체의 연합된 상태를 가장 갖추어진 사람이라고 할 수 있겠지만, 영혼과 육체의 연합에서 더욱 중요한 요소를 칼뱅은 영혼에 둡니다. 영혼은 불멸(*immortalis*/immortal)합니다. 영혼과 육체의 연합에서 육체의 생명은 영혼으로부터 옵니다. 그러므로 영혼은 **"생명과 그 활동의 원리"**요 **"활동의 주체"**입니다.[87] 영혼이 떠난 육체는 죽어 분해됩니다. 그러나 영혼은 단순성(simplicity)을 가지므로 분해되지 않고 불멸합니다. 그렇다고 육체는 멸시당하지 않습니다. 왜냐하면 하나님께서 인간을 영혼과 육체의 연합으로 지으셨기 때문입니다. 그러므로 우리의 구원의 최종 목적지는 영혼의 영화(glorification)만이 아니라 육체의 부활(resurrection)에 있습니다. 그때 비로소 온전한 구원받은 사람의 종말론적 완성이 경험됩니다. 그러나 육체는 영혼과 조화되고 영혼에 주어진 본성과 은사를 표명하도록 지어졌습니다. 그러므로 성경의 인간론에는 육체를 멸시하는 이단적인 이원론(dualism)이 존재하지 않습니다. 그러나 칼뱅은 영혼에 주어지는 영예를 빼앗지 않습니다. 영혼은 세상을 초월해 불멸합니다. 인간의

---

86   Louis Berkhof, 194.

87   Louis Berkhof, 194.

마음에는 지극히 뛰어난 선물들이 작용하여 신적인 무엇이 그에게 새겨져 있습니다. 즉, 인간이야 말로 천사가 그러하듯 하나님의 영광을 반사하는 거울입니다. 인간의 영혼은 지성(*intellectus*/intellect)과 지성의 연장인 의지(*voluntas*/will)의 좌소가 됩니다. 인간은 하늘과 땅에 속한 것들을 파악하고 이해하며, 경건과 도덕에 속한 판단과 선택을 합니다. 물론 하나님의 형상과 은택을 덧입을 때만 지성과 의지는 올바른 기능을 수행할 수 있습니다. 영혼은 육이 멸해도 불멸하며 존재하는 인간성의 주요한 부분(*praecipuus pars*/the principal part)임에 틀림없습니다 그러므로 인간의 총체는 영혼과 육체이지만, 성경은 영혼과 육체를 하나의 두 측면(two aspects)이 아닌 서로 구별되는 인간 구성의 두 요소(two elements)로 규정합니다. 그러므로 육체를 넘어 영혼에 대한 특별한 중요함과 그에 대한 교훈들이 존재하게 됩니다(눅 16:22-23; 고후 5:6, 8; 7:1; 벧전 2:25; 벧전 1:9; 2:11; 히 12:9; 13:17; 고후 1:23). 오늘날 자유주의는 말할 것도 없고, 복음주의 진영을 포함한 현대신학은 영혼과 육체의 전인(whole man)적 성격만을 너무 강조하다가 영혼과 육체의 구별 그리고 영혼의 우월성에 대한 이해의 중요성을 과소평가하는 경향이 있는 듯합니다. 이는 불건전한 이원론에 대한 반동(反動)이라 할 수 있지만, 반대 극단으로 흘러 영혼과 육체를 구별하여 영혼에 대해 교훈하는 성경의 실제적인 가르침들을 간과하는 경향 또한 경계해야 합니다. 칼뱅은 이러한 영혼과 육체의 관계와 관점을 이 장과 절에서 충분히 논하고 있습니다.

③ 하나님의 형상으로서 사람

(ㄱ) 하나님의 형상의 정의의 세 측면

성경은 **"사람이 하나님의 형상으로 창조되었다"**[88]고 증언합니다. 하나님의 형상이 인간의 겉 사람에도 빛나고 있지만, 하나님의 형상 (*imago Dei*/the image of God)의 고유한 좌소(*sedes*/seat)는 **"영혼**(soul)"에 있습니다. 그러므로 하나님의 형상은 근본적으로 영적입니다. 이런 이유로 칼뱅은 하나님의 형상을 영혼과 몸에 차별 없이 적용하는 오시안더(Osiander)를 비판합니다.

칼뱅은 하나님의 형상을 다룰 때, 로마 교회와 어떤 주석가들이 구분하였던 **'형상'**(*imago*/צֶלֶם/εἰκών/image)과 **'모양'**(*similitudo*/דְּמוּת/ὁμοίωσις/likeness)의 구분을 반대합니다. 이들은 형상을 영혼의 실체에 적용하고, 모양을 영혼의 특성들에 적용하려 합니다. 다른 의견들도 있지만, 이들의 공통점은 두 단어에 다른 의미를 부여하려는 경향이 있습니다. 모양은 단지 형상에 대한 부연 설명을 위해 첨가된 것일 뿐 두 용어 사이에 차이는 없습니다. 두 용어는 교호적으로 사용된 것입니다. 말을 반복하는 것은 히브리인들의 습관이었고, 사람이 하나님의 모양을 하고 있기에 단순히 하나님의 형상이라고 불리는 것은 조금도 모호하지 않습니다. 형상과 모양은 동의어이고 교호적으로 사용되었습니다.[89] 모세가 형상이란 단어와 함께 모양이라는 단어를 추가한 이유는, **"하나님이 자기 '모양'의 표지들을 새겨 넣은 '형상을 따라' 자기를 표상하는 사람을 만들려고 하셨다는 것을 전하**"[90]려는 듯합니다.

88   *Inst.* I. xv. 3. *homo creatus ad imaginem D*ei("man was created in God' image.").

89   Louis Berkhof, 203.

90   *Inst.* I. xv. 3. he would make man, in whom he would, as it were, image himself by means of the marks of resemblance impressed upon him.

우리는 칼뱅의 가르침을 따라 하나님의 형상에 대한 다음과 같은
정의들을 내릴 수 있습니다.

먼저, 인간의 영혼에 주어진 하나님의 형상은 원형이신 하나님에 대
한 모형과 같은 것이라 이야기 할 수 있습니다. 루이스 벌코프(Louis
Bekhof)도 이렇게 말합니다. **"하나님 안에 있는 원형적인**(archetypal/ἀρχέτυπος)
것이 창조에 의하여 인간 안에서 모형적인(ectypal/ἔκτυπος/복사의) **것이 되었
다는 것이다. 하나님은 원형이요, 인간은 모형이다."**[91] 하나님의 형상은
**"창조자의 본성을 자기 자신[인간]의 본성에 반영하는 유사성을 의미하
며, 그것은 엄격히 말해서 영혼에, 그 영혼 때문에 육체에, 그리고 결국
은 이 둘의 결합으로 인해 결함 없는 전체적 인격에 존재"**합니다.[92]

둘째, **"하나님의 형상"**은 원의(iustitia orginalis/original righteousness)를 가리
키기도 합니다. 칼뱅은 하나님의 형상을 **"아담이 처음에 받았던 그 순전
함**(integritas/integrity)**을 의미"**[93]합니다. 이 순전함은 영혼에 주신 하나님의
형상 때문에, 인간의 지성, 정서, 의지는 올바로 기능할 수 있었습니다.
그러므로 원의로 규정된 하나님의 형상 때문에, 지성은 올바른 지성이
될 수 있고, 정서는 지성의 통제 아래서 조화될 수 있었고, 모든 감각이
적절한 질서에 따라 조절될 수 있었습니다. 하나님의 형상으로 충만한
의지는 선한 것을 분별하고 분별한 대로 선한 선택을 할 수 있는 능력이
있었습니다. 이 능력은 하나님께서 주신 것으로 하나님께 종속된 것입
니다. 그러므로 17세기 개혁신학자들과 교회의 신앙고백은 하나님의 형
상에 대해 칼뱅과 동일한 내용을 소유하고 있습니다. 칼뱅이나 17세기
개혁파에 따르면, 원의로서 하나님의 형상은 영혼, 더 세밀히 말하면, 영
혼의 기능으로서 지, 정, 의라는 인간의 인격에 주어진 **"올바름"**, 칼뱅의
표현을 빌자면, **"순전함"**입니다. 원의가 있어 타락 전 아담은 바르게 인

91   Louis Berkhof, 203.
92   Heinrich Heppe, 『개혁파 정통 교의학』 이정석 역(서울: 크리스챤 다이제스트, 2007), 352.
93   『기독교강요』 1권, 15장, 3절.

식하고, 조화로운 정서 안에서 바른 것을 선택할 수 있었습니다. 하인리히 헤페는 폴라누스(Polanus)를 인용합니다. **"'원초적 정의**(원의)**'는 인간이 신적 의지를 그 모든 율법에 따라 완전히, 내적으로 그리고 외적으로 순종하던 의지의 올바름[94]이다. 따라서 그는 마음의 모든 움직임이 이성을 순종하며 그 질서에 따라 올바로 조절하도록 구성되었다."[95]** 폴라누스와 다른 17세기 개혁신학자들의 정의는 칼뱅과 거의 같은 맥락 안에 있습니다. 원의는 영혼과 그 기능에 하나님께서 베푸신 **"올바름**(rectitudo/uprightheousness)**"** 혹은 **"순전함**(integritas/integrity)**"**입니다. 부카누스(Bucanus)는 원의를 정의하면서, 이 두 단어를 모두 사용합니다. 그는 원의를 인간의 본성에 주어진 **"올바름**(rectitudo)**"**과 **"완전함**(integritas)**"**으로 정의합니다.[96] 그러므로 인간의 본성이요 본체로서 영혼과 그 영혼의 기능으로서 지, 정, 의라는 인격이 주어졌지만, 여기에 하나님께서 원의를 베풀지 않으셨다면, 그 인격은 올바르고 순전하게 기능하여 하나님을 바라볼 수 없었을 것입니다. 또 이 원의를 타락으로 상실할 때, 인간의 본성이요 본체로서 그 인격이 어떻게 되겠습니까? 인간의 인격은 인간 자신의 것으로 주어진 것이지만, 하나님께서 올바름과 순전함을 주시지 않으시면 그저 죄악되고 악한 것을 지향할 뿐입니다. 그리스도 안에서 주어진 특별 은총, 구속의 은총은 인간의 영혼 안에 이러한 올바름과 순전함을 회복시킵니다. 타락한 인간은 오로지 하나님의 은총을 통해서만 올바른 것을 선한 것을 그 인격으로 지향할 수 있습니다. 인간의 인격은 철저히 하나님을 의존하고 하나님의 은총에 종속됩니다. 영혼의 올바름과 순전함인 원의를 성경은 이렇게 가르쳐 줍니다. **"하나님을 따라 의와 진리의 거룩함으로 지으심을 받은 새 사람을 입으라"**(엡 4:24). **"너희는 하**

---

94   원의를 가리키는 하나님의 형상은 의지의 올바름만이 아니라 의지는 지성의 연장이기에 지성의 올바름, 그리고 인격의 또 한 요소인 정서의 올바름을 포함한다.

95   Heinrich Heppe, 355.

96   Heinrich Heppe, 355.

나님께로부터 나서 그리스도 예수 안에 있고 예수는 하나님께로서 나와서 우리에게 지혜와 의로움과 거룩함과 구속함이 되셨으니"(고전 1:30). 타락 후, 원의를 가리키는 하나님의 형상은 완전히 파괴되었습니다. 그러므로 타락 후 인간은 스스로를 구원할 수 없습니다. 이 원의로서 하나님의 형상을 **"좁은 의미**(restrict sense)**의 하나님의 형상"**[97]이라 부릅니다.

　셋째, 칼뱅은 원의를 넘어 인간이 인간되게 하는 그 본성으로서 하나님의 형상을 가르칩니다. 하나님께서 주신 원의는 인간의 본성 자체가 아닙니다. 그런 의미로 원의는 필연이 아닌 우연으로 주어진 것이라 합니다. 왜냐하면 죄 지은 인간도 인간으로 불리기 때문입니다. 원의가 본성이라면 타락하면서 인간은 사라졌어야 합니다. 그런데 여전히 죄 지은 인간도 인간이라 불리는 것은 그들의 본성이 파괴된 모습으로 그러나 무엇인가 남겨져 있기 때문입니다. 그러므로 이처럼 인간의 본성에 속한 하나님의 형상으로서 인간이 인간으로 남게 하는 하나님의 형상을 넓은 의미(wide sense)의 하나님의 형상이라 부릅니다. 타락으로 올바름과 순전함을 상실했지만, 인간이 인간으로 남게 되는 요소가 죄인에게 남아 있기에 이것을 인간의 본성에 포함시키는 것입니다. 그러므로 인간의 본질의 원초적 순전성을 뜻하는 좁은 의미의 하나님의 형상과 구분하여, 넓은 의미의 하나님의 형상은 모든 다른 동물들을 능가하는 본성을 모두 포괄한 요소들을 의미합니다.[98] 인간은 타락하여 그 올바름과 순전성을 잃어버리고, 타락했지만, 여전히 영혼과 그 기능으로서 지, 정, 의를 갖습니다. 타락한 인간이 죄를 짓는 것도 역시 인격이 있기 때문입니다. 그리고 인간은 도덕적 자질과 양심을 지니고 삽니다. 그러나 그것의 올바름과 순전함을 잃었습니다. 타락한 인간의 지성과 의지는 연약해졌고, 부패해있습니다.

97　Louis Berkhof, 207.
98　Louis Berkhof, 207.

결론적으로, 하나님의 형상의 넓은 의미는 인간이 인간인 한 잃어
버릴 수 없는 요소로서 하나님의 형상입니다. 이것을 잃으면 더 이상 인
간으로 불릴 수 없기에, 이러한 요소들은 인간의 본성에 속하는 것입니
다.[99] 그러므로 칼뱅도 원의를 상실했지만, 사람을 모든 피조물 보다 더
높이 세우는, 그를 범상한 것과 분리시키는 무엇이 있다고 말합니다. 타
락 후에도 이 부분이 일그러진 모습으로 남겨집니다. 따라서 좁은 의미
의 하나님의 형상은 인간 본성에 관련된 것이 아니라 인간 본성에 주어
진 올바름과 순전함으로 정의될 수 있습니다. 따라서 죄로 인해 상실될
수 있고, 실제로 상실된 것은 인간의 인간됨, 곧 그 본성이 아니라 인간
의 본성에 주어진 형상의 도덕적 완전성과 순전함입니다.[100] 지식과 의
와 거룩을 잃은 타락한 인간은 인간으로 불려 지나 결코 스스로 구원할
수 없는 전적으로 부패하고 전적으로 무능한 존재가 되었습니다. 하나
님과의 바른 관계와 구원은 그리스도 외에 다른 구원의 길이 존재하지
않습니다.

(ㄴ) 원의로서 완전함과 순전함의 부패는 오직 그리스도 안에서 회복 됨

하나님의 형상은 스스로를 구원할 수 없을 만큼 흉측하게 망가졌
습니다. 그러므로 인간은 인간으로서 불릴 만큼 인간으로 남아있지만,
인간이 지닌 본성 안에 올바름과 순전함이 상실되었기에 스스로를 구원
하지 못합니다. 그러므로 우리는 구원을 도로 찾는 일의 시작을 오직 그
리스도 안에서만 얻게 됩니다. 구원에 있어서 그리스도의 인격과 사역은
유일성(oneness)을 갖습니다. 타락으로 상실한 올바름과 순전함의 회복은
그리스도 안에서 시작되고 완성됩니다. 첫째 아담은 이것을 상실하여
아담 안에서 모든 인류를 죄인 되게 했지만(롬 5:12-21) 둘째 아담 그리스도

99   Louis Berkhof, 207.
100   Louis Berkhof, 207.

께서는 **"살려 주는 영"**(고전 15:45)이 되셔서 우리를 중생시키시고 성화시키시며 개인적인 종말, 죽음과 우주적 종말 재림 사건을 통해 택한 모든 신앙의 자녀들을 영화시키실 것입니다. 그리스도 안에서 영혼의 완전함과 순전함이 회복됩니다. 그리스도 안에 있는 이 구속의 사역이 이미, 아직 아니(already/not yet)의 종말론적 원리를 따라 성령께서 내주하신 우리 안에 성취되고 있습니다. 그리스도께서는 우리 안에 잃어버린 올바름과 순전함을 되찾도록 역사하시는 구주이십니다. 그리스도 안에서 새 사람이 됩니다(골 3:10; 엡 4:24; 고후 3:18).

칼뱅에게 좁은 의미의 하나님의 형상은 인성의 순전한 탁월함으로 여겨집니다. 아담의 반역 전에 그 안에서 빛났지만, 타락 후로 너무나 사악해지고, 거의 지워져서 그 폐허 뒤에 혼란스럽고, 불구가 되었고, 죄로 오염된 것만 남게 되었습니다. 그러므로 구원은 사람의 역량 밖에 일이 되었다는 것을 깨닫는 것이 몹시 중요합니다. 구원은 하나님의 사역에 속한 일입니다. 구속을 통해 인간에게 베풀어진 모든 변화와 은사들은 하나님으로부터 기원한 것입니다. 그러므로 우리는 우리의 죄를 깊이 인식할수록 구원이 하나님의 주권과 의지로부터 시작되었다고 고백할 수밖에 없습니다. 칼뱅도 구원이 선택된 자들에게, 그들이 거듭나는 한에서, 하나님의 형상의 회복이 나타나며, 하늘에 가서야 그 충만한 광채의 완성을 볼 것이라고 전합니다. 이러한 타락 한 인간의 갱신과 새 창조가 은혜와 하나님의 권능으로 주어집니다.

이와 관련하여, 칼뱅은, 인간의 갱신이 하나님의 실체가 흘러나와 인간에게 전달되어 나타난다는 마니교(Manicheanism)와 세르베투스(Servetus)의 이단적인 유출설을 논박하고, 하나님 형상의 회복이 하나님의 은총과 그분의 권능에 의해 베풀어짐을 강조합니다. 결코 하나님의 신성에 속한 어떤 것이 인간에게 유입될 수 없습니다. 만일 하나님의 신성이 인간에게 유출되었다면, 인간이 완전해야 하는데, 인간은 불결하고 불완전합니다. 인간에게 신성에 유출되었다고 주장하게 되면, 불완전함을 하나님의 신성에 돌리게 되는 격이 됩니다. 바울이 아라투스(Aratus)의 말을 인용하여, **"우리가 그의 소생이라"**(행 17:28)고 말한 바 있지만, 이 말의 뜻은 본체를 전달받았다는 의미가 아니라 특성에 있어서 그의 소생이란 뜻입니다. 즉, 하나님의 본질이 아닌 하나님께서 주신 은사로 인간은 장식되어 있습니다. 하나님의 형상이 영혼에 새겨진 것은 사실이지만, 인간에게 주어진 하나님의 형상은 원형에 대한 모형일 뿐입니다. 즉, 인간은 유출이 아니라 피조된 것입니다. 창조는 유입이 아니라 무로부터의 존재의 시작인 것이다.

④ 오성과 의지를 중심한 영혼의 작용과 기능

칼뱅은 성경에 근거해 인간의 영혼을 **"형체가 없는 실체**(*substantia incorporea*/incorporeal substance)**"**로 봅니다. 영혼은 고유한 특성에 있어 장소에 제한되지 않지만, 몸과 연합해 있을 때, 마치 집에 거주하듯 몸에 머묾으로 몸의 모든 생기가 돌게 되고, 몸의 기관들이 영혼의 여러 활동에 적절하고 유익하게 맞추어집니다. 또한 영혼은 인간 삶을 통치하는 수위권을 가지므로 삶의 직분을 수행하는 동시에, 여호와를 예배하도록 경성시킵니다. 이런 의미에서 영혼은 **"생명과 행위의 원리"**입니다. 그리고 영혼은 **"행위의 주체"**입니다.[101] 한 영혼이 가진 두 가지 의미를 두 측면에서 설명하기 위해 **"영**(spirit)**"**과 **"혼**(soul)**"**을 구분하기도 합니다. 그러나 이것은 영혼이 다른 두 실체로 합쳐져 있다는 의미가 아니라 한 영혼이 가진 속성을 두 측면에서 설명한 것일 뿐입니다. 그러므로 **"영"**, **"혼"**, **"영혼"**은 모두 교호적으로 사용되는 동의어일 뿐입니다.[102] 칼뱅은 2분설을 따릅니다.

인간의 영혼은 세 가지 기능을 합니다. 영혼의 기능은 바로 지성

101　Louis Bekhof, 194.
102　Louis Berkhof, 193-4.

(intellect or reason), 정서(affection), 의지(will)입니다. 우리는 이것을 인격(person)이라고도 부를 수 있습니다. 하나님께서는 인간에게 영혼의 기능을 주셨습니다. 영혼의 작용의 궁극적 목적은 천상의 삶을 묵상하며, 사람의 복의 근원이신 하나님과 연합을 갈망하도록 주신 것입니다. 타락했지만 지금도 모든 인간 속에서 발견되는 종교의 씨앗의 목적도 여기에 있는 것입니다. 이러한 목적을 위해 주신 영혼의 기능이 **"이성**(ratio/reason) **혹은 오성**(intellectus/intellect)" 103입니다. 칼뱅은 인간을 인격적 존재로 인식하고, 영혼의 기능을 오성(intellectus/intellect)과 의지(voluntas/will) 두 부분을 중심으로 정의합니다. 인간의 영혼은 **"오성"**과 **"의지"**라는 두 기능을 갖습니다.104

　　"오성"의 기능은 **"대상들을 서로 식별하여 무엇이 인정해야 할 것이며 무엇이 인정해서는 안 되는 것인지를 찾아내는 것"**이라면, **"의지"**는 **"오성이 선이라고 지정하는 것은 택하고 따르는 반면 그것이 인정하지 않는 것은 거절하고 피하는 것"**105입니다. 칼뱅은 사변에 찬 오성과 의지에 대한 철학자들의 설(說)들을 경계하고, 다만 경건에 유익한 단순한 설명을 제시합니다. **"오성은 이른바 영혼의 지도자며 통치자라는 사실과, 의지는 항상 오성의 명령을 주목하고 그 자체의 갈망 가운데 오성의 판단을 기다린다는 사실로 족하게 여기자."** 106 칼뱅에 따르면, 오성의 통치가 의지를 지도하기 위하여 존재합니다. 오성과 이성이라는 두 요소와 관계를 맺지 않은 권능은 영혼 안에 존재할 수 없습니다. 그

103　이성(ratio, reason)과 오성(intellectus, intellect)의 의미를 구지 구분하자면, 이성은 보편적 판단을 의미한다 할 수 있고, 오성은 이성이 산만하게 생각한 것을 집중적이며 조용한 명상 속에서 정관하는 것으로 볼 수 있다. 이성이 보편적 사고, 계산적 사고라면, 오성은 이성의 계산적 사고를 고유한 직관 가운데 관조한다.

104　정서(affection)도 영혼의 기능이지만, 정서는 오성과 의지에서 파생된다고 볼 수 있기에, 칼뱅은 오성과 의지의 두 구분 아래 영혼의 기능을 살핀다.

105　『기독교강요』 1권, 15장, 7절.

106　『기독교강요』 1권, 15장, 7절.

러므로 칼뱅은 오성과 이성을 중심으로 인간의 영혼의 기능에 관한 교리를 해설합니다.

칼뱅은 오성과 구분된 영혼의 기능으로서 **"의지"**를 다룹니다. 하나님께서는 영혼에(*nima*/soul) 마음(*mens*/mind/intellect)을 자리하게 하셔서, 이성의 빛(*rationis lux* /the light of reason)을 앞서 보내셔서 선과 악, 정의와 불의를, 마땅히 추구할 것과 피해야 할 것을 분별하도록 하셨습니다. 철학자들은 오성의 지시하는 역할을 **"지도력**(τὸ ἡγεμονικόν)"이라 불렀습니다. 하나님께서는 이러한 오성의 기능에 선택하는 기능인 의지(*voluntas*/will)를 결합시키셨습니다. 선택은 욕구들을 지도하며, 모든 기관들의 충돌들을 절제시키고, 그리하여 의지가 이성의 다스림에 전적으로 부합되도록 역할 합니다.

우리는 자유의지(*liberum arbitrium*/the free will)라는 말의 의미를 성경적 의미로 정리할 필요가 있습니다. 교회사 속에는 이 말을 부정하는 일도 있었고, 펠라기우스처럼 이 말의 의미를 곡해하는 일도 존재합니다. 이 모두 이단적이고 비성경적입니다. 그렇다면 칼뱅과 개혁신학자들은 자유의지를 어떻게 가르쳤을까요? 먼저, 칼뱅과 개혁신학자들이 인정하는 자유의지는 결코 자율의지(autonomous will)가 아닙니다. 이러한 의지는 펠라기우스같은 자들이 생각한 의지이며, 오늘날 인본주의적인 인간론을 추종하는 사람들이 생각하는 인간의 의지입니다. 성경은 이러한 의지를 전한 적이 없습니다. 그렇다고 성경은 인간이 무엇인가를 선택하는 것의 실재를 부정한 적이 없습니다. 인간은 끊임없이 순간순간 선택하며 살고, 이러한 선택은 실제로 그 선택을 한 사람의 인격에서 나오는 실제 선택입니다. 불신도 믿음도, 선행도 악행도 언제나 그것은 실제로 그 선택을 한 그 사람의 선택이며 그 사람의 의지에서 나온 것입니다. 믿는 것도 실제로 나의 인격으로 내가 믿는 것이며, 불신하는 것도 실제로 나의 인격으로 내가 불신하는 것입니다. 그 이야기는 우리 안에 있는 의지가 실제로 우리의 의지라는 의미를 갖습니다. 그러므로 칼뱅은 첫 아담이 그가 원하기만 했다면, 자유의지(*liberum arbitrium*/the free will)로써 영생에 이를 수 있는 능력이 있었다고 말합니다. 이처럼 의지라는 것이 실제적으로 선택하는 의지라고 할 때, 그것이 하나님과 완전히 독립된 자율적인(autonomous) 것인가라고 물을 때, 칼뱅은 확고히 아니라고 답합니다. 첫 아담의 선택은 자유로웠지만, **견인의 항구성이 부여되지 않아** 그는 타락할 수 있는 **가능성**(possibility)를 가지고 있었습니다.

그러나 아담은 원하기만 하면, 타락하지 않을 수 있었는데, 그것은 하나님께서 창조의 때 아담의 마음과 의지에 주신 지고한 올바름(*summa rectitudo*/the highest rectitude)이 있었습니다. 그러므로 아담이 순종할 수 있는 힘을 가졌던 것은 하나님께서 주신 오성과 의지에 주신 지고한 올바름 때문이었습니다. 물론 하나님께서 오성과 의지를 인간의 인격의 기능으로 주신 것이기에, 인식하고 선택하는 것은 인식하고 선택하는 그 사람의 인식이요 선택임이 맞습니다. 그러나 그 인식과 선택이 선하게 기능하느냐 악하게 기능하느냐는 하나님께서 주신 올바름, 원의에 달려 있었고, 타락한 후에 부패한 오성과 의지가 하나님께 합당히 기능하느냐 그렇지 못하느냐는 하나님의 형상을 회복시키는 은총에 달린 것입니다. 오성과 의지라는 영혼의 기능도 하나님께서 창조하신 것이며, 하나님께서 베푸시는 올바름으로 선한 기능을 합니다. 타락하여 원의를 상실하게 되면, 그리고 은총을 받지 못하면, 인간의 본성으로서 오성과 의지는 여전히 기능하되, 오직 죄를 지향하여서만 기능하게 됩니다. 오성과 의지의 선한 기능은 하나님을 의존하며 하나님께서 베푸시는 은총에 종속되어 있습니다. 하나님을 떠난 오성과 의지는 오직 그의 선택을 통해 악한 것만을 지향하게 됩니다.

그러므로 자유의지가 있느냐고 물으면 그렇습니다. 자유로이 스스로 선택하는 의지가 인간에게 있습니다. 이것을 자유의지라고 부르는 이유는 그 선택하는 행위가 선택하는 그 사람의 선택이기 때문입니다. 내가 선택하는 것은 실제로 내가 선택하는 것입니다. 그러나 그 선택이 하나님을 지향하고 선한 것을 선택하는 것은 오직 하나님의 은총이 임할 때뿐이므로, 나의 선한 선택은 오직 하나님께 의존해 있고, 타락 전에는 원의에 종속되며, 타락 후에는 하나님의 형상을 회복시키는 은총에 의존합니다. 그러므로 우리의 의지가 실제적인 나의 의지라고 할지라도, 선한 것을 선택하는 나의 의지가 원의와 은총에 종속되기에 이것을 자율의지(autonomous will)라고 부르지 않는 것입니다. 나의 실제적 의지가 선을 행하기 위해서는 하나님을 의지하고 하나님의 은총을 의지합니다. 그러므로 성경적인 의지는 자율의지가 아니라 자원의 의지(voluntary will)라고 할 수 있습니다. 이렇게 보면, 하나님께서 기뻐하시는 것을 지향하고 선택하는 것은 하나님의 은총에 원인을 두며, 죄악된 것을 선택하는 것은 나의 책임에 돌려진다고 이야기 할 수 있습니다. 은총을 잃은 자들은 악한 것만을 선택하게 됩니다. 은총을 잃은 의지는 오직 죄만을 자유롭게 지을 수 있습니다. 그러나 이것은 자유가 아니라 죄의 노예, 죄의 속박된 상태를 의미 합니다. 타락 이후 의지(voluntas)[107]는 존재하지만, 선을 선택할 수 있게 하는 자유로운 선택의 능력(potestas/ability)은 파괴되었습니다. 신앙과 순종은 하나님의 은총에 돌려야 하고, 죄와 악행은 나의 탓으로 돌려야 합니다. 그러므로 **개혁신학은 신앙과 경건한 순종을 오직 하나님의 은총에 돌리며, 인간의 죄악을 인간 자신의 책임으로 돌립니다.** 선은 은총을 받아 내가 선택할 수 있지만, 죄와 악은 은총을 잃은 내가 할 수 있는 유일한 선택이 됩니다. 결론적으로, 개혁신학은 인격적 의지의 실재를 인정하지만, 이 인격적 실재의 선한 선택은 하나님과 그분의 은총에 종속되어 있음을 함께 고백합니다.

---

[107] 칼뱅이 말하는 의지는 자율의지나 임의의 의지가 아니라 자원의 의지를 의미한다.

3 창조의 연장으로서 섭리: 창조하신 만물을 섭리하시는 하나님

(1) 섭리 교리에 대한 정의와 구분

① 창조와 분리될 수 없는 섭리

칼뱅은 하나님의 섭리(*providentia*/providence)를 창조의 연장으로 봅니다. 이 두 사역은 분리될 수 없습니다. 하나님께서 6일 동안 말씀으로 행하신 창조 사역은 그것으로 끝나는 것이 아니라, 섭리를 통해 그 영속적인 상태 가운데 빛나고 있습니다. 즉, 하나님께서는 창조의 사역을 마치신 후에, 뒷짐을 지시고 피조 세계에서 물러나시고, 피조 세계가 하나님께서 부여한 자연 질서를 따라 스스로 자율적으로 보존되고 움직이게 하지 않으셨습니다. 창조하신 하나님께서는 영속적으로 섭리하시므로, 피조 세계를 보존, 협력, 통치하십니다.[108] 창조하신 하나님께서 피조된 세계를 돌보고 주관하시며 모든 것이 당신의 뜻에 부합하도록 개입하시어 통치하십니다. 하나님께서는 초월적인 하나님인 동시에 내재적인 하나님이십니다. 그분은 하늘의 하나님이시며 땅에 하나님이십니다. **"내가 너로 하늘의 하나님, 땅의 하나님이신 여호와를 가리켜 맹세하게 하노니"**(창 24:3).

그러므로 칼뱅은 창조는 인정하되 섭리를 부정하는 이신론(Deism)적 사고를 **"육신의 생각**(*carnis sensus*/carnal mind)"이라 칭합니다. 육신의 생각이란, 창조 이후, 창조 세계 자체에 보존하며 조정하는 어떤 일반적인 활동이 있는데, 여기에서 운동의 힘이 나온다고 생각하는 것입니다. 이 사상에 따르면, 세상은 하나님께서 부여하신 질서와 원리를 따라 스스로 활동합니다. 하나님께서는 피조 세계 너머로 물러가 계십니다. 그러나 하나님께서는 창조하신 후 피조 세계 뒤로 물러가 계시지 않으시고, 지

---

108 Louis Berkhof, 377-384.

으신 만물을 지탱하시고 활력을 주시며, 우주를 운행하시고, 심지어 아주 작은 참새 한 마리마저(마 10:29), 지키시고, 기르시고, 돌보시는 섭리하시는 하나님이십니다. 모든 존재와 존재의 보존과 활동의 제1원인은 하나님이십니다. 성경은 섭리하시는 하나님에 대한 증거를 여러 곳에서 제시합니다(시 33:6; 33:13; 104:27-30; 행 17:28).

② 우연이나 운명이 아닌 섭리로 만물을 지으시고 다스리심

칼뱅에게 있어 하나님의 섭리는 운명이나 우연한 사건(*fortunae et casibus fortuitis*/fortune and fortuitous happenings)과 배치됩니다. 우연과 운명은 모든 시대를 통하여 보편적으로 받아들여집니다. 이는 인류의 부패로부터 온 것으로 여겨집니다. 그러나 성경에 따르면 세상의 크고 작은 모든 일들에 운명이나 우연은 없습니다(마 10:30). **"그리스도의 입으로 가르침을 받은 사람은 더 나아가 그 원인을 찾고자 할 것이며, 일어난 일이 무엇이든 그 모두가 하나님의 숨겨진 계획에 의해서 통치된다는 교훈을 받게 될 것"**[109]입니다. 모든 만물과 세상에 속한 모든 질서와 운동과 작용들은 하나님께서 **"자기가 원하시는 만큼의 효능을 부여하시는 도구들에 다름없"**[110]습니다. 하나님께서 **"자기의 뜻대로 그것들을 이 방향으로 이끌고 저 방향으로 돌리시면서 이런저런 작용이 일어나게"**[111] 하십니다. 하나님께서는 태양이란 기구를 먼저 만드시지 않고 창조 첫날에 빛을 먼저 만드셨습니다. 빛의 원인은 하나님이시며, 하나님께서는 태양 없이도 일을 하실 수 있으십니다. 하나님께서 일월성신을 짓기 전에 발광체(發光體) 없이 빛을 먼저 지으신 이유를 칼뱅은 그의 주석에도 기록해 놓았습니다. **"그래서 여호와 하나님께서는 이와 같은 창조의 질서를 통해 하나님께서 빛을 장악하신다는 것과 하나님께서는 해와 달이 없이도**

---

109 『기독교강요』, 1권, 16장, 2절.
110 『기독교강요』, 1권, 16장, 2절.
111 『기독교강요』, 1권, 16장, 2절.

빛을 비추어 주실 수 있다는 것을 증거 하신다." [112]

실로 성경적 섭리에 이르지 못한 신앙은 숙명(*fatum*/fate)이나 우연 (*casus*/chance)에 인생을 맡기고 살게 됩니다. 먼저, 숙명에 대해 살펴볼 때, 이 이교적인 숙명론이 주권적으로 시행되는 하나님의 섭리와 혼동될 때가 있음을 경계해야 합니다. 하나님의 섭리와 이교적 숙명론을 혼동하는 사람들에 의해 과거 아우구스티누스(Augustinus)도 비난을 받은 적이 있습니다. 그러므로 예정이나 섭리라는 성경적 교리가 이교적이고 철학적인 숙명론과 혼동되지 않도록 각각의 차이를 인식하는 것이 중요합니다. 스토아학파(Stoics)는 숙명론을 믿었는데, 이들은 자연 속에 내포되어 있는 원인들의 항구적인 고리와 어떤 내밀한 순차에 의한 필연(*necessitas*/necessity)에 의해 세상이 지배된다고 생각합니다. 이교적 숙명은 자연의 인과 관계가 세상에서 일어나는 일을 결정하며, 이들이 믿는 숙명은 비인격적인 것에 만사의 원인을 두고, 하나님 없는 세상 통치를 상상합니다. 하나님께서는 이런 숙명이 자신의 삶을 결정한다는 믿음을 정죄하십니다. 여기서 온갖 우상숭배와 미신이 나타납니다. 하나님에 대한 신앙에 이르지 못한 사람들은 오늘날 자신의 생사화복이 타고난 손금, 관상(觀相), 사주(四柱), 자신의 별자리, 띠, 풍수지리 등에 달렸다고 믿고 그러한 것으로 자신의 운명을 점치고 의지합니다. 통계 자료에 의하면 자신을 기독교인이라 자칭하는 사람들이 무속인들을 찾아가 점을 치는 사람들도 적지 않다고 하니 큰 문제가 아닐 수 없습니다. 우리의 생사화복은 손금, 관상, 사주, 별자리, 띠, 풍수지리 등에 달린 것이 아니라 하나님께 달린 것입니다.

그러므로 숙명과 달리 성경적 신앙은 인격적인 하나님께서 세상을 지으시고 섭리로 통치하심을 분명히 인식합니다. 하나님께서는 자신이 하시고자 하시는 일을 자신의 지혜에 따라 궁극적인 영원에서부터 작정

112　John Calvin, *Comm.* Genesis, 1:3.

하시고, 작정하신 것을 자신의 권능으로 수행하시는 모든 것의 감독자
요 조성자이십니다. 하나님께서는 만사와 인류를 통틀어 작정하신 목적
을 향해 통치해 가십니다. 그러므로 하나님의 섭리는 인격적이고, 하나
님 중심적인 역사의식을 품게 만듭니다. 따라서 칼뱅에 따르면, 대(大) 바
실리우스(Basil the Great)은 "**운명**(*fortuna*/fortune)"이나 "**우연**(*casus*/chance)"은 이
방인들의 말로서 경건한 사람들이 그 의미에 빠져서는 안 된다고 가르
쳤습니다.

또 하나님의 섭리에 대한 신앙에 이르지 못한 사람들은 "**우
연**"(*casus*/chance)에 자신의 인생을 맡기고 살아가게 됩니다. 여기서 문제가
되는 "**우연**"이라는 말은 다음과 같은 수용할 수 있는 "**우연성**"과 구별
할 필요가 있습니다. 예를 들면, 세상에는 기독교인들이 받아들일 수 있
는 "**필연**"과 "**우연**"의 개념이 있습니다. 바람은 동쪽에서 불어올 수도
있고, 서쪽으로 불어 올 수도 있습니다. 그러나 물이 위에서 아래로 흐
르는 것은 하나님께서 반드시 그러하게 지으셨기에 "**필연**"입니다. 이와
같은 필연에 반대로 "**우연**"이란 말을 쓰기도 합니다. 필연은 하나님께
서 반드시 그러하도록 만드신 결과로 나타나고, 우연은 이럴 수도 있고
저럴 수도 있는데 이렇게 저렇게 나타난 결과를 가리켜 말합니다. 그러
므로 바람이 동쪽으로 불어 올 수도 있고 서쪽으로 불어 올 수도 있는
데, 오늘 서쪽에서 불어 왔다면 이것은 필연이 아니라 우연이라고 부릅
니다. 사람이 언젠가 한 번 죽는 것은 필연입니다. 그러나 사람이 수명이
다해 죽는 것, 병이 들어 죽는 것, 교통사고로 죽는 것 등, 죽음에 이르는
방식은 이럴 수도 저럴 수도 있어 예측할 수 없습니다. 그러므로 인간이
죽는 것은 필연이지만, 어떻게 죽느냐는 우연입니다. 이런 필연과 우연
은 세상에 존재합니다. 그러므로 하나님께서는 모든 만물을 섭리하실
때, 필연적으로 그렇게 피조하신 것은 필연적인 대로, 또 이럴 수도 있고
저럴 수도 있는 우연적인 것들은 우연적인 것들대로 섭리하셔서 하나님
의 목적을 이루어 가십니다. 예수님의 뼈는 부러질 수도 부러지지 않을

수도 있는 우연성을 가진 **뼈**였지만, 하나님께서 자신의 작정으로 부러지지 않게 하시기로 결정하셨기에, 군인들이 예수님의 **뼈**를 꺾지 않았습니다. 하나님의 뜻은 필연적으로 이루어지지만, 이처럼 우연한 것을 우연한 본성대로 유지하시면서 당신의 뜻을 이루십니다. **뼈**는 부러지는 본성적 성격에 종속된 가운데서 하나님께서 섭리하시어 그 **뼈**가 부러지지 않게 개입하신 것입니다. 만일 하나님께서 높은 곳에서 낮은 곳으로 흐르는 물이라는 필연적인 사물을 사용하시어 어떤 일을 이루실 수도 있으십니다. 어떤 악인을 죽이시려 흐르는 물을 사용하실 수도 있습니다. 이러한 경우는 필연적인 하나님의 뜻 가운데, 높은 곳에서 낮은 곳으로 흐르는 필연성을 가진 사물, 물을 사용하여 하나님의 뜻을 이루신 것입니다. 그런 의미로 우연한 것은 우연한 대로 필연적인 것은 필연적인 대로 하나님께서 섭리하시어 하나님의 뜻을 이루신다는 섭리의 정의가 나오는 것입니다.

그러나 만사의 궁극적 원인, 만사가 결정되는 원인을 "**우연**"에 둘 때 이것이 비성경적인 세계관(world view)이 됩니다. 여기서 일컫는 이교적이고 비성경적인 "**우연**" 개념은, 만사가 아무런 원인 없이 뜻하지 않게 일어난다는 의미입니다. 이런 우연에 인생을 맡기고 사는 사람의 세계관과 사고 속에는 인격적인 하나님이 없고, 모든 만물이 하나님의 작정 속에서 그분의 지혜와 권능으로 통치된다는 믿음이 없습니다. 이런 이교적이고 철학적인 "**우연**"에 기초하여 만물의 기원(origin)을 설명하고자 하려는 시도가 "**진화론**(evolutionism)"입니다. 이들은 이 세상의 기원에서 하나님과 그분의 작정과 그분의 지혜와 권능을 제거하고, 우연과 기나긴 시간이 어우러져 만들어진 것이 세상이고 인류고 인류의 문명이라고 규정합니다. 교회와 성도들은 이와 같은 숙명과 우연에 인생을 맡기고 살아서는 안 됩니다. 성도들은 인격적인 하나님께서 그분의 뜻과 지혜와 권능을 통해 인격적으로 만물을 지으시고 통치하신다는 섭리관을 확고히 정립해야 합니다. 지으신 세계에 존재하는 우연한 것은 우연하게 필연적인 것은 필연적인 대로 당신의 주권으로 섭리하시는 하나님, 만사의 궁극적인 원인이 실제로는 감추어져 있기에, 성경이라는 안경을 쓰고 믿음으로 만사를 바라볼 필요가 있습니다. 모든 만물을 다스리는 하나님의 섭리의 손길은 감추어져 있기 때문입니다.

> 오히려 이는 사건들이 일어나는 질서 논리, 목적, 필연성 그 대부분이 감추어져 있고 사람의 억견으로는 이해가 되지 않기 때문에, 하나님의 뜻의 산물임이 분명한 것들이 우리에게는 마치 우연한 것들처럼 여겨진다.[113]

③ 하나님의 지식과 뜻에 의한 작정을 따라 전능하심으로 섭리하심

운명이나 우연과 달리 하나님께서는 만사를 지배하십니다. 하나님께서는 자신의 전능을 주장하시는 동시에 이 전능을 우리가 인식하기를 원하십니다. 그러므로 창조와 섭리는 하나님의 전능을 우리에게 인식시키기 위한 계시와 연관됩니다. 하나님께서는 창조와 섭리 사역을 통해 당신의 영광을 계시하십니다. **"하나님의 전능은 끊임없이 움직이면서 작용하는 것으로 언제나 깨어 있고, 효과적이며, 활동적"**[114]입니다. 하나님의 전능은 일단 정해진 수로를 따라 흐르도록 강에게 명하는 그런 복합적인 운동의 일반적인 원리에 그치는 것이 아니라 개개의 특수한 운동들에 이르도록 방향을 지시하고 이끄는 전능입니다. 전지전능하신 하나님께서는 천지를 섭리로 다스리시며 자기 뜻에 따르지 않고는 아무것도 발생하지 못하도록 만물을 조성하셨습니다.(시 115:3). 섭리하시는 하나님의 전능성을 믿는 신앙의 열매를 칼뱅은 두 가지로 요약합니다.

첫째, 하나님의 소유는 하늘과 땅에 미치며 모든 피조물이 그의 지시에 주목하고 헌신

---

113 『기독교강요』, 1권, 16장, 9절.
114 『기독교강요』, 1권, 16장, 3절.

하여 그에게 순종하기에 이르게 되는바, 이는 선을 행하기에 충분한 능력이 하나님 자신 안에 있기 때문이다. 둘째, 모든 피조물이 하나님의 보호 아래 안전하게 모두 그의 뜻에 복종되고, 사탄이 자기의 모든 광포와 자기의 전체 장구를 갖추고 나타나니 그의 주권으로 제압당하고, 우리의 안전에 역행하는 것은 무엇이든 그의 지시에 따르기 때문이다.[115]

칼뱅에 따르면, 섭리를 믿지 못하면, 미신적 공포(*superstitiosi metus* / superstitious fears)에 빠지게 됩니다. 미신적 공포란 피조물에게서 위협을 받을 때, 피조물 자체에 우리를 해칠 고유한 힘이 있는 것처럼 여기고 공포에 빠지는 것을 의미합니다(렘 10:2). 섭리를 믿는 신앙은 하나님만을 의지하며 하나님만을 두려워합니다. 경건한 성도는 만사에는 수단적이고 2차적인 원인들이 존재하지만, 그 모든 것의 궁극적 원인, 제1차 원인은 하나님이신 것을 신앙은 인식합니다. 그러므로 성도는 만사를 주관하시는 분이 하나님이심을 알아 하나님께 의존하고, 하나님께 감사하며, 하나님을 두려워합니다. 하나님의 뜻과 의지와 통치를 벗어날 수 있는 존재나 사건은 존재하지 않습니다. 하나님의 뜻과 권능으로 모든 피조 세계가 지음을 받았고, 그 안에 모든 존재와 사건들이 하나님의 통치 아래서 일어나고 허락됩니다. 하나님의 지식과 의지를 벗어난 존재는 있을 수 없습니다.

모든 피조물은 그 무슨 권능이나 행위나 운동에 있어서도 제멋대로 된 것이 하나도 없으며 예외 없이 하나님의 은밀한 계획에 의해서 다스려지고 있으므로, 하나님의 지식과 뜻에 의한 작정에 의하지 않고는 아무 것도 일어나지 않음을 항상 기억하도록 하도

[115] 『기독교강요』, 1권, 16장, 3절.

록하자.116

따라서 하나님께서는 당신께서 지으신 세상의 보존과 그 안에서 일어나는 모든 사건들을 지켜보고만 계신 방관자가 아니시라, 모든 존재의 보존과 모든 사건들의 열쇠의 보유자가 되십니다.

> 그러므로 이로써 독자들이 무엇보다 먼저 견지해야 할 것은 섭리의 의미가 하나님이 땅에서 무엇이 일어나는지 한가하게 하늘로부터 지켜보시는 데 있지 않고 그가 열쇠의 보유자로서 모든 사건을 다스리시는 데 있다는 사실이다. 그러므로 그것은 그의 두 눈에 못지않게 두 손에 속한다.117

하나님께서는 땅에서 일어나는 일들을 단지 미리 아시는 분이 아니십니다. 그분은 모든 가능한 일들과 모든 일어날 일들을 아십니다. 그러나 일어난 일들은 그분의 뜻과 전능한 의지와 허용 안에서만 일어납니다. 그러므로 그분은 예지하는 눈만 가지신 것이 아니라 모든 일어나는 일을 주관하시는 전능하신 손을 가지고 계시다고 표현하는 것입니다(창 22:8). 하나님의 전지하심 안에서 예지를 언급할 때, 전능하신 하나님의 의지가 생략되어서는 안 됩니다. 하나님께서는 당신의 의지와 뜻을 벗어나 독립적이고 자율적으로 일어나는 일을 단지 미리 아시는 수동적인 분이 아니십니다. 모든 존재하는 것과 일어나는 사건들은 하나님의 지식과 지혜를 벗어나 존재하고 일어날 수 없을 뿐더러 그분의 전능하신 의지와 뜻을 벗어나 존재하고 일어날 수 없습니다. 즉, 칼뱅은 섭리가 단지 예지가 아니라 하나님의 전능하고 의지적인 행위임을 강조합니다.

어떤 이들은 하나님께서 피조물 속에 운동력을 불어 넣으셔서 자기

116 『기독교강요』, 1권, 16장, 3절.
117 『기독교강요』, 1권, 16장, 4절.

본성에 일치하는 행위를 할 수 있도록 하시지만, 사람은 하나님에 대해 독립적이고 자율적인 의지로 자기 행위들을 스스로 조종한다고 말하므로 오류를 범합니다. 이들은 운동력을 부여하시는 권능을 하나님께 돌리지만, 하나님으로부터 결정권을 빼앗습니다. 이런 식으로 섭리를 부정해 하나님으로부터 결정권을 빼앗는 사람들이 존재합니다. 에피큐로스 학파(Epicurismus/Epicurean)는 하나님을 한가하시고 무기력한 분으로 만듭니다. 또 옛 사람들 중에는 하나님께서 공중의 상층부는 통치하시나 하층부는 운명에 남겨두셨다고 가르친 바 있습니다. 이러한 사상들은 **"맹목적이고 모호한 운동을 하나님께 돌리는 것은 인정하나, 그가 불가해한 자기의 지혜로 모든 것을 지도하시고 자기의 목적을 이루실 때까지 그것을 처리하신다는 주요한 부분은 정작 삭제해"**[118] 버립니다. 이들은 말로는 하나님을 주관자로 부르나, 실제로는 그분에게서 조정권을 박탈합니다. 그러므로 섭리에 대한 바른 신앙은, 하나님께서 **"개개의 사건들을 다스리시기 위하여 주의를 다하신다는 사실과 그것들 모두가 그의 결정적인 계획에 의해서 발생하고 어떤 것도 우연히 일어나지 않는다는 사실"**[119]을 꼭 붙듭니다.

④ 섭리의 세 가지 구분

칼뱅은 섭리를 일반 섭리와 특별 섭리 그리고 성령의 내적 작용을 통한 신자의 통치를 구분합니다. 먼저, 칼뱅은 일반 섭리(generalis providentia /general providence)를 해설하는데, 일반 섭리는, 하나님께서 만물을 창조하시면서 각기 주신 상황과 특성에 따라 모든 피조물을 섭리하심을 의미합니다. 즉, 일반 섭리는 자연의 질서와 관련된 섭리를 의미합니다(레 26:3-4, 19; 신 11:13-14; 28:12; 시 147:9; 마 10:29; 시 113:5-6).[120] 하나님께서는 모든 존재와

---

118 『기독교강요』 1권, 16장, 4절.
119 『기독교강요』 1권, 16장, 4절.
120 Francois Wendel, 『칼빈: 그의 신학사상의 근원과 발전』, 김재성 역 (서울: 크리스천다이제스

행위의 가장 우선적이고 직접적인 목적을 여전히 남겨두신 채, 창조 속에 부과하신 법칙들에 스스로 일치시키시면서 섭리하시고 역사하십니다.[121] 일반 섭리는 모든 피조물 각각에 미치는 섭리를 의미합니다. 일반 섭리는 오직 성경을 통해 올바로 인식될 수 있습니다. 불신자들은 세상에서 일어나는 일의 단편만을 볼 수 있습니다. 그들은 만사를 자연적인 힘의 작용이나 우연의 결과로밖에 볼 수 없습니다. 거듭나 성경의 진리를 깨닫고 믿는 성도들만이 제2차적인 원인의 배후에 계신 제1차적인 원인, 하나님의 손길을 봅니다.[122]

둘째, 특별 섭리(*specialis providentia*/special providence)는 인류 전체를 향한 섭리를 의미합니다. 세계가 특별히 인류를 위해 지음을 받았으니, 하나님께서는 인격적 피조물로서 인류를 특별히 섭리하시고 통치하십니다. 그러므로 성경은 특별 섭리를 이렇게 선포합니다. **"여호와여 내가 알거니와 사람의 길이 자신에게 있지 아니하니 걸음을 지도함이 걷는 자에게 있지 아니하니이다"**(렘 10:23), **"사람의 걸음은 여호와로 말미암나니 사람이 어찌 자기의 길을 알 수 있으랴"**(잠 20:24; 16:1, 9). 참으로 성경은 세계의 그 무슨 일도 하나님의 결정이 없다면 수행될 수 없습니다. 심지어 죄조차도 하나님의 허락 없이는 발생할 수 없습니다. 죄는 인격적 피조물 안에서 기원하나 이조차 하나님의 허용이 없이는 불가능합니다. 만사가 하나님의 결정과 섭리를 벗어날 수 없습니다(출 21:13; 잠 16:33; 22:2; 29:13). 부함과 가난함도 하나님의 섭리 아래 있기에, 부함과 가난함에도 그 각각의 처지에 주어진 고유한 조건이 있습니다. 하나님께서는 부한 자에게는 그것이 하나님의 손길로 된 것이니 겸손하길 권고하시고, 가난한 자에게는 그 역시 하나님의 섭리 안에서 주어진 것이니, 자족과 인내를 권

트, 1999), 211.

121   Francois Wendel, 211.

122   Francois Wendel, 211. ; *Inst.* I. xvi. 2.

고하십니다. 하나님께서는 모든 인간사를 끊임없이 간섭하십니다.[123]

셋째, 하나님의 섭리에 있어 성도들에게 큰 위로가 되는 섭리가 이세 번째 구분입니다. 이 섭리는 특별하고 특별한 섭리라고 부를 수 있을 것입니다. 이 섭리는 성령을 통해 특별히 믿는 자들을 통치하시는 섭리입니다.[124] 이러한 섭리를 통해 하나님께서는 선택 받은 자들을 거듭나게 하시고 그들을 감화시키십니다.[125] 거듭난 성도들은 말씀의 안경을 끼고 성령의 조명하시는 은혜 안에서 하나님의 섭리의 손길을 인식하고 느낍니다. 모든 것을 자연과 우연에 돌리는 불신자들과는 달리, 중생한 성도들은 자연의 질서와 특별한 섭리 그리고 성령의 내적 지배를 모두 인식하므로, 하나님께 철저히 의존된 자신의 정체성을 깨닫고, 받아들이며, 나의 존재와 삶이 하나님의 뜻을 완성하기 위한 수단이 됨을 자각합니다.[126] 일반 섭리와 특별 섭리까지도 궁극적으로 하나님의 영광과 성도의 구원을 위해 역사하고 있음을 인식하고 성도들은 평강을 누리며 감사합니다. 이렇게 보면, 섭리는 만물과 모든 인류 그리고 궁극적인 섭리의 목적인 구속 받은 성도들의 구원과 그 완성을 모두 포함합니다. 그러므로 하나님의 섭리를 떠나 이 세상에서 그 어떤 일도 벌어질 수 없다는 성경의 가르침은 진리입니다.

(2) 섭리 교리의 효용적 적용을 위한 지향점과 목표

① 섭리의 감추어진 신비를 대하고 적용하는 바른 태도

성도들은 헤아릴 수 없는 어려움에 말려들지 않기 위해 이 교리의 순수하고 올바른 용법을 견지해야 합니다. 우리는 성경이 무슨 목적으

---

123 Francois Wendel, 212. *Inst.* I. xvi. 4-5.
124 Francois Wendel, 212.
125 Francois Wendel, 212.
126 Francois Wendel, 212.

로 모든 것이 하나님의 결정에 따른다고 하는지 살펴보아야 합니다. 섭리는 다음과 같은 세 가지 방식으로 나타납니다. 첫째, 하나님의 섭리는 과거와 현재를 넘어 미래의 시간에도 미칩니다. 둘째, 만물의 결정적 원리로서 섭리는 때때로 매개체를 통하여, 때로는 매개체 없이, 더 나아가 매개체를 역행하여 작용합니다. 셋째, 섭리는 온 인류를 향해 있을 뿐만 아니라 하나님께서 보다 친근하게 살피시는 교회를 다스림에 있어서 파수꾼의 일을 감당합니다.

칼뱅은 섭리와 관련해 한 가지 더 유념할 사실을 추가합니다. 섭리의 전체 과정에서 하나님 아버지의 부성애적 호의와 심판의 엄중한 공의가 자주 빛나고 있지만, 그 과정에서 일어나는 사건들의 원인들은 감춰져 있습니다(시 40:5). 이런 이유로 사람들은 운명과 우연에 인간사를 맡기는 오류가 나타납니다. 그렇다면, 우리는 어떻게 이처럼 감추어져 있는 사물의 원인을 하나님에 두고 인정하고 높일 수 있을까요? 신비에 쌓여 감추어진 사물의 원인을 경건하게 대하는 태도는 이러한 것입니다. 하나님께서는 섭리의 신비를 그 감추어진 대로 겸손하고 경외하는 태도로 수용하며, 성경이 가르쳐주신 방식으로 바라보기를 원하십니다.

먼저, 섭리를 대할 때, 우리는 세계에서 일어나는 모든 일들이 하나님의 불가해한 계획(*incomprehensibiles Dei consilia*/God's incomprehensible plans)으로 통치된다는 것을 인정해야 합니다(시 36:6; 신 30:11-14; 롬 11:33-34; 시 40:13-14). 그러므로 불가해한 계획을 인정하는 동시에 그 감추어진 섭리의 신비의 부분을 경외함으로 경배해야 합니다. 하나님의 본질, 삼위일체, 하나님 주권과 인간의 책임 등 이러한 모든 신학의 주제들에는 신비(mystery)가 존재합니다. 하나님께서 필요한 것은 알려주시고, 우리가 수용할 수 없고 우리의 구원과 구원받은 삶에 필요하지 않은 것은 감추어 두셨습니다. 그러므로 경건한 성도들은 이런 감추어진 부분들을 모순(contradiction)이 아니라 신비(mystery)로 받아들임으로 오히려 신앙의 유익을 줍니다. 이런 성경의 침묵은 들추어내고 파고들 대상이 아니며, 주어진 신비로 남겨두어야 하며, 성경에 알려주신 것으로 만족해야 합니다. 하나님에 대해 감추어져 있는 그것 자체가 하나님의 선하신 뜻을 따라 된 것입니다. **"감추어진 일은 우리 하나님 여호와께 속하였거니와 나타난 일은 영원히 우리와 우리 자손에게 속하였나니"**(신 29:29). 신학과 신앙의 인식의 기초는 하나님의 계시 앞에 겸손입니다. 이를 버리고 **"자신의 이성이 자기들에게 명령하는 것 이상을 하나님께 돌리는 것을 옳지 않게"** 여기는 사람들이 있습니다. 이들은 감추어진 것을 파고들어 헛된 인간의 사상으로 진리를 왜곡합니다. 우리는 이것을 지적 교만이라고 부릅니다.

아우구스티누스에 따르면, 만물의 원인이 감추어져 있기에, 그 원인의 메커니즘(mechanism)을 알고 하나님을 좇아 갈 수 없습니다. 그러므로 성도들은 성경의 교훈을 따라 선한 뜻을 가지고 하나님의 법에 따라 행해야 합니다. 우리는 성경을 통해 섭리에 대한 안내를 받아야 합니다. 우리는 성경과 성령의 내적 조명하에 배우는 진리의 학교(veritatis schola/a school of truth)의 학생들이 되어야 합니다. 우리는 섭리에 감추어진 부분을 파내려 하거나, 섭리의 메커니즘을 파헤치므로 하나님을 따라 갈 수 있는 것이 아니라, 성경으로부터 주어진 섭리의 사실 자체가 우리의 삶의 법이 되어, 하나님의 섭리를 경외하므로 인정하고 의지하는 삶을 영위해야 합니다. 섭리의 메커니즘을 파내거나, 성경이 결코 드러내지 않은 하나님의 작정적 의지[127], 곧 우리의 미래에 실제로 일어날 일을 알려하는 것 자체가 신앙의 탈선입니다. 섭리와 관련하여 그러한 것들은 감추어져 있기 때문입니다. 그러므로 성경에서 가르친 하나님의 섭리적 주권을 인정하고, 성경이 우리에게 가르쳐준 예배와 삶을 향한 복음의 약속과 선한 명령과 법들을 따라 우리는 결정하고 하나님께 모든 결과들을 맡기는 것이 성경적 섭리 적용인 것입니다. 우리에게 순경만이 아니라 역경

---

[127] Louis Berkhof, 77-8. 감추어진 하나님의 작정적 의지와 성경을 통해 나타내신 교훈적 의지의 구분을 이해하기 위해서 이곳을 참조하기 바란다.

도 옵니다. 순경을 맞이할 때 감사로 응답하고, 역경이 찾아올 때, 성도와 교회를 향한 하나님의 특별하고도 특별한 섭리의 보호가 있음을 아는 것으로 만족하고, 성경에서 주어진 섭리의 약속을 붙들고 인내해야 합니다. 성경에 우리가 처신할 삶의 원리로서 교훈적 원리들에 충실한 선택을 하며 하나님께 삶을 맡기는 것이 경건입니다. 그러므로 성경은 성도가 역경에서 넘어지지 않는 이유를, 감추어진 섭리의 지식을 캐어내거나, **"작정적 의지"**를 파악해 미래에 일어날 일들을 직관하는데 두지 않고, 하나님의 주권을 인정하며, 성경에서 약속하신 성도들을 향한 선한 뜻과 약속을 붙드는 데 두었습니다. 작정적 의지는 감추어진 의지입니다. 그러나 우리에게는 성경을 통해 주신 **"교훈적 의지"**가 있습니다. 성도들은 모든 삶 속에서 복음과 율법을 의지해 사고하고 결정하고 행동합니다. 그리고 그 모든 결과를 하나님께 의탁합니다. 그러므로 성경은 이렇게 성도들을 위로합니다. **"우리가 알거니와 하나님을 사랑하는 자 곧 그 뜻대로 부르심을 입은 자들에게는 모든 것이 합력하여 선을 이루느니라"**(롬 8:28).

② 하나님의 섭리와 사람의 책임

섭리가 철저히 하나님의 주권 가운데 있을지라도, 이를 빙자하여 인간의 책임을 회피할 수는 없습니다. 하나님의 주권과 인간의 책임간의 조화로운 인식은 오직 하나님의 뜻과 진리를 성경으로부터 찾고 배워서 성령의 인도 아래 추구하는 사람에게만 주어집니다. 솔로몬은 미래에 일어날 일들과 관련하여 인간의 사려(思慮)를 하나님의 섭리와 용이하게 조화시킵니다. **"사람이 마음으로 자기의 길을 계획할지라도 그의 걸음을 인도하시는 이는 여호와시니라"**(잠 16:9).

칼뱅은 주어진 잠언의 말씀을 이렇게 해석합니다. 하나님께서 만사를 주재하시지만, 그분께서는 당신의 계획과 결정을 수단을 사용해 이루어 가십니다. 하나님께서 우리의 삶을 돌보시기 위해 정하신 수단은 우리 자신이며, 우리에게 주어진 방법들과 도움들입니다. 하나님께서는 하부 원인들을 무시하시지 않으십니다. 하나님께서는 수단을 통하지 않으시고도 섭리하시지만, 보통 수단을 통해 섭리하십니다. 수단도 궁극적인 결과도 다 하나님의 주권 아래 있습니다. 우리가 무엇을 위해 생각하고, 느끼고, 또 고민하고 결정하고 무엇인가를 사용하는 모든 것들이 하나님의 섭리 아래 있습니다. 우리가 위험에 직면하면, 하나님께서는 수단을 통해 구해주십니다. 그러나 그 수단은 하나님의 손길이 됩니다. 하나님께서는 물에 빠진 사람을 살리시기 위해 주변의 어선을 보내실 수 있으시고, 또 튜브와 로프를 그들의 손으로 던져 주어 구조하게 하실 수도 있습니다. 이 외에도 물에 빠진 사람이 구조되는 여러 수단과 방식이 존재할 것입니다. 한 사람이 구조를 받을 데, 사람의 도움도 있고, 어떤 기구의 도움도 있는 것입니다. 하나님께서는 이러한 인간의 역할과 수단들을 모두 사용하시어 하나님의 작정하신 뜻을 이루십니다.

하나님께서는 성경을 통해 우리가 조심해야 할 것과 피해야 할 것 그리고 추구해야 좋을 것들을 모두 기록해 주셨습니다. 구원과 상관없는 것들은 선한 상식 안에서 또한 얻게 하셨습니다. 상식은 구원과 직결된 문제는 아니지만, 믿는 자나 믿지 않는 자들에게 유용한 지혜요 지식들입니다. 우리는 이러한 것들을 살피며 사고하고 결정하며 살아가야 합니다. 특히 구원과 신앙의 삶에 있어 우리는 하나님의 기쁘신 뜻과 믿어야 할 약속을 기록한 성경에 의지해 사고하는 성실함을 보여야 합니다. 하나님께서는 신앙의 삶에서는 복음과 율법을 통해 우리가 따라야 할 삶의 원칙을 알려 주셨습니다. 그러므로 성도는 성경의 교훈적 의지를 살피고 따라갈 의무가 있고, 우리의 삶의 선택과 결정들이 성경에서 알려진 교훈적 의지에 근거해야 합니다. 즉, 하나님께서는 우리가 이러한 원칙에 의해 삶을 살 책임과 의무를 주셨고, 이에 따라 살 때 하나님의 은혜와 복을 누리게 됨을 약속 받았습니다. 하나님께서는 이처럼 성실한 우리 자신과 삶의 방식을 수단으로 하여 하나님의 선하신 뜻을 이루어 가십니다. 우리는 하나님의 교훈적 의지를 따라 살아가므로, 하나님의 뜻을 이루는 악한 도구가 아니라 선한 도구가 되어야 합니다. 그러나 이러한 우리의 성실한 삶을 통해 어떤 일이 이루어질 때, 그 수단을 들어 사용하시고 어떤 선한 효과를 이루게 하신 궁극적인 제1원인이 하나님께 있음을 고백하고 감사해야 합니다.

따라서 경건한 성도들은 성경에서 알려주시는 교훈적 의지를 숙고하고, 만사에 선한 것을 추구하며 하나님을 좇으므로 하나님께서 당신의 뜻을 이루시는 선한 도구가 되길 소원해야 합니다. 그러나 하나님께서는 우매와 태만과 악행 역시 하나님의 섭리의 도구로 사용하십니다. 우매와 신중이 다 같이 하나님의 섭리의 도구가 됩니다. 그러나 악한 도구로 사용된 사람에게는 책임이 따릅니다. 인간의 판단과 선택, 그리고 구체적인 의지적 행위들은 하나님의 섭리를 이루는 수단들이면서, 하나님께서는 그러한 인간의 의지와 행위를 파괴하지 않는 형식으로 당신의 섭리의 수단이 되게 하므로, 섭리는 하나님의 뜻대로 반드시 이루어집니다. 그러나 인간의 책임 또한 유효한 것입니다.

악한 수단이든 선한 수단이든 모든 것들이 하나님의 권능에 의해 하나님의 뜻을 이루는 데로 귀결 되지만, 인간의 책임은 하나님의 교훈적 의지의 계시된 바에 어떻게 반응했느냐에 따라 판단됩니다. 선한 결과는 하나님께서 이루신 것이지만, 악한 생각과 행위는 정죄 받아 마땅한 것으로 남겨집니다. 하나님께서는 악을 원하지 않으십니다. 하나님께서는 우리에게 선한 것을 명령하시고 요구하십니다. 이를 위해 교훈적 의지를 성경을 통해 주셨습니다. 하나님께서는 악을 사용하시되 악을 선하게 여기지 않으십니다.

인간에 대한 하나님의 선악 간에 판단은 하나님에 의해 귀결된 결과에 놓이는 것이 아니라, 하나님의 복음과 율법을 통해 주신 교훈적 의지에 대한 반응에 달린 것입니다. 가룟 유다의 배신을 하나님께서는 십자가 사건 성취에 사용하셨지만, 가룟 유다의 마음의 동기와 행동은 하나님의 교훈적 의지에 반한 죄요 악이므로, 하나님께서는 그를 정죄하셨습니다. 하나님께서는 선한 뜻이 이루어지도록 가룟 유다의 악행을 사용하셨지만, 가룟 유다는 언제나 악했을 뿐입니다. 가룟 유다를 악한 도구로 사용하신 하나님의 지혜와 권능은 찬양을 받으셔야 하지만, 가룟 유다가 주님을 배반한 일은 정죄 받아 마땅합니다. 악한 도구로 쓰인 사람들은 하나님께서 섭리하여 사용하시는 순간에도 악한 마음을 품고 단지 사악한 욕망을 좇고 있을 뿐이기 때문입니다. 이러한 사람의 행위를 하나님께서 사용하셨으나, 이 사람 자체는 하나님의 명령을 거역하고 있을 뿐입니다. 선한 도구란 칭호는 자기를 부르신 하나님의 뜻에 대해서 배우고 그 뜻에 부여된 일을 끝까지 이루는 가운데 섬기는 사람에게만 해당합니다. 따라서 우리는 정죄와 형벌의 죄책을 지고 책임져야 할 인간의 악행과 그러한 행위까지도 섭리하시므로 당신의 선하신 뜻이 성취되도록 하시는 하나님의 권능과 선하심을 혼동해서는 안 된다. 우리는 하나님의 수단이 된 악행에 대한 책임을 인정하는 동시에, 그런 악행을 수단으로 사용하신 하나님을 찬양해야 합니다. 악인을 사용하신 하나님께서는 선하시지만, 악인은 악할 뿐입니다. 경건한 사람은 하나님의 교훈에 무관심하고 미련하므로 어떤 손실을 입게 될 때, 작정적 의지의 측면에서 결과된 일을 하나님의 뜻에 돌리지만, 손실에 대한 책임을 자신의 무관심과 미련함의 탓으로 돌립니다.

그러므로 우리에게 요구되는 일은 하나님께서 명령하신 것을 순종하는 것뿐입니다. 이렇게 사는 사람은 하나님의 선한 도구가 될 것입니다. 그러나 하나님의 뜻을 거스르는 사람들은 악한 도구가 될 것입니다. 원하든 그렇지 않든, 악을 행하는 사람들은 악을 행하는 대로 하나님의 의로운 결정을 섬기는 결과를 낳을 것입니다. 그러나 악한 도구가 되어 생각지 않게 자신의 악행이 하나님의 뜻을 이루는 수단이 되었다 해도, 그 선한 결과는 악인의 악행 때문이 아니라, 악한 도구들을 선하고 순수하게 사용하시는 방법을 아시는 하나님의 무한한 지혜와 광대하심 때문입니다. 그러므로 그 선한 결과에 하나님께서는 찬양을 받으셔야 하고 악한 도구는 정죄를 받아야 합니다. 악한 도구를 사용하시어 선한 결과가 발생하는 것은 하나님의 작정적 의지 때문이지만, 악인은 하나님의 교훈적 의지를 거슬렀으니 마땅히 정죄됩니다. 하나님의 능력과 지혜는 놀랍고 신비합니다. 하나님께서는 악인의 사악함을 오직 합법적으로 사용하시는 능력과 지혜를 가지고 계시므로, 악한 도구들의 발악까지도 사용하셔서 선을 이루실 수 있습니다. 칼뱅은 매우 의미심장한 비유로 섭리 안에서 하나님께서 악한 도구를 사용하신다는 의미를 설명합니다.

> 태양의 열로 썩어 널브러져 있는 사체의 악취는 어디로부터 오는 것인가? 모든 사람은 그것이 태양 광선에 의해서 일어난다고 알고 있다. 그러나 그 이유에 대해 말할 때 그 광선으로부터 악취가 생긴다고 하는 사람은 아무도 없다. 이렇듯 악의 질료(質料)와 그에 따른 비난이 악한 사람에게 있을진대, 하나님이 자기의 뜻에 따라 그 사람의 사역을 사용하실지라도, 무슨 논거로 하나님이 오물과 계약을 맺고 계신다고 생각할 수 있는가?[128]

칼뱅에 따르면 하나님께서는 악인을 섭리의 도구로 사용하시지만, 결코 악을 조성하시지도 않으시고, 그 악을 인정하시지도 않으십니다. 하나님께서는 무한한 지혜와 능력으로 악을 허용하시고 섭리로 조정하여 하나님의 선하신 목적에 기여하도록 섭리하시지만, 악은 피조물 안에서 발생한 것으로 하나님께서는 그것을 심판하십니다.

③ 신자의 위로, 하나님의 섭리
섭리에 대한 신앙은 성도들에게 위로와 평강을 제공합니다. 그리스

---

[128] 『기독교강요』, 1권, 17장, 5절.

도인들은 모든 것이 하나님의 경륜에 의하여 일어난다는 사실을 알기에, 인생사를 우연에 맡기지 않습니다. 이들은 하나님을 사물들의 주요 원인(*praecipuus causa*/the principal cause)으로 여기는 가운데, 하나님께서 수단으로 사용하시는 하부 원인들(*inferiores causae*/inferior causes)을 그것들 각자의 자리에서 숙고하게 됩니다. 따라서 그는 그의 내면과 외부를 둘러싼 모든 것으로부터 자신을 지켜주고, 선과 구원으로 하나님의 섭리가 인도할 것을 굳게 믿고 안위(安慰)할 수 있습니다. 사람과 피조계 전체를 섭리하시는 하나님께서 그리스도 안에 있는 자들과 교회를 향해 더욱 특별하고 특별한 섭리로 지켜 주실 것을 약속하셨습니다.

사람들이 선하건 악하건 그들의 계획들, 뜻들, 노력들, 재능들이 하나님의 손아래 있다
는 사실과 그가 자기가 가뻐하시는 곳을 향해 그들을 나가게 하시고 자기가 기뻐하시
는 때에는 언제든지 그들을 멈추게 하시는 것은 그의 뜻 안에, 그의 의지 안에 있다는
사실을 그리스도인의 마음은 알게 될 것이다.[129]

그러므로 만약 어려운 일을 만나더라도, 성도들은 그 있는 곳에서
마음을 들어 하나님의 선하시고 특별하고 특별한 섭리를 바라보아야
합니다. 섭리를 바라볼 때, 하나님의 손이 우리 마음에 인내와 평온한
마음의 절제를 최대한 효과적으로 각인시켜 주실 것입니다. 반대로, 섭
리를 부정하고 불신하는 마음과 삶은 언제나 흔들리고 비참합니다. 세
상에는 수많은 크고 작은 악과 죽음과 재난이 우리를 둘러싸고 있기 때
문입니다. 이런 고난 속에서 운명이나 우연에 인생을 맡겨 산다면, 삶은
염려와 공포와 한숨으로 가득 차게 될 것입니다.

이러한 곤경들 가운데 처하여 있는 사람은 절반은 목숨이 살아 있다고는 하나 마치 검
투사의 칼이 언제나 자기의 목을 벼르고 그 바로 위에 달려 있기라도 한 것처럼 염려
에 차고 가쁜 숨을 약하게 들이마실 뿐이니 어찌 가장 비참하다고 아니할 수 있겠는
가?[130]

섭리에 대한 확신은 성도로 하여금 자신을 하나님께 담대히 의탁
하게 만듭니다. **"섭리에 대한 무지가 모든 비참함의 극(極)이"** 되며, **"그
것에 대한 지식이 최고의 복이"** 됩니다.[131]

---

129 『기독교강요』, 1권, 17장, 6절.
130 『기독교강요』, 1권, 17장, 10절.
131 『기독교강요』, 1권, 17장, 11절.

④ 하나님의 섭리의 유효성

섭리의 유효성은, 하나님의 섭리가 하나님의 작정대로 반드시 성취된다는 뜻입니다(출 3:21; 왕상 22:22; 12:10, 15; 삼하 17:7, 14; 욥 1:12). 그리고 이러한 하나님의 섭리는 도덕적 통치의 원리 안에서, 하나님의 선하시고 공의로운 성품 안에서, 그분의 작정대로 반드시 성취된다는 사실을 의미합니다. 하나님의 주권은 완전하고 그분의 능력은 전능하십니다. 이러한 섭리의 유효성을 신자가 신뢰할 때 여러 가지 유익을 얻게 됩니다. 섭리를 붙든 신앙은 성공할 때 감사를 드리고, 역경을 만나면 인내하며, 미래의 우려에 대해 놀라운 자유를 얻습니다. 이들은 사람들을 통해 받은 사랑과 무생물에 의한 도움을 통해 마음에 바라던 대로 번창할 때, 이 모든 것을 하나님께 받은 것으로 간주합니다. 또 경건한 사람들은 하나님께서 사용하신 선한 도구들, 곧 하부 원인들의 가치도 인정하여, 사람에게 도움을 받으면, 그것을 하나님께 돌리면서도 하부 원인으로서 인간에게 대한 감사도 잊지 않습니다. 하나님께서는 선한 도구는 선한 도구의 본성을 사용하여 하나님의 뜻을 이루시기 때문입니다.

그러나 성경에 이러한 섭리의 유효성을 부정하는 듯한 표현이 나타납니다. 가끔 하나님께서 당신께서 뜻하신 일이 실패로 돌아가 하나님께서 뜻을 철회하시는 듯한 표현이 등장하는 데, 그것이 하나님의 **"후회하심**(*paenitentia*/repentance)**"**입니다. 그러나 하나님에게는 결코 **"후회"**라는 것이 있을 수 없습니다. 이렇게 생각한다면, 하나님의 속성인 **"하나님의 불변성"**을 부정하는 결과를 낳습니다. 하나님의 존재와 뜻과 계획과 속성과 약속은 변하지 않습니다. 하나님께서는 마음을 바꾸시는 변덕스러운 분이 아니십니다. 그리고 하나님께서 어떤 외부적인 원인으로 당신의 뜻이 실패되어 당신의 뜻을 철회할 수 있다는 생각도 신성모독적입니다. 하나님께서는 지존자시며, 당신께서 뜻하신 것은 당신의 완전한 지혜와 전능하심으로 이루십니다. 따라서 하나님의 후회하심은 신인동형동성론적(anthropomorphic) 표현으로, 비유적 기술입니다. 이러한 비유적 표현은 인간의 이해를 고려한 것으로, 우리의 능력에 맞도록 그 묘사가 낮추어진 것입니다. 여기서 **"후회"**라는 표현은 하나님의 작정, 계획, 의지의 변화가 아니라, 단지 어떤 시점에서 하나님의 행동의 변화일 뿐입니다. 그 행동의 변화도 하나님의 영원으로부터 예견된 것이며, 작정하신 것을 영속적인 방법으로 수행해 나가실 뿐입니다.

⑤ 죄에 대한 허용적 작정에 대한 바른 이해

(ㄱ) 하나님의 뜻과 의지 안에서 사탄과 악인을 사용하심

하나님께서 사탄과 행악자들을 도구로 삼으실 때, 던져지는 질문들은 이러합니다. 첫째, 하나님께서 저들을 통해 활동하시면서 어떻게 저들의 범죄에 의해 오염되지 않으시는지? 둘째, 심지어는 하나님이 저들과 더불어 일을 하시면서 어떻게 모든 죄책을 면할 수 있으신가? 셋째, 나아가서는 그가 사용하시는 자들을 어떻게 정당하게 정죄하실 수 있는가?

교회는 죄에 대하여 하나님의 허용적 작정이란 말을 사용합니다. 이렇게 **"허용"**이라는 말을 사용하는 것은 죄의 기원(origin)이 하나님께 있지 않고 피조물 안에 존재하기 때문입니다. 그러나 하나님께서 결코 죄의 조성자가 될 수 없다는 사실을 강조함과 동시에 **"허용"**이라는 말이 하나님의 의지(arbitrium/will)와 분리되는 방식으로 사용되어서는 안 된다는 사실도 강조되어야 합니다. 어떤 사람들은 죄와 악에 대한 허용이 하나님의 뜻에 의해서가 아니라 단지 **"허용"**에 의한 것이라고만 말합니다. 그러나 성경은 하나님의 뜻을 너머서거나 하나님의 뜻과 무관한 **"허용"**이 있을 수 없다고 가르칩니다. 사탄과 악인의 행위도 하나님의 뜻 아래 있습니다(시 115:3). 욥기 1장은 사탄이 하나님의 명령과 뜻 안에서만 행할 수 있음을 증거하는 중요한 구절이기도 합니다(욥1:6; 2:1).

사람들은 하나님의 은밀한 지시가 없이는 아무 일도 효과적으로 수행할 수 없으며, 하나님이 그 자신 가운데서 작정하시고 그 자신의 은밀한 지휘 아래에서 결정하신 것이 아니면 어떤 것도 고의로 행할 수 없다. 이는 무수하고 명백한 증언들로써 입증된다.[132]

하나님께서는 사탄과 악인이 하나님의 뜻을 거스려 하나님과 다른 동기로 어떤 행위를 할 때, 그 행위의 결과가 하나님의 뜻에 부합하도록 섭리하십니다. 사탄과 가룟 유다는 악한 동기로 예수님을 배신하고 죽음에 이르게 했지만, 하나님께서는 이 일의 결과가 구원의 길이 되게 하셨습니다. **"사탄은 다른 방식으로, 다른 목적을 가지고 이렇게 하는 것이지만, 하나님이 그렇게 원하시지 아니하시면 그 무슨 일도 착수할 수 없"**[133]습니다. 여기에서 '행하는 것(*agere*/doing)'과 '허용하는 것(*permittere*/permitting)'의 구별이 생기게 됩니다. 하나님께서는 망대에서 우연한 사건들이 일어나기를 기대하고 계신 분이 아니시며, 그의 심판들이 사람의 의지에 달려있지도 않습니다. 하나님께서는 사탄과 악인을 도구로 사용하셔서 악인에게 심판을 행하고 사랑하는 자녀들을 연단하시는 분이십니다. 허용적 작정이란 말을 사용할 때, 그 안에 하나님의 의지와 뜻이 배제되지 않으며, 철저히 모든 만사가 하나님의 의지와 뜻 안에서 일어납니다.

(ㄴ) 죄의 조성자가 되시지 않으시면서도 사탄과 악인을 사용하시는 방식
칼뱅은, 은밀한 충동(*arcanos motus*/secret movements)에 관하여 말합니다(잠 21:1). 이것은 인류 전체에 해당하는 말로서, **"마치 하나님께서는 우리가 마음에 품고 있는 모든 것이 자기의 은밀한 영감**(*arcana Dei inspiratio*/the secret inspiration of God)**에 의해 지도를 받아 자기의 목적을 위해 사용되게 하신다**

---

132 『기독교강요』 1권, 18장, 1절.
133 『기독교강요』 1권, 18장, 1절.

고 말하고 있는 듯"134합니다. 하나님께서는 사람의 마음속에서 일하시므로, 긍정적이거나 부정적인 결과를 이루게 하신다고 성경에 무수히 기록되어 있습니다(겔 7:26; 욥 12:24; 시 107; 40; 삼상 26:12; 사 29:14; 신 28:28; 슥 12:4; 사 29:10; 롬 1:28; 출 14:17). 행악자들의 눈을 어둡게 하시는 분도 하나님이십니다. 하나님께서는 행악자들의 눈을 어둡게 만드셔서 정신이 나가게 하시기도 하시는데 성경은 이것을 하나님의 의로운 심판으로 표현합니다. 하나님께서 사탄에게 명하여 신자를 연단하거나 악인을 심판하시는 도구로 삼으실 때, 유기된 자들을 그냥 내버려 두신 채 사탄이 그들을 눈멀게 하도록 허락하시는데 그친다고 생각하는 것은 성경적이지 않습니다. 악인이 눈 멀고 상실된 마음을 갖는 것은 하나님의 의로우신 심판 행위로부터 온 것입니다(롬 1:20-24). 하나님께서는 바로의 마음을 완악하게 하셨고, 완강하고 완고하게 하셨습니다(출 9:12; 10:1, 20, 27; 11:10; 14:8), 사람은 하나님에 의해서 다양한 방식으로 행하게 되지만 동시에 스스로 행합니다. 하나님께서는 죄의 조성자가 아니시지만, 모든 죄와 사탄과 악인의 행위들은 하나님의 뜻의 통치를 벗어날 수 없고, 하나님의 뜻을 벗어나 발생하거나 활동할 수 없습니다. 하나님께서는 만사를 하나님의 의지대로 되도록 통치하십니다. 이처럼 죄와 악과 사탄과 악인을 다루시는 하나님의 통치를 칼뱅은 **"은밀한 충동"**이란 개념으로 설명하려 하고 있습니다. 하나님께서 악인들의 행악을 허락하시는 것은 단지 수동적 방관 혹은 허용이 아니라 적극적인 하나님의 심판 행위입니다.

하나님의 은밀한 충동은 죄 자체를 조성했다는 의미가 아니라 하나님의 의지와 의도대로 피조물 안에 죄가 발생하도록 허락하셨다는 의미입니다. 하나님께서 인간의 마음속에 충동하시지만, 죄가 발생하는 것은 인간 자신의 인격에서 발생되는 그 자신의 행위입니다. 이 일에 있어 하나님께서는 수동적이신 것이 아니라 주권적으로 이러한 일들을 통제하시고 조정해 가시므로, 죄와 악과 사탄과 악인들의 활동까지도 하나님의 뜻을 이루는 수단으로 사용하시며, 악인들을 심판하시며 자녀들을 연단하시는 도구로 사용하십니다. 악인이 마음을 상실하고 더욱 큰 악에 빠지므로 심판을 받는 일이 하나님의 주권적인 심판 행위로부터 비롯된 것이라는 것을 인정해야 합니다. 이러한 하나님의 충동이 있어 바로는 강팍해졌고, 사탄은 욥을 시험했습니다. 이 충동을 인해 악인이 은혜를 상실하고 유기된 채 악에 빠져 의로운 심판을 받게 되는 것입니다. 그러나 반대도 성립합니다. 하나님께서는 택함 받은 자녀들을 연단하시며, 선한 마음을 갖도록 충동하십니다. 결론적으로 칼뱅이 말하고자 하는 핵심은 이것입니다.

> 요컨대 하나님의 뜻은 모든 사물의 원인이라고 말해지므로, 하나님은 자기의 섭리를 사람의 모든 계획과 일 위에 통치자로 삼으신다. 이는 그가 성령에 의해 다스림을 받는 선택된 자들 가운데서 자기의 힘을 드러내실 뿐만 아니라 유기된 자들을 내몰아 복종하게 하시기 위해서이다.

따라서 우리는 하나님을 죄의 조성자가 아니라고 고백할 뿐 아니라, 죄와 악과 사탄과 악인의 행위가 하나님의 뜻과 의지를 벗어나 발생하고 활동할 수 없음을 함께 고백해야 합니다. 하나님의 주권과 뜻과 계획을 벗어난 것이 존재할 수 없다는 의미입니다. 그러나 하나님의 은밀한 충동은 선하신 의지와 동기와 뜻 안에서 죄와 악과 사탄과 악인을 통치하시며 허용하십니다.

(ㄷ) 오직 선한 하나님의 단일한 의지

앞에서 하나님의 섭리에 있어 나타나는 주권이 강조되었다면, 여기서는 하나님께서 죄와 악과 사탄과 악인을 도구로 사용하실 때, 그분의 의지가 절대적으로 선하다는 점을 강조합니다. 하나님께서 사탄과 악인의 마음을 충동하시지만, 어떤 의미에서 하나님께서 악의 조성자가 아닌지 설명합니다.

어떤 이들은 하나님의 원하심이 없이는 어떤 일도 일어나지 않는다면, 하나님께서는 은밀한 계획으로 자기의 율법에 반한 것도 작정하신 것이 되므로, 하나님 안에 상반되는 두 가지 뜻이 있게 된다는 것입니다. 이들의 논지는 죄와 악에 속한 일까지도 하나님의 주권 안에 둔다면, 하나님께서 율법을 통해 금지하신 일을 한편으로는 실제로 일어나도록 작정하신 격이 된다는 것입니다. 칼뱅은 이러한 반론을 쉽게 반박합니다. 성경 자체가 만사를 섭리하시는 하나님을 증거하고 있습니다. 욥은 강도들에 의해 약탈을 당한 후, 악인들과 그들의 악행을 하나님의 의로운 채찍으로 받아들입니다(욥 1:21). 엘리의 아들들의 죽음은 하나님의 심판으로 해석됩니다(삼상 2:25). 이러한 일들은 하나님께서 한가하고 수동적인 허용이 아니라 분명한 하나님의 의지 가운데 일어났습니다(사 45:7; 암 3:6; 신 19:5; 출 21:13; 행 4:28).

하나님과 함께 할 수 없고, 하나님께서 진노하시며 증오하시는 죄와 마귀와 악인의 행사를 수단으로 사용하신다하여, 하나님 안에 선을 명령하시는 의지와 죄와 악한 것들을 허용하시는 의지가 모순되게 존재하지는 않습니다. 칼뱅은 하나님의 의지가 오직 선하고, 단일하다는 것을 강조합니다. 하나님께서 선악과 화복을 주관하시나 언제나 선하신 하나의 의지에 의해 그렇게 하십니다. 우리는 앞에서 칼뱅이 사용한 비유를 한 번 더 상기할 필요가 있습니다.

태양의 열로 썩어 널브러져 있는 사체의 악취는 어디로부터 오는 것인가? 모든 사람은 그것이 태양 광선에 의해서 일어난다고 알고 있다. 그러나 그 이유에 대해 말할 때 그 광선으로부터 악취가 생긴다고 하는 사람은 아무도 없다. 이렇듯 악의 질료(質料)와 그에 따른 비난이 악한 사람에게 있을진대, 하나님이 자기의 뜻에 따라 그 사람의 사역을 사용하실지라도, 무슨 논거로 하나님이 오물과 계약을 맺고 계신다고 생각할 수 있는

가?135

하나님의 뜻은 하나님 안에서 언제나 하나이며 단순하지만, 우리가 보기에는 다양하게 나타납니다. 그렇게 보이는 것은 우리의 정신이 연약하기 때문입니다.

패역한 천사들과 악인들은 하나님을 반역하여 하나님께서 원하시지 않으시는 것을 행하려 하지만, 하나님께서는 전능하신 분으로서 천사들과 악인들의 목적이 이루어지지 않게 하시고, 결과적으로 하나님의 뜻이 이루어지도록 만사를 섭리하십니다. 하나님의 선하신 단일한 뜻을 사탄과 악인도 벗어날 수 없고, 오직 그의 뜻에 쓰임 받는 도구가 될 수밖에 없습니다. 이와 같은 하나님의 오직 선하시고 단일한 궁극적인 뜻이 유한하고 부패한 무지를 가진 우리들의 시야로 다 이해할 수가 없습니다. 사탄과 악인을 충동하시어 하나님의 뜻을 이루는 도구가 되게 하시는 섭리적 행위는 오직 전지전능하시며 무한한 지혜를 가지신 하나님께만 돌려질 수 있습니다. 죄를 허용하시는 하나님, 사탄과 악인을 들어 심판의 도구, 연단의 도구로 사용하시는 하나님의 행위는 우리의 이해를 넘어선 신비를 포함하고 있습니다. 죄의 조성자가 아니시면서도, 하나님의 충동으로 인해 죄와 악과 사탄과 악인을 도구로 사용하시는 허용적 작정은 그 매커니즘(mechanism)을 인간이 설명할 수 없는 무한하시고, 전능하시고, 무한히 지혜로우신 하나님께 속한 신비입니다. 성경은 모든 것이 하나님의 손아래 있으며, 그분의 주권 가운데 있으며, 그분이 악의 조성자가 되실 수 없다는 진리의 경계, 안전한 울타리만을 쳐주고 있습니다. 우리는 그 안에서 사고해야 하고, 사고를 절제해야 합니다. 성경이 우리에게 전하는 핵심은, 하나님께서 죄와 악을 허용하시되, 그것을 오직 선하신 뜻과 의지로 허용하신다는 점입니다. 그러므로 죄와 악

---

135 『기독교강요』 1권, 17장, 5절.

도, 사탄과 악인과 그 행위도 심판하시며, 성도를 연단하시는 하나님의 선하신 의지와 뜻을 벗어나 존재할 수 없습니다.

> 하나님께서는 원하시지 않는 가운데 허용하시지 않으실 것이며, 그러나 원하시는 것을 무슨 일이 있어도 거절하지 않으실 것입니다. 이뿐 아니라 선하신 그는 또한 전능하신 분으로서 악으로부터 선을 만드시지 않는 한, 악이 일어나게 하지 않으실 것이다.136

이 주제에 있어 우리가 늘 구분하여야 할 것이 하나님의 작정적 의지(the decretive will)와 하나님의 교훈적 의지(the preceptive will)의 구분137입니다. 칼뱅은 이러한 구분을 "**하나님의 뜻**(*voluntas*/will)**과 그의 교훈**(*praeceptum*/precept)"의 구분으로 표현합니다. 많은 사람들이 이것을 구분하지 못하여 혼란에 빠집니다. 작정적 의지는 "**하나님께서 무엇을 일어나게 하실지를 의도하거나 명령하시며, 그것을 효과적으로**(인과적으로) **성취하시기를 의도하시든지 혹은 이성적인 피조물이 자기 마음대로 그것을 행하도록 내버려 두시든지를 의도하시는 하나님의 의지**"138입니다. 이 의지는 감추어져 있습니다. 우리는 하나님께서 무슨 일을 행하실지 한 치 앞을 알지 못합니다. 교훈적 의지는 "**하나님이 도덕적인 피조물들에게 지키라고 명령하신 의무들을 보여 주는 의지이며, 동시에 그들을 위하여 정해 놓으신 삶의 규범**"139입니다. "**전자는 언제나 성취되지만 후자는 종종 불순종**"140됩니다. 이러한 예가 가룟 유다를 통해 설명됩니다. 가룟 유다의 경우는 교훈적 의지에 대해서는 불순종하였지만, 그 불순종의 행위는 하나님께서 그를 십자가의 구속의 도구로 사용하시려는

136 『기독교강요』 1권, 18장, 3절.
137 Louis Berkhof, 77.
138 Louis Berkhof, 77.
139 Louis Berkhof, 77.
140 Louis Berkhof, 77.

작정적 의지 안에 있어 그렇게 실현되었습니다. 그러나 가룟 유다는 교훈적 의지의 측면에서 보면, 자신의 악한 마음과 계획으로 예수님을 팔아먹었습니다. 그는 그런 의미에서 스스로에게 책임이 있으며, 정죄되어 마땅합니다. 작정적 의지의 측면에서 보면, 하나님께서는 가룟 유다의 악행을 도구로 삼아 자신의 뜻을 이루셨습니다. 그러나 그의 능력과 선하심으로 그리고 그의 측량할 수 없는 지혜로 이 악행자의 행위가 구속에 기여하도록 역사하신 것입니다. 실제로 어떤 일을 통해 어떤 결과를 낳기 위해 하나님께서 실제로 일으키시려는 의지가 작정적 의지입니다. 하나님께서 죄와 악을 허용하시고 사탄과 악인을 의지적으로 허용하시고 사용하시는 순간에도 전능하시고 지혜로우시고 절대선이신 하나님께서는 선한 뜻을 가지고 또한 이루고 계십니다. 그러므로 하나님께서 오늘날 성경을 통해 복음과 율법의 선한 것들을 명령하시는 행위는 결코 악을 허용하시는 행위와 모순된 것이 아닙니다. 성도들은 감추어진 작정적 의지를 캐내려 해서는 안 되며, 하나님께서 우리의 이해를 넘어 선과 악, 화와 복을 다 사용하셔서 우리를 인도하실 때, 우리가 할 일은 오직 교훈적 의지, 성경을 통해 주신 하나님의 복음과 율법의 명령과 교훈을 따라 사고하고, 선택하고, 행동하며 살아가는 것입니다. 그것이 우리에게 주어진 몫입니다. 가룟 유다는 하나님의 작정적 의지에 의해 악한 도구로 사용되었지만, 그는 교훈적 의지를 범하여 예수님을 배반했으니 정죄와 형벌밖에 받을 것이 없었습니다. 교훈적 의지를 순종하며 성도들은 선한 도구로 쓰임 받기를 기도해야 합니다. 작정적 의지의 측면에서 하나님께서는 선악을 다 섭리하시어 선한 뜻을 이루시지만, 인생을 향하여는 오직 교훈적 의지를 따라 판단하시며 심판하십니다.

하나님께서는 행악자들을 사용하셔서 자신의 은밀한 작정하신 것을 성취하시지만, 그것은 악인을 들어 하나님께서 성취하신 결과일 뿐, 악한 도구들은 하나님의 교훈에 역행하고 불순종하였다는 책임을 면할 수 없습니다. 하나님께서는 선한 의도로 작정하셔서 자신의 선하신 뜻을 이루시지만, 악인들은 자신들의 정욕을 따르고 고의적으로 하나님의 교훈들을 범하였을 뿐입니다. 하나님께서는 언제나 당신의 교훈에 일치하는 것만을 인간들에게 요구하시고 원하십니다. 교훈적 의지의 측면에서 항상 그러합니다(왕상 12:20; 호 8:4; 13:11). 그러나 작정적 의지의 측면에서 선하신 뜻이 이루어지는 도구들로서 죄와 악을 허용하시고, 사탄과 악인을 사용하시기도 하십니다. 작정적 의지 안에서 악인을 도구로 삼아 하나님께서는 악인을 심판하시고, 성도들을 징계, 연단하시며, 역사를 하나님의 뜻대로 이끌어 가십니다. 따라서 하나님 안에는 교훈을 요구하는 의지와 교훈에 역행하는 의지가 있는 것이 아니라, 교훈적 의지의 측면에서는 인생들을 향해 당신의 복음과 율법에 부합한 삶을 요구하시고 원하시며, 작정적 의지의 측면에서는 권능과 지혜로서 섭리하시어 사탄과 악행자의 행위가 하나님의 선하신 뜻에 도구가 되도록 사용하시는 것을 원하시는 일이 있을 수 있는 것입니다. 따라서 하나님 안에 교훈을 세우고 또 허무는 두 의지가 있다는 것은 오류이며, 하나님 안에는 오직 선하신, 하나의 의지만이 존재합니다. 만사를 섭리하시는 하나님께서는 오직 거룩하고 선하십니다.

스물한 가지, 기독교강요

◆

제2권

구속자 하나님에
대한 지식

05

1-3장

아담 안에서 모든 인류가 죄인되었고
원상태가 부패함

1 그리스도 안에서 구속주 하나님에 대한 지식은
우리의 죄와 비참에 대한 인식에 직결됨

칼뱅은 제2권부터 그리스도 안에서 구속주 하나님에 대한 지식을 해설합니다. 이 교의(敎義)의 중요성은 우리가 하나님 앞에서 우리의 죄와 비참을 깨달음으로 그리스도 안에 있는 하나님의 구속을 절실히 갈망하고 의지하게 하는데 있습니다. 하나님 앞에서 자신의 타락상을 깨달은 자만이 구원에 있어 그리스도의 절대적 필요성을 깨닫게 됩니다. 칼뱅의 해설들을 따라가노라면, 우리는 산상수훈의 팔복의 메아리를 듣습니다. **"심령이 가난한 자는 복이 있나니 천국이 그들의 것임이요 애통하는 자는 복이 있나니 그들이 위로를 받을 것임이요"**(마 5:3-4). 칼뱅이 창조주 하나님을 알기 위해 우리의 피조성을 인식해야 한다고 가르치듯, 그리스도 안에서 구속주 하나님을 알기 위해서는 우리의 죄인 됨을 인식해야 한다고 가르칩니다. 하나님에 대한 지식은 이처럼 인간에 대한 지식과 연결되어 있음을 칼뱅은 다시 한 번 강조합니다.

세상도 언제나 자기 지식의 필요성을 인식했습니다만, 세상은 철학을 동원하여 자기 가치와 탁월함을 부풀리는데 목적을 두었습니다. 사람의 타락한 본성은 자기를 과대포장하고 남의 칭찬 받는 것을 그 무엇보다 열렬히 추구합니다. 모든 사람의 맹목적 자기애(*sui amor*/self-love)는 타고난 것입니다. 그러므로 인간 본성을 드높이려는 사상들이 대중들로부터 갈채를 받습니다. 인본주의(humanism)가 만연한 오늘날 진실한 신본주의는 교회에서마저 찾아보기 힘듭니다. 그러나 인간의 죄와 비참을 보지 못한 채, 인간을 높이고 미화하는 사상에 찬동하게 될 때, 우리는 파멸하고 맙니다. 죄와 비참을 인정하지 않는 사람마다 아무도 그리스도를 필요로 하지 않기 때문입니다.

그러나 성경은 이와는 대조적입니다. 성경은 타락 전 최초의 존귀함(*prima dignitas*/primeval dignity)을 알려주므로, 지금 우리의 상태가 어디로부터 떨어져 내렸는지를 깨우칩니다. 인류는 첫 사람 안에서 몰락하여 그 탁월함을 상실했습니다. 성경을 통해 인류의 첫 조상이 가졌던 존귀함에 우리의 시선을 돌리게 하심은, 인생에게 주어진 모든 것들이 하나님의 은사이며, 그것이 얼마나 탁월했는지를 깨우치기 위함입니다. 또한 모든 선한 것에 있어 우리 자신의 것이 없으므로, 오로지 하나님께 의존해야 함을 알아야 합니다. 하나님께서는 최초의 존귀함으로부터 나락(奈落)으로 떨어진 우리의 비참을 깨달아 죄에 대한 미움과 혐오를 가지는 동시에 겸손해질 뿐 아니라, 그리스도 안에서 구속주 되시는 하나님 안에서 회복하고자 하는 열심을 불붙게 하십니다.

칼뱅이 강조하는 것처럼, 인간 자신을 아는 지식은 너무도 중요하여, 세상도 자기 자신을 알려고 노력합니다. 그러나 세상과 그리스도인이 자기 자신을 아는 방식은 너무도 다릅니다. 세상은 육체의 판단을 따라 자신을 인식합니다. 육체의 판단에 따르면, 인간은 스스로를 잘 안다고 확신하며, 스스로를 의롭다 생각합니다. 그러나 하나님의 판단은 인간의 판단과 다릅니다. 하나님의 판단의 잣대와 인간의 판단의 잣대는 너무도 다릅니다. 하나님의 잣대로 판단하게 되면, 인간은 낙심에 빠지게 되고, 마지막 남은 확신마저도 모두 상실합니다. 하나님께서는 우리의 교만과 망상을 깨부수시려고 우리의 조상 아담에게 주신 최초의 존귀함을 성경에 기록해 주셨습니다. 타락 전 하나님께서 아담에게 주신 의로움과 선함의 잣대로 우리 자신을 보게 되면, 우리 안에 남겨진 것이 아무 것도 없음을 깨닫게 되고, 그리스도 안에서 그것을 회복해야 한다는 열심을 품지 않을 수 없게 됩니다. 우리가 떨어져 나온 그 원천(origo/origin), 창조의 목적을 이루시려고 주신 그 원천이 무엇인지 깨닫는 순간, 그것을 상실한 우리의 처지와 비참에 대해 한숨을 내뱉으며, 최초의 존귀함을 헤아리게 됩니다. 따라서 우리가 하나님에 대한 지식과 우리 자신의 지식에 대한 지식을 어떤 방식으로 인식해야 할지 다음과 같이 정리할 필요가 있습니다. 먼저는, 창조의 목적과 이 목적을 위해 하나님께서 주신 은사의 가치에 대해 인식하는 것입니다. 이것이 하나님을 창조자로 인식하고 우리 자신을 피조물로 인식해야 하는 이유가 됩니다. 그러나 이러한 은사를 잃고, 창조의 목적을 역행한 우리의 죄악의 엄중함을 깨닫는 것이 중요합니다. 이러한 결핍을 인식할 때, 우리는 무(無)에 이르도록 작아진 채로 하나님께 무릎을 꿇고 구원을 간구하게 될 것입니다.

결론적으로, 첫 번째 지식은 우리의 직분을 일깨우고, 두 번째 지식은 그것을 수행할 능력과 은사가 무엇인지 일깨웁니다. 우리에게 필요한 것은 창조의 목적을 대적하고, 그 목적을 이룰 은사를 상실한 우리의 비참을 깨닫는 것이며, 그리스도 안에서만 그 회복을 구하고 찾는 데 있습니다.

2 아담 안에서 모든 인류가 원죄를 가짐

(1) 창세기 3장의 아담의 타락 사건을 통해 그려지는 죄의 속성들

칼뱅은 죄를 엄중한 형벌이 가해진 중한 범죄(*detestabilis scelus*/a detestable crime)로 취급합니다. 그러므로 이러한 무서운 벌을 부른 아담의 죄가 가진 성격을 숙고합니다. 아담이 범한 죄는 그 의미가 단지 **"탐욕스러운 무절제**(*gula intemperae*/gluttonous intemperance)**"** 정도로 축소될 수 없습니다. 그렇게 된다면 아담의 죄가 하나의 과실을 먹지 않는 데 최고의 미덕이 있기라도 한 것처럼 말하는 것과 같아지기 때문입니다. 선악과 금지령(창 2:16-17)은 아담의 순종을 시험하기 위한 것이었습니다. **"실로 그 나무의 이름 자체가 보여 주듯이, 그 명령의 유일한 목적은 아담이 자기의 처지에 만족하고 사악한 정욕에 빠져 우쭐되지 못하게 하는 데 있었"**[1]습니다. 타락 전 에덴동산에서 아담은 행위언약의 성례로서 생명나무로부터 영생의 약속을 바라보았고, 선악을 알게 하는 나무를 맛보게 되면 죽음이 닥친다는 언약적 위협을 받았습니다.[2] 이것은 아담의 믿음을 시험하는 작용을 했습니다.

탐욕스러운 무절제보다 더욱 완전한 죄의 정의는 **"교만**(*superbia*/pride)**"**에 기인한 **"불순종**(*inobœdientia*/disobedience)**"**입니다. 아우구스티누스(Augustinus)

---

1   『기독교강요』, 2권, 1장, 4절.
2   타락 전에도 하나님께서는 언약적인 방식으로 창조주와 피조물의 관계를 넘어, 순종하면 언약 안에서 약속된 복을 받으며, 불순종하면 사망한다는 위협이 있는 언약적 관계 안에 있었습니다. 타락 전 언약은 행위언약, 생명의 언약, 자연언약 등으로 불립니다. 칼뱅은 행위언약과 같은 용어를 쓰지는 않았지만, 그의 글들과 주석 등에서 하나님과 아담의 타락 전 관계가 행위언약의 요소들을 지녔음을 진술하고 있습니다. 삼위일체라는 용어를 교회에서 사용하기 전부터 성경에 삼위일체 개념이 함축되어 계시되었듯, 행위언약의 의미는 그 용어가 정해지기 전부터 성경에 함축되어 가르쳐졌고, 교회에서 가르쳐 왔습니다. 행위언약은 타락 후 은혜 언약과 구분되는 하나님과 아담의 언약적 관계를 해설하는 교의이며 용어입니다. 이 교의는 성경에서 비롯된 것으로 그 표현에 있어 체계적 발전이 있었고 17세기 웨스트민스터 회의에서 신학적으로 만개(滿開)했습니다.

는 **"교만이 모든 악의 시작이었다"**[3]고 합니다. 왜냐하면 야심이 인류의 조상을 허용된 한계와 정당한 범위 너머로 끌어올려 본래의 위치를 벗어나게 했기 때문입니다. 이 교만으로부터 비롯된 죄의 더 완전한 정의는 **"불순종"**입니다. 로마서 5장 19절은 한 사람의 불순종으로 모든 사람이 망하게 되었다고 전합니다. 죄를 지을 가능성은 있었으나 죄가 없었고, 하나님께서 원의를 베풀어주신 상태에서 인간은 어떻게 교만해지고 불순종할 수 있었을까? 인간의 죄의 기원(origin)에 대한 매우 구체적인 내용에 대해서 성경은 많은 말을 하지 않습니다. 그러므로 우리는 성경이 알려주신 데까지 겸손히 살펴야 할 것입니다. 성경은 인간의 타락이 외적인 사탄의 유혹으로부터 시작되었다고 가르칩니다. 외부적인 유혹이 먼저 있었고, **이 유혹의 전략은 하나님의 말씀으로부터 인류의 조상의 시선을 빼앗는 것이었습니다.** 죄가 없고, 원의로 충만한 인간도 하나님의 말씀에 귀를 막고, 시선을 돌리면 가능성으로 존재하던 범죄가 실재가 되고 마는 것입니다. 그러므로 칼뱅은 죄 없고 원의로 덧입혀진 아담이 타락하게 된 계기를 사탄의 외부적 유혹으로 말미암아 하나님의 말씀을 경시한 데 둡니다.

> 최초의 사람이 하나님의 통치권을 거역한 것은 사탄의 꾐에 사로잡혀서일 뿐만 아니라 진리를 멸시하고 거짓에로 치우쳤기 때문이라는 사실이다. 하나님의 말씀을 멸시할 때에 하나님을 향한 모든 경배를 잃어버리고 만다는 것은 확실하다. 왜냐하면 하나님의 말씀을 경청하지 않을 때에 그의 엄위가 우리 가운데 머물지 않을 뿐만 아니라 그에 대한 예배 역시 순전하게 드려질 수 없기 때문이다. 이렇듯 불충이 배역背逆의 뿌리였던 것이다.[4]

3　『기독교강요』, 2권, 1장, 4절.
4　『기독교강요』, 2권, 1장, 4절.

거짓을 수단으로 삼아 마귀가 유혹할 때, 아담과 하와는 야심을 갖게 되었고, 그 야심의 내용은 하나님처럼 되는 것이었습니다. 이는 교만이었고 자신을 창조하고 원의로 덧입히신 하나님께 대한 배은망덕이었습니다. 마음이 교만해지니 하나님께서 베푸신 데드라인(Deadline)을 넘어섭니다. 하나님께서 명령하신 바, 율법, 하나님의 뜻을 넘어섭니다. 이것이 불순종의 죄이고, 불순종이 죄인 이유는 하나님께서 그어 놓으신 선을 넘는 행위가 교만이기 때문입니다. 그는 하나님처럼 되고자 하나님의 명령을 벗어납니다. 율법을 벗어나는 것은 하나님의 주권을 찬탈하는 것이며, 자신이 자신의 주인이라는 의지의 표명입니다. 아담의 죄는 교만을 본질로 하며, 그 교만은 불순종과 배은망덕으로 나타납니다. 죄는 그런 의미에서 교만하고 오만한 하나님으로부터의 독립선언입니다. 인류의 조상은 마귀의 외적 유혹에 넘어가 야심에 문을 열어 주었고 교만하게 된 마음으로 불순종하여 저주를 받게 된 것입니다. 그래서 베르나루두스(Bernardus)는 **"귀가 사탄에게 열렸을 때에 그 창을 통해 죽음을 맞이하게 되었다"**[5]고 교훈합니다. **"만약 아담이 하나님의 말씀을 불신하지 않았다면 결코 그의 명령에 맞서는 일은 일어나지 않았을 것"**[6]입니다. 인류의 조상은 자신의 판단과 의지로 죄를 지었고 타락했습니다. 그 발단은 외부적인 마귀의 유혹이었습니다. 죄 없던 인류의 조상은 유혹을 뿌리 칠 수 있었으나 유혹에 현혹되어 하나님의 말씀으로부터 귀를 돌려 마귀에게 귀 기울이고, 하나님의 말씀으로부터 시선을 돌려 마귀를 바라보다가 거짓에 속아 헛된 야심, 하나님처럼 되려고 스스로 죄에 마음을 열어주고 타락하고 말았습니다. 물론 이 모든 일들이 하나님의 허용하시는 섭리 안에서 이루어졌습니다. 아담에게 책임이 주어지면서도, 이러한 사건들이 하나님의 선하신 뜻과 주권적 섭리 안에서 허용

---

5   『기독교강요』, 2권, 1장, 4절.
6   『기독교강요』, 2권, 1장, 4절.

된 사건임을 간과해서는 안 될 것입니다. 타락 전 행위언약에서 아담에게는 견인의 은혜가 주어지지 않았습니다.

(2) 원죄의 정의와 성격

언제나 인생은 하나님과 연합해 있을 때만 생명을 누리고, 그로부터 소외되면 영혼의 멸망을 경험합니다. 생명은 하나님 안에만 있습니다. 그런데 아담이 배역하므로, 천지의 모든 자연 질서가 뒤틀어졌고, 모든 인류가 파멸에 내던져졌습니다(롬 8:20, 22). 칼뱅은 온 우주와 온 인류에게 비참이 찾아온 이유와 원인을 아담의 죄과(culpa/fault)에 둡니다. 아담이 역사의 어떤 시점에서 지은 죄를 최초의 죄(primal sin)라고 부르고, 그의 최초의 죄 때문에 그 자손들이 아담과 동일한 비참에 연루되었습니다. 이처럼 아담의 최초의 죄로부터 **"물려받은 오염**(haereditaria corruptio/the hereditary corruption)**"**을 **"원죄**(original sin)**"**라고 부릅니다. 온 인류는 원죄로 말미암아 아담 안에서 선하고 순수한 본성을 상실했습니다. 한 사람의 죄과(culpa/fault)로 모든 사람에게 죄책(reus/guilt)이 미치게 되어 죄가 통상적이게 된 것입니다.

원죄의 개념을 정확히 표현하는 데는 체계의 발전이란 과정이 필요했습니다. 그래서 교부들에게서 원죄의 설명이 모호하게 나타납니다. 따라서 아담의 죄는 자신에게 저주가 되었지만, 후손에게 해를 끼치지 않았다고 주장하며 원죄를 부정하는 펠라기우스(Pelagius)와 같은 사람을 이 나타나 교회를 혼란케 했습니다. 그러나 교회는 성경에서 처음 사람으로부터 모든 후손에게 죄가 옮겨졌다는 사실을 분명히 드러내자, 펠라기우스는 그것이 번식이 아니라 모방을 통해 옮겨진다고 주장하므로, 여전히 원죄를 부정했습니다. 펠라기우스와 대조적으로 참 신앙고백을 가진 사람들, 특히 아우구스티누스(Augustinus)와 같은 사람은 아담 이후로 모든 사람들이 외래적 악에 의해 부패된 것이 아니라, 어머니의 몸으로부터 물려받은 생래적(ingenita/innate) 허물을 지니고 있다고 가르칩니다. 불순의 씨로부터 계대를 이어 내려온 모든 인류는 죄라는 전염병에 이미 감염된 채 태어납니다. 우리는 이 세상에 태어나 생명의 빛을 보기도 전에 하나님 면전에서 더럽고 부정합니다(시 51:5; 욥 14:4).

칼뱅은 생래적인 더러움의 시작을 단지 부모가 아닌 아담에게 둡니다. 언약신학의 체계와 깊이가 발전하면서 죄책의 전이와 부패의 전이를 엄격히 구분하고, 아담이 가진 언약적 대표성이 전면에 등장하는 **"직접 전가설"**이 아직 칼뱅에게 뚜렷이 나타나지 않습니다. 직접 전가설은 행위 언약의 머리요 대표로서 아담의 지위에 초점을 맞추고, 원죄의 전이가 먼저 아담의 죄책이 전가되고, 형벌로서 오염과 부패가 온 인류에게 전이됨을 주장합니다. 언약 신학의 발전으로 원죄에 있어 법적인 성격이 강조되었습니다.[7] 이러한 체계가 아직 칼뱅에게 명확하지는 않지만, 칼뱅도 온 인류의 죄책과 오염이 단지 부모에게서 부모로 직접 유전되는 방식의 유전설을 주장하지 않습니다. 칼뱅도 원죄를 언약적인 관계에서 조망합니다. 즉, 용어를 직접 사용하지는 않지만, 타락 전 하나님과 아담의 관계를 언약적(행위 언약)으로 보고, 죄책과 오염의 전이를 언약의 머리요 대표자로서 아담 안에서 이루어진 것으로 설명합니다. 칼뱅은 이러한 언약적 관계, 언약에 있어 아담의 지위를 죄의 전이의 근본적 이유로 봅니다. 그러나 칼뱅은 원죄의 전이에 있어서 오염을 먼저 이야기하고 그 오염에 대한 죄책을 주장합니다.

따라서 칼뱅은 모든 인류의 부패가 아담에게로 거슬러 올라간다고 주장합니다. 칼뱅은 원죄를 설명할 때, 부패의 전이를 먼저 말하는데, 아담은 인류의 선조일 뿐만 아니라 인간성의 뿌리(humanae naturae radix/the root of human nature)로 봅니다. 그러므로 이 인간성의 뿌리가 오염되므로, 모든 인류가 부패하게 되었습니다. 그런 의미에서 한 사람으로 말미암아 모든 사람이 죄인이 되었습니다(롬 5:12). 부패하여 죄책을 짊어지고 형벌 아

---

7   Louis Berkhof, 238-9.

래 놓인 인류는 그리스도의 은혜를 통해서만 의와 생명으로 회복됩니다 (롬 5:17). 아담이 인간성의 뿌리요 행위 언약의 대표자였기에 그의 불순종이 모든 사람을 죄인 되게 만든 것처럼, 인성을 취하여 오신 예수 그리스도께서는 은혜 언약의 대표자요 머리로서, 이 한 분의 순종을 통해 모든 사람이 둘째 아담 안에서 의인이 됩니다(롬 5:19). 이러한 첫 아담과 둘째 아담 사이에 언약적 관계와 언약적 지위에 관련하여 아담-그리스도의 병행(parallel)이 나타납니다. 17세기 언약신학자들처럼 언약신학에 근거해 법정적 성격이 강조된 직접 전가설이 칼뱅에게 나타나진 않지만, 언약적인 전제와 강조가 칼뱅의 원죄론에도 함축되어있습니다. 이런 의미에서 아담의 부패는 우주에 흩어져 있는 그 자신의 모든 씨를 그가 오염시켰다고 볼 수 있습니다. 인생은 모태로부터 **"본질상 진노의 자녀"**입니다 (엡 2:3). 여기서 **"본질상"**이란 말은 하나님께서 만드신 본성이 아니라 아담 안에서 사악해지고 부패해진 본성을 의미합니다.

(3) 아담 안에서 물려진 오염으로부터 사망의 죄책이 주어짐

칼뱅은 아담의 오염이 후손들의 영혼에 전해지는 방식을 아버지의 영혼의 유전으로 보질 않습니다. 칼뱅은 영혼 전이론(traducianism)을 부정하고, 영혼 창조설(creationism)을 주장합니다. 칼뱅은 부모에게서 직접 자녀에게 전달되는 방식의 유전설을 가르치지 않습니다. 칼뱅은 원죄의 근거를 [행위] 언약의 머리로서 아담의 언약적 지위에 놓습니다. 그러므로 칼뱅은 **"여호와가 인성에 부여되기를 원하셨던 선물들을 아담에게 맡기셨다"**[8]고 말합니다. 아담이 잃어버린 천품은 자신뿐만 아니라 모든 인류를 위해서 주어진 것이었습니다. 그러므로 원죄의 근원은 부모가 아닌 아담에게로 곧장 거슬러 올라갑니다. 칼뱅은 이런 이치를 설명하기 위해 비유를 듭니다. **"썩은 둥치들은 썩은 뿌리 하나에서 비롯되는**

---

8   『기독교강요』, 2권, 1장, 7절.

법이다. 그리고 썩은 등치들은 자기들로부터 생겨난 가지들에게 그 썩음을 전달하는 법이다."[9] 근원은 아담이라는 인간성의 뿌리요 언약적 대표자에 있습니다. 그 근원의 썩음이 가지라는 통로를 통해 옮겨질 뿐입니다. 부모의 역할은 그런 의미로 이야기 될 수 있습니다. 칼뱅은 가지의 역할을 부정하지 않지만, 원죄의 근원은 아담에게로 직접 올라갑니다.

> 전염은 그 원인이 육체나 영혼의 실체에 있지 않고, 하나님이 처음 사람에게 부여하신 선물들을 그 사람이 자기 자신과 자기의 후손들 모두를 위하여 지니자마자 상실하여 자기의 후손들도 그 선물을 상실하게 되리라고 하나님에 의해서 정해졌기 때문이다.[10]

따라서 칼뱅은 아담 안에서 부패된 사람에게 죄책이 주어진다는 사실을 강조합니다. 칼뱅은 오염을 먼저 제시하고 그 오염에 따른 죄책을 이야기 합니다.

> 원죄는 우리 본성이 지닌 물려받은 사악함과 오염으로서 영혼의 모든 부분 속에서 퍼져 있는데, 먼저는 하나님의 진노를 유발하여 우리로 그 책임[죄책] 아래 놓이게 하고 그 다음으로는 성경이 '육체의 일(ἔργα σαρκός)'(갈 5:19)이라고 부르는 것들을 또한 우리 안에서 산출한다.[11]

칼뱅은 원죄와 관련하여 먼저는 오염(pollution)의 전이를, 그리고 그 오염으로부터 발생하는 죄책(guilt)을, 그리고 원죄로부터 나타나는 온갖 실제적인 범죄들, 곧 자범죄(actual sin)를 언급합니다. 특별히 자범죄는 원죄라는 샘에서 나오는 **"죄의 열매들**(*fructus peccati*/the fruits of sin)**"**입니다. 죄

9　『기독교강요』, 2권, 1장, 7절.
10　『기독교강요』, 2권, 1장, 7절.
11　『기독교강요』, 2권, 1장, 8절.

에 대한 칼뱅의 언급 중에 우리가 주목할 부분은, 그가 **"전적 타락**(total depravity)**"**을 가르치고 있다는 사실입니다. 칼뱅은 우리의 본성의 **모든 부분**이 악해지고 부패해서 그 큰 오염 때문에 마땅히 하나님 앞에 저주와 정죄를 받는 자리에 설 수 밖에 없다고 합니다. 전적 타락의 의미는 우리 본성의 어떤 부분도 죄로 오염되지 않은 곳은 없다는 의미이며, 그러므로 어떤 부분에서도 하나님의 진노와 죄책을 갖지 않는 곳이 없다는 의미입니다(롬 3장). 칼뱅은 원죄로 말미암아 우리 안에 실제적인 오염으로 인한 죄책이 존재한다고 말합니다. 그러므로 신자의 자녀이건 불신자의 자녀이건 모두 원죄를 가지고 오염과 죄책을 가지고 태어납니다. 신자의 자녀들이 의인으로 태어나는 것이 아니라 죄인으로 태어나 부모의 신앙으로 말미암은 언약의 약속 때문에 은총을 받아 언약의 자녀가 됩니다. 죄책은 자연에서 오지만, 거듭남과 성화는 초자연적 은총에서 옵니다. 모든 유아들은 **"불법의 씨"**를 그들 안에 담고 있습니다. 그 씨 안에는 오로지 하나님을 미워하며 혐오하는 것뿐이므로, 이러한 죄과에 의해 죄책이 주어집니다. 원죄는 모든 자범죄의 근원이며 샘입니다.

> 그것은 이러한 사악함이 결코 우리 안에서 그치지 않으며 마치 불타는 화로가 화염과 섬광을 쏟아내고 물이 우물로부터 쉼 없이 용솟음치듯이 끊임없이 새로운 열매들, 즉 우리가 앞에서 기술한 육체의 일에 속한 것들을 산출해 낸다는 사실이다.12

　　사람은 원죄로 말미암아 **"욕정**(concupiscentia/concupiscence)**"**으로 가득합니다. 우리의 지, 정, 의, 곧 모든 인격의 부분들이 오염으로 물들어있고, 죄책으로 지워져있습니다. 따라서 사람의 영혼 전체가 오염으로 손상되어 죄책을 짊어졌기에, 구원을 받고 회복되기 위해서는 은총을 통해 새 본성을 입어야만 합니다. 그러므로 성경은 우리들에게 구원을 받고 회

12　『기독교강요』 2권, 1장, 8절.

복되기 위해 **"심령이 새롭게 되어"**야 하며(엡 4:23), **"마음을 새롭게 함으로 변화를 받아"**(롬 12:2)야 한다고 선포합니다. 칼뱅이 말하는 **"전적 부패"**는 이런 것입니다.

> 사람 전체가 마치 홍수를 만난 듯이 머리로부터 발끝에 이르기까지 압도되어 죄를 면한 부분은 하나도 없으며 사람으로부터 기인하는 것은 모두 죄로 돌려야 한다는 사실이다. 바울이 말하듯이, 육체의 모든 정서 혹은 생각은 하나님과 원수가 되므로(롬 8:7) 사망이다(롬 8:6).[13]

전적 부패로 말미암아 인생은 스스로를 구원할 수 없으며, 오염과 죄책으로부터 벗어나 구원을 받기 위해서 오직 은총을 받아야 합니다.

⑷ 본성의 타락이란 말의 정확한 의미

본성의 타락에 대해 이야기할 때, 우리가 유념할 사항이 있습니다. 우리가 본성상 사악하다고 말할 때, 잘못하면 우리들의 악행을 하나님께 돌릴 수 있습니다. 그래서 우리는 인간의 본성이 원래는 하나님으로부터 선하게 창조되었다는 사실을 반드시 강조해야 합니다. 인간의 본성은 선하게 창조되었으나 인간이 하나님을 반역하므로, 본성이 부패하게 된 것입니다. **"우리의 파멸은 하나님으로부터가 아니라 우리 육체의 죄과로부터 나"**[14]옵니다. 정확히 말하자면, 죄와 악행이 본성에서 나오는 것이 아니라, 죄와 악행이 부패하고 오염된 본성에서 나오는 것입니다. 본성이 변질되어 악행이 나온다는 의미입니다. 아담의 타락 사건이 예정과 섭리의 통치 아래 있으나, 아담의 타락의 책임은 그 자신에게 있음을 늘 강조해야 합니다. 물론, 타락전 행위언약에서 아담에게는 은혜

---

13 『기독교강요』, 2권, 1장 9절.
14 『기독교강요』, 2권, 1장 10절.

언약 백성들에게 주어지는 견인의 은혜가 주어지지 않았습니다. 그러므로 타락하여 사망에 이를 가능성(possibility)이 있었[15]습니다. 칼뱅은 하나님의 주권 아래 인간의 책임의 실재를 예정론에서 설명하기로 미룹니다. 그러므로 성경은 이렇게 선포합니다. **"내가 깨달은 것은 오직 이것이라 곧 하나님은 사람을 정직하게 지으셨으나 사람이 많은 꾀들을 낸 것이니라"**(전 7:29). **"사람은 자기의 멸망을 오직 자신에게 돌려함이 분명"**합니다. 그러나 하나님께서는 인격의 실재를 파괴하지 않으시고, 인격적인 것은 인격적인 대로 섭리하시며 통치하시므로, 당신의 작정과 예정대로 성취하십니다. 하나님의 주권 아래서 인간의 인격성은 실재합니다.

그러므로 **"사람이 부패한 것은 본성적 사악함에 기인하나 그 사악함은 본성으로부터 흘러나오지 않"**[16]습니다. 그 사악함은 태초부터 심겨진 인간의 본질적 특성이 아니라 사람에게 일어나지 않을 수 있었고, 일어나지 않아야 할 것이 일어난 '우발적 성질(*adventicius qualitas*/*adventitious quality*)'의 것입니다. 하나님께서는 인간을 선하게 지으시고 생명 안에 살도록 지으셨지만, 인간은 하나님을 저버리고 타락하였습니다. 그러므로 죄는 가능성으로는 있을 수 있었지만, 인간이 죄인이 된 것은 필연적이지 않았습니다. 인간의 타락과 죄와 사망도 필연적인 것이 아니라 자기 본분을 저버리고 마귀에게 눈과 귀를 돌려 죄악에 마음을 열어준 결과입니다. 하나님께서는 인간을 선하고 영생하게 지으셨습니다. 그러나 인간은 불순종으로 악해지고 죽음의 노예가 되었습니다. 원의와 은총 안에서 인간은 선함을 유지하고 생명을 누리지만, 원의를 상실하고 은총을 상실한 곳에서 인간의 본성은 죄의 노예가 되고 맙니다. 칼뱅은 아우구스티누스의 교훈을 인용합니다.

---

15 『기독교강요』, 2권, 1장 10절.
16 『기독교강요』, 2권, 1장, 11절.

하나님의 은혜가 없는 곳은 필히 어디든지 죄들이 다스리고 있다.[17]

3 죄의 노예가 되어 선을 선택할 수 있는
자유를 상실한 인간의 의지

(1) 우리의 무능과 자유의 상실을 깨닫고 구원과 회복을 갈망해야 함

칼뱅은 '**의지의 속박**(bondage of will)'의 문제를 다룹니다. 칼뱅은 아담 안에서 죄의 노예 상태로 전락 한 이후 모든 자유(*libertas*/liberty)를 상실했음을 논증하며, 만일 자유가 남겨졌다면 어디까지 남겨졌는지를 논증합니다. 칼뱅은 이 주제를 다룰 때, 우리가 직면할 수 있는 두 가지 위험도 경계합니다. 첫째, 자유를 상실한 인간의 상태를 논하게 될 때, 어떤 이들은 이 교리를 자신의 나태를 합리화하는 기회로 삼거나, 열의를 추구하는 것을 포기하려 합니다. 둘째, 사람은 아무리 작은 것이라도 자기의 것으로 만들게 되면, 하나님의 영예를 가로채고, 무모한 자부심에 빠질 위험성이 있습니다. 이러한 위험성은 우리의 인격이 실재하는 인격인 동시에 우리의 인격이 오로지 하나님의 은총으로만 순기능을 할 수 있다는 인식을 결여할 때, 빠져드는 두 극단일 수 있습니다.

그렇다면, 타락 후 인간에게서 자유가 박탈되었는가? 박탈되었다면 어느 정도까지 박탈되었는가? 그리고 위에서 언급한 두 위험성으로부터 안전하기 위해 우리는 어떤 인식을 해야 하는가?라는 질문에 칼뱅은 이렇게 답합니다. 성경은 타락 후 사람에게 어떤 선한 것도 남아 있지 않다고 가르칩니다. 자신에게 아무 것도 남겨지지 않았다는 사실을 깨달을 때, 사람은 자기에게 결여된 선과 빼앗긴 자유를 갈망하도록 배우게 됩니다. 경건한 사람은 자신의 비참을 깨닫고 은총을 의지해 구원과 회복을 갈망합니다. 이것이 바른 길입니다. 우리의 인격은 은총을 통한 구원과 회복 안에서만 비로소 참된 열의를 내고 열매를 맺을 수 있습니다. 인격의 실재를 인식하면서 그 인격이 하나님 안에 있는 은총에 의해서만 올바름을 가질 수 있다는 사실을 인식하는 것이 경건에서 나오는 하나님의 주권과 인격에 대한 바른 태도입니다. 우리의 인격은 하나님과 그분의 은총을 의지하며, 그것에 종속되어있습니다. 따라서 경건한 지식은 인간의 인격이 실재한다하여도, 그 어떤 영예도 사람에게 돌리지 않습니다. 타락 전 죄 없고 거룩하고 탁월했던 아담의 인간성에 돌려진 것은 아무 것도 없었습니다. 성경은 그가 하나님의 형상으로 지음을 받은 존재라는 사실만 언급합니다(창 1:27). 그의 인격을 빛나게 한 것은 하나님께서 주신 원의(原義) 때문이었습니다. 구원을 받고 회복 속에 있는 성도들 안에 존재하는 빛도 오로지 은총 덕분일 뿐입니다. **"성경은 사람이 그 자신에게 속한 선한 것들 때문이 아니라 하나님과 함께 함으로써 복되었다"**[18]고 가르칩니다.

칼뱅은 타락 한 후 인간에게 마땅한 바는, 자신 안에 아무런 선이 없음을 인정하는 동시에 그 비참으로부터의 회복을 동경하는 것입니다. 이것이 죄인이 가질 수 있는 가장 바람직한 태도입니다. 인간 자신의 비참을 인정하고 하나님의 구원을 바래야 합니다. 인간이 스스로 죄와 싸울 만큼 자유와 능력이 남겨져 있다는 사상은 자력 구원 혹은 공로 사상으로 나아가는데, 이처럼 자력으로 싸워야 한다는 가르침은 우리 자신을 갈대 지팡이 위에 올라 머물게 하는 것과 다를 바 없습니다. 칼뱅은 우리의 능력을 갈대 지팡이에 비교하는 것조차 과도한 것이라고 말합니다. 인간은 전적으로 타락한 존재이며 전적으로 무능한 존재일 뿐입니다. 칼뱅에 따르면, 인간의 의지는 속박되었고, 더 이상 자유는 없습니다.

---

18   『기독교강요』 2권, 2장, 1절.

(2) "의지"에 대한 바른 정의

칼뱅은 아우구스티누스와 몇몇 교부들이 내린 **"의지"**에 대한 바른 정의를 소개합니다. 이들은 **"자유의지**(*libera voluntas*/free will)"라는 말을 줄곧 사용하지만, 그렇게 하는 동시에 그 용례가 어떠함을 선포해 주기에 그들의 가르침에 권위가 있습니다.

① 의지에 대한 아우구스티누스의 정의

아우구스티누스(Augustinus)는 **"자유의지**(*libera voluntas*/free will)"를 **"노예**(*servus*/slave)"라고 부르는 동시에 다른 곳에서 **"자유의지"**가 없음을 내세워 사람의 책임을 부정하는 자들을 맹렬히 책망합니다. 그는 **"누구도 감히 자유의지를 부정하므로 죄를 변명하길 원하지 말라"**[19]고 합니다. 그에 따르면, 선택하는 영혼의 기능으로서 의지가 실재하지만, 인격으로서 의지는 하나님과 그분의 은총으로부터 독립된 자율 의지(autonomous will)가 아닙니다. 실재하는 인격적 기능으로서 의지는 하나님 안에서만 올바름을 갖고, 하나님의 은총을 전적으로 의지합니다. 그러므로 아우구스티누스는 이렇게 말합니다. **"성령이 없다면 사람의 의지는 자유롭지 않다. 왜냐하면 그것은 속박하고 지배하는 욕심 아래 놓여 있기 때문이다."**[20] **"그 의지가 그것이 빠져든 악에 지배되었을 때에 사람의 본성은 그 자유**(*libertas*/liberty)**에 흠결을 갖기 시작하였다."**[21] **"사람이 자유의지를 나쁘게 사용하였을 때에 자기 자신과 자기의 의지가 모두 파멸되었다."**[22] **"자유의지는 예속되어서 의에 이르는 것이 될 수 없다."**[23] **"하나님의 은혜가 자유롭게 하지 않은 것은 자유롭지 않을 것이다."**[24] **"하나**

---

19 『기독교강요』 2권, 2장, 8절.
20 『기독교강요』 2권, 2장, 8절.
21 『기독교강요』 2권, 2장, 8절.
22 『기독교강요』 2권, 2장, 8절.
23 『기독교강요』 2권, 2장, 8절.
24 『기독교강요』 2권, 2장, 8절.

님의 의는 율법이 명령하고 사람이 마치 자기 힘으로 행하듯이 할 때가 아니라 자유롭지 않았던 의지가 성령이 도우시므로, 하나님에 의해서 자유롭게 되어 순종할 때에 성취된다."[25] "사람은 조성될 때에 자유의지의 큰 힘을 받았으나 죄를 지음으로써 그것을 잃어버렸다."[26]

　　아우구스티누스의 말들을 정리해보면, 인간의 의지는 처음 창조되었을 때, 하나님으로부터 선한 것을 선택할 수 있는 힘(원의, 곧 의지의 올바름)을 받았습니다. 그러나 죄를 지음으로 그 능력을 상실했고, 능력이 상실된 의지는 하나님을 더 이상 자유롭게 순종할 수 없는 상태가 되었습니다. 그러므로 자유의지를 회복하려면 은혜가 절대적으로 필요합니다. 의지의 올바름을 상실하여 선한 것을 선택할 힘을 잃은 의지는 이미 하나님께서 창조하신 정상적인 모습의 의(義)가 아닙니다. 원의를 잃어버린 사람의 의지는 죄의 노예가 되고 속박되어 하나님을 향해 어떤 선한 선택도 할 수 없는 의지가 되었습니다. 자유의지는 원의를 유지하거나 은총으로 회복된 의지만을 칭할 수 있습니다. 왜냐하면 의지의 자유는 하나님께서 기뻐하실 만한 것을 선택할 수 있는 능력에서만 주어지기 때문입니다. 능력이 상실된 의지는 부자유해집니다. 자유는 힘에서 나옵니다. 그런데 인간의 의지는 스스로 선한 것을 선택할 능력이 없습니다. 그러므로 원의를 통해서 혹은 원의를 상실한 죄인들은 은총을 통해서만 이 능력을 받게 되고, 선한 것을 선택하는 자유를 얻게 됩니다. 이런 이유로 성경은 **"주의 영이 계신 곳에는 자유가 있느니라"**(고후 3:17)고 선포합니다. **"나를 떠나서 너희가 아무 것도 할 수 없음이라"**(요 15:5). 자유의지라는 것은 의에 대해서는 자유로우나 죄에 대해서는 노예가 됩니다. 아우구스티누스는 원하여 선택하는 의지의 실재를 인정하면서도, 그것이 원의와 은총에 달린 것이라 가르칩니다. 의지의 실재를 부정하여 인

25　『기독교강요』, 2권, 2장, 8절.
26　『기독교강요』, 2권, 2장, 8절.

간의 책임을 부정하는 것도 이단적이며, 의지를 자율 의지처럼 인식하여 하나님과 그분의 은총을 벗어나 순기능을 감당할 수 있을 것처럼 여기는 것도 이단적입니다. 인격적 기능의 실재로서 의지는 은총을 의지합니다. 그러므로 그는 이렇게 말합니다. **"사람은 의지의 결단에 의하지 않고서는 의로부터 자유로울 수 없고, 구주의 은혜에 의하지 않고서는 죄로부터 자유로울 수 없다."**[27] 따라서 칼뱅은 자유의지라는 말을 바른 개념으로 사용할 수 있다면 이것을 허용하겠지만, 자유의지라는 용어에 대한 오해들로 인해 그 오용을 경계합니다. 칼뱅은 이런 의미에서 자유의지라는 말을 멀리합니다. 자유의지가 자율 의지(autonomous will)로 오용될 수 있기에 자원의 의지(voluntary will)라는 용어가 더 유용하고 안전해 보입니다. 인간은 하나님께서 주신 원의(타락 전)나 은총에 의해서만 실재로 원하여 선한 것을 선택할 수 있게 됩니다.

② 의지에 대한 몇몇 교부들의 정의

이 교의(敎義)에 대한 교부들의 가르침은 모호한 면이 있지만, 이들은 사람의 능력을 전혀 무시하거나 혹은 거의 높이 평가하지 않고 모든 선행에 대한 공적을 성령께 돌렸습니다. 칼뱅은 몇몇 교부들을 예로 듭니다. 먼저, 키프리아누스(Cyprianus)는 **"아무 것도 우리의 것이 아니니 그 무엇도 자랑해서는 안 된다"**[28]고 가르칩니다. 이 말은 사람이 전적으로 하나님께 의지해야 한다는 의미를 전합니다. 아우구스티누스와 에우케리우스(Eucherius)는 생명나무를 그리스도로 해석하여 누구든지 그것에 손을 가닿으면 살 것이라고 하고, 선악과를 자유의지로 해석해서 하나님의 은혜를 빼앗긴 채 그것을 맛보려고 하는 자는 죽을 것이라고 교훈합니다. 크리소스토무스는 **"모든 사람은 본성상 죄인일 뿐만 아니라 전부가**

---

27   『기독교강요』 2권, 2장, 8절.
28   『기독교강요』 2권, 2장, 9절.

죄다"²⁹고 말했습니다. 교부들이 당시 시대적 상황으로 인해 철학자들의 조롱을 피하고, 게으름의 여지를 주지 않으려 인간의 능력을 고양하고 자유의지를 높이는 표현을 사용하였습니다. 그러나 내심 그들이 바라는 목표는 사람을 가르쳐 자기 자신의 능력에 대한 확신을 철저히 버리게 하고 자신의 힘을 오직 하나님께 맡기도록 가르치는데 있었습니다.

③ 사람의 의지는 오직 은총을 의지함

인간이 자신의 영적 빈곤을 절실히 느끼지 못할 때, 결코 하나님의 복을 받아 누릴 수 없습니다. **"사람은 자기에게 없는 것을 하나님 안에서 회복해야 한다고 배울 때에만 자기의 것을 과하게 빼앗길 위험이 없기 때문"**³⁰입니다. 인간이 받은 것보다 더 많은 것을 주장할 때, 헛된 자부심에 빠져 자신을 잃어버리는 동시에 하나님의 영예를 자기의 것으로 탈취하게 되어, 신성모독을 범하게 됩니다. 이와 같은 악덕(惡德)은 최초의 조상을 하나님처럼 되고자 갈구하게 만든 마귀로부터 기원한 것입니다(창 3:5). 그러므로 크리소스토무스는 우리그리스도인 철학의 근본은 겸손이라 했습니다. 아우구스티누스도 이와 같은 맥락에서 유명한 명언을 남겼습니다. **"어느 수사학자는 웅변의 규범들 가운데 첫 번째가 무엇이냐고 질문을 받았을 때 '화술'이라고 대답했다. 그리고 두 번째도 '화술', 세 번째도 '화술'이라고 대답했다. 만약 당신이 기독교의 규범들에 관해서 묻는다면 나는 항상 첫째도, 둘째도, 셋째도 '겸손'이라고 대답하기를 좋아했을 것이다."**³¹ 여기서 '겸손'은 신앙적 겸손을 의미합니다. 여기서 겸손은 오직 하나님의 은혜만을 의지하는 신앙을 의미합니다. 자신 안에 어떤 능력이 있다고 믿는다면 교만한 것이고, 겸손 외에는 어떤 피난처로도 도망칠 수 없음을 진심으로 느끼는 것이 겸손입니다.

---

29 『기독교강요』, 2권, 2장, 9절.
30 『기독교강요』, 2권, 2장, 10절.
31 『기독교강요』, 2권, 2장, 11절.

신앙적 겸손은 타락과 죄의 비참을 하나님 앞에서 똑바로 인식하지 못
한 사람에게는 불가능한 겸손입니다. 구원의 복은 자신의 영적 빈곤을
깨달은 가난한 영혼에게만 주어집니다. 자신의 빈곤을 깊이 깨달을수록
우리는 그리스도를 더욱 간절히 의지합니다.

> 누구든지 자기 안에는 아무 것도 없다는 사실과 자기 힘으로는 아무 도움도 얻을 수 없
> 다는 사실을 깨달을 때 자기 안에 있는 무기들은 부서지고 전쟁은 끝이 난다. 당신이
> 자기 안에서 약해질수록 여호와는 더욱더 당신을 받아들이실 것이다.[32]

④ 타락 이후 우리에게 남겨진 것의 의미와 한계

칼뱅은 아우구스티누스(Augustinus)로부터 취한 다음과 같은 일반적
견해를 수용합니다.

> 사람에게 있어서 자연적인 은사들은 죄를 통하여 부패되었으나 초자연적인 은사들은
> 제거되었다.[33]

여기서 초자연적 은사들은 천상의 삶과 영원한 복을 얻기에 충분했
을 믿음의 빛과 의(義)입니다. 그러므로 하나님 나라로부터 배척된 자들
은 구원의 소망을 위하여 마련된 영적인 은사들을 박탈당하게 되고 하
나님 나라로부터 추방당하게 됩니다. 즉, 초자연적 은사들은 하나님과
의 관계, 하나님 나라에 속함, 구원에 관계된 은사들입니다. 따라서 영혼
의 복된 삶과 관계된 이 은사들은 중생의 은혜를 통해서 회복될 때까지
아담 안에서 타락한 모든 자들 안에 소멸되어있습니다. 죄로 소멸된 것
들은 믿음, 하나님을 향한 사랑, [하나님을 향한 사랑을 동기로 한] 이웃

---

32 『기독교강요』, 2권, 2장, 11절.
33 『기독교강요』, 2권, 2장, 12절.

을 향한 사랑, 거룩함과 의에 대한 열심 등이 있습니다. 이 은사들은 오직 그리스도 안에서만 회복됩니다. 따라서 초자연적 은사들은 **"외부로부터 주어지고 우리의 본성을 넘어선 것들로서 이전에는 우리에게서 제거된 상태로 있었"**[34]습니다.

자연적 은사들은 정신의 건전함과 마음의 올바름을 의미하는데, 이것은 소멸되지 않았지만 부패했습니다. 자연적 은사들의 잔재가 남아 있지만, 그것은 약하고 깊은 어둠에 매몰되어 건전하지 못하며, 의지는 사악해졌습니다. 사람이 선과 악을 식별하여 이해하고 판단하게 하는 이성은 인간 본성에 속한 것으로 자연적 은사이기 때문에 완전히 소멸될 수 없지만, 약화되고 부패하여 그 흉한 폐허만 드러냅니다. 요한이 **"빛이 어둠에 비치되 어둠이 깨닫지 못하더라"**(요 1:5)라고 말한 것처럼, **부패한 이성으로는 하늘에 속한 일들을 알지 못하며, 부패한 의지로서는 하나님을 신앙하고 순종하지 못합니다.** 인간 본성에 남겨진 기형적 잔해(*deformis ruina*e/deformed ruin)로는 하나님과 바른 관계를 지향할 수 없습니다. 그러므로 인간 본성에서 번쩍이는 섬광들의 잔재는 인간이 짐승과 구별되는 이유로서 중요하나, 이 빛은 아주 깊은 밀도의 무지에 질식되어 구원에 있어 철저히 무능합니다. 인간의 오성은 진리에 대한 사랑에 본성적으로 사로잡혀 있지만, 그러한 동경은 곧 허무에 빠집니다. 어두워진 마음은 진리를 동경하고 추구하나 진리를 발견할 능력은 없습니다. 인간의 의지도 소멸되지 않았지만, 사악한 욕심의 사슬에 묶여 올바른 것을 추구하지 못하게 되었습니다.

---

34 『기독교강요』 2권, 2장, 12절.

⑤ 오성에 남겨진 잔재와 그 한계

(ㄱ) 천상의 일과 지상의 일의 구분

칼뱅은 이제부터 인간의 오성에 남겨진 섬광들의 탁월성을 소개합니다. 칼뱅은 이 주제를 다루며, 인간에게 남겨진 섬광들의 가치를 소개하기도 합니다. 그러나 전체적인 맥락에서 칼뱅의 목적은 인간을 높이거나 타락의 심각성을 과소평가하려는데 있지 않고, 오히려 구원에 있어 철저히 무능한 오성의 상태를 드러내려는데 있습니다. 칼뱅의 논지는 우리의 오성과 의지에 남겨진 기형적 잔재는 구원에 있어 절망적인 한계성을 갖기 때문에, 오직 은총을 구해야 한다는 것입니다. 제2권의 저술 목적대로 칼뱅은 우리에게 남겨진 것들이 구원과 하나님 나라에 철저히 무능하므로, 그리스도의 절대적 필요성을 깨달아야 한다고 교훈합니다.

부패된 오성은 위의 것을 탐구하는데 무관심하기는 하지만, 위에 속한 것들의 아주 작은 맛도 볼 수 없을 정도는 아닙니다. 그러나 부패한 오성이 현세적 삶의 공간 너머의 것을 마음에 품게 될 때, 그 자체가 얼마나 연약한지 깨닫게 됩니다. **부패한 오성은 위에 속한 것들의 미미한 정도를 인식할 수 있지만, 그것을 수용하고 담을 만한 그릇은 못 됩니다.** 따라서 칼뱅은 오성의 기능이 어디까지 어떤 수준으로 미치는지 이해시키기 위해 오성의 대상으로서 **"지상의 일들**(*Res terrenas*/earthly things)**"**과 **"천상의 일들**(*Res caelestes*/heavenly things)**"**을 구분합니다. 먼저, **"지상의 일들"**은 **"하나님과 그의 나라, 참된 의, 미래의 삶의 복과 관련되지"**[35] 않습니다. **"그것들은 현세 삶의 논리와 관계를 지니며 어떠한 방식으로든 그 한계 안에 제한"**[36]됩니다. 여기에 정치, 경제, 모든 기계 공작술, 문예

---

35   『기독교강요』 2권, 2장, 13절.
36   『기독교강요』 2권, 2장, 13절.

가 포함됩니다. 둘째, **"천상의 일들"**은 **"하나님에 관한 순수한 지식, 참
된 의(義)의 논리, 천국의 비밀들"**입니다. 이 사안들에 하나님과 그의 뜻
을 아는 지식과 우리의 삶을 그 뜻에 맞게 형성하는 규범이 속합니다.

칼뱅은 지상의 일과 관련해 자연적 은사가 잔재하여 남긴 흔적과
결실들을 열거합니다. 첫째, 잔재하는 자연적 은사로 말미암아 사회 질
서와 법이 존재합니다. 사람은 본성상 사회적 동물이기에 자연적 본능
을 따라 사회를 육성하고 보존하고자 하는 경향이 있습니다. 모든 사람
의 영혼에는 시민의 영예와 질서에 대한 보편적인 사고가 내재합니다.
모든 나라와 개인들은 모든 모임이 법에 의해 억제되어야 한다는 사실
을 이해하고 그 법의 원리가 마음속에 받아들여집니다. 법의 씨앗은 본
성적으로 모든 사람 안에 보편적으로 새겨져있습니다. 정치 질서에 관
한 어떤 씨앗이 모든 사람 안에 뿌려져 있습니다.

둘째, 잔재하는 자연적 은사의 결실의 또 다른 하나가 예술입니다.
사람은 어떤 재능을 가지고 있어서 사람의 능란한 힘이 이것들을 배우
는 데 나타납니다. 한 사람이 모든 것을 배울 수는 없지만, 어느 예술에
대한 특정한 통찰력을 갖습니다. 이성과 지성에 의한 보편적 이해력이
본성적으로 사람들에게 주어져있습니다. 즉, 사람들 안에 보편적 선이
존재합니다. 사람 안에 나타나는 이러한 빛은 모든 사람들에게 본성적
인 것으로 자비로우신 하나님께서 각 사람에게 값없이 주신 선물입니다.

이러한 지상에 일들과 관련된 자연적 은사는 부패했음에도 불구하
고, 그 남겨진 섬광을 통해 우리의 마음이 하나님의 놀라운 선물들로 옷
입혀지고 장식되어 있다는 사실을 보여줍니다. 그리고 이 모든 것은 성
령의 선물들입니다. 여기서 칼뱅은 지상의 일과 관련된 자연적 은사를
베푸신 분이 성령이심을 분명히 하므로, 성령의 구속 사역과 구별된 성
령의 **"일반 사역"**을 인정합니다. 성령께서는 특별 은총만이 아니라 일반
은총의 분배자이시기도 합니다. 그러므로 지상의 일들에 관련된 자연적
은사를 과소평가하는 것은 성령 자신을 비난하고 모욕하는 것입니다.

그러나 자연적 은사와 그 결실들을 존중하고 성실히 가꾸어 가는 것의 정당성은 자연적 은사의 부패성을 알고, 그 한계를 분명히 인식하는 것을 전제합니다. 성도와 교회는 하나님께서 구속이 완성되는 종말의 때까지 지상과 관계된 일에서 자연적 은사의 부패성과 한계를 망각해서는 안 되며, 세상에 존재하는 죄와의 긴장감에 무뎌져서도 안 됩니다.

자연적 은사들의 가치를 인식하는 만큼 자연적 은사의 부패성과 한계를 깨닫는 것이 중요합니다. 칼뱅의 목적은 오직 그리스도와 그분의 은총만이 우리를 구원할 수 있음을 일깨우는 데 있습니다. 이제 칼뱅은 자연적 은사들의 가치를 논한 후에, 자연적 은사의 부패성과 한계를 드러냅니다. 그리하여 우리의 시선을 오직 그리스도께 돌리도록 하기 위함입니다. 칼뱅은 성령께서 인류의 공동선(*publicum generis humani bonum*/the common good of mankind)을 위하여 원하시면 누구든지 그것을 부어주십니다. 구속 사역과 구별된 일반 사역의 측면에서 성령께서는 불경건한 자들에게도 이러한 은사를 베푸십니다. 창조의 법칙에 의해서 각각의 피조물의 종류대로 부여하신 특성을 따라 그렇게 하십니다. 성도들도 불경건한 자들의 일과 사역으로 자연과학, 변증법, 수학 그리고 기타 학문들에 있어서 도움을 받을 수 있습니다. 그러나 이러한 초등학문 아래서(골 2:8) 진리를 이해하는 큰 힘을 지닌 사람의 지성도 진리의 견고한 기초가 근저에 놓이지 않는다면, 이 지식이 하나님 앞에서 덧없고 일시적인 것에 지나지 않게 됩니다. 일반 은총과 일반 계시는 특별 은총과 특별 계시의 기초 위에 세워지지 않을 때, 어떤 한계에 놓이게 됩니다. 왜냐하면 지금까지 언급한 타락 후 인간 안에 남겨진 자연적 은사들이 그 부패성을 넘어서지 못하기 때문입니다. 아우구스티누스(Augustinus)는 **"이러한 선물들은 그것들이 하나님으로부터 나온 이상 스스로 더러워질 수 없었으나, 오염된 사람에게는 그것들이 더 이상 순수하지 않아 그것들로부터 그**

는 하나님을 찬양하는 데 이르지 못한다"[37]고 말합니다.

(ㄴ) 천상의 일에 대하여: 초자연적 은사의 소멸

이성의 기능은 인간의 본성에 해당합니다. 그리고 인간의 본성으로 주신 이성은 타락했으나 남겨진 것이 있습니다. 그러므로 칼뱅은 일반 은총(*generalis gratia*/general grace)을 언급하면서 이를 인정합니다. 부패함에도 불구하고 남겨진 것이 있다는 사실은 하나님의 너그러움을 나타냅니다. 하나님께서 인류를 아껴 보존하지 않으셨다면, 우리의 반역과 타락으로 인류 본성 자체가 말살되고 말았을 것입니다. 여기까지 칼뱅은 지상의 일에 대하여 살펴보았습니다. 그러나 이제 칼뱅은 부패한 채 남겨진 자연적 은사가 천상의 일에 대하여 무엇을 할 수 있는지 묻습니다. 칼뱅은 부패한 오성이 갖는 한계와 부패상을 알리기 위하여 천상의 일을 세 가지로 구분하고, 이에 대해 이성이 무엇을 식별할 수 있는지 분석합니다.

가) "하나님을 아는 것"입니다.

나) "우리에게 대한 부성적 호의, 곧 우리의 구원을 아는 것"입니다.

다) "하나님의 법을 표준으로 삼아 우리의 생활을 정돈하는 법을 아는 것"입니다.[38]

칼뱅은, 지상의 일에 있어 얼마간의 가치가 남겨진 사람들의 이성이 천상의 일에 대하여 얼마나 허망한지를 보여줍니다. 가)와 나)에 대한 인식에 있어, 특히 나)의 인식에 있어 사람들 중에 가장 뛰어난 천재도 두더지들보다 더 눈이 멀어 있습니다. 철학자들도 하나님에 대하여 논하지만, 그들의 글은 천박한 상상의 산물일 뿐입니다. 거듭나지 않은 부패한 이성으로는 진리에 도달하지도 못하고 진리를 얻을 수도 없습니

---

37 『기독교강요』 2권, 2장, 16절.

38 *Inst.* II. ii. 18.

다. 자연인은 밤에 들판을 걷는 나그네와 같습니다. 잠시 번개가 치면 아주 잠시 멀리 넓게 보이지만, 일순간에 어둠으로 다시 빠져드는 것과 같습니다. 부패한 이성은 하나님의 선하심의 확실함을 인식할 수 없습니다. 사람의 이성은 하나님과 그 하나님의 구원의 자비를 인식도 못하고, 지향하지도 않습니다. 사람의 이성은 신적인 사안에 있어 완전히 눈이 멀고 어리석습니다. 요한복음 1장 4-5절은 인간의 통찰력이 맹목적이고 어리석다는 것을 증거 합니다. **"그 안에 생명이 있었으니 이 생명은 사람들의 빛이라 빛이 어둠에 비치되 어둠이 깨닫지 못하더라."** 사람의 영혼에 하나님의 광명이 비추이지만, 자연인에게는 영적 이해력이 죽어 있습니다. 성경은 그것을 **"어두움**(σκοτία)**"**이라고 부릅니다. 중생자에게 특별 계시(*specialis revelatio*/special revelation)와 성령의 조명이 주어져야만 사람은 하나님을 알 수 있습니다.

　　하늘 아버지께서 중생의 영을 통하여 택자들에게 부어주시는 모든 것은 부패한 본성에 존재하지 않는 것들입니다(딛 3:5). 이 선물들은 자연적 은사에 속하지 않고 초자연적 은사에 속한 것들입니다. 그러므로 하나님과 구원의 자비는 중생을 통해서만 알게 됩니다. 그런 의미에서 **"지상의 일"**을 이룰 수 있는 능력과 **"천상의 일"**을 이루는 능력은 다릅니다. 칼뱅은 이를 증거하는 구절들을 열거합니다(시 36:9; 고전 12:3; 요 3:27; 신 29:3-4; 렘 24:7; 골 1:15; 히 1:3; 요 1:18; 사 54:7; 요 6:45; 사 54:13; 고전 1:18). 하나님을 아는 것은 일반적 사람의 본성으로 불가능하고 **"특별한 조명**(*specialis illuminatio*/ special illumination)**"**이 있어야 합니다. 성령께서 우리의 내면적 교사가 되어 우리의 마음을 인도하시지 않는다면, 그리스도를 전파하더라도 아무런 소득이 없습니다. 그러므로 아버지의 음성을 듣고 아버지께로부터 배운 사람들만이 그리스도께 옵니다. 이 들음과 배움은 무엇을 의미하는가? 성령께서 놀랍고 특별한 방법으로 우리의 귀를 듣게 만들며 우리의 마음을 이해하게 만드시는 것입니다. 그러므로 성령의 비추심을 받아 마음이 새로워진 사람들의 앞에만 하나님 나라로 가는 길이 열립니다. 칼뱅은 **"육에 속한 사람"**을 자연의 광명을 의지하는 사람으로 정의합니다(고전 2:14). 이들은 전혀 영적 신비를 깨닫지 못하는 사람들입니다. 이 신비들은 사람이 통찰할 수 없도록 깊이 숨겨졌기 때문에, 오직 성령의 계시에 의해서만 나타납니다. 따라서 하나님의 영께서 비추시지 않으면 신비는 미련한 것으로 호도(糊塗)됩니다(고전 2:9; 1:20). 세상의 지혜로는 하나님을 알 수 없습니다. 성령의 빛이 없으면 모든 것이 암흑입니다. 하나님의 말씀은 성령의 조명 아래서만 인식될 수 있다(엡 1:17-19; 시 119:18; 약 1:17; 요 14:26; 행 1:4).

칼뱅은 이제 다) 항의 **"하나님의 법을 표준으로 삼아 우리의 생활을 정돈하는 법을 아는 것"**에 대한 이성의 인식에 대해 논합니다. 칼뱅은 다)항을 **"의(義)의 행위에 대한 지식**(notitia operum iustitiae/the knowledg of works of righteousness)"로 부르는 것이 옳다고 합니다. 인간의 이성은 **가)**와 **나)**의 항목보다 **다)**의 항목에 더 민감합니다. 성경은 율법 없는 이방인의 양심에 하나님의 법이 새겨져 있어서, 하나님의 심판 앞에서 그 생각들이 서로 고발하며 혹은 변명하여 그 마음에 새긴 율법의 행위를 나타낸다고 증언합니다(롬 2:14-15). 이 양심에 새겨진 이 법을 **"자연법**(naturaliter lex/natural law)"이라 부릅니다. 성문화된 법이 주어지기 전, 인간을 창조하실 때 하나님께서는 사람의 마음에 하나님의 율법을 새겨 넣으셨습니다. 모세의 시대에 성문화된 법은 타락한 이스라엘 백성들을 구속하시고, 타락으로 마음에서 희미해진 자연법을 명백히 하기 위한 목적으로 주어졌습니다. 모든 사람들의 마음에 자연법이 새겨져 있기에 사람들은 **다)** 항에 대하여 더욱 민감히 인식하는 것입니다. 칼뱅은 **"자연법에 의해 올바른 삶의 규범이 충분히 재정되었다는 것보다 더 평범한 사실은 어디에도 없다"**[39]고 합니다.

이처럼 자연인들이 **다)** 항에 대하여 민감한 인식을 할지라도, 이 지

---

39   『기독교강요』 2권, 2장, 22절.

점에서 자연인들의 다) 항에 대한 그 민감한 인식이 그들의 영혼을 어디까지 인도할 수 있느냐는 질문을 던져야 합니다. 타락 이후 자연인들에게 있어 자연법에 대한 인식은 어디까지 이르며, 자연인들에게 자연법이 주어진 목적이 무엇이냐를 묻는 것은 경건에 유익합니다. 바울은 여기에 답합니다. 바울은 자연인들이 성문화된 율법을 받지 못했지만, 그들의 마음에 새겨진 자연법에 의해 심판을 받게 될 것이라 선포합니다. 그리고 자연인에게 자연법의 종착점은 변명의 여지를 주지 않는데 까집니다.

> 그러므로 자연법의 목적은 사람들이 핑계하지 못하도록 하는 데 있다. 자연법은 의와 불의를 충분히 식별하며 사람들에게서, 그들이 그들 자신의 증언에 의해 꾸짖음을 받는 한에 있어서, 무지의 핑계를 제거하는 양심의 인식이다.[40]

자연법이 존재하므로 하나님의 심판 앞에서 모든 죄인들은 무지로 죄를 범했다고 변명할 수 없게 됩니다.

> 죄인은 자기에게 새겨진 선악에 대한 판단을 피하려고 하며 그것으로부터 계속해서 뒷걸음질을 치려고 한다. 그러나 원하거나 원치 않거나 간에, 아무 강요가 없다손 치더라도, 때때로 그것에 대해서 눈이 열릴 수밖에 없다. 그렇기 때문에 사람이 오직 무지로 죄를 짓는다는 것은 거짓이다.[41]

오성의 판단 자체가 완전하지 못할 뿐만 아니라 지식에 이르렀다고 하여도 의지가 지식에 역행할 때가 많습니다. 사람은 전제적 가설에 봉착하게 되면 자기가 최근에 제정한 논제의 규범을 잊어버립니다. 살인이 악하다는 사실을 모르는 사람은 없지만, 원한이 생기면 살인을 합리

---

40 『기독교강요』, 2권, 2장, 22절.
41 『기독교강요』, 2권, 2장, 22절.

화합니다. 여기에 인간의 무지함이 있습니다. 설사 선악에 대한 지식을 분별하였다하더라도 사람은 알면서 악을 저지르기도 합니다. 사람은 더 좋은 것들을 보고 인정하지만, 실제로는 더 나쁜 것들을 따릅니다.

엄밀히 말해, **자연인의 이성은 첫 돌판에 대해 눈이 멀었고, 두 번째 돌판에 대해서는 겉만 볼 수 있게 되었습니다.** 칼뱅에 따르면, 자연법에 근거해서 이루어지는 선악에 대한 보편적인 판단은 결코 모든 면에서 건전하거나 순수하지 않습니다. 자연적 은사로서 선악에 대한 이성의 분별력은 어느 정도 남겨져 있더라도 몹시도 부패하였음이 분명합니다. 육적인 판단에 따르면 이처럼 유약한 분별력이 몹시 완전한 것처럼 보이지만, 하나님의 잣대로 들여다보면 아무런 구원의 소망이 보이지 않을 만큼 부패해 있습니다. 자연인들에게 남겨진 종교적, 도덕적 인식력의 한계는 자기 책임을 회피하지 못할 정도의 이해력과 가책을 받는 양심의 실재 정도입니다. 그들의 이해력은 하나님이나 하나님의 구원 그리고 율법 본연의 정신과 동기에 이르지 못합니다. 그들의 이성의 종착점은 하나님의 심판대 앞에 핑계할 수 없는 양심을 가지고 하나님의 심판의 정당성을 시인하는데 까지 입니다.

자연인의 이성이 얼마나 눈 멀었는 지를 알기 위해서는 완전한 의義의 표준인 하나님의 법에 이성을 달아보는 것입니다. 부패한 자연인의 양심은 첫 번째 돌판의 주요한 요점들, 즉 하나님에 대한 확신, 마땅히 돌려할 능력과 의(義)에 대한 찬양, 하나님의 이름을 부름, 참 안식일에 관한 것들(출 20:2-17)에 대한 지식에 이르지 못합니다. 이들은 하나님을 향한 합법적인 예배를 알지 못합니다. 자연인의 이성은 부패한 본성의 요구를 따라 하나님을 알고, 부패한 예배를 고안할 뿐입니다. 둘째 돌판에 대해서는 어떠합니까? 사람은 두 번째 돌판(출 20:12-17)에 대한 인식에 있어 다소간 더 많은 이해력을 갖습니다. 왜냐하면 두 번째 돌판은 시민 사회를 보존하는 것과 많은 관계를 가진 계명이기 때문입니다. 둘째 돌판은 공공선과 보편 가치와 질서를 보존하는 것과 관련된 계명들입니다. 하지만, 그 부패의 한계성을 벗어날 수는 없습니다. 그러나 사람들은 이러한 덕목들을 따를 인내심이 부족합니다. 부패한 본성은 둘째 돌판에 속한 계명을 따라 내린 참된 판단을 노예적이고 비열한 영혼에 속한 것으로 매도합니다. 이들은 그것을 몰아내는 것이 영예롭고 고상한 마음이라 생각합니다. 세속 철학자들도 손해에 대해서 보복하는 것을 악이라고 여기지 않습니다. 그러나 인내가 필요할 때, 계명을 버리는 세상과는 달리 우리 주님께서는 세상이 비난하고 불명예스럽게 여기는 인내를 당신께 속한 자들에게 명령하십니다.

결론적으로, 율법의 전체 규율에 대한 부패한 이성의 통찰은 미진하며, 정욕에 대한 합당한 비난을 가하지 않습니다. 자연인은 정욕을 원죄적 시각에서 이해하지 못합니다. 그러므로 부패한 신학과 종교와 철학들은 정욕을 인간성의 낮은 단계 정도로 합리화하며, 영혼의 충동과 정욕을 죄로 보는 데까지 이르지 못하고, 정욕을 인간성의 낮은 덕성 내지 하위 본성으로 여기어 '악(vitium/vice)'이라 칭하며 과소평가합니다. 우리의 이성은 첫 계명에 대하여 철저히 완악한 무지를 가지고 있으며, 둘째 계명을 더 잘 이해한다해도, 그 계명 순종에 있어 하나님을 향한 신앙과 사랑의 동기를 갖지 못합니다. 첫 돌판을 거스르며 내면적 요건이 부재한 채 육적인 동기로 외면을 준수할 뿐입니다. 하나님께서 요구하신 수준으로 인식하고 순종하지 못하며, 거듭나기 전까지 생명에서 나타나는 순종이 아니라 하나님의 손에 의해 죄성이 억제된 의미에서 도덕적 행위를 할 수 있을 뿐입니다.

이처럼 인간의 오성이 확실한 방향을 상실한 이유로, 우리 마음의 이성은 어디를 향하든지 공허함에 사로잡힙니다(창 6:5; 8:21; 고전 3:20; 시 94:11). 칼뱅은 부패한 이성의 결함을 표현한 아우구스티누스의 가르침을 소개합니다.

하나님께 속한 것들을 이해하는 데 이르지 못하는 이러한 이성의 결함을 인식함으로 태양의 빛이 눈에 필요한 것 못지않게 조명의 은혜가 마음에 필요하다고 생각한다. 이에 만족하지 않고 그는 이를 수정하여, 우리 자신이 눈을 열어 빛을 식별하지만 마음의 눈은 여호와가 열지 아니하시면 닫힌 채로 머물러 있다고 덧붙인다.[42]

성경은 성령의 조명하에서 성경의 인도를 받아야 한다고 가르칩니다. 우리의 마음이 단지 어느 한 날 조명을 받고 그 이후로는 스스로 볼 수 있다고 가르치지 않습니다(시 119:10). 진리를 보기 위해서 그리고 그 안에서 진보하기 위해서, 먼저는 거듭나야 하고, 거듭난 심령으로 성경으로부터 듣고 배워야 하며, 들을 때 성령의 조명을 받아야 진리를 볼 수 있습니다. 사람은 거듭나 지속적으로 은혜의 수단인 말씀으로부터 배워야합니다. 성령께서는 언제나 성경을 통해 우리를 진리 가운데 인도하십니다.

(ㄷ) 죄에 속박되고 노예 된 의지

칼뱅은 오성(*intellectus*/intellect)에 이어 결정의 자유(*arbitrii libertas*/freedom of decision)를 특별히 좌우하는 의지(*voluntas*/the will)의 부패성을 다룹니다. 결정의 자유는, 사람이 올바른 이성으로 선을 판별하고, 알게 된 것을 선택하며, 선택된 것을 추구하는 것을 요구합니다. **"사람은 선한 것을 따르려고 최선을 다하여 추구함에도 불구하고 여전히 그것을 따르지 않"**[43]습니다. 영원한 복을 즐거워하지 않는 사람은 없지만, **"성령의 충동**(*Spiritus impulsus*/the impulse of Spirit)**"**을 받지 않으면 누구도 그것을 갈망할 수 없습니다. 따라서 의지는 은총을 통해 선한 것을 선택하고 추구하고자 하는 부패한 본성의 회복이 있어야 합니다. 의지의 고유한 운동은 무엇인가를 원하여 선택하는 것입니다. 그러므로 우리가 지닌 의지는 "자원의 의지(voluntary will)"입니다. 그러나 의지가 선을 선택하는 창조 본연의 순기능(順機能)을 하기 위해서는 은총을 받아 선을 향하는 성향을 부여받아야 합니다. 의지의 운동은 인간에게 고유한 것이지만, 그 의지가 어디를 지향할 것인가는 은총이 결정합니다. 그러므로 하나님을 믿고 순종하는 선택은 오직 은총 덕분입니다. 만일 은총이 없다면, 선을 추구하는 성향이 소멸되어 불신과 불순종의 길만을 택하게 됩니다. 그리고 이러한 선택에 정죄와 책임이 따릅니다. 왜냐하면 선을 추구하려는 본성의 성향은 소멸되었으나, 원하여 선택하는 의지의 운동은 자기 자신의 것이기 때문입니다. **은총 없는 의지는 죄만을 추구하고 선택합니다. 이러한 의지를 죄에 노예 의지, 죄에 속박된 의지라고 부릅니다.**

사도 바울은 이렇게 고백합니다. **"내 속 곧 내 육신에 선한 것이 거하지 아니하는 줄을 아노니 원함은 내게 있으나 선을 행하는 것은 없노라 내가 원하는 바 선은 행하지 아니하고 도리어 원하지 아니하는 바 악을 행하는도다"**(롬 7:18-19). 이 말씀을 중세 스콜라주의자들(scholastics)은 오리게네스(Origen)와 고대 저술가들을 취하여, 사람의 연약함과 자연적으로 부여받은 본성의 싸움으로 묘사했습니다. 그러나 칼뱅은 이 싸움을 성도 안에 잔재하는 죄와 성령께서 거듭난 자와의 싸움으로 규정합니다. 악을 행하는 것은 자기 안에 죄라고 고백합니다(롬 7:18), 그리고 **"내 속 곧 내 육신에"**(롬 7:18)라는 표현을 쓰므로, 자신의 육신에 어떤 선함도 존재하지 않음을 확증합니다. 칼뱅에 따르면, 바울이 묘사한 영적인 고뇌와 투쟁은 성령에 의해 중생했지만, 아직 죄의 남은 잔재에 둘러싸여 있는 구원 받은 사람 안에 존재합니다. 바울의 이 고백이 주는 통찰은 부패한 인간의 본성에는 하나님의 길을 선택할 어떤 선함도 존재하지 않는다는 점입니다. 죄와 투쟁하는 대상은 오로지 중생하여 회복된 본성에 있습니다. 따라서 하나님을 믿고 순종하는 의지의 행위는 오직 중생과 은총에서만 옵니다. 자연인의 의지는 죄의 지배력에 속박되어있습니다. 칼뱅은 이러한 이치를 아우구스티누스(Augustinus)의 가르침을 인용함으로 결론 짓습니다.

> 하나님은 모든 것에 있어서 당신보다 앞서 행하신다. 이제 당신이 할 수 있을 때에 하나님의 진노보다 앞서 행하라. 어떻게? 당신이 소유한 이 모든 것들이 하나님 자신으로부터 왔다고, 당신이 지닌 모든 선한 것이 하나님 자신으로부터 왔다고, 당신이 소유하고 있는 악한 것은 무엇이든지 당신 자신으로부터라고 고백함으로써 … 죄 외에 우리의 것은 아무 것도 없다.[44]

4 전적 부패, 전적 무능

(1) 전적인 육으로서 부패한 인간

① 영과 육의 대조

성경에 따르면, 타락 이후 모든 사람은 "**육**(*carnis*/σάρξ/flesh)"입니다(요 3:6). 여기서 육은 부패한 인간 전체를 가리킵니다. 그런데 여기서 육은 인간의 부패성을 표현하기 위해 사용되었습니다. 왜냐하면 사도 바울은 "**육신의 생각은 사망**"이며, "**육신의 생각은 하나님과 원수**"가 되고, 이것이 "**하나님의 법에 굴복하지 아니할 뿐 아니라 할 수도**" 없기 때문입니다(롬 8:6-7). 주님께서 "**육**"으로 사람을 지칭하실 때, 그 사람은 거듭날 필요가 있는 부패한 인간 전체입니다. 왜냐하면 주님께서 거듭나야 한다고 말씀하신 이유는, 사람이 육이기 때문입니다(요 3:3, 6). 거듭남은 인간의 어떤 일부분이나 어떤 특정한 요소에만 해당되는 것이 아니라 사람의 영혼 전체에 해당합니다. 예수님께서는 "**육**"과 반립(反立)된 의미로

---

44 『기독교강요』 2권, 2장, 27절.

"**영**(*spiritus*/πνεῦμα/spirit)"을 사용하시기 때문에, 그 중립 지대가 없습니다. 육이 아니면 영인 것입니다. 그리고 예수님께서 "**영**"이란 용어를 사용하시는 의도는 "**성령으로 난 것**"(요 3:6)을 가리키기 위한 것으로, "**영**"은 거듭난 사람의 영혼 전체를 가리킵니다. 그러므로 타락 한 본성 전체가 "**육적인**(*carneus*/carnal)" 것이고, 거듭나지 않고는 "**영적**(*spiritualis*/spiritual)"일 수 없습니다. 바울은 "**옛 사람**"을 언급하므로 "**육**"을 표현했고, 이 "**육**"의 새로워짐을 "**심령이 새롭게**"로 표현하므로, 인간의 일부가 아닌 변화의 대상을 마음에 위치시켰습니다(엡 4:22-23). 마음은 인간 존재의 중심입니다. 그러므로 거듭남은 영혼 전체를 대상으로 합니다. 결론적으로 타락한 사람의 본성은 한 부분도 부패하지 않고 사악하지 않은 곳이 없습니다(엡 4:17-18; 사 60:2). 거듭나야만 사람은 영적일 수 있으니, 오직 교회 안에서만 하나님의 빛이 나타나며, 교회 밖에는 어둠과 눈먼 것 외에 아무 것도 보이지 않습니다(사 60:19; 시 62:9). 아담 안에서 인류는 전적으로 타락했고, 이 타락은 보편적입니다.

② 전적 타락과 타락의 보편성

성경은 "**만물보다 거짓되고 심히 부패한 것**"이 마음이라고 가르치므로(렘 17:9), 사람의 영혼의 전 부분이 부패했음을 증언합니다. 사도 바울은 로마서 3장 10-16절과 18절을 통해 의인이 없음을 선포하므로, 죄와 타락의 보편성(universality)을 확증합니다(참조. 시 14:1-3, 53:1-3; 시 5:9; 시 140:3; 시 10:7; 사 59:7). 사도 바울은 이러한 말씀으로 어떤 특정한 사람이 아닌 아담의 후손 모두가 타락했음을 증거 합니다. 사도 바울은 어느 한 시대나 특정한 시대의 사악한 관습을 비난하는 것이 아니라 "**인간 본성의 영구적 오염**"을 정죄합니다. 사도 바울은 전적 타락과 이 타락이 보편적이어서 모든 사람이 오직 하나님의 자비로만 구원 받을 수 있다고 교훈합니다. 아담 안에서 모든 인류의 본성은 멸망했습니다. 사도는, 아담 안에서 모든 인류가 범죄로 인해 버림을 받았기에, 주님의 자비가 없이는 구원이 없다고 전합니다(롬 3:23-24). 바울은 사람에게 의(義), 곧 순전함과 순수함이 없다고 하며, 지성이 부패했음을 알려줍니다(롬 3:10-11). 그리고 이러한 부패가 보편적이라고 바울은 단언합니다. 모든 사람이 비뚤어지고 썩어 버려 선을 행하는 자가 하나도 없습니다(롬 3:12-16). 부패하여 완악함과 무지를 동반한 인류는 하나님의 규범을 따르려는 두려움이 없습니다(롬 3:8). 이런 부패성이 인류에게 선천적인 것이어서, 율법의 엄중함으로 따지면, 우리의 부패한 본성에서는 어떤 선한 것을 찾을 수 없습니다. 이러한 방탕들이 모든 사람에게 동일한 내용과 정도로 나타나지 않을지라도, 이러한 것들이 나오는 근원(根源)이 모든 사람들 안에 동일하게 있습니다. 칼뱅은 이 죄의 화근(禍根)을 구두사(hydra)로 비유했습니다. 이처럼 성경은 타락을 보편적이며, 전적인 타락으로 규정합니다. 타락한 인간은 구원에 있어, 천상의 일에 있어 전적으로 무능한 존재가 되었습니다. 인간에게 절대적으로, 유일하게 필요한 것은 오직 그리스도와 오직 은총입니다.

③ 불신자의 선한 행위들은 하나님께서 죄를 억제하심에서 나옴

칼뱅은 역사 속에서 자신의 천성에 따라 평생 덕을 추구한 사람들의 선행에 어느 정도 열렬한 성실과 어느 정도의 순결성을 돌립니다. 칼뱅은 전적 부패 아래 있는 자들에게도 **"하나님의 은혜의 여지**(nonnullus gratiae Dei locus/some room of divine grace)**"**가 없지 않다고 가르칩니다. 그러나 여기서 은총은 중생과 성화와 같은 구속적 은총이 아니라, 다만 죄성을 억제하는 은총입니다. 이것은 어둠의 자녀에게도 빛을 비추시는 자비로운 하나님의 일반 은총에 속한 것입니다. 그러므로 이 은총은 자연인을 향한 것으로 본성을 깨끗하게 하지는 못하지만, 내적으로 죄악 된 본성을 억제시킵니다.

자연인의 덕성은 공동선과 보편적 가치에 있어 의미를 갖고, 사회의 보존을 위해 하나님께서 베푸신 것이지만, 불신자의 덕성은 구원 안에서 하나님께서 베푸시고 요구하시는 내면적 성실과 순결을 갖지 못합니다. 이들의 덕성은 생명을 주시는 손이 아니라 죄를 억제하시는 손으로 하나님께서 베푸신 것이며, 이들의 덕성에는 하나님의 영광을 위한 열의나 동기가 없습니다. 이러한 열의는 오직 거듭난 자들에게만 나타날 수 있습니다(사 11:2). 불신자들의 덕성에는 **"지혜의 근본"**이신 **"여호와를 경외함"**(시 111:10)이 없습니다. 이들이 이웃 사랑을 추구하나 첫 째 돌판을 부정하는 가운데 둘째 돌판의 온전한 순종은 존재할 수 없습니다. 첫 돌판에 대한 순종의 열의가 둘째 돌판을 통해 실현되는 것이 하나님의 뜻이기 때문입니다. 하나님을 사랑하기에 우리는 이웃을 사랑하게 되는 것입니다. 그러나 불신자에게는 이것이 불가능하므로, 하나님의 기준에서 보면, 외식적인 덕행만이 존재합니다. 이들의 덕행은 구원과 무관하며, 생명에서 나온 것이 아닙니다. 이들은 여전히 죄의 지배력 아래 있고, 정죄 아래 있습니다. 이런 덕망 있는 사람들의 구원을 위해 오직 그리스도에 대한 신앙과 회개가 필요합니다.

(2) 부패한 의지와 은총의 관계

① 타락 후 필연적으로 죄를 짓게 되었지만, 강제적이지 않고 자원적임

모든 인류는 죄의 노예 상태로 있기 때문에, 하나님께서 요구하시는 의미의 선을 향하여 움직일 수도 없고 선에 몰두할 수도 없습니다. 이런 움직임과 열의가 발생했다면, 이것은 하나님을 향한 회심의 시작이며, 이는 오직 은혜에서 온 것입니다(렘 31:11, 18). 이러한 속박은 하나님께 버림을 받고 악마의 멍에 밑에서 살고 있는 한, 죄인을 단단히 묶어 놓은 족쇄가 됩니다. 타락 한 후, 사람의 의지에는 어떤 변화가 일어난 것일까요? 무엇을 자원하여 원하고 선택하는 기능인 의지는 여전히 남겨집니다. 이것은 인간이 인간되고 인격을 지니는 본성에 속한 것이기에 사라질 수 없습니다. 의지가 소멸되거나 박탈되면 더 이상 인간이 아니고 인간은 인격이 아니기 때문입니다. 그러므로 의지는 여전히 무엇을 선택하는 영혼의 기능으로 남겨졌지만, 부패로 인해, 죄에 치우치는 성향이 남겨진 의지를 지배하게 되었습니다. 그러므로 타락 후 의지라는 기능이 사라진 것이 아니라 의지가 죄를 지으려는 성향에 예속되었습니다. 그러므로 칼뱅은 **"죄를 짓고자 마음을 쓰고 그것을 서두르는 데 가장 치우쳐 있는 성향을 지닌 의지가 남아 있다"**[45]고 말합니다. 사람이 타락으로 잃은 것은 의지 자체가 아니라 의지의 건전함입니다. 의지는 죄의 지배를 받게 되어, 죄를 지을 수밖에 없는 필연성에 얽매이게 되었습니다. 사람은 자신이 원하여 할 수 있는 것이 죄 밖에 남은 것이 없게 된 것입니다. 사람은 자신이 원하여 죄를 짓는 동시에 은혜로 회복될 때까지 하나님 앞에 선을 행하는 힘과 자유를 잃었습니다. 이 말은 의지의 기능이 사라졌다는 것이 아니라 의지가 죄의 성향에 얽매여 죄만을 선택하게 되었다는 의미입니다. 그러므로 죄를 짓는 것은 필연성이 되었지만, 죄의 책임은 죄를 인격적으로 선택하는 자신에게 주어집니다. 죄의 필연성에 붙들려 사람은 자신의 의지와 선택으로 죄를 짓기 때문입니다. 여기서 의지(*arbitrium*)는 선한 것을 선택할 자유(*liber*)를 상실한 의지를 가리킵니다. 자유는 선을 선택할 힘에서 오는데, 타락은 이 힘을 상실케 하였습니다. 부패한 인류는 죄는 범하지만 선은 행하지 못하는 상태가 된 것입니다.

그러므로 의지와 관련하여 우리는 세 가지를 구분할 필요가 있습니다. 원하는 것은 사람의 것으로 인격에 속한 것입니다. 그것은 나의 원함입니다. 그러나 악을 행하고자 하는 원함은 부패한 본성과 죄를 원하고 행하려는 성향에 속한 것입니다. 타락한 사람에게는 죄를 추구하는 성향이 들어왔습니다. 그러나 선을 행하고자 하는 상태가 나타날 수 있는데, 이것은 오직 은혜를 받았을 때뿐입니다. 그러므로 칼뱅은 언제나

---

45   『기독교강요』 2권, 3장, 5절.

의지는 우리의 인격으로 나의 것이며, 그 의지에 들어온 부패한 본성의 성향을 논하며, 부패로부터 해방되어 부패한 본성이 거듭나고 성화되게 하는 은총을 논합니다. 따라서 은혜를 받지 않는 이상, 모든 사람은 자유를 박탈당한 의지를 가지고 있고, 이 의지는 필연적으로 악에 이끌리거나 악의 지도를 받습니다. 그러나 이 필연적인 악에 노예가 된 의지는, 여전히 인격적인 의지이므로, 자원하여 그것을 행합니다. 그러므로 죄의 필연성에 속박된 의지가 범하는 죄도 그 책임이 자신에게 있는 것입니다. 사람은 죄의 필연성에 속박된 의지로, 강제가 아닌 자신의 선택에 의해 자원하여 죄를 짓습니다. 필연적인 것이 반드시 강제적인 것은 아닙니다.

아우구스티누스(Augustinus)에 따르면, 사람은 자유로(*ex libertate*/through liberty) 죄에 빠졌지만, 그에 따르는 형벌적 부패는 자유(*libertas*/liberty)를 선은 버리고 죄만을 선택하려는 필연성(*necessitas*/necessity)으로 바꾸었습니다. 의지가 사라진 것이 아니라 죄를 향하는 부패한 성향에 의지가 속박된 것입니다. 부패한 인류에게는 이와 같은 죄에 대한 필연적인 노예 상태가 있습니다. 따라서 타락 후 사람은 마지 못해서나 강제로가 아니라 스스로 원하여, 폭력적인 강압에 의해서가 아니라 가장 자발적인 마음의 성향에 따라서, 외부의 강제에 의해서가 아니라 자신의 육욕의 충동으로 죄를 짓습니다. 그럼에도 불구하고 본성의 패역함으로 인해 악에로만 움직이게 되고 악만을 행하게 됩니다. 이것이 자유를 잃었다는 의미입니다. 이처럼 부패한 인류는 죄의 필연성에 종속되어 있습니다. 물론 이 필연성은 창조에서 온 것이 아니라 타락에서 온 것입니다. 그러므로 이 필연성은 강제적이지 않고 자원적인 의지의 선택을 통해 나타납니다. 칼뱅은 **"노예 상태에 있다는 점에서 우리는 비참하고, 의지를 가지고 있다는 점에서 우리는 변명할 수 없다. 왜냐하면 의지는 그것이 자**

유로웠을 때 죄의 노예가 되었기 때문이다"[46]고 결론 짓습니다. 이처럼 칼뱅에게 영혼은 어떤 이상하고 악한 방식으로, 어떤 자원적 (*voluntarius*/voluntary)이고, 사악하게 자유로운(*liber*/free) 필연성 (*necessitas*/necessity) 아래에 노예이자 자유자로 매여 있습니다. 부패한 사람의 영혼은 **"자유롭기 때문에 죄인이며 죄인이기 때문에 노예이고 결론적으로 자유자이기 때문에 노예"**[47]입니다.

② 구원의 전 과정은 오직 은총으로 말미암음

(ㄱ) 회심을 통한 의지의 변화는 오직 은총으로 말미암음

칼뱅은 죄에 속박되고 노예 된 의지에 대하여 논한 후, 이 본성의 사악함을 교정하고 고치는 처방을 제시합니다. 본성의 사악함을 고치는 처방은 오직 은혜 밖에는 없습니다. 이 처방은 우리에게 없는 것을 공급하심으로 이루어지기에, 은혜가 드러나는 곳에서 우리에게 없는 것, 우리의 빈곤함이 드러납니다. 칼뱅은 이 주제를 해설하기 위해 빌립보서 1장 6절을 주해합니다. **"너희 속에서 착한 일을 시작하신 이가 그리스도 예수의 날까지 이루실 줄을 확신하노라"**(빌 1:6). **"착한 일의 시작"**은 의지 안에 존재하는 회심의 기원(*conversionis origo*/the origin of conversion) 그 자체를 의미합니다. 하나님께서는 우리 마음 안에 의(義)를 향한 사랑과 갈망과 열의를 불러일으키십니다, 즉, 하나님께서는 우리 마음을 돌리시고, 빗으시고, 지도하셔서 의(義)에 이르게 하심으로 선한 일을 시작하십니다. 또 사도가 **"그리스도 예수의 날까지 이루실 줄을 확신하노라"**고 표현하므로, 회심의 시작을 주신 하나님께서 우리를 견인(*perseverantia*/perseverance)에 확정하시므로 선한 일을 완성하십니다. 구원은 그 시작과

---

46   『기독교강요』, 2권, 3장, 5절.
47   『기독교강요』, 2권, 3장, 5절.

과정과 완성이 모두 하나님의 은총을 통해 성취되는 단일한 과정(a unitary process)48의 구원입니다. 하나님에 의해 시작된 것이 실패하는 일은 없습니다.

이러한 칼뱅의 생각은 인간의 약한 의지와 협력하도록 선한 일을 시작한다고 생각하는 로마 가톨릭의 사상과 이질적인 것입니다. 부패한 사람의 의지는 전적으로 타락했기 때문에, 전적으로 개조되며 갱신되어야 합니다. 사람은 부분이 아니라 심령으로 새롭게 되어야 합니다. 그 부패 근원이 새로워져야 합니다(겔 36:26-27). 회심 전에도 의지는 존재하나, 의지의 사악함이 전적으로 개조되어야 한다는 점에서 의지는 새로이 창조되어야 합니다. 엄밀히 말하면, 하나님께서는 악한 의지를 교정하시되 그것을 지워버리시고, 그 악한 의지를 선한 의지로 재창조하십니다. 사도 바울은 인류가 허물과 죄로 죽었다고 합니다(엡 2:1). 죽은 자는 아무 것도 할 수 없습니다. 죽은 자에게 협력이란 말을 쓸 수 없습니다. 죄로 사망의 노예가 된 의지를 하나님의 생명으로 변화된 의지로 만드는 것은 하나님의 단독 사역에 속합니다. 더군다나 구원 받은 이후에, 하나님께서 인격을 회복시키셨기에, 중생하고 회심한 영혼이 하나님께 인격적으로 반응할 수 있지만, 하나님께 올바로 반응하는 인격도 오직 은혜의 역사에 의해 가능합니다. 가톨릭처럼 회심이 은혜와 의지가 협력하여 이루어진다고 생각하거나, 구원 이후에 선한 반응의 원인을 어느 정도 인간의 공로로 돌리는 일은 반성경적입니다. 인간의 반응이 존재하나 그 반응의 유효적 원인은 성령께서 베풀어주시는 은총에 있습니다. 회심과 회심 이후의 변화는 우리의 연약한 의지에 힘을 더하시고, 사악한 의지를 교정하시며, 우리 안에 소원을 주시는 데까지 이르러야 가능합니다(빌 2:13). 그러므로 **"의지 안에 있는 선한 것은 무엇이든지 오직**

은혜의 작품"49입니다(고전 8:6; 12:6; 엡 1:1). 또 새로운 창조에 있어 **"아담과 그리스도의 대조적 병행"**을 살펴야 합니다. 모든 선한 일의 시초는 둘째 창조에서 오며 우리는 그리스도 안에서 이 둘째 창조를 얻으므로, 우리의 구원은 값없이 주시는 하나님의 선물이라는 것을 사도 바울은 증명하려고 하였습니다(엡 2:5, 10; 시 103). 따라서 구원의 시작이든 과정이든 완성이든, 혹은 우리의 영혼이 죽었다가 살아나는 중생의 순간이든, 살아나 하나님 앞에 선한 반응으로 응답하는 순간이든 구원은 전적으로 하나님의 은총에 달린 것입니다. 그러나 중생과 회심은 인격이 살아나 반응하기 전에 있는 일로, 전적인 하나님의 단독 사역에 속합니다. 또 살아나 반응하는 변화된 인격도 하나님의 은총에서 나와 보존되고 성장하며 영화에 이릅니다. **"전체 구원이 하나님으로부터 나오므로 사람이 그것으로 영광을 취할 것은 극소량도 남아 있지 않다고 말하는 듯하다."**50

　따라서 은혜는 의지와 협력해서 작용하지 않고 의지조차 일으킵니다. 칼뱅은 회심 이후에 회복된 성도의 인격도 은총을 전적으로 의지해야 함을 강조합니다. 죄인이 회심한 후에는 당연히 회복된 인격으로 하나님께 반응합니다. 그렇다고 회심 이후에는 은혜와 함께 우리의 의지의 행위가 공로가 되는 것이 아닙니다. 회심 했다고 의지가 독자적으로 반응하는 것이 아닙니다. 언제나 은혜가 의지를 앞섭니다. 아우구스티누스(Augustinus)를 따라, 칼뱅은 **"은혜는 모든 선행을 앞서는 바, 의지는 지도하듯이 은혜를 이끌지 못하고 수종자로서 그 뒤를 따를 뿐"**입니다. 의지가 새롭게 되는 일은 하나님께 속한 일이며, 동시에 앞서 행하시는 은혜를 통해 재창조된 의지가 은혜로 순종의 힘을 얻습니다. 그러므로 회심도 회심 이후의 선한 반응도 공로가 될 수 없습니다. 따라서 아우구

49　『기독교강요』 2권, 3장, 6절.
50　『기독교강요』 2권, 3장, 6절.

스티누스는 이렇게 말합니다.

> 사람들은 우리의 의지 안에서 하나님으로부터 나온 것이 아닌 우리 자신의 것인 무엇
> 을 발견하려고 수고한다. 그러나 그것이 어떻게 발견될 수 있는지 나는 모른다.[51]
> 의지는 도움을 받아서 무엇을 해야 할지를 알 뿐만 아니라 안 것을 행하게 된다. 그러
> 므로 하나님이 율법의 문자가 아니라 성령의 은혜를 통하여 가르치실 때에, 그는 누구
> 든지 배운 것을 인식하게 함으로써 보게 하실 뿐만 아니라 원함으로써 간구하게 하시
> 고 행함으로써 성취하게 하신다(요 6:45).[52]

우리 마음에서 나오는 것이 무엇이든 선한 것은 모두 은총에서 비
롯된 것입니다. 의지와 믿음 자체가 오직 은총에서 비롯됩니다. 생명에
서 비롯된 선을 향한 의지는 오직 택함을 받은 사람들에게서만 나타납
니다. 선택의 이유는 우리 안에 있지 않고 하나님의 기뻐하시는 뜻에서
만 찾을 수 있습니다. 그러므로 사람은 자기 자신으로부터 올바른 의지
를 취할 수 없습니다. 이것은 창세전에 우리를 택하신 하나님의 기쁘시
나 뜻에서 흘러나온 것입니다(엡 1:4). 선을 원하고 행하는 것은 오직 믿음
에서 난 것이며, 그 믿음 자체는 은총에서 발생한 것이고, 그 은총은 오
직 택자에게 향해 있으니, 선하게 변화된 성도의 의지는 오로지 값없는
선물입니다(겔 36:26; 렘 32:39, 40; 겔 11:19). 새롭게 됨과 새롭게 된 결과 모두가
하나님으로부터 그렇게 된 것입니다. 지상에서 새롭게 됨의 보존과 성
장이 모두 성령의 구속 사역에 근거합니다.

선행의 첫째 부분은 의지입니다. 그리고 둘째 부분은 강인하게 추

---

51 『기독교강요』, 2권, 3장, 7절.
52 『기독교강요』, 2권, 3장, 7절. "율법의 문자"는 기록된 성경을 부정하는 것이 아니라, 성령의 조
  명이 없이 성경을 배울 때 믿음에 이르는 인식을 가질 수 없음을 의미한다. 성령께서는 늘 성경
  을 통해 가르치신다. "율법의 문자"를 부정적으로 사용할 때는 외적 부르심은 있으나 내적 부
  르심이 없는 상태를 의미할 뿐이다.

진하는 노력입니다. 그런데 이 둘의 조성자는 하나님이십니다(마 15:13; 빌 2:13). 칼뱅은 의지만 아니라 선을 추구하는 의지의 효력도 주님의 것이라 고백합니다. 하나님께서는 단지 악한 의지를 돕는 것이 아니라 악한 의지를 제거하고 선한 의지를 발생시키시는 분이십니다. 그러므로 우리 안에 선한 것은 우리 밖에 원인을 둡니다. 더군다나 우리 안에 남겨진 죄의 잔재로 말미암아 새롭게 변화된 의지조차 짓눌릴 때가 많습니다. 그러므로 사도는 이 같은 분쟁의 난관들을 효과적으로 극복하고 소기의 목적을 이룰 때까지 끊임없이 요구되는 노력 자체가 은총을 통해 주어진 것이라고 가르칩니다. 성경은 하나님의 사람들이 이와 같은 은총이 하나님께 속한 것이요 약속된 것으로 알아 기도하였습니다. 기도는 믿음으로 받기로 된 것을 구합니다. 기도는 믿음에 주어진 약속을 이루는 하나님께서 정하신 수단입니다. 기도는 믿음의 연장이고 믿음의 최선의 실천입니다. 그런데 믿음의 사람들은 의지의 변화와 의지의 보존을 그리고 세파 속에서 짓눌린 의지가 견인(堅忍)의 은혜로 보존될 것을 간구했습니다(왕상 8:58; 시 51:10; 119:36). 이들의 기도를 통해 우리의 구원이 오직 하나님의 은총에 달린 것을 알게 됩니다.

(ㄴ) 은총이 의지에 작용하는 방식과 변화된 의지에 공로가 없음을 논증함

하나님의 역사는, 하나님께서 단지 인간의 의지를 움직이시고, 그 활동에 대해 순복하거나 거부하는 것은 단지 인간의 선택에 맡기시는 식이 아닙니다. 하나님께서는 유효한 작용으로 의지를 움직이십니다. 하나님께서 손을 내미시지만, 그 손을 잡을지 그렇지 않을지는 인간의 선택에 달렸다는 식으로 은혜를 해석해서는 안 됩니다. 선한 의지의 행위는 오로지 유효적인 성령을 통해서만 나타납니다(겔 11:19-20; 36:27; 요 6:44, 45). 은혜를 물리치거나 받아들이는 것은 우리 수중에 있지 않습니다. 우리는 은혜의 협력자가 아닙니다. 은혜는 우리 안에서 그 자체로 작용하며, 그 은혜가 작용하므로, 우리는 선한 것을 찾고, 구하고, 받아들이고 행할 수 있습니다. 은혜는 단지 자극하고 동기를 부여하는 정도에 그치지 않고 결과를 이끌어냅니다. 따라서 은혜가 마치 사람의 노력과 선택에 의해 효과적이게 된다는 사고는 오류입니다. 처음 주어진 은혜를 인간의 노력으로 사용해 보상으로 주어지는 것이 나중에 받게 되는 은혜라는 생각도 오류입니다. 이와 같은 생각은 인간에게 은혜를 선택하고 은혜에 협력하는 **"공로"**를 만들어 냅니다. 로마 가톨릭은 이런 믿음을 가지고 있어, **"역사하는 은총**(*operans gratia*/operating grace)**"**과 **"협력하는 은총** (*cooperans gratia*/co-operating grace)**"**을 구분하였습니다. 그러나 은혜에 대한 인격의 선한 반응 자체가 은혜의 결과입니다. 성경은 선한 것에 대한 소원 자체도 노력 자체도 하나님께서 주시는 것이라고 가르칩니다(빌 2:13; 고전 15:10). 로마 가톨릭이 은총의 협력자라고 생각하며, 공로를 돌리는 인간의 반응들에 대해, 성경은 그것 자체가 은총의 결과라고 가르칩니다. 우리 인격에 어떤 선한 것이 나타났다면, 그 모든 것들의 효과적인 원인은 은총에 돌려져야 합니다.

아우구스티누스(Augustinus)는 말합니다. **"은혜가 원치 않는 사람으로 하여금 원하게 하도록 미리 그를 앞서며, 원하는 사람으로 하여금 헛되게 원하지 않도록 그 뒤를 따른다"**(시 23:6; 59:10).[53] **"성도들의 의지는 성령에 의해서 강렬하게 불붙어져 있음이 확실하다. 따라서 그들은 원하기 때문에 원하는 것을 이룰 수 있다. 그리고 그들이 원하도록 하나님이 역사하시기 때문에 그들은 그렇게 원한다. 그들이 그토록 심히 연약함에 처한 가운데서도 품게 되는 우쭐함을 억누르기 위하여 하나님의 능력이 온전하게 되어야 한다"**(고후 12:9).[54] 또 베르나르두스도 아우구스티누스에게 동의합니다. **"부디 마지못해 하는 교회를 이끄셔서 자발적이 되게 하소서. 무기력에 빠진 교회를 이끄셔서 달려가게 만드소서."**[55]

---

53 『기독교강요』, 2권, 3장, 12절.
54 『기독교강요』, 2권, 3장, 13절.
55 『기독교강요』, 2권, 3장, 12절.

결론적으로, 그 어떤 선행도 은혜 자체의 열매이자 효과입니다. 그리고 은혜에 복종하는 의지 자체가 은혜가 만들어낸 의지입니다. 따라서 아우구스티누스는 이렇게 말합니다. **"우리 안에서 모든 선행을 만드는 것은 은혜 외에는 없다."**[56] 이처럼 오직 은혜를 강조하는 가운데도 우리의 인격을 부정하는 일이 없어야합니다. 칼뱅이 전하고자 하는 진의(眞意)는 은혜가 의지를 제거하는 것이 아니라, 악한 의지를 변화시켜 선한 의지가 되게 한다는 의미입니다. 즉, 은혜는 인격을 온전히 회복시킵니다. 동시에 회복된 인격은 오로지 은총의 결과이며, 회복된 인격의 활동도 은총의 열매입니다. 은혜는 인격을 참된 인격이 되게 하는 원인입니다. 의지가 할 수 있는 모든 선한 것들은 모두 은혜로 말미암은 것입니다.

---

56 『기독교강요』 2권, 3장, 13절.

06

6-17장
전적 부패한 죄인은
오직 그리스도 안에서만[57] 구속됨

칼뱅은 앞에서 인간의 전적 타락을 다루므로, 인간이 결코 스스로를 구원할 수 없음을 논증하였습니다. 이를 전제로 칼뱅은 기독론(christology)을 다룹니다. 기독론은 타락한 인간의 문제에 대한 유일한 대안입니다. 타락한 인간은 그리스도 안에서만 구속을 받을 수 있기 때문입니다. 기독론은 타락한 죄인들의 탄식과 부르짖음에 대한 응답이라 할 수 있습니다.[58]

---

57   맥네일(McNeill)에 따르면, 이 6장 전체와 7장의 1-2절은 1559년판에서 전연 새로 나타난 자료라 한다. 이 자료는 칼뱅이 "이중의" 지식에(I. ii. 1, 각주 3, 4 참조) 의해서 강요를 새로 조직한 것을 밝힌다. 제2권의 표면상 주제인 구속자에 대한 지식 문제는 본장에서 처음으로 논한다. 구원론을 율법으로 시작하지 않고, 이 "그리스도 안에서"라는 철저한 구절로 시작한다는 것을 결정적으로 중요하다. 이렇게 함으로써 율법을 복음의 약속과의 관련 하에 둔다. 특히 제6, 7, 9장의 제목들을 보라. 더 흔히 쓰이는 "율법과 복음"보다 "복음과 율법"이라는 표현이 칼뱅에 적합하다. 본절 초두의 문장들은 1559년에 첨가된 여러 절들 중에서도 대표적인 것이며, 강요의 구성과 이미 논한 주요 제목들을 연상시킨다. *Inst.* II. vi. 1. 각주 1 참조.

58   Louis Berkhof, 305. "Christology is in part the answer to that cry."

1 타락한 죄인을 구원하시는 그리스도의 중보의 유일성과 필연성

성경적 인간론(Anthropology)은 모든 인류가 아담 안에서 멸망했다고 결론내립니다.[59] 우리는 이미 앞에서 이 주제에 대한 칼뱅의 가르침을 살펴보았습니다. 인류가 타락한 이후, 창조주 하나님에 대한 지식은 그리스도 안에서 구속주(redemptor/redeemer) 되신 하나님을 신앙으로 알고 모시는 일 없이 모두 무익할 뿐입니다. 인류가 타락한 이후 사람들은 우주라는 장엄한 극장을 보면서도 그 안에서 하나님을 아버지로 발견하지 못합니다. 죄인은 만물에서 계시되는 하나님의 영광을 접하면 참된 것을 보지 못할 뿐 배척하며, 양심의 가책을 느낍니다. 죄인은 하나님의 영광 앞에서면, 죄 때문에 하나님으로부터 버림을 받고 자녀로 결코 받아들여 질 수 없다는 양심의 소리를 듣게 됩니다. 따라서 우주의 빛나는 계시가 아니라 하나님께서는 전도의 미련한 것으로 택한 사람들을 불러 모으십니다(고전 1:21). 인류가 타락한 이후로, 그리스도의 중보와 십자가의 전도를 떠나서 구원받을 길이 전혀 없습니다(롬 1:16; 고전 1:24; 요 17:3; 10:9).

옛 언약, 곧 구약의 백성들에게도 그리스도께서는 유일한 중보자(mediator/mediator)이셨습니다. 칼뱅에 따르면, 중보자의 은혜는 본질에 있어 구약에서도 동일했습니다. 따라서 구약 백성들도 예언된 중보자를 바라보므로 용서를 받을 수 있었고, 은혜의 소망을 가질 수 있었습니다. 구약의 백성들은 율법 체계 안에서 그리스도를 예언적이고 예표적으로 바라보았습니다. 율법이 명령한 희생제물을 통해 구약 성도들은 오직 그리스도께서 성취하신 속죄 외에는 다른 어디에서도 구원 받을 수 없다는 진리를 분명하고 공공연하게 배웠습니다. 구약이나 신약에서나 교

---

59   *Inst.* II. vi. 1. "in Adae persona perierit totum humanum genus." "The whole human race perished in the person of Adam."

회는 항상 그리스도의 인격 가운데 자리를 잡아야 복과 기쁨을 누릴 수 있습니다. 칼뱅은 구약 백성들이 본질적으로 은혜 언약의 약속에 속해 있음을 명시합니다. **"하나님은 아브라함의 자손 모두를 자기의 [은혜] 언약**(foedus/בְּרִית/covenant)60**에 포함시키셨다"**(창 17:4).61 바울은 모든 나라로 복을 받게 할 고유한 **"씨**(semen/σπέρμα/seed)**"**가 그리스도라고 확증합니다 (갈 3:16). 아브라함의 후손을 결정하는 것은 하나의 머리되신 그리스도 안에서만 인정되며, 흩어진 백성들을 모으시는 직분을 맡으신 그리스도께서 오시기까지 언약 안에서 약속된 구원은 성취되지 않았습니다. 이렇게 해서 구약 시대에 선택된 백성을 자녀 삼으신 첫 번째 사건도 중보자 그리스도의 은총에 의한 일이었습니다(삼상 2:10, 35; 시 2:12; 요 5:23; 왕상 11:39; 15:4; 왕하 8:19).

칼뱅에 따르면, 그리스도께서는 분명 구약의 백성들이 믿어야할 신앙의 대상이셨습니다. 하나님께서는 자기의 교회가 그 머리에 의존하여 건전하고 안전하도록 뜻하셨습니다(시 78:60, 67; 시 78:68; 시 78:70-71; 시 28:8; 시 28:9; 시 20:9; 시 118:25-26; 시 80:17; 애 4:20). 결론적으로 하나님께서는 중보 없이는 인류와 용서와 화해를 주시지 않으시며, 그리스도께서는 구약의 백성들이 언제나 율법 안에서 바라볼 그들의 신앙의 대상으로 제시되셨습니다. 그러므로 구약 성경을 살피면, 비참한 일들 가운데 위로가 약속될 때나, 교회의 해방이 절실하게 기술될 때, 그 확신과 소망의 기치(旗幟)가 그리스도 안에서 예언되고 표상되었습니다(합 3:13; 왕하 8:19; 사 7:14; 사 55:3-4; 렘 23:5-6; 렘 34:23-25; 렘 37:24-26). 구약에 있어서도 모든 경건한 자의 소망은

---

60   칼뱅의 시대에 행위 언약과 은혜 언약이라는 용어구분이 체계적으로 나타나지 않지만, 칼뱅은 타락 전 언약에 대한 주석을 통해 행위 언약의 개념을 가지고 있었다고 보아야 한다. 타락 후 언약은 타락 전 언약과 구분되며, 타락 후 언약은 은혜 언약으로서 옛 언약과 새 언약으로 이루어진다. 옛 언약은 오실 그리스도를 바라보았고, 새 언약은 오신 그리스도를 바라본다. 옛 언약과 새 언약, 곧 구약과 신약은 본질에 있어 하나인 은혜 언약이지만, 비본질적인 부분인, 그 시행의 형식에 있어 차이점을 갖는다.

61   『기독교강요』, 2권, 6장, 2절.

항상 그리스도 안에서만 발견됩니다(호 1:11; 3:5; 미 2:13; 암 9:11; 9:9; 28:8-9). 하나님께서는 그리스도에 대한 예언을 통해 유대인들이 자유를 찾기 위해 눈을 바로 뜨고 그리스도를 직시하시기를 원하신 것입니다.

하나님께서는 그리스도의 손을 통해 교회를 구원하시기 원하셨고, 선민을 택하신 그 언약의 목적은 오직 그리스도 안에서 성취될 약속에 놓였습니다. 하나님의 자비의 유일한 보증은 구속자의 출현에 있습니다. 이처럼 하나님의 약속이 그리스도 안에서만 성취되기 때문에, 하나님의 약속에 대한 믿음은 그리스도의 약속 성취에 대한 믿음으로 귀결됩니다. 하나님을 아버지로 믿는 자는 그리스도를 하나님이실 뿐 아니라 죄인의 중보자로 믿어야 합니다. 성경은 하나님께 대한 믿음이 곧 그리스도에 대한 믿음이라고 가르칩니다. **"너희는 … 하나님을 믿으니 또 나를 믿으라"**(요 14:1). **"아들이 없는 자에게는 또한 아버지가 없으되"**(요일 2:23). 신앙이 하나님을 의지하더라도, 그것을 견고한 터 가운데 붙들고 계신 중보자의 중재가 없으면, 그 신앙은 붕괴되고 맙니다. 그리스도의 중보 없이 아무도 하나님과 그분의 복에 참여하지 못합니다. 그 이유는 하나님의 엄위가 너무 높아서 사람들은 그곳까지 이를 수 없습니다. 사람들은 마치 땅위를 기어 다니는 벌레와 같습니다. 사람은 피조물일 뿐 아니라 타락하여 거룩한 하나님 앞에 감히 나갈 수 없습니다. 이런 이유로 하나님께서는 믿음의 대상이 되시지만, 그리스도께서 보이지 아니하시는 하나님의 형상(골 1:15)으로 우리 가운데 나타나셔야 합니다. 그리스도께서 성부의 형상이 되신다는 의미는 하나님께서 그리스도 안에서만 우리와 만나주시며, 그리스도 안에서만 당신의 구원을 나타내주신다는 의미를 함축합니다. 칼뱅은 이런 이유로 구약의 계시를 바로 받고 깨우친 신앙과 구약 성경을 지니고도 그 안에서 그리스도를 발견하지 못한 유대주의(judaism)를 구분합니다. 유대인들 가운데는 성경을 통해 그리스도를 발견하고 바라보던 사람들이 있었고, 우리는 이들을 구약의 참 성도들이라 부를 수 있습니다. 그러나 다른 이들은 구약 성경 속에서 그리스도를 발견하지 못한 채, 자의적으로 해석하여 인간의 유전을 만들었습니다. 그러므로 구약의 가르침과 부패한 유대주의를 동일시할 수 없습니다. 예수님께서는 구약의 율법이 그리스도를 가리키기 위해 주어졌으며, 그리스도께서만이 율법의 목적을 성취하셨습니다. **"그리스도는 율법의 마침이 되시니라"**(롬 10:4). 칼뱅은 중보자에 대한 신앙을 요약합니다. 경건 생활의 제일보(第一步)는 하나님께서 우리의 아버지시라는 것을 인정하는 것입니다. 우리는 아버지께서 우리를 주관하시고, 양육하시며, 우리를 모아 하나님 나라를 영원히 상속하시는 분이심을 믿어야 합니다. 그런데 바로 이와 같은 자비를 베풀어주시는 하늘에 계신 아버지는 그리스도 안에서만 온전히 모실 수 있습니다. 그리스도를 떠나 아버지에 대한 지식을 일부 소유하였다하더라도, 이런 지식은 구원을 가져다주지 못합니다. 구원은 그리스도 안에서 하나님을 아버지로 알고 신앙하는 데 있습니다. 하나님을 아버지로 모시는 일, 아버지께서 약속하신 모든 것을 누리는 복이 그리스도 안에서 주어지며, 예배하고 생활하는 모든 것들이 그리스도 안에서 그리스도의 이름으로 하나님께 용납됩니다. 그리스도 없는 창조주에 대한 지식은 사람으로 구원과 참 지식에 이르게 하지 못하고, 우상과 미신으로 부패되고 맙니다.

2 구약 백성들에게 주어진 율법과 그리스도의 관계

(1) 그리스도 안에 있는 구원의 소망을 함양시키기 위한 [은혜] 언약의 법으로 주어진 율법

아브라함의 죽음 이후 약 400년이 지나서 시내산 언약 체결을 통해 율법이 더해졌는데, 그 목적은 결코 택함 받은 구약 백성들을 그리스도로부터 떼어 놓으려는 것이 아니었고, 그들의 마음을 그가 오실 때까지 그 분에 대해 준비시키며, 갈망하게 하며, 기대하며 인내하게 하기 위함이었습니다. 율법을 주신 본질적인 목적은 구약 백성들을 그것으로 억제하려는 것이 아니라 오히려 그것을 통해 구약 백성들이 그리스도를 바라보게 하기 위함이었습니다. 율법은 그리스도를 가리키는 하나님의 손가락(finger of God)이었습니다. 모세 언약의 특징은 율법입니다. 그러나 시내 산에서 주신 율법은 하나님의 백성들을 율법주의로 몰아가거나 아브라함이 받은 언약의 약속을 퇴보시키기 위함이 아니었습니다. 하나님께서는 이스라엘의 조상인 족장들과 체결하신 언약을 모세와 그 백성들에게 상기시키고 갱신하며 확고히 하기 위한 방편으로 율법을 주셨습니다. 즉, 모세 시대에 주어진 율법들은 다양한 용도와 의미를 함축하고 있지만, 본질적으로 그리스도의 구속에 기여하도록 주어진 것입니다.

칼뱅에 따르면, 모세 시대에 주어진 율법은 경건하고 올바른 삶을 규정하는 십계명뿐만 아니라 이스라엘 백성들과 하나님과의 언약적 관계 전체를 조망하는 전체 종교의 양식(*forma religionis*/the whole system of religion)을 뜻합니다. 즉, 하나님께서는 이스라엘 백성들이 신정국가 체제 안에서 전체 율법 시스템 안에서 그리스도를 믿고, 하나님께 예배하며 생활하도록 하셨다는 의미입니다. 구약 시대에는 전체 율법 시스템 안에서 그리스도를 바라보도록 하나님께서 통치하셨습니다. 이와 같은 사실은 제사와 같은 여러 의식들에서 아주 분명하게 나타납니다. 이와 같이 율법으로 규정하신 예배의 의식들은 그리스도를 가리키는 그림자들(*umbrae*/shadows)와 상징들(*figurae*/figures)이었습니다. 그러므로 이 의식들의 특별한 목적인 그리스도를 가리키는 일이 상실되면 의식들은 모든 의미를 상실합니다. 율법의 목적에 대해 주의를 기울이지 않고, 율법의 형식들이 그 목적에서 분리된다면, 우리는 필히 그 헛됨을 정죄해야 합니다.

따라서 칼뱅은 제사 의식을 모형 혹은 예표(*typus*/type)로 봅니다. 모형 혹은 예표를 나타내는 **"튀푸스(*typus*)"**란 말의 의미는 원래 벽에 그린 형상을 의미합니다. 일반적으로 눈 앞에서 없는 어떤 것을 가리키는 표지(標識)를 이르는 말인데, 칼뱅은 율법이 명령한 의식들을 복음에 나타난 완벽하고 명백한 계시의 **"예표"** 또는 **"전조"**로 보았습니다. 물론 이 의식들은 복음이 성취되며 폐지되었습니다. 이러한 예표설은 개혁파 신학의 해석에서 거의 불변하는 특징이 되었습니다.[62] 이처럼 하나님께서 구약 시대에 의식이라는 예표를 그 백성들에게 보여주신 목적은 그들의 정신을 예표를 통해 더 위로 들어 올리시고자 함이었습니다. 결론적으로 율법은 그리스도와 그분의 구속 성취 그리고 그로부터 택자들에게 베풀어지는 은총을 가리키기 위한 것이었습니다. 그러므로 베드로는 모세가 전한 말씀의 어조를 바꾸어 **"유대인들이 율법 아래에서 맛보았던 은혜의 충만이 그리스도 안에서 나타났다"**[63]고 가르칩니다. **"너희는 택하신 족속이요 왕 같은 제사장들이요"**(벧전 2:9). 시내 산 언약을 통해 주신 도덕법으로서의 십계명과 의식법(ceremonial law) 그리고 시민법(civil law) 등 모든 율법 시스템들은 이스라엘의 신앙 안에 예배와 전 삶을 규정하는 종교법이었고, 이스라엘이 하나님과 맺은 관계 그리고 예배와 모든 삶이 은혜 언약과 그 약속 안에 존재했기에, 구약의 성문화된 율법은 **'언약의 법**(*lex foederis*/the law of covenant)**'**으로 규정될 수 있습니다.

(2) 은혜 언약 안에서 이스라엘에게 주어진 율법에는 약속이 포함되어 있음

아브라함에게 약속되었고, 모세와 맺은 언약을 통해 세워진 이스라엘 신정국가는 다윗의 가문에 의해 수립되었습니다. 하나님께서 통치하시는 이 왕국은 율법의 일부이며 모세와 맺어진 은혜 언약의 경륜에 포함됩니다. 이로부터 다윗의 후손만 아니라 레위 지파 전체 가운데도 그리스도께서 마치 이중적 거울 앞에 놓인 대상물과 같이 고대 백성의 눈에 비쳤습니다. 그러므로 바울이 전한 말씀은 지극히 참 됩니다. 유대인들은 약속이 은혜로 주어지게 하는 씨(*semen*/seed)가 오시기까지는 **"초등**

---

62   *Inst.* II. vii. 1.의 각주 2.
63   『기독교강요』, 2권, 7장, 1절.

교사(*paedagogus*/pedagogue)"의 보호 아래에 있어야 했습니다(갈 3:24, 19). 구약 백성들은 아직 그리스도를 친숙하게 알지 못했기 때문에, 하늘 일에 관한 완전한 지식을 감당할 수 없는 약한 어린 아이들과 같았습니다.

그러므로 구약 백성들은 많은 의식들을 통해 희미하게 그리스도를 바라보고 그분께 인도 되었습니다(사 53:5; 단 9:26-27; 시 110:4; 히 5:6; 7:21; 히 4-11장). 십계명에 관해서도 이 법의 성취가 그리스도께 있었습니다. **"그리스도는 모든 믿는 자에게 구원을 이루기 위하여 율법의 마침이 되시니라"**(롬 10:4). 그리스도께서는 죽이는 조문 자체를 살리시는 영이십니다(고후 3:17). 그리스도께서는 율법의 완성 혹은 마침(*complementum*/τέλος/the end or fulfilling)이십니다. 이 말의 의미는, 그리스도께서 의(義)를 전가해 주시며, 중생의 영으로 의를 부여하실 때까지, 계명으로 가르치는 것이 허사라는 것입니다. 계명은 그리스도 안에만 있는 이중은총을 받은 자에게만 열매가 됩니다. 우리는 타락한 존재로 전적으로 부패했으며, 무능에 쌓여 있습니다. 계명을 통해 하나님의 요구를 안다 해도 스스로 성취할 수 없습니다. 우리는 거듭난 후에도 불완전하기에, 율법의 완전하고 엄중한 요구를 만족시킬 수 없습니다. 그러므로 그리스도의 완전한 의(義)를 전가 받아야만 용서 안에서 계명을 목표로 두고 다가갈 수 있게 됩니다. 그리스도 안에서만 용서가 있고, 율법을 준행할 힘을 얻습니다. 그리스도의 의(義)와 성령의 중생, 성화 시키시는 은총만이 용서 안에서 계명의 목표를 향해 순례하는 삶의 실재가 존재합니다. 오직 구원은 그리스도 안에 있습니다. 그런 의미에서 그리스도께서는 율법의 완성 혹은 마침입니다.

따라서 구약 백성에게 주신 율법은 율법주의적인 것이 아니며, 인생은 중생 전이나 후에 있어 율법의 완전하고 엄중한 요구를 만족시키지 못합니다.[64] 십계명이 하는 일 중에 중요한 일이 우리의 죄를 깨닫게

---

64   어떤 의미에서 중생자나 자연인이나 율법의 요구를 만족시킬 수 없는지, 또 이런 상태에도 불

하므로, 우리가 정죄 받는 것이 우리의 책임임을 깨우치는데 있습니다. 그러므로 율법은, 죄인이 자기 의(義)를 버리고 그리스도만을 찾고 의지 하도록 만들어 그리스도께 나아가도록 준비시킵니다. 율법은 죄인을 절 망시켜 구원을 위해 그리스도만을 붙들게 만듭니다. 바울은 율법을 준 수하여 공로를 얻으려고 한 율법주의 교사들을 논박하기 위해 율법이 그 완전하고 엄중한 본성대로 요구하는 **"좁은 의미"**의 율법(언약의 옷을 입 지 않고 그 본성대로 완전하고 엄중하게만 요구하는 율법)을 말해야만 하는 때가 있지만, 그렇지 않을 때는 율법을 값없이 택하시고 자녀 삼아주시는 언약으로 옷 입혀진 것으로 가르쳤습니다. 칭의를 받고 중생, 성화되는 성도는 용 서 안에서 성령의 은총 가운데 율법의 목표를 향해 나아갑니다. 구약 시 대에 율법은 그리스도와 그의 언약을 전하는 은혜의 수단이었고, 그리 스도인의 생활의 규범으로 주어졌습니다. 율법은 본성대로 하면 완전하 고 엄중하게 요구하여 죄인이 정죄를 피할 수 없고 율법을 완전히 지키 지 못하는 죄인에게 저주가 됩니다. 그러나 그리스도 안에 있는 자녀들 에게는 율법은 그리스도의 용서와 은총과 함께 베풀어지기에 성도가 일 생동안 용서 안에서 다가갈 목표요 자녀들의 생활의 이정표의 역할을 합니다. 이것을 넓은 의미의 율법이라고 칼뱅은 부릅니다. 즉, 바울이 배 척한 것은 율법 자체가 아니라 율법주의였습니다.

그 본성대로 완전하고 엄중한 요구로 압박하는 좁은 의미의 율법 앞에서 죄인이 깨달을 바는 부패한 인생이 결코 율법이 요구하는 의(義) 에 이를 수 없다는 점입니다. 이것을 인식하지 못하면 어리석게도 인생 은 자기 의(義)를 추구하며 그리스도의 절대적 필요성을 인식하지 못합 니다.

죄인은 율법 가운데서 의(義)의 완전함이 어떠한 수준인지를 인식해

구하고 그리스도인과 자연인의 차이가 무엇인지는 제3권에서 자세히 다루어지므로, 여기서 상세한 설명은 생략한다.

야 합니다. 하나님 앞에서 인정받을 만한 의(義)는 율법에 대한 완전한 준수 밖에는 없습니다(신 30:19; 갈 3:10). 이것이 천상의 심판대의 수준입니다. 완전한 순종에 영생의 상급이 약속되어 있지만, 은혜 언약의 옷을 벗고 본성대로 요구하는 율법은 인간에게 저주가 될 뿐입니다. 율법 때문이 아니라 우리의 타락과 부패로 인해 율법의 연약함이 나타납니다. 부패한 사람에게 율법은 저주로 바뀝니다. 그러므로 좁은 의미, 곧 그 본성대로 요구하는 율법만 고려하면 우리의 영혼은 낙담하고, 혼동에 빠지며, 좌절할 수밖에 없습니다. 이런 절망과 좌절이 긍정적인 경우는 이것이 그리스도를 붙들고 의지하는 준비 혹은 동기가 될 때뿐입니다. 그러므로 칼뱅은 성도에게 율법이 유익이 되는 근거가 무엇인지 알려줍니다. 요약적으로 설명하자면, 율법은 그리스도 안에 거할 때만, 성도의 예배와 삶을 인도하는 하나님의 이정표가 됩니다. 하나님께서 율법을 통해 성도에게 명령하실 때는, 거져 주시는 은총으로 그 선하심을 율법에 부착해주십니다. 즉, 율법은 그 본성이 결코 변할 수 없습니다. 그러므로 성도에게 주어진 율법도 불신자에게 주어진 율법과 동일합니다. 결코 율법은 변하지 않습니다. 그러나 성도들에게 율법을 주실 때, 하나님께서는 은혜와 자비와 용서를 함께 베풀어 주십니다. 그리스도 안에서 들려진 율법을 성도가 불완전함에도 불구하고 좇아갈 수 있는 이유입니다. 성도들도 이 땅을 떠나 영화되기 전까지 지배력을 잃었지만 잔재하는 여죄를 가지고 삽니다. 바울은 성도들을 향해 **"사망의 몸"**을 입은 존재라고 규정합니다(롬 7:24). 성도 안에도 지배력을 잃은 죄가 잔재하므로, **"마음을 다하고 목숨을 다하고 뜻을 다하고 힘을 다하여"**(막 12:30) 하나님을 사랑하라는 율법의 목표에 도달한 사람은 지상에서는 존재하지 않습니다. 아무도 정욕(concupiscentia/concupiscence)이란 병에 걸리지 않은 사람은 없습니다. 지상에 의인은 전혀 없습니다(전 7:20; 왕상 8:46; 시 143:2; 욥 9:2, 25:4; 갈 5:17; 갈 3:10; 신 27:26). 이러한 비참은 타락으로 말미암아 모든 사람에게 영구적(perpetuo/perpetual)이고, 필연적인(necessarius/necessary) 것이 되었습니다. 진정한 순종은 아는 것과 선택하는 것의 일치함으로 나타나는데, 이 땅에서 모든 인류는 그 이성도 의지도 부패 속에 있습니다. 완악한 무지 속에서 하나님의 뜻을 잘 알지도 못할뿐더러, 아는 것도 온전히 순종하지 못하는 상태가 되었습니다. 그러므로 성도 또한 어느 한 순간도 율법에 완전한 요구를 만족시키지 못합니다. 그러나 그리스도 안에 있는 성도들에게는 하나님의 은총이 함께 하기에 율법을 순종할 의지를 가지고 있는 동시에, 그 순종의 불완전성은 그리스도의 의(義)와 공로에 근거해 용서해 주시므로, 불완전한 행위를 관용하시며 받아주십니다. 그러므로 성도들은 용서와 하나님의 자비 안에서 불완전함에도 불구하고 율법의 목표를 향해 다가갈 특권을 누리게 됩니다. 그 불완전함을 정죄받지 않고, 용서 받으며, 그 불완전한 순종이 하나님께 용납됩니다. 칼뱅은 이 주제를 제3권에서 자세히 다루니 여기서는 이정도로 정리하도록 합니다.

(3) 도덕적 율법의 세 가지 용도

칼뱅은 도덕적 율법의 기능과 용법(*officium usus legis*/the office and use of the moral law)을 다룹니다.

① 도덕적 율법의 신학적 용도(*usus theologicus legis*)

이 용도는 '**거울로서의 용도**' 혹은 '**정죄의 기능**'이라고도 합니다. 그리고 이 용도는 몽학선생 혹은 초등교사(*paedagogus*/padagogue) 역할이라 부를 수도 있습니다. 여기서 거울의 기능은 유기자들에게도 관련되지만, 주로 중생하지 않은 죄인들을 대상으로 하는 기능을 의미합니다. 율법은 거울(*speculum*/mirror)과 같아서, 우리의 무능과 불의, 곧 우리의 타락상을 보게 합니다. 사람은 의(義)를 좇는 능력이 결여되면 죄의 늪에 빠져 헤어 나올 수 없게 되며, 저주가 계속해서 죄를 따릅니다. 율법이 비난을 가하는 위반이 많아질수록 우리가 책임져야 할 심판도 더욱 엄중해집니다(롬 4:15; 5:20; 고후 3:7). 양심이 죄에 대해 더욱 명확히 사로잡힐수록 불의도 그만큼 더해집니다. 율법의 이 용도는 율법이 그 본성대로 완전하고 엄중하게 요구하는 좁은 의미의 율법이라 볼 수 있습니다. 이 용도에서 율법은 하나님의 진노로 무장되어 죄인을 멸망에 이르게 합니다. 그러므로 부패한 인간에게 율법은 그 자체로 정죄이며 저주이고 파멸 외에 다른 것이 아닙니다. 그러나 완전하고 엄중하게 요구하는 율법이 요구하는 의(義)를 인간이 만족시킨다면 그는 구원에 충분히 이를 것입니다. 그러나 부패한 인간은 결코 완전하고 엄중한 율법의 의(義)를 만족시키지 못합니다. 저주는 인간의 부패성에 있습니다.

그러나 이러한 엄중한 율법의 기능이 저주가 되는 것은 유기된 자들에게 뿐입니다. 이 율법의 기능이 저주가 되는 것은 끝까지 불신하며 회개하지 않는 자들의 완악함 때문입니다. 그러나 택함 받아 성령의 유효적 부르심 안에 있는 자들에게는 이 율법의 기능은 유익을 가져다줍니다. 하나님께서 택함 받은 자들을 율법의 거울에 비추어 자기 자신의 무능을 깨닫게 하시어, 자신이 하나님의 손에 의해서 서고 존재한다는 것을 깨닫게 하시며, 벌거벗고 빈손인 채로 하나님의 은총에 자신을 의탁해야 함을 깨닫게 하십니다. 이 율법의 기능은 자기 의(義)를 의지하고 붙드는 교만이라는 병을 고치는 약입니다. 이 율법의 용도를 통해 택자들은 구원을 위해 누더기 같은 자신의 의(義)를 버리고 완전한 의(義), 충족한 의(義), 곧 그리스도의 의(義)만을 붙들고 의지하게 됩니다. 하나님께서는 이처럼 택한 백성들을 율법으로 절망시켜 오직 그리스도 안에서만 하나님의 자비를 믿고 의지하도록 이끌어 주십니다. 율법 앞에 자신의 죄를 발견하고 절망한 자만이 그리스도만을 유일한 구주로 모시게 됩니다. 아우구스티누스 이 기능에 대하여 이렇게 말합니다.

> 주님, 그렇게 행하옵소서. 자비로우신 주님, 그렇게 행하옵소서. 이루어질 수 없는 것을 명령하옵소서. 오직 당신의 은혜로써 이루어질 수 있는 것을 명령하옵소서. 그리하

여 사람들이 자기들의 힘으로 그것을 이룰 수 없으므로 모든 입이 막히고 아무도 그들 자신을 위대하게 보지 말게 하옵소서. 모든 사람이 작은 자들이 되게 하시고 온 세상이 하나님 앞에서 죄인인 것을 알게 하소서.[65]

율법의 유용함은 사람으로 하여금 자기의 연약함을 확신하게 하고 그를 움직여 그리스도 안에 있는 은혜의 약을 탄원하도록 하는데 있다.[66]

② **도덕적 율법의 시민적 용도**(*usus politicus seu civilis legis*)

율법의 두 번째 기능은 적어도 형벌을 받으리라는 두려움을 일으켜 일부 사람들을 억제시키는 것입니다. 이들은 속마음이 설복되거나 정서가 감동을 받아서가 아니라 외부적 형벌에 대한 두려움으로 그들의 손을 묶어, 정욕을 공공연하게 발산시키지 못하게 될 뿐입니다. 이들에게 나타나는 것은 하나님을 두려워하거나 복종하겠다는 마음의 변화가 아니어서, 억제를 받으면 받을수록 정렬의 불길은 더욱 강하게 끓어오릅니다. 따라서 율법의 무서운 위협만 없다면, 그들은 무슨 일이든 저지르고 죄악을 향해 돌진할 준비가 되어있습니다. 중생하지 않은 사람은 자원하여 율법에 복종하는 것이 아니라, 싫어서 반대해보지만 하도 무서워서 억지로 복종할 뿐입니다.

칼뱅에 따르면, 이러한 형벌의 공포로 억제되고 강요된 의(義)가 필요한 것은 인간 공동체(*publicus hominum communitas*/the public community of men)의 질서 유지와 보존을 위해 필요합니다. 하나님의 손길이 보편 사회의 죄성을 억제하시지 않으시면, 소요가 일어나고 모든 것이 혼란에 빠지게 됩니다. 도덕법의 제2용도는 사회의 안정과 평화를 위해 하나님께서 마련하셨습니다. 갈라디아서 3장 24절의 율법의 몽학선생 역할은 제1용도와 제2용도 모두에 적용됩니다. 제1용도와 관련하여 몽학선생 역할은

---

65 『기독교강요』 2권, 7장, 9절.
66 『기독교강요』 2권, 7장, 9절.

택자들의 죄를 깨닫게 하여 그리스도의 은총을 구하게 하고, 제2용도와 관련하여 중생하지 않은 자들은 율법의 굴레를 통해 그 정욕이 억제됩니다(딤전 1:9-10; 벧전 2:12). 율법은 육체의 욕정이 무분별하게 끝없이 끓어오르는 자들을 어거(馭車)하는 고삐입니다. 이처럼 율법은 성령으로 거듭나기 전의 사람들을 성령을 받아 중생하여 참 경건에 이를 때까지 억제시킵니다.

③ 도덕적 율법의 규범적 용도(normativus, tertius usus legis)

칼뱅은 이 용도를 가장 중요시합니다. 이 용도는 율법의 중심적 목적에 더욱 가까우며, 중생하여 하나님의 영이 이미 그 영혼 속에 살아서 다스리시는 성도들에게서 그 자리를 갖습니다. 즉, 이 용도는 중생한 신자에게만 적용됩니다. 중생자에게 율법이 유익을 주는 방식은 다음과 같습니다. 칼뱅은 성령의 내적 역사와 기록된 율법이 함께 하므로 경건의 유익이 발생한다고 가르칩니다. 거듭나게 하시고, 성화시키시는 성령께서는 성경을 통해 그렇게 하십니다. 칼뱅은 율법의 두 가지 혜택을 말하는데, 첫째, 율법은, 중생한 자들이 열망하는 주님의 뜻의 성격을 매일 더욱 철저히 배우고 확고하게 이해하는데 도구가 됩니다. 둘째, 우리에게는 가르침(doctrina/doctrine)만이 아니라 권고(exhaortatio/exhortation)도 필요합니다. 율법은 하나님의 뜻을 인식하도록 할 뿐 아니라 우리의 의지가 순종하는 길로 나아가게 합니다. 성령께서는 성경을 통해 우리의 지성과 의지를 선한 길로 이끌어주십니다. 이처럼 성도들에게도 율법의 권고가 필요한 이유는 중생자들 안에 잔재하는 여죄 때문입니다.

율법은 마치 게으르고 무기력한 당나귀를 자극하고 재촉하여 일을 하도록 다그치는 육체의 채찍과 같다. 다시 말하면 영적인 사람이라 하더라도 아직 육체의 짐으로부터 자유롭지 못하기 때문에 율법은 그를 빈둥거리지 못하게끔 부단히 찌르는 가시로서 존

재한다.[67]

거듭난 자들에게 진정한 효과는 성령에 의해 기민하게 내적으로 갈 망케 된 자가 율법을 읽고 들으므로 교훈을 받고 하나님의 뜻에 순복하게 되는 것입니다. 성령의 내적 역사와 성경이 함께 하는 곳에 진정한 경건의 열매가 맺힙니다. 중생자들은 그리스도 안에서 은총과 함께 율법을 접하기 때문에 하나님의 뜻을 알게 되고 순종할 마음을 얻게 되는 기쁨을 누릴 수 있습니다(시 19:7-8; 119:5, 105). 이처럼 성도에게 주어지는 제 3 용도로서 도덕적 율법은, 율법에 그리스도의 용서와 은총이 함께 하기에, **"넓은 의미의 율법"**이라 불리 우며, 그리스도와 은총으로 옷 입은 율법이 주어질 때, 성도들은 불완전하지만, 용서 안에서 그 행위가 하나님께 용납되며, 완전한 목표를 향해 자라가고 다가갈 특권을 누립니다. 그리스도인들에게 율법은 그리스도 안에서 져야할 가벼운 멍에가 됩니다.

따라서 중생한 성도들은 모세 전체나 율법의 두 돌판을 던져버려서는 안 됩니다. 제 3용도의 의미에서 그리스도인들은 율법의 가르침을 따라야 합니다. 중생하지 못한 불신자들에게 율법은 죽음의 직분(고후 3:7)을 담고 있는 교리로 견지되지만, 성도들에게 두 돌판의 가르침은 불신자에게 나타나지 않는 더 월등한 용법과 효과를 나타냅니다. 성령께서는 그리스도 안에서 불완전한 성도들을 **"삶의 규범**(vivendi regula/the rule of life)"인 율법을 통해 인도하십니다. 도덕적인 율법의 제 3용도는 구약의 성도들에게나 신약의 성도들에게나 여전히 유효합니다. 율법이 여죄를 지닌 성도의 상태에 비해 훨씬 엄격하고 거룩한 것을 명령한다하여 율법을 우회하거나 그로부터 도망쳐서는 안 됩니다. 왜냐하면 성도들에게 율법은 완전하고 엄중한 것을 요구하여 그에 미치지 못하면 빚을 독촉하며 저주하는 징세관(徵稅官)으로 작용하지 않습니다. 성도에게 완전성

은 그리스도 안에서 용서 받으며 일생 힘쓰고 애써야 하는 목표(*meta*/aim)
로 주어집니다. 진정 성도의 삶 자체가 달음질입니다(고전 9:24-26). 따라서
중생한 성도들은 율법의 권고의 힘을 지닙니다. 그리스도 안에 있는 성
도들에게 율법은 그들의 양심을 속박하지 않고, 쉼 없이 그들을 내몰아
나태함을 떨치게 하며, 그들의 불완전함으로부터 깨어나게 합니다.

④ 구약 율법 전체에서 폐지되었다는 의미와 연속된다는 의미

우리는 칼뱅의 율법 해설을 통해 도덕적 율법이 구약을 넘어 신약
에서도 연속됨을 확인하였습니다. 그러나 율법이 폐지되었다는 의미를
곡해하는 사람들이 있는 바, 어떤 면에서 폐지되고 어떤 면에서 율법은
연속성을 가지고 신약의 성도들에게 여전히 주어지고 적용되는지 살펴
볼 필요가 있습니다. 바울과 예수님께서 율법의 폐지를 말씀하시는 듯
한 구절들이 있는데, 많은 사람들이 이를 왜곡하였습니다. 그러나 주님
께서는 율법을 **"폐하러 온 것이 아니요 완전하게 하려 함이라"**고 말씀
하시고, 또 **"천지가 없어지기 전에는 율법의 일점일획도 없어지지 아니
하고 다 이루리라"**고 선포하셨습니다(마 5:17-18). 예수님께서는 자신의 오
심으로 인해 그리고 구속의 성취로 인해 율법 준수가 감해지지 않을 것
을 말씀하셨습니다. 예수님께서 오신 목적은 율법에 대해 위반한 것들
을 치유하시기 위함이지, 하나님의 본성과 성품을 비추는 율법을 폐하
러 오신 것이 아닙니다. 그리스도를 통하여 율법의 가르침은 불가침한
것으로 머무릅니다. 율법은 가르치고, 훈계하고, 책망하고, 바르게 하는
모든 선한 일을 위하여 우리를 빚고 준비시킵니다(딤후 3:16-17). 구약의 전
체 율법을 놓고 보자면 폐지된 면이 실제로 있지만, 이는 구속의 성취로
인한 결과일 뿐입니다. 그리스도께서 오시므로 오시기 전에 그분을 예
표하고 가리키던 그림자가 사라졌을 뿐입니다. 이러한 면을 제외하고,
도덕적 율법은 그리스도 안에서도 연속됩니다. 그러면 어떤 측면에서
율법의 폐지를 이야기하고, 어떤 측면에서 율법의 연속을 이야기하는지

살펴봅시다.

첫째, 그리스도의 은총으로 폐기된 것은 율법 자체와 그 권위가 아니라 죄로 인해 야기된 율법에 대한 노예 상태입니다. 그리스도께서 오셔서 용서와 성령을 베풀어 주시지 않으셨다면, 율법은 언제나 저주가 되었을 것입니다. 부패한 자에게 완전하고 엄중한 율법이 그 본성대로 요구하고 위협할 때, 모든 인생은 저주 아래 놓이게 됩니다(갈 3:10; 신 27:26). 그러므로 바울이 율법에 대해 부정적인 자세를 취하는 정황들은 언제나 부패한 자신의 비참과 무능을 모르고, 율법의 행위, 곧 자기 의(義)로 구원받으려 하여, 오로지 그리스도를 붙들지 않는 율법주의 신앙에 대한 것이었습니다. 예수님께서는 이러한 율법의 저주로부터 우리를 구속하셨습니다. **"기록된 바 나무에 달린 자마다 저주 아래에 있는 자라 하였음이라"**(갈 3:13; 신 21:23). 또 바울은 이렇게 말씀을 전합니다. 그리스도께서 율법에 속하신 것은 **"율법 아래에 있는 자들을 속량"**하시기 위함이었습니다(갈 4:4, 5). 예수님께서는 우리의 죄책을 지시고 대리적 형벌을 받으시고, 율법 아래 오셔서 우리를 위해 모든 율법에 순종하심으로 의(義)와 공로를 마련하셨습니다. 그리스도 안에서 믿음으로 이 의(義)와 공로를 전가 받을 때, 죄인은 양심을 묶어 죽음의 불안으로 휘감던 항구적 노예 상태로부터 해방이 됩니다. 율법과 관련하여 폐기된 것은 율법에 대한 노예 상태이지 율법 자체가 아닙니다. 따라서 율법의 권위로부터 나온 무엇이라도 물리쳐서는 안 되고, 언제나 변함없이 공경심과 복종심을 가지고 율법을 받아들이는 것이 그리스도인의 마땅한 신앙입니다.

둘째, 의식법들이 가리키던 실체, 그리스도께서 오심으로 그림자가 폐기되었습니다. 칼뱅에 의하면 의식들은 효과가 없어진 것이 아니라 그것의 사용이 폐지되었습니다. 그리스도께서는 자기의 오심으로 의식들에 마침을 고하셨습니다. 그렇다고 의식들의 거룩함을 감하신 것이 아닙니다. 의식들은 구약 백성들에게 그리스도의 죽음과 부활의 능력을 보여주는 역할을 했습니다. 그러나 그리스도께서 오신 이후로도 의식들이 그치지 않았다면, 그것을 제정하신 하나님의 본연의 목적을 분별할 수 없게 되었을 것입니다. 그런 의미에서 바울은 구약의 의식들이 "**그림자**"였고, "**몸**"(골 2:17)은 그리스도 안에서 우리를 위하여 존재한다고 가르칩니다. 예표가 가르치던 실체가 오셨으므로, 의식이 폐지되는 것이 진리가 드러나는데 더욱 적합합니다. 유대인들이 사도들로부터 비난을 받은 이유 중 하나는, 그들이 그림자를 붙들고 있느라 실체이신 그리스도를 배척하고 거부한 데 있습니다. 예수님께서 십자가 대속을 이루실 때, 성소 휘장이 위로부터 아래까지 찢어져 둘이 되었습니다(마 27:51). 주님의 오심과 구속의 성취로 인간이 만든 성소는 사라지고 예수 그리스도와 그분 안에 있는 성도들이 진정한 성전 자체가 되었습니다. 히브리서도 이와 같은 메시지를 전하고 있습니다(히 10:1; 눅 16:16; 요 1:17).

의식들의 사용이 폐지되었다하여도, 의식들의 거룩함은 존중되어야 합니다. 비록 지금 율법적 예식들이 폐지되었지만, 그것들의 마침을 통하여 그리스도의 오심 이전에 그것들의 유익이 얼마나 대단했는지 더욱 잘 인식되기 때문입니다. 예수님께서는 자신의 죽으심으로 율법적 예식들의 사용을 폐지하심으로 그것들의 힘과 효과를 인 치셨던 것입니다. 따라서 의식들의 폐지는 의식들에 대한 경멸이나 배척이 아니라 의식들이 그리스도 안에서 성취되었음을 함축합니다. 성경은 구약의 의식들을 "**거스리고 불리하게 하는 법조문으로 쓴 증서**"라 표현할 때가 있습니다(골 2:13-14). 그러나 이러한 가르침들이 구약 백성이 우리와 동일한 은총을 받았다는 사실을 부정하는 뜻은 아닙니다. 유대인들 역시 우리와 같은 은혜에 참여했습니다. 바울 사도가 "**거스르는 증서**" 이야기를 할 때의 의미가 구약 백성들이 그리스도의 은총에 참여하지 못했다는 의미가 아닙니다. 왜냐하면 사도는 구약 시대에 그리스도의 영광을 희미하게 비춘 의식들과 그리스도를 구별하여 말하고 있기 때문입니다. 아직 예수 그리스도께서 오시기 전이라 의식들은 예표적 역할만을 했을 뿐입니다. 그러한 의식들의 한계에도 불구하고, 의식들이 희미하게 전하여 준 그리스도를 붙드는 신앙으로 구약의 백성들은 우리와 동일한 한 주를 모셨습니다. 보편교회의 의미로 본다면, 의식을 통해 희미하게 예표되던 예수님을 바라보며 신앙하던 구약 백성들은 보편교회의 한 회원이요 그리스도의 한 몸입니다. 그러므로 예표적 역할에 한정되었던 그림자로서 의식은 실체이신 그리스도께서 오시므로, 폐지되었던 것입니다. 그러므로 그리스도께서 오신 이후로도 거짓 교사들이 교회를 구약의 의식들로 속박하고자 할 때, 바울은 그러한 오류를 시정하고 타파하고자 의식에 대하여 **"거스르는 증서"**라 명명하며 그 폐지됨의 합당성을 논증했습니다. 주님께서 오신 이후로 의식을 붙드는 것은 그림자 때문에 실체를 배척하는 것이나 다름없었기 때문입니다.

3 도덕법으로서 십계명 해설

(1) 십계명의 성격과 원리들

① 십계명을 주신 목적과 의미

십계명은 예배와 참 경건의 도를 하나님의 백성들에게 가르치기 위해 주어졌으며, 스스로 율법을 준수할 능력이 없음을 깨달아 자신의 의義에 대하여 절망하며 심판을 두려워하므로, 중보자께로 이끌기 위해 주어졌습니다. 율법은 하나님의 엄위를 가르치므로 하나님의 위대하심을 마음에 품고 예배하도록 이끌며, 우리 자신에 대해서는 지극한 자기 빈곤과 의(義)가 없음을 일깨워 겸손과 자기 낮춤을 배우게 합니다. 율법은 하나님의 속성과 성품을 반영한 것으로, 하나님께서 이러이러하신 분이시니, 피조물로서 또 그분의 자녀들로서 하나님을 어떻게 예배하고 그 앞에서 살아가야 할지를 가르쳐 주기 위해 주어진 것입니다. 율법이 가르치는 것은 하나님께서 우리의 창조주시므로, 우리를 향하여 권리상 아버지와 주인의 지위에 계신다는 것입니다. 그러므로 우리는 찬양과 존경과 사랑과 두려움으로 하나님을 대해야 합니다. 율법은 우리가 하나님을 마땅히 존경하여야 하며, 그에게 유일한 경배는 의와 성결과 순결을 지키는 것입니다. 하나님께서는 율법을 인간을 창조하실 때, 그 마음과 양심에 자연법(*lex naturali*/the natural law)으로 새겨 주셨습니다. 그러나 타락 후 사람은 오류의 어둠에 휩싸여 마음에 새겨진 법으로는 하나님께서 받아주시는 예배를 거의 알 수 없게 되었습니다. 그러므로 하나님께서는 출애굽 이후 모세의 손을 통해 언약의 백성들에게 십계명을 두 돌 판에 새겨 주셨고, 오늘날 성경에 기록된 형태로 우리에게 전해주셨습니다. 이처럼 성문법(*lex scriptus*/the written law)을 제정해 주신 것은 사람의 부패로 인한 무기력과 오만 때문입니다.

② 하나님께서 율법에 약속과 위협을 두셔서 복과 저주를 내리심

주께서는 자기의 의에 대한 존경을 받으신 것으로 만족하지 않으시고, 의(義)에 대한 사랑과 사악에 대한 미움을 우리 마음에 증진시키기 위해 약속들(*promissiones*/promises)과 위협들(*minae*/threats)을 첨가하셨습니다. 먼저, 하나님께서는 상급(*praemium*/reward)의 감미로움으로 하나님의 의(義)를 사랑하시도록 이끌어내십니다. 그러나 이 상급은 언약 안에서 약속으로 주어진 것으로 공로에 대한 보상이 아닙니다. 우리에게 속한 모든 것이 하나님의 엄위에 빚지고 있으므로, 우리의 순종은 빚진 것에 대한 갚음이지 보상을 받을 가치가 없습니다. 그러므로 순종에 대해 현세와 내세의 복을 약속하신 것은 자신의 권리를 철회하심으로 자비를 베푸신 것입니다. 둘째, 하나님께서는 불의(不義)를 미워하고 피하도록 위협을 가하십니다. 하나님께서는 불의를 미워하십니다. 불의는 하나님의 숭엄성을 멸시하는 것으로 하나님께서 친히 처벌하실 것을 선포하십니다. 이러한 위협은 현세의 재난과 영원한 죽음을 포함합니다. 하나님께서는 율법의 완전하고 엄중한 요구를 통해 불의에 대해 위협하시므로, 의(義)에 대한 사랑을 증진하시고, 불의(不義)에 대한 경각심과 미움을 증진시키십니다. 율법이 그 본성대로 완전하고 엄중히 요구할 때, 아무도 그 정죄와 형벌의 위협을 피해 갈 수 없습니다. 이와 같은 엄중한 율법의 정죄와 형벌로부터 구원을 받을 수 있는 길은 신앙으로 그리스도 안에 피하고, 그리스도를 향한 진실한 믿음이 낳는 회개의 열매를 맺는 길 밖에는 없습니다. 은혜 언약 백성들이 여죄를 가지고 불완전한 삶을 살면서도 정죄와 형벌을 피할 수 있는 이유는 그리스도와 그리스도의 대속의 은총 안에 머물기 때문입니다. 성도는 율법을 하나님의 의(義)의 표준으로 여기고 순종하여야 합니다. 그리고 불의와 싸워야 합니다. 최악의 경우로 넘어져 범죄할 때, 하나님께서 주신 신앙의 힘으로 회개해야 합니다. 은혜는 율법의 엄중함을 폐하지 않고, 용서 안에서 성령의 은총 가운데 일생 동안 다가갈 목표로서 추구하게 만듭니다. 은혜 언약 안에서 율법이 본성대로만 요구하지 않고, 용서와 은총 안에서 요구하므로, 은혜 언약의 백성들에게 위협은 영원한 사망이 아닌 하나님과의 교제의 단절과 그 교제를 누리지 못하는 징계로서 주어집니다. 그러나 율법의 본질이 변경된 것이 아닙니다. 율법은 본성대로 하면 늘 완전한 의(義)를 그 안에 포함하며, 오로지 하나님의 뜻에 규정된 완전한 의(義)를 가르칩니다. 본성대로 요구하는 율법에 그리스도의 용서와 자비가 더해지므로, 불완전한 성도들이 용서 안에서 불완전한 가운데 정죄와 형벌 없이 율법의 목표를 추구할 수 있게 되는 것입니다. 이들에게 위협은 영원한 형벌이 아니라 성도를 죄 가운데 교정시키는 징계로 주어집니다. 율법의 본성은 늘 변함이 없습니다. 그리스도 밖에서 신앙과 회개가 없이 율법에 작은 것이라도 범하게 된다면, 그는 영원한 정죄와 형벌을 면할 수 없습니다. 그리스도를 불신하므로, 여전히 행위 언약 안에 머물며, 행위 언약의 채무 아래 있는 사람들에게 위협은 율법의 본성대로 완전하고 엄중한 요구를 따라 영원한 형벌의 죄책을 지고 사는 것입니다.

③ 율법의 보편적 지식 정립

(ㄱ) 입법자의 뜻에 따른 영적 해석과 최고의 율법 해석자 그리스도

율법을 통해서 외적인 정직함과 내적이고 영적인 의(義)에 이르는 삶을 형성합니다. 그러나 사람들은 오직 소수를 제외하고는 이러한 사실에 주목하지 않습니다. 그 이유는 이들이 입법자를 바라보지 않기 때문입니다. 율법의 본성은 하나님의 고유한 성품에 의해 측량됩니다. 하나님께서는 사람들의 행위의 외적 모양만 살피시지 않으시고, 마음의 순수함을 동일하게 돌아보십니다. 그러므로 율법의 완전하고 엄중한 요구는 하나님의 의(義)에 대한 외적인 일치만이 아니라 내면의 계획과 의지의 일치까지 요구합니다. 사람의 법도 어떤 사건이나 행동에 대해 계획과 의지에 관심을 갖지만, 그것이 외적으로 드러나지 않는 경우 제재(制裁)하지 않습니다. 그러나 하나님의 눈은 외적으로나 내적으로나 모든 것을 보시므로, 아무도 그 눈을 피할 수 없습니다. 하나님께서는 외적 행위도 보시지만, 외적 행위가 나온 원인, 정욕을 주시하십니다. 그러므로 바울은 **"율법은 신령한"**(롬 7:14) 것으로 영혼과 마음과 뜻을 다한 복종을 명령하는 동시에 육체의 모든 더러운 것이 씻겨 오직 영의 향기만이 나는 천사와 같은 완전한 순수함을 요구합니다. 이것이 율법의 본성입니다. 이러한 가르침은 새로운 해석이 아니라 바로 최고의 율법 해석자이신 그리스도의 해석입니다(마 5:21-22, 28; 요일 3:15). 예수님께서는 살인의 근원을 미움으로, 간음의 근원을 음욕으로, 도둑질의 근원을 탐심에 두셨습니다. 율법은 하나님의 성품을 반영한 하나님의 의(義)의 표준으로서 변할 수 없고 그 어떤 것으로 대체될 수 없습니다. 따라서 칼뱅은 그리스도를 복음적인 율법의 수여자로서 모세의 율법의 부족한 부분을 보충하신 또 다른 모세라 가르치는 사람들을 정죄합니다. 하나님께서 주신 율법 외에 그것의 변형적인 **"복음적인 율법"**을 그리스도께서 수여하신 적이 없으며, 복음적인 율법이 완전하여 옛날의 율법보다 우월하다는 식의 가르침은 오류입니다. 그리스도께서는 새로운 율법을 주신 것이 아니라, 바리새인들의 왜곡으로 오해된 율법을 바로 잡아 주셨을 뿐입니다. 율법은 영원히 유일한 의義의 표준입니다. 그것은 옛 언약 하에서나 새 언약 하에서 동일한 율법입니다. 그리스도께서는 새로운 율법을 주신 것이 아니라 바리새인들의 악한 누룩으로 오염된 것을 다시 회복시키셨습니다(마 16:6, 11; 막 8:15).

(ㄴ) 제유법적 해석

칼뱅은 율법의 명령과 금지가 용어들로 표현된 것 이상의 것을 포함하고 있다는 사실을 인식합니다. 십계명은 제유법(synecdoche)으로 표현되었습니다. 그러므로 십계명을 해석할 때 그 해석의 범위를 잘 조절하지 않으면, 성경이 제시하고자 하는 의미를 넘어서거나 아예 해석을 포기할 수밖에 없는 상황이 옵니다. 따라서 칼뱅은 제유법적인 율법 조항에 대한 해석 지침을 제공합니다. 거의 모든 계명들이 제유법으로 표현되었기 때문에, 건전한 율법 해석은 언어의 범위를 넘어야 합니다. 그러나 어느 정도 넘느냐의 한도를 정해야 합니다. 이 범위를 정하는 바른 방법은 각각의 계명을 주신 이유와 의도에 주의를 기울이는 것입니다. 이것이 십계명을 바르게 해석하는 최선의 방식이 됩니다. 따라서 십계명은 용어들로 표현된 것 이상을 이야기 하고 있습니다. 이와 관련하여 금지 명령은 단지 악행의 제한에 그치지 않고, 선행을 명령합니다. 악행에 대한 금지 명령은 그 안에 덕행에 대한 적극적인 실천을 요구합니다.

그렇다면, 하나님께서 왜 제유법으로 계명을 명령하셨을까요? 인간의 부패한 본성 때문입니다. 사람들은 죄악의 추악상이 뚜렷이 나타나지 않으면, 그것을 지워버리고 변명하며 덮으려 하기 때문입니다. 하나님께서는 각종 죄악에 대한 더욱 강렬한 증오심을 우리 마음에 새기시려고, 많은 범죄들 중에도 가장 무섭고 악한 요소를 지닌 악행을 선택하여 대표적으로 제시하셨습니다. 그러므로 우리는 제유법으로 표현된 명령이나 금지 명령이 계명이 명령하는 전부가 아님을 염두에 두어서, 명령된 용어 이상의 의미들을 통해 우리 자신의 성찰해야 합니다. 그렇지 않으면 대표로 사용하신 악행에 자신의 죄를 한정하고 그 뒤로 자신을 숨기는 잘못을 저지를 수 있기 때문입니다. 항상 계명의 문자적 조항들이 제유법적인 것을 인식하고 그 계명의 목적과 이유를 살펴 그 범위 내에 합당한 삶의 제시를 따라야 할 것입니다. 주께서는 이러한 기만에서 해방하시려고, 우리의 사고방식을 훈련하십니다. 무수한 죄악의 전체를 이 몇 가지로 나누어, 각 종류의 추악상을 가장 잘 대표하는 이것들을 연상하게 하십니다. 그러므로 하나님께서는 분노와 미움의 추악성을 **'살인'**이라는 가장 가증한 사례로 교훈하십니다. 따라서 십계명을 해석하고 적용할 때, 10가지 조항의 용어나 문자에 한정된 의미로 해석해서는 안 됩니다. 십계명은 각 계명을 주신 의도에 주안점을 두고, 문자와 용어를 넘어선 의미를 찾아내야 합니다. 예를 들면, 살인하지 말라는 계명은 단지 살인의 행위만을 하지 않으므로 다 준수한 것이 아닙니다. 살인하지 말라는 계명은 살인의 원인인 미움을 지적하고 계신다는 의미에서 외적인 행위와 내적인 행위를 모두 함축하고 있으며, 살인하지 말라는 계명은 하나님의 형상을 지닌 인간의 생명을 존엄히 여기라는 정신이 이 계명의 주어진 의도와 목적이기에 생명을 존엄히 여기고 타인을 향해 생명을 보존하고 번영케 하는 많은 실천 덕목들과 그것을 헤치는 부덕들에 대한 금지가 많이 함축되어있다고 보아야 합니다.

(ㄷ) 두 돌 판에 새겨진 율법의 의미

칼뱅은 하나님께서 십계명을 두 돌 판으로 구분하여 주신 이유를 가르칩니다. 하나님께서는 두 돌 판의 두 부분 안에 의(義)의 전체를 포함시키셨습니다. 첫 돌 판은 하나님을 향한 것으로서 그분의 신성에 대한 예배(*cultus*/worship)와 관련된 종교적 의무를 가르칩니다. 둘째 돌 판은 사람들을 향한 것으로 이웃 사랑을 가르칩니다. 두 돌 판이 구분되어있지만, 하나님을 향한 사랑과 예배는 이웃 사랑의 토대가 되고, 이웃 사랑은 하나님 사랑의 또 다른 실현입니다. 그러므로 우선순위가 있습니다. 분명 의(義)의 첫 번째 근본은 하나님에 대한 예배입니다. 이것이 전복되면 그 나머지 모든 부분들은 마치 무너진 건물의 파편들과 같이 산산조각 나서 분쇄됩니다. 하나님을 불신하고 불순종하므로 예배하지 않으면서 둘째 돌 판을 준수했다고 의(義)가 세워질 수 없습니다. 엄밀히 말하면, 첫 돌 판에 대한 실현 없이 둘째 돌 판의 실현도 있을 수 없습니다. 그러므로 칼뱅은 하나님에 대한 예배를 의(義)의 시작이자 근본(*Principium et fundamentum iustitiae*/the beginning and foundation of righteousness)으로 봅니다. 그는 하나님의 예배를 원천(*fons*/source)과 영(*spiritus*/spirit)이라고 부릅니다. 첫째 돌 판은 경건과 종교의 고유한 의무를 감당하도록 가르치고, 이를 통해 하나님의 엄위가 경배를 받게 하십니다. 둘째 돌 판은 하나님의 이름을 경외하는 가운데 사람들이 사회에서 어떻게 처신할 것인지를 규정합니다. 예수님께서는 전체 율법을 두 가지 항목 아래 모두 모으시고 그 정신의 정수를 요약해 주셨습니다. **"네 마음을 다하며 목숨을 다하며 힘을 다하며 뜻을 다하여 주 너의 하나님을 사랑하고 또한 네 이웃을 네 자신 같이 사랑하라"**(눅 10:27; 마 22:37, 39).

(2) 십계명의 구분과 각 계명 해설

율법이 열 가지 말씀으로 구분됨은 의심의 여지가 없습니다. 문제가 되는 것은 십계명의 수가 아니라 그것을 나누는 방식에 있습니다. 칼뱅은 십계명을 서론과 서론에 이어지는 네 가지 계명을 첫 돌 판에 속한 것으로 보고, 나머지 여섯 계명을 둘 째 돌 판에 속한 것으로 구분합니다.

① 십계명 서론

"나는 너를 애굽 땅 종되었던 집에서 인도하여 낸 너의 하나님 여

호와로라"(출 20:2). 이 문장을 첫째 계명의 일부로 읽든 지 또는 따로 읽든지 간에, 그것은 율법 전체에 대한 일종의 서론(*prooemium*/preface/prologue)입니다. 이렇게 계명에 서론을 두신 이유는 율법이 하나님으로부터 기원한 것으로 그것의 숭엄성을 가르쳐서 율법이 멸시를 받는 일이 없도록 하려는 의도에서 입니다. 하나님께서는 목적을 확보하기 위해 삼중의 논증(*triplici argumentum*/triple sanction)을 사용하십니다. 첫째, **"순종의 필요성을 내세워 택함 받은 백성을 억제시키기 위해서 통치의 권세와 권리가 자기 자신에게 있음을 주장하시고,"** 둘째, **"은혜의 약속을 제시하심으로 그들이 은혜의 달콤함에 이끌려 거룩함에 대한 열의를 갖게 하시며,"** 셋째, **"유대인들을 향한 자기의 은총을 상기시키심으로 만약 그들이 자기의 선함에 반응하지 않을 경우에는 그들의 배은망덕을 책망하고자"** 하십니다.[68] 하나님께서 **"나는 너를 애굽 땅 종되었던 집에서 인도하여 낸 너의 하나님 여호와니라"**라고 선포하심으로, 하나님께서 은혜 언약을 통해 선택하신 자들을 부르시고 구원하셔서 그들의 하나님이 되시고, 그들은 그분의 백성이 되게 하셨음을 선포하십니다. 그러므로 하나님께서는 율법을 순종하여 구원에 이르라는 구원의 조건으로 주신 것이 아니라, 그들을 택하시고, 구속하셨으니, 구원 받은 자로서의 삶을 살도록 하기 위해 율법을 주신 것입니다. 또한 이렇게 명령하시므로, 그들이 오직 하나님의 은총으로 구속을 받은 사실에 대해 배은망덕하지 않도록 이끌어주십니다. 은혜 언약 안에서 교회의 하나님이 되신 관계를 근거로, 곧 구속하신 이유로 그들에게 구속에 합당한 삶을 요구하실 때, 그 백성들은 단지 복종에 대한 필연성만이 아니라 은총의 달콤함 가운데 인도를 받습니다. 율법은 당신의 백성들에게 그것을 준수하여 구원을 얻게 하려는 율법주의적이거나 공로주의적인 성격으로 주어지지 않습니다. 율법은 은총과 구속을 근거로 주어졌습니다. 하나님께서 택한 백

---

68 『기독교강요』 2권, 8장 13절.

성들을 비참한 노예 상태에서 해방하셨기에, 순종과 기민한 복종 가운데 자유를 주신 자로서 하나님을 예배하도록 하십니다. 즉, 하나님께서는 구원하셨기에 구원 받은 자의 삶의 원리로 예배하고 생활하라고 명령하십니다. 하나님께서는 언제나 주신 것으로 요구하십니다. 그들은 계명을 준수하는 가운데 자신들이 선택되었음을 확신하게 됩니다. 선택 받은 자만이 신앙으로 부름을 받게 되고, 그들에게 신앙이 있기에 하나님께서 계명을 순종할 마음과 의지와 힘을 주십니다. 그들은 순종 속에서 선택과 신앙의 확실성을 알게 됩니다. 하나님께서는 은총으로 구원하셨기에 구원 받은 자의 삶으로 부르십니다.

② 제1계명

"너는 나 외에는 다른 신들을 네게 두지 말라"(출 20:3). 이 계명의 목적은, 여호와께서 자기 백성 가운데 홀로 높이 드러나시고 자기의 법으로 그들을 견실하게 소유하시려는데 있습니다. 우리가 하나님과 연합하여 그분을 모시고 소유할 때, 그분에 속한 것들도 모두 품게 됩니다. 하나님께서, 우리가 다른 신들을 두는 것을 금하신 뜻은 그분께 고유한 것을 다른 것에 돌리지 못하도록 하기 위함입니다. 따라서 이 계명은 우리가 예배하고 그 앞에서 살아가는 대상으로서 오직 하나님만을 두라는 명령입니다. 이 계명은 오직 한 분 하나님을 우리의 예배의 대상으로 규정하는 계명입니다.

③ 제2계명

"너를 위하여 새긴 우상을 만들지 말고 또 위로 하늘에 있는 것이나 아래로 땅에 있는 것이나 땅 아래 풀 속에 있는 것의 어떤 형상도 만들지 말며 그것들에게 절하지 말며 그것들을 섬기지 말라 … "(출 20:4-5). 이 계명의 목적은 하나님께서 어떤 하나님이시며, 어떤 종류의 예배를 받으셔야 하는지를 규정합니다. 즉, 이 계명은 하나님께 합당한 예배의 방법을 규정합니다. 이 계명은 오직 하나님의 말씀을 따라 하나님을 알고 예배하라고 명령합니다. 이것을 **예배의 규정적 원리**라 합니다. 사람은 타락하여 부패한 본성에서 나오는 것으로 하나님을 생각하고 예배합니다. 하나님의 말씀을 떠나 부패한 본성을 따라 하나님을 생각하고 예배할 때, 여기서 우상과 미신과 자의적 숭배가 나타납니다. 이러한 부패함이 내적으로나 외적으로 하나님을 어떤 형상으로 조작해 냅니다. 합법적인 예배는 오로지 하나님의 말씀과 명령을 따라서만 존재합니다.

④ 제3계명

"너는 너의 하나님 여호와의 이름을 망령되이 일컫지 말라"(출 20:7).
이 계명의 목적은 하나님의 이름의 엄위를 우리가 거룩히 여기도록 하시려는 데 있습니다. 하나님의 이름은 하나님의 속성을 계시하기 위해 주어집니다. 즉, 이 계명은 하나님의 속성에 부합한 태도로 우리가 예배하고 생활해야 한다는 의미를 함축하고 있습니다. 그런 의미에서 이 계명은 하나님 앞에 예배와 생활의 태도를 규정하는 계명으로 요약할 수 있습니다. 그러므로 칼뱅은, 우리가 마음과 언어를 적절하게 잘 갖춰서 드리는 경배와 매우 신중을 기하는 자세를 갖추어야 한다고 가르칩니다. 이 계명은 하나님의 이름이 합법적으로 사용되어야 함을 명령합니다. 하나님의 이름과 부합하지 않는 것을 말하거나, 하나님의 이름에 부합하지 않는 태도를 취하거나, 하나님의 이름을 남용하거나 자신의 목적을 위하여 이용하는 것들이 이 계명을 범하는 일들입니다.

> 첫째, 하나님에 대해서 마음으로 품고 입으로 내뱉는 것은 무엇이든지 그의 탁월하심을 나타내야 하고, 그의 거룩한 이름의 고상함과 어우러져야 하며, 마지막으로 그의 장엄하심을 높이 고양시켜야 한다. 둘째, 우리는 그의 거룩하신 말씀과 경배 받아야 할 비밀들을 우리 자신의 야망이나 탐욕이나 유희를 위하여 헛되고 터무니없게 오용해서는 안 된다. 그 말씀과 비밀들에는 그의 이름의 고귀함이 새겨져 있으므로 우리는 언제나

그 영예와 가치를 귀중하게 여겨야 한다. 마지막으로, 비참한 처지에 놓인 사람들이 하나님을 거역하며 능욕을 일삼는 가운데 외치고는 하듯이 하나님의 사역들을 깎아내리거나 왜곡하는 일을 우리는 해서는 안 된다. 우리는 그에 의해서 행해진 것이라고 인식하는 모든 것에 대해서 말할 때에 지혜와 의와 선으로 가득한 찬미를 함께 드려야 한다. 그것이 하나님의 이름을 거룩하게 한다는 의미이다.[69]

칼뱅은 이 계명과 맹세에 관련해서도 교훈합니다. 맹세란 우리의 말이 진리임을 확정하기 위한 증인으로 하나님을 부르는 것입니다. 칼뱅은 맹세 자체를 금하지 않습니다. 그러나 칼뱅은 왜곡된 맹세를 경계합니다. 하나님께 죄가 되는 맹세는 위증과 같은 거짓된 맹세이며, 자신의 탐욕과 쾌락을 위해 행하는 맹세 그리고 쓸데없는 것들에 맞추어 하는 무익한 맹세입니다. 재세례파는 성경을 빙자해(마 5:34, 37; 약 5:12) 맹세에 있어 절제된 태도를 넘어 맹세 자체를 부정했는데, 맹세를 금하는 듯 한 구절들은 맹세 자체를 부정하는 것이 아니라 헛된 맹세를 금하는 것입니다. 적법한 필요성이 있다면, 합당한 맹세는 유효합니다. 개인들이 중대하고 진지한 문제에 관해 하나님께서 그들의 심판자가 되어 주시기를 기원하는 것이 합당하다면(삼상 24:12), 하나님을 증인으로 세우기를 원하는 것은 더욱 큰 근거가 있습니다. 정직한 마음으로 억울함을 당할 때, 하나님께서 심판자로서 그의 결백을 나타내주시기를 기원하는 것은 범과가 되지 않습니다. 하나님을 심판자요 증인으로 부르는 것은 합당합니다(창 21:24, 26:31; 창 31:53-54; 룻 3:13; 왕상 18:10)

⑤ 제4계명
"안식일을 기억하여 거룩하게 지키라 … "(출 20:8-11). 안식일과 관련하여 다음과 같은 내용들을 칼뱅은 가르칩니다. 먼저, 이 계명의 목적은

---

69 『기독교강요』, 2권, 8장 22절.

자신의 정서와 일에 대하여 죽은 우리가 하나님의 나라를 묵상하고 그
가 제정하신 방식대로 그 묵상을 실천하도록 함에 있습니다. 이 계명은
예배의 때를 거룩하게 구별하여 명령하십니다. 하나님께서는 그 백성들
이 이때를 예배와 거룩한 일로 자신에게 드리길 원하셨습니다. 칼뱅은
이 계명을 지키기 위해 필요한 조건들을 숙고합니다.

> 첫째, 일곱째 날의 안식 아래 천상의 입법자는 이스라엘 백성의 영적인 쉼을 묘사하고
> 자 원하셨다. 이 쉼 가운데 신자들은 그들 자신의 일들을 그치고 하나님이 그들 자신
> 안에서 일하시게끔 맡긴다. 둘째, 그는 한 날을 정하여 두심으로 그들이 모여 율법을 듣
> 고 의식들을 거행하거나 적어도 그날을 그의 사역을 묵상하는데 특별히 드려서 그것을
> 회고함으로써 경건에 이르는 훈련을 받게 되기를 원하셨다. 셋째, 그는 종들과 다른 사
> 람들 아래에 있는 자들에게 쉼의 날을 베푸셔서 그들이 어느 정도 일의 면제를 받게 하
> 시고자 마음을 기울이셨다.[70]

둘째, 영적인 안식의 예표가 안식일과 관련하여 첫 번째 자리를 차
지합니다(민 15:32-36; 출 31:13-17; 35:2). 영적 안식과 그것을 예표하는 안식이라
는 외적 표징의 유비는 무엇일까요? 안식일의 영적 의미는 성화와 잘 부
합합니다. 성화는 우리가 우리 자신의 의지에 있어서 죽는 것입니다. 우
리는 안식일 계명을 준수하여 쉼으로 하나님께서 우리 안에서 일하게
하시도록 해야 합니다. 우리는 이 계명을 순종하므로, 우리의 의지를 양
보하며, 우리의 마음을 내려놓고, 모든 육체의 정욕을 내버리게 됩니다
(히 4:9; 13:21).

셋째, 칼뱅은 일곱 째 날의 의미를 설명합니다. 유대인들은 칠 일 중
에 한 날을 지키는 것이 영원한 쉼을 표상하였습니다. 칠일은 6일을 창
조하시고 칠일 째 되는 날 안식하신 하나님의 본을 따른 것입니다(창 2:3).

안식일의 기원은 하나님의 창조의 완성에 있습니다. 타락 전 안식일은 창조의 완성을 찬양하고 기억하고 누리는 날입니다. 타락한 백성을 구속하시고 그들에게 안식의 명령을 주신 것은 구속의 완성을 바라보게 하시기 위함입니다. 마지막 날이 오기까지 안식은 결코 완성되지 않을 것입니다. 하나님께서는 구속의 백성들에게 안식일을 끊임없이 묵상하게 하심으로 그 완성을 갈망하게 하셨습니다. 그러므로 안식일 계명은 종말론적(eschatological)입니다.

넷째, 은혜 언약 안에서 명령된 구약의 안식일과 신약의 주일의 순수한 실체는 그리스도이십니다. 영적인 안식은 그리스도 안에서 성취되고 완성됩니다. 그러므로 그리스도의 강림과 구속의 성취로 제4계명의 의식법적인 요소들이 폐지되었습니다. 제4계명은 본질적으로 도덕법입니다. 그러나 구약에서 이 계명에는 제 칠일에 준수하는 것을 포함해 의식적인 요소들이 존재했습니다. 이 모든 것들은 그리스도를 예표하기 위함이었습니다. 그런데 예표가 가리키던 실체가 오셨으므로, 의식적인 요소는 폐지되었습니다. 그러나 제4계명은 도덕법으로서 폐지될 수 없고 옛 언약 시대에서 새 언약 시대가 도래 하면서 주일로 바뀌어 영속되고 있습니다. 실체가 오시므로 그림자는 사라졌습니다. 예수 그리스도께서는 안식일의 참된 완성이십니다(골 2:16, 17).

다섯째, 칼뱅은 안식일의 예표가 그리스도 안에 성취되었으므로, 이제 안식은 단지 한 날에 국한 되지 않고 우리 삶 전체에 미친다고 말합니다. 이는 우리가 우리 자신에 대하여 죽고 하나님의 생명으로 충만해질 때까지 계속됩니다. 그리스도인들은 특정한 날을 미신처럼 섬기지 않습니다. 그렇다면 그리스도인들이 주일을 성수하지 않아도 된다는 의미일까요? 절대로 그럴 수 없습니다. 우리 삶 전체가 안식이어야 한다는 칼뱅의 가르침이 주일 성수의 무용론을 의미하는 것은 아닙니다. 그리스도인들은 주일을 성수해야 합니다. 그리스도 안에서 365일이 안식일이어야 합니다. 그러나 두 가지 이유로 그리스도인들은 주일을 성수해야 합니다. 칼뱅은 안식일이 폐지 되었지만, 그것은 여전히 우리 가운데 어떤 자리를 차지하고 있다고 가르칩니다.

우리 삶 전체가 안식일이어야 한다는 말을 악용해서는 안 됩니다. 오히려 우리 삶 전체가 안식일이어야 한다는 말은, 우리가 365일 모든 날의 구별을 없애고 매일 모여야 한다는 말입니다. 일요일, 곧 주일 하루만 모일 것이 아니라 매일매일 우리가 모여야 합니다. 그런데 지상의 그리스도인들은 연약합니다. 매일 모임을 갖는 것은 불가능합니다. 6일은 노동에 열중해야 합니다. 그러므로 하나님께서는 우리의 연약함을 긍휼히 여기시고, 주일을 정하여 6일을 노동하고 주일 하루를 정하여 모여 예배하고 선한 일을 도모하게 하셨습니다. 하나님께 모인다는 것은 말씀을 듣고, 신비한 떡을 떼며, 공적인 기도를 드리기 위해서입니다 (행 2:42). 그러므로 주일 하루를 모여 예배하고 선한 일을 도모하며 주일을 성수하는 것은 최소한의 의무를 하나님께 행하는 것이라 보아도 무방합니다. 이렇게 한 날을 정해야만, 교회는 질서 있게 모여 하나님을 예배하는 일을 지속하게 됩니다(고전 14:40). 주일 성수는 하나님의 자비와 섭리 안에서 주어졌습니다. 칼뱅은 주일 성수를 하나님의 명령이라고 확정합니다. 그러면 왜 하필 일요일일까요? 이는 유대인들의 안식일을 주일로 정한 것은 유대주의의 폐해를 벗어나기 위해서였습니다. 유대인들의 날을 그대로 준수할 경우, 여전히 그림자를 붙들고 있는 유대인들의 오류를 따라 교회가 판단을 받을 위험이 있었기 때문이었습니다. 유대주의와는 달리 하나님께서는 교회의 질서를 위해 주일이라는 한 날을 정해 주셨습니다. 이에 덧붙여 일요일이 주일이 된 이유는, 안식일의 목적이자 완성이신 그리스도께서 일요일에 부활하셨기 때문입니다.

마지막으로, 그림자 없이 실체이신 그리스도 안에 하나님을 섬기는 그리스도인들에게 제4계명과 관련된 주일 성수는 이렇게 준수됩니다.

첫째, 우리는 우리의 일들로부터 벗어나 항구적인 안식을 일생 동안 묵상함으로써 주님이 자기의 영으로 우리 안에서 일하시게 해야 한다. 둘째, 우리 각자는 개인적으로 틈이 날 때마다 하나님의 사역에 대한 경건한 성찰을 부지런히 하여야 한다. 또한 우리 모두는 말씀을 듣는 것과 성례 거행과 공기도를 드리기 위해 교회가 제정한 합법적인 질서를 일제히 지켜야 한다. 셋째, 우리는 우리에게 속한 자들을 비인도적으로 억압해서는 안 된다.[71]

그리고 칼뱅은 이렇게 덧붙입니다.

우리 가운데서 종교가 몰락하거나 쇠퇴하는 것을 막기 위하여 우리는 거룩한 모임들에 부지런히 참석하여, 하나님에 대한 예배를 더 잘 드릴 수 있도록 효과적으로 돕는 외적인 도움들을 누려야 할 필요가 있다.[72]

⑥ 제5계명

"네 부모를 공경하라 그리하면 네 하나님 여호와가 네게 준 땅에서 네 생명이 길리라"(출 20:12). 이 계명의 목적은 "여호와 하나님께서 자기의 경륜이 보존되는 것을 마음에 들어 하시므로, 자기에 의해서 고위(高位)가 정해진 등급은 우리에게 불가침한 것이 되어야 함"[73] 있습니다. 즉, "우리는 하나님께서 우리 위에 두신 자들을 받아들여야 하며 영예와 순종과 감사, 이 모두로 그들에게 대해야 한다는 것"[74]입니다. 인간은 타락하고 부패한 천품을 가져서 권위에 복종하기보다 자기를 높이려 하기에, 권위에 있어 가장 자애롭고 시샘을 가장 적게 받는 부모의 권위가 제유법적으로 제시되었습니다. 칼뱅에 따르면, 하나님께서는 상위에 두신 자들에게 필요하시면 자신의 이름의 권위를 위임하여 나누어 주셔서

---

71 『기독교강요』, 2권, 8장 34절.
72 『기독교강요』, 2권, 8장 34절.
73 『기독교강요』, 2권, 8장 35절.
74 『기독교강요』, 2권, 8장 35절.

그 위치를 유지하게 하셨습니다. 그러므로 우리의 아버지인 사람은 이유 없이 거룩한 칭호를 가진 것이 아니므로, 우리는 어떤 신적인 것을 그에게서 인정해야 합니다. "**왕**"이나 "**주**"가 되는 사람도 하나님의 영예에 어느 정도로 참여합니다. 칼뱅은, 우리가 하나님의 권위를 위임한 윗사람들의 영예를 공경(*reverentia*/reverence), 순종(*obedientia*/obedience), 감사(*gratitudo*/gratitude)라는 세 가지 태도로 대해야 한다고 가르칩니다. 우리 위에 있는 사람들의 지위는 하나님의 섭리 가운데 주어진 것입니다.

이 계명의 중요함은, 하나님께서 이 계명의 순종에 약속을 더하셨다는데 있습니다(엡 6:2). 이웃 사랑을 위한 둘째 돌 판의 첫 계명에 주어진 약속은 전체 계명들에 미칩니다. 이웃 사랑에 있어 최고의 실천은 부모와 위임된 권위에 순복하는 것에 있습니다. 구약 백성들에게는 약속의 땅에서 장수를 누리는 것이었지만, 신약의 성도들에게는 현세의 삶을 하나님께서 베풀어주시는 복 안에서 누리는 것을 의미합니다. 장수가 악인에게는 꼭 복이 되는 것이 아니지만, 경건한 자의 장수는 하나님의 관용에 대한 징표가 될 수 있습니다. 물론 경건한 자가 일찍 하나님의 부름을 받는 일도 있기에, 장수는 하나님의 자비와 약속의 징표 내지 상징으로서 인식해야 합니다. 단명(短命)한 경건자는 죽음을 통해 이 약속을 내세의 더 큰 복으로 반드시 베푸십니다. 이 계명의 순종에 약속이 있는 것처럼, 이 계명에 대한 거역에 저주가 있습니다. 이들의 저주는 현세에서 하나님의 복을 누리지 못하며, 끝까지 회개하지 않는 사람들은 내세의 영원한 형벌을 받게 됩니다.

그러나 이 계명에 대한 순종의 중요성에도 불구하고, 이들이 위임받은 권위와 영예의 성격에 어떤 제한이 없는 것은 아닙니다. 권위의 본성을 간략하게나마 살필 필요가 있습니다. 하나님께서 누군가에게 주신 권위와 지위는 아버지께 이르는 한 걸음이 되도록 하기 위함입니다. 권위를 뒤집어 보면 의무가 됩니다. 하나님께서는 부모가 자녀를 양육하고, 왕이 백성을 돌보며, 목사가 성도들을 목양하도록 권위를 베푸셨습니다. 하나님께서 주신 권위들은 하나님께서 세상과 사람들과 성도들을 통치하시고 돌보시는 사역의 권위를 누군가에게 위임하시므로 돕게 하셨습니다. 그러므로 권위는 하나님의 선하신 뜻을 위해 기여하고 봉사하는 권위가 되어야 합니다. 그러므로 하나님의 율법을 범하도록 조장하는 권위에 복종할 수 없습니다. 그러므로 바울은 **"주 안에서"** 부모에게 순종하라고 가르칩니다(엡 6:1). 반대로 의무를 다하고 권위의 행사를 받는 대상들의 유익을 위해, 그리고 하나님의 선하신 뜻에 기여하는 권위를 공경하고, 복종하고, 감사하는 것은 하나님을 공경하는 또 하나의 실천입니다. 선한 권위는 하나님께서 주신 선물이며, 하나님께서 우리에게 베푸시는 은총이기 때문입니다. 권위주의도 탈권위주의도 모두 반성경적인 악한 사상이며 태도입니다.

⑦ 제6계명

"살인하지 말지니라"(출 20:13). 이 계명의 목적은 **"여호와께서 인류를 묶어 무언가 하나가 되게 하셨으므로 각자는 모든 사람의 안녕을 위하여 헌신해야 한다는 데"**[75] 있습니다. 그러므로 이 계명에서 부정적이고 소극적으로는 이웃의 몸에 상처를 입히는 폭력과 상해와 화는 무엇이든 금지되고. 긍정적이고 적극적으로는 이웃의 생명을 구하는 데 도움이 되는 일은 무엇이든지 발견되는 대로 충실히 감당해야 합니다. 따라서 이 계명은 이웃의 생명에 대해 해를 끼치는 행위를 하지 않는 것을 넘어 사랑에까지 미쳐야 한다고 가르칩니다.

칼뱅은 이 계명의 근거를 가르쳐줍니다. 왜 인간의 생명을 존엄히 여겨야 할까요? 칼뱅은 이웃의 생명을 존엄히 여겨야 하는 이유가, 사람이 하나님의 형상(*imago Dei*/the image of God)인 동시에 혈육(*caro*/flesh)이기 때문이라고 답합니다. 인간은 하나님의 형상을 해할 수 없는 동시에 이웃의

---

75 『기독교강요』 2권, 8장 39절.

육체를 우리의 육체처럼 귀하게 여겨야 합니다. 이 계명은 단지 피 흘리는 것을 삼가는 것을 넘어선 내용들을 함축합니다. 이 계명은 이웃의 안전을 해치는 일을 금할 뿐 아니라 이웃의 생명의 안녕을 위해 할 수 있는 일들을 실천하도록 명령합니다. 또한 이웃의 육체의 안녕을 위해 이처럼 애써야 할진대, 이웃의 영혼의 안전과 안녕을 위해서는 더 큰 열의와 수고가 필요합니다. 따라서 이 계명은 육체적 생명과 영적 생명, 곧 사람의 생명을 존엄히 여기라는 계명입니다

⑧ 제7계명

"간음하지 말지니라"(출 20:14). 이 계명의 목적은 **"하나님께서 정숙과 순결을 사랑하시므로 우리가 모든 더러움을 멀리해야 한다는 데"**[76] 있습니다. 이 계명은 간음을 제유법적으로 제시해, 육체의 추함과 욕정으로 더럽혀지는 오염을 금하고 있습니다. 하나님께서 사람을 남자와 여자로 지으시고, 둘이 한 몸이 되어 서로 조력하며 살게 하셨습니다(창 2:18). 그런데 죄의 저주 때문에 이러한 필요성에 더욱 매이게 되었습니다. 이처럼 결혼을 거룩하게 제정하신 분이 하나님이십니다. 이 계명은 결혼을 거룩히 여기며, 결혼 안에 합법적인 성(性) 생활을 제한하십니다.

하나님께서는 특별한 은혜로 동정(童貞), 곧 독신(獨身)을 허락하십니다(마 19:11, 12). 이 은사가 없는 사람들은 육욕 때문에 죄를 범하지 않기 위해 결혼해야 합니다. **"음행을 피하기 위하여 남자마다 자기 아내를 두고 여자마다 자기 남편을 두라"**(고전 7:2). **"만일 절제할 수 없거든 결혼하라 정욕이 불같이 타는 것보다 결혼하는 것이 나으니라"**(고전 7:9). 그러므로 결혼의 존귀가 성 생활을 합법화해주고 이것이 주님의 복임에 틀림없지만, 거룩하게 세우신 결혼이 무절제와 방종으로 더럽혀져서는 안 됩니다. 각 남편은 아내를 단정하고 절도있게 대하고 각 아내도 자기의

남편에게 그러해야 합니다. 결혼이 음란이 되어서는 안 됩니다. 그러므로 암브로시우스는 **"결혼 생활에서 수치나 영예에 대해서는 아무 관심도 없는 자를 아내와 간음하는 자"**[77]라고 불렀습니다. 이 계명은 간음을 제유법적으로 금하여 영혼과 육체의 순결함에 속한 모든 덕과 실천을 요구하는 것이므로, 간음을 넘어, 사치스런 몸치장과 음란한 몸짓, 더러운 말로 정숙을 해치는 모든 것을 금합니다.

⑨ 제8계명

"도둑질 하지 말라"(출 20:15). 이 계명의 목적은 **"하나님께서는 불의를 혐오하시므로 우리는 각자에게 속한 것을 각자에게 돌려야 한다는 데"**[78] 있습니다. 즉, **"타인에게 속한 것들을 탐내는 것이 금지될 뿐만 아니라 나아가 모든 사람이 각자 자기 자신의 소유물을 지킬 수 있도록 충실히 도와주는 일을 감당하게끔 명령을"**[79] 받습니다. 각자의 소유는 섭리 가운데 하나님께서 나누어 주신 것입니다. 그러므로 이 계명은 사유재산을 인정합니다. 그러므로 이 계명은 강도, 사기, 교활한 편취(騙取), 남의 재물을 등치는 것을 금합니다.

이에 더하여 이 계명도 단지 도둑질을 하지 않는 것으로만 만족되지 않고, 긍정적이고 적극적으로 타인의 소유도 지켜질 수 있도록 서로를 보살필 것을 명령합니다. 우리는 우리 몫에 만족하면서 정직하고 합법적인 이익만을 남기려고 열심을 다하면서, 타인의 몫을 지켜주려고 노력해야 합니다. 각각의 몫을 지켜주는 것이 공의이고 정의입니다. 이 계명은 그런 의미에서 경제적인 정의를 가르치고 있다고 보아도 무방합니다. 이렇게 보면 하나님께서는 가난한 자들의 몫도 남겨 두셨습니다. 구약에서 이삭줍기 같은 관습이 그렇고(룻 2:21-23), 모든 국가가 생존의 위협

---

77 『기독교강요』 2권, 8장 45절.
78 『기독교강요』 2권, 8장 45절.
79 『기독교강요』 2권, 8장 45절.

을 받는 사람들을 위해 복지를 마련하는 이치와 같습니다. 여러 방법으로 가난한 자들의 생존을 지키게 하신 분은 하나님이시며, 이러한 제도나 관습은 가난한 자들의 몫을 나누어 주시는 하나님의 섭리 속에 있습니다. 또 칼뱅은 교회의 사역자들의 삶에 필요한 것을 제공하게 하신 하나님의 명령을 전합니다. 교회 사역자들에게 교회가 제공하는 생활비는 하나님의 말씀과 목양을 맡은 자들에게 하나님께서 베푸신 그들의 몫입니다(마 10:10-15; 롬 10:15; 15:15-16; 고전 9장; 갈 6:6; 살전 5:12; 딤전 5:17-18). 이처럼 서로에게 의무를 진 것은 부모와 자녀, 주인과 종의 관계에도 동일하게 적용됩니다. 그러므로 시민은 국가 권위에 대해, 국가는 시민의 안녕과 복지를 위해 그리고 목사와 성도 사이에, 부모와 자녀들 사이에, 노인과 젊은이들 사이에, 서로가 진 빚, 곧 의무를 실천해야 합니다. 모든 관계는 서로의 몫을 지켜주고 번영하게 할 빚을 지고 있습니다. 하나님께서는 이렇게 교회와 가정과 사회가 서로 서로에게 의무를 행하도록 명령하십니다.

⑩ 제9계명

"네 이웃에 대하여 거짓 증거하지 말지니라"(출 20:16). 이 계명의 목적은, **"진리이신 하나님이 거짓말을 혐오하시므로 우리는 서로 간에 속임이 없이 진리를 키워 가야 한다는 점"**[80]에 있습니다.[81] 즉, 이 계명은 중상이나 무고로 다른 사람의 이름을 욕되게 하는 것, 거짓으로 타인의 재산을 축내는 것, 악담과 몰염치로 상처를 주는 것을 금지합니다. 이 계명은 타인의 명예를 존중히 여기라는 것입니다(출 23:1, 7; 레 19:11, 16). 따라서 본 계명은 두 부분으로 이루어지는데, 첫째는, 악의와 사악한 비방으로 이웃의 명예를 훼손하는 것을 금지하고, 둘째, 거짓과 악담을 일삼아 이

---

80   『기독교강요』, 2권, 8장 47절.
81   『기독교강요』, 2권, 8장 47절.

옷의 재화를 빼앗는 행위를 금지합니다. 이러한 범죄는 사법적 증언으로도 나타날 수 있고, 사적인 대화를 통해 은연중 드러나는 증언에 관련된 것일 수도 있습니다. 법정에서 이루어지는 거짓 증언은 하나님의 이름으로 거짓 증언을 하는 것이기에 제3계명을 범하는 것과 관련이 있습니다. 제9계명은 긍정적이고 적극적으로는 우리의 혀가 진리를 선포하면서 우리 이웃 사람들의 명성과 복리 두 가지 모두를 섬기라는 명령이기도 합니다.

이 질병으로 심한 고생을 하지 않는 사람은 거의 없습니다. 우리에게는 다른 사람들의 악을 속속들이 파고들 때나 발고(發告)할 때 어떤 독성 있는 달콤함을 즐기는 부패한 본성이 있습니다. 또 우리는 이 계명과 관련하여 혀 못지않게 귀와 마음도 다스리시는 입법자에게 눈을 돌릴 필요가 있습니다. 우리의 마음과 귀는 타인에 대한 중상을 듣고자 애타하며, 오만불손하게 사악한 판단을 내리려는 성향을 가지고 있기 때문입니다. 우리의 혀도 지켜야 하지만, 듣는 귀도 지켜야 합니다.

⑪ 제10계명

"**네 이웃의 집을 탐내지 말지니라**"(출 20:17). 이 계명의 목적은 "**하나님께서 우리의 영혼 전체가 사랑의 정서에 사로잡히길 원하시기 때문에 우리는 우리 마음에서 사랑에 배치되는 정욕을 몰아내야 한다는데**"[82] 있습니다. 즉, 이 계명은 다른 사람에게 해를 끼치고자 하는 탐심을 갖도록 충동하는 어떤 생각도 틈타지 못하도록 명령합니다. 긍정적이고 적극적으로는 우리 마음에 품고 심사숙고 하고 뜻하고 도모하는 것이 이웃의 선과 편의에 연결되도록 하라는 명령입니다.

간음과 도둑질에 관한 계명이 있음에도, 제10계명에서 이와 관련된 내용이 별도로 베풀어진 것은, 의도와 정욕을 구별함으로써 답이 될 것

입니다. 의도는 마음을 음욕에 매고자 할 때 일어나는 의지의 고의적인 동의입니다. 그러나 정욕은 고의나 동의 없이 존재합니다. 이 계명은 주님의 사랑의 규범이 우리의 의지, 열의, 행위를 지도하도록 명령하셨습니다. 그러므로 제10계명의 강조하는 바는 행위를 넘어 더욱 근원적이고 내적인 정욕을 경계하라는 것입니다. 그러므로 이 계명은 정욕을 금하는 동시에 긍정적이고 적극적으로는 영혼의 모든 권능이 사랑에 사로잡혀야 한다고 가르칩니다.

(3) 율법 전체의 목적: 하나님에 대한 사랑과 이웃에 대한 사랑

율법 전체의 목적은 **"그것은 의의 완성에 이르도록 하나님의 순결을 모범으로 삼아 사람의 삶을 형성하는 데"**[83] 있습니다. 왜냐하면 **"하나님이 자기의 성품을 율법에 기술해 놓으셨으므로 그곳에 명령된 것을 무엇이든지 행위들로써 표상하는 자는 자기의 삶 가운데 이른바 하나님의 형상을 표현하게 될 것"**[84]입니다. 그런데 율법의 전체 목적은 사랑으로 귀결됩니다(신 10:12-13; 11:22, 30, 30:20; 신 6:5; 11:13; 레 19:18; 마 22:37, 39). 우리 영혼이 하나님에 대한 사랑으로 가득 찰 때, 율법의 목적이 이루어집니다. 그리고 하나님에 대한 사랑으로부터 이웃 사랑이 직접 흘러나옵니다. 이 사랑은 양심과 거짓 없는 신앙에서 나옵니다. 그러므로 양심과 믿음은 사랑의 머리가 됩니다. 양심과 믿음에서 나는 사랑이 있을 때, 참 경건이 존재합니다. 율법의 정신이 이러하기에, 율법의 계명들을 면밀히 살펴 찾아야 하는 것은 모든 경건과 사랑의 의무입니다.

칼뱅은 하나님에 대한 사랑과 이웃에 대한 사랑이 분리되지 않음을 가르칩니다. 율법과 선지자들은 믿음과 하나님에 대한 합법적인 예배에 속한 모든 것을 첫 자리에 두고 사랑을 그것들에 부속하는 자리에

---

83 『기독교강요』 2권, 8장 51절.
84 『기독교강요』 2권, 8장 51절.

세웁니다. 사랑에 우선순위가 있습니다. 하나님에 대한 사랑이 이웃 사랑에 대한 토대이며, 이웃 사랑은 하나님을 향한 사랑의 또 다른 표명이요 실현입니다. 이웃을 향한 사랑은 하나님에 대한 경건한 경외심을 증언하는 훈련입니다. 그렇다면, 누가 우리의 이웃일까요? 우리는 밀접한 관계가 있는 사람들에게만 사랑의 계명을 국한 시켜서는 안 됩니다. 물론 가까운 관계에 있는 사람일수록 더욱 친밀히 대하고 도와야 할 의무를 지게 됩니다. 인성의 법칙에 따르면, 혈연, 친분, 이웃이라는 고리로 더 밀접하게 연결될수록 더 많은 의무를 서로 분담해야 합니다. 이러한 관계는 하나님의 섭리 안에 있습니다. 그러나 우리는 전체 인류를 향한 예외 없는 사랑이라는 한 가지 정서로 서로 포용해야 합니다. 모든 사람들이 하나님 안에서 구별 없이 헤아려져야 합니다. 따라서 우리가 참된 사랑의 길을 가려면, 우리는 먼저 사람이 아니라 하나님을 바라보아야 합니다. 하나님을 바라보지 못하고 사람을 바라보면 미움을 더 많이 낳습니다. 하나님께서는 우리가 품은 하나님을 향한 사랑이 모든 사람에게 미치게 하라고 명령하십니다. 이렇게 하므로, 우리는 하나님을 사랑하기에 사람을 사랑해야 한다는 근본이 수립되게 됩니다.

칼뱅은 이런 인류를 향한 사랑에 원수 사랑이 포함됨을 가르칩니다. 원수사랑은 신약과 구약의 계명입니다. 그러나 중세 스콜라주의자들은 이를 권고(*concilia*/counsel)로 바꾸어 버렸습니다. 그러나 원수사랑은 모든 사람들이 따라야 할 계명입니다. 중세에는 이 계명을 권고로 바꾸어 수도승들만이 서약할 의무로 보고 자신들의 의(義)를 일반 신자들보다 높였습니다.

칼뱅은 도덕법에 대한 해설의 마지막 주제로 율법을 범하는 문제와 관련하여 스콜라주의자들의 **"대죄"**와 **"소죄"**의 구분을 다룹니다. 이들이 가진 **"소죄"** 개념은 논할 가치가 없습니다. 이들은, 소죄가 마음의 찬동 없이 욕망으로만 짓는 죄를 말한다고 합니다. 이들은 이 죄를 **"소죄"** 혹은 **"용서받을 수 있는 죄"**(*peccatum veniale*/venial sin)라고 가르칩니다.

따라서 이들은 고의성을 갖고 행한 죄만을 **"대죄**(peccatum mortale/mortal sin)**"**
로 여깁니다. 이들이 소죄의 개념을 갖게 된 이유는, 정욕을 죄로 보지
않고, 단지 하위에 속한 인간 성향으로 보는 인간론 때문입니다. 그러나
정욕은 그 자체가 죄입니다. 그런 의미에서 죄는 본질적으로 모두 동일
하며, 죄의 삯은 사망이란 말씀은 모든 죄에 적용됩니다(롬 6:22). 따라서
모든 죄가 죽을 죄이므로, 소죄와 구분된 대죄를 특정화하는 것은 오류
입니다. 죄는 모두 죄이고, 모두 죽음을 부릅니다. 율법은 하나님의 성품
을 반영한 것이며, 율법에 배치되는 것은 모두 죄입니다. 그리고 그것이
정욕에 이끌린 마음으로 지은 죄이건, 고의적인 동시에 행동으로 옮긴
죄이건 본질에 있어 모두 죄입니다. 용서 받을 수 있는 죄, 소죄 같은 것
은 없습니다. 용서받을 수 있는 이유는 용서 받을 수 있는 식으로 죄를
지었기 때문이 아니라, 곧 자신의 본성 때문이 아니라 오직 하나님의 은
총 때문입니다.

4 복음에서 분명히 알려지신 그리스도

(1) 예표와 예언의 성취요, 그림자의 실체로서 오신 그리스도
구약 시대에는 하나님께서 여러 제사와 속죄 의식을 통해 자기가
아버지심을 증거하며 자기의 선민을 따로 세우시기로 정하신 것은 허사
가 아니었습니다. 주께서 강림하신 후에 하나님의 형상의 완전한 광채
가 나타나지만, 확실히 구약 시대에도 사람들은 하나님의 같은 형상을
알고 있었습니다. 구약 백성들은 전체 율법을 통해 그리스도를 바라보
았지만, 말라기가 **"의로운 해가 떠오르리라"**고 예언했던 그리스도께서
강림하시며 신약 시대가 도래 했습니다(말 4:2; 벧전 1:10; 벧전 1:12; 요 5:46; 눅
10:23-24; 마 13:16-17; 요 8:56; 요 1:18; 히 1:1-2; 히 1:3; 고전 10:4; 고후 4:6; 고후 3:14-15). 구약 시
대나 신약 시대나 그리스도 안에서 구원을 받는 은혜 언약의 본질은 동

일합니다. 그러나 구약 백성들은 그리스도 안에 있는 계시와 구속의 은총을 조금 맛보았고, 신약의 백성들은 더욱 풍성하게 누립니다. 이것은 본질이 아닌 정도의 차이입니다. 그러므로 칼뱅은 신약과 구약에 있어 **"은혜의 분량**(gratiae mensura/the measure of grace)"의 차이를 말합니다. 그리스도의 강림 이전에 죽은 경건자들도 그리스도에게서 빛나는 지식과 광명에 참가했지만, 구약의 정황과 신약의 정황이 비교될 수 있습니다. 구약의 백성들은 율법 체계 안에서 희미한 윤곽 속에서 신비를 엿보았지만, 신약의 백성들은 복음 안에서 밝히 계시된 그리스도를 바라볼 수 있습니다.

복음(Evangelium/Gospel)은 그리스도의 비밀(Christi mysterium/the mystery of Christ)에 대한 확실한 선포입니다. 바울은 복음을 **"믿음의 교리**(doctrina fidei/the doctrine of faith)"라고 부릅니다(딤전 4:6). 구약 시대에 율법 도처에서도 죄 사함의 약속들이 주어져서, 하나님께서는 거저 주시는 용서로 부르신 자들과 화목하셨습니다. 이것은 복음의 일부분으로 불릴 수 있습니다. 바울은 믿음을, 구원을 행위에서 찾을 때 찾아오는 양심의 옥죔과 괴롭힘의 공포와 대조합니다. 따라서 넓은 의미로 복음은 하나님께서 옛 족장들에게 베풀어 주셨던 자비와 부성적 호의에 대한 증언들을 포함합니다. 그러나 그 탁월함의 정도의 차이로 인해 좁은 의미의 복음은 그리스도 안에서 제시된 은혜의 공표로 지칭될 수 있습니다. 이것이 복음의 일반적인 용례이며, 그리스도와 사도들의 권위에 의지합니다(마 4:17, 23; 9:35; 막 1:1; 딤후 1:10). 따라서 구약에서도 복음이 제시되지만, 그 탁월함과 성취됨의 의미에서 그리스도 안에 계시된 은혜를 일반적으로 **"복음"**이라 부릅니다. 이처럼 구약의 탁월성과 대조하여 신약의 복음을 일반화하여 지칭하는 바울의 의도는, 하나님의 아들께서 육신을 입으실 때까지 족장들이 죽음의 흑암 가운데 갇혀 있었다는 사실을 지적하고자 하는 것 아니라, 주께서 강림하실 때, 그리스도 안에서 계시되고 성취된 복음에 영예로운 특권이 있다는 사실을 강조하고자 한 것입니다.

율법 아래에서 알려진 약속과 복음 아래서의 약속은 그리스도 안에서 하나입니다. 단지 차이는 그 탁월성과 명확성의 정도에 있습니다. 율법이 모형 아래 예표한 것을 복음은 손가락으로 가리킵니다. 따라서 우리는 율법과 복음의 반대점을 과장해서는 안 됩니다. 칼뱅은 행위의 공로를 값없는 의(義)의 전가(*imputatio iustitiae*/the imputation of righteousness)와 대립시키는 것처럼, 율법을 복음과 대립시키는 자들의 오류를 논박합니다. 구원을 받기 위한 행위의 공로로 율법이 주어질 때, 오직 믿음으로 전가받는 그리스도의 의(義)와 반립이 유지되어야 합니다. 바울은 **"율법"**을 **"올바른 삶의 규범"**으로 사용할 때가 많습니다. 이 때 하나님께서는 이 규범으로 자신에게 적합한 것을 요구하시고, 모든 부분에서 완전한 복종에 이르지 못할 때, 정죄하시며 사망의 형벌로 다스리십니다. 따라서 율법이 이러한 행위의 의(義)로 제시될 때, 바울은 율법을 준수해서 보상에 이르는 사람이 없기 때문에, 값없이 은혜로 하나님을 기쁘시게 하며, 은총을 통해 의롭다 여김을 받는다고 강조합니다. 따라서 율법과 복음의 반립은 율법의 의(義)와 복음의 의(義)가 비교될 때 나타납니다(롬 3:21-22; 갈 3:10-12). 즉, 바울이 율법에 대해 부정적인 진술하는 정황은 율법에 대한 순종의 공로로 구원을 추구하느라, 오직 그리스도를 의지하지 않을 때입니다.

그러나 **"복음이 전체 율법을 계승한 것은 구원의 다른 질서를 부여하는 방식으로 이루어지지"**[85] 않았습니다. 오히려 복음은 율법이 약속한 모든 것이 유효함을 인준하고 증명하였으며, 그림자들에 실체를 결합시켰습니다. 따라서 바울은 복음이 **"모든 믿는 자에게 구원을 주시는 하나님의 능력"**(롬 1:16)이라고 선포한 후, 곧 이어서 이 복음이 **"율법과 선지자들에게 증거를 받은 것"**(롬 3:21; 롬 16:25-26 참조)이라고 덧붙입니다. 즉, 구약 선민들을 불러 신정국가를 이루시고, 그들에게 율법을 공표하신

85　『기독교강요』 2권, 9장 4절.

하나님의 의도는 오실 그리스도를 바라보게 하기 위함이었습니다. 앞에서도 언급했듯이, 옛 언약 백성들은 율법 체계 아래서 그리스도를 예표로서 바라보았고, 율법은 몽학선생이 되어 죄를 깨달은 백성들이 오직 유일한 피난처로 그리스도께 피하도록 가르쳤습니다. 신약의 복음은 이 예언과 예표가 성취되었고, 그림자에 대한 실체로서 그리스도께서 오셨음을 의미합니다. 그러므로 구약 백성들에게 주신 율법의 궁극적인 목적은 그리스도였기에, 신약 시대에 성취된 복음은 율법을 폐하지 않고 성취합니다. 율법이 가리키며 소망하고 기다리게 한 바를 복음은 성취하였습니다. 그러므로 율법이 자기 의(義)나 행위 의(義)를 의미할 때만 바울은 율법을 복음을 부정적으로 언급합니다. 그러나 옛 언약의 백성들에게 하나님께서 율법을 통해 의도하신 목적은 복음이 성취한 것 바로 그것이었습니다. 그러므로 복음은 **"모든 믿는 자에게 구원을 주시는 하나님의 능력"**이고, 복음은 율법과 율법의 해석자들이었던 선지자들에 의해 증거를 받았습니다. 칼뱅에게 있어서, **"온전한 율법에 관한 한, 복음은 오직 선포의 명확성에 있어서만 그것과 다를 뿐"**[86]입니다. 신약의 복음이 구약의 율법보다 탁월한 점은 **"그리스도 안에서 우리에게 제시된 측량할 수 없는 은혜의 풍성함"**[87]에 있습니다.

　세례 요한은 구약과 신약의 경계에서 사역했던 사람입니다. 세례 요한은 율법과 복음 사이에 서서 양쪽 모두에 관련된 중간적 직분을 수행했습니다(요 1:23, 29; 5:35; 마 11:11; 사 40:3; 말 4:5) 그러나 이러한 사실이 요한을 복음 선포자의 수에서 배제하는 이유가 되지는 않습니다. 왜냐하면 그는 이후에 사도들에게 계승된 것과 동일한 세례를 주었기 때문입니다(요 1:33). 그러나 요한이 시작한 것이 사도들에 의해 더욱 자유롭게 발전적으로 수행되고 완성에 이른 것은 그리스도께서 영광스럽게 승천하신 이후

86　『기독교강요』, 2권, 9장, 4절.
87　『기독교강요』, 2권, 9장, 4절.

였습니다.

(2) 구약과 신약의 통일성

앞에서 칼뱅이 논증했듯, 율법을 특징으로 하는 통치 아래 있던 구약과 그리스도의 오신 이후에 신약의 복음이 예표와 성취의 관계 아래서 동일한 본질을 가졌습니다. 즉, 신약과 구약은 본질에 있어 하나인 은혜언약으로 통일성을 가지며, 그 차이점에 있어서는 단지 부차적이고 시행적 차이를 가질 뿐입니다.

① 신구약 통일성이 갖는 성경해석학적이고 신학적 중요성

신구약의 통일성 문제는 이미 알려진 바와 같이 재세례파와의 유아세례 논쟁으로부터 개혁신학에 있어 중요한 주제가 되었습니다. 피터 릴백(Peter Lillback)은, 칼뱅이 신구약 통일성에 관한 재세례파의 입장에 대한 부정적 감정을 격렬한 욕설로 표현한 사실을 주목합니다.[88] 이처럼 신구약 통일성을 부정하는 재세례파에 대한 칼뱅의 강렬한 반응은, 첫째, 그가 신구약의 통일성 주제에 큰 비중을 두고 있다는 사실을 알려줍니다. 릴백은 그 이유를 설명합니다.

> 우리는 이제 유아세례를 거부하는 재세례파에 대한 칼뱅의 격렬한 공격의 동기를 이해
> 할 수 있다. 이러한 거부는 옛 언약이 물질적이고 육적인 언약과 할례가 비(非)영적인 상
> 징임을 요구하였다. 결과적으로 언약과 관련된 여러 중요한 교리들이 심각하게 상처를

---

88 Peter A. Lillback, *The Binding of God: Calvin's Role in the Development of Covent Theology*(Grand Rapids, Michigan: Baker Book House, 2001), 147. *Inst.* II. x. 1; IV. xvi. 10. 참조.

받았다.[89]

따라서 유아세례 문제는 단지 유아세례 부인 자체만으로 중대한 사안인 것이 아니라 그것의 부정으로부터 파생되는 문제들 때문에 중대한 사안이 됩니다. 둘째, 칼뱅의 격렬한 반응과 관련하여, 우리가 숙고할 사항은 첫째 사항과 관련된 것입니다. 칼뱅이 심히 근심한 재세례파의 문제가 **"옛 언약이 물질적이고 육적인 언약과 할례가 비(非)영적인 상징임을 요구하"**는 데 있었으며, **"결과적으로 언약과 관련된 여러 중요한 교리들이 심각하게 상처를"** 받는 데 있다면, 신구약 통일성 문제가 철저하게 언약신학에 관한 것임을 인식할 수 있습니다. **"그의 주석에서 칼뱅은 또한 언약을 구원 또는 영생과 연결하였습니다. 시편 67편 2절에서 그는 언약을 '구원의 근원과 원천'이라고 부릅니다. 스가랴 12장 1절에서 그는 '구원의 소망은 언약 위에 기초하고 있다'고 말합니다."**[90] 후크마도 이점을 통찰합니다. **"언약의 교리가 칼뱅의 가르침에 근본적인 세 번째 측면을 제안하고 싶어 해야 합니다. 은혜 언약은 그에게 구원의 역사에 대한 열쇠입니다."**[91] 유아세례 문제뿐만 아니라 유아세례 부정으로부터 파생될 모든 문제의 핵심에는 구원론과 연관된 언약의 주제가 놓여 있습니다. 유아세례 주제가 중대한 것은, 그것이 은혜 언약의 영적인 의미들을 담고 있기 때문입니다. 따라서 신구약의 통일성이 은혜 언약이라는 사실은 몹시 중요한 것입니다.[92] 그렇다면 유아세례와 관련된 신구약의 통일성의 부정에 대한 칼뱅의 염려는 구원론에 관련된 것으로 추론됩니다. 재세례파가 옛 언약에서 제거한 것들은, 구약과 신약의 구

---

89   Lillback, *The Binding of God*, 150.

90   Lillback, *The Binding of God*, 149.

91   Anthony A. Hoekema, "The Covenant of Grace in Calvin's Teaching," *Calvin Theological Journal* 2/2 (1967): 138.

92   Hoekema, "The Covenant of Grace in Calvin's Teaching," 136.

원론의 통일성을 훼손합니다. 언약사상은 구약과 신약의 구원 역사를 은혜 언약 안에서 함께 묶어냅니다.

> 하나님께서 그의 백성을 구원적으로 다루시는 방식으로 은혜 언약의 중요성에 대한 주장은 그가 성경을 단지 무시간적인 진리들로 보는 것을 막아주었다. 그리고 그가 역사적 사건들 안에서 성경의 메시지를 정박시키도록 도왔다. 칼뱅에게 있어 언약 사상은 구원 역사를 함께 묶어내는 실이다. 하나님께서는 비록 그것이 여러 역사적 구절을 관통한다할지라도, 근본적으로 하나인 은혜 언약의 수단에 의해 그의 백성을 구원하신다. 그러한 언약은 그리스도 안에 근거한다. 그러므로 그분은 역사의 중심이시다.[93]

칼뱅에게 있어 신구약 통일성 문제와 유아세례 논증은 구원론적 주제들과 무관할 수 없습니다. 특별히 신구약 통일성을 근거로 창세기 17장을 해석하고, 그로부터 은혜 언약의 조건성과 은혜의 유효성 개념을 끌어낸 불링거(Henry Bullinger)의 통찰은 칼뱅에게서도 동일합니다. 불링거가 은혜와 능력을 공급하심으로 택자를 구원하시는 *El Shaddai*(אֵל שַׁדַּי) 하나님의 자비를 전제로 그 앞에서 완전히 행하라는 은혜 언약의 조건성을 제시한 것처럼, 이 두 가지 성경 전체의 중심 주제가 신구약의 통일성 안에서 칼뱅에 의해 표명되고 있습니다. 신구약의 통일성 문제는 유아세례뿐만 아니라 그것이 함의하는 연관된 은혜 언약의 본질적 내용들과 연계됩니다. 신구약의 통일성 주제는 구원의 주체, 구원의 복들, 구원의 서정과 관련된 율법의 의미 등을 신약과 구약의 관계성 안에서 다루는 주제로서 중요성을 갖습니다. 신구약의 통일성이 정립되지 못했다면 불링거와 칼뱅의 창세기 17장에 대한 은혜 언약적 해석은 불가능하였을 것입니다.

93　Hoekema, "The Covenant of Grace in Calvin's Teaching," 139.

② 신구약의 통일성에 관한 칼뱅의 요지

칼뱅에게 있어 신구약의 통일성 혹은 은혜 언약에 있어 옛 언약과 새 언약의 관계는 본질에 있어 동일하나 시행에 있어 외적 차이만을 갖습니다. 신구약의 통일성에 대한 칼뱅의 해설은, 구약이 그리스도와 그분의 은총을 배제하지 않으며, 신약이 율법의 언약적 의미를 배제하지 않는 방식으로 전개됩니다. 칼뱅은 이렇게 진술합니다. **"실로 한 마디 말로 이 두 가지 모두가 설명된다. 모든 족장과 맺은 언약은 실체 그리고 그 자체에 있어서 우리와 맺은 언약과 아무 것도 다르지 않고 전적으로 하나이며 동일하다. 그렇지만 경륜에 있어서는 다르다."**[94]

③ 신구약의 통일성에 관한 내용들

가) 유대인들이 지향한 궁극적 목표는 육체적인 풍요로움이나 행복에 있지 않았고, 선택된 자들로서 불멸에 대한 소망을 가졌으며, 이 양자됨에 대한 믿음이 전해진 말씀들에 의해서, 율법에 의해서, 선지자들에 의해서 그들에게 확실하게 되었습니다. 릴백(Peter A. Lillback)은, **"칼뱅의 근본적인 제안은 하나님께서 항상 자신의 백성을 동일한 율법과 교리로 자신과 언약하셨다는 것이다"**[95]라고 주장합니다. 칼뱅에게 있어서 구약의 족장들과 맺어진 언약은 시대적 양식(mode of dispensation)에 있어 차이가 존재하지만, 본질과 실재(substance and reality)에 있어 언약적 차이를 갖지 않습니다. 즉, 옛 언약이나 새 언약이나 본질에 있어 동일하며 다만 시행에 있어 차이가 있다는 것입니다. 따라서 신약과 모세는 본질에 있어 다른 것이 아닙니다. 모세는 아브라함의 종족에게 약속된 축복을 지워 버리는 율법 제공자가 아니라 그는 오히려 거져 주어진 아브라함과의 언약을 계속적으로 기억하게 하며 언약을 갱신하도록 보내신 것입니

---

94 『기독교강요』 2권, 10장 1절.
95 Lillback, *The Binding of God*, 147.

다.[96] 칼뱅에게 아브라함의 언약과 모세의 언약 그리고 신약은 하나의 영원한 언약으로 이해됩니다. 나) 옛 언약 백성들과 주님의 화목의 언약은 그들의 공로에 의해서가 아니라 오직 그들을 부르신 하나님의 자비에 의해 지탱되었습니다. 다) 옛 언약 백성들은 그리스도를 중보자로 여겼고 또 그렇게 알았습니다. 그들은 그리스도를 통하여 하나님과 연합할 수 있었고, 하나님의 약속에 동참하는 자들이 되었습니다. 옛 언약의 성도들도 하나님이 거저 주시는 은총을 토대로 세워졌고 그리스도의 중보에 의해 확립되었습니다. 자기 의義와 무관하게 하나님의 은혜로 의롭게 되는 칭의의 은혜가 그리스도 안에 요약되기 때문에, 구약이 그리스도를 포함한다면 옛 언약 하에 성도들은 칭의의 은혜를 누린 것입니다. 즉 구약에 있어 그리스도에 의한 이신칭의(以信稱義)는 신약과 본질적으로 동일합니다. 라) **"성례들의 의미"**와 관련된 본질에 있어 동일합니다. 칼뱅에 따르면, 주님께서는 그들에게 우리와 같은 은혜를 베풀어 주셨을 뿐 아니라, 은총을 나타내실 때에 같은 상징들을 쓰셨습니다(고전 10:1-6, 11). 마) 조상들에게는 말씀이 있었습니다. 그러므로 그들도 또한 영생을 가졌습니다.[97] 족장들에게 언약과 언약적 축복은 본질적으로 영적인 것이었습니다. 하나님께서는 옛 언약에 속한 유대인들도 **"썩지 아니할 씨"**(벧전 1:23) 하나님의 말씀이라는 **"이 신성한 결속으로**(by this sacred bond)"** 묶으셨기 때문에 그들은 영생의 소망을 가질 수 있었습니다. 바) 구약에서도 하나님과 그 백성의 결합이 있음으로 영생이 보장됩니다. 릴백의 표현을 빌자면, 구약 성도가 소유했던 바로 그 **'언약의 공식**(foederis formula/formula of the covenant)'** 때문에, 이 성도들은 당연히 영생의 소유자이어야 한다고 칼뱅은 생각했습니다.[98] 칼뱅에게 하나님과의 언약적 결합은 하나님과의 결합을 의미합니다. 하나님과의 결합이 있는 곳에

---

96   *Inst.* II. xii. 1.
97   Lillback, *The Binding of God*, 148.
98   Lillback, *The Binding of God*, 149.

영원한 구원이 동반되는 것입니다. 즉, 하나님과의 연합 안에 생명은 확실하고 당연한 결과인 것입니다. '**언약의 공식**'은 "**나는 너희 하나님이 되고 너희는 나의 백성이 되리라**"(레 26:12)는 약속의 말씀과 영생의 상관성에 놓입니다.

결론적으로, "**구약의 조상들은 그리스도를 그들 언약의 보증으로 여겼다는 점과 그들이 그 자신에게 미래의 모든 복에 대한 확신**"[99] 두었습니다. "**구약 혹 옛 언약은 여호와 이스라엘 백성과 체결하신 것으로 땅의 것들에 한정되지 않았으며, 영적이고 영원한 삶에 대한 약속을 담고**"[100] 있었습니다.

우리는 칼뱅의 신구약의 통일성 논증 목록을 살피며 중요한 요소들을 발견하게 됩니다. 그리고 우리는, 신구약의 통일성 주제가 은혜 언약의 조건성과 은혜의 유효성이란 주제와 밀접한 상관성을 갖게 됨을 이해하게 됩니다. 왜냐하면 신구약의 통일성이란 주제 안에서 칼뱅은 언약과 구원, 언약과 율법(조건성)을 긴밀히 연결시켜 나가기 때문입니다. 칼뱅은 이 주제 안에서 구약에서도 복음을 그리고 신약에서도 율법의 연속성[101]을 말할 수 있는 해석적 틀을 제공합니다. 은혜 언약에 있어 조건성과 은혜의 유효성의 조화(창세기 17장)는 신구약의 통일성이란 해석적 틀(tool) 없이 불가능한 것입니다. 은혜언약 안에 조건성과 은혜의 유효성은, 은혜언약 안에서 오직 그리스도 안에 있는 은총으로 죄인이 구원받으며, 구원 받은 성도들은 용서 안에서 성령의 성화시키시는 은총을 통해 거룩한 삶의 요구를 받는다는 의미입니다. 도덕법으로서 율법은 여전히 그리스도인들의 생활의 이정표 역할을 합니다. 거듭난 성도들도

---

99 『기독교강요』, 2권, 10장 23절.

100 『기독교강요』, 2권, 10장 23절.

101 R. Scott Clark, "Letter and Spirit: Law and Gospel in Reformed Preaching," *Covenant, Justification, And Pastoral Ministry*, ed. R. Scott Clark (Phillipsburg, New Jersey: P&R Publishing, 2007), 340.

여죄로 인해 불완전하지만, 그리스도의 용서 안에서 율법의 완전을 목
표로 삼아 일생 성화 안에서 다가갑니다. 이 목표는 성도의 죽음과 세상
의 종말의 때 성도에게 나타날 영화(glorification)를 통해 도달될 것입니
다.[102]

(3) 구약과 신약의 차이점

칼뱅은 신구약의 통일성을 설명한 후, 이어 신구약의 차이점을 설
명합니다. 칼뱅에게 있어 신구약의 차이점은 신구약의 통일성과 동일한
수준으로 제시되지 않습니다. 즉 신구약의 차이점이 신구약의 통일성을
훼손하지 않는 방식으로 제시됩니다. 신구약의 통일성은 본질에 놓이지
만, 신구약의 차이점은 언약의 비본질적 요소 혹은 외적 요소에 관계된
것으로 제시됩니다.

> 칼뱅은, 두 언약 사이에 이러한 다섯 가지 수행의 차이점에 관하여 그가 옛 언약과 새
> 언약의 본질적인 통일성이 결코 감소되지 않았음을 보여주었다고 믿는다. 각각의 차
> 이점들은 두 언약의 우유성(偶有性)과 외적인 요소들을 다룬다. 두 언약 사이에 바
> 로 그러한 실재적인 차이점에도 불구하고, 칼뱅은 오직 하나의 영원한 하나님의 약속
> (testament) 혹은 언약(covenant)이 존재한다는 불링거와 의견과 일치한다.[103]

따라서 칼뱅의 신구약의 차이점에 관한 해설은 차이점보다는 통일
성에 더욱 비중을 두고 설명된다고 보아야 할 것입니다. 그리고 칼뱅의
신구약의 차이점에 대한 해설은, 칼뱅의 대적들이 그가 신구약의 차이
에 대해 무지하여 신구약의 통일성에 대한 사상을 전개했다는 비난과
공격을 예상하고 전개되었습니다. 이러한 칼뱅의 의도를 살필 때, 칼뱅

---

102 『기독교강요』 2권, 10장 23절.
103 Lillback, *The Binding of God*, 158.

의 신구약 차이점 해설은 그 차이점을 말하지 않음으로 발생할 통일성 해설에 대한 공격을 예상한 것이라 할 수 있습니다. 결론적으로 말하자면, 신구약의 관계에 있어 칼뱅에게 비중은 차이점보다는 통일성에 놓입니다.

그렇다면 이제 신구약의 차이점을 살펴보도록 합시다. 특별히 이 주제를 고찰 할 때, 율법과 복음의 관계가 신구약의 통일성과 차이점 안에서 어떻게 연관되어 설명되는지를 주시할 필요가 있습니다. 통일성과 차이점을 함께 갖는 율법의 문제가 어떻게 일관된 방식으로 해설되는지 살피는 것이 중요합니다.

가) 칼뱅은 신구약 안에 복의 양식에 대한 차이점을 지적합니다. 즉, 옛 언약 하에서는 하늘의 유산(*caelestis haereditas*/heavenly heritage)을 지상의 혜택들(*beneficia terrena*/earthly benefits) 아래서 보이셨습니다. 그러나 새 언약 하에서는 복음 안에 내세의 은총이 더욱 명백하고 분명하게 계시되며, 하나님의 조명으로 지상의 혜택들 없이 직접 명상하게 됩니다. 구약에서 현세의 혜택과 신체적 형벌은 모두 영적 행복과 종말론적 형벌을 상징하는 예표였습니다.

나) 두 번째 차이점은 복음과 율법의 차이에 속합니다. 복음과 율법의 차이는 네 번째 차이까지 포함됩니다. 두 번째 신구약의 차이점이면서 복음과 율법의 첫 번째 차이점은, 상징과 실재(實在) 혹은 실체(實體)에 관련된 것입니다. 칼뱅에 따르면 구약에는 실재(v(*eritas*/reality)가 없기 때문에 실재 및 실체에 대한 형상(*imago*/image)과 그림자(*umbra*/shadow)만 보입니다. 그러나 신약은 진상의 실체 그 자체를 현재 있는 것으로 계시합니다. 칼뱅은 이러한 차이점을 약속과 성취의 관계에서 조망합니다. 그러나 이러한 차이점이 신구약의 통일성을 훼손하지는 않습니다. 구약의 상징과 예표로서 그림자와 같은 율법들이 본질에 있어서는 동일한 언약

으로 불리 웁니다.[104]

다) 세 번째 차이는 복음과 율법의 두 번째 차이로 문자와 성령의 대조에 관한 것입니다. 칼뱅은 이 세 번째 논증을 통해 복음과 율법이 어떤 의미에서 대조되면서도 상호 연관성을 맺게 되는지를 설명합니다. 예레미야 31장 31-34절을 근거로 사도는 율법과 복음을 대조합니다. 율법은 문자적 교훈이고, 복음은 영적 교훈이며, 전자는 돌 판에 새겼고 후자는 사람의 마음에 새겼으며, 전자는 죽음을, 후자는 생명을 전파하며, 전자는 정죄를, 후자는 의(義)를 전파하며, 전자는 무효하게 될 것이요 후자는 길이 있을 것으로 대조됩니다(고후 3:6-11).

> 율법은 '문자'이다. 왜냐하면 그 자체로 그것은 오직 죄악 된 인간에게 무엇을 행할지를 말할 수 있을 뿐이기 때문이다. 그러므로 그것은 그들의 죄를 지적하기는 하지만 그들로 그들의 악을 이겨낼 수 있도록 하지는 못하기 때문이다. 그러나 복음은 인간들로 거룩하게 되고 율법이 요구한 것을 행하기 시작하도록 할 수 있으신 성령을 가진다. 그러므로 그들의 모든 죄가 용서되고 그리스도의 구속적 행위에 의해 용서된다.[105]

그러나 율법의 문자적 측면과 율법의 영적 측면 사이의 차이는 옛 언약과 새 언약에 있어 율법의 연속성을 제거하지 않습니다. 율법이 영적 교훈이 될 수 있느냐는 그리스도와 성령이 함께 하시는가 그렇지 않은가의 여부에 달려 있기 때문입니다. 따라서 칼뱅은 율법을 두 가지로 구분합니다.

> 예컨대 율법이 처처에 포함하고 있는 자비에 대한 약속들은 다른 데서 받아들인 것들이기 때문에 [광의의 율법] 율법의 순수한 본성에 관해서만 말할 때에는 [협의의 율법]

104   Lillback, *The Binding of God*, 153.
105   Lillback, *The Binding of God*, 154.

율법에 속한 현안으로 헤아려지지 않는다. 그들이 율법에 대하여 인정하는 것은 오직, 올바른 것을 명령하고 불법을 금하며, 의를 숭상하는 자들에게는 상급을 공포하고 범법하는 자들에게는 형벌로 위협하는, 그러나 동시에 모든 사람에 본성상 내재해 있는 마음의 사악함은 변화시미거나 교정시키지 않는 기능뿐이다.[106]

칼뱅은 율법을 논할 때, 율법의 본성만을 이야기 하면 율법은 명령하고 악한 일을 금지하며, 의(義)에 대해 보상을 약속하고 범죄자에게 처벌로 위협하지만, 부패한 본성을 고치지 못합니다. 이러한 좁은 의미의 율법은 언약과 관련하여 율법 언약으로 불리며, **"공로적 선행의 바울적 의미로 모세 시대를 묘사하기 위해 사용"**[107]됩니다 이것이 옛 언약의 율법의 문자적 교훈이라 할 수 있습니다. 칼뱅은 이처럼 은혜가 배제된 채 율법의 본성으로 요구하는 율법을 **"좁은 의미의 혹은 협의의 의미의 율법"**이라 부릅니다. 그러나 새 언약의 관점에서 율법은 그리스도와 성령과 결합됩니다. 칼뱅은 이것을 **"넓은 의미의 율법 혹은 광의의 의미의 율법"**이라 부릅니다. 이것은 **"하나님의 은혜로운 힘주심과 메시아의 용서하심과 메시아의 죄 사함이 동반되는 잘 살기 위한 규칙"**[108]으로 묘사될 수 있습니다. 따라서 좁은 의미에서 율법과 복음은 철저히 대조되지만, 넓은 의미에서 율법과 복음은 조화됩니다. 이러한 율법은 새 언약에 기여하는 방식으로 기능합니다. **"그 이유는 성령이 그리스도의 용서와 함께 율법에 첨가되었기 때문"**[109]입니다. 따라서 좁은 의미는 율법의

---

106 『기독교강요』, 2권, 11장 7절.
107 Lillback, *The Binding of God*, 158. 구약에서 율법이 그 본성대로 강력하게 시행되는 면이 있지만, 위협에 대한 모세 언약에서 율법의 위협은 예표적 역할에 국한되었다. 곧, 순종할 때, 지상적이고 육체적인 복을 통해 천상의 복을, 불순종 할 때, 지상적이고 육체적인 저주를 통해 영원한 저주를 가르쳤다. 그리고 몽학선생적 역할로서는 죄인들을 율법으로 절망시키므로, 그리스도를 바라보게 하였다.
108 Lillback, *The Binding of God*, 158.
109 Lillback, *The Binding of God*, 158.

본성만을 의미하는 것이며 넓은 의미는 동일한 율법에 은혜와 자비가 더하여 진 것입니다. 은혜 언약 안에 견고히 서지 않는다면, 율법은 좁은 의미로 적용되어 죄인을 속박하고 위협할 뿐입니다. 성경에서 바울이 반대한 율법은 좁은 의미의 율법의 오용에 관한 것입니다. 곧, 그리스도의 용서와 성령의 성화시키시는 은총을 배제한 채, 인간의 부패한 본성 자체로 율법을 지켜 공로와 의(義)를 세워 구원받으려는 시도로서 율법주의를 바울은 비판한 것입니다.

　　이것이 예레미야 31장 31-34절의 예언에 나타난 영적 교훈입니다. 칼뱅은 이런 식으로 옛 언약과 새 언약의 차이점을 제시하면서도 그 통일성을 지켜 나갑니다. 구약과 신약 모두에서 율법과 은혜가 배제되지 않습니다. 구약과 신약 모두에 있어 영적 교훈은 존재하였습니다. 그러나 신약과 구약의 가장 큰 대조는 영적 교훈의 유무(有無)에 관한 것이 아니라 상대적인 정도(degree)에 관한 것입니다. 구약에는 영적 교훈을 받은 자가 많지 않고 신약은 비교적 많습니다. 그러나 옛 언약과 새 언약 하에서 율법과 관련하여 그리스도와 성령의 역사는 늘 존재했습니다. 따라서 구약의 율법에도 자비의 목록이 첨부되었던 것입니다. 따라서 바울이 고린도 후서 3장에서 율법을 부정적으로 표현한 것은 그들의 율법주의적 성향을 교정하고자 성령과 그리스도가 배제된 율법의 본성을 드러내는 데 초점이 맞추어져있습니다. 또한 문자와 영의 대조는 실체가 이르면 상징으로서 폐기되고 말 의식법적 측면에서 대조되기도 합니다. 율법은 그리스도를 포함할 수 있고 성령과 그리스도를 전제할 때 복음과 반립적이지 않습니다.

　　라) 네 번째 신구약의 차이점은 속박(bondage)과 자유(freedom)의 대조로 나타납니다. 이것은 복음과 율법의 세 번째 차이점이기도 합니다. 구약은 사람의 마음에 공포심을 일으키기 때문에 성경은 구약을 "**속박의 언약**(*testamentum servitutis*/the testament of bondage)"이라고 부릅니다. 그러나 신약은 신뢰와 확신을 고양시키기 때문에, "**자유의 언약**(*testamentum libertatis*/the testament of freedom)"이라 부릅니다. 칼뱅에게 있어 **"구약은 양심에 공포심과 전율을 불어넣지만, 신약의 은혜로 양심은 해방과 기쁨을 얻습니다."**[110] 그러나 칼뱅에 따르면 **"구약의 거룩한 족장들은 율법에 의해 노예와 같은 압박을 받고 양심의 불안으로 지친것을 느꼈을 때 복음에 피해 피난처를 구했습니다."** 그렇다면 옛 언약과 새 언약은 무엇이 다른 것일까요? 칼뱅에게 있어 양 언약의 차이점은, 신구약에 모두 복음의 피난처가 존재했지만, 구약 백성들은 의식 준수의 속박을 받으며 짐을 지고 있었다는 것입니다. 이러한 의식법 준수의 부담과 속박으로부터의 자유는 **"신약의 특별한 결실"**이었습니다.

마) 다섯째 차이점은 옛 언약 하에 한 민족에게 국한되었던 것이 새 언약 하에서 모든 민족에게 확장되었다는 데 있습니다(행 14:16). 물론 구약에서도 이방인의 부르심이 있었지만, 그들은 매우 극소수였습니다. 따라서 정도에 있어 큰 탁월함이 신약에 나타났습니다.

5 그리스도의 인격

(1) 중보자 그리스도의 성육신의 필요성과 목적

① 성육신의 필요성
우리의 중보자께서 참 하나님이시면서 동시에 참 인간이셨음은 매우 중요한 일이었습니다. 칼뱅은, 예수님의 성육신에 관한 필연성에 대한 질문에 대하여, 그리스도의 성육신이 인류의 구원이 놓여 있는 하늘

---

110 구약이 율법 순종의 공로로 구원을 받거나, 구약 성도들의 불완전함이 구원의 탈락을 가져오거나 지옥 형벌로 이어진다는 의미가 아니라, 좁은 의미의 율법, 곧 율법이 본성대로 엄중하고 강력하게 요구하여 지상적이고 육체적 죽음으로 영원한 형벌을 예표 했던 바와 강력한 율법 시행으로 몽학선생 역할을 한 것을 가리킨다.

의 작정으로부터 흘러나왔다고 가르칩니다. 삼위일체 하나님께서는 창세전에 그리스도를 구속자요 중보자로 세우시고, 대속의 방식을 협의하셨습니다. 구원의 방법을 영원 전에 정하신 것을 구속 언약(the covenant of redemption)이라 부르며, 구원할 자들을 영원 전에 택하신 것을 예정이라 합니다. 구속 언약은 은혜 언약의 기초입니다.[111] 하나님의 지혜는 완전하고 무한한 그분의 지성에서 나옵니다. 하나님의 지혜란 가장 선한 목적을 아시는 지성으로 가장 선하고 효과적인 수단을 또한 아시고 시행하시는 지성을 의미합니다. 하나님께서는 택한 자들의 구원을 통해 영광을 받으시려는 영원한 목적을 가지셨고, 그 수단으로서 그리스도의 십자가 대속이라는 수단을 정하셨습니다. 그러므로 십자가(σταυρός/cross) 구속을 하나님의 지혜(ὁ σοφία τοῦ θεοῦ/the wisdom of God)라고 부릅니다(고전 1:21-25). 구원의 대상과 구원의 방법이 영원 전 삼위일체 안에서 협의되고 예정되었습니다. 따라서 하나님께서는 당신의 속성에 부합한 가장 지혜로우신 방식으로 우리의 구속을 위한 최선의 것을 수립하셨습니다.

그리스도의 중보의 필요성은 우리의 타락과 부패에 있습니다. 우리의 불의(不義)가 우리와 하나님 사이를 구름처럼 가로막았고, 우리를 하늘나라로부터 완전히 멀어지게 했으니(사 59:2), 하나님께 속한 사람이 아니라면 아무도 화해(reconciliation)를 가져올 중재자가 될 수 없었습니다. 과연 누가 하나님 앞에 나갈 수 있겠습니까? 아담 안에서 그런 사람은 존재하지 않습니다. 아담 안에 모든 인류가 하나님의 정죄와 저주 아래 공포에 질려 그의 낯을 피합니다. 천사들도 머리가 필요한 존재였습니다. 그들도 머리에 결속되어야만 하나님께 견고하고 흩어짐 없이 붙어 있을 수 있습니다(엡 1:22; 골 2:10). 우리는 지극히 낮은 자들이요 범죄한 자들로서 하나님께 올라갈 힘이 없습니다. 따라서 하나님께서 우리에게 내려오시지 않으셨다면 우리에게는 절망밖에는 없었을 것입니다. 계시

---

111   Louis Berkhof, 333-4.

도 자비도 하나님께서 찾아와 베풀어주셔야 받을 수 있습니다. 왜냐하면 우리의 손은 하늘에 닿지 않을 만큼 낮고 천하고 부정하기 때문입니다. 우리의 살 길은 하나님께서 우리에게 내려와 찾아주시는 곳에 있습니다.

따라서 하나님의 아들이 우리를 위하여 **"임마누엘"** 즉, **"우리와 함께 계시는 하나님"**(사 7:14; 마 1:23)이 되셔야 했습니다. 이 법칙에 따라서 그의 신성과 사람들의 본성이 상호적인 결합 가운데 서로 견고해졌습니다. 그리스도께서 성육신하시므로, 하나님과 우리 사이에 긴밀함이 충분할 만큼 가까워졌고, 친화성이 충분할 만큼 견고해졌습니다. 우리의 불결과 하나님의 완전한 순결 사이에는 심대한 간격과 부조화가 있습니다. 사람이 본래대로 아무 오점이 없더라도, 인간이 중보 없이 하나님 앞에 나아갈 만큼 고상하지 못합니다.

인간은 치명적 타락으로 죽음과 지옥에 떨어졌고, 무수한 오점과 부패로 더럽혀져있고, 모든 저주로 짓눌려 있습니다. 바울이 그리스도를 중보자로 다루면서 그분이 사람이심을 분명히 상기시킨데 이유가 있습니다. **"하나님과 사람 사이에 중보자도 한 분이시니 곧 사람이신 그리스도 예수라"**(딤전 2:5). 성령께서는 바울의 입을 통해 하나님의 아들을 우리로부터 나온 한 분으로 친근하게 세우시려하셨습니다. 그래서 성령께서는 바울의 입술로 그리스도를 **"사람"**이라고 부르게 하신 것입니다. 그리스도께서 단지 하나님으로 계시다면, 우리는 그에게 다가갈 수 없고, 그리스도께서 단지 사람이셨다면, 그에게 나아가 아무 것도 얻을 수 없었을 것입니다. 그리스도께서는 하나님이신 동시에 사람이 되시어, 우리와 함께 하실 수 있는 하나님이 되셨습니다. 그러므로 우리가 육체 가운데 계시는 그에게 다가갈 수 있고 그를 만질 수 있게 되었습니다. 우리는 인간으로 낮은 곳에 찾아오신 하나님의 아들을 통해 하나님을 붙들고 바라볼 수 있게 된 것입니다. **"우리에게 있는 대제사장은 우리의 연약함을 동정하지 못하실 이가 아니요 모든 일에 우리와 똑같이 시험**

을 받으신 이로되 죄는 없으시니라"(히 4:15). 하나님께서 그리스도의 중보를 통해 우리 가까이 다가 오셨습니다. 하나님과 인간 사이에 하나님이면서 동시에 인간이신 그리스도의 중보만이 하나님과 죄인 사이에 하나님과 그분의 뜻과 자비를 계시하시고, 구속적 중재를 하실 수 있습니다.

중보자의 직무는 사람의 아들로부터 하나님의 아들을, 그리고 게헨나(지옥)의 상속자들로부터 천국의 상속자들을 만드는 것이었습니다. **"하나님의 아들 자신이 사람의 아들이 되셔서 우리의 것을 취하심으로 자기의 것을 우리에게 옮기시고 본성상 자기에 속한 것을 은혜로 우리의 것으로 삼아"**[112]주셨습니다. 오직 우리는 이러한 보증에 의지해서 우리가 하나님께 자녀로 입양되었음을 확신하게 됩니다. 그리스도께서는 자신에게 고유한 것을 우리에게 베풀기 위해 우리의 본성을 취하셔서 우리와 같아지려 하신 것입니다. 하나님께서 우리의 손에 닿을만한 곳으로 찾아오셔서, 우리와 같이 되어 우리 가운데 거하시어 우리에게 자신의 선한 것으로 베풀어주시기를 원하셨습니다. 이러한 이유로 중보자는 참 하나님이시면서 참 인간이셔야 했습니다. 하나님의 아들께서 인간이 되시어 우리 가운데 오시므로, 죽음과 죄와 마귀를 무너뜨리셨습니다. 참 인간이신 그분 안에 신성이 함께 하시기에 가능한 일이었습니다. 그분의 성육신은 세상과 우리 가운데 생명과 의(義)와 하늘의 권능과 권세를 가져오셨습니다. 가장 자비로우신 하나님께서 우리의 구원을 원하셔서 독생자의 인격 안에서 자기 자신을 우리의 구속주로 삼으셨습니다(롬 5:8).

② **구속을 위해 참 하나님이시면서 동시에 죄 없으신 참 사람이 되신 그리스도**

하나님과 우리의 화목을 위해 고려해야 할 사항은, 불순종으로 타

락한 사람은 순종으로 묘약을 삼아 불순종을 순종으로 맞서야 하며, 하나님의 판결을 이행하며, 죄에 따르는 형벌을 치러야 합니다. 그러므로 이 모든 화목의 요건들을 감당하지 못하는 우리를 대신하여 주님께서 인간이 되셔서 찾아오셨습니다. 우리 주님께서는 아담의 자리에서 하나님께 복종하기 위해 참 사람으로 나타나셨고, 아담의 인격을 입으셨고, 그의 이름을 취하셨습니다.[113] **"이는 우리의 육체를 하나님의 의로운 심판을 위한 무름의 값으로 제시하시면서, 우리가 마땅히 받아야 할 죄값을 우리와 동일한 육체 가운데서 지불하시고자 함"**[114]이었습니다. 이와 같은 대리형벌만족적 속죄를 위해, 단지 하나님으로서는 죽음을 겪으실 수 없으시며, 단지 사람으로서는 홀로 그것을 감당할 수 없습니다. 그러므로 우리를 구속하실 수 있는 중보자는 **"인간의 본성에 하나님의 본성을 연합하셔서"**[115] 인성의 연약함으로는 죽어 죄를 속하실 수 있으셨고, 신성의 능력으로는 우리를 위해 죽음을 이기실 수 있으셨습니다. 우리 주님께서는 율법과 선지자들을 통해 약속되셨던 분으로, 아브라함과 다윗의 계보 안에 계시며, 숱한 예언 가운데 찬미되었던 기름부음 받은 자, 곧 그리스도이십니다.

그리스도께서 우리와 공통된 본성을 취하심이 우리가 하나님의 아들과 하나 되는 연합체의 보증이 됩니다. 우리의 육체를 입으신 그리스도께서 죄와 죽음을 함께 굴복시키심으로써 승리와 개선(凱旋)을 우리의 것으로 삼으셨습니다. 그리스도께서 우리로부터 취하신 육체를 희생제물로 드리심으로 속죄가 이루어져 우리의 죄과가 도말되고 아버지의 공의로우신 분노가 잦아들게 되었습니다. 이것이 참 하나님이신 하나님의

---

113 『기독교강요』 2권, 12장 3절. 우리가 은혜언약 안에서 누리는 은혜와 약속들은 그리스도의 입장에서는 행위언약의 채무를 담당하고 만족시키는 것이었다. 그리스도께서는 율법의 완전하고 엄중한 요구를 완전한 순종으로 만족시켰고, 죄인들의 죄책을 전가 받아 우리가 받을 형벌을 받아내시므로, 그분의 공로와 의(義)로 화목을 이루셨다.

114 『기독교강요』 2권, 12장 3절.

115 *"humanam naturam cum divina sociavit."*("he coupled human nature with divine.")

아들께서 죄 없으신 참 사람이 되신 이유입니다.

칼뱅은 그리스도께서 사람이 타락하지 않았더라도 성육신하셨을 것이라는 오지안더(Osiander)의 주장을 궤변으로 여깁니다. 오지안더는 사람이 장차 오실 그리스도를 모범으로 삼아 빚어졌으므로 하나님의 형상으로 창조되었으며, 아버지가 육체로 옷 입히실 것을 미리 작정하신 그리스도께 맞추어 사람이 지음을 받았다고 궤변을 늘어놓습니다. 그러므로 타락이 없었어도 그리스도께서는 사람이 되셨을 것이라고 주장합니다. 물론 칼뱅은 타락하지 않은 원래 상태에서 그리스도께서 천사와 사람의 머리로서 그들 위에 위치하셨다는 것을 인정합니다(골 1:15). 그러나 모든 성경이 그는 우리의 구속자가 되려고 육신을 입으셨다고 선포하므로, 다른 이유나 다른 목적을 상상하는 것을 칼뱅은 반대합니다. 그리스도께서 약속된 이유는, 타락한 세계를 재건하며 멸망한 인류를 구원하시려는 것이었습니다. 율법 하에서는 희생 제물로 그리스도를 예표하는 방식으로 죄가 대속되고 하나님과의 화해의 소망을 주었습니다. 모세 시대에 있어서 심지어 율법이 아직 공표되지 않은 때에도 어느 시대에나 피 없이 중보가 약속된 일이 없었습니다. 그리스도께서는 인류의 불결을 정결케 하시기 위해서 하나님의 영원한 계획에 의해 임명되셨다고 추론할 수 있습니다. 피를 흘리는 것은 속죄의 표지이기 때문입니다(히 9:22). 예언자들은 그리스도를 하나님과 사람을 화해시키는 분으로 약속했습니다(사 53:4-6; 히 9:11-12). 또 그리스도께서 친히 자신이 오신 목적을 알려 주셨습니다. 그것은 하나님의 진노를 진정시킴으로써 우리를 모아 죽음에서 생명으로 옮기려는 목적이었습니다(요 1:9-11, 14; 3:16; 5:25; 11:25; 마 18:11; 9:12). 사도들도 이구동성으로 이를 증거합니다. 그리스도께서는 하나님과 사람을 화해시키기 위해 대제사장으로 오셨습니다(히 5:1; 고후 5:19; 히 5:1; 고후 5:19; 롬 8:3-4; 딛 2:11; 눅 24:46-47; 요 10:17, 15, 18; 요 3:14; 요 12:27-28, 23; 눅 1:79; 골 2:3; 고전 2:2).

따라서 모든 성경은 저주받은 사람들을 구속하신 그리스도를 증언하고 있습니다. 그 어떤 말씀도 창조 시 원래의 순전함을 유지한 사람을 위해 하나님의 아들이 육신을 입으셨다고 가르치지 않습니다. **"성령께서는 구속과 성육신 이 두 가지가 하나님의 영원한 작정에 의해 함께 연결되어 있다고 선포"**116하십니다(엡 1:4-5; 엡 1:6; 엡 1:7; 엡 3:14-17; 엡 3:18-19; 딤전 1:15; 딤후 1:9). 따라서 구속의 방식에 대한 삼위일체의 협의인 구속 언약과 구원하실 대상자를 선택하신 예정은 죄와 타락을 전제합니다.

(2) 그리스도의 양성 교리: 한 위격 안에 두 본성의 연합

① 그리스도께서 취하신 인성은 죄 없는 연약한 인성

칼뱅은 육체를 입으신 그리스도께서 어떻게 중보자의 역할을 완수하셨는지를 다룹니다. 중보자의 인성(*humanae natura*/human nature)에 관한 성경적 교의를 거부하는 자들이 있어왔습니다. 교회사 속에서 마니주의자들(Manichees)과 마르키온주의자들(Marcionites)이 그러했습니다. 그들은 그리스도께서 우리와 같은 육체가 아닌 천상의 육체(*caelesti carno*/celestial flesh)를 가졌다고 가르쳤습니다. 성경은 이러한 입장에 대하여 분명히 반대합니다. 은총은 하늘의 씨나 사람의 정령(精靈)에게가 아니라 아브라함과 야곱의 씨에 약속되었고(창 12:3; 17:2; 18:18; 22:18; 26:4), 영원한 보좌는 다윗의 아들과 그 몸의 소생에게 약속되었습니다(시 45:6; 132:11; 눅 1:42). 그러므로 그리스도께서는 **"아브라함과 다윗의 자손"**(마 1:1)로 불러지십니다. 그분께서는 **"육신으로는 다윗의 씨로부터 나셨"**습니다(롬 1:3). 예수님께서는 죄가 없으셨으나, 우리의 죄책과 질고를 짊어지시기 위해 연약함을 지닌 실제의 인성을 취하셨습니다. 그리스도께서는 굶주림, 목마름, 추위 그리고 우리 본성에 속한 모든 연약함을 지니셨습니다(히 4:15). 그러므로 아버지께서 그리스도께 주신 인성은 우리에게 속한 것과 동일함이 분명합

니다. 그리스도께서는 우리와 같은 육체와 연약함을 가지셨기에, 성령
의 충만을 받으셨다는 표현이 가능할 수 있었습니다(요 1:16; 3:34). 신성으
로 본다면, 그리스도께서는 자신 안에 더 채울 것이 존재하지 않기 때문
입니다. 연약한 인성으로 보면 성령의 조력이 인간이신 그리스도께는 필
요했습니다.

칼뱅은 동정녀 마리아를 통한 잉태에 대한 의미도 언급합니다. 어
떤 이들은 그리스도께서 아무 것도 없는 데서 그의 몸을 취하셨다고 주
장하거나 여자들에게는 씨가 없다고 주장하므로, 그리스도의 인성의 실
재를 부정하려 합니다. 이렇게 주장하므로, 그리스도께서 아브라함과
다윗의 씨로 오셨다는 의미를 부정하려 합니다. 그러나 정치적 계통으
로 말하자면 가계(家系)는 남자의 성적 우위에 의해 남자의 씨로부터 판
단되지만, 여자의 씨가 출생에 협력하는 것을 부정할 수 없습니다. 이러
한 해법은 모든 계보에도 적용됩니다. 그리스도께서는 모태에서 그 어
머니의 피(*matris sanguis*/mother's blood)와 함께 자라셨습니다. 마태의 말씀을
통해 라합(Rahab)으로부터 난 보아스(Boaz)의 경우처럼(마 1:5) 그리스도께서
마리아(Mary)로부터 나셨기 때문에 그가 마리아의 씨로부터 출생했다고
결론지을 수 있습니다. 마리아를 **"통하여"** 다윗의 씨**"로부터"** 그리스도
가 나신 놀라운 출생 방식은 통상적 출생의 방식과 구별됩니다.

그리스도께서 모든 죄로부터 깨끗하신 분으로 나신 것은, **"그분께
서 남자와 동침이 없는 어머니로부터 나셨기 때문이 아니라, 성령에 의
해서 거룩하게 되셔서 그 나심이 타락 전의 아담이 순종하였다면 얻게
될 순수함과 순전함을 지니고 있었기 때문"**[117]입니다.

---

117 『기독교강요』 2권, 13장 4절.

② 그리스도의 두 본성의 위격 내 연합

(ㄱ) 한 위격 내 양성의 속성 교통

칼뱅은 한 위격 내 두 본성(in one person, two natures)의 연합을 다룹니다. **"말씀이(λόγος) 육신이 되어"**(요 1:14)라는 말씀을 해석할 때, 말씀이 육신으로 변했다거나 말씀이 육신과 혼합되어 분간할 수 없게 되었다는 의미가 아닙니다. 이 말씀의 의미는, **"하나님의 아들이신 말씀이 처녀의 자궁을 자기가 거주할 성전으로 정하셨기 때문에 실체의 혼합에 의해서가 아니라 하나인 인격 가운데서 사람의 아들이 되셨다"**[118]는 뜻입니다. 그리스도의 신성(divinitas/divinity)이 그의 인성(humanitas/humanity)에 결합되고 연합될 때, 두 본성(utri naturae/two natures)의 순수한 특성(solidus proprietas/entire property)을 유지하면서 두 본성으로부터 한 그리스도(unus Christus/one Christ)께서 세워지십니다. 즉, 그리스도께서는 한 위격 내에 두 본성을 가지고 계십니다. 인격이 하나이시기에 그리스도께서는 신성과 인성을 가지신 한 분이십니다. 섞이지 않는 고유한 특성을 가진 영혼과 육체라는 두 실체로 인간이 이루어져있지만, 인간의 인격이 하나이기에, 한 사람이지 두 사람이 아닌 것처럼, 그리스도께서도 신성과 인성이라는 두 본성을 가지셨지만, 이 두 본성이 그리스도의 한 인격 내에 연합되었기 때문에, 그리스도께서도 한 분이십니다. 그리스도의 인격이 하나이시며, 두 본성이 한 인격 내에 연합되었기에, 그리스도께서 한 분이시라는 관점에서 성경은 오직 인성에만 관련시킬 것을 신성에 돌리기도 하고, 오직 신성에만 돌릴 것을 인성에 돌리기도 합니다. 또 양성에 모두 포함되나 따로 각각의 본성에 충분히 적합하지 않은 것들을 모두 그리스도께 돌리기도 합니다. **"성경은 그리스도 안에 있는 두 본성의 결합을 아주 세밀하**

---

118 『기독교강요』, 2권, 14장 1절.

게 묘사하여 수시로 그것들을 서로 교통시키기도"[119] 합니다. 고대 저술가들은 이를 비유로 들어 **"속성의 교통"**(*communicatio idiomatum*/ἰδιομάτων κοινωνία/the communication of properties)이라고 불렀습니다.

(ㄴ) 그리스도의 신성과 인성의 관계

그리스도께서는 **"아브라함이 나기 전부터 내가 있느니라"**(요 8:58)라고 말씀하신 것은 그분의 인성과 아주 다른 것입니다. 그리스도께서 자신이 육신으로 드러나신 날과 자기의 영원한 본질을 분명히 구별하시고, 자기의 권위가 아브라함의 권위보다 시대적으로 앞선다고 명백히 높이시므로, 그리스도 자신의 신성에 고유한 것이 자신에게 속함을 주장하십니다. 또 바울도 그분의 선재를 선포하며(골 1:15, 17), 그리스도께서 창세전에 이미 아버지 앞에서 영화로우셨고(요 17:5), 아버지와 하나가 되어 일하신다(요 5:17)고 가르칩니다. 이러한 속성은 오직 그리스도의 신성에만 돌려집니다.

그리스도께서는 **"아버지의 종"**(사 42:1)이라고 불리시며, **"그 지혜와 그 키가 자라가며 하나님과 사람에게 더 사랑스러워 가시더라"**(눅 2:52)고 일컬어지십니다. 또 그리스도께서는 자기의 영광을 구하지 아니하시고(요 8:50), 마지막 날을 모르시며(막 13:32; 마 24:36), 스스로 말씀하지 아니하시며(요 14:10), 자기의 뜻을 행하지 않으신다(요 6:38)고 말씀하셨습니다. 이 모든 것은 오직 그리스도의 인성에만 속합니다.

이처럼 그리스도의 신성과 인성이 각각의 고유한 특성이 혼합되거나 혼동되지 않게 각각 신성과 인성에 고유한 것으로 존재하지만, 그리스도께서는 위에서 언급한 인성들을 따로 자기의 인성에 돌리지 않고, 중보자의 인격에 부합한다고 여겨 자기 자신의 인격 내에서 받아들이십니다. 따라서 인성이 인성의 고유한 특성을 유지한다할지라도, 그것이

---

119 『기독교강요』 2권, 14장 1절.

그리스도의 한 위격 내에 연합되었기에, 인성을 그리스도 자신께 돌리는 것입니다. 왜냐하면 제 2위격 하나님의 아들의 인격이 자신 안에 인성을 취하셨기 때문입니다.

속성의 교통 혹은 특성의 교통은 **"하나님이 자기 피로 자신의 교회를 사셨다"**(행 20:28)라는 말씀과 **"영광의 주가 십자가에 못 박히셨다"**(고전 2:8)라는 말씀, **"생명의 말씀을 만진 바라"**(요일 1:1)에서도 잘 나타납니다. 하나님께서는 피가 없으시고, 고통을 겪을 수 없으시며, 손으로 만질 수 없는 분이시지만, 그분의 인성이 그리스도의 한 인격에 연합 되어있으므로, 인성 가운데 수행된 일을 신성에 돌리고 있는 것입니다. 요한은 **"하나님이 자신의 목숨을 우리를 위해 버리셨다"**고 표현하므로, 여기서도 신성과 인성의 교통이 나타납니다. 그리스도께서도 땅에 사시면서도, **"하늘에 계신 인자 외에는 하늘에 올라간 자가 없느니라"**(요 3:13)고 말씀하시므로, 인성으로는 하늘에 계시지 않으신 분께서 신성으로서는 하늘에 계시므로, 한 인격 내에 양성의 연합으로 인해 신성에 속한 것을 인성에 돌리신 것입니다.

또 신성과 인성을 동시에 아우르는 말씀들이 요한복음에 많이 나타납니다. 이런 구절들은 그리스도의 참 실체를 가장 명확하게 설명합니다. 이 구절들은 신성이나 인성에 특별히 한정되지 않고 그 둘을 동시에 포함합니다. 이런 구절들을 열거하면 다음과 같습니다. **가)** 그리스도께서는 아버지에게서 권능을 받아 죄를 사하며(요 1:29) **나)** 원하는 사람을 살리시며, 의(義)와 성결과 구원을 주실 수 있으시며, 산 자와 죽은 자의 심판자로 임명되어 아버지와 같이 공경을 받게 되셨습니다(요 5:21-23). **다)** 그분께서는 **"세상의 빛"**이요(요 9:5, 8:12), **"선한 목자"**(요 10:11, 14)시오, 유일한 **"문이시며**(요 10:9), **"참 포도나무"**이십니다(요 15:1). 이런 종류의 특권들은 하나님의 아들이 육신 가운데 나타나셨을 때에 부여되었습니다. 그리스도께서는 천지가 지어지기 이전에 아버지와 한 분으로서 함께 이러한 특권들을 소유하고 계셨지만, 그 방식과 양상은 동일하지 않았습니다. 어떠한 경우든 이것들은 단지 사람에 불과한 자에게는 주어질 수 없었습니다. 바른 해석의 열쇠는, 중보자의 직책에 해당하는 일들이 단지 신성이나 단지 인성에 대해서만 하는 말이 아니라는 사실을 인식하는데 있습니다. 그러므로 세계의 심판자로 오실 때까지 우리를 우리의 연약함의 수준에 맞추어 아버지께 결합시키면서 다스리실 것입니다. 그러나 우리가 영화된 자들로서 하나님을 계신 그대로 보게 될 때가 되면, 그때 중보자의 직분을 다 수행하신 그리스도께서는 아버지의 대사大使를 그만 두시고, 그가 창세전에 누리셨던 영광에 만족하실 것입니다. 그리고 **"주**(Dominus/Lord)**"**라는 이름은 그것이 하나님과 우리 사이에 중간 위치를 칭한다는 측면에서 오직 그리스도의 인격에만 고유하게 속하게 됩니다. 그러므로 바울은 고린도전서 8장 6절에서 **"한 하나님"**과 **"한 주"**를 구분합니다. 그러나 희미하게 계시되던 그리스도의 신격은 종말의 때 너울을 벗고 그분의 신격 자체로 빛을 발하게 될 것입니다.

그리스도께서는 하나님이신 동시에 사람이며, 이 인성과 신성이 연합되었으나 혼합되지 않는 고로, 인성 때문은 아니지만, 심지어 인성에 따라서도 우리의 주이시며, 참 하나님의 아들이십니다. 이 부분과 관련하여 칼뱅은 네스토리우스(Nestorius)의 과오를 지적합니다. 그는 그리스도의 양성을 구별시키기보다 분리시키려 해서, **"이중적 그리스도**(dual Christ)**"**를 생각했습니다. 성경은 이에 반대합니다. 성경에서는 **"하나님의 아들"**이라는 이름을 처녀에게서 나신 이에게 적용하며(눅 1:32), 그 처녀를 **"우리 주의 어머니"**라고 부릅니다(눅 1:43).

칼뱅은 유티케스(Eutyches)의 단성론도 반대합니다. 그는 위격의 통일성을 증명할 생각으로 양성을 모두 파괴시킵니다. 그는 그리스도의 인성과 신성에 변화가 생겨 완전한 신성도 완전한 인성도 아니게 되었다고 주장합니다. 이러한 유티케스의 이단적 사상은 네스토리우스에 대한 반동으로부터 나온 또 다른 한 극단을 이룹니다. 그러나 그리스도의 몸 안에 그 몸과 다른 신성이 계시지 않는다면, 그리스도께서는 자신의 몸을 성전이라고 부르지 않으셨을 것입니다(요 2:19). 따라서 에베소 회의(the Council of Ephesus)가 네스토리우스를 비난한 것이 정당했던 것과 같이, 후에 콘스탄티노플(Constantinople)과 칼케돈(Chalcedony)의 회의에서 유티케스를 비난한 것도 정당합니다. 그리스도 안에 양성을 혼합하는 것이나 분리하는 것은 모두 용인될 수 없는 이단적 사상입니다.

　　칼뱅은 자신이 생존했던 시대에 나타난 세루베투스(Michael Servetus)의 사상을 논박합니다. 그는 하나님의 아들을 하나님의 본질, 영혼, 육체, 그리고 창조되지 않은 세 요소를 섞어서 날조해 낸 헛것이라고 가정합니다. 그는 그리스도의 두 본성의 구별을 폐지시키고, 그리스도는 하나님과 사람이 섞인 혼합물이기 때문에, 하나님으로도 사람으로도 여겨질 수 없다는 궤변을 쏟아냈습니다. 그는, 그리스도께서 육체 가운데 현시되기 전에는 오직 그림자 같은 형상들만 하나님 안에 존재했으며, 그것들의 실체나 결과는 이 땅에 오시는 영예를 누리도록 정해져 있었던 말씀이 진실로 하나님의 아들로 존재하시기 시작했을 때 비로소 드러나게 되었다고 주장합니다. 즉, 세르베투스에게 중보자는 동정녀 마리아 잉태 시에 비로소 하나님의 아들이 되신 것입니다. 그러나 동정녀에게서 탄생하신 중보자는 창세전부터 하나님의 아들이셨습니다. 또 사람이신 중보자께서는 하나님의 독생자이시며, 하나님의 독생자로 불리시는 존귀함을 가지셨습니다.

　　그동안 확고하게 유지되어온 교회의 역사적 정의(定義)에 따르면, 창세전에 아버지로부터 나신 제 2위격 하나님, 말씀(λόγος)이 **"위격적 연합**(unio hypostatica/a hypostatic union)"으로 인성을 취하셨으므로 그리스도께서는 아들이시라고 여겨집니다. 신성과 인성, 양성은 제 2위격 하나님, 성자의 인격 내에서 혼합되거나 분리되지 않게 연합되었습니다. 고대 저술가들은 두 본성으로 한 인격을 구성하는 것을 **"위격적 연합"**이라고 불렀습니다. 이 용어는 하나님의 아들이 육체 가운데 내주하셨으므로, 동일하신 분이 사람은 아니셨다고 주장한 네스토리우스를 정죄하기 위해 사용되었습니다. 세르베투스는, 우리가 영원한 말씀이 육신을 옷 입기 전에 이미 하나님의 아들이셨다고 말함으로써 하나님의 아들을 이중적으로 만들고 있다고 비난합니다. 그리스도의 아들 되심, 즉 그분의 자성(子姓)과 관련하여, 바울은, 그리스도께서 인간의 육체 가운데 '아들'이라고 불리시는 것은 신자들이 양자와 은총으로 말미암아 자녀 되는 것과 다르다고 가르칩니다. 그리스도께서는 참되신, 본성적인, 따라서 유일하신 아들이십니다. 그분께서는 이 표지에 의해서 다른 모든 사람과 구별됩니다. 우리가 선물로 받은 것을 그리스도께서는 본성적으로 소유하고 계십니다. 그러므로 그리스도께서는 수많은 형제들 가운데 유일한 "아들"로 불리십니다. 그리스도께서 하나님의 아들이심은 중보자의 전체 인격에까지 확장됩니다. 그러므로 그리스도께서는 "육신으로는 다윗의 혈통에서 나셨고 능력으로 하나님의 아들로 선포" 되셨습니다(롬 1:1-4). 같은 취지에서 그리스도께서는 "육신의 약하심으로 고난당하셨으나 영의 능력으로 부활"하셨다고 성경은 기록합니다(고후 13:4). 이 구절들은 그리스도의 아들 되심의 영예를 단지 육신 자체를 넘어 그리스도의 신격에 돌리고 있습니다. 그리스도께서는 중보자로서 "다윗의 아들"이라는 명분을 자신의 육신의 어머니로부터 취하셨듯이, "하나님의 아들"이라고 불리시는 명분을 성부로부터 취하셨습니다. 따라서 자성은 인성과 다르며, 인성과 구별됩니다. 그리스도의 "사람의 아들 되심"은 인성에 돌려지고, "하나님의 아들 되심"은 신성에 돌려집니다. 결론적으로, 그리스도께서는 "육신으로 하면" 유대인들의 계통을 잇는 그리스도께서는 찬양받으실 하나님이십니다(롬 9:5). 한 인격 내에 양성의 연합을 인해, 제 2위격 성자께서는 인성을 취하시어 사람의 아들이신 동시에 하나님의 아들이십니다. 이로써 그리스도의 한 인격, 곧 제 2위격께서는 하나님의 영광과 우리의 구속을 위해 때로는 신성으로, 때로는 인성으로 자신을 나타내셨고, 성경은 때로는 그리스도를 사람의 아들로 때로는 하나님의 아들로 부릅니다.

그리스도의 인격과 양성론에 대한 초기 역사[120]

분파	시기	참고사항
가현설	1세기 후반	요일 4:1-3
에비온파	2세기	이레네우스 등
아리우스주의	4세기	니케아종교회의(325년)에서 정죄
아폴로나리우스주의	4세기	콘스탄티노플회의(381년)에서 정죄
네스토리우스주의	5세기	칼케톤공의회(451년)에서 정죄
유티케스주의	5세기	칼케톤공의회(451년)에서 정죄 콘스탄티노플 제3공의회(680년)에서 정죄
정통신학	처음부터	칼케톤공의회(450년)에서 정의

6 그리스도의 사역

(1) 그리스도의 삼중직

성부께서 그리스도를 보내신 목적과 그리스도께서 우리에게 주신 것을 알기 위해서는 무엇보다 그분의 선지자와 왕과 제사장으로서의 세 가지 직책(*triplex munera*/threefold offices)을 인식해야 합니다. 신앙이 구원의 확고한 근거를 그리스도께로부터 얻으므로 그분께로부터 안식을 얻기 위해서는 성부께서 그리스도에게 위임하신 직책의 세 부분으로 되어있음을 깨달아야 합니다. 그러나 이러한 직책의 이름을 알더라도 그 목적(*finis*/end)과 용법(*usus*/use)을 아는 지식에 미치지 못하면 아무런 유익이 없습니다. 당시 교황의 권세 아래에 있던 사람들도 이 직책들을 입에 올리기는 했지만, 무의미하게 사용했습니다. 그들은 그 칭호들에 어떤 의미가 담겨있는지 알지 못했습니다.

① 선지자직(*munus propheticum*/prophetic office)

하나님께서는 자기 백성들에게 선지자를 연달아 보내시어, 구원을 위한 충분하고 유용한 교리를 알려 주셨지만, 경건한 자들의 마음에는 항상 메시아가 오셔야만 이해의 완전한 광명이 있으리라는 기대와 확신에 젖어 있었습니다. 참 종교를 깨달은 적이 없던 사마리아 사람들에게까지 이러한 기대가 침투했다는 것은, **"메시아 그가 오시면 모든 것을 우리에게 가르쳐 주시리이다"**(요 4:25)라고 말한 한 여인을 통해 입증됩니다. 또한 유대인들은 확실한 말씀의 가르침을 받고서 이러한 소망을 갖게 되었습니다(사 55:4; 사 9:6, 28:29; 렘 32:19).

이러한 이유로 사도는 복음 교리의 완전함을 찬미하면서 **"옛적에 선지자들을 통하여 여러 부분과 여러 모양으로 우리 조상들에게 말씀하신 하나님이"**(히 1:1)라고 먼저 전한 후, **"이 모든 날 마지막에는 아들을 통하여 우리에게 말씀하셨으니"**(히 1:2)라고 덧붙입니다. 선지자들의 공통된 직분은 소망 가운데 교회를 붙들고 동시에 그것을 중보자가 오실 때까지 떠받치는 일이었기 때문에, 포로기에 성도들은 마땅히 누려야 할 은총을 빼앗겨 버렸다고 탄식했습니다(시 74:9). 그러나 이제 그리스도께서 더 이상 멀리 계시지 않게 되셨으므로, **"환상과 예언을 인치는"**(단 9:24) 시간이 다니엘에게 확정적으로 알려졌습니다. 따라서 여기에 선포된 예언이 확고한 권위를 수립했고, 성도들은 모든 계시의 충만함과 끝맺음이 이루어질 때가 임박했음을 인식하고 평정심을 얻게 되어, 한 동안 선지자들이 없는 시대를 살아갈 수 있었습니다.

칼뱅은 **"그리스도**(*Christus*/Christ)"란 칭호 아래서 **"선지자"**란 칭호의 의미를 설명합니다. 칼뱅은 삼직분이 그리스도라는 칭호에 관계된다는 점에 주목합니다. 구약 시대 율법 하에서 제사장들과 왕과 선지자들이 거룩한 기름으로 기름부음을 받았습니다. **'기름부음 받은 자'**라는 의미를 가진 메시아(*Messias*/Messiah) 즉, 그리스도란 명칭은 이로부터 기원했으며, 이 이름이 약속된 중보자에게 맡겨졌습니다. 구약의 거룩한 기름부음을 받은 삼직분은 장차 오실 중보자, 그리스도의 예표였습니다. 따라서 주님께서 강림하신 이후로 삼직분은 그리스도 안에서 성취되었고, 구약의 삼직분의 영예는 오로지 그리스도께 돌려져야 합니다. 진정한 왕, 진정한 제사장, 진정한 선지자는 오직 그리스도이십니다. 칼뱅은 그리스도께서 특별히 그분의 왕권과 관련하여 그리고 왕권 때문에 메시아로 지칭되심을 인정합니다. 그러나 그리스도께서는 선지자와 제사장으로서도 기름부음을 받으셨습니다. 이사야 61장 1-2절, 누가복음 4장 18절은 그리스도께서 선지자로서 기름부음 받은 사실을 선포합니다. 그리스도께서는 성령으로 기름부음을 받으셔서 아버지의 은혜의 전령과 증인이 되셨습니다. 이러한 일은 구약의 일반적인 선지자들과는 구별되시는 특별한 방식으로 이루어졌습니다.

그리스도께서는 가르치는 역할만 아니라 복음이 계속적으로 선포되는 일에 성령의 능력이 나타나게 하시려고 자기의 몸 전체로 기름부음을 받으셨습니다. 이렇게 성령으로 완전한 기름부음을 받으심으로, 그리스도께서는 완전한 가르침을 베풀어주심으로 모든 예언이 끝나게 되었습니다. 이런 의미에서 구약의 선지자들은 그리스도의 예표였고, 선지자직의 완전한 성취는 그리스도 안에만 있습니다. 따라서 성부께서는 **"이는 내 사랑하는 아들이니 너희는 그의 말을 들으라"**(마 17:5; 3:17). 그리스도의 선지자적 사역은 그 기름부음이 그 머리로부터 지체들에게 퍼져갑니다. 교회의 머리는 그리스도시며, 유일한 선지자 그리스도께서 그분의 사역을 성취하시어, 그에게 붙은 교회를 통해 그리스도께서 복음을 선포하십니다(욜 2:28). 그러므로 그리스도께서는 우리의 구원에 이르는 지혜가 되십니다(고전 1:30). 구원을 받고 구원의 생활을 통해 하나님께 영광 돌리는 삶을 사는데 있어, 그리스도 이외에 알 가치가 있는 것이 없습니다. 그리스도께서 어떤 분이신지를 믿음으로 깨달은 사람은 하늘 은혜의 무한한 전체를 포용하고 있습니다(고전 2:2). 따라서 복음의 단순성(*Evangelii simplicitas*/the simplicity of gospel)을 넘어가는 것은 불법입니다. 그리스도 안에 있는 고상한 선지자적 위엄은 우리를 이끌어 교리의 요체로 이끌어냅니다. 복음의 요체는 완전한 지혜의 모든 조목을 내포합니다.

② 왕직(*munus regnum*/kingship)

(ㄱ) 그리스도의 왕권의 영원성

칼뱅은 그리스도의 왕권의 본성이 **"영적**(*spiritualis*/spiritual)**"**이란 사실을 지적합니다. 이러한 영적 성격을 통해 그리스도의 왕권의 전체적인 힘과 영원함 그리고 그것의 효력과 혜택이 무엇인지 알게 됩니다. 그리스도의 왕권과 관련하여, 다니엘서에서는 천사가 그것의 기원을 그리스도의 위격에 돌리며(단 2:44), 누가복음에서는 천사가 그것을 백성의 구원에 합당하게 적용합니다(눅 1:33). 그리스도의 왕권의 영원함은 두 가지 방식으로 수립되어야 합니다. 첫째는, 교회의 몸 전체에 관한 것입니다. 시편 89편 35-37절에서 하나님께서는 아들의 손을 거쳐서 자기의 교회의 영원한 보호자와 수호자가 되게 하실 것을 약속합니다. **"내가 나의 거룩함으로 한 번 맹세하였은즉 다윗에게 거짓을 아니할 것이라 그 후손이 장구하고 그 위는 해같이 내 앞에 항상 있으며 궁창의 확실한 증인 달같이 영원히 견고케 되리라"**(시 89:35-37). 이 예언의 진정한 실현은 그리스도에게서만 볼 수 있습니다. 솔로몬이 죽은 직후에 나라의 대부분에 대한 권위가 붕괴되고, 한 사사로운 개인에게로 넘어가서, 다윗 가문에 수치를 주었기 때문입니다왕상 12장. 그 후에 권위는 더욱 더 쇠퇴하여 슬프고 부끄러운 결말에 이릅니다왕하 24장. 이사야는 그리스도께서 죽음으로부터 일어나셔서 자신과 자신의 지체들을 하나로 묶으실 것이라고 선포합니다. **"그는 곤욕과 심문을 당하고 끌려갔으나 그 세대 중에 누가 생각하기를 그가 살아있는 자들의 땅에서 끊어짐은 마땅히 형벌 받을 내 백성의 허물 때문이라 하였으리요"**(사 53:8). 그러므로 우리는 그리스도께서 영원한 권능으로 무장하셨다는 말을 들을 때마다, 이런 보호 아래서 교회가 확실히 영속하리라는 것을 기억해야 합니다. 따라서 교회는 끊임없이 괴롭히는 격렬한 요소 가운데서나 무수한 재난의 위협이 가해지는 심각하고 무서운 폭동 가운데서도 여전히 안전합니다.

다윗은 교회가 영원히 보존되리라고 신자들에게 다짐하며, 악마가 세계의 총력을 동원하더라도 교회를 전복시키지 못할 것을 확신시킵니다(시 2:2, 4; 110:1). 왜냐하면 교회는 그리스도의 영원한 보좌를 토대로 건설되었기 때문입니다.

둘째, 그리스도의 왕권의 영원함은 교회의 지체 각각과 관련됩니다. 그리스도께서 교회와 성도들의 왕이 되셔서 수행하시는 영적 통치 사역의 혜택은 구원 받은 지체들 각각에게 향합니다. 그리스도의 왕권의 영원함에 대한 인식은 복된 불멸에 대한 믿음으로부터 오는 소망에까지 이르러야 합니다. 그리스도의 영적 통치는 일시적이고 공허한 세상적이고 지상적인 것을 넘어선 복을 베풀어주기 때문입니다. 그리스도의 영적 통치는 우리의 소망을 지상의 것을 넘어 하늘까지 끌어올립니다. 그러므로 그리스도께서는 **"내 나라는 이 세상에 속한 것이 아니니라"**(요 18:36)고 선포하십니다. 그리스도의 통치가 영적이라는 의미는 교회와 성도들을 향한 통치가 일반 세계를 향한 통치, 칼의 통치와 다른 원리를 가지고 있다는 것을 의미합니다. 그리스도의 영적 통치는 구속적인 성격을 갖습니다. 그러므로 교회와 성도들을 향합니다. 죄와 마귀와 사망의 영향력이 존재하는 세상에서, 또 우리의 죄성과 연약함 속에서 그리스도의 영적 통치는 우리를 구원하시고, 보살피시며, 보존하시는 사역으로 나타납니다. 이 생명이 지금 그리스도의 손에 의해서 보호를 받고 있으므로, 우리는 오는 세대에 이 은총이 완전히 결실할 것을 소망 가운데 기다려야 합니다.

(ㄴ) 왕 되신 그리스도의 영적 통치를 통해 주어지는 영적 선물들

그리스도의 왕권이 영적이라는 사실에 대한 깨달음이 없다면 그것의 유용함을 인식할 수 없습니다. 십자가를 지고 싸우며 살아가는 성도의 전 생애는 모질고 비참한 일로 둘러싸여 있습니다. 따라서 지상의 삶의 수준을 넘어서는 그 이상의 열매가 존재하지 않는다면, 우리가 천상의 왕의 통치 아래 모이게 된 것이 허무하게 됩니다. 그러므로 성도에게 약속된 행복이라는 것이 외면적인 것이 아니라는 사실을 깨달아야 합니다. 우리에게 주어진 행복은 천상 생활(*caelestis vita*/heavenly life)에 있습니다. 세상 통치의 의무가 한 백성의 번영과 복리 그리고 평화로운 치안과 안보에 있는 것처럼, 그리스도께서는 영혼을 구원하기 위해 필요한 모든 것을 자신의 백성에게 베풀어주시며, 그들을 능력으로 강화시키셔서 영적 원수들의 모든 공격 앞에 용기로 맞서도록 하십니다.

그리스도의 영적 통치를 잘 살펴보면, 그분의 통치가 자기 자신이 아니라 자신의 백성들을 위하여 안팎으로 다스린다는 사실을 발견할 수 있습니다. 이 다스림을 통해 성도들과 교회는 성령의 선물을 받아 누립니다. 이러한 첫 열매들로 말미암아 우리는 우리가 완전한 복락에 이르게끔 하나님과 실제로 결합되어 있다는 사실을 지각하게 될 것입니다. 성도들과 교회는 성령의 능력에 의지해 언제나 마귀, 즉 세상의 어떠한 종류의 화라도 물리치는 승리자가 될 수 있습니다. 이처럼 그리스도의 통치는 우리의 영혼에 임합니다. **"바리새인들이 하나님의 나라가 어느 때에 임하나이까 묻거늘 예수께서 대답하여 이르시되 하나님의 나라는 볼 수 있게 임하는 것이 아니요 또 여기 있다 저기 있다고도 못하리니 하나님의 나라는 너희 안에 있느니라"**(눅 17:20, 21). 하나님의 나라(*Dei regnum*/the kingdom of God)는 우리 안에 있으므로 볼 수 있게 임하지 않습니다. 하나님의 나라는 이러한 모습으로 임합니다. **"하나님의 나라는 먹는 것과 마시는 것이 아니요 오직 성령 안에 있는 의와 평강과 희락이라"**(롬 14:17). 하나님의 나라는 영적이고 구속적입니다. 그 나라는 땅에 붙은 일에 매어있지 않습니다. 그 나라는 부패할 수밖에 없는 지상적이고 육적인 것이 아니라 영적인 것이어서 우리를 높이 들어 올려 영생에까지 이르게 합니다. 이로 말미암아 영적인 왕직은 많은 고난이 있는 성도의 삶에 소망 안에서 참고 견딜 수 있는 힘을 공급합니다.

이와 같이 선한 통치를 하시는 그리스도의 기름부음이 물질적인 기름으로나 향료가 섞인 향유로 된 것이 아님에도, 주님께서 그리스도로 불리우시는 이유는, 성령께서 그리스도 위에 강림하셨기 때문입니다(사 11:2; 요 1:16; 3:34). 성령을 한량없이 받으신 그리스도의 충만으로 인해, 그 샘으로부터 그분의 후하심이 교회와 성도들에게 베풀어집니다(엡 4:7). 그리스도의 나라는 성령 안에 존재하므로, 그것에 누군가 동참하려면 이 세상을 버려야 합니다. 이러한 거룩한 기름부음에 대한 가시적 표상(*visibile symbolum*/visible symbol)이 그리스도의 세례 때 성령께서 주님 위에 비둘기같이 내려와 머무르신 사건을 통해 주어졌습니다(요 1:32; 눅 3:22). **"기름부음"**(요 2:20, 27)은 성령과 그 선물들을 지정하는 것입니다.

이 나라의 통치는 성부께서 모든 권세를 아들에게 주시므로, 아들의 손을 통하여 성도와 교회를 다스리시고, 기르시고, 붙들어 주시고, 보호하시며, 도우시기 위한 것이었습니다. 그리스도께서 아버지의 오른 편에 앉아 계신다고 말하는 것은 그를 모든 통치권을 자기 수중에 두신 아버지의 대사(大使)로 여기는 것입니다. 성부께서는 그리스도를 통해 중보적으로 그리스도의 인격과 사역 가운데 교회를 다스리고 돌보시기를 원하십니다. 그러므로 성부께서는 그리스도를 그의 몸인 교회의 머리가 되게 하셨습니다(엡 1:20-23; 빌 2:9-11). 그리스도께서 믿는 자들과 교회의 **"주"**로 불리는 이유도 동일합니다(고전 8:6). 그리스도께서는 부름받은 자들을 하나로 묶어 성부께 굴복하고 그분께 순종하도록 이끄시기 위해 중보자로 오셔서 교회와 성도들을 통치하십니다(사 33:22). 이제 그리스도께서는 기꺼이 자원하셔서 자기를 복종시키는 경건한 사람들을 위해 왕과 목자의 직분을 하나로 결합시키셨습니다(시 2:9; 110:6). 그리스도의 통치가 영적이라는 것은 그분의 통치가 구속적이고 목양적이라는 의미를 함축합니다. 그분의 왕 되심이 교회와 성도들의 구원과 연관되며, 그분의 왕 되심이 교회와 성도들의 안전이요 복리요 행복이 됩니다. 그리스도의 통치의 완전한 증거는 마지막 심판 때 드러날 것입니다.

③ 제사장직(*munus sacerdotium*/priesthood)

그리스도의 제사장직의 목적과 실행은 그리스도께서 자신의 거룩하심으로 하나님을 우리와 화해시키시는 순수하고 흠 없는 중보자가 되신다는 사실에 있습니다. 인류가 타락한 이후로, 하나님께서는 자신의 공의에 따른 저주로 죄인이 당신 앞에 나아가는 것을 가로막으시며, 재판관으로서 우리를 향해 공의로우시게 진노하십니다. 그러므로 하나님의 진노를 누그러뜨리고 우리를 향한 그분의 호의를 얻어 내려면 제사장의 속죄제사가 필히 중재되어야 합니다. 그래서 이 직책을 다하시려고 그리스도께서 희생제물과 함께 중보자로 나타나셔야 했습니다. 왜냐하면 율법 아래에서 제사장이 피 없이 성소에 들어가는 것은 불법이었기 때문입니다(히 9:7).

구약의 제사장들은 중재자로 하나님과 그 백성들 사이에 서 있었지만, 그들의 죄를 피로 대속하지 않고서는 하나님의 노여움을 풀 수 없었습니다(레 16:2, 3; 히 7-10장; 히 9:22). 그리스도께서는 자기의 죽음을 희생 제물로 삼아 우리의 죄과를 도말하고 죄에 대한 값을 무르시므로, 제사장의 사역을 성취하셨습니다. 구약 제사장들과 그들의 속죄 사역은 그리스도 안에서 성취될 속죄의 예표요 모형이었습니다. 하나님께서는 **"너는 멜기세덱의 서열을 따라 영원한 제사장이라"**(시 110:4; 히 5:6; 7:15)고 말씀하신 대로, 우리 구원의 근본 요체가 축을 삼고 돌게 되는 저 머리를 제정하시를 원하셨습니다. 왜냐하면 그리스도께서 제사장이 되셔서 죄를 정결하게 씻어냄으로써 우리를 거룩하게 하시고, 우리의 더러운 죄악과 악행으로 말미암아 가로막혀 있는 하나님의 은총을 취하여 주시지 않으신다면, 우리 자신이나 우리의 기도가 하나님께 받아들여질 길이 결단코 열리지 않았을 것이기 때문입니다. 이처럼 그리스도의 죽음으로부터만 그분의 제사장직의 효력과 유익이 우리에게 미치기 시작합니다. 제사장되신 그리스도의 속죄를 통해서만 우리는 기도의 확신을 얻게 되고, 평안함이 경건한 양심에 솟아나게 됩니다. 하나님의 부성적인 관용은 그리스도의 제사장적 중재사역을 통해서만 임합니다.

옛 언약의 율법 하에서 하나님께서는 가축들 중에 희생제물을 삼게 하셨지만, 그리스도 안에서 이전과 아주 다른 새로운 질서가 존재하게 되었는데, 그리스도께서 제사장으로 세워지신 동시에 자기 자신이 희생 제물이 되셨습니다. 그리스도께서는 제사장이신 동시에 제물이 되셨습 니다. 우리의 죗값을 치르기에 적합한 무릅이 달리 없으며, 그리스도 외 에 하나님께서 받으실 만한 제물의 가치를 가진 사람이 세상에는 존재 하지 않습니다.

그리스도께서는 제사장의 인격을 지니시고 영원한 화목의 법에 따 라 아버지께서 우리에게 호의를 베푸시고 용서하시는 분이 되게 하셨습 니다. 뿐만 아니라 우리를 말할 수 없는 영예의 연합체로 이끌어 들이셨 습니다(계 1:6). 우리는 부패하였으나 그리스도 안에서는 제사장들이 되어 우리 자신과 우리에게 속한 모든 것을 하나님께 바치게끔 하시므로, 우 리가 드린 기도와 찬미의 희생제물들이 하나님께 받을 만한 향기로운 제물이 되게 하시며, 우리로 하늘 성소로 자유로이 들어가게 하십니다. 이 일을 알리시려 그리스도께서는 **"그들을 위하여 내가 나를 거룩하게 하오니"**(요 17:19)라고 말씀하셨습니다. 왜냐하면 그리스도께서 자신의 거 룩하심에 우리로 잠기게 하시고, 그리스도와 함께 우리를 아버지께 바 치시므로, 우리로 하나님께 향기로운 제물이 되게 하셨기 때문입니다. 그리스도의 제사장직은 우리를 속죄하시고 대속하신 것을 의미한다면, 우리가 제사장이 되었다는 의미는 그리스도의 속죄로 구속을 받은 성 도들이 하나님께 용서받고 용납되어 감사하므로 하나님께 자신과 자신 에게 속한 것들을 헌신하며, 하나님을 찬미한다는 의미를 갖습니다. 제 사장된 성도들은 예배와 삶으로 하나님께 자신을 드리는 자들입니다. **"네 백성과 네 거룩한 성을 위하여 일흔 이레를 기한으로 정하였나니 허 물이 그치며 죄가 끝나며 죄악이 용서되며 영원한 의가 드러나며 환상 과 예언이 응하며 또 지극히 거룩한 이가 기름 부음을 받으리라"**(단 9:24).

구약의 제사장들과 사역을 통해 예표 되었던 제사장직이 그리스도의 인격 가운데 성취되고 분명히 나타났습니다. 그림자와 예표적 기름부음은 그리스도의 성취적 기름부음과 대조됩니다. 따라서 칼뱅은 그리스도 안에서 성취된 완전한 제사장직과 단 번에 완전히 성취된 그리스도의 희생제사를 부패시켜, 미사(missa/mass)라는 이름으로 날마다 제사를 반복하는 교황주의자들을 반대합니다.

(2) 그리스도의 구원 사역 성취: 구원의 객관적 측면

① 하나님의 정죄와 진노 아래 불화가 그리스도의 구속을 통해 화목 됨

(ㄱ) 하나님과의 불화에 대한 인식 속에 주님의 대속과 화목의 가치가 드러남
구속주 되시며 중보자 되신 그리스도의 인격과 사역에 대한 언급들은 오직 한 가지 목표를 향해야 합니다. 타락으로 인해 정죄를 받아 죽고 멸망한 우리는 의(義)와 해방과 생명 그리고 구원을 그리스도에게서만 구해야 한다는 것이 그 목표입니다. **"다른 이로써는 구원을 받을 수 없나니 천하 사람 중에 구원을 받을 만한 다른 이름을 우리에게 주신 일이 없음이라 하였더라"**(행 4:12). 이러한 의미를 담고 있는 **"예수**(Iesus/Ἰησοῦς/Jesus)**"**라는 이름은 최고의 작정을 실어 나르는 한 천사에 의해서 하늘로부터 베풀어졌습니다(눅 1:28-33). 이 이름이 전해진 이유는 이 이름의 뜻 안에 있습니다. **"이는 그가 자기 백성을 그들의 죄에서 구원할 자이심이라"**(마 1:21; 눅 1:31). 이 말씀의 의미는 구속주의 직무(redemptoris munus/the office of redeemer)가 예수님께 부과되어서 그분께서 우리의 구주(salvator/saviour)가 되셨다는 사실입니다. 그리스도께서 우리의 구속주가 되실 뿐 아니라, 그리스도께서 구원의 종점까지 줄곧 인도해 주시지 않는다면, 우리의 구속은 불완전하게 될 것입니다. 우리의 구원은 그리스도 안에 있으면 견고하지만, 조금이라도 그에게서 떠나는 순간에는 점차 사라지고 말 것입니다. 그러므로 그리스도 안에서 안식하지 않는 사람들은 일체의 은총을 스스로 버리게 됩니다. 그리스도께서는 우리의 구원의 시작과 과정과 완성을 이루시는 주체이십니다.

칼뱅은 구원이 어떻게 성취되는지를 알아야 하는 이유를 설명합니다. 성도들이 구원이 성취되는 방식을 인식하므로, 그리스도께서 자신의 구원의 조성자라는 사실을 확신하게 되고, 우리 믿음의 견고한 토대를 얻으며, 우리를 어느 방향으로든지 이탈시킬 수 있는 모든 것을 배척하게 됩니다. 누구든지 자기 속에 내려가서 자신의 진상(眞相)을 성실하게 성찰한다면, 반드시 자신을 향한 하나님의 진노와 적의를 자각하게 될 것입니다. 이러한 사실을 깨달은 사람은 하나님의 노염을 푸는 방법과 수단을 애써 찾아야 하는데, 여기서 배상 혹은 속죄(satisfactio/satisfaction)가 요구됩니다. 죄인이 죄책에서 사면되기까지는 하나님의 진노와 저주가 항상 그들 위에 머무릅니다. 하나님께서는 의로운 재판관이시므로 자기의 법이 침해되는 것을 아무런 징벌 없이 그냥 보고만 계시지 않습니다. 하나님께서는 늘 불의에 대해 처벌할 준비를 하고 계십니다. 하나님께서는 죄인을 향해 언제나 보복의 군장을 꾸리고 계십니다.

하나님께서 그리스도의 대속적 죽음으로 말미암아 우리와 화목하시기 전까지 죄인은 하나님과 원수가 되어 저주 아래 있었습니다(롬 5:10; 갈 3:10, 13). 성경은 그리스도 밖에(extra Christum/outside of Christ) 있을 때 사람의 조건이 얼마나 비참하고 파국적인지를 알려줍니다. 그리스도를 통하여 하나로 연합되도록 받아들여지기 전까지는 하나님으로부터 분리되어 있습니다(골 1:21-22). 이것이 사망입니다. 성경은 사망이 하나님과의 분리라고 가르칩니다. 죄의 결과와 비참을 가르치는 성경 말씀들은 하나님의 자유로운 자비와 은총의 절대적 필요성과 가치를 인정하게 만듭니다. 진정 하나님에 관한 지식은 하나님과 인간에 대한 지식이 함께 연결되어 있습니다. 죄에 대한 바른 인식만이 그리스도 안에서 구속주 되신 하나님을 알고 의지하게 합니다. 죄의 삯이 사망이요 죄인의 머리 위에 진노와 정죄와 저주만 머문다는 것이 확고한 진리라는 사실을 인식한 다면, 우리가 하나님과 화목하고 그리스도 안에 거하게 된 것이 얼마나 큰 은혜인지 인정하지 않을 수 없습니다. 하나님의 진노와 저주에 대한 분명한 인식 안에서만 그리스도의 중보와 구속 사역의 은혜로움이 분명히 인식됩니다. 칼뱅은 이러한 이치를 다음과 같이 요약합니다.

> 우리의 마음은 먼저 하나님의 진노에 대한 두려움과 영원한 죽음에 대한 공포로 말미암아 충격을 받고 겁에 질리게 되지 않는 이상 하나님의 자비 가운데서 우리의 생명을 충분히 열정적으로 부여잡을 수도 없고 합당한 감사를 드리면서 받아들일 수도 없기 때문에, 우리는 거룩한 교리로 배움을 얻어 그리스도가 계시지 않는다면 하나님은 어느 모로 우리를 대적하는 자리에 서 계시고 그의 손은 우리를 파멸에 이르게 하려고 무장되어 있다는 사실을 분별하게 되고, 오직 그리스도 안에서 하나님의 선하심과 부성적 사랑을 부여안게 된다.[121]

(ㄴ) 하나님의 공의와 사랑을 모두 만족시키는 그리스도의 속죄 사역

최고의 의(義)가 되시는 하나님께서는 모든 사람 안에 보이는 불법을 사랑하실 수 없으십니다. 모든 사람 안에는 하나님의 진노와 미움을 받아 마땅한 죄책(guilt)과 부패(pollution)가 있습니다. 모든 사람들은 부패한 본성과 그에 따른 타락한 삶을 통해 하나님께 골칫거리가 되었고, 하나님 앞에 피고(被告)로 서 있으며, 지옥의 저주 아래 있습니다. 그러나 이처럼 완전하고 무한한 공의를 가지신 하나님께서는 또한 사랑의 하나님이시기도 합니다. 여호와께서는 인간 안에 있는 하나님의 것을 잃어버리길 원치 아니하시고, 여전히 자기의 인자하심을 드러내셔서 사랑하시는 무엇을 찾으십니다. 우리가 타락하였지만, 우리는 여전히 그분의 피조물로 남습니다. 비록 우리가 타락하였지만, 하나님께서는 거져 베푸

---

121   『기독교강요』 2권, 16장 2절.

시는 사랑으로 우리를 은혜 가운데 받아들이시기를 기뻐하십니다.

그러나 의(義)와 불법 사이에 영원히 화해될 수 없는 반목이 있으므로, 우리가 죄인으로 머물러 있는 동안에는 하나님께서 우리 전부를 받으실 수 없으십니다. 하나님께서는 공의를 희생하는 방식으로 사랑하시지 않으시며, 사랑을 포기하지도 않으십니다. 우리 안에는 불완전한 모습과 혼란 속에서 공의와 사랑의 가치가 충돌할 때가 많습니다. 사랑을 실천하려 공의를 희생하거나 공의를 실천하려 사랑을 희생할 때가 많습니다. 그러나 하나님 안에서 하나님의 공의와 사랑의 속성은 완전한 조화 속에서 일치를 이룹니다. 하나님께서는 하나님의 완전하시고 무한하신 만큼 완전하고 무한한 사랑을 가지시는 동시에 하나님의 완전하시고 무한하신 만큼 완전하고 무한한 공의를 가지고 계십니다. 하나님께서는 사랑이시며 공의이십니다. 하나님께서는 죄인을 구원하실 때, 공의를 만족시키는 동시에 그것이 사랑의 은총이 되고 구원이 되게 사역하십니다. 성경은 하나님의 지혜를 찬양합니다. 하나님께서는 가장 선한 목적을 아시고 품으시는 전지한 지성을 가지고 계신 동시에 그 목적을 이룰 가장 선하고 효과적인 수단을 아시는 전지한 지성을 가지고 계십니다. 우리에게 모순적이고 충돌적인 공의와 사랑의 관계가 하나님 안에서는 하나가 되고 조화를 이루고 일관됩니다. 하나님께서는 당신의 속성과 성품에 부합한 방식으로 죄인을 구원하십니다. 곧 하나님께서는 그분의 공의를 만족시키는 동시에 사랑의 속성에 부합한 방식으로 죄인을 구원하실 지혜를 가지고 계십니다. 그것이 십자가 구원이었습니다. 십자가는 사랑과 공의가 만나 우리를 구원하는 지점이 됩니다. 십자가에서 하나님의 공의가 완전히 성취되는 동시에 하나님의 사랑이 계시됩니다. 거룩한 구원의 목적을 공의와 사랑이 조화된 방식으로 우리를 구원하시는 것이 하나님의 지혜인 십자가입니다. **"우리는 십자가에 못 박힌 그리스도를 전하니 유대인에게는 거리끼는 것이요 이방인에게는 미련한 것이로되 오직 부르심을 받은 자들에게는 유대인이나 헬라인이나**

그리스도는 하나님의 능력이요 하나님의 지혜니라"(고전 1:23, 24).

그러므로 하나님께서는 적대 관계의 원인이 되는 모든 것을 제거하시어 우리와 완전히 화해하시기 위해, 그리스도의 죽음 가운데 제시된 속죄로 우리 안에 있는 모든 악한 것을 일소하십니다. 이전에 불결하고 불순하던 우리가 그가 보시기에 의롭고 거룩한 자로 나타나게 하시려는 뜻입니다. 그러므로 하나님 아버지께서 사랑으로 앞질러 행하시어 그리스도 안에서 화목을 이루십니다. **"그가 먼저 우리를 사랑하셨기 때문에"**(요일 4:19). 그리스도께서 죽음으로 속죄하시기 전까지 우리 안에 불법이 머물러 있기에 하나님의 진노와 저주와 정죄를 삽니다. 죄인된 우리가 하나님과 화해를 가져 그분과 연합하게 되는 것은 오로지 그리스도 때문입니다.[122] 하나님께 용서를 받고 그분께 용납된 것을 확신하려면, 우리의 눈과 마음을 오로지 그리스도께만 고정시켜야 합니다. **"왜냐하면 오직 그리스도 자신을 통하여서만 죄가 우리에게 전가되는 것을, 즉 하나님의 진노를 함께 초래하는 죄의 전가를 실제로 모면할 수 있기 때문"**[123]입니다. 성육신 하신 독생자께서 모든 율법에 완전한 순종을 이루시고, 우리의 죄책을 전가 받으시어 우리를 대신하여 형벌과 저주를 받으시므로, 우리에게 전가하실 의(義)와 공로를 이루셨습니다. 하나님의 아들을 통해 하나님의 모든 공의가 만족되었고, 이러한 대속의 성취가 우리에게는 사랑과 은총으로 베풀어졌습니다. 십자가는 이처럼 그리스도의 대리형벌만족적인 속죄를 통해 하나님의 공의와 사랑이 완전히 성취되는 구원의 방식이었고, 성경은 이것이 하나님의 지혜로부터 비롯된 것이라고 가르칩니다. 바울은 **"창세전에"** 우리를 품어주신 하나님의 사랑이 **"그리스도 안에서**(*in Christo*/Χριστῷ/in Christ)**"**(엡 1:4, 5; 요 3:16; 롬 5:10) 확정되었으며, 그 기초가 수립되었다고 증언합니다. 사도들과 고대 교회의 교

---

[122] 『기독교강요』 2권, 16장 3절.
[123] 『기독교강요』 2권, 16장 3절.

사들과 특히 아우구스티누스도 이를 증거 합니다.

(ㄷ) 그리스도의 고난과 죽으심

칼뱅은, 그리스도께서 어떻게 죄를 물리치신 후에 우리와 하나님 사이를 화목 시키셨는지, 그리고 어떻게 의(義)와 공로를 획득하셔서 하나님으로 하여금 우리에게 호의를 베푸시고 자비로우신 분이 되게 하셨는지에 대한 질문에 답합니다. 칼뱅은 이 질문에 대한 일반적인 대답을 제시합니다. 칼뱅의 대답은 정통개혁신학에서 고백하고 가르치는 '**하나의 완전한 순종에 대한 두 측면의 설명**'으로서 '**능동적 순종**(active obedience)' 과 '**수동적 순종**(passive obedience)'으로 일치합니다. 칼뱅은 화목에 이르는 요건으로 "순종의 문제와 정죄의 판결과 형벌의 문제를 해결하는데 두었습니다.[124] 칼뱅의 속죄 인식에는 분명 완전한 순종을 하나님께 드리는 것과 형벌을 받아 내심으로 우리의 구원의 의(義)와 공로를 마련하시는 의미가 존재합니다. 칼뱅은 말합니다. "**이에 대해 우리는 그가 자신의 순종의 역정(歷程)을 통해 우리를 위하여 이 일을 성취하셨다는 일반적인 대답을 할 수 있다.**"[125] 칼뱅은 이 진리를 바울을 통해 확증합니다. "**한 사람이 순종하지 아니함으로 많은 사람이 죄인 된 것 같이 한 사람이 순종하심으로 많은 사람이 의인이 되리라**"(롬 5:19). 칼뱅에 따르면, 다른 곳에서 사도는 우리를 율법의 저주로부터 구출해 내는 은총의 원인이 그리스도의 전체 삶에(*ad totam Christi vitam*/to the whole life of Christ) 미치는 것으로 여깁니다. "**때가 차 매 하나님이 그 아들을 보내사 여자에게서 나게 하시고 율법 아래에 나게 하신 것은 율법 아래에 있는 자들을 속량하려 하심이라**"(갈 4:4-5). 예수님께서는 세례도 아버지의 명령에 순종하여 의(義)를 이루시기 위해 받으셨습니다(마 3:15). 칼뱅은 종의 신분을 입으신 때로부

---

124 *Inst*, II. xii. 3.
125 『기독교강요』 2권, 16장 5절.

터 그리스도께서는 우리를 구속하시려고 해방의 값을 치르기 시작하셨다고 말합니다. 칼뱅은 그리스도께서 율법의 반포자이시면서도 율법 아래 나시어 구속적 의(義)를 세우기 위해 순종의 삶을 사셨다고 가르침으로 말미암아, 형벌적 죽음만이 아니라 그 전 삶 속에서 이루신 순종이 구속적 의미의 사역이었음을 증거합니다. 그리스도의 순종과 고난 받는 전 생애가 구속 사역의 연장이었습니다. 이처럼 칼뱅에게는 우리의 구속을 위해 율법에 순종하시는 능동적 순종의 개념을 가지고 있습니다.

그렇지만 구원의 방식을 더욱 확실하게 정의하기 위하여 성경은 이 것을 그리스도의 죽음에 독특하고 고유한 것으로 돌립니다. 즉, 칼뱅은 우리의 구속을 위한 사역으로서 그리스도의 수동적 순종을 분명히 강조합니다. 그리스도께서는 자기 목숨을 많은 사람의 대속물로 주셨습니다(마 20:28). 바울은 그리스도께서 우리가 범죄한 것 때문에 죽으셨다고 증언합니다(요 1:29). 또한 다른 곳에서 바울은 그리스도께서 우리를 속량하시므로, 우리가 값없이 의롭다 하심을 얻은 자 되었다고 전하며, 그리스도께서 자기의 피로 하나님과 우리를 화목시키셨다고 증언합니다(롬 3:24-25). 또 그리스도께서는 죄가 없으셨지만, 하나님께서 그분을 우리를 대신하여 죄로 삼으신 것은 그분 안에서 의(義)가 되게 하려 하심이라고 바울은 전합니다(고후 5:21).

이처럼 죄인과 하나님의 화목은 그리스도께서 우리를 대신하여 율법에 완전한 순종을 이루시고, 대속의 형벌적 죽음을 죽으심으로 이루어진 것입니다. 성경은 대속을 십자가 죽음 사건과 함께 그리스도의 전 생애의 순종을 통해 성취되었음을 가르칩니다. 루이스 벌코프(Louis Berkhof)도 능동적 순종과 수동적 순종의 관계를 이렇게 가르칩니다.

그리스도의 순종은 통례상 능동적 순종과 수동적 순종으로 구별된다. 그러나 양자를 구분함에 있어서 분명하게 알 것은 양자는 분리될 수 없다는 사실이다. 양자는 구세주의 일생의 모든 시기마다 동반적으로 나타난다. 양자는 부단히 상호 침투하고 있다. 그리스도께서 자발적으로 자신을 고난과 죽음에 내어주신 것은 그의 능동적 순종의 측면이었다. 그는 친히 말씀하신다: '이를 내게서 빼앗는 자가 있는 것이 아니라 내가 스스로 버리노라'(요 10:18). 반면에 그리스도께서 율법에 복종하여 생활하신 것은 그의 수동적 순종의 측면이었다. 그가 종의 형체로 행하신 것은 그의 고난의 중요한 요소 중 하나였다. 그리스도의 능동적 순종이고 수동적 순종은 유기체적 전체의 상호 보완적인 부분들로 간주되어야 한다. 이를 논하려면, 그리스도께서 율법과 맺고 계신 삼중 관계, 곧 자연적, 계약적, 형벌적 관계를 고려해야 한다. 인간은 이들 관계 각각에 있어서 실패하였다. 그는 율법을 자연적, 계약적 측면에서 준행하지 못했고, 이제는 하나님의 은총을 복구하기 위하여 죄의 값을 지불할 만한 처지에 놓여 있지도 않다. 그리스도는 그의 성육신으로 자연스럽게 첫 번째 관계로 진입하셨지만, 두 번째와 세 번째 관계는 오직 대리적으로 들어가셨다. 그리고 여기에서 우리가 특별히 관심이 있는 것은 바로 이 측면들이다.[126]

그리스도의 완전한 순종은 율법에 대한 순종과 형벌의 두 측면을 갖습니다. 그러나 이 두 부분은 분리되지 않고 구분됩니다. 그리스도의 속죄는 그분의 전 생애를 통해 성취되었습니다. 이러한 이유로 사도들의 신앙고백, 이른 바 '**사도신경**'에는 그리스도의 탄생에서부터 죽음과 부활에 이르는 흐름이 최상의 순서로 배열되어있습니다. 이러한 사역들은 구원의 완전한 요체로 칼뱅에 의해 불러집니다. 칼뱅은 다시 한 번 그리스도께서 일생 동안 수행하신 나머지 부분의 순종을 제외해서는 안 된다고 강조합니다. 바울은 그리스도의 전 생애가 구속의 원인이 됨을 이렇게 선포합니다. "**오히려 자기를 비워 종의 형체를 가지 사 … 아버지께 죽기까지 복종하셨으니 곧 십자가에 죽으심이라**"(빌 2:7-8).

죽음 자체도 자발적 순종의 성격이 있었습니다. 자원하여 드려지는 희생 제물만이 효력을 갖게 되기 때문입니다(마 27:12, 14; 요 10:15; 18:4; 사 53:7; 행

8:32). 이 모든 순종은 우리의 육신의 연약함을 취하신 채 행해진 것이었기에, 그리스도께 큰 투쟁이었고 우리를 향한 큰 사랑이었습니다. 그리스도께서 자신의 고유한 정서를 포기하신 채 하나님의 뜻에 복종하고 전부를 맡기지 않으셨다면, 하나님께 합당한 제물로 드려질 길이 달리 없었을 것입니다(히 10:7, 9). 루이스 벌코프의 가르침처럼 그리스도의 형벌적 죽으심, 수동적 순종에도 능동적 순종의 측면이 존재합니다. 그러므로 완전한 순종과 형벌적 죽음이 분리될 수 없는 것입니다. 또 한편 죄가 속해지는 희생제물과 씻음이 없다면 죄인은 두려움에 떨고 있는 양심은 쉼을 얻을 길이 없습니다. 우리를 위한 생명의 질료가 그리스도의 죽음에 자리 잡고 있습니다.

우리의 죄책으로 말미암은 저주가 하늘 법정에서 우리를 기다리고 있습니다. 그러므로 사도신경은 그리스도께서 유대의 총독 빌라도 앞에서 정죄를 받으셨음을 고백합니다. 그 이유는 하나님께서, 우리가 형벌과 저주를 받아야 할 죄책을 의로우신 그리스도께 떠맡기셨기 때문입니다. 우리 죄책이 그리스도께 전가되었습니다. **"그가 찔림은 우리의 허물 때문이요 그가 상함은 우리의 죄악 때문이라 그가 징계를 받음으로 우리는 평화를 누리고 그가 채찍에 맞음으로 우리는 나음을 받았도다"**(사 53:5). 우리의 저주를 가져가시고 우리를 구속하기 위한 죽음은 아무렇게나 죽는 죽음으로는 안 되었습니다. 우리의 구속의 값을 무르기 위해서는 죽음의 종류가 선택되어야 했습니다. 예수님께서는 강도들이나 폭도들에게 상해(傷害)를 입어 죽는 죽음에는 어떤 모양의 무릎도 존재하지 않았을 것입니다. 그리스도께서는 피고로 법정 앞에 세워져 심문과 협박을 통해 재판관을 통해 죽음을 선고받으시므로, 그 자신이 죄인의 역할을 감당하고 계신다는 사실을 보여주십니다. 구약의 예언들이 이로써 성취되었습니다. **"그가 범죄자 중 하나로 헤아림을 받았음이니라"**(사 53:12; 막 15:28). 그리스도께서는 죄책의 전가를 받아 부패가 없으심에도 불구하고 죄인의 자리에서 저주와 형벌을 받으셨습니다.

다른 한편 성경은 그리스도께서 죄 없는 자로서 죄인의 자리에 서서 저주와 형벌을 받았다는 증언을 접하게 됩니다. 그리스도께서는 무죄하였지만, 유죄의 선고를 받으셨습니다(마 27:23; 요 18:38; 시 69:4). 이러한 사실이 무엇을 가르쳐주고 있습니까? 순수한 무죄함 속에 계시던 그리스도께서는 자신의 고유한 죄가 아니라 타인의 죄를 대신 지셨습니다. 여기에 우리의 무죄 방면의 원인이 존재합니다. 우리 위에 형벌과 저주가 있게 한 죄책이 하나님의 아들의 머리로(사 53:12) 옮겨졌습니다. 하나님의 아들께서 우리의 죄 값을 대신 갚아 주셨습니다.

율법의 규정에서 십자가는 저주를 의미합니다(신 21:23). 그리스도께서 십자가에 못 박히신 것은 그분께서 우리를 위해 스스로 저주를 받으신 것입니다. 죄는 우리에게서 그분에게 옮겨졌습니다. 그리스도의 대속의 죽음은 율법 가운데 예표(豫表) 되었습니다. 죄 때문에 드려진 희생제물과 속죄제물들은 본래 "죄 자체(peccatum ipsum/sin itself)"를 의미했습니다. 이 이름 안에는 죄의 짐인 저주를 취해서 지고 가는 '정결제물들(καθαρμάτων)'의 의미를 함축하고 있습니다. 모세의 희생제사 법 가운데 예표 되었던 바가 그리스도 안에서 성취되었습니다. 완전한 속죄를 이행하기 위하여 그리스도께서는 자신의 생명을 '아샴(אשם)', 즉 죄를 무르는 제물로(사 53:5, 10) 내맡기셨습니다. 이 제물 안에서 더러운 것들이 잘려나가고 오점과 형벌이 더 이상 우리에게 전가되지 않습니다. **"아버지가 죄를 알지도 못하신 이를 우리를 대신하여 죄로 삼으신 것은 우리로 하여금 그 안에서 하나님의 의가 되게 하려 하심이라"**(고후 5:21). 그리스도께서는 우리가 저지른 불법의 수치와 모욕은 자신이 받으시고, 자신의 순수함으로 우리를 싸매셨습니다. 그런 의미에서 사도들은 하나님께서 자기 아들의 **"육신에 죄를 정하사"**(롬 8:3)라고 전합니다. 아버지께서는 죄의 저주가 그리스도의 육체 속으로 옮겨졌을 때 죄의 힘을 소멸시키셨습니다.

그리스도께서 구속의 제물로서 죽음 가운데 아버지께 드려지셨으므로, 그분의 희생으로 배상금(*expiatio*/expiation)이 완전히 지불되어 이제 우리는 하나님의 진노에서 벗어나게 되었습니다(사 53:6). 이는 전가(*imputatio*/imputation)를 통해 이루어졌습니다. **"그리스도께서는 죄악의 불결함을 정결하게 하시려고 전가의 옳겨 받음을 통하여 그 죄악을"**[127] 뒤집어쓰셨습니다. 십자가는 이러한 일의 징표가 됩니다(갈 3:13-14; 신 21:23; 벧전 2:24). 그리스도께서 저주 아래 들어가셨지만, 그분께서 저주에 압도되어 쓰러지신 것은 아닙니다. 도리어 주님께서는 저주를 담당하셔서 그 저주의 힘 전체를 꺾고 부수어버리셨습니다. 따라서 믿음은 그리스도의 저주 안에서 무죄 방면을, 그리스도의 정죄 안에서 은총을 붙잡습니다 (골 2:14-15). 영원하신 성령으로 말미암아 자기를 드린 그리스도로부터 만물의 본성에 있어서의 변화가 일어났습니다(히 9:14). 우리의 마음속에는 희생제물과 씻음이 항상 새겨져야 합니다. 오직 그리스도의 희생 안에서만 대속, 속죄, 화목이 확신될 수 있습니다(눅 21:28; 롬 3:24; 골 1:14; 딤전 2:6; 히 9:5; 11:35). 그리스도의 피는 배상금의 가치를 가지며, 우리의 더러움을 씻는 대야의 작용을 합니다(엡 5:26; 딛 3:5; 계1:5).

사도신경은 그리스도의 죽음과 장사되심을 고백합니다. 여기서 우리는 그리스도께서 우리의 구속의 값을 치르시기 위해 모든 곳에서 우리를 대신하여 서 계신 것을 발견하게 됩니다. 우리는 죽음의 멍에 밑에 사로잡혔으나, 그리스도께서 우리 대신에 자신을 죽음의 권세에 내어주시므로, 우리를 죽음으로부터 구원하셨습니다(히 2:9). 주님께서는 당신의 죽음으로 우리로 죽지 않게 하셨고, 자신의 죽음으로 우리의 생명을 구속하셨습니다. 여기에서 우리는 그리스도의 죽음과 우리의 죽음의 차이점을 알아야 합니다. 그리스도께서 죽음이 당신을 삼키도록 허락하신 것은, 우리를 삼킨 죽음을 삼키려 하셨기 때문입니다(벧전 3:22). 또 그리스도께서 죽음에 자기를 굴복시키신 것은, 우리를 짓누르는 사망의 권세

---

127 『기독교강요』 2권, 16장 6절.

를 깨뜨리기 위해서였습니다. 요컨대, **"죽음의 세력을 잡은 자 곧 마귀를 멸하시며 또 죽기를 무서워하므로 한평생 매여 종노릇 하는 자들을 놓아주려 하심이니"**(히 2:14-15). 이것이 그리스도의 죽음이 우리에게 가져다 준 첫 번째 열매입니다. 그리스도의 죽음이 우리에게 가져다 준 두 번째 열매는 성화적인 열매입니다. 우리가 그리스도의 죽음에 동참함으로써 그리스도의 죽음이 지상의 속한 지체들을 죽여 그 기능을 발휘하지 못하게 하며, 우리 안에 옛 사람을 죽여 번성하거나 결실하지 못하게 합니다.

그리스도의 장사도 같은 결과를 가져옵니다. 우리가 그리스도와 함께 장사되므로, 죄에 대하여 장사됩니다. 사도 바울은 우리가 그리스도의 죽음의 모범을 본받을 것을 권면할 뿐만 아니라, 그리스도의 죽음에 모든 그리스도인들이 그리스도와 함께 죽는 효과가 있음을 선포합니다(롬 6:4, 5; 갈 2:19; 6:14; 골 3:3). 그리스도의 죽음과 장사에는 이중적인 은총이 주어지는데, 그것은 예속되었던 죽음으로부터 해방되는 것과 우리의 육체를 죽이는 것입니다.

사도신경은 그리스도께서 지옥에 내려가심(*descensus ad inferos*/descent to hell)을 고백합니다. 이 구절은 고대 저술가들의 글에서 그다지 많이 사용되지 않았습니다. 그러나 이는 구속의 효과를 논하는 데 있어 적잖은 중요성을 갖습니다. 이 고백이 제거된다면 그리스도의 죽음이 가져오는 혜택이 많이 상실될 것입니다. 이 고백은 모든 경건한 사람의 공통된 의식에 따라 채택되었습니다. 해석은 다양하지만 교부들은 모두 자신들의 작품에서 이 고백을 다루었습니다. 어떤 이들은 지옥 강화를 단지 '**무덤**' 혹은 '**매장**'으로 해석하지만, 칼뱅은 더 깊은 의미를 제시합니다. 그러나 동일한 대상을 표현하는 두 말이 함께 연결되었다면, 뒤에 따라오는 말이 석의(釋義)가 되어야 하는데, **"그리스도께서 지옥에 내려가셨다"**는 말은 **"그리스도께서 장사되셨다"**는 말의 석의가 될 수 없습니다. 그리고 신앙의 주요 조목들은 가능한 최소의 단어로 간단하게 정리되어야 하는데, 무덤이나 매장에 관련된 말씀을 **"그리스도께서 지옥에 내려가셨다"**고 반복하는 것은 소모적인 표현으로 보입니다.

또 어떤 이들은, 시편 107편 16절과 스가랴 9장 11절에 근거해 그리스도께서 율법 아래에서 죽었던 조상들의 영혼들에게로 내려가셔서 구속이 성취되었다는 소식을 선포하시고, 그들이 갇혀있던 감옥에서 그들을 빼내셨다고 해석합니다. 그러나 시편 말씀은 아주 먼 이방 나라들 가운데 던져진 자들의 해방을 예언하고, 스가랴는 바벨론으로 내몰렸던 백성들의 참사와 모든 교회의 구원에 관련해 예언합니다. 또 베드로전서 3장 19절과 같은 표현들은 그리스도의 죽음의 힘이 신앙 안에 죽은 자들에게까지 도달한다는 의미일 뿐입니다. 칼뱅은 이런 구절들을 통해 그리스도께서 선조들의 림보(*limbus*/limbo)에 내려가셨다는 해석을 논박합니다.

칼뱅에 따르면, **"지옥 강하"**는 우리를 위해서 그리스도께서 받으신 영혼의 고통을 의미합니다. 그리스도께서는 육체만이 아니라 영혼의 고통도 받으셨습니다. 그리스도께서는 범죄자들에게 가하시는 저주와 버림받음의 무서운 고통을 영혼으로 겪으셨습니다. 그리스도께서는 이러한 영육 간에 전인적인 저주와 고통을 통해 하나님의 진노를 진정시키시며, 그 공정한 심판대에서 우리의 죄 값을 배상하셨습니다. 따라서 그리스도께서 지옥의 세력과 영원한 죽음에 대한 공포심을 상대로 직접 맞붙어 싸우셔야 하셨습니다(사 53:5; 행 2:24).

그리스도께서는 단순한 죽음을 당하신 것이 아니라, 죽음의 기원에 해당하는 하나님의 저주와 진노가 낳는 고통을 받으셨습니다. 그리스도께서는 마귀의 권세, 죽음의 공포, 지옥의 고통과 직접 맞붙어 싸우심으로, 그것들에 대해서 승리하시고 개선하셨습니다(히 2:14-15). 그리하여 우리의 왕이 죽음 가운데 삼키신 그것들을 우리가 더 이상 무서워하지 않도록 하셨습니다(벧전 3:22).

사도신경은 그리스도께서 죽으신지 사흘 만에 다시 살아나신 사실을 고백합니다. 그리스도의 십자가, 죽음, 장사에는 단지 연약함만이 드러나므로, 이 모든 것을 뛰어 넘어야만 완전한 힘을 얻어 믿음이 회복됩니다. 그리스도의 죽음은 부활(*resurrectio*/resurrection)로 결실했습니다. 부활이 없다면, 그리스도의 죽음과 장사는 불구의 몸과 같이 될 것입니다. 그리스도의 죽음과 장사는 부활을 위한 것이었습니다. 그리스도의 죽음은 죽음을 정복하기 위한 죽음이었기에, 부활은 그분의 죽음이 하나님의 의(義)와 뜻을 이루신 사실을 성부께 인정받으신 증거였습니다. 그리스도의 부활은 그리스도께서 구속을 위해 이루신 의(義)와 공로에 대한 칭의의 표지였습니다. 그리스도의 죽으심과 그분의 부활을 통한 거듭남으로 말미암아 우리에게 **"산 소망"**(벧전 1:3)이 있게 되었습니다. 부활은 그리스도의 죽으심이 죽음의 권세를 이기신 죽음이라는 것을 확증합니다. **"예수는 우리가 범죄한 것 때문에 내줌이 되고 또한 우리를 의롭다 하시기 위하여 살아나셨느니라"**(롬 4:25). 그리스도의 죽음으로 죄는 제거되고, 그리스도의 부활로 의(義)가 살아나고 회복되었습니다. 그리스도의 죽음과 부활 안에서 우리는 구원을 누립니다. 죽음을 통해 죄가 소멸되고 죽음이 사라집니다. 부활을 통해 의(義)가 회복되고 생명이 세워집니다. 부활의 은총으로 말미암아 죽음을 제거하는 능력과 효과가 우리에게 나타나게 됩니다.

부활을 통해 그리스도의 신성이 계시되었습니다(롬 1:4; 벧전 1:21). 우리를 믿음 안에서 보호하시는 능력이 그리스도의 죽음을 넘어 그분의 부활 그 자체에서 최고로 드러납니다. 그리스도의 죽음과 부활은 우리의 구속의 토대입니다. 그러므로 성경에서 죽음만을 이야기하더라도, 부활을 함께 이야기하는 것이며, 부활만을 이야기한다하더라고 그 부활은 죽음을 전제한 것입니다. 따라서 부활과 죽음이 홀로 쓰일 때, 제유법적인 용법으로 쓰인 것입니다. 그리스도의 죽음 없이 부활이 없고, 부활이 없는 죽음은 헛된 것이기 때문입니다. 그러나 죽음의 열매가 부활이므로, 부활이 없다면 복음이 헛되게 되고 말았을 것입니다(고전 15:17; 롬 8:34).

그리스도의 부활에 참여한 자는 땅위에 있는 우리 지체를 죽이게 되고, 그리스도의 부활에 참여한 자는 새 생명을 소유하게 됩니다(롬 6:4-5; 골 3:1, 2, 5). 그리스도의 부활이 베풀어주시는 또 하나의 열매가 있는데, 그것은 그리스도의 부활이 우리의 미래 부활의 공인된 보증이 된다는 사실입니다(고전 15:12-26). 그리스도의 부활은 우리의 부활의 가장 확실한 기초입니다. 그리스도께서는 부활의 첫 열매가 되십니다.

승천(*ascensus*/ascension)은 부활과 매우 긴밀하게 연결되어있습니다. 그리스도께서 비천한 지상 생활과 십자가의 수치를 벗어버리시고 부활하심으로써 영광과 권능을 더욱 완전히 나타내시기 시작하셨습니다. 그러나 그리스도께서 만유의 주로 승귀 하시고 즉위하시는 순간은 승천의 순간이었고, 그리스도의 나라의 실제로 창건된 것이 승천의 순간이었습니다(엡 4:10). 그리스도께서 우리를 육체적으로 떠나셨으나, 떠나심으로써 우리에게 더욱 유익하게 되었습니다. 지상에 계신 동안은 미천한 육신을 집으로 삼으시고 그 안에만 계셨기 때문입니다. 그러나 승천하신 후에 그리스도께서 성령을 얼마나 풍성하게 부어주셨는지, 얼마나 놀랍게 그분의 나라를 확대하셨는지 모릅니다. 승천하심으로써 육체적으로 우리 앞에 계시지 않지만(행 1:9), 더욱 직접적인 권능으로 천지를 주관하시려는 목적으로 그리스도께서 승천하셨습니다. 승천하심으로써 세상 끝 날까지 우리와 함께 하신다는 약속이 성취되었습니다.

사도신경은 승천하신 그리스도께서 하나님의 보좌 우편에 앉으셨다고 고백합니다. 이 말은 임금들이 정사를 맡기는 신하들을 자기 곁에 앉히는 데서 유래합니다. 하나님께서 그리스도 안에서 영광을 받으시며 그리스도를 통해서 통치하시기를 원하셨기 때문에, 그리스도께서 하나님 우편에 재위(在位)하시게 되셨습니다. 이것을 달리 표현하면, 그리스도께서 천지에 대한 주권을 받으시며, 위임된 정권을 엄숙히 장악하시고 차지하셨다는 의미입니다. **"예수께서 나아와 말씀하여 이르시되 하늘과 땅의 모든 권세를 내게 주셨으니"**(마 28:18). **"하나님이 오른손으로 예**

수를 높이시매 그가 약속하신 성령을 아버지께 받아서 너희 보고 듣는 이것을 부어 주셨느니라"(행 2:33). 그리스도께서는 마지막 심판 날에 내려 오실 때까지 통치를 계속하실 것입니다(엡 1:20-21; 빌 2:9; 고전 15:27; 엡 1:22; 행 2:30-36, 3:21, 4장; 히 1:8).

칼뱅은 그리스도의 재위가 신자에게 주는 혜택을 나열합니다. 첫째, 주께서 승천하심으로써 아담 때문에 닫혔던 천국 길을 여셨습니다(요 14:3). 그가 우리의 육을 쓰시고 우리를 대신하시듯이 하늘에 들어가셨으므로, 사도가 말한 것과 같이, 우리는 어떤 의미에서 이미 그리스도 예수 안에서 하나님과 함께 하늘에 앉아 있다는 결론이 됩니다(엡 2:6). 그래서 우리는 소망만으로 하늘을 차지하고 있는 것이 아니라, 우리의 머리이신 그리스도 안에서 이미 하늘을 차지하고 있습니다. 둘째, 믿음이 인정하는 바와 같이, 그리스도께서 아버지와 함께 계시다는 것은 우리에게 큰 혜택이 됩니다. 손으로 만들지 않은 성소에 들어가신 그리스도께서 항상 우리의 예언자와 중보자로서 아버지 앞에 나타나시기 때문입니다(히 7:25, 9:11-12; 롬 8:34). 아버지께서 우리 죄를 보시지 않으시고, 자기의 의義를 보시게 하십니다. 아버지의 마음을 우리와 화해하게 하셔서, 자기의 중재로 우리로 우리가 아버지의 보좌에 가까이 가는 길을 준비하십니다. 가련한 죄인들에게는 무서움이 가득했을 그 보좌를 그리스도께서 은총과 사랑으로 가득하게 하십니다. 셋째, 믿음은 그리스도의 힘을 깨달으며, 그 힘에 우리의 힘과 능력과 보화와 또 지옥을 이긴 자랑이 있습니다(엡 4:8; 시 68:18). 원수들의 것을 빼앗아 자기 백성을 풍성하게 만드시며, 그들에게 매일 영적 보화를 아낌없이 부어 주십니다. 그러므로 그는 하늘에 앉으시사, 우리에게 자기의 권능을 주입하셔서 우리를 영적 생명으로 살리시며, 성령으로 우리를 성결하게 하시며, 각종 은사로 교회를 장식하시며, 교회가 해를 받지 않고 안전하도록 보호하시며, 그의 십자가와 우리의 구원에 반대하여 날뛰는 원수들을 그의 강한 손으로 억제하십니다. 그리고 천지의 모든 권한을 잡고 계십니다. 그리스도의 승천과 하나님 우편에 앉아 하늘과 땅의 권세를 가지고 만유와 교회를 다스리심은 우리에게 위로가 됩니다. 교회는 죄와 마귀와 사망의 세력이 있는 세상에 교회가 세워져있고, 그 안에서 성도가 살아가기 때문에, 하늘과 땅의 권세를 지니신 분만이 진정 교회와 성도들을 지킬 수 있는 분이 됩니다. 온 세상을 통치하시고 섭리하시는 그리스도만이 세상의 세파 속에서 교회를 지키실 수 있으십니다.

그리스도께서는 자기의 권능을 그 백성들에게 분명히 증거 하십니다. 그의 나라는 지상에서 비천한 육 밑에 숨겨졌었으나, 마지막 날에는 그 숨겨진 광채와 영광이 그의 재림과 함께 드러날 것입니다(행 1:11; 마 24:30; 마 25:31-33; 살전 4:16-17). 그의 한없는 영광과 권능과 위엄으로 재림하셔서, 양과 염소를 가르고, 모든 사람을 심판대 위에 세울 것입니다. 이 교리는 그리스도인에게는 위로를 줍니다. 재림의 때 신자들은 정죄당하지 않으며, 그 때에 심판의 영예를 나누어 받기 때문입니다(마 19:28; 8:33-34). 중보자이신 그리스도께서 자기가 맡아 보호하시는 사람들을 정죄하시지 않으리라는 것은 훨씬 더 확실합니다. 우리를 구원해 주시리라고 우리가 기대해야 하는, 바로 그 우리의 구속주가 우리를 심판하는 심판대에 계시리라는 것은 평범한 보장이 아닙니다. 그뿐 아니라, 지금 복음을 통해서 영원한 축복을 약속하시는 이가 그때에는 심판정에서 그 약속을 실행하실 것입니다. 그러므로 아버지께서 아들에게 모든 심판을 맡기셔서(요 5:22) 영예를 주신 목적은 심판이 무서워 떠는 자기 백성의 양심을 그가 보호 하시려는 것입니다. 그리스도 안에 있는 성도들에게 재림은 그들의 칭의를 최종적으로 선언 받으며, 하나님의 자녀 됨을 최종적으로 인정받는 복된 선언의 시간이 될 것입니다.

㈃ 사도신경의 기원과 가치

이 장을 마루리 지으며 칼뱅은 사도신경의 기원과 가치에 대해 그리고 그 중심 주제에 대해 간략히 소개합니다. 사도 신경은 그리스도에 대해서 우리가 유의해야 할 일들을 일일이 분명히 보여주는 알람표와 같은 구실을 합니다. 칼뱅은 고대 저술가들이 신경을 사도들에게 돌린 다고 소개하고, 사도들이 공동으로 썼거나 그들이 전한 가르침을 충실 히 수집하여 요약한 것으로 봅니다. 칼뱅은 사도의 이름을 넉넉히 붙일 수 있는 문서로 인정합니다. 그는 확신하기를, 이 신경이 사도 시대에 모 든 사람이 이구동성으로 그것을 공중 고백서로 인정했다고 생각합니다. 그리고 가장 중요한 점은 이 신경의 핵심이 그리스도라는 사실입니다. 신경의 모든 조항에 홀로 그리스도께서 계실 뿐입니다. 우리의 구원은 전체적으로 또 그 모든 부분이 그리스도 안에 포함되었다는 것을 우리 는 압니다(행 4:12).

② 오직 그리스도의 공로로 우리가 하나님의 은혜와 구원을 누림

(ㄱ) 하나님의 예정과 그리스도의 공로의 관계

어떤 이들은 그리스도를 통하여 우리가 구원에 이른다는 고백을 하지만, 그리스도의 **"공로**(meritum/merit)**"**라는 이름이 하나님의 은혜를 모 호하게 만든다고 생각하여 부정합니다. 이런 성향을 지닌 사람들은 그 리스도를 단지 도구나 시종(侍從) 정도로 여길 뿐, 베드로처럼, 생명의 조 성자나 지도자 그리고 왕이라고 보지 않습니다(행 3:15). 이들은 공로를 인 간적인 어떤 것으로 이해하므로, 하나님의 사랑과 그리스도의 공로를 연결시키지 못하고, 하나님의 은혜와 그리스도의 공로를 모순적인 것이 고 양립 불가능한 것으로 여기어 그리스도의 공로를 부정하는데 이릅니 다.

그러나 하나님의 은혜와 그리스도의 공로는 모순적이지 않고 인과 적입니다. 칼뱅은 먼저 성자께서 그리스도로 세워지고, 죄인들의 구원자 가 되신 것이 하나님의 예정과 은혜에 따른 것임을 논증합니다. 아우구 스티누스(Augustinus)는 구원주이신 사람 그리스도 예수께서 예정과 은혜의 가장 밝은 빛이라 고백합니다. 그리스도께서 이 빛을 마련하신 것은 그분의 인성 안에 있는 어떤 선행(先行)하는 사역이나 믿음의 공로 때문이 아니었습니다. 그리스도께서는 어떤 공로에 의해서가 아니라, 하나님의 예정과 은혜를 따라 성부와 함께 영원히 계신 말씀께서 인성을 취하시어 한 인격 안에 하나님이시며 동시에 사람이 되셨습니다. 말씀이 사람으로 존재하기 시작하신 때부터 성자가 그리스도가 되신 바로 그 은혜를 인하여 누구든지 그의 믿음이 시작될 때 그리스도인(christianus/christian)이 됩니다. 그리스도 자신보다 더 명백한 예정의 본보기는 없습니다. 왜냐하면 다윗의 씨로부터 나신 이 사람이 사람을 선행(先行)하는 의지로 세운 공로가 전혀 없었음에도 불구하고 의롭게 삼으셔서 결코 불의하지 않게 하신 분, 바로 그분 자신이 불의한 자들을 의롭게 삼으셔서 그 머리에 속한 지체들이 되게 하셨기 때문입니다. 그러므로 그리스도의 공로에 대해서 다룰 때, 아우구스티누스는 그 시작을 그리스도 안에서 비롯된 것으로 여기지 않고, 그 첫 번째 원인을 하나님의 결정에 둡니다. 왜냐하면 그리스도께서 중보자로 세워지셔서 우리를 위하여 구원을 획득하신 일은 순전히 하나님의 기뻐하심에 따른 것이기 때문입니다. 즉, 아우구스티누스나 칼뱅은 하나님의 예정 혹은 은혜를 공로와 모순되거나 대치되는 것으로 여기지 않는 동시에 그리스도의 공로를 부정하지도 않습니다. 그들은 오히려 그리스도의 공로를 하나님의 예정에 따라 획득된 것으로 봅니다. 하나님의 예정 혹은 은혜와 그리스도의 공로는 인과적으로 연결됩니다. 따라서 칼뱅은 **"그리스도의 공로를 하나님의 자비와 대척점에 세우는 것은 무지의 소치다"**[128]라고 말합니다. 하위에 속한 것들은 그 위의 것들과 다툴 수 없다는 것이 일반적인 규칙입니다. 칼뱅은 그리스도의 공로가 하나님의 예정과 은혜를 뒤 따른 결과로 봅니다.

---

128 『기독교강요』 2권, 17장 1절.

따라서 칼뱅은 그리스도의 순종(*Christi obedientia*/the obedience of Christ)을 통해 우리에게 전가하시는 공로가 획득되었다는 교의(敎義)를 매우 정당한 것으로 여깁니다. 그리스도의 공로는 하나님의 기뻐하심으로부터 비롯되었습니다. 그리스도께 공로가 있었던 것은 주님께서 자신의 희생제물로 하나님의 진노를 누그러뜨리고(passive obedience) 자기의 순종으로 우리의 불법을 지워 내는 일(active obedience)을 위하여 지정되셨기 때문입니다. 칼뱅은 우리의 구원이 그리스도의 대리 형벌적인 십자가에서의 죽으심과 하나님의 법에 대한 완전한 순종을 근거로 주어졌음을 명시적으로 표현합니다. 이러한 칼뱅의 통찰은 신학 체계의 발전을 따라 능동적 순종과 수동적 순종이라는 용어로 명확히 표현되었습니다. 칼뱅은 말합니다. **"그에게 공로가 있었던 것은 그가 자기의 희생제물로 하나님의 진노를 누그러뜨리고 자기의 순종으로 우리의 불법을 지워 내는 일을 위하여 지정되셨기 때문이다."**[129] 그리스도의 공로는 실제적인 공로이지만, 그 공로가 하나님의 예정과 은혜를 통해 성취되었습니다. 하나님께서는 당신의 예정과 은혜에 따라 그리스도를 통하여 공로를 세우게 하시는 방식으로 우리를 구원하시기를 기뻐하셨습니다. 그러므로 그리스도의 공로는 하나님의 은혜와 마찬 가지로 그리스도 외에 모든 인간의 의(義)와는 아주 배치되는 것입니다. 그의 공로는 우리를 구원하시는 하나님의 예정과 은혜와 지혜로부터 비롯된 구원의 방식이었습니다.

(ㄴ) 하나님께서 그리스도 안에서 우리를 사랑하시는 방식

요한복음 3장 16절에 따르면, 우리의 구원의 최고의 원인은 하나님의 사랑이며, 이차적이며 근접하는 원인은 그리스도를 믿는 믿음입니다.

---

129 『기독교강요』 2권, 17장 1절; *Inst.* II. xvii, 1. *"sed quia ad hoc destinatus erat ut iram Dei sacrificio suo placaret, suaque obeientia deleret transgressiones nostras."*("but dis so because he had been appointed to appease God's wrath with his sacrifice, and to blot out our transgressions with his obedience.")

"하나님이 세상을 이처럼 사랑하사 독생자를 주셨으니 이는 그를 믿는 자마다 멸망하지 않고." 구원은 오직 그리스도의 인격과 사역 안에 있고, 우리는 그리스도를 의지하는 믿음으로 의(義)를 얻습니다. 성경은, 우리가 하나님을 먼저 사랑한 것이 아니고 하나님께서 우리를 먼저 사랑하셨다고 증거합니다. 그리고 그 사랑은 속죄제물이 되셔서 우리의 죄를 속하신 일을 통해 확증되었습니다(요일 4:10; 골 1:19-20; 고후 5:19; 엡 1:6; 2:15-16). 구원으로의 우리의 선택은 그리스도 안에서의 선택이었고, 그 선택에 의해 그리스도 안에서 은혜를 입습니다(엡 1:4-5). 그리스도의 피로 화목하게 하심을 통해 하나님의 사랑이 부르신 자들의 마음속에 드러납니다. 그리스도 안에서 그분의 대리 형벌과 완전한 순종으로 하나님의 공의를 만족시키시는 방식으로 우리를 구원하셨고, 그것이 우리의 구원의 토대가 되었으니, 하나님의 사랑의 시작은 의(義)입니다(고후 5:21). 하나님께서 우리를 구원하시는 방법은, 그리스도께서 획득하신 자신의 것을 우리에게 수여하시는 방식으로 나타납니다. 믿음은 그리스도와 그분께서 획득하신 것을 지향합니다.

(ㄷ) 하나님의 진노를 누그러뜨린 그리스도의 공로

"그리스도께서는 우리를 위한 자기의 순종으로 하나님 앞에서 은혜를 획득하신 공로를 세우셨"[130]습니다. 칼뱅은, 우리의 구원이 주님의 이러한 사역들 속에서 주어진 것으로 확정합니다. 그리스도께서는 우리의 죗값을 무르셨고, 우리가 진 벌금을 다 지불하셨으며, 자신의 순종으로 하나님의 마음을 누그러뜨리셨고, 의로운 자로서 불의한 자들을 위해 고난을 당하셨습니다. 즉, 우리의 구원은 그분의 의(義)로 말미암아 태어난 것이며, 그분의 의(義)만큼 유효하고, 그만큼 공로가 있습니다. 그리

---

130 『기독교강요』, 2권, 17장 3절; *Inst.* II. xvii, 3."*Quod autem vere Christus sua obedientia nobis gratiam apud Patrem acquisierit ac promeritus sit.*"("By his obedience, however, Christ truly acquired and merited grace for us with his Father.")

스도의 공로는 이 두 가지 사실로부터 비롯됩니다. 첫째는 그분의 대리 형벌적 죽음(수동적 순종)을 통한 화목이요, 둘째, 그리스도의 완전한 순종(능동적 순종)입니다. 이것은 분리되지 않으나 구분되는 하나의 완전한 순종의 두 측면입니다. 하나님의 진노는 그리스도의 죽음으로 누그러뜨려졌습니다. 또한 아담의 죄로 말미암아 우리가 하나님에게 멀어지고 멸망에 이르도록 정해진 것같이, 그리스도의 순종으로 말미암아 우리가 의인으로서 영접되는 호의를 입습니다(롬 5:19).

그리스도의 공로에 대한 이러한 인식으로부터 칼뱅은 **'대리 형벌 만족적 속죄'**를 더욱 분명히 제시합니다. 그리스도의 공로로부터 우리를 위한 은혜가 태어났다는 의미는 다음과 같은 사실을 뜻합니다. 그리스도의 피 흘림의 효과는 죄책을 제거하는데 있습니다. 이는 그리스도의 피 흘림의 값으로 하나님의 심판에 무름이 있게 된다는 사실로 귀결됩니다(요일 1:7; 마 26:28; 눅 22:20; 요 1:29; 출 34:7; 레 16:34; 히 9:13-14, 26, 28). 그리스도의 희생제물은 속죄하며, 하나님의 진노를 누그러뜨리고(유화), 값을 무르는 힘이 있습니다. 그리스도의 공로는 다른 사람들이 빚진 것을 갚음으로써 그들을 위한 의(義)를 획득하기 위한 것이었습니다(갈 3:13; 벧전 2:24; 사 53:5, 8). 은혜의 믿음에 의해 그리스도에게는 우리의 죄책이 전가되었고, 우리에게는 그리스도의 의(義)가 전가되었습니다.

(ㄹ) 의의 전가

칼뱅은 그리스도의 전가되는 공로와 관련해 먼저, 수동적 순종, 즉 대리 형벌적 죽음에서 비롯된 공로를 해설합니다. 사도들은 그리스도께서 우리를 죽음의 죄책에서 구속하기 위해 그 값을 지불하셨다고 매우 분명히 선포합니다(롬 3:24-25). 그분의 죽음은 구속의 값을 치르시는 것이었습니다(롬 3:24). 하나님의 심판 앞에서 안전히 설 수 있는 길은 그리스도의 피를 피난처로 삼아 그분의 의(義)를 취하는 것밖에 없습니다(롬 3:25; 벧전 1:18-19;). 그러므로 우리는 **"값으로 산 것"**이 되었습니다(고전 6:20). 이는 우리가 받아야 하는 형벌이 그에게 부과되었다는 의미입니다(딤전 2:5-6). 그러므로 그리스도의 피로 말미암은 구속은 "**죄 사함**(ἀπίλυτρον)"으로 정의될 수 있습니다(골 1:14). 그리스도의 피는 무름에 해당하는 것으로 하나님 앞에서 우리를 의롭게 되게 하거나 죄책으로부터 방면되게 합니다(골 2:14).

칼뱅은 능동적 순종의 측면에서 본 그리스도의 공로에 대해서도 해설합니다. 칼뱅은 갈라디아서 2장 21절로부터 다음과 같은 사실을 추론합니다. "**만일 의롭게 되는 것이 율법의 행위로 말미암으면 그리스도께서 헛되이 죽으셨느니라.**" 이 말씀으로부터 추론할 때, 누군가 율법의 요구를 다 지킬 수 있을 때, 율법이 제공할 수 있는 것을 우리는 그리스도에게서 찾아야 합니다. 즉, 그리스도의 은혜를 통하여 우리가 취하게 되는 것은 결국 하나님께서 율법 가운데 우리의 행위를 통하여 약속하신 무엇입니다. 즉, 그리스도의 공로를 이루는 것은 화목을 가져오는 대리 형벌적 죽음과 함께 율법이 요구하는 바를 완전히 순종할 때 주어지는 것을 포함합니다. 여기서 율법을 완전히 순종한 자에게 약속하신 것이란 "**사람이 이를 행하면 그로 말미암아 살리라**"(레 18:5)하신 것과 동일합니다. 칼뱅에 따르면, 의(義)가 율법의 준수에 있기 때문에, 그리스도께서 친히 그 짐을 지심으로 하나님의 호의를 취하셔서 마치 우리가 율법의 준수자가 된 것처럼 여겨주심으로 하나님과 화목하게 되었습니다. 칼뱅의 명확한 진술을 보십시오. "**만약 의가 율법의 준수에 있다면, 그리스도가 친히 그 짐을 지심으로 하나님의 호의를 취하셔서 마치 우리가 율법의 준수자라도 되었던 양 우리를 하나님과 화목하게 하셨다는 사실을 누가 부인할 것인가?**"[131] 칼뱅은 분명 그리스도의 대리적 형벌적 죽음만이 아니라 예수 그리스도께서 이루신 율법에 대한 완전한 순종이 화목의 근거가 되는 공로를 이룸을 명시적으로 주장하고 있습니

---

131 『기독교강요』 2권, 17장 5절.

다. 그러므로 바울은 구원이 우리의 행위가 아닌 그리스도의 의(義)의 전가에 달렸음을 선포합니다(롬 4장). 오직 그리스도 안에서 획득된 의(義)만이 하나님께서 의인으로 여기시는 근거가 됩니다(요 6:55; 엡 5:2; 롬 4:25). 따라서 그리스도의 공로는 자기 자신을 위한 것이 아니라 우리를 구원하기 위해 획득하신 것입니다.

스물한 가지, 기독교강요

◆

제3권

그리스도의
은혜를
받는 길

07

1장 1-4절
구원의 서정은 곧 성령론

1 그리스도와 우리를 연합시키시는 고리로서 성령

제3권에서 칼뱅은 성부께서 그리스도를 통해 성취하신 구속의 유익들을 죄인들이 어떻게 향유(享有)하게 하시는지를 다룹니다. 이 주제는 소위 '구원의 서정(ordo satlutis/the order of salvation)에 해당합니다. 구원의 서정이란 그리스도께서 역사적으로 성취하신 구속의 효력을 성령께서 각 개인의 심령과 삶에 적용하시는 구원 사역을 의미합니다. 구원의 서정은 구속이 성령에 의해 적용될 때, 각 개인에게 나타나는 단일한 구원의 논리적 혹은 인과적 순서를 의미합니다.[1] 그리스도의 속죄 사역이 구원의 객관적 측면이라면, 구원의 서정은 구원의 주관적 측면이라 할 수 있습니다. 구원의 서정 전체가 성령의 구속 적용 사역에 속하기 때문에, 개혁신학에서 구원론은 성령론이기도 합니다.

구원을 적용하시는 성령의 사역을 다룰 때, 구원의 서정에서 가장 중요한 전제요 출발점은 '연합(unio/union)'의 교의(敎義)에 돌려집니다. 개혁신학은 구원의 서정을 다룰 때, 성령의 사역의 본질을 '그리스도와의 연

---

1   Louis Berkhof, 415-7.

합(*unio cum Christo*/union with Christ)'에 두었습니다. 그리스도께서 우리 밖에 계시고, 우리가 그와 떨어져 있는 한, 그리스도께서 성취하신 유익이 무가치하게 됩니다. 그리스도께서는 아버지로부터 받으신 모든 것을 우리에게 나누어주시기 위해, 우리의 것이 되시고, 우리 안에 거하셔야 했습니다. 그러므로 성경은 그리스도를 '**우리의 머리**'(엡 4:15)라 부르며, "**많은 형제 중에서 맏아들**"(롬 8:29)라 부릅니다. 또 성경은 우리 편에서 그분에게 "**접붙임**"을 받으며(롬 11:17), "**그리스도로 옷 입는다**"(롬 8:29)고 표현합니다. 이러한 성경의 표현들은 모두 그리스도와 우리의 연합을 가르치기 위해 사용됩니다. 우리가 가진 모든 것은 우리가 그리스도와 결속하여 하나가 될 때만 가능합니다. 바울은 그리스도와 우리의 연합을 "**그리스도 안에**(ἐν Χριστῷ/in Christ)"라는 표현으로 가르쳤습니다. 구원에 속한 모든 것들이 그리스도 안에만 있습니다. 구원의 서정에 관련된 모든 것들이 그리스도 안에만 있습니다. 그러므로 그리스도와 연합하는 길 외에 구원은 존재하지 않으며, 그리스도와의 연합이 구원에 속한 모든 것을 받아 누리는 출발점이 되고 전제가 됩니다. 그러므로 그리스도께서는 자신을 포도나무에 비유하시고, 모든 자녀들을 포도나무에 접붙여진 포도나무 가지로 표현하셨습니다(요 15:1-8).

칼뱅은 이러한 연합이 어떻게 가능해지는지를 설명합니다. 우리와 그리스도와의 연합은 성령의 은밀한 효력(*arcana Spiritus efficacia*/the secret efficacy of the Spirit)을 통해 일어납니다. '**성령의 증언**'이란 말을 통해 성경은 성령께서 우리 심장에 표징이 새겨지듯, 그리스도의 씻음과 희생제물을 우리에게 인(*sigillum*/seal)을 치십니다. 베드로는 신자들을 "**성령이 거룩하게 하심으로 순종함과 예수 그리스도의 피 뿌림을 얻기 위하여 택하심을 받은 자들**"(벧전 1:2)이라고 말합니다. 베드로의 말씀의 의미는 그리스도께서 피 흘려 이루신 일을 우리에게 헛되지 않도록, 성령께서 우리의 영혼에 은밀히 물을 뿌려 깨끗이 씻으신다는 뜻입니다. 같은 의도로 바울은 깨끗이 씻는 일과 의롭다하시는 일에 대해서 말할 때, 이 두 가지 모두가 **"예수 그리스도의 이름과 우리 하나님의 성령 안에서"**[2] 우리에게 주어진다고 가르칩니다(고전 6:11). 요약하면, 그리스도를 우리 자신에게 효과적으로 묶는 고리(*vinculum*/bond)는 성령이십니다.[3] 그러므로 그리스도께서는 성령으로 기름 부음(*unctio*/anointing)을 받으셨습니다. 성령께서 강림하셔서 이루시고자 하신 그분의 구속 사역의 본질은 그리스도와 우리를 연합시키시는데 있습니다.

2 성령을 그리스도의 영이라 부르는 이유

그리스도께서는 특별한 방식으로 성령을 받으셨습니다. 주님께서 그렇게 하신 이유는 우리를 세상에서 분리시켜 영원한 기업의 소망을 바라보는 무리로 만드시기 위함이셨습니다. 그러므로 성경은 성령을 가리켜 **"성결의 영**(*Spiritus sanctificationis*/πνεῦμα ἁγιωσύνης/the Spirit of sanctification)**"**(롬 1:4; 살후 2:13; 벧전 1:2)이라고 부릅니다. 성령께서는 일반 사역을 통해 인류와 나머지 생명체를 생육하고 번성케 하실 뿐 아니라, 특별 사역, 곧 구속 사역을 통해 하늘 생명의 뿌리와 씨앗이 되십니다.

선지자들이 그리스도의 나라에 최고의 찬미를 돌리는 이유는, 그 나라가 도래할 때 더욱 충만한 성령의 임재가 있을 것이기 때문이었습니다. 요엘서에는 주목할 만한 구절이 있습니다. **"그 후에 내가 내 신을 만민에게 부어주리니"**(욜 2:28). 여기에서 선지자는 영의 선물을 선지자의 직분에 제한하는 것처럼 보이나, 여기서 알리려 하는 바는 하나님께서 한 형상을 사용하여 그 자신의 영을 예증하심으로써, 하늘 교리가 부족하고 결핍되어 지금까지 하늘의 교리를 모르던 사람들을 제자로 삼으

---

2   『기독교강요』, 3권, 1장 1절.
3   *Inst.* III. i. 1. *"Huc summa redit, spritum sanctum vinculum esse, quo nos sibi efficaciter devincit Christus."*

시리라는 것입니다.

또 성부께서 성자께 특별히 성령을 매우 충만하게 주신 이유는, 그리스도를 통해 하나님의 풍부한 은혜를 나누어주시는 수종자와 청지기로 삼으시기 위한 것이었습니다. 그래서 성령을 **"아버지의 영"**(*Spiritus Fatris*/the Spirit of Father)이라고 하며, 혹은 **"아들의 영"**(*Spiritus Filii*/the Spirit of Son)이라고 부르는 것입니다. 이로부터 전적 갱신의 소망이 생겨납니다. 성령께서는 예수를 죽은 자 가운데 살리신 영이시기에, 우리 안에 거하시면, 우리의 죽을 몸도 살리십니다(롬 8:11). 하나님의 백성에게 주실 영의 선물은 그리스도께서 맡아 가지고 계십니다.

성령께서 그리스도의 영(*Spiritus Christi*/the Spirit of Christ)이라 불리시는 이유는 하나님의 영원하신 말씀이신 그리스도께서 그 동일한 성령 가운데 아버지와 결합하셨기 때문만이 아니라, 그리스도의 중보자의 인격 때문이기도 합니다. 이런 의미에서 그리스도께서는 **"살려 주는 영"**으로서, 하늘로부터 주어지신 **"둘째 아담"**(고전 15:45)이라고 불리십니다. 하나님의 아들께서 자기에게 속한 사람들에게 자신의 고유한 생명을 불어 넣으시는 이유는 그들이 그 자신과 하나가 되게 하시기 위함입니다. 이 생명은 생물학적 생명이 아니라 영적 생명을 가리킵니다. 성령께서는 그리스도와 신자들을 연합시키시는 고리로서, 성령께서는 **그리스도께서 자신의 생명을 전달하시는 도관**과 같은 역할을 하십니다. 그러므로 그리스도의 은혜와 하나님의 사랑이 신자들에게 약속되었다는 사실은 성령의 교통하심과 결합됩니다(고후 13:13). 이처럼 성령께서는 그리스도의 인격과 사역으로 성취하신 결실들을 신자들에게 적용하시는 사역을 수행하십니다. 즉, 성령의 구속 사역은 그리스도와 그리스도의 것을 지향합니다. **"우리에게 주신 성령으로 말미암아 하나님의 사랑이 우리 마음에 부은 바 됨이니"**(롬 5:5). 그러므로 성령을 그리스도의 영이라 부르면 성령을 그리스도와 동일시 할 때, 여기서 동일시는 **"존재적 동일시"**가 아니라 **"사역적 동일시"**라 할 수 있습니다.

3 성령의 사역의 성격을 드러내는 성령의 칭호들

성령의 칭호는 성령의 사역의 성격을 드러냅니다. 칼뱅은 성경에서 언급되는 성령의 칭호 몇 가지를 설명합니다. 첫째, **"양자의 영**(*Spiritus adoptionis*/πνεῦμα υἱοθεσίας/the Spirit of adoption)**"**은 로마서 8장 15절에서 언급됩니다. 성령께서 **"양자의 영"**으로 불리시는 이유는, 성령께서는 성부께서 그리스도 안에서 우리의 아버지가 되어 주시고, 값없는 사랑을 베풀어 주심의 증인(*testis*/witness)이 되시기 때문입니다. 또한 성령께서는 우리가 기도할 때, 신뢰감을 가지고 두려움 없이 하나님을 **'아바 아버지'**(롬 8:15; 갈 4:6)라 부를 수 있게 하십니다. 이 같은 이유로, 성령께서는 우리 기업에 대한 **"보증**(*arrhabo*/ἀῤῥαβών/guarantee)**"**이며 **"인**(*sigillum*/σφραγίς/seal)**"**(엡 1:14)이라 불리십니다. 둘째, 성령께서는 죄 많고 연약한 자로서 살아가는 우리의 나그네 인생길에서 우리의 구원이 신실하신 하나님의 보호 아래 안전하다는 것을 말씀을 통해 깨우치시고, 내적으로 확신하게 하십니다. 셋째, 성령께서는 **"물**(*aqua*/מַיִם/ὕδωρ/water)**"**이란 호칭으로도 불리십니다. 그 이유는 성령께서는 은밀한 중에 생명의 은혜를 부어주시어 우리의 의(義)의 싹을 돋우시기 때문입니다. 성경은 이러한 은혜를 **"물"**로 비유합니다(사 55:1; 사 44:3; 요 7:37). 성령은 은밀한 중에 물을 주어, 우리의 의의 싹을 돋게 하신다. 따라서 성령을 자주 **'물'**이라고 불렀습니다. 성령은 깨끗이 씻으며 정하게 하시는 힘이 있으므로 물이라고 불려지는 때도 있지만, 에스겔서에서 주께서 **'맑은 물'**을 약속하시며, 그 물로 백성의 더러운 것을 씻어 버리겠다고 하십니다(겔 36:25). 또 성령께서는 죄를 정결하고 깨끗하게 하는 힘을 가지고 계시기 때문에, 물로 비유되시기도 합니다(겔 36:25). 넷째, 성령께서는 **"기름**(*oleum*/ἔλαιον/oil)**"**과 **"기름부음**(*unctio*/crivsma/anointing)**"** (요일 2:20, 27)으로 불리시기도 하십니다. 그 이유는, 성령께서 자신의 은혜로 사람들을 회복시키시고 생명의 활력을 배양하시기 때문입니다. 다섯째, 성령께서는 **"불**(*ignis*/πῦρ/fire)**"**로 칭해지십니다. 성령께서 이렇게 불리시는 이유는, 성령께서 정욕의 사악함을 끊임 없이 줄이고 태워서 하나님에 대한 사랑과 경건에 대한 열심을 마음에 불붙게 하시기 때문입니다(눅 3:16). 여섯째, 성령께서는 "샘(*fons*/πηγή/fountain)"으로 칭해지십니다. 그 이유는, 성령께서 자기로 말미암아 하늘의 모든 부(富)를 우리에게 머물게 하시는 샘이시기 때문입니다(요 4:14). 일곱째, 성령께서는 "**하나님**(주)**의 손**(*Dei manus*/κυρίου χείρ/the hand of God)"으로도 불리십니다. 왜냐하면 성령께서 자신의 능력을 불어 넣어 주심으로 우리가 신적 생명으로 호흡하게 하시고, 그분의 행하심과 기동하게 하심에 따라 다스림을 받게 하시기 때문입니다(갈 5:19-21).

따라서 이러한 호칭들을 통해 우리는 그리스도의 것을 우리 안에 적용하시는 성령의 사역의 성격을 깨닫게 됩니다. 이런 이유로, 이러한 호칭들은 그리스도 안에 있는 것으로 성령께서 우리에게 어떤 일을 행하셨는지 인식하게 됩니다. 그리스도와 우리를 연합시키시는 고리되신 성령께로부터 우리의 시선을 잃게 되면, 그리스도는 참으로 우리와 멀리 계신 분으로만 여겨지게 됩니다. 반대로 성령께서는 그리스도를 머리로 모신 자들(엡 4:15), 또 그들을 위해 그리스도께서 형제 중에 맏아들이 되어주신 사람들(롬 8:29) 그리고 그리스도로 옷 입은 사람들(갈 3:27)에게만 은혜를 베풀어 주십니다. 이로써 성령은 그리스도의 것으로 우리에게 베풀어 주시며, 그리스도께서는 성령께서 우리 안에 내주하시어 우리를 다스리시는 분이 될 수 있게 하는 토대임을 알게 됩니다. 우리는 성령의 사역 속에서 그리스도를 인식해야 하고, 그리스도의 사역 속에서 성령을 인식해야 합니다. 성령의 사역의 본질이 그리스도와의 연합에 있음을 아무리 강조해도 부족하지 않습니다. 그리스도를 우리와 하나 되게 연합시키시는 분은 오직 성령이십니다. 칼뱅은 이렇게 말합니다. "**그리스도가 우리를 아우르시고 동시에 우리가 그를 소유하게 되는 것은 우리가 그리스도의 영의 은혜와 능력에 힘입어 그리스도의 지체가 되었기**

때문이다."[4]

4 그리스도를 믿는 믿음은 성령의 주요한 사역의 결과

우리는 성령의 사역의 본질이 그리스도와 우리를 연합시키시는 것이라는 사실을 확증했습니다. 그렇다면, 그리스도와의 연합에서 몹시 중요한 주제는 '**믿음**(*fides*/faith)'이 됩니다. 왜냐하면 그리스도와의 연합이 그토록 중요하다면, 우리는 "**그러면 어떻게 그리스도와 연합할 수 있는가?**"라는 질문으로 나갈 수밖에 없습니다. 믿음은 그리스도와 우리를 연합시키는 **유일한 수단**입니다. 그리스도와 우리는 믿음이라는 수단을 통해서만 연합할 수 있습니다. 그런데 구원의 도구적 원인(instrumental cause)은 바로 말씀을 통해 성령께서만 베풀어 주실 수 있습니다. 믿음에 있어 성령의 사역이 중요해집니다.

믿음은 진정 성령의 주요한 작품입니다. 성령께서 우리를 구원하시기 위해 행하시는 일 중에 가장 중요한 일이 그리스도와 우리를 연합시키기 위해서 믿음을 일으키시는 것입니다. 일반적으로 성령의 힘과 작용과 관련된 표현들은 주로 믿음과 연관됩니다. 성령께서는 복음의 말씀을 통해 우리를 그리스도에 대한 신앙으로 이끌어주십니다. 말씀을 통해 그리스도를 알게 하시고 확신케 하시고 의탁하게 하십니다. 그러므로 성령께서 선택된 자들을 조명하셔서 복음의 말씀을 깨닫고 믿는 신앙에 이르게 하시므로, 이들이 구원되신 그리스도께 참여할 수 있습니다(마 16:17; 엡 1:13; 살후 2:13; 요일 3:24; 요일 4:13; 요 14:17; 욥 20:3; 계 3:17; 고후 3:6; 요 6:44, 12:32, 17:6). 암흑 속에 있던 죄인은 말씀을 들을 때(외적 부르심) 성령의 조명을 통해 내적 부르심을 받고 그 순간에 거듭나 새로운 피조물이 됩니다

---

4 『기독교강요』 3권, 1장 3절.

(고후 5:17). **"그러므로 믿음은 들음에서 나며 들음은 그리스도의 말씀으로 말미암았느니라"**(롬 10:17). 성경은 그러므로 우리가 말씀으로 거듭나며 성령으로 거듭난다고 선포합니다. 이처럼 흑암에 빛을 주시고, 말씀과 그분의 조명하심을 통해 추하고 더러운 자들을 깨끗하게 씻어 주십니다. 죄악 속에 있는 자들을 의(義)와 거룩으로 칭의 받게 하시고 중생, 성화시키시는 분은 말씀을 들을 때 믿음을 발생시키시는 성령이십니다. 이렇게 하여 성령께서는 우리를 성전이 되게 하시는 분이십니다(고전 3:16-17, 6:19; 고후 6:16; 엡 2:21).

08

2장 1-42절
구원의 도구적 원인,
믿음에 대한 정의와 그 속성

1 믿음의 정의와 그 속성

(1) 믿음의 목적과 믿음에 이르는 방법은 모두 그리스도 안에

믿음의 정의를 명확히 하기 위해 믿음의 역할이 무엇인지 숙고할 필요가 있습니다. 믿음은, 사람이 수행할 일들을 규정한 율법 앞에서 자신의 타락상을 깨달은 자들이 그들의 구원을 위해 오로지 구속주되신 그리스도를 붙들고 바라보는 것을 의미합니다. 무한한 긍휼과 사랑의 하나님 아버지께서 그리스도의 손을 통하여 죄책과 부패로 비참한 죄인들에게 도움을 주시기를 원하셨습니다. 믿음은 바로 이러한 그리스도 안에 계신 아버지의 자비를 깨닫고 신뢰하여 의지하도록 하는 역할을 합니다. 이 믿음을 통해 죄인들은 자비 가운데 쉼을 얻습니다. 따라서 믿음은 그 대상에 의해 참 신앙과 거짓 신앙이 가려지게 됩니다. 신앙의 유무, 신앙의 진위(眞僞)는 그 믿음이 바라보고 붙드는 대상에 의해 결정됩니다. 믿음은 믿음의 대상이 되시는 삼위일체 하나님과 그리스도 안에서 하나님께서 베푸신 복음의 은총들을 지향합니다. 믿음은 그리스도 안에 계신 아버지와 그분이 이루신 것들을 인식하고, 확신하고, 신뢰 가운데 의지하게 하는 역할을 합니다. 즉, 믿음은 하나님과 그분의 복음을 전인격적으로 지향하는 것을 의미합니다. 믿음의 대상과 관련하여 칼뱅은 그리스도를 강조합니다. 왜냐하면 하나님을 유한하고 타락한 인간이 온전히 알 수 없기 때문에(딤전 6:16; 요 8:12; 시 36:9; 요 14:6), 그리스도의 중보가 필요합니다. 그리스도는 아버지를 계시하십니다. 우리는 볼 수 없는 하나님의 형상을 그리스도 안에서 발견해야 합니다(히 1:3). 그리스도께서는 아버지를 계시하시며, 이러한 그리스도께로 우리를 이끌어 주시는 분은 성령이십니다. 그러므로 아우구스티누스(Augustinus)는 믿음의 목적지와 믿음에 이르는 방법을 논합니다. 아우구스티누스는 그 답을 그리스도로 제시합니다. 그리스도께서는 하나님으로서 우리의 신앙의 목적지입니다. 그분은 우리의 신앙의 유일하고 올바른 대상이 되십니다. 동시에 그리고 사람으로서 그리스도께서는 우리가 하나님이라는 목적지에 도달하는 유일한 방법이시기도 합니다. 우리는 그리스도를 믿음으로 하나님을 아버지로 모시고 신앙의 대상으로 모실 수 있습니다. 하나님이란 목적지는 그리스도를 유일한 중보자로 믿는 신앙을 통해서만 도달할 수 있습니다. 따라서 믿음의 목적지와 믿음에 이르는 방법 모두가 그리스도 안에서만 발견됩니다. **"너희는 그를 죽은 자 가운데서 살리시고 영광을 주신 하나님을 그리스도로 말미암아 믿는 자니 너희 믿음과 소망이 하나님께 있게 하셨느니라"**(벧전 1:21). 성령을 통해 주어지는 믿음은 전인격적으로 신앙의 대상되신 아버지와 그리스도 그리고 복음의 은총을 지향하는 것이라 요약될 수 있습니다.

(2) 참 믿음과 유사 믿음

① 맹목적 믿음은 참된 믿음이 아님

칼뱅은, 중세 스콜라주의자들이 그리스도를 바로 직관하지 못하므로, 그들의 모호한 정의들로 어떻게 믿음의 의미들을 제거했는지 알려

줍니다. 믿음에 대한 이들의 큰 오류는 **"맹목적 믿음**(*implicitus fides*/implicit faith)**"**이란 개념을 창안해 낸 데 있습니다. 스콜라주의자들은 이 개념을 가지고 자신들의 우매한 무지를 합리화하고, 불쌍한 일반 사람들을 속여 큰 파멸에 이르게 했습니다. **"맹목적 믿음"**이란 신앙의 대상에 대하여 아무 것도 이해하지 못할지라도, 교회를 향한 순종적 감정을 가지고 있다면, 그것을 믿음으로 인정한다는 뜻입니다. 스콜라주의자들은 무지함 속에서도 교회의 권위와 판단에 동의하기만 한다면 그것이 믿음이라고 확신한 것입니다. 이러한 겸손을 가장한 무지에 속한 믿음은 유사 믿음일 뿐입니다. 그러나 칼뱅은 믿음의 근거는 무지가 아니라 지식이라 가르칩니다. 이 지식은 하나님뿐 아니라 신적 의지까지 아는 지식을 의미합니다. 구원 받는 믿음은 하나님께서 그리스도를 통해 화목을 이루시고, 우리에게 호의를 베풀어주시는 아버지라는 사실(고후 5:18-19)과 그리스도께서 의(義), 거룩, 생명으로서 우리에게 주어졌다는 사실을 아는데 이르러야 합니다. 구원 받는 믿음을 지닌 사람은 자신이 이해하고 추구하는 바를 마음으로 믿어 입으로 시인하여 의(義)에 이르고 구원을 받습니다(롬 10:10). 진정한 믿음은 맹목적 믿음과 달리, 교회에 대한 경외가 아니라 하나님과 그리스도에 대한 지식에 근거합니다. **"영생은 곧 유일하신 참 하나님과 그가 보내신 자 예수 그리스도를 아는 것이니이다"**(요 17:3). 성경은 도처에서 진정한 믿음이 이해(*intelligentia*/understanding)와 결합되어있다고 가르칩니다.

그러나 우리가 나그네로 사는 동안에 우리가 소유한 참된 믿음에 불명확함이 전혀 없는 것은 아닙니다. 지상에서는 여전히 많은 것이 감춰져 있고, 아직 여죄가 존재하는 우리의 지성에는 오류의 구름이 가려져 있어서 **이 땅에서 신자라도 모든 것을 다 이해할 수는 없습니다. 이 땅에서 가장 완전한 사람들이라도 할 수 있는 가장 현명한 일은 전진하는 것 그리고 고요히 또 겸손하게 계속 노력하여 더욱 전진하는 것일 뿐입니다. 성경은 우리가 모두 불완전하다고 가르치는 동시에, 무지를**

합리화하지 않고, 일생 믿음으로 하나님과 그분의 뜻과 호의를 알아가는 데 정진할 것을 명령합니다. 칼뱅은 맹목을 합리화하거나 맹목에 머무르거나 맹목을 목표로 삼는 것을 허용하지 않습니다. 오히려 우리의 불완전함을 인하여 더욱더 성장과 전진의 필요성을 인식하기를 권고합니다(롬 12:3). 가장 훌륭한 교사라도 자신의 무지를 깨닫고, 항상 배우겠다는 태도를 가져야 합니다. 무지와 오류에 대한 깨달음은 맹목적 신앙으로 나아가지 않고 하나님을 알아가려는 열성으로 나타나야 합니다. 그리스도인은 맹목을 추구하지 않습니다. 그리스도인에게 존재하는 무지는 단지 무지가 아니라 숨은 믿음의 씨가 숨겨진 채 연약한 것을 의미합니다. 이 씨는 새로운 힘으로 터져 나오고 자라납니다.

② 믿음의 준비에 머무른 믿음은 참된 믿음이 아님

믿음의 준비에 불과한 믿음도 맹신이라 할 수 있습니다. 복음서를 보면, 복음의 교훈을 조금도 깨닫지 못하면서도 기적에만 놀라서 그리스도를 약속된 메시아라고 믿은 사람들이 많았습니다. 이런 믿음의 공경은 **"믿음의 시작**(*initium fidei*/the beginning of faith)**"**에 불과합니다(요 4:50, 53). 이런 믿음은 그 대상이 복음의 교훈이 아니라 어떤 특정한 일에 대한 믿음입니다. 즉, 그리스도의 제자가 되려면, 예비적 신앙이 아닌 복음의 교훈을 배우고 알아야 합니다. 믿음의 준비로서 신앙은 아직 믿음의 주요한 요소들에 젖어들지 못한 믿음입니다. 믿음의 주요한 요소들이 무엇인지는 뒤에서 다루어 질 것입니다. 교황주의자들은 '맹목적 신앙'이란 것으로 무지와 나태에 안주합니다. 바울은 **"항상 배우나 마침내 진리의 지식에 이를 수"**[5] 없는 사람들(딤후 3:7)을 엄중히 책망합니다. 그런데 완전한 무지를 의도적으로 택한 자들은 더 큰 책망을 받아 마땅합니다.

5 　『기독교강요』 3권, 2장 5절.

③ 그리스도 안에서 참 하나님을 계시하는 성경만이 참된 믿음의 근거가 됨

(ㄱ) 복음으로 옷 입은 그리스도만이 믿음이 지향할 목표

아버지께서 제시하시는 그리스도, 즉 자신의 복음으로 옷을 입으신 그리스도를 우리가 받아들인다면, 이것이 참으로 그리스도를 아는 것입니다. 그리스도께서 우리의 믿음의 목표로 정해지실 때, 복음이 앞서 가지 않으면 우리는 결코 올바른 길에 들어설 수 없습니다. 우리는 오직 성경이 가르쳐 준대로의 그리스도를 알고 믿어야 합니다. 복음으로 옷 입은 그리스도는 성경이 계시한 대로의 그리스도이십니다. 그러므로 바울은 가르침(doctrina)을 믿음의 동반자로 제시합니다(엡 4:20-21). **"진리가 예수 안에 있는 것같이 가르침을 받았을진대 너희는 그리스도를 그같이 배우지 아니하였느니라"**(엡 4:20-21). 칼뱅은 믿음을 그리스도께서 강림하시므로 드러내신 복음에만 제한시키지 않습니다. 그리스도의 복음을 예언하고 예표하던 모세와 선지자의 율법도 포함합니다. 그러나 그리스도에 대한 더욱 완전하고 충족한 선포가 주님의 강림 후 계시된 복음에 있습니다. 바울은 이것을 **"믿음의 교훈"**이라고 부릅니다(딤전 4:6).

칼뱅은 믿음과 말씀(verbum/word) 사이에 영속적인 관계를 통찰합니다. 이 둘을 서로 분리할 수 없는 것은 태양에서 나오는 광선을 태양에서 분리할 수 없는 것과 같습니다(사 55:3; 요 20:31; 시 95:7; 사 54:13; 요 6:45). 믿음의 대상은 그리스도 안에 계신 하나님과 그분의 뜻과 호의입니다. 그리고 믿음의 대상은 오직 말씀을 통해서만 계시됩니다. 그런 의미에서 믿음이 지향해야 할 목표는 하나님의 말씀, 성경입니다. 말씀은 믿음을 지탱하는 기초입니다. 그런고로 말씀에서 떠난 믿음은 넘어지고, 말씀을 제거하면 믿음은 조금도 남지 않습니다. 말씀은 거울과 같아서 그 거울 속에서 우리는 하나님을 바라보고 숙고하게 됩니다.

(ㄴ) 믿음은 하나님의 존재와 그분의 뜻과 그분의 호의를 지향함

그렇다면 말씀에 근거한 믿음은 어떤 지식을 수반할까요? 하나님께서는 항상 말씀을 통해 자신을 나타내십니다. 하나님께서 자신을 나타내신다는 말의 의미는 단지 당신의 존재만을 알려주신다는 의미가 아닙니다. 믿음은 하나님께서 존재하신다는 것을 아는 것 이상의 인식을 요구합니다. 믿음은 성경을 통해 하나님께서 존재하신다는 사실과 함께 하나님의 뜻을 인식하는 믿음입니다. 그래서 바울은 믿음을 **"복음에 의해서 부여되는 순종"**(롬 1:5)이라고 정의했습니다. 다른 곳에서도 바울은 **"믿음의 복종"**을 칭찬합니다(빌 1:3-5; 살전 2:13). 이러한 표현들은 믿음이 하나님께서 존재하신다는 것을 인식하는 것을 넘어 우리를 향한 하나님의 뜻(*voluntas Dei*/the will of God)을 인식한다는 것을 알려줍니다. 하나님의 뜻을 안다는 것은 하나님께서 누구신가를 안다는 것을 넘어 그분께서 우리에게 어떤 분이 되고 싶어 하시는가를 아는 것을 의미합니다. 믿음은 하나님의 뜻을 아는 것이며, 하나님의 뜻은 말씀에서 알려집니다.

믿음의 대상이 하나님의 존재하심과 그분의 본성을 넘어, 하나님의 뜻에 미친다는 사실을 제시한 후, 칼뱅은 이에 더하여 믿음이 그리스도 안에서 베풀어진 하나님의 은혜, 곧 호의를 지향해야 함을 가르칩니다. 하나님의 말씀에서 믿음이 발견하는 것은 하나님의 뜻을 아는 것을 넘어서 있습니다. 만일 그렇다면 부패하고 무능하여 하나님의 뜻에 완전히 이를 수 없는 우리들은 두려움에 휩싸여 하나님의 낯을 피할 수밖에 없습니다. 그러나 믿음은 하나님을 찾아야 하지 피해서는 안 됩니다. 우리의 마음이 하나님을 찾고자 이끌리는 때는 우리의 구원이 하나님께 달려있다는 사실을 깨달은 후입니다. 구원의 공이 부패하고 무능한 우리의 손에 들려졌을 때는 저주와 양심의 짓눌림 외에 아무 것도 얻을 수 없습니다. 그러나 우리의 구원이 하나님의 돌봄과 열심에 있다는 사실을 깨달을 때, 우리는 하나님 앞에 나아가게 됩니다. 그러므로 우리에게는 은혜의 약속이 절실하며, 믿음은 은혜의 약속(*gratiae promissio*/the promise of grace)을 지향하고 바라봅니다. 우리는 이 약속을 통해 하나님께서 관대하시다는 증거를 얻습니다. 은혜의 약속을 통하지 않고는 하나님께 접근할 방도가 없고, 사람의 마음은 은혜 위에서만 쉼을 누립니다. 우리는 은혜를 통해서만 진리의 하나님, 진실한 하나님께 다가갈 수 있습니다 (시 89:14, 24, 92:2, 98:3, 100:5, 108:4, 115:1). 은혜 없이 진실한 하나님을 대하면 저주와 정죄 밖에 돌아올 것이 없기 때문입니다. 하나님의 사랑에 대한 유일한 보증은 그리스도이십니다. 그가 계시지 않다면, 우리는 하나님의 증오와 진노의 표징들로 휩싸일 것입니다.

칼뱅은 믿음이 하나님과 그분의 뜻과 은혜를 지향하는 지식을 담고 있다는 점을 논증한 후, 이 논증을 따라 믿음의 정의를 내립니다. **"믿음은 우리를 향한 하나님의 선하심에 대한 견고하고 확실한 지식이다. 이 지식은 그리스도 안에서 거저 주신 약속의 진리에 기초하는 것으로서, 성령을 통해서 우리의 마음에 계시되고 우리의 심장에 새겨진다."[6]**

④ 거짓된 믿음들

(ㄱ) 로마 가톨릭이 고안한 형성된 믿음과 형성되지 않은 믿음

중세 로마 교회가 **"형성된 믿음**(fides formatae/formed faith)**"**과 **"형성되지 않은 믿음**(fides informis/unformed faith)**"**을 구별한 것은 쓸데없는 짓을 한 것이었습니다. 이들의 오류는 첫째, 믿음을 하나님을 경멸하는 자라도 성경에 주어진 것을 받아들이게 되는 동의(assensus/assent) 정도로 여깁니다. 이들은 믿음에서 경건한 성향을 분리시키므로, 마치 단지 지적으로 동의하는 정도를 믿음으로 여깁니다. 이들이 만든 **"형성되지 않은 믿음"**은 동의에 불과한 것을 믿음이라고 정의하고 있습니다. 우리는 잠시 뒤에 믿음이 단지 지적 동의가 아니라 참된 믿음이 지식, 확신, 신뢰라는 세

가지 요소를 요구하고 있음을 살피게 될 것입니다. 둘째, 이들은 **"형성된 믿음"**이란 용어를 사용하므로, 인간의 덧붙여진 자질에 세워지는 믿음을 주장하므로, 믿음과 믿음이 낳는 열매를 혼동하고, 믿음이 세워지는 원인을 인간의 노력과 사랑에 두므로, 믿음에 있어 성령의 특별한 은사를 부정하는 결과를 초래했습니다. 사랑과 노력은 믿음의 결과요 열매가 아니라, 믿음을 온전케 하는 원인이 됩니다. 그러므로 믿음을 사랑과 혼동하며, 믿음과 사랑의 인과적 관계를 파괴하고, 인간의 노력과 사랑을 공로화합니다. 이들에게 믿음 자체가 인간의 자질로서 사랑과 노력으로 전락합니다.

그러나 믿음은 그 시초에 화해를 내포하며, 이 화해에 의해서 사람은 하나님께 가까이 나아갑니다. 또 중세 로마 교회가 경건한 성향을 결여한 동의라는 것은 믿음이 아닙니다. 동의는 뇌가 아니라 가슴에, 지성이 아니라 정서에 존재하기 때문입니다. 그렇기 때문에 믿음의 요소로서 동의는 **"믿음의 순종"**(롬 1:5)으로 불립니다. 주님께서는 다른 어떤 복종보다도 이 복종을 기뻐하십니다. 따라서 경건한 감동, 곧 경건한 성향이 동의에 더해질 때 믿음이 형성된다는 말은 모순입니다. 왜냐하면 경건한 성향이 결여된 동의는 이미 믿음이 아니기 때문입니다. 믿음으로서 동의는 이미 경건한 성향을 포함하고 있어야 합니다. 성경은 뇌나 머리로 그치는 것을 믿음으로 부르지 않고, 마음에서 나온 것을 믿음이라 부르기 때문에, 믿음으로서 동의는 마음에 속한 문제입니다. **"사람이 마음으로 믿어 의에 이르고"**(롬 10:10).

믿음은 그리스도를 아버지에 의해서 우리에게 주어진 분으로 파악하며(요 6:29), 그리스도는 의로움, 죄사함, 평강이 되실 뿐 아니라 거룩함과(고전 1:30), 생수의 샘이 되시려고(요 4:14; 7:38) 주어지셨으므로, 성령의 거룩하게 하심을 이해하지 않고는 그리스도를 안다고 말할 수 없습니다. 왜냐하면 그리스도께서는 그 자신의 영의 거룩하게 하심과 분리되어 알려질 수 없기 때문입니다. 믿음은 결코 경건한 정서로부터 분리될 수 없습니다. 따라서 믿음으로서 동의는 경건한 정서를 결여할 수 없습니다.

둘째, 이들은 동의에서 결여될 수 없는 것을 결여되게 정의하고, 그 결여된 것을 인간의 것으로 대체시켰습니다. 즉, 믿음에 속하고 믿음이 낳는 것을 인간의 사랑과 노력으로 바꾸어 버리므로, 믿음을 행위와 공로로 혼돈하였습니다. 이들은 형성된 믿음과 형성되지 않은 믿음을 구별하기 위해, **"만약 어떤 사람에게 분명 산을 옮길 만한 모든 믿음이 있을지라도 사랑이 없으면 아무 것도 아니요"**(고전 13:2)라는 바울의 말씀과 야고보서를 오독(誤讀)하고 악용합니다. 그러나 경건과 사랑이 없는 믿음이 존재할 수 없습니다. 믿음은 사랑을 낳고, 경건을 낳기 때문입니다. 믿음과 사랑, 믿음과 경건은 구분되지만, 분리될 수 없기에, 믿음이 있는 곳에 언제나 사랑과 경건이 함께 합니다. 바울과 야고보가 경계하고 정죄하는 믿음은 실상 거짓 믿음이요 유사 믿음일 뿐입니다. 따라서 성경에서 일컫는 믿음은 다양한 의미로 사용됩니다. 따라서 칼뱅은 거짓된 믿음을 참된 믿음과 구별합니다.

(ㄴ) 믿음의 여러 종류들과 거짓된 믿음

그림자나 외형에 불과한 믿음은 이미 믿음이라 부를 가치가 없습니다. 마술사 시몬이 이런 거짓 믿음, 유사 믿음을 가졌습니다(행 8:13, 18). 시몬은 복음의 엄위에 굴복되어 어떤 종류의 믿음을 보였습니다. 그는 생명과 구원의 조성자로서 그리스도를 인정하고 그에게 동참했다고 스스로 여겼습니다. 그러나 시몬의 믿음은 씨 뿌리는 비유에서 열매를 맺기 전에 기운이 막혀버리거나 뿌리가 내리기 전에 시들어 죽어버리는 일시적인 믿음 형태를 가졌습니다(눅 8:6-7). 이런 사람들의 믿음이라는 것은, 어느 정도 말씀의 맛을 맛보고, 그 영광과 엄위에 자극 받아 어느 정도 거룩한 힘을 느낌을 가지므로, 자신의 생각에 믿는다고 착각하고, 타인에게 믿는 듯한 인상을 풍기기도 합니다. 그래서 이런 사람들은 일시적으로 하나님의 말씀을 믿고(눅 8:13), 노골적으로 비난하거나 경멸하지 않습니다. 그러나 이러한 사람들은 구원에 이르는 믿음에 이르지 못한 사람들로 거짓 외양을 지닐 뿐입니다.

그러나 이들이 그리스도에게 동의한다고 할 때, 그것은 결코 마음 그 자체를 파고들지 않으며 마음에 부착해 머물러 있지 않습니다. 실상 마음에 뿌리를 내리지 못해 살아 있는 것이 아닙니다. 이러한 마음에 뿌리 내리지 않은 믿음의 모조품(模造品)은 마귀들보다 뛰어날 것이 없습니다. 이들이 믿음이라 부르는 것은 일시적이고, 결국에는 공포와 좌절로 끝이 나고 맙니다. 이들의 믿음은 참 믿음이 아니기에 결코 지속적일 수 없습니다. 마음에 침투하지 못한 진리에 대한 단순 동의는 마귀에게도 있는 것입니다(약 2:19). 이런 믿음은 일시적이고 제한적인 자극은 있으나, 참 믿음에 이르지는 못합니다. 마음에 뿌리를 내린 믿음은 전인격적으로 믿음의 대상을 지향합니다.

바울은 참 믿음을 선택의 열매(*fructus electionis*/the fruit of election)라고 선포합니다(살전 1:4-5). 오직 구원으로 예정된 자들만이 조명을 받아 믿음을 얻고 복음의 작용을 참되게 느끼게 됩니다. 그러나 유기된 자들도 일시적으로 거의 유사한 느낌을 갖는 일이 있습니다(행 13:48). 히브리서 6장 4-6절은 유기자가 제한적인 의미에서 그리고 일시적인 의미에서 하늘 은사를 맛보는 일이 존재할 수 있다고 증거 합니다. 그리고 예수님께서도 누가복음 8장 13절을 통해 동일한 말씀을 주십니다. 이런 사람들에게는 영적인 은혜의 힘과 확실한 믿음의 빛이 존재하지 않습니다. 이런 사람들은 하나님의 정죄에 대해 변명할 수 없을 정도의 하나님의 선하심을 맛 볼 뿐입니다. 이들의 마음에는 양자의 영이 없습니다. 참 신앙을 가진 사람들은 하나님을 **"아빠 아버지**(*Abba Pater*/ἀββὰ πατήρ/Abba Father)**"**(갈 4:6; 롬 8:15)라고 큰 소리로 외칠 수 있는 확신이 존재합니다. 오직 선택된 자들만이 자녀 삼는 은혜를 베풀어 주시고 거듭나게 하십니다(벧전 1:23). 그러나 유기된 자들 안에도 때로는 이에 미치지 못하는 어떤 빛이 일시적으로 그리고 제한적으로 역사하기도 합니다. 구원에 이르는 은혜를 받은 사람들은 믿음의 확실성이 존재하지만, **유사 믿음을 지닌 사람들은 은혜에 대한 혼란한 느낌 외에 아무 것도 없으며, 은혜의 견고한 몸통이 아니라 그림자만 붙잡습니다.** 성령께서는 오직 선택된 자들 안에서만 죄 사함을 인 치심으로써 그들이 특별한 믿음으로 그 유익을 누리게 하십니다. 칼뱅의 가르침에 따르면, 거짓 믿음의 특징은 믿음의 대상에 대한 분명한 인식과 확신이 없습니다. 그리고 그들은 그 믿음이 전 인격적인 지향성을 결여하여, 그 마음에 경건이 존재하지 않으며, 믿음이 마음에 뿌리내리지 못한 동의를 넘어서지 못합니다. 그러므로 그들의 믿음은 그것이 지향하는 대상에 대한 경건한 인식이 분명치 않습니다. 가장 중요한 점은 이들에게는 거듭나게 하시는 성령의 내주가 존재하지 않으므로, 예수님을 주로, 하나님을 아버지로 믿고 고백하는 믿음의 확실성이 결여되어있습니다. 요약하자면, 이런 사람들의 믿음이란 믿음의 대상에 대한 지향점과 초점이 불분명하고, 구원 받는 믿음이 가진 특징으로서 전 인격적인 지향성을 결여합니다. 칼뱅은 유기자들에게 나타나는 거짓 믿음의 성격을 **"화해의 선물을 혼란스럽고 충분히 분명치 않게"**[7] 받은 상태로 묘사합니다. 그래서 이러한 거짓 믿음은 **"하나님의 자녀들과 동일한 믿음이나 중생의 참여자가 되는 것"**[8]과 다릅니다. 이러한 유사 믿음은 그 시작을 갖는 듯 보이지만, 그 시작도 없을뿐더러, 믿음의 뿌리가 존재하지 않습니다. 그러나 택자의 참된 믿음은 시작이 있고, 믿음의 뿌리가 견실하며, 하나님의 견인의 은혜로 마지막까지 끝까지 계속 보존됩니다(마 24:13). 구원 받은 믿음의 특징은 그것이 일시적일 뿐인 거짓 믿음과는 반대로 **"영구적이고 확고하다"**[9]는데 있습니다.

칼뱅은 참된 믿음의 의미를 이렇게 요약합니다. **"믿음은 우리를 향**

7　『기독교강요』, 3권, 2장 11절.
8　『기독교강요』, 3권, 2장 11절.
9　『기독교강요』, 3권, 2장 11절.

한 하나님의 선하심을 아는 지식과 그 진리에 대한 확실한 감화이다."[10]
즉, 믿음은 하나님의 선하심에 대한 지식이지만, 그것이 단순한 지적 동
의가 아니라, 지성과 정서와 의지라는 전 인격으로 믿음의 대상을 지향
하며, 마음에 뿌리내리고 경건을 수반합니다. 지식이라는 측면에서도
참 믿음은 은밀한 계시를 통달하는 수준까지 나아갑니다. 그러므로 거
짓 믿음은 하나님의 뜻의 불변성에 대한 이해나 진리를 항구적으로 통
찰하는데 이르지 못합니다. 왜냐하면 이들에게 성령의 역사는 거듭나고
구원하는데 미치지 않기 때문입니다. 그러나 반대로 택자들에게 있어서
는 믿음이 아무리 부족하고 연약하다고 하더라도 하나님의 영이 하나
님이 그들을 자녀 삼으심에 대한 확실한 보증과 인이 되시기 때문에(엡
1:14; 고후 1:22), 그들의 마음에 새겨진 것들이 결코 마음에서 지워질 수 없
습니다. 그런 의미에서 이들은 영구적으로 살고 자랄 뿌리가 깊이 박혀
있다고 볼 수 있습니다. 성령으로 말미암아 신앙을 가진 택자들에게는
하나님의 사랑이 마음에 부어지며, 이 사랑은 확신을 낳는 사랑입니다
(롬 5:5; 갈 4:6). 심지어 신앙을 가진 택자들의 범죄에 대한 하나님의 위협조
차도 사랑의 징계로서 가해집니다. 사랑하는 자녀들을 향한 하나님의
진노의 목적은 그들의 육체적 교만을 꺾으시고, 회개에 이르게 하시어
성화시키려는 데 있습니다. 이로 보건데, 칼뱅에 따르면, 거짓 믿음 혹은
유사 믿음이 아닌 한, 참 믿음을 시작하고 참 믿음을 가진 자가 도중이
나 최후에 믿음에서 떨어지는 일은 있을 수 없습니다. 하나님과 그분의
뜻과 그분의 은혜를 전인격적으로 마음에 수용하고 지향하는 경건한
믿음은 하나님의 말씀과 성령을 통해 발생한 것으로, 하나님께서 심은
것이 결코 뽑혀질 수 없습니다(마 15:13; 요 8:31-32). 참 믿음은 성경의 참 진리
가 들려지는 일로부터, 그리고 성령께서 유효적 부르심으로 부르시고
거듭나게 하시는 역사에 근거해 발생한 것으로 영구적이고 소멸될 수

---

10   『기독교강요』, 3권, 2장 12절.

없습니다.

칼뱅은 이제 성경에 나타난 믿음의 여러 용례들을 소개한 후, 참 믿음이 가진 요소들을 제시하는 곳으로 나갑니다. 첫째, 경건에 대한 건전한 교훈(*sana pietatis doctrina*/sound doctrine of godliness)과 관계된 믿음이 있습니다. 믿음은 그리스도를 소유하는 것이며, 그리스도 안에는 지혜와 지식의 모든 보화가 감춰져 있으므로(골 2:3), 믿음을 거룩한 교훈의 전체에 확대하는 것이 옳으며, 믿음을 진리에 대한 교훈과 분리할 수 없습니다(딤전 3:9; 딤전 4:1; 딤전 4:6; 딤전 6:20-21; 딤후 2:16; 딤후 3:8; 딛 1:13; 딛 2:2). 칼뱅이 앞에서 언급했듯이, 그리스도 안에서 구원 받는 믿음은 하나님과 그분의 뜻과 그분의 은혜를 인식하고 전인격으로 수용하고 지향합니다. 둘째, 어떤 특수한 대상에 관계된 믿음이 있습니다. 예를 들면, 지붕을 뜯어 중풍병자를 달아 내린 사람들이나 백부장의 믿음처럼, 이들이 가진 믿음의 초점은 육체적인 병 낫는 것에 쏠렸습니다(마 9:2; 요 4:47; 마 8:10). 셋째, 기적을 행하는 은사(*donum miraculorum*/the gift of miracles)와 관계된 믿음이 있습니다. 이러한 믿음은 거듭나지 않은 사람들에게도 있어 하나님을 진지하게 예배하지도 않는 사람들이 이 은사를 행사하기도 하였습니다. 넷째, 믿음을 확립하는 교훈(*doctrinae qua in fide instituimur*/the teaching whereby we are established in faith)으로서 믿음이 있습니다. 거짓된 고백이나 거짓된 표시를 믿음이라고 부르는 것은 타당하지 않습니다. 예컨대, 사마리아와 부근 지역에 이주시킨 이방 민족들이 거짓 신들과 이스라엘의 하나님을 함께 경외했다는 말씀이 성경에 자주 나옵니다(왕하 17:24-41). 이것은 그들이 하늘과 땅을 혼합했다는 말과 같습니다. 다섯째, 불신자들과 하나님의 자녀들을 구별하는 믿음(*fides quaefilios Dei ab incredulis distinguit*/faith which distinguishes the children of God from the unbelievers)이 있습니다. 이 믿음에 의해서 우리는 하나님을 아버지로 믿고 기도하며, 죽음에서 생명으로 옮겨가고, 영원한 구원과 생명이신 그리스도를 우리 안에 거하게 하십니다. 칼뱅이 지금까지 묻고 답하고자 하는 믿음은 바로 이 믿음입니다. 칼뱅은 구원 받은 자와 그렇지 못한 자를 구별하게 하는 믿음에 가장 큰 관심을 기울이고 믿음에 대한 정의를 다루고 있습니다. 이제 칼뱅은 구원에 이르는 믿음이 갖는 필수적인 요소들을 해설하는 데로 나아갑니다.

2 믿음의 요소

(1) 지식(*Cognitio*/knowledge)

칼뱅이 믿음을 지식이라고 부를 때, 믿음의 요소로서 지식은 사물을 인식하는 감각적 지식을 훨씬 너머서 있습니다. 왜냐하면 믿음 자체가 감각을 훨씬 초월해 있기 때문에, 인간의 마음은 그 자체를 뛰어넘어 더 높이 비상하지 않는 한 믿음을 획득할 수 없습니다. 마음이 무엇인가에 도달한다 해도 그 느껴지는 바를 그대로 이해하지는 못합니다. 그러나 다 이해하지 못한다 하여도, 다 이해되지 않는 것이 확실한 것으로 믿어질 때에는, 그 감화(*persuasio*/persuasion)[11]의 확실성으로부터 마음 자체의 능력을 넘어 그 이상의 것을 이해하게 됩니다. 그래서 바울은 이를 **"지식에 넘치는 그리스도의 사랑을 알고 그 너비와 길이와 높이와 깊이가 어떠함을 깨닫는"** 능력이라고 말합니다(엡 3:18-19). 믿음으로써 우리의 마음이 포용하는 것은 모든 방면에서 무한하며, 이러한 지식은 그 어떤 지식보다 고상합니다. 이처럼 거듭난 성도들이 믿는 마음으로 인식한 것들은 **"만세와 만대로부터 감추어졌던"**(골 1:26; 2:2) 것들입니다. 우리의 마음은 믿음 안에서 하나님께서 베푸신 성경의 계시와 성령의 조명이라는 초월적 역사를 통해 세상에 속한 것을 이해하는 지각을 넘어선 것들을 믿고 이해하게 됩니다. 믿음이 없이는 그러한 것들을 결코 인식할 수 없습니다. 그런 이유 때문에, 성경은 **"믿음"**을 **"앎"**이라고 자주 표현합

---

11 "감화"는 '확신된 믿음'을 가리킨다.

니다(엡 1:17, 4:13; 골 1:9, 3:10; 딤전 2:4; 딛 1:1; 몬 6절; 벧후 2:21; 요일 3:2). **왜냐하면 믿음**을 통해서만 초월적이고 영적인 그리스도에게 속한 진리가 죄인들에게 인식되기 때문입니다. 따라서 자연인들에게 가능한 사변적 지식과 뇌를 맴도는 단순한 지적 동의는 구원 받는 믿음이 될 수 없습니다. 구원에 이르는 믿음으로서 '**앎**'은 하나님의 진리가 성령의 내적 조명과 감화로써 인식되고 확실한 것으로 믿어지게 된 '**앎**'을 의미합니다. 이런 앎은 계시와 성령 그리고 믿음의 역학 관계 안에서 주어진 '**앎**'으로, 우리의 마음의 인식과 작용을 훨씬 넘어선 초월적 성격을 가집니다. 따라서 하나님과 그분의 뜻과 그분의 은혜를 온전히 알고 믿기 위해서는 성경과 성령의 조명과 믿음이 절실합니다.

(2) 확신과 신뢰

칼뱅은, 믿음이 그 요소로서 지식과 함께 확신(*persuasio*/assurance)과 신뢰(*fiducia*/trust)를 포함한다고 가르칩니다. 구원 받는 믿음은 이 세 요소가 함께 존재합니다. 믿음의 요소로서 '**확신**'을 표현하기 위해 "**확실하고 확고한**(*certus ac firmus*/sure and firm)"이란 수식어를 사용합니다. 믿음은 의심스럽고 가변적인 의견이나 모호하고 혼란스러운 개념 모두에 만족하지 않습니다. 믿음은 완전하고 확정된 확실성을 요구합니다. 그러나 우리들은 부패하여 확실성을 부패한 우리들의 경험과 유한하고 불완전한 증명으로부터 얻어내려 하곤 합니다. 우리의 부패한 본성 안에 뿌리 깊은 불신이 있어 하나님께서 신실하시다는 입술의 고백만으로는 확신에 이른 믿음에 이를 수 없습니다.

그러므로 확신에 이르는 믿음은 사변적이고 인간적인 사변과 논증으로 해결될 수 있는 것이 아닙니다. 확신에 찬 믿음, 확신에 이른 믿음은 하나님의 말씀의 권위로부터 세워집니다. 무오하고 초월적인 하나님의 계시가 자신을 낮추어 우리에게 찾아오신 하나님을 통해 주어지기 전까지 우리의 마음은 어떤 견고한 확실성의 기초도 가질 수 없습니다.

하나님으로부터 주어진, 무오한 하나님의 말씀의 권위만이 우리의 믿음에 확실성을 부여합니다. 성령께서는 하나님의 말씀을 듣는 자의 마음을 조명하시고 감화하셔서 그리스도께 속한 구원 진리를 깨닫고 믿게 하시어, 하나님의 말씀이 그들의 믿음의 확신이 세워지는 기초가 되게 하십니다(시 12:6; 시 18:30; 잠 30:5; 시 119편). 이러한 확신이 결여된 사람의 하나님의 자비와 관용에 대한 사유는 중간에 멈춘 것 같아서, 평정과 평온함이 없고 혼돈과 불안과 머뭇거림에 사로잡힙니다. 믿음은 확신 있는 믿음이어야 하며, 확신 있는 믿음은 담대함을 낳습니다(엡 3:12). 그러므로 평온한 마음을 지니고 감히 하나님의 면전에 서지 않는 한 올바른 믿음은 있을 수 없습니다. 그러나 확신을 지닌 믿음은 하나님의 자비와 관용을 확신하므로, 담대히 감히 하나님께 나아갑니다. 믿음을 위한 가장 중요한 요점은 이것입니다. 즉, 하나님께서 제시하시는 자비의 약속은 우리 안에 없고, 우리 밖에 있음을 깨닫고, 우리 밖에 있는 하나님의 자비의 약속을 내적으로 수용하므로 우리의 것으로 삼는 것입니다. 이로써 바울이 **"화평**(pax/εἰρήνη/peace)**"**이라고 부르는 확신이 비로소 태어납니다. 이 화평은 하나님께 나아갈 담력을 줍니다. 왜냐하면 하나님의 심판 앞에서 양심을 진정시키고 고요하게 만드는 것이 평정이기 때문입니다. 이런 화평은 하나님의 자비와 은혜의 약속을 확신하는 가운데 구원을 기대하며, 자기 의(義)에 속한 모든 자만을 버린 자에게 나타납니다. 칼뱅은, 자기의 구원을 확신하는 평정이 넘쳐 마귀와 죽음을 담대히 물리치는 사람 외에는 그 누구도 신자일 수 없다고 말합니다. 성도들은 로마서 8장 38-39절에 약속된 그 무엇도 끊을 수 없는 그리스도의 사랑을 확신하는 사람입니다. 성도들은 자신들에게 주어진 영원한 기업의 소망을 분별하는 사람들입니다(엡 1:18).

이러한 담력은 하나님의 인자하심과 구원에 대한 분명한 확신에서만 나옵니다. 칼뱅이 말한 확신은 신뢰로 나아가게 합니다. 하나님의 자비와 관용을 확신한 믿음은 담력을 얻어 하나님께 나아가게 하기 때문입니다. 확신은 정서적인 측면에서의 믿음의 요소인데, 하나님의 자비에 대한 확신이 담력을 낳으므로, 이 확신을 가진 사람은 하나님 앞에 나아가 믿음의 손으로 그분을 붙들고, 그리스도와 그분께 속한 것들을 자신 안에 사용하고, 자신을 하나님께 내어 맡길 의지의 반응을 갖게 됩니다. 확신한 자는 하나님 앞에 나아가 그분께 자신을 의탁하고 그분을 의지적으로 모셔드립니다. 결론적으로, 믿음의 요소를 지, 정, 의로 구분하여 지식과 확신과 신뢰로 설명했지만, 실제로 이 3요소는 구분될지라도 구원 받은 자들 안에 동시적이고 하나의 인격으로 존재해야 합니다. 믿음은 믿음의 대상에 대한 전인격적인 지향성이라 할 수 있을 것입니다. 우리의 믿음은 지성과 정서와 의지로서 하나님을 알고 확신하고 신뢰하므로, 전인격적으로 하나님을 지향합니다(히 3:6).

3 연약함 가운데 있는 믿음에 대하여

(1) 연약함 속에 있는 믿음

① 유혹과 투쟁하는 믿음

때때로 성도는 하나님의 은혜를 인식하면서도 불안이 엄습하고 한동안 심각한 공포에 휩싸이기도 합니다. 왜냐하면 성도 안에 마음을 교란시키는 유혹(tentatio/temptation)이 너무도 강하여 믿음의 확실성과 부조화를 이루는 상황에 많이 직면하기 때문입니다. 따라서 이런 믿음 안에서 성도가 느끼고 경험하는 연약함에 대하여 바른 인식을 갖지 못하면, 지금까지 말해 온 믿음의 확실성, 또 믿음의 확신에 대한 교리를 수립할 수 없게 됩니다.

실상, 믿음은 확신을 가져야 한다고 가르치면서도, 의심의 기미가 없는 확신이나 불안의 습격을 받지 않는 확신을 상상할 수는 없습니다.

믿음의 확신은 의심과 끊임없이 투쟁하는 가운데 존재합니다. 성도는 늘 괴로운 일을 당하나 하나님의 은혜 가운데 품게 된 확실한 확신으로부터 아주 멀리 떨어지거나 분리되지 않습니다. 성도의 확신은 늘 고요함 가운데 있는 것이 아니라 험난한 풍랑 가운데서도 존재합니다. 시편을 보십시오. 구원 받는 믿음의 확신을 가졌던 다윗이 얼마나 자주 지속적으로 번뇌하고 하나님 앞에 불평을 쏟아내었는지 말입니다(시 42:5, 11, 43:5; 시 31:22; 시 77:9, 7; 시 77:10; 시 116:7). **"내 영혼아 네가 어찌하여 낙심하며 어찌하여 내 속에서 불안해하는가 너는 하나님께 소망을 두라"**(시 42:5). 다윗의 모범은 연약성이 없었다는데 있지 않고, 연약함에 몸부림치면서도 엄습하는 어떤 염려에도 굴하지 아니하는 믿음에 이르고자 애썼다는 데 있습니다. 이것이 은혜로부터 온 성도의 모습입니다. 이 모습이 견인(堅忍)의 은혜로 붙드시는 하나님의 손길이 함께 한다는 증거입니다(시 92:12). 하나님께서는 우리가 싸울 때, 이렇게 격려하십니다. **"너는 여호와를 기다릴지어다 강하고 담대하며 여호와를 기다릴지어다"**(시 27:14). 이런 은혜를 받은 사람들은 약점과 불만을 느끼고 갈등하지만, 그 결점을 고치려 노력합니다(사 7:2; 시 119:43). 이들은 싸움 중에 흔들릴 수는 있지만, 견인불발(堅忍不拔)하게 하시는 은혜를 받아 싸움을 지속하며, 기도로 태만한 자신을 채찍질하여 해이한 생활로 마비 상태에 빠지는 일이 없도록 합니다.

② 영육의 분열로부터 온 내적 갈등과 투쟁하는 믿음

경건한 사람은 마음속에 분열을 느낍니다. 왜냐하면 성도의 마음속에 **"영혼과 육체의 분열**(*carnis et spiritus divisio*/distinction between flesh and spirit)**"**12이 존재하기 때문입니다. 경건한 사람들의 마음의 일부는 하나님의 선하심의 감미로운 느낌을 누리면서도, 나머지 부분에서는 타락한 상태로

12 *Inst.* III. ii. 18.

부터 오는 쓴 맛을 느끼고 슬퍼합니다. 또 성도의 마음의 한 편에서는 복음의 약속을 의지해 안심하면서도, 다른 한 편에서는 자기의 죄악을 알고 두려워합니다. 이들의 마음의 한 편에서는 생명을 대망하며 즐거 워하면서도, 다른 한 편에서는 죽음을 직시하고 몸서리칩니다. 이러한 분열되고 조화롭지 못한 마음의 분열은 불완전한 믿음에 기인합니다. 우리는 믿음의 확신을 갖는 동시에 불완전함을 지녔기에 동요하고 의심 합니다. 육의 잔재 속에 쉬고 있던 의심이 우리가 품은 믿음을 공격하곤 합니다. 앞에서 언급한 것처럼, 이런 연약성이 함께 하는 우리의 믿음일 지라도, 견인(堅忍)의 은혜로 붙들어주시는 하나님의 손길로 인해 우리의 믿음이 확신과 확실성으로부터 절연(絶緣)되지 않습니다. 우리의 확신과 부조화된 의심들이 우리를 심연에 빠뜨리는 이유가 되지 않습니다. "**싸 움의 끝은 이러하니, 믿음은 난간들에 둘러싸여 위경에 처한 듯이 보일 때에도 궁극적으로 그 난간들을 뚫고 다시금 일어선다.**"[13]

③ 연약한 믿음도 참 믿음이며 세상을 이기는 믿음임

연약함이 존재하나 우리에게 주어진 믿음은 우리 전체를 비추는 빛 과 같습니다. 가장 작은 한 방울의 믿음이라도 우리 안에 스며들게 될 때, 비로소 우리를 향하신 하나님의 평화롭고, 고요하며, 관대한 얼굴을 우리가 관조할 수 있습니다. 이러므로 우리가 비록 그분을 멀찌감치 바 라보나 뚜렷하게 알 수 있어 결코 미혹에 빠지지 않게 됩니다. 또 우리 는 끊임없는 진보를 이루어야 하고 앞을 향해 나아가는 것이 마땅하며, 그러면 그럴수록 더욱 하나님께 가까이 가게 됩니다. 비록 우리가 무지 에 둘러싸여 있기는 하지만, 하나님을 아는 지식으로 조명된 마음은 하 나님의 뜻을 아는 확실한 지식을 즐길 수 있습니다. 왜냐하면 이 지식이 믿음의 첫 번째 부분이자 가장 중요한 부분을 이루기 때문입니다. 우리

13   『기독교강요』 3권, 2장 18절.

안에 짙은 어둠이 존재하지만, 아주 작은 한 줄기의 하나님의 자비의 빛
이 우리에게 비추이면, 우리 속에 더할 나위 없이 견고한 평정이 임합니
다. 지상에서 우리의 믿음은 하나님에 대하여 부분적인 것을 보게 하고,
희미하게 보게 합니다. 그러므로 이 불완전함에 대하여 일깨움을 받은
사람은 끊임없이 배우기를 계속하게 됩니다(고전 13:9). 우리의 부패와 한
계로 무한한 것을 이해할 수 없으나, 아주 작은 한 방울의 믿음이라도
아무 오류 없이 확실하고 진실하게 맛보게 될 때, 복음을 통하여 수건을
벗은 얼굴로 하나님의 영광을 보게 되어 친히 그와 같은 형상으로 변화
하게 된다고 선포합니다(고후 3:18).

따라서 연약할 지라도, 우리의 믿음은 세상을 이기는 믿음입니다.
우리 안에 부패의 잔재와 연약성을 이겨내기 위해서, 우리의 믿음은 하
나님의 말씀으로 무장되고 강화되어야 합니다. 우리가 징계 받을 때, 우
리 안에서 하나님의 자비를 부정하고 하나님께서 우리의 적이 되셨다고
생각하는 유혹이 치밀어 오릅니다. 그러나 믿음은 쓰라린 징계조차도
하나님의 진노가 아니라 사랑으로부터 온 것임을 신뢰하므로 유혹에
응수합니다. 그리고 불법에 대한 보복자로 하나님이 인식되어 두려움에
휩싸일 때, 믿음은 신앙하며 회개하는 죄인에게 언제든지 용서를 준비
하시는 분으로 인식하고 고백하게 하여 모든 공포를 물리치게 만듭니
다. 이처럼 경건한 마음은 우리로 하나님의 자비에 대한 확신이 상실되
도록 내버려 두지 않습니다. 그러므로 거듭난 성도는 이러한 믿음의 확
실성의 표를 가지고 있습니다. 그 표는 하나님의 보복에 대한 공포에 휩
싸여 있는 순간에도, 하나님의 자비에 의지해 그분의 위로를 소망하며
하나님께 부르짖습니다. 왜냐하면 어둠 속에서도 그들 안에 있는 믿음
이 모든 상황과 현실을 초월해 하나님의 자비를 바라보게 하기 때문입
니다. 공포와 원망과 불평 속에서도 성도는 하나님의 도움을 탄원합니
다(마 8:25-26).

이러한 이유로 불신은 경건한 자들의 마음속에서 지배력을 갖지 못

하고 밖에서부터 그들을 공격합니다. 불신 그 자체의 무기들은 경건한 자에게 치명상을 입히지 못하고, 위협하거나 심한 경우에는 치유할 수 있을 만큼의 상처만을 입힙니다. 믿음은 우리의 방패입니다(엡 6:16). 만약 결과만 놓고 본다면, 신자들은 모든 전쟁에서 안전하게 살아남아 다시 나타날 뿐 아니라 새로운 힘을 받아 곧 다시 그 전장으로 내려갈 준비를 갖추고 승리합니다. **"세상을 이기는 승리는 이것이니 우리의 믿음이 니라"**(요일 5:4).

(2) 선하고 유익한 두려움이 있음

두려움에는 선하고 유익한 것도 있습니다. **"그러므로 나의 사랑하는 자들아 너희가 나 있을 때뿐 아니라 더욱 지금 나 없을 때에도 항상 복종하여 두렵고 떨림으로 너희 구원을 이루라"**(빌 2:12). 이러한 두려움은 믿음의 평정을 더욱 공교히 만들어 흔들림이 없도록 합니다. 불신자에게 영원한 형벌과 단절로 다가오는 위협이 신자들에게는 범죄에 대한 특별한 조심성을 길러주고, 자신의 비참함을 돌아보게 하므로, 주님을 전적으로 의지하는 법을 배우게 합니다. 너무도 큰 죄악 가운데 빠진 고린도 교회는 이스라엘 백성에게 내리신 심판을 상기하게 함으로 그들을 회개하게 만들었습니다(고전 10:11). 이런 두려움은 범죄하고 있는 사람들의 믿음을 파괴시키는 불감증을 일깨워(고전 10:12; 롬 11:20) 확신을 더욱 회복하게 만듭니다. 따라서 불신자들에게 사망의 선고로서 저주의 위협을 하나님께서 때때로 신자들에게 들려주시는 이유는, 신앙을 방해하는 온갖 부패로부터 성도들을 경계하고 각성시키기 위함입니다. 방종 속에서 방자히 행하는 것이 신앙의 확신으로부터 오는 평정은 아닙니다. 그러므로 선택된 사람들에게 다가오는 선한 두려움은 결코 은혜와 부조화 속에 있지 않습니다.

따라서 **"두렵고 떨림으로 너희 구원을 이루라"**(빌 2:12)는 사도의 가르침은, 선한 두려움을 통해 자기를 부인하고 하나님을 더욱 의지하여 살라는 가르침이 담겨 있습니다. 자신에 대한 의구심과 파멸, 비참을 인식하는 자만이 그리스도를 전적으로 의지해 자비로부터 오는 평정을 누릴 수 있습니다(시 5:7; 잠 28:14). 성도의 위로는 선한 두려움과 조화를 이룹니다. 우리는 우리의 헛됨을 응시하므로, 하나님의 진리를 향하여 마음의 생각을 모으게 됩니다. 칼뱅은 말합니다. **"하나님은 자기의 기뻐하심에 따라 자기 백성으로 하여금 올바로 뜻하게 하시고 그 뜻한 바를 힘차게 수행하도록 하시는데, 이는 그 기뻐하심을 그 불안과 떨림에 대한 원인으로 삼고자 함이다**(빌 2:12-13; 호 3:5)."**14** 이와 같은 이유들로 인해 칼뱅은 **"구원의 확신"**을 부정하는 중세 로마 교회의 주장이 오류임을 확증합니다. 이들은 불신과 뒤섞인 확신을 만들어내므로, 결국 믿음의 요소로서 확신을 부정하는데 이릅니다.

또한 성경은 하나님을 공경하는 것과 경외하는 것을 조화시킵니다. **"여호와를 경외함"**(*timor Domini*/the fear of God)에 대해서 모든 성도가 증언하며, 어떤 곳에서는 이것을 **"지혜의 근본**(*initum sapietiae*/the beginning of wisdom)**"**이라 하고(시 111:10; 잠 1:7) 다른 곳에서는 **"지혜 자체**(*sapientia ipsa*)**"**라고 합니다(잠 15:33; 욥 28:28). **"여호와를 경외함"**은 하나이지만 그 근본 의미는 이중적입니다. 그것은 하나님께서 아버지(*Pater*/father)와 주인(*Dominus*/master)으로서 경외를 받으실 고유의 권리가 있기 때문에 그렇습니다. 참된 경건을 가진 사람은 하나님을 참된 아버지의 아들로서, 충성된 종으로서 처신하려 할 것입니다. 주를 아버지로 순종하는 것을 **"공경**(honor/honor)**"**이라 부르고, 주인으로 섬기는 것을 **"경외"** 또는 **"두려움**(timor/fear)**"**이라고 부릅니다. 두 덕목은 구별하면서도 서로 융합되어야 합니다. 그러므로 주께 대한 우리의 경외는 공경과 두려움이 섞인 것이 되어야 합니다(말 1:6). 이런 두려움은 선하고 유익한 두려움입니다. 엄밀히 말하면, 거듭난 성도는 형벌보다 하나님께 불법을 행하는 것 자체를 더욱 두려워합니다.

14　『기독교강요』 3권, 2장 23절.

이것이 신자들의 두려움과 불신자들의 공포와의 구분점입니다(요일 4:18). 성도들은 죄를 범한 것에 대한 형벌을 두려워하기보다 자비의 아버지의 마음을 상하게 해드리는 것 자체를 슬퍼하고 두려워합니다. 따라서 하나님의 경계의 말씀들로부터 신자의 마음에 발생한 두려움들은 형벌의 공포와 구원의 확신을 흔드는 모습이 아니라 죄를 짓지 않도록 조심하는 모습으로 나타납니다. 하나님께서는 성도들로 불신자들의 사악한 행위를 향한 하나님의 진노에 대해 생각하게 하시므로, 성도가 그러한 일들을 유발하게 하는 일들을 소원하지 못하도록 하십니다. 사실, 불신자들은 이러한 위협을 통해 각성하지 않습니다. 이들은 고치지 않고 가해진 형벌에 대한 공포로 잠시 두려워할 뿐, 다시 원점으로 돌아갑니다. 이처럼 단지 형벌의 공포에 휩싸여 완고함 속에서 보이는 두려움을 노예적 두려움(*servilis timor*/the servile fear)이라고 부릅니다. 이는 하나님의 자녀들에게만 나타나는 자유롭고 자발적인 두려움(*ingenuus voluntarius timor*/the free and voluntary fear)과 대조됩니다.

(3) 믿음은 지상적 번영이 아니라 하나님의 호의를 확신케 함

믿음은 하나님의 선하심을 바라보는 것이며, 우리는 하나님의 선하심을 인해 구원과 영생을 얻습니다. 하나님께서 우리에게 은혜를 베풀어주실 때, 아무런 부족이 없고, 하나님께서 우리에게 대한 자신의 사랑을 확약하실 때, 구원을 충분히 확신하게 됩니다. 하나님의 사랑을 담고 있는 믿음은 금생과 내생에 대한 약속을 지니고 있으며, 모든 선한 것을 받아들이는 마음의 평정에 이르게 합니다(시 80:3; 엡 2:14; 딤전 4:8). 그러나 여기서 의미하는 선한 것들은 하나님의 말씀으로부터 깨달을 수 있는 류의 일들입니다. 분명한 것은 믿음이 현세의 장수나 부 자체를 약속하지 않는다는 사실입니다. 하나님께서는 이런 것들 중 아무 것도 우리를 위해 확정해 놓길 원치 않으셨습니다. 믿음은 다음과 같은 확실성에 만족합니다. 곧 금생의 삶을 영위하는데 도움이 되는 것들이 그렇게 많이 우리에게 없다 해도 하나님께서 결코 우리를 버리지 않으시리라는 확신입니다. 믿음의 확실성은 우리의 내세에 모아집니다. 하나님께서 사랑으로 품어온 사람들은 어떤 불행과 재난이 닥쳐 오더라도 하나님의 선하심을 완전한 행복으로 느끼는데 지장을 받지 않을 것입니다. 만일 우리의 소원대로 흘러내리는 것들에 대해 그것들이 하나님의 사랑에 속한 것인지 미움에 속한 것인지 확신하지 못한다면, 우리는 끝내 비참하게 됩니다. 그러나 하나님의 얼굴이 우리에게 아버지의 얼굴 같이 비친다면, 우리의 불행은 우리의 구원을 돕는 수단이 될 것이므로, 불행이 곧 행복이 될 것입니다(롬 8:35, 39). 믿음이 우리에게 확신케 하는 것은 구속의 사랑과 은혜에 속한 것들입니다. 이 믿음이 없다면 사람은 항상 동요합니다.

4 하나님의 약속이 믿음을 지탱케 함

(1) 화목케 하는 복음과 자비를 지향하는 믿음

우리는 거저 베풀어 주시는 하나님의 약속을 믿음의 근본으로 삼습니다. 하나님의 약속은 믿음의 근거이며, 믿음은 항상 하나님의 약속을 붙들고 바라봅니다. 하나님의 약속은 믿음이 확고하게 서 있는 고유한 자리입니다. 믿음은 하나님의 선하심을 견지하고, 그분의 명령을 순종하고 받아들이며, 금령들을 준수하고, 경고들에 주의하지만, 믿음은 고유하게 약속으로부터 시작하고, 약속 자체를 기반으로 삼으며, 약속 자체를 지향합니다. 믿음은 하나님 안에서 생명을 찾는데, 그 생명은 오직 하나님의 자비의 약속, 곧 거저 베풀어주시는 약속 가운데서만 발견됩니다. 조건부 약속(conditionalis promissio/conditional promise)은, 즉 우리 자신의 행위를 조건으로 삼는 약속은 우리가 우리 자신 안에서 생명을 발견하지 못한다면 생명을 약속하지 않기 때문입니다. 그러므로 믿음이 흔들리지 않기 위해서는 우리의 믿음을 구원의 약속으로 떠받쳐야 합니다.

이 약속은 비참한 죄인에게 은혜와 용서를 베풀어주시는 자비를 지향합니다. 그래서 복음을 **"믿음의 말씀"**(롬 10:8)이라 부릅니다. 복음은 율법의 규범들과 그로부터의 약속과도 구별됩니다. 왜냐하면 이는 하나님께서 너그럽게 사신들을 보내어 세상을 자신과 화목케 하지 않으신다면(고후 5:19-20) 믿음을 확립할 길이 없기 때문입니다. 따라서 사도는 자주 믿음과 복음을 서로 관련시킵니다(롬 1:5; 롬 1:16-17; 고후 5:18). 우리는 하나님의 말씀 모든 부분을 수용해야 하는 동시에 자비에 대한 약속은 믿음의 고유한 목표라는 점을 부각시켜야 합니다. 우리는 하나님을 악행에 대한 심판자와 보수자로 인식하는 동시에, 자비에 대한 약속을 믿는 신앙의 사람들에게 자비로우신 아버지가 되어주심을 확신해야 합니다.

(2) 약속의 내용되신 그리스도를 지향하는 믿음

믿음이 바라보는 것은 하나님의 말씀 전체입니다. 이 안에는 삼위일체 하나님, 하나님의 뜻의 계시인 율법, 그리고 범죄에 대한 경고와 형벌이 모두 포함됩니다. 성도는 하나님의 말씀에 속한 모든 것을 믿고 수용하고 순종해야할 의무가 있습니다. 그러나 앞에서 칼뱅이 언급했듯, 참 믿음의 목표와 토대는 그리스도 안에 있는 하나님 아버지의 은총입니다. 믿음은 모든 말씀을 바라보지만, 부패한 본성을 지닌 인간이 모든 말씀들을 지향하기 위해서는 먼저 하나님과의 화해와 은총이 부어져야 합니다. 그러므로 믿음이 모든 하나님의 말씀을 지향함에도 불구하고, 특별히 믿음은 복음에 연관됩니다. 따라서 칼뱅은 두 가지를 지적합니다. 첫째, 믿음은 값없는 약속에 도달할 때까지 그 자체를 확고히 세우지 못합니다. 둘째, 믿음이 우리를 그리스도와 연합시키지 않는 한, 믿음은 우리를 하나님과 화목 시키지 못합니다. 따라서 어떤 이가 하나님께서 명령하시는 것을 모두 의롭게 여기며, 율법을 범하는 것에 대한 위협과 경고를 믿는다 해도, 그 믿음이 그리스도 안에 있는 화해의 은총에 이르지 못한다면, 그는 구원의 믿음을 소유하지 못한 사람일 뿐입니다.

칼뱅은 유기자와 선택자의 믿음을 구분합니다.

나무의 열매를 위해서 뿌리가 필요한 것처럼, 믿음을 위해서는 말씀이 필요합니다. 또한 믿음은 하나님의 말씀을 필요로 하는 동시에 말씀이 효과를 나타내기 위해서 하나님의 권능과 성령의 조명을 필요로 합니다. 하나님의 크신 능력과 행하신 일들에 대한 생각은 말씀이 없으면 곧 사라집니다. 그러므로 하나님께서 그의 은혜의 증거로 조명해 주시지 않는다면, 어떤 믿음도 있을 수 없습니다. 우리의 신앙은 조심스럽게 하나님의 말씀을 따라가야 합니다. 신앙은 하나님의 말씀의 지지를 얻지 않으면 소멸합니다. 사라와 이삭과 리브가는 하나님께서 그들의 마음을 비밀히 제어하시며 하나님의 말씀에 꾸준히 순종하도록 만들지 않으셨다면, 정도를 벗어난 술책을 쓰다가 제 정신을 잃어버렸을 것입니다.

이러한 은혜에 대한 모든 약속은 그리스도 안에 포함됩니다. 사도는 전체 복음을 그리스도를 아는 지식에 포함시킵니다(롬 1:17). 하나님의 약속은 오직 그리스도 안에서만 예와 아멘(*etiam et Amen*/yea and amen)이 됩니다. 하나님께서 무엇인가를 약속하시는 것은 인자하심의 증언이며, 그분의 사랑을 증언하지 않는 약속은 없습니다. 그러나 이렇게 약속을 통해 증언되는 사랑을 그리스도가 없이는 누릴 수 없습니다. 아버지의 사랑은 필히 그리스도의 중재를 통해 유래하여 우리에게 이릅니다(마 3:17; 17:5; 엡 1:6; 2:14; 롬 8:3-4; 15:8).

(3) 말씀이 성령의 역사로 믿음 안에서 조명됨

우리의 마음에 완악한 무지가 없다면, 하나님의 말씀은 외부적인 증명만으로도 믿음이 만들어질 것입니다. 그러나 우리의 마음은 헛된 것에 기울어져 있어서 하나님의 진리에 결코 이를 수 없으며, 우둔하여 하나님의 진리의 빛을 보지 못합니다. 따라서 성령의 조명(*Spiritus sancti illuminatio*/the illumination of the Holy Spirit)이 없으면 외부적이고 객관적인 신앙 인식의 원리로서 성경은 아무 것도 할 수가 없습니다. 믿음은 인간의 이해력을 훨씬 초월하기에, 완악한 무지를 가진 부패한 우리의 마음이 성령의 능력으로 강화되고 지탱되지 않는 한 우리의 지성이 성령으로 조명되는 것만으로는 충분하지 않습니다. 즉, 중세 스콜라주의자들이 생각한 것처럼, 믿음은 단지 지적인 동의가 아닙니다. 믿음은 마음의 확신과 평정을 포함합니다. 그러므로 믿음은 두 방면에서 특이한 선물인데, 그 이유는 첫째, 사람의 지성이 정화되어 하나님의 진리를 맛볼 수 있게 되는 것과, 둘째, 마음이 그 진리를 확신된 진리 안에 세워진다는 데 있습니다. 성령은 믿음을 불러일으키실 뿐 아니라 점진적으로 성장하게 하시며, 믿음으로 천국에 가도록 인도하십니다(딤후 1:14; 갈 3:2). 성령은 믿음의 근원이며 원인입니다. 하나님의 말씀은 태양과 같아서 그것이 선포되는 모든 사람에게 비추이지만, 눈먼 사람들에게는 아무 효과가 없습니다. 사실 우리 모두는 눈먼 자들입니다. 따라서 성령께서 내적 교사로서 그 조명을 통해 하나님의 말씀이 들어올 길을 마련하셔야, 하나님의 말씀이 우리 마음에 파고들 수 있습니다. 따라서 믿음은 인간의 본성에서 나온 것도 아니며, 공로도 아닙니다. 믿음은 오직 하나님의 선물입니다(고후 4:13; 살후 1:11; 고전 2:4-5; 엡 1:13; 4:30; 요 6:44, 65). 아우구스티누스에 따르면, 이 선물은 선택된 자들에게만 주어지므로, 예정의 문제와 관련됩니다. 그는 믿음의 소유를 예정에 돌리므로, **"이것이 십자가의 깊이"**[15]라고 표현합니다. 요약하면, 선택받은 사람들은 외적인 말씀을 들을 때, 성령의 조명을 통해 믿음을 갖게 되는데, 이 때 그리스도께서 자신의 몸에 우리를 접붙여 구속에 속한 모든 선한 것들에 참여하게 하십니다.

칼뱅은 말씀을 듣는 자의 마음을 조명하시는 성령의 역사를 통해 믿음이 발생하는 문제를 지성을 넘어 마음의 문제로 다시 한 번 강조합니다. 성령의 역사를 통해서만 지성(*mens*/mind)이 흡수한 것이 인간 존재의

---

15 『기독교강요』 3권, 2장 35절.

중심(中心)인 마음(cor/heart) 그 자체 속으로 부어집니다. 성령께서는 조명을 통해 죄인의 지성에 이해력을 주시는 동시에 그분의 능력으로 마음에 확신을 일으키십니다. 지성이 가르침을 받는 것보다 마음이 확신에 이르는 것이 더 어렵습니다. 따라서 성령께서 인(印)의 역할을 감당하심으로써 말씀의 약속들을 우리 마음에 확실성으로 새기시고, 확증하시며, 수립하시고, 보증하십니다(엡 1:13-14; 고후 1:21-22; 고후 5:5).

⑷ 성령의 내주 안에 있는 믿음의 견인

칼뱅은 다시 한 번 믿음의 견인을 강조합니다. 의심과 여러 동요들 속에서도 택자에게 선물로 주어진 믿음의 확실성, 곧 확신과 평정은 소멸되지 않습니다. 이 주제와 관련해 칼뱅은 중세 스콜라 철학자들의 오류를 언급합니다. 이들은 은혜의 교리를 오직 도덕적 추론에 근거해 세울 수 있다고 주장합니다. 이들에게 도덕적 삶은 은혜 받을 자격인 동시에 공로로 이해됩니다. 만일 우리의 불완전하고 부패한 행위를 통해 구원을 추론하게 된다면, 믿음의 확실성은 존재할 수 없습니다. 믿음의 확실성은 단순하고 값없이 주시는 자비의 약속에 대응될 때만 의심의 여지를 갖지 않습니다. 성경은 공로에 기초한 추론이 아니라 은혜에 기초한 믿음의 확실성을 선포합니다.

중세 스콜라주의는 우리가 하나님의 뜻에 대한 의심할 바 없는 지식을 가지고 있다고 교만히 주장하며, 믿음의 확실성을 성령의 내주에 놓는 것을 반대합니다. 그러나 믿음의 확신은 오직 성령의 특별한 사역에 달린 일입니다. 믿음은 성령의 내주와 분리될 수 없습니다. 성령의 내주를 믿고 확신하는 것은 경건의 초보에 속한 일입니다. 성령께서 우리들과 함께 계심을 자랑하는 자랑이 없다면, 기독교 자체가 성립되지 못합니다. 하나님의 모든 택한 백성들 안에 성령의 내주가 존재합니다(롬 8:9, 11, 14; 고후 13:5; 요일 3:24; 4:13; 사 44:3; 욜 2:28; 요 14:17). 성령은 그리스도께서 성취하신 모든 것을 말씀을 통해 믿음을 일으키시고 그리스도와 우리를 연합시키시므로, 우리로 구원에 참여케 하십니다. 하나님을 아버지로 믿고 인식하며 부르는 것, 그리스도를 주로 믿고 순복하는 것, 구원에 속한 열매를 드러내는 모든 것을 주관하시는 분이십니다. 이 모든 것들을 성경을 따라 확인하므로, 우리 안에 성령께서 거하심을 확신할 수 있습니다. 성경에 부합한 믿음과 확신의 창시자가 성령이시기 때문입니다.

로마 교회는 우리의 의(義)의 현재 상태에 따라서 우리가 하나님의 은혜를 소유하고 있는지 판단을 할 수는 있지만, 끝까지 견인하는가 하는 데 대한 지식은 어디까지나 미결이라고 말합니다. 즉, 이들은 도덕적 추측에 의해 이 순간 은혜를 가졌다고 단정하지만, 내일은 어떻게 될지 알 수 없다고 합니다. 이들은 구원의 확신을 부정합니다. 그러나 성경은 내일의 확실성을 약속합니다(롬 8:38-39). 고린도전서 10장 12절에서 **"넘어질까 조심하라"**는 말씀은 우리의 확실성을 **빼앗으려는** 의도가 아니라 우리를 겸손케 하려는 의도로 주신 말씀입니다(벧전 5:6). 로마 교회는 구원의 확신을 교만한 것으로 봅니다. 그러나 실상은 정반대입니다. 참 신앙은 오직 신실하신 하나님의 자비의 약속을 의지하는 겸손으로 구원의 확신을 갖습니다. 오히려 로마 교회는 은총의 충족성을 부정하고 구원을 행위의 공로에 두려 하므로 하나님 앞에 교만을 드러냅니다.

(5) 믿음과 소망과 사랑의 관계

칼뱅은 먼저 믿음과 소망의 관계를 다룹니다. 믿음의 본성은 약속을 향해 있습니다. 믿음은 그 고유한 기초로 약속을 의지합니다. 따라서 **"믿음은 바라는 것들의 실상이요 보이지 않는 것들의 증거"**입니다(히 11:1). 따라서 믿음은 소망과 분리될 수 없습니다. 여기서 **"실상**(hypostasis/ὑπόστασις/substance)**"**이라는 단어는 경건한 정신이 의지하고 기대는 일종의 지주(支柱)와 같은 것을 의미합니다. 달리 표현하면, 하나님께서 우리들에게 언약하신 것들을 확실하게 또 안전하게 소유한 것이 곧 믿음이라고 할 수 있을 것입니다. 그러므로 믿는 것들은 소망 가운데 있습니다. 또 약속은 육신의 감각으로 인식할 수도 취득할 수도 없기에, 믿음으로만 소유할 수 있습니다(롬 8:24). 이 믿음을 **"명시"** 또는 **"증거"**라 부를 때, 아우구스티누스는 **"현재 없는 것들의 확신"**이라고 번역한 바 있습니다. **"확신"**이란 말의 헬라어는 **"엘렝코스(ἔλεγχος)"**입니다. 바울은 마치 나타나지 않는 것들의 증거요, 보이지 않는 것들의 봄이요, 모호한 것들의 명료함이요, 현재 없는 것들의 현존이요, 숨은 것들의 보임이라고 말하려는 것 같습니다. 하나님의 비밀들, 특히 우리의 구원에 속한 비밀들은 그대로는 또는 그 본성대로는 인식할 수 없습니다. 우리는 그것들을 하나님의 말씀에서만 볼 수 있을 뿐입니다. 그리고 하나님께서 말씀하시는 일은 무엇이나 이미 실행된 것, 실현된 것으로 인정하리만큼 우리는 하나님의 말씀을 진실하다고 확신해야 합니다. 이러한 약속을 향한 믿음의 확실성은 성경과 성령의 조명과 내적 역사와 믿음을 통해서만 가능합니다. 하나님의 약속은 육신과 지상에 속한 것들을 초월하여 있기 때문입니다. 과거와 현재를 넘어 우리의 구원의 완성을 향한 믿음의 확신은 소망으로 이어집니다. 그리고 이 소망은 믿음이 낳은 것이고 믿음을 토대로 한 것입니다. 소망은 묵묵히 주를 기다리는 동시에 믿음이 너무 서두르다가 곤두박질하여 떨어지지 않도록 제어합니다. 소망은 믿음에 힘을 주어, 하나님의 약속을 의심하거나, 그 진실성을 의심하지 않도록 합니다. 소망은 믿음의 생기를 회복시켜 지치지 않게 합니다. 소망은 종점에 도착할 때까지 믿음을 지탱해 주어 도중에서, 심지어 출발점에서도 힘이 빠지지 않도록 합니다. 간단히 말하면, 소망은 끊임없이 믿음을 갱신하고 회복함으로써 믿음에 견인하는 힘을 줍니다. 우리는 미래에 완성될 약속을 바라보는 믿음을 소망이라 부릅니다. 주의 자비에서 모든 것을 대망하라는 것이 주의 뜻입니다.

칼뱅은 믿음과 사랑의 관계에 대해서도 말합니다. 사람의 믿음이 깨우침을 받아 하나님의 선하심을 맛보게 되면, 그것과 동시에 하나님께 대한 열렬한 사랑으로 보답하고자 하는 마음을 갖게 됩니다. 따라서 사랑은 하나님의 구속적 은총과 자비를 믿는 신앙에 근거합니다. 약속을 확신한 믿음은 언제나 사랑을 낳습니다. 믿음과 사랑은 구분되는 것이지만, 분리되지 않고 언제나 함께 합니다. 그러나 믿음이 사랑을 낳는 인과 관계 속에서 이해되어야 합니다. 그러나 스콜라 철학자들은, 사랑이 믿음과 소망보다 먼저 있다고 가르치므로 오류를 범합니다. 그러나 우리 속에 처음으로 사랑을 일으키는 것은 오직 믿음입니다.

09

3-10장

믿음에 의한 중생과 회개: 성화

1 믿음이 낳는 회개 및 성화

믿음에 의해 그리스도와 연합한 사람은 회개(*poenitentia*/repentance)와 죄 사함(*remissio peccatorum*/the forgiveness of sins)을 누리는데, 칼뱅은 이것을 복음의 요체(*summa Evangelii*/the sum of the Gospel)로 여기며, **"이중 은총(*duplex gratia*/dual grace)"**으로 부릅니다(눅 24:47; 행 5:31). 여기서 회개는 포괄적으로 중생과 성화의 은총을 의미하고, 죄 사함은 칭의를 의미합니다. 회개와 죄 사함, 곧 삶의 새로움과 값없이 주시는 화목은 오직 그리스도 안에서 부여되며, 믿음으로 말미암아 주어집니다. 그러므로 이와 관련된 가르침의 순서는 믿음으로부터 회개로 넘어갑니다. 회개, 곧 성화를 올바르게 이해해야 오직 은혜와 순수한 은총으로 의롭다 함을 얻게 되는 진리를 더욱 잘 정립하게 됩니다. 그럼에도 불구하고 삶의 거룩함과 관련된 성화는 값없는 의(義)의 전가와 분리되지 않습니다. 그러나 회개가 계속해서 믿음을 따를 뿐만 아니라 믿음으로부터 생겨난다는 사실을 확고히 해야 합니다. 즉, 믿음과 이중 은총, 그리고 칭의와 성화는 논리적 순서 혹은 인과적 우선 순위를 갖습니다. **이러한 전제들 안에서 칭의와 성화는 분리되지 않지만 구분되는 이중 은총으로 이해됩니다.** 은총과 죄 사함이 복음의 선포를 통하여 부여되는 것은 사탄의 압박, 죄의 멍에와 타락한 생활의 질고에서 풀려 하나님의 나라로 옮기고자 하는 데 목적이 있기에, 복음의 은혜를 누리는 사람은 반드시 과거 생활의 과오를 버리고 바른 길로 돌아서며, 회개를 실천하는 데 전력을 다하게 됩니다. 이것이 복음의 요체입니다.

칼뱅은 회개의 원인과 근거를 다룹니다. 회개는 복음적 믿음에서 비롯됩니다. 회개의 원인은 은혜 자체와 구원의 약속에 기인합니다(마 3:3; 사 40:1-3). 이처럼 회개의 기원을 믿음에 돌린다 해서, 믿음이 회개를 낳는다고 할 때, 그것이 어느 정도의 시간적 간격을 의미하는 것이 아닙니다. 구원의 서정(ordo salutis/the order of salvation)은 단일한 구원의 논리적 순서 혹은 인과적 순서이지 시간적으로 한 단계 한 단계가 끊을 수 있게 이어지는 순서가 아닙니다. **구원은 단일한 하나의 큰 구원입니다.** 구원의 각 순서는 끊을 수 없고 분리될 수 없는 사슬로 연결됩니다.[16] 믿음이 회개를 낳는다는 의미는, 자기가 하나님께 속한 것을 알지 못하면 사람은 전심으로 회개할 수 없다는 것을 밝힙니다. 그러나 먼저 하나님의 은혜를 인식하지 않고는 아무도 자신이 하나님께 속했다는 믿음의 확신을 갖지 못합니다. 칼뱅은 이 사안을 뒤에서 충분히 다룹니다. 요약해서 말하자면, 복음과 믿음과 칭의와 성화의 인과적 순서 혹은 논리적 순서는 복음을 들음으로부터 믿음이 발생하고, 복음의 믿음이 칭의를 통해 죄인을 하나님께 속하게 하며, 하나님께 속하게 한 칭의 하는 믿음이 또한 성화를 낳는다고 정리될 수 있습니다. 그리스도께서 자신에게 속한 자들에게 전달하시기 위해 받으신 성령께서 다스리시지 않는 곳에 어떤 올바름도 발견될 수 없습니다(시 130:4). **올바른 삶이란 그리스도께 속한 자에게만 존재합니다.** 믿음으로 그리스도 안에서 의롭게 여김을 받아 하나님께 속했다는 칭의 받는 믿음에서 하나님을 경배하고 그 앞에 살아가는 삶이 나타납니다. 예수회와 재세례파는 성경이 가르치는 바와 반대로 가르쳤습니다. 이들은 새로 개종한 사람들에게 자기 훈련을 통하여 회개에 이르는 데 필요한 몇 날을 정하고, 마침내 그 기간이 지나면 그들을 복음적 은혜의 교제로 받아들였습니다. 이들에게는 회개가 복음적 믿음에 참여하는 자격이 됩니다. 이는 인과적 순서에 대해 오류를 범할 뿐 아니라, 회개를 겨우 며칠 동안으로 제한합니다. 그러나 그리스도인은 일평생 회개를 계속해야 합니다. 성화는 매일매일 이어지는 전 생애의 회개입니다. 회심의 회개는 하나님께 돌이키는 일생에 한 번 있는 돌이킴이지만, 돌이킨 후에는 여죄를 죽이고 하나님께 전향한 삶에서 자라기 위해 지속되는 성화의 회개가 이어져야 합니다. 복음을 들을 때 발생한 믿음이 회개를 앞섭니다.

2 회개의 의미

(1) 죽임과 살림 그리고 율법적 회개와 복음적 회개의 구분

회개는 죽임(*mortificatio*/mortification)과 살림(*vivificatio*/vivification)의 두 부분으로 되어있습니다. 먼저, '**죽임**'은 죄와 심판에 대한 인식으로부터 배태된 영혼의 고통 및 공포를 의미합니다. 죄에 대한 참 지식에 이른 사람은 죄를 미워하고 저주하기 시작하며, 자신의 비참과 타락을 인정하고 고백하며, 다른 사람이 되기를 갈망하게 됩니다. 이런 사람은 하나님의 심판을 느낄 때, 심리적으로 큰 충격과 타격을 받게 됩니다. 이것이 회개의 첫째 부분으로서, 사람들은 이를 일반적으로 '**통회**(*contrio*/contrition)'라고 부릅니다. 그 다음으로, '**살림**'은 믿음으로부터 생기는 위로(*consolatio*/comfort)입니다. 죄로 인해 양심이 좌절하고 하나님에 대한 공포로 충격을 받은 후에, 하나님의 선하심, 곧 그리스도를 통한 하나님의 자비, 은혜, 구원을 바라보게 될 때, 그는 자기를 일으켜 세우고, 시름을 버리며, 용기를 내며, 말하자면 죽음으로부터 생명으로 돌아옵니다. 죽임과 살림은 산상수훈을 통해 들을 수 있습니다. 심령이 가난한 자는 천국을 소유하게 될 것이고, 애통하는 자는 위로를 받게 될 것입니다(마 5:3-4). 성령께서는 율법을 통해 죄를 깨닫고 절망하게 하신 후, 그리스도만을 붙들고 의지해 구원을 받게 하십니다. 칼뱅은 '살림'을 불안과 공포로부터 벗어나 평온해진 마음이 누리는 기쁨(laetitia/joy)으로 보지 않고, 거룩하고 경건한 삶의 열의(studium/desire)로 해석합니다. 그리고 이 열의는 거듭남으로부터 솟아납니다. 이는 마치 사람이 자기 자신에 대하여 죽고 하나님에 대하여 살기 시작하는 것을 말하는 것과 동일합니다.

성경은 회개가 다양한 의미를 가지고 사용되므로, 칼뱅은 회개를 '율법적 회개(legalis poenitentia/legal repentance)'와 '복음적 회개(Evangelicus poenitentia/evangelical repentance)'로 구분합니다. 먼저, '율법적 회개'를 통해서는 죄인이, 죄 의식으로 상처를 입고 하나님의 진노에 압도되어 불안에 사로잡힌 상태로부터 헤어 나오지 못합니다. 율법적 회개의 예들로 가인(창 4:13), 사울(삼상 15:30), 유다(마 27:4)가 보인 회개가 있는데, 이들의 회개의 특징은, 이들이 하나님을 단지 보복자와 심판자로만 의식하므로, 용서와 돌이킴 없이 단지 절망만 하였다는 것입니다. 칼뱅은 이런 회개를 "지옥의 입구(inferorum atrium/threshold to hell)"에 비유합니다. 이런 회개에 머무른 사람들은 이 땅의 삶에서 그곳으로 들어가 하나님의 얼굴 앞에서 그의 엄중한 진노의 형벌을 받기 시작했습니다.

반면에, '복음적 회개'에 의해서 죄인은 큰 고통을 받지만, 하나님의 자비에 대한 확신으로 일으켜지고 소생되어 주님께로 돌아섭니다. 복음적 회개의 예들은 히스기야(왕하 20:2; 사 38:2), 니느웨 사람들(욘 3:5, 9), 다윗(삼하 24:10; 삼하 12:13, 16), 베드로의 설교를 듣고 회개한 사람들(행 2:37), 베드로(마 26:75; 눅 22:62)의 회개에서 나타납니다. 이들의 회개의 특징은 죄에 대한 절망과 함께 죄를 용서하시며 죄로부터 돌이킬 은총이 함께 주어진다는 데 있습니다. 이런 회개를 경험하는 사람들에게 죄에 대한 절망은 은총을 절대적으로 의지하게 만드는 동기가 됩니다.

(2) 회개의 정의

칼뱅은 회개의 정의를 내리는데 있어서 믿음과 회개의 관계를 먼저 논합니다. 믿음이 없는 참 회개는 존재하지 않습니다. 그러나 믿음을 회개 아래서 포함시키는 것은 성경적이지 않습니다. 사도는 믿음과 회개를 구분합니다. **"유대인과 헬라인들에게 하나님께 대한 회개와 우리 주 예수 그리스도께 대한 믿음을 증거한 것이라"**(행 20:21). 칼뱅은 회개와 믿음을 서로 다른 것으로 여깁니다. 믿음을 회개에 포함시켜서는 안 됩니다. 믿음은 회개와 구분되며, 회개의 원인이지 회개에 포함되지 않습니다. 따라서 믿음과 회개는 분리될 수 없으나 구별해야 합니다. 믿음과 회개는 구분되며, 인과적인 관계 속에 있다는 전제 아래 믿음이 회개를 낳으므로, 믿음은 언제나 회개와 함께 합니다. 따라서 믿음과 회개는 서로 영구적인 고리에 묶여 결합되어있지만, 결코 혼합할 수 없습니다.

칼뱅에 따르면, '**회개**'라는 이름 아래 하나님을 향한 회심(*conversio*/conversion) 전체가 포함됩니다. 여기서 상기할 바는 로마 교회의 스콜라주의자들이 믿는 것처럼, 믿음은 회심의 끄트머리가 아닙니다. '**회개**'에 해당하는 히브리어는 '**회심**(*conversio*/conversion)' 혹은 '**다시 돌아옴**(*reditus*/turning again)'으로부터 유래합니다. 그리고 헬라어로는 '**마음과 계획의 변화**(*mutatio*/change)'로부터 유래합니다. 회개의 실체 자체도 이러한 두 가지 어원 모두와 상응합니다. 이에 비추어 볼 때, **"우리가 우리 자신을 떠나 하나님께로 향하는 것, 그리고 우리의 이전 마음을 벗겨 내고 새로운 마음을 입는 것에 회개의 총체적 의미"**[17]가 있다고 볼 수 있습니다. 칼뱅은 이제 회개의 정의를 내립니다. **"회개는 하나님에 대한 신실하고 진지한 경외로부터 나오는, 그를 향한 우리의 삶의 참된 회심으로서, 우리의 육**

---

17 『기독교강요』, 3권, 3장 5절.

체와 옛 사람을 죽임과 성령의 살림으로 이루어진다(마 3:2; 삼상 7:2-3; 눅 3:8; 행 26:20; 롬 6:4)."18

칼뱅은 성경을 따라 자신이 내린 정의를 세 가지 조목을 따라 더욱 분명하고 상세히 해설합니다. 첫째, 회개는 하나님을 향한 삶의 회심, 곧 하나님께로 생활을 전향하는 것입니다. 회심은 외적 행위만이 아니라 영혼 자체의 변화를 의미합니다. 회심은 영혼 자체의 낡음, 곧 부패한 옛 성질을 벗어버리는 것입니다. 이렇게 될 때에만 갱신에 부합한 행위들의 열매를 산출할 수 있습니다. 선지자들은 이러한 변화를 표현하고자 "**새 마음**"을 가지라 외쳤습니다(겔 18:31). 모세는 이를 "**마음의 할례**(*Cordis circumcisio*/the circumcision of the heart)"로 표현했습니다(신 10:16, 30:6; 렘 4:1, 3-4).

둘째, 회개는 하나님에 대한 진지한 경외(*Dei serio timor*/a sincere fear of God)로부터 나옵니다. 왜냐하면 죄인이 회개하려면, 먼저 심판을 생각하고 정신을 차려야 하기 때문입니다. 하나님의 심판대 앞에서 우리의 모든 행위에 대하여 심문을 받을 때가 있다는 사실을 기억할 때만, 죄인은 죄에 대하여 근심하며, 어떻게 해야 생활 방식을 고쳐먹고 하나님의 심판대에 안전히 설 수 있을까 생각하게 됩니다. 그렇기 때문에 성경에서 회개를 전할 때에는 심판에 관해 언급할 때가 많습니다(렘 4:4; 행 17:30-31; 신 29장; 고후 7:10). 부패한 우리네 인생을 하나님께서 지팡이로 더 깊이 찌르지 않으신다면, 목석같이 둔한 우리의 육체는 교정되지 않을 것입니다. 칼뱅은 우리에게 쇠망치로 때로 눕히듯 해야 하는 오만과 고집이 있다고 말합니다. 우리의 본성이 부패했기 때문에, 하나님께서는 우리를 엄격히 위협하실 때가 있습니다. 잠든 자들을 조용하게 달래는 것은 효과

---

18   『기독교강요』, 3권, 3장 5절; *Inst.* III. iii. 5. "*esse veram ad Deum vitae nostrae conversionem, a sincero serioque Dei timore profectam, quae carnis nostrae veterisque hominis mortificatione et spiritus vivificatione constet.*" ("It is the true turning of our life to God, a turning that arises from a pure and earnest fear of him; and it consists in the mortification of our flesh and of the old man, and in the vivification of the Spirit.")

가 없습니다. 하나님께 그분의 권리와 영광을 돌리는 것은 의(義)의 가장 주요한 부분이며, 우리가 우리 자신을 복종시켜 하나님의 권세 아래 놓지 않는 것은 그분의 권리와 영광을 도적질하는 불경한 행위입니다.

셋째, 회개는 두 부분, 즉 육체를 죽임과 영을 살림으로 이루어집니다(시 37:3, 8, 27; 사 1:16-17). 회개는 우리 자신을 벗어버리며, 우리가 타고난 부패한 성향으로부터 떠나는 것입니다. 우리 자신에게서 나온 것을 일소(一掃)하지 않으면, 우리의 육을 말살했다고 할 수 없습니다. 우리의 부패한 본성을 부정하는 것이 하나님의 법에 순종하는 첫 걸음입니다(롬 8:7; 엡 4:22-23). 칼뱅은, 회개에 죽임과 함께 살림이 함축되어있음을 설명합니다. 회개는 부패한 본성을 부인하고 죽이는 것을 의미하는 동시에 새롭게 된 본성으로 갱신됨(renovatio/renovation)을 의미합니다. 선지자들은 갱신으로 말미암는 열매들을 의(義), 정의, 자비로 제시합니다. 영혼의 부패로부터의 변화는 거룩하게 하시는 하나님의 영에 의해서만 가능합니다. 변화는 성령께서 베풀어주시는 새로운 생각과 새로운 정서에 영혼이 물들어지는 것을 의미합니다. 그런데 이러한 갱신과 변화는 하나님과 본성적으로 멀어져 있는 우리 자신을 부인하는 일이 선행되고 앞서야 가능해집니다. 죽임이 있어야 살림이 있고, 우리를 부인하는 일이 있어야 올바른 것을 추구할 수 있습니다. 그러므로 우리는 옛 사람을 벗어 버리고, 세상과 육체를 포기하며, 우리의 악한 정욕을 떠나며, 우리의 심령이 새롭게 되게끔 명령을 받습니다(엡 4:22-23). 칼뱅은, 회개에 있어 죽임이란 용어를 사용하는 것 자체가 우리의 부패한 이전 본성을 죽이는 일이 얼마나 어려운 일인지를 경고한다고 말합니다.

> 왜냐하면 죽임으로부터 우리는, 성령의 검으로 잔인한 살육을 당하여 아무 것도 아닌 것이 되지 않는 이상 하나님을 경외하게끔 빚어질 수도 없고 경건의 기본 원리들을 배울 수도 없다고 경고를 받게 되기 때문이다. 마치 하나님이, 우리가 그의 자녀로 헤아림을 받으려면 우리의 일반적인 본성을 죽이는 일이 있어야 한다고 선포라도 하신 듯이

말이다!19

죽임과 살림이라는 회개의 구성 요소를 살피면서 진정 중요한 통찰은, 죽임과 살림이 결코 인간의 부패한 본성으로 이룰 수 없는 일이라는 것을 깨닫는 데 있습니다. 죽임과 살림의 의미가 무엇인지 진지하게 깨달은 사람은 묻게 됩니다. **"그렇다면 우리는 어떻게 죄에 대하여 죽고, 하나님에 대하여 살 수 있는 것일까?"** 진정 중요한 것은 이 부분입니다. 칼뱅은 이 질문에 분명히 답합니다. 해답은 그리스도께 있습니다. 죽임과 살림은 우리의 부패한 본성으로 이룰 수 없습니다. 죽임과 살림은 그리스도의 죽음과 부활에 성령 안에서 믿음에 의해서만 동참할 수 있습니다. 우리의 죽임과 우리의 살림은 그리스도의 죽음과 부활에 달렸습니다. 우리가 부패한 자신을 부정하고 변화의 삶을 경험하는 것은 그리스도와의 연합 때문입니다. 믿음에 의해 그리스도와 연합할 때, 우리는 그리스도의 죽음과 부활에 참여합니다. 성경은 우리가 그리스도의 죽음과 실제로 교통하므로, 우리 옛 사람이 그분의 능력으로 십자가에 못 박혀 죄의 몸이 죽게 된다고 가르칩니다(롬 6:6). **"우리 옛 사람이 예수와 함께 십자가에 못 박힌 것은 죄의 몸이 멸하여."** 그리스도와의 신비적 연합 안에서 그리스도의 죽음이 나의 옛 사람의 죽음이 될 때, 부패한 처음 본성이 더 이상 힘을 쓸 수 없게 됩니다. 성도 안에 죄는 중생, 회심하는 순간에 그 지배력을 잃고, 잔재하는 여죄는 성화의 은총 안에서 일생 죽어 갑니다. 그리스도와 연합한 성도는 그리스도의 죽음에 동참하는 동시에 그리스도의 부활에 동참하기에, 그것으로 말미암아 일으킴을 받고 하나님의 의(義)에 상응하는 삶의 새로움에 이르게 됩니다. 이 모든 것이 그리스도의 속죄로 하나님과 화목하게 된 자들에게 주어지는 성령의 선물입니다.

---

19 『기독교강요』 제3권, 3장, 8절.

칼뱅은 회개를 중생(regeneratio/regeneration)으로 해석합니다. 칼뱅은, 중생을 성령께서 죄인의 마음에 생명을 심으신 단회적 사건으로서 좁은 의미로 사용하기도 하고, 중생을 회심의 의미로 사용하기도 하지만, 어떨 때는, 중생을 성화를 포함하여 포괄적으로 사용하기도 합니다. 칼뱅에 따르면, 중생의 목표는 아담의 위반 이후로 더러워지고 거의 말살 된 하나님의 형상을 우리 안에서 일신(一新)하는 데 있습니다(고후 3:18; 엡 4:23-24; 골 3:10). 그러므로 아담을 통하여 아담 안에서 죽게 된 우리는 그리스도 때문에, 그리스도 안에서 그분의 은총으로 말미암아 중생하게 되고, 회복되어 하나님의 의(義)에 이르게 됩니다. 이와 같이 주께서는 생명의 기업을 받도록 선택된 모든 사람을 순전하게 되도록 되돌리시기를 기뻐하십니다. 그러므로 먼저는 죄책을 씻으시고, 그들을 하나님의 성전으로 바치게 하신 후, 온 마음을 새롭게 하여 순결에 이르고, 평생 회개하게 하십니다. 그리고 이 회복은 한 순간이나 하루나 한 해에 이루어지는 것이 아니고 한 평생이 필요합니다. 순결의 완성은 이 땅에 존재하지 않습니다. 그것은 매일매일 다가갈 목표로 주어졌습니다. 이 싸움은 죽음이 와야만 끝납니다. 이처럼 하나님께서는 택하시고, 칭의하신 자들을, 거룩하게 하십니다. 칭의는 성화의 토대입니다. 칭의가 성화를 인과적인 의미에서 앞서지만, 칭의와 성화는 화목 안에서 그리스도와 연합된 자 안에 동시적으로 주어집니다. 따라서 칭의와 성화는 분리되지 않지만, 언제나 구분됩니다.

(3) 중생한 성도들 안에 지배권을 잃었으나 여전히 잔재하는 여죄

① 성도들 안에 지배력을 잃은 여죄로서 정욕의 불씨가 남아 있음

이처럼 하나님의 자녀들은 중생을 통해 죄의 예속으로부터 풀려납니다. 그러나 그들이 육의 괴롭힘을 전혀 느끼지 못할 만큼 완전한 자유를 소유한 것은 아닙니다. 그들 안에 싸워야 할 요소가 여전히 항구적으로 남아 있어서 그것으로 말미암아 날마다 훈련을 받게 됩니다. 죄의 잔재와의 싸움으로 이들이 훈련을 받을 뿐 아니라 자신의 무력함을 더 잘 배우게 됩니다. 이 문제에 대해서 건전한 판단력을 가진 사람들의 일치된 의견은 중생한 사람 안에도 영구적으로 정욕의 불길이 튀어나와서 죄를 짓도록 유혹하고 자극하는 악의 불씨가 남아 있다는 것입니다. 거룩한 사람들도 이 정욕의 질병에 여전히 잡혀 있어서, 때때로 정욕이나 탐욕이나 야심이나 그 밖의 죄악을 저지르게 됩니다. 아우구스티누스(Augustinus)는 정욕을 정의함에 있어서 단지 **"연약함"**으로 이해하는데 그치므로, 칼뱅과 차이를 갖습니다. 즉, 아우구스티누스는 정욕을 죄를 향한 경향으로 규정하고, 그것이 행위나 동의가 그 개념에 뒤 따를 때, 곧 의지가 그것에 굴복할 때 비로소 죄가 된다고 가르쳤습니다. 그러나 정욕은 그것 자체가 죄입니다. 하나님의 율법을 거스르는 욕망 자체가 죄이며, 그것이 아무리 작은 자극에 불과하더라도 죄가 됩니다. 그러므로 우리는 성도들이 인생의 몸을 벗어버릴 때까지 항상 그들 안에 죄가 있다고 가르칩니다. 그러나 아우구스티누스가 정욕에 항상 **"죄"**라는 이름을 금하는 것은 아닙니다. 아우구스티누스의 정욕에 대한 인식은 부족하기는 하지만, 종교개혁자들의 인식과 공유점이 없는 것은 아닙니다. **"바울은 육체적인 정욕이 무엇이든지 간에 그것을 일으키는 것을 '죄'라고 명명한다. 그것은 성도들에게 관한 한 이 땅에서는 절대적 지배권**(regnum/dominion)**을 잃고 하늘에서는 소멸되고 만다."**[20] 그는 이렇게 말함으로, 신자들이 육체의 정욕에 복종하고 있는 이상 그들에게도 죄에 대한 책임이 있다고 인정하고 있습니다. 아우구스티누스도 성도들 안에 죄의 법은 여전히 남아있고 죄책만 제거 되었다고 말하므로, 칼뱅과 같은 이야기를 합니다.

　칼뱅은 죄와 관련하여 중생한 성도의 상태를 다음과 같이 규정합

20　『기독교강요』, 제3권, 3장, 10절.

니다. 성도들 안에는 지배권을 잃었지만, 여전히 잔재하는 죄가 있습니다. 하나님께서는 믿음과 그 인(印)으로서 세례를 통해 구원의 은혜를 약속하시며, 택함 받은 자들 가운데 이루는 교회를 모든 죄로부터 깨끗하게 하십니다(엡 5:26-27). 그런데 이 말씀은 죄의 질료, 곧 부패의 제거보다는 죄책의 제거인 칭의를 묘사하고 있습니다. 죄의 부패는 중생과 회개 그리고 성화란 주제로 다루어집니다. 하나님께서는 중생을 통해, 성도들 안에 죄의 지배권(peccati regnum/the dominion of sin)을 소멸하십니다. 죄의 지배권이 소멸된다는 의미는 죄 자체가 완전히 소멸된다는 의미가 아니라, 성령의 능력이 압도적으로 작용하여 그들이 싸움에서 우위를 점하고 승리자들이 된다는 뜻입니다. 따라서 성도는 죄의 지배 아래 살지 않고, 투쟁하며, 때로는 승리하며, 넘어지더라도 죽지 않고 일어나 회개합니다. 그러나 성도들 안에서 죄는 지배하지는 못하지만 그들 가운데 여전히 거주하기를 멈추지 않습니다.

따라서 우리는, 옛 사람이 십자가에 못 박히고(롬 6:6), 죄의 법이(롬 8:2) 하나님의 자녀들 안에서 폐지되었지만, 다소의 자취(reliquiae/remains)는 남아있다고 말할 수 있습니다. 그 자취들은 성도를 지배하지 못하지만, 성도들이 자신의 연약함을 의식하여 겸손하게 만듭니다. 이러한 자취에도 불구하고 성도들이 정죄를 받지 않는 이유는 그리스도의 의(義)의 전가를 인한 칭의의 은혜 때문입니다(롬 8:1). 여죄에 대한 많은 증거가 있지만, 특별히 로마서 7장이 대표적인 증거 본문입니다(롬 7:6).

② 죄로 여기는 정욕의 더 정확한 의미

칼뱅은 죄로 규정된 정욕을 좀 더 세밀히 설명합니다. 왜냐하면 인간이 처음 창조되었을 때, 하나님께서 사람들에게 주신 천품 속에 욕구들이 존재했기 때문입니다. 따라서 칼뱅은 인간의 천품으로서 욕구를 저주하지 않습니다. 욕구가 다 죄인 것이 아니라 하나님의 통치 규범에 맞서 다투는 무례하고 방종한 충돌을 가리켜 정욕이라 부르며, 이것은 죄로서 저주의 대상이 됩니다. 욕구 자체를 다 부정하게 되면, 인성 자체를 부정하게 됩니다. 그러나 본성이 타락하며 인간의 모든 재능들이 부패하고 사악해졌습니다. 인간의 모든 행위들이 영구적인 무절제를 갖게 되었습니다. 그리고 이러한 무절제가 욕구들과 분리될 수 없게 되었습니다. 이로써 욕구가 정욕이 되고, 죄가 되었습니다. 그러므로 욕구가 본성적으로 죄가 되는 것이 아니라, 타락으로 인한 무질서로 인해 죄에 대한 책임이 부과되게 된 것입니다. 욕구는 인간성의 한 부분이었으나, 부패로 인해 정욕이 되고 죄가 된 것입니다.

③ 중생한 성도에 대한 완전주의적 인식은 이단적임

칼뱅은 완전주의(perfectionism)를 가르치는 재세례파의 오류를 지적합니다. 이들은 하나님의 자녀들이 무죄의 상태로 회복되었으므로, 이제 육체의 욕정에 얽매일 것을 염려할 필요가 없으며, 성령을 지도자로 삼아 따르게 되니 그 작용 아래 결코 길을 잃지 않는다고 주장했습니다. 완전주의자들은 여죄를 인식하지 못하므로, 은총 안에서 진정한 진보를 이룰 수 없습니다. 불완전하지만 불완전을 인식하지 못하므로, 외식하는 가운데 죄를 죽여야 할 필요성을 인식하지 못합니다. 불완전을 발견할지라도 완전주의에 대한 신념으로 자신을 치장하고 위장해 외식의 길로 접어듭니다. 완전주의는 율법주의와 방종주의라는 두 극단을 넘나들게 합니다. 무엇보다 그들은 자신이 완전하다는 생각에 기만당해, 여죄에 대한 경계심을 모두 내려놓습니다. 그러므로 이들은 간음과 순결, 순전함과 간사함, 진리와 거짓, 정당한 거래와 강취 사이에 모든 구별을 없앱니다. 왜냐하면 자신들은 성령의 인도아래 완전한 삶을 살 수 있게 되었기에, 죄의 위험과 저주로부터 자유로워져서 죄에 대한 염려를 모두 버려야 한다고 생각하기 때문입니다. 이런 신념에 이르면, 이들의 성령과 복음의 자유는 성경이 죄라고 규정한 것들을 담대히 범하는 자유로 전락하고 맙니다.

그러나 성경은 성령을 다음과 같이 가르칩니다. 첫째, 성령께서는 우리를 성화시키기 위해 파견되셨습니다. 그래서 성령께서는 우리의 부정과 불결을 씻어 버리고 우리를 하나님의 의(義)에 복종시키십니다. 이러한 성령 안에 성화와 순종의 삶은 성도 안에 죄와 정욕을 전제합니다. 즉, 이러한 순종이 제대로 되려면, 재세례파가 고삐를 느슨하게 풀어 주려했던 정욕을 먼저 길들이고 굴복시켜야 합니다. 둘째, 우리는 성령에 의해 성화되지만, 육신을 쓰고 있는 동안은 많은 죄와 연약함에 둘러싸여 있습니다. 그러므로 완전과는 아주 동떨어진 우리는 항상 앞을 향하여 나아가야 하며, 악의 덫에 걸려 있지만 그것과 날마다 씨름해야 합니다. 성경은 재세례파처럼 정욕으로부터 완전히 자유한 완전한 성도를 가르치지 않고, 늘 정욕과 싸우며 그것을 길들여야 하는 불완전한 성도를 가르칩니다. 여죄를 알아야 하는 이유는, 우리의 불완전함을 깨달아 오직 은혜를 의지하며, 은혜 아래서 죄를 경계하고 거룩을 향해 진보하기 위함입니다. 따라서 성도의 불완전함의 교의(敎義)를 통해, 우리는 우리의 나태함과 안일함을 깨뜨리고 경각심을 가지고 마음을 집중해서 육체의 전술에 압도되지 않도록 해야 합니다. 이것은 사도보다 더 많이 전진했다고 자만할 수 없는 우리로서 마땅한 가져야 할 태도입니다. 왜냐하면 위대한 사도조차도 자신 안에 육신과 영혼의 분열을 느끼며, 자신 안에 여죄와 싸우고, 은혜를 의탁했기 때문입니다(고후 12:7, 9; 롬 7:6-25). 사도가 그러했다면, 우리는 얼마나 더 분투해야 하겠습니까?

(4) 회개의 성향과 속성

① 회개의 7가지 성향

칼뱅은 고린도후서 7장 11절에 기록된 내용을 토대로 회개의 7가지 성향을 해설합니다. 칼뱅에 따르면, 이 구절 안에는 회개의 7가지 원인 혹은 결과 혹은 역할이 담겨있습니다. 이것들은 회개와 결합된 성향들입니다. 첫째, **"하나님의 뜻대로 하는 근심"**에서 **"신중함"**(고후 7:10-11)이 자극 됩니다. 죄에 대해 강렬한 불만을 느끼는 사람은 이것에 자극을 받아 부지런함과 주의를 더하게 됩니다. 이렇게 된 사람은 마귀의 함정을 피하게 되고, 마귀의 간교에 더 잘 주의하고 대처하며, 이후에 성령의 통치로부터 떨어져 나가지 않도록 그리고 안도감에 취하지 않도록 주의하게 됩니다. 둘째, **"변명"**입니다. 여기서 변명이라 함은 하나님의 심판을 피하거나 자기 죄를 부인하거나 자기의 잘못을 희석시키려는 의도를 갖지 않습니다. 여기서 변명은 용서를 간구하는데 이르고자 하는 정화(淨化)를 의미합니다. 이것은 성격이 모나지 않은 아이들이 자기의 잘못을 인정하며 용서를 빌고 또 용서를 얻기 위해 자기 부모에 대한 공경을 버리지 않았다는 것을 온갖 방법으로 증명하려고 애쓰는 것과 같습니다. 변명은 자기들이 의롭고 무죄하다는 것을 변명하는 것이 아니라 은총과 용서를 얻으려 하는 것입니다. 셋째, **"분함"**입니다. 분함은 자신의 사악함과 하나님에 대한 배은망덕(背恩忘德)을 인정하는 가운데, 마음속으로 애통하며, 자신을 비난할 때 발생합니다. 넷째, **"두려움"**입니다. 두려움은 자기가 마땅히 받아야 할 것과 죄인들에 대한 하나님의 진노가 얼마나 무서운 것인지를 생각할 때 느끼는 떨리는 마음, 즉 내적 동요입니다. 이렇게 두려워할 때, 겸손이 생기고, 우리를 더욱 신중하게 만드는 묘한 불안으로 고통하게 됩니다. 그런데 앞에서 언급한 선한 근심으로부터 나온 신중함이 두려움으로부터 생긴다고 할 때, 이 둘은 함께 결합되어 있다고 볼 수 있습니다. 다섯째, **"사모"**와 **"열심"**입니다. 사모라는 말은 의무를 이행하려는 열심과 기꺼이 순종하려는 태도를 의미하는데, 이는 우리 자신의 범죄들에 인식으로부터 발생합니다. 바울이 여기에 직접 연결시키는 '**열심**'도 이와 관련됩니다. 여기서 열심은 자신이 무슨 짓을 저질렀으며, 하나님의 자비가 자신을 구출하지 않았다면 자신이 어디로 빠져들었을까라는 생각이 가시처럼 우리의 마음을 찌를 때 발생합니다. 여섯째, 마지막으로 **"징벌"**입니다. 우리는, 자신에 대해 더욱 엄격해지고, 자신의 죄를 더욱 예리하게 검토할수록 하나님의 용서와 은혜를 더욱 소망하고 의지하게 됩니다. 징벌이란 하나님의 심판으로 겁에 질린 영혼은 자신 스스로에게 형벌을 가하는 보복의 역할을 감당하는 것을 의미합니다. 경건한 사람들은 죄를 인식하므로 나타나는 부끄러움, 혼란, 번민, 자기혐오, 그리고 그밖에 여러 정서들을 경험하게 됩니다. 이처럼 죄를 인식하고 가난한 마음으로 애통하는 일이 회개에 이르는 중요한 성향들이기는 하지만, 이러한 슬픔과 아픔들이 진정 선한 근심으로부터 온 것이라면, 하나님의 자비로 인도되어야 합니다. 즉, 우리는 죄에 대한 인식으로부터 오는 선한 근심과 슬픔에 잠길 때, 절도를 유지하며, 슬픔이 우리를 집어삼키지 않도록 해야 합니다. 공포에 싸인 양심은 절망에 빠지기 쉽습니다. 이것은 선한 근심으로 이끄신 하나님의 목적과 뜻이 아닙니다. 징계의 채찍의 목표는 절망이 아니라 은총을 바라보게 하시며, 돌이켜 고침을 받게 하시려데 있습니다. 하나님에 대한 두려움에 압도된 사람들에게 사탄은 절망이란 전술을 사용하여 그들을 절망과 침륜에 몰아넣으려 합니다. 그러나 하나님의 섭리와 사랑 가운데 주어진 선한 근심과 두려움은 겸손의 결과를 낳으며, 용서에 대한 소망을 버리지 않게 합니다. 그러므로 베르나르도는 선한 근심에 대하여 이런 교훈을 남겼습니다. **"죄로 말미암은 슬픔은, 그것이 계속되지만 않는다면 필요한 것이다. 나는 여러분이 때때로 발길을 돌려 괴롭고 쓰라린 여러분의 길에 대한 회상을 뒤로하고 하나님의 은총에 대한 고요한 기억을 안은 고원(高原)으로 나아가기를 청한다. 쑥에 꿀을 섞자. 잘 맞게 섞어 달게 해서 마시면 건강에 좋은 쓴맛으로 구원이 주어질 수 있을 것이다. 만약 여러분이 겸손히 자신을 성찰하려겨든 또한 여호와를 그의 선하심 가운데 성찰하라."[21]** 율법의 정죄와 하나님의 심판과 형벌에 대한 인식만으로는 사람은 회개하지 못하고 변화되지 못합니다. 왜

21 『기독교강요』 제3권, 3장, 15절.

냐하면 이러한 채찍과 함께 용서와 갱신의 은총이 우리 앞에 나타나지 않는다면, 다만 절망과 좌절과 침륜만 있을 뿐, 돌이킴과 변화는 존재하지 않을 것입니다. 하나님께서 죄에 대한 또렷한 인식 속에서 두려워하며 근심케 하심은 하나님의 자비를 바라보고 의지하고 붙들게 하시기 위함입니다. 진정한 회개는 때리시는 채찍과 함께 사랑과 은총으로 품으시고 용서하시며 고치시는 손길이 다가올 때 가능합니다. 위협만 하고 다가갈 길을 주지 않는 부모의 낯을 자녀들을 피할 수밖에 없을 것입니다. 회개는 하나님의 사랑과 은총이 함께 하기에 가능한 것입니다. 블레즈 파스칼(Blaise Pascal)의 말대로 그리스도 안에 있는 사람은 자신의 비참함과 그런 비참한 인간을 구원하시는 은혜에 대한 하나님 인식을 동시에 소유합니다.[22] 은혜 언약 안에서 불순종과 범죄에 대한 위협은 언제나 징계로서 자녀들을 회개시키시고 교정하시는 목적으로 주어집니다. 하나님께서는 죽이시려 칼을 들지 않으시고, 살리시려 의사처럼 매스를 드십니다.

② 회개의 내적, 외적 열매들

칼뱅은 회개에서 열리는 열매의 성격을 다룹니다. 회개로부터 맺혀지는 열매는 하나님을 향한 경건과 사람을 향한 사랑의 의무들, 그리고 이 세상 삶 전체의 거룩과 순수함입니다. 요약하면, 하나님의 법의 표준(*normam legis Dei*/the standard of the divine law)을 근거해 자기의 생활을 진지하게 판단하면 할수록, 우리의 회개의 표징들은 더욱 확실해질 것입니다. 그러므로 성령께서는 우리를 권고하셔서 회개에 이르게 하시려고 율법 개개의 교훈이나 둘째 돌판에 있는 의무들을 우리에게 상기시키십니다. 그러나 다른 본문들에서 회개는 성령께서는 먼저 우리 마음의 원천의 불결을 정죄하시는 것으로부터, 그 다음에 진지한 회개의 표지인 외적

---

22 Blaise Pascal, 264.

증거들로 나아갑니다. 따라서 회개에 있어서, 우리는 하나님을 향해 마음의 내적 정서로부터 시작하지 않고서는 아무 소득을 얻을 수 없습니다(욜 2:13; 약 4:8). 사람의 마음에 하나님의 제단을 쌓으려면, 은밀한 더러움이 제거되어야 합니다.

그러나 칼뱅은 회개의 외적인 열매도 언급합니다. 우리가 자신을 낮추거나 우리의 육체를 길들이기 위한 처방들로서 개인적으로 사용하는 외적인 어떤 훈련들이 있습니다. 이를 통해 우리는 회개를 공적으로 증명하게 됩니다(고후 7:11). 이런 회개의 외적 표지들에는 비탄, 신음, 눈물, 화려하고 호화로운 것을 피하고, 모든 환락을 멀리하는 것 등입니다. 육체의 반역과 하나님의 의(義)를 거역하는 것의 중함을 진지하게 깨닫는 사람마다 이러한 것들을 억제할 방법을 찾게 되고, 이로부터 헤어 나올 때까지 쉼을 얻지 못합니다. 회개의 열매를 논할 때, 옛 저술가들은 이런 외적 훈련을 자주 언급하기는 하지만, 그들은 이런 외적 훈련들 자체에 어떤 힘을 부과하지는 않습니다. 그럼에도 불구하고 그들은 이런 외적 훈련을 도에 넘치도록 강조하는 경향이 있습니다. 칼뱅은 이런 외적 훈련을 너무 강조할 때 의식주의가 발생할 수 있음을 경계하며, 징벌을 부과함에 있어 교회의 온유함을 망각할 위험을 지적합니다.

칼뱅은 특별히 이러한 회개의 외적 표지로서 **"우는 것**(fletus/tears)**"**과 **"금식**(ieiunium/fasting)**"**을 다룹니다. 여러 성경 구절들과 요엘서(욜 2:12)에서 회개와 관련하여 사람들이 우는 것과 금식하는 것과 재를 쓰는 것을 읽고 회개가 주로 **"금식"**과 **"우는 것"**으로 구성된다고 판단하게 되었습니다. 그러나 칼뱅은 이러한 생각을 현혹(眩惑)이라 여깁니다. 전체 마음을 여호와께로 돌이키는 것과 옷을 찢는 것이 아니라 마음을 찢는 것이 참회개에 고유하게 속한 요소입니다. 그러나 우는 것과 금식하는 것은 회개에 있어 영구적이거나 필연적으로 따르는 결과가 아닙니다. 우는 것과 금식하는 것은 특별한 경우에 한하여 작용합니다. 금식은 회개와 밀접히 관련되지 않고, 특별히 재앙이 있을 때를 위한 것이었습니다(마 9:15).

금식은 기도의 보조 수단과 같습니다. 금식은 그 자체로 어떤 독자적인 힘을 가졌다기보다는, 기도 가운데 하나님을 향한 집중의 수단이라 할 수 있습니다. 사실 신자의 생활은 검소와 절제로 조절되어, 평생이 일종의 항구적인 금식 같아야 합니다. 사치와 절제가 없다면, 우리는 정욕에 이끌려 육과 세상에 속한 것들에게 시선을 빼앗겨 하나님께 집중하지 못하는 삶을 살게 될 것입니다.

또 칼뱅은 회개와 관련해 하나님 앞과 사람 앞에서 죄를 공공연하게 고백하는 것에 대해서 다룹니다. 회개는 죄과에 대한 외면적 고백이 아니라, 하나님께로 돌아서는 회심인 동시에 형벌과 죄책을 거두어 달라는 간구입니다. 베옷을 입고 재에 앉아 회개하는 등의 공적인 고백 행위는 중대 범죄에 대한 혐오를 나타내는 증거일 뿐입니다(마 11:21; 눅 10:13). 공적인 고백은 항상 필요하지는 않지만, 우리가 하나님께 사적으로 고백하는 것은 참 회개의 일부로서 빠뜨려서는 안 됩니다. 우리가 매일 짓는 죄를 고백함이 마땅하며, 중대한 죄에 대해서는 오래 전에 잊은 것일지라도 회상하며 고백해야 합니다(시 51:3-5; 시 25:7).

또 칼뱅은 통상적인 회개와 일반적인 회개를 구분합니다. 앞에서도 언급했지만, 우리는 매일 매일 성화의 회개를 이루어야 합니다. 즉, 우리 안에 여죄와 순간순간 짓는 죄들에 대해 계속해서 회개를 실천해야 합니다. 이는 모든 성도에게 주어진 명령입니다. 그러나 이러한 통상적인 회개와 구별된 특별한 회개도 있습니다. 칼뱅에 따르면, 이런 회개는 마치 죽은 자들이 깨어나듯이 하는 회개와 유사합니다. 이런 회개는 죄의 나락에 떨어지고, 방종과 반역을 꾀했던 사람들이 돌이키는 것을 의미합니다. 성경은 이런 회개를 죽음에서 생명으로 전환되고 소생되는 회개라 여깁니다. 이러한 구별에 세심한 주의를 기울여야 하는 이유가 있습니다. 특별한 회개만을 생각하게 되면, 아주 소수만 회개할 필요성이 있는 것처럼 생각할 수 있기 때문입니다. 그러나 성경은 특별한 회개에 해당하는 죄를 범한 사람만이 아니라, 모든 사람들이 육체를 매일매일 순간순간 죽여야 함을 가르칩니다. 모든 사람들 속에 여죄가 존재하며, 모든 사람 속에 항상 사악한 욕망이 물들어 있고, 악한 것들이 안에서 싹트고 있습니다. 그러므로 하나님에 대한 두려움을 빼앗기고 마귀의 치명적인 덫에 걸린 사람들만이 아니라 부패한 본성을 가진 모든 성도들이 전 생애 동안 매일매일 순간순간 통상적인 회개를 행해야 합니다.

(5) 하나님의 은총의 선물, 회개

① 회개와 죄 사함의 관계

복음의 요체 전부는 회개와 죄 사함이라는 두 항목에 포함됩니다. 주님께서는 자신에게 속한 자들을 의롭다 함을 얻게 하시는 동시에 성령에 의한 성화를 통해서 그들을 참된 의(義)를 향해 새롭게 하시려 하십니다. 즉, 그리스도 안에서 선택된 신앙의 사람들은 법정적 칭의와 갱신적 성화의 은총을 받습니다. **"회개하라 천국이 가까왔느니라"**(마 3:2, 4:17). 회개하라고 권고함으로써 세례 요한은 그들이 죄인인 것과 그들의 모든 것이 하나님 앞에서 정죄를 받았다는 것을 인정하라고 충고하였습니다. 그리고 그렇게 인정함으로써 그들이 육체를 죽이며 성령으로 새롭게 태어나기를 충심으로 원하게 되기를 바란 것입니다. 또 하나님 나라가 가까이 왔다고 했을 때에, 하나님 나라란 것은 죄의 용서와 구원과 생명과 그밖에 우리가 그리스도 안에서 얻는 모든 것을 의미하였습니다 (막 1:4; 눅 3:3). 주님께서도 같은 취지로 **"하나님의 나라가 가까이 왔으니 회개하고 복음을 믿으라"**라고 말씀하십니다(막 1:15). 그리스도께서 전하신 하나님의 나라의 복음을 요약하면 이러합니다. 첫째, 하나님의 자비의 보화는 오직 그리스도 안에 있습니다. 둘째, 그는 회개를 요구하십니다. 셋째, 그리스도께서는 하나님의 약속에 대한 확신을 요구하십니다. 그러므로 주님께서는 복음의 요체 전부를 망라하여 간략하게 표현하시기를 자신이 고난을 받으시고 죽은 자 가운데서 부활하실 것과 그의 이

름으로 죄 사함을 받게 하는 회개가 전파될 것이라고 말씀하셨습니다
(눅 24:26, 46-47). 주님께서 부활하신 후, 사도들은 또한 복음의 요체 전부를
이렇게 선포합니다. **"이스라엘에게 회개함과 죄 사함을 주시려고 그를
… 높이사"**(행 5:30-31). 사람들이 복음의 가르침을 통하여 자신의 전적 부
패와 무능을 깨닫게 될 때, 회개가 그리스도의 이름으로 선포됩니다. 따
라서 이들은 그들이 거듭나야 하나님 나라에 들어갈 수 있음을 깨닫게
됩니다. 죄 사함은 사람들이, 그리스도께서 자기들을 위한 구속, 의(義),
구원, 생명이 되셨다는 사실(고전 1:30), 그의 이름으로 자기들이 하나님 앞
에서 값없이 의롭고 죄 없다고 여겨진다는 사실을 배우게 될 때 비로소
선포됩니다. 복음은 이처럼 새롭게 됨과 죄 사함이라는 이중 은총(*duplex
gratia*/dual grace)을 믿음으로 얻는다는 사실을 선포합니다. 그럼에도 불구
하고 믿음의 고유한 대상은 죄가 사함 받는 하나님의 자비이므로 믿음
을 회개와 주의 깊게 구별해야할 필요가 있습니다. 칭의와 성화는 인과
적인 의미에서 칭의가 성화를 앞서 있습니다. 이는 칭의론을 다루면서
상세히 다루어질 것입니다. 요약적으로 표현하자면, 믿음과 회개는 논
리적인 순서상 인과적인 관계 속에 있습니다. 믿음은 회개가 아니며, 회
개는 믿음이 아니지만, 믿음은 언제나 회개를 낳습니다. 회개는 믿음의
열매이므로, 회개는 믿음을 앞서지 못하고, 믿음이 회개를 앞섭니다. 믿
음은 회개의 원인이고 회개는 믿음의 결과로서 늘 함께 해야 합니다. 따
라서 회개 자체를 구원의 원인이나 공로로 삼아서는 안 되는 동시에 회
개가 부재한 믿음을 생각해도 안 됩니다.

② 은혜의 선물로서 회개
칼뱅에 따르면, 그리스도를 아는 지식에 이르는 통로를 우리에게
처음으로 열어 주는 것은 회개의 기원이 되는 **"죄에 대한 증오**(*peccati
odium*/the hatred of sin)**"**입니다. 그리스도께서는 죄를 인식하고 신음하는 사
람들에게만 자신을 드러내십니다(사 61:1-3; 마 11:5, 28; 눅 4:18). 그러므로 그리

스도 안에 거하길 원한다면, 우리는 전 생애에 걸쳐 회개 자체에 힘쓰고, 그것에 의지하고, 그것을 마지막까지 추구해야 합니다. 주님께서는 죄인들을 부르셔서 회개시키려 오셨습니다(마 9:13). 성경은, 하나님께서 죄사함을 부여하실 때, 자신의 자비가 사람들이 회개하는 원인이 되어야 함을 지시하시면서, 죄 사함에 상응한 회개의 약정을 요구하시곤 하십니다(사 56:1; 59:20; 55:6-7; 행 3:19).

그러나 이러한 조건이 부가된다고 하여 회개를 은총을 받게 하는 공로의 근거가 된다고 생각해서는 안 됩니다. 오히려 회개의 조건은 회개에 이르도록 긍휼을 베풀어주시는 주님의 은혜를 얻기 원한다면 우리가 어느 방향으로 나아가야 하는지를 지시하기 위함입니다. 그리스도인의 삶은 일생 육체를 죽이는 항구적인 열심과 훈련입니다. 그리스도인은 자신의 부패성을 날마다 깨닫고 묵상하며, 자신을 실망시키는 진창으로부터 빠져나와 더 멀리 전진하며 하나님께 나와 간구함으로, 그리스도의 생명과 죽음에 접붙임을 받아야 합니다. 이것이 그리스도 안에 있는 자에게 주어지는 은총의 약속이기 때문입니다. 은총 속에서 베풀어지는 의(義)에 대한 사랑이 성도의 가슴 속에 죄에 대한 증오를 일으키고, 이를 통해 죄로부터 돌이키게 만듭니다. 이것은 그리스도와의 연합 안에 약속된 은총입니다.

따라서 회개는 부패한 인간 본성에서 나올 수 없는 하나님의 특별한 선물입니다(행 11:18; 고후 7:10; 딤후 2:25-26). 하나님께서는 모든 사람들에게 회개를 명령하시고 권고하시지만, 그 효과는 거듭나게 하시는 성령께 달렸습니다(엡 2:10). 회개는 구원의 원인이 아니지만, 회개는 믿음과 은총에서 분리될 수 없습니다. 믿음과 은총에서 회개가 발생하기 때문입니다. 하나님께 대한 두려움이 왕성한 곳에서는 어디서나 사람의 구원을 위해서 성령이 역사하셨다는 것은 확고한 사실입니다.

(6) 성령 모독죄와 거짓 회개

① 용서 받을 수 없는 죄, 성령 모독죄

아우구스티누스는 성령 모독죄를 죽을 때까지 회의 속에서 용서의 은총을 믿지 않고 불신을 고집하는 죄라고 정의합니다. 그러나 칼뱅은 이런 정의를 성경과 일치하지 않는다고 생각합니다. 또 어떤 이들은 이 죄가 형제에게 부여된 은혜를 시기하는 것이라고 정의합니다. 칼뱅은 이 정의를 출처를 알 수 없는 것으로 여깁니다. 칼뱅은 성령 모독죄를 이렇게 정의합니다. **"하나님의 진리의 빛이 눈부셔 무지를 핑계할 수 없음에도 불구하고 결의에 찬 악의를 품고 그 진리를 거역하는 것은 성령을 거슬러 죄를 짓는 것이라고 나는 말한다**(마 12:30, 31; 눅 12:10; 막 3:29).**"23** 칼뱅에 따르면, 만일 무지와 불신앙이 만나 죄를 범했다면, 용서를 얻을 수 있지만, 진리의 비추임 아래 지식과 불신앙이 합쳐져 하나님을 모독하게 되면 용서를 받을 수 없습니다. 칼뱅에 따르면, 전자는 예수님께서 인자를 거역하는 것으로 묘사하신 죄로서 용서를 받을 수 있고, 후자는 예수님께서 성령을 거역하는 죄로 묘사한 것으로 용서 받을 수 없는 죄입니다. 즉, 이 죄는 자기들이 비난하고 헐뜯는 것이 하나님의 말씀이라는 사실을 양심에 확신하면서도 그것을 헐뜯는 것을 멈추지 않는 죄입니다. 이들은 불신앙 속에서 말씀의 진리에 대한 확신을 가진 자들로서, 진리 인식 속에서 의도적으로 그것을 모독합니다. 즉, 유기자들은 무지 속에서 불신하다가 멸망에 이르지만, 특별한 경우, 유기자들 가운데 지식을 가지고도 불신 속에서 그것을 모독하다가 멸망에 이르는 자들이 있다는 것입니다. 무지 속에서 불신하는 사람들 중에는 선택을 받아 믿음 안에서 회개하므로 용서 받고 구원을 받는 사람들이 나타날 수 있으나, 지식 속에서 불신을 가지고 하나님을 모독하는 사람들은 용서를 받지 못한다는 의미입니다. 이들은 성령의 역사에 따른 조명에 맞서 다투는 자들입니다(행 6:10; 마 9:34; 12:24). 그러므로 믿음이 없어 알지 못하고 행한 죄에 대하여 바울은 용서 받을 수 있는 여지를 열어 놓습니다(딤전 1:13).

물론 성령 모독죄는 유기자들에게만 적용되는 죄입니다. 그러므로 성도들도 특별한 타락에 직면할 수 있으나, 성령을 모독하는 죄는 유기된 자들이 구원을 버리고 멀어지는 보편적인 반역에 관해 말하고 있습니다. 요한은 **"그들이 우리에게서 나갔으나 우리에게 속하지 아니하였나니"**(요일 2:19)라고 전하므로, 이런 용서 받을 수 없는 배교와 죄를 짓는 것은 애초에 이들이 구원 받는 믿음에 이르지 못한 유기자들이라는 것을 알려줍니다. 성령 모독죄는 애초에 택함을 받지 못한 사람들 중에 나타납니다(요일 2:19). 이들은 지식과 신앙의 결합을 갖지 못한 불신 속에서 지식을 가진 자들로 이해될 수 있습니다. 이 죄를 짓는 사람들은 단순히 해이하고 방자한 삶을 살면서 주님의 말씀을 어기는 자들이 아니라 고의로 그의 가르침 전체를 거절하는 자들입니다. 또한 이 죄는 특별한 어떤 악에 대한 실패가 아니라 하나님으로부터 멀어지는 전체적인 돌이킴, 곧 전인(全人)의 배교(universalis aversio/universal aversion)를 의미합니다. 이런 하나님으로부터 돌이킴은 애초에 신앙이 존재하지 않았던 사람에게만 가능합니다. 이들은 성령의 빛을 고의적인 불경건으로 질식시키고, 하늘의 은사의 맛을 내뱉어 버리며, 자기들을 성령의 성화로부터 소원하게 하며, 하나님의 말씀과 내세의 능력을 짓밟는 자들로 여길 수 있습니다(히 6:4-6). 이런 죄에는 속죄의 제사가 다시없습니다(히 10:26). 그리스도의 희생을 거부하게 되면 다른 희생이 있을 수 없기 때문입니다. 복음의 진리를 명백하게 부정할 때에, 그 사람은 그리스도의 희생을 거부하게 되므로, 속죄 받을 길이 없어집니다. 성령 모독죄를 이렇게 정의 내릴 때, 불신앙 속에서 말씀의 진리를 쌓아가는 것이 얼마나 헛되고 두려운 일인가 생각하게 됩니다. 불신앙으로 진리를 인식하는 것은 저주 자체입니다.

② 은총이 선행되지 않는 거짓 회개

사함이 없는 회개가 있다는 말은 주님의 자비를 간청하고 그곳으로 도피하고자 몸부림치는 자에게 사함이 없다는 의미가 아닙니다. 주님께로 돌이키는 자들 안에 이미 은총이 존재합니다. 그러나 사함이 없는 회개는 배은망덕으로 영원히 눈이 멀어 하나님의 의로운 심판에 의해 처벌을 받은 후 다시 일어나 회개에 이르는 일이 결코 없는 상태를 의미합니다. 이런 상태에 있는 사람들이기에 이들은 회개하는 모습을 보일지라도 그것이 거짓된 회개에 불과합니다. 이런 사람들은 애초에 신앙이 없던 자들입니다. 그러나 이들은 하나님의 은총과 도움을 무시하고 살며, 하나님을 의지하지 않다가 극한 난국에 빠지게 될 때는 불안을 표현합니다. 이들이 보이는 회개의 진의(眞意)는 주님의 은총과 도움을 구하고 의지하는 마음이 아니라 자기들에게 상실한 것에 대해 신음일 뿐입니다(히 12:16-17; 슥 7:13). 사람의 마음은 은총이 앞서야 변화가 되는데, 이들의 거짓 회개에는 은총이 없습니다. 유기된 자들은 악행의 처방을 얻으려면 하나님을 찾아야 함에도 불구하고, 하나님께서 가까이 오시면 도망칩니다. 칼뱅은 이것을 **"눈 먼 고통"**[24]이라고 부릅니다.

성경에서는 이런 거짓 회개에 대해 하나님께서 용서로 응답하시는 듯한 모습을 발견하게 됩니다. 칼뱅은 이러한 모습들이 하나님께서 그들의 거짓 회개를 받으신 것이 아니라 선한 하나님의 목적을 위해 허용하신 것으로 해석합니다. 이들이 얼마간 용서를 받은 것처럼 보이지만, 하나님의 진노가 그들 위에 여전히 머물러 있습니다. 하나님께서는 모두에게 본을 보이기 위해 그렇게 하십니다. 아합이나 에서와 같은 사람들에게 궁극적인 진노와 형벌의 일부가 지연되었지만, 하나님의 저주는 외적으로 감춰졌을 뿐 영원한 파멸로 중단 없이 나아갔습니다. 따라서 하나님의 말씀은 거짓 회개의 비참의 본을 남기시므로, 우리로 마음을

기울이고 노력을 다하여 더욱 열심히 신실한 회개에 이르는 법을 가르쳐줍니다. 하나님께서는 거짓 회개가 아니라 신앙 안에서 참 된 회개를 이룰 때, 그분의 언약의 약속을 따라 우리를 용서하십니다. 참 회개는 앞서 은총을 베풀어 주시는 하나님의 자비와 관용과 용서의 표증입니다.

(7) 고백과 보속에 관련된 중세 로마 교회의 왜곡된 회개관

① 스콜라주의자들의 회개에 대한 정의

칼뱅은 중세 로마 교회의 스콜라 궤변론자들이 가르쳤던 회개의 문제점들을 소개합니다. 칼뱅은 그들의 정의를 살필 때, 그들이 회개에 대해서 아무 것도 알지 못한다는 결론을 내립니다. 스콜라주의자들의 회개는 외부적 훈련에 초점이 맞추어져 있고, 부분적으로 육체를 길들이고, 부분적으로는 악행을 징계하고 벌하기 위하여 사용되는 훈육과 준엄함을 포함합니다. 이들은 교부들이 인용한 경구들을 붙들고 있지만, 그들의 의도를 벗어나 자신들의 왜곡된 개념을 위해 오용합니다. 이들의 정의는 교부들의 정의보다 저급합니다. 그들은 마음의 내면적 변화와 그로부터 따르는 생활의 진정한 교정에 대해 탄복하리만큼 침묵합니다. 그들 가운데 통회(*contritio*/contrition)와 뉘우침(*attritio*/attrition)에 관한 많은 말이 있음은 사실입니다. 그들은 많은 근심을 유발시켜 영혼을 학대하며, 불안과 번민의 바다에 몰아넣습니다. 그들은 사람의 마음에 깊은 상처를 입히고 나서 가벼운 의식들로 모든 쓰라림을 치료하려 듭니다. 그들의 회개는 마음의 통회, 입의 고백, 행위의 보속으로 나뉘어 정의 됩니다.

(ㄱ) 마음의 통회

스콜라주의자들은 마음의 통회(*contritio cordis*/the contrition of the heart)를 죄

사함을 받는 조건과 공로로 만들었다는 데 큰 오류가 있습니다. 그들은 마땅한 만큼 합당하고 충분하게 이루어진 통회를 은총을 얻기 위한 첫 번째 몫으로 삼습니다. 그러나 그들은 이처럼 은총을 얻을 만한 통회가 어느 정도에서 이루어지는지에 대한 기준은 제시하지 못합니다. 우리가 쓰라린 눈물로 각각의 죄를 고백하는 것은 옳습니다(고후 7:10). 그러나 우리를 회개로 이끄는 선한 근심은 은총에 대한 확신과 저울 위에서 균형을 이루어야 합니다. 회개가 은총을 받는 조건이 되어 공로가 요구될 때, 우리가 지은 채무의 무게가 어느 정도의 공로로 삭감될 수 있는지 알아야 하는데, 그런 기준은 존재하지 않습니다. 사실은 우리의 죄의 채무는 하나님 앞에 무한히 깊고 무거운 것입니다.

물론 죄 사함은 회개가 없이는 절대 일어나지 않습니다. 왜냐하면 죄에 대해서 양심의 고통을 느끼고 상처를 입은 사람만이 하나님의 자비를 순수하게 간청하게 되기 때문입니다. 그러나 이와 동시에 우리는 회개가 죄 사함의 원인이 결코 아니라는 사실을 덧붙여야 합니다. 죄인은 자기의 양심의 가책이나 자기의 눈물을 바라보지 말고 두 눈을 주님의 유일한 자비에 고정시켜야 합니다(사 61:1; 눅 4:18; 마 11:28). 마음의 통회가 조건이 되고 공로가 되어 죄 사함을 받아낸다고 가르치는 것과, 죄인이 자기의 비참함을 인식하므로, 하나님의 자비만을 의지하여 자유를 획득하고 겸손히 하나님께 영광을 돌리게끔 가르치는 것 사이에는 참으로 큰 차이가 있습니다.

(ㄴ) 입의 고백

스콜라주의자들은 입의 고백(*confessio oris*/the confession of mouth)을 죄 사함의 조건으로 규범화했습니다. 이들은 고백을 하나님의 법으로부터 나와 그 형식이 이후에 실정법으로 세워졌다고 주장하며, 고백을 규범화하고 성례화시켰습니다. 그들은 고백의 명백한 증거로 요한에게 세례 받으러 온 사람들은 죄를 자복한 사실(마 3:6)과 야고보의 **"죄를 서로 고**

하며"(약 5:16)라고 말한 사실을 제시합니다. 그러나 이러한 구절은 고백을 죄 사함을 받기 위한 규범이나 조건으로 제시하기 위한 근거를 제공하지 않습니다. 먼저, 세례 요한은 죄 사함의 조건으로 죄에 대한 고백을 받은 것이 아니라, 죄 사함의 상징인 세례를 주기 위해 죄에 대한 고백을 들었습니다. 자신이 죄인임을 인정하지 않는 사람에게 세례를 베풀 수는 없기 때문입니다. 야고보가 전한 말씀도 고백을 죄 사함의 조건이나 규범의 근거로 삼지 않습니다. 야고보가 **"죄를 서로 고하며"**라고 한 데는 분명한 이유가 있었습니다. 그러나 바로 그 다음에 있는 말씀을 주시해야 합니다. **"너희 죄를 서로 고하며 … 서로**(ἀλλήλοις/서로, 순서로, 번갈아) **기도하라"**(약 5:16). 그는 상호 고백과 상호 기도를 결합하였습니다. 우리가 하급 사제들에게만 고백해야 된다면 그들만을 위해서 기도해야 할 것입니다. 그러나 야고보는 그런 의미를 전달하고 있지 않습니다. 야고보가 언급한 고백들의 의미는, 우리의 약점을 서로 고백하여 서로 충고를 받으며, 서로 동정하며, 서로 위로하라는 의미입니다. 모든 성도들이 나눌 수 있는 교제를 이야기 한 것입니다. 그리고 야고보는 서로가 고백하므로 듣게 된 약점들을 의식하면서 서로를 위해 도고의 기도를 드리라고 권면합니다.

칼뱅은 스콜라주의자들의 입의 고백에 대한 문제와 오류를 바로 잡습니다. 고대 교회에서는 이런 고백의 규례를 제정한 적이 없습니다. 고백의 오랜 관습이 있었지만, 그것은 규례가 아니라 자유로이 행해진 것입니다. 그들의 기록도 인노켄티우스 3세(Innocentius III, ?- 1216년) 이전에 이와 관련된 어떤 법이나 칙령도 제정되지 않았다고 확실히 말합니다. 그들은 기껏 라테란 회의(1215년)의 칙령 정도에 만족하고 그것 때문에 조롱거리가 되었습니다. 이로 보건대 고백과 관련된 고대의 법은 존재하지 않았습니다. 더군다나 이들이 고백의 법령과 관련된 고대 회의의 산물이라 내놓은 문서들은 위작된 교서들이었습니다. 칼뱅의 시대를 기준으로 하면, 고백의 법이라는 것은 주님의 부활 후 1200년이 지나서야 나타난 것으로, 종교개혁 당시 기껏 300년 정도의 역사를 지닌 것이었습니다. 고백의 법이 발생한 배경은 경건과 교리가 소멸된 가운데 목회자의 가면만 주워 쓴 자들이 모든 권한을 통틀어 떠맡은 후에 이런 압제가 마침내 도입되었습니다. 역사 서적과 그 밖의 고대 저술가들의 분명한 증언을 보면, 고백은 그리스도나 사도들이 정한 법이 아니라 감독들이 제정한 교회 행정상의 한 규율일 뿐이었습니다. 그 예로, 소조메누스(Sozomenos, 5세기 전반)는, 감독들에 의해 정해진 이 법이 서방에서, 특히 로마에서 충실히 지켜졌다고 전합니다. 즉, 이 법은 모든 교회에 보편적으로 통용된 법이 아니었습니다. 뿐만 아니라 당시 이 직무가 사제 계급 전체에게 공통적으로 맡겨진 것이 아니라 장로들 중 한 사람에게 맡겨졌다고 합니다. 콘스탄티노폴리스의 감독이었던 크리소스토무스(Chrysostomus)는 함께 주님의 종 된 사람들에게가 아닌 자신의 영혼과 하나님께 고백하라고 가르치므로, 고백의 법을 폐지합니다. 크리소스토무스는 고백의 법이라는 인간의 유전으로 양심을 속박당한 사람들을 하나님의 법으로 풀어주려 했습니다. 크리소스토무스는 결코 하나님의 말씀에 의해서 명령되지 않은 것을 감히 필요한 것으로 요구해서는 안 된다고 생각한 것입니다. 우리의 양심은 오직 하나님만 주관하시므로, 오직 하나님의 말씀만이 우리의 양심을 주관할 수 있습니다. 이것이 지금도 변함없는 그리스도인의 양심의 자유에 대한 성경적 사상입니다.

이제 칼뱅은 성경적이고 건전한 고백과 그 목적이 어떻게 이해되어야 하는지 교훈합니다. 첫째, 온당한 고백은 주 하나님을 향해야 합니다. 성경에 규정된 유일한 고백 방식은 죄를 사하시며, 잊으시고, 지워주시는 분이신 주님에게 죄를 고백하며 은총을 구해야 한다는 것입니다(시 32:5; 시 51:1; 단 9:5; 요일 1:9). 우리는 하나님께 괴로운 마음과 겸손한 마음으로 그분 앞에 엎드려 고백해야 합니다. 그분 앞에서 진심으로 우리 자신을 정죄하고 비난하면서 그분의 인자하심과 자비로 무죄 선고를 받기 위해, 우리는 주님께 고백해야 합니다. 이것이 성경적인 고백이며, 정당한 고백입니다. 둘째, 그러나 어떤 유익을 위하여 하나님과 사람들 앞에서 함께 고백해야 할 때도 있습니다. 하나님 앞에 진실한 고백을 한 사람은 사람들 앞에서 하나님의 자비를 선포할 필요가 있을 때마다 언제든지 고백할 말이 준비되어 있을 것입니다(삼하 12:13; 레 16:21). 심중의 비밀에 속한 죄로 인한 자신의 수치와 하나님의 자비와 영예를 개인에게나 공공연하게 드러낼 수 있을 것입니다. 각 사람이 공정한 자기 성찰을 하도록 지도하기 위해서는 이와 같은 도움이 필요하다는 것을 하나님께서 아셨기에, 이스라엘 백성들에게 말씀이 낭독된 후에, 그들은 공적으로 성전에서 자신들의 불의를 고백하라는 규례를 정해주셨습니다(레 16:21). 우리는 우리 자신의 비참함을 고백하므로, 교회라는 몸 가운데 그리고 온 세상 앞에서 하나님의 선하심과 자비를 드러내는 것이 합당한 일입니다. 셋째, 회중이 함께 통상적으로 하는 공적인 고백도 있을 수 있습니다. 이런 종류의 고백은 교회에서 통상적으로 행해져야 할 뿐 아니라, 백성이 어떤 범죄에 함께 연루되었을 때마다 비상적으로 특별한 방식을 좇아 행해져야 합니다. 모든 백성이 죄를 범하게 되었을 때(느 1:7; 9:1-2), 어떤 재난이 닥쳤을 때, 공적인 고백과 함께 하나님의 자비를 구할 수 있습니다. 특별히 모든 거룩한 모임은 하나님과 천사들의 면전에 서게 되는 것이므로, 우리 자신의 무가치함과 불결을 가장 먼저 고백하는 것이 합당합니다. 특별히 일반 그리스도인들은 유익한 제도로서 공적인 예식에 따른 고백을 통하여 겸손에 이르는 훈련을 받는 것이 중요합니다. 매 주일마다 목사가 자기의 백성의 이름으로 공적이고 목회적인 기도를 드리므로, 모든 불법에 대해 정죄하고 그 책임을 묻는 동시에 주님의 은총을 구해야 합니다. 이 열쇠로 기도의 문이 개인들에게 사적으로 열리고 모든 사람에게는 공적으로 열리게 됩니다. 이것이 교회의 통상적인 고백의 유익이며, 정당하고 건전한 방식입니다. 넷째, 유익을 따라 자유롭게 행하는 사적인 고백도 있습니다. 칼뱅에 따르면, 사적 고백에 두 가지가 있는데, 하나는, 우리 자신을 위한 것으로, 우리의 연약함을 상호 간에 나누며 조언과 위로로 서로를 돕기 위한 것입니다(약 5:16). 다른 하나는, 이웃을 위해 행해져야 할 것으로, 이는 우리의 악으로 인해 상처를 입게 된 이웃을 누그러뜨리고, 이웃이 우리와 화목하게 되도록 하기 위한 고백입니다. 첫 번째 고백 같은 경우 고백할 대상은 교회의 무리 중에서 최고 적합하게 보이는 사람에게 고백할 여지를 두었지만, 목사들이 그들의 은사와 직무상 가장 적합한 자격을 갖추었습니다. 목사는 하나님의 말씀을 맡은 자들이기 때문에, 고유한 사역의 소명을 좇아 그들의 입을 통하여 성도들이 교훈을 받아 죄를 극복하고 교정하며 은총의 확신을 통해 위로를 얻게 하는데 그들의 소명과 은사가 선호될 수 있습니다(마 16:19; 18:18; 요 20:23). 상호 간의 훈계와 책망은 모든 그리스도인에게 맡겨진 것이나 특별히 사역자들에게 명령되었습니다. 즉, 목사가 고백을 듣고 그들을 돕는 행위의 목적은 죄로 인해 고통하는 사람들을 위해 하나님의 말씀을 통해 죄 사함의 확신과 위로를 전하는 데 있습니다. 그러므로 이런 사적 고백은 로마 교회처럼 규례나 성례가 아니라 외부의 도움이 없이는 영혼의 어려움에 봉착할 수밖에 없는 상황에서 사적으로 자유롭게 요청하므로 행해질 수 있는 고백입니다. 목사들은 공적으로나 사적으로나 복음의 가르침으로 하나님의 백성을 위로하는 것이 그들의 소명입니다. 이러한 고백이 자유로운 것이므로 그것의 필요함을 이해하는 자들에게게만 권해야 합니다. 또 이웃의 상처를 치료하고 화목에 이르기 위한 고백은 마태복음 5장 23-24절에 근거합니다. 이 고백은 우리의 악함으로 파괴된 관계와 죄로 찢겨진 사랑을 회복하기 위해 우리가 죄를 인정하고 그것에 대한 용서를 구함으로써 이루어집니다. 물론 이러한 고백은 전체 교회를 향해 죄를 지은 사람에게도 해당합니다(고후 2:6). 이러한 고백은 일종의 권징의 형태 아래 이루어질 수 있습니다.

(ㄷ) 사적인 고백에 있어서 오직 복음 선포를 통하여 작용하는 열쇠의 권한

열쇠의 권한은 세 가지 종류의 고백에 자리를 잡고 있습니다. 첫째는, 전체 교회가 자체의 악행을 엄숙히 인정하는 가운데 은총을 간청할 때, 둘째, 모두에게 걸림돌이 될 만한 범죄를 저지른 사람이 자기의 회개를 선포할 때, 셋째, 불안한 양심을 인해 사역자의 도움이 필요한 사람이 자기의 연약함을 그에게 드러낼 때입니다. 하나님께서 가시적 교회 안에 열쇠의 권한, 곧 치리권을 위임하셔서 죄를 지은 사람을 묶거나 풀거나 할 수 있게 하셨습니다. 열쇠의 권한은 범죄와 관련하여 믿음의 표지로 회개를 보고, 교회의 회원권을 인정하거나 박탈하는 권한이라 할 수 있습니다. 곧, 권징을 통해 범죄한 자를 회개시켜 회복시키며, 끝까지 회개하지 않아 교회에 위기를 가져오는 사람을 교회의 교제로부터 출교하는 소임을 교회는 다해야 합니다. 교회는 범죄한 사람이 회개할 때, 그들의 회개를 통해 증거 된 신앙을 인해 그들이 용서받게 됨을 인식시키고 확신시켜 회복되도록 해야 합니다(요 20:23; 마 18:18). 사적인 고백의 필요성은 이런 확신을 갖지 못해 불안 속에서 괴로워하는 지체들을 위해 중요합니다. 따라서 성경이 가르치는 열쇠의 권한은 로마 교회처럼 사제들에게 죄를 사할 권한이 있기에 그들에게 하나의 규례로서 성례로서 고백해야 한다는 식의 고백이 아닙니다. 칼뱅에 따르면, 고백을 듣고 교회와 목사가 죄 사함을 전하는 것은 복음의 선포와 분리된 것이 아닙니다. 열쇠의 권한은 고백을 받고 죄 사함을 선포하는 행위는 고백을 듣고 복음을 따라 믿고 회개하는 성도에게 구원과 용서가 확실함을 전해 주어 확신시키는 것 이상을 의미하지 않습니다. 죄를 사하실 권한은 하나님께만 있으십니다. 교회와 목사가 풀어준다는 의미는 그들에게 복음을 전하여 확신시킨다는 의미와 다르지 않습니다. 교회의 범죄 문제와 관련하여 매거나 푸는 권리는 말씀에 매여 있습니다. 교회의 치리회, 곧 목사와 장로들의 회의 권한은 복음의 은혜가 공적이며 사적으로 신자들의 마음에 들려지고 확신된다는 사실에 그 전체 기반을 둡니다. 치리회는 말씀을 따라 믿음으로 회개하는 사람들에게 말씀을 따라 그들에게 용서와 회복이 약속되어 있음을 확신시키고 위로하며, 그렇지 않은 자들에게 말씀을 따라 회원 자격을 박탈해야 합니다. 열쇠의 권한과 관련하여 모든 것이 오직 말씀 선포와 관련됩니다. 이것이 성경적인 의미에서 **"너희가 누구의 죄든지 땅에서 사하면 하늘에서도 사하여질 것이요"**(요 20:23; 18:18)라는 말씀의 의미입니다. 그러므로 사제에게 반드시 고백하여 그들에게 주어진 권한으로 죄 사함을 받는다고 가르치는 로마교회의 고백은 성경을 떠난 전제적(專制的) 횡포이며, 미신적인 제도라 판단할 수 있습니다.

　　칼뱅은, 왜곡된 로마 교회의 고백에 대한 교리의 요점을 정리합니다. 로마 교회는, 분별력이 있는 나이에 이른 모든 사람이 적어도 일년에 한 번은 자기 사제에게 모든 죄를 고백해야 한다고 규정합니다. 만일 그들이 죄를 고백하겠다는 굳은 의도를 갖지 못하고, 사제들에게 고백하지 않을 때, 그들은 용서 받지 못하여 낙원에 들어가는 문이 그들에게 닫힌다고 위협합니다. 이들에게 열쇠의 권한은 교회가 전하는 복음의 말씀 자체에 있는 것이 아니라 사제 자체에게 주어집니다. 이러한 로마교회의 고백에 대한 정의가 내포하고 있는 문제점을 칼뱅은 분석하고 비판합니다. 첫째, 우리가 모든 죄를 다 헤아려 내놓고 말하는 것은 불가능합니다. 죄의 심연은 너무도 깊고 우리의 범죄는 우리도 헤아리기 힘들 정도로 복잡합니다. 그러므로 우리에게 완벽한 죄의 목록을 가진 고백은 존재할 수 없습니다(시 19:12; 38:4). 오히려 우리는 스스로 깊은 악의 구렁 밑에 있음을 고백하고 하나님의 은총과 용서와 구원을 위해 부르짖는 것이 합당합니다(시 18:5; 시 69:2-3, 15-16). 다윗을 살피면, 그의 고백은 죄의 목록을 헤아리는 것이기 보다, 헤아리기조차 불가능한 자신의 죄의 중함을 신음하며, 오로지 하나님의 은총 안에서 용서를 구하는 고백들이었습니다. 죄의 완전한 목록을 나열하는 것이 불가능하며, 그러한 고백으로 구원을 받지 못합니다. 둘째, 완전한 고백을 용서의 조건으로 요구하는 것은 성도들을 고문하는 것입니다. 어떻게 우리가 한 해 동안 행한 것 전부를 헤아리고 날마다 범한 죄를 다 모을 수 있겠습니까? 하루를 마감하며 헤아리는 죄도 기억에서 혼란스러울 때가 있습니다. 죄를 목록하여 그것에 대한 고백에 구원을 담보하는 일은 고문 자체인 것입니다. 오히려 우리가 헤아릴 수 없는 모든 것을 아시는 엄중한 심판관이신 하나님을 아는 일이 더 중요하며, 그러한 하나님 앞에 우리의 죄의 중함을 인식하고 오직 은총에 자신을 맡기는 일이 더 중요합니다.

고백의 문제성을 드러낸 후, 칼뱅은 고백 제도를 고집할 때 일어나는 폐해를 진술합니다. 첫째, 완전한 고백이라는 것을 실행 불가능하며, 이것은 단지 파괴하고, 저주하며, 혼동케 하고, 파멸과 절망으로 몰아넣습니다. 둘째, 이 고백의 규례는 죄인들로부터 죄에 대한 참된 인식을 빼앗음으로써, 결과적으로 하나님과 자기 자신에 대해 무지한 위선자들로 만듭니다. 이들은 외적인 죄의 완전한 목록을 작성하느라, 자기 마음속에 숨어 있는 죄의 소굴, 곧 자기들의 불법과 내적인 더러움, 특히 자신의 비참함을 망각합니다. 즉, 외적인 죄의 완전한 목록에 몰두하는 고백의 규범은 우리가 알 수 없을 정도로 깊은 악의 심연의 실재를 인식하지 못하게 하고, 그것을 인정하고 고백하는 것을 방해합니다. 이들은 자범죄의 목록을 작성하느라 원죄의 부패의 심연, 곧 모든 자범죄가 뿜어져 나오는 샘의 심각성을 인정하지 못합니다. 참된 고백은 악의 심연이 너무도 깊어 우리의 이해가 그것에 미치지 못할 만큼 심각한 죄인이라는 사실을 인정하고 고백하는 데 있습니다(눅 18:13). 진정한 고백은, 우리의 죄가 나의 마음으로나 입으로나 다 담을 수 없을 정도로 중하다는 사실을 알고 고백합니다. 그러므로 경건한 영혼은 감히 인간적인 죄의 목록을 하나님께 제시하려고 시도하지 않고, 하나님의 자비의 심연으로 우리의 죄의 심연을 삼켜달라고 부르짖습니다. 셋째, 비밀 고백(*auricularis confessio*/the auricular confession), 곧 비밀 고백은 방종을 낳기도 합니다. 귓속말로 은밀한 죄를 사제에게 고백하는 이 규례가 요식화되면, 고백 제도에 한 번 참여하면, 일 년 동안 죄를 지을 담력을 얻습니다. 또 이들은 고백해야 하는 지정된 날이 돌아오기 전에, 일 년 동안 고백할 필요도 없기 때문에, 그 기간 동안은 애통하거나 정신을 차리는 일이 없고, 계속 죄를 거듭하면서, 후에 고백하는 날이 되면 한 번에 모아 놓았던 죄를 모조리 뱉어버리면 된다고 생각합니다.

그러나 칼뱅의 고백에 대한 논박이 우리가 우리의 구체적인 죄를 하나하나 고백하지 않고, 단지 '나는 죄인이로소이다'라는 두 단어로 다 된다는 의미는 아닙니다. 물론 우리는 주 앞에서 온 마음을 쏟아 우리의 죄를 고백해야 합니다. 우리가 죄인이라는 사실을 진실과 마음을 다해 인정해야 합니다. 그런데 우리가 우리의 구체적인 죄들을 할 수만 있으면 최선을 다해 진실히 고백하는 순간에도, 우리는 우리의 죄가 너무도 깊고 다양하고 너무도 더럽고 그 채무가 너무도 무거워서 그것을 헤아릴 수 없을 정도로 죄가 심각하다는 것을 깨달아야 합니다. 그러므로 진정 경건한 성도는 모든 죄를 다 아뢰려 하는 순간에도 아직 파악하지 못하고 고백하지 못한 죄가 너무도 많이 남아 있다는 사실을 인식합니다. 경건한 사람들은 죄악의 깊은 속을 결코 측량할 수 없다는 사실을 압니다. 따라서 다윗과 함께 우리는 이렇게 외쳐야 합니다. **"자기 허물을 능히 깨달을 자 누구리요 나를 숨은 허물에서 정하게 하옵소서 주여"**(시 19:12). 굳게 마음먹은 맹세가 없다면 죄가 사해지지 않고, 고백하는 재능을 간과하는 사람에게 천국의 문이 닫힌다는 로마 교회의 주장은 성경을 왜곡한 결과입니다. 성경은 사제의 귀에 대고 고백한다는 말씀이 없고, 사제나 고백의 규례 자체가 말씀에 있지 않습니다. 죄는 이런 조건 없이 그리스도를 인해 사해집니다. 방면 처분 전체는 믿음과 회개에 달렸습니다. 목사들은 회개하며 고백하는 사람들에게 말씀을 따라 이러한 자들을 용서하신다는 하나님의 자비를 알려주고 선포하고 확신시키는 말씀의 전달자들일 뿐입니다.

고해 신부들은 고백 규례를 위해 열쇠의 능력이란 것을 주장하며, 그들의 왕국의 배를 전적으로 이 능력에 의존시킵니다. 이들은 마태복음 18장 18절에 근거해 이 권한을 주장하나, 사제들은 사도들의 대리인이나 계승자가 아닙니다. 주님께서 성령을 주시기 전에 사도들은 매고 풀 권한이 없었습니다. 성령이 먼저 오셔서 무엇이 행해져야 할지를 말씀하지 않으시면 아무도 열쇠를 사용할 수 없습니다. 그들은 성령을 소유하고 있다고 주장하지만, 실제로는 그것을 부정합니다. 이들은 고백의 효과를 복음 자체에 두지 않고, 사제 자체에게 두기에 풀고 매는 일의 근거가 자신에게 있으므로, 주님께서 풀기를 원하시는 자를 매고, 매고자 하시는 자를 풀게 됩니다. 복음을 소유한 교회만이 주님께서 매고자 하는 자를 매고 풀고자 하는 자를 풀 수 있습니다. 고백의 유익은 말씀 가운데 복음 전파자들이 그리스도 안에서 믿음으로 말미암아 받게 되는 죄 사함을 연약한 자들에게 들려주고 확신시킬 때 나타납니다. 교회는 뉘우치는 사람들은 풀고 위로합니다. 반대로 복음 전파자들은 그리스도를 거부하는 모든 사람들에게 말씀을 따라 저주를 전할 수 있습니다(고전 6:9-10). 고백의 근거는 사제의 고유한 권세로부터 나오는 선언이 아니라, 말씀 자체에 있습니다.

로마 교회는 하나님과 그 말씀에 따라 다스려야 할 것을 그들의 정욕대로 방자하게 다스렸습니다. 이들은 성경을 통해 주시는 하나님의 판단이 아니라 부패한 본성을 가진 사제들의 사리분별, 곧 판단에 의지해 매고 풀려한 데 큰 폐해가 있습니다. 이러한 오류가 가져오는 폐해는 첫째, 죄가 사제에게 알려지기 전에는 사해지지 않는다는 생각입니다. 죄 사함이 사제의 판단에 달렸기 때문에, 사제가 사죄 여부를 분별하기 전까지 죄 사함이 없습니다. 그들이 이렇게 하므로 그들은 그리스도의 유일하고 충족한 은총과 사면을 사제들의 부패한 본성에서 나오는 판단에 한정시키는 죄를 범합니다. 이들을 따르면, 고백이 순전하지 못하면 은총의 소망 역시 불구가 되고 맙니다. 둘째, 고백자의 진정성이 불완전한 사제에 의해 판단되어야 한다는 것은 극히 위험한 일입니다. 만일 사제가 고백자의 순전함을 파악하지 못하게 될 경우 그 판단이 연기되어야 하므로, 죄 사함도 유보(留保)되게 됩니다. 셋째, 가장 큰 문제는 고백에 따른 죄 사함이 사제에게 달렸는데, 그 사제들이 무지하다는데 가장 큰 위험이 도사립니다. 칼뱅에 따르면, 이들은 너무도 무지하여 대부분 구둣방 주인이 밭갈이 하는 것보다 이 직분을 수행하기에 부적합니다. 이들이 성경이 아닌 사제라는 인물과 그들의 지식 자체에 의존해, 보고되고 조사되고 확인된 사안에 대해서만 판단하려고 한다는 점에 문제가 있습니다. 이들은 자신의 부패하고 무지한 판단으로 고백자에게 죄 사함을 선언할 수는 있어도, 하나님과 화목하게 되는 이치와 확신을 설명하지 못합니다. 이런 사제들이 죄 사함을 선언하더라도, 고백에서 누락된 죄가 남아있다면, 죄 사함의 확신은 흔들릴 것이고, 고백자의 편에서 보면, 사제의 판단에 의존하지만, 하나님의 말씀에 의해서는 아무것도 결정할 수 없다는 사실에서, 고백자들의 양심은 치명적인 불안으로 사로잡히고 속박됩니다. 성경에 근거한 교리는 이런 모순을 전혀 갖지 않습니다. 죄 사함은, 죄인이 자기를 향한 하나님의 용서를 신뢰하고, 그리스도의 희생에서 속죄를 찾으며, 주께서 베풀어 주신 은혜로 만족한다면, 이러한 신뢰를 조건으로 용서를 받게 됩니다. 따라서 전령으로 행동하는 사람은 하나님의 말씀으로 지시된 것을 공표할 뿐이며, 그가 전하는 것이 하나님의 말씀이기에 오류를 전할 수 없습니다. 로마 교회의 고백은 불완전한 죄 목록과 부패한 본성의 판단에 의존하므로 헛될 수밖에 없고, 성경적 고백은 완전하고 충족한 하나님의 말씀에 근거하여 용서를 확신하므로 견고합니다.

사제가 죄를 인정하며 용서함으로써 행사하는 사면권이 사도들에게 부여된 것이라고 그들은 주장하며, 그들이 사도의 계승자들이기에 이러한 권세를 물려받았다고 주장합니다. 그러나 이러한 주장은 거짓이며 어리석은 것입니다. 왜냐하면 신앙에 도움을 주는 방면(放免)은 용서에 대한 증언에 불과하며, 이 증언은 복음이 값없이 주는 약속에서 얻는 것이기 때문입니다. 물론 이러한 자유로운 사적 고백은 개인의 비밀한 죄와 관련된 것으로, 공공연한 죄를 제거하기 위한 권징으로서 교회의 치리 규례와 구별해야 합니다. 그러나 사적 고백이든 권징과 관련된 고백이든 그 매고 푸는 일의 권세가 사람이 아닌 하나님과 하나님의 말씀에 토대하므로, 사람의 역할은 복음과 말씀을 전하고 증언하는 데 한정됩니다.

결론적으로, 로마 교회의 고백 규례는 인간의 고안품이며, 사람에 의해 강요된 것입니다. 하나님께서는 우리의 양심을 부패한 인간 자체의 권세나 판단에 맡기시지 않으시고, 오직 자신의 말씀에 매시기를 원하십니다. 은총을 얻기 위한 조건으로 하나님께서 명령하신 적이 없는 것을 인간이 만들어 양심에 굴레를 씌우는 것은 큰 죄에 해당합니다. 우리의 구원은 우리의 죄를 용서 받는데 있고, 이 죄를 용서하는 일은 하나님께만 고유하게 속한 것입니다. 하나님께서 근거를 두지 않은 것으로 규례를 만들어 사람들을 두렵게 만들 때, 비참한 영혼들은 절망에 빠지며, 혹 그것에 대해 무관심한 곳에서는 허무한 감언으로 쓰다듬고 달래어 사람들에게 태만을 조장합니다. 왜곡된 고백의 규례 때문에, 한편으로 양심은 짓눌리고, 한편으로는 이것을 빌미로 방종을 일삼게 됩니다. 이들이 제시하는 완화책은 모두 순수한 교리를 혼란케 만들고, 자신들의 불경건한 행위들을 다양한 색으로 위장시킵니다.

㈜ 행위의 보속

중세 로마 교회는 행위의 보속(*satisfactio*/the satisfaction)을 통해 용서 받을 수 있다는 주장을 회개의 세 번째 주제로 논했습니다. 그들은 회개하는 사람이 과거의 악행을 그치고 행실을 고치는 것만으로는 충분하지 않아, 죄를 속하는데 도움이 되는 보조적 방법으로 눈물, 금식, 봉헌, 자선 그리고 다른 사랑의 의무들과 같은 행위를 제시했습니다. 이들은 이런 방법들로 주의 노여움을 풀고, 하나님의 의(義)에 대해 진 빚에 대한 배상을 치르고, 하나님의 용서를 받아야 한다고 가르칩니다. 이들은 이런 보속의 행위를 통해 자신들의 범죄를 대신하고, 이것들로 은총의 값을 치르려 합니다. 하나님께서는 자비로 죄책을 용서하시나 의(義)의 훈련을 위해 형벌을 남겨 두십니다. 보속은 바로 이러한 형벌을 속하기 위해 제시됩니다. 하나님의 관용으로부터 용서의 은총을 받지만, 이 은총은 행위의 공로가 중재하는 가운데 주어집니다. 따라서 이들이 말하는 용서는 오직 은혜가 아니라 인간 행위의 공로를 따라 주어지는 은총에 의한 것입니다.

칼뱅은 로마 교회의 이런 주장을 논박하는 가운데 값없이 주어지는 죄 사함을 주장합니다(사 52:3; 롬 3:24-25; 5:8; 골 2:13-14; 딤후 1:9; 딛 3;5). 죄를 사하시는 하나님께서는 돈을 받고 영수증을 내주는 채권자가 아니십니다. 하나님의 용서는 대가를 받지 않으시고, 자원해서, 자기의 은총으로 빚을 진 자의 이름을 지워 버리시는 그런 용서입니다(사 43:25). 하나님의 용서는 오직 자신의 선하심에 죄 사함의 원인과 근거를 둡니다. 죄인은 오직 주의 이름으로 죄 사함을 받습니다(행 10:43). 로마 교회는 보속을 죄 사함의 보조적 수단으로 도입하는 듯하지만, 실제로는 용서를 보속의 결과로 봅니다. 성경이 **"그리스도의 이름으로"**라고 말할 때, 그 의미는 우리의 기여나 공로가 전혀 없으며, 우리의 것이라는 어떤 구실도 댈 수 없고, 오직 그리스도의 위탁에만 의지한다는 의미를 담습니다. **"이는 하나님께서 그리스도 안에 계시사 세상을 자기와 화목하게 하시며 저희의 죄를 저희에게 돌리지 아니하시고"**라고 바울이 선언한 것과 같습니다(고후 5:19). 바울은 곧 **"죄를 알지도 못하신 자로 우리를 대신하여 죄를 삼으신"**(고후 5:21) 것이라고 하면서 그 방법과 이유를 첨부합니다. 로마 교회의 보속의 교리는 오직 은혜(*sola gratia*/only grace)의 진리를 훼손하고, 은총과 인간의 행위를 섞어 용서를 하나님과 인간 사이에 거래 행위로 전락시켰습니다.

로마 교회의 가르침과는 달리, 성경은 인간의 용서가 인간의 보속 행위가 아닌 오직 그리스도의 완전하고 충족한 속죄 때문임을 가르칩니다. 로마 교회는 세례가 단지 세례 이전에 죄 만을 용서하여 하나님과의 화해를 가져온다고 가르칩니다. 그래서 이들은 세례 후에 지은 죄들은 행위의 보속을 통해 사해진다고 가르칩니다. 이들의 가르침에 따르면, 그리스도의 피의 효력은 교회의 열쇠에 의해서만 분배됩니다. 로마 교회는, 세례의 때 모든 현세적인 징벌이 완화되지만, 세례 후에는 회개의 은총으로 말미암아 그것이 경감되어, 그리스도의 십자가와 우리의 회개가 함께 협력한다(*cooperor*/cooperate)고 가르칩니다. 그러나 요한일서 2장 1-2, 12절은 이와 다르게 가르칩니다. 신자들을 상대로 교훈하는 요한은 죄 용서의 이유와 근거로 오직 그리스도를 제시합니다. 그리스도 외에 하나님의 진노를 풀만한 다른 보속이 없습니다. 요한은 죄 사함을 위해 단 번에 이루어진 화목 외에 또 다른 방법을 강구해야 한다고 가르친 적이 없습니다. 우리의 영원한 변호자요 대언자로서 그리스도께서 중재하시므로 항상 우리에게 하나님의 은혜를 회복시키십니다. 그분은 우리의 죄를 속량하시는 영원한 화목 제물이십니다(요 1:29, 36). 그리스도께서는 그분 홀로 죄인들을 위한 제물, 홀로 속죄, 홀로 무름이 되십니다. 죄를 용서하실 권리와 권한은 성부께 고유한 것이고, 그리스도께서는 성부께서 우리를 용서하실 수 있는 근거가 되셨습니다. 우리의 죄책과 형벌이 그분께 맡겨졌고, 주께서 하나님의 심판을 받으시므로, 우리의 죄책이 도말되었습니다. 이에 따라 그리스도에 의해 완수되고 성취된 속죄에 우리는 믿음으로 참여합니다.

그리스도께서 성취하신 속죄의 효력은 완전하고 충족하여, 그리스도의 대속의 공로가 성도의 전 생애에 미칩니다. 그리스도의 완전한 대속만을 의지해야 하는 까닭은, 대속의 공로를 오로지 그리스도께 돌리므로, 주께 영광을 돌리기 위함이며, 우리의 양심이 완전한 대속을 인해 은총에 대한 확신을 얻어 하나님과 화평을 누리기 위함입니다(사 53:6, 5-6; 벧전 2:24; 갈 3:13; 롬 8:3). 그리스도께서는 희생제물이 되시고, 그에게 우리의 죄 짐을 온통 지워 전가(*imputatio*/imputation) 시켰을 때, 그의 육신에서 죄의 세력과 저주는 죽어버렸습니다. 그러나 로마 교회는 세례 후에 죄를 속죄하기 위한 보속 행위에 비례하여 성도가 그리스도의 고난의 효력을 누릴 수 있다고 가르칩니다. 이들은 세례를 통한 처음 용서에서만 오직 은혜를 인정할 뿐, 이후의 죄에 대해서는 언제나 우리의 행위가 협력하여 두 번째 용서를 얻는다고 가르칩니다. 이렇게 오직 그리스도께 돌려져야 할 것이 인간의 행위에 돌려지므로, 그리스도께 고유한 것에 손상을 입히게 되고, 그것이 인간의 것으로 탈취되게 됩니다. 이것이 로마 교회의 공로신학의 폐해입니다. 이처럼 공로신학은 오직 하나님께 영광 (*soli Deo gloria*/Glory to God alone)을 훼손합니다. 또한 보속의 교리는 죄인의 양심을 진정시키지 못합니다. 만족스러운 충분한 보상의 분량이 정해져 있지 않기 때문에, 행위가 완전하지 않은 이상 죄인은 항상 불안과 의심에 짓눌립니다. 또한 율법의 엄중하고 완전한 요구의 수준, 곧 하나님의 법정의 수준에 무지한 사람들은, 불완전한 보속을 의지해 구원을 구걸하므로, 하나님의 공의를 축소시키고 죄의 심각성을 경이 여깁니다. 성경이 죄의 용서를 선언할 때, 그 상대가 단지 세례 지망자들이 아니라 중생한 하나님의 자녀들입니다. 용서는 세례 전의 죄와 이후의 죄로 구별되지 않고, 그리스도 안에서 주어진 용서는 성도의 전 생애에 미칩니다 (고후 5:20). 성도들의 과거, 현재, 미래의 용서 전체는 오직 그리스도의 십자가에 위탁되며, 그 화목이 언제나 그리스도께 토대합니다. 그리스도의 완전한 속죄와 완전한 용서는 세례 시, 교회가 죄인을 받아들이는 순간에 한정되지 않고, 성도들의 일생 전체에 걸쳐 계속되는 것입니다(골 1:14). 그리스도의 속죄의 완전성과 충족성 때문에, 참 신앙을 가진 중생한 성도의 용서도 완전하고 충족한 것입니다. 우리는 이 진리 안에서만 양심의 쉼을 얻습니다.

로마 교회는 이 왜곡된 교리의 모순을 회피하려 몇 가지 도피처를 찾지만, 칼뱅은 이 모두를 논박합니다. 첫째, 로마 교회는 소죄와 대죄에 대한 교리를 보속의 근거로 사용합니다. 우리는 이미 앞에서 대죄와 소죄의 오류를 다루었으므로, 그 의미를 반복하지는 않겠습니다.[25] 이들은 용서 받을 수 없는 대죄는 보속이 필요하다고 주장합니다. 이에 대해서 우리는 모든 죄가 본질적으로 죽을 죄라는 사실을 강조하므로, 대죄와 소죄의 구별을 부정할 수 있습니다. **"죄의 삯은 사망이요"**(롬 6:23), **"범죄하는 그 영혼은 죽을지라"**(겔 18:20). 신자들의 죄가 용서를 받을 수 있는 것은 죽을 죄가 아니기 때문이 아니라, 하나님의 자비로 **"그리스도 예수 안에 있는 자에게는 결코 정죄함이 없기"** 때문이며, 죄가 인정되지 않고 용서를 받아 말소되기 때문입니다(시 32:1-2). 율법은 모든 죄의 삯을 사망이라고 선언합니다. 율법을 어기는 것은 죽음에 해당합니다(롬 6:23; 겔 18:4, 20). 우리는 한 가지 죄를 보속하는 데 하루가 필요하다면, 이 일을 생각하는 동안에 더 많은 죄를 저지릅니다. 가장 의로운 사람도 여러 번 넘어지지 않는 날이 하루도 없습니다(잠 24:16). 죄들을 보속하겠다고 허리띠를 졸라매는 동안에도 무수히 많은 다른 죄를 짓는 것이 우리입니다. 우리의 죄는 우리의 보속의 행위로 해결할 만한 그런 류가 아닙니다. 둘째, 로마 교회는 형벌(*poena*/penalty)과 죄과(*culpa*/guilt)를 구별함으로써 스스로를 속입니다. 그들은 죄과는 하나님의 자비로 사해지지만, 그 후에도 하나님의 의(義)에 의해 지불해야 할 형벌은 남아 있으므로, 죄 사함을 위해 행위의 보속이 필요하다고 주장합니다. 때로는, 값없는 죄과의 사함을 인정할 수밖에 없게 되면, 기도와 눈물과 모든 종류의 다른 준비를 통해서만 그 가치를 지니게 된다고 가르칩니다. 그러나 성경은 전혀 다르게 가르칩니다. 하나님께서는 우리의 죄를 다시 기억하지 않겠다고 그리스도 안에서 우리와 새 언약을 맺으셨습니다(렘 31:31, 34; 겔 18:24; 겔 18:21-22; 사 38:17; 사 44:22; 미 7:19; 시 32:1-2; 사 1:18; 렘 50:20; 욥 14:17; 호 13:12; 렘 17:1). 그리스도의 특별한 희생은 죄책과 형벌을 모두 제거합니다. 주님께서 몸으로 나무 위에서 우리의 모든 죄를 담당하셨다는 의미는 그분께서 우리의 죄

---

25   *Inst.* II. viii. 58 참조.

에 부과된 형벌과 징벌을 다 치르셨다는 뜻입니다(벧전 2:24; 사 53:5). 바울은 그리스도의 대속(*redemptio*/redemption)에 관해 언급할 때마다 그것을 "**화목 제물**(ἀπολύτρωσις)"이라는 말로 부르곤 합니다(롬 3:24; 고전 1:30; 엡 1:7; 골 1:14). 바울은 일반적으로 이것을 구속이라고 부르지만, 또한 대속의 값 자체 그리고 대속의 무름을 뜻합니다. 그는 다른 곳에서 그리스도께서 우리를 위하여 자신을 "**대속물**(ἀτίλυτρον)"로 주셨다고 기록합니다(딤전 2:6). 하나님께서는 이스라엘 백성들에게 죄 사함을 위한 행위의 배상을 요구하지 않으시고, 다만 속죄의 제물만을 요구하셨습니다. 그들이 드린 희생제물은 사람들의 행위로 여겨지지 않고, 그들이 드린 희생제물이 예표하는 실제이신 유일한 그리스도에 의해서만 헤아려졌습니다. 즉, 그들의 희생제물은 우리의 유일한 속죄 제물되신 그리스도를 바라보고 의지하는 예표요 모형으로 주어진 것입니다. 셋째, 로마 교회는 "**영원한 형벌**"과 "**일시적 형벌**"을 구별합니다. 그들은 영원한 사망을 제외한 모든 형벌 즉 하나님께서 몸이나 영혼에 내리시는 모든 형벌이라고 하지만, 이런 제한은 그들에게 거의 도움이 되지 않습니다. 왜냐하면 성경은 그리스도의 속죄의 은총이 우리의 죄책을 용서하시는 동시에 우리의 모든 형벌까지 면제한다고 가르치기 때문입니다. 우리가 그리스도를 통해서 죄책을 면하게 된다면, 죄책에서 생기는 형벌도 반드시 없어지게 될 것입니다. 그러면 은혜 언약 안에서 성도의 불순종에 대한 위협은 없다는 뜻일까요? 그렇지 않습니다. 성도도 죄를 범하면 위협을 받습니다. 그러나 성도의 불순종과 범죄에 대한 위협은 형벌이 아니라 징계로 규정됩니다. 칼뱅은 보복의 심판(*vindicatus*/punishment)과 징계의 심판(*castigatio*/chastisement)을 나눕니다. 보복의 심판은 구원 받지 못한 자들에게 임하며, 하나님의 진노와 결합된 하나님의 원수에 대한 보복으로서 형벌이 내려집니다. 이런 형벌 앞에 절망 밖에 없습니다. 그러나 징계의 심판에서는 하나님의 엄위하심은 진노에 이르지 않으며, 멸망시키려 벌하시지 않고 교정(*correctio*/correction)하시고 훈계(*admonitio*/admonition)하여 회복시

키시려 징계하십니다. 보복의 심판은 재판관의 행동이며, 징계의 심판은
아버지의 행동입니다. 재판관이 악인을 벌할 때에는 그의 범행을 헤아려
범죄 자체에 형벌을 가합니다. 그러나 아버지가 아들을 엄격하게 교정
할 때에는 복수나 학대하려는 것이 아니고 가르치며 더 조심하게 만들
려는 것입니다. 보복의 심판과 징계의 심판의 대상과 목적은 전연 다른
것입니다. 크리소스토무스는 이렇게 비유합니다. **"아들은 매를 맞는다.
종도 매를 맞는다. 그러나 후자는 그가 죄를 지었기 때문에 노예로서
형벌을 받는다. 전자는 자유인이자 아들로서 훈육의 필요를 채우고자
징계를 받는다. 아들을 향한 견책은 연단과 개선을 낳으며 종에게는 그
것이 매질과 형벌이 된다."**26 불신자를 향한 보복의 심판은 진노와 저주
이지만, 하나님의 자녀를 향한 징계의 심판은 사랑과 유익입니다(욥 5:17;
잠 3:11-12; 히 12:5-6). 불경건한 사람들이 현세에 당하는 모든 고통은 이를테
면 일종의 지옥의 통로를 우리에게 묘사해 보이며, 영원한 저주를 미리
앞 당겨 멀리 바라보는 것과 같습니다. 그러나 그렇다고 해서 이런 심판
을 통해 생활을 고치거나 유익을 얻는 것이 아니고, 이런 초보적인 경험
이 도리어 그들을 기다리고 있는 무서운 음부를 위한 준비가 될 뿐입니
다. 하나님께서 자기의 자녀들은 엄하게 징계하시지만 죽음에 내어주시
지는 않으십니다(시 118:18). 그러므로 그들은 주의 채찍으로 맞은 것이 자
기들에게 유익하였고, 자기들의 진정한 교육을 촉진시켰다고 고백합니
다(시 119:71). 보복의 심판은 형벌 자체이며, 징계의 심판은 회개에 이르게
합니다. 유기자들은 하나님의 채찍을 맞을 때에, 하나님의 심판에 따라
이미 벌을 받기 시작했다고 할 수 있습니다. 그러나 자녀들은 징계의 매
를 맞을 때, 회개에 이르러 교정됩니다. 크리소스토무스에 따르면, 하나
님께서는 이런 징계를 통해 과거의 죄를 벌하시려는 목적보다 미래의
죄를 예방하시려 하십니다. 또 아우구스티누스는 징계가 형벌이 아니라

26　『기독교강요』 제3권, 4장, 31절.

성도에게 약이 된다고 말하며, 하나님의 자녀의 기업을 원한다면, 채찍도 배제하지 말라고 가르칩니다. 아우구스티누스에 따르면, 죄의 용서를 받은 후에 벌이 분투와 노력의 기회가 되며, 악인들에게는 죄의 용서가 없으며 불의에 대한 처벌이 될 뿐입니다. 그러므로 징계를 받을 때 하나님의 사랑을 기억해야 합니다. 그분께서는 사랑 때문에 때리십니다 (시 88:16; 시 90:7-9; 시 94:12-13). 그러므로 성도의 행위는 그것으로 공로를 쌓아 죄 사함을 받거나 형벌을 면하는 보속 행위 류가 되어서는 안 됩니다. 성도의 사랑과 선행의 행위는 하나님의 용서와 은총에 대한 감사여야 하고 감사의 진정성의 표가 되어야 합니다. 우리는 죄 사함을 받으려 사랑하지 않고 죄 사함을 받았기에 사랑하게 됩니다.

결론적으로, 행위의 보속 교리는 성경적 근거를 찾을 수 없고, 고대 저술가들의 지지도 얻지 못합니다. 오히려 고대 교부들은 공로적이고 죄 사함의 근거로 제시되는 보속 교리에 대해 조롱했습니다. 교부들은 보속을 하나님께 치르는 보상이라고 하지 않고 파문 선고로 받은 사람들이 다시 교회에 들어오고자 할 때에 행하는 일반적 증언이며 그 증언에 의해서 자기들의 회개를 교회에 다짐하는 것이라고 했습니다. 즉, 교부들이 보속이란 말을 언급할 때는, 보속은 죄 사함의 근거가 아니라 회개하고 돌이켰다는 사실을 외적으로 증거 하는 일을 가리킬 뿐입니다. 그러므로 보속은 하나님께 치르는 것이 아니라 교회에 자신의 회개의 진정성을 나타내는 목적으로 보속을 치렀다는 표현을 쓴 것뿐입니다. 성경적으로나 역사적으로 죄 사함의 근거로서 보속은 존재하지 않습니다.

(8) 보속 교리로부터 파생된 면죄부와 연옥 교리

① 면죄부의 허구성
보속의 교리로부터 면죄부(*indulgentia*/indulgence)가 파생되었습니다. 스콜라주의자들은 우리에게 보속을 이룰 힘이 부족할 때 면죄부가 그것을 보충해주는 것으로 가르칩니다. 면죄부는 교황의 칙령을 통해 나누어주는데, 이것이 그리스도와 순교자들의 공로(meritorum Christi et martyrum/the merits of Christ and the martyrs)를 분배해 주는 역할을 합니다. 면죄부는 성경의 가르침과 완전히 배치됩니다. 중세 로마 교회는 사도 베드로와 바울, 그리고 순교자들의 공로들을 "**교회의 보고**(thesaurus Ecclesiae/the treasury of the Church)"라고 부릅니다. 그리고 이들은 이 보물 창고의 감독권이 로마 주교에게 전승되었다고 주장합니다. 이런 믿음 하에 주교는 창고의 공로를 직접 분배하거나 타인에게 위임하여 분배합니다. 그러므로 완전한 면죄부나 일정한 연한의 사면은 교황이 발부하며, 100일 간의 사면은 추기경들이, 40일 간의 사면은 주교들이 발부합니다. 칼뱅에 따르면, 이러한 짓들은 그리스도의 피를 더럽히는 것이며 하나님의 은혜와 그리스도 안에 있는 생명에서 그리스도인들을 분리시켜 구원의 진정한 길을 떠나게 하려는 악마적 간계에 불과합니다. 면죄부는 그리스도의 피가 고갈되어 없어졌기 때문에 다른 것으로 보충해야 되는 것처럼 가르칩니다. 즉, 면죄부는 그리스도의 속죄의 충분성, 충족성, 완전성을 부정하는 동시에 구원이 오로지 그리스도의 공로에 근거한다는 진리를 부정합니다(행 10:43; 요일 1:7; 고후 5:21; 고전 1:13; 행 20:28). 이들은 마치 순교자들의 피가 교회를 사는 값이 되고 공로가 된 것으로 이야기 합니다. 이러한 교리는 히브리서 10장 14절과 요한계시록 7장 14절과 같은 말씀에 위배됩니다. 성경은, 교회가 오로지 그리스도의 피 값으로 산 것이라고 선포합니다.

이러한 오류를 낳은 데는 자신들을 구원하고 남은 순교자들의 잉여 공로가 교회의 보고에 쌓여 있다는 망상으로부터 흘러나옵니다. 로마 주교 레오(Leo)는 팔레스틴 사람들에게 보내는 글을 통해 교회의 보고와 관련된 교리를 부정하였습니다. "**많은 성도들의 죽음은 여호와께서 보시기에 귀중한 것이었지만**(시 116:15), **그렇다고 해서 어떤 사람의 무고한 죽음도 세상을 용서하는 값이 될 수는 없습니다. 의인들은 면류관**

을 받았지 준 것이 아니었습니다. 신자들의 용기는 인내의 본을 낳았으나 의의 선물은 되지 못했습니다. 그들은 각각 자기의 죽음을 죽은 것이지 다른 사람의 빚을 끝내 갚고자 한 것이 아니었습니다. 주 그리스도 한 분이시며 그 안에서 모든 사람이 십자가에 달리고, 모든 사람이 죽고, 장사되고, 다시 일어나게 됩니다."[27] 아우구스티누스도 교회의 보고와 관련된 잉여 공로에 대한 교리를 부정합니다. **"우리는 형제로서 우리 형제를 위하여 죽지만 어떤 순교자의 피도 죄 사함을 위하여 흘리는 것이 아니다."[28]** 칼뱅은 잉여 공로 교리를 신성모독으로 여깁니다. 로마 교회에 따르면, 순교자들이 죽음으로써 자신을 위해서 필요한 것 이상의 것을 하나님께 드렸으며, 이로 인하여 필요한 것보다 더 많은 공로를 세웠습니다. 따라서 이들은, 순교자들의 공로가 필요 이상으로 넘쳐 그것을 다른 사람들의 죄 사함을 위해 나누어 줄 수 있게 되었다고 믿습니다. 이렇게 하여 로마 교회는 구원을 위한 그리스도의 피에 순교자들의 피를 섞는 모독을 범합니다. 그래서 이들은 바울이 **"그리스도의 남은 고난을 그의 몸 된 교회를 위하여 내 육체에 채우노라"**(골 1:24)고 한 말씀을 이런 뜻으로 받아들입니다. 그러나 본문의 참 뜻은 이러합니다. **"남은 고난"**이란 구속이나 보속 혹은 속죄와 관련된 것이 아니라 그리스도의 지체들이 지상 생활 속에서 단련을 받기 위해 경험하는 고통을 의미합니다. 그리스도께서 자신의 육체로 한 번 당하신 고난을 지체들과의 연합을 통해 매일 당하신다는 의미입니다. 또한 연합 사상을 따라, 우리가 주님을 위해 받는 고난을 그리스도께서 인정해주셔서 특별한 영예를 주신다는 의미이기도 합니다. 또 **"교회를 위하여"**라는 말씀의 뜻 또한 구속이나 화해나 보속을 위하여 라는 의미가 아니라, 교회의 건설과 진보를 위해서 라는 뜻으로 사용된 것입니다(딤후 2:10; 고후 1:6; 골 1:25; 롬 15:19).

---

27   『기독교강요』 제3권, 5장, 3절.
28   『기독교강요』 제3권, 5장, 3절.

아우구스티누스도 **"남은 고난"**을 연단과 교회의 지체들을 향한 사랑을 위해 당하는 고난으로 해석합니다. 잉여 공로 같은 교리는 그리스도께 단지 이름만 남겨놓고, 다른 성자들과 거의 구별되지 않는 또 다른 한 평범한 성자로 만듭니다. 이들의 가르침은 구원에 있어 그리스도의 인격과 사역의 유일성(uniqueness)을 훼손합니다. 우리의 죄 사함과 성화는 오로지 그리스도와의 연합 안에서만 주어집니다. 그리스도께서는 구원의 유일한 공로적 원인(meritorious cause)이십니다.

면죄부 교리의 가장 큰 문제점은 그리스도의 충족한 공로와 구원에 있어 그분의 유일한 은총을 부정하고 훼방하는데 있습니다. 구원을 위한 공로와 은총은 오로지 그리스도 안에 존재합니다. 그리고 사역자들은 화해의 말씀을 선포하도록 위탁받은 자들일 뿐입니다(고후 5:18-21; 5:20-21). 그러나 면죄부는 교황의 창고에서 끄집어 낸 죽은 자들의 잉여 공로를 주장하느라, 진정한 은혜를 하나님의 말씀으로부터 부정합니다. 칼뱅은 이처럼 패악(悖惡)한 교리가 어디서 기원했는지 소개합니다. 면죄부의 기원은 통회하는 자들에게 감당할 수 없이 엄격했던 보속을 요구한 때에 있습니다. 너무도 엄격한 보속의 요구를 완화할 방도로 면죄부가 시작된 것입니다. 이처럼 너무 과중한 회개에 양심이 짓눌린 자들에게 허락된 사함이 **"면죄"**라 불러졌습니다. 그러나 어제부터인가 보속이 하나님의 심판을 상쇄시키는 공로적 수단으로 변질되면서, **"면죄"**도 구속의 수단으로 변형되었습니다. 그래서 이러한 **"면죄"**가 받아야 할 형벌에서 죄인을 석방시킨다고 믿게 된 것입니다.

② 연옥의 허구성

로마 교회에서 연옥(Purgatorium/purgatory)은 영혼들이 보속을 치르기 위해 형벌을 받는 장소로 믿어졌습니다. 그러므로 보속의 교리가 부서지면, 연옥 자체도 송두리째 허물어집니다. 그리스도의 피만이 죄인의 죄를 속죄하는 유일한 토대가 될 때, 연옥의 형벌의 보속은 그리스도에 대한 두려운 모독일 뿐입니다. 칼뱅은 로마 교회가 연옥의 근거로 제시하는 것들을 다음과 같이 논박합니다. 첫째, 로마 교회는 성령 모독죄에 관련된 구절들(마 12:32; 막 3:28-29; 눅 12:10)의 말씀을 오는 세상에서도 죄 사함이 있다는 암시로 해석합니다. 그러나 본문에서 주님께서는 연옥과 상관없는 죄책에 대해 말씀하고 계십니다. 로마 교회는 연옥에서 보속을 위한 형벌을 받는다고 하면서도, 이 세상에서 죄책이 용서된다는 것을 부정하지 않는 것은 모순입니다. 중요한 것은, 예수님께서 이 본문에서 언급된 죄의 죄책이 결코 용서 될 수 없다는 사실을 알리셨다는데 있습니다. 둘째, 로마 교회는 마태복음 5장 25-26절을 연옥의 근거로 제시합니다. **"너를 송사하는 자와 … 사화하라 그 송사하는 자가 너를 재판관에게 내어주고 재판관이 관예에게 내어주어 옥에 가둘까 염려하라 … 네가 호리라도 남김이 없이 다 갚기 전에는 결단코 거기서 나오지 못하리라."** 만일 본문의 재판관이 하나님을, 고발하는 자가 마귀를, 옥리가 천사를, 옥이 연옥을 뜻한다면, 로마 교회의 해석을 따를 수 있겠지만, 이 본문 말씀의 의도는 그리스도를 따르는 자들에게 공평한 화합을 권고하려는 데 있었고, 공평과 선한 생각으로 행동하지 않고 율법의 법규를 완고하게 요구하는 사람들이 여러 가지 위험과 재난을 자초할 것이라는 것을 보여주기 위함이었습니다. 본문에서 연옥에 관련된 내용은 발견되지 않습니다. 셋째, 로마 교회는 빌립보서 2장 10절을 연옥의 근거로 삼습니다. **"하늘에 있는 자들과 땅에 있는 자들과 땅 아래 있는 자들로 모든 무릎을 예수의 이름에 꿇게 하시고."** 로마 교회는 **"땅 아래"**를 영원한 저주에 묶여 있는 자들을 의미하는 것으로 이해할 수 없다는 전제 아래 이 단어를 연옥에서 고통을 겪는 영혼에게 적용시킵니다. 그러나 사도가 이 말씀을 통해 전하고자 하는 것은 모든 피조물이 복종해야 할 지배권이 그리스도께 있다는 것입니다. **"땅 아래"**라는 표현은 하나님의 심판대 앞에 끌려와서 공포와 전율로 심판자를 인정할 마귀들을 의미할 수도 있습니다(약 2:19; 고후 7:15). 바울은 다른 곳에서 이 예언을 이와 같이 설명합니다. "우리가 다 하나님의 심판대 앞에 서리라 기록되었으되 … 내가 살았노니 모든 무릎이 내게 꿇을 것이요"(롬 14:10-11; 사 45:23). 넷째, 로마 교회는 요한계시록 5장 13절을 연옥의 근거로 삼습니다. "내가 또 들으니 하늘 위에와 땅 위에와 땅 아래와 바다 위에와 또 그 가운데 모든 만물이 가로되 보좌에 앉으신 이와 어린양에게 찬송과 존귀와 영광과 능력을 세세토록 돌릴지어다 하니." 본문에서 "만물"은 이성이 없는 것들과 무생물도 포함합니다. 이 본문은, 세계의 모든 부분이 창조주의 영광을 나타낸다는 선언하고 있을 뿐입니다(시 19:1). 다섯째, 로마 교회는 마카비후서 12장 43절을 연옥의 근거 구절로 삼습니다. 칼뱅은 이 구절에 대하여 대꾸할 가치도 없다고 봅니다. 왜냐하면 이 책은 성경의 정경에 포함되지도 않기 때문입니다. 칼뱅에 따르면, 마카비후서 12장 43절에는 미신과 잘못된 열성이 나타날 뿐입니다. 여섯째, 로마 교회는 고린도전서 3장 12-13, 15절을 연옥의 근거 구절로 여깁니다. "만일 누구든지 금이나 은이나 보석이나 나무나 풀이나 짚으로 이 터 위에 세우면 각각 공력이 나타날 터인데 그 날이 공력을 밝히리니 이는 불로 나타내고 그 불이 각 사람의 공력이 어떠한 것을 시험할 것임이니라. 만일 … 누구든지 공력이 불타면 해를 받으리니 그러나 자기는 구원을 얻되 불 가운데서 얻은 것 같으리라." 로마 교회는 이 구절을 근거로 연옥의 불이 더러운 죄를 깨끗이 없애버려 죄인이 하나님 나라에 들어갈 수 있다고 가르칩니다. 그러나 고대 저술가들 중에는 이 구절의 뜻을 달리 해석하는 사람들이 심히 많습니다. 이들은 불을 '**환난**' 또는 '**십자가**'로 해석하며, 주님께서 이런 것을 통해 그 백성들이 육의 더러움에 머물러 있지 않도록 시험하신다고 생각하였습니다. 칼뱅은, 이러한 해석이 공상적인 연옥보다 더 가능성 있는 해석일 수 있다고 봅니다. 그러나 칼뱅은 더 명확한 해석을 제공합니다. 사도는 사람의 두뇌가 고안해낸 주장들을 "**나무와 풀과 짚**"으로 비유합니다. 이 비유는, 나무를 불에 넣으면 곧 타버리는 것과 같이, 인간의 부패한 본성에서 나온 것은 시험을 견뎌

내지 못한다는 사실을 알려줍니다. 이러한 시험은 하나님의 영으로부터 옵니다. 그러므로 사도는 자기의 비유의 맥을 따라 각 부분을 서로 간의 고유한 관계를 종합하여 성령의 시험을 **"불"**이라 부릅니다. 금과 은은 불에 가까이 두면 둘수록 그 순수성이 더욱 확실히 증명됩니다. 이와 같이 주의 진리는 영적으로 더 엄밀히 검토될수록 더욱 완전하게 확증됩니다. 그러나 **"나무와 풀과 짚"**은 불에 넣으면 순식간에 타버립니다. 인간의 부패한 본성에서 나온 고안물들, 즉 조작된 교리들과 같은 것들은 시험을 견디지 못하고 소멸되고 맙니다. 성령에 의한 이 시험을 사도는 성경의 일반적 용법을 좇아 **"주의 날**(dies Domini/the day of the Lord)**"**이라 부릅니다. 왜냐하면 주님께서 어떤 방식으로 자기의 현존을 사람들에게 드러내실 때마다 **"주의 날"**이라고 일컬어지기 때문입니다. 불을 통과해 구원을 받았지만, 공력을 잃은 사람들은 누구일까요?(고전 3:15) 이들은 합당한 기초를 유지하지만, 부적당한 재료들을 사용하여 교회를 세우는 자들을 의미합니다. 이들은 주요하고 필요한 믿음의 교리들로부터는 멀리 떨어져 있지 않지만, 덜 중요하고 덜 위험한 것들에 있어서 길을 잃고 헤매는 자들입니다. 이들은 자신들의 고안품과 하나님의 말씀을 혼합시키는데, 성령의 불을 통해 자기 고안품들이 파괴되어 공적을 잃게 되는 일을 필히 겪게 됩니다. 이들은 **"구원을 받되 불 가운데서 받은 것 같으리라"**(고전 3:15)하신 말씀이 가리키는 사람들입니다. 바로 연옥과 같은 거짓 교리를 믿고 전파하는 사람들이 성령의 시험의 불에 소멸되고 타고 말아 공력을 잃게 되는 사람들에 해당합니다.

(9) 그리스도인의 삶에 이르도록 하는 성경의 권고

중생의 목표는 신자들의 삶 가운데서 신자들이 하나님의 의(義)와 그들의 복종 사이의 균형과 일치를 나타내며, 그렇게 함으로써 이미 받은 자녀의 자격, 곧 입양(adoptio/adoption)을 더욱 확고히 하려는 데 있습니다(갈 4:5; 벧후 1:10). 하나님의 율법에는 우리 안에 그의 형상을 회복시킬 수 있는 새로움이 내포되어있습니다. 그러나 우리의 우둔함 때문에 많은 자극과 도움이 필요합니다. 마음의 회개가 있더라도, 우리가 스스로의 열심에 빠져 정도(正道)에서 벗어나는 일이 없도록 하려면, 여러 가지 성경 말씀으로부터 삶을 설계하는 방법을 추출해 내는 것이 유익합니다.

그리스도인의 생활의 동기와 관련된 성경의 가르침은 두 가지 부분으로 이루어집니다. 첫째는, 우리의 본성에는 의(義)에 대한 사랑이 전혀 없지만, 그것이 우리 마음속에 주입되고 확립될 수 있습니다. 둘째, 의(義)에 대한 우리의 열의가 잘못된 방향으로 정처 없이 방황하지 않도록 규범이 수립됩니다. 그리스도인의 삶의 동기는 거룩하게 하는 은총에 달렸으며, 거듭나고 은총이 거한 심령에 말씀의 규범이 들려지고 새겨지는 데 있습니다. 성경에는 의(義)를 권장하는 이유들이 많고, 뛰어나게 제시됩니다. 성경에 하나님께서 거룩하시므로 우리도 거룩해야 한다고 경고하신 말씀보다 더 훌륭한 의(義)의 기초가 없습니다(레 19:2; 벧전 1:15-16). 죄인된 우리의 거룩은 하나님의 부르심으로부터 시작됩니다. 우리의 거룩은 하나님과의 연합으로부터 가능해 집니다. 우리가 거룩하기에 친교에 들어간 것이 아니라 하나님과의 연합 안에서 그분의 거룩하심이 우리에게 주입되므로, 우리는 주님을 따라 갈 수 있습니다. 우리가 부르심을 받은 목표는 거룩입니다. 하나님의 부르심에 응하고자 하면 우리는 항상 이 목표를 주시해야 합니다(사 35:8-10; 시 15:1-2; 24:3-4; 116:19, 122:2-9).

그리스도인의 삶의 동기는 오직 그리스도와 그분의 구속 행위 안에만 존재합니다. 성경은 하나님 아버지께서 그리스도 안에서 우리를 자신과 화해시키셨을 때(고후 5:18), 그리스도 안에서 우리를 위하여 형상을 인치시고(히 1:3), 우리가 그분의 형상을 닮도록 하셨다고 가르칩니다. 세상 철학은 덕을 인간 본성에서 찾으려 하지만, 성경은 창조주시며 그리스도 안에서 구속주 되시는 하나님의 은총을 받은 우리 앞에 그리스도를 우리의 모범으로 세우셨고, 그 모범을 우리의 생활에서 실현하도록 하셨다고 가르칩니다. 하나님께서 주 안에서 우리를 자기의 자녀로

삼으신 것은 우리의 삶이 입양의 고리가 되시는 그리스도를 나타내라는
것이었습니다. 하나님께서 우리에게 자신을 아버지로서 나타내셨으므
로 만일 우리가 자녀다운 생활로 보답하지 않는다면, 우리는 감사하지
않는 이유를 입증해야 합니다. 성경에 열거된 하나님의 은혜와 구원의
각 부분은 모두 성도의 거룩의 동기가 됩니다. 그리스도의 피가 우리의
죄를 씻었고, 세례를 통해 그 정결함으로 자신과 교통하게 하셨으므로,
더러운 것들로 자신을 다시 더럽히는 것은 적합하지 않습니다(엡 5:26; 히
10:10; 고전 6:11; 벧전 1:15, 19). 그리스도께서 우리를 자신의 몸에 접붙이셨으므
로, 그분의 지체인 우리 자신에 어떤 흠이나 점으로 우리를 흉하게 하지
않도록 주의해야 합니다(엡 5:23-33; 고전 6:15; 요 15:3-6). 교회의 머리되신 그리
스도께서 승천하셨으므로, 성도는 세속적인 욕망을 버리고 진심으로 하
늘을 동경해야 합니다(골 3:1). 성령께서 우리를 성전으로 하나님께 바치
셨으므로, 우리는 하나님의 영광이 우리를 통해 나타나도록 주의하고,
죄로 자신을 더럽혀서는 안 됩니다(고전 3:16, 6:19; 고후 6:16). 우리의 영혼과
육체는 천상적인 불멸과 시들지 않는 면류관을 받기로 정해졌으므로(벧
전 5:4), 우리는 우리의 영육을 주의 날까지 순수하고 흠 없도록 지켜가야
합니다(살전 5:23; 빌 1:10). 이와 같은 은총을 동기와 이유로 거룩을 추구하도
록 가르치는 교훈들은 그리스도인의 삶을 건설하는 가장 고상한 근원
입니다.

그리스도인의 생활과 관련하여 단지 그리스도의 이름과 인장(印章)
만을 가지고 그리스도인이라 불릴 수 없습니다. 복음의 말씀을 따라 그
리스도에 대한 올바른 지식을 얻은 사람만이 그리스도와의 교제를 가
질 수 있습니다. 여기서 올바른 지식은 옛 사람을 버리고 새 사람을 입
은 사람만 가질 수 있는 지식입니다(엡 4:22, 24). 복음은 혀의 교리가 아니
고, 생명의 교리이기 때문에, 그 지식이 인간 존재의 중심인 가장 깊은
마음에 자리 잡습니다. 복음에 대한 참 지식은 복음이 전체 영혼을 전적
으로 점령하고 속마음의 가장 깊은 곳에 자리를 잡고 그곳에 거처를 잡

게 될 때 가능합니다. 우리는 종교 생활의 근원이 되는 교리에 첫 자리를 내어 줍니다. 왜냐하면 우리의 구원은 교리로부터 시작되기 때문입니다. 참으로 교리는 우리 속마음으로 들어가서 우리의 품행, 곧 일상 생활 가운데 스며들며, 우리를 변화시킴으로써 그 가르침을 따라 살게되는 복음의 열매가 나타나도록 해야 합니다. 복음의 효력은 마음 가장 깊은 정서 속에 스며들어야 하며, 영혼에 자리 잡아야 하고, 모든 사람에게 감동을 주어야 합니다. 이러한 복음은 세속 철학과 결코 비교할 수 없이 탁월합니다.

이와 같은 그리스도인의 삶의 교훈들을 논할 때, 칼뱅은 결코 완전주의(perfectionism)를 주장하지 않습니다. 칼뱅이 촉구하는 오직 은총 안에 거룩한 삶이란 것은 다가갈 목표로 주어진 것이지, 지상에서 완전히 실현할 수 있는 것이 아닙니다. 실상 복음적 완전에서 멀지 않은 사람은 단 한 사람도 존재하지 않습니다. 왜냐하면 모든 사람 안에 여죄와 불완전함이 있기 때문입니다. 칼뱅은 그리스도인의 삶 속에 존재하고 추구할 거룩을 부정하는 것을 복음에 대한 모독으로 여기는 동시에, 지상에서 완전주의를 주장하는 사상 역시 복음에 대한 이탈로 봅니다. 그러므로 성도는 복음의 완전을 목표로 삼고 겸손함을 가지고 다가가야 합니다. 그리스도인들은 그리스도 안에서 그의 불완전함과 여죄를 용서받으며, 목표를 향해 진정성 있게 전진합니다. 하나님께서는 성도에게 그분에 대한 경배의 가장 중요한 부분으로서 순전함(integritas/integrity)을 요구하십니다(창 17:1; 시 41:12). 이 말의 의미는 마음의 진실한 단순성, 곧 아무런 간사함이나 거짓 없는 마음, 즉 두 마음과 반대된 마음을 의미합니다. 성도들은 완전하지는 않지만, 진정성 있는 삶을 살아야 합니다. 올바른 영적 생활 원리는 거룩함과 의로움을 함양하고 체득하기 위해 마음의 깊은 감정을 진심으로 하나님께 바치는 것입니다. 결론적으로 성도는 방종을 대적하고, 완전주의라는 오만을 벗어나야 진정성 있는 거룩을 추구할 수 있습니다. 칼뱅은 이 주제와 관련해 이렇게 결론 맺습니다.

육체라는 이 지상의 감옥에 갇혀 있는 동안에는 그 누구라도 마땅한 열심을 쏟아 인생
의 행로에 매진할 만큼 충분한 힘이 없다. 다수의 사람들은 무력함에 심히 짓눌려 뒤뚱
거리거나, 절뚝거리거나, 심지어 땅을 기어가거나 하면서 조금씩 나아갈 뿐이다. 그러
므로 우리 각자는 자기의 작은 능력에 맞추어 이미 발걸음을 뗀 여행을 진행해 가도록
하자. 아무리 불행하다고 해도 하루 몇 보라도 길을 행할 수 없는 사람이 어디 있겠는
가? … 그러므로 오직 순직한 단순성을 가지고 우리의 목표를 바라보자. 그리고 우리
의 목적을 갈망하자. 우리 자신에 대해서 아첨하듯 자랑하지 말고, 우리의 악행들을 방
임하지도 말자. 다만 끊임없이 시도하며 목표를 향해 전념하자. 그리하면 우리는 우리
자신을 뛰어넘어 더욱 선하게 될 것이며, 마지막에는 선함 그 자체에 이르게 될 것이다.
실로 삶의 전 영역을 통하여 우리가 찾고 따라야 할 것이 여기에 있다. 이를 붙잡으려면
우리 육체의 연약함을 벗어 버리고 그와의 완전한 사귐으로 우리가 받아들여져야 한
다.[29]

⑽ 그리스도인의 삶의 핵심 세 가지

칼뱅이 그리스도인의 삶의 핵심을 마태복음 16장 24절 말씀의 교
훈에 토대해 제시합니다. 그리스도인 삶의 핵심은 자기를 부인하고 십
자가를 지고 주님을 따르는 삶으로 요약됩니다. **"이에 예수께서 제자들
에게 이르시되 누구든지 나를 따라오려거든 자기를 부인하고 자기 십
자가를 지고 나를 따를 것이니라"**(마 16:24).

① 자기 부인

하나님의 율법(*lex Domini*/the Law of God)은 삶을 세우는 데 가장 유익한
방법이며, 하나님께서는 율법에 제시된 준칙을 따라 그 백성을 빚어 가

---

29 『기독교강요』 제3권, 6장, 5절.

십니다. 그리고 그 준칙의 출발점은 그들의 **"몸을 하나님이 기뻐하시는 거룩한 산 제물로"**(롬 12:1) 드리므로, 하나님께 참 예배를 드리는 것입니다. 이로부터 **"너희는 이 세대를 본받지 말고 자신의 마음을 새롭게 함으로 변화를 받아 하나님의 뜻이 무엇인지 분별하도록 하라"**(롬 12:2)는 권면이 도출됩니다. 여기서 그리스도인의 삶의 핵심 첫 번째가 제시되는데, 그것은 우리가 우리의 것이 아니라(고전 6:19), 여호와의 것이라는 신앙 안에서 생각하고, 묵상하고, 행하는 것입니다. 우리가 하나님께 드려진 하나님의 것이라는 믿음을 가질 때, 그리스도인의 삶의 방향이 바로 잡힙니다. 즉, 그리스도인의 삶의 핵심 첫 번째는 자기 부인(*abnegatio nostri*/self-denial)입니다. 그리스도인의 삶이란 우리와 우리 자신에게 속한 것을 내려놓고 하나님의 영광에 부합한 삶을 목표로 삼는 데서 시작됩니다(롬 14:8; 고전 6:19). 자신를 부정한다는 의미는, 우리가 부패한 본성에 따라 우리의 이성과 의지대로 행하지 않고, 말씀과 성령의 통치 안에서 하나님의 뜻을 따라 하나님 앞에 예배하고 생활하므로 하나님께 우리를 드린다는 의미입니다. 따라서 말씀과 성령의 통치를 받는 사람은 자신의 것을 구하지 않고 하나님의 뜻과 하나님의 영광을 추구합니다. 자기 부인이 존재하는 삶은 자신과 자신에 대한 걱정을 내려놓고 우리의 열성을 하나님과 그분의 계명에 충실히 바치는 삶입니다. 그리스도인의 삶은 모든 것을 하나님의 결정과 판단에 맡기며, 마음의 모든 의향을 양심적으로 하나님께 맡깁니다(마 16:24). 이러한 신앙만이 탐욕, 권세욕, 명예욕, 인간적인 영예에 대한 야심, 갈망, 교만, 허식을 이겨낼 수 있습니다(딤후 3:2-5). 자기 부인이 없이는 첫 돌 판뿐만 아니라, 둘째 돌 판도 지켜낼 수 없습니다.

디도서 2장 11-14절은 자기 부인에 관련된 중요한 본문입니다. 바울은 이 본문에서 자기 부인에 반대된 장애물을 소개합니다. 우리 안에는 불경건이 있고, 세상 욕심이 있습니다. 우리는 몹시도 한쪽으로 치우치는 과도한 경향을 가지는 동시에 세상 욕심을 지니고 삽니다. 따라서 율법의 두 돌 판을 따라 우리는 부패한 천품을 벗어버리고, 부패한 이성과 의지를 따라 살아서는 안 됩니다. 물론 칼뱅은 인간의 이성과 의지 자체를 부정하는 것이 아니라 말씀과 성령을 떠난 이성과 의지를 의미한다고 볼 수 있습니다. 바울은 그리스도인의 삶을 세 부분으로 나누어 가르칩니다. 첫째는 절제인데, 절제는 주어진 재화들을 검소하게 사용하고 궁핍함을 참으며, 순결과 절도를 지키는 것을 의미합니다. 둘째는 의로움으로, 이는 각자에게 속한 것이 자기에게 되돌아갈 수 있도록(롬 13:7) 모든 공평에 관한 모든 직분을 수행하는 것입니다. 마지막으로 경건인데, 경건은 세상의 불의들로부터 멀어진 우리를 진정한 거룩함으로 하나님과 결합시키는 것입니다. 이런 삶의 세 부분이 서로 결합되어 서로 분리되지 않을 때 열매를 맺게 됩니다. 성경은 우리에게서 하늘 기업이 없어지지 않도록 자기 부인을 통해 세상에서 나그네의 삶을 살아내라고 가르칩니다.

칼뱅은 자기 부인의 일부는 하나님께 관계될 뿐 아니라 일부는 사람들과 관계된다고 가르칩니다. 엄밀히 말하여, 하나님을 향한 관계는 사람들과의 관계의 기초가 되며, 하나님을 향한 관계가 인간관계를 통해 실현됩니다. 사람과의 관계를 하나님 앞에 바르게 세우는데 있어 가장 중요한 요소가 자기를 낮추고 겸손케 되므로 타인을 존중하고 사랑하는데 있습니다(빌 2:3; 롬 12:10; 고전 4:7). 우리는 우리의 허물을 깨닫고, 모든 선한 것이 하나님으로부터 온 것임을 인식해야 합니다. 그러므로 타인의 허물에 대해 겸손히 반응하고, 타인의 번영과 재능을 하나님께로부터 온 것으로 존중할 수 있습니다. 사람을 존중하는 것도 역시 자기 부인이 없이는 불가능합니다. 진정 둘째 돌 판의 요점인 이웃 사랑은 나의 요구와 유익을 내려놓을 때 가능한 것입니다. 우리의 능력과 은사는 타인과 몸 전체의 유익을 위해 서로 분배되도록 주어진 것입니다(벧전 4:10; 고전 12:12-13). 올바른 청지기적 소명은 역시 자기 부인에 토대합니다. 이웃 사랑의 동기는 사람 자체에 있는 것이 아니라 모든 사람을 하나님의 형상을 따라 지으신 하나님을 우러러 보는 믿음에 있습니다. 그러므로 이웃 사랑을 실천하는 그리스도인의 삶은 모든 사람 안에서 하나님의 형상을 보며, 중생을 통해 하나님의 형상이 회복된 믿음의 식구들에게 더욱 그러합니다(갈 6:10). 사람을 하나님의 형상으로 보고 사랑하는 사랑은 무조건적인 사랑으로 나타납니다.

결론적으로, 자기 부인은 하나님의 뜻에 대한 신앙의 헌신이며 복종에 있습니다. 그리스도인의 삶은 자기의 뜻과 탐욕을 추구하는 가운데 붕괴됩니다. 자기 부인 속에서 그리스도인의 삶을 추구하는 사람은 하나님의 뜻을 추구하며, 하나님의 복만을 의지하는 가운데, 하나님의 섭리의 의지를 겸손히 수용합니다. 이들은 항상 주를 우러러보며 주의 지도를 받아, 주께서 정하신 처지에 이르려 합니다. 이들은 자신의 뜻과 욕망을 따라 자신의 힘으로 무엇인가를 쟁취하려는 사람들과 달리, 하나님의 은총과 복만을 의지해, 하나님의 섭리 가운데 하나님의 뜻이 이루어지는 것으로 만족합니다. 이들은 자신이 삶의 주권자로소 군림하지 않고, 하나님의 뜻과 섭리 안에서 주어진 삶을 맞이하며 삽니다. 이들은 모든 것을 하나님의 섭리로 하나님의 공로로 하나님의 은혜로 돌리며 감사하며 자족하며 삽니다(시 131:1-2). 결국, 자기 부인이란 하나님께 자신을 전적으로 드리고, 하나님의 뜻에 전적으로 자신을 맡기는 것입니다. 이런 자기 부인은 내세와 현세의 모든 삶에 관련됩니다. 이런 신앙만이 삶의 역경 가운데서 평안과 인내를 가질 힘을 얻습니다. 이들은 순경과 역경 모든 것을 하나님의 선하신 섭리 안에서 수용합니다(롬 8:28). 이로 보건대, 자기 부인은 하나님과 하나님의 뜻 안에서 그분의 섭리를 인정하고 신뢰하는 사람에게서 나오는 신앙 태도요 성품입니다.

② 십자가를 지는 삶
경건한 마음은 자기 부인의 삶을 넘어 그리스도의 제자로서의 덕성을 요구하는데, 그것이 십자가를 지고 주님을 따르는 삶입니다(마 16:24).

칼뱅에게 십자가는 그리스도와 연합한 모든 자녀들에게 주어지는 훈련 혹은 연단입니다(히 5:8). 자녀들을 향한 하나님의 특별하고 특별한 섭리 안에서 십자가, 곧 역경이 주어질 때, 그리스도와의 교제(communio/communion)가 더욱 확실히 보장됩니다(빌 3:10-11). 왜 그리스도와의 교제 안에서 주어진 십자가, 곧 역경과 고난은 하나님의 자녀들에게 교제를 더욱 확고히 하며, 구원을 증진하는데 도움이 될까요? 이는 십자가가 주어진 목적과 의도를 살피므로 답할 수 있을 것입니다.

먼저, 십자가는 우리의 무능과 부패를 드러내고, 하나님의 은총과 권능의 완전함을 깨닫게 만듭니다. 예수님께서는 아버지께 대한 순종을 증명하려는 목적 외에 십자가를 지실 아무런 필요가 없으셨지만, 인간은 부패한 존재로서 다른 이유로 십자가가 필요합니다. 부패한 인간은 본성상 모든 것을 우리의 육체에 돌리는 경향이 있습니다. 하나님께서 우리의 연약함과 무능을 깨닫게 하시지 않으시면, 인간은 언제나 자신을 과대평가합니다. 이렇게 헛된 자신감에 빠진 사람들은 하나님의 은총을 멸시하며 하나님과 이웃들 앞에서 오만불손한 태도를 취합니다. 하나님께서는 사랑하시는 자녀들이 이런 교만에 빠지지 않도록 십자가 고난을 통해 우리의 무능과 연약함을 깨닫게 하십니다. 즉, 십자가의 연단을 통해 우리의 밑바닥을 또렷이 들여다보게 하십니다. 십자가는 그런 의미에서 하나님의 섭리 안에서 주어지는 고난이요 역경입니다. 주님께서 십자가를 지우시는 목적은 우리의 자만심을 꺾어 자신을 의지하지 않고 하나님의 은총과 능력만을 바라보게 하시기 위함입니다(시 30:6-7). 십자가의 목적은 겸손한 신앙 성품을 함양함에 있고, 육에 대한 사악한 신뢰를 박탈하고 하나님의 은총을 구하게 하는데 있습니다. 칼뱅에 따르면, 자신을 부인하고, 하나님의 은혜에 몸을 맡겼을 때만, 하나님의 능력과 임재를 체험하며, 이 힘에서 넉넉하고도 오히려 남음이 있는 보호를 받게 됩니다. 십자가는 교만을 고치는 영약(靈藥)이며, 하나님의 은혜를 의지해 살아가는 신앙 성품을 만드는 하나님의 도구입니다. 그러므로 십자가가 지워질 때, 성도들은 우리의 무능을 깨닫고 하나님의 은총에 우리의 온 시야를 모으는 심성을 함양해야 합니다.

　그러므로 십자가는 하나님의 신실하심을 경험하는 기회를 제공하고, 미래에 대한 소망을 갖게 합니다. 바울은, 환난은 인내를, 인내는 연단을 이룬다고(롬 5:3-4) 가르칩니다. 성도는 환난 중에 함께 하시는 하나님의 은혜로 그것을 인내하는 가운데 하나님의 약속이 진실한 것이라는 것을 체험합니다. 인내는 믿음의 중요한 열매 중에 한 덕목입니다. 인내는 믿음에서 은총에서 나옵니다. 인내는 무위(無爲)가 아니라, 하나님께서 우리와 함께 하시고, 선하신 하나님께서 우리를 위해 일하시는 무대가 됩니다. 인내의 시간에 하나님께서 우리 안에 역사하고 계십니다. 그래서 우리의 신앙 성품이 만들어져 갑니다. 환란을 은혜 속에 인내하는 가운데 하나님께서 우리의 교만과 무능을 깨닫게 하시고, 인생이 오로지 하나님을 의지해 살아야 함을 일깨우십니다. 십자가 환란 속에서 우리는 우리의 밑바닥을 경험합니다. 우리가 스스로 아무 것도 할 수 없는 무능한 존재요 부패한 존재라는 것을 발견합니다. 우리가 아무 것도 할 수 없는 존재라는 것을 깨닫는 그 자리에서 하나님의 거룩하시고 선하신 성품과 무한한 권능과 은총을 경험하게 하십니다. 그러므로 십자가를 경험한 자는 겸손해지는 동시에 하나님과 그분의 은총을 의지해 살아가려는 신앙 성품을 소유하게 됩니다. 이처럼 무능한 자를 은총과 권능으로 구원하시고 이끄시는 하나님을 발견한 자들만이 험한 세상 속에서도 소망을 잃지 않고 하나님에 대한 신뢰 속에서 보호를 받으며 살 수 있습니다. 하나님의 자녀들은 십자가 지는 훈련을 통해 인내 안에서 하나님의 약속을 붙들고 순종하는 삶을 배우게 됩니다. 성도들은 십자가를 지고 가는 삶을 통해 끊임없이 자기 부인을 배우게 되고, 겸손히 멍에를 매고 사는 방법을 배우게 되며, 하나님의 은혜로 사는 법을 배우게 됩니다(창 22:1, 12; 벧전 1:7).

　십자가의 필요성은 늘 우리의 교만과 반항심에 있다는 현실을 망각해서는 안 됩니다. 외적으로 요셉처럼 경건한 자도 내면적으로 죄성을 피할 수 없기에, 경건한 삶을 사는 순간에도 연단과 환란이 십자가로 지워져 그의 내면을 겸손케 만들고, 오직 하나님의 뜻에 순복하며, 은총으로 사는 이치를 깨달아갈 필요가 있었습니다. 교만하여 자신을 믿고 하나님을 의지하지 않으며 은총을 신뢰하지 않는 마음에 십자가는 필연적으로 복용해야 할 영약(靈藥)입니다. 그러므로 십자가는 우리의 죄성과 교만과 불신앙의 경향을 진단해주고 교정하기 위해 주어지는 징계입니다. 징계는 성도들의 죄성을 향합니다. 그러나 징계는 교정의 성격을 갖기에 하나님 아버지의 부성애적인 사랑 안에서 해석되어야 합니다. 징계는 죄성을 죽이고 하나님을 신뢰케 하기 위해 주어집니다. 의(義)를 위해 진 십자가, 곧 핍박은 우리가 하나님의 군사에 속하여 하나님께서 주신 특별하고 영예로운 표지입니다(마 5:10). 의(義)를 위해 핍박을 받을 때, 우리는 겸손함을 잃지 않는 가운데 기뻐해야 합니다. 날카롭게 찌르는 자가 나타나더라도, 하나님을 두려워하는 마음으로 성급하고 과격한 행동을 억제한다면, 우리는 거기서 신자의 인내를 경험하게 될 것입니다. 때로 슬픔과 번민의 상처를 받는 일이 있어도 하나님의 영적인 위로에 의존하는 사람은 환란 속에서도 그의 즐거움이 빛날 것입니다.

　　칼뱅은 십자가를 지는 기독교적 삶과 세속 철학의 이교적 인내를 구별합니다. 스토아 철학자들이 가르치는 인내는 인간의 본성 자체를 부정하여 역경과 순경 그리고 슬픔과 기쁨이라는 인간에게 본성적인 감정 자체를 모두 부정해 버렸습니다. 이들은 인간의 인격을 마치 돌과 같이 아무런 감각 없는 것으로 만들었고, 이런 비정상적인 인간상을 **"도량이 큰 사람"**으로 찬양했습니다. 그러나 성경은 인간의 본성과 정서를 부정하거나 정죄하지 않습니다. 인내는 돌이나 로버트처럼 현실에 반응하지 않습니다. 인내는 무감각이 아닙니다. 용기와 지조가 있다는 것은 목석같다는 것을 의미하지 않습니다. 성경은 이런 인내를 가르치지 않을 뿐더러, 주님께서는 친히 고통 하는 자들을 돌아보시며 신음하시며 우셨습니다. 그리고 그런 마음을 심지어 요구하셨습니다(요 16:20). 그리스도인들에게 정서는 금해진 적이 없습니다(마 5:4; 26:37; 눅 22:44; 막 14:33). 경건한 그리스도의 마음과 삶 속에는 환란에서 오는 자연적 심리와 하나님의 뜻을 따라 전진하려는 경건한 의지가 서로 충돌하고 싸우고 있습니다. 이것이 현실입니다. 인내는 그런 충돌 속에서 발현되는 신앙 성품입니다. 즉, 그리스도인은 환란 가운데 애통하고, 두려워하고, 불안해하고, 염려할 수 있습니다. 그러나 하나님의 은총 안에서 그분의 뜻이 우리를 붙들어 그것들을 극복하며 하나님의 뜻을 향해 나아가게 합니다. 이것이 인내입니다. 즉, 인간의 정서가 초월한 삶이란 존재하지 않으며, 하나님께서는 그것 자체를 정죄하지 않으십니다. 다만 신앙과 은혜로 환란을 통해 동요하는 우리의 정서를 극복하는 것이 중요합니다. 인내는 환란 속에서 무아지경이 되는 것을 의미하는 것이 아니라, 환란 속에서 일어나는 동요하는 정서를 극복하는 것을 의미합니다. 인내는 하나님의 뜻 안에서 그분의 의(義)와 공평과 구원에 대한 돌보심을 헤아릴 때 나타납니다. 성도들을 향해 일어나는 모든 일들이, 하나님의 선하신 뜻과 섭리 하에서 일어나므로, 십자가의 환란이 우리에게 유익을 가져다준다는 소망과 위로가 없이는 인내가 나타날 수 없습니다. 십자가의 환란의 고통은 영적인 즐거움으로 조절되어야 합니다.

③ 내세에 대한 묵상과 현세의 보조 수단들을 사용하는 방식

환란이 우리를 억누를 때, 우리는 현세적 삶의 모욕을 받아들이며, 이를 통해 내세의 삶(futurus vita/the future life)을 묵상하는 데 이르는 목적을 추구해야 합니다. 이러한 묵상이 필요한 이유는 우리가 이 세상에 대해 강한 동물적 애착심을 갖고 있기 때문입니다. 영생불멸을 향한 동경이 모든 사람에게 있지만, 우둔함으로 인해 우리의 지성은 세상 부귀영화(富貴榮華)의 허망한 광채에 마비되곤 합니다. 주님께서는 이러한 악을 물리치시기 위해 자신을 따르는 사람들에게 현세의 삶의 공허함을 계속하여 입증해주십니다. 성도에게 지워진 십자가는 이러한 역할도 합니다. 현세 생활 자체만을 본다면, 그것은 불안과 동요와 불행이 가득하고, 순전한 행복이 아무데도 없습니다. 하나님께서는 십자가를 통해 현세 생활의 한계와 허무함을 깨닫게 하셔서 내세를 바라보게 하십니다. 이것이 십자가의 훈련입니다.

우리는 세상을 무가치하게 보던지, 그렇지 않으면 세상을 무절제하게 사랑합니다. 이 둘 사이에 중립은 없습니다. 그래서 우리에게 영원에 대한 관심이 조금이라도 있다면, 현세의 족쇄들을 벗겨내기 위해 부지런히 힘써야 합니다. 현세의 생활 속에서 내세를 바라보는 것은 일종의 싸움입니다. 인생이 연기나 그림자 같다는 사실을 일반인들도 잘 알지만, 이러한 사실을 이처럼 등한시하고 잘 망각하는 일도 없습니다. 사람은 반드시 죽는다는 명제처럼 확고한 공리(axiom)가 없음에도, 가장 망각되고 부정되는 것이 죽음이듯, 사람들은 현세의 허망함을 잘 잊습니다. 그러나 하나님의 사람들은 하나님께서 우리를 깨우치려 하실 때, 태만을 떨쳐버리고 하나님의 말씀에 경청해야 합니다. 즉, 우리는 전심전력(全心全力)하여 내세의 삶을 묵상해야 합니다.

그러나 하나님께서 우리를 가르치려고 하실 때에는 우리의 태만을 떨쳐버리고 우리를 부르시는 하나님의 말씀을 경청하는 것이 우리의 의무입니다. 그렇게 함으로써 우리는 이 세상을 무시하고 전심 전력하여 내세의 생명을 명상하도록 해야 합니다.

그러나 현세의 삶의 한계와 유한함과 허망함을 깨닫는다는 것이 현세의 삶의 가치를 전적으로 부정하는 이원론(dualism)이나 금욕주의를 의미하지는 않습니다. 현세의 삶을 넘어 내세를 묵상하는 일이 중요하다는 가르침의 의도는, 현세의 생활과 내세의 삶 사이에 존재하는 우선순위와 두 삶 사이에 질적 차이를 인식하는데 있습니다. 그리스도의 올바른 현세관은 현세의 삶을 미워하거나 염세적인 태도로 도피하는 데 있지 않고, 오히려 비참함과 허무로 가득한 현세의 삶 속에서 하나님을 모시고, 그 안에서 하나님의 선하심을 발견하고 증거하며 감사하는데 있습니다. 현세에서 하나님을 모시고 은혜 안에 살 때, 이 땅에서의 삶은 구원에 이바지하며, 내세에 드러날 영광의 일부를 이 땅에서 누리고 증거 하는 장(場)이 됩니다. 이런 의미에서 허망한 세상 속에서 오직 그리스도인들만이 감사하며 살 수 있습니다. 그리스도인에게 현세의 삶은 내세에 완성될 하나님 나라의 삶의 준비가 됩니다. 그리스도인들만이 현세의 삶에서 주어지는 여러 은혜를 통해 하나님의 인자하심을 맛보기 시작하고, 하나님의 인자하심의 완전한 나타남을 소망할 수 있습니다. 그러나 우리는 현세의 삶에 대한 경건한 감사를 넘어, 이 땅에 대한 지나친 욕구에 얽매이는 부패한 본성적 경향이 있으므로, 하나님 없는 지상 삶의 한계와 비참과 허무를 깨닫고 내세를 바라볼 수 있어야 합니다. 현세의 삶에 대한 부정의 적절한 자리와 정당성은 이러한 목적과 동기에서 찾을 수 있습니다.

현세 생활의 멸시와 부정은 내세의 삶과의 비교와 관계성 안에서 발생합니다. 달리 표현하면, 그리스도인들의 현세 생활의 멸시는 현세의 삶 자체에 대한 멸시나 부정이 아니라 현세의 삶이 우리를 죄의 종으로 만들려 할 때에 한합니다. 현세와 내세 사이에서 그리스도인의 삶에는 이러한 긴장 속에 조화가 존재합니다. 그리스도인들은 현세에 대한 괴로움과 혐오를 가지면서도, 하나님과 그분의 은혜 안에서 현세에 머무를 각오를 해야 하며, 현세에 대한 괴로움과 혐오에도 불구하고 불평과 초조함에 사로잡히지 않아야 합니다. 그리스도인에게 현세의 삶은 초소와 같아서 하나님의 때, 곧 죽음을 기다리며 지상에서의 소명을 다합니다. 성도는 죽음을 본향으로 돌아가는 시점으로 열망하는 가운데 내세를 묵상하며 지상의 삶을 소명 안에 책임감 있게 살아갑니다. 그러므로 성도는 지상에서 나그네처럼 살아갑니다. 그러므로 성도는 죽음을 향해 열심히 삽니다. 즉, 잘 죽기 위해 잘 삽니다. 지상의 삶의 시간은 거룩한 죽음을 맞이하기 위한 준비의 시간입니다. 우리는 신앙으로 살아내는 삶 안에서 죽음을 맞이해야 합니다. 이처럼 죽음을 향해 살아가는 것은 더 완전한 옷을 입기 위해서입니다(고전 5:2-3). 만일 그리스도의 학교에 들어가 있으면서도, 죽음의 날과 종말의 부활을 기쁘게 기다리지 않는다면, 그는 진보가 없는 사람으로 결론 지워질 것입니다. 결론적으로, 만일 신자들이 눈을 돌려 부활의 능력을 바라본다면, 그들의 마음속에서 그리스도의 십자가가 마귀의 육과 죄와 악한 자들을 결국 물리칠 것입니다.

이제 우리는 바른 현세의 삶이 있고 죄악 된 현세의 삶이 있다는 사실을 분별할 수 있게 되었습니다. 그리스도인은 하나님 없는 현세 생활을 추구하지 않으며, 내세의 삶을 가리고 훼방하는 의미의 죄악 된 현세의 삶을 추구하지 않습니다. 따라서 그리스도인들은 하나님께서 기뻐하실 현세의 삶과 현세에 속한 보조 수단들을 사용하는 법을 익혀야 합니다. 우리의 신앙은 이원론이나 금욕주의를 배격합니다. 오히려 우리는 현세의 삶에서 우리의 필요와 즐거움을 깨끗한 양심으로 사용하는 법을 배워야 합니다. 이렇게 되므로 그리스도인들은 세상 속에 살지만 세상에 속하지 않은 하늘 본향을 둔 나그네의 삶을 살게 됩니다. 우리는 나그네처럼 이 세상을 잠시 지나가는 자로서 유익하고 즐거운 것들을 사용하지만, 그것이 내세로 가는 길을 방해하지 않고 오히려 돕는 범위 내에서 사용해야 합니다(고전 7:30-31). 여기서 우리가 따를 대원칙은 이것입니다. 하나님께서는 여러 가지 선물들을 창조하신 목적은 우리의 유익을 위해서입니다. 그러므로 우리는 하나님께서 창조하시고 정하신 목적에 따라 하나님의 선물을 바르게 사용해야 합니다. 이 목적을 주시하고 현세의 삶을 살아내고 현세에 속한 것들을 사용하는 것이 옳은 길을 가는 것입니다. 이 땅의 것을 인해 하나님을 잃거나 현세에 속한 것들을 금욕주의자들처럼 버리고 멸시하는 것은 모두 성경의 교훈을 허무는 악한 사상들입니다. 따라서 땅에 속한 것들을 사용할 때, 하나님을 우러러 보아야 합니다. 세상에서 취한 것들을 넘어 그것을 베푸신 분을 늘

주시하는 것이 경건입니다. 감사함 속에서 우리는 하나님을 바라보며 세상 것을 사용하고 즐거워 할 수 있습니다. 세상에 속한 것들이 거룩하기 위해서는 내세를 바라보는 믿음이 있어야 합니다. 그렇게 되어야 세상에 속한 것들이 내세로 가는 여로의 선한 수단이 됩니다. 내세와 영원에 대한 믿음이 있어야 지상의 것으로 교만해지거나 그것을 잃을 때 절망하지 않습니다(고전 7:29-31). 무엇보다 지상 삶에 있어 우리는 소명에 관심을 두고 그 한계를 넘어서지 말아야 합니다. 모든 일에 있어 선행의 시초와 기초는 주의 부르심에 있습니다. 하나님께서는 자신께서 부여하신 삶의 방식으로 각 사람들을 부르셨습니다. 각자 맞이하게 되는 주어진 삶이 하나님께로부터 주어진 것이라는 믿음은 우리로 인내하며 위로를 얻게 합니다. 이러한 소명의식으로 우리는 낮고 천한 일 속에서도 그 일의 가치를 느끼며 위로를 얻을 수 있습니다. 현세의 삶을 우리는 하나님의 부르심과 그 부르심의 한계 안에서 인내하며 감사하며 살아내야 합니다.

10

11-18장
믿음에 의한 칭의

1 칭의보다 성화를 먼저, 칭의보다 성화를 더 많은 분량으로 논증한 이유

칼뱅은, 율법의 저주 아래 있는 사람들이 구원을 받는 유일한 방책이 믿음 안에 있음을 논증했습니다. 칼뱅은 믿음이 무엇이며, 믿음으로 인해 죄인에게 부여되는 은총들과 그로 인한 열매가 무엇인지 상세히 해설했습니다. 이를 요약하면, 우리는 믿음에 의해 그리스도를 소유하며, 그와 연합하므로 이중적 은혜(*duplex gratia*/dual grace)를 받게 됩니다. 첫 번째 은총은 그리스도를 인해 하나님과 화목하므로 하나님을 심판자가 아닌 하늘에 계신 아버지로 모시게 되는 칭의이고, 두 번째 은총은 칭의받은 자들이 그리스도의 영으로 거룩해져서 삶의 무죄함과 순수함을 키워가는 성화입니다. 칼뱅은 두 번째 은총에 해당하는 중생 혹은 성화에 관해서 칭의 보다 많은 분량을 할애하여 해설했습니다. 그 이유는 오직 믿음으로 하나님의 자비 가운데 값없는 의(義)를 우리가 얻게 되지만, 그 믿음에 선행이 결여되어서는 안 된다는 점과, 성도의 선행이 그 특성에 있어 믿음과 어떻게 연관되는지를 먼저 또렷이 이해할 필요가 있었기 때문입니다. 칼뱅이 중생과 성화를 칭의 보다 먼저 더 많은 분량으로 해설한 것은 신학적 이유에서 그렇기도 하지만, 당시 로마 교회가 종교개혁자들의 이신 칭의 교리를 방종하게 하는 교리로 매도했던 정황과도 무관하지 않을 것입니다. 따라서 칼뱅은 이신칭의 교리가 결코 방종의 동기가 될 수 없으며, 오직 믿음과 오직 은총으로부터 베풀어진 칭의가 어떻게 거룩한 삶의 토대가 되는지 논증하는 일이 당시의 정황으로 보아 중요했을 것입니다.

칼뱅에게 칭의는 구원과 경건의 토대로서 중대한 신학적 지위를 점유합니다. 칼뱅에 따르면, 칭의는 종교의 중심점(*religionis cardo*/the hinge of religion)임을 강조합니다. 왜냐하면 이신칭의는 하나님과 우리의 관계가 어떤 것인지를 그리고 죄인에 대한 하나님의 심판이 어떤 특성을 지니는지에 대한 질문과 직결되어 있는 주제이기 때문입니다. 이러한 질문에 대한 답이 정립되어야 구원을 수립하고 경건을 진작시킬 수 있습니다.

2 오직 믿음에 의한 칭의의 정의

(1) 칭의에 대한 성경적 정의

칭의(*iustificatio*/justification)는 사람이 하나님 앞에서 의롭다함을 얻는다는 의미를 갖습니다. 의(義)란 규정되고 요구된 표준에 부합됨을 의미하는데, 칭의는 이와 같은 의(義)에 도달하고 부합되었음을 법적으로 인정하고 선언하는 행위입니다. 칭의는 믿음에 의해 혹은 행위에 의해 의롭다함을 얻는다는 표현들을 쓸 수 있습니다. 의롭다함을 얻는다는 말은 하나님의 판단으로 의롭다고 헤아려질 뿐 아니라 하나님의 표준과 요구에 부합되어 자기 의(義) 때문에 용납을 받는다는 의미입니다. 하나님께서는 불법을 미워하시고 용납하시지 않으시므로, 죄인이 죄인인 동안 그리고 죄인이 죄인으로 인정되는 동안 하나님 앞에서 은혜를 받지 못합니다. 따라서 죄가 있는 곳에 필연적으로 하나님의 진노와 형벌이 나타납니다. 진정 죄인의 자리가 아니라 의인의 자리에 있다고 여겨지는 자가 의롭다 함을 얻습니다. 어떤 사람이 하나님의 율법의 의(義)의 요구에 도달해 순결하고 거룩하다면, 하나님의 보좌 앞에서 그는 율법의 행위에 의해 의롭다함을 얻을 것입니다. 그는 행위의 완전성에 의해 의롭다 함을 얻는 것입니다. 그러나 반대로 행위에 율법의 요구에 부합하지 못하여 의롭다고 인정받을 수 없는 사람이 신앙을 통해 자신의 의(義)가 아닌 그리스도의 의(義)를 붙잡아, 그 의(義)를 입고 하나님 앞에 나타날 때, 그리스도의 의(義)와 공로를 붙드는 믿음에 의해 의롭다 함을 얻는다고 말합니다. 그러므로 그리스도인이 누리는 칭의는 **"하나님이 우리를 의로운 자들이라 여기시고 맞아 주셔서 자기의 은혜 속에 거하게 하시는 그 받아들이심이라고 단순하게 설명하고, 죄 사함과 그리스도의 의(義)의 전가**(imputatio/imputation/轉嫁)**로 이루어진다"**고 말할 수 있습니다. 이 사실을 확증하는 명백한 증거 구절들이 많습니다(갈 3:8; 롬 3:26; 롬 8:33-34; 행 13:38-39; 눅 18:14).

칭의는 죄 사함과 용납을 의미합니다. 에베소서 1장 5-6절에서 바울은, 칭의가 확실히 **"용납**(acceptio/acceptance)**"**이라는 의미로 특정화됨을 보여 줍니다. 이 말씀을 통해 사도가 뜻한 바는 다른 곳에서 바울이 전한 **"하나님의 은혜로 값없이 의롭다 하심을 얻은 자 되었느니라"**(롬 3:24)와 꼭 같은 뜻입니다. 이뿐 아니라 바울은 칭의를 **"죄 사함**(peccatorum remissa/the forgiveness of sins)**"**의 의미로 전합니다. 바울은 로마서 4장에서 칭의를 '의(義)의 전가'라 부르면서 죄 사함을 칭의에 포함시킵니다(롬 4:6-7; 시 32:1). 이 본문에서 바울은 칭의의 일부가 아닌 전체를 다루는데, 죄를 값없이 용서받는 사람들이 행복하다는 다윗의 선언에 나타난 정의에 찬성합니다(시 32:1-2). 여기로부터 바울이 말하는 **"의(義)"**는 단순히 죄책에 반대가 된다는 점을 확실히 알 수 있습니다. 그러나 칭의와 관련된 최고의 말씀은 복음 전파 사역의 요점이 하나님과의 화목에 있음을 가르치는 본문입니다. 왜냐하면 하나님께서는 우리에게 죄를 돌리지 아니하시고 그리스도를 통해 은혜 속으로 기꺼이 받아들이시기 때문입니다(고후 5:18-20). **"하나님이 죄를 알지도 못하신 이를 우리를 대신하여 죄로 삼으신 것"**(고후 5:21), 즉 칭의는 하나님과의 화해의 수단입니다(고후 5:18-19). 바울이 **"화목하게 하는(화목)"**(고후 5:19)이라는 말을 **"의롭게 됨(칭의)"**과 같은 뜻으로 사용하고 있다는 것이 확실합니다. 바울은 다른 곳에서 **"한 사람의 순종하심으로 많은 사람이 의인이 되리라"**(롬 5:19)고 가르치는데, 이 주장은, 우리가 그리스도 안에서 그리고 우리 밖에서, 하나님 앞에 의로운 자로 간주되지 않는다면 성립될 수 없는 말이 됩니다.

(2) 오지안더에 대한 논박에 함축된 성경적 칭의

칼뱅은 이신칭의 교리를 다루며, 오지안더(Osiander)의 그릇된 교리를 논박합니다. 그의 오류를 논박해 가는 과정에서 칼뱅은 이와 대치되는 성경적 칭의관을 제시합니다. 첫째, 칼뱅은 의(義)의 전가 교리에 대치(對峙)되는 오지안더의 **"본질적 의(essentialis iustitia/essential righteousness)"** 개념을 논박합니다. 그는 **"본질적 의(義)"**라는 왜곡된 개념을 사용하여 칭의 교리를 곡해합니다. 오지안더는 그리스도와 우리의 연합(unio/union)을 이해함에 있어, 하나 됨의 바른 근거를 찾지 못하여 마니교와 유사한 개념으로 하나님께만 고유한 본질을 인간에게 옮깁니다. 그에 따르면, 아담이 하나님의 형상으로 만들어진 것은 그리스도께서 이미 인간 본성의 모범으로 예정되었기 때문이라고 생각합니다. 이런 인식 속에서 오지안더는 그리스도와 우리가 연합되어 하나라고 할 때, 그리스도의 본질(Christi essentia/the essence of Christ)이 우리의 본질과 섞였다고 생각하므로 오류를 범하게 됩니다. 그는 그리스도께서 영원한 하나님이시므로 의(義)의 원천이시며 하나님의 의(義) 자체시라고 생각합니다. 즉, 오지안더는 그리스도의 신성에 속한 속성이 우리에게 주입(transfusio/transfusion)되는 방식으로 의(義)를 생각하기에, 결과적으로 주님의 순종과 희생적 죽음에 의해서 받는 의(義)로 만족하지 못합니다. 그는 실체적 혼합(substantialis mixtio/a substantial mixture) 개념으로 연합을 생각하기 때문에, 하나님께서 자신의 신성을 우리에게 주입하셔서 우리를 하나님의 일부로 만드신다고 생각합니다. 오지안더는 중보자 그리스도의 공로와 의(義)의 전가만을 인해 의롭다함을 받는다는 진리를 부정하고, 하나님과 우리가 본질적으로 결합될 때 주입되는 하나님의 신성에 의해 의롭게 된다고 믿습니다.

둘째, 칭의에 관한 오지안더의 심각한 오류는 왜곡된 연합 개념 안에서 죄 사함과 중생 그리고 칭의와 성화의 구분을 인식하지 못하고 혼동하는데서 옵니다. 즉, 오지안더는 잘못된 연합 개념으로부터 나온 **"본질적 의(義)"** 에 대한 집착으로 인해, 철저히 구분해야 할 구원의 법적 측면과 갱신적 측면을 혼동하여 혼합해 버립니다. 오지안더는 **'의'**(iustitia/righteousness)라는 명사와 **'의롭다함을 얻게 됨'**(iustificandi/to justify)라는 동사의 뜻을 두 방향으로 확장시킵니다. 첫째는, 오지안더에 따르면, 의롭다함을 얻게 된다는 것은 값없이 받는 은총으로 하나님과 화목하게 되는 것뿐 아니라, 결과적으로 의롭게 만들어지는 것도 의미하며, 의(義)는 값없이 전가되는 것이 아니라 하나님의 본질이 우리에게 불어넣어 주는 거룩함과 순수함입니다. 둘째, 그는 그리스도 자신이 우리의 의(義)라고 말하지만, 그렇게 말하는 이유는 그리스도께서 제사장으로서 우리를 위해 죄를 속하시고 하나님의 노여움을 푸셨기 때문이 아니라, 그 자신이 하나님의 본질을 주입할 수 있는 영원한 하나님이시며 생명이시기 때문이라고 분명히 주장합니다. 첫째 부분과 관련하여, 오지안더의 오류는 칭의와 성화 그리고 용서와 중생이 분리되지 않지만, 구분해야 된다는 사실을 망각하는데 있습니다. 그는 의롭다함을 얻는 칭의와 거룩하게 되는 성화를 혼합하고 있습니다. 칼뱅은 이를 설명하기 위해 비유를 듭니다. 태양의 빛과 열을 서로 분리할 수 없다고 우리는 태양의 빛이 지구를 덥게 하고 태양의 열이 지구를 비춘다고 하지 않습니다. 태양은 열로 땅에 생명과 열매를 제공하고, 빛으로 비추어 땅을 조명합니다. 이 둘은 서로 뗄 수 없는 관계로 연결되어 있지만, 각각이 고유한 특성을 가져 한쪽에게 고유한 것을 다른 쪽으로 옮길 수 없습니다. 칭의와 성화는 분리되지 않지만, 각각의 고유한 특성을 지닌 은총으로 구분됩니다. 칭의는 믿음으로 의롭게 여김을 받는 법정적 성격을 가진 은총이고, 성화는 거룩하게 되는 것으로 성령께서 베풀어주시는 갱신적 성격을 지닌 은총입니다. 오지안더는 구분해야 할 두 은총을 혼동하고 혼합합니다. 바울은 이러한 이치를 따라 그리스도 안에서 성도들이 받은 은총의 결과를 **"의로움**(δικαιοσύνη)**과 거룩함**(ἁγιασμός)"(고전 1:30)으로 구분하고 있습니다. 칭의는 의(義)에 관한 법적인 은총이요, 성화는 거룩하게 변화되는 갱신적 은총입니다. 그러나 오지안더는 칭의를 의롭게 간주되는 것을 넘어, 의롭게 만들어지는 것, 곧 거룩하게 되는 문제로 인식합니다. 그러므로 그는 믿음에 의한 그리스도의 의(義)의 전가를 통해 얻는 용서와 용납의 은총을 중생하여 변화되고 거룩해 지는 성화와 구분하지 못하고 혼동 내지 혼합합니다. 그러므로 오지안더는 성경 구절을 인용할 때, 칭의를 **'의롭게 만들다'**라는 식으로 해석합니다(롬 4:4-5). 칭의는 거룩해지거나 행위와 관련된 문제가 아닙니다. 칭의는 믿음에 의해 그리스도의 의(義)의 전가 때문에 하나님께서 죄인을 의롭게 간주하신다는 법적 선언이며, 이로 인한 용서와 용납 그리고 화목을 가리킵니다.

　　세 번째 오지안더의 오류는 칭의의 도구적 원인(instrumental cause)인 믿음과 공로적 원인(meritorious cause)인 그리스도와의 관계에 관련해서도 나타납니다. 오지안더가, 믿음이 그 자체로 의롭게 하는 힘이 없고 그리스도를 받아들이는 한에 있어서만 힘이 있다고 말하는 데까지는 문제가 없습니다. 우리는 그리스도와 분리된 믿음을 상상할 수 없습니다. 우리는 믿음이 붙드는 그리스도 때문에 구원을 받기 때문입니다. 그러므로 개혁신학자들은 믿음을 구원의 도구적 원인이라 불렀고, 그리스도를 공로적 원인 혹은 질료적 원인(material cause)이라고 불렀습니다. 그러나 오지안더는 이러한 이해에 멈추지 않고 왜곡된 길로 접어듭니다. 그는 **"믿음**

이 그리스도이다"30라는 말로 교회를 혼란시킵니다. 이는 그 안에 금이 숨겨져 있다하여 질그릇을 보물이라고 부르는 것과 마찬가지입니다. 구원에 있어서 오직 믿음의 중요성은 그 자체의 가치로부터 나온 것이 아니라 믿음으로만 우리가 그리스도를 소유하여 값없이 의롭다함을 얻을 수 있기 때문입니다. 즉, 믿음 자체의 공로나 능력으로 구원을 받는 것이 아니라 믿음이 붙드는 그리스도로 우리는 구원을 받습니다. 그러나 믿음이란 도구 외엔 그리스도를 소유할 다른 길이 없기에 믿음은 중요해지는 것입니다. 믿음의 가치는 믿음의 대상으로 인해 주어진 것입니다. 믿음의 가치는 단지 도구적 가치에 불과한 것이고, 질료인이 되시며 공로적 원인이 되시는 은총의 저자, 그리스도께 고유한 공로와 영광이 돌아갑니다. 도구인과 질료인 혹은 공로적 원인을 혼동해서는 안 됩니다.

넷째, 오지안더는 칭의가 신성에 참여함으로 얻어지는 것으로 주장하는 오류를 범합니다. 그리스도를 받아들이는 문제에 있어서, 오지안더는 외적인 말씀의 작용(*externi ministerio verbum*으로 내면적인 말씀(*internum verbum*을 받는다고 합니다. 이런 주장으로 그는 우리를 제사장이시며 중보자이신 그리스도로부터 떼어내어 그의 외적인 신성으로 인도하려고 합니다. 오지안더의 이러한 주장의 문제는 인성과 신성을 분할하는데 있습니다. 성경은 그리스도의 양성을 분할하지 않고 성자(제2 위격)께서 자신의 육체 가운데서 우리를 아버지와 화목하게 하심으로써 우리에게 의(義)를 베풀어주시는 그리스도께서 하나님의 영원한 말씀이라고 가르칩니다. 그리스도께서 인성을 취하신 영원한 하나님이셨기에 중보자의 역할을 완전히 수행하실 수 있었고, 우리에게 전가되는 의(義)를 획득하실 수 있으셨습니다. 제사장으로서 그리스도의 속죄 사역의 성취는 한 위격 안에 인성과 신성이라는 두 본성이 연합된 그분의 인격에서 비롯된 것입니다. 그러나 오지안더는 그리스도께서 하나님이자 사람이시므로 자기의 인성이 아

---

30   *Inst.* III. xi. 7. *"fidem esse Christum."* (Christ is the faith.)

니라 자신의 신성으로 우리를 위한 의(義)가 되셨다고 주장합니다. 이렇게 주장할 경우, 육신을 취하여 속죄의 죄물이 되시므로 우리의 의(義)가 되시는 그리스도의 고유한 인격과 사역을 부정하게 됩니다. 신성의 주입으로 의롭게 되는 것이 칭의라면, 그리스도께서 제사장으로서 속죄 제물이 되신 일의 고유한 가치와 필요성이 사라지게 됩니다. 오지안더의 주장은 본질에 있어 하나이신 동시에 위격에 있어 구별되시는 삼위일체 하나님에 대한 교리를 따라 중보자 그리스도께서 아버지와 성령과 구별된 인격 가운데 사역을 수행하셨다는 사실(이사야 53:11; 빌 2:7)을 부정하게 만듭니다. 의(義)를 그리스도의 신성에만 국한시키는 오지안더의 오류는 중보자로서 그리스도께서 신성만이 아니라 성육신과 죽음과 부활을 통해 대속을 성취하시므로 우리의 의(義)가 되신다는 진리를 어지럽게 만듭니다. 하나님께서만이 의(義)의 원천이시고 오직 하나님께 동참하므로만 의롭게 된다 할지라도, 죄로 인해 하나님과 단절된 인간에게 중보자의 속죄만이 하나님께 동참할 길을 열어주며, 상실한 의(義)를 회복할 길을 열어줍니다.

　오지안더는 **"칭의는 사람의 본성을 뛰어넘는 너무나 위대한 일이므로 오직 하나님의 본성에만 돌려질 수 있다"**[31]고 주장합니다. 물론 칭의는 인성을 초월한 가치가 존재하지만, 그 가치를 신성에만 돌리기에 오지안더는 오류를 갖습니다. 만일 그리스도께서 하나님이 아니셨다면, 제사장 직책을 다하지 못하셨을 것입니다. 왜냐하면 인성만으로는 죄인의 속죄를 위한 무거운 짐을 견딜 수 없기 때문입니다. 그러나 그리스도께서는 인성으로 져야 하는 모든 일을 인성으로 수행하셨습니다(롬 5:19; 빌 2:7). 우리에게 전가될 의(義)를 획득하기 위한 완전한 순종과 대리적 형벌은 우리를 대신해 인성으로 감당할 일들이었습니다. 바울은 우리에게 전가되는 의(義)의 근원을 그리스도의 육신에만 둡니다. 그러나 오지안

31　『기독교강요』 제3권, 11장, 9절.

더는 칭의와 관련된 본문들을 '**본질적 의**(義)'로 몰아갑니다. 그러나 성경이 가르치는 "**하나님의 의**(義)"라는 말은 "하나님에 의해 인정되는 의(義)를 뜻합니다. 우리가 그리스도 안에서 의롭다함을 받는 것은 주께서 우리를 위해 속죄 제물이 되셨기 때문입니다. 속죄 제물이 된다는 것은 위격 안에서 신성과 연합된 인성으로 된 일입니다. 우리의 구속을 위해 하나님께 완전한 순종을 이루시고, 대리적으로 형벌을 받으신 일은 인성으로 이루신 일입니다. 그러므로 그리스도께서는 우리에게 가져다주신 의(義)와 구원에 인(印)을 치고자 하실 때 그 확실한 보증을 자신의 육체에 드러내십니다(요 6:48, 55). 우리는 이러한 가르침을 성례들을 통해 배웁니다. 성례들은 우리의 믿음을 그리스도의 절반만이 아니라 그 전체이신 그리스도로 향하게 하는 것이지만, 동시에 의(義)와 구원의 질료가 그의 육체 안에 거한다고 가르칩니다.

다섯 째 다룰 오지안더의 오류는 그리스도와의 연합에 관련됩니다. 칼뱅은 그리스도와의 "신비적 연합(*misticus unio*/mystical union)을 가르칩니다. 신비적 연합은 구원과 그것에 속한 모든 것을 받아 누리는 데 있어 최고의 위치를 점합니다. 그리스도를 소유한 자들만이 그에게 속한 선물을 나누는 동참자들이 됩니다.[32] 우리는 그리스도로 옷 입고 그의 몸에 접붙임을 받으므로, 감히 그와 하나가 됩니다. 그리스도 안에 거하여 그분과 하나가 될 때만이, 그와의 연합 안에서 그분의 의(義)가 전가 됩니다. 이로써 우리는 믿음 자체를 의(義)로 간주한다고 비난하는 오지안더의 중상을 반박할 수 있습니다. 믿음은 그리스도로 우리 자신을 채우고자 우리 자신을 비움으로써 그의 은혜를 위한 자리를 마련하는 것입니다. 그러므로 믿음은 그리스도를 붙드는 빈손일 뿐입니다. 신비적 연합은 그리스도의 인격과 우리의 인격이 구분되는 가운데 갖는 인격적 관계의 유대이며 영적인 결합입니다. 그러나 오지안더는 본질적 의(義)를 따라

32 *Inst.* III. xi. 10.

그리스도와 신자들을 혼합하는 방식의 연합을 강요합니다. 그의 연합은 하나님께 고유한 신성에 속한 것을 신자 속에 주입하고 옮겨 놓는 연합을 의미합니다. 성경을 왜곡하는 본질적 의(義)에 근거한 연합 개념은 다음과 같은 결과를 낳는데, 자신을 인간에게 주입하므로, 인간과 혼합되는 하나님을 주장하게 되며, 칭의는 의롭게 여김을 받는 것이 아니라 실제로 의롭게 만드는 의미로 왜곡됩니다. 연합을 통해 주입된 의義는 하나님 자신인 동시에 하나님의 선 또는 거룩이나 완전성으로 이해됩니다. 이 모두 성경을 몹시 이탈하는 교리를 낳습니다.

여섯 번째 오지안더의 문제는 그가 주장하는 본질적 의(義) 사상이 구원의 확실성을 소멸시켜 마음의 동요와 불안을 가중시켜 평안하고 고요한 기도를 불가능하게 한다는데 있습니다. 오지안더는 "**이중적 의** (*duplicis iustitiae*/twofold righteousness)"라는 개념으로 이러한 불경건을 배태합니다. 오지안더는 "**의롭다함을 받는다**"는 말을 법적인 용어로 여기지 않고, 실제로 의로운 상태로 봅니다. 또 그는 값없이 전가되는 의(義)를 부정합니다. 이러한 생각은 성경에 위배됩니다. "**하나님께서 그리스도 안에 계시사 세상을 자기와 화목하게 하시며 저희의 죄를 저희에게 돌리지 아니하시고**"(고후 5:19). "**하나님이 죄를 알지도 못하신 자로 우리를 대신하여 죄를 삼으신 것은 우리로 하여금 저의 안에서 하나님의 의가 되게 하려 하심이니라**"(고후 5:21). 칼뱅은 하나님과 화목하게 된 자들만이 의롭다고 헤아려진다는 입장을 고수합니다. 화목하게 된 자들만이 의롭다고 헤아려진다는 말은 용서하심으로 의롭다함을 얻게 된다는 뜻을 함축합니다. 칭의는 정죄와 대립되는 개념으로 사용됩니다. 즉, 칭의는 정죄의 반대 의미로 법정적 용어에서 왔습니다. 바울이 전하는 의(義)는 행위 없이 주어지는 것입니다(시 32:1; 롬 4:7). 죄 사함의 은총은 의(義)의 일부가 아니라 의(義)의 전체입니다. 즉, 칭의는 값없이 받는 용서를 의미합니다. 이와 같은 용서와 의롭게 여김을 받는 일은 의(義)의 전가에서 비롯됩니다. 오지안더는 이와 같은 의(義) 사상을 부정합니다. 그는 그리스도

의 의(義)의 전가 때문에, 죄인이 의롭다고 인정을 받는 법정적 성격의 은
총을 하나님에 대한 모욕으로 여깁니다. 그러나 칼뱅은 이러한 오지안
더의 오류가 칭의와 성화를 구분하지 못하는데서 오는 오류임을 간파
합니다. 칼뱅에 따르면, 칭의의 은혜는 중생과 분리되지 않지만, 서로 다
른 성격을 가지고 구별됩니다(롬 6:4). 중생하여 생활의 변화가 시작된 사
람들은 평생 점진적으로 전진합니다. 중생한 사람들 속에도 지배력을
잃었지만 남겨진 여죄가 있어 그 전진 속도가 느립니다. 중생한 사람도
그런 의미에서 죄인으로서 하나님 앞에 심판을 통해 죽음을 선고 받아
마땅합니다. 그러나 이런 죄인들이 하나님 앞에 자녀로 용납되고 그분
의 은총에 참여할 수 있는 이유는 그리스도의 완전하고 충족한 의(義)로
용서하시고 용납하시는 칭의의 은총이 주어졌기 때문입니다. 그리스도
의 완전하고 충족한 의(義)의 전가 때문에, 하나님께서는 여죄가 있는 우
리를 완전히 의롭다고 여겨주십니다. 우리의 양심의 평화는 이신칭의로
부터 옵니다. 중생했으나 여죄로 불완전한 성도들이 하나님 앞에서 버
림을 받지 않고 계속하여 거룩의 진전을 위해 걸어갈 수 있는 것은 칭의
의 은총으로부터 오는 완전하고 충족한 용서와 용납 때문입니다. 칭의
는 사람에게 속하지 않은 의(義)로 의롭다 인정을 받는 것입니다.

결론적으로, 오지안더의 '**본질적 의(義)**' 개념은 그리스도의 신인 양
성의 중보 원리와 배치되므로, 구원의 교리를 왜곡시키는 결과를 낳습
니다. 오지안더의 결론에 따르면, 우리에게 주셔서 의(義)로 삼으신 것은
그리스도의 인성이 아닌 하나님의 본성과 관련되며, 그 의(義)는 오직 중
보자의 인격 안에서 발견될 수 있으나, 그럼에도 불구하고 그것은 사람
의 의(義)가 아닌 하나님의 의(義)라고 주장합니다. 여기서 오지안더는 그
리스도의 인성으로부터 의롭게 하는 직분을 제거합니다. 이렇게 하여
오지안더는 전가되는 그리스도의 의(義)를 부정하고, 주입되는 하나님의
본성으로서 의(義)를 주장하기에, 칭의를 단지 믿음에 의한 의(義)가 아니
라 행위에서 비롯되는 의(義)로 만듭니다. 왜냐하면 오지안더에게 전가되

는 의(義)가 부정되기 때문에, 그에게 의(義)는 주입된 의(義)로부터 실제로 바르게 행위하는 것 자체를 의미할 뿐입니다. 그러나 믿음에 의한 의(義)와 행위에 의한 의(義)는 다릅니다. 성경은 죄인의 칭의와 관련하여 한쪽을 세우면 다른 쪽이 넘어지는 방식으로 믿음에 의한 의(義)와 행위에 의한 의(義)를 대치시킵니다. 사도는 인간의 의(義)를 배설물로 여기기까지 합니다(빌 3:8-9). 그리스도의 의(義)를 얻고자 하는 사람은 자기 의(義)를 버려야 합니다. 유대인들이 멸망한 원인은 자기 의(義) 때문이었습니다(롬 10:3). 이런 의미에서 칭의를 얻는 것이 율법이 아니라 믿음으로 말미암기 때문에 우리에게 자랑이 없어집니다(롬 3:27). 믿음이 모든 자랑을 없애버릴 때, 행위에 의한 의(義)는 믿음에 의한 의(義)와 아무런 상관이 없게 됩니다. 이런 의미에서 바울은 로마서 4장에서 오직 믿음에 의한 의(義)만을 인정합니다. **"만일 아브라함이 행위로써 의롭다 하심을 얻었으면, 자랑할 것이 있으려니와 하나님 앞에서는 없느니라"**(롬 4:2). 그러므로 그는 행위에 의해서 의롭다함을 받은 것이 아니라는 결론에 이릅니다(롬 4:4). **"일하는 자에게는 그 삯을 은혜로 여기지 아니하고 빚으로 여기거니와."** 그러므로 의(義)는 행위에서 말미암지 않고 오직 믿음으로 말미암아 얻습니다. 따라서 믿음과 행위에서 함께 흘러나오는 의(義)는 설 곳을 잃습니다.

(3) 스콜라주의자들의 행위관의 오류

스콜라주의자들은 성경에서 반대하는 **"행위"**를 아직 거듭나지 않은 사람들이 그리스도의 은혜 없이 자유의지로 그리고 오직 문자적으로 무엇을 하는 행위를 가리킨다고 주장합니다. 그러나 이들에 따르면, 거듭난 자의 영적 행위는 칭의를 받는데 공로를 가집니다. 영적 행위는 그리스도의 선물로서 중생 이후에 주어지며, 바로 이 행위와 믿음 두 가지가 의롭다 함을 얻게 되는 조건이 됩니다. 결국 이들은 칭의의 근거를 오직 믿음만이 아닌 행위에 둡니다. 은혜와 중생에 의해 맺혀진 열매라는 전제 하에 인간의 행위가 칭의를 받는 공로가 될 수 있다고 봅니다. 후에 자세히 논하겠지만, 중생자의 행위는 여죄를 인해 지상에서 완전할 수 없으므로, 결코 칭의의 공로가 될 수 없습니다. 칭의는 오로지 충족하고 완전한 그리스도의 의(義)와 공로 때문에 받습니다. 스콜라주의자들은 은혜와 중생의 은혜를 전제한다고 하지만, 율법적 의(義)와 복음적 의(義)의 반립(antithesis legalis et Evangelicae iustitiae/the anthesis between Legal and Gospel righteousness)을 인식하지 못합니다. 바울에 따르면, 행위에 어떤 수식어가 붙여지든 상관없이 구원의 원인이 될 수 없습니다(갈 3:11-12). 왜냐하면 율법의 의(義)는 율법의 완전하고 엄중한 요구를 완전히 수행한 자에게만 구원을 허락하기 때문입니다. 그러나 믿음의 의(義)는 그리스도의 죽으심과 부활하심을 믿는 것으로 구원의 충족한 원인이 됩니다(롬 10:5, 9). 이 뿐 아니라 그리스도 안에서만 값없이 획득하는 칭의와 성화는 서로 구별되어 다른 의미를 갖습니다. 결코 거듭난 자의 행위가 칭의를 얻는다는 식으로 성화가 칭의의 공로가 되거나 원인이 되는 방식으로 섞이고 혼합되어서는 안 됩니다. 의롭다 함을 얻는 칭의에 관련해서는 결코 거듭난 자의 행위조차도 끼어들 수 없습니다. 칭의는 오로지 그리스도의 의(義)를 믿음으로 전가 받아 얻습니다(롬 4:2).

　스콜라주의자들에 의해, 칭의가 성화의 열매, 곧 거듭난 자의 영적 행위에 의해 계속 반복되는 과정으로 왜곡되었습니다. 이들은 그리스도의 의(義)와 공로만으로 충족되는 칭의를 '**성령**'과 '**은혜**'라는 구실로 끌어들인 성화의 행위에서 비롯되게 만들었습니다. 우리에게 죄가 없고 우리가 완전하여 율법의 모든 요구를 만족시킬 수 있다면, 스콜라주의자들이 맞습니다(롬 10:5). 그러나 여죄를 지닌 중생자들은 결코 율법의 요구를 완전히 충족시킬 수 없기에, 율법의 행위로 의롭게 되는 길은 존재하지 않습니다. 교황주의자들은 이 점을 깨닫지 못하고 왜곡하기 때문에, 이중적으로 속아서 믿음을 하나님께서 자기들의 공로에 대해서 보상을 베푸실 것을 기다리는 양심의 확실성이라고 부를 뿐 아니라 하나님의 은혜를 값없는 의(義)의 전가가 아니라 성화의 열의를 돕는 성령이라 해석하므로, 공로주의에 빠졌습니다. 그러나 성경은 믿음의 의(義)에 대해 전혀 다른 곳으로 우리를 이끌어 냅니다. 성경은 믿음의 의(義)에 대해 가르칠 때, 우리의 행위를 바라보는 데서 돌이켜서 오직 하나님의 은혜와 그리스도의 완전함만을 바라보게 합니다.

⑷ 성경에 제시된 칭의의 주제들

① 칭의의 인식 순서

성경이 우리에게 제시하는 칭의의 순서는 이러합니다. 먼저, 하나님께서는 자신의 순전하고 값없는 선하심으로 죄인인 우리를 포용하십니다. 하나님께서 사람에게서 다른 아무 것도 찾으시지 않으시고 오직 자신의 은혜를 불러 일으키는 비참한 우리의 상태만을 보십니다. 따라서 하나님께서는 우리를 돌보아주실 이유를 자신 안에서만 찾으십니다. 그 다음에, 하나님께서는 자신의 행위에 대해서 절망만을 느끼던 사람을 감동하셔서서 하나님의 선하심을 깨닫게 하심으로 자기의 구원 전체를 하나님의 자비에 맡기고 의지하게끔 하십니다. 이것이 믿음의 의식이고 믿음의 체험입니다. 즉, 죄인은 복음의 가르침을 들음으로써 자기가 하나님과 화목하게 되었다는 사실과, 그리스도의 의(義)가 중재하고 죄 사함을 받아 의롭다 함을 얻게 되었다는 사실을 인식하는 가운데 구원을 소유하게 됩니다. 그는 성령에 의해 중생했음에 불구하고 자기를 위하여 미리 마련된 영원한 의(義)가 자신이 몰두하는 선행에 있지 않고 유일한 그리스도의 의(義)에 있다고 생각합니다. 즉, 성령에 의해 발생한 중생한 자의 성화의 열매로서 선행은 결코 칭의의 유일하고 충족하고 완전한 근거로서 그리스도의 의(義)를 대체하거나 부분적으로도 보충할 수 없습니다. 칭의는 오로지 믿음에 의해 전가 받은 그리스도의 의(義)와 공로 때문에만 얻습니다. 오히려 성도들은 이 칭의의 토대 위에서 불완전함을 용서 받으며, 성화의 진전을 이루어 갈 수 있습니다. 칭의는 성화의 토대와 원인이 될 수 있으나, 성화의 결과일 수 없습니다.

② 믿음의 의와 율법의 의의 반립

믿음은 복음에서 주어진 의(義)를 받아들이기 때문에 죄인을 의롭게 합니다. 나아가 의(義)는 복음을 통해서만 주어지기 때문에, 행위에 대한 고려는 일체 배제됩니다. 바울은 로마서에서 율법과 복음을 비교하면서, **"율법으로 말미암는 의를 행하는 사람은 그 의로 살리라"**(롬 10:5)고 말합니다. 그러나 사도는 **"믿음으로 말미암는 의(義)"**(롬 10:6)에 관하여, **"입으로 예수를 주로 시인하며 또 하나님께서 그를 죽은 자 가운데서 살리신 것을 네 마음에 믿으면"**(롬 10:9) 구원을 얻는다고 선언합니다. 바울은 율법과 복음을 반립적으로 다루어, 율법은 행위에 의(義)를 돌리고, 복음은 행위의 도움을 받지 않고 의(義)를 부여합니다. 이 본문은, 복음을 통하여 우리에게 부여되는 의(義)가 율법의 조건들로부터 해방되었다는 사실을 가르칩니다. 바울이 율법과 약속을 서로 양립할 수 없는 것으로 빈번히 대립시키는 이유가 여기에 있습니다. **"그 유업이 율법에서 난 것이면 약속에서 난 것이 아니리라"**(갈 3:18). 같은 장에는 이 생각을 표현하는 여러 구절이 있습니다. 율법에도 약속이 있습니다. 그러나 복음과 그 성격이 다릅니다. 복음의 약속은 값없이 주는 것이며 하나님의 자비에만 의존하는 것이지만, 율법의 약속은 행위를 조건으로 삼습니다. 그래서 율법의 약속은 우리에게 저주만 안겨줄 뿐입니다. 왜냐하면 가장 완전한 사람이라도 율법을 완전히 행할 수는 없기 때문입니다. 물론, 율법의 극치는 사랑입니다. 성령께서 거듭난 사람들 안에서 이런 열매를 맺게 하시는 것은 사실입니다. 그러나 성도들도 사랑이 불완전하며, 그 자체로서는 상을 받을 공로가 없습니다.

따라서 믿음으로 의롭다 함을 얻게 되는 것은 행위와 무관하며 행위 없이 이루어집니다. **"또 하나님 앞에서 아무나 율법으로 말미암아 의**

446 제3권 · 그리스도의 은혜를 받는 길

롭게 되지 못할 것이 분명하니 이는 의인이 믿음으로 살리라 하였음이
니라. 율법은 믿음에서 난 것이 아니라 이를 행하는 자는 그 가운데서
살리라 하였느니라"(갈 3:11-12; 합 2:4). 사도는 의롭다 함을 받는 것에 있어
행위를 완전히 배제합니다. 믿음에 의해서 의롭다 함을 받는 것에 있어
행위의 공로는 끼어들 곳이 없습니다. 믿음은 복음이 부여하는 의(義)를
받아들입니다. 사도에 따르면, 율법은 의(義)를 행위에 연결시키지만, 복
음은 의(義)를 오직 하나님의 은혜에만 의존시킵니다. 로마서에 따르면,
아브라함이 믿음으로 의롭다 하심을 얻었기 때문에 자랑할 이유가 없
었습니다(롬 4:2-3). 바울은 이 주장을 강화하는 의미에서, 보수를 받을 만
한 행위가 없는 곳에서 믿음의 의(義)가 성립된다고 부언합니다. **"일하는
자에게는 그 삯을 은혜로 여기지 아니하고 빚으로 여기거니와 일을 아
니할지라도 경건치 아니한 자를 의롭다하시는 이를 믿는 자에게는 그
의 믿음을 의로 여기시나니"**(롬 4:4-5, 16; 롬 3:21).

③ 오직 믿음에 의한 칭의

그러므로 오직 믿음으로 의롭다 함을 얻게 됨(sola fide iustificari/to be
justified only by faith)은 율법 준수를 통해 주어지는 의(義)를 배제합니다. 스콜
라주의자들도 믿음으로 의롭다함을 얻는다고 믿습니다. 그러나 이들은
믿음을 **"오직**(sola/only)"으로 수식하는 것을 용납하지 않습니다. 이들은
성경이 문자적으로 **"오직"**이란 수식어를 믿음에 사용하지 않는다는 이
유로 그렇게 합니다. 그러나 문자적으로 **"오직 믿음"**이 기록되어 있지
않더라도, 성경은 **"오직 믿음"**의 개념을 함축하고 있으며, 또 그렇게 가
르칩니다. 바울은 거저 주시는 의(義)가 아니면 믿음에서 오는 의(義)가 아
니라고 명백히 가르치기 때문입니다. 거저 주시는 선물과 행위의 의(義)
는 조화될 수 없습니다. 바울은 다른 구절에서 하나님의 의(義)가 복음에
나타나 있다(롬 1:17)고 선포합니다. 의(義)가 복음에 나타나 있다면, 확실히
그 의(義)는 불구가 된 의(義)나 반쪽 의(義)가 아니라, 완전하고 충실한 의

(義)입니다. 그러므로 믿음으로 얻는 의(義)에는 율법이 관여할 여지가 없습니다. 모든 것을 행위에서 빼앗는다는 것은 모든 것을 믿음에만 돌린다는 것을 함축합니다. 성경은 이를 증거 합니다. **"이제는 율법 외에 하나님의 한 의가 나타났으니"**(롬 3:21), **"값없이 의롭다 하심을 얻은 자 되었느니라"**(롬 3:24), **"율법의 행위에 있지 않고"**(롬 3:28).

여기서 스콜라주의자들은 교묘한 궤변을 늘어놓습니다. 그들은 오리겐과 기타 고대 교부들에게서 빌려온 말을 근거로 삼으려고 하지만, 그것은 아주 미련한 구실에 불과합니다. 그들은 율법의 의식적인 행위는 배제되지만, 도덕적 행위는 그렇지 않다[33]고 주장합니다. 즉, 그들은 율법의 행위를 의식법을 준수하는 것으로 제한해, 의식을 따르는 것은 의미 없게 되었지만, 도덕적인 행위를 준수해야 의롭게 되는 것을 성경이 명령하고 있다고 주장합니다. 그러나 다음과 같은 구절들은 복음의 반립으로서 율법의 행위가 단지 율법의 의식적 행위로 축소되지 않음을 증거 합니다. **"이를 행하는 자는 그 가운데서 살리라"**(갈 3:12; 레 18:5). **"율법 책에 기록된 대로 온갖 일을 항상 행하지 아니하는 자는 저주 아래 있는 자라"**(갈 3:10; 신 27:26). 바울은 의식적인 준수만이 아니라 율법의 도덕적인 행위까지도 의롭다 함을 받는 공로가 될 수 없음을 가르치고 있습니다. 바울에 따르면, 이 구절들이 도덕적인 면의 율법에 관한 것이라고 해석되므로, 의롭다 하는 권한에서 도덕적 행위가 배제되는 것이 틀림없습니다. 바울은 같은 목적으로 다른 논법을 씁니다. **"율법으로는 죄를 깨달"**으므로(롬 3:20), 의(義)는 생기지 않습니다. **"율법은 진노를 이루게"** 하므로(롬 4:15), 의(義)를 나타내는 것이 아닙니다. 율법은 양심에 확신을 주지 못하므로 의(義)도 주지 못합니다. 믿음을 의(義)로 여기시므로 의(義)는 행위에 대한 보수가 아니라 행함 없이 얻는 것입니다(롬 4:4-5). 우리는

---

33   *Inst.* III. xi. 19. 이러한 생각은 복음의 반제인 율법의 행위를 할례, 음식법, 날들의 규례라는 언약 백성의 벳지로서 몇몇 의식들로 제한하는 제임스 던과 N. T. 라이트와 같은 바울에 관한 새 관점(the new perspective on Paul) 학파의 사람들의 사상과 유사하다.

믿음에 의해서 의롭다함을 얻으므로 우리의 자랑은 제거됩니다(롬 3:27). **"만일 능히 살게 하는 율법을 주셨더면 의가 반드시 율법으로 말미암았으리라 그러나 성경이 모든 것을 죄 아래 가두었으니 이는 … 약속을 믿는 자들에게 주려 함이니라"**(갈 3:21-22). 이런 발언들은 의식적 행위에 적용되고 도덕적 행위에는 적용되지 않는다고 감히 말할 수 없습니다. 그러므로 의롭다 하는 능력이 율법에 없다고 할 때에, 이 말씀은 확실히 율법 전체(*lex tota*/all of the law)에 적용된다고 생각해야 합니다.

④ 믿음에 의해 전가되는 의 때문에 발생하는 죄 사함

믿음의 의(義)라는 것은 오직 죄 사함에만 존재하는 하나님과의 화목을 가져옵니다. 우리가 항상 돌아가야 할 원리는 사람들이 여전히 죄인으로 남아있는 한, 하나님의 진노가 그런 사람 위에 임한다는 것입니다. 이 원리를 이사야는, **"여호와의 손이 짧아 구원치 못하심도 아니요 귀가 둔하여 듣지 못하심도 아니라 오직 너희 죄악이 너희와 너희 하나님 사이를 내었고 너희 죄가 그 얼굴을 가리워서 너희를 듣지 않으시게 함이니"**(사 59:1-2)라고 잘 표현하였습니다. 그러므로 사도는 사람이 그리스도를 통해 은혜를 받게 되기까지 하나님의 원수라고 가르칩니다(롬 5:8-10). 그래서 주께서 받아들여 자신과 연합되게 하신 사람은 주께서 의롭다 하신다고 일컬어집니다. 왜냐하면 주께서 죄인을 의인으로 여기시지 않고는 그를 받아들여 은혜에 이르게 하시거나 자신과 결합되게 하실 수 없기 때문입니다. 우리는 이 일이 죄 사함으로 말미암아 이루어진다고 한 번 더 말합니다. 주께서 자신과 화해시키신 사람들이 만일 행위에 의해 판단된다면, 그들은 여전히 죄인으로 판명될 것입니다. 그렇기 때문에 화목하게 된 자리에 있다고 하더라도 죄로부터 방면되어야 합니다. 그러므로 하나님께서 포용하시는 사람들이 죄 사함에 의해서 더러운 것들이 씻겨나가 정결하게 된다는 사실에서만 의롭다 함을 받는다는 것이 분명합니다. 따라서 이러한 의(義)는 한 마디로 **"죄 사함"**이라고 부를 수 있습니다.

죄 사함은 그리스도의 의(義)가 믿음에 의해 값없이 전가됨으로 말미암습니다. 성경에 의해 이점이 지지됩니다. **"곧 하나님께서 그리스도 안에 계시사 세상을 자기와 화목하게 하시며 그들의 죄를 그들에게 돌리지 아니하시고 화목하게 하는 말씀을 우리에게 부탁하셨느니라"**(고후 5:19). 바울은 이렇게 기록합니다. **"하나님이 죄를 알지도 못하신 이를 우리를 대신하여 죄로 삼으신 것은 우리로 하여금 그 안에서 하나님의 의가 되게 하려 하심이라"**(고후 5:21). 여기서 바울은 의(義)와 화해를 서로 구별하지 않고 말하며, 서로 한 쪽이 다른 한 쪽에 포함되어 있다는 것을 우리에게 이해시키려 합니다. 그뿐 아니라, 사도는, 이 의(義)를 얻는 방법이 우리의 죄를 우리에게 돌리지 않는 데 있다고 가르칩니다. 그러므로 하나님께서 우리의 죄를 우리에게 돌리지 않으심으로써 우리를 자신과 화목케 하신다는 말씀을 들을 때에, 우리는 하나님께서 어떻게 우리를 의롭다 하시는가를 더 의심하지 않아야 합니다(롬 4:6-8; 시 32:1-2; 눅 1:77; 행 13:38-39). 바울은 죄 사함과 의(義)를 연결하여, 둘이 꼭 같다는 것을 보여 줍니다. 이를 근거로 바울은, 우리가 하나님의 선하심에 의하여 얻는 의(義)는 값없이 주어지는 것이라고 선포합니다. 성경에는 이에 대한 가르침이 아주 빈번하게 나타나며, 고대 저술가들 역시 때때로 이에 대해 언급했습니다. 아우구스티누스(Augustinus)는 **"이 세상에서 성도의 의는 덕성의 완전함보다 죄 사함에 있다"**고 말합니다.[34] 베르나르두스(Bernardus)는 **"죄를 짓지 않는 것이 하나님의 의이다. 그러나 사람의 의는 하나님의 너그러움이다"**[35]고 말합니다. 그는 이 말을 하기 전에 다음과 같이 주장했습니다. **"그리스도는 방면하심으로써 우리를 위한 의가 되신다. 그러므로 오직 그의 자비로 은총을 얻은 자들만 의롭다 함을 얻게 된**

34   『기독교강요』, 제3권, 11장, 22절.
35   『기독교강요』, 제3권, 11장, 22절.

다."36

　따라서 죄인은 내재적인 의(義)를 가질 수 없고, 오직 그리스도 안에서 그분의 의(義)의 전가를 통해서만 의롭게 여김을 받을 수 있습니다. 즉, 우리는 우리의 것으로 의로운 것이 아니라 그리스도의 것으로 의롭게 여김을 받습니다. 우리는 오직 그리스도의 중보(*intercessio*/intercession)를 통해서만 하나님 앞에 의롭다함을 얻습니다. 따라서 사람이 믿음으로써 의롭게 되는 것은 그가 자기를 의롭게 만드시는 하나님의 성령에 동참하기 때문이라고 주장하는 것은 오류입니다. 이들은 이렇게 생각함으로, 성화의 열매를 칭의의 원인으로 만드므로, 칭의가 실제로 의롭고 거룩하게 되는 문제로 만듭니다. 자기 밖에서 의(義)를 찾으라는 성경의 지시는 사람 안에 의(義)가 없다는 것을 확실히 전제합니다. 사도는 분명하게 언급합니다. **"죄를 알지도 못하신 자로 우리를 대신하여 죄를 삼으신 것은 우리로 하여금 저의 안에서 하나님의 의가 되게 하려 하심이니라"**(고후 5:21). 우리를 구원하는 의(義)는 우리 안에 없고, 그리스도 안에만 있습니다. 그리고 우리가 의(義)를 소유하는 것은 오직 그리스도의 의(義)에 참여하기 때문입니다. 우리는 그리스도의 의(義)를 전가 받아 의롭다함을 얻습니다. **"한 사람의 순종치 아니함으로 많은 사람이 죄인된 것 같이 한 사람의 순종하심으로 많은 사람이 의인이 되리라"**(롬 5:19). 다만 그리스도에 의해서 의롭다는 인정을 받는다고 선언하는 것은 우리의 의(義)를 그리스도의 순종에 맡기는 것을 의미합니다. 왜냐하면 그리스도의 순종이 우리의 순종으로 인정되기 때문입니다. 칼뱅은 암브로시우스(Ambrosius)를 인용하여 다음과 같은 결론을 냅니다.

　우리는 하나님의 얼굴 앞에 나타나 구원에 이르려면 그리스도의 달콤한 향취를 맡아야

36　『기독교강요』, 제3권, 11장, 22절.

하며, 그의 완전함으로 우리의 악을 가리고 묻어 버려야 한다.[37]

3 하나님의 엄중한 심판을 전제하는 값없는 칭의는 신앙적 겸손을 유발함

정죄와 심판을 제거하는 칭의의 주제를 다룰 때, 그 정죄와 심판의 문제가 인간 법정의 의(義)가 아닌 하늘 법정(*caelestis tribunal*/heavenly tribunal)의 의(義)에 대한 것임을 직시해야 합니다. 그러므로 하늘 법정의 수준에서 시행되는 하나님의 심판을 만족시키기 위하여 필요한 행위의 순전함은 결코 인간 법정의 빈약한 척도에 비교될 수 없습니다. 부패하고 불완전한 인간의 행위 의(義)는 완전하고 엄중한 하늘 법정의 수준과 표준을 만족시킬 수 없습니다. 인간의 행위를 공로삼아 하나님의 정죄와 심판을 모면하고자 하는 로마 교회의 오류는 하나님의 의(義)[38]에 대한 수준과 인간의 부패성에 대한 무지로부터 발생한 것입니다. 하나님의 의(義)는 비교할 수 없이 완전하며 모든 부분에 있어서 순전하고 절대적이어서, 어떤 더러움도 그분에게 용납되지 못합니다. 이러한 의(義)는 사람 안에서 발견된 적이 없고 앞으로도 없을 것입니다. 따라서 사람을 스스로 의롭게 하는 행위란 지상에 존재하지 않습니다. 의(義)는 율법을 준수하는 것 이상으로 높은 수준의 것을 요구합니다. 지상에서 모든 사람들은 여죄를 지니고 있습니다. 그리고 심지어 천사의 거룩함도 하늘의 자로 그 행위를 측량하시는 하나님을 기쁘시게 할 수 없습니다. 천사도 하나님 앞에서 자신의 얼굴과 발을 가립니다(사 6:1-3). 그러므로 인간이 자신의 행위로 의(義)를 세워 구원을 받고자 하는 시도는 허사가 되고 맙니다.

---

37 『기독교강요』 제3권, 11장, 23절.
38 하나님의 의(義)는 하나님의 공의의 성품으로서 분배적 의(義)와 선물로서 전가되는 의(義)로 구분할 수 있는데, 여기서는 분배적 의(義)를 다루고 있다.

**"누구든지 율법 책에 기록된 대로 모든 일을 항상 행하지 아니하는 자
는 저주 아래 있는 자라"**(갈 3:10; 신 27:26).

그러므로 우리는 우쭐대는 법이 아니라 우리의 눈을 들어 두려워
떠는 법을 배워야 합니다. 우리의 비교 대상은 사람이 되어서는 안 됩니
다. 그렇게 되면 자신에게 탁월한 것이 있다고 생각하여 교만하게 됩니
다. 그러나 우리가 하나님을 향하여 서게 되면 우리 자신에 대한 확신은
섬광과 같이 사라지게 됩니다. **"우리의 몸과 보이는 하늘과의 관계는
우리의 영혼과 하나님과의 관계와 정확히 일치"**[39]합니다. 이는 태양을
직접 응시할 때 우리의 시력이 그 광채에 침침해지고 마비되어 시력을
거의 상실하는 것과 같습니다. 따라서 우리는 자신에 대한 헛된 자만과
확신에 속지 않도록 조심해야 합니다. 우리가 다른 사람들과 비교하여
그들과 같거나 그들보다 낫다고 한들 하나님께는 그것이 아무 것도 아
닙니다(눅 16:15). 그러므로 하나님께서는 자신의 의(義)를 거만하게 자랑하
는 사람들을 혐오하십니다. 그러나 성령의 가르침을 말씀 속에서 참되
게 받은 사람들은 자신의 부패와 무능을 깨닫고, 결코 자신들의 의(義)로
하늘 법정의 정죄와 심판을 모면할 수 없음을 직시합니다(시 143:2; 욥 9:2-3;
고전 4:4). 그들은 하나님의 의(義)와 하늘 법정의 수준을 인식하고, 자신 안
에 자랑할 것이 없음을 압니다. 그러므로 그들은 의(義)를 자신 안에서
찾지 않고 자기 밖에서 찾습니다. 그들은 그들이 의지할 의(義)를 오직 그
리스도 안에서만 발견하고 의지합니다.

칼뱅은 이 교리에 대한 증거를 성경에서 뿐만 아니라 경건한 저자
들 속에서도 발견합니다. 아우구스티누스(Augustinus)는 부패하고 연약한
죄인들의 유일한 소망을 의로우신 한 분 중보자 예수 그리스도 안에서
만 찾습니다(딤전 2:5-6). 베르나르두스(Bernardus)는 양심의 혼란과 고통 속
에 있는 죄인의 안식과 평정이 주님의 상처를 기억하며 그리스도 안에

---

39   『기독교강요』, 제3권, 12장, 2절.

거하는데만 있음을 고백합니다. 베르나르두스에게 자신의 공로는 오직 주님의 긍휼에 있습니다. 즉, 그는 구원을 위해 오직 그리스도의 의(義)와 공로만을 의지합니다. 그리스도인은 그리스도의 공로에 의지해 평화를 누리는 가운데 오직 모든 영광을 하나님께만 돌립니다.

사람들은 지금 밖으로 드러나는 선행만을 뽐내고 그것을 고상하게 여기지만, 하나님의 심판 때에는 그것이 다 사라지고 맙니다. 하나님의 눈앞에 있는 것처럼 의(義)의 참 규범을 추구하는 사람들은, 자신의 모든 행위가 행위 자체의 가치로 판단되면 쓰레기에 불과하며, 일반적으로 의(義)로 여겨지는 것들이 하나님 앞에서는 순전히 불의가 되고, 순전함이라고 간주되는 것이 부패에 불과하며, 영광이라고 헤아려지는 것이 치욕으로 드러날 것을 인식합니다. 우리는 하나님의 완전함을 깨달은 후에 우리 자신에게로 내려가 자신을 직시해야 합니다. 우리 자신에 대한 아첨과 맹목적인 자기 사랑의 정서는 그리스도의 의(義)를 바라보지 못하게 합니다. 성경은 이 악폐가 우리 본성에 내재한다고 가르칩니다. **"사람의 행위가 자기 보기에는 모두 정직하여도"**(잠 21:2). **"사람의 행위가 자기 보기에는 모두 깨끗하여도 여호와는 심령을 감찰하시느니라"**(잠 16:2). 사람은 자기가 쓰고 있는 의(義)의 가면 때문에 우쭐대지만, 주께서는 마음속에 숨어 있는 불결을 저울에 다십니다(욥 25:4, 6; 14:4; 9:20; 사 53:6.). 사람은 모든 자기 찬양을 버려야 합니다. 자기 부인과 비참에 대한 인식, 곧 하나님의 심판대 앞에서 자기 발견은 그리스도의 은혜를 받을 수 있도록 준비시키는데 있어서 중요합니다. 자신이 그리스도의 은혜를 받을 자격이 있다고 생각하는 사람은 자신의 교만에 스스로 속고 있는 사람입니다. 우리는 이 유명한 말씀을 기억해야 합니다. **"하나님이 교만한 자를 대적하시되 겸손한 자들에게는 은혜를 주시느니라"**(벧전 5:5; 약 4:6; 잠 3:34).

하나님 앞에서의 겸손하게 되는 방법은, 철저하게 마음이 가난한 자가 되어 하나님의 자비에 몸을 맡기는 것입니다. 마음이 가난하다는 의미는 자신의 영적 빈곤을 인식하는 것입니다. 의(義)에 관하여, 자기가 아직 무엇을 가졌다고 생각한다면, 그곳에 겸손은 존재하지 않습니다. 만일 누군가 자신을 겸손히 여기면서, 자신의 의(義)에 어느 정도의 가치를 인정한다면, 그는 파멸적인 위선에 붙들려 있는 것입니다. 우리는 속히 우리 안에 있다고 착각하는 자기 의(義)를 일체 짓밟아 버려야 합니다. 주께서는 그러한 겸손한 백성을 구원하십니다. 주님께서는 교만한 눈을 낮추십니다(시 18:27). 선지자들도, 우리가 모든 자랑을 버리고 온전히 겸손해지지 않으면 우리 앞에는 구원으로 들어가는 문이 닫힐 것이라 경고합니다. 신앙적 겸손은 자신을 낮추어 우리에게 고유한 권리를 주에게 양보하는 점잖은 행동이 아닙니다. 즉, 어느 정도 우월성을 가졌음에도 자신을 낮추고 교만하지 않으려 하는 그런 겸손이 아닙니다. 신앙적 겸손 혹은 하나님 앞에서의 겸손은 우리 마음을 정직하게 바치며 복종하는 것입니다. 신앙적 정직함은 정직에 가깝습니다. 아무런 의(義)를 자신 안에서 찾을 수 없다는 사실을 깨달아서, 그 진리를 따라 자기 부정를 부정하는 동시에 오로지 하나님만을 의지하고 인정하는 것이 신앙적 겸손입니다. 사실이 그러하여 그렇게 태도를 취하는 것입니다. 자기의 빈곤함을 알고 진실하게 굴복하게 된 결과로 신앙의 겸손은 오직 그리스도만을 의지하고 바라봅니다(습 3:11-12; 사 66:2; 사 57:15). 우리는 **'통회'**라는 말을 들을 때마다 마음의 상처 때문에 땅에 엎드린 채 일어나지 못하는 사람을 떠올려야 합니다. 이런 겸손한 마음으로 그리스도를 의지하는 자들에게 전가되는 의(義)가 선물로 주어집니다. 이런 자들이 하나님의 심판대에서 높여집니다(벧전 5:6). 이러한 통회의 상처가 없는 사람들을 하나님께서 낮추시며 수치와 불명예에 이르게 하십니다. 그러므로 주님께서 의인이 아니라 죄인을 부르러 오셨다고 선포하십니다(눅 18:11-14; 사 61:1-3; 마 9:13.)

칼뱅이 죄 의식과 하나님의 심판대 앞에 자신의 비참과 빈곤을 깨닫도록 독려하는 이유는, 이 의식들이 있어야만, 죄인이 그리스도의 은혜와 구원을 전적으로 붙들고 의지하고 구하기 때문입니다. 이러한 인식 없이 복음에 대한 의지와 신뢰가 있을 수 없습니다. 복음만을 의지하고 수용하는 믿음은 가난한 마음과 애통하는 마음과 자기 밖에 있는 그리스도의 의(義)에 주리고 목마른 마음과 깊은 연관성을 가집니다. 따라서 그리스도의 구원의 부르심은 자기 의(義) 혹은 공로 의식과 같은 모든 교만과 자기만족 그리고 자기도취와 거리가 멉니다. 또 많은 사람들이 죄의 쾌락에 빠져 하나님의 심판을 망각한 채 태만에 빠져 있기도 합니다. 우리는 자신을 비우고 주린 마음으로 주 앞에 달려가야 합니다. 우리 자신을 불신하는 마음이 깊지 않고서는 그리스도를 충분히 신뢰할 수 없습니다. 우리 자신 안에 버림이 없다면 우리는 결코 주님 안에서 우리의 마음을 충분히 높이 들어 올릴 수 없게 될 것입니다. 우리 자신에 대한 절망을 체험하지 않고서는 결코 그리스도 안에서 충분한 위로를 얻지 못합니다. 따라서 우리는 우리 자신에 대한 신뢰를 전적으로 버리고 오직 하나님의 선하심의 확실성에 의지함으로써만 하나님의 은혜를 붙들고 소유할 준비를 갖춥니다. 아우구스티누스는 이렇게 말합니다. **"우리는 우리 자신의 공로를 잊을 때 그리스도의 선물을 품에 안게 된다."** 따라서 우리는 헛되고 쓸데없는 자기 의(義)라는 껍데기를 벗어버려야 합니다. 누구든지 자기 자신에게 안주하면 할수록 하나님의 은혜로부터 멀어지게 됩니다.

4 값없는 칭의의 목적

우리가 값없는 칭의에 있어 유념해야 할 두 가지는, 주님의 영광을 훼손하거나 손상시키지 않는 것이며, 우리의 양심이 주의 심판대 앞에서 안식과 평온을 누리는 것입니다. 성경은 의(義)에 대하여 오직 하나님께만 찬송의 고백을 드릴 것을 권고합니다. 심지어 사도는 그리스도 안에서 의(義)를 부여하시는 목적이 **"자기의 의로우심을 나타내려 하심"**(롬 3:25)이라고 증언합니다. 또 사도는 하나님께서 자기 의(義)를 나타내시는 것이 무엇을 뜻하는지 부연합니다. **"자기의 의로심을 나타내사 자기도 의로우시며 또한 예수 믿는 자를 의롭다 하려 하심이니라"**(롬 3:26). 이로써 오직 하나님만 의로우시며, 하나님의 의(義)는 자격 없는 자에게 값없이 의(義)의 선물을 베풀어주심으로 나타난다는 사실이 드러납니다. 사람에게는 의(義)를 얻을 자격이 있거나 하나님의 심판을 자기 의(義)로 변호할 구실을 갖지 못합니다. 만일 이렇게 한다면, 하나님의 영광을 손상시키고 하나님의 영광을 갈취하는 결과를 가져옵니다(롬 3:19; 겔 20:43, 44). 우리의 불의를 깨닫고, 구원이 오로지 값없이 베풀어지는 은혜임을 인식하는 것이 하나님에 대한 진정한 지식의 일부입니다. 따라서 우리는 값없이 의롭다하시는 은혜에 대해 감사해야 합니다(렘 9:23; 고전 1:31; 렘 9:24; 고전 1:30-31). 조금이라도 자기의 것이 있다고 생각하는 사람은 하나님께서만 베풀어주실 수 있는 것을 자신에게 돌리므로, 하나님의 영광에 어두운 그림자를 드리우는 것입니다.

　　결국 자기 의(義)를 자랑하는 사람은 하나님의 영광을 갈취합니다. 자신을 자랑하는 자는 하나님을 거슬러 자랑하는 것이므로, 이는 일종의 반역 행위입니다. 자신에게서 자랑할 구실을 모두 빼앗을 때, 비로소 우리는 하나님께 복종하게 됩니다(롬 3:19; 사 45:24, 25). 따라서 의(義)에 관하여는 그 모든 것들이 오직 주의 소유가 되어야 마땅합니다(롬 3:26; 엡 1:6, 8-9; 벧전 2:9). 칼뱅은 교훈합니다.

> 요컨대 사람은 심지어 어느 한 부스러기의 의라도 자기의 것이라고 주장하게 되면 그
> 만큼 하나님의 의의 영광이 가로채이고 손상당하기 때문에 하나님 앞에서 불경을 범하

지 않을 수 없게 된다.[40]

　이러한 보편적 공식에 따라, 죄인은 자기 의(義)를 통해 양심의 평안을 얻지 못합니다. 우리의 양심의 평안과 안식은 오로지 그리스도의 의(義)를 하나님의 선물로 받는 길밖에 없습니다. 모든 사람이 양심의 실존을 발견하게 되면, 정죄의 근거를 자기 안에서 마주하게 됩니다(잠 20:9). 하나님의 심판대 앞에 선 양심에 평안을 가져다줄 수 있는 근거는 오직 그리스도의 의(義) 외에 아무 것도 없습니다. 따라서 바울은 약속이 행위의 공로나 율법의 준수에 의존하게 된다면, 그 약속이 무용하며 무효가 되리라고 가르칩니다. 공로에 따라 약속이 실현된다면, 부패하고 불완전한 우리가 어디까지 이르러야 목적지에 도달할 수 있는지 알 수 없습니다. 공로에 따른 약속의 실현은 양심을 불안케 하고 요동케 합니다. 이와 반대로 성경은 약속이 하나님을 향한 믿음 안에서만 실현된다고 가르칩니다. 믿음이 없으면 약속도 무효가 됩니다. 은혜에 의한 약속을 확립하기 위해, 기업은 믿음에서만 옵니다. 자비와 진리(*misericordia et veritas*/mercy and truth)는 영원한 고리로 연결되어 있어, 하나님은 자비롭게 약속하시는 것을 또한 신실하게 이루십니다(시 119:76). 하나님께서 약속하시는 것은 다만 그분의 자비 때문입니다. 아우구스티누스(Augustinus)에 따르면, 약속은 행위에 의해서가 아니라 자비에 의해서 확고하므로, 이를 믿는 자는 불안을 느껴서는 안 됩니다. 베르나르두스(Bernardus)는 **"사람으로는 할 수 없으되 하나님으로서는 다 할 수 있느니라"**(마 19:25-26)는 말씀을 인용해 이 이치를 교훈합니다. 약속은 우리의 행위가 아니라 신실하신 하나님의 행하심에 의해서만 성취됩니다. 그러므로 이것이 우리의 믿음의 전부이며, 우리의 위로의 전부이며 우리의 소망의 전부이기도 합니다. 우리는 말씀과 성령을 통해 이 진리를 내적으로 증거 받아 약속

40　『기독교강요』 제3권, 13장, 2절.

과 약속을 이루시는 하나님에 대한 확실성 있는 믿음의 지식으로 평안을 누릴 수 있습니다(롬 8:16). 양심의 완전한 확신으로 붙잡은 것이 아니면, 하나님의 약속이 확립되지 않는다고 성경은 가르칩니다. 신앙의 본성은 눈은 감고 귀는 곤두세우는 데 있습니다. 즉, 신앙은 오직 약속만을 들으려고 애쓰며, 사람의 가치나 공로를 전연 생각하려 하지 않아야 합니다. 여기에만 양심의 평안이 있습니다(슥 3:10; 9:6; 엡 2:14). 우리는 하나님의 진노를 누그러뜨리는 희생제물로 나아가야 합니다. 그리스도께서 하나님의 진노를 견디시면서 수행하신 속죄 행위가 하나님의 진노를 풀었다는 확신이 없는 사람은 항상 불안과 두려움에 떨 수밖에 없습니다. 요컨대, 우리는 오직 우리의 구속주 되신 그리스도의 극심한 고통에서만 우리의 평화를 찾을 수 있습니다.

그러므로 바울은 **"믿음으로 의롭다하심을 얻는다"**(롬 5:1)고 확신하지 않는 곳에 양심의 평안과 고요한 기쁨이 존재할 수 없다고 가르치는 동시에, 이 확신의 근원을 밝힙니다. 우리의 확신의 근원은 **"성령으로 말미암아 하나님의 사랑이 우리 마음에 부은 바"**되는 때에 있습니다(롬 5:5). 즉, 우리가 하나님의 기뻐하시는 바가 되었다는 확신이 없으면 우리의 영혼은 안정을 누릴 수 없다고 말하는 것과 같습니다(롬 8:35, 39; 시 23:1, 4; 갈 4:6; 롬 8:15; 엡 3:12). 이러한 확신으로부터 오는 양심의 평안은 중생의 선물에 의해 보장되지 못합니다. 왜냐하면 육신에 있는 동안 중생은 항상 불완전하여, 의심을 일으키는 각종 원인을 내포하기 때문입니다. 그러므로 우리가 취해야 할 대책은, 천국의 기업에 대한 신자들의 유일한 소망의 근거가 그리스도의 몸에 접붙임을 받아 값없이 의롭다는 인정을 받는다는 사실에 있다는 것을 확신하는데 있습니다. 칭의에 관해서 믿음은 수동적인 것에 불과 힙니다. 믿는다고 해서, 우리가 하나님의 은혜를 회복하는 일에 무엇을 기여하는 것이 아닙니다. 믿음은 우리에게 없는 것을 그리스도께로부터 받게 하는 빈손에 불과합니다. 믿음의 가치는 믿음의 대상이신 그리스도에 의해 부여됩니다. 즉, 믿음은 믿음의 대상이신 그리스도를 지향하기 때문에 가치를 가집니다.

5 의의 네 가지 종류

(1) 하나님께 무지하며 우상에 빠진 자들의 의

이들에게서는 부패한 본성을 따라 머리끝에서 발바닥에 이르기까지 선의 불씨조차 발견되지 않습니다. 성경은 아담 안에서 모든 사람이 부패되었음을 증거 합니다(렘 17:9; 창 8:21; 시 94:11; 시 36:1; 롬 3:18; 시 14:2; 창 6:3; 갈 5:19-21). 비록 이들에게 상대적으로 다른 사람보다 탁월한 덕이 있다 손치더라도, 하나님께서는 의(義)에 관련된 가치를 찬란한 겉모습이 아니라 행위들의 원천에서 찾으시기에, 이들은 정죄될 수밖에 없습니다. 물론 불신자들의 덕성들은 하나님께서 베풀어주신 것입니다. 만일 이런 덕성들이 주어지지 않았다면, 세상의 질서는 혼란에 빠지고 말았을 것입니다. 이로 인해 하나님께서는 각 사람의 마음속에 선한 일과 악한 일의 차이를 새겨주셨고, 선에 힘쓰는 자들에게 현세의 복을 많이 부여하시는 섭리의 경륜에 의해 그 차이를 자주 확인 시켜 주십니다. 이렇게 하시는 이유는 불신자들의 덕성에 어떤 상을 받을 만한 가치가 있어서가 아니라, 외적이고 가장된 의(義)에 조차 관심을 두시므로, 당신께서 얼마나 의(義)를 소중히 여기시는지를 세상에 증명하시기 위해서입니다. 따라서 칼뱅은 시민적 덕과 같은 류를 인정합니다. 이것은 세상을 유지하시기 위해 세상 속에 보편적으로 베풀어 주신 것입니다.

그러나 칼뱅은 보편적 가치를 지닌 덕과 믿음으로부터 비롯된 거룩을 구별합니다. 즉, 부패함 속에서 하나님을 섬기지 않는 가운데 나타내는 덕성은 생명과 무관하며 악행입니다. 아우구스티누스(Augustinus)에 따르면, 불신자들의 덕행은 어떤 보상을 받을 만한 가치를 갖지 못할뿐더러 징벌을 받아 마땅한 부패함 속에 있습니다. 그 이유는, 그들의 마음이 오염되어 하나님의 선한 것들을 더럽히기 때문입니다. 불신자들의 선행은 그 마음의 원천으로부터 부패했기 때문에 참 덕성과 유사하게 보이곤 하지만, 실제로는 악행에 속한 것입니다. 진정한 덕행은 첫 돌 판과 둘째 돌 판에 대한 사랑과 실천에 있습니다. 그러나 이들은 첫 돌 판을 버리고 둘째 돌 판에 대하여 외식적인 준수에 머무릅니다. **"올바른 행위"**의 항구적인 목적은 하나님을 섬기는데 있습니다. 이러한 동기와 목적이 부재한 곳에 진정한 선행은 존재하지 않습니다. 믿음의 빛 안에서 하나님을 사랑하고 그분께 영광을 돌리려는 마음의 원천이 부재하다면, 그런 부패성에서 비롯된 모든 행위는 죄로 정죄될 수밖에 없습니다. 칼뱅에 따르면, 의무 수행의 무게는 행위가 아니라 목적과 의도에 의해서 그 가치가 판단됩니다.

따라서 그리스도를 믿음으로 하나님과 화목하기 전까지, 불신자의 모든 행위는 정죄와 심판을 면하지 못합니다. 하나님의 아들이 없는 자에게는 생명이 없기 때문입니다(요일 5:12). 아우구스티누스는 이렇게 교훈합니다. **"우리의 종교는 의로운 자들과 불의한 자들을 행위의 법이 아니라 믿음의 법 자체로 구별한다. 믿음이 없다면 선행으로 보였던 것이 죄로 변화된다."**[41] 불신자들의 선에 대한 열의는 경주로를 벗어난 주자(走者)에 비유될 수 있습니다. **"어떤 사람이 길을 벗어나서 힘차게 달리고 있다고 치자. 그렇게 하면 할수록 그는 도달하고자 하는 목표 지점으로부터 더 멀어져 더욱 비참하게 될 것이다. 그렇기 때문에 길 밖에서 달려가는 것보다 절면서라도 길 안에서 가는 것이 더 낫다."**[42] 불신자들에게 외적인 덕이 나타나지만, 그들에게 생명에서 나오는 성화는 없습니다. 그리스도 안에서 화목된 자들 외에는 참 열매를 맺을 수 없습니다. 그러므로 성경은 이렇게 가르칩니다. **"믿음이 없이는 하나님을 기쁘시게 하**

---

41 『기독교강요』 제3권, 14장, 4절.
42 『기독교강요』 제3권, 14장, 4절.

지 못하나니"(히 112:6). 불신자들의 덕행은 생명에서 나오는 선이 아니라, 부패성을 억제하시는 하나님의 손길로부터 나옵니다. 성도는 생명에서 열매가 나타나지만, 불신자들의 덕행은 죄가 억제된 결과일 뿐입니다.

하나님 앞에 진정한 의(義)는 은혜에서 옵니다. 사람의 자연 상태(n) (*atunalis hominis conditio*/the natural condition of man)와 하나님의 은혜(*Dei gratia*/divine grace)를 직접 비교하면, 그 증명이 더욱 분명하게 나타납니다. 죽은 사람은 아무 것도 할 수 없습니다. 생명은 하나님의 은혜로부터 옵니다(요 5:25; 고후 5:17; 엡 2:4-5; 롬 4:17; 욥 41:11; 롬 11:35). 그러므로 우리는 하나님 앞에 우리의 빈곤과 허무를 인식하고 하나님께 은혜를 구하는 믿음이 있어야 합니다(엡 2:8-9, 10). 구원은 그리스도의 의(義)에 토대하며, 선을 행할 힘은 거듭남에서 옵니다. 우리의 부패한 본성에서 선을 이끌어 내려 하는 것은 돌에서 기름을 짜내려 하는 무모함에 비길 수 있습니다. 우리는 우리의 수치를 알아야 하며, 우리 안에 남겨진 것이 없음을 알아야 합니다(딤후 1:9; 딛 3:4-5, 7).43 그러므로 성경은 우리의 부패한 행위가 아니라 오직 그리스도의 은혜로 구원을 받으며, 그로부터 열매를 맺게 된다고 가르칩니다(롬 11:6; 마 9:13).

하나님과 우리와의 연합을 약속하는 언약(*foedus*/covenant)은 오직 하나님의 은혜를 의존합니다(사 59:15-16; 호 2:19, 23). 이러한 언약의 성취는 우리의 의(義)를 전혀 의존하지 않습니다.

그리스도의 의(義)로 의롭다 함을 얻고, 그분의 친구로 영접을 받기 전에는, 우리 모두 하나님께 대해 철저히 원수로 나타날 뿐입니다(롬 5:10; 골 1:21). 믿음에 의한 그리스도의 의(義)의 전가로 용서 받고 자녀로 용납되는 칭의의 은총만이 하나님의 사랑을 받을 수 있게 만드는 출발점이 됩니다. 우리가 먼저 하나님을 사랑한 것이 아니라 하나님께서 우리를 먼저 사랑하셨습니다(요일 4:10; 호 14:4). 하나님의 부르심을 받아 그리스도와

43 *Inst.* III. xiv. 5.

의 교제(*communio*/communion)에 들어가기 전까지 우리는 암흑과 죽음의 상
속자이며 원수입니다. 구원은 그리스도의 의(義) 때문에 가능하며, 우리
의 순결은 그리스도로 인해 화목된 자들 안에서 그리스도의 피로 불결
을 씻으시는 성령께 달렸습니다(고전 6:11; 벧전 1:2). 우리는 그리스도를 위하
여 그리스도를 믿게 될 때(빌 1:29), 그 때 비로소 죽음으로부터 생명으로
옮겨 가기 시작합니다.

(2) 하나님을 입으로만 고백하는 자의 의와 불의를 감추는 위선자들의 의

두 번째와 세 번째에 해당하는 의(義)의 종류는 외적인 신앙의 형태
를 갖추었으나, 중생하지 않은 사람들에게 해당합니다. 이들의 상태는
그들 양심의 불순함에 의해서 증명됩니다. 이들에게 중생이 없음은 그
들에게 진정한 믿음이 결여 되어있음을 보여줍니다. 이들은 아직 하나님
과 화목된 적이 없으며, 하나님 앞에 의롭다 함을 얻지 못한 사람들입니
다. 왜냐하면 그들에게 믿음이 없기 때문입니다. 하나님과의 화목 됨 안
에서 의롭다 함을 얻지 못한 사람들은 여전히 하나님과 단절된 관계를
가지므로, 그 어떤 생명에 속한 열매들을 맺을 수 없습니다. 이런 이유로
이들 안에 부패함이 가득하지만, 자신들에게서 외적인 행위가 나타날
때, 그것에 공로와 가치를 두고 스스로를 자랑하는 오류를 범합니다.
따라서 이들은 하나님의 진노와 정죄 아래서도 자기에게 의(義) 없음을
인정하지 않고, 자신의 불의를 인정하지 않을 수 없는 가운데서도 여전
히 자기 안에 의(義)를 만들고자 시도합니다. 성경은 이런 상태에 있는 죄
인들의 헛됨을 지적합니다(학 2:11-14). 주께서는 먼저 마음(*cor*/heart)이 성결
해지지 않으면, 그 행위도 성결할 수 없다고 선언하십니다. 죄인에게서
나오는 모든 행위는 마음의 불결로 오염되어 있습니다. 죄인의 외적인
모든 행위들은 정죄되며, 그 행위로부터 "**의(義)**"라는 이름이 제거됩니다.

그러므로 하나님 앞에서 인간의 어떤 행위가 받아들여지려면, 먼저
행위 하는 자 자체가 의롭다 함을 얻어야 합니다. 그런 의미에서 칭의는

구원과 경건의 토대로 불립니다. 완전한 의(義)를 소유하지 못한 사람은 하나님과 화목할 수 없고, 그런 자의 인격과 그 인격으로부터의 모든 행위가 정죄됩니다(사 1:13-16). 하나님께서 수용하시는 행위는, 거듭나 마음의 변화를 받은 자들에게서 나타나며, 그 행위의 불완전함을 그리스도의 의(義)와 공로로 용서 받은 자에게 나타납니다. 지상에서 하나님께서 받으실 만한 행위는 용서 안에서 거듭나 변화된 마음으로부터 나타나는 행위입니다. 주님께서는 마음으로부터 율법을 지키며, 그 행위의 불완전함을 그리스도의 용서에 의탁하는 사람의 행위를 수용합니다. 율법 준수의 시작점은 하나님의 이름을 참으로 경외하는 데서 시작됩니다. 거듭난 사람에게는 이런 시작점이 있습니다. 이것이 없이는 모든 행위가 하나님께 무익하고 가증스러운 것이 됩니다. 그러므로 믿음 없이, 거듭남 없이, 그리스도 안에 값없이 의롭게 하시며, 용서하시는 은혜 없이, 부패하고 불완전한 행위로 의(義)에 이를 수 없습니다. 우리를 하나님과 화목케 하시며, 거듭나게 하시며 그리고 불완전한 성도의 행위를 용서하시는 은혜를 얻을 때에만, 그 행위가 하나님을 기쁘시게 하는 감사와 헌신의 표가 될 수 있습니다. 하나님께서는 먼저 사람을 용서, 곧 칭의 하신 후에 그 행위의 제물을 받으십니다(창 4:4). 마음이 정결한 자의 행위만을 하나님께서 받으신다는 의미는, 믿음으로 마음의 죄를 사함 받고, 믿음으로 거듭나고 성화되어 부패를 씻어낸 자의 행위를 하나님께서 받으신다는 의미입니다. 죄 사함과 죄의 부패를 씻어냄, 곧 칭의와 성화를 통해 마음은 정결하게 됩니다. 죄책과 오염을 씻어낸 마음에서 우러나오는 행위가 하나님께 상달됩니다. 그리고 이러한 마음의 정결은 오직 믿음으로 말미암아 나타납니다(행 15:9). 믿음과 행위 사이에는 이런 인과관계(因果關係)가 놓여있습니다.

(3) 말씀과 성령으로 거듭난 사람의 의

의(義)의 네 번째 종류는 거듭난 사람들과 관련됩니다. 이들은 그리스도의 의(義)의 중재로 인해 하나님과 화목 되고, 마음의 죄를 사함 받아 의롭게 여기심을 받은 사람들입니다(칭의). 그리고 이러한 은혜가 성화의 은총과 연결되어 성령을 통해 하나님께서 그들 안에 거하시며, 죄의 부패를 죽이시고 더욱 성결 되도록 그들의 마음을 빚어 가십니다. 즉, 네 번째 의(義)는 죄 사함(칭의)과 부패를 죽이며 거룩하게 만드는 성화를 통해 마음이 깨끗하게 된 자들의 의(義)와 연관됩니다. 이들은 불완전하지만, 율법에 복종하기 시작하고 하나님의 뜻을 섬기며 모든 방편을 사용하여 오직 하나님의 영광을 향해 진보하는 마음과 삶의 실재를 소유합니다. 이들은 이러한 마음과 삶을 그들의 으뜸가는 뜻으로 삼습니다. 그러나 중생자 안에 불완전함과 부패의 잔재들이 있다는 사실을 잊어서는 안 됩니다. 성경은 불신자는 말할 것조차 없고 중생한 성도조차도 완전할 수 없음을 가르칩니다(전 7:20; 왕상 8:46).

따라서 우리는 하나님께서 기쁘시게 받으시는 행위가 죄 사함(칭의)을 받고 중생(성화)한 마음으로부터 나오며, 이 행위조차 불완전함이 있어 용서하시는 은혜 안에서 수용됨을 인식해야 합니다. 그러므로 그 어떤 이유로도 우리의 구원이나 구원 받은 자의 행위가 하나님께 받아들여지는 것이 그리스도의 의(義)와 은혜에 달린 것이며, 인간의 행위에 그 어떤 의(義)와 공로가 주어질 수 없음을 직시해야 합니다.

⑷ 중생한 성도의 불완전한 행위가 하나님께 받아들여지는 이유

따라서 지배력을 잃었으나 남겨진 죄의 잔재를 인해 성도에게 나타나는 최상의 선행도 육체의 불순함으로 인해 언제나 얼룩져 있고, 부패되어 있습니다. 이는 마치 찌끼가 섞인 혼합물과 같습니다. 하나님의 거룩한 종들도 평생 한 일들을 검토하게 되면, 반드시 육의 부패한 냄새가 나는 것을 알게 됩니다. 성도에게는 선에 대한 열망이 있으나, 그와 동시에 고질적인 무능함이 공존하여, 그들의 가는 길을 막습니다. 성도조차도 하나님의 완전하고 엄중한 요구의 수준에 미칠 수 없습니다. 하나님의 눈앞에서는 별들조차 순결할 수 없는데(& 25:5), 부패성을 가진 우리가 하나님 앞에서 완전이나 의(義)를 내세울 수 있겠습니까? 성도들의 행위는 그 자체만으로 판단된다면, 무슨 합당한 보상을 받을 만큼 가치가 없고, 단지 수치가 될 뿐입니다. 죄가 하나라도 있으면 종전에 완벽히 쌓아올린 의(義)가 말소됩니다(겔 18:24; 약 2:10). 진정 율법이 요구하는 수준은 완전에 이릅니다. 종교개혁 당시 로마 교회는 단 번에 완전하고 충족한 의(義)가 전가되는 은총을 믿지 않았기 때문에, 세례 시 받은 죄 사함은 세례 이후의 죄를 속하지 못하여, 이후에는 율법에 순종하여 죄 사함과 의(義)를 얻어야 한다고 가르쳤습니다. 그러나 육신을 입고 있는 동안 그 어떤 사람도 율법의 요구를 만족시킬 만한 완전함을 갖지 못합니다. 그렇기에, 행위로만 판단된다면, 율법은 모든 사람을 정죄하고 사망과 심판을 선고할 따름입니다.

그렇다면 이렇게 불완전하고 불결함을 지닌 지상 성도들의 행위가 하나님께 받아들여 질 수 있는 것일까요? 성도의 불완전한 선행이 하나님께 수용되는 이유는, 하나님의 자비로 말미암아 이들에게 계속적인 죄 사함이 주어져, 그들이 죄책으로부터 방면되기 때문입니다. 하나님께서는 그리스도의 의(義)로 성도의 인격만을 의롭다하신 것이 아니라 그들의 불완전한 행위도 의롭다 하십니다. 따라서 우리는 다음과 같은 두 가지 사실을 강력히 주장해야 합니다. 첫째는, 하나님의 엄격한 심판의 잣대에 따르면, 경건한 성도의 행위조차도 저주를 면할 수 없는 수준에 있다는 사실입니다. 둘째는, 그럴 리 없겠지만, 가정적으로 사람에게 완전한 행위가 존재한다고 치더라도, 내면에 남겨진 부패성으로 인해 그 행위는 악화되고 때가 묻어 더러워져 그 은혜를 상실하고 맙니다. 이것이 이 주제에 관한 논증들의 핵심이고 중심입니다. 그러나 스콜라 학자들의 가장 큰 문제는 칭의의 시작을 이야기하지만, 칭의의 단회성과 그 완전성 혹은 충족성을 부정하는데 있습니다. 이들은 **"칭의"**라는 말 안에 성령을 통해 다시 빚어져 율법에 순종하는데 이르는 **"갱신"**, 곧 성화

를 포함시킵니다. 이들에게 칭의는 그 시작에 있어서는 은혜로 죄 사함
을 받는 것이지만, 그 이후로는 칭의가 율법의 순종에 의해 유지되고 진
전되어 갈 수 있습니다. 물론 불순종을 통해 칭의는 상실되기도 하는 과
정으로 여겨집니다. 이로써 로마 교회는 성화를 칭의의 원인과 공로로
삼아 칭의와 성화를 혼합시킵니다. 로마 교회가 가르치는 구원은, '**의화
론**'으로서, 그리스도를 믿는 믿음을 통해 일단 하나님과 화목하게 되며,
그 이후로 죄 사함을 받은 사람은 선행에 의해 지속적으로 과정적으로
하나님께 의롭다함을 받으며, 행위의 공로에 의해 하나님께 지속적으로
과정적으로 받아들여집니다. 여기서 칭의와 성화가 혼합되고, 성화가 칭
의의 원인이 되는 식으로 공로신학이 발현됩니다. 이들에게 칭의는 그리
스도의 의(義)를 전가 받는데 있지 않고, 실제로 자신들이 의롭게 만들어
지는 것으로 이해되므로, 칭의와 성화의 구분이 불가능한 의화론으로
둔갑합니다.

성경은 이와 반대로 믿음에 의해 의롭게 되는 이치를 가르칩니다(롬
4:3). 성도에게 주어지는 의(義)는 그리스도를 믿는 믿음으로 말미암습니
다(엡 2:9; 합 2:4; 시 32:1; 롬 4:7; 고후 5:18-19). 그리고 믿음이 붙드는 그 의(義)는 우
리의 것이 아니라 그리스도의 의(義)입니다. 신자들을 구원하는 다른 의
(義)는 없습니다. 에베소 신자들에게 보낸 편지에서 바울은 우리가 은혜
에서 구원을 받기 시작했다고 말하지 않고, 은혜를 통하여 이미 구원을
받았다고 하며, "**행위에서 난 것이 아니니 이는 누구든지 자랑치 못하게
함이니라**"고 합니다(엡 2:8-9). 구원은 인간이 쌓아가는 공로에 의해 완성
되어 가는 과정이 아니라, 그리스도의 충족한 의(義)에 단 번에 주어진 것
입니다. 그리고 성화의 열매는 하나님과 화목하여 용서 받고 용납된 관
계 안에서 맺혀지는 열매이고 결과입니다.

스콜라주의자들은 인간의 불완전성을 부정할 수 없어 이를 인정했
지만, "**받아들이는 은혜**"(*acceptantis gratia*/accepting grace)를 통해 행위의 의(義)
를 보존하려 합니다. 이들은 행위의 결함을 보충하기 위해 죄 사함이 필

요하지만, 저지른 범죄가 **"잉여 행위"**(supererogationis opera/the works of supererogation)에 의해 보상된다고 가르칩니다.

그러나 성경에서 받아들이는 은혜를 가르친다면, 그것은 오로지 하나님의 값없는 선하심에 근거한다고 말해야 합니다. 그리스도의 의(義)만이 완전하며, 하나님 앞에 불완전한 우리의 인격과 행위가 드려질 수 있습니다. 우리가 이러한 완전한 의(義), 충족한 의(義)를 믿음으로 전가 받았기에 죄 사함을 받고 하나님께 인격과 행위가 받아들여질 수 있는 것입니다. 그리스도의 순결과 의(義)로 덮혀 있기 때문에, 불완전한 성도의 추악과 불결이 그들의 것으로 돌려지지 않고, 하나님의 심판을 받지 않도록 숨겨집니다. 부활의 완성을 맞이할 때가 오기까지(고전 15:45), 성도들은 늘 용서 안에서 거룩을 향해 자라갑니다. 따라서 행위가 무엇이든 간에 그 자체로 우리를 하나님께 받아들여지게 할 수 없습니다. 사람은 그리스도의 의(義)를 입고 하나님을 기쁘시게 하며 죄의 용서를 받는 때만, 하나님께서는 우리의 행위를 수용하십니다(레 18:5; 신 27:26; 갈 3:10). 죄를 보상하는 근거가 되는 잉여공로와 같은 것은 존재하지 않습니다. 스콜라주의자들은 부분적으로 율법을 준수하는 행위가 사람을 의롭게 만든다고 가르쳤으나, 성경은 율법을 완전히 준수하지 않으면 그것이 행위의 의(義)로 인정되지 못하고 정죄됨을 자주 확언합니다. 성경은 우리가 하나님의 명령을 순종한 후에 이렇게 고백하도록 가르칩니다. **"너희도 명령 받은 것을 다 행한 후에 이르기를 우리는 무익한 종이라 우리가 하여야 할 일 것뿐이라 할지니라"**(눅 17:10). 주께서 명령하신 바는 목표로서 지상에서 성도들의 상태와 거리가 멉니다. 죄 사함의 은혜가 우리의 불완전한 행위를 덮지 않는다면, 정죄와 심판을 면할 수 없었을 것입니다. 칼뱅은 두 가지 마음의 역병(疫病)을 경계하는데, 그것은 행위 의(義)에 확신을 두는 것과 그것에 영광을 돌리는 것입니다. 우리의 행위가 그리스도의 무죄함에서 향기를 얻어 내지 않는다면, 우리의 모든 행위는 악취를 풍길 뿐입니다. 따라서 우리는 우리의 행위를 신뢰해서는 안 됩니다. 하나님의 긍휼로 죄 사함을 받지 못한다면, 우리의 행위는 하나님의 진노를 불러일으킬 뿐입니다. 우리와 우리의 행위를 하나님께서 수용하시는 것은 오직 하나님의 은총에 근거한 것입니다(시 143:2; 욥 10:15).

우리의 행위는 어떠한 이유에서도 구원의 원인이 될 수 없습니다. 그러므로 우리는 우리의 구원을 다음과 같은 네 가지 방식으로 구원의 원인을 인식할 필요가 있습니다. 철학자들은 사물이 형성하는 네 가지 원인이 있다고 가르치는데, 이러한 원인들을 구원에 적용해 보면, 행위가 구원의 원인으로 끼어들 수 없음을 깨달을 수 있습니다. 첫째, 구원의 동력인(*efficens causa*/efficacious cause, 유효적 원인)은 하늘에 계신 아버지와 거져 주시는 사랑입니다. 둘째, 구원의 질료인(*materialis causa*/material cause, 공로적 원인)은 그리스도와 그분의 순종으로 이룬 공로와 의(義)입니다. 셋째, 구원의 형상인(*formalis causa*/formal cause, 도구적 원인)은 믿음입니다. 넷째, 구원의 목적인(*finalis causa*/final cause)은 하나님의 의(義)를 나타내고 그분의 선하심을 찬양하는 데 있습니다. 모든 구원의 원인은 그리스도 안에서 하나님께 돌려집니다. 인간의 행위는 구원의 원인에 끼어들 수 없습니다. 죄인은 하나님의 값없는 사랑으로부터, 그리스도의 의(義)와 공로 때문에, 믿음에 의해, 하나님께 영광을 돌리게 하시려 구원을 받습니다.

간혹 성경에서 자신의 결백과 순전함을 주장하는 내용들이 나옵니다. 이러한 내용들은 자신의 행위를 공로로 삼거나 자랑하는 공로사상과 거리가 멉니다. 이러한 내용들은 하나님의 은총과 선하심의 열매로서 행위를 바라볼 뿐입니다. 그들에게 주어진 은총과 믿음이 낳은 열매를 확인하므로, 그들의 믿음과 은총의 실재와 확실성을 확인하는 것일 뿐입니다. 진실한 행위는 은총과 믿음의 표입니다. 행위를 주시하는 것은 행위 자체의 의(義)나 공로를 향한 것이 아니라 행위가 발생하는 근원과 뿌리를 지시하기 위함이며, 행위 자체가 아니라 행위가 의존하는 믿음과 은총을 드러내기 위한 것입니다. 믿음이 낳은 열매로서 행위를 발견하므로, 우리의 믿음의 진정성을 더욱 확신하고 위로를 받게 됩니다.

그러므로 은혜로 말미암은 선행을 발견하므로 믿음의 확신이 더욱 강화됩니다. 그러므로 성도들은 양심의 결백을 느끼며 믿음을 강화하고 기뻐할 때에, 그들은 소명의 결과를 보고 자신들이 주의 자녀로서 선택을 받았다는 확신을 더합니다. 여기서 행위는 소명의 결실을 확인하는 의미를 갖습니다. 행위는 하나님의 은혜를 선포하므로, 거저 주시는 하나님의 은혜에서 벗어나지 않습니다(엡 3:19; 롬 8:37).

거듭난 자의 행위는 하나님의 선물입니다. 성도들은 행위를 의존하지 않으며, 행위에 공로를 돌리지 않습니다. 성도의 행위는 하나님의 선하심을 인식시키는 하나님의 선물이자, 선택을 돌아보게 하는 부르심의 표징(vocationis signa/the signs of calling)으로 간주됩니다. 믿음의 확신은 그리스도의 의(義)에 전적으로 의존하며, 이 의(義)가 없이 지탱될 수 없습니다. 아우구스티누스는, 우리가 행위를 자랑해서는 안 되는 이유를 두 가지로 요약합니다. 첫째는, 성도의 선행은 자신의 것이 아니라 은총의 선물이기 때문이며, 둘째는, 성도의 행위조차도 무수한 죄의 소용돌이에 휘말려 있기 때문입니다. 우리에게 선행이 나타나는 것도 은혜이며, 불완전한 선행이 하나님께 받아들여지는 것도 은혜입니다.

성경은 간혹 선행을 하나님께서 은혜를 주시는 이유인 것처럼 표현할 때가 있는데, 칼뱅은 이점에 대해서 설명합니다. 이러한 표현들은 앞에서 언급했던 구원의 네 가지 원인을 전제합니다. 구원의 네 가지 원인은, 주님께서 행위를 네 가지 원인에 대하여 하부적이고 종속적인 원인(inferiores causa/inferior causes)으로 삼으시는 것을 막지 않습니다. 하나님께서는 자비로써 영생을 얻도록 예정된 자들이 그 유업을 소유하도록 인도하실 때, 자신의 통상적인 경륜에 따라서 선행을 방편으로 사용하십니다. 하나님께서는 경륜의 순서에 있어서 앞서는 것을 뒤 따르는 것의 원인이라고 부르십니다. 이러한 방식으로 때때로 영생을 행위로부터 이끌어 내십니다. 그렇다고 해서 영생이 행위의 결과라는 뜻은 전혀 아닙니다. 하나님께서는 순서상 택하신 자들을 끝내 영화롭게 하시기 위해 의롭다하시기 때문에(롬 8:30), 앞서는 은혜를 뒤따르는 은혜에 이르는 단계로서, 말하자면 원인으로 삼으십니다. 그러나 참 원인이 규정되어야 할 때에는 언제나 우리가 행위를 피난처로 삼지 않도록 명령하시고 오직 자신의 자비만을 바라보게 하십니다. 간단히 말하면, 선행을 은혜의 이유처럼 표현하는 내용들은 '**인과 관계**'를 나타내기 보다는 '**시간적 전후 관계**'를 의미합니다.

간단히 말하면, 이런 말들은 원인보다도 시간적 전후 관계를 의미합니다. 하나님께서는 은혜 위에 은혜를 쌓아올리심으로써 앞에 있는 은혜를, 다음에 따르는 은혜를 첨가하는 원인으로 삼아 그의 종들을 아무도 빠짐없이 부요하게 하시길 원하십니다. 그리고 자신의 후하심을 그 원천이자 시작인 값없는 선택에까지 미치게 하셔서 우리가 항상 그것을 주목하기를 원하십니다. 선행은 선택의 후험적(*a posteriori*) 증거입니다. 하나님께서는 날마다 우리에게 베풀어주시는 선물들을 사랑하시지만, 그 선물들이 그 원천인 선택으로부터 나오는 한에서 사랑하시므로, 값없이 용납해주시는 은혜를 붙드는 것이 우리의 할 일입니다. 하나님께서는 우리를 자비로 용납해 주신 후에 영의 선물들을 베풀어주십니다. 그렇기 때문에, 우리는 그 선물들을 첫 번째 원인에 종속시켜서 그 선물들이 선택의 가치를 결코 손상하는 일이 없도록 해야 합니다.

6 공로사상의 폐해는 하나님의 영광과 구원의 확신을 훼손함

로마 교회는 행위가 칭의를 받는데 있어서 완전히 충분하지는 않지만, 하나님 앞에서 은혜를 이끌어 낼만한 어느 정도의 공로와 가치를 갖는다고 가르치므로, 믿음과 함께 행위가 칭의의 원인이 되도록 만들었습니다. 그러나 성경에는 행위에 관하여 "**공로**(*meritum*/merit)"란 말과 개념 자체가 없습니다. "**공로**"라는 말을 하나님의 심판에 견주어 사람의 행위에 적용하는 것은 믿음에 최고의 해악을 끼칩니다. 선행의 가치는 공로가 아닌 다른 말로 표현되어야 합니다. 공로란 하나님 앞에서 인간의 자존심을 강하게 표하는 말이며, 하나님의 은혜를 모호하게 만들어 사람들로 사악한 교만에 젖어들게 만듭니다. 고대 저술가들은 공로라는 말을 사용했지만, 공로 신학적 동기를 가지고 그렇게 한 것은 아닙니다.

선행의 가치는 오로지 하나님의 은혜에서 나옵니다. 하나님께서는 선행을 은혜로 베풀어주시고, 당신께서 주신 것을 **"우리의 것"**으로 부르시며, 불완전한 선행을 용서 안에서 받아주시며, 가치 없는 행위에(눅 17:10) 상을 약속하셨습니다. 이는 약속을 통해 선을 격려하시기 위함입니다(갈 6:9; 살후 3:13). 이렇게 하여 하나님께서는 당신의 자녀들이 감사 가운데 하나님의 크신 인자하심을 받아 누리고 기리도록 하셨습니다. 무엇이든 행위 중에 공적(功績)을 삼을 만한 가치가 있는 것은 모두 하나님의 은혜이며 어느 한 방울도 우리의 것으로 돌려서는 안 됩니다. 선행에 대한 보상은 약속이며, 하나님의 선하심으로부터 온 것입니다. 선행은 우리의 인격에 주신 은총의 열매로서, 그 은혜가 우리의 인격을 통해 결실하기에, '**우리의 것**'으로 불러주시지만, 우리 안에서 우리의 것으로 나타난 선행들의 원인은 하나님께만 있습니다. 타인이 선심으로 땅의 사용권을 허락했다고 해서 땅의 소유권까지 가진 것은 아닙니다. 은총을 바르게 누리는 방법은, 우리에게 주어진 것 이상을 우리의 것으로 주장하지 않으며, 주신 자에게 돌아갈 찬송을 찬탈하지 않고, 우리에게 주신 것을 취하되 여전히 그에게 속해 있는 것처럼 여기는 것입니다.

로마 교회는 집회서 16장 14절와 히브리서 13장 16절과 같은 구절들을 근거로 공로를 주장하려 합니다. 그러나 성경을 통해 완전한 율법의 요구의 수준과 우리의 부패성 그리고 불완전성을 인식하게 되면, 공로신학은 참된 교의에 들어설 자리가 없게 됩니다. 특별히 중생자의 선행도 항상 불결한 점이 많으며, 그 자체로 보자면 하나님의 진노를 유발시킵니다. 우리의 선행은 결코 하나님의 진노를 진정시키거나, 자비를 일으킬 수 없습니다. 그럼에도 불구하고, 성도들의 행위를 살피실 때, 그리스도 안에서 자비를 따라 그렇게 하십니다. 완전히 순결한 행위가 아닌 이상 그 어떤 행위도 하나님께 받아들여질 수 없지만, 우리의 행위에 있는 모든 오점을 그리스도의 피로 씻어 용서하시므로, 불완전한 선행을 수용하십니다. 비록 가치 없는 행위이지만 하나님께 수용되고, 마치 완전히 순결한 것처럼 용납해주십니다. 그러므로 우리의 행위에 공로가 없지만, 이 세상과 내세에 있어서 약속을 따라 무한한 은총으로 보상을 해주십니다.

로마 교회에서 주장하는 은혜는 **"오직 은혜**(*sola gratia*"가 아닙니다. 그들에게 은혜는 **"최초의 은혜"**에 머무릅니다. 이 은혜는 의(義)와 구원 자체가 아니라 죄인으로 하여금 공로를 세울 기회를 주는 정도의 은혜입니다. 이들은 선행이 인간의 자유 의지의 능력에서 나온다고 주장합니다. 은혜는 이 선행을 시작할 수 있도록 돕습니다. 이렇게 한 후 인간은 자력으로 공로를 세워 구원을 이루어 가야 합니다. 구원의 공이 첫 은혜 이후에는 사람의 손에 들려지는 셈입니다.

이들이 생각하는 은혜는, 인간이 힘을 얻어 자력으로 의(義)를 세우고 공로를 세울 길을 열어주는 은혜일뿐입니다. 결국 이들이 말하는 은혜와 구원이란 것은 인간의 자력적인 노력과 공로에 따라 성취될 수도 있는 혹은 상실될 수도 있는 은혜요 구원입니다. 이런 사상은 성경을 벗어난 것입니다. 성경에 따르면, 우리의 구원의 시작과 과정 그리고 그 완성이 모두 그리스도께 터를 둡니다(고전 3:11). 그리스도 안에서만 완전한 의(義)를 갖게 되며, 우리의 성화의 열매도 그리스도 안에서 받은 선물이며, 불완전한 행위의 수용도 그리스도의 의(義)에 근거한 것입니다. 우리의 칭의도, 우리의 성화도, 우리의 구원의 완성도 우리 자신에게 돌릴 자랑이 있을 수 없습니다. 그리스도께서는 믿는 사람들에게 의(義)와 구원을 얻을 능력만이 아니라 의(義)와 구원 자체를 주십니다. 그러므로 누구든지 그리스도께 접붙임을 받으면, 즉시 하나님의 자녀와 하늘의 후사와 의義에의 참여자와 생명의 소유자가 됩니다. 그리스도를 믿고 은혜를 받은 자들은 공로를 세울 기회를 얻은 것이 아니라 그리스도의 공로 전부를 전가(*imputatio*/imputation)받은 것입니다. 그리스도의 의(義)만이 구원의 공로가 될 수 있고, 이 의(義)야 말로 완전하고 충족하여 우리에게 구원을 베풀어주시는데 부족함이 없습니다.

7 이신칭의 교의에 대해 비방하는 로마 교회의 거짓 논증에 대한 반박

이신칭의 교의에 대한 로마 교회의 비방은, 이 교의가 성도의 선행을 제거하고 사람들을 현혹해 선행을 추구하지 못하며, 칭의가 죄 사함에 있다고 유혹하여 죄의 성향이 강한 자들로 계속 죄를 짓도록 유인한다는 것입니다. 즉, 이들은 믿음에 의한 칭의 교의를 통해 선행이 파괴되는 결과를 낳는다고 주장합니다. 이들은 믿음이 숭고하게 높아지면 높아질수록 행위가 점차 강등되는 것처럼 여깁니다. 그러나 우리의 이신칭의 교의는 행위가 따르지 않는 믿음이나 행위 없이 서 있는 칭의를 가르친 적이 없습니다. 오히려 개혁신학은 믿음과 선행이 서로 하나로 결합되어야 함을 인정하는 가운데 행위가 아니라 믿음 안에 칭의의 자리를 둡니다. 개혁신학은 이 점을 몹시 중요하게 여깁니다. 우리의 믿음은 그리스도께 인도되며, 그분으로부터 모든 힘을 얻게 됩니다. 그리고 그리스도 안에서 얻는 힘은 방종하는 힘이 아니라 성화되는 능력입니다.

믿음으로 그리스도를 붙잡게 되며 오직 그리스도의 의(義)에 의해 하나님과 화목 됩니다. 그러나 그리스도의 의(義)를 붙잡는 믿음은 동시에 거룩함을 붙잡는 믿음이기도 합니다. 이 둘은 구분되나 분리될 수 없습니다. **"우리에게 지혜와 의로움과 거룩함과 구원함이 되셨으니"**(고전 1:30). 그러므로 구원이란 말 속에는 의롭게 되는 것과 거룩하게 되는 것이 다 포함됩니다. 그리스도께서는 자신께서 동시에 거룩하게 하시지

않은 자를 의롭게 하시는 일이 없습니다. 칼뱅은 칭의와 성화를 그리스
도와의 연합 안에서 주어지는 이중은총(*duplex gratia*/dual grace)이라 부릅니
다. 이 은총들은 영구적이고 나눌 수 없는 고리로 연결되어 있기 때문에
주님께서는 자신의 지혜로 조명하시는 자들을 구속하시고, 구속하신
자들을 의롭게 하시며, 의롭게 하시는 자들을 거룩하게 하십니다(롬 8:30).
칭의와 성화의 은총은 구별해야 하지만, 분리될 수 없는 것들로 그리스
도 자신 속에 담겨져 있습니다. 우리가 의롭다 함을 얻기 위해서는 믿음
으로 그리스도를 먼저 소유해야 합니다. 그리고 그리스도 안에서 의로
워진 자는 반드시 그리스도의 거룩함에 참여하게 됩니다. 왜냐하면 의
(義)와 거룩이 모두 그리스도 안에 있기 때문입니다. 그분은 여러 부분으
로 나뉠 수 없으십니다(고전 1:13). 그리고 잊지 말아야 할 것은, 우리가 그
분을 우리의 것으로 누리는 길은 오직 은총 외에 다른 것이 있을 수 없
다는 사실입니다. 그리스도께서는 자신 안에서 의로움과 거룩함을 동시
에(*simul*/simultaneously) 부여하십니다. 우리는 행위를 통하지 않고 의롭다 함
을 얻지만, 의롭다 함을 얻게 한 그 믿음은 동시에 거룩함을 얻게 합니
다. 그리스도 안에서 의로움이 없는 거룩함이나, 거룩함이 없는 의로움
은 존재하지 않습니다. 그리스도께서 의(義)이시며 거룩이 되시는 것만큼
우리는 그분 안에서 의(義)를 얻고 거룩을 얻습니다. 그러므로 문제는 성
도에게 거룩이 주어지느냐 그렇지 않느냐의 문제가 아니라, 성도의 거
룩에 공로가 있느냐 없느냐의 문제로 집약되어야 합니다. 개혁신학은
믿음에 의한 칭의에서 선행을 제거하려는 것이 아니라 성도의 선행에서
공로를 제거하려 합니다. 성경은 공로를 세우기 위한 목적으로 선행하
는 것을 정죄합니다. 반면 참 성도는 우리보다 우리를 먼저 사랑하신 그
사랑에 대한 인식과 감사로부터 선행을 추구합니다(요일 4:10). 성도의 선
행의 동기는 행위를 공로 삼거나 노예적이고 억압적인 요구에 있지 않

습니다. 그것은 은총에 대한 인식과 감사에 놓입니다.[44] 은혜 언약 안에서도 성도의 불순종에 대하여 위협이 주어지지만, 성도를 향한 위협은 부성애적인 사랑으로 징계하시어 교정하시려는 목적으로 주어지지 형벌적 의미로 주어지지 않습니다. 그러므로 이러한 위협을 통해 행위를 공로화하려는 로마 교회의 시도는 오류입니다.

복음 안에서 하나님의 은총과 사랑을 바르게 인식하고 신뢰하는 사람들은 죄를 근본적으로 혐오하게 되어있습니다. 참 성도는, 값없이 주어진 그 엄청난 은혜가 그리스도께서 엄청난 대가를 치르셔서 성취되었다는 사실을 인식합니다. 그리스도께서는 자신의 가장 귀하고 거룩한 피를 값으로 치르시고 그것을 값비싸게 사셨습니다. 성도들은 죄를 지을 때마다 이러한 인식을 갖습니다.

> 자기들이 죄를 지을 때마다 가장 거룩한 저 피가 흐르게 되며 그들 자신에게는 그것을 막을 방도가 없다는 것을 깨닫게 된다. 나아가 우리의 더러움이 너무나 엄청나서 가장 순수한 이 피의 샘이 아니고서는 어디에서도 씻을 수 없다는 것도 알게 된다.[45]

성도들은 십자가에 달리신 그리스도에게서 자기 죄의 엄중함과 심각성을 발견하며, 동시에 속죄하시는 하나님의 사랑을 발견합니다. 십자가는 방종을 위해 세워지지 않고 우리의 죄책과 부패를 씻어내고 새 생명을 주기 위한 것입니다. 칭의를 받은 자는 죄를 혐오합니다(아 5:3).

44 Heidelberg Catechism, q. & a. 86.
45 『기독교강요』, 제3권, 16장, 4절.

8 율법의 약속과 복음의 약속의 조화

(1) 선행에 대한 명령이 선행에 의한 의를 용납하는 것은 아님

칭의를 행위 의(義)에서 떼어놓는 것은 선행을 부정하는 뜻이 아니라, 칭의에 있어 선행을 의지해서는 안 되며, 그것을 자랑해서도 안 되고, 그것으로부터 구원이 온다는 생각을 해서는 안 된다는 의미입니다. 그 이유는 구원에 대한 우리의 확신과 자랑이 오직 그리스도와 그분의 의(義)와 은총에 돌려져야 하기 때문입니다. 스콜라주의자들은 다음과 같은 방식으로 이신칭의를 부정하려 합니다. 그들은, 주께서 율법을 지키는 사람들에게 하신 율법의 약속(*legales promissores*/the legal promises)으로 돌아가서, 우리가 율법의 약속이 완전히 무효화 되었다고 생각하는지 혹은 유효하다고 생각하는지 묻습니다. 이들은 율법의 약속이 유효하다(신 11:26; 30:15; 렘 7:5-7, 23)는 전제 아래 이신칭의가 율법의 약속을 무효화 시키는 잘못된 사상이라고 단정합니다. 이들은 모세가 율법에 복과 저주(신 11:26), 죽음과 생명(신 30:15)을 놓았다는 사실을 빌미삼아 칭의가 오직 믿음이 아닌 행위를 통해 온다고 주장합니다.

그러나 개혁신학은 율법의 약속을 무효화 한 적이 없습니다. 율법의 약속이 유효하기 때문에, 성경은 모든 사람이 저주 아래 있다고 가르칩니다. 부패한 인류 안에 율법을 완전히 지킬 수 있는 자가 아무도 없습니다. 그러므로 모든 인류가 율법을 통해 저주와 진노에 묶여 있습니다. 그러므로 율법의 저주로부터 벗어나기 위해서는 율법의 권능으로부터 필히 벗어나야 합니다. 구원을 받으려면, 율법의 예속을 떠나 "**자유**(*liberatio*/freedom)"에 이르러야 하는데, 이 자유는 육체적인 자유가 아닙니다. 그러므로 이 자유는 율법을 준수하지 않아도 되거나, 충동과 정욕을 따라 제멋대로 행하는 자유가 아닙니다. 여기서 자유는 오히려 영적 자유입니다. 구원받은 성도의 자유는 그 양심이 저주와 정죄로부터 해방되고 위로 받을 때 누려지는 자유입니다. 믿음을 통해 그리스도의 의(義)

를 전가 받을 때, 성도는 평정한 마음 가운데 죄 사함을 확신하게 됩니다.

율법의 약속들은 복음을 통해 도움을 얻지 못한다면 모두 수포로 돌아갑니다. 율법의 약속에는 율법을 지키되 완전히 지켜야 한다는 조건이 붙어 있어서, 율법을 완벽히 준수해야만 약속을 받을 수 있습니다. 그러나 부패로 인해 모든 인류가 그 조건을 만족시킬 수 없으므로, 주께서 은혜를 베풀어주셔야 합니다. 의롭다 함을 얻기 위해서는 완전하고 충족한 그리스도의 의(義)만을 붙들어야 합니다. 그런 의미에서 성경은, 죄인이 율법의 행위로 의롭다함을 얻지 못하고 믿음으로만 의롭다함을 받는다고 가르칩니다(갈 2:16). 우리는 너무도 패악하기 때문에, 믿음에서 다른 의(義)를 얻기까지는 율법에서 아무 유익도 받을 수 없습니다.

율법의 약속은 무효화된 것이 아니라 복음을 통해서만 실현됩니다. 율법의 약속은 인류가 부패한 이후에 행위의 공로와 관계되는 한 아무런 효과를 나타내지 못하며, 그 자체로 본다면 어떤 의미에서는 폐기되었습니다(겔 20:11; 레 18:5; 롬 10:5; 갈 3:12). 왜냐하면 아무도 율법의 약속을 만족시킬만한 행위에 이를 수 없기 때문입니다. 그러나 율법의 약속이 복음의 약속으로 대체될 때, 이 약속은 죄를 값없이 용서한다고 공표하면서, 우리를 하나님께 받아들여지게 할 뿐 아니라 우리의 불완전한 행위까지도 용서 안에서 받아들여지게 합니다. 더 나아가 하나님께서 은혜 언약 안에서 율법 준수자들이 받기로 되어 있던 복의 약속을 용서의 피로 덮어 받아주신 불완전한 성도의 행위에 하사해주십니다. 그리고 이 주제와 관련하여 우리는 어떻게 불완전한 성도의 행위에 율법 준수자들만이 받을 수 있는 복을 하사하시는지 그 이유를 깊이 생각해야 합니다. 칼뱅은 그 이유를 세 가지로 제시합니다. 첫째, 하나님께서는 책망과 정죄 외에 줄 것이 없는 성도의 행위를 보지 않으시고, 그리스도 안에 있는 그들을 포용하십니다. 행위의 도움 없이 오직 믿음이 중재하는 가운데 자신을 그들과 화목하게 하십니다. 둘째, 하나님께서는 성도의 행위를 높여 영예를 얻는 데까지 이르게 하시지만, 행위 자체의 고상함을 헤아리시는 것이 아니라 자신의 부성적인 선하심과 관용을 베풀어주시는 것입니다. 즉, 불완전하고 부패함이 섞여 있는 행위를 그리스도의 피로 용서하시어 온전한 것처럼 받아주시는 방식으로 성도의 행위에 가치를 인정하십니다. 여기서의 가치는 은혜로부터 비롯된 것이지 공로가 될 수 없습니다. 셋째, 이 행위들은 모두 부패한 것이어서 덕이라기보다는 죄라고 인정되어야 마땅하지만, 하나님께서는 그 불완전한 점을 보시지 않고 용서하시고 받아주십니다. 그러므로 칭의의 은총은 신자의 인격만 아니라 행위에도 필요합니다. 행위는 우선적으로 믿음에 의해서만 주어지는 칭의와 죄 사함이 선행될 때만 하나님께 용납됩니다. 우리의 불완전한 행위의 오점들이 먼저 용서되고 씻겨져야 하기 때문입니다. 그러므로 불완전한 성도의 행위가 하나님께 수용되는 것은 하나님의 너그러우심 때문입니다. 이 은혜가 있어 불완전한 성도들이 용서 안에서 거룩의 완전이라는 종말론적인 목표를 향해 순간순간 매진할 수 있는 것입니다.

(2) 이중적 용납

그러므로 칼뱅은 **"이중적 용납**(*duplex acceptio*/twofold acceptance)**"**을 가르칩니다. 주님께서는 죄 사함을 주시고 죄인을 양자로 삼으시는 은혜로 죄인을 자신의 것으로 따로 구별하심으로써 중생시키시고 새 삶을 주십니다. 성도들은 부르심을 받을 때, 한 인격만이 아니라 그 행위까지도 용납 받게 됩니다. 그러므로 칼뱅이 이중적 용납이란 말을 사용하는 것입니다. 중생은 하나님의 형상의 회복이기에, 하나님께서는 거듭난 성도들 속에서 자신의 형상을 보시고 사랑하시며 소중히 여기십니다. 그러나 경건한 자들도 죽을 육에 싸여 있기에 여전히 죄인이며 그들의 선행은 불완전하고 죄악의 악취를 풍깁니다. 따라서 중생한 자의 행위조차도 그리스도의 죄 사함이 필요합니다. 그리스도 안에서 그의 용서를 전제로 성도들의 행위는 하나님께 받아들여집니다. 성도들은 값없는 언약 (*gratuitus foedus*/the free covenant)에서 성도가 성결한 생활로 은혜에 응답하는 것이 마땅합니다(신 29:19). 따라서 하나님께서 언약을 맺으신 성도들이 항상 율법의 의무를 준수하기를 원하십니다. 그러나 언약 자체가 처음에 값없는 것으로 체결되었고 영구히 그렇게 됩니다. 언약은 율법에 대한 순종을 요구하지만, 화목하시고 칭의하시는 토대에서 불완전한 성도들의 행위를 용납하시며, 그렇게 자라가는 성도들의 행위가 종말론에 은혜 안에 완전해 질 것을 약속하시는 가운데 순종을 요구하십니다. 그러므로 여기에 공로는 없습니다. 구원받은 다윗은 자신의 행위의 동기에 선함이 있음을 가치 있게 여기면서도, 여호와께서 앞당겨 베풀어주신 모든 선물의 기원이 그분의 값없는 자비라는 것을 결코 잊지 않았습니다(삼하 22:20, 21). 다윗은 순종함으로 상을 받았으나, 하나님께서는 그를 은혜 안에 기뻐하심으로 구원하셨습니다.

(3) 율법적 의와 복음적 의의 차이와 관계

여기서 우리는 복음적 약속과 율법적 약속의 차이를 좀 더 자세히 살피는 것이 유익합니다. 율법적 약속은 복음적 약속을 대체하지 않고 전제합니다. 칼뱅은 율법적 약속을 모세의 책들 모든 곳에 흩어져 있는 약속들로 여기지 않습니다. 모세의 책들에는 복음의 약속도 있고 율법의 약속도 함께 들어있기 때문입니다. 칼뱅에게 율법적 약속은 율법의 사역과 고유하게 관계되는 경우만을 의미합니다. 율법의 약속이란 율법의 명령을 지키는 조건을 전제로 보상을 약속하는 것을 의미합니다.

그러나 여호와께서 자신을 사랑하는 자들과 맺은 자비의 언약을 지키신다고 말씀하실 때(신 7:9; 왕상 8:23; 느 1:5), 선한 믿음을 가지고 자신의 언약을 떠맡은 자들이 어떤 사람들인지를 묘사하시는 것이지, 하나님께서 그들에게 복을 주시는 이유나 조건을 지적하시는 것이 아닙니다. 즉, 하나님께서는 우리를 영생의 은혜를 누리기에 합당하게 하셔서 우리가 그를 사랑하며, 경외하며, 예배하기를 원하십니다. 성경에 따르면, 자비의 약속은 그 목적이 은총을 베풀어 주신 후 은총의 조성자를 경배하고 예배하게 하기 위함에 있습니다. 그러므로 오직 은혜로 하나님의 자녀가 된 사람들에게도 율법을 지켜야 할 항구적인 의무가 있습니다. 율법에 대한 순종은 구원의 조건이나 원인이나 이유가 아니라, 구원하시어 자녀로 삼으신 결과이며 목적으로 불릴 수 있습니다. 따라서 자녀의 권리와 특권은 부르심을 받은 목적을 향해 나아가는 데 있습니다. 이와 같은 목적과 방향을 설정하고 그리스도인의 삶을 살아갈 때, 늘 망각하지 말아야 할 것이 있습니다. 그것은, 구원의 완성이 신자들의 행위에 결코 좌우되지 않는다는 사실입니다. 값없는 구원을 받은 참 하나님의 자녀의 표지로 성령 안에서 율법에 순종하는 삶을 보여야 합니다(시 15:1; 시 24:4; 사 33:14; 사 33:15). 이처럼 칭의는 성화의 열매와 구별되는 가운데 분리되지 않게 연결되어있지만, 성경 어느 곳에서도 율법의 행위에 의한 "의(義)"를 말하지 않습니다.

따라서 죄 사함을 받은 후에 따르는 선행은 그 자체의 가치에 의하지 않고 다른 입장에서 평가됩니다. 즉, 성도의 선행이 하나님을 기쁘시게 하고, 하나님께 수용되는 이유는, 성행 자체의 완전성이나 공로적 가치 때문이 아닙니다. 성도의 선행이 하나님께 수용되는 이유는, 성도의 행위에 있는 모든 결함이 그리스도의 완전성으로 가려지고, 모든 오점이 그리스도의 순결로 깨끗하게 되어, 하나님의 심판대 앞에서 문제가 되지 않기 때문입니다. 즉, 믿음이 붙드는 그리스도의 의(義)를 인해 불완전하고 흠이 있는 성도의 행위가 칭의를 받기 때문입니다. 행위도 그리스도의 용서 안에서 하나님께 수용됩니다. 즉, 불완전하고 불의한 행위에 오점들이 용서된 후에, 성도의 선행이 의롭다고 간주 되어 수용됩니다(롬 4:22). 이신칭의가 없다면, 성도의 행위는 언제나 불결하여 하나님께서 정죄하시고 거부하시는 행위로 전락할 것입니다.

거듭난 성도 안에는 죄의 지배력이 죽었기 때문에, 하나님의 형상과 거룩의 성향이 마음에 회복됩니다. 그러나 지상에서의 이러한 상태적인 의미에서의 회복은 의(義) 자체를 실현할 정도의 완전함이 아니라, 의(義)를 추구하는 쪽으로 기울어져 선함이 주도권을 가지게 되었다는 의미로 이해해야 합니다. 그러므로 성도는 완전함이 아니라 선을 향한 경향성을 갖습니다. 그러므로 성도는 지상에서 아직 불완전합니다. 그러므로 성도들의 의(義)는 이신칭의에게 자리를 내어주어야 합니다.

(4) 야고보와 바울의 가르침의 조화

야고보가 **"행함으로 의롭다 하심을 받은 것이 아니냐"**(약 2:21), **"사람이 행함으로 의롭다 하심을 받고 믿음으로만은 아니니라"**(약 2:24)라고 말한 것은, 행위에 의한 칭의를 가르친 것이 아니라, 믿음의 진정성의 표를 가르친 것입니다.[46] 야고보가 뜻한 의미는, 진정한 믿음에 의해 의롭다 함을 받은 사람들은 순종과 선행으로 그 의(義)를 증명해야 한다는 것입니다. 즉, 야고보는 의롭다 함을 받는 방법을 말하고 있는 것이 아니라, 의롭다 함을 받은 사람에게서 선행의 열매가 나타나야 한다고 교훈하고 있습니다. 왜냐하면 칭의를 받게 하는 믿음이 동일하게 선행을 낳기 때문입니다. 그러므로 순종의 열매는 믿음의 진정성의 표지이며, 순종의 열매를 통해 믿음이 증거 될 때, 그에게 칭의가 있음도 분명해 지는 것입니다. 칭의를 받게 하는 믿음이 성화를 받게 하는 믿음이기도 하기 때문입니다. 칭의는 단 번에 영구히 받지만, 칭의의 진실성은 믿음의 열매가 나타날 때마다 반복해서 선언받습니다. 개혁신학자들은 전자를 **"사실 칭의"**라 부르며, 후자를 **"선언적 칭의"**라 부릅니다. 야고보는 행위의 도움 없이 의롭다함을 얻는 복음을 부정하지 않습니다. 그는 열매를 통해 확증된 믿음을 통해 칭의의 진정성을 추론하는 것입니다. 야고

---

46   *Inst.* III. xvii. 11. 이 주제는 로마서와 야고보서의 관계에 있어, 사실 칭의와 선언적 칭의와 연관된다.

보의 목표는 믿음을 가진 체 하면서 선행을 경멸하는 자들의 사악한 확신을 분쇄하는데 있습니다. 야고보는 의(義)의 전가가 아닌 의(義)의 선언에 대해 말하고 있습니다.

(5) 율법의 의가 행위의 완전함에서 오지만, 아무도 완전에 이를 수 없음

로마서 2장 13절은 **"하나님 앞에서는 율법을 듣는 자가 의인이 아니요 오직 율법을 행하는 자라야 의롭다 하심을 얻으리니"**라고 말씀하십니다. 이 구절은 율법을 완전히 지킬 수 있는 자가 전혀 없다는 점을 확증하므로 율법에서 오는 의(義)가 있을 수 없음을 논증하는 구절입니다. 그러나 성경에서는 경건한 신자들이 하나님 앞에서 자기 행위에 의존해 호소하는 듯한 내용들을 기록하고 있습니다(시 7:8; 17:1, 3; 18:20-21, 23; 26:1, 9-11). 즉, 하나님의 판단으로 검토되도록 신자들이 자기의 의(義)를 하나님 앞에 대담하게 제시하며, 그것을 근거로 판단해주시기를 바라는 구절들이 존재합니다. 이들은 자신의 생활 전체의 성격에 따라 정죄 혹은 무죄 언도를 받으려 한 것이 아니라, 특수 문제에 대한 하나님의 판단을 구한 것입니다. 또 이들은 하나님의 완전성에 비추어 그것을 만족시키는 행위 의(義)를 염두에 두고 말한 것이 아니라 성도의 선행을 믿음에 의해 의롭다 간주하심으로 받아주시는 자비에 근거해 자신들의 행위의 정당성을 호소한 것입니다. 즉, 이들의 신앙 안에서 낳은 행위가 불완전할지라도, 불신자들의 행위와 비교됩니다.

결론적으로, 성도들에게 온전한 생활이란 완전함에 있지 않고, 용서 안에서 목표를 향해 다가가고 진전하는 생활에 있습니다. 현세에서 가장 훌륭한 행위도 진보하는 것에 불과합니다. 목표에 도달하는 때는 육신을 벗고 영원한 안식에 들어가는 때입니다. 혹여 지상에서 **"완전함**(*perfectio*/perfection)**"**이라는 용어를 쓴다해도 그 말 속에 불완전함이 포함되어 있지 않다면, 그것은 성경을 이탈한 사상이 됩니다. 지상에서 완전함이란 오히려 불완전함을 전제한 **"진정성"**으로 표현함이 더 적합해 보입니다. 우리는 완전할 수 없고 불완전함에도 불구하고 믿음으로 붙드는 그리스도 안에서 진정한 성화의 실재를 소유할 수 있기 때문입니다. 불완전함에 불구하고, 지상에는 용서 안에서 하나님께 수용되는 진정한 성도의 믿음과 삶이 존재합니다.

9 성경에서 각자의 행위에 따라 갚으신다는 약속·보상의 의미

칼뱅은, 하나님께서 모든 사람 각자의 행위에 따라 갚으시겠다는 약속(보상)의 의미를 해설합니다(마 16:27; 고후 5:10; 롬 2:9-10; 요 5:29; 마 25:34-35; 잠 12:14; 사 3:11; 잠 13:13; 마 5:12; 눅 6:23; 고전 3:8; 롬 2:6). 칼뱅에 따르면, 보상 (*merces*/reward)이 주어지는 행위는 **"결과를 낳는 원인**(c)(*ausa*/cause)**"**이 아니라 **"결과에 이르는 순서**(*ordo consequentiae*/the order of sequence)**"**를 나타냅니다. 주님께서 단 번에 완전히 성취하신 객관적인 측면의 구원이 성령을 통해 택자들에게 적용될 때, 일련의 논리적 혹은 인과적 순서로 나타납니다. 교의학은 이것을 **"구원의 서정**(*ordo salutis*/the order of salvation)**"**이라고 부릅니다. **"미리 정하신 그들을 또한 부르시고 부르신 그들을 또한 의롭다 하시고 의롭다 하신 그들을 또한 영화롭게 하셨느니라"**(롬 8:30). 구원의 전 과정이 오직 하나님의 자비와 주권에 의해 성취되지만, 하나님께서는 당신께서 지정하신 순서에 따라 선행의 경주를 통해 생명을 소유하게끔 인도하심으로써 당신의 뜻을 이루고자 하십니다. **"너희 구원을 이루라"**(빌 2:12). 즉, 구원의 원인은 하나님과 그분의 자비에만 있지만, 하나님께서는 당신께서 베풀어주시는 은혜가 은혜 언약 안에서 언약의 당사자된 택자들의 인격 속에 역사하도록 하십니다. 그러므로 하나님의 구원은 믿음 안에서 성령을 통해 맺는 열매들을 포함합니다. 하나님께서는 당신께서 주신 것으로 열매를 맺게 하시고, 은혜 언약의 약속을 따라 받을 자격 없는 자들의 행위에 보상을 약속하십니다. 그 보상은 공

로에 근거한 것이 아니라 은총에 근거한 것이며, 구원의 결과와 열매로
서 주어집니다. 신자들이 믿음으로 그리스도와 연합하게 되면, 영생이
그들 안에 시작되며, 그들 안에서 선한 일을 시작하신 하나님이 주 예수
의 날까지 또한 그것을 분명히 이루십니다(빌 1:6). 하나님께서 계획하시
고 그리스도 안에서 성취하신 구원은 택자의 은혜 받은 인격 속에서 반
응되도록 하신 여러 수단들을 포함합니다. 성화의 경주는 하나님께서
이루신 구원 적용의 과정 속에 존재하며, 구원의 은총에 결과와 열매로
서 나타나야 합니다.

　따라서 **"보상"**이라는 말을 사용한다고 해서 마치 행위가 구원의
원인이 되거나 성도의 행위에 공로가 있다는 생각을 해서는 안 됩니다.
성령께서는 거듭난 자의 행위에 대한 상급으로 영원한 영광을 약속하시
지만, 상급은 **"유업**(*hereditas*/inheritance)**"**이란 의미로 분명히 지목하심으로
써 상급이라는 것이 외부로부터 성도에게 임한다는 사실을 보여줍니다.
성경에서 보상도 공로가 아니라 은혜와 약속에 의한 선물입니다. 주님
께서는 하늘의 상급으로 갚아 주시는 행위들을 열거하시지만, 그것을
소유할 자들을 택하시고 부르시어 그 상급의 대상자가 되게 하십니다.
즉, 자비로 상속의 권리를 부여하심으로써 약속하신 것을 소유하게 하
십니다(마 25:34-37). 하나님께서는 먼저 주시고, 주신 것으로 이루게 하시
며, 당신의 것으로 이룬 것에 상급을 유업으로서 약속하십니다. 바울도
이와 같은 의미로 **"기업의 상**(τὴν ἀνταπόδοσιν τῆς κληρονομίας/the reward of the
inheritance)**"**을 언급합니다(골 3:24). 성경의 본문들은 영원한 복을 받게 되는
것이 우리의 행위가 아니라 하나님의 자녀 삼으심에 있다고 가르칩니다
(엡 1:18; 갈 4:7, 30; 엡 1:5-6). 성화의 행위는 행위가 존재하기 전에 베풀어주신
구원의 은혜의 결실이며, 앞에서 언급했듯이 공로가 없는 불완전한 행
위를 용서 하시는 자비 안에서 수용됩니다.

　또한 행위에 대한 보상으로 주어지는 것도 은혜의 선물이며, 행위
의 다소로써 선물의 값이 정해지는 것도 아닙니다. 하나님께서는 선행

을 통해 우리를 훈련하시어, 당신께서 약속하신 것들이 어떻게 제시되며, 무슨 결실을 맺는지를 묵상하고 우리에게 약속되고 펼쳐진 하늘의 복된 소망을 찾는데 열심을 다하게끔 하십니다(골 1:4-5; 벧전 1:5; 빌 3:12-14). 구원의 서정의 다른 단계와 측면들도 그러하지만, 성화의 열매로서 성도의 선행은 하나님께서 구원을 펼쳐 가시는 수단이며, 결실들입니다. 은총이 우리의 마음과 인격에 주어지므로, 우리의 인격적이고 언약적인 반응들은 하나님의 은총의 결실들이며, 하나님께서 우리 안에 펼쳐 가시는 구원의 결실들입니다. 은총의 결실에 유업으로서 상급을 약속하시니 이것은 역시 은혜에 속한 것입니다. 은혜와 구원을 받았기에 우리 안에 선행에 힘쓰려는 열의와 노력이 나타납니다. 주님께서는 성도의 행위가 공로화 되는 것을 막으시려고, 먼저 된 자나 나중 된 자나, 많이 일한 자나 적게 일한 자나 동일한 삯을 받았다는 포도원의 일꾼 비유를 베풀어 주셨습니다(마 20:1-16). 수많은 소명의 다양함과 믿음의 분량을 따라 각 사람의 결실이 다를 지라도, 주님께서는 이 모든 것들이 하나의 유일한 은혜에 돌려진다고 가르치십니다. 즉, 이 비유의 핵심은 품꾼들의 일에 대한 값을 계수하여 삯을 지불하는 것이 아니라 자신의 부요함을 한 일과 상관없이 부어주고 계시는 은혜를 전하는데 있습니다. 그러므로 언제나 행위를 생각할 때마다 우리는, 성도의 행위가 성령의 은총에서 비롯된 선물임과, 그 행위조차 불완전하고 오염되어있어 공로가 없으며, 심판을 면할 수 없는 행위임과, 그런 행위를 그리스도의 피로 씻어 용서 안에서 기쁘게 받아주심을 기억해야 합니다.

11

19장 1-16절
그리스도인의 자유

칼뱅에 따르면, "그리스도인의 자유(*christiana libertas*/Christian liberty)"는 복음적 교리의 요약 전부가 망라되어있는 중요한 주제입니다. 그 이유는, 이 주제가 지극히 필요한 사안으로서, 이에 대한 지식이 없으면, 양심은 의심에 빠져 거의 아무 일도 담대히 할 수 없으며, 여러 가지 일에 주저하고 움츠리며, 항상 흔들리고 두려워할 수밖에 없기 때문입니다. 그리스도인의 자유는 특히 칭의에 따르는 것이며, 칭의의 힘을 이해하는 데 적지 않은 도움이 됩니다. 참으로 하나님을 진지하게 두려워하는 사람은 이 교리에서 오는 비길 데 없는 유익을 누릴 것입니다. 이 자유를 이해하지 못하면 그리스도나 복음의 진리나 영혼의 내적 평화를 모두 바르게 알 수 없습니다. 우리가 할 일은, 교리의 이 중요한 부분이 제거되지 않도록 주의하는 동시에, 보통 제기되는 어리석은 항의에 대처하는 것입니다. 칼뱅은 그리스도인의 자유가 무엇으로부터의 자유인지 조목조목 해설합니다.

1 율법으로부터의 자유

이 자유에는 세 부분이 있습니다.

(1) "율법의 행위"로부터의 자유

첫째, 성도들은 **"율법의 행위로부터의 자유"**를 갖습니다. 칭의를 받은 사람은 율법의 의(義)의 요구로부터 해방되며, 의(義)에 있어 행위를 전혀 계산하지 않게 됩니다. 불의하고 무가치한 우리는 오직 하나님의 자비를 얻기 위해 그리스도만을 바라보아야 합니다. 우리가 의롭다 인정을 받기 위해서는 율법의 일체를 배제하고 그리스도의 의(義)만을 의지해야 양심에 확신을 얻을 수 있습니다. 그러나 이러한 주장을 통해 율법이 신자들에게 불필요하다고 추론해서는 안 됩니다. 비록 율법이 하나님의 심판대 앞에서 신자들의 양심에 관계할 수 없을지라도, 죄 사함과 용납, 곧 칭의의 은혜 안에서 성도들이 일생 다가갈 생활의 목표로서 주어졌기 때문입니다. 율법은 신자들에게 선을 행하도록 끊임없이 가르치며 충고하고 권고합니다. 성령께서는 율법이라는 그리스도인의 생활의 이정표를 은혜의 수단으로 사용하십니다. 율법은 칭의를 받는 데는 아무 것도 할 수 없지만, 성화에 있어서는 신자들의 의무와 도달할 목표를 알려줍니다(살전 4:7; 엡 1:4; 살전 4:3). 의(義)와 관련된 칭의의 은혜와 거룩과 관련된 성화의 은혜는 구별해야 하는 것으로, 의롭다 여김을 받는데 있어서 그리스도의 의(義) 외에 율법의 행위는 아무런 도움을 주지 못합니다. 갈라디아서는 그리스도의 십자가 대속의 공로에 의해서, 모든 사람을 위협하는 율법의 정죄에서 풀려났기에(갈 4:5), 그리스도인들은 그리스도 안에서만 하나님과의 화목과 구원을 확신할 수 있다고 가르칩니다. 그런 의미에서 성도들은 하나님과 화목하며 죄 사함을 받고 하나님의 자녀로 용납되는 칭의에 문제에 있어 율법의 행위로부터 자유를 얻었습니다.

(2) "율법의 멍에"로부터의 자유

둘째, 성도들은 **"율법의 멍에로부터 자유"**합니다. 이 자유는, 우리의 양심이 율법의 필연성에 강요되어 율법을 준수하는 것이 아니라, **"율**

법의 멍에(*iugum legis*/the yoke of the law)"에서 해방되어 자발적으로 하나님의 뜻에 순종하게 합니다. 율법의 강압적인 지배 하에서는 양심은 영원한 두려움 가운데 살아가야 하므로, 우선 이런 자유를 얻지 못하면, 하나님께 진심으로 기꺼이 자발적으로 순종할 생각을 갖지 못합니다. 율법의 표준으로 판단된다면, 우리의 모든 행위는 율법의 저주 아래 있게 됩니다. 자신의 부패와 무능함 속에서 결코 만족시킬 수 없는 율법의 완전하고 엄중한 요구에 직면할 때, 감히 선을 행할 용기를 갖지 못합니다. 그러나 만일 율법의 이 엄격한 요구와 율법의 전체적인 준엄성에서 해방되어, 인자하신 아버지로서 하나님의 부르심을 듣는다면, 그들은 쾌활하게 또 열렬하게 응답하며 하나님의 지도를 따를 것입니다. 먼저는 주님의 의(義)로 인해 하나님 앞에 죄 사함과 화목함을 얻고, 이 토대 위에서 선을 행할 능력을 성령으로부터 부여받고, 그렇다할지라도 불완전하여 정죄될 수밖에 없는 성도의 행위를 용서하여 받아주시는 하나님의 자비가 없다면, 우리는 감히 선을 행할 열의를 갖지 못합니다. 이신칭의를 통해 율법을 만족시켜야 한다는 불가능하고 무거운 멍에로부터 해방된 후, 부족할지라도 용서 안에서 우리의 선행을 받아주시는 자비가 우리로 선을 행할 여지를 부여합니다. 선행이 구원의 공로가 아니라 이미 받은 대속의 은총에 대한 감사로서 요구될 때, 또 부족한 행위를 정죄하지 않으시고 용서 안에서 받아주실 때, 성도는 기쁨과 자발성을 가지고 선을 추구할 수 있습니다.

　은혜로 인하여 자유를 얻은 신자들은 '**지배력을 잃고 남겨진 죄의 잔재**'와 매일매일 싸우고 그것을 죽여야 하지만, 결코 성도가 정죄의 대상이 아님을 깨달아야 합니다(롬 8:1). 성도들이 율법 아래 있지 않고 은혜 아래에 있다(롬 6:14)는 의미는, 성도들 안에 죄의 지배력이 이미 죽었고, 잔재하는 죄를 죽이고 하나님의 형상을 닮아가게 하는 중생과 성화의 은혜가 그들 안에 있으며, 이 성화의 열매에도 해당되는 불완전함과 불결이 우리를 의롭다 하시는 그리스도의 의(義)에 의해 용서되고 용납된다는 뜻입니다. 성도들은 이처럼 칭의의 토대 위에 구원을 받고 경건의 열매를 나타내기에, 이들은 율법 아래 있지 않고 은혜 아래 있습니다.

(3) "구원과 무관한 중립적인 것들"에 대한 자유

셋째, 성도들은 **"구원과 무관한 중립적인 것들에 대해 자유"**합니다. 그 자체로서는 '중립적인(ἀδιάφοροι/indifferent) 것들'에 관해서, 우리는 하나님 앞에서 어떤 종교적 의무에도 매여 있지 않고, 그런 사물을 때로는 이용하거나 이용하지 않을 자유가 있습니다. 그리고 이 자유를 아는 것은 우리에게 매우 필요한 것인데, 만일 모른다면 우리의 양심은 결코 평안히 쉴 수 없으며 미신도 끊임없이 생겨날 것입니다. 중립적인 것들에 대한 주안점은 하나님께서 이런 것들을 사용하길 원하시는가 원하지 않으시는가에 대해 양심적으로 결정하는 데 있습니다. 중립적인 것들에 대한 무지와 미성숙한 판단은 연약한 자들을 실족시키거나 강한 자들을 교만케 만들 것입니다. **"우상의 제물에 대하여는 우리가 다 지식이 있는 줄을 아나 지식은 교만하게 하며 사랑은 덕을 세우나니"**(고전 8:1). 칼뱅은 그리스도인의 자유에 있어 중립적인 문제들을 두 가지 관점에서 균형 있게 다룹니다. 이 덕목과 관련하여 한편으로는 자유를 인식하고 자유를 누리는 것이 중요하며, 한편으로 그 자유를 남용해서는 안 됩니다. 하나님 앞에 건강한 양심을 유지하기 위해 우리는 자유를 인식하고, 또 남용하지 않고 절제할 필요도 있습니다.

"무엇이든지 스스로 속된 것이 없으되 다만 속되게 여기는 그 사람에게는 속되니라"(롬 14:14)라는 말씀을 통해 바울은 모든 외적인 것들을 우리의 자유에 종속시킵니다. 그러나 우리의 마음이 하나님 앞에서 그 자유를 타당한 동기에서 사용하는 한에서 자유의 행사가 선할 수 있습니다. 만일 어떤 미신적인 생각이 자리를 잡고 거치는 돌이 된다면 외적으로 순수한 것들이 미신에 사로잡혀 의심하며 주저하며 무엇을 확신 없이 행한 자에게 더러운 것이 되고 맙니다. 그러므로 바울은 **"자기의**

옳다 하는 바로 자기를 책하지 아니하는 자는 복이 있도다 의심하고 먹는 자는 정죄되었나니 이는 믿음으로 좇아 하지 아니한 연고라 믿음으로 좇아 하지 아니하는 모든 것이 죄니라"(롬 14:22-23)고 가르칩니다. 지식을 가진 자들은 담대함으로 모든 것이 하나님의 자비로부터 온 선한 것들임을 알아 감사하며 사용합니다(딤전 4:4-5). 그러나 연약한 자들은 의심하며 감히 사용하지 못하고 감사치 못하며 사용하더라도 정죄감에 빠집니다.

교회에는 이처럼 지식을 가진 강한 자가 있고, 미신과 의심에 빠져 외적인 것을 담대히 사용하지 못하는 연약한 사람들이 함께 있습니다. 이런 두 부류의 성도가 함께 공존하는 교회에 대하여 성경은 자유와 관련해 두 가지 권고를 줍니다. 먼저는, 그리스도인의 자유가 지향하는 바를 바르게 정립하는 것입니다. 중립적인 것들에 대한 자유는, 우리가 하나님께서 주신 선물들을 주어진 용도대로 어떤 양심의 가책이나 영혼의 동요 없이 사용해야 된다는 것입니다. 이러한 확신 가운데서 우리의 영혼은 하나님 앞에서 평화를 얻을 수 있고, 우리를 향한 하나님의 후하심을 깨닫게 됩니다. 이런 영역에는 준수하는 것이 자유에 맡겨진 모든 의식들이 포함됩니다. 이런 의식들에 대해서 우리의 양심은 그것을 반드시 지켜야 한다는 강요를 느낄 필요가 없고, 선하신 하나님께서 그 의식들이 우리의 건덕을 위해 사용되도록 자신의 주관 하에 두셨다는 것을 기억해야 합니다.

그러나 또 한편으로는, 그리스도인의 자유가 남용되어서는 안 된다는 점을 강조해야 합니다. 하나님의 선물을 자기의 정욕대로 악용하면서, 그리스도인의 자유를 이런 자기의 욕망을 변호하는 구실로 삼는 자들이나, 약한 형제들을 고려하지 않고 자유를 행사하는 자들은 모두 자유를 남용하는 것입니다. 무해 무익한 중립적인 일들이라 할지라도, 제어되지 않는 욕망으로 그것들을 사용할 때 죄가 됩니다. 무절제한 낭비나 허용과 교만은 버려야 합니다. 맑은 양심으로 하나님의 선물을 깨끗이 쓸 수 있기 위해서는 마음의 부패한 것들을 버려야 합니다. 이렇게 각성하며 절제할 때에 사람은 이런 복된 선물들을 합당하게 쓰는 법을 깨달을 것인데, 이런 절제가 없으면 평범한 쾌락까지도 더러운 것이 됩니다. 그리스도인의 자유의 법칙은, 어떤 형편에서도 만족할 줄 알며, 낮아질 줄도 알고, 높아질 줄도 알며, 어떤 형편에 있더라도, 배부르거나, 풍족하거나, 궁핍하거나, 모든 형편에 대처할 줄을 알아야 합니다(빌 4:11-12).

특별히 성경은 중립적인 사안에 대해 연약한 자들을 사랑 가운데 고려하고 배려할 것을 권고합니다. 즉, 그리스도인의 자유는 지식만이 아니라 덕을 세우는 방향에서 행사되어야 합니다. **"지식은 교만하게"** 하지만, **"사랑은 덕을"** 세웁니다(고전 8:1). 연약한 자들의 믿음을 배려하지 않고 자신이 확신한 지식에 따라 자유를 남용하면 누군가를 실족하게 할 수 있습니다. 중립적인 일들에 있어 자유는 양심을 위한 것입니다. 무해 무익한 일들에 대한 권한을 사용하든 사용하지 않든 우리의 양심이 그것에 대해 자유하다는 사실을 인식하는 것만으로도 감사한 일입니다. 그러므로 무해 무익한 일이기에 우리의 자유를 과시하고 남용하기보다는 약한 지체들을 위하여 참으며, 그들에게 조금이라도 해를 줄 경솔한 일을 하지 않도록 주의해야 합니다. 우리는 약한 형제들의 무지를 고려하면서 자유의 사용을 조절해야 합니다. 바울은 여러 곳에서 약한 사람들에게 강한 자들이 양보할 것을 알려 줍니다(롬 14:1; 14:13; 15:1-2; 고전 8:9; 고전 10:25, 29, 32; 갈 5:13). 우리가 자유를 얻은 것은 우리의 약한 이웃을 해하려는 것이 아니라 사랑 안에서 모든 일에 있어 우리가 그들의 종이 되기 위함입니다. 다시 말해서 하나님께서 우리에게 자유를 주신 것은 우리가 충심으로 하나님과 화목한 다음에 사람들과도 화목하게 살게 하시려는 것입니다. 물론 걸려 넘어짐에 있어 우리는 두 가지 사안을 고려할 필요가 있습니다. 칼뱅은 걸려 넘어지게 하는 것을 **"주어진 것"**(offense given)과 **"받아들여진 것"**(offense taken)으로 나눕니다. 만약 누군가 걸려 넘어지는 일이 우리의 악한 경박함과 방자함과 무분별함으로부터 무식한 사람들과 연약한 자들을 실족하게 만들 때, 그 사람들의 걸려 넘어짐이 우리에 의해 **"주어진 것"**이라고 불립니다. 이렇게 될 때 우리에게 죄책이 있고 책임이 있습니다. 그러나 걸려 넘어짐이 **"받아들여 진 것"**의 경우 는 우리가 사악함 없이 또 적합하게 행한 일임에도 불구하고 넘어진 자 의 사악한 적의와 악의로 인해 뒤틀려져 스스로 실족할 때, 이것을 넘어 지게 하는 것이 **"받아들여진 것"**이라고 부릅니다. 이러한 실족은 예수님 과 사도들은 진리와 사랑으로 바른 것을 전하고 행했지만, 바른 것을 배척하고 질투하고 증오하는 마음 때문에 스스로 실족한 바리새인들의 실족에 해당합니다. 따라서 걸려 넘어지는 것이 주어진 것에 해당하는 일들은 애써 피해야 하지만, 걸려 넘어짐이 받아들여 진 것에 해당하는 바리새인들의 걸림에 대하여는 그대로 내버려 두라고 예수님께서 말씀 하셨습니다(마 15:14). 이런 자들의 실족은 그들에게 죄책과 책임이 있기 때 문입니다.

그러므로 우리의 자유를 바르게 행사하거나 바르게 포기하기 위해 우리는 다음과 같은 사안을 생각해야 합니다. 우리는 누구를 약한 자로 보며 누구를 바리새인으로 볼 것이냐는 점을 잘 파악해야 이 문제가 풀 립니다. 그렇게 해야 약한 자에 대해서 우리의 자유를 절제할 수 있고, 그렇게 해야 바리새인에 대해 우리의 자유의 권을 정당화할 수 있습니 다. 이것을 분별하지 못하면 우리의 자유가 위태로워집니다. 바울은 걸 려 넘어짐과 관련하여 우리의 자유의 권을 사용하는 것과 자유를 절제 하는 것에 대해 바울은 교훈을 줍니다. 바울은 디모데를 데리고 가려 했 을 때에는 그에게 할례를 행했지만(행 16:3), 디도에게는 할례를 주지 않았 습니다(갈 2:3). 바울이 한 행동은 다르지만 목적은 같았습니다(고전 9:19-20, 22). 디모데의 경우는 할례 받지 않을 자유를 제한하는 것이 효과적이었 고, 정황상 그 자유를 제한하는 것이 그들에게 큰 영향을 주지 않았기에 자유를 제한할 수 있었습니다. 그러나 디도의 경우에 바울은 디모데와 달리 할례를 거부하였습니다. 이 경우 바울은, 거짓 사도들의 부당한 요구로 인해 할례로부터 자유 할 양심의 자유가 위태롭게 될 위험이 있어, 디모데와는 달리 디도에게 그 자유를 주장할 필요가 있었습니다. 자유는 연약한 자들이 처한 상황에 따라 연약한 자들의 양심을 보호하기 위해서 자유를 제한할 수 있고, 자유가 도전을 받을 때, 자유를 주장할 필요가 있습니다. 우리의 자유는 언제나 사랑과 덕(*aedificatio*/οἰκοδομή/building up)을 세우는 데 유의해야 합니다(고전 10:23-24). 바울이 그러했듯이, 자유에 있어 명백한 규칙은 이웃에게 덕을 세울 때에는 자유를 행사하고, 이웃에게 도움이 되지 않을 때는 자유를 포기하는 것입니다. 그러나 조심할 것은, 우리는 자유를 사랑보다 아래 두어야 하는 것처럼, 사랑을 추구할 때, 믿음을 순전히 지키고, 사랑을 믿음 아래 두어야 합니다. 자유는 중립적인 사안에만 적용됩니다. 잘못하면 반드시 행하거나 행하지 말아야 할 것에 대해서까지 걸려 넘어질 것을 두려워하여 사랑이란 이름으로 타협한다면 그것 또한 죄가 됩니다. 그러므로 중도적인 일에 대한 순서가 있는데, 그것은 먼저 믿음이요, 그 다음은 사랑이고, 그 다음에 자유를 두어야 합니다.

⑷ "세상의 권세와 세상의 법"에 대한 자유

그리스도인은 모든 사람의 권세로부터 풀려났습니다. 우리의 영혼을 사람에게 종속시킨다면 그리스도의 죽음은 헛된 것이 되고 맙니다(갈 2:21; 벧전 1:18-19). 그리스도인의 양심은 사람들의 뜻에 옭아 매여서는 안 되고, 세상의 율법과 법령의 덫에 걸려 들어선 안 됩니다. 그러나 칼뱅은 이 부분에 대해서 더 명료한 설명을 제시하려 합니다. 왜냐하면 세상의 권세와 법에 대한 자유를 주장하는 것이 마치 인간의 모든 복종이 제거되고 타도되는 듯이 선동자와 중상자들이 소동을 일으키기 때문입니다.

따라서 우리는 이 주제 관련해 돌에 걸려 넘어지지 않기 위해 사람에게는 이중의 통치(*duplex regimen*/twofold government)가 있다는 사실을 주목해야 합니다. 하나는 영적인 통치(*spirituale regimen*/spiritual government)로서 우리는 여기서 양심이 교육을 받아 경건과 하나님에 대한 예배에 이르게 됩니다. 다른 하나는 시민적 통치(*civilitatis regimen*/civil government)로서 사람은 이로써 인간으로서 그리고 시민으로서 의무를 다하여 서로 섬기는 것을 배우게 됩니다. 보통 이 두 영역을 **"영적 관할권**(*spiritualis iurisdictio*/spiritual jurisdiction)"**과 "세속적 관할권**(*temporalis iurisdictio*/temporal jurisdiction)"이라고 부르는데, 이것이 부적절한 명칭은 아닙니다. 영적 관할권은 영혼의 생활에 속한 것이며, 이 통치가 마음속에 자리 잡고 있으며, 이를 통해 영적인 나라(*spirituale regnum*/spiritual kingdom)를 이룹니다. 그러나 세속적 관할권은 현세 생활에 관한 것으로 먹는 것과 입는 것뿐 아니라 거룩하고 고결하고 절제 있게 사회생활을 하는 데 필요한 법률을 제정하는 데 관한 통치입니다. 이 통치는 외면적인 행동을 규정할 뿐이며, 이를 통해 정치적 나라(*politicum regnum*/political kingdom)을 이룹니다.

그런데 우리는 이 두 가지를 구별해야 하거니와 그 각각은 항상 분리해서 고찰해야 합니다. 한 쪽을 고찰할 때에는 다른 쪽을 염두에 두지 않아야 합니다. 이를 테면 사람에게는 두 세계가 있으며, 두 세계가 각각 다른 임금과 다른 법률의 권위 하에 있습니다. 우리는 영적 자유에 대한 복음의 교훈을 사회 질서에 잘못 적용해서는 안 됩니다. 즉, 그리스도인들이 주 안에서 양심의 자유를 얻었다고 해서, 시민적 통치에 관련된 사회의 법에 복종할 필요가 없는 것은 아닙니다. 왜냐하면 그리스도인들이 영적으로는 자유롭다하여, 모든 육체적인 예속으로부터 해방된 것은 아니기 때문입니다.

그리스도인이 세상의 통치와 법에 대하여 자유하면서도, 세상의 법에 복종할 필요가 있다는 칼뱅의 말은 다음과 같은 의미로 설명될 수 있습니다. 이 말에 대해 혼란을 느끼는 것은 다음과 같은 구별을 알지 못하기 때문입니다. 칼뱅은 **"외적 법정과 양심의 법정"**(*externum forum et conscientiae forum*/the external forum and the forum of conscience)을 구분합니다. 이러한 구분은 양심이 세속 국가에 대해 갖는 자유가 어떤 것인지를 설명하며, 바울이 형벌에 대한 두려움만이 아니라 양심을 위해서도 위정자에게 순종해야 한다는 권고(롬 13:1, 5)를 바르게 이해하기 위해서도 필요합니다. 이 문제를 해결하기 위해 우선 양심이 무엇을 의미하는가를 이해하는 것이 중요합니다. 양심은 어원적으로 보면, 사람의 마음과 이해력으로 사물에 대한 지식을 파악하며, 사물을 '**안다**'고 하는 것이 '**지식**'이란 말의 유래가 됩니다. 마찬가지로 사람들은 누구나 하나님의 심판에 대한 의식을 가지고 있으며, 이러한 의식이 마치 증인과 같이 집요하게 자신을 심판관의 법정에 몰아가므로 죄를 감출 수 없게 만듭니다. 이러한 의식을 우리는 "**양심**"(conscio/conscience)이라 부릅니다. 양심은 마음속에 있는 하나님의 심판의 대리자입니다. 양심은 사람이 마음속에 아는 것을 숨기지 못하게 하며, 도리어 그것을 추궁해서 드디어 유죄를 선언하기 때문에, 양심은 사람과 하나님 사이에 서 있습니다(롬 2:15-16). 그러므로 양심은 사람의 모든 비밀을 찾아내서 하나도 흑암 속에 묻혀 있지 못하도록 하기 위해서 임명된 사람의 보호자입니다. 이로부터 양심은 일천 명의 증인이 됩니다. 같은 이유로 베드로도 "**선한 양심이 하나님을 향하여 찾아가는**" 것을(벧전 3:21) 마음의 평화, 즉 그리스도의 은혜를 확신하므로 하나님 앞에 두려움 없이 나타날 때의 마음의 평화를 표현합니다. 히브리서 기자가, 우리는 "**다시 죄를 깨닫는 일이 없으리니**"라고 하는 것은(히 10:2), 우리가 해방 또는 무죄 방면된 것으로 인정되며, 죄가 다시는 우리를 고소하지 못한다는 뜻입니다.

그러므로 행위가 사람에게 관련되듯이 양심은 하나님과 관계됩니다. 맑은 양심은 곧 심령의 내면적 성실을 의미합니다. 이런 의미에서 바울은 선한 양심과 거짓이 없는 믿음에서 우러나오는 사랑이, 곧 율법의 완성이라고 가르칩니다(딤전 1:5). 후에 같은 장에서, 어떤 사람들이 착한 양심을 버렸기 때문에, 그 믿음이 파선되었다고 말합니다(딤전 1:19). 이렇게 말하므로써, 바울은 양심과 이해력이 얼마나 다른가를 가르칩니다.

바울의 이 말은, 하나님을 섬기려는 활발한 심령과, 경건하며 거룩하게 살려는 진실한 노력을 의미합니다.

간혹 양심을 사람들에게도 관련시키는 일이 있습니다. 누가가 전한 바에 의하면, 바울은 **"하나님과 사람을 대하여 항상 양심에 거리낌이 없기를 힘쓰노라"**고 언명합니다(행 24:16). 그러나 이 말씀의 뜻은 선한 양심의 열매가 사람들에게까지 퍼져서 영향을 준다는 뜻일 뿐입니다. 따라서 양심은 그 고유한 의미에서는 오직 하나님에게만 관계됩니다. 그러므로 어떤 법이 양심을 구속한다고 하는 것은, 다른 사람들과 상관없이, 혹은 다른 사람을 전연 고려함 없이 법이 그 사람을 단순히 구속한다는 뜻입니다. 예를 들면, 하나님께서 우리에게 명령하시거나 금하신 것에 대해 나의 양심은 사람이 지상에 한 명도 없더라도 이 법을 지킬 의무를 지게 됩니다. 따라서 무절제 하게 사는 사람은 형제들에게 나쁜 사례를 보인다는 점에서 죄를 짓게 될 뿐만 아니라 하나님 앞에서 죄책에 사로잡힌 양심을 지니게 됩니다.

그 자체로는 무해 무익한 일들에 대해서는 다른 이치를 따라야 합니다. 왜냐하면 우리는 타인을 걸려 넘어지게 하는 것을 삼가야 하지만, 자유로운 양심을 가지고 그렇게 해야 합니다. 그래서 바울은 우상에게 바쳤던 고기에 대해서, **"누가 너희에게 이것이 제물이라 말하거든 알게 한 자와 및 양심을 위하여 먹지 말라 내가 말한 양심은 너희의 것이 아니요 남의 것이니"**(고전 10:28-29)라고 말했던 것입니다. 이미 경고를 들었으면 서도 이런 고기를 먹는 신자는 죄를 짓는 것입니다. 그러나 하나님이 명령하시는 대로 고기를 먹지 않는 것이 형제를 위해서는 유익하지만, 양심의 자유는 하나님의 명령하신 대로 그대로 지키고 포기하지 말아야 합니다. 즉, 덕을 위해 타인의 양심의 실족을 막기 위해 고기를 먹지 않는 선택을 하더라도, 그리스도를 인해 부여 받은 먹어도 되고 먹지 않아도 되는 양심의 자유를 하나님 앞에서 내적으로는 간직해야 합니다. 우리는 이러한 법이 외적인 행위는 얽어매지만 양심의 해방된 자유

(*conscientiam soluta*/unbound conscience)는 침해하지 않는다는 것을 깨달아야 합니다.

12

20장 1-52절

최상의 실천이자 약속을 이루시는
하나님께서 정하신 수단, 기도

1 믿음의 연장이요 실천으로서 기도의 필요성

이제까지 살핀 칼뱅의 가르침을 요약하면, 우리의 전적인 부패와 철저한 무능에 대한 유일한 대안은 기뻐하시는 하나님의 뜻에 따라 그리스도 안에서만 주어지는 은총입니다. 이 은총을 선물로 베풀어주신 믿음을 통해 받아 누리니, 이 진리를 말씀과 성령의 조명을 통해 깨달은 자만이 그리스도를 바라보고 모든 기대와 소망을 그분께만 두며 진정한 안식을 누립니다. 이 약속을 바라보는 것이 믿음입니다. 믿음은 우리에게 필요한 것과 결핍된 것을 하나님과 우리 주님 안에서 찾고 구해야한다는 사실을 인정하는 것이며, 이를 인해 그분께만 의지하여 사는 데 있습니다. 그리고 이 믿음을 가지고 그리스도 안에 있는 줄 아는 모든 것들을 그리스도 안에서 찾으며, 그분께 기도(oratio/prayer)로 구하게 하셨습니다. 기도는 하나님께서 구하라 명하신 땅속에 보화를 캐내는 수단과 같습니다. 기도는 믿음의 연장입니다. 믿음이 복음으로부터 생겨나듯이 믿음을 통해 우리 마음은 하나님의 이름을 부르는 훈련을 받습니다(롬 10:14-17). 복음의 증언을 인쳐 하나님을 아바 아버지라 부르짖게 하신 성령께서 우리의 영혼을 일깨워 하나님께서 주신 약속을 소원삼아 기도하게 하십니다(롬 8:15-16, 26).

하늘 아버지께서 우리를 위해 저장해 두신 보물에 가닿으려면 기도의 힘을 빌어야 합니다. 이 귀한 보물을 얻을 수 있는 근거는 보물의 주인과 우리 사이에 교통(*communicatio*/fellowship)이 있기 때문입니다. 하나님께서 말씀을 통해 약속하신 것을 믿음으로 소유하며, 이 약속이 헛되지 않음을 체험하기 위하여 하늘 지성소에 들어가 하나님께 간구해야 합니다. 성도는, 믿음이 응시하는 복음의 보화를 기도로 캐냅니다. 기도는 말로 다할 수 없이 필요하고 기도의 훈련은 여러 방면에서 유익합니다. 유일하고 안전한 구원의 요새는 그의 이름을 부르는데 있습니다(요엘 2:32). 우리는 그분의 이름을 부름으로써 우리의 일들을 돌보시기 위해 감찰하시는 그분의 섭리의 현존과 연약한 우리를 지탱해 주시는 그분의 권능의 현존 그리고 비참하게 죄로 눌려 있는 우리를 은혜로 받아주시는 그분의 선하심의 현존을 우리에게 드러내주시기를 앙망하게 됩니다. 기도로부터 놀랄만한 안식과 고요함이 우리 양심에 찾아옵니다. 우리는 긴급히 필요한 일들을 주 앞에 알리는 동시에 이 모든 일들을 주께서 세밀히 아시며, 이를 돌보실 뜻과 권능이 주께 있음을 확신하며 평안을 갖게 됩니다.

2 기도해야 하는 여섯 가지 이유

어떤 사람들은 하나님께서 우리의 모든 일들을 다 아시는데, 구태여 기도할 필요가 없다고 말합니다. 그러나 이렇게 말하는 사람들은 하나님께서 무슨 목적으로 사람들에게 기도하라고 가르치는지 모릅니다. 하나님께서 기도를 명하신 것은 하나님 당신 때문이 아니라 우리의 유익을 위해서입니다. 우리는 기도를 통해 약속된 것을 얻으므로, 우리에게 유익이 되는 것들이 모두 하나님께로부터 온다는 것을 인정하게 되며, 이 인정을 기도로 증명하는 것을 하나님께서 당연히 받으실 것으로 여기십니다. 기도와 그 과정을 통해 은혜를 얻을 때, 우리는 하나님의 선하심과 권능을 더욱 또렷이 인식하며, 찬양과 감사로 하나님께 응답하게 됩니다. 실로 하나님께서는 우리의 모든 일을 돌아보시며 우리가 원하지 않고 간구하지 못할 때도 도와주시는 때가 있지만, 우리의 믿음에 생기를 주고, 태만을 없애며, 구하고 받는 과정을 통해 하나님의 선하심을 더욱 알아가며, 은혜를 합당히 받는 태도를 일깨워 주시려고 기도에 힘쓰게 하십니다. 칼뱅은 기도해야 하는 여섯 가지 이유를 다음과 같이 나열합니다.

가) 우리의 마음속에 하나님을 찾고 사랑하며 예배하겠다는 소원과 열의를 불일 듯 일으키기 위해서입니다. 이렇게 하므로 하나님을 거룩한 닻처럼 여겨 필요한 때마다 언제든지 거기로 도망치는 습관을 가지도록 하기 위함입니다. 나) 하나님 앞에 부끄러운 욕정이나 소원이 마음에 침투하지 못하도록 하기 위해서입니다. 이렇게 되려면 하나님의 눈앞에 우리의 소원을 내놓고 속마음을 토로해야 합니다. 다) 하나님께서 베풀어주시는 것들을 진정한 감사로 받도록 하기 위함입니다. 기도는 은총이 하나님의 손으로부터 온다는 사실을 기억하게 합니다(시 145:15-16). 라) 기도에 응답해주셨다는 확신으로 그분의 인자하심을 더욱 뜨겁게 묵상하기 위해서입니다. 마) 기도로 얻었다고 인정하는 것들을 더욱 큰 기쁨 가운데 받아들이도록 하기 위해서입니다. 바) 우리의 연약함에 부합하는 방식으로 하나님의 섭리를 확인하기 위해서입니다.

따라서 하나님의 주권과 섭리를 빌미로 하여 기도 무용론을 주장하는 자들은 우리를 하나님으로부터 멀어지게 만듭니다. 오히려 하나님의 섭리가 있어 기도라는 수단이 우리에게 유익함을 인식해야 합니다. **"여호와께서는 자기에게 간구하는 모든 자 곧 진실하게 간구하는 모든 자에게 가까이 하시는도다"**(시 145:18; 벧전 3:12; 시 34:15). 주님께서는 자진해서 너그럽게 주시려는 것들을 우리가 기도로 얻는다는 사실을 우리가 인정하기를 원하십니다.

3 합당한 기도의 네 가지 법칙

(1) 하나님과 대화하려면 자신의 마음과 뜻을 넘어서야 함

하나님과 대화하려는 사람의 걸 맞는 마음과 정신은 하나님을 올바르고 순수하게 주시하는 것을 가로 막는 육체적인 관심과 생각을 버리고 넘어서는 것입니다. 때로 누구나 어려움을 당하면 염려가 발생합니다. 칼뱅은 이런 인간의 본성을 부정하지 않습니다. 다만 큰 근심이 엄습할 때, 그 염려와 근심이 오히려 열렬히 기도하게 만들어야 한다는 의미입니다(시 130:1). 달리 말하면, 염려를 인해 우리의 시야가 땅에 고착되는 것이 아니라 하늘을 하라보는 이유가 되어야 한다는 의미입니다.

이를 위하여 우리는 두 가지 일에 각별히 주의해야 합니다. 첫째는, 기도하는 성도들은 마음의 열의를 기도에 바쳐야 하며, 흔히 그렇듯, 산만하게 떠돌아다니는 생각으로 주의를 흐트러뜨려서는 안 됩니다. 산만한 잡념들을 제거하는 가장 중요한 무기는 하나님에 대한 경외심을 갖는 것입니다. 하나님을 경건히 두려워하는 마음이 결여된 곳에 온갖 잡념이 마음과 머리를 지배합니다. 따라서 기도에 집중하기 어려우면 어려울수록 더욱 안간힘을 다해서 기도해야 합니다. 이런 의미에서 어떤 이들은 기도를 노동에 비유합니다. 어느 누구도 기도를 곁길로 이끄는 잡념이 없는 사람이 없습니다. 우리는 기도 중에도 그 정신과 생각이 이리저리 뛰어다닙니다. 또 우리를 너그럽게 대하시며 은혜로 응답하시는 하나님의 자비를 소중히 여기는 마음도 기도에 집중하게 하는 중요한 요소입니다. 둘째는, 우리가 각별히 주의할 부분은 무엇이든 하나님께서 허락하시는 것 이상을 구하지 않는 것입니다. 하나님께서 우리의 마음을 쏟아놓으라 하셨고(시 62:8; 145:19), 경건한 뜻에 따라 행하실 것을 약속하셨지만, 하나님의 뜻을 넘어 그들에게 인자하신 것은 아닙니다. 사람들은 때로 경솔하고 몰염치하고 불경스런 태도로 합당하지 않은 것을 얻으려 졸라대며, 망상에 가까운 것들을 하나님 앞에 내놓는 경우가 많습니다. 사람들은 하나님 앞에 부끄럽고 추악한 욕망을 드러낼 때가 많습니다. 불신자들도 자신들의 욕망을 따라 자신들이 고안한 신(神)을 만들어 추악한 자신의 욕구를 채우는 도구로 삼을 줄 압니다. 하나님께서는 자신의 친절한 대우를 이렇게 조롱하는 것을 허락지 않으시며, 하나님의 권리를 주장하고 우리의 소원을 자신의 통치권 아래 복종시키시고 그것들에 굴레를 씌우십니다. **"그를 향하여 우리의 가진 바 담대한 것이 이것이니 그의 뜻대로 무엇을 구하면 들으심이라"**(요일 5:14).

그러나 우리의 연약함과 부패성 때문에 이 일이 쉽지 않습니다. 그러므로 하나님께서는 연약한 우리를 돕기 위해 기도의 교사로서 성령을 우리 마음 가운데 보내 주셨습니다. 성령께서는 우리에게 무엇이 옳은지를 가르쳐 주시고, 우리의 정서를 제어해 주십니다. **"성령도 우리의 연약함을 도우시나니 우리가 마땅히 빌 바를 알지 못하나 오직 성령이 말할 수 없는 탄식으로 우리를 위하여 친히 간구하시느니라"**(롬 8:26). 성령께서 탄식하신다는 말씀은, 성령께서 실제로 기도하신다거나 탄식하신다는 의미가 아니라 우리를 경성시켜 우리 안에 확신과 소원과 신음을 일으키신다는 의미입니다. 이러한 것들을 우리 마음에 품는 것은 우리가 가진 본성의 능력으로 결코 충분하지 않습니다. **"탄식"**에 **"말할 수 없는"**이란 수식어의 의미는 이 점을 더 잘 가르쳐 줍니다. 우리는 큰 근심과 혼란에 짓눌릴 때, 무엇을 구할지도 모르고 끙끙대며 옹알거립니다. 따라서 올바른 기도를 드리는 것은 성령께서 베풀어주시는 특별한 선물입니다. 따라서 우리는 우리의 무기력과 침체를 혐오하면서 성령의 도움을 구하며 기도해야 합니다. 사도 바울은 우리에게 영으로 기도하라고 명령하면서(고전 14:15; 유 1:20), 동시에 깨어 있으라고 권고합니다. 이 말씀은 성령의 도우심과 은혜가 인격적인 방식으로 결실한다는 의미입니다. 즉, 성령께서는 우리를 고무하여 기도를 이루도록 힘을 주시지만, 우리 자신의 노력을 방해하거나 정지시키지는 않는다는 것입니다. 우리는 성령께서 은혜를 베풀어주심으로 더욱 깨어있는 정신으로 기도에 대한 열의와 노력을 보이게 됩니다. 이런 방식으로 은혜 안에 기도하게 하시는 이유는, 믿음이 얼마나 효과적으로 우리의 마음을 자극하는지 시험하는 데 있습니다.

(2) 간구하는 것들이 얼마나 필요한지를 진지하게 묵상함

두 번째 기도의 법칙은 우리 자신의 빈곤(inopia/wants)을 인식하는 동시에 우리가 간구하고 받는 모든 것이 얼마나 우리에게 필요하고 절실한 것인지를 깨닫는데 있습니다. 그리고 이러한 인식을 따라 그것을 얻고자 하는 진실하고 강렬한 소원의 정서를 기도에 담아야 합니다. 이러한 마음을 결여하고 기도하게 되면, 마치 정해진 공식을 암송하거나 습관적으로 의무를 이행하듯 냉담한 마음으로 기도하게 됩니다. 이는 마치 자기가 죄인이라는 생각이 없으면서도, 죄를 용서해달라고 하는 사람의 외식되고 가증스러운 모습과 유사합니다. 죄에 대한 진지한 생각 없이 용서를 구하는 것 자체가 하나님을 희롱하는 것이기 때문입니다. 이와 유사하게 많은 사람들이 기도라는 행위만을 의식적으로 나타내고서는, 실제로는 자기가 구한 것을 하나님의 자비가 아니더라도 자신의 힘이나 다른 것으로부터 얻을 수 있다고 확신하거나 이미 가졌다고 믿는 이중적인 태도를 보입니다. 또 어떤 사람들은 하나님께 서원들로써 제사를 드려야 한다는 한 가지 원리만이 몸에 배어 묵상 없이 기계적으로 중얼거리는 기도를 합니다. 우리는 진정으로 갈망하며 동시에 하나님께 얻기를 간절히 원하는 마음으로 하나님께 간구해야 합니다.

물론 우리는 항상 꼭 같은 절박감을 느끼며 기도해야 하는 것은 아닙니다. 우리에게는 덜 절박한 결핍과 더 절박한 결핍의 상황이 있습니

다. 야고보는 고난당하는 사람의 기도를 언급합니다(약 5:13). 때로는 우리
의 게으름과 태만에서 깨우시고자 결핍으로 더 큰 자극을 주실 때도 있
습니다(시 32:6; 94:19). 곤란과 불안과 공포를 일으키는 시련이 우리를 가혹
하게 압박해올수록, 우리는 하나님께서 우리를 부르시는 것을 느끼며,
더욱 열렬하고 자유롭게 하나님께 다가가 기도합니다. 그러나 큰 환란
이 없더라도, 성경은 **"무시로 … 기도"**해야 한다고 가르칩니다(엡 6:18; 살전
5:17). 왜냐하면 아무리 모든 일이 순조롭게 진행되고, 어디를 보나 기뻐
할 일이 주위에 가득하더라도 기도해야 할 필요성이 없는 순간은 없기
때문입니다. 육신을 벗고 영원한 안식에 들어가는 순간까지 우리 안에
부패는 소멸되지 않으며, 결핍과 연약함도 사라지지 않기 때문입니다.
언제나 우리는 하나님을 의존해야 하는 존재로 세상을 살아갑니다. 실
로 우리가 소유한 물질도 하나님께서 은혜를 베풀어주시지 않으면, 모
두 상실되고 말며, 순간마다 위험이 도사리고 있는 세상에서 우리는 살
아가고 있습니다. 그리고 영적으로는 우리는 심각한 죄성에 직면해 살
아갑니다. 언제나 끊이지 않는 시험이 있습니다. 우리는 한치 앞을 내다
볼 수 없는 나그네 인생을 살아가고 있습니다. 우리는 매순간 하나님의
선하신 섭리의 손길에 우리를 의탁할 수밖에 없는 미미한 존재입니다.
따라서 성경은 우리에게 순경(順境)이나 역경(逆境)에 상관없이 쉬지 말고
기도해야 한다고 명령하고 있습니다.

　무엇보다 우리는 육체적 결핍과 필요뿐만 아니라 더더욱 영적인 결
핍과 필요를 위하여 간구해야 합니다. 바른 기도는 회개를 수반합니다.
기도에서 회개는 몹시 중요한 요소입니다. 왜냐하면 하나님께서는 죄인
의 기도를 듣지 않으시기 때문입니다(요 9:31). 죄를 회개하지 않고 드리는
사람의 기도는 하나님 앞에 가증하여 하나님께서 그들의 기도와 그들
의 제물과 같이 받지 않으십니다(잠 28:9; 사 1:15; 잠 15:8; 21:27). 자신의 마음에
빗장을 지르고 있는 자들이 하나님의 귀가 그들을 향해 닫혀있는 것을
알게 될 것이고, 마음이 강퍅하여 하나님께 도발하는 자들은 하나님의

관용을 느끼지 못하게 될 것입니다. 죄를 즐기며 회개하지 않는 악인들이 하나님의 언약을 들먹이며 자랑하는 것을 하나님께서는 최고의 수치로 여기십니다(사 29:13; 약 4:3; 요일 3:22). 회개하지 않는 악한 양심은 우리 앞에 열려져 있는 기도와 응답의 문을 닫게 합니다. 죄가 없는 성도가 없습니다. 거듭나 성화의 노상에 있는 성도 안에 여죄가 남겨져 있고 그것과 날마다 사투를 벌입니다. 그러므로 기도를 위한 중대한 준비는 우리의 악행을 혐오하고, 거지와 같은 처지와 마음 자세를 가지고 하나님께 겸손히 기도를 시작해야 합니다. 이러한 일은 회개 없이 나타나지 않습니다.

(3) 자기 의에 대한 확신을 버리고 겸손히 자비를 의지함

기도하는 사람은 자기 의(義)와 자기 신뢰를 버리고 겸손히 하나님께 나아가야 합니다(단 8:18-19, 20; 시 143:2; 사 64:5-9). 경건한 사람의 기도는 자기 빈곤을 알고 오직 하나님만을 의지하며, 용서를 구하는 가운데 약속을 확신하며 나아갔습니다. 그들이 의지한 확신은, 자신들이 하나님의 것이라는 것과 하나님께서 자신들을 돌보아 주시리라는 소망에 있었습니다(렘 14:7).

죄에 대한 고백과 용서에 대한 간구는 기도의 문을 여는 열쇠입니다. 올바른 기도의 시작과 그 준비는 겸손하고 성실하게 죄를 고백하고 용서를 구하는데 있습니다. 아무리 경건하고 거룩한 사람도 여죄를 지니고 있어 그리스도의 용서 없이는 하나님 앞에 나가 기도할 수 없으며 무엇을 받을 기대도 가질 수 없습니다. 용서하시고 화해하신 곳에만 하나님의 은총이 임합니다. 기도와 응답의 문을 여는 열쇠는 회개에 있습니다(시 25:7, 18). 옛 언약 하의 성도들도 기도가 하나님께 용납되도록 피의 대속으로 기도를 성별했습니다(창 12:8, 26:25, 33:20). 그러므로 기도에서 어떤 공로가 발생할 수 없고, 오히려 기도의 가치는 사죄의 은총에서 비롯됩니다.

(4) 회개의 쓰라림과 믿음의 달콤함 속에 소망으로 간구함

우리는 기도할 때, 앞에서 언급한 하나님의 의로운 보복에 대한 의식에 하나님의 호의에 대한 분명한 확신을 결합시켜야 합니다. 부패와 결핍에 대한 인식이 은총에 대한 목마름으로 나타나야 한다는 의미입니다. 부패와 결핍이 가득한 사람을 일으키는 것이 하나님의 은총뿐이라는 생각은 잘 조화됩니다 회개와 믿음은 함께 합니다. 죄를 애통하는 회개는 쓰라림을 주지만, 죄 사함과 은총을 베풀어주는 믿음은 기쁨을 자아냅니다(시 5:7). 그러므로 경건한 사람의 기도가 두 가지 감정에서 시작되며, 이 두 가지를 내포합니다. 기도는 우연히 나오는 것이 아니라 믿음의 인도를 따릅니다. 믿음이 바라보는 약속을 기도가 얻어내기 때문입니다(막 11:24). 믿음이 없이는 아무 것도 얻을 수 없습니다(마 21:24; 약 1:5-6; 약 1:7; 약 1:6; 마 8:13, 9:29; 막 11:24). **"믿지 아니하는 이를 어찌 부르리요 듣지도 못한 이를 어찌 믿으리요"**(롬 10:14). **"믿음은 들음에서 나며 들음은 그리스도의 말씀으로 말미암았느니라"**(롬 10:17). 기도가 믿음의 연장이므로, 믿음에서 기도가 시작됩니다. 그러므로 진정한 기도는 복음을 통해 하나님의 선하심과 자비를 계시 받은 사람들에 한(限)하여 가능합니다. 믿음의 힘(*vis fidei*/the power of faith)을 깊이 느껴보지 못한 사람은 그것을 이해하지 못합니다. 하나님의 은총의 작용과 필요성은 기도로부터 가장 잘 배우게 됩니다. 복음이 계시하는 하나님의 은총이 자기들을 위해 준비되어 있다는 사실을 확실히 믿는 사람들이 아니면 하나님께 기도드릴 수 없습니다(롬 10:14). 성경은 믿음이 붙드는 약속에 대한 확신 속에서 기도하라고 가르칩니다(히 4:16; 엡 3:12). 따라서 기도의 효과는 믿음에서 나옵니다. 믿음에서 오는 소망에 뿌리를 내린 기도가 하나님께 응답됩니다(시 5:3; 33:22; 시 56:9). 믿음의 소망은 망대와 같아서, 우리는 바로 그곳에서 하나님을 고요히 바라봅니다(엡 6:16-18).

기도의 명령에는 약속이 포함되어있습니다. 기도는 하나님의 명령으로 불순종할 경우 책망하십니다(시 50:15; 마 7:7). 그러나 이 명령에는 약속이 첨가되어있습니다. 이 명령 안에 기도하면 우리를 환영하실 것이라는 약속이 없다면, 대부분의 사람들이 하나님을 피해 도망가게 될 것입니다. 기도의 명령은 약속이 있는 예배의 한 요소입니다. 기도 가운데 우리를 불러 길을 열어주시는 분은 하나님이십니다(슥 13:9; 시 65:1-2; 50:15; 삼하 7:27; 시 145:19). 시편에는 기도와 관련하여 어떤 경향이 나타납니다. 그것은 계속되던 기도의 문맥이 중단되고 하나님의 권능으로, 혹은 그의 선하심으로, 혹은 그의 신실한 약속들에 대한 믿음이 끼어듭니다. 그러나 이런 경향은 신자들에게 새로운 연료와 새로운 생기를 공급한다는 사실을 가리킵니다. 결론적으로, 성도는 확신을 가지고 기도해야 합니다. 그리고 기도 응답의 확신은 우리 자신의 공로나 열의에 있지 않고 철저히 하나님께서 주신 약속에 근거합니다. 신자들의 기도의 목적과 근거와 확실성이 언약 안에서 주어진 하나님의 약속에 있어야 합니다.

심지어 하나님께서는 불경한 자들의 기도에 응답하시고, 그 응답의 결과를 통해 하나님의 백성들의 유익을 도모하십니다. 때로 평화롭지 못하고 고요하지 못한 생각에서 나온 기도가 응답된 예도 있고, 격분과 복수심에 불타 드린 기도가 응답되는 예도 있습니다(삿 9:20; 16:28). 이런 불경스러운 기도가 응답되는 예를 보면서 우리는 다음과 같은 생각을 해야 합니다. 먼저는 하나님께서 허용하시는 기도라 해서 항상 그것이 하나님을 기쁘시게 하지는 못한다는 사실입니다. 그리고 이러한 기도의 응답들은 특별하고 예외적인 것으로 보편적이고 영구적인 기도와 그 응답의 선한 법칙들을 폐기시키지 못합니다. 이러한 특별하고 예외적인 기도의 응답들은 하나님께서 당신의 불가해한 계획에 맞추어 어떤 사건들을 일으키시고 조종하시는 가운데 나타납니다. 궁극적인 목적은 하나님의 거룩하신 뜻과 성도들의 유익을 위하여 그렇게 하십니다.

칼뱅은 올바른 기도의 네 가지 원칙들을 제시했지만, 성도의 기도가 언제나 불완전함을 인식합니다. 하나님의 도움이 없다면, 신앙의 연약함과 불완전은 신자들의 기도를 부패하게 만듭니다. 성도들의 신앙은 의심과 혼란에 뒤섞여 있으므로, 믿고 바라는 중에도 무심코 신앙의 결핍을 드러냅니다. 그러나 원하는 목표에 도달하지 못할수록, 성도들은 더욱더 노력해서 자기의 결점을 시정하며, 기도의 완전한 표준에 매일 더욱 접근해야 합니다. 성화가 그렇듯 우리의 기도도 그리스도의 용서 안에서 더욱 온전한 곳으로 성숙해 가야 합니다. 사탄이 그들을 기도하지 못하도록 모든 길을 막으려고 애쓰더라도, 그들은 장애를 돌파해야 합니다. 그리스도의 용서 안에서 성령의 지도와 인도를 통해 이 일이 가능합니다. 하나님께서는 그리스도 안에서 불완전한 기도를 받아주시고 기뻐하십니다. 그리고 즉시 도달할 수 없는 목표이지만 용서 안에서 그 목표를 향해 분투하고 노력한다면, 하나님께서는 그들의 기도를 용납하신다는 것을 믿어야 합니다.

4 기도와 그리스도의 중보: 그리스도의 이름으로 기도할 수 있음

부패성을 지닌 인간으로서 그 누구도 하나님 앞으로 나갈 자격이 없습니다. 모든 사람이 하나님 앞에 수치감과 공포심에 못 이겨 절망에 빠질 수밖에 없습니다. 하늘 아버지께서는 수치와 공포로부터 우리를 해방하시고자 독생자 예수 그리스도를 우리에게 주셨습니다. 주님께서는 우리의 대언자요 중보자이십니다(요일 2:1; 딤전 2:5; 히 8:6; 9:15). 그분의 중보와 인도로 죄인인 우리들은 아버지께 거리낌 없이 다가섭니다. 우리는 우리의 중보자를 의지해 그분의 이름으로 간청한 것은 무엇이든지 얻을 수 있습니다. 성부께서 아들에게 어떤 것도 거절하지 않으시듯, 그분을 붙드는 성도들의 기도를 거절하지 않으십니다. 하나님의 무서운 엄위 앞에 죄인인 우리는 우리의 불결과 무가치를 느끼며 도망할 수밖에 없습니다. 그리스도께서 중보자로 나타나셔서 두려운 영광의 보좌를 은혜의 보좌로 변화시켜주실 때까지 우리는 떨 수밖에 없습니다(히 4:16). 그러나 하나님께서는 그리스도 안에서 우리에게 기도를 명령하시고 그리스도 안에서 응답을 약속하셨습니다(요 16:24, 26; 14:13). 따라서 바울은 **"하나님의 약속은 얼마든지 그리스도 안에서 예가 되니"**라고 말합니다(고후 1:20). 즉, 모든 약속이 그리스도 안에서 확정되고 완성된다는 의미입니다.

우리는 주님께서 제자들에게 승천하신 후에 당신의 중보에서 피난처를 구하라고 말씀하신 그때의 상황을 주시해야 합니다. 주님께서 **"그날에 너희가 내 이름으로 구할 것"**이라고 말씀하셨습니다(요 16:26). 사실 처음부터 중보자의 은혜가 없으면 기도와 그 응답이 있을 수 없었습니다. 구약의 율법에서 가르친 것을 보면, 성소 안으로 들어간 것은 제사장뿐이었고, 제사장의 어깨 위에는 이스라엘 지파들의 이름이 매어지고, 동일한 수의 보석들이 흉패에 부착되었습니다(출 28:9-21). 그리고 백성들은 멀리 떨어져 성전 뜰에 서 있었고, 거기서 제사장과 함께 기도를 올렸습니다. 진정 제사의 제물조차도 기도를 인증하고 확정하는 작용을 하였습니다. 이 율법의 예표적인 의식들은 우리 모두가 하나님의 면전에 나갈 수 없으므로, 중보자가 절대적으로 필요하다는 사실을 가르칩니다. 그리스도께서는 우리를 그 두 어깨에 메시고, 가슴에 품어 우리의 기도가 그분의 인격과 사역 안에서 응답되도록 하십니다. 또한 불완전한 우리의 기도는 주님께서 뿌린 피로 정결하게 되어 하나님께 올려 질 수 있습니다. 구약의 성도들은 무엇을 얻고자 갈망할 때, 그들의 소망을 희생 제물에 두었습니다. 왜냐하면 그것이 모든 소원의 재가(裁可)가 된다고 알고 있었기 때문입니다. 기도를 용납하게 하는 것은 믿음으로 드린 제물이었습니다(시 20:3). 그러므로 옛 언약 하에서나 새 언약 하에서나 하나님께서는 처음부터 그리스도의 중보 안에 있는 죄 사함과 화목을 통해 당신의 백성의 기도를 받아주셨습니다. 그렇다면 왜 주님께서는 제자들이 자신의 이름으로 기도를 시작하게 될 새로운 시간을 정하신 것일까요? **"지금까지는 너희가 내 이름으로 아무 것도 구하지 아니하였**

으나 구하라"(요 16:24). 그 이유는, 주님께서 승천하심으로 교회를 위하여 이전보다 더 확실한 수호자가 되실 것을 제자들이 아직 또렷이 이해하지 못하고 있을 때였기 때문입니다. 주님께서 승천하시므로, 하늘과 땅의 모든 권세를 받으시고, 천상 보좌에 오르셔서 우리의 완전하고 영원한 대제사장이 되실 수 있었던 것입니다.

성도들 간에 도고의 기도도 그리스도의 중보를 의존합니다. 주님으로 말미암아 성도들도 서로를 위해 도고의 기도를 드릴 수 있습니다. 그러나 도고의 기도도 그리스도의 중보에 근거합니다. 우리들이 한 몸의 지체로서 서로 자발적으로 아무 이해타산 없이 사랑하며, 그 사랑하는 감정이 넘쳐 도고의 기도로 나타나는데, 이런 기도 또한 교회의 머리 되신 그리스도의 중보에 관련됩니다. 우리의 도고의 기도가 다른 이들을 도울 수 있는 이유는 그리스도께서 그 기도에 중보자가 되시기 때문입니다. 따라서 주님의 중보 기도는 우리가 서로를 위해 기도하는 것을 막지 않습니다. 그러나 이처럼 주께서 허락하신 건전한 도고의 기도는 그리스도의 유일한 중보 기도와 구분될 때만 유익하고 정당합니다. 그런 의미에서 도고와 중보라는 구별된 용어를 사용하는 것이 안전합니다. 따라서 온 교회가 하는 모든 도고의 기도들(*intercessionesi*/intercessions)은 저 유일한 중보기도(*unica intercessio*/one intercessioin)에 연결되어야 한다는 것을 하나의 확정된 원칙으로 여겨야 합니다. 칼뱅이 종교개혁을 하던 시대에도 도고의 기도와 중보기도를 혼돈 하는 이들이 있었습니다. 종교개혁시대에도 그리스도께서는 구속의 중보자요, 신자들은 성도 간에 드리는 기도에 있어서 중보자라고 허튼소리를 하였습니다. 이렇게 하여 도고의 기도라 부를 만한 기도에서 그리스도께만 돌려져야할 가치와 역할이 사람에게 옮겨지는 왜곡이 발생한 것입니다. 이들은 마치 그리스도께서는 일정한 기간 동안에 한 번 중보 직책을 다하시고, 영원불변하는 중보 직책은 종들에게 맡겨진 것처럼 생각했습니다. 이렇게 유일한 중보자의 유일한 중보자 그리스도와 도고의 기도를 드리는 자의 역할과 가치를 혼돈하여 주님으로부터 영광을 갈취하는 자들이 있었습니다. 실제로 로마 교회는 그리스도께만 돌아가야 할 중보의 역할과 영광을 마리아와 수많은 성자들에게 돌리는 죄를 범했습니다. 오늘날 **"중보기도회"**라는 용어가 보편화되었는데, 이런 혼돈은 없는 것인지 염려가 됩니다. 성경은 우리의 영원한 중보자, 대언자는 영원히 단 한 분뿐이라고 선언합니다(요일 2:1; 롬 8:34; 딤전 2:1-2; 딤전 2:5). 아우구스티누스(Augustinus)는 말합니다. **"그리스도인들은 서로 간에 자기들을 위한 기도를 위탁한다. 그러나 그 누구도 대신 중재할 수 없으나 모든 사람을 위하여 중재하시는 분은 한 분 참 중보자 바로 그이시다."** 그리스도께서는 하늘의 내부 성소, 곧 실재하고 영원한 성결의 자리에 이르셨다. 아우구스티누스는 말합니다. **"그러나 당신이 제사장을 찾는다면 그는 하늘 위에 계신다. 그곳에서 그는 당신을 위하여 중재를 하고 계신다. 그는 이 땅에서 당신을 위하여 죽으신 분이시다"**(히 7:26). 그리스도께서 이런 완전하고 영원한 천상의 대제사장이 되셨으므로, 완전한 중보를 베풀어주실 수 있으십니다. 우리는 가끔 우리를 중보하실 때, 그리스도께서 성부의 옷자락을 붙들고 애원하시듯 중보의 기도를 드린다고 상상할 때가 있습니다. 그러나 주님께서는 성부 하나님의 계획과 모든 요청을 다 성취하셔서, 중보 사역의 성취로 주어질 약속을 모두 이루셨습니다. 그리스도께서 하나님 앞에 중보를 위해 나타나실 때, 그분의 죽음의 힘이 영원하고 완전한 중보와 중보 기도의 효과로 나타나게 됩니다(롬 8:34). 죽으시고 부활하시고 승천하신 주님께서는 하늘 성소에 들어가시며, 이 세상의 종말까지(히 9:24), 홀로 백성의 기도를 하나님 앞에서 가져가시며, 백성은 멀리 바깥뜰에 머물러 있다고 이해할 수 있습니다.

5 사기도와 공기도

(1) 사기도

칼뱅에 따르면, 기도는 소원(*vota*/vows)과 간구(*preces*/supplications) 그리고 감사(*gratia*/thanksgiving)의 의미를 담고 있습니다. 한편으로 요청하고 간구함으로써 우리의 소원을 하나님께 쏟아 놓을 때, 우리는 하나님의 영광을 널리 드러내며, 그분의 이름을 전하는데 도움이 되는 것들과 우리 자신에게 유익한 것들을 구하게 됩니다. 다른 한편으로 감사를 드릴 때, 우리는 하나님께서 주신 은혜들에 합당한 찬양을 돌리며, 우리에게 베풀어진 모든 좋은 일들을 하나님의 후하심에 돌리게 됩니다. 이 두 부분이 다윗의 말씀에 포함되어 있습니다. **"환난 날에 나를 부르라 내가 너를 건지리니 네가 나를 영화롭게 하리로다"**(시 50:15). 성도들은 모든 것들이 하나님께 달렸다는 믿음을 가져야 합니다(약 4:14-15). 우리가 결정하는 것, 말하는 것, 행하는 것은 무엇이든지 하나님의 손과 뜻 아래서 즉, 그가 도우시리라는 희망으로, 결정하며 말하며 행해야 합니다. 하나님을 바라보기 전에 자신과 다른 사람들과 그 외의 것들을 전적으로 의지해 계획을 세우고 실행하는 사람은 하나님의 저주 아래 있습니다. 하나님의 뜻을 생각하지 않으며 하나님께 기도하지 않고서 무슨 일을 착수하는 사람들은 저주 아래 있다고 성경은 가르칩니다(사 30:1; 31:1). 참된 기도의 의미와 그 안에서 훈련하는 것은, 모든 복의 근원이 하나님이심을 인정하는 것이 하나님을 바르게 공경하는 것이며, 모든 것을 받을 때 항상 감사해야 한다는 것을 배우는데 있습니다. 바울은 감사와 결합되지 않은 간구는 모두 사악하다고 가르칩니다. **"모든 일에 기도와 간구로 너희 구할 것을 감사함으로 하나님께 아뢰라"**(빌 4:6). 사람들은 불평, 권태감, 초조감, 비통, 공포 등에 휩싸인 상태에서 중얼거리듯 기도할 때가 많습니다. 그러므로 신자들은 정서를 조절해야 하는데, 이를 위해 하나님을 찬미하며 감사로 마음을 채워야 합니다. 하나님을 이처럼 찬미할 수 있는 것은 우리의 불완전한 기도가 하나님께 드려질 수 있도록 중보하시는 그리스도 때문임을 잊어서는 안 됩니다(히 13:15). 바울은 쉬지 말고 기도하며 범사에 감사하라고 가르치는데(살전 5:17-18; 딤전 2:1, 8), 그 이유는 하나님께서 모든 사람이 모든 때와 모든 장소와 모든 일에서 끊임없이 하나님께 소원을 올려드리며, 그에게서 바라며, 그로 인해 그를 찬양하기를 원하시기 때문입니다. 우리는 늘 하나님께서 찬송과 기도의 영원한 대상이심을 잊지 말아야 합니다.

(2) 공기도

끊임없는 기도는 특히 개인의 사적 기도(*privatae orationes*/private prayers)에 관한 것이지만, 교회의 공중 기도(*publicae Ecclesiae orationes*/the public prayers of the Church)에도 연관됩니다. 그리고 공중 기도는 모든 사람들이 찬성하여 합의된 방침에 따르지 않으면, 끊임없이 드릴 수 없고, 또 그런 공중 기도가 있어서는 안 됩니다. 즉, 공중 기도에는 품위와 질서가 있어야 한다는 의미입니다. 따라서 공기도에서는 일정한 시간이 정해져야 합니다. 교회에 속한 모든 일들은 **"적당하게 하고 질서대로"**(고전 14:40) 행해져야 합니다. 바울이 **"적당하게"**(εὐσχημόνως)라고 말한 것은 **"품위 있게"**라는 말로 바꾸어 번역할 수도 있습니다. 그러나 교회가 어떤 일로 인해 고무되어 더욱 자주 모이거나 어떤 중대한 일이 생겨 다급한 가운데 한층 더한 열정에 불타올라 반복적으로 기도하는 것을 막아서는 안 됩니다. 꾸준하게 드리는 기도가 **"중언부언"**(βαττολογία)(마 6:7)이 되어서는 안 됩니다. 중언부언이란 유창한 말로 귀를 자극해 하나님께 무엇을 얻어내려 하거나 자신이 다른 사람들과 같지 않다는 인상을 풍기며 자신을 과시하는 기도를 의미합니다(눅 18:11). 이런 중언부언에는 주문처럼 빈말을 반복하고, 짧은 기도를 되풀이 하면서 시간을 보내고, 어떤 이들은 큰 무더기의 말로 무리 앞에 자기를 과시하는데, 이 모두 부패한 공적 기도들의 행태입니다. 교회에서 들려지는 기도는 진실해야 하며, 마음속 깊이에서 우러나오는 것이라야 합니다. 예수님께서 가르치신 기도의 본질은 정신과 마음에 있습니다. 기도는 속마음이 감동하는 것이요, 그 감동받은 것을 하나님 앞에 쏟아 놓는 것입니다(롬 8:27). 그러므로 골방의 기도가 없이는 공적인 기도도 없는 것입니다. 참 기도는 말씀과 성령으로 감동된 마음과 정신에서 비롯되기에 은밀한 중에 보시는 아버지를 바라봅니다(마 6:6). 참 된 기도는 말씀 안에서 하나님을 바라보며, 마음과 정신을 집중하여 마음으로 깊이 내려가기 위해 은밀하고 고요한 곳을 찾습니다. 우리의 몸은 성전이기에 하나님께서 우리 마음의 정서들 가운데 우리와 함께 계실 것이라 약속하셨습니다(고후 6:16). 기도는 은밀한 것으로 내면적 성질을 가졌으므로, 예수님께서도 기도에 집중하시기 위해 군중으로부터 멀리 떠나 고요한 곳을 찾아 기도하셨습니다.

물론 이렇게 골방의 기도를 할 수 있는 사람들은 공기도도 진실 되게 드릴 수 있습니다. 예수님께서도 은밀한 기도를 드리신 후, 군중 속에서 기도하시기를 꺼리 시지 않으셨습니다. 거룩한 집회에서의 공기도와 사적인 골방의 기도는 함께 존중되어야 합니다. 하나님께서는 공중 기도를 멸시하지 않도록 성전을 **"기도하는 집**(domum orationis/the house of prayer)**"**이라 부르셨습니다(사 56:7; 마 21:13). 이 말씀을 통해 하나님께서는 기도가 예배의 중요한 부분이며, 성전을 깃발처럼 세우셔서 신자들이 한 마음으로 기도에 참여하도록 하신다는 사실을 가르치십니다. 그리고 공기도에 하나님의 약속이 첨부되었습니다. **"하나님이여 찬송이 시온에서 주를 기다리오며 사람이 서원을 주께 행하리이다"**(시 65:1). 교회가 공적으로 드리는 기도를 하나님께서 응답하십니다. 이제 성도들 자체와 그 연합이 성전이 된 신약 시대에도 이 말씀은 유효합니다. 하나님께서는 공기도를 통해 우리들 사이에 믿음의 단결을 조성하십니다. 두 세 사람이 주의 이름으로 모여 구하는 것을 응답하시겠다고 하나님께서 약속하십니다(마 18:19-20). 새 언약에서 성전은 성도와 그 무리 자체입니다. 그러므로 예배당은 품위 있고 질서 있게 회집하기 위한 수단으로서 공간이지, 건물 자체에 신성함을 부여해서는 안 됩니다(사 66:1; 행 7:48-49).

(3) 기도 중에 노래하는 것에 대해

참된 기도는 마음의 깊은 정서로부터(*ex alto cordis affectu*/from deep affection in the heart) 나온 목소리와 노래로 나타납니다(사 29:13-14; 마 15:8-9). 이것은 도움을 주는 이상 반대하지 않는 것을 넘어 장려될 만합니다. 우리가 생각하는 마음을 지탱하기 위해 보조수단이 필요합니다. 사실 우리의 혀는 하나님에 대한 찬송을 풀어 말하고 선포하기 위해 지어졌습니다. 그러나 혀의 가장 중요한 용도는 신자들의 모임에서 한 성령과 동일한 믿음으로 함께 하나님을 예배하고, 한 목소리로 하나님의 입으로 하듯이, 모든 사람들이 함께 하나님을 영화롭게 하는 공적 기도를 드리는데 있습니다. 우리가 이렇게 공개적으로 기도하므로, 모든 사람이 서로 자기 형제로부터 믿음의 고백을 받고, 교우의 행위를 통해 권유와 고무를 받게 됩니다.

칼뱅에 따르면, 교회에서 노래 부르는 것은 유익하지만 절제가 요구됩니다. 교회에서 노래하는 것은 오래된 관습입니다. 사도들도 그렇게 했습니다. **"내가 영으로 찬미하고 또 마음으로 찬미하리라"**(고전 14:15). **"시**(hymnus)**와 찬미**(psalmus)**와 신령한 노래**(canticum spiritualis)**를 부르며 마음에 감사함으로 하나님을 찬양하고"**(골 3:16). 이로 보건대, 초대교회는 마음과 목소리로 서로 덕을 세울 수 있는 신령한 노래를 불렀습니다. 아우구스티누스(Augustinus)는 암브로시우스 때에 이르러서야 비로소 밀라노 교회에서 처음으로 노래를 부르기 시작했다고 말합니다. 이로 보건대, 교회에서 노래하는 일이 보편적인 것이 아니었음을 알 수 있습니다. 노래가 진중히 조절되어 있다면, 거룩한 행동에 고상함과 은혜를 더할 것이고, 마음속에 기도하고자 하는 열의와 열망을 일으키는데 도움을 줄 것입니다. 그러나 칼뱅은 노래의 위험성과 폐해도 지적합니다. 우리는 가사의 신령한 뜻에 마음을 기울이기보다 곡조에 더욱 귀를 기울이곤 합니다. 아우구스티누스도 이 위험성을 염려하여 아타나시우(Athanasius)의 관습을 지키길 원했습니다. 아타나시우스는 노래의 억양을 낮추어 노래를 한다기보다 말하는 것처럼 들리도록 했습니다. 그러나 아우구스티누스는 노래의 유익을 알아 다른 측면도 생각했습니다. 그러므로 절제 안에서 노래의 유익을 인식하는 것이 중요해 보입니다. 그러나 단지 귀를 즐겁게 하려는 의도로 작곡된 노래는 교회의 엄위를 해치는 동시에 하나님을 불쾌하게 할 것입니다.

⑷ 아는 것을 알아 들을 수 있는 말로 기도해야 함

칼뱅은 공적 기도를 할 때 **"알아 들을 수 있는 말로"** 기도해야 함을 가르칩니다. 왜냐하면 공적 기도에서 알아들을 수 없는 말이나 소리로 기도 하게 되면, 매우 당연한 한 말이지만, 알아 들을 수 없는 말이나 소리로 기도했기 때문에, 회중들은 그 말과 소리를 이해하지 못하고 따라서 온 교회의 덕을 세우지 못합니다. 공적 기도는 회중이 몸으로서 하나님을 향해 기도로서 일치해야 하는 시간입니다. 알아 듣는 또렷한 말로 기도할 때, 회중은 한 마음이 되어 기도를 하나님께 드려야 합니다. 알아 들을 수 있는 말로 또렷이 기도해야 죄와 연약함 속에서 있는 우리의 슬픔과 괴로움을 함께 인식하고 느끼며, 은혜를 받고자 하는 간절한 마음과 열의로 기도자의 기도에 회중이 합류할 수 있습니다. 그러나 알아 들을 수 없는 말이나 소리를 내며 기도할 때, 회중과 온 교회는 어떤 말이나 소리가 기도로 들려질 때, 하나님께 마땅히 드려야 할 마음을 드리지 못하게 되므로 교회의 덕을 허물게 됩니다. 칼뱅은 공적 기도에 있어 이러한 폐해를 막고 방지하기 위해 교회사와 칼뱅 당시의 정황 속에서 나타나는 몇 가지 공적 기도의 폐해와 부덕을 소개합니다. 교회사 속에서 그리고 칼뱅이 살던 시대의 교회의 정황에 나타난 폐해를 소개하고자 칼뱅은 고린도전서 14장 15-17절을 인용합니다. **"그러면 어떻게 할까 내가 영으로 기도하고 또 마음으로 기도하며 내가 영으로 찬송하고**

또 마음으로 찬송하리라 그렇지 아니하면 네가 영으로 축복할 때에 알
지 못하는 처지에 있는 자가 네가 무슨 말을 하는지 알지 못하고 네 감
사에 어찌 아멘 하리요 너는 감사를 잘하였으나 그러나 다른 사람은 덕
세움을 받지 못하리라"(고전 14:15-17). 이 구절을 통해 공적 기도의 폐해를
예시할 때, 먼저 초대교회 사도 시대에 주어졌던 외국어로서 방언47을
들 수 있습니다. 바울이 인용한 고린도 전서의 본문은 외국어로서 방언
의 은사와 관련된 구절입니다. 칼뱅은 사도 시대에 존재했던 예언적 기
능을 했던 외국어로서 방언이 공적 기도에서 어떻게 폐해가 되었는지
소개합니다. 사도시대에 자신이 배우지 아니한 외국어로 복음을 전하고
계시를 전하는 방언의 은사가 공적 기도에 사용될 때, 통역하는 이가 없
으므로 그 말을 듣는 사람들은 그 의미를 알지 못하므로, 그 기도가 회
중에게 유익을 주지 못했습니다. 그러므로 바울은 의미를 알지 못하는
말소리를 듣는다고 하여도 회중들은 마음에 어떤 유익도 가지지 못하
니, 공적 기도할 때 방언에 대한 통역이 없다면 알아 듣는 말로 기도할
것을 권고한 것입니다. "그러므로 내가 그 소리의 뜻을 알지 못하면 내
가 말하는 자에게 외국인이 되고 말하는 자도 내게 외국인이 되리니 그
러면 너희도 영적인 것을 사모하는 자인즉 교회의 덕을 세우기 위하여
그것이 풍성하기를 구하라 그러므로 방언을 말하는 자는 통역하기를
기도할지니"(고전 14:11-13). 방언에 통역이 수반되지 못하면, 방언으로 복음
을 전할 때, 듣는 대상들은 외국인이 외국인에게 말하는 것과 다를 바
없습니다12절. 왜냐하면 방언은 외국어이기에 통역이 없으면, 듣는 자들
은 방언을 하는 자에 대하여 언어상 외국인이 될 뿐입니다. 칼뱅은 외국
어로서 방언이 존재하던 사도시대에 방언의 정황을 가지고 "알아 듣지
못하는 말로 하는" 기도의 폐해를 소개한 것입니다. 그러나 사도시대의
방언과 관련된 공적 기도의 예를 통해 칼뱅이 반면교사로 삼고자 한 것

---

47   Calvin, *Comm. on I Corinthians*, 14:2. 칼뱅은 사도시대의 방언을 외국어로 규정한다.

은 사도시대 이후에 외국어로서 방언의 은사가 그치고 난 후, 칼뱅이 살아가던 시대의 교회에 나타난 폐해 때문이었습니다. 칼뱅이 살던 시대에 방언의 은사가 있어서 그것이 교회에 혼란을 가져와서 고린도전서 본문의 방언 주제를 소개한 것이 아닙니다. 칼뱅은 예언적 성격을 가진 방언의 은사가 성경 66권이 완성된 후 중지되었음을 분명히 인식한 개혁자였습니다. 제네바 요리문답에는 이러한 인식이 반영되어 있습니다.

> 247. M. 그렇다면, 모르는 말로 기도하는 것은 어떻습니까?
>
> C. 그것은 하나님에 대한 조롱이며, 사악한 외식입니다.[48]

방언은 통역이 필요한 외국어로서 분명 복음의 계시를 전하는 수단으로 예언적 성격을 가진 은사였습니다. 칼뱅은 사도시대 이후 성경 66권이 완성된 후 다른 계시가 있을 수 없다는 분명한 의식을 가르친 개혁자였습니다.[49] 성경 66권 외에 다른 계시가 없으므로, 사도시대의 직통계시와 방언과 같은 계시적 은사는 당연히 멈추었다고 칼뱅은 명시적으로나 암시적으로나 분명한 입장을 취하고 있는 것입니다. 칼뱅은 『기독교강요』, 1권, 9장의 제목을 이렇게 정했습니다. **"성경을 제쳐 놓고 계시로 비약하는 광신자들은 경건의 모든 원리를 전복함**(Omnia pietatis *principia evertere fanaticos / qui / posthabita scriptura / ad revelationem transvolant*.**"**

그렇다면 칼뱅은 왜 초대교회의 방언의 은사를 공적 기도와 관련하여 소개한 것일까요? 칼뱅이 사역하던 시대에 방언의 은사는 논쟁거

---

48   *The Catechism of the Church of Geneva*, 247. "M. If so, what about prayer in an unknown tongue? C. It is a mockery of God, and a perverse hypocrisy(I Cor. 14:14); 참고, *The Second Helbetic Confession*, Ch. XXII. "... Worship in the Common Language. Therefore, let all strange tongues keep silence in gatherings for worship, and let all things be set forth in a common language which is understood by the people gathered in that place."

49   *Inst.* I. IX. 1. 참조. 이와 같은 인식이 *Westminster Confession of Faith*, I. 1.에 분명히 표명되어 있다.

리도 되지 않았습니다. 그것은 오늘날 우리 현대 교회의 정황일 뿐입니다. 칼뱅 시대의 큰 논쟁거리는 로마교회가 자국어로 예배를 인도하지 않고 자국민들이 알아 듣지 못하는 라틴어로 예배를 인도했기 때문입니다. 당시 종교개혁자들의 예배 개혁 대상 가운데 하나가 알아 듣지 못하는 라틴어로 사제들이 예배를 인도하는 것에 있었습니다. 칼뱅이 당대의 정황 속에서 부패한 교회를 근심하면서 외쳤던 것은 다음과 같은 사안이었습니다. **"감사와 기도를 공적으로 드릴 때, 모든 사람들이 다 이해할 수 있는 자국어 이외의 다른 말로 드려서는 안 된다."**[50] 로마 교회는 공적 기도를 라틴 사람들 가운데 헬라어로, 프랑스 사람들, 영국 사람들 가운데 라틴어로 행하므로, 회중이 알아 들을 수 없는 기도를 드렸습니다. 그러므로 고린도전서 14장 15-17절이 사도시대 당시에는 공적기도에서 방언의 은사 문제로 제시되지만, 칼뱅은 본문을 알아 듣지 못하는 라틴어로 공적 기도를 행하여 회중에게 아무런 유익과 덕을 주지 못하는 로마 교회의 문제로 제시됩니다. 그러므로 본문에서 14절에서 **"나의 영"**은 **"나에게 주어진 은사"**를 가리킵니다. 즉 성령께서 나에게 은사를 주시므로, 내가 방언을 말하는 것을 의미합니다.[51] 이런 이유로 개핀(Richard B. Gaffin)은 **"나의 영"**을 성령으로 해석하고, 칼뱅이 그의 주석에서 언급한 것처럼, **"나의 영"**을 성령에 의한 방언의 은사로 해석합니다.[52] 그러므로 여기서 **"나의 영"**과 **"나의 마음"**의 대조는[53] **"성령과 방언을 받은 자의 마음 간의 대조, 성령의 활동과 방언을 받은 자의 마음의 비활동 간의 대조"**를 의미합니다. 방언의 은사가 주어지던 사도시대에 바울이 전하는 의미는 성령께서 은사를 베풀어 알지 못하던 외국어

---

50 Calvin, *Comm. on I Corinthians*. 14:16. "let not prayers or thanksgivings be offered up in public, except in the vernacular tongue."

51 Calvin, *Comm. on I Corinthians*. 14:14절에 관한 주석.

52 Richard B. Gaffin, 『구속사와 오순절』 김귀탁 역(서울: 부흥과 개혁사, 2010년), 120-2.

53 Richard B. Gaffin, 121.

를 구사하게 될 때, 그 의미를 말하는 자나 듣는 자들이 마음, 곧 지성으로 인지하지 못한다면, 그 외국어로서 방언이 무슨 유익을 줄 수 있겠느냐는 뜻입니다. 그러므로 특별히 공적 기도를 드릴 때, 통역이 없는 방언은 금해져야 한다는 뜻입니다. 칼뱅은 초대교회의 정황과 문제를 가져와 라틴어로 기도하고 자국어로 기도하지 않으므로, 회중들이 겪어야 할 영적 재난을 책망하고 있는 것입니다. 칼뱅 시대의 정황은 방언이 아니라 라틴어에 있었습니다. 공적 예배와 기도나 찬미에서 늘 강조되는 것은 알아듣는 말로 예배하고 기도하고 찬미해야 한다는 것입니다. 사도시대의 방언이든, 오늘날 평상적인 말이든 그것이 진실하고 열렬한 마음을 표현하는 것이 되어야 하고, 우리의 말과 표현은 그것을 전달하고 공유하기 위해 이해되어야 합니다.

그러므로 칼뱅의 글에서 방언으로 번역된 영어 tongue은 단지 방언으로 번역될 수 없고, 혀의 말과 표현되는 의미 있는 소리 그리고 넓게 언어로 해석될 필요가 있습니다. 이런 이유로 칼뱅은 tongue과 관련하여 사무엘의 어머니 한나의 예를 듭니다. 한나는 격정에 싸여 알 수 없는 어떤 말을 속으로 중얼거렸습니다(삼상 1:13). 엘리 제사장은 그 모습을 보고 한나가 술 취한 것으로 오해했습니다. 한나가 속으로 중얼거린 것은 단지 소리를 내지 않고 말했다는 의미만 담고 있지 않습니다. 깊은 격정이 올라올 때, 사람은 말로 그것을 다 담지 못하여, 의식하지 않은 소리와 몸짓이 터져 나오곤 합니다. 사도시대에 방언의 은사는 자기의 지성이 다 담을 수 없는 계시를 성령의 주권적인 역사로 자신 안에 담아 표현해야 했습니다. 그러므로 통역이 있어야 회중의 덕을 세울 수 있었습니다. 그러나 사도시대 이후로 방언의 은사는 중지되었으나, 여전히 기도할 때, 거룩한 정서로 마음을 채우시는 성령의 은혜가 있습니다. 그래서 기도할 때, 우리 마음에 주신 은혜를 말로 다 표현하지 못해 입에서 나는 소리가 있고 몸짓이 있을 수 있습니다. 격정에 쌓여 기도하던 한나의 모습이 우리에게 있을 수 있습니다. 즉, 격정에 싸일 때, 성도에게서 일상적으로 불쑥 나타나는 분절된 짧은 목소리와 같은 것입니다. 하나님을 향한 열렬한 마음을 위해 혹은 그러한 마음이 낳는 무릎을 꿇거나 머리를 가리거나 하는 몸짓 같은 것이 있을 수 있습니다. 그러므로 건전한 신앙은 하나님께서 베풀어주신 정서와 지성의 인식과 분별이 분리되어서는 안 됩니다. 무엇보다 오늘날 하나님께서 교회와 사역자들을 통해 하나님의 말씀인 성경을 통해 은혜를 베풀어주실 때, 하나님의 말씀을 또렷한 표현으로 전하고, 또렷한 인식으로 받아내야 합니다. 이 은혜를 성령께서 베풀어 주십니다. 하나님의 계시와 지성의 인식이 분리된 곳에서 모든 말과 노래와 소리는 그저 울리는 꽹과리가 되고 마는 것입니다. 그러므로 사도시대에는 방언의 은사가 사도시대 이후에는 알아듣지 못하는 라틴어로 예배를 인도하거나, 회중이 결코 이해하지 못할 어떤 말과 소리와 표현으로 공적 예배나 기도나 찬미에서 행하는 일이 금해 되는 것입니다. 공적 기도는 모두가 알아들을 수 있는 또렷한 표현에 우리의 마음을 담아 회중의 지성이 하나님의 계시와 메시지로부터 단절되지 않도록 해야 합니다. 그래서 웨스트민스터 신앙고백에서도 똑같은 공적 기도에서 성도들이 고수해야할 중요한 사안을 칼뱅의 메아리처럼 들려주고 있습니다.

> … 대표로 기도하기 위해 소리를 내어 기도할 경우에는 사람들이 알아들을 수 있는 언어로 해야 된다.[54]

---

54 *Westminster Confession of Faith*, XXI. 3.

6 기도의 양식의 표준, 주기도문

(1) 주기도문의 의미와 목적

예수님께서는 기도의 방법과 기도의 양식의 표준을 주기도문을 통해 가르쳐 주셨습니다(마 6:9 이하; 눅 11:2 이하). 하나님께서 우리의 연약함과 무지를 아시므로, 우리의 기도의 양식을 정하시고, 우리가 그분에게 기도해도 좋은 것과, 우리에게 유익한 것과, 우리가 구할 필요가 있는 것을 모두 한 도표에 적은 듯이 우리에게 제시해 주셨습니다. 우리는 주기도문을 통해 하나님 자신의 말씀으로 기도하므로, 하나님께서 용납하시는 것들을 기도할 수 있게 됩니다. 주기도문에 따르면, 기도의 모범 양식에는 여섯 가지 기원이 포함됩니다. 주님께서 가르쳐 주신 기도는 그 전체가 하나님의 영광을 전제하고 지향하지만, 처음 세 기원은 특별히 하나님의 영광을 위한 것으로, 남은 세 기원은 우리 자신을 돌보는데 필요한 일들을 위한 것으로 지정되었습니다. 이 두 구분은 분리되지 않으며, 하나님의 영광에 초점이 맞추어져 있습니다. 일용할 양식을 구할 때도, 하나님의 영광을 위해서만 구해야 합니다. 하나님의 이름이 거룩히 여김을 받도록 기도할 때 우리에게 성화가 일어납니다. 모세와 바울은 자기를 생각하거나 돌아보지 않고 하나님의 영광과 그 나라의 증진을 위해 기도했습니다(출 32:32; 롬 9:3). 주기도문이 하나님의 영광과 우리의 필요에 관련된 것을 구분하고 있지만, 우리의 필요는 목적이 아니라 하나님을 영화롭게 하는 수단으로서 구해져야 합니다.

(2) 주기도문 분석

① 하늘에 계신 우리 아버지

하나님께서는 그리스도 안에서 우리를 자녀 삼아주시고, 주님을 우리의 형제로 주십니다. 우리를 주님 안에 양자로 삼아주신 은혜를 확고히 믿는 사람에게 그리스도의 소유가 우리의 것이 됩니다(요 1:12). 이러한 이유로 하나님께서는 당신을 아버지로 부르게 하셨습니다(요일 3:1). 매일 죄 때문에 고통 하는 우리들에게 심판자 하나님께서는 그리스도 안에서 우리를 용서하시고 은혜를 베풀어주시는 아버지가 되십니다(눅 15:11-32). 우리의 좁은 마음이 하나님의 무한하신 사랑을 이해할 수 없기 때문에, 그리스도께서는 우리가 양자된 것을 보증하실 뿐 아니라, 이 일에 대한 증거로서 성령을 우리에게 주셔서, 성령을 통해서 우리가 큰 목소리로 **"아바 아버지**(Abba Pater/ἀββᾶ ὁ πατήρ/Abba Father)"라고 부르게 하십니다(갈 4:6; 롬 8:15). 그러므로 어떤 주저하는 생각이 우리 앞을 막을 때마다, 우리는 이 공포심을 바로 잡아 주시기를 구하며, 우리에게 성령을 보내셔서 그의 지도로 담대한 기도를 드릴 수 있게 해주시기를 기도해야 합니다. 또 우리는 **"아버지"**란 단어에 두 수식어가 붙어 있음을 상기해야 합니다. 첫 번째, **"우리"**라는 수식어는, 신앙을 가진 성도의 아버지께서는 그 몸의 아버지이시기도 합니다. 따라서 하나님께 기도할 때, **"우리 아버지"**로 하나님을 부르는 것은, 성도간의 교제와 형제애가 있어야 한다는 사실을 알려줍니다. 한 아버지께서 우리 모든 사람에게 공통적으로 아버지가 되시며(마 23:9), 우리가 얻는 좋은 것이 모두 그에게서 오는 것이라면, 당연히 우리를 서로 분리시키는 것이 있어서는 안 되며, 필요한 때에는 얼마든지 기꺼이 또 진심으로 서로 나누어야 합니다. 아버지를 진정으로 깊이 사랑하는 사람은 동시에 그의 가족 전체를 사랑합니다(엡 1:23). 성도는 주 안에 있는 모든 사람만이 아니라 땅에 사는 모든 사람들을 기도 중에 기억해야 합니다. 경건한 사람은 우리가 아는 사람 모두가 잘 되기를 바랍니다. 그러나 믿음의 가족에게 특별히 그러해야 합니다(갈 6:10). 기도와 구제는 가난한 사람들을 돕는다는 데 공통점이 있으나, 구제는 시야에 들어와 손이 닿는 범위에서 도울 수 있으나, 기도는 공간의 한계를 넘어 도움을 줄 수 있습니다(딤전 2:8). 둘째, **"하늘에 계신"**(마 6:9)이란 수식어는 물리적 하늘이 아닌 하나님의 초월성과 편재하심을 나타냄니다(왕상 8:27; 사 66:1; 행 7:49, 17:24). **"하늘"**은 하나님의 영광을 가리키고자 사용된 용어입니다. 하나님께서는 당신을 영광스러운 분으로 알려주시고 부르게 하심으로 우리로 신뢰감을 가지고 그분께 의지하고 간구하며 살게 하십니다(히 11:6; 빌 4:5-6; 시 34:15; 벧전 3:12).

② 이름이 거룩히 여김을 받으시오며

이 간구는 배은망덕과 악의로 하나님의 영광을 흐리게 하고 가리길 잘하는 우리를 경계하기 위해 주어졌습니다. 우리는 하나님께서 그 당연히 받으셔야 할 영광을 받으시기를 원해야 합니다. 사람은 하나님에 대해서 말하거나 생각할 때에는 언제나 반드시 최고의 경의를 품어야 합니다. 웨스트민스터 소요리문답 1문답은 인생의 최고 목적이 하나님을 영화롭게 하고 그분을 영원히 즐거워하는 것이라 고백합니다.

③ 나라이 임하옵시며

이 기원은 하나님의 통치에 관련됩니다. 칼뱅에 따르면, 그리스도 안에서 성도가 자기를 부정하고 하나님의 의(義)를 구하며 하늘 생명을 추구하는 거기에 하나님의 나라가 있습니다. 하나님 나라는 육체의 모든 악한 욕정을 성령의 능력으로 고치시는 것과 우리의 모든 의식을 빚어 당신의 명령에 복종시키는 두 부분으로 이루어집니다(고후 4:16; 살후 2:8).

④ 뜻이 하늘에서 이룬 것 같이 땅에서도 이루어지이다

이 기원은 하나님 나라에 의존하며, 하나님 나라에서 분리될 수 없지만, 하나님께서 우주를 통치하신다는 뜻을 잘 이해하지 못하는 우리의 무지 때문에 첨부되었습니다. 이 기원의 의도는, 만물이 하나님의 뜻에 복종할 때 하나님께서 온 세상의 왕이 되신다는 사실을 가르치려는 데 있습니다. 이 기도의 목적은, 성령께서 우리의 심령을 주관해주셔서, 하나님을 기쁘시게 하는 것을 사모하고, 하나님께서 불쾌히 여기시는 것을 싫어하는 마음을 구하는 데 있습니다.

주기도문의 첫 번째 부분으로서 세 가지 기원의 결론은 이러합니다. 이 세 가지 기원은 하나님의 영광에 초점이 맞추어져 있습니다. 이 기원을 드릴 때 우리는 하나님의 영광만을 목표로 삼고, 자신이나 자신의 이익은 생각하지 않아야 합니다. 이 기원이 담고 있는 목적과 필요들은 하나님의 자녀 됨에 대한 증거이며 고백이기도 합니다. 하나님의 자녀로서 우리는 아버지께 이렇게 할 의무를 지고 있습니다. 우리는 하나님께 영광 돌리려는 소원과 열의를 갖고, 그것을 우리 인생의 최고의 즐거움으로 삼아야 합니다.

⑤ 오늘날 우리에게 일용할 양식을 주옵시고

네 번째 간구부터는 우리의 영육간의 필요를 위한 기도를 가르칩니다. 그러나 우리의 필요를 구하는 간구조차 하나님의 영광을 떠나서는 안 됩니다. 우리의 필요들은 하나님의 영광을 위한 수단으로서 구할 수 있습니다(롬 17:7-9). 이런 전제 하에 **"일용할 양식"**이란 우리의 육신과 일상생활에 필요한 모든 것, 즉 음식, 의복, 우리에게 유익하다고 하나님께서 보시는 모든 것을 구할 수 있습니다. 이 간구에 **"오늘날"**이나 다른 복음서의 **"날마다"**라는 말은 **"일용할"**이란 형용사와 더불어 덧없이 지나가는 것들에 대한 과도한 욕망을 억제시킵니다. 육신과 일상생활에 필요한 것들은 하나님의 섭리와 보호의 손길에 그날그날 충분한 정도로 구하고 살며, 내일도 이러한 은혜가 있을 것임을 확신해야 합니다. 이와 같은 교훈은 광야의 만나를 통해 얻을 수 있습니다(신 8:3; 마 4:4). 하나님께서는 비록 물질적인 수단으로 생명과 힘을 우리에게 보여주시지만, 그의 권능만이 그 생명과 힘을 유지한다는 것을 가르치십니다(레 26:26; 겔 4:16-17, 14:13). 그날그날의 족한 은혜가 있음을 확신하고 자족하므로 우리는 육신의 무제한적인 욕망을 제어하고, 하나님께 현실을 위한 합당한 기도를 드릴 수 있습니다.

⑥ 우리 죄를 사하여 주옵시고

이 기원과 여섯 번째 기원은 하늘 생활에 필요한 간구입니다. 죄에는 형벌이 따르기에 죄를 '**빚**'이라 부릅니다. 우리가 이 빚을 갚을 수 없기에, 그리스도의 대속의 은혜를 통해 믿음 안에서 값없는 자비로 용서를 받습니다(롬 3:24). 주님께서는 죄를 고백하는 자들을 받아주시고, 그들의 형상을 점진적으로 회복시키십니다. 그러나 일생 오점이 따라 다니므로, 일생 그리스도의 용서를 구하고 의지하며 살아야 합니다. 그리고 무한한 빚을 탕감 받은 우리에게 주님께서는 타인에 대한 용서를 명하십니다. 여기서 우리가 타인을 용서한다는 의미는, 우리가 타인의 위법이나 불법에 대한 죄책을 사할 수 있다는 의미가 아닙니다. 왜냐하면 죄를 사하는 권세는 하나님께만 속한 고유한 것이기 때문입니다(사 43:25). 오히려 하나님 앞에 무한한 죄를 용서 받은 우리가 우리에게 죄를 지은 자들을 향해 미움과 복수심을 버리고, 그들의 부당한 처사를 잊어버리려 하는 것이 합당하다는 의미입니다. 따라서 이 기도는 누구를 용서하므로 용서를 받게 될 것이라는 조건적인 의미가 아닙니다. 이렇게 하므로 인해, 우리는, 다른 사람과 우리의 죄가 사해진 것을 더욱 확고히 확신할 수 있게 된다는 의미입니다.

⑦ 우리를 시험에 들게 하지 마시옵고 다만 악에서 구하시옵소서

이 기원은 율법을 우리 마음에 새기시겠다고 약속하신 바에 대응하는 기도입니다(잠 3:3; 고후 3:3). 우리 안에 부패성과 연약함으로 인해 하나님의 뜻에 순종하는 일이 끊임없는 싸움이고 괴로운 투쟁이 됩니다. 그러므로 우리는 불순종을 피하고 순종하기 위해 하나님 안에서 무장하고 보호를 받을 필요가 있습니다. 사탄의 전술과 맹공으로부터 굴복하지 않고, 언제나 우리를 둘러싼 가지각색의 시험을 이기기 위해 성령의 도우심을 구해야 합니다. 마귀는 율법을 범하게 하고 하나님으로부터 떠나 우리의 마음을 굳어지게 합니다. 우리에게 순경도 역경도 시험이 됩니다. 그러므로 순경의 때 교만하지 않고 역경의 때 낙심하지 않도록 기도해야 합니다. 물론 시험이 전혀 없는 삶은 존재하지 않습니다. 때로는 우리의 태만에서 깨우시고 성화시키시려 하나님께서는 때때로 치욕과 빈곤과 고난과 기타 곤란으로 징계하십니다(시 26:2; 창 22:1; 신 8:2, 13:3). 사탄은 멸망, 정죄, 혼란, 낙심을 유발하려고 유혹하지만, 하나님께서는 우리를 성화시키시려 연단하십니다. 그러나 사탄의 유혹이라도 피할 길을 베풀어주시므로, 성도로 인내하게 하십니다(고전 10:13; 벧후 2:9). 중요한 것은 마귀의 힘과 공격을 견딜 수 있는 힘이 우리 안에 없다는 것을 인정하고 하나님을 바라보아야 합니다. 시험으로부터의 보호와 승리는 오직 그리스도를 바라보는 곳에 존재합니다. 그리고 우리를 시험하는 것은 하나님의 본성과 반대되는 일입니다(약 1:13). 그러므로 시험의 원인은 우리의 정욕에 있다고 보아야 합니다(약 1:14). 그러나 하나님께서 그분의 주권과 지혜와 선하신 동기로 사람을 사탄에게 넘겨주실 수 있으십니다. 그러나 그 원인은 사람이 모르는 때가 많습니다.

⑧ 나라와 권세와 영광이 영원히

이 주기도문의 결론은, 우리의 믿음을 견고하게 하고 평온한 안식처를 제공합니다. 나라와 권세와 영광이 영원하신 분께서 약속하시고, 기도를 요구하셨으며, 이 기반 위에 우리의 기도가 응답됩니다. 결론부분은 기도와 그 응답의 토대와 근거를 확고히 알려주므로, 우리가 확신과 평안 가운데 하나님께 기도하도록 돕습니다. 그리고 **"아멘"**(마 6:13)은, 하나님께 구한 것을 얻고 싶다는 열의를 표명하는 말입니다. 기도는 지존하신 하나님을 대상으로 하며, 그분의 약속에 근거하기에 반드시 실현되므로, 우리는 기도를 아멘으로 끝내야 합니다. 그러므로 우리는 기도에서 우리를 의지하지 않고 오직 하나님의 큰 긍휼과 은혜를 의지합니다(단 9:18-19).

(3) 주기도문은 기도의 표준이요 규범

우리가 하나님께 기도해야 할 것과 기도할 수 있는 것은 온통 이 기도에 포함되어 있습니다. 이 기도문은 우리의 최대의 교사이신 그리스도께서 주신 이를테면 기도의 표준입니다. 이 기도는 모든 점에서 완전해서, 이 표준과 형식을 벗어나서는 안 됩니다. 하나님께서 이 기도에 요약하신 바는 그분에게 합당한 것, 그분께서 기뻐하시는 것, 우리에게 필요한 것, 요컨대 그가 기꺼이 주시고자 하시는 것들입니다. 그러므로 테르툴리아누스는 주기도문을 **"합법적 기도**(*legitima oratio*/lawful prayer)**"**라고 불렀습니다. 그는 은연중에 모든 다른 기도는 탈법적이고, 따라서 불가하다는 뜻을 표하였습니다. 그러나 주기도문의 내용과 형식이 표준이 된다는 의미는, 단지 주기도문을 문자 대로 암송하거나 반복한다는 의미가 아닙니다. 비록 용어를 다르게 표현한다하더라도 그 원리와 내용과 형식에 있어 이 기도에 함축된 바대로 기대하고 간청해야 한다는 의미입니다. 그러므로 성경에 있는 모든 기도와 경건한 자들의 모든 기도는 주기도와 연관 지워야 합니다. 이 기도와 같이 완전한 기도는 달리 찾아 볼 수 없으며, 더 완전한 것은 더군다나 없습니다. 하나님을 찬양하기 위해서 생각해야 할 것과, 사람 자신의 행복을 위해서 생각해야 할 것은 이 기도에서 하나도 빠지지 않았습니다. 또 그 구조도 지극히 정밀해서, 이 기도에 개선책이 필요치 않습니다.

(4) 일정한 시간의 기도와 인내의 기도에 대하여

우리의 연약성 때문에 기도를 위한 보조 수단이 필요합니다. 기도를 위해 일정한 시간을 정하는 것이 유익합니다. 일과를 시작하기 전, 음식을 먹으려 할 때, 하나님의 복 주심으로 먹고 난 때, 밤에 자려할 때 등 그 시간이 되면 기도를 드리는 것이 유익합니다. 그러나 시간을 정하는 일이 미신화 되어서는 안 됩니다. 규칙적으로 기도를 드리는 것은 일종의 훈련입니다. 따라서 모든 기도에 있어 하나님을 어떤 환경에 묶어 두고자 그가 어떤 시간에, 어떤 장소에서, 어떤 방식으로 행하실 것이라고 규정해서는 안 됩니다. 또 우리 자신을 위하여 기도하려 할 때, 먼저 그분의 뜻이 이루어지길 간구해야 합니다(마 6:10). 그러므로 우리의 뜻이 그분의 뜻에 종속시켜 그분으로 하여금 우리의 통치자가 되시도록 해야 합니다.

그리고 기도함에 있어 인내와 견인(堅忍)을 생각해야 합니다. 우리의 마음을 하나님과 그분의 뜻에 복종케 함은 우리가 하나님의 섭리의 법칙에 지배되도록 하기 위함입니다. 그러므로 이러한 일이 일어나도록 우리는 인내하며 지속적으로 기도해야 합니다. 우리는 우리의 욕망과 조급함을 내려놓고 주를 기다리면서 인내하며 기도해야 합니다. 그렇게 된다면, 우리 육신의 눈에 주님이 보이지 않지만, 그분이 항상 우리 곁에 계심을 확신하게 될 것입니다. 우리가 인내하는 시간은 하나님께서 우리 안에 일하시도록 우리를 내어드리는 시간입니다. 하나님께서는 결코 주무시지도 쉬지도 않으십니다. 우리의 첫 요구가 응답되지 않더라도 우리는 낙심해서는 안 됩니다. 때로는 우리가 욕정을 따라 기도하여 응답받지 못할 때가 있는데, 욕정의 기도를 들어주시지 않는 것이 우리에게 더 유익할 때도 있습니다(민 11:18, 33).

우리의 뜻대로 되지 않더라도, 우리에게는 하나님께서만이 모든 것을 대신하실 수 있다는 사실을 알아야 합니다. 하나님께서는 우리의 기도를 허락하실 때에도 반드시 우리가 원하는 그대로 응하시는 것은 아닙니다. 우리의 마음을 졸이게 하시는 듯하면서도, 놀라운 방법으로 우리의 기도가 헛되지 않았다는 것을 알려주십니다(요일 5:15). 하나님께서는 진정 우리에게 필요한 것이 무엇이고 우리에게 해로운 것이 무엇인지 우리 보다 더 잘 아십니다. 하나님의 생각과 우리의 생각이 달라, 하나님께서는 우리를 위해 응답하시더라도 하나님의 더 지혜롭고 선하신 방식으로, 우리의 바램과 다른 방식으로 더 좋은 것을 주실 때도 많습니다. 그러므로 인내가 필요합니다. 하나님께서 백성에게 가하시는 시험이 가볍지 않으며, 훈련도 쉽지 않습니다. 자녀들을 극단으로 모는 때가 많으시며, 그렇게 몰린 그들이 진창에 빠져 하나님의 다정한 은혜를 맛볼 때까지 거기 오랫동안 있게 하실 때도 있습니다(삼상 2:6). 우리가 하나님의 섭리에 붙들려 하나님께서 당신께서 원하시는 일을 성취하시도록 우리의 기도가 지속되어야 합니다.

13

21-24장
영원한 선택, 이중 예정

1 예정 교리의 의미와 유익

(1) 예정 교리의 유익과 올바른 접근 태도

생명의 언약(*foedus vitae*/the covenant of life)이 모든 사람에게 동등하게 전해지지 않는다는 것은 명백한 사실입니다. 왜냐하면 같은 말씀이 들려지는데도, 어떤 사람은 믿음에 이르고 어떤 이들은 믿음에 이르지 못하기 때문입니다. 동일하게 선포된 말씀의 부르심에 나타나는 상이한 반응은 하나님의 영원한 선택의 의지와 깊은 연관이 있습니다. 어떤 이들에게 구원이 값없는 은혜로 주어지고, 어떤 이들에게 구원으로 나아가는 길이 차단되는 것이 하나님의 선택(*electio*/election)과 예정(*praedestinatio*/predestination)에 관련된 일이라는 사실을 견지하고 경건한 마음으로 받아들일 필요가 있습니다. 우리가 이 교리와 관련하여 염두에 두어야 할 것은 이 교리에는 경건과 목회적 유익이 있고 이 교리를 바르게 인식할 때, 향기로운 열매가 있다는 점입니다. 영원한 선택의 교리가 우리에게 알려주는 진리 인식은 **"우리의 구원이 그의 값없는 자비의 샘에서 흘러나온다**

는 사실"[55]에 있습니다. 칼뱅은 이중 예정을 가르칩니다. 영원한 선택에 따라 구원의 은혜가 특정한 사람들에게만 주어진다는 사실은 하나님께서 어떤 이들에게 이 은혜를 허락하시지 않으시며 은혜 베풀어주시기를 거절하신다는 결론에 이르게 됩니다. 따라서 은혜는 하나님께서 기뻐하시는 뜻을 따라 주권적으로 주어집니다. 이 교리에 무지할 때, 하나님의 영광을 손상시키게 되고, 구원과 관련하여 진정한 겸손을 잃게 됩니다. 칼뱅은 이 교리의 유익함에 대하여 가르칩니다. 예정의 교리가 깨우치고자 하는 바는 구원과 관련하여 우리를 겸손하게 만들고, 우리가 얼마나 하나님께 큰 빚을 지고 있는지 느끼고 깨닫도록 하는데 있습니다. 그리고 이 교리는 우리 구원의 확신을 지탱시켜 주는 버팀목이 됩니다. 예정 교리는 사변적으로나 단지 철학적이고 논리적인 인식으로 도달할 수 있는 진리가 아닙니다. 예정 교리의 바른 인식은 이러한 식으로 주어집니다. 누군가 자신의 전적인 부패와 무능을 깨달을 때, 결코 자신 안에 구원의 근거가 없음을 깨닫는 동시에 오직 자신의 구원이 하나님의 값없는 은혜로 된 것을 인식합니다. 자신의 전적인 부패와 무능 안에서 은혜를 인식한 사람은 구원이 영원 전에 하나님의 의지와 뜻으로부터 비롯되었으며, 구원의 시작과 과정과 완성이 오직 하나님 편에 있음을 인정하게 됩니다. 즉, 예정에 대한 인식은 자신의 철저한 죄와 무능에 대한 인식과 함께 합니다. 그러므로 예정에 대한 인식은 영적인 자기 빈곤을 느끼고 인정하는 자기 부정과 진실 되고 정직한 겸손을 수반하게 됩니다. 자기의 무능과 부패를 깊이 깨닫고 은총의 가치를 인식하면 인식할수록 구원에 있어 하나님의 주권을 더 분명히 인식하게 됩니다. 예정의 교리의 꽃은 구원이 불완전한 우리의 행위와 공로에 달린 것이 아닌 오로지 하나님의 영원하고 변함없는 의지와 자비로부터 비롯된 것임을 깨달음으로, 하나님께 근거한 구원이 흔들릴 수 없이 확고한 것이라는 확

---

55 『기독교강요』, 3권, 21장 1절.

신에 이르게 되는 것입니다. 즉, 예정의 교리는 무수한 위험과 함정과 치열한 투쟁 속에서도 우리의 구원이 흔들림이 있을 수 없으며 영원한 안전이 보장된다는 확신을 주므로, 연약한 성도들을 위로하는 목회적 성격을 가지고 있습니다(요 10:28-29). 예정이라는 구원의 기초가 제거되면, 불완전하고 부패성을 지닌 성도들은 공포에 사로잡히게 되고 맙니다. 그런 의미에서 베르나르두스는 교회가 예정 안에 서 세워졌음을 가르칩니다. **"그렇지 않다면 교회는 피조물 가운데서 발견되지도 인식되지도 않을 것이다. 왜냐하면 교회는 예정의 복된 품 안에 그리고 비참한 저주의 무리 속에 놀랍게 숨어 있기 때문이다."**[56]

(2) 예정에 접근하는 바른 태도

예정은 호기심이나 지적 탐욕이 동기가 되어 사변적으로 접근해서는 안 됩니다. 예정을 배우는 것은 하나님의 지혜의 가장 깊은 성역으로 들어가는 것입니다. 예정의 진리에 경솔히 자신만만하게 뛰어 드는 사람들은 호기심을 만족시키지 못할 것이며, 출구를 찾을 수 없는 미궁에 빠져들 것입니다. 왜냐하면 주님께서 깊이 감추어 두시려 하는 것을 무례하게 탐색하거나, 가장 숭고한 지혜를 그 영원성 자체로부터 들춰내려하는 것은 옳지 않은 태도이기 때문입니다. 하나님께서는 이러한 지혜들이 이해되기보다는 경배받기를 더 원하십니다. 이러한 지혜는 경외심을 가지고 접근해야 합니다. 하나님께서는 당신의 뜻을 따라 드러내시고자 하시는 은밀한 것들을 말씀을 통해 제시하시므로, 우리는 말씀 안에서 허락하신 범위 안에서 우리의 경건에 유익한 것을 배우려 해야 합니다. 우리는 주께서 알아도 좋다고 허락하신 것만을 성경의 인도 아래 배우려 해야 합니다. 우리가 주님에 대하여 보아야 할 모든 것을 보려 할 때, 우리의 눈을 비추어주는 빛은 오직 주의 말씀인 성경뿐입니다. 우리가 말씀의 한계를 넘는 순간, 우리는 바른 길을 벗어나 암흑에 빠져 방황하며 미끄러져 넘어지게 됩니다. 예정에 대해 배우려 할 때, 우리가 성경이 알려주는 것 외의 것을 알려 할 때, 우리는 제정신을 잃고 길 없는 광야를 헤매게 됩니다(욥 12:24). 성경이 침묵하고 가르치려 하지 않는 것을 알려 하지 않는 태도는 현명한 무지에 속합니다. 그러므로 하나님께서 침묵하시고 감추어 두시므로 우리가 예정과 관련하여 어떤 부분을 모르는 것에 대해 부끄러워 할 이유가 없습니다. 오히려 하나님께서 감추신 것을 알려 하지 않는 태도는 경건한 마음에서 비롯된 것입니다. 감춰진 것을 알려 하는 것이야 말로 큰 어리석음이며, 이런 어리석음에 영혼의 위험이 도사립니다. 꿀도 너무 먹으면 좋지 않은 것처럼 호기심으로 영광을 탐구하는 일은 영광을 얻지 못합니다(잠 25:27). 하나님을 아는 지식에도 절제가 필요합니다. 제어되지 않는 호기심과 지적 탐욕으로 예정을 접근하는 사람은 무례한 자이며, 자신을 파멸로 이끌어냅니다.

이와는 반대로, 성경이 가르치고 드러낸 바에 대해 나태와 침묵으로 일관하는 것도 예정에 대한 바른 접근 태도가 아닙니다. 감춰진 것은 알려 하지 말아야 하지만, 성경은 예정에 대한 가르침을 베풀어 주고 있으므로, 성경에 드러난 만큼 배우려 힘써야 합니다. 어떤 이들은 예정에 관한 모든 언급을 묻어 두라 권고합니다. 이들은 이 지식에 대한 건전한 절제를 넘어 저급한 수준으로 내려간 것입니다. 성경은 성령의 학교이며 여기서 필요하고 유용한 지식은 하나도 빠지지 않고 가르치기 때문에, 성경에 드러난 예정의 지식들을 신자들에게서 빼앗아서는 안 됩니다. 하나님께서 성경을 통해 말씀하시는 것에 대해서 그리스도인들은 마음과 귀를 열고 들어야 합니다. 우리는 성경이 가라 한 곳까지 힘써 가고, 성경이 멈추라 한 곳에서 멈추어야 합니다. 이렇게 하므로, 경솔한 탐구와 짐승 같은 무지를 모두 피해야 합니다(잠 25:2; 신 29:29).

2 예정은 사람의 공로에 대한 예지에 종속되지 않음

(1) 예지에 종속되지 않은 절대 예정

칼뱅은 예지(*praescientia*/prescience)를 예정의 원인이라고 하는 사람들을 반대합니다. 우리는 예정과 예지를 다 하나님 안에 두지만, 예정을 예지에 종속시키지 않습니다. 하나님의 예정과 예지의 관계는, 하나님께서 인생들의 행위와 공로를 미리 보시고 그것을 근거로 누군가를 택하기로 하신 것이 아니라, 하나님께서 택하시기로 뜻하시고 의지하신 대로 선택하신 바를 미리 아신다는 의미입니다. 하나님의 예지란, 모든 것이 하나님의 눈앞에 항상 있으며, 영원히 그렇게 머물러 있으므로, 하나님의 지식에는 미래나 과거의 것이 없이, 현재의 것으로 나타납니다. 우리의 마음에 있는 것들이 기억으로 우리에게 나타나듯, 하나님께서는 개념을 통해 모든 것을 마음속에 품으시며 실제로 자기 앞에 놓인 것들로서 바라보시고 분별하신다는 점에서 모두 현재의 것입니다. 이 예지는 세상의 모든 영역과 모든 피조물에 이릅니다.

예정은 하나님의 영원한 작정(*aeternum decretum*/the eternal decree)입니다. 이 작정에 의해 하나님께서는 각 사람이 어떻게 되기를 원하신 것에 대하여 자기 자신과 협약하셨습니다. 이는 모든 사람이 같은 처지로 창조된 것이 아니라 어떤 사람들에게는 영원한 생명이, 다른 사람들에게는 영원한 저주가 미리 정해져 있다는 사실로 나타납니다. 모든 사람은 마지막에 이 둘 가운데 하나로 지음을 받았기에, 우리는 사람이 생명 혹은 죽음으로 예정되었다고 말합니다.

하나님께서는 이를 개인들 각각에게 증명하셨을 뿐만 아니라 아브라함의 후손 전체를 한 예로서 각 민족의 처지도 하나님의 선택에 달렸다는 사실을 밝혀 주셨습니다(신 32:8-9). 성경을 통해 우리는 하나님께서 다른 민족들은 버림을 받는 가운데서도 아브라함이라는 한 개인에게서 한 민족을 특별히 선택하셨다는 사실을 배웁니다. 그 원인은 분명히 드러나지 않지만, 모세는 이 선택이 오직 하나님께서 거저 베풀어주시는 사랑 때문이라고 가르치며, 그들이 구속을 받은 원인을 하나님의 사랑에 돌립니다. **"네 조상들을 사랑하신 고로 그 후손인 너를 택하시고"**(신 4:37; 7:7-8; 10:14-15; 7:6; 23:5; 47:4). 하나님의 선물을 누리게 된 사람들은 그 모든 것들이 하나님의 값없이 베풀어주시는 사랑에서 비롯된 것을 압니다. 왜냐하면 그 사람들은 그런 선물을 받을 만한 가치나 덕이 자신에게 없음을 인식하기 때문입니다. 하나님의 선택은 사람의 자기 의(義)나 가치나 공로와 전혀 상관이 없습니다. 이스라엘 백성들은 하나님께 감사해야 할 때나 미래에 대한 소망을 품어야 할 때, 이 거저 주시는 언약의 원칙을 상기했습니다(시 100:3; 105:6). 온 교회의 찬송도 이 교리와 일치합니다(시 44:3; 시 33:12; 삼상 12:22; 시 65:4; 사 14:1; 슥 2:12).

(2) 민족의 선택과 개인의 선택의 구별

구약에 있어 선택은 민족의 선택과 개인의 선택이 구별되므로 인해, 한층 더 제한된 성질을 가집니다. 이러한 제한으로 인해 더 한층 특별한 하나님의 은혜가 드러납니다. 즉, 혈통적이고 민족적으로 나타난 선택이 있어, 누구나 아브라함의 자손으로 태어나면 할례를 받고 구약 광야 교회의 일원이 되었습니다. 그러나 혈통적으로 언약의 자녀가 된 자들 안에 개인적 선택이 또 있어서 동일한 혈통을 지니고도 어떤 이는 선택을 받고 어떤 이는 버림을 받았습니다. 예를 들면, 이스마엘은 영적인 언약이 할례의 표징(*circumcisionis symbolum*/the symbol of circumcision)을 통해 인침이 되었기에, 동생 이삭과 동일한 언약의 자녀의 지위를 얻었지만, 결국 그는 제외되었습니다. 또 이후에 야곱은 선택을 받았지만, 에서는 제외되었습니다. 그 후에 무수한 사람들, 곧 거의 온 이스라엘 백성들이 하나님과 단절되었습니다. 이들은 이스라엘의 혈통에 속하여 외적인 할례의 표를 가졌지만, 개인적인 선택이 없으므로, 그들 안에 참 믿음이 발생하지 못했고, 그 믿음이 낳은 경건한 삶이 실재하지 않았습니다. 우리는 구약 성경을 통해 선택과 관련된 이 두 사실을 상기해야 합니다. 하나님께서는 다른 민족보다 이스라엘 민족을 더욱 사랑하시므로 그들에게 특별한 은총을 내려 주셨습니다. **"아무 나라에게도 이같이 행치 아니하셨나니 저희는 그 규례를 알지 못하였도다"**(시 147:20). 그러나 이 민족적인 사랑의 실재 안에도, 그러한 선택과 구별된 개인을 향한 하나님의 선택이 또 실재함을 기억해야 합니다. 성경은 이스마엘이나 에서와 같이 혈통적인 언약 백성의 지위를 갖고도 구원에 이르지 못한 자들을 기록하고 있습니다. 물론 이들은 자신들의 부패와 죄책을 인해 버림을 받은 사람들로, 그들이 하나님의 저주와 형벌 아래 놓인 것은 그들의 책임 하에 놓입니다. 그러나 이들이 그 부패와 죄책으로부터 벗어나지 못하고, 일생 불신과 악행을 삶의 열매로 드러낸 것은 하나님의 선택을 통해 개인적으로 특별히 주어지는 구원의 은총이 없었기 때문입니다. 온 인류가 아담 안에서 죄인이 되어 저주와 형벌 아래 있지만, 개인들에게 베풀어지는 하나님의 특별한 은총과 사랑이 없이는 그 부패와 죄책으로부터 헤어 나올 수 없는 것입니다.

하나님께서 은밀한 계획을 통해 원하시는 사람을 값없이 선택하시며, 다른 사람들은 제외하신다는 사실은, 하나님께서 개개인에게 구원을 제공하실 뿐 아니라 효력의 확실성이 확정되어 있다는 사실과 함께 언급되어야 온전한 설명이 됩니다. 이처럼 하나님이 자유롭고 특별한 선택을 받은 사람들이 유일한 씨로 일컬어집니다(롬 9:7-8; 갈 3:16이하). 비록 옛 언약 하에서, 자녀 삼으심이 아브라함의 손에 맡겨졌다고 하더라도 그의 후손들 중 많은 사람들이 썩은 가지들처럼 잘려 나갔으므로, 선택이 효과적이고 견고한 것으로 나타나기 위해 우리는 교회의 머리되신 그리스도께로 올라가야 합니다. 옛 언약 하에 이스라엘 백성들을 통해 주신 구속의 약속은 새 언약 하에서 이스라엘의 지경을 넘어 온 인류 안에서 성취되었습니다. 이제 하나님께서는 교회의 머리되신 그리스도 안에서 택한 자들을 모으시고 풀 수 없는 고리로 그들을 자신과 연합시키십니다. 하나님께서는 온 이스라엘을 민족적으로 선택하셨지만, 많은 사람들이 떨어져 나갔습니다. 그러나 하나님의 개인적 선택을 받은 **"남은 자"**(롬 9:13; 말 1:2; 롬 9:27; 11:5; 사 10:22-23)들이 존재했습니다. 우리는 이를 통해 민족적 선택과 같은 일반적인 선택이 항상 확고하고 유효하지 않은 이유를 개인적 선택에서 찾을 수 있습니다. 하나님께서는 민족적 선택 안에서 언약을 맺은 모든 사람들에게 견인(堅忍)할 수 있도록 하는 중생의 은혜를 베풀지 않으십니다. 칼뱅은, 성령의 능력에 따라 내적으로 언약에 참여할 수 있도록 하는 내적 은혜의 작용이 없이, 단지 언약에 외적이고 법적인 방식으로만 참여해 외적인 변화만을 갖는 관계를 자연인과 경건한 사람들의 선택 사이에 중간 위치(*medium*/middle place)라고 부릅니다.

민족 전체를 '**하나님의 기업**'(신 32:9; 왕상 8:51; 시 28:9; 33:12)이라고 불렀지만, 그들 중에는 이방인들도 많았습니다. 그러나 이스라엘 민족의 아버지와 구속주가 되겠다는 언약의 약속은 무의미한 것이 아니어서, 하나님께서는 불의한 배반보다 값없이 주시는 은혜에 더 많이 주목하십니다. 하나님께서는 배반하는 자들이 많음에도 불구하고, 남은 자들을 보존하시므로, 그분의 부르심에 후회하심이 없음을 나타내셨습니다(롬 11:29). 이스라엘의 넘어짐은 하나님의 언약의 실패가 아니라 남은 자들을 통해 온 인류로 약속이 확장되고 더 온전히 약속이 성취되는 과정이었습니다. 하나님께서 속되고 불경건한 이방 민족들보다 아브라함의 자녀들로부터 자신의 교회를 계속해서 모으신 이유는, 자신의 언약이 다수에 의해 위반되었을 때, 그것을 소수에 제한시키셔서 그것이 완전히 단절되지 않도록 하시려는 뜻에서였습니다. 요약하면, 아브라함의 씨를 민족적이고 혈통적으로 자녀 삼으심은 하나님께서 많은 사람들 중에 일부에게 주신 더 크고 특별한 은총을 나타내는 일종의 가시적인 형상(*visibilis imago*/visible image)이었습니다. 바울이 아브라함의 혈통을 따른 자손들과 이삭과 같이 부르심을 받은 영적 후손들을 조심스럽게 구별하는 이유도 여기에 있습니다(갈 4:28). 즉, 바울은 단순히 혈통적인 이유로 외적인 할례를 받고 이스라엘 백성이 된다는 의미가 단지 무익하고 헛되다는 이야기가 아니라, 혈통적으로 이스라엘 백성의 일원이 된 자들 가운데서도 하나님께서 원하시어 예정하신 자들에게만 영적 후손이 되는 특권이 주어지며, 또 그들에게 한정되어 구원의 효과가 나타난다는 의미입니다. 실제로, 선택을 받고 믿음과 회개의 부르심을 받아 구원을 받은 언약 백성들은 언약의 법적이고 외적인 요소들과 그들이 거듭나고 죄 사함 받아 실제로 하나님과 연합과 친교를 누린 관계가 일치했다고 볼 수 있습니다. 그러나 선택과 부르심을 받지 못한 사람들은 외적인 할례와 요소들만 지녔지 실제로는 하나님과 연합과 친교가 불가능했습니다. 결국 그들은 외식자가 되고 언약 파기자가 되고 맙니다.

결론적으로, 칼뱅은 선택의 교리를 다음과 같이 요약합니다. 예정의 교리는 성경이 확증하는 교리입니다. 성경에 따르면, 하나님께서는 그분의 영원하고도 변할 수 없는 계획에 따라 구원으로 받아들이실 사람들과 은총을 베풀어주시지 않아 그들의 죄 가운데 멸망할 사람들을 영원 전에 확정하셨습니다. 선택된 사람들에 관하여는, 하나님께서 그들에게 그들의 인간적 가치나 공로와 관계없이 값없는 은혜를 베풀어주십니다. 그러나 유기된 자들에 관하여는, 하나님께서는 인간이 도무지 이해할 수 없는 공의롭고 선하신 판단에 따라 공정 무흠하게 죄 속에서 완악하고 불신하는 자들에게 은총을 베풀지 않기로 정하시고 그들에게서 생명의 문을 닫으십니다. **이러한 하나님의 자비로운 동시에 두려운 선택을 인간 차원의 결정에 비하는 순간부터 오류에 빠집니다.** 인간에게 불의하고 불공평하고 잔인하게 비춰질 수 있으나, 하나님께서는 이미 성경을 통해 당신의 성품과 속성을 공의로우시고 공평하시며 절대적으로 선하시다고 명료하게 계시하셨기에, 감추어진 선택의 신비와 하나님의 침묵에 의해 설명이 불가능한 신학적 진공 상태의 공간을 인간의 불완전한 지혜로 파고 들어서는 안 되며, 오히려 명료하게 계시된 선하신 하나님의 성품과 속성으로 침묵의 공간을 채워야 할 것입니다.

다만 하나님께서는 선택의 후험적(*a posteriori* 증거들을 규정해 주셨습니다. 하나님께서는 선택받은 사람들에게만 구원으로의 부르심을 베풀어주십니다. 선택을 받은 사람들은 부르심 안에서 믿음을 갖고 회개하며 하나님께 돌이킵니다. 선택을 받은 자에게 베풀어주신 믿음으로 말미암아 택함을 받은 사람은 소명과 칭의를 받게 됩니다. 그러나 유기된 자들의 경우에는, 하나님의 이름에 대한 지식이나 성령에 의한 성화를 차단하십니다. 그들에게 나타나는 부르심과 믿음과 칭의와 성화가 부재를 통해 그들에게 하나님의 심판이 기다리고 있음을 계시하십니다. 선택에 대한 올바른 확신은 지금 우리가 선 곳에서 우리 안에 실재하는 믿음과 소명과 칭의와 성화를 통해 뒤를 돌아보며 우리가 선택 안에 있음을 확정하는 그러한 확신입니다.

3 예정에 대한 성경적 근거

(1) 예지 예정에 대한 논박

칼뱅은 예지 예정을 반대합니다. 예지 예정론자들에 따르면, 하나님께서 각 사람의 공로를 미리 아시고, 그들의 공과(功過)에 기초하여 예정하신다고 생각합니다. 즉, 이들이 생각하는 예정은 공과(功過)를 인해 은혜 받을 만한 가치가 있다는 사실을 하나님께서 미리 보시고 아시므로 누군가를 자녀로 선택하시기로 결정하시고, 어떤 이들은 그들의 악한 의도와 불경건한 생활로 기울어질 성향을 미리 보시고 아시어 누군가를 죽음의 저주에 내맡겨 두시는 하나님의 결정을 의미합니다. 예지 예정론자들은 예정을 예지의 보자기로 덮어 예정을 모호하게 만들뿐 더러, 예정의 근원을 하나님의 절대적인 주권과 그분의 기뻐하시고 선하신 뜻과 의지가 아닌 인간의 공과(功過)에 두는 오류를 범합니다. 그러나 예정의 근원을 하나님의 주권에 두는 절대 예정 혹은 이중 예정은 성경의 지지를 받습니다. 이중 예정을 불평등한 개념으로 부정하려는 사람들에게 칼뱅은 아우구스티누스(Augustinus)를 인용하여 그리스도의 예를 듭니다. 우리는 교회의 머리되신 그리스도 안에서 하나님의 주권을 따라 거저 주시는 선택의 가장 선명한 거울을 발견합니다. 그리스도께서는 의로운 삶으로 하나님의 아들이 되신 것이 아니라 값없이 그러한 영예를 받으신 것은, 이후에 자기의 그 선물을 자기와 연합된 다른 사람들에게 나누어주시기 위함이었습니다. 바울은, 우리가 **"창세 전에"**(엡 1:4) 그리스도 안에서 택하심을 받았다고 가르칠 때, 우리 안에 있는 가치나 공로를 전혀 고려하지 않습니다. 달리 표현하면, 하나님 아버지께서는 아담 안에 있는 모든 후손들 중에서 당신의 선택을 받을 가치 있는 자를 하나도 찾으실 수 없으셨기 때문에, 기름부음을 받은 독생자에게 눈을 돌려, 자신과 함께 생명의 사귐을 누리는 자리로 받아들이시고자 원하시는 자들을 그분의 몸의 지체가 되도록 선택하셨습니다. 따라서 부패와 무능으로 인해 결코 공로에 기초해 영원한 기업을 받을 수 없는 처지를 깨달아, 우리가 오직 그리스도 안에서 값없이 하나님의 기뻐하시는 뜻을 따라 구원으로 선택을 받았다는 인식을 가져야 합니다. 바울은 골로새 교인들에게도 그들이 하나님의 주권적 선택에 의해 성도의 기업을 얻게 되었음을 감사하라고 권고합니다(골 1:12).

칼뱅은 이중 예정을 증거 하는 성경의 몇 구절을 더 자세히 언급합니다. 첫째, 바울은 에베소서 1장 4-5절을 통해 **'하나님의 기뻐하시는 뜻'**과 **'인간이 공로'**를 대조시킵니다. 본문에서 바울은 성도들을 가리켜 **"선택된 자들"**이라고 부릅니다. 그리고 **"창세 전에"**(엡 1:4) 선택되었다고 말하므로, 성도들의 선택에서 전적으로 성도들 자신의 가치나 공로가 배제됩니다. 주어진 성경 본문은 선택이 어떤 사람이 아직 존재하지 않던 때에 이미 이루어진 것이라고 선포합니다. 그리스도 안에서 영원 전에 선택되었기에, 아무도 자신 안에 어떤 근거로 선택되었다고 말할 수 없습니다. 또 바울이 **"거룩하고 흠이 없게 하시려고"**라고 선택의 목적과 그 선택이 가져오는 결과와 효과를 언급하므로, 하나님께서 인간에게 나타난 덕과 공로를 통해 구원을 선택하셨다는 예지 예정론자들의 생각을 무너뜨립니다. 본문은 모든 인간의 덕이 선택의 결과라고 명시하기 때문입니다. 하나님께서 선택하셨기 때문에, 누군가에게 구원 안에서 베풀어지는 덕이 나타나는 것입니다. 선택은 예지가 아니라 하나님의 영원한 기뻐하시는 뜻에 의한 것입니다. 인간 안에 하나님으로 하여금 자기를 선택하게 만드는 선택의 수단 같은 것은 일체 존재할 수 없습니다. 선택하신 것은 거룩하게 하기 위함이었지 거룩하기 때문에 선택을 받는 것이 아닙니다(딤후 1:9; 엡 1:4-6, 9; 요 15:16; 롬 11:35). 둘째, 바울은 로마서 9-11장과 이와 유사한 내용을 담은 구절들을 통해 이중 예정을 표명합니다. **"이스라엘에게서 난 그들이 다 이스라엘이 아니요"**(롬 9:6). 바울은 이 구절을 통해 아브라함의 자손이 언약 때문에 거룩하다는 것을 인정하면서도, 그들 중에는 언약 밖에 있는 사람이 많다고 주장합니다. 진정한 양자됨은 하나님의 선택을 따라 일어납니다. 바울은 야곱과 에서의 예를 듭니다. 두 사람이 모두 다 아브라함의 후손이었지만, 장자권은 에서에게서 야곱에게로 옮겨졌습니다. 이 일은 야곱이 모태에 있을 때 이미 알려졌습니다. 야곱과 에서의 예는 선택과 유기를 증거 합니다. 선택의 유기의 근원은 덕성과 죄악에 있는 것이 아니라 하나님의 선택에 있습니다. **"기록된바 내가 야곱은 사랑하고 에서는 미워하였다 하심과 같으니라"**(롬 9:11-13; 창 25:23). 바울은 의도적으로 행위와 하나님의 선택을 따른 부르심을 대조시킵니다. 즉, 행위와 선택은 양립할 수 없는 한편이 서면 한편을 부정하게 되는 방식으로 다루어집니다. 야곱은 하나님의 예정에 의해 선택되었으며, 이 예정을 통해 유기된 에서와 구별되었습니다(롬 9:15). 이러한 야곱과 에서의 구별은 그들이 나기 전에 확정된 것이며, 이들의 공과(功過)에 의존된 것이 아니었습니다. 에서나 야곱이나 모두 아담 안에 죄인으로 태어났습니다. 그러나 한 사람은 특별한 선택 안에서 은총이 주어져 믿음과 회개를 소유했고, 한 사람은 특별한 선택이 없었기에 죄 가운데 계속 거하다 멸망했습니다. 야곱도 선택과 부르심이 없었다면 에서와 별다를 바 없는 죄인일 뿐입니다. 야곱이 획득한 장자권의 육적 유익들은 영적 선택의 지상적 표징으로 주어졌습니다. 가나안 땅도 하늘나라 처소의 예표였습니다. 셋째, 로마서 11장 2절과 사도행전 2장 23절은 하나님의 예지와 예정의 관계를 알려줍니다. 하나님께서는 미래를 아실뿐만 아니라 하나님께서 아시는 미래에 될 일을 하나님의 뜻과 의지로 성취하십니다(벧전 1:2). 하나님께서는 은혜를 베풀어 주시기를 원하는 자에게 은혜를 베풀어주시고, 긍휼히 여기고 싶어 하시는 자에게 긍휼을 베풀어주십니다(출 33:19). 바울은 민족적인 일반적 선택 안에 개인의 특별한 선택이 있음을 가르칩니다. 민족의 선택이 그렇듯, 개인적 선택도 철저히 하나님의 주권에 달린 것입니다. 물론 주권적이고 값없는 은총은 부름 받은 자들의 마음에 역사합니다. 그러므로 하나님의 자비를 구하는 자들에게 자비가 임합니다. 그러나 하나님의 자비를 구하려는 생각과 의지는 하나님의 은총 안에 가능한 반응입니다. 그러므로 은총을 구하는 자에게 은총을 베풀어주시는 하나님께 찬송이 올려 져야 합니다.

(2) 이중 예정에 대한 그리스도의 증언
주님께서는 청중 앞에 하신 말씀이 거의 다 수포로 돌아갈 것을 아셨고, 이에 대한 이유를 가르쳐주셨습니다. **"아버지께서 내게 주시는 자는 다 내게로 올 것이요"**(요 6:37). **"나를 보내신 이의 뜻은 내게 주신 자 중에 내가 하나도 잃어버리지 아니하고"**(요 6:39). 우리가 그리스도의 돌보심과 보호를 받기 시작하는 것은 아버지의 선물에 근원합니다. 선택된 자들은 하나님께서 그들에게 독생자를 주시기 전에 이미 하나님의 백성이었습니다(요 6:44-45; 17:6; 17:9; 15:19). 그러므로 하나님의 은총은 제한된 수의 사람들만을 저주와 진노와 영원한 죽음에서 건져냅니다. 이로 인해 나머지 사람들은 죄 아래 살다가 죄 가운데 멸망을 당합니다. 그리스도께서는 중보자이신 동시에 아버지와 함께 선택의 조성자이시기도 합니다(요 13:18; 15:19; 17:9). 그리스도께서 자신을 성부와 함께 선택의 조성자이시며 그런 의미에서 자신이 선택하신 자들을 아신다고 할 때, 선택의 원인으로 어떤 인간의 덕도 끼어 들 수 없습니다(요 6:70; 10:28; 10:29; 17:11-12). 예정은 하나님의 기뻐하시는 영원한 뜻에 의한 하나님의 임의의 선택에 달린 것입니다. 선택받은 자들이 나타내는 하나님을 향한 믿음에 속한 반응들은 선택에 근거한 부르심의 은총의 결과요 열매들일 뿐입니다.

4 예정에 관한 교부들의 입장

암브로시우스, 오리게네스, 히에로니무스는, 하나님께서 자신의 은혜를 각 사람이 잘 사용할 것이라고 예견하셔서 은혜를 베풀어주신다고 여겼습니다. 뿐만 아니라 아우구스티누스도 오랫동안 이러한 견해를 가졌습니다. 그러나 그는 성경을 더 잘 알게 된 후에는 이런 생각을 철회하였을 뿐 아니라 강력하게 반대했습니다. 바른 교리로 돌아간 이후에 아우구스티누스는 펠라기우스주의자들과의 논쟁을 통해 예지 예정을 논박하였습니다. 아우구스티누스에 따르면, 사도는 아직 나지 않은 자들에 대한 선택을 언급할 때, 인간의 공적에 대한 예견이 아닌 하나님의 주권적인 판단과 긍휼에 선택의 원인을 둡니다. 사도는 예지 예정론자들처럼 하나님께서 우리가 미래에 선하게 되리라는 것을 예견하셔서 택하신 것이 아니라 우리를 선하게 만들어 주시려고 선택하셨다 말씀하십니다. 하나님께서는 **"너희가 나를 택한 것이 아니요 내가 너희를 택하여 세웠나니"**라고 말씀하십니다(요 15:16). 하나님의 선택은 우리의 선함을 내다보고 이루어진 것이 아닙니다. 오히려 그분께서 선택하셨기에 우리는 그리스도 안에서 죄 사함을 받고 성화된 것입니다. 아우구스티누스는 교부들과 분리되기를 원하지 않았고, 교부들에게서 들려지는 선한 말들을 인용하여 자신의 주장이 교부들을 벗어난 것이 아님을 증거 했습니다. 그는 암브로시우스의 말을 인용합니다. **"그리스도는 불쌍히 여기시는 자들을 부르신다." "만약 하나님이 원하셨다면 그는 성스럽지 못한 자들을 성스럽게 만드셨을 것이다. 하나님은 자기가 부르시는 자들을 가치 있게 하시고 자기가 원하시는 자들을 독실하게 하신다."**[57] 은혜를 누군가에게 베풀어주시고 누군가에게는 베풀어주시지 않는 이유는 하나님의 원하심에 있습니다. 아우구스티누스는 말합니다. **"하나님의 은혜는 택함 받기에 합당한 자들을 찾는 것이 아니라 만드는 것이다."**[58]

5 아퀴나스의 예지 예정에 대한 논박

칼뱅은 토마스 아퀴나스의 궤변도 논박합니다. 토마스 아퀴나스에 따르면, 공로에 대한 예지는 예정하는 입장에서는 예정의 원인이 아니지만, 우리의 입장에서는 그렇게 부를 수 있다고 합니다. 즉, 예정의 개별적인 가치에 따르면, 하나님의 은혜에 의해서 사람이 공로로 영광을 얻도록 하시기 위해 하나님께서 사람에게 은혜를 주시기로 결정하셨다는 것입니다. 이런 이유로 아퀴나스는, 우리가 하나님께서 공로 때문에 사람에게 영광을 예정하셨다고 주장합니다. 이에 대한 문제는 아퀴나스가 은혜와 양립할 수 없는 '공로'라는 용어와 개념을 예정과 예지의 관계에 허용하고 적극적으로 사용하고 있다는데 있습니다. 성경은 공로라는 단어자체가 끼어 들 여지를 허락하지 않습니다. 주님께서는 선택에 있어

---

[57] 『기독교강요』 3권, 22장 8절.
[58] 『기독교강요』 3권, 22장 8절.

우리가 오직 하나님의 선하심만 바라보기를 원하십니다. 그러나 토마스 아퀴나스가 선택된 자들에게 공로를 근거로 어느 정도의 영광이 예정된다고 말하므로, 선택과 구원에 있어 인간의 공로와 의(義)가 실재하게 됩니다. 우리는, 그리스도 안에서 성도가 받아 누리는 죄 사함과 성화의 열매들은 선택을 인해 하나님께서 베풀어주신 은총에만 그 원인을 둔다고 말하는데 그쳐야 합니다. 은혜를 논하면서 공로라는 용어와 개념을 동원하고 그 여지를 마련하려는 시도는 이미 성경적으로 모순된 것을 조화시키려는 오류를 드러냅니다. **"하나님의 선택을 공로에 돌리는 자들은 마땅한 수준을 넘어서 과하게 지혜로운 사람들이다."**[59]

6 외적 부르심은 보편적이나 선택은 특별함

성경은, 외적인 전도에 의해서 모든 사람이 회개와 믿음으로 회심하도록 부르심을 받지만, 회개와 믿음의 영을 모든 사람에게 주시는 것은 아니라는 두 가지 생각을 조화시킵니다. 더 세밀히 해설하는 신학은 이 주제를 '**외적 부르심**'과 '**내적 부르심**' 혹은 '**유효적 부르심**'이란 용어의 구분을 통해 설명합니다. 외적 부르심은 성경 말씀을 통해 복음을 들려주는 것을 의미하는데, 이는 보편적으로 모든 사람들에게 주어집니다. 그러나 외적 부르심, 곧 말씀이 들려지는 순간에 성령께서 죄인의 암흑 같은 마음에 생명을 주시고 진리를 이해하는 빛을 주셔야만 죄인은 믿음과 회개 가운데 회심하게 됩니다. 이를 '**내적 부르심**' 혹은 '**유효적 부르심**'이라 부릅니다. 칼뱅은 이러한 의미로, 복음의 말씀이 모든 사람에게 일반적으로 널리 전해지고 있으나 믿음의 선물은 몇몇 사람에게만 주어진다고 말하며, 믿음이 하나님의 특별한 선물임을 강조합니다.

59　『기독교강요』, 3권, 22장 9절.

선택이 오로지 하나님의 주권적 의지에서 비롯된 것이라면, 선택에서 제외되는 유기도 오직 하나님의 주권에서 비롯된다는 의미로 귀결됩니다. 야곱이 아무 선행의 공로가 없이 은혜를 받게 된 것 같이, 에서는 아직 범죄로 더럽혀진 일이 있기 전 하나님의 미움을 받았습니다(롬 9:13). 반대로 야곱도 아담 안에서 원죄를 가진 존재로 태어났습니다. 야곱이나 에서가 영원 전 하나님의 뜻대로 행위와 관련 없이 선택과 유기의 대상이 된 것처럼, 한편으로는 야곱이나 에서나 모두 죄악 가운데 세상의 빛을 보았습니다. 야곱에게 오직 하나님의 선하신 뜻을 따라 주어진 은총이 없었다면, 야곱도 죄인들 가운데 에서와 동일하게 멸망했을 것입니다. 그러나 하나님께서는 그들의 행위에 상관없이, 한 죄인에게는 구원 받을 은총을 주시고, 한 죄인에게는 죄를 벗어날 길을 열어주시지 않으셨습니다. 그러므로 선택과 유기가 사람의 공과(功過)에 원인을 둔 것이 아닙니다. 물론 저주를 받고 형벌을 받는 것은 타락과 부패, 곧 인간의 완악함에 책임이 있지만, 은총을 어떤 자들에게 베풀어주시지 않으셔서 멸망으로 귀결되는 것은 하나님의 주권적 의지에 달린 것입니다. 사도는, 사람들이 아직 선악 간에 아무 것도 하지 않았을 때에 하나는 선택되고 하나는 버림을 받았다고 역설합니다. 이것은 하나님의 예정이 행위를 근거로 삼은 것이 아님을 증명합니다. 선택이나 유기나 아직은 불가해한 숨겨진 하나님의 어떤 뜻에 의해 이루어지기에, 선택과 유기가 모두 하나님의 영광을 드러내는 결과를 갖게 될 것입니다.

7 유기와 관련된 은밀한 뜻은 신비에 속한 것임

(1) 유기자들을 향한 하나님의 은밀한 계획

유기와 대조되지 않으면 선택은 성립할 수 없습니다. 선택이 하나님의 자유로운 의지에 의해 정해진 것이라 말하면서, 유기는 우연한 결과라 이야기하는 것은 불가능한 논리입니다. 선택이 하나님의 자유로운 의지의 결정에 따른 것이라면, 은총이 배제되므로 유기되는 일도 하나님의 자유로운 의지의 결과입니다(롬 9:23; 9:17, 18). 하나님의 의지와 뜻에 반론을 제기하는 것은 교만입니다(롬 9:14; 마 15:13). 하나님의 은밀한 계획은 유기자들을 강퍅하게 만드는 원인입니다. 아우구스티누스에 따르면, 하나님께서 이리가 양이 될 수 있는 것은 강퍅한 마음을 극복할 만한 강력한 은혜를 악인에게 베풀어 주시기 때문입니다. 동일하게 완고한 자들이 회심하지 못하는 이유는 하나님께서 그들이 악에서 돌이킬 은총을 그들에게 허락하시지 않기 때문입니다. 유기자들에게 이러한 은혜가 허락되지 않는 이유는 하나님께 은총이 없기 때문이 아니라 하나님께서 은혜 주시기를 원하시지 않기 때문입니다.

(2) 이중 예정은 '전횡적 의지'에서 비롯된 것이 아님

하나님의 뜻은 존재하는 모든 것의 원인이며 마땅히 그러해야 합니다. 왜냐하면 만약 하나님의 뜻에 어떤 원인이 있다면, 어떤 것이 하나님의 뜻에 앞서야 할 것이고, 그 어떤 것에 하나님의 뜻이 지배되어야 할 것이기 때문입니다. 하나님의 뜻은 의(義)의 최고의 표준이기 때문에, 하나님께서 원하시는 것은 그가 그것을 원하신다는 사실 자체로 의롭다고 여겨져야 합니다. 따라서 선택과 유기에 있어서도 하나님께서 왜 그렇게 하셨느냐고 묻는다면, 우리는 그것이 하나님께서 그렇게 원하셨기 때문에 선하다고 답해야 합니다. 왜 그렇게 원하셨냐고 묻는다면, 이는 하나님의 뜻보다 더 위대하고 더 높은 어떤 것을 찾으려는 것이기 때문에, 이는 불순한 질문이 됩니다. 따라서 이런 질문을 추구하는 사람은 자신의 경솔한 생각을 억제할 필요가 있습니다. 하나님께서 침묵하시는 일을 캐내는 사람은 하나님께서 허락하신 것까지 발견하지 못하게 될 것입니다. 그러나 칼뱅이 가르치는 의(義)의 최고의 표준으로서 하나님의 뜻을 이야기 할 때, 그는 '전횡적 의지'나 '폭군에게 속한 그러한 절대적

권력'을 의미하지 않습니다. 왜냐하면 이러한 용어가 사용될 때, 이것은 세속적 개념이며, 악한 성향의 권력을 의미하기 때문입니다. 예정에 속한 감춰지고 숨겨진 의미들이 있지만, 하나님께서는 성경 말씀을 통해 하나님께서 완전하신 절대선이시라는 사실을 명료하게 가르쳐 주셨습니다. 그러므로 하나님께서 선택자와 유기자를 구별하신 것은 하나님의 자유로운 의지를 따른 것이며, 그 뜻에 함축된 어떤 의미들은 우리에게 숨겨져 있습니다. 우리가 헤아릴 수 없는 영역의 지식이라는 의미입니다. 그러므로 선택과 유기를 구별하신 하나님께서 왜 그렇게 하셨는지 우리는 다 알지 못하나, 하나님의 그러한 뜻과 의지에 어떤 악함이나 불공평과 같은 것이 존재할 수 없다는 사실을 믿어야 합니다. 하나님의 뜻에는 어떤 허물도 있을 수 없으며, 그분의 뜻은 완전한 최고의 표준이며, 모든 법의 법이 됩니다. 그러므로 우리는 하나님께서 이런 질문들에 우리에게 답변하실 의무가 있다고 생각하거나, 우리처럼 불완전하고 부패한 존재가 감히 이를 수 없는 지식을 파헤치고 판단할 만한 자격이 있다고 생각해서는 안 됩니다. 우리는 성경이 가르쳐주는 허용된 범위를 넘으려고 해서는 안 됩니다. 이런 오만이 발생할 때마다, 죽을 인생이 하나님을 판단할 때에는 하나님께서 항상 승리자가 되시리라는 경고의 말씀에 두려움을 가져야 합니다(시 51:4).

특별히 하나님의 공평하심에 대하여 칼뱅은 논증합니다. 어떤 이들은 예정이 불공평한 하나님의 처사라고 비난합니다. 그러나 하나님께서 유기자들을 심판하시는 것은 그분의 공의로우신 본성을 따라 심판하실 뿐입니다. 모든 사람들은 죄로 더럽혀졌으므로 하나님께서 심판하십니다. 선택을 받은 사람들도 아담 안에 죄인으로서 모두 심판 아래 놓여 있었습니다. 하나님의 예정은 죄 가운데 마땅히 심판 받을 사람들 일부에게 은총을 베풀어 죄로부터 해방하셨습니다. 그러므로 선택을 받은 사람에게는 감사 외에 다른 것이 있을 수 없지만, 이 은총을 받지 못한 사람들은 하나님께서 선한 사람을 악하게 만드시거나 죄 없는 자를 벌하시는 것이 아니라 원래 죄 아래 멸망할 자들에게 구원의 은총을 허락하지 않으신 것뿐입니다. 은총을 베풀어주시는 것은 불공평한 것이 아니라 자비로운 처사일 뿐입니다. 허나 은총을 허락하지 않은 사람들이 멸망을 받고 심판을 받는 것은 그들의 부패와 완악함 때문입니다. 하나님께서는 공의로우신 본성을 따라 죄인을 죄인으로서 심판하실 뿐입니다. 유기자들을 심판하시는 것은 폭군의 잔인성에 속한 것이 아니라 가장 공평한 의(義)의 이치에 따른 것일 뿐입니다.

그러나 그들에게 심판을 불러온 부패가 하나님의 명령으로 예정된 것이 아니냐고 묻는다면, 칼뱅은 이렇게 답합니다. 인류가 지금 빠져 있는 비참한 상태에 아담의 모든 후손이 빠진 것은 하나님의 뜻으로 된 일이라 칼뱅은 인정합니다. 물론 여기서 하나님의 뜻 가운데 아담의 후손이 죄에 빠졌다는 말을 하나님께서 죄의 조성자가 되는 것처럼 이해해서는 안 될 것입니다. 여기서 하나님의 뜻은 지혜로우시고 선하시고 기뻐하시는 뜻에 따라 죄가 발생하는 것을 섭리 가운데 허락하셨고, 그 일들이 하나님의 선하신 목적 아래서 그렇게 허용되었다고 이해해야 할 것입니다. 이러한 의미에서 죄를 허용하신 일이 하나님의 뜻의 섭리적 결정에 의한 것임을 인정해야 합니다. 그러나 하나님께서는 그렇게 하신 이유를 당신 안에 숨겨 놓으셨습니다. 우리는 이러한 이치를 토기장이의 비유에서 배울 수 있습니다(롬 9:20-21) 하나님과 성경이 침묵하고 있는 결정의 이유를 찾아내려 할 것이 아니라, 그분의 선하신 본성을 신뢰하는 가운데 그 신비를 찬송해야 합니다. 하나님의 섭리는 지극히 위대하여 우리의 이해력을 훨씬 초월하므로(롬 9:19-23), 섭리에 대한 이유를 알려고 해서는 안 됩니다. 칼뱅은 아우구스티누스를 따라 주께서 멸망에 이를 줄 미리 아신 사람들을 창조하셨다고 말합니다. 주께서 그렇게 하시고자 하셨기에 그렇게 된 것입니다. 그러나 왜 그렇게 하고자 하셨냐고 우리의 이성이 물을 바가 아닙니다. 왜냐하면 우리는 그 이유를 이해할 수 없기 때문입니다(롬 9:20; 시 36:6). 물론 그 이유는 감추어져있지만, 우리는 그것이 결코 악한 의도가 있을 수 없는 하나님의 선하신 결정에 의한 것이라고 고백할 수 있습니다. 그러므로 믿는 무지가 경솔한 지식보다 낫습니다(롬 11:33).

(3) 이중 예정과 인간의 책임의 관계

어떤 이들은, 타락과 죄행이 하나님께서 부여하신 예정의 필연성 때문에 일어난 것이라면, 왜 그 책임을 사람에게 전가하시는지 불평하며 묻습니다. 그러므로 그들은 하나님께서, 아담이 반역으로 멸망하도록 결정하신 것이 아니라고 말합니다. 그러나 성경은 **"하나님은 … 원하시는 모든 것을 행하셨나이다"**(시 115:3)라고 선포합니다. 타락에 있어서 예정의 필연성을 부정하는 사람들은 모든 피조물 가운데 가장 고상한 존재인 사람을 불확실한 목적 가운데 창조한 존재로 전락시킵니다. 이들은 자신의 운명을 충분히 빚어갈 자유의지를 주장하므로, 하나님을 인간의 공로에 따라 사람에게 수동적으로 반응하시는 분처럼 이해합니다. 그러나 하나님께서는 우주 만물을 자신의 은밀한 계획에 따라 통치하시는 전능하신 하나님이십니다. 성경은 모든 사람이 한 사람 아담 안에서 죄와 사망에 예속되었다고 가르칩니다. 이 일은 단지 사람의 본성에서 비롯될 수 있는 일이 아닙니다. 이러한 일이 있을 것을 영원에서 예지하시는 하나님이시지만, 어찌 당신께서 지으신 피조 세계에서 그것도 너무도 존귀한 피조물로서 인간의 타락을 당신의 의지나 뜻이 개입되는 일 없이 수동적인 방식으로 방관하셨겠습니까? 그분의 예지하시는 일들은 그분의 의지대로 일어난 일들을 아시는 것이지 일어난 사건에 하나님께서 종속되듯 그렇게 수동적으로 일어난 일들일 수 없습니다. 예견하여 아신 것은 하나님의 뜻과 섭리를 통해 일어난 일을 아시는 것입니다. 칼뱅은 아우구스티누스를 인용합니다. **"우리는 우리가 매우 정직하게 믿는 바를 매우 건전하게 고백한다. 모든 것을 심히 좋게 창조하셨고**(창 1:31), **선한 것들로부터 악한 것들이 나올 것이라고 예지하신 만물**

의 여호와 하나님은 악한 것들이 존재하는 것을 허용하지 않는 것보다 악한 것들로부터 선한 것들을 이끌어 내는 것이 자기의 전능하심에 더욱 부합한다는 사실을 또한 아셨다 … 그리하여 천사들과 사람들의 삶을 정하셔서 무엇보다 먼저 그들의 자유의지가 할 수 있는 것이 무엇인지와 그의 은혜로 말미암은 은총과 그의 의(義)의 심판이 할 수 있는 것이 무엇인지를 차례로 보여 주고자 하셨다."[60] 하나님께서는 아담 안에서 인류의 타락을 허용하셨고, 타락으로 정죄 받고 형벌 받아 마땅한 자들 가운데 어떤 자들에게는 은총을 베풀어주시고 다른 이들에게는 그렇게 하지 않으시기로 우리가 알지 못하는 선하신 뜻을 따라 그렇게 결정하셨습니다.

그러므로 우리는 두 가지 관점을 함께 유지해야 합니다. 하나님께서는 죄의 조성자가 아니십니다. 죄는 피조물 속에서 발생한 것입니다. 그러나 그러한 죄가 발생하도록 뜻하시어 결정하시므로 섭리 가운데 그러한 타락과 죄가 발생하도록 허용하신 분은 하나님이십니다. 허용이라는 의미는 그런 뜻에서 하나님의 뜻과 의지를 함축한 허용이지 결코 수동적이거나 하나님께서 인간의 어떤 의지에 의한 사건에 종속되는 방식으로 허용하시는 의미가 아닙니다. 그러므로 칼뱅은 하나님의 뜻(voluntas/will)과 허락(permissio/permission)이 다른 것이라고 주장하며, 하나님께서 악한 자들의 멸망을 허락하셨지만, 뜻하시지는 않았다고 말하는 사람들을 논박합니다. 칼뱅은 아우구스티누스와 함께 하나님의 뜻은 사물의 필연성이며, 하나님께서 예견하신 것이 미래에 실제로 일어나듯이, 그가 원하신 것은 필연적으로 일어난다고 고백합니다. 그러나 타락과 죄의 발생은 인격적 피조물 안에서 일어난 일이므로(가까운 원인, 제2원인) 이를 '**허용적 작정**'에 의한 것으로 부르나, 그 허용이 하나님의 뜻과 섭리에 따라 일어난 것이므로, 허용을 하나님의 의지에서 비롯되었다고

---

60 『기독교강요』, 3권, 23장 7절.

고백해야 합니다(먼 원인, 제1원인). 따라서 사람은 하나님의 섭리가 정한 대로 넘어지지만, 자기의 허물 때문에 넘어지는 것입니다. 그러나 이렇게 죄를 허용하신 이유는 하나님 안에 감추어져 있으니, 다만 우리가 헤아릴 수 없는 이유에서 그렇게 하셨다고 믿어야 합니다. 다만 하나님께서는 그렇게 하실 때, 선하신 성품과 의도로 당신의 영광을 위하여, 타락이 일어나지 않는 것보다 타락을 통해 더 큰 선한 것들을 이끌어 내시기 위해 타락을 주권적 섭리 가운데 피조물 안에 발생하도록 허용하신 것입니다. 따라서 칼뱅은 타락과 죄와 그 가운데 유기된 자들의 처지를 섭리적인 허용 안에서 하나님의 주권에 돌리며, 타락이 인간 안에서 그의 배역과 부패함을 통해 인간 안에서 발생한 것으로서 인간의 책임을 부정하지 않습니다. 인간의 책임 하에 있는 타락이 하나님의 주권적인 섭리와 선하신 뜻 안에서 허용된 것입니다. 요약하자면, 사람은 하나님의 영원한 섭리에 의해서 재앙을 겪게끔 창조되었지만, 재난이 생기는 근인(近因)은 하나님께 있는 것이 아니라 사람에게 있습니다. 왜냐하면 창조하신 상태에서 부패하고 불순하고 패악한 상태로 타락하고 멸망한 원인이 사람의 의지적인 반역에서 비롯되었기 때문입니다. 죄는 하나님께서 조성하신 것이 아니라 인간의 인격 안에서 발생한 것입니다.

(4) 하나님의 선택과 유기는 차별적이지 아님

어떤 이들은 예정 교리가 성경 어디에서나 부정하는 '**인간 차별**'의 가르침과 모순을 일으키는 교리라고 비판합니다. 먼저, 성경에서 하나님께서 '**인간 차별을 하는 분**'이 아니라고 하는 것은 이들이 판단하는 것과 다른 뜻을 가지고 있습니다. 여기서 '**인간**(persona/person)'은 '**사람**(h)(omo/man)'이 아니라 사람 안에 있는 것들 중에 현저히 눈에 띄는 것, 보통 호의, 은혜, 품위, 권위와 같은 인상을 주거나, 또는 미움, 경멸, 치욕과 같은 감정을 유발하는 것을 의미합니다. 이런 것들은 예컨대 재산, 권력, 가문, 지위, 조국, 육체적인 미(美)와 같은 것들이 있으며(신 10:17), 또 빈곤,

곤궁, 비열, 사악, 치욕 등이 있습니다. 베드로와 바울이 하나님께서 외모로 **'인간 차별'**을 하지 않으신다고 가르칠 때, 이런 점들이 고려되어야 합니다(행 10:34; 롬 2:11; 갈 2:6). 왜냐하면 하나님께서는 유대 사람이나 헬라 사람을 구별하지 않으시며(갈 3:28), 민족이 다르다는 이유로 한 편을 받아들이고 다른 편을 물리치시는 일이 없기 때문입니다. 야고보도 하나님의 판단에는 재산에 대한 고려가 없다는 것을 선언할 때(약 2:5), 같은 말을 사용합니다. 따라서 하나님께서 공로를 전혀 고려하지 않으시고, 다만 자신의 기뻐하시는 뜻대로 어떤 사람(person/man)을 자녀로 택하시고, 어떤 사람들은 보편적인 멸망에서 유기하시기로 결정하시는 일은 하나님께서 인간 차별을 하지 않으시는 분이라는 성경의 가르침과 모순되지 않습니다. 하나님의 선택과 유기는, 인간 안에 있는 선택을 이끌어 낼만한 그 어떤 요소에 의해 이루어진 것이 아니라 오직 하나님의 자비에 근거한 것입니다(고전 1:26). 하나님의 은혜는 사람의 외모에 얽매이지 않습니다.

(5) 선택은 공로에 근거하지 않은 자비로부터, 유기의 형벌은 자신의 죄책으로부터

하나님의 주권에 따른 선택과 유기가 존재한다는 사실 가운데서도 하나님의 공의는 견고히 서 있습니다. 예정의 교리를 차별로 보며, 공의를 허무는 교리로 인식하는 사람들은, 긍휼을 베풀지 않으시는 하나님을 기대하거나, 긍휼을 베풀고자 하시는 뜻을 위하여 일체 심판을 포기하시는 하나님을 상상하는 듯합니다. 성경은 죄의 문제를 해결하지 않은 채 사람을 구원하시지 않으시는 공의의 하나님을 선포합니다. 사실은 모든 사람이 아담 안에서 죄인이 되었고 하나님의 심판 아래 있습니다. 죄 안에서 모든 사람들은 공의의 따라 심판을 받을 수밖에 없습니다. 그러므로 선택 받은 사람들은 마땅히 심판 받을 자리에서 하나님께서 주신 은혜로 죄의 늪에서 헤어 나왔으니, 감사할 것 밖에 없는 은총을 입은 자들입니다. 그러나 유기의 대상이 된 자들은 하나님의 은총이 허락되지 않은 사람들로서 여전히 아담 안에 죄인으로 머물러 있습니다. 그러나 이들에게 내리시는 하나님의 심판은 죄에 대해 마땅한 것이고 공의로운 것입니다. 유기된 자들의 심판은 그들의 불신과 회개하지 않는 고집 때문에 내려집니다. 하나님께서는 주권적인 의지로 이들에게 은총을 내려주시지 않으시지만, 이들은 부패한 마음과 의지로 하나님을 거부하고 부패 안에서 패악을 좇아간 대가를 치를 뿐입니다. 하나님께서는 의로운 자를 절대로 벌하시지 않으십니다. 은총은 죄로부터 값없는 구원을 선물하나, 심판은 오로지 죄책과 부패로부터 옵니다. 칼뱅은 아우구스티누스를 인용합니다. **"첫 번째 사람 안에서 제(諸) 민족의 모든 무리가 정죄 속으로 빠져 들어갔다. 그 가운데 영역에 이르게끔 작정된 자들은 그들 자신의 의(義)가 아니라 하나님의 긍휼로 빚어진 그릇들이다. 반면에 다른 자들이 능욕에 이르게끔 작정된 것은 하나님의 불의가 아니라 심판에 돌려져야 한다."**[61] 하나님의 선택은 갚아야 할 빚의 지불을 면제해 주시는 자비의 행위에 속한 것이고, 유기는 마땅히 받아내야 할 빚을 정당히 받아내는 채권자의 채무자에 대한 권리 행사에 속한 행위입니다. 선택이 아담 안에서 죄인 된 자들에게 베풀어주신 값 없는 자비라면, 유기는 아담 안에서 죄인 된 자들의 죄책과 부패에 따라 정당한 심판을 철회하지 않고 집행하는 것일 뿐입니다. 선택은 죄인에게 과분한 은혜이고 유기는 죄인이 받아 마땅한 심판의 정당한 집행입니다. 그러나 죄의 보편성 속에 있는 죄인들 중에 그 일부에게만 사면의 자비가 베풀어지는 것은 하나님의 자유로운 주권과 뜻에 속한 것으로 아무도 이에 대해 이의를 제기할 수 없습니다. 세속제도 안에서도 특별 사면을 받는 사람들은 형량을 다 채우지 않고 형무소를 나오게 되지만, 특별 사면을 받지 못한 사람들이 자기에게 선고된 형량을 채우기 위해 형무

소에 머물러 있는 것이 부당하다고 불평하는 일은 없습니다. 왜냐하면 특별 사면을 받은 사람은 특별한 선물을 받은 것이고, 특별 사면을 받지 못해 형량을 채우는 일은 당연하고 정당한 일이기 때문입니다.

⑹ 예정 교리는 경건한 삶의 열의를 빼앗거나 선한 권고를 무의미하게 하지 않음

먼저, 칼뱅은 예정 교리가 거룩한 삶을 추구하는 열의를 앗아간다는 비판자들의 주장을 논박합니다. 성경이 예정에 대해 가르치는 것은, 우리가 불경건하고 경솔한 태도로 하나님의 알 수 없는 비밀을 파헤치게 하려는 것이 아닙니다. 예정 교리의 목적은 그 반대로 우리가 교만을 꺾고 순복하며 하나님의 심판에 대한 깊은 인식 속에서 하나님의 자비의 가치를 존중하게 하시려는 데 있습니다. 성경은 이러한 사실을 너무도 명시적이고 자명하게 가르칩니다. 바울은, 하나님께서 우리를 선택하신 목적을 우리로 거룩하고 흠이 없는 생활을 하도록 하려는데 있다고 가르칩니다(엡 1:4). 바울의 가르침은 선택이 경건의 열의를 앗아가는 것이 아니라 오히려 경건의 열의의 토대와 기초가 선택에 있다는 점을 강조하고 있습니다. 성경에서는 선택이 거룩한 생활에 집중하겠다는 열의를 일으키는 토대로 제시됩니다. 하나님께서 선택을 해주신 목적을 깨우치시므로 경건에 열의를 갖게 하시는 것은 선택의 질서 속에 속한 일로서 이를 부정하는 것은 선택의 질서를 뒤엎는 행위입니다.

둘째, 어떤 이들은 선택의 교리가 선한 권고를 헛되게 만든다고 비판합니다. 오히려 사도는 이와 반대로 말합니다. **"우리를 부르심은 부정케 하심이 아니요"**(살전 4:7). **"각각 거룩함과 존귀함으로 자기의 아내 취할 줄을 알고"**(살전 4:4). **"우리는 그의 만드신 바라 그리스도 예수 안에서 선한 일을 위하여 지으심을 받은 자니 이 일은 하나님이 전에 예비하사 우리로 그 가운데서 행하게 하려 하심이니라"**(엡 2:10). 하나님께서는 우리로 당신의 권고를 모든 사람들에게 전하라고 명령하십니다. 그것은 우리의 몫입니다. 그러나 그 권고를 받아들이는 효과는 하나님께 있다고 가르칩니다. **"내 아버지께서 오게 하여 주지 아니하시면 누구든지 내게 올 수 없다"**(요 6:65). 교회는 언제나 권고하고 전도해야 합니다. 그러나 권고와 전도가 열매를 맺는 것은 하나님의 선택에 달렸으니, 우리는 그 결실에 대해 자신을 자랑하지 않고 오직 하나님만을 자랑하게 됩니다. 칼뱅은 아우구스티누스를 인용합니다. **"왜 이 사람들에게는 들을 귀가 있고 저 사람들에게는 없는가? '누가 주의 마음을 알았느냐'**(롬 11:34). 감 **춰진 것이 이해될 수 없다고 해서 드러난 것이 부인되어야만 하는가?"** **"설혹 어떤 사람들이 이에 대해서 듣고 무감각과 타성에 사로잡혀 이전 의 몸부림조차 버리고 끝내 자기의 정욕을 못 이기고 육욕에 빠지게 된 다고 한들, 이 사실을 빌미로 삼아 우리가 예지에 관해서 앞에서 말했던 것을 거짓으로 간주해서는 안 된다. 만약 그들이 선할 것이라고 하나님 이 예견하셨다면, 그들의 악의가 아무리 깊이 그들 속에 머물러 있다고 하더라도 그들은 선하게 될 것이 아닌가? 만약 그들이 악할 것이라고 하나님이 예견하셨다면, 그 어떤 선함이 지금 그들 가운데서 헤아려진 다고 하더라도 그들은 악하게 될 것이 아닌가?"**[62] 결론적으로, 하나님 의 은혜에 대해서 들을 귀를 가진 사람이 자신을 자랑하지 않고 하나님 을 자랑할 수 있도록 이런 예정을 선포해야 합니다. 우리는 하나님께서 권고하고 전도할 때, 그것을 받아들이기로 예정된 자들이 있다는 사실 로 모든 사람들에게 권고하고 전도해야 합니다. 택함 받은 사람들이 있 기에 거부하는 자들로 인해 낙담하지 않고, 우리는 또 권고하고 전도할 수 있는 것입니다. 선택은 권고와 전도에 있어서도 그 열의를 자아내는 근거가 됩니다.

아우구스티누스는 하나님의 예정을 바르게 선포하는데 있어서 모 범을 보입니다. 아우구스티누스에 따르면, 하나님께서 어떤 사람을 선

---

[62] 『기독교강요』 3권, 23장 13절.

택하시면, 사람의 자유 의지가 그 결정에 저항할 수 없습니다. 그러므로 사람이 아무리 저항하려 들더라도 하나님께서 작정하신 일을 방해하려는 목적에 이를 수 없습니다(시 135:6; 사 45:11). 왜냐하면 하나님께서는 사람들의 의지를 섭리적으로 사용하시어 당신께서 원하시는 일을 이루시기 때문입니다. 하나님께서는 인간의 의지를 파괴하지 않으시고, 의지의 실재를 보존하시는 가운데서도 당신의 뜻이 이루어지도록 그것을 섭리하시고 통치하십니다. 하나님께서 사람을 부르실 때, 내적으로 역사하십니다. 내적으로 그들의 마음을 붙잡으시며 움직이시며 그들 안에 내적으로 역사하셔서 그들 자신의 의지와 뜻으로 그들을 하나님의 부르심을 받아들이도록 역사하십니다. 하나님의 은총이 인격에 역사하므로, 은총에 붙들린 사람들은 자발적이고 인격적으로 하나님의 부르심에 응답합니다. 그러나 우리는 예정의 수효를 전혀 알지 못하므로, 모든 사람들의 구원을 원하는 생각으로 전도하고 권고해야 합니다(눅 10:6; 마 10:13). 우리는 누가 선택되었는지 여부를 모르므로, 모든 사람에게 전도하고 권고해야 함이 마땅합니다. 결론적으로, 선택된 자들에게 전도와 권고와 책망이 유익하도록 하시는 분은 오직 하나님 한 분 뿐이십니다. 주님께서 오시는 날까지 선택된 자들이 세상에 흩어져 있으니, 우리가 전도하고 권고할 때, 결실이 반드시 있을 것이며, 이로 인해 우리는 열의를 갖고 전도하고 권고합니다.

8 선택은 부르심으로 확인되고, 유기된 악인은 공정한 멸망을 자초함

(1) 선택된 자들의 부르심은 오직 긍휼과 은혜로

하나님께서는 선택을 자신 안에 감추어두시지만, 부르심으로 그 선택을 나타내십니다. 부르심은 선택의 증거입니다. 왜냐하면 선택하신 자를 하나님께서 부르시기 때문입니다(롬 8:29; 8:15; 엡 1:13-14; 고후 1:22; 5:5). 하나님께서는 택하신 자들을 복음 선포를 통해 부르시는데, 악인들도 복음 선포를 접하기 때문에, 그 자체로 선택을 완전히 증거 하지 못합니다. 그러나 하나님께서 선택하신 자들은 복음 선포를 받을 때, 성령의 내적 역사를 통해 믿음으로 인도하십니다. 이것은 성령의 내적 부르심(inner calling) 혹은 유효적 부르심(efficacious calling)이라 부릅니다. 선택된 자들은 성령의 내적인 역사를 통해 믿음을 소유하게 됩니다. 그러므로 칼뱅은 아버지께로부터 배운 사람은 실제로 하나님께 나아온다고 가르칩니다(요 6;46; 17:6; 요 6:44; 6:45; 겔 11:19; 36:26; 롬 9:18; 13장; 14장). 성경은 선택과 부르심을 연결할 때, 이 일에서 하나님의 거저 주시는 긍휼 이외의 것을 찾아서는 안 된다는 뜻을 충분히 보여줍니다. 하나님의 은혜는 하나님의 부르심을 원하여 열의를 가지고 돌아오는 것의 원인이 되므로, 이 둘은 분리될 수 없습니다. 하나님께서는 은혜를 통해 사람에게 소원과 열의와 노력을 일으켜 돌아오게 하십니다. 이런 의미에서 사람의 소원과 열의와 노력은 거저주시는 은총의 결실이므로, 이것들을 은총의 열매로는 논하지만, 구원의 원인을 사람의 소원과 열의와 노력에 돌리지는 않습니다. 따라서 아우구스티누스는, 사도들이 구원의 원인을 주의 은혜로 돌리지만, 우리의 소원과 노력에는 아무 것도 남겨두지 않는다고 말합니다.

칼뱅은 부르심의 성격과 적용에 대해 다룹니다. 부르심은 말씀 선포(verbi praedicatio/the preaching of the word)와 함께 성령에 의한 조명(Spiritus illuminatio/the illumination of the Spirit)으로 이루어집니다(사 65:1; 요일 3:24; 4:13). 하나님께서 부르시고 자신을 내어주셨을지라도, 영적으로 눈 멀고 귀 먹은 육(caro/flesh)은 그 부르심에 응답하지 못합니다. 하나님께서는 말씀으로 외적인 부르심을 주시고, 택한 자에게 내적으로 역사하시고 조명하시어 믿고 응답하게 하십니다. **"영생을 주시기로 작정된 자는 다 믿더라"**(행 13:48). 부르심에서는 처음부터 끝까지 선택만이 주관하므로, 부르심이 값없는 은총에 의한 것이라는 사실을 부정할 수 없습니다.

따라서 믿음은 선택의 결과이며, 선택은 믿음에 의존하지 않습니다. 사람이 하나님의 선택에 동의하므로 하나님의 협력자가 되어 자신의 구원을 성취해 간다고 주장하는 사람들이 있습니다. 타락한 인간의 이성과 의지는 중립적이고 자율적인 의미에서 스스로 진리를 파악하고 스스로 진리에 응답하지 못합니다. 이렇게 주장한다면 선택하신 하나님의 의지와 뜻이 인간의 거부에 의해 실패할 수도 있다는 말이 됩니다. 이렇게 주장한다면, 결국 선택은 하나님 편에서 시작하셨지만, 그 결과와 효과의 공은 인간의 손에 들려졌다는 말이 되고 마는 것입니다. 사람의 의지가 하나님의 뜻으로부터 난 계획보다 우위를 점할 수 없습니다. 오류에 빠진 사람들은 사람이 받는 것은 믿는 능력일 뿐이고, 믿음 자체는 아니라고 주장합니다. 곧 이들은 믿음 자체를 인간의 결정에 따른 것으로 봅니다. 이들은 선택과 그 결실을 인간의 의지의 결과로서 믿음에 종속시키려 합니다. 그러나 결과가 원인을 압도하려 해서는 안 됩니다. 성경은, 하나님께서 우리를 선택하신 대로 우리가 비추임을 받는다고 가르칩니다. 성경은 우리가 자기 구원에 대한 확신을 얻기 위해 말씀에서부터 출발해야 하며, 하나님을 우리의 아버지로 믿고 신뢰하는 마음을 검증해야 한다고 가르칩니다. 왜냐하면 선택을 받은 자들에게 하나님께서는 말씀을 전해주시고, 그 말씀을 믿는 믿음과 믿음의 결실들을 베풀어주시기 때문입니다. 우리는 우리 안에 베풀어진 믿음과 믿음의 결실들을 통해 선택을 돌아봅니다. 그러므로 믿음과 믿음의 결실들은 선택의 후험적(a)(*posteriori* 증거들입니다.

그러므로 칼뱅은 선택에 대한 확신과 그 확신을 성경적으로 바르게 갖는 방법을 다룹니다. 곧 선택의 확신에 이르는 건전한 순서가 있습니다. 즉, 선택에 대한 확신에 있어 선택을 증거하는 표징들, 부수적인 표징들을 굳게 잡고 놓치지 않는 것이 중요합니다. 사탄이 신자들을 낙심시키려 할 때 가장 많이 사용하는 가장 위험한 유혹이 자신의 선택에 대한 의심을 일으키는 것입니다. 이와 함께 사탄은 그릇된 곳에서 선택을 탐구하겠다는 소원을 일으켜 미궁에 빠지게 만듭니다. 이런 사람들은 선택에 대한 확신을 성경과 별도로 탐구해 들어가 심연에 빠지는 경향을 가집니다. 그러나 하나님의 말씀에 포함되어 있는 대로 선택을 바르고 합당하게 검토하는 사람들은 말할 수 없는 위로의 열매를 거둡니다. 성경에서 가르치는 건전하고 합당한 선택의 확신은 영원 전 하나님의 선택으로 들어가 탐구하는 것이 아니라 현재 우리 안에 나타난 하나님의 부르심을 확신의 출발점이자 종점으로 삼는 데 있습니다. 이것이 **"후험적**(*posteriori*) **증거를 통한 확신"**입니다. 이런 성경적 방식의 선택 확신은 성도들에게 위로를 제공합니다. 예정의 교리를 성경에 알려주신 하나님의 목적과 예정 교리가 성도들에게 가르쳐져야 할 가장 중요한 목적은 목회적 위로에 있습니다. 칼뱅은 사변을 위해서 예정을 연구하고 가르치지 않고 연약한 성도들의 구원론적 위로를 위해 예정을 가르쳤습니다. 연약한 성도들에게 성경은 구원이 하나님의 흔들리지 않는 주권적 선택에 토대한 것임을 알려주므로, 구원의 흔들림 없는 확고함 속에서 위로를 얻게 합니다. 구원의 토대는 우리 안에서 발견되지 않고 하나님 안에서 발견되는 것입니다. 그리고 그처럼 중대한 선택의 증거가 하나님의 부르심의 나타남에 있습니다. 믿고 주를 의지하는 사람들은 선택을 받은 사람들이며 그들의 구원은 취소될 수 없고 흔들릴 수 없는 터 위에 서 있습니다. 칼뱅은 베르나루두스를 인용합니다. **"하나님의 의도는 확고하다. 화평을 위한 그의 판결은 그를 두려워하는 모든 자들 위에 확고하다고 할 것이니, 그는 그들의 악행들은 염두에 두지 않으시고 그들의 선행들은 헤아리신다. 그리하여 자기에게 속한 것들을 사용하셔서 놀라운 방식으로 선한 것들과 악한 것들이 합력하여 선에 이르도록 하신다 ⋯** (롬 8:33) **⋯ '오 참된 안식이여, 이를 침실이라고 부르지 않는다면 그릇 칭하는 것이리라! 오 하나님을 뵙는 곳이여, 그의 진노로 우리가 교란되거나 그에 대한 근심으로 우리의 마음이 불안해지는 곳이 아니라 그의 선하고, 기쁨이 되며, 완전한 뜻을 통하여 우리**

가 그 안에 있음을 인정받는 곳이로다! 이 환상은 우리를 두렵게 하지 않고 우리를 부드럽게 쓰다듬어 준다. 그것은 불안한 호기심으로 우리를 자극시키지 않고 오히려 평온하게 한다. 그것은 우리의 지각을 지치게 하지 않고 오히려 평안하게 한다. 여기에 참된 안식이 주어진다. 평안하신 하나님이 모든 것을 평안하게 하신다. 그리고 자기를 바라보면서 안식하는 자들에게 안식이 있게 하신다."[63] 예정이 사변을 위한 교리가 아니라 목회적 위로에 있다는 사실을 바로 인식하는 것은 참으로 중요한 일입니다.

(2) 선택은 그리스도 안에서만 인식되어야 함

하나님의 자비하심과 인자하신 마음을 바라보려면, 우리는 우선 그리스도를 바라보아야 합니다. 우리가 믿음으로 받은 모든 은혜와 열매는 그리스도 안에서 주어진 것입니다. 성령은 오직 그리스도 위에 머물러계십니다(마 3:17). 그리스도께서는 생명의 샘이시며, 구원의 닻이시며, 천국의 상속자이십니다. 선택의 목적은 하늘 아버지께서 자녀 삼으신 자들이 구원과 영생을 얻는 것에 있고, 이 경계를 넘을 수 없습니다. 그런데 선택에 있어 그리스도께서 중요한 이유는, 이 선택이 그리스도 안에서 이루어진 것이기 때문입니다(엡 1:4). 만일 하나님과 그리스도를 분리해서 생각한다면, 하나님 아버지 안에서 선택의 보증을 발견하지 못합니다. 하나님 아버지께서는 그리스도를 인하여 그리스도 때문에 우리를 선택하셨습니다. 그러므로 그리스도께서는 우리가 우리의 선택을 보아야 하는 거울이 되십니다. 하나님께서는 그의 백성으로 영원 전부터 정하신 사람들을 그리스도의 몸에 접붙이시기로 예정하셨고 그리스도의 지체로 인정하시는 사람들을 그의 자녀로 삼으려고 하시기 때문에, 만일 우리가 그리스도와의 연합 안에서 친교를 계속하고 있다면 그것은 곧 우리가 생명책에 기록되어 있다는(계 21:27) 너무나 분명하고도 확고한 증거가 됩니다. 그런데 믿음 안에서 그리스도께서는 자신과의 확실한 친교를 우리에게 허락하셨습니다. 즉, 자신과 자신의 모든 은혜를 하나님께서 우리에게 주셨다고 복음 선포를 통해서 증거 하셨습니다(롬 13:14; 엡 4:15; 롬 8:32; 요 3:15; 요 3:16; 요 5:24; 요 6:35; 요 6:51, 58). 그리스도를 믿는 믿음으로 영접한 사람들은 모두 하늘 아버지께서 자녀로 인정하시리라는 것을 우리에게 증거 하시는 분이 그리스도이십니다.

(3) 선택의 후험적(*a posteriori*) 증거의 추가적 해설

그리스도께서는 당신의 백성들에게 선택의 불변성과 영속성을 확신시켜 주십니다. 우리 선택의 확고함이 부르심을 받는 일과 연결되어 있다는 사실이 우리의 확신을 견고하게 하는 수단이 됩니다. 주님께서는 자신의 이름에 대한 지식이 조명된 자들을 이끌어 들여서 교회의 품에 안기게 하시고 자신의 돌봄과 후견 아래 있게 하십니다. 그들을 후견하여 영생에 이르도록 하는 일이 아버지에 의해 주님께 맡겨졌습니다. 하나님께서는 구원하시고자 뜻하신 자들을 모두 그리스도의 보호 아래 두셨습니다(요 6:37, 39, 17:6, 12). 그러므로 구원을 얻고자 하는 사람들은 그리스도를 영접해야 합니다. 하나님께서는 그리스도를 믿게 하시므로, 그리스도를 우리의 목자가 되게 하시고, 우리를 양떼 가운데 넣으시며, 그분의 우리 안에 들게 하십니다.

성경은 우리의 미래 상태를 불안한 것처럼 묘사하는 때가 있습니다. 예를 들면, 마태복음 22장 14절, 고린도전서 10장 12절, 로마서 11장 20-23절 등이 그러합니다. 그러나 진정한 믿음의 실재를 가진 성도들에게 이러한 구절들을 적용할 때, 이런 구절들은 견인(*perseverantia*/perseverance)의 교리를 전제로 다루어야 합니다. 견인을 고려하지 않으면 부르심과 믿음도 무가치한 것이 되고 맙니다. 견인의 은혜는 오직 택자들에게만 주어집니다. 주님께서는 구원에서의 탈락과 관련된 불안을 우리에게서 제거하십니다. 왜냐하면 확실히 미래에 적용될 약속을 신자에게 이미 주셨기 때문입니다. **"아버지께서 내게 주시는 자는 다 내게로 올 것이요 내게 오는 자는 내가 결코 내어 쫓지 아니하리라"**(요 6:37). 마찬가지로, **"나를 보내신 이의 뜻은 내게 주신 자 중에 내가 하나도 잃어버리지 아니하고 마지막 날에 다시 살리는 이것이니라"**(요 6:39). 또 **"내 양은 내 음성을 들으며 나는 저희를 알며 저희는 나를 따르느니라 내가 저희에게 영생을 주노니 영원히 멸망치 아니할 터이요 또 저희를 내 손에서 빼앗을 자가 없느니라 저희를 주신 내 아버지는 만유보다 크시매 아무도 아버지 손에서 빼앗을 수 없느니라"**(요 10:27-29; 마 15:13; 요일 2:19; 롬 8:38; 빌 1:6; 시 138:8; 눅 22:32). 구원에서의 탈락으로 위협하는 듯한 구절들은 외식자들과 불신자들과 관련해서는 그들의 불경건에 대한 심판을 엄중히 선언하시는 것이며, 성도들에게는 불신과 불경건의 무서운 결과들을 성도들이 상기하므로, 경계를 받아 자신의 선택의 증거들을 점검하여, 더욱 열의를 가지고 경건에 힘쓰도록 채찍질 하려는 의도로 주어진 것입니다.

따라서 믿음을 가진 성도들은 구원에서 탈락할 수 없습니다. 그러나 외적인 고백을 가진 사람들 중에 참 믿음에 이르지 못한 사람들이 존재하여 믿음의 길을 걷는 것처럼 보이다가도 멸망에 떨어져 내리는 사람들이 많습니다. 그러나 성부께서 주님께 주신 사람들은 하나도 멸망받지 않습니다. 혹시 이러한 보호하심에서 제외된 사람들이 있다면(요 17:12), 그들은 주님을 진심으로 신뢰하고 진실로 의지한 적이 없는 사람들일 뿐입니다. 진심어린 신뢰와 의지함이 실재하는 사람들에게만 선택의 굳건한 확신이 있을 수 있습니다(요일 2:29). 주님께서는, 그에게 진정한 믿음으로 접근하는 사람들이 모두 아버지께서 주신 사람들이며, 그가 그들의 보호자와 목자가 되시므로, 한 사람도 멸망하지 않을 것이라고 약속하십니다(요 3:16; 6:39).

따라서 보편적 부르심(외적 부르심)과 특별한 부르심(내적 혹은 유효적 부르심)이 구별됩니다. **"청함을 받은 자는 많되 택함을 입은 자는 적으니**

라"(마 22:14). 보편적 부르심(*universala vocatio*/universal calling)은 하나님께서 외면적인 복음 선포를 통해 모든 사람들을 동등하게 자신에게로 부르시는 소명을 의미합니다. 복음을 사망에 이르는 냄새로서(고후 2:16), 또 더욱 엄격한 정죄의 소지로 드러나게 되는 자들도 하나님께서 보편적 부르심으로 부르십니다. 특별한 소명(*specialis vocatio*/special calling)은 신자들에게만 주어집니다. 하나님께서는 택하신 자들의 마음속을 성령으로 비추시어, 선포하신 말씀이 그들의 마음에 깨달아지고 믿어지게 하십니다. 그러나 어떤 자들은 매우 제한적이고 참 신앙에는 이를 수 없는 정도로 비추임을 받아 일시적으로 믿는 듯하다가 배교하는 일들도 있습니다. 이들은 교회에 믿노라고 하면서 교회에 들어왔으나 거듭나지 못했고, 성화를 입지 못한 사람들입니다. 그러므로 이러한 일시적인 유사 믿음은 특별한 소명을 받았다고 볼 수 없습니다. 특별한 소명을 받은 사람은 중생이 수반된 사람들입니다(딛 3:5). 중생의 영은 장차 있을 기업의 보증이며 확인하는 인(印)인데(엡 1:13-14), 그는 주의 날이 올 때까지 이 인을 우리의 마음속에 쳐 두십니다(고후 1:22). 가룟 유다 같은 사람은 양의 자리를 차지했으나 양이 아니었고, 사도라는 직무에 선택된 것이지 구원으로 선택된 자가 아니었습니다(요 6:70).

칼뱅은 아직 부르심이 나타나지 않은 선택받은 사람들의 상태를 다룹니다. 선택은 부르심을 통해 구원의 적용의 실체가 나타납니다. 선택을 받았지만, 하나님께서 은총을 베풀어주시기 전에는 모든 사람이 아담 안에서 원죄를 가진 죄인일 뿐입니다. 이들은 죄책과 부패로 영적으로 죽은 상태이며, 부패한 냄새를 피우며 살아갑니다. 이들은 죄로 죽은 자들입니다(엡 2:1-3). 소위 은혜를 받기 전에는 선택자들 안에 **"선택의 씨"** 같은 것은 없습니다. 그들은 은혜를 받기 전에 경건을 향한 마음의 기울어짐이 없습니다. 하나님 없는 도덕주의적 행위는 있을 수 있지만 말입니다. 그들은 본질상 진노의 자녀입니다. 선택을 받은 자들은 반드시 중생과 회심 안에서 믿음과 회개를 나타내야 합니다.

⑷ 유기된 자들이 멸망에 이르게끔 예정된 것은 하나님의 탓이 아님

은혜를 받아 구원을 받은 성도나 멸망에 이르는 유기자들이 모두 아담 안에서 죄로 죽었던 자들입니다. 그러므로 성도는 죄와 사망의 늪에서 값없는 은총으로 건짐을 받은 것이고, 유기자는 심판받아 마땅한 위치에서 그들의 책임 하에 마땅히 형벌을 받는 것일 뿐입니다. 성도는 죽어 마땅한 자리에서 황송한 은혜를 입었으니 감사할 것 밖에 없습니다. 그러나 유기자들은 아담의 타락 안에서 그들의 죄로 인해 마땅히 받을 형벌을 받는 것이니 불평하거나 변명할 수 없습니다. 성도는 은택을 입은 것이고 유기자들은 본래 받아야 할 심판을 받는 것일 뿐입니다. 하나님께서는 선한 사람들을 심판하시거나 돌이키려는 자들을 타락시키시어 유기자가 되게 하신 것이 아니라, 아담 안에서 타락한 완악한 죄인들에게 자비를 허락하시지 않으실 뿐입니다. 유기자를 향한 하나님의 작정은 말씀 들을 귀를 허락하지 않으시는데 있습니다. 만일 택자들도 하나님께서 사랑으로 붙들어 주시지 않는다면 유기자들과 같은 처지에 놓였을 것입니다. 우리가 무엇인가를 받았다면, 그것을 하나님께 돌려야 합니다(고전 4:7). 따라서 성령의 내적 부르심이 없는 유기자에게 말씀이 전해질 때, 말씀 선포가 그들의 마음을 강퍅하게 만드는 원인이 될 수 있습니다. 말씀 선포는 택자에게는 성령의 은밀한 역사를 통해 믿음을 일으키지만, 선택되지 않은 자들에게는 마음을 더욱 어둡게 하고자 하시는 의도로 주어집니다. 성령의 조명이 없는 마음에 말씀이 들려질 때, 완악한 무지에 둘러싸인 유기자의 마음은 말씀을 거부할 뿐 아니라 그것이 그들의 완악함과 무지를 더욱 격동하는 일이 일어납니다. 이들에게 말씀이 들려질 때, 이들의 귀는 더욱 막히고, 눈은 더욱 멀게 되며, 진리에 대한 마음의 상태는 더욱 우둔하게 됩니다. 이들에게 말씀은 약이 아니라 독이 되고 맙니다(마 13:11). 소는 풀을 뜯어 먹고 우유를 내지만 독사는 먹이를 먹고 독을 만들어 내는 이치와 유사합니다. 거듭남과 회심이 없는 마음에 성경과 신학의 지식이 쌓여 간다면, 이것이 얼마나 위험한 일이겠습니까?

　심판이 사람들의 불경건과 사악과 배반 때문이면서도, 동시에 첨부해야 할 조건이 있습니다. 즉, 하나님의 주권적 섭리에 의해, 그들이 그 패악한 상태에 넘겨졌다는 것을 인정해야 합니다. 그리고 그렇게 된 이유는 하나님의 정당하고도 헤아릴 수 없는 판단이 그들을 세워, 그들의 정죄를 통해서 하나님의 영광을 나타내려고 하신다는 것입니다. 그러나 우리는 하나님의 높은 지혜에 대해서 어느 정도의 무지를 기꺼이 인정해야 합니다. 유기자의 심판과 형벌에 있어 제1원인, 곧 먼 원인은 하나님의 기뻐하시는 뜻에 두어야 하고, 제2원인, 곧 근인(近因)은 그들의 죄책과 부패함에 있습니다. 이 두 원인의 관계를 성경에서 가르치신 것을 넘어 사변해서는 안 됩니다. 이 두 원인 사이의 매커니즘은 하나님께서 침묵 속에 숨겨 놓으셨고, 신비에 싸여 있습니다. 우리는 성경을 따라 선택과 유기에 있어 하나님의 주권을 인정하고 높이며, 그 안에서 유기에 대한 인간의 책임의 실재를 함께 인정해야 합니다. 하나님의 작정과 섭리의 성취는 인격적인 것은 인격적인 대로 수단으로 사용되어 영광스러운 목적을 성취해 갑니다.

14

25장 1-12절

최후의 부활

1 부활의 첫 열매이시자 보증자이신 그리스도

그리스도인의 궁극적 소망은 최후에 부활에 놓입니다. 바울은 경건한 자들의 믿음과 사랑을 하늘에 자리를 두고 있는 소망과 관련시킵니다(벧전 1:8-9; 골 1:4-5). 우리의 눈이 그리스도께 고정되어 하늘을 주시할 때 땅에 속한 것들에 의해 방해를 받지 않고 약속된 복을 그 속에 담아내게 됩니다. **"네 보물이 있는 그곳에는 네 마음도 있는니라"**(마 6:12). 그러나 칼뱅은 부활의 소망을 진실로 붙드는 믿음이 참으로 희귀하다고 한탄합니다. 그러나 우리가 신앙을 추구하고 있는 이 세상에는 비참한 것들과 우리를 유혹할 만한 세속의 좋은 것들 그리고 난폭한 시험이 가득하여 부활의 신앙이 없이는 우리의 마음은 지탱될 수 없습니다. 따라서 부활에 대한 계속적인 묵상에 익숙한 성도만이 복음의 유익을 견실히 누릴 수 있습니다.

인간에게 유일하고 완전한 행복은 하나님과의 연합(*coniunctio cum Deo*/union with God)에 있습니다. 이 행복이 지상의 나그네 삶 동안에도 알려졌습니다. 이 복을 받은 사람들의 마음속에서는 하나님과의 연합 안에서 그분과의 친밀한 교제에 대한 갈망이 불타오르고 자라갑니다. 그리고 그 갈망의 완성은 부활에서 발견됩니다. 바울은 부활을 성도들이 도달할 목표로 제시했습니다(빌 3:8, 13, 20). 바울은 성도의 부활만이 아니라 폐허가 된 피조세계의 갱신까지 바라봅니다. 바울은 모든 피조물들을 부활을 향해 경주하는 성도들과 결합시켜 동료가 되게 합니다. 아담의 타락으로 인해 자연의 완전한 질서에 혼란이 찾아왔고, 피조물들은 죄의 영향력으로 속박되게 되었습니다. 지각이 부여되지 않은 피조물들이지만 그것들은 몰락하기 전에 가졌던 본래의 순전한 상태를 본성적으로 동경하는 것입니다. 그러므로 모든 피조물들도 탄식과 고통 속에서 갱신을 고대합니다(롬 8:19, 22, 23). 이런 교훈을 제시하는 바울의 의도는 사람의 죄로 형벌을 받고 있는 피조물들조차 갱신을 갈망하건대, 인간이 이에도 미치지 못함을 부끄럽게 여기도록 만들기 위함입니다.

바울은 우리를 더욱 격려하기 위해 주님의 재림을 **"우리의 속량** (*nostra redemptio*/our redemption)**"**(롬 8:23)이라고 부릅니다. 이는 우리의 부활의 모든 부분이 이미 완성되었음을 알려줍니다. 속량은 이미 성취된 것입니다. 미래에 그 효과로 인해 우리는 부활에 이르게 됩니다. 그리고 그 날이 올 때까지 그 효과로 우리는 보호를 받습니다.

그리스도께서는 부활의 첫 열매이시며 우리의 부활의 보증이 되십니다. 그리스도의 죽으심과 부활을 통해 우리가 그리스도 안에서 죄에 대하여 죽고 하나님에 대하여 다시 살게 됨을 증거 받습니다. 그리스도의 부활은 우리의 부활의 토대요 근거이고 근원입니다. 주님께서는 구원과 부활의 조성자이십니다. 하나님께서는 하늘의 불멸성과 영광으로 옷 입으신 그리스도를 교회의 머리가 되게 하시고, 온 몸, 즉 교회를 그 머리에 연합시켜 하나가 되게 하셨습니다. 그리스도께서 성육신을 통해 우리와 같이 되신 것은 하나님의 권능으로 부활하시어, 그에게 붙은 자들도 그분의 육체 부활이 우리의 것이 되게 하시기 위함이었습니다. 그리스도의 부활에서 우리의 부활을 발견하게 됩니다. 그리스도께서는 우리와 같은 인성을 가지고 삶의 고난과 역정을 다 마치시고 불멸성을 획득하셨으므로, 우리에게도 있을 부활의 보증이 되셨습니다. 주님께서는 육체 부활이 존재함을 지상 역사 속에서 증거 하신 것입니다. 이 역사성이 성경을 통해 기록되었고, 성령께서 그 역사성의 확고함을 내적으로 증거 해 주시므로, 우리는 부활을 알고 확신할 수 있습니다. 주님께서 육체로 부활하신 것은 우리를 미래의 동료로 삼기 위해서였습니다. 머리가 육체 부활했기에, 그 몸도 육체 부활에 참여합니다. 주님께서 우리의 대속을 위해 인성을 취하신 것처럼, 우리에게 육체 부활을 선물하시기 위해 우리와 같은 인성을 취하신 것입니다. 주님의 부활은 우리를 위한 부활이었습니다(요 11:25). 우리는 그리스도라는 거울을 통해서만 부활의 살아있는 형상을 바라볼 수 있습니다. 이에 대한 확신을 위해 주님께서는 당신의 부활에 대한 많은 증인들을 세우셨고, 그들의 증언을 성경에 기록하셨으며, 성령의 내적 증거를 통해 이 역사적인 사실을 확고히 붙들게 됩니다. 수많은 역사적 증인들과 증언들이 존재함에도 주님의 부활을 비웃는 사람들이 존재하는 것은 그들 안에 성령의 내적인 증거가 부재하기 때문입니다. 또한 부활의 확실성을 가지려면, 하나님의 권능에 우리의 시선을 모아야 합니다. 하나님의 무한하신 권능을 발견하고 인정하게 된다면, 육체의 부활을 확신하는 일이 어렵지 않을 것입니다(빌 3:21). 부활을 믿지 못하는 것은 하나님의 권능에 대해 무지하거나 하나님의 권능을 믿지 않기 때문입니다.

2 영혼의 불멸성

칼뱅은 영혼의 불멸성을 가르칩니다. 성경에서 가르치는 죽음은 소멸이 아닙니다. 유기된 자들은 죽어 지옥에서 불멸하는 영혼으로 형벌을 받다가 재림의 때 사망의 부활, 곧 심판의 부활을 통해 육체와 영혼으로 영원한 형벌을 받게 됩니다. 택함 받은 믿음의 성도들이 복락이 영원한 것처럼, 유기자들의 형벌도 영원합니다. 그러므로 칼뱅은 성도들의 기업을 천년에 한정시키는 천년왕국론자들을 논박합니다. 이들은 영혼의 소멸을 주장하였습니다. 사망에는 육신과 영혼의 분리로서의 죽음인 첫째 사망이 있고, 불신자들이 지옥에서 영원한 형벌을 받는 둘째 사망이 있습니다. 부활에 있어서도, 영원한 복락으로 인도되는 생명의 부활과 영원한 지옥 형벌로 이어지는 사망의 부활을 구별해야 합니다. 인간의 영혼은 불멸하며, 복락과 형벌을 위해 각각 입혀진 육체의 부활도 영원할 것입니다. 곧 성도의 복락과 불신자들의 형벌이 영원할 것입니다. 칼뱅은 이 주제와 관련하여 재림 시 부활이 있기 전 죽은 성도와 불신자들의 상태를 다루는 영혼의 중간 상태(*intermedius status*/the intermediate state)에 대하여 성경이 가르치는 한계를 넘어 지나치게 호기심을 갖지 않도록 권고합니다. 칼뱅에 따르면, 성경은 그리스도께서 이들의 영혼과 함께 계시며 그들을 낙원(*paradisus*/paradise)으로 받아들이시므로(요 12:32) 위로를 얻게 하셨고, 유기된 자들의 영혼은 마땅히 받아야 할 극심한 형벌을 받게 하신다고 가르칩니다. 분명한 것은 부활이 있기 전에 죽은 성도의 영혼은 이미 지복의 상태에서 복락을 누리고 있으며, 불신자들의 영혼도 이미 영원한 형벌 아래 심판을 받고 있다는 점입니다. 재림 전 죽은 성도들은 영원한 안식에 들어가 최후의 영광의 면류관, 부활을 기다리고 있습니다. 유기자들 역시 사망의 부활로 최후의 심판에 이르기까지 사슬에 얽매여 형벌을 받고 있습니다.

3 육체 부활의 성격

성경은 육체 부활을 가르칩니다. 곧 성도들의 부활은 이 땅에서 입었던 몸의 부활입니다. 육체 부활은 육체가 마귀에 의해 창조되어 본성상 더럽다고 여기는 이원론자들에 반대해 강조되어야 합니다. 하나님께서는 인간을 영혼과 육체의 연합체로 선하게 지으셨습니다. 따라서 타락 후 우리의 구원도 영혼과 육체를 다 포함한 전인적 구원이며, 성경은 우리의 영혼과 육체 모두 거룩을 덧입어야 한다고 가르칩니다(고후 7:1; 5:10; 살전 5:23; 고전 3:16; 6:15; 딤전 2:8; 롬 12:1). 성경은 우리의 육체 부활을 분명히 정의합니다. **"이 썩을 것이 반드시 썩지 아니할 것을 입겠고 이 죽을 것이 죽지 아니함을 입으리로다"**(고전 15:53).

물론 죄 아래서 죽음의 영향력 하에 있던 죽을 육체와 영원한 생명과 영광을 두르고 영원히 죽지 않고 썩지 않는 부활한 육체는 그 특성에 있어서 차이를 갖습니다. 그러나 부활한 육체는 본질적으로 실체에 있어 육체 자체의 부활입니다. 그리스도의 육체가 희생 제물로 드려졌을 때, 동일한 육체로 부활하셨으나, 부활한 육체는 탁월한 영광과 은사로 덧입혀졌습니다. 이는 사람의 육체나 동물의 육체가 동일한 육체이지만, 그 특성에 있어서 다른 것과 같습니다(고전 15:39). 또 모든 별들은 물질적으로 동일한 별이지만 그 밝기가 각기 다른 것처럼, 부활한 육체는 이전의 육체보다 훨씬 뛰어납니다(고전 15:53-54). 즉, 부활 이전과 이후의 육체에 있어 변화가 있습니다(고전 15:51-52). 그러나 그러한 특성과 탁월함에 있어 차이가 있음에도 불구하고, 이전의 육체와 부활한 육체는 모두 육체입니다. 그 실체에 있어 동일합니다.

4 심판의 부활

성경은 **"생명의 부활"**과 **"심판의 부활"**을 구분합니다(요 5:29). 유기자들, 곧 불신자들이 양의 부활과 구별된 염소의 부활로 일어나 하나님의 심판대 앞에 서야 하는 것은 마땅합니다. 이것은 하나님의 공의로운 성품에 부합한 것입니다. 그들이 지상 삶 동안 보인 완고함은 고통과 그 기간에 있어 제한적인 멸절과 조화되지 않습니다. 이렇게 되면 하나님을 향해 그들이 범한 죄의 무게에 비해 너무도 가벼운 형벌이 되고 말 것입니다. 이들의 범한 죄의 무게는 무한한 것으로 그 형벌도 끝이 없고 한도 없는 것이어야 합니다. 또 단지 영혼만으로 심판을 받아도 되지 않겠는가 물으면, 하나님께서는 인간을 애초에 영혼과 육체의 연합체로 창조하셨기에, 이들의 범죄는 영혼만이 아니라 육체로도 범한 것입니다. 따라서 영혼만 아니라 육체도 심판과 형벌을 받아야 마땅합니다. 무한한 죄를 범하고도 완고하게 신앙과 회개를 거부한 사람들의 형벌은 끝도 없고 한도 없는 것입니다.

5 영원한 복락과 영원한 형벌

마지막 부활의 때 죽음이 승리로 삼켜질 것입니다(사 25:8; 호 13:14; 고전 15:54-55). 마지막 부활의 때 성도들이 누릴 지복은 하나님 나라의 광채와 즐거움과 행복과 영광으로 가득할 것이라 배우지만, 그것들이 지시하는 바가 무엇인지 올바로 지각하는 데는 아무도 미치지 못합니다. 종말의 완성이 도래할 때, 그 실재를 직접 경험하기 전까지 우리는 말씀 안에서 유추적으로 지복을 바라볼 뿐입니다(고전 13:12; 요일 3:2). 이 땅의 복을 넘어선 것이어서 지상적인 것으로 유추할 수밖에 없는 지복이니 그 행복이 얼마나 크고 영광스러운 것이겠습니까? 그러므로 이 지식에 대한 초보 단계에 머물러 있는 우리들은 우리의 한계를 지켜 무모한 사색에 빠지지 말아야 합니다. 지적 탐닉 안에서 영혼은 위험한 사변에 빠져들기 마련입니다. 우리는 여기서도 성경의 가르침의 한계에 머무는 신중함과 겸손을 지닐 때만이 부활의 영광에 대한 올바른 지식을 소유할 수 있음을 깨닫게 됩니다. 칼뱅은 마지막 때 부활한 성도들이 받을 상급을 언급하는데, 칼뱅에게 있어 상급은 이러한 의미를 갖습니다. **"그리스도는 이 세상에서 자기 몸의 영광을 수많은 다양한 선물들로 드러내시고 여러**

단계를 통하여 점차 그것을 더해 가신 후 마침내 하늘에서 그것을 완전하게 하실 것이다."[64] 영생과 더불어 특별한 상급의 약속은 그리스도이시며, 그리스도 안에 있는 모든 은사들입니다. 주께서 베풀어주신 은혜로 믿음으로 산 자들에게, 그리고 그 믿음으로 인해 맺혀진 삶의 흔적을 지닌 자들에게 그리스도와 그분 안에 은사들이 주어질 것입니다.

반대로 마지막 때 유기자들은 공의롭게 시행되는 영원한 심판과 형벌의 최종 선언과 시행을 경험하게 됩니다. 그런데 영원한 형벌, 곧 지옥의 형벌에 대한 지식 역시 지상에 머물러 있는 우리들로서 완벽하게 이해할 수 없는 영역에 속합니다. 따라서 아직 경험해 보지 못했고, 또 지상의 고통을 넘어선 극심하고 영원한 형벌의 고통을 성경은 문자적인 동시에 비유적으로, 그리고 유추적으로 가르칩니다. 곧 성도들의 지복과 마찬가지로 지옥의 영원한 형벌도 유추적으로 인식될 뿐입니다. 지상의 것을 넘어선 고통과 비참이어서 유추적으로만 이해할 수 있는 지옥의 형벌이니 이것이 얼마나 극심한 고통이고 비참이겠습니까? 그러므로 하나님과의 연합과 그의 양 무리의 연합체에서 벗어나 단절되는 것이 얼마나 무섭고 극한 재앙을 불러올지 마음속에 숙고해야 합니다.

---

64   『기독교강요』 3권, 25장 10절.

스물한 가지, 기독교강요

제4권

그리스도와
연합하게 하는
방편과 도움

15

1-2장
교회의 보편성과 어머니로서의 교회

1 어머니로서의 교회의 필요성

칼뱅은 교회를 "**외적인 방편**(externa subsidia/external helps)", 곧 은혜의 외적 수단으로서 다룹니다. 교회는 지상에서 구원 받은 자들의 연약성을 인해 세워졌습니다. 지상의 모든 성도들 안에는 무지와 게으름과 경망(輕妄)한 천성이 있습니다. 하나님께서는 교회를 통해 성도들의 믿음을 일으키고 자라게 하여 목표에 이르도록 전진시키십니다. 하나님께서는 복음 선포를 활기차게 하시려고 이 보화를 교회에 맡기셨는데, 목사와 교사를 세우셔서서(엡 4:11), 그들의 입을 통하여 주님께 속한 자들을 가르치게 하셨고, 그들에게 권위를 주셔서 사역을 감당하게 하셨고, 믿음에 있어 거룩한 일치를 이루고 올바른 직제 혹은 질서를 수립하기 위해 필요한 모든 것들을 교회에 마련해 주셨습니다. 또한 하나님께서 교회에 성례를 제정하셔서 성도들의 믿음을 자라게 하시고 확정시키는 것을 돕게 하셨습니다. 이처럼 교회는 복음 선포를 통해 믿음의 성도들을 낳고, 연약한 성도들이 믿음의 목표에 이르기까지 모성적인 돌봄과 목양으로 성도들을 다스리게 하셨습니다. 이로 인해 하나님께서 아버지(Pater/Father)가 되시는 자들에게는 교회가 또한 어머니(mater/mother)가 됩니다. 이러한 이치는 구약에서나 신약에서나 동일합니다. 칼뱅은 교회에 대한 성경적 가르침을 교회의 통치, 직제, 권세, 성례, 국가의 정치 질서 순으로 나누어 설명합니다.

2 사도신경을 통해 고백된 보편 교회와 성도 간의 교통

칼뱅은 사도신경을 통해 교회의 정의를 제시합니다.

(1) 보편적 혹은 우주적 교회로서 교회의 하나 된 공교회성

사도신경에서 "**교회를 믿는다**(*credere ecclesiam*/to believe the Church)"라는 조항은 가시적 교회(*visibilis ecclesia*/the visible church)만 아니라 죽은 자들도 그 수에 포함된 하나님의 택함 받은 모든 자들, 곧 불가시적 교회(*invisibilis ecclesia*/the invisible church)을 포함합니다. 교회에 대한 지식은 오직 하나님께 토대합니다. 왜냐하면 교회의 근원이 하나님의 은밀한 선택에 놓여있기 때문입니다. 교회는 선택을 넘어 내적 부르심에 의해 그리스도께 접붙여 짐으로 그 하나 됨에 이릅니다. 따라서 교회는 둘이나 셋으로 나누어질 수 없는 하나 된 "**보편적**(*Catholica*/Catholic)" 혹은 "**우주적**(*Universalis*/Universal)" 보편성을 갖습니다. 택함을 받은 자들은 모두 부르심을 받아 그리스도 안에서 결합되어 한 머리에 의지하는 한 몸이 되어 자라갑니다(엡 1:22-23). 이는 마치 몸에 속한 지체들이(롬 12:5; 고전 10:17; 12:12, 27) 마디마디 서로 연결되어 하나가 되는 것과 같습니다(엡 4:16). 교회는 한 믿음, 소망, 사랑, 동일한 성령으로 함께 살아가기 때문에 하나입니다. 이들은 한 생명 안에서 하나님과 그리스도께 참여합니다.

(2) 그리스도 안에서 성도가 서로 교통함

사도신경의 "**성도가 서로 교통하는 것**"이란 교회의 형제적 일치

(*fraternus consensus*/brotherly concord)를 가리킵니다. 성도 각자는 이러한 일치를 지켜 가며, 교회에 마땅한 권위를 돌려야 하며, 결국 양 떼에 속한 한 마리 양과 같이 처신해야 합니다. 고대인들은 이 부분을 거의 배제했지만, 성도의 교통에 교회의 특성이 가장 잘 표현되어있습니다. 이 조항은, 성도들에게 부여된 모든 은총이 성도들 안에서 서로 교통되어야 한다는 법아래 성도들이 함께 모여 그리스도의 연합체를 이루어 가야한다는 의미를 담고 있습니다(엡 4:4). 하나님을 아버지로, 그리스도를 공통된 머리로 인식하고 확신하는 사람들은 형제적 사랑에 함께 결합되어서 받은 은혜를 서로 간에 주고받으며 교통합니다. 우리가 교회의 한 지체가 된다는 확신은 구원의 확실하고 견실한 받침대가 됩니다. 왜냐하면 교회는 하나님의 선택과 영원한 섭리 안에 견고히 서 있으며, 교회의 결합은 그리스도의 견고함과 결합되어 영구하기 때문입니다. 이러한 교회의 지체로서 어머니 된 교회의 품에 머물러 있는 한, 진리가 항상 우리의 편이 됩니다.

3 불가시적 교회와 가시적 교회의 구분

앞에서 언급했듯이, 칼뱅은 불가시적 교회(*invisibilis ecclesia*/the invisible church)와 가시적 교회(*visibilis ecclesia*/the visible church)의 중요성을 함께 인정하며 중시하지만, 성도들의 돌보고 목양하고자 지상에 성도들 앞에 드러나 사역하는 어머니로서의 가시적 교회를 중심으로 교회론을 해설합니다. 어머니로서 교회는 말씀을 전하므로 성도를 잉태하고 낳으며 양육합니다. 성도들은 어머니로서 교회를 통해 보호와 다스림을 받아 육신을 벗고 목표에 이를 때까지 돌봄을 받습니다. 이러한 하나님의 방편이 없다면, 생명에 이를 길이 없습니다. 성도들은 연약함 가운데 전 생애에 걸쳐 배워야 하는 학생으로 교회라는 학교를 떠나서는 안 됩니다. 그러므로 칼뱅은 이렇게 말합니다. **"교회의 슬하에서 멀어지면 아무 죄 사함과 구원도 소망할 수 없기 때문이다"**(사 37:32; 욜 2:32; 겔 13:9; 사 56:5; 시 87:6; 106:4-5).[1] 왜냐하면 하나님께서는 교회라는 외적 수단을 통해 택함 받은 성도를 부르시고, 잉태하고, 낳고, 양육하고, 돌보고, 다스리고, 보호하시기 때문입니다. 그리고 이 표현을 더 정확히 표현하자면, 하나님께서는 사도들과 선지자들, 곧 성경의 터 위에 세워진 참 교회를 구원과 양육의 외적 방편으로 삼으십니다. 하나님의 부성적 호의와 영적인 삶에 대한 고유한 증언이 모두 그리스도의 양 떼, 곧 교회에 국한해서 주어집니다. 그러므로 교회를 떠나는 것은 언제나 치명적입니다.

하나님께서는 성도들을 장성한 어른이 될 때까지 교회의 교육 (*educatio Ecclesiae*/the education of the Church), 곧 말씀 선포와 가르침 아래에서 양육하십니다. 하나님께서는 성경을 통해 하늘 교리에 대한 선포를 목사들에게 맡기셨다고 기록해 놓으셨습니다(엡 4:10-13) 그러므로 성도들은 가르치도록 선출된 교사들의 다스림을 유순하고 가르침을 받을 만한 영에 의해 받아들여야 하는 질서 아래 속할 수밖에 없습니다(사 59:21). 하나님께서는 교회의 손을 통해 영적인 양식을 영혼들에게 먹이십니다. 하나님께서는 복음의 말씀을 선포하고 가르치게 하므로 우리 안에 믿음을 불어 넣으시고 자라게 하십니다. **"믿음은 들음에서 나며 들음은 그리스도의 말씀으로 말미암았느니라"**(롬 10:17). 하나님께서는 복음 선포라는 수단을 통해 당신의 구원하시는 능력을 나타내십니다(롬 1:16-17). 하나님께서는 이를 통해 죄인을 구원하시고, 교회로 모으셔서, 일치되게 하십니다. 옛 언약 하에서 이 질서는 성소의 제사장들을 통해 수행되었습니다(시 132:14; 사 57:15; 시 80:1). 그리고 새 언약 하에서는 초대교회에 일시적으로 존재했던 임시직으로서 사도, 선지자, 복음 전하는 자와 주님께서 오실 때까지 존재할 직분으로서 목사와 교사를 통해 말씀을 선포하고

---

1   『기독교강요』, 4권, 1장 4절.

가르치게 하셨습니다(엡 4:10-13). 하나님께서는 이 중대한 임무를 천사에게 맡기지 않으시고, 땅에서부터 질그릇 같은 사람들 가운데 목사와 교사를 양성하여 수행하게 하셨습니다. 칼뱅은 말씀 선포자를 세우셔서 당신의 교회를 다스리심의 유익을 이렇게 요약합니다. 첫째, 하나님께서는 사역자들이 말하는 것을 마치 그 자신이 말씀하시는 것처럼 들을 때, 이를 우리의 순종을 증명하는 최고의 시험으로 여기십니다. 물론 이러한 요구는 사역자들이 말씀을 성경을 따라 순수하게 선포하는 것을 전제로 합니다. 둘째, 하나님께서 자신에게로 우리를 이끄시기 위해 해석자들을 세우시고 그들을 통하여 인간적 방식으로 우리에게 말씀하시므로, 우리의 연약함을 배려하시고 도우십니다. 이처럼 하나님께서는 자기의 능력이 외적인 방편들에 얽매이지 않음에도 불구하고 통상적인 가르침의 방식에는 우리가 얽매이도록 하셨습니다. 칼뱅은 이 제도를 무시하는 사람들에게 경고합니다. **"광란에 빠진 사람들은 이 방식을 견지하는 것을 거부하고 많은 치명적인 올가미에 스스로 걸려든다. 많은 자들이 교만이나 거드름이나 경쟁에 휘둘려 사적인 독서나 묵상을 통하여 스스로 충분히 유익을 얻을 수 있다는 자가당착에 빠진다. 그리하여 공적인 모임들을 멸시하고 설교를 헛되게 여긴다. 그러나 그들은 하나 됨의 거룩한 고리를 끊어 내거나 분쇄해 없애려고 힘닿는 대로 모든 수단을 다 강구하니, 그들 중 아무도 이 불경건한 절연에 대한 공정한 형벌을 피할 수 없고 전염병이 강한 오류들과 가장 흉측한 망상들에 현혹되지 않을 수 없다."**[2] 칼뱅에 따르면, 하나님께서 말씀을 통해 규정하시고 세우신 공적인 제도를 통하여 나타나는 가르침은 하나님의 살아 있는 형상과 같습니다. 그러므로 바울은 이런 말씀을 기록하고 있습니다. **"어두운 데에 빛이 비치라 말씀하셨던 그 하나님께서 예수 그리스도의 얼굴에 있는 하나님의 영광을 아는 빛을 우리 마음에 비추셨느니라"**(고후

---

2   『기독교강요』, 4권, 1장 5절.

4:6). 교회는 외적인 선포 없이는 세워질 수 없고, 성도들은 오직 한 고리에 꿰여서 붙들려 있어야 합니다. 즉, 성도들은 하나로 일치되어 배우고 진보해 감으로써 하나님께서 명령하신 질서를 존중하게 됩니다(엡 4:12). 옛 언약 하에 모든 신자들이 율법 아래서 성소에 회집한 이유도 바로 여기에 있습니다.

칼뱅은 이처럼 가르치는 직분과 사역의 중요성을 강조하는 동시에 그 사역의 효과와 결실이 오직 성령께 있음을 강조합니다. 하나님께서는 외적인 말씀 선포에 성령의 권능을 결합시키므로 설교의 열매가 나타나게 하십니다. 믿음의 시작뿐만 아니라 믿음의 전 과정 전체가 오직 하나님께 의존합니다(눅 1:17; 말 4:5-6; 요 15:16; 벧전 1:23; 고전 4:15; 2:4; 3:9-10). 그러므로 말씀을 순수하게 선포하는 직분과 사역의 중요성을 인식하는 동시에, 말씀 선포의 효과와 결실과 공로를 오직 성령께 돌려야 합니다(살전 3:5; 갈 2:8; 고전 15:10).

결론적으로, 우리는 비가시적 교회와 가시적 교회를 모두 중히 여겨야 합니다. 칼뱅에게 불가시적 교회의 정의는 이러합니다. **"하나님의 자녀 삼으심의 은혜를 입은 하나님의 자녀들이자 성령의 거룩하게 하심을 입은, 하나님 앞에 실재로 존재하는 그리스도의 참된 지체들인 자들 외에는 아무도 받아들여질 수 없는 교회를 의미한다. 실로 여기는 지상에서 거주하는 성도들뿐만 아니라 세상이 시작될 때부터 있어 온 택함받은 자들 모두가 포함된다."**[3] 다른 한편으로, 가시적 교회의 정의는 이러합니다. **"이와 달리 성경에서 '교회'라는 이름은 자주 한 분 하나님과 그리스도를 예배한다고 고백하는, 세계에 흩어진 사람들의 모든 무리를 가리킨다 … 그러나 이 교회에는 그리스도를 이름과 외양 만으로만 그리스도로 여기는 아주 많은 위선자들이 혼합되어 있다."**[4]

---

3   『기독교강요』 4권, 1장 7절.
4   『기독교강요』 4권, 1장 7절.

4 교회의 표지와 그 적용

(1) 교회의 표지의 의미

칼뱅에 따르면, 교회의 표지에 의해 교회의 얼굴이 나타나며 우리의 눈에 보이게 됩니다. 교회에는 표지, 곧 얼굴이 있어 참 교회와 거짓 교회를 구분할 수 있습니다. 그 표지는 다음과 같습니다. 하나님의 말씀(구원에 결부된 근본 교리에 속한 내용)이 순수하게 선포되고 경청되며 그리스도의 제도를 좇아서 성례가 거행되는 곳에 교회가 존재합니다(엡 2:20; 마 18:20). 그리고 그 표지를 가진 교회는, 모든 민족으로부터 모인 무리로서 보편교회(universalis ecclesia/the universal Church)와 지역별로 처처에 산재하는 개교회(singulus ecclesiae/the single churches)로 구분되는데, 개교회는 보편교회 아래에 포함됩니다. 개교회들은 지역별로 나누어져 있지만, 하나님의 교리의 한 진리에 있어 일치하고 동일한 종교의 고리에 함께 묶여 하나를 이룹니다. 개교회들은 사람의 필요에 따라 도시와 시골에 걸맞게 설립되어 각각 교회라는 이름과 권위를 정당하게 지닙니다. 각 사람들은 신앙고백에 의해서 이런 개교회의 일원이 될 때, 그들이 보편교회를 모를지라도 공적인 재판에 의해서 출교되지 않는 이상 그들은 보편교회에 속한 사람들입니다.

이와 같이 참된 교회의 표지인 말씀의 선포와 성례의 준수는 반드시 열매를 맺고 하나님의 복을 증진합니다. 그러므로 아무도 이러한 표지를 가진 교회의 권위를 멸시하거나, 교회의 권고를 배격하거나, 교회의 충고를 거스르거나, 교회의 징계를 비웃거나 해서는 안 되며, 교회를 배반하거나 그 하나 됨을 깨뜨려서는 더더욱 안 됩니다. 왜냐하면 주님께서 자기 교회의 교제를 너무도 중요하게 삼으셔서 무슨 그리스도인 연합체이든지 말씀과 성례들에 대한 참된 사역을 수행하고 있는 한 오만불손하게 교회를 떠나는 자를 종교 회피자이자 포기자로 여기시기 때문입니다. 하나님께서는 교회의 권위를 존중하시므로 그것이 침해되면 자기의 권위가 훼손된 것으로 간주하십니다. 바울은 교회를 "**진리의 기둥과 터**"와 "**하나님의 집**"(딤전 3:15)이라고 불렀습니다. 하나님께서는 교회를 통해 진리를 지키는 수호자로 삼으시고, 진리가 세상에서 소멸되지 않도록 하십니다. 따라서 칼뱅에 따르면, "**교회를 떠나는 것은 하나님과 그리스도를 부인하는 것**"입니다. 칼뱅은 교회와 분리되는 것을 주님께서 자기를 낮추시고 우리와 함께 맺으신 혼인의 약정을(엡 5:23-32) 깨뜨리는 범죄로 치부합니다. 그러므로 참된 표지들이 있는 교회에는 그에 걸맞은 영예를 돌림이 마땅하지만 교회의 표지가 부재한 모임은 그 자체가 거부되어 마땅합니다. 따라서 성도들은 "**교회**"라는 이름을 내거는 모든 모임이 참 표지를 가졌는지 시험해야 합니다.

칼뱅이 언급하는 교회의 표지로서 말씀 선포는 종교의 요점인 동시에 구원에 손실을 초래할 만한 중대한 교리들을 의미합니다. 이러한 교리들은 확고해야 하며, 모든 사람들이 의심할 여지가 없이 받아들여야 합니다. 칼뱅은 이러한 교리의 예를 하나님께서 한 분이시며, 그리스도께서 하나님이시자 하나님의 아들이시고, 우리의 구원이 하나님의 자비에 있다는 조목들과 이와 유사한 다른 조목들을 포함합니다. 그러나 어떤 교리적 사안들에 있어서는 여전히 논쟁 가운데 있기는 하지만 믿음의 하나 됨을 깨뜨릴 정도까지 되지 않는 조목의 교리들이 있습니다. 예를 들면, 육체적 죽음 이후에 영혼이 어디로 가는가하는 사안 같은 조목입니다. 종교의 요체를 훼손하지 않고, 구원의 손실을 초래하지 않는 사안을 인해 불화하거나 분열을 초래해서는 안 됩니다. 물론 사소한 오류조차도 아첨과 묵과로 일관해서는 안 되지만, 이런 사안을 인해 무분별하게 교회를 버려서도 안 됩니다. 이런 사안에 있어 더 온전한 결론에 이르기 위해 애써야 하지만, 이러한 근본적이지 않은 문제에 대해서는 "**품위 있게 하고 질서 있게**"(고전 14:40) 풀어가야 하고, 교제를 지키며, 교회 안에 머물러 화평 및 정당한 체제를 갖춘 권징을 존중하는 가운데 풀어가야 합니다.

(2) 완전주의의 폐해, 참 교회의 기준은 도덕성에 있지 않음

칼뱅은 삶의 불완전함을 용인하지 않는 완전주의(perfectionism)의 위험성을 경계합니다. 이런 사상으로 교회를 어지럽힌 분파들로 카타리파, 도나투스파, 재세례파 등을 들 수 있습니다. 이들은 자기들이 완전한 신성함을 지니고 있다는 거짓된 신념에 젖어있습니다. 또 어떤 이들은 의(義)에 대한 무분별한 열정 때문에 죄를 짓기도 합니다. 이들은 복음이 선포된 후에 그에 상응하는 삶의 열매가 나타나지 않으면, 그곳에 교회가 없다고 속단합니다. 이와 같은 성향을 가진 사람들은 참 교회의 표지를 도덕성에 둡니다. 이들은 교회에서 순전함이 보이지 않거나 도덕적 과오가 발생하면, 그곳에 교회가 없다고 봅니다. 이렇게 하므로 자신들이 사악한 자들의 분파에서 물러난다고 생각합니다. 칼뱅에 따르면, 교회의 부도덕은 변명의 여지가 없는 과오로서 치리 제도를 통해 훈육되어야 할 부분이지만, 자기의 불쾌한 생각을 자기가 완전하거나 옳다고 생각하며 억제할 줄 모르고 교회의 표지를 가진 공동체를 떠나는 것도 역시 큰 죄악입니다. 무교회주의나 분리주의자들은 가견적 교회의 불완전함을 인식해야 합니다. 의인과 악인, 참 성도와 외식자, 알곡과 가라지를 함께 섞여 있도록 허락하신 것은 하나님의 뜻이었습니다(마 13:47-48; 마 13:24-30; 마 3:12). 비판자 자신도 완전한 자가 아니므로 완전주의를 주의해야 합니다. 교회는 이런 재난 밑에서 수고합니다. 심판의 날까지 교회 안에는 악인이 존재합니다. 주께서 알곡과 가라지가 섞인 가시적 교회를 언급 하셨다면, 아무 오점도 없는 교회를 찾는 것은 헛된 노력입니다. 아직 지상에는 영화(glorification)가 존재하지 않습니다. 거듭난 성도 안에 조차 여죄가 존재합니다. 모든 성도들은 용서 안에서 성화의 추구가 가능할 뿐입니다. 모두가 완전하지 못하고 목표를 향해 용서 안에서 나아가고 있을 뿐입니다. 그러므로 우리는 우리가 죄인 됨과 연약함에 대한 인식을 가지고 출발해야 합니다. 완전주의란 존재하지 않습니다. 자기 의(義)란 존재하지 않습니다. 성화를 추구할 때, 칭의의 은총에 대한 인식이 필요한 이유가 여기에 있습니다. 우리는 죄성을 가진 연약한 존재로서 거룩을 향해 출발하고 진행합니다. 이 순례의 여행은 오로지 죄 사함의 은총에 토대하고 그 안에서 가능해집니다. 개혁신앙은 죄 사함 안에서 겸손히 거룩을 추구합니다. 아무 오점이 없는 성도도 존재하지 않으며, 그런 사람들이 모인 곳이 교회이기에 오점 없는 교회도 존재하지 않습니다.

그러므로 참 교회의 표지는 도덕성이 될 수 없습니다. 그렇게 되면 지상에 교회는 존재할 수 없기 때문입니다. 따라서 교회의 표지가 온전하다면, 아무리 문제가 많더라도, 그곳에 교회의 실재가 존재하는 것입니다.

따라서 칼뱅은 문제가 많은 교회에 대해 우리가 가져야 할 태도를 교훈합니다. 칼뱅은 고린도 교회에 대한 바울의 태도를 대표적 사례로 듭니다. 도덕적, 교리적, 문화적 타락과 방탕에도 불구하고 그들을 교회로, 성도로 불렀습니다(고전 1:2). 이유는 그들이 많은 부분에서 절망적일 정도로 벗어나 있었지만, 교회의 표지를 아직은 유지하였기 때문입니다. 즉, 그들은 아직 말씀을 선포하고 성례를 집행하고 있었습니다. 그들은 거의 복음을 버린 자들이었지만 바울은 그들 사이에 교회가 있다는 것을 인정했습니다(갈 1:2). 가견적 교회 안에서 인간의 시야는 불완전하여, 악인을 의인으로 오해하기도 하고 숨겨져 있는 거룩하고 순진한 많은 사람들을 눈에서 놓칠 수도 있습니다. 따라서 교회와 회원권을 인정하는 것에 있어 가견적 교회 내에서는 공적인 표지의 성실한 수행에 의해서만 판단할 수 있으나, 그것은 완전한 것이 아니라 하나님의 은밀한 선택과 섭리를 알 수 없기에 한계를 갖습니다. 가시적 표지를 충실히 따를 것이나 궁극적 평가는 사람의 판단보다 하나님의 판단이 더욱 중요하다는 사실을 깨달아야 할 것입니다.

⑶ 교회가 거룩하다는 말의 의미

그렇다면 성경에서 가르치는 교회가 거룩하다는 말의 의미는 무슨 뜻일까요? 바울은 교회의 거룩성을 논증하기 위해 에베소서 5장 25-27절을 인용합니다. 남편들아 아내 사랑하기를 그리스도께서 교회를 사랑하시고 그 교회를 위하여 자신을 주심 같이 하라 이는 곧 물로 씻어 말씀으로 깨끗하게 하사 거룩하게 하시고 자기 앞에 영광스러운 교회로 세우사 티나 주름 잡힌 것이나 이런 것들이 없이 거룩하고 흠이 없게 하려 하심이라. 칼뱅에 따르면, 주께서 주름 잡힌 것을 펴며 티를 씻기 위해서 매일 수고하십니다. 따라서 교회는 아직 완전히 거룩하지가 않습니다. 그러므로 교회는 매일 전진하면서도 아직 완전하지 못하다는 의미로 거룩합니다. 즉 하루하루 전진하지만 아직은 거룩이라는 목표에 도달하지 못했다는 의미입니다. 교회는 불결을 합리화하기 위해 교회의 연약성을 들먹여서는 안 되고, 오히려 불완전하기에 용서 안에서 겸손히 목표를 향해 매진해야 합니다. 그러므로 교회는 겸손함 속에서 거룩을 인식해야 합니다. 칼뱅은 선지자들과 사도들을 선례로 듭니다. 선지자들은 종교와 도덕이 타락했을 때조차, 자기들의 교회를 새로 세우지도 않았고 새로운 제단을 쌓고 따로 제물을 바치지도 않았습니다. 한 사람뿐만 아니라 거의 모든 사람이 크고 많은 비행을 저질렀어도 거룩한 선지자들이 교회에서 자신들을 분리하는 것을 불가한 것으로 생각했다면 일부 사람들의 도덕과 신학적 미숙함을 인해 교회와 분리하는 것은 온당치 않습니다. 이런 의미에서 우리는 선한 것의 부재와 미숙함을 구분할 필요가 있습니다. 표지를 가졌지만, 도덕성과 신학이 미숙한 교회가 존재할 수 있기 때문입니다. 사도들은 바리새인과 일반 사람들의 방종과 타락에도 불구하고 같은 의식에 참여하여 성전에 모여 공중 예배를 실천했습니다. 깨끗한 양심으로 같은 의식에 참가하는 사람은 악인들과 함께 있다고 해도 감염되지 않는다고 믿었습니다. 그러므로 칼뱅은 키프리아누스를 인용합니다. **"비록 교회에는 가라지나 순수하지 않은**

그릇들이 있는 듯이 보이지만, 그렇다고 해서 우리 자신이 교회를 떠날 이유가 있는 것은 아니다. 오히려 우리는 알곡이 되도록 수고해야 한다. 우리는 할 수 있는 대로 금그릇과 은그릇이 되도록 애써야 한다. 그러나 질그릇을 부수는 것은 오직 여호와께 속하며, 여호와께 또한 철장이 맡겨졌다"(시 2:9; 계 2:27).5

결론적으로, 교회의 표지가 있는 교회의 교제를 자발적으로 버리는 자는 죄를 짓는 것이며, 경건한 양심은 어떤 사람들의 무가치함을 인해 상처를 받지 않기에, 악인들 가운데서도 참 성도는 하나님께서 제정하신 의식들을 통해 믿음을 고백할 수 있습니다. 비록 성례들이 불경한 삶에 의해서 집행되더라도, 거룩하고 올바른 사람에게는 그 성례가 유효하며, 순전합니다. 하나님께서 정하시고 약속하신 것이 집행하는 사람에 의해 소멸될 수 없습니다.

(4) 죄 사함을 필요로 하는 교회

칼뱅은 완전주의(perfectionism)을 배척합니다. 성도들은 완전을 목표로 이해하고 겸손히 추구해야 하지만, 지상 경주에서 자신이 완전하게 되었다고 믿는 것은 마귀적인 공상에 불과합니다. 이런 이유로 사도신경에서 죄 사함에 대한 고백이 교회에 대한 고백에 뒤따르는 것은 적합합니다. 예언서를 보면 교회에 속한 백성과 가족들만이 죄의 용서를 받습니다(사 33:14-24). 그러므로 주님의 교회와 나라에 들어가는 첫 번째 입구는 죄의 용서에 있습니다. 이것이 없으면, 우리에게 언약도 없고 하나님과의 결합도 없습니다(호 2:18-19; 렘 33:8). 따라서 우리는 세례라는 표징에 의해서 교회라는 공동체에 처음으로 가입을 허락받으며, 세례는 우리가 우선적으로 하나님의 선하심으로 더러움을 씻어 버리지 않고는 하나님의 가족에 가입하는 문이 열리지 않는다는 것을 우리에게 가르칩니다.

칼뱅에 따르면, 주님께서는 죄 사함을 통해 단번에 우리를 교회 속으로 받아들이시고 양자로 삼으실 뿐만 아니라, 동일한 방식으로 우리를 교회 안에서 보존하시며 돌보십니다. 우리에게 일평생 죄의 흔적과 여러 가지 약점들이 붙어 다니기 때문에, 우리에게 언제나 하나님의 자비가 필요합니다. 죄 사함의 은혜로 하나님께서 붙들어주시지 않으시면, 우리는 일순간도 교회 안에 머물지 못합니다. 따라서 우리는, 그리스도의 공로가 중재하는, 성령의 거룩하게 하심을 통해 교회의 몸에 접붙여진 우리에게 죄 사함의 은혜가 있었고 또 날마다 있음을 확고하게 믿어야 합니다.

(5) 열쇠의 권한을 주셨다는 의미

죄 사함의 은혜를 위해 교회의 열쇠가 주어졌습니다. 사도들에게 주어진 죄 사함의 권세는 회심 전에 있는 사람들에 관한 것이 아니라 회심한 신자들을 위한 것이었습니다(마 16:19; 18:18; 요 20:23). 교회의 사역자들은 화목의 임무를 맡았으므로, 교회의 열쇠라는 것은 회중이 그리스도의 이름 안에서 하나님과 화목하도록 반복해서 권고함을 의미합니다(고후 5:18, 20). 장로들이나 감독들은 복음의 약속들로 신자들의 양심에 힘을 주어 죄 사함을 바라볼 수 있게 해야 합니다.[6] 결론적으로, 하나님의 자녀들은 아무리 남달리 거룩하다고 하더라도 죽을 몸을 쓰고 사는 이상 여전히 죄의 용서를 받지 않고서는 하나님 앞에 설 수 없습니다. 이 은혜는 교회에 속한 것이어서 교회와의 교통을 유지하지 않고서는 받을 수

---

6   *Inst.* IV. i. 22. 여기서 열쇠는 사역자가 직접 죄를 사하는 권세가 있다고 말하는 것이 아니라 말씀으로 그들에게 그리스도의 용서를 전하여, 그들의 사역으로 말미암아 용서하시는 그리스도와 그의 약속을 바라보게 만드는 역할을 할 권위를 주셨다는 것이다. 그러므로 사역자의 화해 사역은 죄인이 사역자를 바라봄이 아니라 사역자가 전한 말씀을 통해 그리스도를 바라보게 하는 것이 원 의미라 할 수 있을 것이다. 따라서 열쇠의 권한은 말씀에 토대한다. 말씀의 순수성으로부터 떠나면 열쇠의 권한도 사라진다. 사역자는 죄를 사하거나 용서하는 것이 아니라 말씀에 근거하여 용서를 선포한다.

없습니다. 이 은혜는 교회의 사역자들과 목사들을 통해서 혹은 복음 선포로 혹은 성례 집행으로 우리에게 전달됩니다. 그리고 열쇠의 권한은 주로 여기에서 두드러지며 주께서는 이 권한을 신자들의 연합체에 주셨습니다. 따라서 우리는 각각 주께서 용서를 두신 곳에서 죄의 용서를 구하는 것을 자기의 의무로 생각해야 합니다.

16

3-7장
교회 조직 및 직분론

1 하나님의 통치와 사역 수단으로서 직분

하나님께서는 교회가 직제(*ordo*/the order)에 의해서 통치되기를 원하셨습니다. 칼뱅에게 있어 교회의 직분과 직제는 하나님의 통치 권세(i)(*ius divinum*)와 관련된 주제입니다. 칼뱅이나 장로교회의 교회 정치와 직분은 철저히 이 주제에 기초하고 토대합니다. 칼뱅이 교회 정치나 직분을 다룰 때, 장로교회의 근본정신과 출발점은, 그리스도께서만 교회의 머리시오 왕이시라는데 있습니다. 오직 주님께서만이 교회에서 다스리시고 지배하시며 감독하십니다. 그런데 하나님께서는 이 통치를 직접 교회에 나타나셔서 눈에 보이게 시행하고 계시지 않으십니다. 실제로 교회의 사역과 정치는 사람에 의해 수행됩니다. 따라서 교회에는 직분이 존재하고 제도가 존재하게 됩니다. 사람이 이 일을 수행할 때, 종교개혁 정황에서 발생된 문제와 제기된 질문의 핵심은 하나님께서 그 안에서 인정하시고 통치하시는 직분과 직제의 정당성을 어디서 확보할 것이냐는 것이었습니다. 칼뱅은 직분과 직제를 부정하지 않습니다. 부패한 로마교회도, 개혁을 주도한 교회도 사람이 설교하고 다스리고 봉사합니다. 그렇다면 무엇이 정당한 직분이요 직제가 될 수 있을까요? 그 해답은 하나님의 말씀에 놓입니다. 직분과 질서 안에서 교회는 사역되고 통치되고 봉사되지만, 하나님의 통치는 오직 그분의 말씀을 따라 사역되고 통치되고 봉사되는 곳에서 나타납니다. **"이 통치권은 오직 그 말씀으로써 행사되고 처리되어야 한다."**[7] 즉, 정당한 직분과 직제는 말씀을 따라 수종 드는 곳에서만 정당하게 됩니다. 하나님께서는 당신의 뜻을 공공연하게 선언하시기 위해 사람들의 사역을 사용하십니다. 이들을 마치 당신의 사역의 대리자처럼 사용하십니다. 그들에게 자신의 권리와 영예를 양도하는 방식이 아니라 마치 기술자가 도구를 사용해서 일을 행하듯이 단지 그들의 입을 통하여 하나님께서 당신의 일을 수행하십니다. 그러므로 정당한 직분은 제 소견을 따라 자의적으로 말하고 사역하고 봉사하는 데 있지 않고, 오직 말씀을 따라 말하고 봉사하는데 있습니다. 직분의 정당성은 말씀에 달렸습니다. 따라서 하나님의 말씀을 따라 정당하게 사역하고 봉사하는 곳에 하나님의 권세와 통치가 나타납니다.

칼뱅은 하나님께서 전혀 다른 도움이나 수단이 없이도 일하실 수 있으신데, 사람을 통하여 사역하시는 이유를 알려줍니다. 첫째, 직분을 두시고 일하심은 우리를 향한 배려에서 나온 것입니다. 하나님께서는 당신의 사역을 몸 된 교회로부터의 지체들 가운데 취하시므로, 우리를 자기의 성전들이라 부르는 것이 헛되지 않게 하십니다(고전 3:16-17; 6:19; 고후 6:16). 마치 하나님께서 성소에서 자기의 대답을 사람들에게 들려주시듯이 사람들의 입을 사용하셔서 들려주십니다. 둘째, 사람을 통해 말씀을 전하고 다스리고 봉사하게 하시므로 우리가 겸손 가운데 배우도록 하셨습니다. 하나님께서는 우리와 비슷하거나, 심지어 우리보다 품위가 떨어지는 사람들을 통하여서도 말씀을 선포하게 하십니다. 이런 낮은 사람들을 통해 전해지는 하나님의 말씀에 순종하도록 명령하신 것은, 우리가 하나님의 말씀을 받고 배울 때, 최상이며 최고로 유용한 겸손의

---

7 『기독교강요』, 4권, 3장 1절.

훈련이 되게 하시기 위함입니다. 하나님께서 하늘에서 아래로 직접 말씀하신다면, 경외심을 갖지 않을 자가 누구며, 그 말씀에 순복하지 않을 자가 어디 있겠습니까? 그러나 흑으로부터 난 보잘 것 없는 사람을 통해 하나님의 말씀을 받는 것은 하나님께서 의도하신 바에 대한 진실한 순복함이 없이는 불가능한 일입니다. 그러므로 우리와 같거나 우리보다 못한 사람의 입에서 나오는 하나님의 말씀을 순복하고 받아들이는 것은 하나님을 향한 경건과 공경을 나타내는 최고의 증거가 됩니다.

따라서 주님께서는 구원과 영생의 교리를 사람들에게 맡기셔서 그들의 손을 통하여 다른 사람들에게 교통되게 하시므로, 직분을 교회의 하나 됨을 지키는데 최고로 확고한 매듭으로 삼으셨습니다. 하나님께서는 말씀을 따라 수종 드는 사역과 봉사를 당신의 교회를 하나로 동여매는 매듭으로 삼으셨습니다. 이것이 에베소서 4장 4-7절의 바울 사도의 말씀에서 들려집니다. **"몸이 하나요 성령도 한 분이시니 이와 같이 너희가 부르심의 한 소망 안에서 부르심을 받았느니라 주도 한 분이시오 믿음도 하나요 세례도 하나요 하나님도 한 분이시니 곧 만유의 아버지시라 만유 위에 계시고 만유를 통일하시고 만유 가운데 계시도다 우리 각 사람에게 그리스도의 선물의 분량대로 은혜를 주셨나니." " … 그가 어떤 사람은 사도로, 어떤 사람은 선지자로, 어떤 사람은 복음 전하는 자로, 어떤 사람은 목사와 교사로 삼으셨으니 이는 성도를 온전하게 하여 봉사의 일을 하게 하며 그리스도의 몸을 세우려 하심이라 우리가 다 하나님의 아들을 믿는 것과 아는 일에 하나가 되어 온전한 사람을 이루어 그리스도의 장성한 분량이 충만한데까지 이르리니 … "**(엡 4:8, 10-16).

칼뱅은 특별히 목사 직분의 목적과 유익을 신자들을 말씀 안에서 한 몸으로 결속시키는데 둡니다.

칼뱅은 특별히 목사 직분을 하나님께서 세우신 이유를 제시합니다. 하나님께서는 이들의 사역을 통해 신자들을 결속시키고, 한 몸을 이루게 하십니다. 이들의 바른 봉사는 신자들을 결속하고 한 몸을 이루게 하는 교회의 으뜸가는 힘줄이 됩니다. 그리고 교회가 무사하게 존속되려면, 구원을 맡기신 안전 대책으로서 이 사역을 보루로 삼아 이겨내야 합니다. 모든 하늘 위에 오르신 그리스도를 통해 만물을 충만케 하시기 위한 방법으로(엡 4:10), 하나님께서는 이 직분을 목회자들에게 위탁하시고, 이 직무에 수행하도록 은혜를 베풀어주셔서 그들을 통해 당신의 은사들을 자신의 경륜을 따라 교회에 나누어 주시게 하셨으며, 이 제도를 통해 성령의 능력을 드러내셔서 하나님께서 교회에 임재 하신다는 것을 어느 모로 보이심으로 그 제도의 신적 기원과 유익을 나타내십니다. 그리스도의 몸은 하나님의 뜻과 지혜를 따라 세워진 직분과 제도를 따라 세워져 나갑니다(엡 4:12, 15). 여기서 교회는 자라고 결속하게 됩니다. 칼뱅은 목회적인 직무의 중요성을 가장 강조합니다.

> 그러므로 우리가 논의하고 있는 이 직제와 이런 종류의 정치를 없애 버리려고 애를 쓰거나 그것들의 거의 필요 없는 것처럼 깍아내리는 것은 교회를 해체하거나 나아가 황폐하게 만들고 멸망시키려고 드는 것이다. 왜냐하면 현세의 삶을 부양하고 유지하는 데 있어서 태양의 빛과 열 그리고 음식과 음료보다 더 필요한 것은 없듯이, 지상의 교회가 존속되는 데 있어서 사도적이고 목회적인 직무보다 더 필요한 것은 없기 때문이다.[8]

---

8 『기독교강요』, 4권, 3장 2절.

2 직분의 종류와 구분

칼뱅은 그리스도께서 제정하신 교회 정치를 주관하며 봉사하는 직분들(엡 4:11; 로마서 12:7-8)을 임시직과 항존직을 구분해 소개하고 해설합니다.

(1) 비상직 혹은 임시직

첫째, 사도(*apostolus*/apostle) 사도들의 역할은 **"온 천하에 다니며 만민에게 복음을 전파하라"**(막 16:15)는 말씀에서 분명히 나타납니다. 사도들에게는 어떤 경계의 제한 없이 전 세계를 그리스도께 돌이키는 임무가 맡겨졌습니다(롬 15:19-20; 고전 3:10). 이들의 특별하고 임시적인 특성은 신약교회가 막 태동했을 때, 교회의 첫 번째 건축가들로서 교회의 터를 닦는 것과 이들을 통해, 이들을 중심으로 기록된 충족하고 완전한 최종적인 계시인 성경을 성령의 영감을 통해 완성하는 역할에 있습니다. 교회는 구약의 선지자들과 신약의 사도들이 영감 받아 전해준 성경, 하나님의 말씀의 터 위에 세워집니다(엡 2:20). 그러므로 이 직분은 초대교회 때 임시적으로 존재했고, 사도들이 소명을 다하고 사라졌을 때, 더 이상 새로운 사도는 존재하지 않습니다.

둘째, 선지자(*propheta*/prophet)는 하나님의 뜻을 푸는 해석자들 모두가 아니라 특별한 계시에 있어서 뛰어난 사람들을 의미했습니다(엡 4:11).

셋째, 복음 전하는 자(*evangelista*/evangelist)는 사도들에게 뒤 떨어지지만 사도들의 지도 아래서 사도들을 대신해 사역을 수행한 사람들이라 볼 수 있습니다. 누가, 디모데, 디도 및 그 외의 비슷한 사람들이 이 직분으로 불릴 수 있습니다. 아마 주님께서 사도들 다음에 두 번째로 임명하신 70인의 제자들이 이에 포함될 수 있습니다.

여기까지 세 가지 직분은 교회의 항존적인 것들로 제정되지 않았습니다. 이 직분들은 신약 교회가 처음 세워지는 시점에서 교회가 전혀 없

던 곳에 교회의 터를 세우는 역할을 했으며, 교회들이 모세로부터 그리
스도에게로 넘어가는 때를 위해서만 제정되었습니다. 그러므로 이들에
게만 교회의 기초와 터를 놓는 임무와 영감 아래 성경을 기록하고 완성
하는 임무가 주어졌습니다. 이 직분들은 이러한 사역적이고 계시적인 의
미에서 초대교회에 한정되어 나타났던 비상적이고 임시적인 직분이었습
니다.

(2) 통상직 혹은 항존직

첫째, 목사(*pastor*/pastor)와 교사(*doctor*/doctor)는 임시직과 상응성을 갖는
데, 목사는 사도의 역할과 유사하고, 교사는 선지자의 역할과 유사합니
다. 주께서 사도들을 파견하실 때, 복음을 전파(믿는 자에게 세례를 주어 죄 사함
을 얻게 함)하며 주의 몸과 피의 거룩한 상징인 떡과 잔을 분배하라고 명령
을 주셨습니다(눅 22:19, 20). 목사들의 역할과 사도들의 역할에 있어 유사
성은 여기서 발견됩니다. 즉 말씀 선포와 성례의 집행이 그것입니다. 따
라서 목사의 직분에는 복음을 전하며 성례를 집례한다는 두 가지 특별
한 기능이 있다고 추론할 수 있습니다. 이들은 공개적인 강론과 가정에
서 사적으로 가르칠 수 있습니다(행 20:20-21; 20:31). 이들은 그리스도의 교
훈으로 사람들에게 진정한 경건을 가르치며 거룩한 성례를 집례하고 올
바른 치리를 유지하며 실시해야 합니다. 에스겔 3장 17절은 목사의 책무
를 엄중히 묻고 있습니다. **"그 피 값을 네 손에서 찾을 것."** 고린도전서
9장 16-17절도 마찬가지입니다. **"만일 복음을 전하지 아니하면 내게 화
가 있을 것임이로라."**

그러나 사도들과 선지자들은 비상적이고 임시적인 성격의 사역을
수행했습니다. 교회를 세우는 데 있어서 신약 교회가 발생하는 시기에
그 터를 닦는 역할을 했고, 계시에 있어서 이들은 영감을 받아 특별 계
시를 기록하고 완성하는 역할을 했습니다. 즉, 이들은 직접적으로 구약
의 성취라는 의미에서 새로운 복음의 계시를 받아 전해야 했습니다. 그

러나 목사와 교사의 사역은 이미 터가 닦인 교회를 섬기며, 이미 완성된 성경을 해석하고 전하므로 통상적인 방식으로 사역을 감당합니다. 그리고 이 통상적인 성격의 직분은 주님께서 다시 오실 때까지 항존적으로 교회에 두신 직분이 되었습니다.

성경은 교회를 다스리는 사람들을 가리켜 구별 없이 **"감독"**, **"장로"**, **"목사"** 또는 **"사역자"**라고 부릅니다. 성경은 말씀을 전하는 자를 모두 **"감독"**이라고 부릅니다(딛 1:5, 7; 딤전 3:1; 빌 1:1; 행 20:17, 28). 목사들은 교회의 표지와 관련된 중대한 임무를 수행합니다. 곧 이들은 말씀 혹은 복음 선포와 성례를 거행하며, 올바른 권징을 시행하는 역할을 합니다. 즉, 목사는 공적인 설교만이 아니라 사적인 권고로서 성도들을 치리하고 훈육합니다. 그러나 교사는 권징이나 성례 그리고 충고나 권고가 아닌 오직 성경 해석만을 주관합니다. 그러므로 목사는 교사와는 달리 성경 해석을 포함해 목양과 치리적 사역에 중점을 두고 사역합니다. 오늘날 교사가 교회가 아닌 신학교를 중심으로 사역할 뿐 아니라, 목회와 신학, 교회와 신학교, 목사와 교사가 분리되어 그 사역이 분리될 위험이 있으니, 목사들은 성경을 올바로 해석하고 교리적인 정립을 위해 더욱 목회 영역에서 힘써야 할 것입니다.

둘째, 다스리는 자 (*gubernator*/governor)자는 치리하는 장로 (*presbyter*/presbyter)를 의미합니다. 목사도 치리 장로도 모두 장로입니다. 그런데 목사는 말씀을 전하는 장로면서 치리하는 장로(고전 12:28)를 겸합니다. 그러나 교회에는 목사와 함께 치리회인 당회를 이루어 교회를 다스리는 치리 장로가 존재합니다. 이들은 말씀을 전하지 않지만, 목사와 함께 회(會)를 이루어 치리합니다. 이들은 신자들 가운데 선택되어 세워집니다. 이들은 목사들과 함께 도덕적 견책과 권징을 시행하여 치리적 임무를 수행하여 성도들을 훈육하고 성도들의 과오를 시정하는 권한과 임무를 가집니다.

셋째, 집사(*diaconus*/διακονία/deacon)는 구제하는 직분을 의미합니다(롬

12:8). 집사는 섬기는 일을 합니다. 집사는 공적인 직분이며 두 가지 다른 위계가 있었습니다. 먼저, 집사 중에는 구제 물자를 나누어 주는 집사들이 있었는데, 이들은 구제 사업을 관리했습니다. 둘째, 집사 중에는 가난한 자들과 병자들을 돌보는 사람들이 존재했습니다. 이들은 직접 가난한 자들과 병자를 돌보았습니다. 이러한 집사직의 기원은 사도행전 6장 1-6절에서 발견됩니다.

결론적으로, 우리는 비상적인 직분과 항존적인 직분을 구분해야 합니다. 사도나 선지자나 복음 전하는 자는 초대교회에 한정된 임시적이고 비상적인 직분이었습니다. 그러나 목사와 교사와 치리 장로와 집사의 직분은 주님께서 오시는 날까지 교회의 질서와 직제를 이루어 항존하는 직분입니다. 사도와 선지자와 복음 전하는 자로서 직분과 목사와 교사의 직분에 있어서 유사성이 있지만, 엄밀한 의미에서 초대교회 이후로 왜 사도와 선지자와 복음 전하는 자와 같은 비상직원이 사라졌는지를 잘 인식해야 합니다. 사도들이 처한 상황과 현재 목사들의 정황의 차이점은, 사도들이 신약교회 설립의 출발점에 있었고, 기록된 계시가 기록되는 상황 가운데 있었다는 사실입니다. 즉, 계시가 아직 종결되지 않고 성경이 기록되어져가는 상황에 있었다는 점을 명심해야 합니다. 그러나 신구약 성경이 기록되고 교회의 터가 세워진 후, 우리 모두는 기록된 말씀과 계시만을 근거로 복음을 전합니다. 이제 교회의 기초를 놓고 성경을 완성할 사도가 아닌 사도들이 기록한 성경을 해석하고 선포하며 그에 따라 목양할 목사와 교사가 평상적이고 항존적인 직분이 되었습니다. 우리는 새로운 복음이 아니라 사도가 전해준 복음을 사도의 가르침을 따라(성경을 따라, 성경 안에서만) 가르친다는 의미에서 사도들과 다릅니다. 즉 궁극적 목적이 같은 것이지 사도들이 갖는 특별한 은사와 권위의 독특성을 공유한다는 의미가 아닙니다. 예를 들면 사도들은 직접 계시를 받았고, 그것을 기록하는 특권을 가졌습니다. 즉 성령께서 그들을 영감하셨고 성경을 기록하게 만드셨습니다. 그러나 우리는 사도들이 전하여준 성경을 해석하고 가르칠 특권만을 갖습니다. 가끔 사도와 목사직의 이러한 구별을 인식하지 못한 채 사도들이 행했던 기적이나 계시를 받는 일이 목사들에게 계승된 것처럼 생각하며 목사직을 사도직과 동일한 것으로 보려는 생각들이 있으나 사도 시대에 계시가 완결되었다는 의미에서 직접적인 계시를 주장하는 것은 매우 위험한 생각입니다. 칼뱅은 어떤 의미에서 사도의 직무의 목적과 기능이 목사에게 이어졌으며, 어떤 면에서 양자 사이에 이질적인 차이가, 즉 단절성이 있는지를 가르치고 있는 것입니다.

3 사역자의 소명과 선출과 임명

칼뱅은 교회라는 거룩한 모임과 관련하여 **"모든 것을 품위 있게 하고 질서 있게 하라"**(고전 14:40)는 말씀을 중시합니다. 특별히 교회 통치 체제를 수립하는데 있어 이 원리를 강조합니다. 교회의 덕을 위해서 소명(vocatio/the call)이 없는 자에게 공적인 직무를 맡게 해서는 안 됩니다. 교회의 사역자는 소명을 받아야 하며(히 5:4), 그 소명에 응답해야 합니다. 즉, 직분에 있어 소명이 중요합니다. 그러므로 교회의 공적 사역의 정당성은 성실(fidelitas/fidelity)과 소명에 있습니다(롬 1:1; 고전 1:1). 사도조차도 자신의 사역적 권위를 하나님의 부르심과 그 부르심에 대한 성실한 수행에 두었습니다.

소명은 네 가지 사안과 관련됩니다. 소명은, 사역자들이 어떠해야 하며, 어떻게, 누구에 의해서, 어떤 예식 혹은 어떤 의식으로써 세움을 받아야 하는가를 다룹니다. 칼뱅은 소명을 내적 소명과 외적 소명으로 나누는데, 외적인 소명은 교회의 공적인 직제와 관계된 외적인 엄숙한 소명을 가리키고, 내적 소명은 사역자 각자가 하나님 앞에서 의식하는 소명, 즉 교회가 그 증인이 될 수 없는 은밀한 소명을 의미합니다. 소명을 받은 자들에게는 하나님을 향한 진지한 경외와 교회를 세우기 위한 열의와 함께 부여되는 직무를 우리가 받는다는 우리 마음의 선한 증언이 있어야 합니다. 칼뱅은 내적 소명를 다루지 않고 외적 소명을 중심으로 소명을 진술합니다. 소명은 은사와 분리될 수 없습니다. 소명을 확인하는 것은 은사를 소명하는 일과 함께 합니다. 하나님께서 선한 사역자로 세우시는 사람들에게 경건을 겸비한 식견과 다른 은사들을 사역을 위해 베풀어 주십니다. 하나님께서는 중대한 일을 감당할 사역자들을 빈손으로 나두시어 무방비한 상태가 되게 하시지 않으십니다. 이로 인해 바울은 고린도서에서 직분을 논하면서 직분에 걸맞는 은사들에 대해 돌아봅니다(고전 12:7-11). 외적 소명을 중심으로 소명과 소명 받은 자들을 하나님 앞에 세우는 일에 관하여 위에 언급한 네 가지 사안을 중심으로 살펴보도록 합시다.

첫째, 사역자들이 어떠해야 하는가? 이 사안은 사역자들의 됨됨이와 자질을 다룬다고 볼 수 있습니다. 바울은 감독의 자격을 디도서 1장 7절과 디모데전서 3장 1-7절에 제시했습니다. 이 본문들을 통해 바울은, 건전한 교리를 지키고 거룩한 삶을 살아가므로, 자신과 사역에 권위를 실추시키고 불명예를 안기지 않을 정도로 악하지 않은 사람들만이 목사로 선택되어야 한다고 가르칩니다(딤전 3:2-3; 딛 1:7-8). 전적으로 이와 유사한 규준이 집사와 장로 직분에도 적용됩니다(딤전 3:8-13).

둘째, 어떻게 세움을 받아야 하는가? 칼뱅은 **"어떻게"**라는 부사가 선택하는 예식이 아닌 선택에 있어서 지켜져야 할 종교적 경외에 관련된다고 생각합니다. 사역자들을 세울 때 금식과 기도했다는 누가의 기록은 사역자 선택을 경외심을 갖고 진행했다는 좋은 일례를 남깁니다(행 14:23). 사역자를 선택하고 세우는 일을 할 때, 신자들은 자기들이 그 무엇보다 가장 중대한 일을 하고 있다는 이해 가운데 최고의 경외와 주의를 기울여야 마땅합니다. 이런 경외심은 금식하고 기도하고 하나님께 모략과 총명의 영을 간구하는 일로 나타났습니다(사 11:2).

셋째, 누구에 의해서 세움을 받아야 하는가? 사도들은 비상적인 직분으로서 그 직분의 독특성으로 인해 주님으로부터 직접 부름을 받았습니다. 그러나 평상적 직원으로서 사역자들은 적합하다고 판단된 자들, 즉 외적 소명이 확인된 자들이 회중의 동의와 승인을 거쳐서 선출되어야 합니다. 이렇게 할 때, 목사들이 투표 혹은 선거를 주관하여 무리가 경박함, 혹은 잘못된 열의, 혹은 소요로써 죄를 짓지 않도록 해야 합니다. 그런 의미에서 교회는 직분으로 세워질 사람들의 자질과 은사를 확인하므로, 그가 하나님으로부터 부름을 받았다는 사실을 확인해야 하고, 하나님께서 부르신 부름을 목사의 주관 아래 온 회중이 투표 혹은 선거를 통해 승인하고 동의하는 절차를 가져야 합니다. 하나님께서 소명과 은사를 베풀어 부르시고, 회중은 하나님의 부르심을 확인하고 승인하는 의미로 투표하고 선거하여 사역자를 세웁니다.

넷째, 어떤 의식으로 세움을 받아야 하는가? 사도들이 어떤 사람을 내 보낼 때 거행했던 의식은 안수밖에 없었습니다. 안수는 축복을 받고 성별되기를 원하는 것을 세움을 받는 사람의 머리 위에 손을 얹음으로써 나타냈습니다. 이 의식은 하나님께 받치는 의미를 담고 있는 히브리 관습에서 유래했습니다(창 48:14; 마 19:15). 이와 같은 의미로 유대인들은 율법에 따라 자기들을 위한 희생제물 위에 안수하였습니다(민 8:12; 27:23; 레 1:4; 3:2, 8, 13; 4:4, 15, 24, 29, 33). 사도들은 자기들이 사역에 입문하도록 한 자가 자기들에 의해 하나님께 바쳐졌음을 안수를 통해 제시하였습니다. 때때로 사도들은 성령의 가시적인 은혜를 베풀었던 자들 위에도 안수하였습니다(행 19:6). 그러나 사도들이 다 떠나간 후 계시적이고 비상적인 은사가 그쳤으므로 안수의 이 기능을 오늘날 적용해서는 안 될 것입니다. 사도들 이후로 신약 교회에서 안수는 이제 누군가를 교회의 사역에 부를 때마다 거행하는 예식이 되었습니다. 사도들은 계속적으로 안수를 통해 목사들과 교사들과 집사들을 성별하였으므로, 안수가 직분자를 세우는 의식적 규범이 됩니다.[9] 안수의 예식은 사역의 고귀함을 회중에게 깊이 새기고, 임명을 받은 자에게 더 이상 자기가 자기에게 법이 되지 않고 자기는 하나님과 교회에 바쳐져 예속되었음을 인식시키고 권고하는데 유익합니다.[10] 그러나 교회사 속에서 이 의식은 미신으로 물든 적이 많습니다. 본연의 의미와 뜻을 상실한 채 부패한 본성에서 나온 어떤 목적을 위해 안수가 자의적으로 해석되고 활용된 일례가 많습니다. 오늘날 은사주의에 빠진 교회들이 안수를 하여 비상적인 어떤 은사나 현상과 체험을 경험하려 합니다. 심지어 자신이 옛 사도들과 같은 능력을 가져 자신의 손을 얹으면 비상적인 능력이 나타나 병을 고치고 은사를 베풀어 주고 온갖 신비체험을 가능하게 한다고 현혹하는 자들이 부지기수(不知其數)로 많습니다. 오늘날 교회에서는 안수를 오직 직분을 세워 하나님께 바치는 의미와 기원으로만 사용해야 합니다. 그렇다면 누가 안수하는가의 문제가 남습니다. 안수는 오직 목사들만 해야 합니다.[11] 성경은 사도가 개인적으로 안수한 일례가 있지만(딤후 1:6), 규범적으로 목사들의 무리가 안수야 합니다.[12] 안수는 전체 교회의 무리가 하지 않습니다.[13] 칼뱅은 **"장로의 회"**에 대해 언급한 바울의 진술에 대하여 이를 장로의 모임으로 보지 않고, 임명 자체로 해석합니다. 그러므로 칼뱅은 목사들의 안수를 규범적으로 봅니다. 오늘날 이러한 이유로 목사 안수를 노회의 목사들이 목사를 세우기 위해 안수합니다.

---

9   *Inst.* IV. iii. 16.
10 *Inst.* IV. iii. 16.
11 *Inst.* IV. iii. 16.
12 *Inst.* IV. iii. 16.
13 *Inst.* IV. iii. 16.

17

8-14장
세 가지 교회의 권세

교회의 권세란 그리스도의 권위를 지키고 교회를 세우기 위해 하나님께서 교회에 주신 사역적 권한을 의미합니다. 그리스도께서는 말씀과 참된 교리와 여기서 도출된 선한 교회 질서 원리를 따라 사역하는 교회를 통해 통치하시고 목양하십니다. 그러므로 교회에 주어진 권세는 세속적 권세와 그 속성이 다릅니다. 교회에 주어진 권세는 영적인 권세(*spiritualis potestas*/the spiritual power)에 국한 됩니다.[14] 교회의 권세는 교리권, 입법권, 사법권으로 이루어집니다. 그리고 이 권세는 감독에게 개별적으로 속하는 부분도 있고, 지역 회의(*provincialis concilium*/provincial council, 노회)나 총회(*generalis concilium*/general council)에 속하는 부분도 있습니다.

1 교리권

교리(*doctrina*/doctrine)에 대한 권세는 교의를 가르치는 권위와 교의를 설명하는 권위의 두 부분이 있습니다. 교리의 권세를 행사하는 사람은 그리스도의 종으로서의 의식을 가지고 행사해야(고전 4:1)합니다. 교회를

---

14   *Inst.* IV. viii. 1.

세우는 유일한 방법은 사역자들이 그리스도께서 그 권세를 유지하실 수 있도록 노력하는 것에 있습니다. 이런 의미에서 교회의 유일한 통치자요 선생은 그리스도십니다. **"그의 말을 들으라"**(마 17:5). 교회의 권세는 무시되거나 남용되어서는 안 됩니다. 교회의 권세가 인식되지 못한다면, 사람들은 각자의 소견과 변덕에 따라 이리저리 끌려 다니게 될 것입니다. 교회의 권세가 무시되는 곳에서는 회중의 문란이 존재할 것이고, 교회의 권세가 남용되는 곳에서는 독재가 만연할 것입니다. 이런 의미에서 칼뱅이 세우려 했던 장로회 교회는 회중주의와 교황제나 감독제의 문제에 대한 성경적 대안이었다고 볼 수 있습니다.

(1) 교리권에 대한 성경적 근거

칼뱅은 교회의 교리권에 대한 성격적 실례들을 제시합니다.

첫째, 모세와 제사장들의 사역적 권위: 성령께서 권위와 위엄을 제사장이나 선지자나 사도들이나 그 계승자들에게 주실 때, 각각의 개인 자체에게 주어진 것이 아니고 부름을 받아 맡게 된 직분의 사역에 주어졌습니다. 간략히 말하면, 그에게 맡겨진 말씀의 사역에 있어서의 바로 그 말씀 자체에 권위와 위엄이 부여된 것입니다. 성경에 나타나는 직분들에 따라 가르치거나 대답하는 모든 권위가 오직 주님의 이름과 말씀에서 비롯되었습니다. 즉, 합당한 사역과 직분은 언제나 부패한 본성에서 나온 제 것으로 전하지 않고, 주님의 입에서 나오는 말씀을 갖고 선포합니다. 하나님께서는 말씀을 전하고 가르치는 자들은 하나님과 회중의 중간에 세우시고 말씀을 전하게 하시기 전에 먼저 사역자들에게 무엇을 말해야 할지 교훈하십니다. 그러므로 이들은 주님의 말씀 외에 그 어떤 것도 말해서는 안 됩니다. 선지자 가운데 가장 으뜸가는 선지자 모세도 백성들을 위한 계명을 전하기 전에 하나님께 가르침을 받았고 여호와께서 주신 말씀이 아니면 그 무엇도 선포할 수 없었습니다(출 3:4-12). 하나님께서 명하시고 전하신 지식을 지키며, 사람들이 그들의 입에서 율법을 구하게 될 때 제사장들의 사역에 권위와 위엄이 나타났으며 그들이 여호와의 사자가 될 수 있었습니다(말 2:7; 신 17:10-11).

둘째, 선지자들의 사역적 권위: 모든 선지자들은 주께 받은 말씀만을 전하는 법을 가집니다(겔 3:17; 렘 23:28; 사 6:5; 렘 1:6). 따라서 주님께서 주신 말씀 외에 그 무엇을 덧붙여 가르쳐서는 안 되었습니다. 하나님께 온 것 외에 모든 것은 '겨'라고 하십니다(렘 23:28). 선지자들이 자기가 받은 것 외에 아무 것도 말하지 않겠다는 독실한 마음을 지니고 무엇에도 흔들리지 않을 때, 비로소 그들의 직분의 사역은 놀라운 권세와 뛰어난 이름으로 장식되었습니다.

셋째, 사도들의 사역적 권위: 사도들은 참으로 훌륭한 칭호를 많이 받았지만, 그들은 사도이므로, 마음대로 지껄일 것이 아니라 보내신 이의 명령만을 충실하게 전해야 했습니다. 그리스도께서는 그들에게 명령하신 모든 것을 천하 만민에게 가서 가르치라 명령하셨습니다(마 28:19-20). 이 법칙을 거절하는 것은 불법입니다. 교회의 권한은 무한하지 않고 주의 말씀에 종속됩니다. 교회의 권한은 주의 말씀 안에 갇혀야 합니다. 교회의 권위가 말씀에 근거한다면 우리는 말씀에 관심을 가지지 않을 수 없습니다.

넷째, 사도직이 종결된 이후의 사역자들의 사역적 권위: 율법과 선지자들 가운데 포함된 것 그리고 사도들의 저작들 가운데 포함된 것 외에는 그 어떤 것도 교회에서 하나님의 말씀과 동일한 자리를 차지하지 못하도록 해야 합니다. 그리고 교회에서 유일하게 권위 있는 가르침의 방식은 하나님의 말씀에 있는 명령과 표준을 따르는 것뿐입니다. 사도들에게 허락된 것은 선지자들이 옛날에 가지고 있었던 것이라는 점이 추론됩니다. 사도들은 고대에 기록된 성경을 해석하고 그곳에서 가르친 것이 그리스도 안에서 성취되었다는 것을 보여주는 사명을 받았습니다. 사도들은 주님의 지도를 받았습니다. 그리스도의 영이 앞서 행하시어 마땅히 전해야 할 말씀을 그들로 기록하게 하셨습니다. 그러므로 그리스도께서는 그들에게 자신들이 무분별하게 고안한 것이 아닌 그리스도께서 분부하신 모든 것을 가르치라고 명령하셨습니다(마 28:19-20). 이렇게 사도들에게 주신 말씀 전하는 사명을 말씀에 묶어 제한시켜 두셨습니다. 그리고 주님께서는 당신의 입으로 이전에 가르치신 모든 말씀을 성령을 통해 생각나게 하시고 참된 해석과 이해에 이르게 하셨습니다(요 16:3; 14:26).

교회에서 가르치고 설명하는 사역에 있어 이 한계를 기억하고 주의해야 합니다. 사도들조차 말씀을 능가할 수 있는 자유가 없었으니, 사도직이 사라진 이후에 하나님께서 세우신 사역자들도 더욱 그러해야 합니다. 교회는 지위 여하를 불문하고 인간의 고안물을 제거함으로써 하나님의 말씀에 기록된 명령만이 효력을 가지게 해야 합니다(고후 10:4-6). 이러한 원칙 하에 교회 목사들은 주의 명령을 전할 권한을 갖습니다. 목사들은 모든 일을 하나님의 말씀 안에서 행하고 이런 원칙하에 사역적 권한을 사용할 수 있습니다. 사도들과 그 이후의 사역자들 사이에 차이가 존재하지만 공통점은 말씀에 복종해야 한다는 사실에 놓입니다.

그렇다면 사도들과 그 이후에 말씀의 사역을 맡은 사역자들의 차이는 무엇일까요? 사도들은 성령의 확실하고 진정한 필사자들이었습니다. 그러므로 그들의 저술들은 영감 받아 기록된 하나님의 말씀입니다. 그러나 사도들 이후의 말씀을 맡은 사역자들은 성경에 제시되고 인침이 된 것을 가르치는 직분만을 유일하게 지니고 있습니다. 사도들은 계시를 받고 영감을 받아 성경을 기록하였고, 이후의 직분들은 사도들이 기록하여 전하여 준 성경에 근거해 말씀을 가르치고 전합니다. 그러므로 사역자들은 어떤 새로운 교리를 만들어 내어서는 안 됩니다. 이들은 오직 성경에서 비롯된 교리만을 전해야 합니다. 직접 계시를 받고 영감을 받는 일은 오직 선지자들과 사도들에게 돌아가는 일이었습니다. 성경 66권이 완성 된 이후에 더 이상의 계시는 없습니다. 모든 사람의 권위는 하나님의 말씀의 검열 안에 있습니다. 따라서 사역자의 사사로운 기준으로 개인의 믿음을 지배해서는 안 됩니다. 다만 교회에서 모든 사람의 권위를 하나님의 말씀의 판단에 굴복시켜야 합니다. **"믿음은 들음에서 나며 들음은 그리스도의 말씀으로 말미암았느니라"**(롬 10:17). 이처럼 우리가 유의해야 할 보편적 법칙이 있습니다. 즉, 하나님께서는 모든 사람에게서 새로운 교리를 만들어 낼 재능을 박탈하십니다. 왜냐하면 오직 거짓이 없으시고 진실하시고 신실하신 하나님만이 홀로 영적 교리에 있어 우리의 선생이 되시기 위함 때문입니다. 이 법칙은 개개의 신자들뿐만 아니라 교회 전체에 대해서도 적용됩니다.

(2) 참된 교리의 권위의 근거

말씀에 근거하지 않는 교리의 무오성을 주장한다면, 그것은 오류입니다. 칼뱅은 로마 교회와 지도자들을 영적인 폭군으로 묘사합니다. 그들과 종교개혁의 차이는 그리스도와 벨리알 사이에 있는 것과 같은 차이라고 강조합니다(고후 6:15). 그 이유는 그들이 교회의 권한을 말씀 위에 두기 때문입니다. 그들은 보편 회의가 교회의 참된 형상이라 믿으며, 보편 회의는 성령에 의해 직접적으로 다스려지기 때문에 오류를 범할 수 없다고 믿습니다. **이들은 성령께서 성경을 영감하신 정도로 교회 회의에 임한다고 생각합니다.** 그러나 보편 회의를 주재하고 구성하는 것은 사람들이기 때문에, 타당하다고 생각되는 모든 논거는 예외 없이 사람으로부터 나온다고 봅니다. 따라서 그들은 자신들의 결정에 따라 믿음의 성패가 결정된다고 봅니다. 또한 이들은 하나님의 말씀을 멸시하고 자기들의 육욕을 좇아 교리를 만들어 낸 후 이 표준에 따라 믿음을 바라보라고 요구합니다. **"명확한 믿음"**, 이지적인 믿음이 아니라면 적어도 **"불명확한 믿음"**이라도 가지고 자신들에게 동의하라고 요구합니다. 로마 교회는 이처럼 성경이 아닌 교회 자체의 권위에 진리의 척도를 두고, 믿음에 대한 새로운 조항을 만들어낼 권한이 교회의 수중에 있다고 가르칩니다. 또 그들은 왜곡된 의미에서 성령의 도우심과 약속을 확대해석합니다. 보혜사 성령 사역의 약속을 개인이 아닌 전체 교회에만 예속시킵니다. 이런 약속을 교회의 무오성 교리로 확대해석합니다. 하나님께서는 성경과 성령의 조명을 통해 개인들에게 진리를 알려주시는 동시에 그 몸 된 교회에 진리를 알려주시기도 합니다. 내가 깨달은 진리가 참이라면 각 성도가 모인 무리인 교회에도 그것이 진리로 인식될 수밖에 없습니다. 실로 하나님께서는 성령의 은사들을 각 지체들에게 각자 그 분량대로 나누어주십니다(엡 4:7). 그리고 동시에 몸된 교회가 그 은사들을 공통적으로 누리도록 하십니다. 그러므로 개인에게 참 이어야 하는 것이 몸에게도 참이어야 합니다. 교리는 각 개인이 깨달은 인식이 몸을 통해 검증되고 분별되어 인정된 것들이기에 유용하며 그것이 성경에 근거한 것일 때 권위를 갖습니다. 오로지 성경으로부터 비롯되고 성경의 승인을 받은 공적이고 보편적인 신앙고백들은 성경에 근거해 성경의 참된 해석의 결과로서 권위를 갖지만, 그것은 사람에게서나 혹은 믿는 자의 무리인 교회 자체로부터 나온 권위가 아니라 성경이라는 진리의 표준으로부터 승인된 권위입니다. 그러므로 교리권에 대해 칼뱅이 로마 교회를 비판하는 것은 교리의 필요성과 권위를 부정하는 것이 아니라 교리의 권위가 교회 자체가 아닌 성경에 있음을 강조하고 있을 뿐입니다. 개혁교회는 언제나 성경에 근거한 신조를 몹시도 중시했다는 사실도 망각해서는 안 됩니다.

로마 교회의 가장 큰 문제점은 교회 자체도 부패성을 가지며 완전하지 못하다는 사실을 부정하는데 있습니다. 교회는 분명 무오하지 않습니다. 그러나 하나님께서는 교회에 필요한 것과 부족한 것을 그분의 은사로 채워주십니다. 그러나 하나님께서는 교회가 겸손과 경건한 절제를 유지하도록 유익한 정도 이상의 것을 과도하게 베풀어주지 않으십니다. 그러므로 교회가 성경의 권위를 넘어 자신이 표준이 되려하거나 교리의 근거와 정당성을 성경이 아닌 자신으로부터 찾으려 해서는 안 됩니다. 그렇다면 하나님께서 교회에 **"티나 주름이"** 없게 하시고(엡 5:26-

27), 교회를 **"진리의 기둥과 터"**(딤전 3:15)라고 말씀하신 것은 무슨 의미일 까요? 이런 묘사는 이미 성취하시고 완성하신 일을 가리키는 것이 아니 라 매일 교회 내에서 부족하고 불완전한 교회를 위해 하시고 계신 일을 의미합니다. 즉, 이 말씀들은 완전의 목표를 지향하는 동시에 종말의 성 취의 때까지 과정적으로 하나님께서 교회에 하고 계신 일을 가리킵니 다. 우리는 **"이미, 아직**(already/not yet)**"**을 항상 직시해야 합니다. 그러므로 완성의 때까지 교회에는 언제나 부족함이 있고, 더러움이 존재합니다. 이러한 구절들은 언제나 성화의 시작과 과정을 나타냅니다. 성화의 완 성은 주님께서 다시 오실 때 성취됩니다. 이러한 인식에 무지할 때, 완전 주의(perfectionism)가 발현해 펠라기우스주의, 세미-펠라기우스주의, 카타 리파, 도나투스파의 악한 누룩들이 교회에서 피어오릅니다.

그러므로 우리는 이러한 교회의 실존을 생각할 때, 교리에 대한 다 음과 같은 건전한 인식을 가져야 합니다. 칼뱅의 강조점은 교회에 참된 교리가 있을 수 없다는 것이 아니라 교회가 불완전하기에 언제나 하나 님의 말씀에 부합한 교리만을 가르쳐야 한다는 데 있습니다. 그러므로 교회에는 말씀으로부터 기원한 교리가 있고 그렇지 못한 교리가 있습니 다. 참된 교리와 거짓 교리를 분별할 수 있는 근거는 하나님의 말씀에 있습니다. 그러므로 참된 교리의 권위는 교회로부터 오지 않고 성경으 로부터 옵니다. 그러므로 교회의 터는 사도들과 선지자들이 기록한 성 경입니다.

그러므로 로마 교회가 참 교리의 근거를 교회라 주장할 때, 그들의 잘못된 교회론과 계시관을 좀 더 상세히 살펴볼 필요가 있습니다. 로마 교회의 계시관에서 가장 큰 오류는 그들이 계시를 오직 성경만으로 제 한하지 않고 교회의 전통 혹은 전승까지 포함한다는 데 있습니다. 로마 교회는 말씀과 성령의 관계를 잘못 이해합니다. 그들은 교회가 성령의 지배를 받으므로, 말씀 없이 진리에 도달하고 전할 수 있다고 생각합니 다. 이들은 성령께서 지배하는 교회를 통해 성경을 넘어서 또는 성경과 별도로 무엇인가를 제정할 때, 그것이 하나님의 말씀으로 인정되어야 한다고 주장합니다. 그들이 하나님의 말씀이라고 주장하는 것은 성경만이 아니라 교회에 직접 주신 계시로서 그들의 전통을 포함합니다. 그들은 교회가 성경 위에 있기 때문에, 교회의 결정을 통해 성경을 벗어난 것을 이야기 할 여지를 언제나 갖습니다. 그러나 교회 안에 성령의 임하심과 사역은 오직 성경과의 관계 하에서 인식되어야 합니다. 교회가 모든 자기 지혜를 버리고 성경을 통해서 성령의 가르침을 받는 경우에만 한해서 성령의 통치와 사역의 실재를 확신할 수 있습니다. 성경 66권만을 구속을 위해 베풀어주신 하나님의 말씀으로 믿고 고백하며 순복하는 곳에 성령의 통치가 실재합니다. 그러나 로마 교회는 교회의 권위와 교회의 결정들의 권위를 말씀에 기초해, 말씀에 묶여, 말씀의 제한 속에서 주장하지 않습니다. 이들은 교회의 권위를 말씀 밖에 둡니다. 심지어 이들은 성경의 권위가 교회로부터 기원한다고까지 믿습니다. 그러나 종교개혁은 교회의 권위를 말씀에 부속되어야 한다는 사실을 인식했고, 교회의 권위가 말씀에서 분리되는 것을 허락하지 않았습니다. 로마 교회의 교회의 표지는 말씀이 아니라 교회의 대표성을 갖는 교황입니다. 이렇게 되므로, 성경의 절대성이 붕괴되고 상대화되어버립니다. 그러나 교회에 대한 성령의 통치는 성경과 분리될 수 없습니다. 보혜사 성령의 역할의 본질은 말씀을 깨닫게 하시고 믿게 하시어 신앙을 일으키시므로, 죄인을 구원하시고 그 신앙의 연합을 통해 지상에 교회를 세우시고 하나님의 나라의 통치를 확장하시는데 있습니다(요한복음 16:7, 13; 14:26). 그러므로 우리가 성령에게서 기대할 것은 그분께서 가르치시는 성경의 진리들을 깨닫도록 우리의 마음을 비춰주시는 것입니다. 그러므로 크리소스토무스는 이렇게 교훈합니다. **"많은 사람들이 성령을 자랑하지만 자기들 자신의 생각을 말하는 자들은 성령에 대해서 거짓되게 외치고 있다. 그리스도는 자기가 율법과 선지자들로부터 나온 말씀을 말씀하시기 때문에 자의로 말씀하시는 것이 아님을 친히 입증하셨다**(요. 12:49-50;

14:10). **그러므로 성령의 이르믈 내세우기는 하되 복음이 없이 막무가내로 제시되는 것은 무엇이든지 믿어서는 안 된다. 그리스도가 율법과 선지자들의 마침이시듯이**(롬 10:4) **성령은 복음의 마침이 되시기 때문이다."**[15] 결론적으로, 로마 교회는 하나님의 말씀을 성경 외에 교회 자체의 전통으로 확장하므로, 성경에 없는 교리를 추천하기 위해 성령의 이름을 사용하는 오류를 범합니다. 이들은 성령께서 끊을 수 없는 유대로 하나님의 말씀에 결합되기를 원하시며, 주님께서도 교회에 성령을 약속하실 때 이점을 확언하셨다는 사실을 대적합니다. 따라서 주의 말씀에 무엇을 가감해서는 안 되며, 성경을 떠난 성령의 교회 통치를 주장해서도 안 됩니다. 이런 의미에서 로마 교회가 기록된 성경을 통해 다 말씀하시지 못한 것을 보충하기 위해 구전, 곧 교회의 전승과 전통을 남기셨다고 주장하는 것은 하나님 앞에 큰 오류입니다. 이들에게 교회의 전통과 성경은 동등하게 여겨집니다. 그들이 교회론을 전제한다면 그들의 전통은 성경을 능가합니다. 그러나 구원과 구원받은 자의 경건한 삶을 위해 성경은 그 자체로 완전하고 충분합니다. 이들은 성경 외에 교회의 전승을 성경에 더하려 하기에 성경의 완전성과 충족성을 부정하는 결과를 가져오고, 교회를 부패한 본성에서 나온 갖가지 고안물로 부패시킵니다. 우리는 성경을 떠나 새로운 하나님의 말씀도 존재할 수 없으며 그러므로 새로운 교리도 존재할 수 없음을 늘 상기해야 합니다.

2 입법권

(1) 정당한 교회 회의의 권위의 근거는 성경

교회 회의의 참된 근거는 그리스도와 그분의 말씀에 있습니다. 그

---

15 『기독교강요』, 4권, 8장 13절.

러나 로마 교회는 교회 회의의 정당성과 권위를 교회 자체에 두며, 교회의 권한을 로마 교황과 그 수하들에게 부여하므로 문제를 일으킵니다. 교회 회의를 주관하시는 것은 그리스도의 권세에 달린 것이므로, 교회 회의를 중심으로 존경해야 하지만, 그리스도께서 주관하시는 정당한 교회 회의는 오직 말씀과 성령의 지도하에만 존재합니다. 그러므로 교회 회의는 그 자체로 정당할 수 없고, 오직 말씀과 성령의 지도하에서만 그 정당성을 확보하므로, 교회 회의는 진짜가 있고 가짜도 있습니다.

성경은 교회 회의가 그리스도께로부터 주어졌으며, 그리스도에 의해 권위가 주어졌음을 증거 합니다. **"두 세 사람이 내 이름으로 모인 그 곳에 나도 그들 중에 있느니라"**(마 18:20). 이 말씀은 개별적인 작은 모임 뿐만 아니라 보편 회의(*Concilium universale*/the universal council)에도 적용됩니다. 정당한 교회 회의는 오직 그리스도의 이름으로 모여야 그곳에 그리스도께서 함께 하신다는 부대조건을 갖습니다. 그리고 진정한 교회 회의는 하나님의 말씀, 곧 성경에 근거해서 결정을 내려야 합니다. 교회 회의가 성경에 무엇을 가감하거나, 하나님의 계명을 버리고 자기들의 의지대로 결정하거나, 인간의 머리에서 나온 새로운 것을 조작하거나 말씀에 혼합시킬 때, 그 회의는 거짓 회의가 됩니다. 주의 이름으로 모일 때 주님께서 그곳에 함께 하신다는 약속의 의미는 진정한 합법적인 회의만을 가리킵니다. 참된 회의와 거짓된 회의를 가르는 표준은 하나님의 입에서 나온 말씀입니다. 하나님의 언약(*pactum*/covenant), 말씀을 어기는 회의는 거짓 회의입니다. 칼뱅은 입법권에 있어서도 교회 회의를 그리스도와 그분의 말씀에 근거해 인정하고 존중하나, 정당한 교회 회의가 오직 말씀에만 근거하고 종속되어 있음을 강조합니다.

교회 회의에는 결정권이 있고, 또 그것을 위해 모인 것이기도 합니다. 그러나 교회 회의의 결정권은 조건부로 받아들여져야 합니다. 교회 회의는 언제, 어떤 의제로, 무슨 목적으로 열리며, 어떤 사람들이 참석했는지를 깊이 숙고해야 합니다. 무엇보다도 의제가 성경의 표준에 부합되게 다루어졌는지를 조건부로 하여야 합니다. 따라서 진정한 교회 회의의 요소가 나타나는데, 첫째는, 성경에 대한 순수하고 진지한 해석이며, 둘째는 영적인 지혜를 통한 이 해석의 적용, 셋째는 경건에 대한 진정한 열성의 빛입니다. 그러나 이러한 요소를 지닌 인정된 교회 회의에도 결점이 있을 수 있습니다. 여기서 과오라 함은 진리의 본질에 해당하거나 구원을 좌지우지하는 정도의 과오가 아니라 부차적이고 인간적인 과오라 할 수 있습니다. 인간적인 일이 발생할 수 있는 것은 인간 자체가 완전하지 못하기 때문이며, 하나님께서 인간을 너무 신임하지 않고 말씀에 절대적으로 의지하도록 허락하신 일일 수도 있습니다. 교회 회의는 성경을 해석할 권리를 갖지만, 성경을 떠나 의견과 관습에 의해서 새로운 교리를 창출해서는 안 됩니다. 예를 들면, 콘스탄틴 회의에서 주님의 잔을 사제들에게만 돌려 그것을 평신도로부터 빼앗은 조항, 제 2차 에베소 종교 회의 유티케스 이단설의 승리, 그밖에도 연옥, 성자들의 중보기도, 고해성사, 혼인의 금지 등입니다. 그러나 교회 회의의 결정과 그로 파생된 교리들이 성경 안에 포함되고 확증된 교리를 전하고 있다면 말씀에 의해 권위를 갖게 되며, 교회는 이를 고백하고 성실히 가르칠 의무가 있습니다.

(2) 교회가 가진 입법의 권한

① 양심의 주인은 그리스도시며, 오직 말씀에 통치를 받음

칼뱅이 주장하는 정당한 교회의 입법권은 오직 하나님의 말씀만이 성도의 양심을 지배할 수 있다는 원리에 근거합니다. 교회법과 교회 전통의 문제는 그리스도인의 양심(*conscientia*/conscience)의 문제와 관련되므로 몹시 중요합니다. 칼뱅은 정당한 입법권에 대한 성경적 의미를 가르치기 위해 로마 교회의 입법권이 어떤 방식으로 얼마나 심하게 부패했는지를 소개합니다. 그들은 인간의 영혼을 수많은 그물로 옭아매는 무수

한 인간적 전통을 창안해 내었습니다(눅 11:46; 마 23:4). 성경을 떠나 인간의
부패한 본성이 창안해 낸 올무들은 성도의 양심을 억압하고 그리스도
인의 자유를 빼앗아갑니다. 양심을 억압한다는 말의 의미는 말씀에 근
거하지 않은 인간의 유전들로 성도의 양심을 속박한다는 의미이며, 이
로 인해 예배를 타락시키고 진정한 입법자이신 하나님의 권리를 찬탈한
다는 의미입니다. 이러한 부패와 죄악은 교회의 입법권이 성경을 떠나
행사될 때 발생합니다. 이 문제와 관련된 칼뱅의 입장은 성경을 떠난 법
을 정해서 성도의 양심을 속박할 합법적 권리가 교회에 있을 수 없다는
것입니다.

　로마 교회의 예배와 관련하여, 이들은 성경과는 별도로 사람들에
의해서 시작되고 공표된 모든 명령들을 **"인간적 전통들"**로 부릅니다.
칼뱅은 이 전통에 반대합니다. 물론 칼뱅은 훈육이나 정직이나 평강을
지키는 거룩하고 유익한 그리스도의 제도를 반대하지 않습니다. 칼뱅이
반대하는 것은 무제한적이고 야만적인 통치권 행사입니다. 당시 로마
교회는 자기들이 인위적으로 만든 법을 죄 사함과 의(義)와 구원의 조건
으로 제시했고, 종교와 경건의 전체 요체가 그러한 법들을 지키는데 있
다고 가르쳤습니다. 칼뱅이 이런 로마 교회의 행태를 논박하며 주장하
는 바는 그리스도께서 피 흘려 자유롭게 하신 사안들을 다시금 필연성
으로 성도들의 양심에 부과하지 말라는 데 있습니다. 오직 그리스도를
믿는 성도들의 구원은 오직 은혜에 달린 것이며, 성도들은 오직 성경, 하
나님의 말씀에 의해서만 다스림을 받습니다. 성도들의 구원은 오직 그
리스도 안에서 주어지는 죄 사함과 중생의 은혜에 토대하며, 구원 받은
성도들의 새로운 생활의 지침은 오직 성경에 근거합니다. 성경이 지우지
않은 멍에를 성도들의 양심에 지우는 것은 주께서 피 흘려주신 그리스
도인의 자유를 강탈하는 죄악입니다. 그러므로 그리스도께서 당신의 단
번에 이루신 구속으로 해방시켜 주신 사안들에 관한한, 칼뱅은 그것으
로 성도들의 양심을 다시 속박해서는 안 된다고 주장합니다.

칼뱅은 양심의 문제를 중시합니다. 왜냐하면 양심의 자유를 얻지 못하면 하나님 앞에서 안식을 얻을 수 없기 때문입니다. 로마 교회의 입법자들은 자기들의 법을 **"자유의 법"**, **"쉬운 멍에"**, **"가벼운 짐"**(마 11:30)이라고 주장합니다만 그것은 거짓말입니다. 구원 안에 있는 사람들조차도 이 올가미에 걸려있는 한 전혀 자유를 느끼지 못합니다. 바울은 자유에 맡겨진 문제들에 대해서, 그것들이 사람들의 양심에 올무가 되지 않게 하려고 매우 신중 하였습니다(고전 7:35). 바울은 주님께서 자유에 맡긴 사안들이 강압적 의무가 될 때, 성도들의 양심이 얼마나 큰 상처를 입을지 예견했습니다. 그러나 로마 교회는 억압적인 태도로 이루 셀 수 없는 법을 공포한 후, 이를 어기는 사람은 영원한 죽음의 형벌을 받을 것이라고 정죄하므로, 자유에 맡겨진 사안들이 마치 구원을 위해 필요한 법처럼 요구되어 성도들의 양심을 억압했습니다. 이 가운데 지키기가 매우 어려운 것이 많은 대다가 그런 법들을 산더미처럼 쌓아 올렸으니 그것을 다 지킨다는 것은 불가능한 일입니다. 칼뱅은, 하나님 앞에서 사람들의 영혼을 내적으로 속박하는 동시에 마치 구원에 필요한 일처럼 되어버린 법들이 사람들에게 자신의 구원에 대한 의심을 불러일으키고, 양심의 가책을 일으킨다는 점을 경계합니다.

② 외적 법정과 양심의 법정의 구분

양심의 자유와 관련하여 어려움을 겪지 않으려면 **"외적 법정"**과 **"양심의 법정"**을 구분해야 합니다. 특별히 이 문제와 관련하여 바울이 형벌에 대한 두려움을 넘어 양심을 위해서도 위정자에게 순종해야 한다고 명령할 때(롬 13:1, 5) 어려움이 가중됩니다. 왜냐하면 이런 명령은 그리스도인의 양심이 시민법에 의해 얽매이게 하는 것처럼 들리기 때문입니다. 이렇게 되면, 하나님의 말씀 외에 그 어떤 것도 성도의 양심을 속박할 수 없다는 주장, 즉 영적 통치에 관한 모든 것들이 땅에 떨어져 소멸되고 말기 때문입니다.

이 문제를 풀기 위하여 칼뱅은 먼저 양심이 무엇인지를 정의합니다. 양심은 "*conscientia*(conscience)"입니다. 이 단어의 어근을 살펴보면 다음과 같습니다. 우리가 어떤 물건의 개념을 지성과 오성으로 파악할 때, 우리는 "**안다**(*scire*/to know)"고 하며, 여기서 지식(*notitia*/knowledge)이란 말이 생겼습니다. 사람들은 누구나 하나님의 심판을 마음으로 의식할 때, 그것이 마치 증인처럼 그들을 심판자의 법정으로 몰아가므로, 죄를 감추지 못합니다. 이러한 의식을 우리는 "**양심**"이라고 부릅니다. 양심은 하나님과 사람 사이에 일종의 매개자(*medium*/mean)로서 사람이 알고 있는 것을 마음에서 떨쳐버리지 못하게 하며, 죄책을 들춰낼 때까지 줄곧 추궁합니다(롬 2:15-16). 양심은 죄인을 하나님의 심판대 앞으로 끌어가며, 사람에게 붙여 놓은 감시인과 같이 그의 모든 비밀을 감시하고 하나도 숨기지 못하게 합니다. 양심은 일 천 명의 증인이라는 격언은 여기서 생긴 것입니다. 양심은 우리 마음속에서 일종에 심판자 하나님의 대리자와 같은 역할을 합니다. 베드로는 우리가 그리스도의 은혜를 확신하면서 하나님 앞으로 나아갈 때 느끼는 마음의 평화와 선한 양심이 하나님께 응답하는 것을 동일시합니다(벧전 3:21). 히브리서 기자가 우리는 "**다시 죄를 깨닫는 일이 없으리니**"(히 10:2)라고 말한 것은, 우리가 그리스도의 공로로 해방 또는 무죄 석방을 얻었으므로, 우리의 양심이 우리의 죄책에 대하여 다시는 우리를 고발할 수 없다는 의미를 전합니다.

③ 양심과 관련된 여러 가지 법들의 관계

행위가 사람들에게 관련되듯이 양심은 하나님과 관계됩니다. 선한 양심이란 속마음이 바르게 서 있다는 것, 즉 마음의 내적인 순전함(딤전 1:5; 1:19)을 의미합니다. 양심이 사람들에게 넓게 적용될 때도 있지만(행 24:16), 이것은 선한 양심의 유익이 사람들에게까지 흘러가고 미친다는 의미일 뿐입니다. 그러므로 고유한 의미에서 양심은 하나님 외에 그 무엇에게도 관계되지 않습니다. 그러므로 법이 어떤 사람의 양심을 구속한다고 일컬어지는 것은 그것이 다른 사람들과는 무관하게 단순히 그 사람을 얽어맨다는 의미입니다. 칼뱅은 이와 같은 양심의 의미 안에서 법과 관련된 여러 사례들을 제시합니다.

첫째, 중립적 사안과 양심의 문제: 양심과 관련하여 무해무익한 일, 곧 중립적 사안에 관계된 일이 있습니다. 이러한 것들은 선도 죄도 아닌 일을 의미합니다. 중립적인 사안에 관계된 일들이라도 어떤 상황에 따라 남을 걸려 넘어지게 할 수 있으므로, 하지 말아야 할 때가 있습니다. 이런 경우는 나타날 문제 때문에 혹은 덕을 세우기 위해 중립적인 사안을 하거나 하지 말거나 해야 합니다. 이 때 행위자는 중립적인 사안이 자신들의 양심을 속박하기 때문이 아니라 타인의 양심이 상처를 받지 않도록 하기 위해 그렇게 합니다(고전 10:28-29). 그러므로 행위자는 중립적인 사안에 대하여 자유로운 양심을 가지고 그렇게 하는 것입니다. 여기서 핵심은 형제를 위해 필요하여 중립적인 문제를 삼가더라도, 하나님께서 명령하신 대로, 양심의 자유는 그대로 지키고 포기하지 말아야 합니다. **우리는 이 법이 외적인 행위는 얽어매지만 양심은 자유롭게 둔다는 것을 깨닫게 됩니다.** 우리는 중립적인 사안에 하나님께서 두지 않은 권위와 속박을 부여해서는 안 되는 동시에, 중립적인 일로 타인이 넘어지지 않도록 자유한 양심 가운데 단지 삼갈 뿐입니다.

둘째, 사람들이 만든 법과 양심의 문제: 통치 체제 안에서 사람들이 만든 법을 준수하는 것이 그 자체로 필히 요구되는 것처럼 우리 양심에 짐을 지워 마음을 불안케 한다면, 이는 양심에 불법적인 것을 강요하는 바가 됩니다. 왜냐하면 우리의 양심은 사람을 상대하지 않고 오직 하나님과 관계되기 때문입니다. **일반적으로 지상의 법정과 양심의 법정은 서로 구별되어야 합니다.** 타락 이후 온 세상이 어둠에 갇혀버렸지만, 양심이라는 작은 빛의 섬광이 남아있어, 사람들은 양심이 그 어떤 사람의 판단보다 더 뛰어나다는 사실을 인식합니다. 그러나 바울이 전한 말씀에서 비롯된 난점을 해결할 필요가 있습니다. 우리가 군주에게 복종해야 하는 것이 형벌 때문이 아니라 양심 때문이라고 한다면(롬 13:5), 이로부터 귀결되는 바, 양심은 또한 군주들이 만든 법에 의해 지배를 받게 될 것이고, 이것이 사실이라면 교회법에 의해서도 지배를 받게 될 것입니다. 이 사안에 대한 바른 접근은 유(類)와 종(種)을 구별하는데 있습니다. 즉, 우리는 통치자들의 권위를 귀하게 여기라는 하나님의 통상적인 명령을 받아들여야 하지만, 이것이 개개의 법에 양심이 묶여야 된다는 의미는 아닙니다. 바울은 통치자들이 하나님에 의해 임명되었기 때문에 그 권위가 존중받아야 한다고 가르치지만(롬 13:1), 통치자들에 의해 제정된 법이 영혼의 내적인 통치에 적용된다고 결코 가르치지는 않습니다. 그러므로 우리는 주와 주님의 말씀 안에서 통치자에게 복종하고, 주와 주님의 말씀 안에서 부모에게 순종합니다. 예배와 올바른 삶에 대한 영적인 규범만이 우리의 양심을 지배할 수 있습니다. 그러므로 **"주 안에서"** 통치자나 부모에 대한 복종을 성경은 가르치지, 주와 주님의 말씀을 희생하는 가운데 통치자와 부모에게 순종하지 않습니다. 통치자에게 복종하고 부모에게 순종하라는 것이 그들이 만든 법이 우리의 양심을 속박할 수 있다는 의미는 아닙니다. 따라서 사람들의 법은 그것이 통치자에 의해 만들어졌든 교회에 의해 만들어졌든 간에 올바르고 정당한 이상 준수되어야 하지만, 그것 자체로 양심을 속박할 수는 없습니다. 통치자의 법이나 교회의 법이나 인간이 만든 법은 그것을 준수해야 하는 필연성이 그것의 일반적인 목적에 관계되지 그것에 의해 명령된 사안들에 달려 있지는 않습니다.

④ 교회법은 양심을 속박하는 독립된 법을 정할 권리가 없음

칼뱅은 로마 교회가 말씀을 떠나 양심을 속박하는 독립적인 법, 곧 교회 법령(*Ecclesiasticae constitutiones*/ecclesiastical constitutions)을 정하여 교인들의 양심을 속박했다고 비판합니다. 이들의 문제는, 그들이 자신들을 영적인 입법자로 자처하며, 성경에 없는 새로운 법들을 고안하여 회중들에게 지우고, 이를 준수해야 하며, 이를 위반하는 것은 하나님과 교회를 반역하는 것으로 규정한데 있습니다. 이들은 성령께서 교회에 과오가 없게 통치하시므로, 성경을 벗어난 전통을 하나님께로부터 온 것으로 추앙하며, 인위적인 법을 회중에게 강조합니다. 그러나 칼뱅은 진정한 감독은 말씀을 수종 드는 감독뿐입니다. 감독에게는 말씀을 떠난 것을 입법하거나 그것들을 신자에게 강요할 권한이 없습니다. 이러한 월권은 사도들도 몰랐고, 주님께서도 거부하셨습니다. 성경을 떠난 자의적인 지배는 하나님의 나라에 대한 침범입니다. 교회의 진정한 통치자요 왕은 오직 그리스도 한 분뿐이십니다. 그리고 그리스도의 통치는 하나님의 말씀을 통해 드러납니다. 그러므로 주님께서는 선한 생활을 위한 완전한 규범(*perfecta regula*/perfect rule)을 자신의 법에 모두 포함시키셔서 그것에 어떤 것도 첨가하지 못하게 하셨습니다. 주님께서 이렇게 하신 이유는, 하나님께서 우리가 그분을 생활의 주인과 인도자로 생각하기를 원하신데 있습니다. 우리가 하나님의 뜻을 규범으로 삼아 우리의 모든 행동을 그 규범에 합치시키는 곳에서 하나님의 뜻이 이루어집니다. 하나님께서 우리에게 요구하시는 것은 무엇보다도 순종입니다. 하나님께서 당신의 특권으로서 그분의 말씀의 권위와 법으로 우리를 다스리시는 것 한 가지를 주장하십니다(약 4:11-12; 사 33:22). 베드로는 양떼를 먹이며 맡은 무리 곧 하나님의 기업인 신자들을 지배하려 들지 말라고 합니다(벤전 5:2-3). 하나님의 말씀을 떠나서 교회 안에서 무엇을 명령하려고 드는 자들의 권한이라는 것은 불법적인 것이며 말살되어야 합니다.

그러므로 우리는 인간이 만든 법 가운데 용인할 수 없는 것을 식별하는 방법을 알아야 합니다. 이 사안에 관련된 문제 전체의 핵심은, 만일 하나님께서 유일한 입법자시라면 사람이 그분에게만 속한 영예를 탈취해서는 안 된다는 것입니다. 따라서 우리는 입법자의 영예를 자신에게만 돌리는 이유를 알아야 합니다. 그 이유는 두 가지입니다. 첫째, 우리는 그분의 뜻을 모든 의(義)와 거룩함의 완전한 규범으로 삼아야 합니다.

그 가운데서 그를 아는 것이 올바른 삶에 대한 완전한 지식이 됩니다. 둘째, 우리가 하나님을 바르고 합당하게 예배하는 방법을 구할 때, 이 부분에 있어 하나님께서만이 우리의 영혼의 통치권을 가지시도록 해야 하고, 그분께 순종해야 하며, 그분의 뜻을 섬겨야 합니다. 이와 관련하여 특별히 개혁교회는 **"예배의 규정적 원리"**를 추구하였습니다. 예배는 하나님의 말씀에 명령하신 원리와 방식대로만 예배해야 하기 때문입니다. 따라서 사람이 만든 법은 말씀의 저울로 달아 보아야 합니다. 말씀에 없거나 말씀을 벗어난 새로운 짐으로 교회를 억압하려고 하는 거짓 사도들과 투쟁한 바울은 골로새 교인들에게 보낸 편지에서는(골 2:8) 첫째 이유를 사용했고, 비슷한 문제로 갈라디아 교회 신자들에게 보낸 편지에서는(갈 5:1-12) 둘째 이유를 더 많이 사용했습니다.

⑤ 로마 교회가 고안한 잘못된 교회법들의 사례들

교회법과 관련된 로마 교회의 잘못된 사례들로는 의식과 예식에 관련된 것들과 규율과 관련된 것들이 있습니다. 이들은 성경에 없는 인위적인 의식들을 예배에 도입하므로, 이 세상 초등학문(갈 4:9)에 따라 하나님을 경배하는 동시에 그리스도를 배반하였습니다(골 2:20). 이러한 의식들은 하나님의 말씀이 아닌 인간이 고안한 것들로 신자들의 양심을 결박합니다(갈 5:1). 교황제도는 하나님의 법보다 자신들이 고안한 유전과 전통을 더 높였습니다. 이러한 부정은 허무한 조작에 의해 이뤄집니다. 유전을 위해서 하나님의 계명을 폐기합니다(마 15:3). 이들은 하나님의 말씀에 없거나 벗어난 것으로 법을 만들어 요구하며, 그것의 권위를 인정하지 않는 사람들을 투옥, 추방, 불과 칼로 처벌하였고, 중립적인 문제, 곧 무해 무익한 일로 사람들을 재판하고 추방하였습니다. 그리고 사람의 법으로 하나님의 말씀을 부인하게 하고 신도들의 양심을 억압하고 정죄하였습니다. 이러한 행태는 신도들로 하나님을 등지고 사람에게 기울어진 거짓 순종을 조장하는 결과를 낳았습니다. 따라서 칼뱅은 로마 교회의 교회법이 가진 결점을 두 가지로 요약합니다. 첫째, 로마 교회의 교회법은 하나님의 말씀을 벗어나 있으므로, 대부분 무익하고 때로는 어리석기조차 한 규정들로 이루어져 있습니다. 둘째, 경건한 양심이 그 무수한 교회법에 억눌려 일종의 유대주의로 회귀하고 그 그림자에 붙들려 그리스도에게 이르지 못하는 결과는 낳습니다.

로마 교회의 교회법은 양심을 괴롭히는 유대교적 요소가 있습니다. 로마 교회의 예배와 예식과 규율에 일종의 유대교적 요소가 나타나며, 어떤 규정은 경건한 마음에 잔인하게 고통을 가합니다. 칼뱅에 따르면, 의식은 그리스도를 나타내기 위해서 존재하지 그리스도를 숨기기 위해 존재하지 않습니다. 그러나 의식이 말씀을 떠나 인간의 상상에서 나온 고안품이 될 때, 그것은 그리스도를 가리는 역할을 합니다. 로마 교회의 유대교적 의식과 규율은 그리스도를 거의 묻어 버리고 신자들을 유대교적 형상들로 돌아가게 합니다. 아우구스티누스는 말합니다.

> 우리의 주님이신 그리스도는 새로운 백성을 그 수가 매우 적고, 그 뜻이 매우 심오하며, 그것을 지킴이 매우 쉬운 성례들로써 하나로 묶어서 연합체가 되게 하셨다.[16]

이러한 건전한 의식의 단순성에 비해서 로마 교회를 얽어매고 있는 무수한 각종 의식은 너무도 거리가 멉니다. 이들은 무지한 사람들을 깨우친다는 명목으로 그리스도께서 폐지하신 유대교적 형상들을 부활시켰습니다. 성경은 옛 백성과 새 백성을 구분합니다. 그리스도께서 오시기 전에는 표징들과 형상들로 가르쳤지만, 그리스도께서 오신 이후로 교회는 그런 외형적 장치들 없이 더 단순하게 가르쳤습니다. 옛 예배자들은 모세 아래서 하나님에 대한 영적인 경배가 예표 되었으며 이른바 많은 의식들에 둘러싸여 있는 반면, 새 예배자들에게 그런 의식들이 폐

---

16 『기독교강요』 4권, 10장 14절.

지되었고, 하나님께서는 더욱 단순하게 경배를 받게 되셨습니다. 구약은 예표요 신약은 성취이기 때문입니다. 따라서 인위적인 의식을 사용하는 로마 교회의 예배는 그리스도께서 제정하시고 인정하신 질서를 전복시킵니다. 새 언약에 하나님께서는 교회에 전연 어렵지 않은 소수의 단순한 의식을 주셔서 현존하시는 그리스도를 나타내게 하셨습니다. 따라서 성경적 의식들의 방식을 유지하기 위해서는 수효를 적게 하고, 지키기 쉽게 하며, 의미와 표현을 존귀하고 선명하게 할 필요가 있습니다. 이와 같은 로마 교회의 유대교적 요소로서 대표적인 것이 미사(*missa*/mass)입니다. 로마 교회는 미사를 반복되는 제사로 봅니다. 이들은 미사 때마다 그리스도의 희생이 반복되어, 신약의 제사장인 사제들이 주도하는 제사를 통해 하나님의 노염이 풀리고 죄를 씻으며 의(義)와 구원을 얻는다고 믿습니다. 그러나 제사는 반복되지 않습니다. 예수 그리스도께서 십자가 사건을 통해 역사적으로 구속을 단 번에 완전히(once for all) 성취하셨습니다. 참 제사장은 그리스도뿐이십니다. 구약의 제사장 직분은 그리스도의 예표였고, 예표의 실체가 되시는 예수님께서 강림하시므로 이제 영원한 대제사장은 오직 한 분 예수 그리스도뿐이십니다.

로마 교회의 많은 의식과 규율들은 사도들이나 사도들의 전통에서 온 것이 아니므로, 신자의 양심을 주관하지 못합니다. 이 전통의 기원이 사도들에게 있었다는 로마 교회의 주장은 순전히 거짓말입니다. 로마 교회는 성경만 아니라 교회 전통과 전승을 성령께서 교회에 주신 계시로 주셨다는 믿음을 따라, 사도들이 성경의 기록에 남기지 않았지만, 관습과 관례에 의해서 자신들이 고안한 의식과 규율들이 전해졌다고 주장합니다. 따라서 이들은 성경을 넘어선 의식과 규율을 잘못된 계시관에 근거해 주장합니다. 그러나 사도 시대에는 지극히 단순한 성찬 의식이 거행되었습니다. 곧이어 사도들을 계승한 사람들이 그 비밀의 가치를 더 높이기 위해서 무엇인가를 첨가했지만 불순하다고 비난 받을 정도는 아니었습니다. 그러나 점차 어리석은 모방자들이 나타나 수시로 이것저것을 덧붙이기 시작하여, 성수, 복장, 제단의 장식들, 몸짓들과 같은 로마 교회의 미사에서 발견되는 무익한 것들이 고안 장치가 되어 예배를 더럽혔습니다.

칼뱅은 사도행전 15장 20, 29절의 말씀을 근거로 인위적인 의식과 규율을 변호하는 로마 교회를 반박합니다. 로마 교회는, 예루살렘 회의에서 이방인들에게 주어진 규례로서 우상 제물과 목매어 죽인 짐승의 고기와 피를 먹지 말라는 규례가 정해졌는데, 이 결정도 새로운 인위적인 교회의 결정이 아니냐고 주장합니다. 그러나 칼뱅은 이런 주장을 논박합니다. 예루살렘 회의의 결정 자체의 진정한 뜻에 주의한다면 이 의혹은 쉽게 해소됩니다. 그 결정의 순서와 중요성에 있어서 첫 번째 요체는 이방인들의 자유를 침해하지 않는 것과 율법을 지키라고 그들을 괴롭히거나 짐을 지우지 않는데 있었습니다(행 15:19, 24, 28). 예루살렘 회의의 결정은 사도들이 새로운 법을 만든 것이 아니라 사랑을 해하지 말라는 하나님의 영원한 계명을 실천하기 위한 조처였을 뿐입니다. 이 회의의 결정은 이방인들의 자유를 조금이라도 빼앗으려는 데 있지 않고 이들이 자기들의 자유를 남용하여 형제들을 걸려 넘어지지 않게 하려는 목적의 권고로 제시된 것입니다. 이 회의의 결정은 사랑을 통해 덕을 세우고자 하는 동기에서 비롯된 것입니다. 이 회의의 결정은 그 시대의 적합한 범위 내에서 형제들을 넘어지게 할 가능성이 있는 것을 지적하면서 그 일을 피하라고 가르칩니다. 그러나 그들은 형제를 넘어지게 하지 말라는 하나님의 영원한 법에 인위적으로 고안된 새로운 법을 도입하지 않습니다. 예루살렘 회의의 결정은 연약한 형제들에 대한 의무, 곧 덕 세움(building up)을 잘 보여준 사례라 할 수 있습니다. 고린도 교회와 관련된 우상의 제물의 문제와 같은 맥락에서 이 결정이 이해되어야 합니다. 무해 무익한 일도 형제를 넘어뜨리게 하는 일이 되면 죄가 될 수 있습니다(고전 8:1, 4, 7, 9). 이 법은 사랑을 목적으로 제정한 것이었고, 사랑에 속한 것을 명령했을 뿐입니다. 이 결정들은 덕 세움(building up)의 문제와 관련됩니다.

⑥ 교회법의 필요성과 정당한 교회법

인간적인 전통들로 말미암아 사람들의 양심을 속박하는 병폐를 들은 많은 사람들이 그 반대의 극단으로 치우쳐 교회의 질서를 세우는 모든 법을 부정하는 잘못을 저지릅니다. 이러한 오류가 일어나는 이유는 하나님의 말씀과 인간적 전통의 차이가 언뜻 보기에 분명하지 않기 때문입니다. 이 둘 사이의 유사함에 속는 일이 없어야 합니다. 칼뱅은 이러한 구분 안에서 교회법이 왜 필요한지 논증합니다.

먼저, 모든 인간 사회에는 공공의 평화를 함양하고 공공의 미풍양속과 인간성 자체에 관련된 것들을 행하기 위해서 언제나 효력을 발하는 어떤 전례가 있어야 합니다. 이런 필요가 교회에도 동일하게 존재합니다. 교회는 모든 것이 잘 구성된 조직에 의해 최선으로 유지되어야 하며 그런 조화가 없다면 결코 교회가 존재할 수 없습니다. 그러므로 교회의 안전을 위해 **"모든 것을 품위 있게 하고 질서 있게 하라"**(고전 14:40)는 바울의 명령에 세심한 주의를 기울여야 합니다. 사람들의 관습에는 다양성이, 사람들의 영혼에는 가변성이, 사람들의 판단과 천품에는 큰 분쟁이 내재해 있으므로, 확실한 법이 제정되어 있지 않으면 어떤 제도도 충분히 확고하지 않을 것이며, 어떤 형식이 수립되어 있지 않으면 어떤 전례도 지켜질 수 없을 것입니다. 이런 이유로 교회는 유익한 법을 세워야 합니다. 법이 와해되면 교회 전체가 그 자체의 힘줄에서 잘려 나가서 기형이 되고 흩어지고 맙니다. 교회의 질서와 품격은 교회를 하나로 묶는 고리와 같은 규율들로 충족됩니다. 교회법은 모인 사람들이 **"모든 것을 품위 있게 하고 질서 있게"** 하여 교회 안전과 하나 됨을 위해 제정되어야 하지만, 교회법을 구원에 필수적인 것으로 만들어 신자의 양심을 얽매이게 하고 불안에 떨게 해서는 안 되며, 교회법 자체가 하나님께 드리는 예배와 관련지어서 그것들 안에 경건이 깃들어 있듯이 여겨서도 안 됩니다. 이처럼 칼뱅은 교회법을 하나님의 말씀과 구분 짓는 동시에 교회를 향한 하나님의 뜻과 유익을 위해 교회법이 어떤 의미에서 적절하고 정당하게 시행될 수 있는지 알려줍니다.

　따라서 칼뱅은 교회의 품위와 질서를 위해서 교회법이 지향해야 할 것들이 무엇인지 제시합니다. 즉, 칼뱅은 불경건한 교회법과 합법적인 교회법을 구별하는 표지를 제시합니다. 합법적인 교회법은 다음의 두 가지 혹은 두 가지 중 한 가지를 지향합니다. 그 첫 번째 표지는, 입법된 교회법이 신자들의 거룩한 모임에 있어서 모든 것이 품위와 가치에 걸맞게 수행되는데 유익한 법령인가에 있고, 두 번째 표지는, 사람들의 공동체 자체를 박애와 절도 있는 유대 가운데 하나로 묶어 주는 모종의 고리에 의해서 질서 있게 유지되게 하는 법령인가에 있습니다. 교회법은 공공의 예절을 위한 것이며, 서로의 사랑을 배양하고, 질서를 유지하기 위한 것입니다. **교회법은 예절과 질서를 위해 세워진 것입니다**(고전 14:40). 법이 통상적인 관례와 관계된다는 인식을 하게 되면, 전통이 사람의 양심을 속박하거나 구원을 좌지우지 한다는 공포에서 벗어날 수 있습니다. 그리고 교회법의 본연의 기능과 목적을 인식하므로 교회법을 정당히 세우고 유익하게 사용할 수 있습니다. 바울이 고린도전서 14장 40절에서 언급한 **"품위"**의 목적은 한편으로는 거룩한 것들에 대한 경의를 진작시키기 위해서 의식들을 사용함으로써 그런 보조 수단을 통하여 깨어나 경건에 이르도록 돕는데 있고, 한편으로는 모든 기품 있는 행위에 필히 수반되어야 하는 절제와 품격이 그곳에서 최고로 빛나게 하려는데 있습니다. **"질서"**는 그 지향점이 먼저는 주관하는 자들이 올바르게 다스리는 규범과 법을 알게 하고 다스림을 받는 일반 백성은 하나님에 대한 순종과 올바른 권징에 그들 자신을 맞추도록 하는데 있고, 둘째는, 교회의 상태를 질서정연하게 해서 평화와 평온을 마련하는데 있습니다.

　앞에서 언급했듯이 교회법을 남용하거나 교회법의 남용을 보면서 교회법 무용론을 주창하는 극단적 태도는 모두 잘못입니다. 그러므로 교회법을 바르게 세우고 바르게 운용해야 합니다. 교회법을 입법할 때 그 법령들은 하나님의 권위에 기초하고 있어야 하는 동시에 성경에서 도출된 것들이어야 합니다. 예를 들면 엄숙한 기도를 드릴 때 무릎을 꿇어야 한다는 것은 사람이 만든 법령이면서 하나님께서 주신 것입니다. 칼뱅은 이러한 법령은 사도가 우리에게 돌보고 지키라고 지시한 품위와 관계되며 유익하기에 하나님께서 주신 법으로 여겨도 되지만, 말씀에 분명히 진술되어 있지 않고 사람들이 일반적으로 받아들이는 것으로 법을 만들었다는 점에서 사람이 만든 것입니다. 주님께서는 자신이 하신 말씀 가운데, 참된 의(義)의 요체, 당신의 신성에 드려지는 모든 영역의 예배, 구원에 필요한 모든 것을 신실하게 포함시키셨으며 분명히 풀어서 설명해 주셨습니다. 그러나 품위와 질서를 위해 구체적으로 세워질 법령과 관계된 외적인 권징이나 의식들 가운데 우리가 따라야 할 것을 상세하게 규정하기를 원치는 않으셨습니다. 왜냐하면 그러한 것들은 시대의 형편에 달려 있음을 미리 보셨고, 어느 한 가지 양식이 모든 시대에 획일적으로 적용될 수 없다고 판단하셨기 때문입니다. 그러므로 우리는 하나님께서 우리 모두에게 언제나 지켜야 할 규범으로 부여하신 **"모든 것을 품위 있게 하고 질서 있게 하라"**(고전 14:40)고 말씀하신 명령을 도피처로 삼아서 이에 부응하는 것들만으로 교회의 필요를 채워야 합니다. 즉, **하나님께서는 구체적인 교회법을 주시지 않고 교회법이 지향할 목적과 동기와 내용을 명령하셨습니다.** 그러므로 이 일반적인 규범을 지향하여 그에 부합한 교회법을 인간들이 제정할 수 있습니다. 이런 의미로 칼뱅은 어떤 교회법들은 하나님께서 주신 것으로 사람이 만들었다고 표현합니다. 따라서 교회법은 구원과 관련하여 신자의 양심을 속박하지 않지만, 품위와 질서를 위해 유익하고 적법하게 사용될 수 있는 것입니다.

따라서 칼뱅은 교회법의 권위를 인정하면서도 하나님의 말씀과 동등시 하지 않습니다. 교회법은 주님께서 분명한 가르침을 주신 적이 없고 구원에 필수적이지 않기 때문에 교회를 세우기 위하여 각 민족과 세대의 관습들에 다양하게 맞추어야 합니다. 교회의 복리를 위해서 필요하다면 통상적인 관례를 변경하고 폐지해서 새로운 것들을 수립하는 것이 합당합니다. 그리고 이 일을 할 때, 성경의 일반적 규범에 충실하여 무엇이 해치고 무엇이 세우는 것인지를 신중히 판단해야 하며, 이 일을 판단하는데 있어 가장 잘 판단하는 것이 그리스도 안에 있는 사랑이어야 합니다. 사랑을 통치자로 받아들이면 모든 것이 안전할 것입니다. 이렇게 해서 정당한 교회법은 하나님께서 주신 것으로 사람이 바르고 합당하게 만든 것이어야 합니다.

교회법에 관련된 칼뱅의 진술들을 살핀 후, 우리가 도달하게 되는 결론은 교회법의 남용과 교회법에 대한 부정을 경계해야 한다는 점입니다. 칼뱅은 이렇게 교훈합니다. **"이제 실로 자유로운 양심 가운데 아무 미신 없이 경건하고 유순한 마음을 다 기울여서 이 규준에 따라서 제정된 법령들을 지키는 것이 그리스도인들의 의무이다. 하나님의 백성은 이것들을 경멸해서도 안 되며 거만하게 좌시하면서 그냥 지나쳐서도 안 된다. 또한 자만과 완고함에 빠져서 그것들을 공공연하게 위반하는 일을 아주 멀리해야 한다."**[17] 이러한 칼뱅의 진술에 대해 사람들은 철저한 준수와 주의가 요구되는 데 여기에 양심의 자유가 있겠느냐고 질문할 수 있습니다. 칼뱅은 이 질문에 대해 답해주는데, 교회법이 하나님의 말씀처럼 신자들의 양심을 구속할 수 없으면서도 신자들이 존중하고 준수해야 하는 이유를 잘 설명해 줍니다. 교회법은 우리를 얽어매는 고착된 영구적인 제재들이 아니라 인간의 연약함을 돌보기 위한 외적인 기초 원리들이라는 점을 고려할 때, 이에 대한 답은 분명해집니다. **"우리 모두가 그것들을 필요로 하지는 않는다고 할지라도, 우리는 모두 그것들을 사용합니다. 왜냐하면 우리는 서로의 사랑을 키워 가기 위하여 서**

17 『기독교강요』 4권, 10장 31절.

로가 하나로 묶이기 때문이다."[18] 교회법을 우리가 어떤 태도로 대하고 어떤 의미에서 존중해야 하는지 칼뱅이 든 실례를 참조할 필요가 있습니다. "어떤 날들과 시간들이어야 하는지, 장소들의 구조는 어떠해야 하는지, 어느 시편이 노래되어야 하는지, 이런 것들 자체는 전혀 중요하지 않다. 그러나 화평을 지키려는 취지로서 여겨진다면, 특정한 날들, 정해진 시간들, 모든 사람이 받아들이기에 적당한 장소들, 이들 모두가 있는 것이 적합하다. 공적인 질서에 관련된 사안들을 모든 사람이 자기들 마음대로 바꾸도록 허용하게 되면 이런 세밀한 부분들에 대한 혼란이 큰 분쟁의 씨앗이 되지 않겠는가? 이런 것들을 마치 중립적인 사안들과 같이 자리매김해서 각 개인들의 의지에 맡겨 두게 되면 모든 사람이 그것들에 대해서 흡족하게 여기는 일은 결코 일어나지 않을 것이다."[19]

결론적으로, 칼뱅은 교회법의 순수한 유익이 손상을 당하지 않도록 힘닿는 대로 세심한 주의를 기울여야 함을 강조합니다. 교회법이 순수한 유익을 지키려면 다음과 같은 사안을 주의해야 합니다. 첫째, 규율은 아주 소수에 제한되어야 합니다. 둘째, 규율들은 모두 교회의 덕을 세우는 데 유용해야 합니다. 셋째, 신실한 목자의 가르침이 더하여져서 사악한 입장들이 개진되지 못하도록 길을 가로막아야 합니다. 이와 같은 지식에 기초하여 정당한 교회법에 대하여 우리는 이러한 관(觀)을 세우게 됩니다. 첫째, 모든 사람이 각자의 자유를 지키는 동시에 위에서 언급된 품위와 사랑의 법칙이 요구하는 한에서, 자발적으로 자기의 자유에 다소의 제한을 두어야 합니다. 둘째, 교회법을 미신적으로 준수하거나 다른 사람들에게 혹독하게 강요하는 일이 없도록 해야 합니다. 로마 교회처럼 의식들의 수가 많다고 하나님께 행하는 예배가 더 경건하다고 인식하거나, 외적인 권징이 다양하다고 해서 한 교회가 다른 교회를 경

---

18 『기독교강요』, 4권, 10장 31절.
19 『기독교강요』, 4권, 10장 31절.

멸하는 일이 우리 가운데서 일어나지 않도록 해야 합니다. 셋째, 교회법을 입법하고 시행할 때, 영구적인 법을 수립하여서는 안 되며, 규율들의 모든 유익과 목적을 교회를 세우는 것에 돌려야 합니다. 교회가 이 세움을 요구하는 한, 걸려 넘어지게 하는 것 없이 어떤 것을 변화시켜야 하는 동시에 이전에 우리가 사용하던 것은 무엇이든지 포기할 수 있어야 합니다. 어느 시기의 정황에서는 불경건하지 않거나 품위가 없지 않은 어떤 의식들이라고 하더라도 지금 형편에 맞지 않는다면 적절하게 폐기하는 것이 마땅합니다. 칼뱅은 이런 의식에 기초해 실제로 로마 교회의 무지와 완고함이 만들어낸 미신적인 의식의 전통들을 제거할 수 있었습니다.

결론적으로 하나님의 말씀을 떠난 사람들이 만든 법은 인정되어서는 안 됩니다. 이런 법은 말씀의 근거 없이, 하나님을 경배하는 법을 고안하고 구원에 필요한 일들에 대한 규정을 만들어 양심을 여러 가지 가책으로 속박하려 듭니다. 이러한 법은 복음의 명료성을 모호하게 만들고 신앙을 타락시킵니다. 교회법의 정당성을 하나님의 말씀과 품위와 질서 안에 교회의 덕 세움이라는 것에 놓지 않고, 교회의 권위 자체에 호소하는 것은 성경에 있는 증거와 모순됩니다. 하님께서는 패악한 예배를 미워하십니다. 즉, 말씀과 인간의 유전을 혼합하는 행위를 주께서 배척하십니다(삼 7:17; 신 4:2; 삿 13:19; 삿 8:27; 마 3; 16:6, 12; 요 10:11-13). 한편 교회법이 신자의 양심을 속박할 수 없지만, 품위와 질서, 교회의 덕을 세우도록 하라는 하나님의 명령에 근거한 것으로서 건전하고 정당하게 세워지고 순복될 때, 교회는 교회다운 모습으로 예배하고 사역하고 생활하는데 유익을 얻을 것입니다.

3 재판권 혹은 권징권

(1) 열쇠의 권세와 교회의 재판권

재판권은 질서 있는 교회가 소유한 권세 중 가장 으뜸가는 자리를 차지합니다. 교회가 가진 재판권 전체는 도덕적 권징과 관련됩니다. 마치 도시나 촌락에 관리(*magistratus*/magistrate)와 정부(*politia*/government)가 없다면, 도시의 기능과 질서가 유지될 수 없듯이, 교회에도 영적인 정부(*spirituali politia*/spiritual government)가 필요합니다. 교회의 재판권은 오직 영적인 정부를 보존하기 위하여 세워진 직제에 부여된 권세입니다. 따라서 교회에는 재판소가 있었고 도덕적 문제에 대하여 견책을 하고 악행을 조사하여 처벌하며, 열쇠의 직분을 수행하는 책임을 떠맡았습니다. 바울이 고린도서에서 명명한 **"다스리는 것"**(고전 12:28)이 이 제도를 가리킵니다. 로마서에서도 **"다스리는 자는 부지런함으로"** 이제도를 시행하라고 권면하면서 이 제도를 언급했습니다(롬 12:8). 디모데에게 쓴 서신에서는 말씀을 전하는 장로들과 다스리기만 하는 치리 장로를 구별합니다(딤전 5:17). 물론 목사는 가르치는 장로인 동시에 치리하는 장로이기도 합니다. 그래서 다스리기만 하는 장로는 목사들과 협력해서 교회의 영적 통치를 담당하는 직분입니다. 치리 장로의 중요한 사역은 도덕에 관해서 살피며 열쇠의 권세 전부를 사용하도록 세워졌습니다.

그렇다면 칼뱅이 인식한 열쇠의 권세는 무엇일까요? 열쇠의 권세의 기원은 마태복음 18장에 근거합니다. 주님께서는 사적인 경고를 멸시하는 자들에게는 공적인 이름으로 엄중하게 권고하라 명하시고, 고집을 부리며 듣지 않을 때는 신자들의 연합체에서 제외시키라고 명령하십니다(마 18:15-18). 이런 경고와 교정을 하기 위해서는 사전에 원인을 조사해야 하기 때문에, 법정과 재판을 맡은 직분이 필요합니다. 그러므로 열쇠의 약속이 실현되고, 출교와 엄숙한 권고와 기타 유사한 사역들이 유지되기 위해서 교회에 어떤 재판권이 부여되어야 합니다.

그런데 일반 교리에 관하여 다루는 마태복음 16장 19절과 요한복음 20장 23절과는 달리 이 구절은 산헤드린 공회의 권리가 교회에 옮겨진다는 사실을 다루고 있음을 주목할 필요가 있습니다. 즉, 당시 유대인들에게 줄곧 자신들의 통치 질서가 있었는데, 주님께서 이러한 제도를 교회 안에 받아들이시면서 교회의 순수한 제도로 수립하셨습니다. 주께서 이렇게 하시지 않으셨다면, 무모하고 어리석은 자들에 의해 교회의 재판이 경멸당하고 멸시당하며 배척되었을 것입니다.

성경은 매고 푸는 것에 대한 두 본문을 가지고 있습니다. 주님께서는 두 가지 동일한 말씀을 가지고 다소 다른 측면의 의미들을 전하십니다. 먼저, 매고 푸는 것에 대해 마태복음 16장이 가르칩니다. 이 본문에서 주님께서 베드로에게 천국 열쇠를 주시리라 약속하십니다. 그가 땅에서 무엇이든지 매거나 풀면 하늘에서도 그렇게 확정될 것입니다(마 16:19). 이 말씀은 주님께서 요한복음에서 말씀을 선포하도록 제자들을 보내시면서 숨을 내쉬면서 하신 말씀과 동일합니다. **"너희가 누구의 죄든지 사하면 사하여 질 것이요 누구의 죄든지 그대로 두면 그대로 있으리라 하시니라"**(요 20:23). 이 말씀에 대한 의미는 다음과 같습니다. 죄를 사하거나 남겨두는 것에 대한 명령과 베드로에게 주어진 매고 푸는 것에 대한 약속은 오직 말씀의 사역에 관계된 것입니다. 왜냐하면 주님께서 사도들에게 복음 선포의 직무를 맡기실 때, 매고 푸는 직책도 주셨기 때문입니다. 즉, 여기서 매고 푸는 일의 능력은 사도 자신의 것이 아니라 사도가 선포하는 구속의 진리, 복음에 있습니다(롬 3:24; 유 1:6). 선포된 복음은 선포를 받는 자들에게 구원을 주는 능력이 되고 완전한 확신으로 죄인을 이끌어줍니다. 여기서 사도는 심부름꾼이요 그들의 입은 도구로 사용될 뿐입니다. 우리는 이 구절에서 열쇠의 권세가 복음을 선포하는 것이며, 말씀 선포를 통해 매고 푸는 사람에게 이것이 권세라기보다는 심부름꾼에게 주어지는 사역으로 이해되어야 합니다. 그리스도께서 주신 열쇠의 권세는 사람들에게 주어지는 것이 아니라 말씀의 사역자를 세워 전하게 하신 하나님 자신의 말씀에 주어집니다.

　　마태복음 18장에 기록된 매고 푸는 사역의 의미는 마태복음 16장과 약간 다릅니다. 마태복음 16장의 매고 푸는 일은 복음 선포의 차원에서 다루어지지만, 마태복음 18장에서 매고 푸는 일은 교회에 맡겨진 출교(excommunicatio/excommunication) 규정에 관하여 다루어집니다. 교회가 출교당하는 자들을 맨다는 것은 그들을 파멸과 절망에 몰아넣는다는 의미가 아니라 그릇된 삶과 품행을 정죄하고 그럼에도 불구하고 회개하지 않을 때 정죄가 그 자신에게 임할 것이라는 사실을 미리 경고한다는 의미입니다. 한편 교회가 받아들여 함께 교제하고 있는 사람을 푼다는 것은 그를 주님 안에서 함께 누리는 하나 됨에 참여하는 자로서 여긴다는 의미입니다. 그러므로 교회의 재판을 경멸하거나 신자들의 투표를 통해서 정죄를 받았다는 사실을 업신여겨서는 안 됩니다. 주님께서는 신자들에 의해 이뤄진 판단이 주님 자신의 선고를 선포하는 것이라는 점과 그들이 땅에서 행하는 어떤 일이든지 하늘에서 인증을 받을 것이라는 점을 입증하셨습니다. 그러므로 주님께서는 사악한 자들을 정죄하는 말씀과 회개하는 자들을 은혜 속으로 받아들이는 말씀을 신자들의 수중에 부여하셨습니다. 신자들은 하나님의 거룩한 뜻이요 말씀인 하나님의 법을 따라 판단하므로, 하나님의 판단에 불일치한 오류에 빠지지 말아야 합니다. 그러나 로마 교회는 재판권에 관련된 이 두 구절(마 16, 18장)을 곡해하여 고백, 출교, 재판권, 입법권에 무분별하게 적용했고, 심지어 면죄부와 같은 것을 고안하기까지 하였습니다. 이들은 첫 번째 구절을 인용하여 로마 교황청의 수위권을 변호합니다. 칼뱅에 따르면, 그들은 만능열쇠를 만들어 어느 자물쇠나 문이라도 자기들 마음 내키는 대로 잘 열리고 잘 닫히게 하여, 그들은 일평생 열쇠공의 기술을 발휘합니다. 그러므로 열쇠의 권세에 대한 칼뱅과 로마 교회의 이해는 근본적으로 다릅니다.

(2) 국가의 재판권과 교회의 재판권

칼뱅에 따르면, 국가의 권세와 교회의 권세는 구분되어야 하며, 개별성 안에서 상보적 성격을 갖기도 합니다. 교회는 칼로 징벌하거나 강요하는 칼의 권세를 갖지 않습니다. 국가의 권력처럼 교회는 투옥이나 형벌을 강제할 명령권이 없습니다. 교회의 권세의 성격은 죄인의 의지에 반하여 죄인을 처벌하는데 있지 않고, 자발적인 징계를 통하여 회개시키고 죄를 고백하게 하는데 있습니다. 교회는 세속 통치권에 속한 그 어떤 것도 취하지 않으며, 세속의 통치권은 교회에 의해서 수행되어야 할 것을 처리할 수 없습니다. 칼뱅은 이에 대한 예를 듭니다. 술에 취하거나 음행한 자를 국가는 투옥과 법률을 따라 형벌하지만, 교회는 성찬에 참여를 금지시키고 회개를 촉구하여 걸려 넘어지게 하는 죄를 제거해야 합니다. 교회와 국가의 기능은 서로 방해하지 않고 서로 연결되어 도와야 합니다. 칼뱅에 따르면, 교회와 국가의 권세는 철저히 다르고 구분되어야 하지만, 서로의 권한을 혼동하거나 침해하지 않는 가운데 서로를 도울 수 있습니다. 그런 의미에서 상보적일 수 있습니다. **"통치자가 교회를 깨끗하게 하기 위하여 걸려 넘어지게 하는 것들에 대해서 형벌과 육체적인 제재를 가하여야 하듯이, 말씀의 사역자는 많은 사람들이 죄를 짓지 못하도록 통치자를 도와야 한다. 그들은 서로 하나로 결합되어서 서로가 서로를 방해하지 말고 도와야 한다."**[20] 칼뱅이 사역하던 시대는 국가 교회의 성격이 강한 터라 서로를 구분하는 가운데서 협력해야 할 일들이 제정이 완전히 분리된 오늘날보다 더 많았을 것입니다.

따라서 비록 권세를 많이 가진 통치자라해도 그가 그리스도를 고백한다면, 그는 성도로서 교회 안에 있지 교회 위에 있지 않습니다. 마태복음 18장을 통해 명령하신 교회의 권세는 하나님께서 수립하신 교회의 영구적인 질서입니다. 경건한 통치자라면 하나님의 자녀로서 누구나 매

---

20 『기독교강요』, 4권, 11장 3절.

이는 것에 자기도 매이기를 원해야 합니다. 오늘날 교회와 보편 사회의 가치를 혼동하여 세상적인 힘을 가진 사람들이 마치 하나님께서 교회에만 허락하신 은사도 가진 것처럼 혼동하는 사례가 종종 있습니다. 직분자를 선출할 때, 성경에 기록하신 직분 고유의 은사와 재능을 분별하려 하지 않고 세상에서 학식이 높거나 지위가 높은 사람들이 교회의 직분도 잘 감당할 수 있다는 오류 가운데서 직분자를 선택하기도 합니다. 세상적인 힘을 가진 사람들이 교회에서 주도적인 역할을 하려 할 때도 있습니다. 교회가 정치화되고 정치가 교회를 이용하려 할 때 이런 부조리가 발생합니다. 교회와 보편 가치를 구분할 수 있어야 하고 세속 권력과 재능들을 교회에 부여하신 영적인 권세와 은사들로부터 구분할 수 있어야 합니다. 세상의 권력자에게 교회의 권세를 부여하거나 교회가 세속의 권세를 통해 영예를 얻으려 해서는 안 됩니다. 이런 의미에서 암브로우시우스는 황제라 할지라도 그가 교회 위에 있는 것이 아니라 교회 아래 있다고 말했습니다. 황제는 국가의 통치자로서 권세를 시행하지만, 교회에서는 성도일 뿐입니다. 세상에서 어떤 권세를 가진 자들이라 할지라도 교회 안에서는 교회의 권세와 질서를 통해 돌봄과 훈육을 받을 대상일 뿐입니다.

(3) 교회 재판권의 영적인 성격

교회 재판권의 목적은 걸려 넘어지게 하는 것들을 사전에 차단하고 이미 일어난 것들을 제거하고 해결하는데 있습니다. 교회의 재판권을 행사하는데 두 가지가 고려되어야 합니다. 첫째, 교회의 권세가 영적 권세(*spiritualis potestas*/spiritual power)라는 사실과 영적인 성격을 가진 교회의 권세가 칼의 권세와 완전히 분리되어야 한다는데 있습니다. 둘째, 교회의 재판은 한 사람의 의지에 의해서가 아니라 합법적인 회의(*legitimus consessus*/lawful consistory)를 통하여 거행되어야 합니다. 즉, 재판을 치리회를 통해 실행하라는 의미입니다. 그러므로 장로교회는 목사와 장로로 구성된 장로들의 회, 곧 당회, 노회, 총회를 통해 치리를 시행합니다. 교회가 순수할 때는 이 두 가지가 준수되었습니다(고전 5:4-5). 거룩한 감독들은 벌금이나 투옥이나 다른 시민법에 규정된 형벌로써 자신들의 권세를 행사하는 수단을 삼지 않고, 오직 주님의 말씀만을 사용하였습니다. 교회가 취할 수 있는 가장 엄중한 제재, 즉 최고의 권세 행사는 오직 불가피한 경우에만 가해지는 출교입니다. 참으로 교회의 재판권은 어떤 물리적 강제력 같은 것을 방편으로 삼지 않고, 오직 하나님의 말씀의 권능의 영적인 힘에만 의존합니다. 고대 교회의 재판권은 목사들의 영적인 권세에 대한 바울의 가르침을 실천적으로 선언한 것에 다름 아니었습니다(고후 10:4-6). 교회의 재판권은 그리스도의 교훈을 선포함으로써 수행되고, 이 가르침이 업신여김을 당하지 않도록 믿음의 가정에 속한 사람들은 배운 대로 판단을 받도록 해야 합니다. 따라서 교회는 사적으로 권고하거나 심각한 문제를 가진 자들을 소환하는 권리가 교회 사역에 결합되어야 합니다. 또한 성찬의 위대한 비밀을 더럽히는 자들을 모임의 교제에 가까이 오지 못하도록 막는 권한이 교회 사역에 결합되어야 합니다. 교회는 교회 밖에 있는 사람들에게 행사할 아무런 권한을 갖지 못하지만, 교회 안에 있는 사람들을 판단해야 합니다(고전 5:12). 범죄한 자녀들은 교회의 견책에 복종하여 교회적 징벌로서 권징을 받아야 함을 교회가 알려야 하며, 신자들이 범법을 했을 경우에 교회는 재판의 권한을 성실히 수행해야 합니다.

(4) 고대 교회는 회의를 통해 재판의 권한을 행사했으나, 이후에 타락함

고대 교회에서 재판의 권세는 한 사람의 수중에 있지 않았고, 장로들의 회의(*consessus Seniorum*/the consistory of elders)의 수중에 있었습니다. 장로들의 회의와 교회와의 관계는 시의회와 시와의 관계와 같았습니다. 키프리아누스는 자신이 살던 시대에 성직자 모두를 감독과 함께 권세를 행사하는 사람들 가운데 포함시키곤 합니다. 여기에 더하여 키프리아누스는 다른 성직자들의 조언을 듣고 이와 함께 평신도들과 합의 하며 일을 결정해 갔습니다. 오늘날 재판권을 한 교회 안에서 당회가 주도하지만, 치리회가 아닌 승인을 위한 회의로서 전 교인들로 구성된 공동의회를 두어 평신도들에게 발언권이나 투표권을 주어 당회가 주도하는 일에 대하여 합의하거나 승인하도록 하는 것과 비슷한 모습입니다. 물론 재판권은 장로들의 회(會)를 통해 행사되는 것이 일반적이고 관례적인 질서였습니다. 여기서 장로들이란 말씀을 가르치는 장로인 목사와 오직 도덕에 대해서 감찰하고 훈육하는 자로서 치리 장로를 의미합니다. 장로교란 장로들의 회(會)를 통해 통치하고 목양하는 교회를 의미하는데, 고대 교회는 이런 장로교회의 통치 원리를 가지고 있었습니다. 장로회는 성경에 기원을 두고 고대 교회와 개혁교회 안에 그 실천들을 발견할 수 있습니다. 장로회 정치는 한 성직자가 독재를 일삼거나 회중이 각자의 소견대로 사역하는 것을 방지합니다. 치리회를 구성하는 목사와 장로가 회를 통해 통치하고 목양하는 제도입니다. 그래서 장로회 정치는 성직자의 독재나 회중에 의한 통치를 다 배척합니다. 또한 회(會)를 두더라도 개교회의 당회로 그치는 독립교회도 장로교회는 반대합니다. 당회는 노회로 노회는 총회로 확장되어야 합니다. 노회가 존재하므로 개 교회를 사역하는 목사들을 지도하고 치리할 수 있게 됩니다. 그러나 중세 로마 교회로 다가갈수록 이 제도의 본래 모습이 타락해 갔습니다. 암브로우시우스 때는 교회 재판의 자리에서 오직 성직자들만 발견할 수 있었습니다. 즉, 이 시대에 교회 재판 자리에 장로들이 세워지는 일과 그들의 조언이 사라졌습니다. 교회 회의의 권위는 개인의 권위보다 높습니다. 중세 교회의 재판권의 타락은 공동체의 권한이 한 사람에게 옮겨져 전횡의 길이 열리고 교회에 속한 것을 개인에게 옮긴 것에 있습니다. 이렇게 해서 타락한 제도는 그리스도의 말씀과 그분의 영에 의해 재판하도록 하신 회의를 억압하고 해산하는 결과를 낳게 되었습니다. 이처럼 교회의 재판권이 한 사람에게 옮겨져 전횡(專橫)되는 타락과 함께 주교들이 교회의 재판권을 무가치하게 여기고 천시하는 타락상도 있었습니다. 이런 이유로 주교들이 행할 일들이 새롭게 새워진 법무관(*officialis*/official)이란 직위를 통해 수행되었습니다. 이들은 세상의 재판관들과 다르지 않습니다. 이들이 다루는 소송들은 지상적인 사안에 관계된 것일 뿐인데, 이들은 이것을 **"영적 재판권**(*spiritualis iurisdictio*/spiritual jurisdiction)"이라 부릅니다. 교회는 세상 관리가 주관하는 법정에 교회의 권한을 떠넘기어 권고와 출교가 교회가 아닌 그곳에서 일어나므로 교회 재판권의 순수성을 잃었습니다. 예를 들면, 타락한 법정에서 빚을 진 빈민을 소환해 유죄 판결을 내리고, 빚을 갚지 못하면 출교하는 일이 발생했습니다. 때로는 불공정하게 간음, 방종, 술 취함 등의 많은 범죄를 묵인하기도 하고 직무태만을 벗어나기 위해 소환을 하기도 하지만, 누군가를 소환하는 더 큰 이유는 뇌물을 받기 위해서였습니다. 이런 법정으로부터 약탈, 강취, 횡령, 신성 모독이 발생했습니다.

위에서 언급된 사례가 교회의 고유한 권한을 세속 기관에 넘겨주는 타락에 해당한다면, 반대의 현상도 나타났습니다. 즉, 주교들이 세속적 권력, 칼의 권세를 취하는 일이 발생했습니다. 칼뱅은 로마 교회의 교황들이 영적 권세라 부르는 권세가 불경건한 압제이며, 하나님의 말씀에 반대되며 하나님의 백성에 대해서도 부당한 것이라고 가르칩니다. 성경이 교회에 부여한 영적 권세는 세속적인 지배력과 성격 자체가 다른 것이며, 지상의 권세를 성직자가 허락하는 것을 하나님께서 허락하신 적이 없습니다. 그 근거로 이러한 구절을 들 수 있습니다. **"이방인의 집권자들이 저희를 임의로 주관하고 그 대인들이 저희에게 권세를 부리는 줄을 너희가 알거니와 너희 중에는 그렇지 아니하니"**(마 20:25-26; 막 10:42-44; 눅 22:25-26). 목사의 직분과 군주의 직분은 구별되어야 할 뿐 아니라 이 두 직분이 각각 너무도 동떨어져 있는 다른 성격이어서 한 사람이 두 직분을 겸해서는 안 됩니다. 성경의 인물 중에 모세는 두 직분을 겸했지만, 이것은 매우 드문 기적에 속한 일이며, 다음으로는 더 잘 정리되는 때가 오기 전까지 일시적인 조치였습니다. 하나님께서 그렇게 하셨을지라도, 하나님께서는 확실한 체제를 규정하셨을 때, 시민 통치는 모세의 몫으로 남기셨으나, 제사장직은 모세를 대신해 그의 형 아론에게 위임하셨습니다(출 18:13-26). 한 사람이 두 가지 짐을 진다는 것은 인간의 본성이 미치지 못하는 일입니다. 교회는 모든 시대에 걸쳐서 이와 같은 점을 주의해서 지켜왔습니다. 교회의 어떤 참되고 성경적인 체제가 유지되는 동안에는 어떤 감독도 칼의 권세를 강탈하려는 생각을 품지 않았습니다. 암브로시우스 시대에는 사제들이 제국을 탐내는 것보다 황제들이 사제직을 더욱 탐내어서, 암브로우시우스는 **"궁정은 황제에게 속하고, 교회는 사제에게 속한다"**[21]라는 말을 남겼습니다.

그런데 어느 새 주교들이 칼의 권세를 장악했습니다. 첫째, 이러한 일들은 **"이방인의 집권자들이 저희를 임의로 주관하고 그 대인들이 저희에게 권세를 부리는 줄을 너희가 알거니와 너희 중에는 그렇지 아니하니"**(마 20:25-26; 막 10:42-44; 눅 22:25-26)라는 말씀과 **"이 사람아 누가 나를 너희의 재판장이나 물건 나누는 자로 세웠느냐"**(눅 12:14)라는 말씀에 근거해 정죄될 수 있습니다. 둘째, 사도들에게 **"하나님의 말씀을 제쳐 놓고 접대를 일삼는 것이"**(행 6:2) 마땅하게 여겨지지 않는다는 말씀을 고려할 필요가 있습니다. 유능한 사도들조차도 두 가지 일을 겸하는 것은 견디기 힘들만큼 짓눌리는 일이었습니다. 이러한 혼합적 교권은 그 자체로 말씀에 대한 역행이며, 한 사람이 감당하기에 지탱할 수 없는 것으로서, 그 결과 그들은 영적 봉사의 의무를 저버리고 다른 진영으로 그 중심을 옮길 수밖에 없으므로 해서 교회의 직무가 멈추거나 왜곡되게 합니다. 우리는 이러한 현상을 교회의 세속화라 볼 수 있겠습니다. 교회가 세속의 권력, 칼의 권력을 소유하려 할 때 교회의 세속화가 진행되게 됩니다.

칼뱅은 교황이 세계의 수위권을 가지게 된 시초를 소개합니다. 로

---

21   『기독교강요』 4권, 11장 8절.

마의 대사제는 지방 총독이 다스리는 그런 영지에 만족하지 않고, 제국 자체의 권세와 소유를 꿈꾸었습니다. 이들은 순전한 강탈로 탈취한 땅을 이런저런 구실로 유지하기 위해 어떤 때에는 땅의 소유가 신적 권리라고 자랑하기도 하고, 어떤 때에는 콘스탄티누스가 기증했다고 거짓말을 하기도 하고, 이도 먹히지 않으면 다른 명분을 만들어 내세웠습니다. 베르나르두스는 이런 타락상을 지켜보다가 교황 에우게니우스 (Eugenius)를 향해, **"선지자의 일을 하려면 당신에게 필요한 것은 홀(笏)이 아니라 호미라는 것을 배우라"**고 훈계합니다. 베르나르두스에 따르면, 사도직의 형태는 주인으로서의 지배가 금지되고 종으로서의 사역이 명령된 것입니다.

(5) 성경적 권징

① 교회의 권징의 필요성과 성격

권징(d)(*isciplina*/discipline)은 대부분 열쇠의 권세와 영적 재판권으로 이루어집니다. 어떤 사회에도 권징이 필요합니다. 심지어 적은 수의 가족으로 이뤄진 가정조차도 권징이 없이는 올바른 상태로 유지될 수 없습니다. 교회는 더욱 질서정연해야 할 공동체로서 더욱 권징이 필요합니다. 그리스도의 구원 교리가 교회의 영혼(a)(*nima*/spirit)이라면, 교회의 힘줄 (n)(*arvus*/sinew)은 권징입니다. 이 힘줄을 통하여 몸의 지체들이 서로 합하여 하나가 되고 각자가 자기의 자리를 차지합니다. 권징을 부정하는 것은 교회를 해체시키려는 것과 같습니다. 즉, 각자가 제멋대로 행하도록 놔둔다면 교회는 무질서와 범죄로 순수성을 잃게 됩니다.

교리를 전하기만 하고 사적 충고와 교정과 다른 종류의 보조 수단을 더하여 교리를 지탱하고 실천을 도모하지 않는다면, 각 사람은 각자의 소견대로 행하게 됩니다. 그러므로 권징의 목적은 그리스도의 교리에 반대해 날뛰는 사람들을 억제하고 길들이는 굴레와 같으며, 나태한 사람을 고무하는 박차와 같고, 깊이 타락한 사람들을 그리스도의 영의 유화함으로써 부드럽게 징계하는 아버지의 회초리와 같은 역할을 하는 데 있습니다. 회중을 제지할 관심과 방편이 없어서 교회를 위협하는 참화가 감지될 때, 이를 막을 유일한 처방은 그리스도께서 명령하셨고 경건한 사람들이 항상 사용해 왔던 권징입니다.

② 권징 시행의 단계

성경에 근거해 권징은 일정한 단계와 과정을 통해 시행됩니다. 첫 번째 단계는 사적인 권고(privata monitio/private admonition)입니다. 어떤 사람이 교회의 직무를 기꺼이 다하지 않거나 무례히 처신하거나 정직하지 않게 살거나 비난을 받아 마땅한 일을 저지를 때, 그는 권고를 받아야 합니다. 모든 사람이 범죄 한 형제에게 권고를 해야 하지만, 특별히 목사들과 장로들이 깨어서 치리회로서 권고해야 합니다. 이들의 임무는 말씀을 풀어 선포하는데 그치지 않고 일반적 가르침으로 충분한 성과가 없을 때 각 가정에 다니면서 경고와 권고하는데 이릅니다(행 20:20, 31, 26). 그러나 이런 사적인 권고를 완강히 거부하고 악행을 지속한다면, 권징의 두 번째 단계로 나아가야 합니다. 권징의 두 번째 단계는 증인들이 보는 데서 주어지는 권고입니다. 이 단계에서도 회개하지 않을 때에는 세 번째 단계로 재판, 즉 목사와 장로로 구성된 치리회에 소환되어야 합니다. 이렇게 하여 치리회는 회개하지 않는 사람들을 공적 권위에 따라서 더욱 엄중히 권고해야 합니다. 만약 치리에 복종한다면 회개할 것이고, 그렇지 않다면 불법을 지속할 터인데, 이런 사람들은 교회를 경멸하는 자로 여겨져 신자들의 연합체에서 출교(e)(xcommunicatio/excommunication)되어야 합니다(마 18:15, 17).

③ 사적인 죄와 공적인 죄 그리고 경한 죄와 중한 죄에 대한 권징 차이

은밀하고 사적인 죄에 대한 조처는 마태복음 18장 15절에서 이렇게 다룹니다. **"너와 그 사람과만 상대하여 권고하라."** 마태복음 18장 15절에서 **"네게 죄를 범하거든"**에서 **"네게"**는 **"너만 알고 다른 사람은 모른다면"**으로 해석해야 합니다. 그러나 공공연하게 드러난 공적인 죄에 대한 조처는 디모데전서 5장 20절에 언급됩니다. **"모든 사람 앞에 꾸짖어 나머지 사람으로 두려워하게 하라."** 공공연하게 드러난 죄를 지은 사람들은 공중 앞에서 책망을 받아야 합니다. 따라서 비밀한 죄를 시정할 때는 위에서 언급했던 권징의 세 단계를 거쳐야 한다고 주께서 명령하셨고, 드러난 죄에 대해서는 그것이 참으로 공중이 알게 된 죄인 경우에 즉시 치리회가 엄숙하게 책망해야 합니다.

또 칼뱅은 권징에 있어 경한 죄와 중한 죄를 구분합니다. 칼뱅에 따르면, 죄는 두 가지로 구분됩니다. 그것은 허물로서의 죄(*delictum peccatum/ delinquent sin*)와 범죄로서의 죄(*scelus*/crime) 혹은 파렴치한 악행(*flagitium*/flagrant iniquity)입니다. 전자는 경한 죄에 속하고 후자는 중한 죄에 속합니다. 허물로서의 죄는 충고와 견책으로 해결합니다. 그러나 범죄 혹은 파렴치한 악행은 중한 죄로서 권고와 꾸짖음만이 아니라 시정되지 않을 시 더욱 엄격한 처방도 필요로 합니다. 바울은 근친상간과 같은 중한 죄를 범한 고린도 사람에게 말로 견책을 할 뿐 아니라 그 범죄를 인지하자마자 출교의 벌을 가합니다(고전 5:1-8). 이렇게 교회가 본연의 임무를 수행하므로, 교회의 영적 재판권은 교회의 건전함의 지주, 질서의 기초, 하나됨의 고리가 됩니다. 중한 죄를 저지르고 회개하지 않는 자를 치리회가 출교하거나 신자들의 투표를 따라 출교하는 것은 회개하지 않는 사람을 향한 그리스도의 선고를 공표하는 것과 다름없습니다. 치리회와 신자들은 사악한 자들을 정죄하라는 주님의 말씀을 맡고 있으며, 회개하는 자들은 받아들여 은혜에 이르게 하라는 말씀을 맡고 있습니다(마 16:19; 18:18; 요 20:23). 부패성을 지닌 사람들이 모인 교회에서 권징이 없다면, 교회가 존속될 수 없습니다.

④ 권징의 세 가지 목적

권징의 목적은 교회의 건전함의 지주, 질서의 기초, 단결의 연대를 위한 것입니다. 칼뱅은 권징의 목적을 더 구체적으로 진술합니다. 권징의 첫 번째 목적은 추악하고 부끄러운 생활을 하는 사람들에게서 그리스도의 이름을 빼앗는데 있습니다. 죄악 된 생활을 하는 사람을 방치하면 거룩한 교회가 마치 불의한 단체와 같은 인상을 주게 되어 치욕을 당합니다. 교회는 그리스도의 몸이므로(골 1:24), 추하고 부패한 지체에 의해 불결해 진다면, 그 머리에도 어느 정도의 치욕이 돌아가게 됩니다. 즉, 이러한 사람들을 통해 교회가 불명예를 얻고 하나님의 영광을 가리게 됩니다. 이런 일을 방지하기 위해 범죄한 자들에게 성찬 금지와 출교와 같은 조처를 해야 합니다. 권징의 두 번째 목적은 회개 하지 않는 악한 사람들과 교제함으로 선한 사람들이 타락하는 일을 방지하기 위함입니다. 인간은 바른 길을 벗어나기 쉬우므로, 나쁜 행실을 보면 자신도 바른 생활을 버리고 악한 것에 끌려가기 쉽습니다. 바울은 이런 이치를 누룩에 비유하였습니다(고전 5:6, 11). 권징의 세 번째 목적은 죄악을 범하므로 수치에 빠져 마음을 가눌 수 없는 자들을 회개시키고 회복시키기 위함입니다. 권징이 없으면 완악하게 죄를 고집했을 사람들을 각성시키고 회개시키기 위해 권징이 필요합니다. 이처럼 치리를 통해 일시적인 저주에 넘기는 것은 이 일을 통해 그가 깨닫고 회개하여 영원한 구원을 얻게 하기 위함이라고 바울이 가르쳤습니다(살후 3:14; 고전 5:5). 여기서 권징의 중요한 동기가 발견됩니다. 교회는 출교마저도 누군가 회개하고 돌아와 회복되기를 바라는 사랑을 동기로 가져야 합니다. 권징은 죽이기 위한 것이 아니라 살리기 위한 것이기 때문입니다.

권징을 시행할 때, 교회가 기억해야 할 부분은, 권징이 엄격하면서도 극단적인 엄격주의로 흘러서는 안 된다는 점입니다. 권징에 있어 **"온유한 심령"**(갈 6:1)이 결합되어야 합니다. 죄를 범한 사람이 낙심할 정도로 너무 심한 슬픔에 빠지지 않도록 해야 합니다. 왜냐하면 고치려다가 도리어 죽일 수도 있기 때문입니다. 하나님께서는 죄인을 율법으로 절망시켜 복음으로 인도하십니다. 범죄한 성도도 권징을 통해 잘못을 깨우치게 하지만, 하나님의 용서와 새롭게 하시는 복음의 약속에 근거해 하나님께 나아옵니다. 하나님께서는 때리시고 싸매시는 분이십니다. 율법으로 죄를 깨우치신 후에 복음 안에 살 길이 있음을 알리시므로 구원하십니다. 회개는 하나님의 엄중하심과 지극한 사랑을 통해 일어납니다. 그러므로 출교의 목적도 궁극적으로는 회개로 이끌기 위함입니다. 그러나 단지 사랑의 명분으로 회개하지 않는 사람을 방치할 경우 그리스도의 이름이 수치와 훼방을 당하고, 선한 신자들이 악행을 본받는 일이 발생하므로 권징을 시행해야 합니다. 그러므로 어느 정도까지 엄격하며 어디서 그쳐야 할지를 우리는 쉽게 판단할 수 있습니다. 죄인이 교회에 대해서 회개한 증거를 보이고 하나님과 교회에 끼친 누를 씻어 버린다면 권징은 멈추어야 합니다. 회개하는 사람을 사랑으로 받아주지 않는다면, 그 엄격함이 도를 넘게 됩니다. 이런 의미에서 칼뱅은 고대의 과도한 엄격주의를 용납하지 않습니다. 고대에는 엄숙한 참회와 수찬 정지를 7년 혹은 4년 혹은 3년 때로는 일생 동안 계속하는 일도 있었습니다. 타락한 사람이 두 번째 회개를 용인하지 않고 평생 교회에서 출교하는 일이 있었습니다. 이러한 엄숙주의가 권징에 끼어들면, 권징이 큰 위선과 절망을 낳는 부작용을 낳습니다.

결론적으로, 권징은 교회의 순수성을 지키는 동시에 죄인을 회개시켜 영혼을 살리려는 목적으로 시행합니다. 권징은 살리기 위한 것이지 죽이기 위한 것이 아닙니다. 따라서 권징은 엄격하면서도 엄격주의로 나가서는 안 되며, 온유와 사랑을 전제하고 시행되어야 합니다. 칼뱅은 교회에 폐해를 가져오는 엄격주의의 사례로 도나투스파, 재세례파를 듭니다. 이런 분파들은 주로 이단적인 완전주의(perfectionism) 사상을 가지고 있습니다. 따라서 이런 인간론을 전제로 성도 안에 여죄와 연약성을 고려하지 않습니다. 이들은 엄격주의에 빠져 완고하고 사랑 없는 권징을 남용하여 화평과 연합의 유대를 깨는 식으로 권징 합니다. 이런 권징은 죄인을 회개시키고 회복시키려는 사랑이 결여되어 있어 영혼이 병든 성도에게 유익을 끼칠 수 없습니다.

18

14장 1-26절
언약의 표징으로서 성례

1 성례의 정의, 목적 그리고 용도

성례는 은혜 언약의 표지입니다. 성례는 말씀 선포에 종속된 가운데 신앙의 유익을 주기 위해 주님에 의해 제정되었습니다. 성례는 우리의 연약한 믿음을 받쳐주기 위해 주어진 것으로 은혜언약의 약속을 우리의 양심에 인치시는 외적인 징표입니다. 즉, 성례는 하나님의 은혜가 외적인 징표로서 확정되는 증언이며, 하나님을 향한 우리의 경건을 입증하는 표입니다. 아우구스티누스에 따르면, 성례는 **"거룩한 본체에 대한 보이는 표징**(*rei sacrae visibile signum*/a visible sign of a sacred thing)" 혹은 **"보이지 않는 은혜에 대한 보이는 형태**(*invisibilis gratiae visiblilem formam*/a visible form of an invisible grace)"입니다. 그러나 아우구스티누스의 이러한 짧은 정의는 부족한 면이 있어서 받아들이는 자들이 곡해할 수 있어 칼뱅은 좀 더 긴 정의와 설명을 덧붙입니다.

성례를 의미하는 라틴어 '**사크라멘툼**(*sacramentum*)'은 헬라어 '비밀(mystery)'이라는 의미를 가진 '**뮈스테리온**(μυστήριον)'을 번역한 단어입니다. 여기서 '**뮈스테리온**'은 하나님에 속한 것들을 의미합니다. 이것은 그리스도의 강림과 구속의 성취를 통해 밝히 만방에 계시되고 드러났습니다(엡 1:9;

3:2-3; 골 1:26-27; 딤전 3:16). 즉, 그리스도 안에 숨겨져 있다가 드러난 복음의 계시를 지시합니다. '사크라멘툼'은 '뮈스테리온'과 동일한 의미를 전달하고자 사용된 단어입니다. 이런 맥락에서 '사크라멘툼'이 성례를 가리킬 때, "숭고하고 영적인 본체의 존엄한 표상을 지닌 표징을 지시"[22]합니다. 아우구스티누스에 따르면, '사크라멘툼'으로서 성례는 보이지 않는 하나님께 속한 것들을 다양하게 제시하는 표징들을 의미합니다. 언약적으로 정의하면, 하나님께서 그리스도 안에서 성도들에게 베풀어주시는 은혜언약의 약속이라는 실체를 가리키는 외적 표징 혹은 표지가 성례인 것입니다. 그러므로 성례는 은혜언약의 표지라 부릅니다.

2 말씀과 성례의 관계

성례에는 반드시 선행하는 약속(promissum/promise)이 있습니다. 성례는 약속에 부록과 같이 결합되어서 약속을 견고하게 하고, 인치며, 더욱 분명히 드러나게 합니다. 즉, 성례는 약속을 비준하는 역할을 합니다. 마치 계약문서에 도장이 찍히므로, 계약문서의 기능을 확실케 하는 것과 같고, 결혼하는 두 남녀를 묶는 사랑을 결혼반지를 통해 확고히 표현해주는 것처럼 성례는 이미 존재하는 약속 자체의 확실성을 표징을 통해 강화시킵니다. 이러한 약속에 대한 믿음을 강화시키는 성례를 하나님께서 교회에 부여하신 이유는, 우리가 무지하고 우둔하며 연약하기 때문입니다. 성례는 완전하고 거룩한 하나님의 말씀을 확정하는 것이 아닙니다. 왜냐하면 말씀은 오류도 부족함도 없으며 그 자체로 완전하기 때문입니다. 그러므로 성례가 확정하고 강화시키는 것은 말씀을 믿는 우리의 연약한 믿음입니다. 성례는 이처럼 연약하고 동요하는 우리의 믿음을 받쳐주고 지탱해주기 위해 주어졌습니다. 우리는 늘 땅에 붙어 기어 다니며 육체에 붙잡혀서 영적인 것을 생각하거나 품지 못합니다. 이와 같은 우리의 믿음을 위해 주님께서 자신을 우리의 능력에 맞추어 주시고, 육체적인 요소들을 통하여서까지 그 자신께로 우리를 인도하시며 영적인 선한 것들을 비추는 거울을 우리의 육체 가운데 두시었습니다. 이것이 성례를 우리에게 베풀어주신 하나님의 목적입니다. 크리소스토무스에 따르면, 우리의 영혼이 육체에 심겨졌기에 하나님께서는 영적인 것들을 가시적인 것들을 통해서 우리에게 전해주십니다. 이처럼 성례는 그리스도 안에 있는 은혜언약의 약속들을 가시적인 표징들을 통해 가리키게 하시므로, 우리의 믿음을 인치고 더욱 큰 확신 안에 거하도록 강화시키는 역할을 합니다.

성례가 성례의 역할을 하기 위해서 성도는 믿음과 말씀의 이해 속에서 성례에 참여해야 합니다. 성례는 말씀과 외적인 표징으로 이루어집니다. 칼뱅은 성례 시에 반드시 말씀을 먼저 선포해야 한다고 가르칩니다. 로마 교회도 성례를 구성하는 것이 말씀과 외형적인 표징이라고 말하기는 하지만, 이들이 말하는 말씀은 믿음 없는 속삭임, 소리 자체를 의미합니다. 이들이 말하는 말씀은 일종에 마술사의 주문과 같은 읊조림입니다. 축성경(祝聖經/the formula of consecration)이 그러한 예입니다. 로마 교회는 신부가 축성경을 중얼거리는 동안 신자들은 아무 뜻도 모른 채 멍하니 보고만 있으면 된다고 생각했습니다. 이들은 신자들이 말씀의 해석과 교리에 관한 것을 얻지 못하도록 알아듣지 못하는 라틴어로 성경을 읊조렸습니다. 후에는 미신이 팽창하여 잘 알아들을 수 없는 쉰 목소리로 속삭여야만 축성이 잘된다고 믿었습니다. 그러나 말씀 선포가 성례에 더해져야 하는 목적은 말씀 선포를 통해 신자들에게 보이는 표징의 뜻을 깨닫게 하기 위함입니다. 성례가 가리키는 그 실체가 무엇인지를 먼저 인식한 후 성례에 참여해야 한다는 의미입니다. 아우구스티누스도 이 점을 지적합니다. **"말씀이 요소에 더해지게 하라. 그리하면 그**

것이 성례가 될 것이다. 말씀이 그렇게 되도록 하지 않는다면, 물의 그 큰 능력이 어디로부터 와서 그것이 몸에 닿을 때 마음이 씻음을 받게 되는가? 이는 말씀을 말하기 때문이 아니라 말씀을 믿기 때문이다."[23] 그러므로 성례가 믿음에 확실성을 더하고 그 확실성을 인치기 위해서 복음 선포가 필요하다는 것을 알 수 있습니다. 따라서 성례에 참여할 때, 목사가 분명한 목소리로 선포하는 약속을 이해해야 합니다. 그렇게 하므로 성례에 참여하는 자들이 성례라는 표징이 가리키고 지시하는 곳이 어딘지 그리고 그 표징이 가리키는 실체가 무엇인지 인식해야 합니다.

　따라서 성례는 말씀의 약속을 인(印)칩니다. 언제나 말씀과 말씀 안에 있는 약속의 내용이 성례를 앞섭니다. 성례의 모든 힘은 말씀에 있으므로, 말씀을 떠나 성례는 그 자체로 아무 것도 가르치지 못합니다. 아무 것도 쓰지 않은 백지에 행정문서나 그밖에 공문서에 찍는 인장(s) (igillum/seal)을 찍는다면, 그 문서의 날인은 아무 가치와 의미를 갖지 못합니다. 그러므로 인장은 문서에 분명히 쓰인 내용을 인칩니다. 앞에서도 언급했듯이, 성례는 말씀과 말씀의 약속을 믿는 믿음을 강화하는 것이므로, 성례에 앞서 성례가 가리키는 바를 인식해야 합니다. 신자들의 시선은 가시적인 성례를 향한 육체적인 시선에 머물지 않습니다. 비유적으로 말하면, 성례에 참여하는 신자들의 시선은 단계적인 경건한 숙고를 통해 성례 안에 감춰져 있는 숭고한 신비들을 향해 올라갑니다

　성례가 가리키는 말씀의 약속들은 모두 언약 안에 주어진 것이기에, 성례를 언약의 **"표"**라고 부릅니다. 주님께서는 그분의 약속을 언약이라고 부르십니다(창 6:18; 9:9; 17:2). 성례는 하나님의 언약의 말씀에 대한 믿음을 더욱 확실하게 하는 훈련입니다. 우리가 육체적이므로 성례는 육체적인 것들 아래서 제시됩니다. 성례는 우리의 무딘 능력에 맞추어 교사가 어린 아이들의 손을 잡아 인도하듯이 우리를 인도합니다. 아우

23　『기독교강요』, 4권, 14장 4절.

구스티누스는 성례를 화판에 그림을 그리듯이 하나님의 약속을 표상하고 그것을 회화적이며 형상적으로 묘사하여 우리 눈앞에 보여주는 **"보이는 말씀**(*verbum visibilis*/a visible word)**"**이라고 불렀습니다. 칼뱅은 성례를 위한 다른 비유로서 **"우리의 믿음의 기둥**(*fidei nostrae columna*/the pillar of our faith)**"**이라는 표현을 썼습니다. 건물이 기초 위에 세워지지만, 기둥에 의해 견고하게 터를 잡고 확고하게 서게 되듯이, 믿음의 기초는 하나님의 말씀이지만, 말씀의 기초 위에 세워진 믿음은 성례라는 기둥에 의해 괴어질 때 더욱 확고하게 서게 됩니다. 칼뱅은 성례를 위한 비유로 **"거울**(*specula*/mirrors)**"**을 사용합니다. 왜냐하면 우리는 성례를 통해 하나님께서 베풀어주시는 은혜의 부요함을 볼 수 있기 때문입니다. 이처럼 하나님께서는 우둔한 우리가 깨달을 수 있는 범위 내에서 성례를 통해 자신을 우리에게 나타내시며, 말씀에 의해 알려주신 하나님의 선하신 뜻과 사랑을 더욱 명확하고 확실하게 입증시켜 주십니다.

3 성례의 효력은 말씀을 믿는 믿음과 성령의 역사에 있음

성례의 효력은 말씀을 믿는 믿음에서 나옵니다. 아우구스티누스는, 성례에서 말씀의 작용이 나타나는 것은 말씀을 말하기 때문이 아니라 말씀을 믿기 때문이라고 가르칩니다. 그런데 말씀을 믿는 믿음은 성령의 고유한 사역의 결과입니다. 믿음은 말씀을 들을 때, 성령께서 죄인의 마음을 조명해 주시므로 발생합니다(롬 10:17). 하나님께서는 기록된 성경을 통해 진리를 계시하시고, 부패한 죄인의 마음은 성령의 조명을 통해 그 계시하신 바를 깨닫고 믿고 수용하게 하십니다. 완전하고 충족한 계시인 성경 말씀이 완전한 진리를 보여준다고 해도, 죄로 어두워진 마음은 아무 것도 인식하지 못하고 믿음으로 진리를 수용하지 못합니다. 죄인이 말씀을 들을 때, 믿음을 소유하게 되며, 그 믿음이 성례를 통해 인침을 받는 것은 성령의 내적인 역사와 직결됩니다. 그러므로 하나님께서 믿음으로 죄인을 구원하시는 은총에 대해 우리는 세 가지를 숙고하게 됩니다. 첫째, 주님께서는 기록된 성경 말씀으로 우리를 가르치시고 교훈하십니다. 둘째, 주님께서는 말씀의 가르침과 교훈을 성례로 확증하십니다. 셋째, 주님께서는 성령의 빛으로 우리의 마음을 비추시고, 말씀과 성례로 우리의 심장의 문을 여십니다. 그렇지 않다면 성례는 우리에게 아무런 효력을 갖지 못합니다.

그러므로 믿음의 확정과 증가를 가져다주는 성례의 비밀한 힘은 성례라는 의식 자체에 독자적으로 있는 것이 아닙니다. 성례의 효력은 말씀을 믿게 하시며, 이 믿음을 확정하시고 강건하게 하시는 성령의 내적인 역사에 있습니다. 오직 성령께서만이 우리 마음속에 침투하시며, 우리의 정서를 감동시키시며, 우리의 영혼의 문을 성례로서 여실 수 있으십니다. **칼뱅은 효력 있는 성례와 관련하여 행사되는 능력은 성령께 돌리고, 사역과 임무는 성례에 돌립니다.** 성령의 능력이 없으면 성례의 사역은 아무런 효력을 발휘하지 못합니다. 그러므로 이미 말씀을 믿는 믿음과 인식을 가지고 성례에 참여하는 사람은 성례를 통해 그 믿음이 강화되며 증진됩니다. 말씀을 믿는 믿음을 성령께서 주시며, 이런 믿음과 말씀에 대한 인식을 가진 자가 성례에 참여할 때, 성령께서는 이미 주신 말씀에 대한 믿음과 인식을 더욱 강화시키십니다. 따라서 성령께서는 들려지는 말씀과 보여 지는 성례가 우리의 눈과 귀로부터 마음으로 옮겨지게 하십니다. 우리의 눈에 비추인 가시적 표징을 믿음과 말씀에 대한 인식 가운데 바라볼 때, 우리의 마음은 가시적 표징에서 가시적 표징이 가리키는 실체로 넘어갑니다. 즉, 성령께서는 외적인 말씀과 성례를 우리의 귀와 눈으로부터 영혼에 전달하시는 분이십니다.

그러므로 성례의 가시적인 요소들은 하나님의 도구로만 가치를 갖습니다. 믿음을 영적으로 자라게 하는 수단으로서 성례의 유일한 역할은 하나님의 약속을 우리 눈앞에서 가리키는 것입니다. 성례는 우리에게 약속의 보증이 됩니다. 그러나 우리는 확신의 원인을 피조물에 두고 그것을 찬양해서는 안 됩니다. 우리의 확신은 성례에 부착되어서도 안 되고 성례의 효력을 가져오시는 제1 원인이신 성령께 속한 하나님의 영광을 성례에 돌려서도 안 됩니다. 우리의 믿음과 고백 모두가 성례와 만물의 조성자이신 하나님 자신께로 올라가야 합니다.

4 성례라는 표징이 가리키는 실체는 그리스도이심

칼뱅은 누구든지 성례에 참여하기만 하면 성례의 은혜와 효력을 자동으로 얻게 된다는 성례의 사효성(ex opere operato)을 부정합니다. 성례 자체에 은밀한 능력이 있다고 생각하는 것은 미신이나 마술에 가까운 것입니다. 성례는 그 자체의 효력을 통해 은혜를 베풀지 않고 말씀과 함께 그리스도를 제시하므로, 말씀을 믿는 믿음을 강화시킵니다. 로마 교회는 새로운 법에 속한 성례들을 창안했고, 믿음과 관계없는 의(義)를 성례에 부여했습니다. 이처럼 성례 자체를 의(義)의 원인으로 보는 것은 성례를 미신화시키는 것입니다. 이러한 교리와 신앙의 폐해는 원래부터 땅에 붙어 살고자하는 경향이 심한 사람의 가련한 마음이 미신에 옮아매여져, 하나님 자신보다 물질적인 것의 외형을 믿고 의지하며 안주하는데 있습니다. 우리는 하나님의 말씀이 제시하시고 믿음으로 받을 수 있는 것 이상을 성례에서 얻으려 해서는 안 됩니다. 의(義)는 성례 자체에서 오지 않고 그리스도 안에만 존재합니다. 믿음과 말씀을 떠난 채 성례에 참여한다고 의롭다함을 얻고 구원을 보장받는 것이 아닙니다. 오히려 성례의 효력은 말씀과 믿음으로 성례가 가리키는 것을 바라보게 하시는 성령의 은혜에 있습니다. 성례는 오직 그리스도께만 맡겨져 있는 칭의의 은혜를 인치는 역할을 합니다만, 이와 같은 역할을 복음 선포 자체가 수행하며, 성례가 없다하여도 복음 선포 자체가 이 일을 완전히 수행할 수 있습니다. 따라서 성례의 인치는 직분은 말씀 선포에 종속되어 있습니다. 믿음과 말씀 그리고 성령의 내적 역사를 전제할 때만 성례는 은혜의 수단이 됩니다. 이러한 이유로 아우구스티누스는 **"보이는 표징이 없이 보이지 않는 성화가 있을 수 있는 반면에, 참된 성화 없이 보이는 표징이 있을 수 있다"**[24]고 말합니다.

따라서 성례의 표징과 성례가 가리키는 본체 혹은 실체는 구별되지만 분리되어서는 안 됩니다. 아우구스티누스에 따르면, 성례의 표징과 성례의 표징이 가리키는 본체 사이에 구별이 존재합니다. 성례 안에 외형(*figura*/figure)과 진상(*veritas*/truth)이 포함되어 있지만, 이 둘은 분리될 수 없을 만큼 그렇게 결합되어 있지 않습니다. 심지어 그 결합 가운데서도 본체는 항상 표징과 구별하여 한쪽에 속한 것을 다른 쪽으로 옮기거나 혼동해서는 안 됩니다. 아우구스티누스는 이 둘의 분리에 대하여 말합니다. **"오직 택함 받은 자들 가운데서만 성례는 성례가 형상화하는 것을 효과 있게 한다."**[25] 왜냐하면 성례는 모든 사람에게 공통적이지만, 은혜, 곧 성례의 효력은 모든 사람에게 공통적이지 않기 때문입니다. 이러한 차이가 나는 것은, 말씀과 믿음 때문입니다. 성례의 표징과 성례의 표징이 가리키는 실체를 함께 소유하기 위해서는 성례에 참여하는 자가 반드시 말씀과 믿음을 가져야 합니다.

따라서 말씀을 따라 그리스도를 믿음으로 성례는 우리에게 의미를 갖습니다. 모든 성례의 표징이 가리키는 질료(*materia*/matter) 혹은 실체(*substantia*/substance)는 그리스도이십니다. 왜냐하면 모든 성례는 오직 그리스도 안에서만 견실함을 가지며, 그리스도를 떠나서 아무런 것도 약속하지 않기 때문입니다. 성례를 통해 은혜를 얻는 모든 원인은 그리스도께만 있습니다. 성례의 효과는 그리스도에 대한 진정한 지식을 배양, 강화, 증진시키며 그리스도 자신을 더욱 완전하게 소유하고 그분의 은혜

---

24   『기독교강요』 4권, 14장 14절.
25   『기독교강요』 4권, 14장 15절.

를 누리는 것에 정비례하여 나타납니다. 성례를 통한 유익을 얻으려면 성례가 가리키는 실체에 대한 지식을 말씀을 통해 얻고 참된 믿음을 가져야 합니다. 만약 우리가 성례를 육적으로 받는다면, 성례는 여전히 영적인 것을 그치지 않지만, 우리에게는 육적인 것으로만 남아 유익을 얻지 못합니다. 즉, 말씀에 대한 인식과 믿음 없이 성례가 가리키는 그리스도를 알지 못하고 믿음 없이 성례에 참여한다면, 우리는 성례를 통해 영적인 유익을 얻지 못합니다. 선한 것들은 성례의 외적인 표징의 도움을 받아 우리가 그리스도께 인도될 때만 주어집니다. 우리의 무지와 불신으로 표지가 다른 것을 가리키게 된다면 성례는 아무런 유익을 끼치지 못합니다.

결론적으로 칼뱅은 성례의 임무를 다음과 같이 정리합니다. 성례의 역할은 하나님의 역할과 마찬가지로 우리에게 그리스도와 그분 안에 있는 천상의 은혜의 보고를 제공하고 제시하는데 있습니다. 그런데 성례는 이 역할을 말씀과 믿음에 의존해 수행합니다. 성례의 기능은 은혜언약 안에서 주어진 말씀의 약속을 믿는 믿음을 확증하고 강화시키는데 있습니다. 여기서 우리는 성례에 동반되어야 할 말씀에 대한 인식과 믿음이 성령으로부터 온 것이며, 말씀에 대한 인식과 믿음으로 참여할 때 성례의 효력을 발생시키시는 분이 성령이심을 기억해야 합니다. 즉, 바르게 시행되고 참여하는 성례에 성령께서 동반하셔야 유익이 나타납니다. 하나님께서는 자신이 영의 능력의 임재에 의해 성례 가운데 계십니다. 그러나 여기서 우리는 성령께서 주시는 내적인 은혜와 성례에 대한 외적인 집행을 따로 구별할 필요가 있습니다. 그러므로 하나님이 표징 가운데 약속하시고 표상하시는 것을 행하시는 분은 하나님 자신이십니다. 표징이 실체를 가리키도록 하신 분도 하나님이시지만, 표징이 가리키는 실체로 우리를 인도하시는 분 역시 하나님 자신이시지 표징 자체가 아닙니다. 하나님께서는 도구를 사용하시지만, 자신의 고유한 내적 능력만으로 효력을 나타내십니다. 하나님께서는 무슨 도구를 사용하시더라도 그 도구가 하나님의 최초의 활동에 아무런 손상을 끼치지 못하게 하는 방식으로 도구를 사용하십니다. 그러므로 성례의 효과의 원인과 영광을 오직 하나님께만 돌려야 합니다. 우리는 내적인 은혜와 성례의 외적인 집행 사이에 중요의 사고를 필요로 합니다. 첫째, 우리는 성례의 위업과 그 효과와 유익과 가치를 분명하게 가르치고 선포해야 합니다. 둘째, 그러나 우리는 이런 역할과 유익을 위한 하나님께서 사용하시는 도구로서 성례를 인정하지만, 성례의 모든 효과의 원인과 영광을 오직 하나님께 돌려야 합니다. 하나님께만 돌리고 성례에 돌려서는 안 되는 것을 성례에 돌려서는 안 되며, 또 성례에 하나님께서 속하게 하신 역할을 성례로부터 빼앗는 일도 없어야 합니다.

5 광의의 의미로서 성례와 공적이고 정규적인 성례

우리가 이미 그 성격을 논한 바와 같이, 성례라는 말은 하나님께서 그의 약속의 신실성을 사람이 더욱 확실히 믿도록 하시려고 사람들에게 명하신 모든 표징을 의미합니다. 그런데 구약 시대에는 공식화된 성례로서 유월절과 할례 외에도 약속의 말씀을 믿는 신앙을 확증하고 인치는 비공식적인 다양한 성례가 존재하였습니다. 이 표징은 어떤 때에는 자연적인 것들 가운데 또 어떤 때에는 기적들 가운데 제시되었습니다. 자연적인 것 가운데 제시된 표징의 예로는 다음과 같은 것들이 있습니다. 생명나무(창 2:9; 3:22), 노아의 홍수 이후 무지개 언약(창 9:13-16) 같은 표징들입니다. 하나님께서는 이러한 것들을 하나님의 언약의 확증과 인(印)으로서 주셨습니다. 하나님께서는 자신이 창조하신 물건에 말씀으로 표를 하셔서 단순한 자연물이던 것이 성물이 되게 하실 수 있으십니다. 기적 가운데 제시된 징표의 예로서는 다음과 같은 것이 있습니다. 연기나는 풀무 속에 있는 빛을 아브라함에게 표징으로 보이심(창 15:17), 기드

온에게 양털은 젖고 땅은 마르게 하시고 땅에는 이슬이 내리게 하시고 양털은 마르게 하신 기적(삿 6:37-40), 히스기야에게 회복을 약속하실 때 일영표에 있는 해 그림자를 뒤로 10도 물러가게 하심(왕하 20:9-11; 사 38:8) 등입니다. 이런 일들은 미약한 믿음을 지탱하며 강화하시기 위해서 하신 것이므로 역시 성례라 불릴 수 있습니다. 칼뱅은 그런 의미에서 공식적인 신구약의 성례 외에 다양한 성례들을 인정합니다.

광의의 비공식적인 성례들이 존재했지만, 하나님께서는 교회에서 항상 행하라고 하신 공적인 의미의 성례도 주셨습니다. 이러한 성례를 제정하신 이유는, 성도들이 성례의 유익을 누리되 모두 한 믿음을 가지며 한 마음을 고백하도록 장려하시기 위해서입니다. 성례는 교회의 하나 됨에 유익을 주는 역할도 합니다. 아우구스티누스도 **"사람들을 참 종교이든 거짓 종교이든 간에 어떤 종교의 이름으로 결속시키려면 필히 그들을 표징들과 가시적 성례들로써 하나가 되는 어떤 사귐에 참여하게 해야 한다"**[26]고 가르칩니다. 사람이 신앙을 고백할 때 외형적인 표징이 있을 수 있는데, 이러한 표징은 말씀에 근거를 둔 것이어야 합니다. 교회는 하나님께서 제정하신 신성한 징표들, 곧 경건을 위한 보조수단으로서 근본 목적에서 어긋나지 않는 상징들을 사용해야 합니다. 이 공식적인 표징들은 무지개나 나무와 같은 단순한 표징이 아닌 의식으로 주어졌습니다. 여기서 **"표징"**은 **"의식"**을 의미하는데, 이 표징들은, 위에서 우리가 주께로부터 오는 은혜와 구원의 증거라고 말한 것과 같이, 우리 쪽에서는 고백의 표가 되는 표징입니다. 우리는 이 표징을 통해 하나님께 대한 충성을 공개적으로 서약하며 하나님께 충성하겠다는 의무를 짊어집니다. 이러한 표징의 의미 속에는 언약적 성격이 함축되어 있습니다. 그러므로 크리소스토무스는 이러한 표징들 혹은 의식들을 **"언약**

---

26   『기독교강요』, 4권, 14장 19절.

들"27이라고 부릅니다. 왜냐하면 이러한 의식들과 관련하여 하나님과 우리 사이에 상호 약정이 놓이게 되므로, 하나님께서는 이를 통해 자신과 우리를 연합시키시고 이를 통해 우리에게는 하나님을 향한 삶의 순수함과 거룩함의 의무를 지우시기 때문입니다. 성례는 이처럼 은혜언약 안에 있는 약속과 성도의 의무를 확증하고 인치고 고백하게 하는 역할을 갖습니다. 은혜언약 안에서 일어나는 일을 논리적 순서로 표현하자면, 언약을 통해 우선 하나님께서는 자신의 백성 안에 믿음이 배양되고 고무되며 강화되도록 하시고, 그 다음에 사람들 앞에서 자기의 종교를 증거 하도록 훈련시키십니다.

6 구약의 성례와 신약의 성례의 통일성과 차이점

(1) 구약과 신약의 성례 모두 그리스도를 가리킴

성례들은 주님께서 여러 방법으로 사람들에게 자신을 계시하고자 하시는 다양한 시대의 경륜을 따라 가변적이었습니다. 그러나 구약과 신약에서도 공식화된 성례가 하나님에 의해 제정되었습니다. 하나님께서 아브라함과 그 후손들에게 할례를 명하셨습니다(창 17:10). 그 후에 정결례(레 11-15장)와 제사와 다른 의식들(레 1-10장)이 모세의 율법을 통해 더해졌습니다. 이것들은 그리스도께서 오실 때까지 유대인들의 성례였습니다. 그러나 이제 그리스도의 오심으로 이것들은 폐지되고 신약의 기독교 교회를 위해 세례와 성만찬이라는 두 가지가 성례로 제정되었습니다(마 28:19; 26:26-28). 옛 언약 하에 성례들은 새 언약 하에 성례전들과 똑같은 목적을 위한 것입니다. 즉, 성례는 하나님의 백성들을 그리스도께 향하게 하고, 그들의 손을 잡아 그리스도께 인도하며, 그 형상으로써 그리스

27 『기독교강요』 4권, 14장 19절.

도를 나타내고 알려주는 것이 목적이었습니다. 성례는 그리스도 안에 있는 구속의 약속을 믿는 믿음을 인치는 역할을 합니다. 하나님께서 모든 약속을 그리스도 안에서 주신 것이 분명합니다(고후 1:20). 따라서 하나님의 약속에 대해서 가르치기 위해 성례는 반드시 그리스도를 나타내야 합니다. 산에서 모세가 율법 아래에서 바라본 회막과 예배의 하늘 표본도 그리스도께 속합니다(출 25:9, 40; 26:30). 오직 한 가지 차이점이 있다면, 옛 언약 하에 성례들은 약속된 그리스도를 여전히 기다려야 할 분으로 예표한 반면에, 새 언약 하에 성례들은 오셔서 구속을 성취하신 분으로서 그리스도를 확증합니다.

따라서 그리스도께서는 새 언약 하에서의 기독교의 성례에서 보다 완전하게 나타납니다. 그리스도께서 더욱 완전하게 계시되실수록 성례도 더욱 분명하게 그리스도를 우리에게 제시합니다. 그리스도께서 약속을 따라 성부에 의해 실제로 나타나신 때로부터, 주님께서 사람들에게 더욱더 가까이 나타나시므로 새 언약 하에 성례들도 더욱 더 분명하게 그리스도를 제시하게 되었습니다. 세례는 우리가 씻음을 받아 정결하게 되었다는 것을, 성만찬은 우리가 구속되었다는 것을 우리에게 확증합니다. 물에는 씻음이, 피에는 무름이 표상됩니다. 요한에 따르면, 예수님께서는 물과 피로 임하셨습니다(요일 5:6). 주님께서는 우리를 죄로부터 씻으며 구속하기 위해 오셨습니다. 성령 또한 이 일의 증인이십니다. **"증언하시는 이가 셋이니 성령과 물과 피라 또한 이 셋은 합하여 하나이니라"**(요일 5:7-8). 물과 피는 씻어 냄과 대속에 관한 증거가 됩니다. 그러나 가장 중요한 증거인 성령께서 이런 증언으로 말미암아 우리의 믿음이 확신에 거하도록 하십니다. 그리스도의 거룩한 옆구리로부터 구속을 위해 물과 피가 그의 십자가에서 흘러 내렸습니다(요 19:34). 따라서 아우구스티누스는 십가가를 우리의 성례의 원천이라 불렀습니다.

(2) 구약과 신약의 성례의 본질은 동일함

신약은 구약의 성례와 어떤 의식들의 폐지를 주장할 때가 있습니다. 그러나 이런 언급들이 구약의 성례나 의식들을 비하하려는 것은 아닙니다. 오히려 구약의 성례와 의식들의 폐지는 구약의 예표와 그림자가 가리키던 실체가 오시고 그 안에서 약속이 성취되었기 때문에 발생한 일들입니다. 골로새서 2장 17절, 히브리서 9장 12절, 8장 4-5절, 10장 1절, 7장 19절, 9장 9절, 10장 1절에 나타난 그림자로서 의식, 동물의 피는 양심에 영향을 주지 못한다는 언급들을 어떤 의미로 해석해야 할까요? 구약의 의식은 실체가 없었다는 의미일까요? 그렇지 않습니다. 바울이 구약의 의식들을 그림자라고 한 것은 그것들에 실체 혹은 실상이 없었다는 의미로 한 말이 아니라, 그 의식들이 가리키는 약속의 성취와 완성이 그리스도께서 나타나시는 때까지 유예되었다는 의미입니다. 이것은 효력에 관계되는 문제가 아니라 표징 하는 방식에 관계되는 문제로 이해되어야 합니다. 그리스도께서는 육체 가운데 현현 하시기 전인 옛 언약 하에서도 자신의 권능과 임재를 신자들이 마음속에 느끼게 하셨지만, 모든 표징이 마치 그가 계시지 않은 것처럼 자신을 예표 하셨기 때문입니다. 그런 의미에서 구약의 백성들은 오실 예수님을 바라보고 구원을 받았으며, 신약의 백성들은 오신 예수님을 바라보고 구원을 누린다고 표현할 수 있습니다.

또한 바울이 구약의 성례와 의식들을 논쟁적 어투로 공격하는 듯 말할 때의 의도는, 그리스도와 관계없이 의식만으로 경건이 성립된다고 가르친 거짓 사도들의 가르침을 경계하기 위함입니다. 바울 사도는 그들과 싸우며 그들의 거짓 교훈을 반박하기 위해 그리스도 없이 의식들 자체에서 어떤 가치를 찾아서는 안 됨을 피력(披瀝)했던 것입니다. 히브리서 기자도 같은 취지의 말씀들을 발견할 수 있습니다. 따라서 문제는 의식 자체가 아니라 잘못 해석되고 잘못 시행되는 의식에 있습니다. 즉, 합당한 사용이 아니라 미신적인 악용을 바울은 지적하고 있는 것입니다.

그리스도와 단절된 의식은 아무런 효과가 없습니다. 의미된 본체가 제거될 때 표징이 가진 것도 일체 수포로 돌아가기 때문입니다. 모세의 율법에 있는 모든 화려한 의식들은 그리스도를 지향하지 않는 한 헛되고 무가치한 것이 됩니다. 이것은 과거의 할례나 현재의 세례나 마찬가지입니다. 과거에 할례가 효력이 없어 문제가 된 것이 아닙니다. 그 당시에 그리스도를 인하여 합당히 할례를 받으면 영적 유익이 있었습니다. 그 의식들은 그리스도께서 오시기 전까지 그리스도를 바라본 것이기 때문에 그가 드디어 육신으로 나타나셨을 때에 의식들은 성취되었습니다. 그러나 그리스도께서 오심으로 말미암아 의식들이 폐지된 것은 그림자가 태양의 밝은 빛 가운데서 사라지는 것과 같이 합당한 일이었습니다. 실체가 오시므로 그림자와 예표는 사라져야 마땅합니다. 구약의 성례는 표징은 달랐으나 그 표징하는 대상과 뜻이 같았으며, 보이는 외형은 달랐지만 영적 능력은 같았습니다. 서로 다른 표징에 동일한 믿음이 있었기 때문입니다. 구약 백성이나 신약 백성이나 그들의 성례로 그리스도를 바라보았고, 그 성례가 그리스도와 그분의 약속을 믿는 믿음을 인(印)쳤습니다. 표징은 변해도 믿음은 변하지 않습니다. 그들에게 그리스도께서는 반석이었고(고전 10:4), 우리에게 그리스도께서는 제단 위에 놓인 분이십니다. 구약의 백성들도 우리와 동일한 영적 음료를 마셨습니다. 비밀에 있어서 구약의 백성들도 우리와 동일한 음료를 취했는데, 외형에 있어서가 아니라 의미에 있어서 그러합니다. 그들에게 반석으로 대표되셨던 그리스도께서 우리에게는 육신으로 나타나셨습니다.

하나님의 부성적인 자비와 성령의 은혜가 그리스도 안에서 우리에게 제시된다고 증거 하는 점에서는 양쪽이 다 같지만, 옛 언약과 새 언약 사이에 다소의 차이점이 있다면, 신약의 성례가 더 분명하고 더 빛나는 증거를 한다는데 있습니다. 즉, 그것은 효력이라는 본질적 차이가 아니라 형식과 정도의 차이라 할 수 있습니다. 현재의 성례는 더욱 풍부하고 완전하게 그리스도를 나타냅니다. 이것이 본질에 있어 동일하지만,

비본질적이고 부차적이고 정도적인 면에서 신구약의 차이입니다. 그리스도께서 강림하시어 당신을 계시하셨을 때, 그 수는 더 적고 의미는 더 숭고하며, 능력이 더 훌륭한 성례가 제정되었습니다. 그것이 신약의 세례와 성찬입니다.

19

세례

1 세례의 의미

세례는 우리가 교회의 회원으로서 연합체 안으로 수용되는 입문의
표징입니다. 세례는 우리가 그리스도께 접붙임을 받아 하나님의 자녀로
여겨지는 것을 가리키는 의식입니다. 세례는 우리가 죄 사함을 받고 그
리스도의 죽음과 부활의 복에 참여하는 것을 표합니다. 이러한 세례의
표징을 주신 목적은, 첫째, 하나님 앞에서 우리의 연약한 믿음을 돕고,
둘째, 사람들 앞에서 우리의 고백을 돕기 위함입니다. 세례는 신자의 믿
음에 세 가지 유익을 확증하고 인(印)칩니다.

(1) 죄 씻음의 표징

세례는 **"죄 씻음"**을 표하고 확증합니다. 세례는 그리스도 안에서
신자가 깨끗하게 되었다는 사실을 표합니다. 세례는 우리의 모든 죄책
이 제거되고 용서되어 하나님 앞에서 우리가 결코 정죄를 받는 일이 없
음을 확증하는 인(印)을 친 증명서와 같습니다. 하나님께서는 모든 사람
이 죄 사함에 이르는 세례를 받기를 원하십니다(마 28:19; 행 2:38). **"믿고 세
례를 받는 사람은 구원을 얻을 것이요"**(막 16:16)라는 약속과 함께 세례를

받는 것이 세례의 가장 중요한 점이다. 그러나 세례와 함께 약속된 효력
은 물에서 나오는 것이 아니라 복음의 말씀과 그리스도를 믿는 믿음으
로 말미암습니다. 신랑이신 그리스도께서는 신부인 교회를 **"물로 씻어
말씀으로 깨끗하게 하사 거룩하게"** 하셨습니다(엡 5:26). **"우리를 구원하
시되 … 오직 그의 긍휼하심을 좇아 중생의 씻음과 성령의 새롭게 하심
으로 하셨나니"**(딛 3:5). 그리고 베드로에 의하면 **"너희를 구원하는 표니
곧 세례라"**(벧전 3:21)고 했습니다. 바울이 말하려는 것은 물이 우리를 깨끗
하게 씻으며 구원한다거나 물 자체에 깨끗하게 하며 거듭나게 하는 힘
이 있거나 물 자체가 구원의 원인이 된다는 것이 아닙니다. 바울이 말하
려는 의도는 바르게 시행된 성례에서 신자들이 은혜에 대한 지식과 확
신을 받는다는데 있습니다. 바울은 생명의 말씀과 의식으로서 물세례를
동시에 연결시킵니다. 세례는 복음을 통해 우리의 씻음과 인침을 알리
는 전령과 같은 역할을 합니다. 이런 의미로 베드로는 이렇게 말합니다.
"세례라 이는 육체의 더러운 것을 제하여 버림이 아니요" 믿음으로부터
난 **"하나님을 향한 선한 양심의 간구니라"**(벧전 3:21). 세례는 그리스도의
피를 뿌림으로 얻는 정결을 깨끗케 씻어내는 물리적인 물과 그 역할로
형상화하므로, 물이라는 가시적 표징을 통해 영적 실체인 죄 씻음을 가
리켜 줍니다. 그러므로 세례에서는 **"깨끗하게 씻는다"**는 점에서 유사하
고 유추되는 물이라는 물질로 영적 실체인 죄 사함을 가리키게 합니다.
이렇게 생명의 복음의 말씀과 물세례는 연결됩니다. 그러므로 그리스도
의 피만이 우리를 정결케 하는 진정한 물두멍입니다. 말씀에 대한 믿음
과 인식을 가지고 깨끗이 씻어내는 물의 형상을 바라볼 때, 우리의 영혼
의 시선은 물질적인 물에서 우리를 정결케 하는 실체인 그리스도의 피
로 옮겨지게 됩니다.

　　이점에 있어 로마 교회는 큰 과오를 가집니다. 첫째, 이들은 성례의
효력의 원인을 물 자체에 돌립니다. 이들은 말씀에 대한 믿음과 인식 없
이 의식 자체에 참여하면 자동적으로 세례가 은혜를 베푼다는 오류에

빠졌습니다. 그러나 그리스도에 대한 믿음과 인식이 없는 세례 참여에서는 아무 것도 얻을 수 없습니다. 우리는 세례를 통해 오직 그리스도만을 바라보아야 합니다.

둘째, 로마 교회는 세례가 표하는 영원한 죄 사함과 죄 씻음을 세례 이전의 죄만을 씻는다는 의미로 축소하고 제한시켰습니다. 복음의 영원한 은혜를 일시적인 은혜로 왜곡시켰습니다. 그러므로 세례 이후에 저지른 죄를 씻어내기 위해 여러 고안물을 창안했습니다. 그 대표적 예가 고해성사입니다. 이런 잘못된 교리 때문에, 초기에는 생명이 위급하거나 임종의 때가 아니면 세례를 받지 않으려는 사람들이 있었습니다. 세례를 받고 나서의 죄를 근심했기 때문에, 세례를 죽기 전에 받아 자신들의 축적된 죄를 해결하려 했던 것입니다. 이렇게 하므로 일생에 지은 죄를 단 번에 해결하고 삶을 마감하는 것이 안전하다고 느꼈기 때문입니다. 그러나 고대 감독들을 빌어 칼뱅은 언제 세례를 받든 간에 세례가 표하는 죄 씻음은 일생의 모든 죄를 도말하고 영구적인 것이고 영원한 것입니다. 그러므로 신자는 넘어질 때마다 세례를 회고하며 항상 사죄에 대한 확신을 가져야 합니다. 세례의 효력은 세례 받은 후에 죄로 인해 무효화되지 않습니다.

이와 같은 세례가 가리키는 죄 씻음의 확실성은 어디서 오는 것입니까? 그것은 그리스도로부터 옵니다. 죄 씻음에 대한 확신을 더하고, 죄 씻음의 확실성을 인치는 세례의 효력의 토대와 원인은 그리스도의 완전한 의(義)와 거룩하심에 있습니다. 우리는 세례가 가리키는 그리스도 안에 거하므로 그분의 완전하고 충족한 의(義)와 공로에 근거해 영원한 칭의를 얻고, 그리스도의 거룩에 참여하므로 거듭나고 죄의 지배력으로부터 벗어나며 일생 성화의 진보를 확보하게 됩니다. 세례의 효력은 그리스도로부터 옵니다. 믿음을 통한 그분과의 연합을 통해 그리스도의 의(義)에 전가에 의한 용서와 성화의 주입이 있으며, 용서와 성화의 모든 실재는 그리스도 안에서 온 것이라는 점을 기억해야 합니다. 즉, 구원의 공로적 원인이 오직 그리스도께 있습니다.

세례가 기리키는 이러한 영원하고 완전한 죄 사함이 신자로 하여금 성결하려는 의지를 빼앗는다는 생각은 어리석은 것입니다. **세례에 대한 종교개혁의 교리는 방종을 부추기지 않습니다. 세례가 인(印)치는 영원한 죄 사함의 교리는. 세례 받은 후 앞으로 마음대로 죄를 지어도 된다는 생각을 허락하지 않습니다.** 세례가 전하는 죄 사함의 자유와 확실성이 가져다주는 양심의 자유와 평안은 오직 자기의 죄에 지치고 눌려 있는 신음하는 죄인들에게 주는 것이며, 그들을 일으키며 위로하기 위한 것이며, 그들을 회복하여 그리스도의 거룩하심에 참여시키기 위해 주어집니다. **"이 예수를 하나님이 그의 피로써 믿음으로 말미암는 화목제물로 세우셨으니 이는 하나님께서 길이 참으시는 중에 전에 지은 죄를 간과하심으로 자기의 의로우심을 나타내려 하심이니"**(롬 3:25) 이 본문에서 전하는 바울의 교훈은, 죄 사함을 죽을 때까지 얻게 된다는 사실을 부정하는 것이 아니라, 양심의 가책을 인해 마음의 상처를 받은 자들을 치료하기 위해 그리스도를 보내셨다는 것입니다. **하나님께서는 죄의 심각성을 알지 못하고, 오히려 복음을 죄를 짓고 방종 하는 기회로 삼는 자들을 향해 진노와 심판을 발하십니다.**

셋째, 로마 교회의 문제점은 세례가 세례 받기 이전의 죄만 사하고 세례 이후의 죄는 사하지 못한다는 생각으로 말미암아 세례 이후의 죄 사함의 원인을 회개와 열쇠의 은총에 돌렸다는데 있습니다. 칼뱅은 이에 대해 반론을 제기합니다. 로마 교회는 열쇠의 권세가 세례에 의지하고 있기 때문에 결코 이 둘이 서로 분리될 수 없다는 사실을 간과합니다. 죄인은 교회의 사역, 곧 복음 선포를 통해 죄 사함을 받습니다. 그러나 이 선포의 내용은, 우리가 그리스도의 피에 의해 죄 씻음을 받는다는 것입니다. 그리고 이 씻음을 나태는 표징과 증거가 세례인 것입니다. 로마 교회는 세례가 중생 전의 죄만을 용서한다는 가르침을 토대로 세례 후 회개로서 고해성사를 창안해 내었습니다.. 이들이 회개가 평생 동안

해야 할 일이라고 주장한다면, 세례의 힘도 똑같은 범위로 확대해야 옳습니다. 경건한 사람들 모두가 죄 의식으로 고통을 당할 때마다 세례받은 것을 회고하며 그리스도의 피 안에서 얻게 된 항구적인 씻음에 대한 확신을 가져야 합니다.

(2) 그리스도의 죽음과 부활에 참여의 표징

세례는 그리스도 안에서 죽는 것과 그 안에서의 새로운 생명을 보여주는 표징입니다(롬 6:4). 세례는 그리스도의 죽음에 참여함으로 정욕에 대해 죽고, 그리스도의 부활에 참여함으로 의(義)에 대하여 사는 은혜를 가리킵니다. 올바른 믿음으로 세례를 받을 때, 성도들은 자기들의 육체가 죽는 것 가운데서 그리스도의 죽음의 효과를, 성령의 살리심 가운데서 그리스도의 부활의 효과(롬 6:8)를 의식하게 됩니다. 성경도 세례의 의미를 죄에 대하여 죽고 의(義)에 대하여 사는 것으로 정의합니다(롬 6:11). 세례는 구약의 할례와 동일하게 옛 사람을 버림을 의미합니다(골 2:11-12). 세례는 중생의 씻음과 새롭게 함의 징표입니다(딛 3:5). 죄 씻음은 우리의 죄책의 제거와 부패의 제거를 포함합니다. 죄에 대한 값없는 은총과 의(義)의 전가가 먼저 우리에게 약속되고 난 후 우리를 갱신해서 새로운 삶에 이르게 하시는 성령의 은혜가 뒤따릅니다.

(3) 그리스도와 택자의 연합의 표징

세례는 우리가 그리스도와 연합되어 그리스도 안에 있는 모든 선한 것들에 참여하게 되었다는 표입니다. 그리스도께서는 친히 자신의 몸으로 세례를 성별하시고 거룩하게 하시므로(마 3:13), 세례를 우리와 공유하시고, 그리스도와 우리가 연합과 사귐을 갖는 가장 견고한 고리로 삼으셨습니다. 우리는 세례 가운데 그리스도를 옷 입으며(갈 3:26-27), 세례의 완성은 그리스도 안에 있습니다. 이러한 이유로 그리스도께서는 세례의 고유한 목적이 되십니다. 세례에서 제시되는 하나님의 모든 은사가 오직 그리스도 안에서만 발견되기 때문입니다.

2 세례 요한의 세례와 그리스도의 세례

요한의 사역과 사도들에게 위임된 사역은 동일합니다. 이들은 모두 회개에 이르는 세례를 주었으며, 모든 죄 사함에 이르는 회개를 주었고, 모든 회개와 죄 사함이 있게 하시는 그리스도 안에서 세례를 주었습니다. 세례 요한과 사도들은 모두 그리스도를 하나님께서 기뻐하시는 희생제물로, 의(義)의 화목주와 구원의 조성자로 가르쳤습니다. 그러나 차이점이 없는 것은 아니었습니다. 요한은 오실 분 안에서 세례를 주었고, 사도들은 이미 자기 자신을 계시하신, 오신 분 안에서 세례를 주었습니다. 이 점 외에 어떤 다른 점을 찾을 수 없습니다(눅 3:16; 행 19:4). 세례를 주는 사람이 다를 뿐 모든 세례는 그리스도의 세례로서 동일한 세례입니다. 그리스도의 부활이 있은 후에 성령의 은혜가 더욱 풍성하게 내렸다는 사실이 세례의 효력과 의미의 다양성을 만들어내지는 못합니다. 사도들의 세례가 세례 요한의 세례보다 더 충만한 것은 아닙니다.

그렇다면 요한이 자신은 물로 세례를 주지만 성령과 불로 세례를 주시는 그리스도께서 오실 것(마 3:11; 눅 3:16)이라고 말한 뜻은 무엇입니까? **세례 요한의 의도는 세례의 종류를 나누려는 것이 아니라 물세례의 집례자로서 자신의 신분과 물세례에 참여한 자들에게 성령을 수여하시는 분으로서 그리스도의 신분을 구별하려는 것입니다.** 이러한 사역의 주체가 그리스도라는 사실이 그분께서 불의 혀들 아래로 성령을 보내신(행 2:3) 가시적인 기적으로 선언되었습니다. 즉, 이러한 관점에서 세례 요한과 그리스도의 대조는 사도와 그리스도 그리고 신약 교회에서 앞으로 세례를 집례자로서 모든 목사들과 그리스도의 대조로도 확대될 수 있습니다. 즉, 세례 요한과 그리스도를 대조한 의도는, 세례 요한 자신은 물로 세례를 집례 하는 자로서 역할 하지만, 세례를 집례 할 때, 성령을 주시는 분은 그리스도이시라는 것입니다. 달리 표현하면, 세례 요한은 물세례를 집례 하지만, 물세례의 효력은 그리스도께서 성령을 주실 때 나타난다는 의미입니다. 따라서 사람으로서 세례를 주는 자들은 외적인 표징을 집행하는데 불과하고, 내면적인 은혜를 주시는 분은 오직 그리스도이시라는 의미입니다. 아우구스티누스는 도나투스파와의 논쟁에서, 누가 세례를 주든 간에 그리스도만이 감독하신다는 점을 가장 중요한 논거로 삼았습니다.

3 세례를 예표 하는 구약의 표징들

육을 죽이는 것과 깨끗이 씻는 일에 대해서 말했던 모든 것이 구약의 이스라엘 백성들에게 예표 되었습니다. 그런 이유로 사도는 구약 백성들이 **"구름과 바다에서 세례를 받고"**라고 전합니다(고전 10:2). 먼저, 구약 백성들은 바다에서 세례를 받았습니다. 홍해에 길을 내셔서 이스라엘을 구원하시고(출 14:21), 바다에 애굽의 병사들을 수장시키신 것(출 14:26-28)은 육을 죽이는 일을 상징한 것입니다. 또 구름에도 씻김의 징표가 있었습니다(민 9:15; 출 13:21). 여호와께서는 맞은편의 구름으로 백성들을 가리시므로 무자비한 태양의 열기 때문에 그들이 쇠약해지는 것을 막아주셨습니다. 이는 세례 가운데 주님의 피로 가려지고 보호되어 화염과 같은 하나님의 엄격하심을 우리로 견디게 하심을 징표 합니다. 구약 시대에 희미했고 소수에게 알려지긴 했으나, 육을 죽이는 것과 씻음이라는 은혜 외에 구원을 얻을 다른 길이 없으므로, 하나님께서 친히 고대의 조상들에게서 이 두 가지 은혜를 가리키는 표를 빼앗으려 하시지 않았습니다.

4 세례의 효력에 대하여: 원죄의 죄책과 오염을 제거하는 은혜를 표하고 인침

로마 교회는 세례의 효력을 가르칠 때, 원죄가 죄책과 오염의 비참을 가지며, 이로부터의 구원이 칭의와 성화의 구분 안에 인식되어야 함을 인정하지 않습니다. 그러므로 세례 후에 아담의 순결한 상태와 같은 본성이 세례를 통해 회복된다고 믿습니다. 따라서 세례가 표하는 바를 논할 때, 우리는 죄책의 제거인 칭의와 오염의 제거인 성화를 구분하여 씻음과 육을 죽이는 은혜를 논해야 합니다. 첫째, 세례의 효력은 죄 사함을 인치는 것으로 인식되어야 합니다. 우선 원죄는 우리를 하나님의 진노 아래 있는 범죄자들로 삼고, 성경에서 **"육체의 일**(ὁ ἔργον ὁ σάρξ)**"**(갈 5:19)을 우리 안에 양산하는 타락한 인간의 본성의 불량과 오염을 의미합니다. 이러한 오염으로 인해 하나님의 정죄를 받게 되고 진노의 대상이 됩니다. 사람은 처음부터 원죄를 지니고 출생하므로, 유아들에게조차 그들의 전체 본성으로서 **"죄의 씨**(peccati semen/a seed of sin)**"**가 그 속에 있습니다. 그러므로 인간이 구원을 얻는 길은 이러한 오염이 가져온 저주, 곧 죄책이 제거되어야 합니다. 신자에게는 그리스도의 충족하고 완전한 의(義)가 전가되므로, 죄책으로부터 온 정죄와 형벌이 제거됩니다. 세례는 이처럼 죄책의 제거로부터 오는 죄 사함의 약속을 표합니다.

둘째, 세례의 효력은 죄의 지배력의 죽음과 지배력이 죽은 죄의 잔재를 죽을 때까지 죽이는 은혜의 약속을 인치는 것입니다. 세례에서 죄책은 칭의에 의해 완전히 제거되지만, 오염과 관련하여서는 중생과 성화를 통해 지배력을 잃은 죄를 날마다 죽여 가야 합니다. 칼뱅에 따르면, 중생하고 세례를 받은 자 안에 지배력을 잃은 죄가 남아 있습니다. 남은 죄는 **"육체의 일"**(갈 5:19), 정욕, 죄의 흔적, 육의 가시로 표현됩니다. 정욕은 결코 죽지 않고 소멸되지 않습니다. 육체라는 감옥에 갇혀서 사는 동안 죄의 흔적은 항상 우리 안에 살아 있습니다. 그렇다면 성경에서 간혹 표현된 **"죄가 죽었다"**(출 14:28)는 말의 의미는 무엇일까요? 죄가 죽었다는 것은 죄가 더 이상 존재하지 않거나 문제를 일으키지 않는다는 의미가 아니라, 우리가 그리스도 안에 있는 한 죄가 우리를 정복하고 압도하지 않는다는 의미입니다. 죄가 죽었다는 말의 의미는 죄의 존재가 사라진 것이 아니라 죄가 우리를 향한 지배력을 잃었다는 의미입니다. 세례 가운데 주어진 하나님의 약속을 믿음으로 견지한다면 그것들이 우리를 지배하거나 다스리지 못합니다. 죄가 여전히 중생한 사람 안에 잔재한다는 말은 자기기만에 빠져 죄악 생활을 변명하거나 합리화하는 의미로 해석해서는 안 됩니다. 즉, 중생한 사람에게도 죄가 잔재하니 죄 짓는 것을 안심해도 된다는 의미가 아닙니다. 그러나 반대로 육의 가시에 찔려 고민하는 사람들이 좌절하거나 영혼을 포기해서도 안 됩니다. 그러므로 이 교리의 정당성과 이 교리로부터의 위로는 믿음과 회개로 회심하고, 죄로부터 돌이킨 자로서, 죄를 증오하며 죄를 일생 소멸코자 하는 마음의 방향성을 가진 자에게 유익을 줍니다. 죄가 중생자에게 남아 있다는 사실은 성경이 가르치는 바이며 그것이 현실이니 이를 피할 수 없습니다. 그러므로 이 현실을 받아들여야 하는 동시에 이러한 현실을 받아들이는 일이 방종으로 흐르지 않도록 해야 합니다. 우리 안에 죄의 잔재를 인정하면서도 거룩을 추구해야 합니다. 성도는 그리스도 안에 있는 영원한 용서 안에서 순간순간 계속적으로 성화를 이루어 가야 합니다. 죄의 잔재가 있지만 우리는 용서를 받으며, 그 용서 안에서 목표를 향해 전진하는 성화의 진보가 존재해야 합니다. 죄의 잔재가 있으니 용서가 필요하며, 용서가 있으니 죄에 지배에서 벗어나 성령 안에서 거룩의 진보를 향해 나갈 수 있습니다. 따라서 지상에서 성도의 성화는 완전이 아닌 전진의 과정으로 인식되어야 하며, 정욕이 우리 안에 조금이라도 약해진다면 완전에 도달했다는 생각이 아니라 전진하고 있다는 생각을 가져야 합니다. 목표와 완전에 도달하기 전까지 우리의 진전이 불완전하고 죄의 잔재가 남겨질 것이기에, 우리가 연약함에도 성화의 길을 진전할 수 있는 근거와 토대는 그리스도의 용서에 있습니다. 성도는 목표에 다다를 때까지 그리스도의 용서 안에서 매일매일 전진해 갑니다. 따라서 목적지에 도달할 때까지 곧 이 세상에서의 생명이 끝나는 순간인 육신의 죽음에 이를 때까지 성화는 계속 진행되어야 합니다. 성화의 싸움은 죽을 때까지 지속됩니다. 세례는 이와 같은 죽을 때까지 우리 안에 잔재하는 죄와 육을 죽임을 인치는 표입니다. 그러나 이런 길고 고단한 성화의 여정에서 죄의 잔재의 횡포를 견디고 참으며 끝까지 목표에 이르는 것은 하나님께서 베풀어 주시는 견인(堅忍)의 은혜에 달린 것이니, 세례는 성도를 향한 견인의 은혜를 인치는 표이기도 합니다.

5 세례는 그리스도를 주로 고백하는 공적인 고백임

세례는 사람들 앞에서 행하는 우리의 고백이기도 합니다. 세례는 우리가 하나님의 백성으로 여겨지길 소원한다는 사실을 공공연하게 고백하는 표지입니다. 세례를 통해 우리는 한 종교 안에서 한 분 하나님께 예배드린다는 점에서 모든 그리스도인과 일치한다는 점을 입증합니다. 이처럼 우리는 세례나 표지에 의해서 우리의 신앙을 공개적으로 선언합니다.

6 세례를 사용하고 받아들여야 하는 방식

세례는 우리의 믿음을 일으키고 자라게 하며 강화하기 위해서 주시는 것이므로, 그것을 제정하신 분의 손에서 직접 받는 것 같이 받아야 합니다. 우리는 이 표징을 통하여 말씀하시는 분이 하나님이시라는 사실을 확실하고 확증된 것으로 받아들여야 합니다. 세례라는 표징이 가리키는 실체는 그리스도시며 그분의 사역입니다. 하나님께서는 외적 표징을 통하여 물질적으로 표상된 것을 영적으로 이루어주십니다. 몸을 씻기고, 물에 잠기고, 할례받는 것을 바깥에서 보는 것과 다를 바 없이 우리의 영혼 안에서 참되고 확실하게 내적으로 이루어주십니다. 주님께서는 우리의 눈에 단순한 외형만을 보게 하시는 것이 아니라 우리를 현존하는 본체로 이끌어, 외형이 상징하고 형상화하는 것을 효과적으로 성취하십니다.

7 세례의 합법적 유효성

우리는 세례를 통해 믿게 되지 않고, 믿음으로 세례를 받음으로 믿는 바를 확정하고 강화합니다. 그러므로 세례는 이미 소유한 믿음의 강화를 위한 것입니다. 우리는 세례에서 자신이 소유한 믿음의 분량만큼 유익을 얻을 수 있습니다. 우리는 세례에 관해 약속된 바를 말씀을 통해 인식하고 믿는 심령으로 세례에 참여할 때, 그 소유한 믿음이 더욱 강화되고 확실해지는 은혜를 누립니다. 이처럼 세례가 말씀에 대한 인식과 믿음 안에서 참여할 때 성령의 임재 안에서 효력을 나타낸다는 사실 아래서 다음과 같은 합법적인 세례의 의미들을 살펴볼 필요가 있습니다.

첫째, 집례자와 성례의 관계를 살펴보면, 집례자의 상태와 무관하게 합법적 세례는 유효합니다. 성례는 집례하는 사람의 손에 의해 받는 것이 아니라 하나님의 손에 의해 받는 것처럼 받아야 합니다. 성례를 집례 하는 자의 손은 성례에 아무 것도 가감할 수 없습니다. 편지가 전해질 때, 필치와 도장을 충분히 인식할 수 있는 편지라면, 그것을 전하는 배달부가 누구인지는 아무런 문제가 되지 않습니다. 이처럼 성례에서도 비록 집례자의 상태에 흠이 있더라도, 믿음과 말씀 안에서 합법적으로 참여할 때, 성령의 임재 안에 은혜를 받게 됩니다. 말씀을 선포하는 목사가 성례를 집례하지만, 때때로 목사의 자질과 상태에 흠이 있더라도, 그의 무가치함이 성례의 힘과 가치를 감하지 못합니다. 도나투스파와 재세례파는 목사의 가치에 따라 성례의 힘과 가치를 판단하는 오류를 범했습니다.

둘째, 세례가 앞서고 회개가 이후에 나타난 경우는 어떠할까요? 세례 당시 믿음과 회개를 지니고 있는 것이 옳지만, 어떤 이는 세례 당시에는 믿음이 없다가, 세례 받은 후에 믿음과 회개가 나타나는 경우가 있습니다. 그런 경우에 세례에서 약속된 것이 언제나 변함이 없기 때문에, 의식을 다시 거행할 필요는 없습니다. 이처럼 세례와 회개가 뒤바뀐 사람들은 오랫동안 불신에 빠져서 세례 가운데서 주어진 약속을 견지하지 않았지만, 그럼에도 그 약속 자체는 하나님으로부터 온 것이기에 견고히 서 있습니다. 하나님의 약속은 견실합니다. 이전에 받은 세례가 아무런 유익을 주지 못한 것은 우리가 그것을 방치하고 무시했기 때문이지, 세례가 가리키는 약속이 존재하지 않거나 사라졌기 때문은 아닙니다. 구약에서도 불경한 손에 의해 할례를 받고, 불경건에 얽매여 살다가 회개한 사람들에게 두 번의 할례를 요구한 적이 없습니다. 할례를 받았다면, 믿음을 나타내고 회개하는 것으로 충분했습니다. 이처럼 믿음과 회개를 나타낼 때, 과거에 받았던 할례가 유효하게 되었습니다.

8 바른 세례 의식

칼뱅은 바른 세례 의식을 해설합니다. 첫째, 세례의 바른 절차에 대하여 살펴보면, 세례를 받을 사람이 있을 때, 그를 회중 앞에 소개합니다. 그리고 온 교회가 증인이 되어 그를 주시하며 기도하면서 그를 하나님께 드립니다. 학습교인이 배워야 할 신앙고백문을 낭송하며 세례에서 받을 약속을 열거하고 아버지와 아들과 성령의 이름으로 학습교인에게 세례를 줍니다(마 28:19). 끝으로 기도와 감사로 그를 자기 자리로 돌아가게 합니다. 이렇게 할 때, 본질적인 것을 하나도 빠뜨리지 않을 것이며 하나님께서 제정하신 의식이 이상한 오염에 파묻히지 않고 그 완전한 광채를 드러낼 것입니다.

둘째, 바른 의식이 되려면 물을 바른 방식으로 사용해야 합니다. 세례를 받는 사람을 완전히 물에 잠그느냐, 세 번 담그느냐, 한 번만 담그느냐 혹은 물을 부어 뿌리기만 하느냐 하는 이런 세부적인 점은 중요한 것이 아니며 세례의 본질에 영향을 미치지 못합니다. 물을 사용하는 것과 관련된 교회의 환경과 여건에 따라 교회가 자유로이 선택할 문제입니다. 그러나 **"세례를 주다**(baptize)"라는 말은 **"잠근다"**는 뜻이며 고대 교회에서 침례를 행한 것은 분명합니다.

셋째, 목사가 세례를 집례 해야 합니다. 칼뱅은 직분이 없는 평신도나 여자가 세례를 베푸는 것을 반대합니다. 세례는 공적으로 집례 되어야 합니다. 성찬과 마찬가지로 세례도 공적인 사역의 일부입니다. 그리스도께서는 오직 그분이 정하여 세우신 사도들에게만 세례를 주라 명령하셨습니다. 그리고 이후로 성례는 말씀에 종속되어 있기에 말씀을 전하는 목사가 성례를 집례 하여 공적으로 성례가 집례 되도록 해야 합니다. 로마 교회는 세례가 구원을 가져다주는 효력이 있다고 생각하여 죽기 전에 사제가 부재할 때, 평신도가 세례를 베풀도록 허용했습니다. 그러나 세례가 구원을 가져다주지 않습니다. 구원은 믿음과 회개하는 자에게 있습니다. 하나님께서는 선택과 말씀과 성령으로 믿음 안에서 중생과 죄 사함을 주십니다. 세례는 이미 믿는 믿음을 강화하고 인칩니다. 세례는 신앙을 가진 사람의 믿음에 유익을 주나 세례의 효력으로 구원을 받는 것은 아닙니다. 그러므로 하나님의 질서와 규례를 떠나서까지 평신도가 비상적인 정황을 들어 세례를 주는 것은 그릇된 것입니다. 물론 여건이 되는 경우는 질서를 따라 믿음을 가진 자라면 반드시 성례에 참여해야 합니다. 그러나 비상적인 상황으로 인해 믿음을 가졌으나 성례에 참여하지 못하는 경우가 있습니다. 예를 들면, 신앙의 자유를 빼앗긴 북한 같은 곳에 제도 교회가 세워져 있지 못하므로, 목사가 없는 상황에서 성례를 베풀지 못합니다. 그러므로 북한의 지하 교회에는 믿음은 있으나 세례를 받지 않은 성도들이 있습니다. 이들이 비상적인 상황으로 인해 세례를 받지 못하지만, 그들은 그들의 믿음으로 구원을 받습니다.

9 유아세례의 의미와 정당성에 대한 논증

칼뱅은 세례와 관련하여 교회의 일치와 교리의 순수성을 지키기 위하여 유아세례를 논합니다. 왜냐하면 종교개혁 당시 유아세례를 부정하고 공격하는 재세례파를 인하여 교회가 교리와 실천에 있어 논쟁에 휩싸이고 교회 분열의 위기를 경험했기 때문입니다. 재세례파는 유아세례가 하나님께서 명령하신 제도에 근거하지 않고, 인간의 무모함과 부패한 호기심에 의해 도입되었으며, 결국에 미련한 만족감으로 무분별하게 관습화된 것이라고 공격합니다. 칼뱅은 이러한 재세례파의 비성경적 공격을 논박하고, 유아세례의 근원을 조사하여 하나님의 확실한 권위와 명령에 의해 이 제도가 세워진 것임을 논증합니다.

칼뱅은 유아세례의 정당성을 성경으로부터 논증하기 위해, 신구약의 본질의 통일성과 시행의 외적이고 부차적인 차이점을 해설합니다. 그는 신구약의 차이점과 통일성을 통해 할례와 세례의 연속성을 논증하고, 유아에 대한 할례와 유아에 대한 세례의 연속성으로 이어갑니다. 그리고 유아세례의 정당성을 암시하는 성경 본문의 근거를 제시합니다. 칼뱅은 앞에서 제시했던 세례의 정의를 전제로 유아세례의 정당성 논증을 전개합니다.

(1) 세례와 할례의 차이점과 공통점

칼뱅은 세례와 할례의 외적 차이점에도 불구하고, 그 공통점이 둘 사이의 본질을 점하고 있음을 발견합니다. 형식에 있어 차이점을 갖는 구약과 신약의 각각의 성례가 가리키고 인치는 그 실재가 동일함을 발견합니다. 즉, 할례와 세례는 그것들이 표상하는 약속들과 내적이고 은밀한 것들에 있어 본질적으로 동일한 것을 가리키고 있습니다. 하나님께서는 아브라함에게 할례를 행하라고 명령하시기 전에 그와 그의 후손의 하나님이 되시겠다고 말씀하셨습니다(창 17:7, 10). 그리고 하나님께서 이 언약 안에서 그들이 받아 누릴 만물의 부요와 풍요를 약속하셨습니다(창 17:1, 6, 8). 이렇게 말씀하신 것은 아브라함이 하나님의 손을 모든 복의 원천으로 생각하게 하시려는 의도였습니다. 그리스도께서는 이 말씀에 영생의 약속이 포함되어 있다고 해석하시면서, 이 말씀을 근거로 신자들의 영생과 부활을 논증하셨습니다. 그러므로 주님께서 **"하나님은 죽은 자의 하나님이 아니요 산 자의 하나님이시라"**고 말씀하신 것입니다(눅 20:38; 마 22:32). 바울도 에베소 사람들에게 주님께서 그들을 어떤 파멸에서 구원하셨는지 전할 때, 그들이 할례의 언약에 할례의 언약에 참가하지 못했다는 사실을 근거로, 그들에게 하나님이 없었으며, 소망이 없었으며, 언약의 약속들에 대해 외인들이었다고(엡 2:12) 추론했습니다. 따라서 할례의 언약 자체에 이 모든 것이 포함되어 있음을 보여 준 것입니다.

하나님께 접근하며 영생에 들어가는 첫 방도요 통로는 죄 사함을 받는 것입니다. 그런데 이것은 우리가 깨끗하게 씻음을 받는 세례의 약속과 동일합니다. 그 이후에 하나님께서 아브라함과 언약을 맺으시고 그가 자기 앞에서 마음과 신실함과 무죄함을 가지고 행할 것을 지시하십니다(창 17:1). 이것은 육에 대한 죽임 혹은 중생에 속합니다. 그리고 모든 사람들의 의심을 일소(一掃)하기 위해 모세는 다른 곳에서 이를 더욱 분명하게 설명합니다. 모세는 이스라엘 백성이 여호와를 위하여 마음의 포피를 베는 할례를 행할 것을 권고합니다(신 10:16). 할례는 육을 죽이는 표징이며, 이를 위해 이스라엘 백성이 선택을 받았습니다(신 10:15). 모세는 마음에 할례를 받아야 한다고 선언하므로, 육신에 받는 할례가 가리키는 약속과 그 실체의 진정한 의미를 설명합니다(신 30:6). 할례의 효력은 하나님의 은혜에 있습니다(렘 4:4; 겔 16:30).

할례와 세례는 본질에 있어 공통점을 갖습니다. 우리가 세례를 통해 인치고 받는 것과 같은 영적 약속을 구약 백성들은 할례에서 받았습니다. 분명 구약의 할례는 세례가 인치는 바, 죄 사함을 받는 것과 육을 죽이는 것, 곧 죄책과 오염의 제거를 의미하는 칭의와 성화를 구약 백성들에게 나타내 보였습니다. 이 둘에 있어서 각각의 본체의 완성은 하나의 근본에 의지하므로, 내적인 비밀에 있어서 둘 사이에 차이가 없습니다. 이 둘이 모두 그리스도 안에 거하므로 그리스도께서는 또한 할례와 세례의 근본이 되십니다. 그리스도께서는 아브라함에게 약속되었고, 그로 인해서 모든 족속이 복을 얻으리라는 약속이 있었습니다(창 12:2-3). 이 은혜에 인印을 치기 위해서 할례의 표징이 첨가되었습니다. 따라서 할례와 세례라는 두 표징은 본질에 있어 동일합니다.

그렇다면 둘 사이에 차이점은 무엇일까요? 그 차이는 내적인 것이나 본질에 있지 않고 외적인 의식에만 있습니다. 여기서 은혜언약 안에 옛 언약과 새 언약에 관한 공식이 소개됩니다. 즉, 은혜언약인 옛 언약과 새 언약의 본질은 하나이며, 그 시행에 있어 다양할 뿐입니다. 차이는 다만 외형적인 의식에 있고 부차적인 것에 있을 뿐입니다. 가장 중요한 부분은 약속과 그 의미의 본체에 있으므로, 외형적인 의식의 차이는 아주 경미한 의미를 지닐 뿐입니다. 그러므로 우리는 보이는 의식이 다르다는 점을 제외한다면, 할례에 속한 것이 모두 세례에도 있다고 결론 내리게 됩니다. 유대인들에게 할례를 받는다는 것은, 곧 교회에 처음으로 가입하는 것을 의미했습니다. 할례는 그들이 하나님의 백성과 가족으로 선택되었다는 것을 확신하는 표인 동시에 그들이 하나님을 섬기는 무리에 참여하겠다고 고백하는 표이기도 했습니다.

마찬가지로 우리에게도 세례는 하나님의 백성으로 성별되었다는 표이며, 동시에 하나님의 자녀로서 우리가 하나님을 향한 충성과 의무를 다하겠다는 표이기도 합니다. 이렇게 볼 때, 세례는 할례를 대신하며 할례가 한 일을 우리 중에 수행합니다.

(2) 세례와 할례의 통일성에 근거해 유아세례의 정당성을 논증함

우리는 세례에 있어 물질로서 물과 외적인 의식과 함께 그것이 담고 있는 영적인 신비에 대해 잘 인식해야 합니다. 세례에 있어 영적인 신비를 바르게 해석한다면, 세례를 유아들에게 주는 것은 정당하며, 믿는 가정에 속한 유아들에게 세례를 베풀어주는 것이 의무 사항에 이른다는 것을 확증하게 될 것입니다. 처음에 여호와께서 그들에게 할례를 주도록 하셨을 때, 할례가 의미하는 모든 것에 유아들도 참여하게 하셨습니다(창 17:12). 여호와께서는 유아들에게 행하는 할례가 언약의 약속을 확인하는 인(印)이라고 분명하게 말씀하셨습니다. 만일 이 언약이 지금도 확고부동하게 유효하다면, 구약 시대 유대인의 유아들에게 못지않게 신약교회의 성도의 자녀들에게도 더욱도 유효할 수밖에 없습니다. 그렇지 않다면, 유아들과 관련하여 구약에서는 베풀어졌던 약속과 은혜가 신약에서는 배제되는 것이니, 신약의 은혜가 구약만 못한 은혜가 되고 마는데, 이는 있을 수 없는 일이며, 매우 모순된 것입니다. 할례의 비본질적인 의식과 난지 팔일 만에 할례를 행하라는 일정하게 규정된 날이 폐기되고 세례의 형식으로 바뀌었습니다. 이런 형식이 바뀌고 정한 날의 규례가 사라졌지만, 신약교회의 유아세례는 여전히 엄숙한 의식으로서 주께서 엄숙한 의식으로 유아들을 자신과의 언약 안에 받아들이는 표입니다. 그러므로 구약의 유아할례와 신약의 유아세례의 차이는 그 동일한 것을 인(印)치고 확인하는 방법의 차이일 뿐입니다. 아브라함과 맺으신 언약은(창 17:14) 옛 유대인들에게 못지않게 신약의 그리스도인들에

계도 유효하며, 이 말씀이 구약의 성도들에게 관계된 것과 같이 신약의 그리스도인들에게도 관계됩니다. 그리스도께서 오셔서 아버지의 은혜를 축소시켰다는 흉악한 생각을 하지 않는다면, 유아세례를 부정할 수 없습니다. 따라서 유대인의 어린 자녀들은 언약의 상속자가 되어 불신자의 자녀와 구별되어 거룩한 자손의 회중에 속했습니다(스 9:2; 사 6:13). 동일한 근거로 그리스도인의 자녀들은 거룩하다고 인정되며, 한쪽 어버이만이라도 성도일 경우 그로부터 난 자녀는 불신자들의 자녀들과는 거룩하게 구별된다는 사실을 사도는 확언합니다. **"믿지 아니하는 남편이 아내로 말미암아 거룩하게 되고 믿지 아니하는 아내가 남편으로 말미암아 거룩하게 되나니 그렇지 아니하면 너희 자녀도 깨끗하지 못하니라 그러나 이제 거룩하니라"**(고전 7:14).

주께서 아브라함과 언약을 맺으신 직후에 외적인 성례, 곧 할례로 유아들이 언약에 속하는 은혜를 약속받았다는 인을 치게 하셨는데, 신약교회 안에 성도의 자녀들에게 주어진 언약을 확인하는 인(印)을 금하고 부인하는 근거는 무엇입니까? 구약에서 할례 외에 언약의 약속을 인치는 다른 명령을 받은 일이 없었지만, 신약 시대가 도래 하므로 할례가 폐하여지므로, 성취된 약속을 인(印)쳐야 하는 표가 여전히 필요함을 부정할 수 없습니다. 당연히 유대인과 이방인을 포함한 모든 부름 받은 이들이 함께 언약의 약속을 인(印)칠 표가 있을 수밖에 없습니다. 언약의 약속이 사라져서 할례가 폐하여 진 것이 아니라 유대인들에게 주신 약속이 그리스도 안에서 성취되어 유대인과 이방인이 함께 공유할 그리고 성취된 새로운 국면에 부합한 새로운 성례가 나타나야 하는 것이 이치에 맞습니다. 따라서 우리는 항상 옛 언약과 새 언약 그리고 할례와 세례의 공통점과 차이점이 어떤 의미로 구분되는지 신중히 사고해야 합니다. 구약이나 신약에서나 언약의 본질이 공통되고 언약을 확인해야 하는 필요와 이유도 공통적입니다. 다만 신구약의 차이가 있다면, 예표와 성취를 인해 시대적 경륜과 국면이 바뀌므로, 그 형식과 방법에만 있습니다. 유대인들의 할례가 하던 동일한 일을 세례가 대신할 뿐입니다. 유아세례 무용론이나 부정이 갖는 가장 큰 모순점은 여기에 있습니다. 만일 유대인의 자녀들을 향한 언약의 약속을 인印치도록 한 표를 신약교회의 자녀들에게서 제거한다면, 그리스도께서 오시므로, 구약교회에도 있던 은혜가 신약교회에서 제거되고, 더 축소되고, 모호해지게 됩니다. 구약만 못한 신약이 되는 것입니다. 이런 사고와 믿음은 그리스도에게 큰 모독이 되고 중상이 됩니다. 그러나 그리스도를 통해 성취된 아버지의 무한한 은혜는 구약보다 신약에서 더욱 명백하고 풍요롭게 땅 위에 부어집니다. 할례의 대상이 되었던 유아들을 세례에서 제거하는 일은 그리스도의 강림이 가져온 성취와 풍요를 부정하는 일로 이어집니다.

그리스도께서 언약 백성들의 자녀를 향해 어떤 태도를 취하셨는지 살펴볼 필요가 있습니다. 그리스도께서 어린이들을 불러 축복하셨습니다. 이들은 옛 언약의 표를 가졌던 유아들을 대상으로 주어졌습니다. 신앙을 아직 고백하지 못하는 성도의 자녀에게 주님께서 언약의 복을 선언하셨습니다. 그러므로 우리도 성도의 자녀들을 세례의 표징과 그것이 가리키는 은혜의 실체에서 제외시켜서는 안 됩니다. 주님께서는 자신이 오신 것이 아버지의 자비를 제한하기 위해서가 아니라 오히려 확대하기 위해서였다는 사실을 알리시려 하셨습니다. 그래서 하나님의 백성들이 자신의 자녀들을 데리고 올 때 다정하게 안아주셨고, 축복해주셨습니다. 여기서 축복은 일반적인 축복이 아니라 언약의 복을 선언하신 것입니다. 제자들이 유아들이 다가오는 것을 금하려 할 때, 하늘나라의 주인공인 유아들을 자신의 품에서 쫓아내려 하는 것을 악하게 보시고 책망하셨습니다^(마 19:13-15). 어떤 이들이 주님께서 아이들을 안으시고 축복하신 것과 유아세례가 무슨 관계가 있냐고 물을 지도 모릅니다. 유아세례를 반대하는 사람들은 이 구절을 통해, 주님께서 어린이들에게 세례를 주시지 않고 안으시고 축복하셨으니, 세례를 유아들에게 줄 것이 아니라 기도로 믿음에 이르도록 도와주면 되지 않겠냐고 주장할 것입니다.

그러나 예수님의 말씀과 행동은 이들이 해석한 의미들을 넘어섭니다. 주님께서는 **"천국이 이런 자의 것이니라"**고 말씀하심으로, 당신이 유아들을 안고 축복하신 이유가 언약의 본질에 속한 것이라는 점을 가르쳐 주십니다. 그리스도께서는 유아들을 안으시고 기도하시고 축복하신 이유는 유아들을 교회의 회중의 지위를 소유하고 있음을 가르치려 하신 데 있습니다. 예수님의 말씀과 행동은 유아들이 언약 백성에 속한 존재임을 인정하시는 말씀과 행위이므로, 유아들은 언약 백성의 지위를 갖게 됩니다. 유아들이 언약 백성이며 그러므로 그들에게 언약의 약속이 주어져 있다면, 반드시 그 약속을 인치는 표가 있어 마땅하며, 그런 의미에서 성도의 자녀로서 유아들에게 세례를 베풀어야 합니다. 성도의 자녀들은 그리스도와 친교의 대상이며, 이들에게도 하늘나라의 약속이 주어졌습니다. 그러므로 이들이 교회의 가족이기에, 이들에게 교회의 문을 열어주는 표징으로서 세례를 베풀어야 하는 것입니다. 이렇게 유아들은 은혜 언약의 상속자들이 됩니다. 유아세례를 부정하는 것은 그리스도 안에서 유아들에게 주어진 은사와 장식들을 강탈하는 것입니다. 예수님께서 유아들에게 행한 행동과 말씀은 언약의 약속을 가진 대상에게 가능한 행동이며 말씀이셨습니다. 주님의 행동과 말씀 속에 언약의 의미가 내포되어 있다면, 언약이 있는 곳에 언약의 표지가 뒤 따르는 것은 당연한 이치입니다. 예수님께서 유아들을 받으시고 안으시며 안수하시고 기도하심은 그들을 자신의 것으로 성별하시는 선언과 같습니다. 어떤 이들은 주님께서 **"어린 아이들이 내게 오는 것을 용납하고 금하지 말라 하나님의 나라가 이런 자의 것이니라**(눅 18:15; 마 19:14; 막 10:13 참조)**"** 말씀하실 때, **"아이들"**이 어느 정도 자라서 혼자 올 수 있는 아이들이었다고 주장하며, 유아세례를 부정하려 합니다. 그러나 본문에서 **"어린 아이**(παιδίον)**"**은 **"매우 어린 아이"**, 곧 **"유아**(infant)**"**를 의미합니다. 14절의 **"어린 아기**(βρέφος)**"**도 **"태아**(embryo)**"**, **"갓난 아이"**(baby), **"유아"**(infant)를 의미합니다. 칼뱅도 이 희랍어가 젖먹이를 뜻한다고 가르칩니다. 그러므로 **"오

는 것을 용납"하라는 말씀은 어린 아이들이 자라서 스스로 올 수 있는 나이라는 의미가 아니라 부모들이 그들을 데리고 "**접근**"하게 용납하라는 의미입니다. 예수님께서는 유아들을 언약 백성으로 용납하시므로, "**어린 아이들이 내게 오는 것을 용납하고 금하지 말라 하나님의 나라가 이런 자의 것이니라**"라고 말씀하십니다. 즉, 유아들이 언약 백성의 구성원이기에 그들에게 하나님 나라를 소유케 하십니다.

삼위일체나 행위언약과 은혜언약처럼, 유아세례는 성경에 명시적으로 표현되어 있지 않더라도 그 내용과 개념이 함축적으로 제시되므로 하나님의 명령으로 인정해야 합니다. 성경은 개종자가 있을 때 한 가정이 세례를 받았다고 가르칩니다(행 16:15, 32). 가족의 성원들 중 유아가 빠질 수 없습니다. 유아가 집적 언급되지 않았다고 유아를 배제해서는 안 되는 이유는 주의 성찬에 여자들의 참여를 성경이 명시적으로 언급하지 않는다고 여자들을 성찬에서 제외해서는 안 되는 이치와 같습니다. 참으로 세례의 제정 목적에 주의만 한다면, 세례는 신앙고백을 나타낼 수 있는 나이에 이른 사람과 똑같이 유아들에게도 합당합니다. 무엇보다 고대 저술가들은 유아세례가 사도 시대에 시작되었다는 것을 모두 인정합니다.

(3) 유아세례에서 오는 은혜와 유익

유아세례는 세례를 받는 유아들 자신과 그 부모들에게 모두 유익을 줍니다. 특별히 유아세례는 우리의 믿음에 특별한 위로를 베풀어줍니다. 첫째, 유아세례는 유아세례를 받는 유아들의 부모들에게 유익을 줍니다. 인장(印章)을 찍는 것과 같이 유아에게 전달되는 하나님의 표징은 경건한 부모에게 주신 약속을 확정하고, 여호와께서 그들뿐만 아니라 그들의 후손들에게도 하나님이 되시며, 그 후손들에게까지 인애와 은총을 베풀어주신다는 사실을 비준합니다(출 20:6). 경건한 사람들이 자신들의 신앙으로 인해 그 후손까지 은혜를 베풀어주시는 하나님의 약

속을 확신할 때, 하나님의 선하심에 감동되어 주님의 영광과 은혜를 찬
양하며 즐거움으로 가득해 인애하신 하나님을 더욱 깊이 사랑하게 됩니
다. 이들은 하나님께서 자기들을 대신해 그 후손들을 돌보고 계심을 깨
닫기 때문입니다. 우리 자녀들이 구원을 얻으리라는 확신의 토대는 주
의 약속으로 충분합니다. 하나님께서 우리의 연약함 때문에, 우리 자녀
들에게 미칠 언약의 은혜를 유아세례를 통해 인印치십니다. 하나님께서
는 주의 언약이 자녀들의 몸에 새겨지는 것을 부모들이 자기 눈으로 보
게 됨으로 확신을 얻게 됩니다. 둘째, 유아세례는 유아 자신들에게 유익
을 끼칩니다. 이들은 교회의 접붙임을 받게 되므로, 다른 지체들에게 꽤
나 더 많은 인정을 받게 됩니다. 그리고 이들이 장성했을 때, 남다른 자
극을 받아 하나님을 예배하는 진지한 열의를 갖게 됩니다. 이는 하나님
을 아버지로 깨달을 나이가 되기 전에, 엄숙한 징표를 통해 하나님께 받
아들여졌기 때문입니다. 그러나 이 의식에는 언약적 위협도 포함되어 있
습니다. 언약의 징표로써 자기 자녀에게 인印치는 것을 멸시하는 자에게
하나님께서는 엄중한 보복을 하실 것이라는 저주를 우리는 두려워해야
합니다. 왜냐하면 이런 멸시에 의해서 은혜가 배척되고 포기되기 때문입
니다(창 17:14).

재세례파는 유아세례를 부정하기 위해 할례와 세례의 차이점을 비
성경적으로 이끌어내어 할례와 세례를 본질적으로 다른 것으로 만듭니
다. 이들은 구약과 신약의 언약이 아주 다르며, 각각의 언약 아래서 아이
들을 불러냄도 같지 않다고 주장합니다. 이들은 할례는 육을 죽이는 형
상이었지만, 세례는 그러한 형상이 아니었다고 주장합니다. 그러나 할
례가 죽임의 형상이었듯, 세례 역시 죽임의 형상입니다. 할례가 옛 유대
인들에게 예표적으로 전달했던 것을 세례는 성취된 경륜에 적합하게 할
례를 대신할 뿐입니다. 골로새서 2장은 둘 중에 어느 것이 더 영적이라
고 말하지 않습니다. 여기서 바울은 우리의 육에 거하는 죄의 몸을 벗어
버렸을 때, 우리는 그리스도 안에서 손으로 행하지 않은 할례를 받았다

고 전합니다. 사도는 이것을 **"그리스도의 할례"**(골 2:11)라고 부릅니다. 그리고 이를 설명하기 위해 **"너희가 세례로 그리스도와 함께 장사되고"**(골 2:12)라고 덧붙입니다. 이런 말씀은, 세례와 할례가 본질적으로 하나이며 동일하다는 뜻을 전하고 있습니다. 사도의 말씀에 의하면, 이전에 할례가 유대인들을 위해 하던 일을 지금 그리스도인들을 위해서는 세례가 하고 있습니다. 옛 언약도 본질에 있어서 새 언약과 동일합니다. 구약 시대에 하나님께서 이스라엘 백성들과 언약을 맺으시고 재가하셨을 때, 이 언약에 포함된 근본 약속들은 영적이고 영생에 관계된 것이었습니다. 구약의 약속을 받은 조상들은 그것들을 영적으로 받았으며, 그것들로부터 미래의 삶에 대한 확신을 얻었고, 마음을 다하여 그것들을 열망했습니다. 물론 아직 구약의 예표와 예언이 성취되기 전, 이들의 연약함으로 인해 물질적인 복과 저주로 영원한 복과 저주를 예표하고 가르치는 일이 신약과 구별되는 부차적이고 시행적인 비본질적 차이임을 기억할 필요가 있습니다. 그럼에도 불구하고, 구약시대에 지상적 약속은 영적 약속을 원천으로 삼습니다. 지상적 약속은 영적 약속의 예표가 됩니다. 따라서 신구약의 약속의 본질은 갖지만, 구약은 그 본질을 좀 더 지상적인 것을 통해 가르치려 했습니다. 언제나 영적 약속이 항상 첫 자리를 차지합니다.

(4) 할례와 세례 사이에 부차적이고 비본질적인 시행적 차이점

칼뱅에 따르면, 재세례파가 내세운 세례와 할례의 본질적 차이점은 우습고 조리가 전연 없으며 서로 모순됩니다. 이러한 재세례파의 공격과 칼뱅의 논박을 문답형식으로 정리를 해보면 다음과 같습니다.

첫째, 재세례파는, 세례는 영적 전투의 첫날에 해당하지만, 할례는 육을 죽이는 일이 끝난 후 여덟째 날에 해당한다고 선언한 후, 즉시 자신들이 방금한 말을 잊어버리고는 논조를 바꾸어 할례는 육을 죽이는 일의 형상이라고 부르며, 세례는 매장이라고 부릅니다. 이미 죽은 자가 아니면 그 누구도 장사될 수 없다는 논거에서 그렇게 말합니다. 칼뱅은 이에 논박합니다. 처음 언급한 대로 생각하자면, 세례가 할례보다 먼저 있어야 할 것이고, 둘째 언급에서는 할례보다 세례가 뒤에 있어야 합니다. 만일 그들이 제8일에 대해서 비유를 말하고 싶었다고 하더라도 이러한 방법으로 논증하는 것은 오류를 갖습니다. 고대 저술가들에 의하면, 여덟이란 수는 제8일에 있었던 부활에 관련시키는 것이 더 적합합니다. 새로운 생명이 부활에 달렸다는 것은 우리도 아는 바입니다. 혹은 현세 생활의 전 과정에 관련시키는 것이 좋습니다. 현세 생활에서는 육을 죽이는 일이 지상 생명이 끝나고 완성될 때까지 지속되어야 합니다. 그러나 하나님께서 제8일까지 할례를 미루신 목적은 아직 연약한 유아들의 육체를 배려하신 것으로 생각해야 합니다. 갓 낳은 아기에게 할례의 상처는 매우 위험한 것이기 때문입니다. 재세례파는 이전에 죽었던 우리가 세례를 통하여 장사된다고 강조하지만, 성경은 이와 달리, 우리가 먼저 죽어야 그 죽음 가운데서 육을 죽이는 일이 비로소 일어나기 때문에, 우리는 죽음으로부터 장사됨에 이르는 것이 아니라 장사됨으로써 죽음에 이른다고 가르칩니다(롬 6:4).

둘째, 재세례파는 세례가 할례와 같아야 한다면, 구약처럼 여성들은 세례를 받아서는 안 된다고 궤변을 늘어놓습니다. 그러나 할례의 표징에 의해서 이스라엘 자손의 거룩함이 입증되었다면, 이 표징으로 인해 의도된 바는 남자들과 여자들이 동등하게 거룩하게 된다는 사실임에 틀림없습니다. 할례의 경우 남자의 몸의 본성으로 인해 남자만 그 표징이 새겨질 수 있었으나, 남자들을 통하여 여자들도 할례의 동반자와 협력자가 될 수 있었습니다. 그러나 세례는 남자의 몸의 본성과 같은 제한을 갖지 않는 방식으로 표징이 새겨질 수 있기 때문에 여자들도 세례를 받을 수 있습니다. 할례와 세례는 이처럼 외적인 시행의 차이가 있을 뿐, 내적인 신비에 있어서, 약속에 있어서, 효력에 있어서 본질적으로 동일합니다.

셋째, 재세례파는, 유아들은 세례가 의미하는 신비, 즉 영적 중생을 이해할 수 없으며, 이들은 갓 난 아이 때 중생할 수 없다고 주장합니다. 그러므로 이들은 거듭나기에 적합한 연령이 될 때까지, 유아들은 단지 아담의 후손으로 간주해야 한다고 주장합니다. 그러나 칼뱅에 따르면, 아이들은 아담의 자녀들에 속하며 죽음에 내버려져 있습니다. 아담 안에서 모든 사람이 죄인 되었고 죽어있습니다(롬 5:12-14). 주님께서는 그런 아이들을 자신에게 데려오라고 명령하셨습니다. 그렇게 하신 이유는, 주님께서 생명이시기 때문입니다. 곧, 주님께서는 유아들을 자신에게 참여시키시므로 그들에게 생명을 주시기 위함이었습니다.

넷째, 재세례파는 선악에 대한 지식이 없는 유아들이 어떻게 중생하느냐고 공격합니다. 그러나 선택을 받아 구원받을 아이들은 주께서 먼저 중생시키십니다. 모태에서 타고난 오염이 그들에게 있다면, 오염된 것이나 부패한 것은 하나님 나라에 들어갈 수 없으므로(계 21:27), 유아들은 하나님 나라에 들어가기 전에 오염된 것을 깨끗이 제거해야 합니다. 그 증거로 세례 요한을 들 수 있습니다. 하나님께서는 세상 밖으로 나오기 전 어머니의 모태에 있을 때 그를 거룩하게 하셨습니다(눅 1:15). 하나님께서는 다른 태아들에게도 같은 일을 하십니다. 요한은 나기 전부터 성령의 충만을 받았습니다. 칼뱅은 그리스도의 유아기를 주목합니다. 주님께서는 자신 안에서 택함 받은 모든 연령에 속한 자들을 구별 없이 거룩하게 하시려 갓 난 아이 때부터 거룩하게 되셨습니다. 그리스도께서는 우리의 육의 부패를 씻어내시려고 육신을 입으셨습니다. 그 육체 가운데서 우리를 위하여, 우리 대신에, 완전한 순종을 이루셨습니다. 주님께서는 성령으로 잉태되심으로 육체를 취하셨고, 육체 가운데서 성령의 거룩함을 충만히 받으셨습니다. 그리하여 자신 안에 거룩함을 우리에게 부어주시려 하셨습니다. 하나님께서 자신의 자녀들에게 부여하시는 모든 은혜를 가장 완전하게 보여주는 예를 우리는 그리스도 안에서 발견하게 됩니다. 그리스도께서는 유아에게도 성화가 주어진다는 증거가 되십니다. 베드로가 성령은 **"썩지 아니할 씨"**인 **"하나님의 말씀"**으로만 중생될 수 있다고 가르친 것(벧전 1:23)은 성인들을 대상으로 말한 것이지, 유아세례를 부정하려고 한 말이 아닙니다.

다섯째, 재세례파는 믿음은 들음에서 나는데(롬 10:17) 유아들은 설교를 이해하지 못하므로 거듭날 수 없다고 말합니다. 물론 믿음은 들음에서 납니다. 그러나 사도가 들음을 믿음의 시작으로 삼을 때 이는 하나님의 통상적인 경륜과 경영, 곧 통상적인 구원하시는 방법을 묘사하고 있을 뿐, 유아들을 구원하시는 하나님의 특별한 은혜와 능력을 배제하려는 뜻이 아닙니다. 따라서 유아들의 경우는 다릅니다. 하나님께서 유아들을 구원하실 때는 스스로 고백할 수 있는 나이에 이른 사람들과 다른 방식을 사용하십니다. 유아들의 경우는 내적인 방식, 즉 설교가 아닌 성령의 직접적인 조명으로 그들에게 자신에 대한 지식을 제공하십니다. 갓난 아이 때 죽어 즉시 영생에 이르게 된 유아들은 하나님께 받아들여져 그분의 얼굴을 깊이 바라보게 될 것입니다.

여섯째, 재세례파는, 세례가 회개와 믿음의 성례라는 점을 고려할 때, 유아들에게 회개하거나 믿을 수 있는 능력이 없기 때문에 세례 자체가 무익하고 헛되다고 말합니다. 그러므로 그들은 유아들을 세례의 교제 속으로 받아들여서는 안 된다고 주장합니다. 그러나 칼뱅은, 할례와 세례의 통일성에 근거해 이러한 공격을 논박합니다. 사실 할례 또한 회개의 표였습니다(렘 4:4; 9:25; 신 10:16; 30:6). 바울은 할례를 **"믿음으로 된 의(義)를 인친 것"**이라고 부릅니다(롬 4:11). 성경은 할례와 세례가 본질적으로 믿음과 회개의 표라고 가르치며, 구약에서 할례를 이러한 의미로 여기는 가운데 유아들의 몸에 바로 그 믿음과 회개의 인(印)을 쳤습니다. 두 성례가 모두 같은 의미를 지닌 바, 한 쪽에 속한 것을 한 쪽에서 부정할 수 없습니다. 할례에서 믿음과 회개의 표를 받는 대상으로 유아들을 포함시켰다면, 세례에서도 유아들을 믿음과 회개의 표를 받는 대상으로 여겨야 합니다. 비록 유아들이 할례를 받는 그 순간에 표징의 뜻을 지적으로 인식하지 못하지만, 하나님의 약속을 따라 유아들은 부패하고 오염된 본성을 죽임에 이르게 하는 할례를 받은 것입니다. 다만 이러한 죽임이 그들의 지성과 의지 가운데 인격적으로 실행되는 것은 성장한 이후에 있을 것입니다. 유아들은 장래의 회개와 믿음을 위해서 세례를 받으며, 아직은 회개와 믿음이 그들 안에 발생하지 않았지만, 성령의 은밀한 역사에 의해 그 씨(s)(emen/the seed)가 그들 안에 숨어 있다고 할 수 있습니다. 그러므로 유아세례를 베푼 후 그 씨가 자라 그 실체를 외적으로 나타나는 때, 믿음과 회개를 확인하기 위해, 교회는 **입교 제도**를 두고 있는 것입니다.

유아들에게 할례가 그렇듯 유아세례에 있어서도 본체나 실제나 의미가 표징에 앞서지 않습니다. 유아들은 자라서 세례 받은 뜻을 깨닫게 되기 때문입니다. 중생의 표징을 받은 유아들이 장성하기 전에 죽게 되면, 하나님께서는 사람이 이해할 수 없는 자신의 영의 능력으로 죽은 유아들을 중생시키십니다. 그러나 유아들이 장성해서 세례의 진리를 배울 수 있는 나이가 된다면, 그들이 갓 난 아이일 때 받은 갱신의 표가 그들로 하여금 일평생 갱신을 묵상하도록 주신 것임을 인식하게 됨으로 갱신을 이루기 위해 더 큰 열의와 사모함을 갖게 될 것입니다.

세례는 유아들에게 위로가 되므로 그들에게서 그것을 빼앗아서는 안 됩니다. 인간은 태어날 때부터 죄인이므로, 모태에 있을 때부터 용서를 받을 필요가 있습니다. 하나님께서는 죄 사함을 받고 거듭날 필요가 있는 유아들에게 구속받을 소망을 빼앗지 않으시고 오히려 더욱 확실하게 하십니다. 이것이 유아들에게 베풀어지는 언약 안에 실체일진데, 실체보다 훨씬 낮은 표징을 유아들에게서 빼앗을 이유가 없습니다. 주께서는 어린이들을 천국의 상속자라고 하셨습니다(마 19:14). 그러므로 유아들은 당연히 교회의 일부입니다. 여기서 교회는 보편교회입니다. 고린도전서 12장 13절에서, 세례에 의해서 그리스도의 몸에 접붙임을 받는다고 말씀합니다. 그리스도의 몸에 접붙임을 받는 대상들에게 반드시 세례를 베풀어야 합니다. 그러므로 우리는 교회의 일부분인 유아들에게도 반드시 세례를 주어야 한다는 결론에 이릅니다. 세례는 그리스도의 몸에 접붙여진 사람이란 사실을 알리는 표이기 때문입니다. 아브라함과 이삭은 어른과 유아의 차이를 대표합니다. 성인 세례의 예로써 아브라함을 들 수 있습니다. 아브라함의 경우는 표징의 의미인 언약의 내용을 아브라함에게 먼저 언명하셨습니다(창 15:1). 또 아브라함의 경우 언약의 약속을 듣고 믿은 후에 할례를 받았습니다(창 17:11). 아브라함의 경우는 언약에 대한 외인이었던 장성한 사람으로서 이제 언약 공동체에 받아들여지는 의미로 언약의 내용을 듣고 믿은 후에 할례를 받았습니다. 그가 장성한 사람으로 복음을 받았기 때문입니다. 그러나 이삭은 유아세례의 예가 됩니다. 이삭의 경우는 아브라함이 믿음의 부모라는 사실에 근거해 지적 이해력이 없을 때 할례를 받았습니다. 그러나 이삭은 타고난 권리로 언약의 공식에 따라 모태로부터 언약에 속한 자로 태어났기 때문에 유아 때 할례를 받았습니다. 하나님께서는 때때로 이스라엘의 자녀들에게 그들이 하나님을 위해 잉태되고 태어난다고 말씀하십니다(겔 16:20; 23:37). 성도들의 자녀들은 구약에서나 신약에서나 지성의 도움 없이 언약에 참여하기에, 이들에게서 언약의 표징을 빼앗을 수 없습니다. 하나님께서는 아브라함의 후손들에게 아버지가 되어주실 것을 약속하셨습니다(창 17:7). 그러나 장성해서 그리스도를 믿게 된 사람들은 지금까지 언약에 대해 외인이었으므로, 그들이 언약 공동체의 일원이 되기 위해서 믿음과 회개를 나타내야만 하며, 믿음과 회개를 확인한 연후에 세례를 받을 수 있습니다.

(5) 유아세례를 받지 못한 유아들이라고 해서 다 멸망하는 것은 아님

재세례파는 **"물과 성령으로"** 거듭난다는 요한복음 3장 5절을 근거로 중생하지 않은 자에게 세례를 주는 것은 오류라고 공격합니다. 이들은 **"물"**을 **"세례"**와 동의어로 봅니다. 그러나 칼뱅에 따르면, 물은 성령께서 영혼을 깨끗이 씻어내시는 사역의 표징일 뿐입니다. **"물과 성령"**은 **"물이신 성령"**입니다. 즉, 물은 상징하는 역할과 기능이고, 물이 가리키는 실체는 성령이십니다. 이는 마태복음 3장과 비슷한 용법입니다. 세례를 받지 않은 사람들이 다 멸망하는 것은 아닙니다. 세례를 받을 기회를 어떤 피치 못할 사정으로 빼앗겨 세례를 받지 못한 사람들은 정죄할 수 없습니다. 세례가 구원의 원인이 될 수 없습니다. 오히려 세례는 받은 구원을 표할 뿐입니다. 그러나 세례를 멸시해서도 안 됩니다. 왜냐하면 하나님께서 구원의 실체를 구원의 표에 묶어 놓으셨기 때문입니다. 그러므로 피치 못할 상황 외에 모든 신자의 자녀들에게 유아세례를 베풀고, 장성한 자들은 믿음과 회개를 나타낸 후 세례를 받아야 합니다.

(6) 유아에게 세례를 주지만 성만찬은 참여시키지 않는 이유

재세례파는 유아들에게 성만찬을 허락하지 않은 즉, 세례도 허락할 수 없다고 주장합니다. 그러나 고대 교회에서 일반적으로 유아들에게 성만찬을 허락했다는 사실이 키프리아누스와 아우구스티누스의 글에서 발견됩니다. 그러나 이 관습이 폐지된 것은 마땅한 일이었습니다. 물론 세례는 교회에 들어가는 문이며 일종의 입문식이기에, 유아들이 언약의 백성인 이상 세례를 베풀어주는 것이 당연합니다. 그러나 성만찬은 유아기를 지나 단단한 음식을 먹을 수 있는 사람들에게 주는 것이 유익합니다. 세례에는 연령의 제한이 없지만, 성만찬에는 연령의 제한을 둡니다. 그 이유는, 성만찬은 주의 몸과 피를 분간한 자들에게 허락되기 때문입니다(고전 11:28, 29). 유아들은 자기반성이 불가능합니다. 성만찬은 세례 받은 성인들 가운데 제한적으로 허락되어야 마땅합니다. 세례와 성만찬의 관계는 할례와 유월절 만찬의 관계와 같습니다. 할례가 유아들에게 허락되었지만, 유월절 만찬 의식은 그 뜻을 물을 만한 나이의 자녀들이 참여할 수 있었습니다(출 12:26). **"이 후에 너희의 자녀가 묻기를 이 예식이 무슨 뜻이냐 하거든"**(출 12:26).

결론적으로, 유아세례를 가르치는 이유와 그 목회적 의도는 이러합니다. 사탄은 유아세례에서 얻을 수 있는 확신과 영적 기쁨을 우리에게 빼앗는 동시에 하나님의 선하심과 영광을 조금이라도 감소시키려 합니다. 신자들은 하늘 아버지께서 우리의 자녀들까지도 은혜로 돌보신다는 말씀을 들을 뿐 아니라 유아세례를 통해 눈에 보이는 표와 인(印)을 주셨습니다. 부모들은 이것을 위로로 삼고 즐거움으로 삼아야 합니다. 우리가 죽은 후에도 하나님께서 우리의 자녀들을 돌보아 주시는 하나님이십니다. 따라서 유아세례는 우리에게 다음과 같은 실천을 낳습니다. 유아세례는 우리로 하여금 하나님의 자비에 대해서 감사하게 하고, 우리의 어린 자녀들에게 경건을 가르치려는 열의를 갖게 합니다. 결론적으로, 이처럼 하나님께서 유아들을 자기의 권속, 즉 교회의 일원으로 받아 주시기 때문에 유아세례가 존재할 수밖에 없습니다.

20

성찬

1 성찬의 정의의 의미

성찬은 떡과 포도주로 대속을 성취하신 그리스도의 살과 피에 참
여하는 영적 잔치로서 주께서 제정하신 성례입니다. 떡과 포도주로 이루
어진 성찬의 표징들은 우리가 그리스도의 살과 피에서 받는 보이지 않
는 영적 양식을 상징합니다. 그리스도께서는 생명을 살리시는 떡이시며
(요 6:51), 우리의 영혼은 그 떡으로부터 불멸성을 먹게 됩니다. 그리스도께
서는 우리 영혼의 유일한 양식이십니다. 그러므로 하늘 아버지께서 우리
를 그리스도께로 초대하셔서, 우리가 그와 교통하므로 매번 새로운 힘
을 회복하며, 마침내 하늘 영생에 이르도록 하십니다. 그러나 그리스도
와 신자의 은밀한 연합의 신비는 본성상 이해할 수 없는 것이므로, 하나
님께서는 우리의 미약한 수준에 가장 적합한 보이는 표징들 가운데서
그 신비의 형상을 보여주십니다. 담보물과 표를 주심으로써 마치 우리
가 눈으로 보는 것같이 확실히 우리에게 드러나게 하십니다. 즉, 떡과
포도주가 육신의 생명을 유지하는 것과 같이 영혼은 그리스도로부터
양식을 얻습니다. 칼뱅은, 하나님께서 성찬을 통해 이처럼 신비한 은총
을 베풀어주시는 목적을 다음과 같이 제시합니다. 성찬은, 주님께서 이

미 자신의 몸을 우리를 위한 희생 제물로 단번에 드리셔서 이제 우리가
그것을 먹고 살아가게 하시며, 그렇게 먹음으로써 유일한 희생제물이
우리 속에서 역사하고 있음을 느끼게 합니다. 또 성찬은, 주님께서 우리
의 구속을 위해 자기의 피를 흘리셔서 우리를 위한 항구적인 음료가 되
신다는 사실을 우리에게 확정시킵니다. **"가라사대 받아 먹으라 이것이
내 몸이니라"**(고전 11:24; 마 26:26; 막 14:22; 눅 22:19). 이러한 명령의 의도는, 떡과
포도주라는 표징을 우리가 먹고 마시는 행위를 통해 생명을 주는 그리
스도의 죽음의 능력이 우리 안에 역사하고 있음을 바라보게 하시려는데
있습니다. 같은 의도로, 주님께서 포도주의 잔을 **"내 피로 세우는 새 언
약"**(눅 22:20; 고전 11:25)이라고 부르십니다. 믿음을 가지고 표징의 의미를 인
식한 성도가 포도주의 잔이라는 표징을 마실 때, 성령께서는 그리스도
께서 흘리신 거룩한 피의 효력에 대한 믿음을 강화시켜주십니다. 이렇게
하심으로 주께서는 자신의 피로 단번에 비준한 언약을 얼마간 새롭게
하시고 또 존속시켜 주십니다. 성찬의 가장 부요한 의미는, 그리스도와
의 연합 안에서 부여된 은총과 복의 표요 인(印)이라 할 수 있습니다. 성
찬이 가리키는 실체는 그리스도와의 연합 안에서 우리가 주님과 하나
될 때, 그리스도 안에 있는 모든 대속의 은총과 복을 우리의 것으로 삼
을 수 있다는 사실입니다. 이러한 이유로 경건한 영혼들은 성찬으로부
터 큰 확신과 기쁨을 얻습니다.[28]

　떡과 포도주라는 표상과 떡과 포도주가 가리키는 실체 사이에 관
계는 물질적인 것과 영적인 것의 **"유비**(analogia/analogy)**"**의 관계로 설명될
수 있습니다. 성령께서는 물질적인 표징을 통해 우리를 영적인 실체로
이끌어 내십니다. 그러므로 떡이 우리의 육신에 영양과 생명을 공급하
듯이, 성찬의 떡은 우리의 영혼을 양육하고 살리는 유일한 영혼의 양식,

28　*Inst.* IV. xvii. 2. 칼뱅의 신학에 있어 "그리스도와의 연합"(union with Christ) 사상은 중요성
　을 갖는다. *Inst.* III. i. 1과 III. xi. 10을 참조하라.

우리의 구원을 위해 희생의 제물이 되신 그리스도의 몸을 가리킵니다. 마찬가지로 포도주가 육신의 음료로서 가져오는 어떤 작용과 유익을 제공하듯이, 성찬의 포도주는 그리스도의 피로 말미암아 주어지는 영적인 유익들, 곧 우리를 영적으로 자라게 하고, 새롭게 하며, 견고하게 하며, 즐겁게 하는 것을 가리킵니다. 따라서 이런 유비의 원리에 근거해, 떡과 포도주라는 표징을 먹고 마실 때, 그리스도께서 눈 앞에 계시며 우리 손으로 만질 수 있는 것같이 생각해야 합니다. 이런 의미로 주께서는 이렇게 명령하셨습니다. **"받아서 먹고 마시라 이것은 너희를 위하여 주는 내 몸이라 이것은 죄사함을 얻게 하려고 흘리는 나의 피니라"**(마 26:26-28; 고전 11:24의 융합, 막 14:22-24; 눅 22:19-20). **"받아라"** 명령하심으로써 주께서 먹고 마시라 명령하신 물질적 표징이 가리키는 그 모든 실체들이 우리의 소유인 것을 알리셨고, **"먹고 마시라"**고 명령하심으로써 표징이 가리키는 것이 우리와 일체가 되었음을 알리셨습니다. 우리를 위하여 주님께서 그분의 몸을 주시고 피를 흘리신다고 말씀하셨기에, 주님의 몸과 피는 우리의 것으로 주어졌습니다. 주님께서 몸과 피를 취하셨다가 우리를 위해 내어 주셨습니다. 이는 우리의 구원을 위한 것이었습니다. 성례의 가장 중요하고 모든 것을 아우르는 작용이 **"이것은 너희를 위하여 주는 내 몸이라"**와 **"이것은 죄 사함을 얻게 하려고 흘리는 나의 피니라"**라는 말씀에 있습니다. 주님께서 자신의 몸과 피를 우리의 구원을 위하여 단번에 내어 주시므로, 그의 몸과 피를 지금 우리에게 분배하는 일이 가능해졌습니다. 그리스도의 몸과 피로부터 오는 은혜가 우리에게 속해있으며, 그리스도의 몸과 피가 우리의 생명의 영적 양식으로서 우리를 위해 예비 되었습니다. 믿음을 가진 성도들은 누구나 말씀 선포와 성찬을 통해 이 양식을 누리며 그 잔치에 참여할 수 있습니다.

2 성찬이 주는 약속

성찬의 가장 중요한 기능은 하나님께서 언약 안에서 약속하시고 선언하신 바를 표징을 통해 확인하는 것입니다. 성찬은 언약의 약속을 인(印)치며 약속에 대한 믿음을 더욱 강화시키는 역할을 합니다. 은혜 언약 안에 있는 약속을 성도에게 확인시키기 위해서 성찬은 성도를 그리스도의 십자가로 보냅니다. 십자가에서 그 약속이 수행되고 모든 점에서 성취되었습니다. 그리스도를 십자가에서 못 박히신 분으로 받아들이지 않거나 주님의 죽음의 작용을 이해하지 못한다면, 우리는 그리스도를 생명의 양식과 음료로 생명에 이르게끔 유익하게 먹고 마시는 것이 아닙니다. 우리는 그리스도의 대속 사건(벧전 3:22; 고전 15:54; 고전 15:53-54)과 그 의미와 효과를 이해하고 믿는 가운데 성찬에 참여해야 합니다.

3 "믿음으로 먹는다"는 말의 의미

성찬은 이미 받은 것을 확증하고 인(印)치며 강화하는 역할을 합니다. 그러므로 그리스도께서 성찬으로써 처음으로 생명의 떡으로서 존재하기 시작하시는 것이 아니라 믿음으로 이미 얻은 것을 성찬을 통해 생각나게 하시며, 생명의 떡의 맛과 향을 기억하게 하시며, 그 떡의 힘을 느끼게 하시는 것입니다. 성찬은 그리스도께서 하신 일과 받으신 고난이 모두 우리를 살리시기 위한 것이었다는 사실을 확신시키고, 이 믿음을 자라게 하며, 힘을 얻고 보존되게 하는 역할을 합니다. 이렇게 그리스도께서는 성령을 통해 외적으로 가리키는 것을 내면적으로 성취하시므로 그의 몸을 우리에게 주십니다. 따라서 우리는 다음과 같은 두 가지 오류를 경계해야 합니다. 첫째는, 우리가 표징들을 극단적으로 경시하여 신비와 그것에 부착되어 있는 표징들을 분리해서는 안 됩니다. 둘째는, 반대로 표징을 과도하게 찬양하므로 신비 자체를 모호하게 만들어서는 안 됩니다.

신앙이 전혀 없는 사람이 아니라면, 주님께서 생명의 떡이시며 이 떡에서 신자들이 영생을 얻기 위한 영양분을 공급받는다는 사실을 부인하는 사람은 없을 것입니다. 그러나 그리스도께 참여하는 방식에 대해서는 입장이 하나로 일치되지 않습니다. 어떤 이는 "**먹는다**(요 6:26-27)"는 의미를 단지 믿는다는 뜻에 불과한 것으로 여깁니다. 그러나 칼뱅은 더 명확하고 숭고한 의미가 있다고 가르칩니다. 즉, "**먹는다**"는 의미는 그에게 참여함으로써 우리가 살아나게 된다는 것을 뜻합니다. 주님께서 "**주님께 참여**"를 "**먹는다**"는 말씀과 "**마신다**"는 말씀으로 지정하셔서, 단순한 지식으로 생명을 얻을 수 없고, 반드시 그리스도께 참여해야 한다는 사실을 가르쳐주셨습니다. 떡이 몸에 양분이 되기 위해서는 단지 쳐다봐서는 안 되고 먹어야 하는 것처럼, 주님의 능력으로 생기를 얻어서 영적인 삶을 사는데 이르기 위해서 우리의 영혼이 반드시 그리스도께 진실로 그리고 깊이 참여해야 합니다. 칼뱅은 이것이 "**믿음의 먹음**"이라는 것을 인정하지만, 어떤 이들이 이 말을 이해하는 것과 칼뱅의 이해는 차이가 있습니다. 어떤 이들에게 먹는다는 것은 단지 믿는다는 의미일 뿐입니다. 그러나 칼뱅은 "**믿는 것으로써 그리스도의 살을 먹게 된다**"는 의미로 "**먹는다**"는 말을 이해합니다. 왜냐하면 주님의 살은 믿음으로써 우리의 것으로 작용하기 때문입니다. 그리고 이 먹음은 믿음의 열매이며 결과입니다. 즉, "**믿음**"은 "**먹는 것**"과 동일한 것이 아니라 "**믿음**"은 "**먹는 것**"의 원인이요 "**먹는 것**"은 "**믿음**"의 결과입니다. "**믿음**"과 "**먹는 것**" 사이에는 이런 관계가 있습니다. 어떤 이들에게 먹음이 곧 믿음이지만 칼뱅에게는 먹음이 믿음의 결과입니다. 예를 들면, 사도가 "**믿음으로 말미암아 그리스도께서 너희 마음에 계시게 하옵시고**"(엡 3:17)라고 전한다고 해서 내주(內住)를 믿음이라 해석하지는 않습니다. 모든 사람들이 내주가 믿음의 결과인 것을 이해합니다. 이런 이치로 주님께서는 자기를 **"생명의 떡"**이라고 부르심으로써(요 6:48), 구원은 그의 죽으심과 부활을 믿는 믿음에 의존할 뿐 아니라 떡을 먹으면 몸에 생기를 주는 것과 같이, 참으로 그를 먹음으로써 그의 생명이 우리 속에 옮겨져서 우리의 생명이 된다는 것을 가르치려 하셨습니다. **"믿음의 먹음"**이라고 해서 먹음이 단지 믿음의 형상에 그치는 것은 아닙니다. **"먹음"**은 믿음으로 주님께 참여하여 그 안에 있는 것을 소유하고 누리는 실재를 나타냅니다.

뿐만 아니라 칼뱅은 어떤 사람들처럼 성찬과 관련하여 단지 성령에 참여하는 것만을 논할 뿐, 생명이 양식인 몸을 먹고, 생명의 음료인 피를 마시는 것, 또 이것이 없이는 생명이 없다는 사실(요 6:53, 55)에 대해 언급하지 않는 것을 반대합니다. 이들은 그리스도와의 교제를 몹시 제한적으로 이해합니다. 칼뱅은 이에 반대되는 극단도 반대합니다. 이들은 화체설을 주장하는 로마 교회처럼 떡의 본질이 그리스도의 실제 살과 피로 변했다고 주장하므로, 성찬의 떡과 피를 그리스도의 실재하는 몸과 피로 높이는 오류를 범합니다. 이처럼 성찬의 신비를 단지 외적인 고백의 표나 상징만으로 축소하거나 화체설처럼 성찬의 표징의 가치와 역할을 극단적으로 확대하는 양극단을 모두 경계합니다.

4 성찬의 표징을 통하여 현존하시는 그리스도의 살과 피를 먹고 마심

그리스도께서는 생명의 원천이자 기원이십니다. 태초부터 만물은 아버지의 말씀인 성자를 통해 생명을 부여받았습니다(요 1:1; 요일 1:1, 4). 그러나 타락 이후 죄를 통해 하나님과 단절되고 사망이 닥쳐와 생명을 얻으려면 말씀과의 교제에 받아들여져야 합니다. 생명의 원천이 성육신하시므로, 우리의 육신 안에 거하기 시작할 때부터 더 이상 주님께서는 우리로부터 멀리 숨어 계시지 않으시고 우리로 자신에게 믿음으로 참여하게 하십니다. 이로써 주님께서는 우리 안에서 우리의 영생의 양식이 되십니다. **"내가 곧 생명의 떡이로다. 나는 하늘로서 내려온 산 떡이니 … 내가 줄 떡은 곧 세상의 생명을 위한 내 살이니라"**(요 6:48, 51). 이 말씀의 뜻은 주님께서 하늘로부터 내려오신 하나님의 영원한 말씀으로서 생명이 되시며, 내려오심으로써 자기의 육체에 그 능력을 부우시므로 우리로 생명의 교통에 참여하게 하셨다는 의미입니다. 이로부터 다음과 같은 결과에 이릅니다. 주님께서는 참된 양식이며, 그의 피는 참된 음료입니다(요 6:55). 신자들은 이 양식으로부터 영양을 공급받아 영생에 이릅니다. 그러므로 자기들의 육체 속에서 생명을 발견하는 경건한 사람들에게 놀라운 위로가 넘치게 됩니다. 이는 그들이 그 생명에 쉽게 접근할 길을 얻었고, 그 앞에 생명이 값없이 제공되었기 때문입니다. 신자들은 믿음 안에서 가슴을 열고 그 현존을 받아들이기만 하면 생명을 누리게 됩니다.

말씀과 신앙 안에서 성찬의 떡을 먹고 포도주를 마실 때, 그리스도의 살과 피와의 교제가 일어납니다. 떡과 포도주가 신체의 생명을 유지하는 것과 같이 우리의 영혼은 그리스도의 살과 피를 양식으로 삼아 영생합니다. 따라서 성찬이란 표징은 그리스도에게서 얻는 생명의 양식과 유비의 관계에 놓입니다. 말씀과 믿음 안에서 행하는 성찬은 떡과 포도주를 먹고 마실 때, 우리의 마음을 그리스도의 살과 피로 옮겨 놓습니다. 믿음과 말씀 안에서 성찬에 참여할 때, 성령의 임재 안에서 우리는 성찬이 가리키는 그리스도라는 실체에 실제로 참여하여 생명과 기운을 얻게 됩니다. 우리의 지각과 척도를 초월한 이러한 일이 성령의 은밀한 능력으로 나타납니다. 성령의 은밀한 능력은 공간적으로 서로 떨어져 있는 그리스도의 육체와 우리의 연합과 교제를 가능하게 합니다. 그러므로 성찬은 그리스도의 살과 피에 참여할 때 우리 속에 부어지는 생명을 인(印)칩니다. 성찬은 그리스도 안에서 약속된 것을 성령께서 효과적으로 실현하신다는 사실을 확증합니다. 그러므로 칼뱅에 따르면, 성찬

이 표징 하는 것과 성찬의 표징이 가리키는 본체와의 관계는 츠빙글리
의 **"상징설**(symbolism)**"**도 아니며, 로마 교회의 **"화체설**(transubstantiation)**"**이나
루터파의 **"공재설**(consubstantiation)**"**도 아닙니다. 칼뱅에게 떡과 포도주라
는 표징은 단지 떡과 포도주이지만, 믿음과 말씀 안에서 떡과 포도주를
먹고 마실 때, 성령의 임재 안에서 신자는 실제로 그리스도의 살과 피에
참여합니다. 칼뱅에 따르면, 주님에 의해 제공된 표징을 볼 때마다, 우리
는 표징이 가리키는 본체의 실재가 그곳에 존재한다는 믿음과 생각을
가져야 합니다. 칼뱅은 상징설처럼 표징을 단지 공허한 기념물로만 취
급하지도 않으며, 화체설처럼 표징이 실체로 변화된다는 미신적인 생각
을 품지 않습니다. 또 공재설처럼 표징 자체에 주님의 육체가 편재하여
계시다고 생각하지도 않습니다. 칼뱅은 표징은 표징이며 실체는 실체로
서 서로의 본질과 본성을 구분합니다. 그러나 표징은 실체를 가리킵니
다. 그러므로 성령의 은밀한 능력에 의해 우리는 상징을 바라보는 때, 실
체에 참여하게 됩니다. 그런 의미로, 우리에게 주어진 보이지 않는 본체
가 보이는 표징으로 인(印) 쳐질 때, 주님의 몸이라는 실체가 우리에게 주
어졌음을 확신해야 합니다.

5 성찬의 두 가지 요소와 세 가지 특성

칼뱅은 성찬의 두 가지 요소를 해설합니다. 첫째, 물질적인 표징들
은 연약한 우리들이 받아들일만하게 배려된 것으로 보이지 않는 본체들
을 표상(figura/figure)합니다. 둘째, 영적인 실재는 표징들 자체를 통하여 표
현되고 제시됩니다. 이어서 칼뱅은 성찬의 세 가지 특징을 해설합니다.
첫째는 의미로서, 의미는 표징에 내포된 약속들에 자리합니다. 둘째는
의미에 의존하는 질료 혹은 실체인데, 이 실체는 죽으시고 부활하신 그
리스도이십니다. 셋째는 두 가지 모두에 뒤따르는 능력과 효력으로서,

그리스도께서 우리들에게 주시는 구속과 의(義)와 거룩함과 영생, 그리고 그리스도께서 베풀어주시는 다른 모든 은총의 효력이 포함됩니다. 그런데 이 모든 것이 믿음과 관계되며, 믿음으로 받아들여진다는 것은 실제로 그리스도와의 참된 교통이 실재한다는 의미입니다. 그러므로 성찬의 신비에서 떡과 포도주라는 상징들에 의해 주님께서 참으로 우리에게 제시됩니다. 성찬을 통해 이런 은혜를 주시고자 하신 하나님의 의도는 무엇일까요? 첫째는, 우리가 자라서 그분과 한 몸이 되게 하시려는 의도이며, 둘째는, 그 실체에 참여하는 자들로서 모든 선한 것에 참여하고 교통하게 하시는 그분의 능력을 의식하도록 하시기 위함입니다.

6 영적 임재설에 근거해 화체설과 공재설을 논박함

칼뱅은 영적 임재설(Spiritual presence)을 가르칩니다. 먼저, 칼뱅은 영적 임재설에 근거해 로마 교회의 화체설(transubstantiation)을 논박합니다. 첫째, 로마 교회는 떡의 본질이 그리스도의 실재하는 몸의 본질로 바뀌어 그리스도의 몸을 손으로 만지고 이로 씹으며 삼킬 수 있다고 주장합니다. 이런 식으로 로마 교회는 그리스도의 몸의 장소적 현존을 주장합니다. 칼뱅은 이를 반박합니다. 그리스도의 육체적 몸은 실제적인 인성이며 모든 인간의 몸에 공통된 일반적인 본성을 가졌기에 공간적 제약을 받습니다.[29] 예수님의 신성에 속한 능력과 영광은 장소에 제약을 받지 않으시고 온 만물에 충만하지만, 그리스도의 인성으로서 몸은 하늘에 계십니다. 주님께서는 심판자로 오실 때까지(행 3:21) 하늘에 머물러 계십니다. 그러므로 그분의 영화된 몸을 끌어다가 오염되고 썩을 요소들 아래

---

29   *Inst.* IV. xvii. 12. 그리스도의 몸의 공간적 제약에 대하여 더 상세한 설명은 *Inst.* IV. xvii. 26-30을 참조하라.

두어서는 안 되며, 그분의 몸이 어디에나 편재하신다고 생각해서는 안 됩니다. 그렇다고 주님의 육체의 공간적 제약이 우리의 몸과 영혼이 주님과 하나 되는 것을 가로막지 못합니다. 왜냐하면 성령께서 그리스도와 우리의 연합과 교제의 띠가 되어주시고 통로가 되어주시기 때문입니다. 성령께서는 그리스도와 우리 사이에 결합의 띠(copula/bond)가 되십니다. 성령께서는 주님과 그분의 모든 소유를 우리에게 끌어오는 수로(水路)와 같고, 태양이 광선을 비추어 땅에 생명력을 주듯, 성령을 통해 주님의 살과 피와의 교제를 전해주는 광선이 우리에게 비추입니다. 성경은 그리스도에 참여함을 말할 때, 그 힘을 전적으로 성령께 관련시킵니다. 주님께서는 성령을 통해 우리 안에 거하십니다(롬 8:9). 그리스도의 몸은 하늘에 계시나 성령을 통해 우리는 주님께 참여합니다.

화체설의 기원은 중세 스콜라신학자들로 소급됩니다. 단지 떡이던 것이 성별에 의해 그 본질이 주님의 몸의 본질로 바뀌어 주의 몸이 떡의 외형 밑에 숨어 계신다고 가르칩니다. 이들은 떡의 형상 밑에 주님의 몸이 숨기 위하여 떡의 본질을 하나님께서 없애신다고 믿습니다. 떡의 형상은 주님의 몸을 가리는 가면에 불과합니다. 이들은 주님과의 연합의 수단인 믿음에 관심이 없습니다. 이들은 말씀을 떠나 주님의 물질적인 임재를 주장하고, 주님께서 임재하신 떡을 먹는 것으로 충분하다고 합니다. 매우 물질적으로 주님을 모시는 일을 상상합니다. 이들에게 떡 자체가 주님이 되어버립니다. 그러나 칼뱅에 따르면, 떡은 떡이고 물은 물일 뿐입니다. 성찬에 사용되는 물질은 표징에 불과합니다. 성찬은 주님께서 하늘에서 내려오신 생명의 떡이시라는 요한복음 6장 51절에 포함된 약속에 대한 확증일 뿐입니다. 보이는 떡은 영적인 양식을 가리키고 형상화하는 중개물의 역할을 할 뿐입니다. 떡은 언약의 약속의 표징이요 성령께서는 그 표징을 바라볼 때, 우리에게 실재를 부어주십니다. 화체설의 오류는 그리스도의 몸이 떡 속에 감추어져 사람의 입으로부터 위(胃)로 물리적으로 옮겨진다고 믿는데 있습니다. 이와 같은 오류의 원인은, 성별이라는 것이 마술의 주문처럼 이해되었기 때문입니다. 이들은 표징과 실체를 구분하지 못합니다. 광의의 의미의 성례로서 여겨진 광야의 반석의 물(출 17:6)도 그리스도를 가리키는 표징의 역할을 했습니다. 그러므로 이들이 반석의 물을 마실 때, 그것을 신약의 성도들이 마시는 것과 같은 신령한 음료로 불렀습니다(고전 10:4). 지상적인 요소들이 영적인 용법으로 사용될 때, 그것들은 그것들을 사용하는 사람들에게 약속의 인(印)이라는 한에서만 변화된 것으로 여겨집니다. 떡과 포도주는 주님의 실제 살과 몸으로 변화되는 것이 아니라 주님의 몸을 가리키는 표징이요 인(印)으로써 성별되는 것입니다.

칼뱅은 루터파의 공재설(consubstantiation)도 논박합니다. 루터파는 그리스도의 양성 교리와 관련하여 그리스도의 몸의 편재를 믿습니다. 그러므로 이들은 떡의 본질과 함께, 떡의 본질 아래, 그리스도의 몸의 본질이 함께 존재한다고 가르칩니다. 화체설과 마찬가지로 공재설도 주님의 몸의 물질적 임재를 주장합니다. 만일 실체가 표징에서 분리될 수 없다는 이유로, 이 신비에서 떡이 제시될 때 성령의 은밀한 역사로 몸도 함께 제시된다는 의미라면, 칼뱅은 반대하지 않습니다. 그러나 그들은 몸의 본질을 떡 속에 둘 때, 그리스도의 몸의 편재성을 주장하기 위해서 **"떡 아래에"**라는 말을 사용하므로 오류를 범하게 됩니다. 몸의 편재성은 루터파의 기독론의 특징인 속성간의 교류와 연관성을 가지고 제시됩니다. 신성과 인성이 상호 침투하는 방식으로 교류합니다. 따라서 육체는 신성이 침투하여 편재성을 가질 수 있다는 생각을 하게 되고 결과적으로 그들의 성찬은 공재설, 즉 떡의 본질 아래 편재된 그리스도의 몸의 본질이 존재한다고 주장하게 됩니다. 그러나 개혁신학은 한 인격 안에(in one person) 두 본성(two natures)은 구분되고 고유한 본성을 유지하며 상호 침투하지 않습니다. 루터파는 주님의 몸이 떡 속에 편재해야만 우리가 그분의 몸에 참여할 수 있다고 믿습니다. 그러나 칼뱅은 영적 임재설에 따라 주님과 성도의 연합을 공간적으로 이해하지 않기에, 들어 올려짐의 개념으로 이해합니다. 믿음과 말씀 안에서 신자가 성찬에 참여할 때, 그리스도와 우리의 연합과 교제의 띠가 되시는 성령의 역사로 우리는 그리스도의 몸에 참여합니다. 성찬에 참여할 때, 성령이 띠가 되고 통로가 되어 우리는 그리스도께 들어 올려져 주님의 임재를 의식합니다.

그리스도의 몸을 떡에 고착시키고, 포함시키고, 국한 시키는 화체설과 공재설은 모두 그리스도의 인성(*humanae natura*/human nature)에 배치됩니다. 이와 같은 오류에 빠지지 않기 위해 다음과 같은 두 가지를 주목해야 합니다. 첫째, 우리는 그리스도의 하늘 영광을 떨어뜨려 이 세상의 부패한 요소들 아래로 축소시키거나 지상의 피조물에 고착시켜서는 안 됩니다. 둘째, 인성에 적합하지 않은 것을 그리스도의 몸에 돌려서는 안 됩니다. 즉, 그리스도의 몸이 무한하다거나 동시에 여러 곳에 계신다는 말을 해서는 안 됩니다. 이렇게 하므로, 건전한 의미에서 물질적인 표상을 통해 영생을 위한 양식으로 실체 혹은 본체를 즐긴다는 뜻을 표현할 수 있게 됩니다.

7 영적 임재설에 대한 칼뱅의 해설

칼뱅은 성찬에 있어 영적 임재의 방식을 설명합니다. 칼뱅에 따르면, 성찬에서 주님의 살의 현존이 있으려면 그 살이 떡 안에 있어야 한다고 생각하는 것이 큰 오류라고 말합니다. 주님의 몸의 임재에 관련하여, 영적 임재설이 화체설이나 공재설과 갖는 차이는 그것이 공간적이고 물질적인 임재가 아니라 성령의 은밀한 역사에 의한 임재라는데 있습니다. 우리가 그리스도의 살의 임재를 즐기는 것은, 떡의 본질을 없애고 그것을 살의 본질로 바꾸거나, 떡의 본질과 함께, 또 그 아래 살의 본질이 편재하기 때문이 아니고, **성령을 연합의 띠와 통로로 하여 그리스도께서 우리를 자신에게로 들어 올리시기 때문입니다.** 칼뱅에게 있어 성찬은 그리스도를 우리에게 끌어내리는 것이 아니라 우리를 그에게로 들어 올립니다. 그러므로 성찬의 논쟁에 있어 핵심은 현존의 유무가 아니라 오직 현존의 방식에 있습니다. 성찬에서 그리스도의 임재는 이해보다는 경험에 속합니다. 그리스도의 몸의 임재는 강력한 권능과 효과로 나타나서 우리 영혼에 영생에 대한 의심할 바 없는 확신을 심어 주며, 우리 육체의 불멸성에 대한 확신도 줍니다. 우리의 육체가 그리스도의 불멸하는 육체에 참여하므로, 죽을 우리의 몸이 생명을 얻습니다. 칼뱅은 그리스도의 살과 우리의 영혼과의 혼합이나, 그분의 살이 우리의 영혼에 주입된다는 식의 교리를 배척합니다. 비록 그리스도의 살 자체가 우리 속에 들어오지 않더라도, 주님께서 자신의 살의 실체로부터 우리의 영혼 속으로 생명을 불어넣어 주시므로 우리가 고유한 생명을 얻게 된다는 것으로 충분합니다(롬 12:3, 6; 요일 4:2-3).

성찬에서 신자는 영적으로 실제적으로 그리스도에게 참여합니다. 우리는 성찬에 있어서 임재의 방식만 아니라 그 교통 (*communicatio*/communion)의 방식에 대해서도 판단해야 합니다. 우리가 그리스도의 살과 피에 참여하게 되는 것은 성령의 불가해한 능력에 의한 것입니다. 화체설이나 공재설은 그리스도를 떡 속에 넣고 육적으로 먹게 하지만, 우리는 성령의 비밀한 힘이 우리와 그리스도와 교통의 띠가 된다고 믿음으로써 영적으로 먹습니다. 즉, 칼뱅의 영적 임재설은 떡이라는 표징과 그리스도의 몸이라는 실체의 관계가 **"물질적 연합"**이 아니라 **"관계적 연합"**으로 연결됩니다. 성찬의 본체는 그리스도 자신이십니다. 성찬의 효력은 그 자체에서 오는 것이 아니라 그리스도의 속죄 사역에 의해서 우리가 죄 사함을 받고, 씻음을 받으며, 그분의 부활에 의해 천상의 삶의 소망에 이르도록 일으킴을 받는 사실에 뒤따릅니다. 따라서 믿음과 말씀이 가져다 줄 수 없는 것을 성찬이 가져다 줄 수 없습니다. 오직 믿음과 말씀이 베풀어주는 것을 성찬은 인(印)칩니다. 따라서 믿음의 미각이 없이 그리스도의 살을 맛 볼 수 없습니다. 사람은 믿음의 그릇에 담을 수 있는 것만큼 성찬에서 얻어갈 뿐입니다. 성찬의 유익은 보이는 성찬을 넘어 성찬의 능력을, 바깥에서가 아니라 속에서, 이로 씹는 것이 아니라 마음으로 먹는 자에게 임합니다. 따라서 아우구스티누스는 다음과 같이 말합니다. **"당신의 목구멍을 준비하지 말고 당신의 마음을 준비하라. 이것이 성찬에 의해서 위탁되기 때문이다. 보라, 우리는 믿음으로써 그리스도를 받을 때 그를 믿는다. 그를 받으면서 우리가 생각할 것이 무엇인지를 알게 된다. 우리가 적은 양을 받으나 마음이 기름지게 된다. 우리를 먹이는 것은 보이는 것이 아니라 믿어지는 것이다."[30]** 우리는 그리스도를 신앙으로 받습니다. 결론적으로, 성찬을 통해 그리스도의 몸이 제공되며, 그 제공된 몸을 먹는 방법은 말씀에 대한 지식과 말씀을 믿는 믿음으로 그리스도의 몸에 참여하는 것입니다. 그리스도의 몸은 이미 하늘 영광 속에 계시며, 지금은 성령의 비밀한 능력에 의해서 그 몸으로부터 생명을 받아 누립니다. 그러므로 성례는 선택된 자들에게만 그 성례가 가리키고 상징하는 실체에 이르고 그 의도된 결과를 나타낼 수 있습니다.

8 성찬의 세 가지 목적과 성찬에 합당한 참여

칼뱅은 성찬의 목적을 정리합니다. 성찬은 우리의 믿음을 돕는 역할을 합니다. 성찬의 첫 번째 목적은 그리스도의 죽음을 기억하도록 우리를 훈련하는 것입니다. 성찬은 하나님의 선하심의 큰 부요함을 기억하도록 환기시키고, 마치 손으로 전하듯이 베풀어주시며, 그리고 자신의 넘치는 은혜를 잊어버리지 않고 더욱 합당한 찬양으로 선포하고 합당한 감사로 기념하도록 권고합니다. 두 번째 성찬의 목적은 주님께서

---

30 『기독교강요』 4권, 17장 34절.

다시 오실 때까지 성례 가운데서 우리의 믿음이 인식하게 되는 주님의 죽음이 우리의 생명이라는 사실을 우리의 입의 고백으로 선포하도록 하기 위함입니다. 예수님께서 성찬에 대하여 **"이를 행하여 나를 기념하라"**(눅 22:19)하셨습니다. 바울은 이 말씀을 **"주의 죽으시심을 … 전하는 것이니라"**(고전 11:26)라고 표현했습니다. 즉, 바울은 누가복음 22장 19절의 말씀의 뜻을 생명과 구원에 대한 모든 확신이 전적으로 주님의 죽음에 의존한다 것을 모두 한 입으로 공적으로 고백함으로써, 이 고백을 통하여 주님을 영화롭게 하여, 우리를 본보기로 삼아 다른 사람들도 주님께 영광을 돌리라는 권고로 해석합니다. 성찬의 세 번째 목적은 성도들이 서로 사랑하도록 하는데 있습니다. 주님께서는 생기를 주심으로 더 강력하게 우리에게 순결과 거룩에 이르도록 하시며, 더 뜨겁게 사랑과 평화와 일체에 이르도록 하시려 성찬을 제정하셨습니다. 주님께서는 우리와 완전히 하나가 되도록 자신의 몸을 우리와 교통시키십니다. 우리 모두를 자기에게 참여하게 하신 분은 오직 한 몸을 가지고 계시므로, 우리 모두는 그에게 참여함으로써 한 몸이 됩니다. 성찬에서 제시되는 떡은 이 하나님 됨을 표상하고 표현합니다. 떡은 많은 곡식의 낱알로 만들었으나, 그 낱알들은 서로 섞이고 혼합되어서 만들어진 떡 가운데서 낱알 하나하나를 식별하는 것은 불가능합니다. 이런 방식으로 우리의 마음도 서로 결합되고 연결되어 일치를 이루고 있으므로 어떤 불화나 분열도 침입하지 못하도록 해야 합니다. 성찬은 하나 됨을 목적으로 합니다(고전 10:16-17). 우리는 어떤 형제라도 실족하게 해서는 안 됩니다. 형제를 실족하게 하는 것은 그리스도에게 해를 가하는 것과 마찬가지입니다. 형제들과 불화함은 그리스도와 불화하는 것과도 같습니다. 우리는 형제들을 우리 자신의 몸과 같이 돌보아야 합니다. 마치 몸의 일부가 고통을 받으면, 그 고통은 전진에 퍼지듯, 한 형제가 곤란을 당하면 버려두지 말고 깊이 동정해야 합니다. 그러므로 아우구스티누스는 성찬을 **"사랑의 고리**(*charitatis vinculum*/the bond of charity)**"**라고 부릅니다. 그리스도께서는 당신을 우리에게 자신의 본을 따라 우리도 서로 간에 자신을 희생하고 내어주며 하나가 되라고 권고하십니다.

성찬의 목적에 대하여 논한 후, 칼뱅은 이런 목적을 가진 성찬을 우리가 어떻게 시행하고 참여하는 것이 합당한지 가르칩니다. 합당한 성찬에는 말씀이 있어야 합니다. 성찬이 전하는 복음은 말씀이 전하는 복음입니다. 말씀 선포가 입으로 말씀을 전하는 것이라면 성례는 의식으로 전하는 말씀입니다. 성찬은 말씀에 종속되어 있습니다. 성찬이 가리키는 바를 말씀으로 인식하고 믿어야 성찬에서 유익을 얻을 수 있습니다. 믿음을 강화하고 고백을 훈련하며 사역의 의무에 대한 열의를 진작시키기 위해서 설교가 필요합니다. 로마 교회는 말씀 없이 성례를 단지 독자적인 의식으로 시행하고 참여했습니다. 이들은 성별의 힘 전체를 성령과 말씀과 믿음에 두지 않고 사제의 의도에 다 맡기었습니다. 이들은 성례의 뜻을 회중에게 전하지 않은 상태에서 성례를 시행했습니다. 이들은 성별이 있게 될 때 주어지는 약속들이 성찬의 요소들 자체가 아니라 그것들을 받는 사람들을 목표로 삼고 있다는 사실에 무지했습니다. 주님께서는 떡에게 자기의 몸이 되어야 할 것이라 말씀하시지 않으시고 자기의 제자들에게 먹으라고 명령하셨습니다. 그리고 떡을 받는 사람들이 주님의 몸과 피와 교통할 것을 약속하셨습니다. 바울의 가르침도 같은 순서로 이루어집니다. 떡과 잔과 더불어 약속들이 신자들에게 주어집니다. 성찬에 있어, 어떤 마술적인 주문과 같은 것을 상상해서는 안 됩니다. 마치 물질이 들어야 한다는 듯이 말씀을 입속으로 중얼거리면 충분하고 어떤 효과가 나타난다고 기대하면 안 됩니다. 말씀은 듣는 자들의 덕을 세워 그들로 하여금 이해하게 하고 마음속에 박혀 떠나지 않아야 하며 그것이 약속하는 것을 실현함으로써 그 효력을 나타내는 것은 산 설교여야 합니다. 침묵에는 남용과 과오가 있습니다. 약속의 말씀이 낭독되고 말씀의 뜻이 설명되는 가운데 성례를 받게 되어야 유익이 있습니다. 따라서 성별은 떡이 아니라 말씀이 들려져 믿음과 인식을 갖게 되는 신자를 향한 것입니다.

그렇다면 성찬에 합당치 않게 참여한다는 의미는 무엇일까요? 성찬에 대한 합당한 태도는 거룩한 떡이 가리키는 영적 양식에 대한 인식과 믿음을 가지고 성찬에 참여하는 것입니다. 그러나 합당치 못한 태도는 떡이 가리키는 의미를 말씀에서 배우지 못하고 믿지 못하여, 성찬의 떡으로부터 아무런 영양과 힘을 얻지 못한다고 불신하거나 의심하는 가운데 성찬에 참여하는 것입니다. 이들은 성찬에 참여할 때, 감사할 생각도 사랑할 생각도 하지 않는데, 이런 사람에게 성찬에 참여함은 무서운 독이 됩니다. 영적 양식이 악의와 사악으로 부패한 영혼에 들어가면 큰 파멸을 일으킵니다. 더럽고 믿지 않는 자들에게는 주님으로부터 성결하게 된 것조차도 깨끗하지 않습니다(딛 1:15; 고전 11:27, 29). 믿음의 흔적도 없이 사랑하겠다는 열의도 없이 성찬에 참여하는 사람을 향해 칼뱅은 돼지 같이 성찬에 뛰어드는 사람이라고 비유합니다. 이들은 그리스도의 몸이 자신들의 생명이라는 사실을 믿지 않고 먹으므로, 주의 몸을 분별하지 못하는 것이며, 주의 몸을 모욕하고 그 존엄성을 박탈하는 것입니다. 이런 불신과 태도로 성찬에 참여할 때 그리스도의 몸이 더럽힘을 받습니다. 이런 것을 가리켜 주의 몸과 피를 범한다고 하는 것입니다. 따라서 합당치 않은 성찬 참여는 정죄를 초래합니다. 이들은 성찬을 통해 오직 그리스도께 구원이 있다고 고백하면서 실상은 그분께 자신을 내어맡기는 믿음이 전혀 없으므로, 하나님과 자신에게 기만적인 행위를 저지르는 것입니다. 그러므로 믿음 없이 성찬에 참여하는 것은 자신의 믿음 없음을 스스로 고발하므로 자신에게 불리한 증인이 되며 자기들이 자신에게 저주의 인(印)을 치게 됩니다. 그리고 신앙이 없는 사람들은 그리스도의 몸과 지체들에게서 분리되어 있으므로, 그리스도와는 아무 상관도 없으면서 의식을 통해 그리스도에게 참여하며 그리스도와 연합되는 것만이 구원이라고 증언하는 셈입니다.

그러므로 칼뱅은 고린도전서 11장 28절에서 **"각기 자기 자신을 살**

핀 다음에"라는 말의 의미를 해설합니다. 사람은 각기 자기 속으로 내려가 깊이 숙고해야 합니다. 이러한 숙고에 관련된 질문은 다음과 같습니다. 그리스도께서 주신 구원을 충심으로 믿고 의지하는가? 그 믿음을 입으로 고백하는가? 그리고 깨끗하고 거룩한 열심으로 그리스도를 본받고자 애쓰는가? 그리스도를 본받아 형제들을 위해서 자기를 주며 함께 그리스도에 참여하는 사람들에게 자기를 나누어 줄 용의가 있는가? 자기가 그리스도의 지체로 인정되는 것과 같이 자기편에서도 모든 형제들을 그리스도의 지체라고 생각하는가? 자기는 그들을 자기의 지체로서 아끼고 보호하며 돕기를 원하는가? 그러나 이러한 자기 성찰이 완전주의(perfectionism)를 의미하지 않습니다. 우리 자신의 믿음과 사랑에 관한 의무를 성찰할 때, 그것은 지금 완전히 행할 수 있는 것들이 아닙니다. 우리는 그리스도의 용서 안에서 목표를 향해 가는 여정에 있는 불완전한 사람들입니다. 성찬에 합당한 참여에 있어 요구되는 것은 일단 출발한 우리의 믿음이 매일 자라고 진보하도록 하라는 것입니다.

그러나 합당하게 성찬에 참여하라는 권고가 보통 가련한 양심들을 무섭게 괴롭히기 위한 것이 아니며 이렇게 될 때 올바른 결과를 가져오지 못합니다. 로마 교회는 **"합당"**이라는 말을 은혜의 상태에 있는 사람은 합당하게 먹는다고 해석했으며, **"은혜의 상태에 있는 것"**을 **"순수하며 모든 죄로부터 정결하게 된 것"**으로 해석했습니다. 이 교리에 따르면, 지상에 존재했고, 존재하며, 존재할 모든 사람들이 성찬에 참여할 수 없게 됩니다. 만일 성례의 목적이 우리가 우리 안에서 어떤 가치와 의(義)를 추구하게 하기 위한 것이라면 우리에게는 오직 절망과 부끄러움 그리고 멸망만 남을 것입니다. 우리가 아무리 전력을 다하더라도 진전이 없으며 남은 어떤 의(義)와 가치도 남지 않습니다. 왜냐하면 성도들의 실존이 육을 벗는 그날까지 지배력을 잃은 죄의 잔재와 싸우는 것이기 때문입니다. 죄가 없는 순간이 우리에게 존재하지 않으므로, 완전한 모습으로 성찬에 참여하는 순간을 찾을 때, 우리는 영원히 성찬에 참여할 수 없게 됩니다. 로마 교회는 **"합당"**하게 되는 방법을 자의적으로 고안했습니다. 힘자라는데까지 자기를 반성하고 자기의 모든 행위를 검토함으로써 통회와 자백과 보속을 통해 깨끗해질 수 있다고 본 것입니다. 문제는 이런 고안물들이 무서운 죄에 눌려 낙심한 양심들에게 너무도 무력하고 일시적일 뿐이라는 데 있습니다. 우리는 우리 안에서 의(義)를 찾아서는 안 됩니다. 우리로 성찬에 참여할 자격을 부여하는 완전하고 충족한 의(義)는 믿음으로 전가되는 그리스도의 의(義) 뿐입니다. 우리는 이 의(義)로 하나님 앞에 나아가 그리스도의 몸과 피에 참여할 수 있습니다. 그리스도 안에서 죄 사함을 받은 자는 믿음과 사랑을 근거로 성찬에 참여하나 그 믿음과 사랑이라는 것이 완전성을 의미하지 않는다는 점을 깊이 인식해야 합니다. 로마 교회의 **"합당"**은 짓눌려 있는 죄인들에게 성찬의 위안을 빼앗지만, 참된 교회는 성찬에 의해 주어지는 복음의 기쁨을 죄인들 앞에 제시합니다. 성찬은 믿음 안에 있는 연약한 자들을 위해 베풀어진 잔치입니다. 성찬은 완전한 자들을 위한 것이 아니라, 가난한 자들이 선한 수여자에게, 병자들이 의사에게, 죄인들이 의(義)의 조성자에게, 죽은 자들이 생명을 주시는 분에게 나아가는 것입니다. 성경이 권고하는 성찬에 나아가는 자들이 가져야할 **"합당"**은, 우리의 추악함과 우리의 합당치 못함을 하나님에게 드림으로써 하나님의 자비가 우리를 그의 앞에 서기에 합당하도록 만들게 하는 것이며, 우리 자신에게 실망함으로 하나님 안에서 위로를 얻는 것이고, 우리 자신을 낮춰서 하나님께서 들어 올리시게 하는 것이며, 우리 자신을 고발해서 하나님께서 우리를 의롭다고 인정하시게 하는 것이고, 하나님께서 성찬에서 권면하시는 그 연합을 가난하고 애통하고 의(義)에 주린 마음으로 갈망하는 것이며, 하나님께서 우리 모든 사람을 그 안에서 하나 되게 하시므로 우리도 우리 모든 사람을 위해서 한 정신과 한 마음과 하나된 말을 원하는 것입니다. 성찬에 있어서 **"합당"**은 만사를 오직 그리스도께 의지하는 믿음에 있으며, 불완전하지만, 용서 안에서 목표를 향해 진정성 있게 나아가는 사랑에 있습니다. 하나님 앞에 인생의 완전한 사랑이 없으므로, 하나님께서 우리가 드리는 불완전한 사랑을 용서 안에서 받으시며 불완전한 것을 더 좋은 것으로 자라가게 하신다는 사실을 인식해야 합니다. 방종의 다른 극단은 완전주의입니다. 완전한 믿음 혹은 사랑을 요구한다면 불완전함과 죄의 잔재가 누구에게나 존재하기에, 성찬에 아무도 접근할 수 없게 됩니다. 성찬은 약한 자들을 위해 제정되어 그들을 각성시키고 고무하고 자극하며 그들의 믿음과 사랑을 훈련시키고 연약한 자들의 믿음과 사랑의 결함을 시정하기 위해 제정된 것입니다.

결론적으로 성찬은 결함이 없고 완전하기에 참여하는 것이 아니라 부족하고 결함이 있기에, 더욱 온전한 믿음과 사랑으로 자라가기 위해 제정된 것입니다. 우리는 우리의 죄와 연약함을 돌아보므로, 더 깊은 회개에 이르고, 더러운 죄를 사하며 우리를 성화시키는 은혜를 더욱 의지하기 위해 성찬에 참여해야 합니다. 죄에 대한 의식이 성찬에서 물러가게 하는 것이 아니라 더욱 사모함과 절실함으로 참여하게 만들어야 합니다. 우리는 성찬에서 영적 영양분을 공급받아야 합니다. 요약하자면 성찬 시 우리의 죄와 연약함을 돌아보고 참회해야 할 것입니다. 그리고 그런 불완전성이 발견된 만큼 성찬을 더욱 필요로 해야 할 것입니다. 성찬에 합당한 사람은 믿음으로 주를 의지하는 사람이며, 불완전한 사랑을 용서 안에서 진정성을 가지고 추구하며 진보를 위해 은혜 안에서 진력(盡力)하는 사람입니다.

9 성찬의 외형적 시행에 관하여

떡과 포도주를 어떤 방식으로 나눌 것인가에 대한 세부적인 방식에 대해 칼뱅은 이런 문제들을 불필요한 것으로 봅니다. "**예컨대 성도들이 손에 받을 것인지 아닌지, 그들 가운데서 서로 나눌 것인지 아니면**

자기에게 주어진 것을 각자 먹을 것인지, 잔을 집사에게 되돌려 줄 것인지 아니면 가까이 있는 사람에게 전할 것인지, 떡은 발효되어야 하는지 아니면 누룩이 들어 있지 않아야 하는지, 포도즙은 붉어야 하는지 아니면 희어야 하는지, 하는 것들이다."³¹ 이런 문제는 교회의 자유에 맡겨져야 합니다. 외형에 집착하는 태도는 정신이 마비된 사람들의 감각을 기만하는 생명이 없는 너절한 연극과 같으며, 둔해진 사람들을 마음대로 끌고 다니는 미신과 같습니다. 오직 성찬에서 추구할 것은 하나님의 영광이어야 하며, 이것만이 신자들을 위로할 수 있습니다. 칼뱅은 성찬의 합당한 외형적 집행의 원리를 제하십니다.

가) 복잡한 의식들을 일소하며 제시되는 성찬 집례의 모범 제시

나) 가능한 자주 시행

다) 공중 기도로 시작

라) 설교

마) 떡과 포도주를 식탁에 놓은 후 목사가 성찬 제정에 대한 말씀을 반복

바) 성찬에서 우리에게 주신 약속의 말씀을 낭독하는 동시에 성찬이 금지된 자들을 제외시킴

사) 믿음과 감사로 먹도록 가르침

아) 잔치에 합당치 못한 자들을 자비로 합당케 해주시기를 기도

자) 여기서 시편들을 노래하든지 무엇을 읽든지 해야 하며,

차) 목사가 떡을 떼고 잔을 나누는 적당한 순서로 신자들이 가장 거룩한 잔치에 참여하도록 한다.

카) 성찬이 끝난 후에는 진지한 믿음과 신앙고백을 그리고 사랑과 그리스도인다운 행

---

31 『 』, 4권, 17장 43절.

위를 권고하는 말이 있어야 한다.

타) 끝으로 하나님께 감사와 찬송을 드려야 한다.

파) 이 일이 끝나면 교회는 조용하게 산회해야 한다.

칼뱅은 성찬의 횟수에 대해서도 교훈합니다. 성찬은 자주 집행하는 것이 유익합니다. 칼뱅 당시 제네바에서는 일 년에 한 번 성찬을 시행하여, 칼뱅은 문제를 제기하였습니다. 모든 그리스도인들은 자주 성찬을 받아서, 그리스도의 수난을 자주 회상하므로, 믿음을 강화하며, 감사의 노래를 부르고, 하나님의 자비를 선포해야 합니다. 또한 성찬을 자주 시행하므로, 상호간에 사랑을 증진하고 서로의 사랑을 입증해야 합니다. 주님의 몸의 징표와 교통하게 될 때마다, 사랑의 유대를 확인하게 됩니다. 사도행전 2장 42절을 보면, 초대교회 성도들은 **"사도의 가르침을 받아 서로 교제하며 떡을 떼며 기도하기를 전혀 힘쓰는"** 것이 관례였습니다. 교회는 예외 없이 이 말씀을 따라 말씀, 기도, 성찬에 참여, 구제가 없이는 회집할 수 없는 것이 규례가 되었습니다. 고린도전서 11장 20절에도 이러한 규례와 질서가 기록되어있습니다. 그리고 여러 세기 동안 이 질서가 유지되었습니다. 아나크레투스(Aancletus)와 카릭스투스(Calixtus)의 교회법에 따르면, 교회의 경계 밖에 있고 싶지 않다면 누구나 성찬에 참여해야 한다고 기록하고 있습니다. 그들이 **"사도적"**이라고 부르는 고대 교회법에는 **"끝까지 참지 못하여 거룩한 교제를 얻을 수 없는 자들은 교회에 소란을 일으키므로 교정이 되어야 한다"**고 기록되어있습니다. 제1차 톨레도 회의 등에서 설교에 참여한 자들이 성찬에도 참여해야 했다고 전합니다. 설교와 성찬이 집회에 한 요소로 함께 시행되었던 것입니다. 아우구스티누스가 야누아리우스에게 보낸 제 1서한에서는 어떤 이들은 매일 성찬 예식을 거행하고 어떤 곳은 안식일과 주일에 어떤 곳은 주일에만 성찬의 예식을 가졌다고 기록하고 있습니다. 에베소서에 대한 크리소스토무스의 설교에서도 성찬 참여의 중요성을 강조합니다.

칼뱅은 과거의 교회 역사를 돌아본 후, 일 년에 한 번 성찬에 참여하는 관습은 누가 처음 시작했든 간에 마귀적인 것으로 판단합니다. 칼뱅 당시 제네바처럼 일 년에 한 번 성찬을 시행하는 것은 신자들의 복음에 대한 신앙을 나태하고 태만하게 만듭니다. 이렇게 성찬에 태만해진 관습을 크리소스토무스 시대에 있었고 그를 한탄하게 만들었습니다.

칼뱅은 또한 로마 교회처럼 한 가지만 행하는 성찬을 논박합니다. 즉, 신자들이 떡과 포도주를 모두 받아야 합니다. 로마 교회는 성찬의 절반을 하나님의 백성들에게서 강탈했습니다. 로마 교회는 피의 상징을 성직자들만의 소유로 돌리고, 평신도들에게서 빼앗았습니다. 그러나 영원하신 하나님의 명령에는 모든 사람이 포도주를 마시라고 합니다(마 26:27). 로마 교회는 하나만 있으면 넉넉히 둘을 대신할 수 있다는 교묘한 논법을 사용합니다. 떡이 몸을 가리킨다면, 떡은 몸에서 뗄 수 없는 그리스도 전체라는 것입니다. 그러므로 몸은 병존에 의해 피를 포함하고 있다고 주장하며, 포도주를 평신도에게서 빼앗습니다. 그러나 주님께서 떡을 몸으로, 포도주를 피로 각각 구분해 부르시고, 떡과 포도주를 각각 먹고 마시라고 명령하셨습니다. 로마 교회가 사도들만 희생을 드리는 자로서 그들만 잔을 받았다고 하는 것은 거짓입니다. 성경에 따르면, 이런 주장은 말씀에 전혀 없습니다. 교회사를 보아도, 사도 시대 이후 일 천년이 지날 때까지 모든 사람이 이 두 가지 상징, 떡과 포도주에 모두 참여했습니다. 제롬, 크리소스토무스, 아우구스티누스 등이 모두 잔을 모든 성도들에게 돌렸다고 전합니다. 희랍계와 라틴계 문헌에서도 모든 잔이 평신도에게 분잔된 것을 전합니다. 그레고리우스, 겔라시우스, 키프리아누스도 그렇게 주장합니다. 칼뱅은 성경의 증거구절을 제시합니다. 주께서는 떡은 먹고 잔은 마시라고 구분하시며 의식의 원칙을 가르쳐 주시고 명령하셨습니다(막 14:22-23; 마 26:26-27). 고린도전서 11장 26절, 고린도후서 1장 19절에서도 모든 성도에게 잔을 나누어 주는 것은 하나님께 부여 받은 원칙입니다.

21

20장 1-32절

두 정부로서 영적인 나라와
시민 국가의 구분과 관계성

1 두 정부, 교회와 국가의 구분과 관계성

칼뱅은 하나님의 통치를 두 가지로 구분합니다. 모든 사람은 두 정부(*duplex regimen*/twofold government) 아래 있습니다.[32] 그 하나는 사람의 영혼 혹은 내적인 사람에 관계된 영생에 관련된 정부이고, 다른 하나는 오직 시민적이며 외적인 품행의 의(義)를 확립하는데 관련된 세속 정부입니다. 그러므로 모든 사람은 교회에서 성도라는 지위와 국가에서 시민이라는 지위를 동시에 갖고 있습니다. 칼뱅은 이 두 가지가 완전히 다른 특성을 가지므로 혼동되어서는 안 된다는 점을 강조합니다. 이런 구분은 복음에 관련하여 몹시 중요합니다. 영적 통치에 있어서 오직 그리스도 외에 어떤 왕이나 세속적 통치자와 같은 다른 머리나 권위가 있어서는 안 됩니다. 교회의 유일한 머리와 주인은 오직 그리스도이십니다. 종교개혁은 교회의 통치에 있어서 일체의 재판, 법, 군주와 같은 세속 통치를 제거하는 것으로 볼 수 있습니다. 우리는 영혼과 육체, 현세와 내세의 차이를

---

32 칼뱅은 이미 *Inst.* III. xix. 15에서 두 정부를 소개했다.

구별할 수 있어야 합니다. 그리스도의 나라를 세상의 요소들에서 찾고 그것에 제한시키는 잘못을 범해서는 안 됩니다(갈 5:1; 3:28; 고전 7:21; 골 3:11). 그 본성에 있어서는 그리스도의 나라는 세속의 나라에 속한 것들에 있지 않기 때문에, 아무 관계가 없습니다.

그러나 이처럼 구분되고 상이한 성격을 가진 두 통치이지만, 사람은 두 통치에 모두 관여되기에, 시민으로서는 세속 정부의 통치권 아래 있습니다. 또 교회와 정부는 어떤 의미에서 서로의 구분되는 본성 가운데 적절한 관계를 갖기도 합니다. 교회, 곧 영적인 정부는 지상에 있는 우리들에게 임한 그리스도의 나라, 천국, 부활의 생명을 다루지만, 나그네처럼 잠시 머물더라도 우리는 지상의 시민으로서 영적 정부의 시민인 동시에 세속 정부의 시민이기도 합니다. 더군다나 종교개혁 당시 국가교회적 성격이 강하였던 시기에, 교회와 세속 정부는 더 밀접한 관계성을 맺고 공존했습니다. 그러므로 시민 정부와 교회를 구분하는 가운데서도 둘 사이에 어떤 관계가 성경적인지 교회는 분별해야 했습니다. 칼뱅은 시민 정부가 하나님께 드리는 외적인 예배를 지원하고 보호하며, 경건에 대한 건전한 교리와 교회의 위치를 변호하며, 우리의 삶을 사회에 적응시키고, 우리의 시민적 관습을 시민적 의(義)에 따라 형성하고, 우리를 서로 간에 화목하게 하며, 공공의 화평과 평안을 육성하는 데 있다고 가르칩니다. 한 통치 영역에서 공통의 종교를 가져야 했던 종교개혁 시대는 가고, 이제 다원화된 사회로 바뀐 지금, 정부는 교회가 아닌 종교를 보호하고 종교 간의 관계를 조종하는 입장에서 봉사합니다. 국가교회가 아닌 이상 이런 양상으로 정부의 역할이 바뀐 것입니다. 칼뱅은 교회나 그리스도인들이 국가의 통치와 관계성을 갖는 것을 순례에 비유합니다. 교회와 성도는 참된 본향에 속하였습니다. 그리스도인들은 성도로서 교회의 통치 아래 있지만, 하늘 본향으로 돌아갈 때까지 나그네로서 순례의 길을 걷습니다. 순례의 길을 가는 동안 지상의 도움이 나그네에게 필요합니다. 국가는 교회와 그리스도인들을 지배할 수 없으나 교회를 협력하고 도울 수는 있습니다. 반대로 교회와 성도의 정체성으로서 우리는 국가의 도움을 수용할 수 있으나 국가를 자신들의 머리로 여겨서는 안 됩니다.

2 국가 통치를 이루는 세 부분: 통치자, 법, 국민

칼뱅에 따르면, 국가는 교회를 지배하고 간섭할 수는 없었으나 교회를 도울 수 있습니다. 국가는 시민적 사회에서 모든 사람들이 함께 평화롭게 공존할 수 있도록 하는 역할을 합니다. 더 나아가 국가는 우상숭배와 신성모독, 신앙에 위배되는 불경한 모든 것을 금하고, 공공의 평화를 유지하며, 각자의 재산을 지켜주고, 사람들의 교제를 격려하고, 정직과 절제와 같은 덕 함양하는데 역할할 수 있습니다. 국가는 그리스도인들 가운데서 종교의 공적인 면모가 드러나고 사람들 사이에 인간성이 유지되도록 하는데 역할 해야 합니다. 칼뱅은 이와 같은 국가의 역할이 앞에서 교회와 국가가 구분되어야 함을 강조한 것과 관련해 모순되지 않음을 지적합니다. 왜냐하면 하나님의 율법에 포함된 참된 종교가 공적인 모독에 의해서 공공연하게 침해되고 더럽혀지는 일이 있을 때, 징벌하는 것은 국가의 관할권에 속하기 때문입니다. 그러나 종교와 예배에 관련된 법을 국가가 자의로 정하는 것은 불법입니다. 물론 이런 교회와 국가의 관련성과 역할은 다원주의적인 현대 국가에서는 불가능한 일일 것입니다. 시대적 상황이 몹시 다르기 때문입니다. 지금은 교회와 관련된 역할은 모든 종교의 영역으로 확장된 양상을 보입니다. 지금은 종교의 자유와 종교의 보호 차원에서 타종교와 같은 선상에서 교회가 보호를 받을 뿐입니다. 교회와 구분된 본성을 가진 세속 통치와 권세에 속한 것을 바르고 정확하게 파악할 때, 우리는 교회와 국가를 구분하면서도, 적절한 관계성을 설정할 수 있게 될 것입니다. 칼뱅은 이를 위해 세속 통치에 속한 것들을 통치자와 법과 시민의 순으로 살펴봅니다.

(1) 통치자

주님께서는 통치자를 세워 세속 나라를 다스리게 하셨습니다(출 22:8; 시 82:1, 6; 요 10:35; 신 1:16-17; 대하 19:6; 잠 8:15-16). 지상의 모든 일에 대한 뜻이 왕들과 통치자들의 수중에 있는 것은 하나님의 섭리와 거룩한 작정으로 말미암은 것입니다. 하나님께서는 세속 국가를 왕과 통치자를 통해 다스리십니다. 하나님께서는 그들과 함께 하시어 법을 제정하시고 공표하시며 재판을 공정하게 행하는 일을 주재하십니다. 하나님께서 교회를 목사와 장로로 이루어진 장로회(長老會)를 통해 다스리게 하신 것처럼(롬 12:8; 고전 12:28), 시민국가의 권세도 동일한 목적으로 세워졌습니다. "권세(potestas/power)"는 "하나님의 명"(롬 13:2)으로서 "하나님께서 정하신 바"(롬 13:1)입니다. 이들은 사람의 선을 독려하고 악한 자들에게 진노와 보복을 집행하는 "하나님의 사역자들"(롬 13:3-4)입니다. 시민국가의 권세는 소명입니다. 따라서 그리스도인은 두 지위를 갖습니다. 영적으로는 성도로서의 지위와 세속국가에 속한 자들로서 시민의 지위를 갖습니다. 그러므로 모든 그리스도인들은 교회의 다스림을 받는 동시에 시민국가의 통치 아래 있습니다. 이런 이유로 칼뱅은 무정부주의(anarchism)를 반대합니다.

칼뱅은 통치 체제의 다양함을 인정합니다. 이러한 다양함은 하나님의 섭리와 각 나라가 직면한 상황들 때문입니다. 국가의 통치 형태를 판단할 때 처한 상황을 고려해야 합니다. 그러므로 무엇이 더 이상적이라고 확정하거나 비교할 수 없습니다. 왕정은 전제(專制) 정치로 전락할 가능성이 높고, 반대로 민중이 지배하는 곳에는 선동에로 전락하는 경향이 많습니다. 타락의 영향력 속에 있는 세상에서 통치의 완전한 체제는 없습니다. 늘 역사는 독재와 민중의 선동이라는 양극단을 오고갑니다. 칼뱅은 상대적인 의미에서 귀족(貴族) 정치나 귀족 정치와 공화정(共和政)을 혼합한 상태를 선호합니다. 그렇다고 이런 생각을 절대화하지는 않습니다. 칼뱅은 하나님께서 이스라엘 신정국가를 세우실 때, 공화정에 가까운 귀족정을 제정하셨다고 생각합니다(출 18:13-26; 신 1:9-17). 군주는 권력을 남용할 위험이 있기에 행정권을 나누어 주는 것입니다. 장로정치도 목사와 장로의 회(會)를 통해 교회를 목양하고 치리하게 하신 이유가 여기에 있기도 합니다. 그러므로 장로교회 정치는 감독제도 회중정치도 아닙니다. 또한 통치자의 중대한 소명은 시민들의 자유를 절제로써 조화롭게 확립하고 지켜주는 것에 있습니다. 통치자는 시민의 자유가 침해되거나 감소되지 않도록 최선을 다해 헌신해야 합니다. 결론적으로는, 정치 형태는 하나님의 섭리와 각 나라가 처한 상황에 따라 다양합니다. 따라서 어떤 형태이든 누구를 통해서건 합법적인 통치에 대해 따르고 순종하는 것이 시민의 의무입니다.

통치자의 책무와 관련하여 몇 가지 사안을 다루면 다음과 같습니다. 첫째, 통치자의 직무는 율법의 두 판 모두에 관계합니다. 통치는 경건을 첫 번째 관심과 출발점으로 삼아야 합니다. 사람의 권리보다 하나님의 권리가 앞서기 때문입니다. 그런 의미에서 통치자들의 직무가 율법의 첫 돌 판과 관련됩니다. 성경에 따르면, 예배가 부패하고 소멸되었을 때, 그것을 회복하고 종교를 돌보며 그것이 융성하도록 한 거룩한 왕들이 하나님께 칭찬을 받았습니다. 율법의 두 번째 돌 판과 관련하여 왕들은 가난한 자, 고아와 과부 그리고 나그네와 같은 약자들을 돌보고 이들을 압제로부터 건져주는 정의를 실천해야 했습니다(렘 22:3; 시 82:3-4). 통치자들은 공중의 결백, 절제, 정직, 평온을 지키는 보호자들과 수호자들로 부름을 받은 사람들입니다(시 101:4-7절). 통치자들은 상과 벌을 적절히 사용하여, 결백한 사람들을 격려하고 보호하며, 불경건하고 악한 자들을 심판하는 역할을 충실히 감당해야 합니다(롬 13:3; 렘 22:3; 21:12). 이렇게 본다면 통치자들은 하나님을 향해 그리고 사람들을 향해 큰 소명과 임무를 진 자들이라 할 수 있습니다.

둘째, 통치자들은 자신이 통치하는 영토를 수호하고 적들의 공격을 방어할 안보의 임무를 지고 있습니다. 왕들과 시민들은 어떤 공적인 보복(*publicus vindicta*/public vengeance)을 가하기 위해 무기를 들어야 할 때가 있습니다. 이런 명분 아래 전쟁은 필요하기도 하고 합법적이기도 합니다. 세속 통치자들은 다스리는 영토를 평온하게 지키고, 선동을 일삼는 자들의 소요를 억제할 임무를 가졌습니다. 칼뱅은, 신약 성경에 전쟁을 합법화하는 명시적인 구절이 없다고 하며 전쟁을 부정하는 사람들을 다음과 같은 근거로 논박합니다. 첫째, 통치자들이 자신의 통치 아래 있는 사람들을 지킬 의무가 있기에 언제나 전쟁이 존재할 이유가 있습니다. 둘째, 전쟁의 근거를 사도들의 말씀으로부터 찾으려는 시도가 잘못된 것입니다. 왜냐하면 사도들의 임무는 국가를 세우는데 있지 않았고, 그리스도의 영적 나라를 세우는데 있었기 때문입니다. 셋째, 그리스도께서 오신 이후에도 전쟁에 대한 어떤 변화가 있지 않았습니다. 아우구스티누스에 따르면, 세례 요한은 구원에 대한 조언을 구하는 군인들에게 무기를 금하지 않고 바르게 군인의 임무를 감당하라고 조언할 뿐입니다(눅 3:14). 통치자들은 최고의 필연성이 있어서 마지못해 그렇게 할 수밖에 없는 경우가 아니라면 전쟁을 시도하지 말아야 합니다. 물론 전쟁을 하더라도 그 이전에 평화를 위한 모든 시도를 다 해야 합니다. 무엇보다도 전쟁은 통치자의 사적인 의식이 아니라 공적 의식을 가지고 진행해야 합니다.

셋째, 통치자의 또 다른 임무는 공세(公稅)를 걷어 그것을 합법적으로 공익을 위해 사용하는 것입니다. 칼뱅에 따르면, 공물과 세금은 군주들이 직무를 수행하는 데 필요한 공적 비용을 제공하는 최고의 합법적인 수입으로, 이것들은 공적으로 사용되며, 통치권을 품위 있게 수행함에 수반되는 가문의 영광을 위해서도 유사하게 사용될 수 있습니다. 그러나 군주들은 세금을 가지고 사사로이 자기들의 금궤를 채워서는 안 됩니다. 세금은 백성 전체에 속한 재산이기 때문입니다(롬 13:6). 세금은 오직 공공의 이익의 필요를 채우는 데 도움이 되는 용도로 사용되어야 합니다. 또한 세금을 이유 없이 거두어 불쌍한 평민들을 괴롭히는 일은 독재적인 갈취에 해당합니다.

(2) 국가의 법

국가에 있어 통치자 다음으로 법이 있습니다. 법은 국가의 가장 견고한 힘줄입니다. 키케로는 플라톤을 따라 법을 **"영혼"**이라 부르면서, 법이 없다면 통치자가 있을 수 없고, 통치자가 없다면 법은 그 자체로 아무 작용도 할 수 없다고 말합니다. 법은 말 없는 통치자이고, 통치자는 살아 있는 법입니다. 그런데 국가의 일반법은 도덕법과 의식법 그리고 재판법(시민법)으로 구성된 하나님의 율법과 다릅니다. 하나님의 율법은 하나님을 순수한 믿음과 경건으로 하나님을 예배하는 것과 순수한 사랑으로 사람들을 포용하는 것 두 가지를 포함합니다. 도덕법은 참되고 영원한 의(義)의 규범으로 시대를 불문하고 명령된 것입니다. 의식법은 언약에서 약속된 실재가 오고 성취되기까지 예표하는 초등학문의 역할을 했습니다. 재판법(시민법)은 이스라엘 신정 국가를 위한 것으로 사람들이 서로 순결하고 평온하게 살아가도록 확실한 공표와 의(義)의 공식들을 가르쳤습니다. 의식법은 경건 자체와 구별되었으나 그것들을 통해 구약의 경륜 안에서 예배와 종교를 보존했다는 점에서 본래 경건에 대한 가르침에 속하는 것이었습니다. 재판법도 그 자체로 사랑과 규범과는 구별되는 무엇을 지녔지만, 그 형상에 있어서 영원한 법에 의해 명령된 사랑과 연관됩니다. 그런 의미에서 경건의 효력을 유지하고 이것을 침해하지 않는 가운데서 의식법과 재판법은 역할을 다하고 폐지되었으나 경건과 사랑에 대한 영원한 규범인 도덕법은 여전히 남아있습니다. 이와는 다르게 하나님께서는 각 민족에게 유익하다고 예견되는 대로 법을 만들 자유를 주셨습니다. 그러나 이러한 법들이 다양할 수 있으나 일반법은 항구적인 사랑의 규범이 요구하는 것에 부합해야 합니다.

이처럼 일반법과 항구적인 사랑의 규범이 연관될 수 있는 것은 하나님의 도덕법과 자연법의 상관성에서 가능해 집니다. 법을 만들어 통치의 근거로 삼을 때, 법의 제정과 공평에 대한 인식이 필요합니다. 공평은 제정 그 자체가 기초하고 의지하는 명분이면서, 이 둘이 하나로서 존재합니다. 그러므로 대상이 무엇이든지 모든 법을 적용함에 있어서 동일한 목적을 지니게 됩니다. 법의 제정은 공평이라는 동일한 목표를 지향합니다. 우리가 도덕법이라고 부르는 하나님의 법은 자연법의 증언과 하나님이 모든 사람의 마음에 새겨 주신 양심의 증언과 다르지 않습니다. 공평은 그 질서 전체가 자연법 그 자체에 규정되어 있습니다.[33] 그러므로 공평 자체가 모든 법의 목표이자 규범이자 한계가 되어야 합니다. 이런 이유로 우리는 다양한 국가의 법들을 부정할 필요가 없습니다.

(3) 그리스도인의 소송 참여에 대하여

칼뱅은 그리스도인들이 세속 통치자들에게 도움을 청하는 것, 곧 소송하는 것을 정당한 것으로 봅니다. 바울은 통치자를 **"하나님의 사역자가 되어"** 우리에게 **"선을 베푸는 자"**(롬 13:4)라고 가르칩니다. 그리스도인들도 파렴치한 자들의 사악함과 불의로부터 보호를 받아 고요하고 평안한 생활(딤전 2:2)을 할 권리가 있습니다. 그런데 하나님께서는 그리스도인의 소송을 금하지 않으시고 부적절한 동기와 태도로 소송하는 것을 금하십니다. 즉, 소송을 하는 경우가 발생하더라도, 가혹한 증오심과 복수심을 가지고 상대방에 해를 끼치려 소송하는 것은 부당합니다. 소송과 재판은 올바르게 사용될 때 합법적입니다. 소송하는 원고와 방어

---

[33] 자연법은 마음과 양심에 새겨진 하나님의 율법이지만, 타락 후 자연법은 인간 안에서 희미해지고 왜곡되었다고 볼 수 있다. 그러므로 하나님께서 이스라엘 백성들에게 십계명, 곧 성문법을 주셔서 희미해진 자연법의 내용들을 정확하게 계시해 주셨다. 그러므로 세상의 법이 완전할 수는 없습니다. 그러므로 하나님께서는 세속 보편 사회 안에 구원을 두시지 않으신다. 그곳에 생명이 없다. 그러나 하나님께서는 자연법과 세속의 법을 통해 타락한 세속 사회의 죄성을 억제하시므로, 사회의 체제와 질서를 유지하신다.

하는 피고는 모두 올바른 절차를 따라 재판에 임해야 합니다. 모든 그리스도인은 공리(公理)를 따라야 합니다. 그러나 칼뱅이 살던 시대에도 정직한 소송인이 드물고 지금도 마찬가지입니다. 그러나 소송 자체는, 어떤 악에 더럽혀지지 않는 한, 여전히 하나님께서 세우신 제도로서 선하고 순수합니다. 합법적이고 올바른 절차에 따른 통치자의 도움은 하나님께서 주신 선물이기에 더럽혀져서는 안 됩니다.

바울도 로마 시민권의 권리를 사용한 적이 있으며, 무고한 모략을 물리치기 위해 제도를 사용했고 불의한 총독을 기피하고 황제의 법정으로 옮겨 달라는 탄원을 하기도 했습니다(행 24:12-21; 16:37; 22:1, 25; 25:10-11). 따라서 금지되는 것은 복수에 찬 소송이지 소송 자체가 아닙니다(레 19:18; 마 5:39; 신 32:35; 롬 12:17, 19). 또 하나님께서는 억눌린 자들과 상한 자들을 위하여 친히 복수하실 것을 약속하셨습니다(롬 12:19). 하나님께서 친히 복수하여 주신다는 말씀이 송사하는 이유가 될 수는 없습니다. 왜냐하면 송사가 바로 하나님께서 친히 복수하시는 수단이기 때문입니다. 통치자가 절차를 따라 공적으로 재판하고 시비를 가리고 형벌을 선고하는 일은 하나님께 속한 일입니다(롬 13:4). 그러므로 사적인 복수와 복수심에 불타는 송사가 금지되지만, 올바른 태도와 동기로 송사한 결과는 하나님께 속한 일로 받아들여야 합니다. 그러므로 그리스도인들은 악한 자들에 대하여 복수심을 절제하고, 참으며, 사랑을 잃지 않아야 하지만, 이런 공평과 절제에 대한 의식이 공적인 절차를 통해 공적인 의(義)를 세우는 제도를 부인하는 쪽으로 가서는 안 됩니다. 그리스도인들이 적들에 대한 우의를 지키면서도 자기들의 소유를 보존하기 위해서 통치자의 도움을 구하는 것은 적법한 것입니다. 또 죽음 외에 달리 개선의 여지가 없다고 여겨지는 자들에게 통치자가 형벌을 내리는 것은 공공의 선에 필요한 것입니다. 그러므로 그리스도의 송사에 있어서, 부당한 송사와 적법한 송사, 사적인 복수와 공적인 정의 실현을 혼동해서는 안 됩니다. 바울이 고린도전서 6장 5-8절을 통해 그리스도인의 송사에 대해 책망한 것은

728 제4권 · 그리스도와 연합하게 하는 방편과 도움

중상과 증오와 복수심에 찬 송사였지 송사 자체에 대한 책망이라 볼 수
없습니다.

⑷ 통치자에 대한 복종

신하들은 통치자들의 직분을 존경해야 합니다. 신하들은 통치자의
직분을 하나님이 위임하신 권할권으로 인정해야 하며 이런 이유로 그들
을 하나님의 사역자요 사절로 존중하고 공경해야 합니다(벧전 2:17; 잠 24:21;
롬 13:5). 신하들이 통치자에게 복종하는 것은 그들 자신을 하나님께 드리
는 것입니다. 왜냐하면 통치자들의 권세는 하나님으로부터 나오기 때문
입니다. 그러나 칼뱅이 통치자들을 복종하고 존경하라고 할 때, 그 사람
(homo/man) 자체를 가리키지 않고, 통치자들에게 부여된 직무 혹은 직책
(praefectura/office)을 가리킵니다. 왜냐하면 사람 자체로 보자면 통치자들도
완전하지 못하며, 심지어 사악한 도덕성, 나태함, 잔인함까지 가진 존재
들이기 때문입니다. 영예와 순종은 그들의 직책과 직무 그리고 그 역할
에 있습니다.

통치자는 국부(國父), 백성의 목자, 평화의 보호자, 의(義)의 주관자,
순결함의 수호자로 불리 웁니다. 그러나 많은 경우 통치자의 의무와 책
임을 저버린 독재 군주들이 많았습니다. 그러므로 독재자들을 타도하려
는 시도들도 많았습니다. 그러나 하나님의 말씀을 바라보게 되면 우리
는 더 멀리 이끌림을 받습니다. 칼뱅에 따르면, 악하고 태만한 군주에게
도 복종해야 합니다. 선한 군주는 사람을 안전히 지켜주고, 하나님께서
정하신 권위의 한계 안에서 행하며 공공의 선을 위해 봉사합니다. 그러
나 사악하고 무능하고 나태한 군주들은 악한 백성들을 벌주기 위해서
하나님께서 세우십니다. 사악한 왕은 땅에 내린 하나님의 진노입니다(욥
34:30; 호 13:11; 사 3:4; 10:5; 신 28:29-30). 따라서 공적 순종은 이런 자들에게도 복
종하라고 요구합니다. 선한 군주가 세상에 나고 악한 군주가 세상에 군
림하는 것은 모두 하나님의 섭리의 특별한 작용에 의해 발생합니다. 칼

뱅은 악한 군주에게도 복종을 해야 하는 이치를 악한 부모더라도 순종 해야 하는 자신의 의무는 변함이 없다는 사실에 비교합니다.

(5) 악한 군주에 대한 합법적 저항

칼뱅이 악한 통치자에 대한 순종을 주장한다고 하여 악한 군주에 대한 하나님의 심판과 인간의 저항을 부정하는 것은 아닙니다. 다만 칼 뱅은 악한 군주를 패하는 일을 하나님의 주권과 섭리에 맡겨진 심판으로 이해하며, 하나님께서 인간을 이 심판의 도구로 사용하시더라도, 이러한 저항에 질서를 부여하십니다. 하나님께서는 적법한 저항을 통해 당신의 선하심, 권능, 섭리를 드러내십니다. 하나님께서는 자신의 종들 가운데 어떤 이들을 충동하셔서 보복하는 자로 삼으십니다. 하나님께서는 이들을 무장시키셔서 독재자와 폭군을 심판하십니다. 이렇게 하심으로 압제에 시달리는 백성들을 건져 내십니다(출 3:7-10; 삿 3:9).

하나님께 적법하게 여기시는 저항은 하나님께서 주신 통치자들의 엄위를 손상시키는 방법이 아니었습니다. 즉, 백성들이나 시민들이 증오에 차 선동과 무력으로 하나님께서 세우신 권위를 전복하는 방법이 아니었습니다. 하나님께서는 질서 가운데 독재자를 심판하십니다. 즉, 부패한 통치자들을 심판하기 위해 하늘로부터 무장된 더 큰 권위로 좀 더 작은 권위를 굴복시키십니다. 하나님께서는 더 큰 권위가 더 작은 권위를 굴복하게 하셨습니다. 이들이 하나님의 뜻을 알고 정의를 위해서 그 일을 하던 그렇지 않던 하나님께서 권세를 타도하는데 권세를 사용하십니다. 하나님께서는 악한 왕들을 그보다 큰 왕을 세우고 무장시켜 심판하시거나, 왕들의 정욕을 다스리기 백성들이 뽑은 관리를 통해 독재자와 폭군에게 저항하도록 하셨습니다. 예를 들면, 고대 스파르타의 왕들을 견제했던 민선 감독과들, 로마의 집정관들을 견제했던 호민관들, 아테네의 귀족들을 견제했던 민선 시장들, 그리고 각 나라의 의회에서 직능별로 역할을 감당하는 삼부회(三部會)34 등이 부패한 왕을 견제하는 역할을 맡았습니다. 이들은 선량한 평민들을 강탈하고 모욕하고 압제하는 왕들을 모른척 눈감아주어서는 안 되는 지위에 있는 사람들입니다. 이렇게 본다면, 칼뱅이 주장하는 통치자에 대한 순종은 하나님을 향한 순종을 넘어서는 순종이 아닙니다. 사람들이 통치자에게 순종하는 것은 하나님을 위해서여야 합니다. 칼뱅은 부패한 통치자에 관련하여, 무정부적이거나 하나님께로부터 기원한 권위를 함부로 대하는 식의 저항을 말하지 않으면서도, 하나님의 섭리와 주권 신앙에 의지한 질서 있는 저항을 하나님의 심판으로서 인정하고 있습니다.

LAUS DEO!

---

34 중세 후기 프랑스에 세워진 제도로 성직자, 귀족, 평민의 세 계급 대표자로 구성된 신분제 의회를 의미한다.

21가지 주제로 읽는 해설집

스물한 가지, 기독교강요

2024년 2월 27일 초판 인쇄
2024년 3월 18일 초판 발행

지은이 박동근
펴낸이 정영오
펴낸곳 크리스천르네상스
출판등록 2019-000004(2019. 1. 31)
주소 경기도 안산시 단원구 와동로 5길 301호(와동, 대명하이빌)
표지디자인 디자인집(02-521-1474)

ISBN 979-11-980535-5-8(03230)

값 38,000원